Ullstein Materialien

Ullstein Materialien
Ullstein Buch Nr. 2910
im Verlag Ullstein GmbH,
Frankfurt/M – Berlin – Wien

Umschlagentwurf:
Kurt Weidemann

Lizenzausgabe des
Carl Hanser Verlags, München
Nachdruck der 6.,
durchgesehenen Auflage 1969
Printed in Germany 1979
Satz:
Passavia Druckerei AG Passau
Druck und Bindung:
Ebner Ulm
ISBN 3 548 02910 8

Friedrich Nietzsche
Werke IV

Aus dem Nachlaß
der Achtzigerjahre
Briefe (1861–1889)

Herausgegeben
von Karl Schlechta

Ullstein Materialien

Im Kolumnentitel wird
Seitenzahl bzw. Bandnummer
der dreibändigen
Hanser-Edition angezeigt.
Unsere Seitenzahl steht unten.

INHALT

AUS DEM
NACHLASS DER ACHTZIGERJAHRE

Wer darüber nachdenkt, auf welche Weise der Typus Mensch zu seiner größten Pracht und Mächtigkeit gesteigert werden kann, der wird zuallererst begreifen, daß er sich außerhalb der Moral stellen muß: denn die Moral war im wesentlichen auf das Entgegengesetzte aus, jene prachtvolle Entwicklung, wo sie im Zuge war, zu hemmen oder zu vernichten. Denn in der Tat konsumiert eine derartige Entwicklung eine solche ungeheure Quantität von Menschen in ihrem Dienst, daß eine *umgekehrte* Bewegung nur zu natürlich ist: die schwächeren, zarteren, mittleren Existenzen haben nötig, Partei zu machen *gegen* jene Glorie von Leben und Kraft, und dazu müssen sie von sich eine neue Schätzung bekommen, vermöge deren sie das Leben in dieser höchsten Fülle verurteilen und womöglich zerstören. Eine lebensfeindliche Wendung ist daher der Moral zu eigen, insofern sie die Typen des Lebens überwältigen will.

Die *Verinnerlichung* des Menschen. Die Verinnerlichung entsteht, indem mächtige Triebe, denen mit Einrichtung des Friedens und der Gesellschaft die Entladung nach außen versagt wird, sich nach innen zu schadlos zu halten suchen im Bunde mit der Imagination. Das Bedürfnis nach Feindschaft, Grausamkeit, Rache, Gewaltsamkeit wendet sich zurück, »tritt zurück«; im Erkennen-wollen ist Habsucht und Erobern; im Künstler tritt die zurückgetretene Verstellungs- und Lügenkraft auf; die Triebe werden zu Dämonen umgeschaffen, mit denen es Kampf gibt usw.

Kant sagt: »Diese Sätze des Grafen Verri (*Sull' indole del piacere e del dolore*; 1781) unterschreibe ich mit voller Überzeugung: *Il solo principio motore dell'uomo è il dolore. Il dolore precede ogni piacere. Il piacere non è un essere positivo.*«

Die Sklaverei in der Gegenwart: eine Barbarei! *Wo* sind die, *für* welche sie arbeiten? Man muß nicht immer *Gleichzeitigkeit* der beiden sich komplementierenden Kasten erwarten.

Der Nutzen und das Vergnügen sind *Sklaven-Theorien* vom Leben: der »Segen der Arbeit« ist eine Verherrlichung ihrer selber. – Unfähigkeit zum *otium*.

Unsere Zeit mit ihrem Streben, den zufälligen Nöten abzuhelfen, vorzubeugen und die unangenehmen Möglichkeiten vorweg zu bekriegen, ist eine Zeit der *Armen*. Unsere »Reichen« – *das* sind die Ärmsten! Der eigentliche *Zweck* alles Reichtums ist *vergessen*!

Der Sinn unsrer Gärten und Paläste (und insofern auch der Sinn alles Begehrens nach Reichtümern) ist: *die Unordnung und Gemeinheit aus dem Auge sich zu schaffen und dem Adel der Seele eine Heimat zu bauen.*

Die meisten freilich glauben, sie werden *höhere Naturen, wenn* jene schönen ruhigen Gegenstände auf sie eingewirkt haben: daher die Jagd nach Italien und Reisen usw., alles Lesen und Theater-Besuchen. *Sie wollen sich formen lassen* – das ist der Sinn ihrer Kultur-Arbeit! Aber die Starken, Mächtigen wollen *formen und nichts Fremdes mehr um sich haben!*

So gehen auch die Menschen in die große Natur, nicht um *sich* zu finden, sondern um sich in ihr zu verlieren und zu vergessen. Das »*Außer-sich-sein*« als Wunsch aller Schwachen und Mit-sich-Unzufriedenen.

Einstmals hatte man die *Theorie* vom Staat als einer berechnenden Nützlichkeit: *jetzt hat man die Praxis dazu!* – Die Zeit der Könige ist vorbei, weil die Völker ihrer nicht mehr würdig sind: sie *wollen* nicht das Urbild ihres Ideals im Könige sehn, sondern ein Mittel ihres Nutzens. – Das ist die ganze Wahrheit!

Nicht »das Glück folgt der Tugend« – sondern der Mächtigere bestimmt *seinen glücklichen Zustand erst als Tugend.*

Die bösen Handlungen gehören zu den Mächtigen und Tugendhaften: die schlechten, niedrigen zu den Unterworfenen.

Der mächtigste Mensch, der Schaffende, müßte der böseste sein, insofern er sein Ideal an allen Menschen durchsetzt *gegen* alle ihre Ideale und sie zu seinem Bilde umschafft. Böse heißt hier: hart, schmerzhaft, aufgezwungen.

Solche Menschen wie Napoleon müssen immer wieder kommen und den Glauben an die Selbstherrlichkeit des einzelnen befestigen: er selber aber war durch die Mittel, die er anwenden *mußte*, korrumpiert worden und hatte die *noblesse* des Charakters *verloren.* Unter einer andern Art Menschen sich durchsetzend, hätte er andere Mittel anwenden können; und so wäre es nicht *notwendig*, daß ein Cäsar *schlecht werden müßte.*

Typus: Die wahre Güte, Vornehmheit, Größe der Seele, die aus dem Reichtum heraus: welche nicht gibt, um zu nehmen – welche sich nicht damit *erheben* will, daß sie gütig ist; – die *Verschwendung* als Typus der wahren Güte, der Reichtum an *Person* als Voraussetzung.

Die *Schwäche des Herdentieres* erzeugt eine ganz ähnliche Moral wie die Schwäche des *décadent*: sie verstehen sich, sie *verbünden* sich (– die großen *décadence*-Religionen rechnen immer auf die Unterstützung durch die Herde). An sich fehlt alles Krankhafte am Herdentier, es ist unschätzbar selbst; aber unfähig, sich zu leiten, braucht es einen »Hirten« – das verstehn die Priester… Der Staat ist nicht intim, nicht heimlich genug; die »Gewissensleitung« entgeht ihm. Worin das Herdentier krank gemacht wird durch den Priester? –

Ein Faktum, ein Werk ist für jede Zeit und jede neue Art von Mensch von *neuer* Beredsamkeit. Die Geschichte redet immer *neue Wahrheiten.*

Wettstreit der Affekte und Überherrschaft *eines* Affektes über den Intellekt.

Jedes Lebendige greift so weit um sich mit seiner Kraft, als es kann, und unterwirft sich das Schwächere: so hat es seinen Genuß an sich. Die *zunehmende* »*Vermenschlichung*« in dieser Tendenz besteht darin, daß immer *feiner* empfunden wird, wie schwer der andere wirklich *einzuverleiben* ist: wie die grobe Schädigung zwar unsre Macht über ihn zeigt, zugleich aber seinen Willen uns noch mehr *entfremdet* – also ihn weniger unterwerfbar macht.

Über die Massen müssen wir so rücksichtslos denken wie die Natur: sie erhalten die Art.

Der Mensch hat, im Gegensatz zum Tier, eine Fülle *gegensätzlicher* Triebe und Impulse in sich großgezüchtet: vermöge dieser Synthesis ist er der Herr der Erde. – Moralen sind der Ausdruck lokal beschränkter *Rangordnungen* in dieser vielfachen Welt der Triebe: so daß an ihren *Widersprüchen* der Mensch nicht zugrunde geht. Also ein Trieb als Herr, sein Gegentrieb geschwächt, verfeinert, als Impuls, der den *Reiz* für die Tätigkeit des Haupttriebes abgibt.

Der höchste Mensch würde die größte Vielheit der Triebe haben, und auch in der relativ größten Stärke, die sich noch ertragen läßt. In der Tat: wo die Pflanze Mensch sich stark zeigt, findet man die mächtig *gegen*einander treibenden Instinkte (z. B. Shakespeare), aber gebändigt.

Die *Erziehung* zu jenen *Herrscher*-Tugenden, welche auch über sein Wohlwollen und Mitleiden Herr werden: die großen Züchter-Tugenden (»seinen Feinden vergeben« ist dagegen Spielerei), den *Affekt des Schaffenden* auf die *Höhe bringen* – nicht mehr Marmor behauen! – Die Ausnahme- und Macht-Stellung jener Wesen (verglichen mit der der bisherigen Fürsten): der römische Cäsar mit Christi Seele.

Der höhere Mensch und der Herden-Mensch. Wenn die großen Menschen *fehlen*, so macht man aus den vergangenen großen Menschen Halbgötter oder ganze Götter: das Ausbrechen von Religion beweist, daß der Mensch nicht mehr am Menschen *Lust* hat (– »und am Weibe auch nicht« mit Hamlet). Oder: man bringt viele Menschen auf einen Haufen, als Parlamente, und wünscht, daß sie gleich tyrannisch wirken.

Das »Tyrannisierende« ist die Tatsache großer Menschen: sie machen den Geringeren dumm.

Ich lehre: die Herde sucht einen Typus aufrechtzuerhalten und wehrt sich nach beiden Seiten, ebenso gegen die davon Entartenden (Verbrecher usw.) als gegen die darüber Emporragenden. Die Tendenz der Herde ist auf Stillstand und Erhaltung gerichtet, es ist nichts Schaffendes in ihr.

Die angenehmen Gefühle, die der Gute, Wohlwollende, Gerechte uns einflößt (im Gegensatz zu der Spannung, Furcht, welche der große, neue Mensch hervorbringt), sind *unsere* persönlichen Sicherheits-, Gleichheits-Gefühle: das Herdentier verherrlicht dabei die Herdennatur und empfindet sich selber dann wohl. Dies Urteil des Wohlbehagens maskiert sich mit schönen Worten – so entsteht »Moral«. – Man beobachte aber den *Haß der Herde* gegen den Wahrhaftigen. –

Ich lehre: daß es höhere und niedere Menschen gibt und daß ein einzelner ganzen Jahrtausenden unter Umständen ihre Existenz rechtfertigen kann – das heißt ein voller, reicher, großer, ganzer Mensch in Hinsicht auf zahllose unvollständige Bruchstück-Menschen.

Seelengröße nicht zu trennen von geistiger Größe. Denn sie involviert *Unabhängigkeit*; aber ohne geistige Größe soll diese nicht erlaubt sein, sie richtet Unfug an, selbst noch durch Wohltun-wollen und »Gerechtigkeit«-üben. Die geringen Geister haben *zu gehorchen* – können also nicht *Größe* haben.

Diese perspektivische Welt, diese Welt für das Auge, Getast und Ohr ist sehr falsch, verglichen schon für einen sehr viel feineren Sinnenapparat. Aber ihre Verständlichkeit, Übersichtlichkeit, ihre Praktikabilität, ihre Schönheit beginnt *aufzuhören*, wenn wir unsre Sinne *verfeinern*: ebenso hört die Schönheit auf beim Durchdenken von Vorgängen der Geschichte; die Ordnung des *Zwecks* ist schon eine Illusion. Genug, je oberflächlicher und gröber zusammenfassend, um so *wertvoller*, bestimmter, schöner, bedeutungsvoller *erscheint* die Welt. Je tiefer man hineinsieht, um so mehr verschwindet unsere Wertschätzung – *die Bedeutungslosigkeit naht sich! Wir* haben die Welt, welche Wert hat, geschaffen! Dies erkennend, erkennen wir auch, daß die Verehrung der Wahrheit schon die *Folge* einer *Illusion* ist – und daß man, mehr als sie, die bildende, vereinfachende, gestaltende, erdichtende Kraft zu schätzen hat.

»Alles ist falsch! Alles ist erlaubt!«

Erst bei einer gewissen Stumpfheit des Blickes, einem Willen zur Einfachheit stellt sich das Schöne, das »Wertvolle« ein: an sich ist es *ich weiß nicht was*.

»Der Sinn für Wahrheit« muß, wenn die Moralität des »Du sollst nicht lügen« abgewiesen ist, sich vor einem andern Forum legitimieren – als Mittel der Erhaltung von Mensch, *als Macht-Wille*.

Ebenso unsre Liebe zum Schönen: ist ebenfalls der *gestaltende Wille*. Beide Sinne stehen beieinander; der Sinn für das Wirkliche ist das Mittel, die Macht in die Hand zu bekommen, um die Dinge nach unserem Belieben zu gestalten. Die Lust am Gestalten und Umgestalten – eine Urlust! Wir können nur eine Welt *begreifen*, die wir selber *gemacht* haben.

1. Wir wollen unsre Sinne festhalten und den Glauben an sie – und sie zu Ende denken! Die Widersinnlichkeit der bisherigen Philosophie als der größte Widersinn des Menschen.

2. Die vorhandene Welt, an der alles Irdisch-Lebendige gebaut hat, daß sie *so* scheint (dauerhaft und *langsam* bewegt), wollen wir *weiter* bauen – nicht aber als falsch wegkritisieren!

3. Unsre Wertschätzungen bauen an ihr; sie betonen und unterstreichen. Welche Bedeutung hat es, wenn ganze Religionen sagen: »Es ist alles schlecht und falsch und böse!« Diese Verurteilung des ganzen Prozesses kann nur ein Urteil von Mißratenen sein!

4. Freilich, die Mißratenen könnten die Leidendsten und Feinsten sein? Die Zufriedenen könnten wenig wert sein?

5. Man muß das *künstlerische* Grundphänomen verstehen, welches »Leben« heißt – *den bauenden Geist*, der unter den ungünstigsten Umständen baut: auf die langsamste Weise – – – Der *Beweis* für alle seine Kombinationen muß erst neu gegeben werden: *es erhält sich*.

Ein Religionsstifter *kann* unbedeutend sein – ein Streichholz, nichts *mehr!*

Die Lehre μηδὲν ἄγαν wendet sich an Menschen mit überströmender Kraft – nicht an die Mittelmäßigen. Die ἐγκράτεια und ἄσκησις ist nur eine *Stufe* der Höhe: höher steht die »goldene Natur«.

»*Du sollst*« – unbedingter Gehorsam bei Stoikern, in den Orden des Christentums und der Araber, in der Philosophie Kants (es ist gleichgültig, ob einem Oberen, oder einem Begriff).

Höher als »du sollst« steht: »*Ich will*« (die Heroen); höher als »ich will« steht: »*Ich bin*« (die Götter der Griechen).

Die barbarischen Götter drücken nichts von der Lust am *Maß* aus – sind weder einfach noch leicht noch maßvoll.

Rangordnung: Der die Werte *bestimmt* und den Willen von Jahrtausenden lenkt, dadurch, daß er die höchsten Naturen lenkt, ist *der höchste Mensch*.

Die Wurzel alles Üblen: daß die sklavische Moral der Demut, Keuschheit, Selbstlosigkeit, absoluten Gehorsams *gesiegt* hat – die herrschenden Naturen wurden dadurch 1. zur Heuchelei, 2. zur Gewissensqual verurteilt – die schaffenden Naturen fühlten sich als Aufrührer gegen Gott, unsicher und gehemmt durch die ewigen Werte.

Die Barbaren zeigten, daß *Maßhalten-können* bei ihnen nicht zu Hause war: sie fürchteten und verlästerten die Leidenschaften und Triebe der Natur – ebenso der Anblick der herrschenden Cäsaren und Stände. Es entstand andrerseits der Verdacht, daß alle *Mäßigung* eine Schwäche sei, oder Alt- und Müdewerden (– so hat Larochefoucauld den Verdacht, daß »Tugend« ein schönes Wort sei bei solchen, welchen das Laster keine Lust mehr mache). Das Maßhalten selber war als Sache der Härte, Selbstbezwingung, Askese geschildert, als Kampf mit dem Teufel usw. Das natürliche *Wohlgefallen* der ästhetischen Natur am Maße, der *Genuß am Schönen des Maßes* war *übersehen* oder *verleugnet*, weil man eine *anti*-eudämonistische Moral wollte.

Der Glaube an die *Lust* im *Maßhalten* fehlte bisher – diese Lust des Reiters auf feurigem Rosse! – Die Mäßigkeit schwacher Naturen mit der Mäßigung der starken verwechselt!

In summa: die besten Dinge sind *verlästert* worden, weil die Schwachen oder die unmäßigen Schweine ein schlechtes Licht darauf warfen – und die besten Menschen sind *verborgen geblieben* – und haben sich oft selber *verkannt.*

Die verfaulten herrschenden Stände haben das Bild des Herrschenden verdorben. Der »Staat«, als Gericht übend, ist eine Feigheit, weil der *große Mensch* fehlt, an dem gemessen werden kann. Zuletzt wird die Unsicherheit so groß, daß die Menschen vor *jeder* Willenskraft, die befiehlt, in den Staub fallen.

Die *Entartung der Herrscher und der herrschenden Stände* hat den größten Unfug in der Geschichte gestiftet! Ohne die römischen Cäsaren und die römische Gesellschaft wäre das Christentum nicht zur Herrschaft gekommen.

Wenn die geringeren Menschen der Zweifel anfällt, *ob* es höhere Menschen gibt, da ist die Gefahr groß! Und man endet zu entdecken, daß es auch bei den geringen, unterworfenen, geistesarmen Menschen *Tugenden* gibt und daß *vor Gott* die Menschen gleich stehn: was das *non plus ultra* des Blödsinns bisher auf Erden gewesen ist! Nämlich die höheren Menschen maßen sich selber schließlich nach dem Tugend-Maßstab der Sklaven – fanden sich »*stolz*« usw., fanden alle ihre *höheren* Eigenschaften als verwerflich.

Als Nero und Caracalla oben saßen, entstand die Paradoxie »der niedrigste Mensch ist *mehr wert* als der da oben!« Und ein *Bild Gottes* brach sich Bahn, welches möglichst *entfernt* war vom Bilde der Mächtigsten – der Gott am Kreuze!

Die Revolution, Verwirrung und Not der Völker ist das Geringere in meiner Betrachtung *gegen die Not der großen Einzelnen in ihrer Entwicklung*. Man muß sich nicht täuschen lassen: die vielen Nöte aller dieser *Kleinen* bilden zusammen keine *Summe*, außer im Gefühle von *mächtigen* Menschen. – An sich denken, in Augenblicken großer Gefahr: seinen Nutzen ziehn aus dem Nachteile vieler – das kann bei einem sehr hohen Grade von Abweichung ein Zeichen *großen* Charakters sein, der über seine mitleidigen und gerechten Empfindungen Herr wird.

Die Rechte, die ein Mensch sich nimmt, stehn im Verhältnis zu den Pflichten, die er sich stellt, zu den Aufgaben, denen er sich *gewachsen fühlt*. Die allermeisten Menschen sind ohne Recht zum Dasein, sondern ein Unglück für die höheren.

Der große Mensch fühlt seine *Macht* über ein Volk, sein zeitweiliges Zusammenfallen mit einem Volke oder einem Jahrtausende – diese *Vergrößerung* im Gefühl von sich als *causa* und *voluntas* wird *mißverstanden* als »Altruismus« – es drängt ihn nach *Mitteln* der Mitteilung: alle großen Menschen sind *erfinderisch* in solchen *Mitteln*. Sie wollen sich hineingestalten in große Gemeinden, sie wollen *eine* Form dem Vielartigen, Ungeordneten geben, es reizt sie, das Chaos zu sehn.

Mißverständnis der Liebe. Es gibt eine *sklavische* Liebe, welche sich unterwirft und weggibt: welche idealisiert und sich täuscht – es gibt eine *göttliche* Liebe, welche verachtet und liebt und das Geliebte *umschafft, hinaufträgt*.

Jene ungeheure *Energie der Größe* zu gewinnen, um, durch Züchtung und andrerseits durch Vernichtung von Millionen Mißratener, den zukünftigen Menschen zu gestalten und *nicht zugrunde* zu gehn an dem Leid, das man *schafft* und dessengleichen noch nie da war! –

Die Welt »vermenschlichen«, d. h. immer mehr uns in ihr als Herren fühlen –

Unsere Voraussetzungen: kein Gott: kein Zweck: endliche Kraft. Wir wollen uns *hüten*, den Niedrigen die *ihnen* nötige Denkweise auszudenken und vorzuschreiben!!

Vom Range. Die schreckliche Konsequenz der »Gleichheit« – schließlich glaubt jeder das Recht zu haben zu jedem Problem. Es ist alle Rangordnung verlorengegangen.

Egoismus! Aber noch niemand hat gefragt: *was* für ein *ego*? Sondern jeder setzt unwillkürlich das *ego* jedem *ego* gleich. Das sind die Konsequenzen der Sklaven-Theorie vom *suffrage universel* und der »Gleichheit«.

Jenseits der Herrschenden, losgelöst von allen Banden, leben die höchsten Menschen: und in den Herrschenden haben sie ihre Werkzeuge.

Der moderne Sozialismus will die weltliche Nebenform des Jesuitismus schaffen: *jeder* absolutes Werkzeug. Aber der Zweck, das Wozu? ist nicht aufgefunden bisher.

Was *verdorben* ist durch den Mißbrauch, den die Kirche damit getrieben hat:

1. *die Askese:* man hat kaum noch den Mut dazu, deren natürliche Nützlichkeit, deren Unentbehrlichkeit im Dienste der *Willens-Erziehung* ans Licht zu ziehen. Unsre absurde Erzieher-Welt, der der »brauchbare Staatsdiener« als regulierendes Schema vorschwebt, glaubt mit »Unterricht«, mit Gehirn-Dressur auszukommen; ihr fehlt selbst der Begriff davon, daß etwas anderes *zuerst* not tut – Erziehung der *Willenskraft*; man legt Prüfungen für alles ab, nur nicht für die

Hauptsache: ob man *wollen* kann, ob man *versprechen* darf: der junge Mann wird fertig, ohne auch nur eine Frage, eine Neugierde für dieses oberste Wertproblem seiner Natur zu haben;

2. das *Fasten*: in jedem Sinne – auch als Mittel, die feine Genußfähigkeit aller guten Dinge aufrechtzuerhalten (z. B. zeitweise nicht lesen, keine Musik mehr hören, nicht mehr liebenswürdig sein; man muß auch Fasttage für seine Tugend haben);

3. das »*Kloster*«: die zeitweilige Isolation mit strenger Abweisung z. B. der Briefe; eine Art tiefster Selbstbesinnung und Selbst-Wiederfindung, welche nicht den »Versuchungen« aus dem Wege gehen will, sondern den »Pflichten«: ein Heraustreten aus dem Zirkeltanz des Milieus; ein Abseits von der Tyrannei der Reize und Einströmungen, welche uns verurteilt, unsre Kraft nur in Reaktionen auszugeben, und es nicht mehr erlaubt, daß sie sich *häuft* bis zur *spontanen Aktivität* (man sehe sich unsre Gelehrten aus der Nähe an: sie denken nur noch *reaktiv*, d. h. sie müssen erst lesen, um zu denken);

4. die *Feste*: Man muß sehr grob sein, um nicht die Gegenwart von Christen und christlichen Werten als einen *Druck* zu empfinden, unter dem jede eigentliche Feststimmung zum Teufel geht. Im Fest ist einbegriffen: Stolz, Übermut, Ausgelassenheit; der Hohn über alle Art Ernst und Biedermännerei; ein göttliches Jasagen zu sich aus animaler Fülle und Vollkommenheit – lauter Zustände, zu denen der Christ nicht ehrlich ja sagen darf. *Das Fest ist Heidentum par excellence;*

5. der *Mut vor der eigenen Natur*: die *Kostümierung ins »Moralische«*. – Daß man keine *Moral-Formel* nötig hat, um einen Affekt bei sich *gutzuheißen*: Maßstab, wie weit einer zur Natur bei sich ja sagen kann – wie viel oder wie wenig er zur Moral rekurrieren muß;

6. der *Tod*: – Man muß die dumme physiologische Tatsache in eine moralische Notwendigkeit umdrehn. *So* leben, daß man auch *zur rechten Zeit seinen Willen zum Tode hat!*

Ich will den Gedanken lehren, welcher vielen das Recht gibt, sich durchzustreichen – den großen *züchtenden* Gedanken.

Die Bewaffnung des Volkes – ist schließlich die Bewaffnung des Pöbels.

Es bedarf einer Lehre, stark genug, um *züchtend* zu wirken: stärkend für die Starken, lähmend und zerbrechend für die Weltmüden.

Die Vernichtung der verfallenden Rassen. Verfall Europas. – Die Vernichtung der sklavenhaften Wertschätzungen. – Die Herrschaft über die Erde, als Mittel zur Erzeugung eines höheren Typus. – Die Vernichtung der Tartüfferie, welche »Moral« heißt (das Christentum als eine hysterische Art von Ehrlichkeit hierin: Augustin, Bunyan). – Die Vernichtung des *suffrage universel*: d. h. des Systems, vermöge dessen die niedrigsten Naturen sich als Gesetz den höheren vorschreiben. – Die Vernichtung der Mittelmäßigkeit und ihrer Geltung. (Die Einseitigen, einzelne – Völker; Fülle der Natur zu erstreben durch Paarung von Gegensätzen: Rassen-Mischungen dazu.) – Der neue Mut – keine apriorischen Wahrheiten (*solche* suchten die an Glauben Gewöhnten!), sondern *freie* Unterordnung unter einen herrschenden Gedanken, der seine Zeit hat, z. B. Zeit als Eigenschaft des Raumes usw.

Die ehemaligen Mittel, *gleichartige*, dauernde Wesen durch lange Geschlechter zu erzielen: unveräußerlicher Grundbesitz, Verehrung der Älteren (Ursprung des Götter- und Heroen-Glaubens als der Ahnherren).

Jetzt gehört die *Zersplitterung des Grundbesitzes* in die entgegengesetzte Tendenz. Eine *Zeitung* an Stelle der täglichen *Gebete*. Eisenbahn, Telegraph. Zentralisation einer ungeheuren Menge verschiedener Interessen in *einer* Seele: die *dazu* sehr stark und verwandlungsfähig sein muß.

Wie sich die aristokratische Welt immer mehr selber schröpft und schwach macht! Vermöge ihrer noblen Instinkte wirft sie ihre Vorrechte weg, und vermöge ihrer verfeinerten Über-Kultur interessiert sie sich für das Volk, die Schwachen, die Armen, die Poesie des Kleinen usw.

Eine Kriegserklärung der *höheren Menschen* an die Masse ist nötig! Überall geht das Mittelmäßige zusammen, um sich zum Herrn zu machen! Alles, was verweichlicht, sanft macht, das »Volk« zur Geltung bringt oder das »Weibliche«, wirkt zugunsten des *suffrage universel*, d. h. der Herrschaft der *niederen* Menschen. Aber wir wollen Repressalien üben und diese ganze Wirtschaft (die in Europa mit dem Christentum anhebt) ans Licht und vors Gericht bringen.

Die *Ritterlichkeit* als die errungene Position der Macht: ihr allmähliches Zerbrechen (und zum Teil Übergang ins Breitere, Bürgerliche). Bei Larochefoucauld ist Bewußtsein über die eigentlichen Triebfedern der Noblesse des Gemüts da – und christlich verdüsterte Beurteilung dieser Triebfedern.

Fortsetzung des Christentums durch die *Französische Revolution.* Der Verführer ist Rousseau: er entfesselt das Weib wieder, das von da an immer interessanter – *leidend* – dargestellt wird. Dann die Sklaven und Mistress Beecher-Stowe. Dann die Armen und die Arbeiter. Dann die Lasterhaften und Kranken – alles das wird in den Vordergrund gestellt (selbst um für das Genie einzunehmen, wissen sie seit fünfhundert Jahren es nicht anders, als den großen Leidträger darzustellen!). Dann kommt der Fluch auf die Wollust (Baudelaire und Schopenhauer); die entschiedenste Überzeugung, daß Herrschsucht das größte Laster ist; vollkommene Sicherheit darin, daß Moral und *désintéressement* identische Begriffe sind; daß das »Glück aller« ein erstrebenswertes Ziel sei (d. h. das Himmelreich Christi). Wir sind auf dem besten Wege: das Himmelreich der Armen des Geistes hat begonnen. – Zwischenstufen: der Bourgeois (infolge des Geldes Parvenu) und der Arbeiter (infolge der Maschine).

Vergleich der griechischen Kultur und der französischen zur Zeit Ludwigs XIV. Entschiedener Glaube an sich selber. Ein Stand von Müßigen, die es sich schwermachen und viel Selbstüberwindung üben. Die Macht der Form, Wille, *sich* zu formen. »Glück« als Ziel eingestanden. Viel Kraft und Energie *hinter* dem Formenwesen. Der Genuß am Anblick eines so *leicht scheinenden* Lebens. – Die *Griechen* sahen den Franzosen wie *Kinder* aus.

Erst *Bilder* – zu erklären, wie Bilder im Geiste entstehen. Dann *Worte*, angewendet auf Bilder. Endlich *Begriffe*, erst möglich, wenn es Worte gibt – ein Zusammenfassen vieler Bilder unter etwas Nicht-

Anschauliches, sondern Hörbares (Wort). Das kleine bißchen Emotion, welches beim »Wort« entsteht, also beim Anschauen ähnlicher Bilder, für die *ein* Wort da ist – diese schwache Emotion ist das Gemeinsame, die Grundlage des Begriffes. Daß schwache Empfindungen als gleich angesetzt werden, *als dieselben* empfunden werden, ist die Grundtatsache. Also die Verwechslung zweier ganz benachbarter Empfindungen in der *Konstatierung* dieser Empfindungen; – *wer* aber konstatiert? Das *Glauben* ist das Uranfängliche schon in jedem Sinnes-Eindruck: eine Art Ja-sagen *erste* intellektuelle Tätigkeit! Ein »Für-wahr-halten« im Anfange! Also zu erklären: wie ein »Für-wahr-halten« entstanden ist! Was liegt für eine Sensation *hinter* »wahr«?

Ich schreibe für eine Gattung Menschen, welche noch nicht vorhanden ist: für die »Herren der Erde«.

Im Theages Platos steht es geschrieben: »Jeder von uns möchte Herr womöglich aller Menschen sein, am liebsten *Gott.*« *Diese* Gesinnung muß wieder da sein.

Engländer, Amerikaner und Russen – – –

Man muß von den Kriegen her lernen: 1. den Tod in die Nähe der Interessen zu bringen, für die man kämpft – das macht *uns* ehrwürdig; 2. man muß lernen, *viele* zum Opfer bringen und seine Sache wichtig genug nehmen, um die Menschen nicht zu schonen; 3. die starre Disziplin, und im Krieg Gewalt und List sich zugestehn.

Ich habe die Erkenntnis vor so furchtbare Bilder gestellt, daß jedes »epikureische Vergnügen« dabei unmöglich ist. Nur die dionysische Lust *reicht aus –: ich habe das Tragische erst entdeckt.* Bei den Griechen wurde es, dank ihrer moralistischen Oberflächlichkeit, mißverstanden.

Bevor wir ans Handeln denken dürfen, muß eine unendliche Arbeit getan sein. In der Hauptsache aber ist das *kluge Ausnützen* der gegebenen Lage wohl unsere beste, ratsamste Tätigkeit. Das wirkliche *Schaffen* solcher Bedingungen, wie sie der Zufall schafft, setzt *eiserne* Menschen voraus, die noch nicht gelebt haben. Zunächst das persönliche Ideal *durchsetzen* und *verwirklichen*!

Wer die Natur des Menschen, *die Entstehung seines Höchsten begriffen* hat, *schaudert vor dem Menschen und flieht alles Handeln*: Folge der vererbten Schätzungen!

Daß die Natur des Menschen *böse* ist, ist mein Trost: es verbürgt die *Kraft*!

Es gab denkendere und zerdachtere Zeiten, als die unsere ist: Zeiten, wie z. B. jene, in der Buddha auftrat, wo das Volk selbst, nach jahrhundertealten Sekten-Streitigkeiten, sich endlich so tief in die Klüfte der philosophischen Lehrmeinungen verirrt fand wie zeitweilig europäische Völker in Feinheiten des religiösen Dogmas. Man wird sich am wenigsten wohl durch die »Literatur« und die Presse dazu verführen lassen, vom »Geiste« unsrer Zeit groß zu denken: die Millionen Spiritisten und ein Christentum mit Turnübungen von jener schauerlichen Häßlichkeit, die alle englischen Erfindungen kennzeichnet, gibt bessere Gesichtspunkte.

Der europäische *Pessimismus* ist noch in seinen Anfängen – ein Zeugnis gegen sich selber –: er hat noch nicht jene ungeheure, sehnsüchtige Starrheit des Blicks, in welchem das Nichts sich spiegelt, wie er sie einmal in Indien hatte; es ist noch zu viel »Gemachtes« und nicht »Gewordenes« daran, zu viel Gelehrten- und Dichter-Pessimismus: ich meine, ein gutes Teil darin ist hinzuerdacht und hinzuerfunden, ist »geschaffen«, aber nicht »*Ursache*«.

Meine Freunde, wir haben es hart gehabt, als wir jung waren: wir haben an der Jugend selber gelitten wie an einer schweren Krankheit. Das macht die Zeit, in die wir geworfen sind – die Zeit eines großen inneren Verfalles und Auseinanderfalles, welche mit allen ihren Schwächen und noch mit ihrer besten Stärke dem Geiste der Jugend entgegenwirkt. Das Auseinanderfallen, also die Ungewißheit ist dieser Zeit eigen: nichts steht auf festen Füßen und hartem Glauben an sich: man lebt für morgen, denn das Übermorgen ist zweifelhaft. Es ist alles glatt und gefährlich auf unserer Bahn, und dabei ist das Eis, das uns noch trägt, so dünn geworden: wir fühlen alle den warmen unheimlichen Atem des Tauwindes – wo wir noch gehen, da wird bald niemand mehr gehen *können*!

Ich fand noch *keinen* Grund zur Entmutigung. Wer sich einen *starken Willen* bewahrt und anerzogen hat, zugleich mit einem weiten Geiste, hat günstigere Chancen als je. Denn die *Dressierbarkeit* der Menschen ist in diesem demokratischen Europa sehr groß geworden; Menschen, welche leicht lernen, leicht sich fügen, sind die Regel: das Herdentier, sogar höchst intelligent, ist präpariert. Wer befehlen kann, findet die, welche gehorchen *müssen*: ich denke z. B. an Napoleon und Bismarck. Die Konkurrenz mit starkem und *un*intelligentem Willen, welche am meisten hindert, ist gering. Wer wirft diese Herren »Objektiven« mit schwachem Willen, wie Ranke oder Renan, nicht um!

Ich will niemanden zur Philosophie überreden: es ist notwendig, es ist vielleicht auch wünschenswert, daß der Philosoph eine *seltene* Pflanze ist. Nichts ist mir widerlicher als die lehrhafte Anpreisung der Philosophie, wie bei Seneca oder gar Cicero. Philosophie hat wenig mit Tugend zu tun. Es sei mir erlaubt zu sagen, daß auch der wissenschaftliche Mensch etwas Grundverschiedenes vom Philosophen ist. – Was ich wünsche, ist: daß der echte Begriff des Philosophen in Deutschland nicht ganz und gar zugrunde gehe. Es gibt so viele halbe Wesen aller Art in Deutschland, welche ihr Mißratensein gern unter einem so vornehmen Namen verstecken möchten.

Weshalb der Philosoph *selten* gerät. Zu seinen Bedingungen gehören Eigenschaften, die gewöhnlich einen Menschen zugrunde richten:

1. eine ungeheure Vielheit von Eigenschaften, er muß eine Abbreviatur des Menschen sein, aller seiner hohen und niedern Begierden: Gefahr der Gegensätze, auch des Ekels an sich;
2. er muß neugierig nach den verschiedensten Seiten sein: Gefahr der Zersplitterung;

3. er muß gerecht und billig im höchsten Sinne sein, aber tief auch in Liebe, Haß (und Ungerechtigkeit);
4. er muß nicht nur Zuschauer, sondern Gesetzgeber sein: Richter und Gerichteter (insofern er eine Abbreviatur der Welt ist);
5. äußerst vielartig, und doch fest und hart. Geschmeidig.

Ich *freue* mich der militärischen Entwicklung Europas, auch der inneren anarchistischen Zustände: die Zeit der Ruhe und des Chinesentums, welche Galiani für dies Jahrhundert voraussagte, ist vorbei. Persönliche *männliche* Tüchtigkeit, Leibes-Tüchtigkeit bekommt wieder Wert, die Schätzungen werden physischer, die Ernährungen fleischlicher. Schöne Männer werden wieder möglich. Die blasse Duckmäuserei (mit Mandarinen an der Spitze, wie Comte es träumte) ist vorbei. Der Barbar ist in jedem von uns *bejaht*, auch das wilde Tier. *Gerade deshalb* wird es mehr werden mit den Philosophen. – Kant ist eine Vogelscheuche, irgendwann einmal!

Wie kommen Menschen zu einer großen Kraft und zu einer großen Aufgabe? Alle Tugend und Tüchtigkeit am Leib und an der Seele ist mühsam und im kleinen erworben worden, durch viel Fleiß, Selbstbezwingung, Beschränkung auf weniges, durch viel zähe, treue Wiederholung der gleichen Arbeiten, der gleichen Entsagungen: aber es gibt Menschen, welche die Erben und Herren dieses langsam erworbenen vielfachen Reichtums an Tugenden und Tüchtigkeiten sind – weil auf Grund glücklicher und vernünftiger Ehen und auch glücklicher Zufälle die erworbenen und gehäuften Kräfte vieler Geschlechter nicht verschleudert und versplittert, sondern durch einen festen Ring und Willen zusammengebunden sind. Am Ende nämlich erscheint ein Mensch, ein Ungeheuer von Kraft, welches nach einem Ungeheuer von Aufgabe verlangt. Denn unsere Kraft ist es, welche über uns verfügt: und das erbärmliche geistige Spiel von Zielen und Absichten und Beweggründen nur ein Vordergrund – mögen schwache Augen auch hierin die Sache selber sehn.

Gesetzgeber der Zukunft. – Nachdem ich lange und umsonst mit dem Worte »Philosoph« einen bestimmten Begriff zu verbinden suchte –

denn ich fand viele entgegengesetzte Merkmale –, erkannte ich endlich, daß es zwei unterschiedliche Arten von Philosophen gibt:

1. solche, welche irgendeinen großen Tatbestand von Wertschätzungen (logisch oder moralisch) feststellen wollen;

2. solche, welche *Gesetzgeber* solcher Wertschätzungen sind.

Die ersten suchen sich der vorhandenen oder vergangenen Welt zu bemächtigen, indem sie das mannigfach Geschehende durch Zeichen zusammenfassen und abkürzen: ihnen liegt daran, das bisherige Geschehen übersichtlich, überdenkbar, faßbar, handlich zu machen – sie dienen der Aufgabe des Menschen, alle vergangenen Dinge zum Nutzen seiner Zukunft zu verwenden.

Die zweiten aber sind *Befehlende*; sie sagen: »So soll es sein!« Sie bestimmen erst das »Wohin« und »Wozu«, den Nutzen, *was* Nutzen der Menschen ist; sie verfügen über die Vorarbeit der wissenschaftlichen Menschen, und alles Wissen ist ihnen nur ein Mittel zum Schaffen. Diese zweite Art von Philosophen gerät selten; und in der Tat ist ihre Lage und Gefahr ungeheuer. Wie oft haben sie sich absichtlich die Augen zugebunden, um nur den schmalen Raum nicht sehen zu müssen, der sie vom Abgrund und Absturz trennt: z. B. Plato, als er sich überredete, das »Gute«, wie *er* es wollte, sei nicht das Gute Platos, sondern das »Gute an sich«, der ewige Schatz, den nur irgendein Mensch, namens Plato, auf seinem Wege gefunden habe! In viel gröberen Formen waltet dieser selbe Wille zur Blindheit bei den Religionsstiftern: ihr »du sollst« darf durchaus ihren Ohren nicht klingen wie »ich will« – nur als dem Befehl eines Gottes wagen sie ihrer Aufgabe nachzukommen, nur als »Eingebung« ist ihre Gesetzgebung der Werte eine *tragbare* Bürde, unter der ihr Gewissen *nicht* zerbricht.

Sobald nun jene zwei Trostmittel, das Platos und das Mohammeds, dahingefallen sind und kein Denker mehr an der Hypothese eines »Gottes« oder »ewiger Werte« sein Gewissen erleichtern kann, erhebt sich der Anspruch des Gesetzgebers neuer Werte zu einer neuen und noch nicht erreichten Furchtbarkeit. Nunmehr werden jene Auserkornen, vor denen die Ahnung einer solchen Pflicht aufzudämmern beginnt, den Versuch machen, ob sie ihr wie als ihrer größten Gefahr nicht noch »zur rechten Zeit« durch irgendeinen Seitensprung entschlüpfen möchten: zum Beispiel indem sie sich einreden, die Aufgabe sei schon gelöst, oder sie sei unlösbar, oder sie hätten keine Schultern für solche Lasten, oder sie seien schon mit andern, näheren Aufgaben überladen, oder selbst diese neue ferne Pflicht sei eine Verführung und Versuchung, eine Abführung von allen Pflichten, eine Krankheit, eine Art Wahnsinn. Manchem mag es in der Tat gelingen, auszuweichen: es geht durch die ganze Geschichte hindurch die Spur solcher Ausweichenden und ihres schlechten Gewissens. Zumeist aber kam solchen Menschen des Verhängnisses jene erlösende Stunde, jene Herbst-Stunde der Reife, wo sie *mußten*, was sie nicht einmal »wollten« – und die Tat, vor der sie sich am meisten vorher gefürchtet hatten, fiel ihnen leicht und ungewollt vom Baume, als eine Tat ohne Willkür, fast als Geschenk.

Unzählig viele Einzelne höherer Art gehen jetzt zugrunde: aber wer *davonkommt*, ist stark wie der Teufel. Ähnlich wie zur Zeit der Renaissance.

Meine Philosophie bringt den siegreichen Gedanken, an welchem zuletzt jede andere Denkweise zugrunde geht. Es ist der große *züchtende* Gedanke: die Rassen, welche ihn nicht ertragen, sind verurteilt; die, welche ihn als größte Wohltat empfinden, sind zur Herrschaft ausersehen.

Wie mir die Sozialisten lächerlich sind mit ihrem albernen Optimismus vom »guten Menschen«, der hinter dem Busche wartet, wenn man nur erst die bisherige »Ordnung« abgeschafft hat und alle »natürlichen Triebe« losläßt.

Und die Gegenpartei ist ebenso lächerlich, weil sie die Gewalttat in dem Gesetz, die Härte und den Egoismus in jeder Art Autorität nicht zugesteht. »‚Ich und meine Art' will herrschen und übrigbleiben: wer entartet, wird ausgestoßen oder vernichtet« – ist Grundgefühl jeder alten Gesetzgebung.

Man haßt die Vorstellung einer *höheren Art* Menschen mehr als die Monarchen. Anti-aristokratisch: das nimmt den Monarchenhaß nur als Maske –

Die Philosophen sind eingenommen *gegen* den Schein, den Wechsel, den Schmerz, den Tod, das Körperliche, die Sinne, das Schicksal und die Unfreiheit, das Zwecklose.

Sie glauben erstens an die absolute Erkenntnis, 2. an die Erkenntnis um der Erkenntnis willen, 3. an die Tugend und das Glück im Bunde, 4. an die Erkennbarkeit der menschlichen Handlungen. Sie sind von instinktiven Wertbestimmungen geleitet, in denen sich *frühere* Kulturzustände spiegeln (gefährlichere).

Um den Gedanken der Wiederkunft zu *ertragen*, ist nötig: Freiheit von der Moral; – neue Mittel gegen die Tatsache des *Schmerzes* (Schmerz begreifen als Werkzeug, als Vater der Lust; es gibt kein *summierendes* Bewußtsein der Unlust); – der Genuß an aller Art Ungewißheit, Versuchhaftigkeit, als Gegengewicht gegen jenen extremen Fatalismus; – Beseitigung des Notwendigkeitsbegriffs; – Beseitigung des »Willens«; – Beseitigung der »Erkenntnis an sich«.

Größte Erhöhung des Kraft-Bewußtseins des Menschen, als dessen, der den Übermenschen schafft.

1. Der Gedanke der ewigen Wiederkunft: seine Voraussetzungen, welche wahr sein müßten, wenn er wahr ist. Was aus ihm folgt.

2. Als der *schwerste* Gedanke: seine mutmaßliche Wirkung, falls nicht vorgebeugt wird, d. h. falls nicht alle Werte umgewertet werden.

3. Mittel, ihn zu *ertragen*: die Umwertung aller Werte. Nicht mehr die Lust an der Gewißheit, sondern an der Ungewißheit; nicht mehr »Ursache und Wirkung«, sondern das beständig Schöpferische; nicht mehr Wille der Erhaltung, sondern der Macht; nicht mehr die demütige Wendung »es ist alles *nur* subjektiv«, sondern »es ist auch *unser* Werk! – Seien wir stolz darauf!«

Je nachdem ein Volk fühlt: »bei den wenigen ist das Recht, die Einsicht, die Gabe der Führung usw.« oder »bei den vielen« – gibt es ein *oligarchisches* Regiment oder ein *demokratisches*.

Das *Königtum* repräsentiert den Glauben an einen ganz Überlegenen, einen Führer, Retter, Halbgott.

Die *Aristokratie* repräsentiert den Glauben an eine Elite-Menschheit und höhere Kaste.

Die *Demokratie* repräsentiert den *Unglauben* an große Menschen und an Elite-Gesellschaft: »Jeder ist jedem gleich.« »Im Grunde sind wir allesamt eigennütziges Vieh und Pöbel.«

Mißverständnis des Egoismus: von seiten der *gemeinen* Naturen, welche gar nichts von der Eroberungslust und Unersättlichkeit der großen Liebe wissen, ebenso von den ausströmenden Kraft-Gefühlen, welche überwältigen, zu sich zwingen, sich ans Herz legen wollen – der Trieb des Künstlers nach seinem Material. Oft auch nur sucht der Tätigkeitssinn nach einem Terrain. – Im gewöhnlichen »Egoismus« will gerade das »Nicht-*ego*«, das *tiefe Durchschnittswesen*, der Gattungsmensch seine Erhaltung – *das* empört, falls es von den Seltneren, Feineren und weniger Durchschnittlichen wahrgenommen wird. Denn diese urteilen: »Wir sind die *Edleren*! Es liegt *mehr* an *unserer* Erhaltung als an der jenes Viehs!«

Ich glaube, ich habe einiges aus der Seele des höchsten Menschen *erraten* – vielleicht geht jeder zugrunde, der ihn errät: aber wer ihn gesehn hat, muß helfen, ihn zu *ermöglichen*.

Grundgedanke: wir müssen die Zukunft als *maßgebend* nehmen für alle unsere Wertschätzung – und nicht *hinter* uns die Gesetze unseres Handelns suchen!

Die Erkenntnis wird, bei höherer Art von Wesen, auch neue Formen haben, welche jetzt noch nicht nötig sind.

Wie eine *nein-sagende* arische Religion aussieht, gewachsen unter den *herrschenden* Ständen: der Buddhismus.

Es ist vollkommen in Ordnung, daß wir keine Religion *unterdrückter* arischer Rassen haben: denn das ist ein Widerspruch: eine Herrenrasse ist obenauf oder geht zugrunde.

Der bisherige Mensch – gleichsam ein Embryo des Menschen der Zukunft – *alle* gestaltenden Kräfte, die auf *diesen* hinzielen, sind in ihm: und weil sie ungeheuer sind, so entsteht für das jetzige Individuum, je *mehr es zukunftbestimmend ist, Leiden*. Dies ist die tiefste Auffassung des *Leidens*: die gestaltenden Kräfte stoßen sich. – Die Vereinzelung des Individuums darf nicht täuschen – in Wahrheit fließt etwas fort *unter* den Individuen. *Daß* es sich einzeln fühlt, ist der *mächtigste Stachel* im Prozesse selber nach fernsten Zielen hin: sein Suchen für *sein* Glück ist das Mittel, welches die gestaltenden Kräfte andrerseits zusammenhält und mäßigt, daß sie sich nicht selber zerstören.

Nicht »Menschheit«, sondern *Übermensch* ist das Ziel!

Wissenschaft – Umwandlung der Natur in Begriffe zum Zweck der Beherrschung der Natur – das gehört in die Rubrik »*Mittel*«.

Aber der *Zweck* und *Wille* des Menschen muß *ebenso* wachsen, die Absicht in Hinsicht auf das Ganze.

Wie weit auch unser *Intellekt* eine Folge von Existenzbedingungen ist –: wir hätten ihn nicht, wenn wir ihn nicht *nötig* hätten, und hätten ihn nicht *so*, wenn wir ihn nicht *so* nötig hätten, wenn wir auch *anders* leben könnten.

Von der *Vielartigkeit* der Erkenntnis. *Seine* Relation zu vielem anderen spüren (oder die Relation der Art) – wie sollte das »Erkenntnis« des *andern* sein! Die Art zu kennen und zu erkennen ist selber schon unter den Existenz-Bedingungen: dabei ist der Schluß, daß es keine anderen Intellekt-Arten geben könne (für uns selber) als die, welche uns erhält, eine Übereilung: diese *tatsächliche* Bedingung ist vielleicht nur zufällig und vielleicht keineswegs notwendig.

Unser Erkenntnis-Apparat nicht auf »Erkenntnis« *eingerichtet*.

Könnten wir die günstigsten Bedingungen *voraussehen*, unter denen Wesen entstehen von höchstem Werte! Es ist tausendmal zu kompliziert und die Wahrscheinlichkeit des Mißratens *sehr groß*: so begeistert es nicht, danach zu streben! – Skepsis. – Dagegen: Mut, Einsicht, Härte, Unabhängigkeit, Gefühl der Verantwortlichkeit können wir steigern, die Feinheit der Waage verfeinern und erwarten, daß günstige Zufälle zu Hilfe kommen.

Einsicht: bei aller Wertschätzung handelt es sich um eine bestimmte Perspektive: *Erhaltung* des Individuums, einer Gemeinde, einer Rasse, eines Staates, einer Kirche, eines Glaubens, einer Kultur. – Vermöge des *Vergessens*, daß es nur ein perspektivisches Schätzen gibt, wimmelt alles von widersprechenden Schätzungen und *folglich von widersprechenden Antrieben* in *einem* Menschen. Das ist der *Ausdruck der Erkrankung am Menschen* im Gegensatz zum Tiere, wo alle vorhandenen Instinkte ganz bestimmten Aufgaben genügen.

Dies widerspruchsvolle Geschöpf hat aber an seinem Wesen eine große Methode der *Erkenntnis*: er fühlt viele Für und Wider, er erhebt sich *zur Gerechtigkeit* – zum Begreifen *jenseits des Gut- und Böse-Schätzens*.

Der weiseste Mensch wäre *der reichste an Widersprüchen*, der gleichsam Tastorgane für alle Arten Mensch hat: und zwischeninnen seine großen Augenblicke *grandiosen Zusammenklangs* – der hohe *Zufall* auch in uns! Eine Art planetarischer Bewegung –

Wenn man unter Genie eines Künstlers die höchste Freiheit unter dem Gesetz, die göttliche Leichtigkeit, Leichtfertigkeit im Schwersten versteht, so hat Offenbach noch mehr Anrecht auf den Namen »Genie« als Wagner. Wagner ist schwer, schwerfällig: nichts ist ihm fremder als Augenblicke übermütigster Vollkommenheit, wie sie dieser Hanswurst Offenbach fünf-, sechsmal fast in jeder seiner *bouffonneries* erreicht. Aber vielleicht darf man unter Genie etwas anderes verstehen. –

Was *fehlte* den Philosophen? 1. historischer Sinn, 2. Kenntnis der Physiologie, 3. ein Ziel gegen die Zukunft hin. – Eine Kritik zu machen ohne alle Ironie und moralische Verurteilung.

Es ist nicht zu verwundern, daß ein paar Jahrtausende nötig sind, um die Anknüpfung wieder zu finden – es liegt wenig an ein paar Jahrtausenden!

Die schwierigste und höchste Gestalt des Menschen wird am seltensten gelingen: so zeigt die Geschichte der Philosophie eine Überfülle von Mißratenen, von Unglücksfällen und ein äußerst langsames Schreiten; ganze Jahrtausende fallen dazwischen und erdrücken, was erreicht war; der Zusammenhang hört immer wieder auf. Das ist eine schauerliche Geschichte – die Geschichte des höchsten Menschen, des *Weisen*. – Am meisten geschädigt ist gerade das Gedächtnis der Großen, denn die Halb-Geratenen und Mißratenen verkennen sie und besiegen sie durch »Erfolge«. Jedesmal, wo »die Wirkung« sich zeigt, tritt eine Masse Pöbel auf den Schauplatz; das Mitreden der Kleinen und der Armen im Geiste ist eine fürchterliche Ohrenmarter für den, der mit Schauder weiß, *daß das Schicksal der Menschheit am Geraten ihres höchsten Typus liegt*. – Ich habe von Kindesbeinen an über die Existenzbedingungen des Weisen nachgedacht und will meine frohe Überzeugung nicht verschweigen, daß er jetzt in Europa wieder *möglich* wird – vielleicht nur für kurze Zeit.

Der ganze Erkenntnis-Apparat ist ein Abstraktions- und Simplifikations-Apparat – nicht auf Erkenntnis gerichtet, sondern auf *Bemächtigung* der Dinge: »Zweck« und »Mittel« sind so fern vom Wesen wie die »Begriffe«. Mit »Zweck« und »Mittel« bemächtigt man sich des Prozesses (– man *erfindet* einen Prozeß, der faßbar ist), mit »Begriffen« aber der »Dinge«, welche den Prozeß machen.

»Bewußtsein« – inwiefern die vorgestellte Vorstellung, der vorgestellte Wille, das vorgestellte Gefühl (*das uns allein bekannte*) ganz oberflächlich ist! »Erscheinung« auch unsre *innere* Welt!

Ich bin dazu gedrängt, im Zeitalter des *suffrage universel*, d. h. wo jeder über jeden und jedes zu Gericht sitzen darf, die *Rangordnung* wieder herzustellen.

Ich muß das *schwierigste Ideal des Philosophen aufstellen*. Das Lernen tut's nicht! Der Gelehrte ist das Herdentier im Reiche der Erkenntnis, – welcher forscht, weil es ihm befohlen und vorgemacht worden ist. –

Die bestgeglaubten apriorischen »Wahrheiten« sind für mich – *Annahmen bis auf weiteres*, z. B. das Gesetz der Kausalität, sehr gut eingeübte Gewöhnungen des Glaubens, so einverleibt, daß *nicht daran* glauben das Geschlecht zugrunde richten würde. Aber sind es deswegen Wahrheiten? Welcher Schluß! Als ob die Wahrheit damit bewiesen würde, daß der Mensch bestehen bleibt!

Das Verlangen nach »festen Tatsachen« – Erkenntnistheorie: wie viel Pessimismus ist darin!

Eine pessimistische Denkweise und Lehre, ein ekstatischer Nihilismus kann unter Umständen gerade dem Philosophen unentbehrlich sein: als ein mächtiger Druck und Hammer, mit dem er entartende und absterbende Rassen zerbricht und aus dem Wege schafft, um für eine neue Ordnung des Lebens Bahn zu machen oder um dem, was entartet und absterben will, das Verlangen zum Ende einzugeben.

Was ist *vornehm*?

– Die Sorgfalt im Äußerlichsten, insofern diese Sorgfalt abgrenzt, fernhält, vor Verwechslung schützt.

– Der frivole Anschein in Wort, Kleidung, Haltung, mit dem eine stoische Härte und Selbstbezwingung sich vor aller unbescheidenen Neugierde schützt.

– Die langsame Gebärde, auch der langsame Blick. Es gibt nicht zu viel wertvolle Dinge: und diese kommen und wollen von selbst zu dem Wertvollen. Wir bewundern schwer.

– Das Ertragen der Armut und der Dürftigkeit, auch der Krankheit.

– Das Ausweichen vor kleinen Ehren, und Mißtrauen gegen jeden, welcher leicht lobt: denn der Lobende glaubt daran, daß er verstehe, was er lobe: verstehen aber – Balzac hat es verraten, dieser typisch Ehrgeizige – *comprendre c'est égaler*.

– Unser Zweifel an der Mitteilbarkeit des Herzens geht in die Tiefe; die Einsamkeit nicht als gewählt, sondern als gegeben.

– Die Überzeugung, daß man nur gegen seinesgleichen Pflichten hat, gegen die andern sich nach Gutdünken verhält: daß nur *inter pares* auf Gerechtigkeit zu hoffen (leider noch lange nicht zu rechnen) ist.

– Die Ironie gegen die »Begabten«, der Glaube an den Geburtsadel auch im Sittlichen.

– Immer sich als den fühlen, der Ehren zu *vergeben* hat: während nicht häufig sich jemand findet, der ihn ehren dürfte.

– Immer verkleidet: je höherer Art, um so mehr bedarf der Mensch des Inkognitos. Gott, wenn es einen gäbe, dürfte, schon aus Anstandsgründen, sich nur als Mensch in der Welt bezeigen.

– Die Fähigkeit zum *otium*, der unbedingten Überzeugung, daß ein Handwerk in jedem Sinne zwar nicht schändet, aber sicherlich entadelt. Nicht »Fleiß« im bürgerlichen Sinne, wie hoch wir ihn auch zu ehren und zu Geltung zu bringen wissen, oder wie jene unersättlich gackernden Künstler, die es wie Hühner machen, gackern und Eier legen und wieder gackern.

– Wir beschützen die Künstler und Dichter und wer irgendworin Meister ist: aber als Wesen, die höherer Art *sind* als diese, welche nur etwas *können*, als die bloß »produktiven Menschen«, verwechseln wir uns nicht mit ihnen.

– Die Lust an den *Formen*; das In-Schutz-nehmen alles Förmlichen, die Überzeugung, daß Höflichkeit eine der großen Tugenden ist; das Mißtrauen gegen alle Arten des Sich-gehen-lassens, eingerechnet alle Preß- und Denkfreiheit, weil unter ihnen der Geist bequem und tölpelhaft wird und die Glieder streckt.

– Das Wohlgefallen an den *Frauen* als an einer vielleicht kleineren, aber feineren und leichteren Art von Wesen. Welches Glück, Wesen zu begegnen, die immer Tanz und Torheit und Putz im Kopfe haben! Sie sind das Entzücken aller sehr gespannten und tiefen Mannsseelen gewesen, deren Leben mit großer Verantwortlichkeit beschwert ist.

– Das Wohlgefallen an den Fürsten und Priestern, weil sie den Glauben an eine Verschiedenheit der menschlichen Werte selbst noch in der Abschätzung der Vergangenheit zum mindesten symbolisch und im ganzen und großen sogar tatsächlich aufrechterhalten.

– Das Schweigen-können: aber darüber kein Wort vor Hörern.

– Das Ertragen langer Feindschaften: der Mangel an der leichten Versöhnlichkeit.

– Der Ekel am Demagogischen, an der »Aufklärung«, an der »Gemütlichkeit«, an der pöbelhaften Vertraulichkeit.

– Das Sammeln kostbarer Dinge, die Bedürfnisse einer hohen und wählerischen Seele; nichts gemein haben wollen. *Seine* Bücher, *seine* Landschaften.

– Wir lehnen uns gegen schlimme und gute Erfahrungen auf und verallgemeinern nicht so schnell. Der einzelne Fall: wie ironisch sind wir gegen den einzelnen Fall, wenn er den schlechten Geschmack hat, sich als Regel zu gebärden!

– Wir lieben das Naive und die Naiven, aber als Zuschauer und höhere Wesen; wir finden Faust ebenso naiv als sein Gretchen.

– Wir schätzen die Guten gering, als Herdentiere: wir wissen, wie unter den schlimmsten, bösartigsten, härtesten Menschen oft ein unschätzbarer Goldtropfen von Güte sich verborgen hält, welcher alle bloße Gutartigkeit der Milchseelen überwiegt.

– Wir halten einen Menschen unserer Art nicht widerlegt durch seine Laster noch durch seine Torheiten. Wir wissen, daß wir schwer erkennbar sind und daß wir alle Gründe haben, uns Vordergründe zu geben.

Daß eine Gleichgewichts-Lage nie erreicht ist, beweist, daß sie nicht möglich ist. Aber in einem unbestimmten Raum müßte sie erreicht sein. Ebenfalls in einem kugelförmigen Raum. Die *Gestalt* des Raumes muß die Ursache der ewigen Bewegung sein und zuletzt aller »Unvollkommenheit«.

Daß »Kraft« und »Ruhe«, »Sich-gleich-bleiben« sich widerstreiten. Das Maß der Kraft (als Größe) als fest, ihr Wesen aber flüssig.

»Zeitlos« abzuweisen. In einem bestimmten Augenblick der Kraft ist die absolute Bedingtheit einer neuen Verteilung aller ihrer Kräfte gegeben: sie kann nicht stillstehn. »Veränderung« gehört ins Wesen hinein, also auch die Zeitlichkeit: womit aber nur die Notwendigkeit der Veränderung noch einmal begrifflich gesetzt wird.

Wir wissen, daß die Zerstörung einer Illusion noch keine Wahrheit ergibt, sondern nur ein *Stück Unwissenheit* mehr, eine Erweiterung unseres »leeren Raumes«, einen Zuwachs unserer »Öde« –

Der neue Philosoph kann nur in Verbindung mit einer herrschenden Kaste entstehen, als deren höchste Vergeistigung. Die große Politik, Erdregierung in der Nähe; vollständiger *Mangel* an *Prinzipien* dafür.

Grundgedanke: die neuen Werte müssen erst geschaffen werden – das bleibt uns nicht *erspart!* Der Philosoph muß uns ein Gesetzgeber sein. Neue Arten. (Wie bisher die höchsten Arten [z. B. Griechen] gezüchtet wurden: diese Art »Zufall« *bewußt wollen.*)

Aberglaube über den *Philosophen*: Verwechslung mit dem *wissenschaftlichen* Menschen. Als ob die Werte in den Dingen steckten und man sie nur festzuhalten hätte! Inwiefern sie unter der Einflüsterung gegebener Werte forschen (ihr Haß auf Schein, Leib usw.). Schopenhauer in betreff der Moral (Hohn über den Utilitarismus). Zuletzt geht die Verwechslung so weit, daß man den Darwinismus als Philosophie betrachtet: und jetzt ist die Herrschaft bei den *wissenschaftlichen* Menschen. Auch die Franzosen wie Taine suchen oder meinen zu suchen, *ohne* die Wertmaße schon zu haben. Die Niederwerfung vor den »Fakten«, eine Art Kultus. Tatsächlich *vernichten* sie die bestehenden Wertschätzungen.

Erklärung dieses Mißverständnisses. Der Befehlende entsteht selten; er mißdeutet sich selber. Man *will* durchaus die Autorität von sich ablehnen und in die *Umstände* setzen. – In Deutschland gehört die Schätzung des Kritikers in die Geschichte der erwachenden *Männlichkeit.* Lessing usw. (Napoleon über Goethe). Tatsächlich ist diese Bewegung durch die deutsche Romantik wieder rückgängig gemacht: und der *Ruf* der deutschen Philosophie bezieht sich auf sie, als ob mit ihr die Gefahr der Skepsis beseitigt sei und der *Glaube bewiesen* werden könne. In Hegel kulminieren beide Tendenzen: im Grunde verallgemeinert er die Tatsache der deutschen Kritik und die Tatsache der deutschen Romantik – eine Art von dialektischem Fatalismus, aber zu Ehren des Geistes, tatsächlich mit Unterwerfung des Philosophen *unter* die Wirklichkeit. *Der Kritiker bereitet vor:* nicht mehr!

Mit Schopenhauer dämmert die Aufgabe des Philosophen, daß es sich um eine Bestimmung des *Wertes* handle: immer noch unter der Herrschaft des Eudämonismus. Das Ideal des Pessimismus.

Meine Vorbereiter: Schopenhauer: Inwiefern ich den Pessimismus vertiefte und durch Erfindung seines höchsten Gegensatzes erst ganz mir zum Gefühl brachte.

Sodann: die höheren Europäer, Vorläufer der *großen Politik*.

Sodann: die Griechen und ihre Entstehung.

Das Problem der Moral *sehen* und *zeigen* – das scheint mir die neue Aufgabe und Hauptsache. Ich leugne, daß das in der bisherigen Moralphilosophie geschehen ist.

Tartüfferie der *Wissenschaftlichkeit*. – Man muß nicht Wissenschaftlichkeit affektieren, wo es noch nicht Zeit ist, wissenschaftlich zu sein; aber auch der wirkliche Forscher hat die Eitelkeit von sich zu tun, eine Art von Methode zu affektieren, welche im Grunde noch nicht an der Zeit ist. Ebenso Dinge und Gedanken, auf die er anders gekommen ist, nicht mit einem falschen Arrangement von Deduktion und Dialektik zu »fälschen«. So fälscht Kant in seiner »Moral« seinen innewendigen psychologischen Hang; ein neuerliches Beispiel ist Herbert Spencers Ethik. – Man soll die *Tatsache*, wie uns unsre Gedanken gekommen sind, nicht verhehlen und verderben. Die tiefsten und unerschöpftesten Bücher werden wohl immer etwas von dem aphoristischen und plötzlichen Charakter von Pascals *Pensées* haben. Die treibenden Kräfte und Wertschätzungen sind lange unter der Oberfläche; was hervorkommt, ist Wirkung.

Ich wehre mich gegen alle Tartüfferie von falscher Wissenschaftlichkeit:

1. in bezug auf die *Darlegung*, wenn sie nicht der *Genesis* der Gedanken entspricht;

2. in den Ansprüchen auf *Methoden*, welche vielleicht zu einer bestimmten Zeit der Wissenschaft noch gar nicht möglich sind;

3. in den Ansprüchen auf *Objektivität*, auf kalte Unpersönlichkeit, wo, wie bei allen Wertschätzungen, wir mit zwei Worten von uns und unsren inneren Erlebnissen erzählen. Es gibt lächerliche Arten von Eitelkeit, z. B. Saint-Beuves, der sich zeitlebens geärgert hat, hier und da wirklich Wärme und Leidenschaft im »Für« und »Wider« gehabt zu haben und es gern aus seinem Leben weggelogen hätte.

Unsere Psychologen, deren Blick unwillkürlich nur an den Symptomen der *décadence* hängen bleibt, lenken immer wieder unser Mißtrauen wider den Geist. Man sieht immer nur die schwächenden, verzärtelnden, verkränkelnden Wirkungen des Geistes: aber es kommen nun neue *Barbaren:*

die Zyniker	Vereinigung der geistigen Über-
die Versucher	legenheit mit Wohlbefinden und
die Eroberer	Überschuß an Kräften.

1. Die organischen Funktionen zurückübersetzt in den Grundwillen, den Willen zur Macht, – und aus ihm abgespaltet.

2. Der Wille zur Macht sich spezialisierend als Wille zur Nahrung, nach Eigentum, nach *Werkzeugen*, nach Dienern (Gehorchern) und Herrschern: der Leib als Beispiel. – Der stärkere Wille dirigiert den schwächeren. Es gibt gar keine andre Kausalität als die von Wille zu Wille. Mechanistisch nicht erklärt.

3. Denken, Fühlen, Wollen in allem Lebendigen. Was ist eine Lust anderes als: eine Reizung des Machtgefühls durch ein Hemmnis (noch stärker durch rhythmische Hemmungen und Widerstände) – so daß es dadurch anschwillt. Also in aller Lust ist Schmerz inbegriffen. – Wenn die Lust sehr groß werden soll, müssen die Schmerzen sehr lange und die Spannung des Bogens ungeheuer werden.

4. Die geistigen Funktionen. Wille zur Gestaltung, zur Anähnlichung usw.

Ob man nicht ein Recht hat, alle *großen* Menschen unter die *bösen* zu rechnen? Im einzelnen ist es nicht rein aufzuzeigen. Oft ist ihnen ein meisterhaftes Versteckenspielen möglich gewesen, so daß sie die Gebärden und Äußerlichkeiten großer Tugenden annahmen. Oft verehrten sie die Tugenden ernsthaft und mit einer leidenschaftlichen Härte gegen sich selber, aber aus Grausamkeit – dergleichen täuscht, aus der Ferne gesehen. Manche verstanden sich selber falsch; nicht selten fordert eine große Aufgabe große Qualitäten heraus, z. B. die Gerechtigkeit. Das Wesentliche ist: die Größten haben vielleicht auch große Tugenden, aber gerade dann noch deren Gegensätze. Ich glaube, daß aus dem Vorhandensein der Gegensätze und aus deren

Gefühle gerade der große Mensch, *der Bogen mit der großen Spannung*, entsteht.

Diese *guten Europäer*, die wir sind: was zeichnet uns vor den Menschen der Vaterländer aus? – Erstens wir sind Atheisten und Immoralisten, aber wir unterstützen zunächst die Religionen und Moralen des Herden-Instinktes: mit ihnen nämlich wird eine Art Mensch vorbereitet, die einmal in unsre Hände fallen muß, die nach unsrer Hand *begehren* muß.

Jenseits von Gut und Böse, – aber wir verlangen die unbedingte Heilighaltung der Herden-Moral.

Wir behalten uns viele Arten der Philosophie vor, welche zu lehren not tut: unter Umständen die pessimistische, als Hammer; ein europäischer Buddhismus könnte vielleicht nicht zu entbehren sein.

Wir unterstützen wahrscheinlich die Entwicklung und Ausreifung des demokratischen Wesens: es bildet die Willens-Schwäche aus: wir sehen im »Sozialismus« einen Stachel, der vor der Bequemlichkeit. schützt.

Stellung zu den Völkern. Unsre Vorlieben; wir geben acht auf die Resultate der Kreuzung.

Abseits, wohlhabend, stark: Ironie auf die »Presse« und ihre Bildung. Sorge, daß die wissenschaftlichen Menschen nicht zu Literaten werden. Wir stehen verächtlich zu jeder Bildung, welche mit Zeitunglesen oder gar -schreiben sich verträgt.

Wir nehmen unsre zufälligen Stellungen (wie Goethe, Stendhal), unsre Erlebnisse als Vordergrund und unterstreichen sie, damit wir über unsre Hintergründe täuschen. Wir selber *warten* und hüten uns, unser Herz daran zu hängen. Sie dienen uns als Unterkunftshütten, wie sie ein Wanderer braucht und hinnimmt, – wir hüten uns, heimisch zu werden.

Wir haben eine *disciplina voluntatis* vor unseren Mitmenschen voraus. Alle Kraft verwendet auf *Entwicklung der Willenskraft*, eine Kunst, welche uns erlaubt, Masken zu tragen, eine Kunst des Verstehens *jenseits* der Affekte (auch »*über-europäisch*« denken, zeitweilig).

Vorbereitung dazu, die Gesetzgeber der Zukunft, die Herren der Erde zu werden, zum mindesten unsre Kinder. Grundrücksicht auf die Ehen.

Dieselben Bedingungen, welche die Entwicklung des Herdentieres vorwärtstreiben, treiben auch die Entwicklung des Führer-Tiers.

Die Deutschen *sind* noch nichts, aber sie *werden* etwas; also haben sie noch keine Kultur, – also können sie noch keine Kultur haben! – Sie sind noch nichts: das heißt sie sind allerlei. Sie *werden* etwas: das heißt, sie hören einmal auf, allerlei zu sein. Das letzte ist im Grunde nur ein Wunsch, kaum noch eine Hoffnung; glücklicherweise ein Wunsch, auf dem man leben kann, eine Sache des Willens, der Arbeit, der Zucht, der Züchtung so gut als eine Sache des Unwillens, des Verlangens, der Entbehrung, des Unbehagens, ja der Erbitterung, – kurz, wir Deutschen *wollen* etwas von uns, was man von uns noch nicht wollte – wir wollen etwas *mehr*!

Daß diesem »Deutschen, wie er noch nicht ist« – etwas Besseres zukommt als die heutige deutsche »Bildung«; daß alle »Werdenden« ergrimmt sein müssen, wo sie eine Zufriedenheit auf diesem Bereiche, ein dreistes »Sich-zur-Ruhe-setzen« oder »Sich-selbst-anräuchern« wahrnehmen: das ist mein zweiter Satz, über den ich auch noch nicht umgelernt habe.

Die geistige Aufklärung ist ein unfehlbares Mittel, um die Menschen unsicher, willensschwächer, anschluß- und stütze-bedürftiger zu machen, kurz das *Herdentier* im Menschen zu entwickeln: weshalb bisher alle großen Regierungs-Künstler (Konfuzius in China, das *imperium Romanum*, Napoleon, das Papsttum, zur Zeit, wo es der Macht und nicht nur der Welt sich zugekehrt hatte), wo die herrschenden Instinkte bisher *kulminierten*, auch sich der geistigen Aufklärung bedienten – mindestens sie *walten* ließen (wie die Päpste der Renaissance). Die Selbsttäuschung der Menge über diesen Punkt, z. B. in aller Demokratie, ist äußerst wertvoll: die Verkleinerung und Regierbarkeit der Menschen wird als »Fortschritt« erstrebt!

Die Verdüsterung, die pessimistische Färbung kommt notwendig im Gefolge der Aufklärung. Gegen 1770 bemerkte man bereits die Abnahme der Heiterkeit; Frauen dachten, mit jenem weiblichen Instinkt, der immer zugunsten der Tugend Partei nimmt, daß die Immoralität daran Schuld sei. Galiani traf ins Schwarze: er zitiert Voltaires Vers:

Un monstre gai vaut mieux
Qu'un sentimental ennuyeux.

Wenn ich nun vermeine, jetzt um ein paar Jahrhunderte Voltaire und sogar Galiani – der etwas viel Tieferes war – in der Aufklärung voraus zu sein: wie weit mußte ich also gar in der Verdüsterung gelangt sein! Dies ist auch wahr: und ich nahm zeitig mich mit einer Art Bedauern in acht vor der deutschen und christlichen Enge und Folge-Unrichtigkeit des Schopenhauerschen oder gar Leopardischen Pessimismus und suchte die prinzipiellsten Formen auf (– Asien –). Um aber *diesen* extremen Pessimismus zu ertragen (wie er hier und da aus meiner »Geburt der Tragödie« herausklingt), »ohne Gott und Moral« allein zu leben, mußte ich mir ein Gegenstück erfinden. Vielleicht weiß ich am besten, warum der Mensch allein lacht: er allein leidet so tief, daß er das Lachen erfinden *mußte*. Das unglücklichste und melancholischste Tier ist, wie billig, das heiterste.

Am Leitfaden des Leibes. – Gesetzt, daß die »*Seele*« ein anziehender und geheimnisvoller Gedanke war, von dem sich die Philosophen mit Recht nur widerstrebend getrennt haben – vielleicht ist das, was sie nunmehr dagegen einzutauschen lernen, noch anziehender, noch geheimnisvoller. Der menschliche *Leib*, an dem die ganze fernste und nächste Vergangenheit alles organischen Werdens wieder lebendig und leibhaft wird, durch den hindurch, über den hinweg und hinaus ein ungeheurer, unhörbarer Strom zu fließen scheint: der Leib ist ein erstaunlicherer Gedanke als die alte »Seele«. Es ist zu allen Zeiten besser an den Leib als an unseren eigentlichsten Besitz, unser gewissestes Sein, kurz unser *ego* geglaubt worden als an den Geist (oder die »Seele« oder das Subjekt, wie die Schulsprache jetzt statt Seele sagt). Niemand kam je auf den Einfall, seinen Magen als einen fremden, etwa einen göttlichen Magen zu verstehen: aber seine Gedanken als »eingegeben«, seine Wertschätzungen als »von einem Gott eingeblasen«, seine Instinkte als Tätigkeit im Dämmern zu fassen – für diesen Hang und Geschmack des Menschen gibt es aus allen Altern der Menschheit Zeugnisse. Noch jetzt ist, namentlich unter Künstlern, eine Art Verwunderung und ehrerbietiges Aushängen der Entscheidung reichlich vorzufinden, wenn sich ihnen die Frage vorlegt, wodurch ihnen der beste Wurf gelungen und aus welcher Welt ihnen der schöpferische Gedanke gekommen ist: sie haben, wenn sie dergestalt fragen, etwas wie Unschuld und kindliche Scham dabei, sie wagen es kaum zu sagen: »Das kam von mir, das war meine Hand, die die Würfel warf.« – Umgekehrt haben selbst jene Philosophen und Religiösen, welche den zwingendsten Grund in ihrer Logik und Frömmigkeit hatten, ihr Leibliches als Täuschung (und zwar als überwundene und abgetane Täuschung) zu nehmen, nicht umhin gekonnt, die dumme Tatsächlichkeit anzuerkennen, daß der Leib nicht davongegangen ist: worüber die seltsamsten Zeugnisse teils bei Paulus, teils in der Vedânta-Philosophie zu finden sind. Aber was bedeutet zuletzt *Stärke des Glaubens?* Deshalb könnte es immer noch ein sehr dummer Glaube sein! – Hier ist nachzudenken: –

Und zuletzt, wenn der Glaube an den Leib nur die Folge eines Schlusses ist: gesetzt, es wäre ein falscher Schluß, wie die Idealisten behaupten, ist es nicht ein Fragezeichen an der Glaubwürdigkeit des Geistes selber, daß er dergestalt die Ursache falscher Schlüsse ist? Gesetzt, die Vielheit, und Raum und Zeit und Bewegung (und was alles die Voraussetzungen eines Glaubens an Leiblichkeit sein mögen) wären Irrtümer – welches Mißtrauen würde dies gegen den Geist erregen, der uns zu solchen Voraussetzungen veranlaßt hat? Genug, der Glaube an den Leib ist einstweilen immer noch ein stärkerer Glaube als der Glaube an den Geist; und wer ihn untergraben will, untergräbt eben damit am gründlichsten auch den Glauben an die Autorität des Geistes!

Von den *Welt-Auslegungen*, welche bisher versucht worden sind, scheint heutzutage die *mechanistische* siegreich im Vordergrund zu stehen. Ersichtlich hat sie das gute Gewissen auf ihrer Seite; und keine Wissenschaft glaubt bei sich selber an einen Fortschritt und Erfolg, es sei denn, wenn er mit Hilfe mechanistischer Prozeduren errungen ist. Jedermann kennt diese Prozeduren: man läßt die »Vernunft« und die »Zwecke«, so gut es gehen will, aus dem Spiele, man zeigt, daß, bei gehöriger Zeitdauer, alles aus allem werden kann, man verbirgt ein schadenfrohes Schmunzeln nicht, wenn wieder einmal die »anscheinende Absichtlichkeit im Schicksale« einer Pflanze oder eines Eidotters auf Druck und Stoß zurückgeführt ist: kurz, man huldigt von ganzem Herzen, wenn in einer so ernsten Angelegenheit ein scherzhafter Ausdruck erlaubt ist, dem Prinzip der größtmöglichen Dummheit. Inzwischen gibt sich gerade bei den ausgesuchten Geistern, welche in dieser Bewegung stehen, ein Vorgefühl, eine Beängstigung zu erkennen, wie als ob die Theorie ein Loch habe, welches über kurz oder lang zu ihrem letzten Loche werden könne: ich meine zu jenem, auf dem man pfeift, wenn man in höchsten Nöten ist. Man kann Druck und Stoß selber nicht »erklären«, man wird die *actio in distans* nicht los: – man hat den Glauben an das Erklären-können selber verloren und gibt mit sauertöpfischer Miene zu, daß Beschreiben und nicht Erklären möglich ist, daß die dynamische Welt-Auslegung, mit ihrer Leugnung des »leeren Raumes«, den Klümpchen-Atomen, in kurzem über die Physiker Gewalt haben wird: wobei man freilich zur Dynamis noch eine innere Qualität –

Der siegreiche Begriff »*Kraft*«, mit dem unsere Physiker Gott und die Welt geschaffen haben, bedarf noch einer Ergänzung: es muß ihm ein innerer Wille zugesprochen werden, welchen ich bezeichne als »*Willen zur Macht*«, d. h. als unersättliches Verlangen nach Bezeigung der Macht; oder Verwendung, Ausübung der Macht, als schöpferischen Trieb usw. Die Physiker werden die »Wirkung in die Ferne« aus ihren Prinzipien nicht los; ebensowenig eine abstoßende Kraft (oder anziehende). Es hilft nichts: man muß alle Bewegungen, alle »Erscheinungen«, alle »Gesetze« nur als *Symptome* eines *innerlichen* Geschehens fassen und sich der Analogie des Menschen zu diesem Ende bedienen. Am Tier ist es möglich, aus dem Willen zur Macht alle seine Triebe abzuleiten; ebenso alle Funktionen des organischen Lebens aus dieser *einen* Quelle.

Ich glaube an den absoluten Raum als Substrat der Kraft: diese begrenzt und gestaltet. Die Zeit ewig. Aber an sich gibt es nicht Raum noch Zeit. »Veränderungen« sind nur Erscheinungen (oder Sinnes-Vorgänge für uns); wenn wir zwischen diesen noch so regelmäßige Wiederkehr ansetzen, so ist damit nichts *begründet* als eben diese Tatsache, daß es immer so geschehen ist. Das Gefühl, daß das *post hoc* ein *propter hoc* ist, ist leicht als Mißverständnis abzuleiten; es ist begreiflich. Aber Erscheinungen können nicht »Ursachen« sein!

»Subjekt«, »Objekt«, »Prädikat« – diese Trennungen sind *gemacht* und werden jetzt wie Schemata übergestülpt über alle anscheinenden Tatsachen. Die falsche Grundbeobachtung ist, daß ich glaube, *ich* bin's, der etwas tut, etwas leidet, der etwas »hat«, der eine Eigenschaft »hat«.

Daß »*Vererbung*«, als etwas ganz Unerklärtes, nicht zur Erklärung benutzt werden kann, sondern nur zur Bezeichnung, Fixierung eines Problems. Eben das gilt vom »*Anpassungs-Vermögen*«. Tatsächlich ist durch die morphologische Darstellung, gesetzt sie wäre vollendet, nichts *erklärt*, aber ein ungeheurer Tatbestand *beschrieben*. Wie ein Organ benutzt werden kann zu irgendeinem Zwecke, *das* ist nicht erklärt. Es wäre mit der Annahme von *causae finales* so wenig wie mit *causae efficientes* in diesen Dingen erklärt. Der Begriff »*causa*« ist nur ein Ausdrucksmittel, nicht *mehr*; ein Mittel zur Bezeichnung.

Es gibt Analogien, z. B. zu unserm *Gedächtnis* ein anderes Gedächtnis, welches sich in Vererbung und Entwicklung und Formen bemerkbar macht. Zu unserem *Erfinden* und Experimentieren ein Erfinden in der Verwendung von Werkzeugen zu neuen Zwecken usw.

Das, was wir unser »*Bewußtsein*« nennen, ist an allen wesentlichen Vorgängen unserer Erhaltung und unseres Wachstums unschuldig; und kein Kopf wäre so fein, daß er mehr konstruieren könnte als eine Maschine, – worüber jeder organische Prozeß weit hinaus ist.

Es ist unwahrscheinlich, daß unser »Erkennen« weiter reichen sollte, als es knapp zur Erhaltung des Lebens ausreicht. Die Morphologie zeigt uns, wie die Sinne und die Nerven sowie das Gehirn sich entwickeln im Verhältnis zur Schwierigkeit der Ernährung.

Ich hüte mich, von chemischen »*Gesetzen*« zu sprechen: das hat einen moralischen Beigeschmack. Es handelt sich vielmehr um eine absolute Feststellung von Machtverhältnissen: das Stärkere wird über das Schwächere Herr, soweit dies eben seinen Grad von Selbständigkeit nicht durchsetzen kann, – hier gibt es kein Erbarmen, keine Schonung, noch weniger eine Achtung vor »Gesetzen«!

Auch im Reiche des Unorganischen kommt für ein Kraft-Atom nur seine Nachbarschaft in Betracht: die Kräfte in der Ferne gleichen sich aus. Hier steckt der Kern des *Perspektivischen* und warum ein lebendiges Wesen durch und durch »egoistisch« ist.

Das Schwächere drängt sich zum Stärkeren aus Nahrungsnot; es will unterschlüpfen, mit ihm womöglich *eins* werden. Der Stärkere wehrt umgekehrt ab von sich, er will nicht in dieser Weise zugrunde gehen; vielmehr, im Wachsen, spaltet er sich zu zweien und mehreren. Je größer der Drang ist zur Einheit, um so mehr darf man auf Schwäche schließen; je mehr der Drang nach Varietät, Differenz, innerlichem Zerfall, um so mehr Kraft ist da.

Der Trieb, sich anzunähern, – und der Trieb, etwas zurückzustoßen, sind in der unorganischen wie organischen Welt das Band. Die ganze Scheidung ist ein Vorurteil.

Der Wille zur Macht in jeder Kraft-Kombination, *sich wehrend gegen das Stärkere, losstürzend auf das Schwächere ist richtiger. NB. Die Prozesse* als »*Wesen*«.

Die fortwährenden Übergänge erlauben nicht, von »Individuum« usw. zu reden; die »Zahl« der Wesen ist selber im Fluß. Wir würden nichts von Zeit und nichts von Bewegung wissen, wenn wir nicht, in grober Weise, »Ruhendes« neben Bewegtem zu sehen glaubten. Ebensowenig von Ursache und Wirkung, und ohne die irrtümliche Konzeption des »leeren Raumes« wären wir gar nicht zur Konzeption des Raums gekommen. Der Satz von der Identität hat als Hintergrund den »Augenschein«, daß es gleiche Dinge gibt. Eine werdende Welt könnte im strengen Sinne nicht »begriffen«, nicht »erkannt« werden; nur insofern der »begreifende« und »erkennende« Intellekt eine schon geschaffene grobe Welt vorfindet, gezimmert aus lauter Scheinbarkeiten, aber fest geworden, insofern diese Art Schein das Leben erhalten hat – nur insofern gibt es etwas wie »Erkenntnis«: d. h. ein Messen der früheren und der jüngeren Irrtümer aneinander.

Die Verbindung des Unorganischen und Organischen muß in der abstoßenden Kraft liegen, welche jedes Kraftatom ausübt. »Leben« wäre zu definieren als eine dauernde Form von *Prozessen* der *Kraftfeststellungen*, wo die verschiedenen Kämpfenden ihrerseits ungleich wachsen. Inwiefern auch im Gehorchen ein Widerstreben liegt; es ist die Eigenmacht durchaus nicht aufgegeben. Ebenso ist im Befehlen ein Zugestehen, daß die absolute Macht des Gegners nicht besiegt ist, nicht einverleibt, aufgelöst. »Gehorchen« und »Befehlen« sind Formen des Kampfspiels.

– Die neuen Philosophen aber beginnen mit der Darstellung der tatsächlichen Rangordnung und Wert-Verschiedenheit der Menschen – sie wollen, ach, gerade das Gegenteil einer Anähnlichung, einer Ausgleichung sie lehren die Entfremdung in jedem Sinne, sie reißen Klüfte auf, wie es noch keine gegeben hat, sie wollen, daß der Mensch böser werde, als er je war. Einstweilen leben sie noch selber einander fremd und verborgen. Es wird ihnen aus vielen Gründen nötig sein, Einsiedler zu sein und selbst Masken vorzunehmen – sie werden folglich schlecht zum Suchen von ihresgleichen taugen. Sie werden allein leben und wahrscheinlich die Martern aller sieben Einsamkeiten kennen. Laufen sie sich aber über den Weg, durch einen Zufall, so ist darauf zu wetten, daß sie sich verkennen oder wechselseitig betrügen.

Hätte die Welt ein Ziel, so müßte es erreicht sein. Gäbe es für sie einen unbeabsichtigten Endzustand, so müßte er ebenfalls erreicht sein. Wäre sie überhaupt eines Verharrens und Starrwerdens, eines »Seins« fähig, hätte sie in allem ihrem Werden nur *einen* Augenblick diese Fähigkeit des »Seins«, so wäre es wiederum mit allem Werden längst zu Ende, also auch mit allem Denken, mit allem »Geiste«. Die Tatsache des »Geistes« *als eines Werdens* beweist, daß die Welt kein Ziel, keinen Endzustand hat und des Seins unfähig ist. – Die alte Gewohnheit aber, bei allem Geschehen an Ziele und bei der Welt an einen lenkenden schöpferischen Gott zu denken, ist so mächtig, daß der Denker Mühe hat, sich selber die Ziellosigkeit der Welt nicht wieder als Absicht zu denken. Auf diesen Einfall – daß also die Welt absichtlich einem Ziele *ausweiche* und sogar das Hineingeraten in einen Kreislauf künstlich zu verhüten wisse – müssen alle die verfallen, welche der Welt das Vermögen zur *ewigen Neuheit* aufdekretieren möchten, d. h. einer endlichen, bestimmten, unveränderlich gleichgroßen Kraft, wie es »die Welt« ist, die Wunder-Fähigkeit zur *unendlichen* Neugestaltung ihrer Formen und Lagen. Die Welt, wenn auch kein Gott mehr, soll doch der göttlichen Schöpferkraft, der unendlichen Verwandlungs-Kraft fähig sein; sie soll es sich willkürlich *verwehren*, in eine ihrer alten Formen zurückzugeraten; sie soll nicht nur die Absicht, sondern auch die *Mittel* haben, sich selber vor jeder Wiederholung zu *bewahren*; sie soll somit in jedem Augenblick jede ihrer Bewegungen auf die Vermeidung von Zielen, Endzuständen, Wiederholungen hin *kontrollieren* – und was alles die Folgen einer solchen unverzeihlich-verrückten Denk- und Wunschweise sein mögen. Das ist immer noch die alte religiöse Denk- und Wunschweise, eine Art Sehnsucht, zu glauben, daß *irgendworin* doch die Welt dem alten geliebten, unendlichen, unbegrenzt-schöpferischen Gotte gleich sei – daß irgendworin doch »der alte Gott noch lebe« –, jene Sehnsucht Spinozas, die sich in dem Worte »*deus sive natura*« (er empfand sogar »*natura sive deus*« –) ausdrückt. Welches ist denn aber der Satz und Glaube, mit welchem sich die entscheidende Wendung, das jetzt erreichte *Übergewicht* des wissenschaftlichen Geistes über den religiösen, götter-erdichtenden Geist am bestimmtesten formuliert? Heißt es nicht: die Welt, als Kraft, darf nicht unbegrenzt gedacht werden, denn sie *kann* nicht so gedacht werden – wir verbieten uns den Begriff einer *unendlichen* Kraft *als mit dem Begriff* »*Kraft*« *unverträglich*. Also – fehlt der Welt auch das Vermögen zur ewigen Neuheit.

Im Grunde ist die Moral gegen die Wissenschaft *feindlich* gesinnt: schon Sokrates war dies – und zwar deshalb, weil die Wissenschaft Dinge als wichtig nimmt, welche mit »gut« und »böse« nichts zu schaffen haben, folglich dem Gefühl für »gut« und »böse« *Gewicht nehmen*. Die Moral nämlich will, daß ihr der ganze Mensch und seine gesamte Kraft zu Diensten sei: sie hält es für die Verschwendung eines solchen, der zum Verschwenden *nicht reich genug* ist, wenn der Mensch sich ernstlich um Pflanzen und Sterne kümmert. Deshalb ging in Griechenland, als Sokrates die Krankheit des Moralisierens in die Wissenschaft eingeschleppt hatte, es geschwinde mit der Wissenschaftlichkeit abwärts; eine Höhe, wie die in der Gesinnung eines Demokrit, Hippokrates und Thukydides, ist nicht zum zweiten Male erreicht worden.

Mein »Mitleid«. – Dies ist ein Gefühl, für das mir kein Name genügt: ich empfinde es, wo ich eine Verschwendung kostbarer Fähigkeiten sehe, z. B. beim Anblicke Luthers: welche Kraft und was für abgeschmackte Hinterwäldler-Probleme! (zu einer Zeit, wo in Frankreich schon die tapfere und frohmütige Skepsis eines Montaigne möglich war!) Oder wo ich, durch die Einwirkung eines Blödsinns von Zufälligkeit, jemanden hinter dem zurückbleiben sehe, was aus ihm hätte werden können. Oder gar bei einem Gedanken an das Los der Menschheit, wie wenn ich, mit Angst und Verachtung, der europäischen Politik von heute einmal zuschaue, welche unter allen Umständen auch an dem Gewebe *aller* Menschen-Zukunft arbeitet. Ja, was könnte aus »dem Menschen« werden, wenn – –! Dies ist meine Art »Mitleid«; ob es schon keinen Leidenden gibt, *mit* dem ich da litte.

Deutschland, welches reich ist an geschickten und wohlunterrichteten Gelehrten, ermangelt in einem solchen Maße seit langer Zeit der großen Seelen, der mächtigen Geister, daß es verlernt zu haben scheint, was eine *große* Seele, was ein *mächtiger* Geist ist: und heutzutage stellen sich, beinahe mit gutem Gewissen und aller Verlegenheit bar, mittelmäßige und dazu noch übelgeratene Menschen an den Markt und preisen sich selber als große Männer, Reformatoren an; wie z. B. Eugen Dühring tut, wahrhaftig ein geschickter und wohlunterrichteter Gelehrter, der aber doch fast mit jedem Worte verrät, daß er eine kleinliche Seele herbergt und durch enge neidische Gefühle zerquetscht wird; auch daß nicht ein mächtiger, überschäumender, wohltätig-verschwenderischer Geist ihn treibt – sondern der Ehrgeiz! In diesem Zeitalter aber nach Ehren zu geizen, ist eines Philosophen noch viel unwürdiger als in irgendeinem früheren Zeitalter: jetzt, wo der Pöbel herrscht, wo der Pöbel die Ehren vergibt!

Die Urwald-Vegetation »Mensch« erscheint immer, wo der Kampf um die Macht am längsten geführt worden ist. Die *großen* Menschen.

Egoismus und sein Problem! Die christliche Verdüsterung in Larochefoucauld, welcher ihn überall herauszog und damit den Wert der Dinge und Tugenden *vermindert* glaubte! Dem entgegen suchte ich zunächst zu beweisen, daß es gar nichts anderes geben *könne* als Egoismus, – daß den Menschen, bei denen das *ego* schwach und dünn wird, auch die Kraft der großen Liebe schwach wird, – daß die Liebendsten vor allem es aus Stärke ihres *ego* sind, – daß Liebe ein Ausdruck von Egoismus ist usw. Die falsche Wertschätzung zielt in Wahrheit auf das Interesse 1. derer, denen genützt, geholfen wird, der Herde; 2. enthält sie einen pessimistischen Argwohn gegen den Grund des Lebens; 3. möchte sie die prachtvollsten und wohlgeratensten Menschen verneinen; Furcht; 4. will sie den Unterliegenden zum Rechte verhelfen gegen die Sieger; 5. bringt sie eine universale Unehrlichkeit mit sich, und gerade bei den wertvollsten Menschen.

Es ist mir ein Trost, zu wissen, daß über dem Dampf und Schmutz der menschlichen Niederungen es eine *höhere, hellere Menschheit* gibt, die der Zahl nach eine sehr kleine sein wird (– denn alles, was hervorragt, ist seinem Wesen nach selten): man gehört zu ihr, nicht weil man begabter oder tugendhafter oder heroischer oder liebevoller wäre als die Menschen da unten, sondern – weil man *kälter, heller, weitsichtiger, einsamer* ist, weil man die Einsamkeit erträgt, vorzieht, fordert als Glück, Vorrecht, ja Bedingung des Daseins, weil man unter Wolken und Blitzen wie unter seinesgleichen lebt, aber ebenso unter Sonnenstrahlen, Tautropfen, Schneeflocken und allem, was notwendig aus der Höhe kommt und, wenn es sich bewegt, sich ewig nur in der Richtung *von oben nach unten* bewegt. Die Aspirationen *nach* der Höhe sind nicht die unsrigen. – Die Helden, Märtyrer, Genies und Begeisterten sind uns nicht still, geduldig, fein, kalt, langsam genug.

Es gab bisher noch keine deutsche Kultur. Gegen diesen Satz ist es kein Einwand, daß es in Deutschland große Einsiedler gab (– Goethe z. B.): denn diese hatten ihre eigene Kultur. Gerade aber um sie herum, gleichsam wie um mächtige, trotzige, vereinsamt hingestellte Felsen, lag immer das übrige deutsche Wesen, *als ihr Gegensatz*, nämlich wie ein weicher, mooriger, unsicherer Grund, auf dem jeder Schritt und Tritt des Auslandes »Eindruck« machte und »Formen« schuf: die deutsche Bildung war ein Ding ohne Charakter, eine beinahe unbegrenzte Nachgiebigkeit.

»Denken« im primitiven Zustande (vor-organisch) ist *Gestalten-Durchsetzen* wie beim Kristalle. – In *unserm* Denken ist das *Wesentliche* das Einordnen des neuen Materials in die alten Schemata (= Prokrustesbett), das Gleich-*machen* des Neuen.

Es ist nicht genug, daß du einsiehst, in welcher Unwissenheit Mensch und Tier lebt: du mußt auch noch den *Willen* zur Unwissenheit haben und hinzulernen. Es ist dir nötig, zu begreifen, daß ohne diese Art Unwissenheit das Leben selber unmöglich wäre, daß sie eine Bedingung ist, unter welcher das Lebendige allein sich erhält und gedeiht: eine große, feste Glocke von Unwissenheit muß um dich stehn.

Zu den höchsten und erlauchtesten Menschen-Freuden, in denen das Dasein seine eigene Verklärung feiert, kommen, wie billig, nur die Allerseltensten und Bestgeratenen: und auch diese nur, nachdem sie selber und ihre Vorfahren ein langes vorbereitendes Leben auf dieses Ziel hin, und nicht einmal im Wissen um dieses Ziel, gelebt haben. Dann wohnt ein überströmender Reichtum vielfältigster Kräfte und zugleich die behendeste Macht eines »freien Wollens« und herrschaftlichen Verfügens in *einem* Menschen liebreich beieinander; der Geist

ist dann ebenso in den Sinnen heimisch und zu Hause, wie die Sinne in dem Geiste zu Hause und heimisch sind; und alles, was nur in diesem sich abspielt, muß auch in jenen ein feines außerordentliches Glück und Spiel auslösen. Und ebenfalls umgekehrt! – Man denke über diese Umkehrung bei Gelegenheit von Hafis nach; selbst Goethe, wie sehr auch schon im abgeschwächten Bilde, gibt von diesem Vorgange eine Ahnung. Es ist wahrscheinlich, daß bei solchen vollkommenen und wohlgeratenen Menschen zuletzt die allersinnlichsten Verrichtungen von einem Gleichnis-Rausche der höchsten Geistigkeit verklärt werden; sie empfinden an sich eine Art *Vergöttlichung des Leibes* und sind am entferntesten von der Asketen-Philosophie des Satzes »Gott ist ein Geist«: wobei sich klar herausstellt, daß der Asket der »mißratene Mensch« ist, welcher nur ein Etwas an sich, und gerade das richtende und verurteilende Etwas, *gut* heißt – und »Gott« heißt. Von jener Höhe der Freude, wo der Mensch sich selber und sich ganz und gar als eine vergöttlichte Form und Selbst-Rechtfertigung der Natur fühlt, bis hinab zu der Freude gesunder Bauern und gesunder Halbmensch-Tiere: diese ganze lange ungeheure Licht- und Farbenleiter des *Glücks* nannte der Grieche, nicht ohne die dankbaren Schauder dessen, der in ein Geheimnis eingeweiht ist, nicht ohne viele Vorsicht und fromme Schweigsamkeit – mit dem Götternamen: *Dionysos*. – Was *wissen* denn alle neueren Menschen, die Kinder einer brüchigen, vielfachen, kranken, seltsamen Zeit, von dem *Umfange* des griechischen Glücks, was *könnten* sie davon wissen! Woher nähmen gar die Sklaven der »modernen Ideen« ein Recht zu dionysischen Feiern!

Als der griechische Leib und die griechische Seele »blühte«, und nicht etwa in Zuständen krankhafter Überschwänglichkeit und Tollheit, entstand jenes geheimnisreiche Symbol der höchsten bisher auf Erden erreichten Welt-Bejahung und Daseins-Verklärung. Hier ist ein *Maßstab* gegeben, an dem alles, was seitdem wuchs, als zu kurz, zu arm, zu eng befunden wird – man spreche nur das Wort »Dionysos« vor den besten neueren Namen und Dingen aus, vor Goethe etwa oder vor Beethoven oder vor Shakespeare oder vor Raffael: und auf einmal fühlen wir unsere besten Dinge und Augenblicke *gerichtet*. Dionysos ist ein *Richter!* – Hat man mich verstanden? – Es ist kein Zweifel, daß die Griechen die letzten Geheimnisse »vom Schicksal der Seele«

und alles, was sie über die Erziehung und Läuterung, vor allem über die unverrückbare Rangordnung und Wert-Ungleichheit von Mensch und Mensch wußten, sich aus ihren dionysischen Erfahrungen zu deuten suchten: hier ist für alles Griechische die große Tiefe, das große Schweigen – *man kennt die Griechen nicht*, solange hier der verborgene unterirdische Zugang noch verschüttet liegt. Zudringliche Gelehrten-Augen werden niemals etwas in diesen Dingen sehen, soviel Gelehrsamkeit auch im Dienste jener Ausgrabung noch verwendet werden muß –; selbst der edle Eifer solcher Freunde des Altertums, wie Goethes und Winckelmanns, hat gerade hier etwas Unerlaubtes, fast Unbescheidenes. Warten und sich-vorbereiten; das Aufspringen neuer Quellen abwarten; in der Einsamkeit sich auf fremde Gesichte und Stimmen vorbereiten; vom Jahrmarkts-Staube und -Lärm dieser Zeit seine Seele immer reiner waschen; alles Christliche durch ein Überchristliches *überwinden* und nicht nur von sich abtun – denn die christliche Lehre war die Gegenlehre gegen die dionysische –; den *Süden* in sich wieder entdecken und einen hellen glänzenden geheimnisvollen Himmel des Südens über sich aufspannen; die südliche Gesundheit und verborgene Mächtigkeit der Seele sich wieder erobern; Schritt vor Schritt umfänglicher werden, übernationaler, europäischer, übereuropäischer, morgenländischer, endlich *griechischer* – denn das Griechische war die erste große Bindung und Synthesis alles Morgenländischen und eben damit der *Anfang* der europäischen Seele, die Entdeckung *unsrer »neuen Welt«* –: wer unter solchen Imperativen lebt, wer weiß, was *dem* eines Tages begegnen kann? Vielleicht eben – ein *neuer Tag!*

Die deutsche Philosophie als Ganzes – Leibniz, Kant, Hegel, Schopenhauer, um die Großen zu nennen – ist die gründlichste Art *Romantik* und Heimweh, die es bisher gab: das Verlangen nach dem Besten, was jemals war. Man ist nirgends mehr heimisch, man verlangt zuletzt nach dem zurück, wo man irgendwie heimisch sein kann, weil man dort allein heimisch sein möchte: und das ist die *griechische* Welt! Aber gerade dorthin sind alle Brücken abgebrochen – *ausgenommen* die Regenbogen der Begriffe! Und die führen überallhin, in alle Heimaten und »Vaterländer«, die es für Griechen-Seelen gegeben hat! Freilich: man muß sehr leicht, sehr dünn sein, um über diese Brücken zu schreiten! Aber welches Glück liegt schon in diesem Willen zur Geistigkeit, fast zur Geisterhaftigkeit! Wie ferne ist man damit von »Druck und Stoß«, von der mechanischen Tölpelei der Naturwissenschaften, von dem Jahrmarkts-Lärme der »modernen Ideen«! Man will *zurück*, durch die Kirchenväter zu den Griechen, aus dem Norden nach dem Süden, aus den Formeln zu den Formen; man genießt noch den Ausgang des Altertums, das Christentum, wie einen Zugang zu ihm, wie ein gutes Stück alter Welt selber, wie ein glitzerndes Mosaik antiker Begriffe und antiker Werturteile. Arabesken, Schnörkel, Rokoko scholastischer Abstraktionen – immer noch besser, nämlich feiner und dünner, als die Bauern- und Pöbel-Wirklichkeit des europäischen Nordens, immer noch ein Protest höherer Geistigkeit gegen den Bauernkrieg und Pöbel-Aufstand, der über den geistigen Geschmack im Norden Europas Herr geworden ist und welcher an dem großen »ungeistigen Menschen«, an Luther, seinen Anführer hatte: – in diesem Betracht ist deutsche Philosophie ein Stück Gegenreformation, sogar noch Renaissance, mindestens Wille zur Renaissance, Wille *fortzufahren* in der Entdeckung des Altertums, in der Aufgrabung der antiken Philosophie, vor allem der Vorsokratiker – der bestverschütteten aller griechischen Tempel! Vielleicht, daß man einige Jahrhunderte später urteilen wird, daß alles deutsche Philosophieren darin seine eigentliche Würde habe, ein schrittweises Wiedergewinnen des antiken Bodens zu sein, und daß jeder Anspruch auf »Originalität« kleinlich und lächerlich klinge im Verhältnis zu jenem höheren Anspruche der Deutschen, das Band, das zerrissen schien, neu gebunden zu haben, das Band mit den Griechen, dem bisher höchst gearteten Typus »Mensch«. Wir nähern uns heute allen jenen grundsätzlichen Formen der Weltauslegung wieder, welche der griechische Geist in Anaximander, Heraklit, Parmenides, Empedokles, Demokrit und Anaxagoras erfunden hat, – wir werden von Tag zu Tag *griechischer*, zuerst, wie billig, in Begriffen und Wertschätzungen, gleichsam als gräzisierende Gespenster: aber dereinst hoffentlich auch mit unserem *Leibe*! Hierin liegt (und lag von jeher) meine Hoffnung für das deutsche Wesen!

Es gibt nur Geburtsadel, nur Geblütsadel. (Ich rede hier nicht vom Wörtchen »von« und dem Gothaischen Kalender: Einschaltung für Esel.) Wo von »Aristokraten des Geistes« geredet wird, da fehlt es zumeist nicht an Gründen, etwas zu verheimlichen; es ist bekanntermaßen ein Leibwort unter ehrgeizigen Juden. Geist allein nämlich adelt nicht; vielmehr bedarf es erst etwas, *das den Geist adelt.* – Wessen bedarf es denn dazu? Des Geblüts.

Ich vergaß zu sagen, daß solche Philosophen heiter sind und daß sie gerne in dem Abgrund eines vollkommen hellen Himmels sitzen – sie haben andere Mittel nötig, das Leben zu ertragen, als andere Menschen; denn sie leiden anders (nämlich ebensosehr an der Tiefe ihrer Menschen-Verachtung als an ihrer Menschen-Liebe). – Das leidendste Tier auf Erden erfand sich – das *Lachen*.

Es naht sich, unabweislich, zögernd, furchtbar wie das Schicksal, die große Aufgabe und Frage: wie soll die Erde als Ganzes verwaltet werden? Und *wozu* soll »der Mensch« als Ganzes – und nicht mehr ein Volk, eine Rasse – gezogen und gezüchtet werden?

Die gesetzgeberischen Moralen sind das Hauptmittel, mit denen man aus dem Menschen gestalten kann, was einem schöpferischen und tiefen Willen beliebt: vorausgesetzt, daß ein solcher Künstler-Wille höchsten Ranges die Gewalt in den Händen hat und seinen schaffenden Willen über lange Zeiträume durchsetzen kann in Gestalt von Gesetzgebungen, Religionen und Sitten. Solchen Menschen des großen Schaffens, den eigentlich großen Menschen, wie ich es verstehe, wird man heute und wahrscheinlich für lange noch umsonst nachgehen: sie *fehlen*; bis man endlich, nach vieler Enttäuschung, zu begreifen anfangen muß, *warum* sie fehlen und daß ihrer Entstehung und Entwicklung für jetzt und für lange nichts feindseliger im Wege steht als das, was man jetzt in Europa geradewegs »*die* Moral« nennt: wie als ob es keine andere gäbe und geben dürfte – jene vorhin bezeichnete Herdentier-Moral, die mit allen Kräften das allgemeine grüne Weide-Glück auf Erden erstrebt, nämlich Sicherheit, Ungefährlichkeit, Behagen, Leichtigkeit des Lebens und zu guter Letzt, »wenn alles gut geht«, sich auch noch aller Art Hirten und Leithämmel zu entschlagen hofft. Ihre beiden am reichlichsten gepredigten Lehren heißen:

»Gleichheit der Rechte« und »Mitgefühl für alles Leidende« – und das Leiden selber wird von ihnen als etwas genommen, das man schlechterdings *abschaffen* muß. Daß solche »Ideen« immer noch modern sein können, gibt einen üblen Begriff von dieser Modernität. Wer aber gründlich darüber nachgedacht hat, wo und wie die Pflanze Mensch bisher am kräftigsten emporgewachsen ist, muß vermeinen, daß dies unter den *umgekehrten* Bedingungen geschehen ist: daß dazu die Gefährlichkeit seiner Lage ins Ungeheure wachsen, seine Erfindungs- und Verstellungs-Kraft unter langem Druck und Zwang sich emporkämpfen, sein Lebens-Wille bis zu einem unbedingten Willen zur Macht und zur Übermacht gesteigert werden muß, und daß Gefahr, Härte, Gewaltsamkeit, Gefahr auf der Gasse wie im Herzen, Ungleichheit der Rechte, Verborgenheit, Stoizismus, Versucher-Kunst, Teufelei jeder Art, kurz der Gegensatz aller Herden-Wünschbarkeiten zur Erhöhung des Typus Mensch notwendig ist. Eine Moral mit solchen umgekehrten Absichten, welche den Menschen ins Hohe statt ins Bequeme und Mittlere züchten will, eine Moral mit der Absicht, eine regierende Kaste zu züchten – die zukünftigen *Herren der Erde* – muß, um gelehrt werden zu können, sich in Anknüpfung an das bestehende Sittengesetz und unter dessen Worten und Anscheine einführen. Daß dazu aber viele Übergangs- und Täuschungsmittel zu erfinden sind und daß, weil die Lebensdauer *eines* Menschen beinahe nichts bedeutet in Hinsicht auf die Durchführung so langwieriger Aufgaben und Absichten, vor allem erst *eine neue Art* angezüchtet werden muß, in der dem nämlichen Willen, dem nämlichen Instinkte Dauer durch viele Geschlechter verbürgt wird – eine neue Herren-Art und -Kaste, – dies begreift sich ebensogut als das lange und nicht leicht aussprechbare Und-so-weiter dieses Gedankens. Eine *Umkehrung der Werte* für eine bestimmte starke Art von Menschen höchster Geistigkeit und Willenskraft vorzubereiten und zu diesem Zwecke bei ihnen eine Menge in Zaum gehaltener und verleumdeter Instinkte langsam und mit Vorsicht zu entfesseln: wer darüber nachdenkt, gehört zu uns, den freien Geistern – freilich wohl zu einer neueren Art von »freien Geistern« als die bisherigen: denn diese wünschten ungefähr das Entgegengesetzte. Hierher gehören, wie mir scheint, vor allem die Pessimisten Europas, die Dichter und Denker eines empörten Idealismus, insofern ihre Unzufriedenheit mit dem gesamten Dasein sie auch zur Unzufriedenheit mit den gegenwärtigen Menschen mindestens *logisch* nötigt; insgleichen gewisse unersättlich-ehrgeizige Künstler, welche unbedenklich und unbedingt für die Sonderrechte höherer Menschen und gegen das »Herdentier« kämpfen und mit den Verführungsmitteln der Kunst bei ausgesuchteren Geistern alle Herden-Instinkte und Herden-Vorsichten einschläfern; zu dritt endlich alle jene Kritiker und Historiker, von denen die glücklich begonnene Entdeckung der alten Welt – es ist das Werk des *neuen* Kolumbus, des deutschen Geistes – mutig *fortgesetzt* wird – (denn wir stehen immer noch in den Anfängen dieser Eroberung). In der alten Welt nämlich herrschte in der Tat eine andere, eine herrschaftlichere Moral als heute; und der antike Mensch, unter dem erziehenden Banne seiner Moral, war ein stärkerer und tieferer Mensch als der Mensch von heute – er war bisher allein »der wohlgeratene Mensch«. Die Verführung aber, welche vom Altertum her auf wohlgeratene, d. h. auf starke und unternehmende Seelen ausgeübt wird, ist auch heute noch die feinste und wirksamste aller antidemokratischen und antichristlichen: wie sie es schon zur Zeit der Renaissance war.

Gesetzt, man denkt sich einen Philosophen als großen Erzieher, mächtig genug, um von einsamer Höhe herab lange Ketten von Geschlechtern zu sich hinaufzuziehen: so muß man ihm auch die unheimlichen Vorrechte des großen Erziehers zugestehen. Ein Erzieher sagt nie, was er selber denkt: sondern immer nur, was er im Verhältnis zum Nutzen dessen, den er erzieht, über eine Sache denkt. In dieser Verstellung darf er nicht erraten werden; es gehört zu seiner Meisterschaft, daß man an seine Ehrlichkeit glaubt. Er muß aller Mittel der Zucht und Züchtigung fähig sein: manche Naturen bringt er nur durch Peitschenschläge des Hohnes vorwärts, andere, Träge, Unschlüssige, Feige, Eitle, vielleicht mit übertreibendem Lobe. Ein solcher Erzieher ist jenseits von Gut und Böse; aber niemand darf es wissen.

Der Sozialismus – als die zu Ende gedachte *Tyrannei* der Geringsten und Dümmsten, d. h. der Oberflächlichen, Neidischen und der Dreiviertels-Schauspieler – ist in der Tat die Schlußfolgerung der »modernen Ideen« und ihres latenten Anarchismus: aber in der lauen Luft eines demokratischen Wohlbefindens erschlafft das Vermögen, zu Schlüssen oder gar *zum Schluß* zu kommen. Man folgt – aber man folgert nicht mehr. Deshalb ist der Sozialismus im ganzen eine hoffnungslose säuerliche Sache: und nichts ist lustiger anzusehn als der Widerspruch zwischen den giftigen und verzweifelten Gesichtern, welche heute die Sozialisten machen – und von was für erbärmlichen gequetschten Gefühlen legt gar ihr Stil Zeugnis ab! – und dem harmlosen Lämmer-Glück ihrer Hoffnungen und Wünschbarkeiten. Dabei kann es doch an vielen Orten Europas ihrerseits zu gewaltigen Handstreichen und Überfällen kommen: dem nächsten Jahrhundert wird es hie und da gründlich im Leibe »rumoren«, und die Pariser Kommune, welche auch in Deutschland ihre Schutzredner und Fürsprecher hat, war vielleicht nur eine leichtere Unverdaulichkeit gewesen im Vergleich zu dem, was kommt. Trotzdem wird es immer zu viel Besitzende geben, als daß der Sozialismus mehr bedeuten könnte als einen Krankheits-Anfall: und diese Besitzenden sind wie *ein* Mann *eines* Glaubens »man muß etwas besitzen, um etwas zu *sein*«. Dies aber ist der älteste und gesündeste aller Instinkte: ich würde hinzufügen: »man muß mehr haben wollen, als man hat, um mehr zu *werden*«. So nämlich klingt die Lehre, welche allem, was lebt, durch das Leben selber gepredigt wird: die Moral der Entwicklung. Haben und mehr haben wollen, *Wachstum* mit einem Wort – das ist das Leben selber. In der Lehre des Sozialismus versteckt sich schlecht ein »Wille zur Verneinung des Lebens«: es müssen mißratene Menschen oder Rassen sein, welche eine solche Lehre ausdenken. In der Tat, ich wünschte, es würde durch einige große Versuche bewiesen, daß in einer sozialistischen Gesellschaft das Leben sich selber verneint, sich selber die Wurzeln abschneidet. Die Erde ist groß genug und der Mensch immer noch unausgeschöpft genug, als daß mir eine derart praktische Belehrung und *demonstratio ad absurdum*, selbst wenn sie mit einem ungeheuren Aufwand von Menschenleben gewonnen würde, nicht wünschenswert erscheinen müßte. Immerhin, schon als unruhiger Maulwurf unter dem Boden einer in Dummheit rollenden Gesellschaft wird der Sozialismus etwas Nützliches und Heilsames sein können: er verzögert den »Frieden auf Erden« und die gänzliche

Vergutmütigung des demokratischen Herdentieres, er zwingt die Europäer, Geist, nämlich List und Vorsicht übrigzubehalten, den männlichen und kriegerischen Tugenden nicht gänzlich abzuschwören – er schützt Europa einstweilen vor dem ihm drohenden *marasmus femininus.*

In der Hauptsache gebe ich den Künstlern mehr recht als allen Philosophen bisher: sie verloren die große Spur nicht, auf der das Leben geht, sie liebten die Dinge »dieser Welt« – sie liebten ihre Sinne. »Entsinnlichung« zu erstreben: das scheint mir ein Mißverständnis oder eine Krankheit oder eine Kur, wo sie nicht eine bloße Heuchelei oder Selbstbetrügerei ist. Ich wünsche mir selber und allen denen, welche ohne die Ängste eines Puritaner-Gewissens leben – leben *dürfen*, eine immer größere Vergeistigung und Vervielfältigung ihrer Sinne; ja wir wollen den Sinnen dankbar sein für ihre Feinheit, Fülle und Kraft und ihnen das Beste von Geist, was wir haben, dagegen bieten. Was gehen uns die priesterlichen und metaphysischen Verketzerungen der Sinne an! Wir haben diese Verketzerung nicht mehr nötig: es ist ein Merkmal der Wohlgeratenheit, wenn einer, gleich Goethe, mit immer größerer Lust und Herzlichkeit an »den Dingen der Welt« hängt – dergestalt nämlich hält er die große Auffassung des Menschen fest, daß der Mensch *der Verklärer des Daseins* wird, wenn er sich selbst verklären lernt.

Ich nannte meine unbewußten Arbeiter und Vorbereiter. Wo aber dürfte ich mit einiger Hoffnung nach meiner Art von Philosophen selber, zum mindesten nach *meinem Bedürfnis neuer Philosophen* suchen? Dort allein, wo eine *vornehme* Denkweise herrscht, eine solche, welche an Sklaverei und an viele Grade der Hörigkeit als an die Voraussetzung jeder höheren Kultur glaubt; wo eine *schöpferische* Denkweise herrscht, welche nicht der Welt das Glück der Ruhe, den »Sabbat aller Sabbate« als Ziel setzt und selber im Frieden das Mittel zu neuen Kriegen ehrt; eine der Zukunft Gesetze vorschreibende Denkweise, welche um der Zukunft willen sich selber und alles Gegenwärtige hart und tyrannisch behandelt; eine unbedenkliche, »unmoralische« Denkweise, welche die guten und die schlimmen Eigenschaften des Menschen gleichermaßen ins Große züchten will, weil sie sich die Kraft zutraut, beide an die rechte Stelle zu setzen, – an die Stelle, wo sie beide einander not tun. Aber wer also heute nach Philosophen sucht, welche Aussicht hat er, zu finden, was er sucht? Ist es nicht wahrscheinlich, daß er, mit der besten Diogenes-Laterne suchend, umsonst tags- und nachtsüber herumläuft? Das Zeitalter hat die *umgekehrten* Instinkte: es will vor allem und zuerst Bequemlichkeit; es will zuzweit Öffentlichkeit und jenen großen Schauspieler-Lärm, jenes große Bumbum, welches seinem Jahrmarkts-Geschmacke entspricht; es will zudritt, daß jeder mit tiefster Untertänigkeit vor der größten aller Lügen – diese Lüge heißt »Gleichheit der Menschen« – auf dem Bauche liegt, und ehrt ausschließlich die *gleichmachenden*, *gleichstellenden* Tugenden. Damit aber ist es der Entstehung des Philosophen, wie ich ihn verstehe, von Grund aus entgegengerichtet, ob es schon in aller Unschuld sich ihm förderlich glaubt. In der Tat, alle Welt jammert heute darüber, wie schlimm es *früher* die Philosophen gehabt hätten, eingeklemmt zwischen Scheiterhaufen, schlechtes Gewissen und anmaßliche Kirchenväter-Weisheit: die Wahrheit ist aber, daß eben darin immer noch *günstigere* Bedingungen zur Erziehung einer mächtigen, umfänglichen, verschlagenen und verwegen-wagenden Geistigkeit gegeben waren als in den Bedingungen des heutigen Lebens. Heute hat eine andere Art von Geist, nämlich der Demagogen-Geist, der Schauspieler-Geist, vielleicht auch der Biber- und Ameisen-Geist des Gelehrten für seine Entstehung günstige Bedingungen. Aber um so schlimmer steht es schon mit den höheren Künstlern: gehen sie denn nicht fast alle an innerer Zuchtlosigkeit zugrunde? Sie werden nicht mehr von außen her, durch die absoluten Werttafeln einer Kirche oder eines Hofes, tyrannisiert: so lernen sie auch nicht mehr ihren »inneren Tyrannen« großziehen, ihren *Willen*. Und was von den Künstlern gilt, gilt in einem höheren und verhängnisvolleren Sinne von den Philosophen. Wo *sind* denn heute freie Geister? Man zeige mir doch heute einen freien Geist! –

Die Handlung eines höheren Menschen ist unbeschreiblich *vielfach* in ihrer Motivierung: mit irgendeinem solchen Wort wie »Mitleid« ist *gar nichts* gesagt. Das wesentlichste ist das Gefühl »wer bin ich? wer ist der andere im Verhältnis zu mir?« – Werturteile fortwährend tätig.

»– Maledetto colui
che contrista un spirto immortal!«
Manzoni (Conte di Carmagnola, II. Akt)

Innerhalb einer Herde, jeder Gemeinde, also *inter pares*, hat die *Überschätzung* der Wahrhaftigkeit guten Sinn. Sich nicht betrügen lassen – und *folglich*, als persönliche Moral, selber nicht betrügen! eine gegenseitige Verpflichtung unter gleichen! Nach *außen* hin verlangt die Gefahr und Vorsicht, daß man *auf der Hut vor Betrug* sei: als psychologische Vorbedingung dazu auch *innen*. Mißtrauen als Quelle der Wahrhaftigkeit.

Die Annahme des *einen Subjekts* ist vielleicht nicht notwendig; vielleicht ist es ebensogut erlaubt, eine Vielheit von Subjekten anzunehmen, deren Zusammenspiel und Kampf unserem Denken und überhaupt unserem Bewußtsein zugrunde liegt. Eine Art *Aristokratie* von »Zellen«, in denen die Herrschaft ruht? Gewiß von *pares*, welche miteinander ans Regieren gewöhnt sind und zu befehlen verstehen?

Meine Hypothesen: Das Subjekt als Vielheit.

Der Schmerz intellektuell und abhängig vom Urteil »schädlich«: projiziert.

Die Wirkung immer »unbewußt«: die erschlossene und vorgestellte Ursache wird projiziert, *folgt* der Zeit nach.

Die Lust ist eine Art des Schmerzes.

Die einzige *Kraft*, die es gibt, ist gleicher Art wie die des Willens: ein Kommandieren an andere Subjekte, welche sich daraufhin verändern.

Die beständige Vergänglichkeit und Flüchtigkeit des Subjekts. »Sterbliche Seele«.
Die *Zahl* als perspektivische Form.

In betreff des *Gedächtnisses* muß man umlernen: hier steckt die Hauptverführung, eine »Seele« anzunehmen, welche zeitlos reproduziert, wiedererkennt usw. Aber das Erlebte lebt fort »im Gedächtnis«; daß es »kommt«, dafür kann ich nichts, der Wille ist dafür untätig wie beim Kommen jedes Gedankens. Es geschieht etwas, dessen ich mir bewußt werde: jetzt kommt etwas Ähnliches – wer ruft es? weckt es?

Scheinbar entgegengesetzt die zwei Züge, welche die modernen Europäer kennzeichnen: das *Individualistische* und die *Forderung gleicher Rechte*: das verstehe ich endlich. Nämlich, das Individuum ist eine äußerst verwundbare Eitelkeit – diese fordert, bei ihrem Bewußtsein wie schnell sie leidet, daß jeder andere ihm gleichgestellt gelte, daß er nur *inter pares* sei. Damit ist eine gesellschaftliche Rasse charakterisiert, in welcher tatsächlich die Begabungen und Kräfte nicht erheblich auseinandergehn. Der Stolz, welcher Einsamkeit und wenige Schätzer will, ist ganz außer Verständnis; die ganz »großen« Erfolge gibt es nur durch Massen, ja man begreift es kaum noch, daß ein Massen-Erfolg immer eigentlich ein *kleiner* Erfolg ist: weil *pulchrum est paucorum hominum.*

Alle Moralen wissen nichts von »Rangordnung« der Menschen; die Rechtslehrer nichts vom Gemeinde-Gewissen. Das Individual-Prinzip lehnt die *ganz großen* Menschen ab und verlangt, unter ungefähr gleichen, das feinste Auge und die schnellste Herauserkennung eines Talentes; und weil jeder etwas von Talenten hat, in solchen späten und zivilisierten Kulturen – also erwarten kann, sein Teil Ehre zurückzubekommen –, deshalb findet heute ein Herausstreichen der kleinen Verdienste statt wie niemals noch: es gibt dem Zeitalter einen Anstrich von *grenzenloser Billigkeit.* Seine Unbilligkeit besteht in einer Wut ohne Grenzen *nicht* gegen die Tyrannen und Volksschmeichler, auch in den Künsten, sondern gegen die *vornehmen* Menschen, welche das Lob der vielen verachten. Die Forderung gleicher Rechte (z. B. über alles und jeden zu Gericht sitzen zu dürfen) ist *anti-aristokratisch.*

Ebenso fremd ist ihm das verschwundene Individuum, das Untertauchen in einen großen Typus, das Nicht-Person-sein-wollen: worin die Auszeichnung und der Eifer vieler hohen Menschen früher bestand (die größten Dichter darunter); oder »Stadt-sein« wie in Griechenland; Jesuitismus, preußisches Offiziers-Korps und Beamtentum; oder Schüler-sein und Fortsetzer großer Meister: wozu ungesellschaftliche Zustände und der Mangel der *kleinen Eitelkeit* nötig ist.

Ausgangspunkt vom *Leibe* und der Physiologie: warum? – Wir gewinnen die richtige Vorstellung von der Art unsrer Subjekt-Einheit, nämlich als Regenten an der Spitze eines Gemeinwesens (nicht als »Seelen« oder »Lebenskräfte«), insgleichen von der Abhängigkeit dieser Regenten von den Regierten und den Bedingungen der Rangordnung und Arbeitsteilung als Ermöglichung zugleich der Einzelnen und des Ganzen. Ebenso wie fortwährend die lebendigen Einheiten entstehen und sterben und wie zum »Subjekt« nicht Ewigkeit gehört; ebenso daß der Kampf auch in Gehorchen und Befehlen sich ausdrückt und ein fließendes Machtgrenzen-bestimmen zum Leben gehört. Die gewisse *Unwissenheit*, in der der Regent gehalten wird über die einzelnen Verrichtungen und selbst Störungen des Gemeinwesens, gehört mit zu den Bedingungen, unter denen regiert werden kann. Kurz, wir gewinnen eine Schätzung auch für das *Nichtwissen*, das Im-großen-und-groben-Sehen, das Vereinfachen und Fälschen, das Perspektivische. Das Wichtigste ist aber: daß wir den Beherrscher und seine Untertanen als *gleicher Art* verstehn, alle fühlend, wollend, denkend – und daß wir überall, wo wir Bewegung im Leibe sehen oder erraten, auf ein zugehöriges subjektives, unsichtbares Leben hinzuschließen lernen. Bewegung ist eine Symbolik für das Auge; sie deutet hin, daß etwas gefühlt, gewollt, gedacht worden ist.

Das direkte Befragen des Subjekts *über* das Subjekt und alle Selbst-Bespiegelung des Geistes hat darin seine Gefahren, daß es für seine Tätigkeit nützlich und wichtig sein könnte, sich *falsch* zu interpretieren. Deshalb fragen wir den Leib und lehnen das Zeugnis der verschärften Sinne ab: wenn man will, wir sehen zu, ob nicht die Untergebenen selber mit uns in Verkehr treten können.

Das *Urteil* – das ist der Glaube: »Dies und dies ist so.« Also steckt im Urteil das Geständnis, einem »identischen Fall« begegnet zu sein: es setzt also Vergleichung voraus, mit Hilfe des Gedächtnisses. Das Urteil schafft es *nicht*, daß ein identischer Fall da zu sein scheint. Vielmehr es glaubt einen solchen wahrzunehmen; es arbeitet unter der Voraussetzung, daß es überhaupt identische Fälle gibt. Wie heißt nun jene Funktion, die viel *älter*, früher arbeitend sein muß, welche an sich ungleiche Fälle ausgleicht und verähnlicht? Wie heißt jene zweite, welche auf Grund dieser ersten usw. »Was gleiche Empfindungen erregt, ist gleich«: wie aber heißt das, was Empfindungen gleich macht, als gleich »nimmt«? – Es könnte gar keine Urteile geben, wenn nicht erst innerhalb der Empfindungen eine Art Ausgleichung geübt wäre: Gedächtnis ist nur möglich mit einem beständigen Unterstreichen des schon Gewohnten, Erlebten. – *Bevor* geurteilt wird, *muß der Prozeß der Assimilation schon getan sein:* also liegt auch hier eine intellektuelle Tätigkeit vor, die nicht ins Bewußtsein fällt, wie beim Schmerz infolge einer Verwundung. Wahrscheinlich entspricht allen organischen Funktionen ein inneres Geschehen, also ein Assimilieren, Ausscheiden, Wachsen usw.

Wesentlich: vom *Leib* ausgehen und ihn als Leitfaden zu benutzen. Er ist das viel reichere Phänomen, welches deutlichere Beobachtung zuläßt. Der Glaube an den Leib ist besser festgestellt als der Glaube an den Geist.

»Eine Sache mag noch so stark geglaubt werden: darin liegt kein Kriterium der Wahrheit.« Aber was ist Wahrheit? Vielleicht eine Art Glaube, welche zur Lebensbedingung geworden ist? Dann freilich wäre die *Stärke* ein Kriterium, z. B. in betreff der Kausalität.

Die Logik ist geknüpft an die Bedingung: *gesetzt, es gibt identische Fälle.* Tatsächlich, damit logisch gedacht und geschlossen werde, *muß diese* Bedingung erst als erfüllt fingiert werden. Das heißt: der Wille zur *logischen Wahrheit* kann erst sich vollziehen, nachdem eine grundsätzliche *Fälschung* alles Geschehens angenommen ist. Woraus sich ergibt, daß hier ein Trieb waltet, der beider Mittel fähig ist, zuerst der Fälschung und dann der Durchführung seines Gesichtspunktes: die Logik stammt *nicht* aus dem Willen zur Wahrheit.

Die Optik aller organischen Funktionen, aller stärksten Lebensinstinkte: die irrtum*wollende* Kraft in allem Leben; der Irrtum als Voraussetzung selbst des Denkens. Bevor »gedacht« wird, muß schon »gedichtet« worden sein; das *Zurechtbilden* zu identischen Fällen, zur *Scheinbarkeit* des gleichen ist ursprünglicher als das *Erkennen* des *gleichen*.

Es ist nur eine Sache der Kraft: alle krankhaften Züge des Jahrhunderts haben, aber ausgleichen in einer überreichen plastischen wiederherstellenden Kraft. *Der starke Mensch*.

Inwiefern die *Selbstvernichtung der Moral* noch ein Stück ihrer eigenen Kraft ist. Wir Europäer haben das Blut solcher in uns, die für ihren Glauben gestorben sind; wir haben die Moral furchtbar und ernst genommen, und es ist nichts, was wir ihr nicht irgendwie geopfert haben. Andrerseits: unsre geistige Feinheit ist wesentlich durch Gewissens-Vivisektion erreicht worden. Wir wissen das »Wohin?« noch nicht, zu dem wir getrieben werden, nachdem wir uns dergestalt von unsrem alten Boden abgelöst haben. Aber dieser Boden selbst hat uns die Kraft angezüchtet, die uns jetzt hinaustreibt in die Ferne, ins Abenteuer, durch die wir ins Uferlose, Unerprobte, Unentdeckte hinausgestoßen werden – es bleibt uns keine Wahl, wir müssen Eroberer sein, nachdem wir kein Land mehr haben, wo wir heimisch sind, wo wir »erhalten« möchten. Ein verborgenes Ja treibt uns dazu, das stärker ist als alle unsre Neins. Unsre *Stärke* selbst duldet uns nicht mehr im alten morschen Boden: wir wagen uns in die Weite, wir wagen *uns* daran: die Welt ist noch reich und unentdeckt, und selbst Zugrundegehn ist besser als halb und giftig werden. Unsre Stärke selbst zwingt uns aufs Meer, dorthin, wo alle Sonnen bisher untergegangen sind: wir *wissen* um eine neue Welt...

Es gibt gar keinen Egoismus, der bei sich stehenbliebe und nicht übergriffe, – es gibt folglich jenen »erlaubten«, »moralisch indifferenten« Egoismus gar nicht, von dem ihr redet.

»Man fördert sein Ich stets auf Kosten des andern«; »Leben lebt immer auf Unkosten andern Lebens« – wer das nicht begreift, hat bei sich auch nicht den ersten Schritt zur Redlichkeit getan.

Kritik der neueren Philosophie: fehlerhafter Ausgangspunkt, als ob es »Tatsachen des Bewußtseins« gäbe – und keinen *Phänomenalismus* in der *Selbst-Beobachtung*.

Unsre neue »Freiheit«. – Welches Freiheitsgefühl liegt darin, zu empfinden, wie wir befreiten Geister empfinden, daß wir *nicht* in ein System von »Zwecken« eingespannt sind! Insgleichen, daß der Begriff »Lohn« und »Strafe« nicht im Wesen des Daseins seinen Sitz hat! Insgleichen, daß die gute und die böse Handlung nicht an sich, sondern nur in der Perspektive der Erhaltungs-Tendenzen gewisser Arten von menschlichen Gemeinschaften aus gut und böse zu nennen ist! Insgleichen, daß unsre Abrechnungen über Lust und Schmerz keine kosmische, geschweige denn eine metaphysische Bedeutung haben! (– jener Pessimismus, der Pessimismus des Herrn von Hartmann, der Lust und Unlust des Daseins selbst auf die Waagschale zu setzen sich anheischig macht, mit seiner willkürlichen Einsperrung in das vorkopernikanische Gefängnis und Gesichtsfeld, würde etwas Rückständiges und Rückfälliges sein, falls er nicht nur ein schlechter Witz eines Berliners ist.)

Hegel: seine populäre Seite die Lehre vom Krieg und den großen Männern. Das Recht ist bei dem Siegreichen: er stellt den Fortschritt der Menschheit dar. Versuch, die Herrschaft der Moral aus der Geschichte zu beweisen.

Kant: ein Reich der moralischen Werte, uns entzogen, unsichtbar, wirklich.

Hegel: eine nachweisbare Entwicklung, Sichtbarwerdung des moralischen Reiches.

Wir wollen uns weder auf die Kantische noch Hegelsche Manier betrügen lassen – wir *glauben* nicht mehr, wie sie, an die Moral und haben folglich auch keine Philosophien zu gründen, *damit* die Moral recht behalte. Sowohl der Kritizismus als der Historizismus hat für uns nicht *darin* seinen Reiz – nun, welchen hat er denn? –

An sich hat eine Religion nichts mit der Moral zu tun: aber die beiden Abkömmlinge der jüdischen Religion sind beide *wesentlich* moralische Religionen – solche, die Vorschriften darüber geben, wie gelebt werden *soll* und mit Lohn und Strafe ihren Forderungen Gehör schaffen.

Die Frage nach der *Herkunft unsrer Wertschätzungen* und Gütertafeln fällt ganz und gar nicht mit deren *Kritik* zusammen, wie so oft geglaubt wird: so gewiß auch die Einsicht in irgendeine *pudenda origo* für das Gefühl eine Wertverminderung der so entstandnen Sache mit sich bringt und gegen dieselbe eine kritische Stimmung und Haltung vorbereitet.

Was sind unsre Wertschätzungen und moralischen Gütertafeln selber wert? *Was kommt bei ihrer Herrschaft heraus?* Für wen? in bezug worauf? – Antwort: für das Leben. Aber *was ist Leben?* Hier tut also eine neue, bestimmtere Fassung des Begriffs »Leben« not. Meine Formel dafür lautet: Leben ist Wille zur Macht.

Was bedeutet das Wertschätzen selbst? weist es auf eine andere, metaphysische Welt zurück oder hinab? (wie noch Kant glaubte, der *vor* der großen historischen Bewegung steht.) Kurz: *wo ist es entstanden?* Oder ist es nicht »entstanden«? – Antwort: das moralische Wertschätzen ist eine *Auslegung*, eine Art zu interpretieren. Die Auslegung selbst ist ein *Symptom* bestimmter physiologischer Zustände, ebenso eines bestimmten geistigen Niveaus von herrschenden Urteilen: *Wer legt aus?* – Unsre Affekte.

Das sind meine Forderungen an euch – sie mögen euch schlecht genug zu Ohren gehen –: daß ihr die moralischen Wertschätzungen selbst einer Kritik unterziehen sollt. Daß ihr dem moralischen Gefühls-Impuls, welcher hier Unterwerfung und nicht Kritik verlangt, mit der Frage: »warum Unterwerfung?« Halt gebieten sollt. Daß ihr dies Verlangen nach einem »Warum?«, nach einer Kritik der Moral, eben als eure *jetzige* Form der Moralität selbst ansehen sollt, als die sublimste Art von Moralität, die euch und eurer Zeit Ehre macht. Daß eure Redlichkeit, euer Wille, euch *nicht* zu betrügen, sich selbst ausweisen muß: »warum *nicht?* – Vor welchem Forum?«

Unsre Unart, ein Erinnerungszeichen, eine abkürzende Formel als Wesen zu nehmen, schließlich als *Ursache*, z. B. vom Blitz zu sagen: »er leuchtet«. Oder gar das Wörtchen »ich«. Eine Art von Perspektive im Sehen wieder als *Ursache des Sehens selbst* zu setzen: das war das Kunststück in der Erfindung des »Subjekts«, des »Ichs«!

Eine antimetaphysische Weltbetrachtung – ja, aber eine artistische.

Daß sich die Geschichte sämtlicher Phänomene der Moralität dermaßen vereinfachen lasse, wie es Schopenhauer glaubte – nämlich so, daß als Wurzel jeder bisherigen moralischen Regung das *Mitleiden* wiederzufinden sei –, zu diesem Grade von Widersinn und Naivität konnte nur ein Denker kommen, der von allem historischen Instinkte entblößt war und in der wunderlichsten Weise selbst jener starken Schulung zur Historie, wie sie die Deutschen von Herder bis Hegel durchgemacht haben, entschlüpft war.

Mein Problem: Welchen Schaden hat die Menschheit bisher von der Moral sowohl als auch von ihrer Moralität gehabt? Schaden am Geist usw.

Damit etwas bestehn soll, das länger ist als ein einzelner, damit also ein *Werk* bestehn bleibt, das vielleicht ein einzelner geschaffen hat: dazu muß dem einzelnen alle mögliche Art von Beschränkung, von Einseitigkeit usw. auferlegt werden. Mit welchem Mittel? Die Liebe, Verehrung, Dankbarkeit gegen die Person, die das Werk schuf, ist eine Erleichterung: oder daß unsere Vorfahren es erkämpft haben: oder daß meine Nachkommen nur so garantiert sind, wenn ich jenes Werk (z. B. die πόλις) garantiere. *Moral* ist wesentlich das Mittel, über die einzelnen hinweg oder vielmehr durch eine *Versklavung* der einzelnen etwas zur Dauer zu bringen. Es versteht sich, daß die Perspektive von unten nach oben ganz andere Ausdrücke geben wird als die von oben nach unten.

Ein Macht-Komplex: wie wird er *erhalten?* Dadurch, daß viele Geschlechter ihm sich opfern.

Gegen die Lehre vom Einfluß des *Milieus* und der äußeren Ursachen: die innere Kraft ist unendlich *überlegen;* vieles, was wie Einfluß von außen aussieht, ist nur ihre Anpassung von innen her. Genau dieselben Milieus können entgegengesetzt ausgedeutet und ausgenützt werden: es gibt keine Tatsachen. – Ein Genie ist *nicht* erklärt aus solchen Entstehungs-Bedingungen –

Es tut gut, »Recht«, »Unrecht« usw. in einem bestimmten, engen, bürgerlichen Sinn zu nehmen, wie »tue recht und scheue niemand«: d. h. einem bestimmten groben Schema gemäß, innerhalb dessen ein Gemeinwesen besteht, seine Schuldigkeit tun.

– Denken wir nicht gering von dem, was ein paar Jahrtausende Moral unserm Geiste angezüchtet haben!

Wir sind die Erben der Gewissens-Vivisektion und Selbstkreuzigung von zwei Jahrtausenden: darin ist unsre längste Übung, unsre Meisterschaft vielleicht, unser Raffinement in jedem Fall; wir haben die natürlichen Hänge mit dem bösen Gewissen verschwistert.

Ein umgekehrter Versuch wäre möglich: die unnatürlichen Hänge, ich meine die Neigungen zum Jenseitigen, Sinnwidrigen, Denkwidrigen, Naturwidrigen, kurz die bisherigen Ideale, die allesamt Welt-Verleumdungs-Ideale waren, mit dem schlechten Gewissen zu verschwistern.

Die volkstümlichen Ideale: der gute Mensch, der Selbstlose, der Heilige, der Weise, der Gerechte. O Marc Aurel!

Der Mensch findet zuletzt in den Dingen nichts wieder, als was er selbst in sie hineingesteckt hat: – das Wiederfinden heißt sich Wissenschaft, das Hineinstecken – Kunst, Religion, Liebe, Stolz. In beidem, wenn es selbst Kinderspiel sein sollte, sollte man fortfahren und guten Mut zu beidem haben, – die einen zum Wiederfinden, die andern – *wir* andern! – zum Hineinstecken!

Tendenz der Moral-Entwicklung. – Jeder wünscht, daß keine andere Lehre und Schätzung der Dinge zur Geltung komme außer einer solchen, bei der er selbst gut wegkommt. *Grundtendenz* folglich *der Schwachen und Mittelmäßigen* aller Zeiten, *die Stärkeren schwächer zu machen, herunterzuziehen: Hauptmittel das moralische Urteil.* Das Verhalten des Stärkeren gegen den Schwächeren wird gebrandmarkt; die höheren Zustände des Stärkeren bekommen schlechte Beinamen.

Der Kampf der vielen gegen die wenigen, der Gewöhnlichen gegen die Seltenen, der Schwachen gegen die Starken –: eine seiner feinsten Unterbrechungen ist die, daß die Ausgesuchten, Feinen, Anspruchsvolleren sich als die Schwachen präsentieren und die gröberen Mittel der Macht von sich weisen –

Es könnte scheinen, als ob ich der Frage nach der »Gewißheit« ausgewichen sei. Das Gegenteil ist wahr: aber indem ich nach dem Kriterium der Gewißheit fragte, prüfte ich, nach welchem Schwergewichte überhaupt bisher gewogen worden ist – und daß die Frage nach der Gewißheit selbst schon eine *abhängige* Frage sei, eine Frage *zweiten Ranges*.

Es fehlt das Wissen und Bewußtsein davon, welche *Umdrehungen* bereits das moralische Urteil durchgemacht hat und wie wirklich mehrere Male schon im gründlichsten Sinne »böse« auf »gut« umgetauft worden ist. Auf eine dieser Verschiebungen habe ich mit dem Worte »Sittlichkeit der Sitte« hingewiesen. Auch das Gewissen hat seine Sphäre vertauscht: es gab einen Herden-Gewissensbiß.

Das Sein – wir haben keine andere Vorstellung davon als »*leben*«. – Wie kann also etwas Totes »sein«?

Über das Mißverständnis der »Heiterkeit«. Zeitweilige Erlösung von der langen Spannung; der Übermut, die Saturnalien eines Geistes, der sich zu langen und furchtbaren Entschlüssen weiht und vorbereitet. Der »Narr« in der Form der »Wissenschaft«.

Versuch, über Moral zu denken, ohne unter ihrem Zauber zu stehen, mißtrauisch gegen die Überlistung ihrer schönen Gebärden und Blicke. Eine Welt, die wir verehren können, die unserem anbetenden Triebe gemäß ist – die sich fortwährend *beweist* – durch Leitung des einzelnen und allgemeinen –: dies ist die christliche Anschauung, aus der wir alle stammen.

Durch ein Wachstum an Schärfe, Mißtrauen, Wissenschaftlichkeit (auch durch einen höher gerichteten Instinkt der Wahrhaftigkeit, also unter wieder christlichen Einwirkungen) ist diese Interpretation uns immer mehr unerlaubt geworden.

Feinster Ausweg: der Kantische Kritizismus. Der Intellekt stritt sich selbst das Recht ab sowohl zur Interpretation in jenem Sinne als auch zur Ablehnung der Interpretation in jenem Sinne. Man begnügt sich mit einem *Mehr* von Vertrauen und Glauben, mit einem Verzichtleisten auf alle Beweisbarkeit seines Glaubens, mit einem unbegreiflichen und überlegenen »Ideal« (Gott) die Lücke auszufüllen.

Der Hegelsche Ausweg, im Anschluß an Plato, ein Stück Romantik und Reaktion, zugleich das Symptom des historischen Sinns, einer neuen *Kraft:* der »Geist« selbst ist das »sich enthüllende und verwirklichende Ideal«: im »Prozeß«, im »Werden« offenbart sich ein immer Mehr von diesem Ideal, an das wir glauben –, also das Ideal verwirklicht sich, der Glaube richtet sich auf die *Zukunft*, in der er seinem edlen Bedürfnisse nach anbeten kann. Kurz,

1. Gott ist *uns* unerkennbar und unnachweisbar (Hintersinn der erkenntnis-theoretischen Bewegung);

2. Gott ist nachweisbar, aber als etwas Werdendes, und wir gehören dazu, eben mit unsrem Drang zum Idealen (Hintersinn der historisierenden Bewegung).

Man sieht: es ist *niemals* die Kritik an das Ideal selbst gerückt, sondern nur an das Problem, woher der Widerspruch gegen dasselbe kommt, warum es noch nicht erreicht oder warum es nicht nachweisbar im kleinen und großen ist.

Es macht den größten Unterschied: ob man aus der Leidenschaft heraus, aus einem Verlangen heraus, diesen Notstand als Notstand fühlt oder ob man ihn mit der Spitze des Gedankens und einer gewissen Kraft der historischen Imagination gerade noch als Problem erreicht.

Abseits von der religiös-philosophischen Betrachtung finden wir dasselbe Phänomen: der Utilitarismus (der Sozialismus, der Demokratismus) kritisiert die Herkunft der moralischen Wertschätzungen, *aber er glaubt an sie*, ebenso wie der Christ. (Naivität, als ob Moral übrigbliebe, wenn der sanktionierende *Gott* fehlt! Das »Jenseits« absolut notwendig, wenn der Glaube an Moral aufrechterhalten werden soll.)

Grundproblem: woher diese Allgewalt des *Glaubens? des Glaubens an die Moral?* (– der sich auch darin verrät, daß selbst die Grundbedingungen des Lebens zugunsten der Moral falsch interpretiert werden: trotz Kenntnis der Tierwelt und Pflanzenwelt. Die »Selbsterhaltung«; darwinistische Perspektive auf Versöhnung altruistischer und egoistischer Prinzipien.)

Mein Versuch, die moralischen Urteile als Symptome und Zeichensprachen zu verstehen, in denen sich Vorgänge des physiologischen Gedeihens oder Mißratens, ebenso das Bewußtsein von Erhaltungs- und Wachstumsbedingungen verraten, – eine Interpretations-Weise vom Werte der Astrologie, Vorurteile, denen Instinkte soufflieren (von Rassen, Gemeinden, von verschiedenen Stufen, wie Jugend oder Verwelken usw.).

Angewendet auf die speziell christlich-europäische Moral: unsere moralischen Urteile sind Zeichen von Verfall, von Unglauben an das *Leben*, eine Vorbereitung des Pessimismus.

Mein Hauptsatz: es gibt keine moralischen Phänomene, sondern nur eine moralische Interpretation dieser Phänomene. Diese Interpretation selbst ist außermoralischen Ursprungs.

Was bedeutet es, daß wir einen *Widerspruch* in das Dasein hineininterpretiert haben? – Entscheidende Wichtigkeit: hinter allen andern Wertschätzungen stehen kommandierend jene moralischen Wertschätzungen. Gesetzt, sie fallen fort, wonach messen wir dann? Und welchen Wert haben dann Erkenntnis usw., usw.???

Psychologische Geschichte des Begriffs »*Subjekt*«. Der Leib, das Ding, das vom Auge konstruierte »Ganze« erweckt die Unterscheidung von einem Tun und einem Tuenden; der Tuende, die Ursache des Tuns, immer feiner gefaßt, hat zuletzt das »Subjekt« übriggelassen.

Sollten nicht alle *Quantitäten* Anzeichen von *Qualitäten* sein? Der größeren Macht entspricht ein anderes Bewußtsein, Begehren, ein anderer perspektivischer Blick; Wachstum selbst ist ein Verlangen, *mehr zu sein;* aus einem *quale* heraus erwächst das Verlangen nach einem Mehr von *quantum*; in einer rein quantitativen Welt wäre alles tot, starr, unbewegt. – Die Reduktion aller Qualitäten auf Quantitäten ist

Unsinn: was sich ergibt, ist, daß eins und das andre beisammen steht, eine Analogie –.

Ist jemals schon eine *Kraft* konstatiert? Nein, sondern *Wirkungen*, übersetzt in eine völlig fremde Sprache. Das Regelmäßige im Hintereinander hat uns aber so verwöhnt, daß wir uns *über das Wunderliche daran nicht wundern*.

Gegen die erkenntnistheoretischen Dogmen tief mißtrauisch, liebte ich es, bald aus diesem, bald aus jenem Fenster zu blicken, hütete mich, mich darin festzusetzen, hielt sie für schädlich, – und zuletzt: ist es wahrscheinlich, daß ein Werkzeug seine eigene Tauglichkeit kritisieren *kann*?? – Worauf ich achtgab, war vielmehr, daß niemals eine erkenntnistheoretische Skepsis oder Dogmatik ohne Hintergedanken entstanden ist, – daß sie einen Wert zweiten Ranges hat, sobald man erwägt, *was* im Grunde zu dieser Stellung *zwang*.

Grundeinsicht: sowohl Kant als Hegel, als Schopenhauer – sowohl die skeptisch-epochistische Haltung als die historisierende, als die pessimistische – sind *moralischen* Ursprungs. Ich sah niemanden, der eine *Kritik der moralischen Wertgefühle* gewagt hätte: und den spärlichen Versuchen, zu einer Entstehungsgeschichte dieser Gefühle zu kommen (wie bei den englischen und deutschen Darwinisten) wandte ich bald den Rücken.

Wie erklärt sich Spinozas Stellung, seine Verneinung und Ablehnung der moralischen Werturteile? (Es war *eine* Konsequenz seiner Theodizee!)

Tiefe Abneigung, in irgendeiner Gesamt-Betrachtung der Welt ein für allemal auszuruhn. Zauber der entgegengesetzten Denkweise: sich den Anreiz des enigmatischen Charakters nicht nehmen lassen.

Die größte Fabelei ist die von der Erkenntnis. Man möchte wissen, wie die *Dinge an sich* beschaffen sind: aber siehe da, es gibt keine Dinge an sich! Gesetzt aber sogar, es *gäbe* ein An-sich, ein Unbedingtes, so könnte es eben darum *nicht erkannt werden!* Etwas Unbedingtes kann nicht erkannt werden: sonst wäre es eben *nicht* unbedingt! Erkennen ist aber immer »sich irgendwozu in Bedingung setzen« – –; ein solch Erkennender will, daß das, was er erkennen will, ihn nichts angeht und daß dasselbe Etwas überhaupt niemanden nichts angeht: wobei erstlich ein Widerspruch gegeben ist im Erkennen-*wollen* und dem Verlangen, daß es ihn nichts angehen soll (wozu doch dann Erkennen?). und zweitens, weil etwas, das niemanden nichts angeht, gar nicht *ist*, also auch gar nicht erkannt werden kann. – Erkennen heißt »sich in Bedingung setzen zu etwas«: sich durch etwas bedingt fühlen und ebenso es selbst unsrerseits bedingen – – es ist also unter allen Umständen ein *Feststellen, Bezeichnen, Bewußtmachen von Bedingungen* (*nicht* ein *Ergründen* von Wesen, Dingen, »An-sichs«).

Ein »Ding an sich« ebenso verkehrt wie ein »Sinn an sich«, eine »Bedeutung an sich«. Es gibt keinen »Tatbestand an sich«, sondern *ein Sinn muß immer erst hineingelegt werden, damit es einen Tatbestand geben kann.*

Das »was ist das?« ist eine *Sinn-Setzung* von etwas anderem aus gesehen. Die »*Essenz*«, die »*Wesenheit*« ist etwas Perspektivisches und setzt eine Vielheit schon voraus. Zugrunde liegt immer »was ist das für *mich?*« (für uns, für alles, was lebt usw.).

Ein Ding wäre bezeichnet, wenn an ihm erst alle Wesen ihr »was ist das?« gefragt und beantwortet hätten. Gesetzt, ein einziges Wesen mit seinen eignen Relationen und Perspektiven zu allen Dingen fehlte, so ist das Ding immer noch nicht »definiert«.

Kurz: das Wesen eines Dings ist auch nur eine *Meinung* über das »Ding«. Oder vielmehr: das »*es gilt*« ist das eigentliche »*es ist*«, das einzige »das ist«.

Man darf nicht fragen: »*wer* interpretiert denn?« sondern das Interpretieren selbst, als eine Form des Willens zur Macht, hat Dasein (aber nicht als ein »Sein«, sondern als ein *Prozeß*, ein *Werden*) als ein Affekt.

Die Entstehung der »Dinge« ist ganz und gar das Werk der Vorstellenden, Denkenden, Wollenden, Empfindenden. Der Begriff »Ding« selbst ebenso als alle Eigenschaften. – Selbst »das Subjekt« ist ein solches Geschaffenes, ein »Ding« wie alle andern: eine Vereinfachung, um die *Kraft*, welche setzt, erfindet, denkt, als solche zu bezeichnen, im Unterschiede von allem einzelnen Setzen, Erfinden,

Denken selbst. Also das *Vermögen* im Unterschiede von allem Einzelnen bezeichnet: im Grunde das Tun in Hinsicht auf alles noch zu erwartende Tun (Tun und die Wahrscheinlichkeit ähnlichen Tuns) zusammengefaßt.

Aus der uns bekannten Welt ist der humanitäre Gott nicht *nachzuweisen:* so weit kann man euch heute zwingen und treiben. Aber welchen Schluß zieht ihr daraus? »Er ist *uns* nicht nachweisbar«: Skepsis der Erkenntnis. Ihr alle *fürchtet* den Schluß »aus der uns bekannten Welt würde ein ganz anderer Gott *nachweisbar* sein, ein solcher, der zum mindesten *nicht* humanitär ist« – – und, kurz und gut, ihr haltet euren Gott fest und erfindet für ihn eine Welt, die *uns nicht bekannt ist.*

Gesetzt selbst, daß ein Gegenbeweis des christlichen Glaubens nicht geführt werden könnte, hielt Pascal doch in Hinsicht auf eine *furchtbare* Möglichkeit, daß er dennoch wahr sei, es für klug im höchsten Sinne, Christ zu sein. Heute findet man, zum Zeichen, wie sehr das Christentum an Furchtbarkeit eingebüßt hat, jenen andern Versuch seiner Rechtfertigung, daß selbst, wenn er ein Irrtum wäre, man zeitlebens doch den großen Vorteil und Genuß dieses Irrtums habe: – es scheint also, daß gerade um seiner beruhigenden Wirkungen willen dieser Glaube aufrechterhalten werden solle – also nicht aus Furcht vor einer drohenden Möglichkeit, vielmehr aus Furcht vor einem Leben, dem ein Reiz abgeht. Diese hedonische Wendung, der Beweis aus der *Lust*, ist ein Symptom des Niedergangs: er ersetzt den Beweis aus der *Kraft*, aus dem, was an der christlichen Idee Erschütterung ist, aus der *Furcht*. Tatsächlich nähert sich in dieser Umdeutung das Christentum der Erschöpfung: man begnügt sich mit einem *opiatischen* Christentum, weil man weder zum Suchen, Kämpfen, Wagen, Alleinstehen-wollen die Kraft hat noch zum Pascalismus, zu dieser grüblerischen Selbstverachtung, zum Glauben an die menschliche Unwürdigkeit, zur Angst des »Vielleicht-Verurteilten«. Aber ein Christentum, das vor allem kranke Nerven beruhigen soll, hat jene furchtbare Lösung eines »Gottes am Kreuze« überhaupt *nicht nötig:* weshalb im stillen überall der Buddhismus in Europa Fortschritte macht.

Die Auslegung eines Geschehens als *entweder* Tun *oder* Leiden (– also jedes Tun ein Leiden) sagt: jede Veränderung, jedes Anderswerden setzt einen Urheber voraus und einen, *an dem* »verändert« wird.

»Zweck und Mittel«
»Ursache und Wirkung«
»Subjekt und Objekt«
»Tun und Leiden«
»Ding an sich und Erscheinung«

als Ausdeutungen (*nicht* als Tatbestand) und inwiefern vielleicht *notwendige* Ausdeutungen? (als »erhaltende«) – alle im Sinne eines Willens zur Macht.

Der Wille zur Macht *interpretiert* (– bei der Bildung eines Organs handelt es sich um eine Interpretation): er grenzt ab, bestimmt Grade, Machtverschiedenheiten. Bloße Machtverschiedenheiten könnten sich noch nicht als solche empfinden: es muß ein wachsenwollendes Etwas da sein, das jedes andre wachsen-wollende Etwas auf seinen Wert hin interpretiert. *Darin* gleich – – In Wahrheit ist Interpretation ein Mittel selbst, um Herr über etwas zu werden. (Der organische Prozeß setzt fortwährend *Interpretieren* voraus.)

Die »Regelmäßigkeit« der Aufeinanderfolge ist nur ein bildlicher Ausdruck, *wie als ob* hier eine Regel befolgt werde: kein Tatbestand. Ebenso »Gesetzmäßigkeit«. Wir finden eine Formel, um eine immer wiederkehrende Art der Folge auszudrücken: damit haben wir *kein »Gesetz« entdeckt*, noch weniger eine Kraft, welche die Ursache zur Wiederkehr von Folgen ist. Daß etwas immer so und so geschieht, wird hier interpretiert, als ob ein Wesen infolge eines Gehorsams gegen ein Gesetz oder einen Gesetzgeber immer so und so handelte: während es, abgesehen vom »Gesetz«, Freiheit hätte, anders zu handeln. Aber gerade jenes So-und-nicht-anders könnte aus dem Wesen selbst stammen, das *nicht* in Hinsicht erst auf ein Gesetz sich so und so verhielte, sondern als so und so beschaffen. Es heißt nur: etwas kann nicht auch etwas anderes sein, kann nicht bald dies, bald anderes tun, ist weder frei noch unfrei, sondern eben so und so. *Der Fehler steckt in der Hineindichtung eines Subjekts.*

Gesetzt, die Welt verfügte über ein Quantum von Kraft, so liegt auf der Hand, daß jede Macht-Verschiebung an irgendeiner Stelle das ganze System bedingt – also neben der Kausalität *hinter*einander wäre eine Abhängigkeit *neben-* und *miteinander* gegeben.

Es liegt auf der Hand, daß *weder* Dinge an sich miteinander im Verhältnisse von Ursache und Wirkung stehen können *noch* Erscheinung mit Erscheinung: womit sich ergibt, daß der Begriff »Ursache und Wirkung« innerhalb einer Philosophie, die an Dinge an sich und an Erscheinungen glaubt, *nicht anwendbar* ist. Die Fehler Kants –... Tatsächlich stammt der Begriff »Ursache und Wirkung«, psychologisch nachgerechnet, nur aus einer Denkweise, die immer und überall Wille auf Wille wirkend glaubt, – die nur an Lebendiges glaubt und im Grunde nur an »Seelen« (und *nicht* an Dinge). Innerhalb der mechanistischen Weltbetrachtung (welche Logik ist und deren Anwendung auf Raum und Zeit) reduziert sich jener Begriff auf die mathematische Formel – mit der, wie man immer wieder unterstreichen muß, niemals etwas begriffen, wohl aber etwas bezeichnet, *verzeichnet* wird.

Die unabänderliche Aufeinanderfolge gewisser Erscheinungen beweist kein »Gesetz«, sondern ein Machtverhältnis zwischen zwei oder mehreren Kräften. Zu sagen »aber gerade dies Verhältnis bleibt sich gleich!« heißt nichts anderes als: »ein und dieselbe Kraft kann nicht auch eine andere Kraft sein«. – Es handelt sich nicht um ein *Nacheinander*, – sondern um ein *Ineinander*, einen Prozeß, in dem die einzelnen sich folgenden Momente *nicht* als Ursache und Wirkung sich bedingen...

Die Trennung des »Tuns« vom »Tuenden«, des Geschehens von einem, der geschehen *macht*, des Prozesses von einem Etwas, das nicht Prozeß, sondern dauernd, *Substanz*, Ding, Körper, Seele usw. ist, – der Versuch, das Geschehen zu begreifen als eine Art Verschiebung und Stellungs-Wechsel von »Seiendem«, von Bleibendem: diese alte Mythologie hat den Glauben an »Ursache und Wirkung« festgestellt, nachdem er in den sprachlich-grammatischen Funktionen eine feste Form gefunden hatte.

Maßstab, *wonach* der Wert der moralischen Wertschätzungen zu bestimmen ist.

Die *übersehene* Grundtatsache: Widerspruch zwischen dem »Moralischer-werden« und der Erhöhung und Verstärkung des Typus Mensch.

Homo natura. Der »Wille zur Macht«.

Der Wille zur Macht. – Wie die Menschen beschaffen sein müßten, welche diese Umwertung an sich vornehmen. Die Rangordnung als Machtordnung: Krieg und Gefahr die Voraussetzung, daß ein Rang seine Bedingungen festhält. Das grandiose Vorbild: der Mensch in der Natur – das schwächste, klügste Wesen sich zum Herrn machend, die dümmeren Gewalten sich unterjochend.

Der *größte* Kampf: dazu braucht es einer neuen *Waffe.*

Der Hammer: eine furchtbare Entscheidung heraufbeschwören, Europa vor die *Konsequenz* stellen, ob sein Wille zum Untergang »will«.

Verhütung der Vermittelmäßigung. Lieber noch Untergang!

Die Voraussetzung, daß es im Grunde der Dinge so moralisch zugeht, daß die *menschliche Vernunft recht behält* – ist eine Treuherzigkeit und Biedermanns-Voraussetzung, die Nachwirkung des Glaubens an die göttliche Wahrhaftigkeit – Gott als Schöpfer der Dinge gedacht. – Die Begriffe eine Erbschaft aus einer jenseitigen Vorexistenz – –

»Erkennen« ist ein *Zurückbeziehn:* seinem Wesen nach ein *regressus in infinitum.* Was haltmacht (bei einer angeblichen *causa prima,* bei einem Unbedingten usw.), ist die *Faulheit,* die Ermüdung – –

Gegen das Versöhnen-wollen und die Friedfertigkeit. Dazu gehört auch jeder Versuch von Monismus.

Nihilistischer Zug

a) In den *Naturwissenschaften* (»Sinnlosigkeit« –); Kausalismus, Mechanismus. Die »Gesetzmäßigkeit« ein Zwischenakt, ein Überbleibsel.

b) Insgleichen in der *Politik:* es fehlt einem der Glaube an *sein* Recht, die Unschuld; es herrscht die Lügnerei, die Augenblicks-Dienerei.

c) Insgleichen in der *Volkswirtschaft*: die Aufhebung der Sklaverei: Mangel eines erlösenden Standes, eines *Rechtfertigers*, – Heraufkommen des Anarchismus. »Erziehung«?

d) Insgleichen in der *Geschichte:* der Fatalismus, der Darwinismus; die letzten Versuche, Vernunft und Göttlichkeit hineinzudeuten, mißraten. Sentimentalität vor der Vergangenheit; man ertrüge keine Biographie! – (Der Phänomenalismus auch hier: Charakter als Maske; es gibt keine Tatsachen.)

e) Insgleichen in der *Kunst:* Romantik und ihr *Gegenschlag* (Widerwille gegen die romantischen Ideale und Lügen). Letzterer, moralisch, als Sinn größerer Wahrhaftigkeit, aber pessimistisch. Die reinen »Artisten« (gleichgültig gegen den Inhalt). (Beichtvater-Psychologie und Puritaner-Psychologie, zwei Formen der psychologischen Romantik: aber auch noch ihr Gegenschlag, der Versuch, sich rein artistisch zum »Menschen« zu stellen, – auch da wird noch nicht die *umgekehrte* Wertschätzung *gewagt!*)

Das Phänomen »Künstler« ist noch am leichtesten *durchsichtig:* – von da aus hinzublicken auf die *Grundinstinkte der Macht*, der Natur usw.! Auch der Religion und Moral!

»Das Spiel«, das Unnützliche – als Ideal des mit Kraft Überhäuften, als »kindlich«. Die »Kindlichkeit« Gottes, πaῖς παίζων.

Romantik und ihr Gegenstück. – In Hinsicht auf alle ästhetischen Werte bediene ich mich jetzt dieser Grundunterscheidung: ich frage in jedem einzelnen Falle: »Ist hier der Hunger oder der Überfluß schöpferisch geworden?« Von vornherein möchte sich eine andre Unterscheidung besser zu empfehlen scheinen – sie ist bei weitem augenscheinlicher –, nämlich die Unterscheidung, ob das Verlangen nach Starr-werden, Ewig-werden, nach »*Sein*« die Ursache des Schaffens ist oder aber das Verlangen nach Zerstörung, nach Wechsel, nach *Werden*. Aber beide Arten des Verlangens erweisen sich, tiefer angesehn, noch als zweideutig, und zwar deutbar eben nach jenem vorangestellten und mit Recht, wie mich dünkt, *vorgezogenen* Schema.

Das Verlangen nach Zerstörung, Wechsel, Werden *kann* der Ausdruck der übervollen zukunftsschwangern Kraft sein (mein Terminus dafür ist, wie man weiß, das Wort »dionysisch«); es kann aber auch der *Haß* der Mißratnen, Entbehrenden, Schlechtweggekommenen sein, der zerstört, zerstören *muß*, weil ihn das Bestehende, ja alles Bestehen, alles Sein selbst, empört und aufreizt.

»Verewigen« andrerseits kann einmal aus Dankbarkeit und Liebe kommen – eine Kunst dieses Ursprungs wird immer eine Apotheosen-Kunst sein, dithyrambisch vielleicht mit Rubens, selig mit Hafis, hell und gütig mit Goethe und einen homerischen Glorienschein über alle Dinge breitend; – es kann aber auch jener tyrannische Wille eines Schwer-Leidenden sein, welcher das Persönlichste, Einzelnste, Engste, die eigentliche Idiosynkrasie seines Leidens noch zum verbindlichen *Gesetz* und Zwang stempeln möchte und der an allen Dingen gleichsam Rache nimmt, dadurch daß er ihnen sein Bild, das Bild seiner Tortur aufdrückt, einzwängt, einbrennt. Letzteres ist romantischer Pessimismus in der ausdrucksvollsten Form: sei es als Schopenhauersche Willens-Philosophie, sei es als Wagnersche Musik.

Nihilismus als Konsequenz der bisherigen Wert-Interpretation des Daseins.

Es ist die Zeit des *großen Mittags, der furchtbarsten Aufhellung: meine* Art von *Pessimismus:* – großer Ausgangspunkt.

I. Grundwiderspruch in der Zivilisation und der Erhöhung des Menschen.

II. Die moralischen Wertschätzungen als eine Geschichte der Lüge und Verleumdungskunst im Dienste eines Willens zur Macht (des *Herden*-Willens, welcher sich gegen die stärkeren Menschen auflehnt).

III. Die Bedingungen jeder Erhöhung der Kultur (die Ermöglichung einer *Auswahl* auf Unkosten einer Menge) sind die Bedingungen alles Wachstums.

IV. Die *Vieldeutigkeit* der Welt als Frage der *Kraft*, welche alle Dinge unter der *Perspektive ihres Wachstums* ansieht. Die moralisch-christlichen Werturteile als Sklaven-Aufstand und Sklaven-

Lügenhaftigkeit (im Vergleich zu den aristokratischen Werten der *antiken* Welt).

Was ist Wahrheit? – Inertia; die Hypothese, bei welcher Befriedigung entsteht: geringster Verbrauch von geistiger Kraft usw.

Die Schauspielerei

Die Farbenbuntheit des modernen Menschen und ihr Reiz. Wesentlich Versteck und Überdruß.

Der Literat.

Der Politiker (im »nationalen Schwindel«).

Die Schauspielerei in den Künsten:

Mangel an Probität der Vorbildung und Schulung (Fromentin);

die Romantiker (Mangel an Philosophie und Wissenschaft und Überfluß an Literatur);

die Romanschreiber (Walter Scott, aber auch die Nibelungen-Ungeheuer mit der nervösesten Musik);

die Lyriker.

Die »Wissenschaftlichkeit«.

Virtuosen (Juden).

Die volkstümlichen Ideale als überwunden, aber noch nicht *vor dem Volk:*

der Heilige, der Weise, der Prophet.

Zur Geschichte der modernen Verdüsterung.

Die Staats-Nomaden (Beamte usw.): ohne »Heimat« –.

Der Niedergang der Familie.

Der »gute Mensch« als Symptom der Erschöpfung.

Gerechtigkeit als Wille zur Macht (Züchtung).

Geilheit und Neurose.

Schwarze Musik: – die erquickliche Musik wohin?

Der Anarchist.

Menschenverachtung, Ekel.

Tiefste Unterscheidung: ob der Hunger oder der Überfluß schöpferisch wird? Ersterer erzeugt die *Ideale der Romantik.* –

Nordische Unnatürlichkeit.

Das Bedürfnis nach *Alcoholica:* die Arbeiter-»Not«.
Der philosophische Nihilismus.

Unendliche Ausdeutbarkeit der Welt: jede Ausdeutung ein Symptom des Wachstums oder des Untergehens.

Die Einheit (der Monismus) ein Bedürfnis der *inertia;* die Mehrheit der Deutung Zeichen der Kraft. Der Welt ihren beunruhigenden und enigmatischen Charakter *nicht abstreiten wollen!*

Das Kunstwerk, wo es *ohne* Künstler erscheint, z. B. als Leib, als Organisation (preußisches Offizierkorps, Jesuitenorden). Inwiefern der Künstler nur eine Vorstufe ist.

Die Welt als ein sich selbstgebärendes Kunstwerk – –

Ist die Kunst eine Folge des *Ungenügens am Wirklichen?* Oder ein Ausdruck der *Dankbarkeit über genossenes Glück?* Im ersten Falle *Romantik*, im zweiten Glorienschein und Dithyrambus (kurz *Apotheosen-Kunst*): auch Raffael gehört hierhin, nur daß er jene Falschheit hatte, den *Anschein* der christlichen Weltauslegung zu vergöttern. Er war dankbar für das Dasein, wo es *nicht* spezifisch christlich sich zeigte.

Mit der *moralischen* Interpretation ist die Welt unerträglich. Das Christentum war der Versuch, die Welt damit zu »überwinden«: d. h. zu verneinen. *In praxi* lief ein solches Attentat des Wahnsinns – einer wahnsinnigen Selbstüberhebung des Menschen angesichts der Welt – auf Verdüsterung, Verkleinlichung, Verarmung des Menschen hinaus: die mittelmäßigste und unschädlichste Art, die herdenhafte Art Mensch, fand allein dabei ihre Rechnung, ihre *Förderung*, wenn man will.

Homer als *Apotheosen-Künstler*; auch Rubens. Die Musik hat noch keinen gehabt.

Die Idealisierung des *großen Frevlers* (der Sinn für seine *Größe*) ist griechisch; das Herunterwürdigen, Verleumden, Verächtlichmachen des Sünders ist jüdisch-christlich.

Auch Resignation ist *nicht* eine Lehre der Tragödie, sondern ein Mißverständnis derselben! Sehnsucht ins Nichts ist *Verneinung* der tragischen Weisheit, ihr Gegensatz!

Ein Romantiker ist ein Künstler, den das große Mißvergnügen an sich schöpferisch macht – der von sich und seiner Mitwelt wegblickt, zurückblickt.

Die Bedeutung der deutschen Philosophie (*Hegel*): einen *Pantheismus* auszudenken, bei dem das Böse, der Irrtum und das Leid *nicht* als Argumente gegen Göttlichkeit empfunden werden. *Diese grandiose Initiative* ist mißbraucht worden von den vorhandenen Mächten (Staat usw.), als sei damit die Vernünftigkeit des gerade Herrschenden sanktioniert.

Schopenhauer erscheint dagegen als hartnäckiger Moral-Mensch, welcher endlich, um mit seiner moralischen Schätzung recht zu behalten, zum *Welt-Verneiner* wird. Endlich zum »Mystiker«.

Ich selbst habe eine *ästhetische* Rechtfertigung versucht: wie ist die Häßlichkeit der Welt möglich? – Ich nahm den Willen zur Schönheit, zum Verharren in *gleichen* Formen, als ein zeitweiliges Erhaltungs- und Heilmittel: fundamental aber schien mir das ewig-Schaffende als das *ewig-Zerstören-Müssende* gebunden an den Schmerz. Das Häßliche ist die Betrachtungsform der Dinge unter dem Willen, einen Sinn, einen *neuen* Sinn in das Sinnlos-gewordene zu legen: die angehäufte Kraft, welche den Schaffenden zwingt, das Bisherige als unhaltbar, mißraten, verneinungswürdig, als häßlich zu fühlen! –

Bei Plato, als bei einem Menschen der überreizbaren Sinnlichkeit und Schwärmerei, ist der Zauber des Begriffs so groß gewesen, daß er unwillkürlich den Begriff als eine Idealform verehrte und vergötterte. *Dialektik-Trunkenheit:* als das Bewußtsein, mit ihr eine Herrschaft über sich auszuüben – – als Werkzeug des Machtwillens.

Druck und *Stoß* etwas unsäglich Spätes, Abgeleitetes, Unursprüngliches. Es setzt ja schon etwas voraus, das *zusammenhält* und drücken und stoßen *kann!* Aber woher hielte es zusammen?

Die Religionen gehen am Glauben an die Moral zugrunde. Der christlich-moralische Gott ist nicht haltbar: folglich »Atheismus« – wie als ob es keine andere Art Götter geben könne.

Desgleichen geht die *Kultur* am Glauben an die Moral zugrunde. Denn wenn die notwendigen Bedingungen entdeckt sind, aus denen allein sie wächst, so *will* man sie nicht mehr (Buddhismus).

Die »Sinnlosigkeit des Geschehens«: der Glaube daran ist die Folge einer Einsicht in die Falschheit der bisherigen Interpretationen, eine Verallgemeinerung der Mutlosigkeit und Schwäche, – kein *notwendiger* Glaube.

Unbescheidenheit des Menschen –: wo er den Sinn nicht sieht, ihn zu *leugnen!*

Daß der *Wert der Welt* in unserer Interpretation liegt (– daß vielleicht irgendwo noch andre Interpretationen möglich sind als bloß menschliche –), daß die bisherigen Interpretationen perspektivische Schätzungen sind, vermöge deren wir uns im Leben, d. h. im Willen zur Macht, zum Wachstum der Macht, erhalten, daß jede *Erhöhung des Menschen* die Überwindung engerer Interpretationen mit sich bringt, daß jede erreichte Verstärkung und Machterweiterung neue Perspektiven auftut und an neue Horizonte glauben heißt – das geht durch meine Schriften. Die Welt, die *uns etwas angeht*, ist falsch, d. h. ist kein Tatbestand, sondern eine Ausdichtung und Rundung über einer mageren Summe von Beobachtungen; sie ist »im Flusse«, als etwas Werdendes, als eine sich immer neu verschiebende Falschheit, die sich niemals der Wahrheit nähert: denn – es gibt keine »Wahrheit«.

Die Täuschung *Apollos*: die *Ewigkeit* der schönen Form; die aristokratische Gesetzgebung »*so soll es immer sein!*«.

Dionysos: Sinnlichkeit und Grausamkeit. Die Vergänglichkeit könnte ausgelegt werden als Genuß der zeugenden und zerstörenden Kraft, als *beständige Schöpfung*.

Der Glaube an den Leib ist fundamentaler als der Glaube an die *Seele:* letzterer ist entstanden aus der unwissenschaftlichen Betrachtung der Agonien des Leibes (etwas, das ihn verläßt. Glaube an die *Wahrheit* des *Traumes* –).

Der Hammer. *Wie* müssen Menschen beschaffen sein, die umgekehrt wertschätzen? – Menschen, die *alle* Eigenschaften der modernen Seele haben, aber stark genug sind, sie in lauter Gesundheit umzuwandeln? – Ihr Mittel zu ihrer Aufgabe.

Armut, Demut und Keuschheit – gefährliche und verleumderische Ideale, aber, wie Gifte in gewissen Krankheitsfällen, nützliche Heilmittel, z. B. in der römischen Kaiserzeit.

Alle Ideale sind gefährlich: weil sie das Tatsächliche erniedrigen und brandmarken; alle sind Gifte, aber als zeitweilige Heilmittel unentbehrlich.

Wie hat sich der gesamte organische Prozeß verhalten *gegen* die übrige Natur? – Da enthüllt sich sein *Grundwille.*

Inwiefern die Dialektik und der Glaube an die Vernunft noch auf *moralischen* Vorurteilen ruht. Bei Plato sind wir als einstmalige Bewohner einer intelligiblen Welt des Guten noch im Besitz eines Vermächtnisses jener Zeit: die göttliche Dialektik, als aus dem Guten stammend, führt zu allem Guten (– also gleichsam »zurück« –). Auch Descartes hatte einen Begriff davon, daß in einer christlich-moralischen Grunddenkweise, welche an einen *guten* Gott als Schöpfer der Dinge glaubt, die Wahrhaftigkeit Gottes erst uns unsre Sinnesurteile *verbürgt.* Abseits von einer religiösen Sanktion und Verbürgung unsrer Sinne und Vernünftigkeit – woher sollten wir ein Recht auf Vertrauen gegen das Dasein haben! Daß das Denken gar ein Maß des Wirklichen sei – daß was nicht gedacht werden kann, nicht *ist* – ist ein plumpes *non plus ultra* einer moralistischen Vertrauensseligkeit (auf ein essentielles Wahrheits-Prinzip im Grund der Dinge), an sich eine tolle Behauptung, der unsre Erfahrung in jedem Augenblicke widerspricht. Wir können gerade gar nichts denken, inwiefern es *ist*…

Die Sinneswahrnehmungen nach »außen« projiziert: »innen« und »außen« – da kommandiert der *Leib* –?

Dieselbe gleichmachende und ordnende Kraft, welche im Idioplasma waltet, waltet auch beim Einverleiben der Außenwelt: unsere

Sinneswahrnehmungen sind bereits das *Resultat* dieser *Anähnlichung* und *Gleichsetzung* in bezug auf *alle* Vergangenheit in uns; sie folgen nicht sofort auf den »Eindruck« –

Ironie gegen die, welche das Christentum durch die modernen Naturwissenschaften überwunden glauben. Die christlichen Wert-urteile sind damit absolut nicht überwunden. »Christus am Kreuze« ist das erhabenste Symbol – immer noch. –

Unsere Wahrnehmungen, wie wir sie verstehen: d. i. die Summe aller der Wahrnehmungen, deren *Bewußtwerden* uns und dem ganzen organischen Prozesse vor uns nützlich und wesentlich war: also nicht alle Wahrnehmungen überhaupt (z. B. nicht die elektrischen); das heißt: wir haben *Sinne* nur für eine Auswahl von Wahrnehmungen – solcher, an denen uns gelegen sein muß, um uns zu erhalten. *Bewußt-sein ist so weit da, als Bewußtsein nützlich ist.* Es ist kein Zweifel, daß alle Sinneswahrnehmungen gänzlich durchsetzt sind mit *Werturteilen* (nütz-lich und schädlich – folglich angenehm oder unangenehm). Die ein-zelne Farbe drückt zugleich einen Wert für uns aus (obwohl wir es uns selten oder erst nach langem, ausschließlichem Einwirken derselben Farbe eingestehen, z. B. Gefangene im Gefängnis oder Irre). So auch reagieren Insekten auf verschiedene Farben anders: einige lieben diese, andere jene, z. B. Ameisen.

Gesundheit und Krankhaftigkeit: man sei vorsichtig! Der Maß-stab bleibt die Effloreszenz des Leibes, die Sprungkraft, Mut und Lustigkeit des Geistes – aber, natürlich auch, *wie viel von Krankhaftem er auf sich nehmen und überwinden kann* – gesund *machen* kann. Das, woran die zarteren Menschen zugrunde gehen würden, gehört zu den Stimu-lanz-Mitteln der *großen* Gesundheit.

Man müßte *wissen*, was *Sein* ist, um zu *entscheiden*, ob dies und jenes real ist (z. B. »die Tatsachen des Bewußtseins«); ebenso was *Gewißheit* ist, was *Erkenntnis* ist und dergleichen. – Da wir das aber *nicht* wissen, so ist eine Kritik des Erkenntnisvermögens unsinnig: wie sollte das Werkzeug sich selbst kritisieren können, wenn es eben nur *sich* zur Kritik gebrauchen kann? Es kann nicht einmal sich selbst definieren!

Wenn alle Einheit nur als Organisation Einheit ist? Aber das »Ding«, an das wir glauben, ist nur als Unterlage zu verschiednen Prädikaten *hinzuerfunden*. Wenn das Ding »wirkt«, so heißt das: wir fassen *alle übrigen* Eigenschaften, die sonst noch hier vorhanden sind und momentan latent sind, als Ursache, daß jetzt eine einzelne Eigenschaft hervortritt: d. h. *wir nehmen die Summe seiner Eigenschaften – x –* als *Ursache* der Eigenschaft *x*: was doch *ganz* dumm und verrückt ist!

Alle Einheit ist *nur* als *Organisation und Zusammenspiel* Einheit: nicht anders, als wie ein menschliches Gemeinwesen eine Einheit ist: also *Gegensatz* der atomistischen *Anarchie*, somit ein *Herrschafts-Gebilde*, das eins *bedeutet*, aber nicht eins ist.

Eine Kraft, die wir uns nicht vorstellen können, ist ein leeres Wort und darf kein Bürgerrecht in der Wissenschaft haben: wie die sogenannte rein mechanische Anziehungs- und Abstoßungskraft, welche uns die Welt *vorstellbar machen will*, nichts weiter!

Alles Geschehen aus Absichten ist reduzierbar auf die *Absicht der Mehrung von Macht.*

Gleichheit und Ähnlichkeit.

1. Das gröbere Organ sieht viele scheinbare Gleichheit;
2. der Geist *will* Gleichheit, d. h. einen Sinneneindruck subsumieren unter eine vorhandene Reihe: ebenso wie der Körper Unorganisches sich *assimiliert.*

Zum Verständnis der *Logik*:

der Wille zur Gleichheit ist der Wille zur Macht – der Glaube, daß etwas so und so sei (das Wesen des *Urteils*), ist die Folge eines Willens, es *soll* so viel als möglich gleich sein.

Wenn unser »Ich« uns das einzige *Sein* ist, nach dem wir alles Sein machen oder verstehen: sehr gut! Dann ist der Zweifel sehr am Platze, ob hier nicht eine perspektivische *Illusion* vorliegt – die scheinbare Einheit, in der wie in einer Horizontlinie alles sich zusammenschließt. Am Leitfaden des Leibes zeigt sich eine ungeheure *Vielfachheit*; es ist methodisch erlaubt, das besser studierbare *reichere* Phänomen zum

Leitfaden für das Verständnis des ärmeren zu benutzen. Endlich: gesetzt, alles ist Werden, so ist *Erkenntnis nur möglich auf Grund des Glaubens an Sein.*

Illusion, daß etwas *erkannt* sei, wo wir eine mathematische Formel für das Geschehene haben: es ist nur *bezeichnet, beschrieben:* nichts mehr!

In jedem Urteile steckt der ganze, volle, tiefe Glaube an Subjekt und Prädikat oder an Ursache und Wirkung (nämlich als die Behauptung, daß jede Wirkung Tätigkeit sei und daß jede Tätigkeit einen Täter voraussetze); und dieser letztere Glaube ist sogar nur ein Einzelfall des ersteren, so daß als Grundglaube der Glaube übrigbleibt: es gibt Subjekte, alles, was geschieht, verhält sich prädikativ zu irgendwelchem Subjekte.

Ich bemerke etwas und suche nach einem *Grund* dafür: das heißt ursprünglich: ich suche nach einer *Absicht* darin und vor allem nach einem, der Absicht hat, nach einem Subjekt, einem Täter: alles Geschehen ein Tun – ehemals sah man in *allem* Geschehen Absichten, dies ist unsere älteste Gewohnheit. Hat das Tier sie auch? Ist es, als Lebendiges, nicht auch auf die Interpretation nach *sich* angewiesen? – Die Frage »warum?« ist immer die Frage nach der *causa finalis*, nach einem »Wozu?« Von einem »Sinn der *causa efficiens*« haben wir nichts: hier hat *Hume* recht, die Gewohnheit (aber *nicht* nur die des Individuums!) läßt uns erwarten, daß ein gewisser oft beobachteter Vorgang auf den andern folgt: weiter nichts! Was uns die außerordentliche Festigkeit des Glaubens an Kausalität gibt, ist *nicht* die große Gewohnheit des Hintereinanders von Vorgängen, sondern unsre *Unfähigkeit*, ein Geschehen anders *interpretieren* zu können als ein Geschehen aus *Absichten*. Es ist der *Glaube* an das Lebendige und Denkende als an das einzig *Wirkende* – an den Willen, die Absicht –, es ist der Glaube, daß alles Geschehen ein Tun sei, daß alles Tun einen Täter voraussetze, es ist der Glaube an das »Subjekt«. Sollte dieser Glaube an den Subjekt- und Prädikat-Begriff nicht eine große Dummheit sein?

Frage: ist die Absicht Ursache eines Geschehens? Oder ist auch das Illusion? Ist sie nicht *das* Geschehen selbst?

»Anziehen« und »Abstoßen« in rein mechanischem Sinne ist eine vollständige Fiktion: ein Wort. Wir können uns ohne eine *Absicht* ein Anziehen nicht denken. – Den Willen, sich einer Sache zu bemächtigen oder gegen ihre Macht sich zu wehren und sie zurückzustoßen – *das* »verstehen« wir: das wäre eine Interpretation, die wir brauchen könnten.

Kurz: die psychologische Nötigung zu einem Glauben an Kausalität liegt in der *Unvorstellbarkeit* eines *Geschehens ohne Absichten:* womit natürlich über Wahrheit oder Unwahrheit (Berechtigung eines solchen Glaubens) nichts gesagt ist! Der Glaube an causae fällt mit dem Glauben an τέλη (gegen Spinoza und dessen Kausalismus).

Das *Urteilen* ist unser ältester Glaube, unser gewohntestes Für-Wahr- oder Für-Unwahr-halten, ein Behaupten oder Leugnen, eine Gewißheit, daß etwas so und nicht anders ist, ein Glaube, hier wirklich »erkannt« zu haben – *was* wird in allen Urteilen als wahr geglaubt?

Was sind *Prädikate*? – Wir haben Veränderungen an uns *nicht* als solche genommen, sondern als ein »An-sich«, das uns fremd ist, das wir nur »wahrnehmen«: und wir haben sie *nicht* als ein Geschehen, sondern als ein Sein gesetzt, als »Eigenschaft« – und ein Wesen hinzuerfunden, an dem sie haften, d. h. wir haben die *Wirkung als Wirkendes* angesetzt und das *Wirkende als Seiendes*. Aber auch noch in dieser Formulierung ist der Begriff »Wirkung« willkürlich: denn von jenen Veränderungen, die an uns vorgehen und von denen wir bestimmt glauben, *nicht* selbst die Ursache zu sein, schließen wir nur, daß sie Wirkungen sein müssen: nach dem Schluß: »zu jeder Veränderung gehört ein Urheber«; – aber dieser Schluß ist schon Mythologie: er *trennt* das Wirkende *und* das Wirken. Wenn ich sage »der Blitz leuchtet«, so habe ich das Leuchten einmal als Tätigkeit und das andere Mal als Subjekt gesetzt: also zum Geschehen ein Sein supponiert, welches mit dem Geschehen nicht eins ist, vielmehr *bleibt*, *ist* und nicht »*wird*«. – *Das Geschehen als Wirken anzusetzen*: und *die Wirkung als Sein*: das ist der *doppelte* Irrtum, oder *Interpretation*, deren wir uns schuldig machen.

Die Eigenschaften eines Dinges sind Wirkungen auf andre »Dinge«: denkt man andre »Dinge« weg, so hat ein Ding keine Eigenschaften,

d. h. *es gibt kein Ding ohne andre Dinge,*
d. h. es gibt kein »Ding an sich«.

Was kann allein *Erkenntnis* sein? – »Auslegung«, Sinn-hineinlegen – *nicht* »Erklärung« (in den meisten Fällen eine neue Auslegung über eine alte unverständlich gewordne Auslegung, die jetzt selbst nur Zeichen ist). Es gibt keinen Tatbestand, alles ist flüssig, unfaßbar, zurückweichend; das Dauerhafteste sind noch unsre Meinungen.

Unsre Werte sind in die Dinge *hineininterpretiert.*
Gibt es denn einen *Sinn* im An-sich?!
Ist nicht notwendig Sinn eben *Beziehungs*-Sinn und Perspektive?
Aller Sinn ist Wille zur Macht (alle Beziehungs-Sinne lassen sich in ihn auflösen).

Neue Formen der Moralität: *Treue-Gelübde* im Vereinen über das, was man lassen und tun will, ganz bestimmte Entsagung von *vielem.* Proben, ob *reif* dazu.

Der *Künstler*-Philosoph. Höherer Begriff der *Kunst.* Ob der Mensch sich so ferne stellen kann von den andern Menschen, um *an ihnen zu gestalten*? (– Vorübungen: 1. der sich selbst Gestaltende, der Einsiedler; 2. der *bisherige* Künstler als der kleine Vollender, an einem Stoffe.)

Zum Kapitel »*Musik*«. – Deutsche und französische und italienische Musik. (Unsre politisch niedrigsten Zeiten die *fruchtbarsten.* Die Slaven?) – Das kulturhistorische Ballett: hat die Oper überwunden. – Schauspieler-Musik und Musiker-Musik. – Ein Irrtum, daß das, was Wagner geschaffen hat, eine *Form* sei – es ist eine Formlosigkeit. Die Möglichkeit des *dramatischen* Baues ist nun noch zu finden. – Rhythmisches. Der »Ausdruck« um jeden Preis. Hurenhafte Instrumentation. – Zu Ehren von Heinrich Schütz. – Zu Ehren Mendelssohns: ein Element Goethe darin und nirgends sonst! (ebenso wie ein andres Element Goethe in der Rahel zur Vollendung kam; ein drittes in Heinrich Heine.)

Die Physiologen sollten sich besinnen, den »*Erhaltungstrieb*« als kardinalen Trieb eines organischen Wesens anzusetzen. Vor allem will etwas Lebendiges seine Kraft *auslassen*: die »Erhaltung« ist nur eine der Konsequenzen davon. – Vorsicht vor *überflüssigen* teleologischen Prinzipien! Und dahin gehört der ganze Begriff »Erhaltungstrieb«.

Der Leib als Herrschaftsgebilde

Die Aristokratie im Leibe, die Mehrheit der Herrschenden (Kampf der Zellen und Gewebe).

Die Sklaverei und die Arbeitsteilung: der höhere Typus nur möglich durch *Herunterdrückung* eines niederen auf eine Funktion.

Lust und Schmerz kein Gegensatz. Das Gefühl der Macht.

»Ernährung« nur eine Konsequenz der unersättlichen Aneignung, des Willens zur Macht.

Die »Zeugung«, der Zerfall eintretend bei der Ohnmacht der herrschenden Zellen, das Angeeignete zu organisieren.

Die *gestaltende* Kraft ist es, die immer neuen »Stoff« (noch mehr »Kraft«) vorrätig haben will. Das Meisterstück des Aufbaus eines Organismus aus dem Ei.

»Mechanistische Auffassung«: will nichts als Quantitäten: aber die Kraft steckt in der Qualität. Die Mechanistik kann also nur Vorgänge beschreiben, nicht erklären.

Der »Zweck«. Auszugehen von der »Sagazität« der Pflanzen.

Begriff der »Vervollkommnung«: *nicht* nur größere Kompliziertheit, sondern größere *Macht* (– braucht nicht nur größere Masse zu sein –).

Schluß auf die Entwicklung der Menschheit: die Vervollkommnung besteht in der Hervorbringung der mächtigsten Individuen, zu deren Werkzeug die größte Menge gemacht wird (und zwar als intelligentestes und beweglichstes Werkzeug).

Es wird von nun an günstige Vorbedingungen für umfänglichere Herrschafts-Gebilde geben, derengleichen es noch nicht gegeben hat. Und dies ist noch nicht das wichtigste; es ist die Entstehung von internationalen Geschlechts-Verbänden möglich gemacht, welche sich die Aufgabe setzen, eine Herren-Rasse heraufzuzüchten, die zukünftigen »Herren der Erde«; – eine neue, ungeheure, auf der härtesten Selbst-

Gesetzgebung aufgebaute Aristokratie, in der dem Willen philosophischer Gewaltmenschen und Künstler-Tyrannen Dauer über Jahrtausende gegeben wird – eine höhere Art Menschen, die sich, dank ihrem Übergewicht von Wollen, Wissen, Reichtum und Einfluß, des demokratischen Europas bedienen als ihres gefügigsten und beweglichsten Werkzeugs, um die Schicksale der Erde in die Hand zu bekommen, um am »Menschen« selbst als Künstler zu gestalten. Genug, die Zeit kommt, wo man über Politik umlernen wird.

Mein leidlich radikales Fragezeichen bei allen neueren Straf-Gesetzgebungen ist dieses: daß die Strafen proportional weh tun sollen gemäß der Größe des Verbrechens – und so wollt ihr's ja alle im Grunde! – nun, so müßten sie jedem Verbrecher proportional seiner Empfindlichkeit für Schmerz zugemessen werden – das heißt, es dürfte eine *vorherige* Bestimmung der Strafe für ein Vergehn, es dürfte einen Strafkodex *gar nicht geben?* Aber in Anbetracht, daß es nicht leicht gelingen möchte, bei einem Verbrecher die Grad-Skala seiner Lust und Unlust festzustellen, so würde man *in praxi* wohl auf das Strafen verzichten müssen? Welche Einbuße! Nicht wahr? Folglich – –

»*Geradezu stoßen die Adler.*« – Die Vornehmheit der Seele ist nicht am wenigsten an der prachtvollen und stolzen Dummheit zu erkennen, mit der sie *angreift* – »geradezu«.

»Das Paradies ist unter dem Schatten der Schwerter« – auch ein Symbolon und Kerbholz-Wort, an dem sich Seelen vornehmer und kriegerischer Abkunft verraten und erraten.

Eine Frage kommt uns immer wieder, eine versucherische und schlimme Frage vielleicht: sei sie denen ins Ohr gesagt, welche ein Recht auf solche fragwürdige Fragen haben, den stärksten Seelen von heute, welche sich selbst auch am besten in der Gewalt haben: wäre es nicht an der Zeit, je mehr der Typus »Herdentier« jetzt in Europa entwickelt wird, mit einer grundsätzlichen künstlichen und bewußten *Züchtung* des entgegengesetzten Typus und seiner Tugenden den Versuch zu machen? Und wäre es für die demokratische Bewegung nicht selber erst eine Art Ziel, Erlösung und Rechtfertigung, wenn jemand käme, der sich ihrer *bediente* – dadurch, daß endlich sich zu ihrer neuen und sublimen Ausgestaltung der Sklaverei (– das muß die europäische Demokratie am Ende sein) jene höhere Art herrschaftlicher und cäsarischer Geister hinzufände, welche sich auf sie stellte, sich an ihr hielte, sich durch sie emporhübe? Zu neuen, bisher unmöglichen, zu *ihren* Fernsichten? Zu *ihren* Aufgaben?

Es gibt eine vornehme und gefährliche Nachlässigkeit, welche einen tiefen Schluß und Einblick gewährt: die Nachlässigkeit der selbstgewissen und überreichen Seele, die sich nie um Freunde *bemüht* hat, sondern nur die Gastfreundschaft kennt, immer nur Gastfreundschaft übt und zu üben versteht – Herz und Haus offen für jedermann, der eintreten will, seien es nun Bettler oder Krüppel oder Könige. Dies ist die echte Leutseligkeit: wer sie hat, hat hundert »Freunde«, aber wahrscheinlich keinen Freund.

Das *Problem des neunzehnten Jahrhunderts*. Ob seine starke und schwache Seite zueinander gehören? Ob es aus *einem* Holze geschnitzt ist? Ob die Verschiedenheit seiner Ideale und deren Widerspruch in einem höheren Zwecke bedingt ist: *als* etwas Höheres? – Denn es könnte die *Vorbestimmung zur Größe* sein, in diesem Maße in heftiger Spannung zu wachsen. Die Unzufriedenheit, der Nihilismus *könnte* ein *gutes Zeichen sein.*

Die unerledigten Probleme, die ich neu stelle: das *Problem der Zivilisation*, der Kampf zwischen Rousseau und Voltaire um 1760. Der Mensch wird tiefer, mißtrauischer, »unmoralischer«, stärker, sich-selbst-vertrauender – und insofern *»natürlicher«: das* ist »Fortschritt«. – Dabei legen sich, durch eine Art von Arbeitsteilung, die verböserten Schichten und die gemilderten, gezähmten auseinander: so daß die *Gesamttatsache* nicht ohne weiteres in die Augen springt... Es gehört zur *Stärke*, zur Selbstbeherrschung und Faszination der Stärke, daß diese stärkeren Schichten die Kunst besitzen, ihre Verböserung als etwas *Höheres* empfinden zu machen. Zu jedem »Fortschritt« gehört eine Umdeutung der verstärkten Elemente ins »Gute«.

Rousseau: die Regel gründend auf das Gefühl; die Natur als Quelle der Gerechtigkeit; der Mensch vervollkommnet sich in dem Maße, in dem er sich der *Natur nähert* (– nach Voltaire in dem Maße, in dem er sich *von der Natur entfernt*). Dieselben Epochen für den einen die des Fortschritts der *Humanität*, für den andern Zeiten der Verschlimmerung von Ungerechtigkeit und Ungleichheit.

Voltaire noch die *umanità* im Sinne der Renaissance begreifend, insgleichen die *virtù* (als »hohe Kultur«), er kämpft für die Sache der

»honnêtes gens« und *»de la bonne compagnie«*, die Sache des Geschmacks, der Wissenschaft, der Künste, die Sache des Fortschritts selbst und der Zivilisation.

Der Kampf gegen 1760 entbrannt: der Genfer Bürger und *le seigneur de Ferney*. Erst von da an wird Voltaire der Mann seines Jahrhunderts, der Philosoph, der Vertreter der Toleranz und des Unglaubens (bis dahin nur *un bel esprit*). Der Neid und der Haß auf Rousseaus Erfolg trieb ihn vorwärts, »in die Höhe«.

Pour »la canaille« un dieu rémunérateur et vengeur – Voltaire.

Kritik beider Standpunkte in Hinsicht auf den *Wert der Zivilisation*. Die *soziale Erfindung* die schönste, die es für Voltaire gibt: es gibt kein höheres Ziel, als sie zu unterhalten und zu vervollkommnen; eben das ist die *honnêteté*, die sozialen Gebräuche zu achten; Tugend ein Gehorsam gegen gewisse notwendige »Vorurteile« zugunsten der Erhaltung der »Gesellschaft«. *Kultur-Missionär*, Aristokrat, Vertreter der siegreichen, herrschenden Stände und ihrer Wertungen. Aber Rousseau blieb *Plebejer*, auch als *homme de lettres*, das war *unerhört*; seine unverschämte Verachtung alles dessen, was nicht er selbst war.

Das *Krankhafte* an Rousseau am meisten bewundert und *nachgeahmt*. (Lord Byron ihm verwandt; auch sich zu erhabenen Attitüden aufschraubend, zum rankunösen Groll; Zeichen der »Gemeinheit«; später, durch *Venedig* ins Gleichgewicht gebracht, begriff er, was *mehr erleichtert* und *wohltut ... l'insouciance*.)

Rousseau ist stolz in Hinsicht auf das, was er ist, trotz seiner Herkunft; aber er gerät außer sich, wenn man ihn daran erinnert...

Bei Rousseau unzweifelhaft die *Geistesstörung*, bei Voltaire eine ungewöhnliche Gesundheit und Leichtigkeit. Die *Rankune des Kranken*; die Zeiten seines Irrsinns auch die seiner Menschenverachtung und seines Mißtrauens.

Die Verteidigung der *Providenz* durch Rousseau (gegen den Pessimismus Voltaires): er *brauchte* Gott, um den Fluch auf die Gesellschaft und die Zivilisation werfen zu können; alles mußte an sich gut sein, da Gott es geschaffen; *nur der Mensch hat den Menschen verdorben*. Der »gute Mensch« als Naturmensch war eine reine Phantasie; aber mit dem Dogma von der Autorschaft Gottes etwas Wahrscheinliches und Begründetes.

Romantik à la Rousseau: die Leidenschaft (»das souveräne Recht der Passion«); die »Natürlichkeit«; die Faszination der Verrücktheit (die Narrheit zur Größe gerechnet); die unsinnige Eitelkeit des Schwachen; die Pöbel-Rankune als *Richterin* (»in der Politik hat man seit hundert Jahren einen Kranken als Führer genommen«).

»*Ohne den christlichen Glauben*«, meinte Pascal, »werdet ihr euch selbst, ebenso wie die Natur und die Geschichte, *un monstre et un chaos*.« Diese Prophezeiung haben wir *erfüllt*: nachdem das schwächlich-optimistische achtzehnte Jahrhundert den Menschen *verhübscht* und *verrationalisiert* hatte.

Schopenhauer und *Pascal*. – In einem wesentlichen Sinne ist *Schopenhauer* der erste, der die Bewegung *Pascals* wieder *aufnimmt*: *un monstre et un chaos*, folglich etwas, das zu *verneinen* ist... Geschichte, Natur, der Mensch selbst!

»*Unsre Unfähigkeit, die Wahrheit zu erkennen*, ist die Folge unsrer *Verderbnis*, unsres moralischen *Verfalls*«: so Pascal. Und so im Grunde Schopenhauer. »Je tiefer die Verderbnis der Vernunft, um so notwendiger die Heilslehre« – oder, schopenhauerisch gesprochen, die Verneinung.

Händel, Leibniz, Goethe, Bismarck – für die *deutsche starke Art* charakteristisch. Unbedenklich zwischen Gegensätzen lebend, voll jener geschmeidigen Stärke, welche sich vor Überzeugungen und Doktrinen hütet, indem sie eine gegen die andere benutzt und sich selber die Freiheit vorbehält.

Das 17. Jahrhundert *leidet am Menschen* wie an einer *Summe von Widersprüchen* (»*l'amas de contradictions*«, der wir sind); es sucht den Menschen zu entdecken, zu *ordnen*, auszugraben: während das 18. Jahrhundert zu vergessen sucht, was man von der Natur des Menschen weiß, um ihn an seine Utopie anzupassen. »Oberflächlich, weich, human« – schwärmt für »den Menschen« –

Das 17. Jahrhundert sucht die Spuren des Individuums auszuwischen, damit das Werk dem Leben so ähnlich als möglich sehe. Das 18. sucht durch das Werk *für den Autor zu interessieren*. Das

17. Jahrhundert sucht in der Kunst Kunst, ein Stück Kultur; das 18. treibt mit der Kunst Propaganda für Reformen sozialer und politischer Natur.

Die »Utopie«, der »ideale Mensch«, die Natur-Angöttlichung, die Eitelkeit des Sich-in-Szene-setzens, die Unterordnung unter die Propaganda *sozialer* Ziele, die Scharlatanerie – das haben wir vom 18. Jahrhundert.

Der Stil des 17. Jahrhunderts: *propre, exact et libre.*

Das starke Individuum, sich selbst genügend oder vor Gott in eifriger Bemühung, – und jene moderne Autoren-Zudringlichkeit und -Zuspringlichkeit – das sind *Gegensätze.* »Sich-produzieren« – damit vergleiche man die Gelehrten von Port-Royal.

Alfieri hatte einen Sinn für *großen Stil.*

Der Haß gegen das *Burleske* (Würdelose), der *Mangel an Natursinn* gehört zum 17. Jahrhundert.

Die drei Jahrhunderte

Ihre verschiedene *Sensibilität* drückt sich am besten so aus:

Aristokratismus: Descartes, Herrschaft der *Vernunft*, Zeugnis von der Souveränität des *Willens*;

Femininismus: Rousseau, Herrschaft des *Gefühls*, Zeugnis von der Souveränität der *Sinne*, verlogen;

Animalismus: Schopenhauer, Herrschaft der *Begierde*, Zeugnis von der Souveränität der *Animalität*, redlicher, aber düster.

Das 17. Jahrhundert ist *aristokratisch*, ordnend, hochmütig gegen das Animalische, streng gegen das Herz, »ungemütlich«, sogar ohne Gemüt, »undeutsch«, dem Burlesken und dem Natürlichen abhold, generalisierend und souverän gegen Vergangenheit: denn es glaubt an sich. Viel Raubtier *au fond*, viel asketische Gewöhnung, um Herr zu bleiben. Das *willensstarke* Jahrhundert; auch das der starken Leidenschaft.

Das 18. Jahrhundert ist vom *Weibe* beherrscht, schwärmerisch, geistreich, flach, aber mit einem Geiste im Dienst der Wünschbarkeit, des Herzens, *libertin* im Genusse des Geistigsten, alle Autoritäten unterminierend; berauscht, heiter, klar, human, falsch vor sich, viel Kanaille *au fond*, gesellschaftlich...

Das 19. Jahrhundert ist *animalischer*, unterirdischer, häßlicher, realistischer, pöbelhafter und eben deshalb »besser«, »ehrlicher«, vor der »Wirklichkeit« jeder Art unterwürfiger, *wahrer*; aber willensschwach, aber traurig und dunkel-begehrlich, aber fatalistisch. Weder vor der »Vernunft« noch vor dem »Herzen« in Scheu und Hochachtung; tief überzeugt von der Herrschaft der Begierde (Schopenhauer sagte »Wille«; aber nichts ist charakteristischer für seine Philosophie, als daß das eigentliche *Wollen* in ihr fehlt). Selbst die Moral auf *einen* Instinkt reduziert (»Mitleid«).

Auguste Comte ist *Fortsetzung des 18. Jahrhunderts* (Herrschaft von *cœur* über *la tête*, Sensualismus in der Erkenntnistheorie, altruistische Schwärmerei).

Daß die *Wissenschaft* in dem Grade souverän geworden ist, das beweist, wie das 19. Jahrhundert sich von der Domination der *Ideale losgemacht* hat. Eine gewisse »Bedürfnislosigkeit« im Wünschen ermöglicht uns erst unsere wissenschaftliche Neugierde und Strenge – diese *unsere* Art Tugend...

Die Romantik ist *Nachschlag* des 18. Jahrhunderts; eine Art aufgetürmtes Verlangen nach dessen Schwärmerei großen Stils (– tatsächlich ein gut Stück Schauspielerei und Selbstbetrügerei: man wollte die *starke Natur*, die *große Leidenschaft* darstellen).

Das 19. Jahrhundert sucht instinktiv nach *Theorien*, mit denen es seine *fatalistische Unterwerfung unter das Tatsächliche* gerechtfertigt fühlt. Schon *Hegels* Erfolg gegen die »Empfindsamkeit« und den romantischen Idealismus lag im Fatalistischen seiner Denkweise, in seinem Glauben an die größere Vernunft auf seiten des Siegreichen, in seiner Rechtfertigung des wirklichen »Staates« (an Stelle von »Menschheit« usw.). – Schopenhauer: Wir sind etwas Dummes und, bestenfalls, sogar etwas Sich-selbst-Aufhebendes. Erfolg des Determinismus, der genealogischen Ableitung der früher als absolut geltenden *Verbindlichkeiten*, die Lehre vom Milieu und der Anpassung, die Reduktion des Willens auf Reflexbewegungen, die Leugnung des Willens als »wirkender Ursache«; endlich – eine wirkliche Umtaufung: man sieht so wenig Wille, daß das Wort *frei* wird, um etwas anderes zu bezeichnen. Weitere Theorien: die Lehre von der *Objektivität*, »willenlosen« Betrachtung, als einzigem Weg zur Wahrheit; *auch zur Schönheit* (– auch der Glaube an das »*Genie*«, um ein Recht auf *Unterwerfung* zu haben); der Mechanismus, die ausrechenbare Starrheit des mechanischen Prozesses; der angebliche »Naturalismus«, Elimination des wählenden, richtenden, interpretierenden Subjekts als Prinzip –

Kant, mit seiner »praktischen Vernunft«, mit seinem *Moral-Fanatismus* ist ganz 18. Jahrhundert; noch völlig außerhalb der historischen Bewegung; ohne jeden Blick für die Wirklichkeit seiner Zeit, z. B. Revolution; unberührt von der griechischen Philosophie; Phantast des Pflichtbegriffs; Sensualist, mit dem Hinterhang der dogmatischen Verwöhnung –.

Die *Rückbewegung auf Kant* in unserem Jahrhundert ist eine *Rückbewegung zum achtzehnten Jahrhundert*: man will sich ein Recht wieder auf die *alten Ideale* und die alte Schwärmerei verschaffen, – darum eine Erkenntnistheorie, welche »Grenzen setzt«, das heißt erlaubt, ein *Jenseits der Vernunft nach Belieben anzusetzen*...

Die Denkweise *Hegels* ist von der *Goethe*schen nicht sehr entfernt: man höre Goethe über *Spinoza*. Wille zur Vergöttlichung des Alls und des Lebens, um in seinem Anschauen und Ergründen *Ruhe* und *Glück* zu finden; Hegel sucht Vernunft überall, – vor der Vernunft darf man sich *ergeben* und *bescheiden*. Bei Goethe eine Art von fast *freudigem* und *vertrauendem Fatalismus*, der nicht revoltiert, der nicht ermattet, der aus sich eine Totalität zu bilden sucht, im Glauben, daß erst in der Totalität alles sich erlöst, als gut und gerechtfertigt erscheint.

Das Patronat der Tugend. – Habsucht, Herrschsucht, Faulheit, Einfalt, Furcht: alle haben ein Interesse an der Sache der Tugend: darum steht sie so fest.

Den ganzen Umkreis der modernen Seele umlaufen, in jedem ihrer Winkel gesessen zu haben – mein Ehrgeiz, meine Tortur und mein Glück.

Wirklich den Pessimismus *überwinden* –; ein Goethischer Blick voll Liebe und gutem Willen als Resultat.

Die Vermehrung der Kraft, trotz des zeitweiligen Niedergehens des Individuums:

ein *neues Niveau* begründen;

eine Methodik der Sammlung von Kräften, zur Erhaltung kleiner Leistungen, im Gegensatz zu unökonomischer Verschwendung;

die zerstörende Natur einstweilen unterjocht zum *Werkzeug* dieser Zukunfts-Ökonomik;

die Erhaltung der Schwachen, weil eine ungeheure Masse *kleiner* Arbeit getan werden muß;

die Erhaltung einer Gesinnung, bei der Schwachen und Leidenden die Existenz noch *möglich* ist;

die *Solidarität* als Instinkt zu pflanzen gegen den Instinkt der Furcht und der Servilität;

der Kampf mit dem Zufall, auch mit dem Zufall des »großen Menschen«.

Die Moral in der Wertung von Rassen und Ständen. – In Anbetracht, daß *Affekte* und *Grundtriebe* bei jeder Rasse und bei jedem Stande etwas von ihren Existenzbedingungen ausdrücken (– zum mindesten von den Bedingungen, unter denen sie die längste Zeit sich durchgesetzt haben), heißt verlangen, daß sie »tugendhaft« sind:

daß sie ihren Charakter wechseln, aus der Haut fahren und ihre Vergangenheit auswischen:

heißt, daß sie aufhören sollen, sich zu unterscheiden:

heißt, daß sie in Bedürfnissen und Ansprüchen sich anähnlichen sollen – deutlicher: *daß sie zugrunde gehn*...

Der Wille zu *einer* Moral erweist sich somit als die *Tyrannei* jener Art, der diese eine Moral auf den Leib geschnitten ist, über andere Arten: es ist die Vernichtung oder die Uniformierung zugunsten der herrschenden (sei es, um ihr nicht mehr furchtbar zu sein, sei es, um von ihr ausgenutzt zu werden). »Aufhebung der Sklaverei« – angeblich ein Tribut an die »Menschenwürde«, in Wahrheit eine *Vernichtung* einer grundverschiedenen Spezies (– Untergrabung ihrer Werte und ihres Glücks –).

Worin eine *gegnerische* Rasse oder ein gegnerischer Stand seine Stärke hat, das wird ihm als sein *Bösestes*, Schlimmstes ausgelegt: denn damit schadet er uns (– seine »Tugenden« werden verleumdet und umgetauft).

Es gilt als *Einwand* gegen Mensch und Volk, wenn er *uns schadet*:

aber von seinem Gesichtspunkt aus sind *wir* ihm erwünscht, weil wir solche sind, von denen man Nutzen haben kann.

Die Forderung der »Vermenschlichung« (welche ganz naiv sich im Besitz der Formel »was ist menschlich?« glaubt) ist eine Tartüfferie, unter der sich eine ganz bestimmte Art Mensch zur Herrschaft zu bringen sucht: genauer, ein ganz bestimmter Instinkt, der *Herden-instinkt.* – »Gleichheit der Menschen«: was sich *verbirgt* unter der Tendenz, immer mehr Menschen als Menschen *gleichzusetzen.*

Die *»Interessiertheit« in Hinsicht auf die gemeine Moral.* (Kunstgriff: die großen Begierden Herrschsucht und Habsucht zu Protektoren der Tugend zu machen.)

Inwiefern alle Art *Geschäftsmänner* und Habsüchtige, alles, was Kredit geben und in Anspruch nehmen muß, es *nötig* hat, auf gleichen Charakter und gleichen Wertbegriff zu dringen: der *Welt-Handel* und *-Austausch* jeder Art erzwingt und *kauft* sich gleichsam die Tugend.

Insgleichen der *Staat* und jede Art Herrschaft in Hinsicht auf Beamte und Soldaten; insgleichen die Wissenschaft, um mit Vertrauen und Sparsamkeit der Kräfte zu arbeiten. – Insgleichen die *Priesterschaft.*

– Hier wird also die gemeine Moral erzwungen, weil mit ihr ein Vorteil errungen wird; und um sie zum Sieg zu bringen, wird Krieg und Gewalt geübt gegen die Unmoralität – nach welchem »Rechte«? Nach gar keinem Rechte: sondern gemäß dem Selbsterhaltungsinstinkt. Dieselben Klassen bedienen sich der *Immoralität*, wo sie ihnen nützt.

Die moderne *Falschmünzerei* in den Künsten: begriffen als *notwendig*, nämlich dem eigentlichsten *Bedürfnis der modernen Seele gemäß.*

Man stopft die Lücken der *Begabung*, noch mehr die Lücken der *Erziehung*, der *Tradition*, der *Schulung* aus.

Erstens: man sucht sich ein *weniger artistisches* Publikum, welches unbedingt ist in seiner Liebe (– und alsbald vor der *Person* niederkniet). Dazu dient die Superstition unseres Jahrhunderts, der Aberglaube vom »Genie«.

Zweitens: man haranguiert die dunklen Instinkte der Unbefriedigten, Ehrgeizigen, Sich-selbst-Verhüllten eines demokratischen

Zeitalters: Wichtigkeit der *Attitüde*.

Drittens: man nimmt die Prozeduren der einen Kunst in die andere, vermischt die Absicht der Kunst mit der der Erkenntnis oder der Kirche oder des Rassen-Interesses (Nationalismus) oder der Philosophie – man schlägt an alle Glocken auf einmal und erregt den dunklen Verdacht, daß man ein Gott sei.

Viertens: man schmeichelt dem Weibe, den Leidenden, den Empörten, man bringt auch in der Kunst *narcotica* und *opiatica* zum Übergewicht. Man kitzelt die Gebildeten, die Leser von Dichtern und alten Geschichten.

Die Scheidung in »Publikum« und »Zönakel«: im ersten *muß* man heute Scharlatan sein, im zweiten *will* man Virtuose sein und nichts weiter! Übergreifend über diese Scheidung unsere spezifischen »Genies« des Jahrhunderts, groß für beides; große Scharlatanerie Victor Hugos und Richard Wagners, aber gepaart mit so viel echtem *Virtuosentum*, daß sie auch den Raffiniertesten im Sinne der Kunst selbst genug taten. Daher der *Mangel an Größe*: sie haben eine wechselnde Optik, bald in Hinsicht auf die gröbsten Bedürfnisse, bald in Hinsicht auf die raffiniertesten.

Zur Charakteristik der »*Modernität*«. – *Überreichliche Entwicklung der Zwischengebilde; Verkümmerung der Typen; Abbruch der Traditionen, Schulen; die Überherrschaft der Instinkte* (philosophisch vorbereitet: das Unbewußte *mehr wert*) nach eingetretener *Schwächung* der *Willenskraft*, des Wollens von Zweck *und* Mittel.

Das Übergewicht der *Händler* und *Zwischenpersonen*, auch im Geistigsten: der Literat, der »Vertreter«, der Historiker (als Verquicker des Vergangenen und Gegenwärtigen), der Exotiker und Kosmopolit, die Zwischenpersonen zwischen Naturwissenschaft und Philosophie, die Semi-Theologen.

Schopenhauer als Nachschlag (*Zustand vor der Revolution*): – Mitleid, Sinnlichkeit, Kunst, Schwäche des Willens, Katholizismus der geistigsten Begierden – das ist gutes achtzehntes Jahrhundert *au fond*.

Schopenhauers Grundmißverständnis des *Willens* (wie als ob Begierde, Instinkt, Trieb das *Wesentliche* am Willen sei) ist typisch: Werterniedrigung des Willens bis zur Verkennung. Insgleichen Haß gegen das Wollen; Versuch, in dem Nicht-mehr-wollen, im »Subjektsein *ohne* Ziel und Absicht« (im »reinen willensfreien Subjekt«) etwas Höheres, ja *das* Höhere, das Wertvolle zu sehen. Großes Symptom der *Ermüdung* oder der *Schwäche* des *Willens:* denn dieser ist ganz eigentlich das, was die Begierden als Herr behandelt, ihnen Weg und Maß weist...

Um *Klassiker* zu sein, muß man *alle* starken, anscheinend widerspruchsvollen Gaben und Begierden haben: aber so, daß sie miteinander unter einem Joche gehen; zur *rechten* Zeit kommen, um ein Genus von Literatur oder Kunst oder Politik auf seine Höhe und Spitze zu bringen (nicht *nachdem* dies schon geschehen ist...): einen *Gesamtzustand* (sei es eines Volkes, sei es einer Kultur) in seiner tiefsten und innersten Seele widerspiegeln, zu einer Zeit, wo er noch besteht und noch nicht überfärbt ist von der Nachahmung des Fremden (oder noch abhängig ist...); kein reaktiver, sondern ein *schließender* und vorwärtsführender Geist sein, *ja* sagend in allen Fällen, selbst mit seinem Haß.

»Es gehört dazu *nicht* der höchste persönliche Wert?«... Vielleicht zu erwägen, ob die moralischen Vorurteile hier nicht ihr Spiel spielen und ob große *moralische* Höhe nicht vielleicht an sich ein *Widerspruch* gegen das *Klassische* ist?... Ob nicht die moralischen Monstra notwendig *Romantiker* sein müssen, in Wort und Tat?... Ein solches Übergewicht einer Tugend über die anderen (wie beim moralischen Monstrum) steht eben der klassischen Macht im Gleichgewicht feindlich entgegen: gesetzt, man hätte diese Höhe und wäre trotzdem Klassiker, so dürfte dreist geschlossen werden, man besitze auch die Immoralität auf gleicher Höhe: dies vielleicht der Fall Shakespeare (gesetzt, daß es wirklich Lord Bacon ist).

Die *Zuchtlosigkeit des modernen Geistes* unter allerhand moralischem Aufputz. – Die Prunkworte sind: die Toleranz (für »Unfähigkeit zu Ja und Nein«); *la largeur de sympathie* (= ein Drittel Indifferenz, ein Drittel Neugierde, ein Drittel krankhafte Erregbarkeit); die »Objektivität« (= Mangel an Person, Mangel an Wille, Unfähigkeit zur »Liebe«); die »Freiheit« gegen die Regel (Romantik); die »Wahrheit« gegen die Fälscherei und Lügnerei (Naturalismus); die »Wissenschaftlichkeit« (das »*document humain*«: auf deutsch der Kolportage-Roman und die Addition – statt der Komposition); die »Leidenschaft« an Stelle der Unordnung und der Unmäßigkeit; die »Tiefe« an Stelle der Verworrenheit, des Symbolen-Wirrwarrs.

Die günstigsten Hemmungen und Remeduren der Modernität:

1. die allgemeine *Wehrpflicht* mit wirklichen Kriegen, bei denen der Spaß aufhört;
2. die *nationale* Borniertheit (vereinfachend, konzentrierend);
3. die verbesserte *Ernährung* (Fleisch);
4. die zunehmende *Reinlichkeit* und Gesundheit der Wohnstätten;
5. die Vorherrschaft der *Physiologie* über Theologie, Moralistik, Ökonomie und Politik;
6. die militärische Strenge in der Forderung und Handhabung seiner »Schuldigkeit« (man *lobt* nicht mehr...).

Die moralischen Werte in der Theorie der Erkenntnis selbst:

das Vertrauen zur Vernunft – warum nicht Mißtrauen?

die »wahre Welt« soll die gute sein – warum?

die Scheinbarkeit, der Wechsel, der Widerspruch, der Kampf als unmoralisch abgeschätzt: Verlangen in eine Welt, wo dies alles *fehlt*;

die transzendente Welt erfunden, *damit* ein Platz bleibt für »moralische Freiheit« (bei Kant);

die Dialektik als der Weg zur Tugend (bei Plato und Sokrates: augenscheinlich, weil die Sophistik als Weg zur Unmoralität galt);

Zeit und Raum ideal: folglich »Einheit« im Wesen der Dinge, folglich keine »Sünde«, kein Übel, keine Unvollkommenheit – eine *Rechtfertigung* Gottes;

Epikur *leugnet* die Möglichkeit der Erkenntnis: um die moralischen (resp. hedonistischen) Werte als die obersten zu behalten. Dasselbe tut Augustin, später Pascal (»die verdorbene Vernunft«) zugunsten der christlichen Werte;

die Verachtung des Descartes gegen alles Wechselnde; insgleichen die des Spinoza.

Ursachen für die *Heraufkunft des Pessimismus*:

1. daß die mächtigsten und zukunftsvollsten Triebe des Lebens bisher *verleumdet* sind, so daß das Leben einen Fluch über sich hat;
2. daß die wachsende Tapferkeit und das kühnere Mißtrauen des Menschen die *Unablösbarkeit dieser Instinkte* vom Leben begreift und dem Leben sich entgegenwendet;
3. daß nur *die Mittelmäßigsten*, die jenen Konflikt gar nicht *fühlen*, gedeihen, die höhere Art mißrät und als Gebilde der Entartung gegen sich einnimmt – daß, andererseits, das Mittelmäßige, sich als Ziel und Sinn gebend, *indigniert* (– daß niemand *ein Wozu?* mehr beantworten kann –);
4. daß die Verkleinerung, die Schmerzfähigkeit, die Unruhe, die Hast, das Gewimmel beständig zunimmt – daß die *Vergegenwärtigung* dieses ganzen Treibens, der sogenannten »Zivilisation«, immer leichter wird, daß der einzelne angesichts dieser ungeheuren Maschinerie *verzagt* und sich *unterwirft*.

1. Die prinzipielle *Fälschung der Geschichte;* damit sie den *Beweis* für die moralische Wertung abgibt:

a) Niedergang eines Volkes und die Korruption;
b) Aufschwung eines Volkes und die Tugend;
c) Höhepunkt eines Volkes (»seine Kultur«) als Folge der moralischen Höhe.

2. Die prinzipielle Fälschung der *großen Menschen*, der *großen Schaffenden*, der *großen Zeiten:*

man will, daß der *Glaube* das Auszeichnende der Großen ist: aber die Unbedenklichkeit, die Skepsis, die »Unmoralität«, die Erlaubnis, sich eines Glaubens entschlagen zu können, gehört zur Größe (Cäsar, Friedrich der Große, Napoleon; aber auch Homer, Aristophanes, Lionardo, Goethe). Man unterschlägt immer die Hauptsache, ihre »Freiheit des Willens« –

Wogegen ich kämpfe: daß eine Ausnahme-Art der Regel den Krieg macht – statt zu begreifen, daß die Fortexistenz der Regel die Voraussetzung für den Wert der Ausnahme ist. Zum Beispiel die Frauenzimmer, welche, statt die Auszeichnung ihrer abnormen Bedürfnisse zur Gelehrsamkeit zu empfinden, die Stellung des Weibes überhaupt verrücken möchten.

Wessen Wille zur Macht ist die Moral? – *Das Gemeinsame* in der Geschichte Europas seit *Sokrates* ist der Versuch, die *moralischen Werte* zur Herrschaft über alle anderen Werte zu bringen: so daß sie nicht nur Führer und Richter des Lebens sein sollen, sondern auch 1. der Erkenntnis, 2. der Künste, 3. der staatlichen und gesellschaftlichen Bestrebungen. »Besserwerden« als einzige Aufgabe, alles übrige dazu *Mittel* (oder Störung, Hemmung, Gefahr: folglich bis zur Vernichtung zu bekämpfen...). – Eine ähnliche Bewegung in *China*. Eine ähnliche Bewegung in *Indien*.

Was bedeutet dieser *Wille zur Macht seitens der moralischen Werte*, der in den ungeheuren Entwicklungen sich bisher auf der Erde abgespielt hat?

Antwort: – drei Mächte sind hinter ihm versteckt: 1. der Instinkt der *Herde* gegen die Starken und Unabhängigen; 2. der Instinkt der *Leidenden* und Schlechtweggekommenen gegen die Glücklichen; 3. der Instinkt der *Mittelmäßigen* gegen die Ausnahmen. – *Ungeheurer Vorteil dieser Bewegung*, wieviel Grausamkeit, Falschheit und Borniertheit auch in ihr mitgeholfen hat (: denn die Geschichte vom *Kampf der Moral mit den Grundinstinkten des Lebens* ist selbst die größte Immoralität, die bisher auf Erden dagewesen ist...).

Die großen *Verbrechen* in der *Psychologie:*

1. daß alle *Unlust*, alles *Unglück* mit dem Unrecht (der Schuld) gefälscht worden ist (man hat dem Schmerz die Unschuld genommen);
2. daß alle *starken Lustgefühle* (Übermut, Wollust, Triumph, Stolz, Verwegenheit, Erkenntnis, Selbstgewißheit und Glück an sich) als sündlich, als Verführung, als verdächtig gebrandmarkt worden sind;
3. daß die *Schwächegefühle*, die innerlichsten Feigheiten, der Mangel an Mut zu sich selbst mit heiligenden Namen belegt und als wünschenswert im höchsten Sinne gelehrt worden sind;

4. daß alles *Große* am Menschen umgedeutet worden ist als Entselbstung, als Sich-opfern für etwas anderes, für andere; daß selbst am Erkennenden, selbst am Künstlerdie *Entpersönlichung* als die Ursache seines höchsten Erkennens und Könnens vorgespiegelt worden ist;
5. daß die *Liebe* gefälscht worden ist als Hingebung (und Altruismus), während sie ein Hinzunehmen ist oder ein Abgeben infolge eines Überreichtums von Persönlichkeit. Nur die *ganzesten* Personen können lieben; die Entpersönlichten, die »Objektiven« sind die schlechtesten Liebhaber (– man frage die Weibchen!). Das gilt auch von der Liebe zu Gott oder zum »Vaterland«: man muß fest auf sich selber sitzen. (Der Egoismus als die Ver-*Ichlichung*, der Altruismus als die Ver-*Änderung*).
6. Das Leben als Strafe, das Glück als Versuchung; die Leidenschaften als teuflisch, das Vertrauen zu sich als gottlos.

Diese ganze Psychologie ist eine Psychologie der Verhinderung, eine Art *Vermauerung* aus Furcht; einmal will sich die große Menge (die Schlechtweggekommenen und Mittelmäßigen) damit wehren gegen die Stärkeren (– und sie in der Entwicklung *zerstören*...), andrerseits alle die Triebe, mit denen sie selbst am besten gedeiht, heiligen und allein in Ehren gehalten wissen. Vergleiche die jüdische Priesterschaft.

Die *Tugend* findet jetzt keinen Glauben mehr, ihre Anziehungskraft ist dahin; es müßte sie denn einer etwa als eine ungewöhnliche Form des Abenteuers und der Ausschweifung von neuem auf den Markt zu bringen verstehn. Sie verlangt zu viel Extravaganz und Borniertheit von ihren Gläubigen, als daß sie heute nicht das Gewissen gegen sich hätte. Freilich, für Gewissenlose und gänzlich Unbedenkliche mag eben das ihr neuer Zauber sein: – sie ist nunmehr, was sie bisher noch niemals gewesen ist, ein *Laster*.

Der Mensch ist das *Untier* und *Übertier;* der höhere Mensch ist der Unmensch und Übermensch: so gehört es zusammen. Mit jedem Wachstum des Menschen in die Größe und Höhe wächst er auch in das Tiefe und Furchtbare: man soll das eine nicht wollen ohne das andere – oder vielmehr: je gründlicher man das eine will, um so gründlicher erreicht man gerade das andere.

Die Starken der Zukunft. – Was teils die Not, teils der Zufall hier und da erreicht hat, die Bedingungen zur Hervorbringung einer *stärkeren Art:* das können wir jetzt begreifen und wissentlich *wollen:* wir können die Bedingungen schaffen, unter denen eine solche Erhöhung möglich ist.

Bis jetzt hatte die »Erziehung« den Nutzen der Gesellschaft im Auge: *nicht* den möglichsten Nutzen der Zukunft, sondern den Nutzen der gerade bestehenden Gesellschaft. »Werkzeuge« für sie wollte man. Gesetzt, *der Reichtum an Kraft wäre größer*, so ließe sich ein *Abzug von Kräften* denken, dessen Ziel *nicht* dem Nutzen der Gesellschaft gälte, sondern einem zukünftigen Nutzen.

Eine solche Aufgabe wäre zu stellen, je mehr man begriffe, inwiefern die gegenwärtige Form der Gesellschaft in einer starken Verwandlung wäre, um irgendwann einmal *nicht mehr um ihrer selber willen existieren zu können:* sondern nur noch als *Mittel* in den Händen einer stärkeren Rasse.

Die zunehmende Verkleinerung des Menschen ist gerade die treibende Kraft, um an die Züchtung einer *stärkeren Rasse* zu denken: welche gerade ihren Überschuß darin hätte, worin die verkleinerte Spezies schwach und schwächer würde (Wille, Verantwortlichkeit, Selbstgewißheit, Ziele-sich-setzen-können).

Die *Mittel* wären die, welche die Geschichte lehrt: die *Isolation* durch umgekehrte Erhaltungs-Interessen, als die durchschnittlichen heute sind; die Einübung in umgekehrten Wertschätzungen; die Distanz als Pathos; das freie Gewissen im heute Unterschätztesten und Verbotensten.

Die *Ausgleichung* des europäischen Menschen ist der große Prozeß, der nicht zu hemmen ist: man sollte ihn noch beschleunigen. Die Notwendigkeit für eine *Kluftaufreißung, Distanz, Rangordnung* ist damit gegeben: *nicht* die Notwendigkeit, jenen Prozeß zu verlangsamen.

Diese *ausgeglichene* Spezies bedarf, sobald sie erreicht ist, einer *Rechtfertigung*: sie liegt im Dienste einer höheren souveränen Art, welche auf ihr steht und erst auf ihr sich zu ihrer Aufgabe erheben kann. Nicht nur eine Herren-Rasse, deren Aufgabe sich damit erschöpfte, zu regieren: sondern eine Rasse mit *eigener Lebenssphäre*, mit einem Überschuß von Kraft für Schönheit, Tapferkeit, Kultur, Manier bis ins

Geistigste; eine *bejahende* Rasse, welche sich jeden großen Luxus gönnen darf, – stark genug, um die Tyrannei des Tugend-Imperativs nicht nötig zu haben, reich genug, um die Sparsamkeit und Pedanterie nicht nötig zu haben, jenseits von Gut und Böse; ein Treibhaus für sonderbare und ausgesuchte Pflanzen.

Der Wille zur Macht kann sich nur *an Widerständen* äußern; er sucht also nach dem, was ihm widersteht, – dies die ursprüngliche Tendenz des Protoplasmas, wenn es Pseudopodien ausstreckt und um sich tastet. Die Aneignung und Einverleibung ist vor allem ein Überwältigen-wollen, ein Formen, An- und Umbilden, bis endlich das Überwältigte ganz in den Machtbereich des Angreifers übergegangen ist und denselben vermehrt hat. – Gelingt diese Einverleibung nicht, so zerfällt wohl das Gebilde; und die *Zweiheit* erscheint als Folge des Willens zur Macht: um nicht fahren zu lassen, was erobert ist, tritt der Wille zur Macht in zwei Willen auseinander (unter Umständen ohne seine Verbindung untereinander völlig aufzugeben).

Wirkung des *Verbots*. – Jede Macht, die verbietet, die Furcht zu erregen weiß bei dem, dem etwas verboten wird, erzeugt das »schlechte Gewissen« (das heißt die Begierde nach etwas mit dem Bewußtsein der *Gefährlichkeit* ihrer Befriedigung, mit der Nötigung zur Heimlichkeit, zum Schleichweg, zur Vorsicht). Jedes Verbot verschlechtert den Charakter bei denen, die sich ihm nicht willentlich unterwerfen, sondern nur gezwungen.

Die *Quantität* im *Ziele* in ihrer Wirkung auf die Optik der Wertschätzung: der *große* Verbrecher und der *kleine*. Die Quantität im *Ziele* des Gewollten entscheidet auch bei dem Wollenden selbst, ob er vor sich dabei Achtung hat oder kleinmütig und miserabel empfindet. – Sodann der Grad der *Geistigkeit* in den Mitteln in ihrer Wirkung auf die Optik der Wertschätzung. Wie anders nimmt sich der philosophische Neuerer, Versucher und Gewaltmensch aus gegen den Räuber, Barbaren und Abenteurer! – Anschein des »Uneigennützigen«. Endlich vornehme *Manieren*, Haltung, Tapferkeit, Selbstvertrauen – wie verändern sie die Wertung dessen, was auf diese Art erreicht wird!

Zur Optik der Wertschätzung:
Einfluß der *Quantität* (groß, klein) des *Zweckes.*
Einfluß der *Geistigkeit* in den *Mitteln.*
Einfluß der *Manieren* in der *Aktion.*
Einfluß des *Gelingens* oder Mißlingens.
Einfluß der *gegnerischen* Kräfte und deren Wert.
Einfluß des *Erlaubten* und *Verbotenen.*

Die *moralische Präokkupation* stellt einen Geist tief in der Rangordnung: damit fehlt ihm der Instinkt des Sonderrechts, das *a parte,* das Freiheits-Gefühl der schöpferischen Naturen, der »Kinder Gottes« (oder des Teufels –). Und gleichgültig, ob er herrschende Moral predigt oder sein Ideal zur *Kritik* der herrschenden Moral anlegt: er gehört damit zur Herde – und sei es auch als deren oberster Notbedarf, als »Hirt«.

Mit welchen Mitteln eine Tugend zur Macht kommt? – Genau mit den Mitteln einer politischen Partei: Verleumdung, Verdächtigung, Unterminierung der entgegenstrebenden Tugenden, die schon in der Macht sind, Umtaufung ihres Namens, systematische Verfolgung und Verhöhnung. Also: *durch lauter »Immoralitäten«.*

Was eine *Begierde* mit sich selber macht, um zur *Tugend* zu werden? – Die Umtaufung; die prinzipielle Verleugnung ihrer Absichten; die Übung im Sich-Mißverstehen; die Alliance mit bestehenden und anerkannten Tugenden; die affichierte Feindschaft gegen deren Gegner. Womöglich den Schutz heiligender Mächte erkaufen; berauschen, begeistern; die Tartüfferie des Idealismus; eine Partei gewinnen, die *entweder* mit ihr obenauf kommt *oder* zugrunde geht..., *unbewußt, naiv* werden...

Gegen Rousseau. – Der Mensch ist *leider* nicht mehr böse genug; die Gegner Rousseaus, welche sagen, »der Mensch ist ein Raubtier«, haben leider nicht recht. Nicht die Verderbnis des Menschen, sondern seine Verzärtlichung und Vermoralisierung ist der Fluch. In der Sphäre, welche von Rousseau am heftigsten bekämpft wurde, war gerade die *relativ* noch starke und wohlgeratene Art Mensch (– die, welche noch die großen Affekte ungebrochen hatte: Wille zur Macht, Wille zum

Genuß, Wille und Vermögen zu kommandieren). Man muß den Menschen des 18. Jahrhunderts mit dem Menschen der Renaissance vergleichen (auch dem des 17. Jahrhunderts in Frankreich), um zu spüren, worum es sich handelt: Rousseau ist ein Symptom der Selbstverachtung und der erhitzten Eitelkeit – beides Anzeichen, daß es am dominierenden Willen fehlt: er moralisiert und sucht die *Ursache* seiner Miserabilität als Rankune-Mensch in den *herrschenden* Ständen.

Zum »Macchiavellismus« der Macht

Der *Wille zur Macht* erscheint

a) bei den Unterdrückten, bei Sklaven jeder Art als Wille zur »*Freiheit*«: bloß das *Loskommen* scheint das Ziel (moralisch-religiös: »nur seinem eignen Gewissen verantwortlich«; »evangelische Freiheit« usw.);

b) bei einer stärkeren und zur Macht heranwachsenden Art als Wille zur Übermacht; wenn zunächst erfolglos, dann sich einschränkend auf den Willen zur »*Gerechtigkeit*«, d. h. zu dem *gleichen Maß von Rechten*, wie die herrschende Art sie hat;

c) bei den Stärksten, Reichsten, Unabhängigsten, Mutigsten als »*Liebe* zur Menschheit«, zum »Volk«, zum Evangelium, zur Wahrheit, Gott; als Mitleid; »Selbstopferung« usw.; als Überwältigen, Mit-sich-fortreißen, In-seinen-Dienst-nehmen, als instinktives Sich-in-eins-rechnen mit einem großen Quantum Macht, dem man *Richtung zu geben vermag*: der Held, der Prophet, der Cäsar, der Heiland, der Hirt; (– auch die Geschlechtsliebe gehört hierher: sie *will* die Überwältigung, das In-Besitz-nehmen, und sie *erscheint* als Sich-hingeben. Im Grunde ist es nur die Liebe zu seinem »Werkzeug«, zu seinem »Pferd«, – seine Überzeugung davon, daß ihm das und das *zugehört*, als einem, der imstande ist, *es zu benutzen*).

»*Freiheit*«, »*Gerechtigkeit*« und »*Liebe*«*!!!* –

Das Unvermögen zur Macht: seine *Hypokrisie* und *Klugheit:* als Gehorsam (Einordnung, Pflicht-Stolz, Sittlichkeit...); als Ergebung, Hingebung, Liebe (Idealisierung, Vergötterung des Befehlenden als Schadenersatz und indirekte Selbstverklärung); als Fatalismus, Resignation; als »Objektivität«; als Selbsttyrannisierung (Stoizismus,

Askese, »Entselbstung«, »Heiligung«); als Kritik, Pessimismus, Entrüstung, Quälgeisterei; als »schöne Seele«, »Tugend«, »Selbstvergötterung«, »Abseits«, »Reinheit von der Welt« usw. (– die Einsicht in das Unvermögen zur Macht sich als *dédain* verkleidend). Überall drückt sich das Bedürfnis aus, irgendeine Macht doch noch auszuüben, oder sich selbst den *Anschein* von Macht zeitweilig zu schaffen – als *Rausch*.

Die Menschen, welche die Macht wollen um der *Glücks-Vorteile* willen, die die Macht gewährt: politische Parteien.

Andre Menschen, welche die Macht wollen, selbst mit sichtbaren *Nachteilen* und *Opfern* an Glück und Wohlbefinden: die Ambitiösen.

Andre Menschen, welche die Macht wollen, bloß weil sie sonst in andre Hände fiele, von denen sie nicht abhängig sein wollen.

Zur »logischen Scheinbarkeit«. – Der Begriff »Individuum« und »Gattung« gleichermaßen falsch und bloß augenscheinlich. »*Gattung*« drückt nur die Tatsache aus, daß eine Fülle ähnlicher Wesen zu gleicher Zeit hervortreten und daß das Tempo im Weiterwachsen und Sich-Verändern eine lange Zeit verlangsamt ist: so daß die tatsächlichen kleinen Fortsetzungen und Zuwachse nicht sehr in Betracht kommen (– eine Entwicklungsphase, bei der das Sich-entwickeln nicht in die Sichtbarkeit tritt, so daß ein Gleichgewicht erreicht *scheint* und die falsche Vorstellung ermöglicht wird, *hier sei ein Ziel erreicht* – und es habe ein Ziel in der Entwicklung gegeben...).

Die *Form* gilt als etwas Dauerndes und deshalb Wertvolleres; aber die Form ist bloß von uns erfunden; und wenn noch so oft »dieselbe Form erreicht wird«, so bedeutet das nicht, daß es *dieselbe Form ist*, – sondern *es erscheint immer etwas Neues* – und nur wir, die wir vergleichen, rechnen das Neue, insofern es Altem gleicht, zusammen in die Einheit der »Form«. Als ob ein *Typus* erreicht werden sollte und gleichsam der Bildung vorschwebe und innewohne.

Die *Form*, die *Gattung*, das *Gesetz*, die *Idee*, der *Zweck* – hier wird überall der gleiche Fehler gemacht, daß einer Fiktion eine falsche Realität untergeschoben wird: wie als ob das Geschehen irgendwelchen Gehorsam in sich trage, – eine künstliche Scheidung im Geschehen wird da gemacht zwischen dem, *was* tut, und dem, *wonach* das Tun sich richtet (aber das *was* und das *wonach* sind nur angesetzt aus einem Gehorsam gegen unsre metaphysisch-logische Dogmatik: kein »Tatbestand«).

Man soll diese *Nötigung*, Begriffe, Gattungen, Formen, Zwecke, Gesetze zu bilden (*»eine Welt der identischen Fälle«*) nicht so verstehen, als ob wir damit die *wahre Welt* zu fixieren imstande wären; sondern als Nötigung, uns eine Welt zurechtzumachen, bei der *unsre Existenz* ermöglicht wird: – wir schaffen damit eine Welt, die berechenbar, vereinfacht, verständlich usw. für uns ist.

Diese selbe Nötigung besteht in der *Sinnen-Aktivität*, welche der Verstand unterstützt – durch Vereinfachen, Vergröbern, Unterstreichen und Ausdichten, auf dem alles »Wiedererkennen«, alles Sich-verständlich-machen-können beruht. Unsre *Bedürfnisse* haben unsre Sinne so präzisiert, daß die »gleiche Erscheinungswelt« immer wiederkehrt und dadurch den Anschein der *Wirklichkeit* bekommen hat.

Unsre subjektive Nötigung, an die Logik zu glauben, drückt nur aus, daß wir, längst bevor uns die Logik selber zum Bewußtsein kam, nichts getan haben *als ihre Postulate in das Geschehen hineinlegen:* jetzt finden wir sie in dem Geschehen vor –, wir können nicht mehr anders – und vermeinen nun, diese Nötigung verbürge etwas über die »Wahrheit«. Wir sind es, die das »Ding«, das »gleiche Ding«, das Subjekt, das Prädikat, das Tun, das Objekt, die Substanz, die Form geschaffen haben, nachdem wir das Gleich*machen*, das Grob- und Einfach-*machen* am längsten getrieben haben. Die Welt *erscheint* uns logisch, weil *wir* sie erst logisiert *haben*.

Versuch meinerseits, die *absolute Vernünftigkeit* des gesellschaftlichen Urteilens und Wertschätzens zu begreifen (natürlich frei von dem Willen, dabei moralische Resultate herauszurechnen)

: den Grad von *psychologischer Falschheit* und Undurchsichtigkeit, um die zur Erhaltung und Machtsteigerung wesentlichen Affekte zu *heiligen* (um sich für sie das *gute Gewissen* zu schaffen),

: den Grad von *Dummheit*, damit eine gemeinsame Regulierung und Wertung möglich bleibt (dazu Erziehung, Überwachung der Bildungselemente, Dressur),

: den Grad von *Inquisition, Mißtrauen und Unduldsamkeit*, um die Ausnahmen als Verbrecher zu behandeln und zu unterdrücken – um ihnen selbst das schlechte Gewissen zu geben, so daß diese innerlich an ihrer Ausnahmehaftigkeit krank sind.

Moral wesentlich als *Wehr*, als Verteidigungsmittel; insofern ein Zeichen des unausgewachsenen Menschen (verpanzert; stoisch).

Der ausgewachsene Mensch hat vor allem *Waffen:* er ist *angreifend.*

Kriegswerkzeuge zu Friedenswerkzeugen umgewandelt (aus Schuppen und Platten Federn und Haare).

Überarbeitung, Neugier und Mitgefühl – unsere *modernen Laster.*

Wie wenig liegt am Gegenstand! Der Geist ist es, der lebendig macht! Welche kranke und verstockte Luft mitten aus all dem aufgeregten Gerede von »Erlösung«, Liebe, Seligkeit, Glaube, Wahrheit, »ewigem Leben«! Man nehme einmal ein eigentlich *heidnisches* Buch dagegen, z. B. Petronius, wo im Grunde nichts getan, gesagt, gewollt und geschätzt wird, was nicht, nach einem christlich-muckerischen Wertmaß, Sünde, selbst Todsünde ist. Und trotzdem: welches Wohlgefühl in der reineren Luft, der überlegenen Geistigkeit des schnelleren Schrittes, der freigewordenen und überschüssigen zukunftsgewissen Kraft! Im ganzen Neuen Testament kommt keine einzige Bouffonnerie vor: aber damit ist ein Buch widerlegt...

Die Moral ist gerade so »unmoralisch« wie jedwedes andre Ding auf Erden; die Moralität selbst ist eine Form der Unmoralität.

Große *Befreiung*, welche diese Einsicht bringt. Der Gegensatz ist aus den Dingen entfernt, die Einartigkeit in allem Geschehen ist *gerettet*––.

Der Kampf gegen die *großen* Menschen, aus ökonomischen Gründen gerechtfertigt. Dieselben sind gefährlich, Zufälle, Ausnahmen, Unwetter, stark genug, um Langsam-Gebautes und -Gegründetes in Frage zu stellen. Das Explosive nicht nur unschädlich entladen, sondern womöglich seiner Entladung *vorbeugen:* Grundinstinkt aller zivilisierten Gesellschaft.

Alles Furchtbare *in Dienst nehmen*, einzeln, schrittweise, versuchsweise: so will es die Aufgabe der Kultur; aber bis sie *stark genug* dazu ist, muß sie es bekämpfen, mäßigen, verschleiern, selbst verfluchen.

Überall, wo eine Kultur *das Böse ansetzt*, bringt sie damit ein *Furcht*verhältnis zum Ausdruck, also eine *Schwäche*.

These: alles Gute ist ein dienstbar gemachtes Böse von ehedem. *Maßstab:* je furchtbarer und größer die Leidenschaften sind, die eine Zeit, ein Volk, ein einzelner sich gestatten kann, weil er sie *als Mittel* zu brauchen vermag, *um so höher steht seine Kultur* –; je mittelmäßiger, schwächer, unterwürfiger und feiger ein Mensch ist, um so mehr wird er als *böse* ansetzen: bei ihm ist das Reich des Bösen am umfänglichsten. Der niedrigste Mensch wird das Reich des Bösen (d. h. des ihm Verbotenen und Feindlichen) überall sehen.

Summa: die Herrschaft über die Leidenschaften, *nicht* deren Schwächung und Ausrottung! – Je größer die Herren-Kraft des Willens ist, um soviel mehr Freiheit darf den Leidenschaften gegeben werden.

Der »große Mensch« ist groß durch den Freiheits-Spielraum seiner Begierden und durch die noch größere Macht, welche diese prachtvollen Untiere in Dienst zu nehmen weiß.

Der »gute Mensch« ist auf jeder Stufe der Zivilisation der *Ungefährliche und Nützliche zugleich:* eine Art *Mitte*; der Ausdruck im gemeinen Bewußtsein davon, *vor wem man sich nicht zu fürchten hat und wen man trotzdem nicht verachten darf.*

Erziehung: wesentlich das Mittel, die Ausnahme zu *ruinieren* zugunsten der Regel. Bildung: wesentlich das Mittel, den Geschmack *gegen* die Ausnahme zu richten zugunsten des Mittleren.

Erst wenn eine Kultur über einen Überschuß von Kräften zu gebieten hat, kann sie auch ein Treibhaus für den Luxus-Kultus der Ausnahme, des Versuchs, der Gefahr, der Nuance sein – *jede* aristokratische Kultur tendiert *dahin.*

Kritik des modernen Menschen: – »der gute Mensch«, nur verdorben und verführt durch schlechte Institutionen (Tyrannen und Priester); – die Vernunft als Autorität; – die Geschichte als Überwindung von Irrtümern; – die Zukunft als Fortschritt; – der christliche Staat (»der Gott der Heerscharen«); – der christliche Geschlechtstrieb (oder die Ehe); – das Reich der »Gerechtigkeit« (der Kultus der »Menschheit«); – die »Freiheit«.

Die *romantische* Attitüde des modernen Menschen: – der edle Mensch (Byron, Victor Hugo, George Sand); – die edle Entrüstung; – die Heiligung durch die Leidenschaft (als wahre »Natur«); – das Parteinehmen für die Unterdrückten und Schlechtweggekommenen: Motto der Historiker und Romanciers; – die Stoiker der Pflicht; – die »Selbstlosigkeit« als Kunst und Erkenntnis; – der Altruismus als verlogenste Form des Egoismus (Utilitarismus), gefühlsamster Egoismus.

Dies alles ist achtzehntes Jahrhundert. Was dagegen *nicht* sich aus ihm vererbt hat: die *insouciance*, die Heiterkeit, die Eleganz, die geistige Helligkeit. Das Tempo des Geistes hat sich verändert; der Genuß an der geistigen Feinheit und Klarheit ist dem Genuß an der Farbe, Harmonie, Masse, Realität usw. gewichen. Sensualismus im Geistigen. Kurz, es ist das achtzehnte Jahrhundert *Rousseaus*.

Augustin Thierry las 1814 das, was de Montlosier in seinem Werke *De la monarchie française* gesagt hatte: er antwortete mit einem Schrei der Entrüstung und machte sich an sein Werk. Jener Emigrant hatte gesagt: *Race d'affranchis, race d'esclaves arrachés de nos mains, peuple tributaire, peuple nouveau, licence vous fut octroyée d'être libres, et non pas à nous d'être nobles; pour nous tout est de droit, pour vous tout est de grâce, nous ne sommes point de votre communauté; nous sommes un tout par nous-mêmes.*

A. Der Pessimismus als Stärke – *worin?* in der Energie seiner Logik, als Anarchismus und Nihilismus, als Analytik.

B. Der Pessimismus als Niedergang – *worin?* als Verzärtlichung, als kosmopolitische Anfühlerei, als »*tout comprendre*« und Historismus.

– Die *kritische Spannung:* die Extreme kommen zum Vorschein und Übergewicht.

Niedergang des *Protestantismus:* theoretisch und historisch als Halbheit begriffen. Tatsächliches Übergewicht des Katholizismus; das Gefühl des Protestantismus so erloschen, daß die stärksten *antiprotestantischen* Bewegungen nicht mehr als solche empfunden werden (zum Beispiel Wagners Parsifal). Die ganze höhere Geistigkeit in Frankreich ist *katholisch* im Instinkt; Bismarck hat begriffen, daß es einen Protestantismus gar nicht mehr gibt.

Haupt-Symptome des Pessimismus: – die *dîners chez Magny;* der russische Pessimismus (Tolstoi, Dostojewsky); der ästhetische Pessimismus, *l'art pour l'art,* »*description*« (der romantische und der antiromantische Pessimismus); der erkenntnistheoretische Pessimismus (Schopenhauer; der Phänomenalismus); der anarchistische Pessimismus; die »Religion des Mitleids«, buddhistische Vorbewegung; der Kultur-Pessimismus (Exotismus, Kosmopolitismus); der moralistische Pessimismus: ich selber.

Zur Genesis des Nihilisten. – Man hat nur spät den Mut zu dem, was man eigentlich *weiß*. Daß ich von Grund aus bisher Nihilist gewesen bin, das habe ich mir erst seit kurzem eingestanden; die Energie, der Radikalismus, mit dem ich als Nihilist vorwärts ging, täuschte mich über diese Grundtatsache. Wenn man einem Ziele entgegengeht, so scheint es unmöglich, daß »die Ziellosigkeit an sich« unser Glaubensgrundsatz ist.

Moral als Verführungsmittel. – »Die Natur ist gut, denn ein weiser und guter Gott ist ihre Ursache. Wem fällt also die Verantwortung für die ,Verderbnis der Menschen' zu? Ihren Tyrannen und Verführern, den herrschenden Ständen – man muß sie vernichten« –; die Logik *Rousseaus* (vgl. die Logik *Pascals,* welcher den Schluß auf die Erbsünde macht).

Man vergleiche die verwandte Logik *Luthers.* In beiden Fällen wird ein Vorwand gesucht, ein unersättliches Rachebedürfnis als *moralisch-religiöse* Pflicht einzuführen. Der Haß gegen den regierenden Stand sucht sich zu *heiligen*... (die »Sündhaftigkeit Israels«: Grundlage für die Machtstellung der Priester).

Man vergleiche die verwandte Logik des *Paulus.* Immer ist es die Sache Gottes, unter der diese Reaktionen auftreten, die Sache des Rechts, der Menschlichkeit usw. Bei *Christus* scheint der Jubel des Volkes als Ursache seiner Hinrichtung; eine antipriesterliche Bewegung von vornherein. Selbst bei den *Antisemiten* ist es immer das gleiche Kunststück: den Gegner mit moralischen Verwerfungsurteilen heimzusuchen und sich die Rolle der *strafenden Gerechtigkeit* vorzubehalten.

Voltaire – Rousseau. – Der Zustand der Natur ist furchtbar, der Mensch ist Raubtier; unsere Zivilisation ist ein unerhörter *Triumph* über diese Raubtier-Natur: – *so schloß Voltaire.* Er empfand die Milderung, die Raffinements, die geistigen Freuden des zivilisierten Zustandes; er verachtete die Borniertheit, auch in der Form der Tugend; den Mangel an Delikatesse auch bei den Asketen und Mönchen.

Die moralische Verwerflichkeit des Menschen schien *Rousseau* zu präokkupieren; man kann mit den Worten »ungerecht«, »grausam« am meisten die Instinkte der Unterdrückten aufreizen, die sich sonst unter dem Bann des *vetitum* und der Ungnade befinden: *so daß ihr Gewissen ihnen die aufrührerischen Begierden widerrät.* Diese Emanzipatoren suchen vor allem *eins:* ihrer Partei die großen Akzente und Attitüden der *höheren Natur* zu geben.

Daß man den Menschen den *Mut* zu ihren Naturtrieben wiedergibt –

Daß man ihrer *Selbstunterschätzung* steuert (*nicht* der des Menschen als Individuum, sondern der des Menschen *als Natur*...) –

Daß man die *Gegensätze* herausnimmt aus den Dingen, nachdem man begreift, daß wir sie hineingelegt haben –

Daß man die *Gesellschafts-Idiosynkrasie* aus dem Dasein überhaupt herausnimmt (Schuld, Strafe, Gerechtigkeit, Ehrlichkeit, Freiheit, Liebe usw.) –

Fortschritt zur »*Natürlichkeit*«; in allen politischen Fragen, auch im Verhältnis von Parteien, selbst von merkantilen oder Arbeiter- oder Unternehmer-Parteien, handelt es sich um *Machtfragen* – »was man *kann*« und erst daraufhin, was man *soll.*

Wir lernen in unsrer zivilisierten Welt fast nur den verkümmerten Verbrecher kennen, erdrückt unter dem Fluch und der Verachtung der Gesellschaft, sich selbst mißtrauend, oftmals seine Tat verkleinernd und verleumdend, einen *mißglückten Typus von Verbrecher*; und wir widerstreben der Vorstellung, daß *alle großen Menschen Verbrecher waren* (nur im großen Stile und nicht im erbärmlichen), daß das Verbrechen zur Größe gehört (– so nämlich geredet aus dem Bewußtsein der Nierenprüfer und aller derer, die am tiefsten in große Seelen *hinuntergestiegen* sind –). Die »Vogelfreiheit« von dem Herkommen, dem Gewissen, der Pflicht – jeder große Mensch kennt diese seine Gefahr. Aber er *will* sie auch: er *will* das große Ziel und darum auch dessen Mittel.

Fortschritt des neunzehnten Jahrhunderts gegen das achtzehnte (– im Grunde führen wir *guten Europäer* einen Krieg gegen das achtzehnte Jahrhundert –):

1. »Rückkehr zur Natur« immer entschiedener im umgekehrten Sinne verstanden, als es Rousseau verstand; – *weg vom Idyll und der Oper*!
2. immer entschiedener antiidealistisch, gegenständlicher, furchtloser, arbeitsamer, maßvoller, mißtrauischer gegen plötzliche Veränderungen, *antirevolutionär*;
3. immer entschiedener die Frage der *Gesundheit des Leibes* der »der Seele« voranstellend: letztere als einen Zustand infolge der ersteren begreifend, diese mindestens als die Vorbedingung der Gesundheit der Seele.

Das Recht auf den großen *Affekt* – für den Erkennenden wieder zurückzugewinnen! nachdem die Entselbstung und der Kultus des »Objektiven« eine falsche Rangordnung auch in dieser Sphäre geschaffen haben. Der Irrtum kam auf die Spitze, als Schopenhauer lehrte: *eben im Loskommen vom Affekt*, vom Willen liege der einzige Zugang zum »Wahren«, zur Erkenntnis; der willensfreie Intellekt *könne gar nicht anders*, als das wahre, eigentliche Wesen der Dinge sehen.
Derselbe Irrtum *in arte*: als ob alles *schön* wäre, sobald es ohne Willen angeschaut wird.

Die »*Reinigung des Geschmacks*« kann nur die Folge einer *Verstärkung* des Typus sein. Unsre Gesellschaft von heute *repräsentiert* nur die Bildung; der Gebildete *fehlt*. Der große *synthetische Mensch* fehlt: in dem die verschiedenen Kräfte zu *einem* Ziele unbedenklich ins Joch gespannt sind. Was wir haben, ist der *vielfache* Mensch, das interessanteste Chaos, das es vielleicht bisher gegeben hat: aber *nicht* das Chaos *vor* der Schöpfung der Welt, sondern hinter ihr – *Goethe* als schönster Ausdruck des Typus (– *ganz und gar kein Olympier!*).

Die *deskriptive Musik*; der Wirklichkeit es überlassen, zu *wirken*... Alle diese Arten Kunst sind *leichter*, *nachmachbarer*; nach ihnen greifen die Gering-Begabten. Appell an die Instinkte; *suggestive* Kunst.

Ob nicht hinter dem Gegensatz von *klassisch* und *romantisch* der Gegensatz des Aktiven und Reaktiven verborgen liegt? –

Entwicklung des *Pessimismus zum Nihilismus*. – Entnatürlichung der *Werte*. Scholastik der Werte. Die Werte, losgelöst, idealistisch, statt das Tun zu beherrschen und zu führen, wenden sich verurteilend *gegen* das Tun.

Gegensätze eingelegt an Stelle der natürlichen Grade und Ränge. Haß auf die Rangordnung. Die Gegensätze sind einem pöbelhaften Zeitalter gemäß, weil leichter *faßlich*.

Die *verworfene* Welt, angesichts einer künstlich erbauten »wahren, wertvollen«. – Endlich: man entdeckt, aus welchem Material man die »wahre Welt« gebaut hat: und nun hat man nur die verworfene übrig und *rechnet jene höchste Enttäuschung mit ein auf das Konto ihrer Verwerflichkeit*.

Damit ist der *Nihilismus* da: man hat die *richtenden Werte* übrigbehalten – und nichts weiter!

Hier entsteht das *Problem der Stärke und der Schwäche*:

1. die Schwachen zerbrechen daran;
2. die Stärkeren zerstören, was nicht zerbricht;
3. die Stärksten überwinden die richtenden Werte.

Das zusammen macht das tragische Zeitalter aus.

Der Pessimismus der Tatkräftigen: das »*Wozu?*« nach einem furchtbaren Ringen, selbst Siegen. Daß irgend etwas hundertmal *wichtiger* ist als die Frage, ob *wir* uns wohl oder schlecht befinden: Grundinstinkt aller starken Naturen – und folglich auch, ob sich die *anderen* gut oder schlecht befinden. Kurz, daß wir ein Ziel haben, um dessentwillen man nicht zögert, *Menschenopfer* zu bringen, jede Gefahr zu laufen, jedes Schlimme und Schlimmste auf sich zu nehmen: die *große Leidenschaft*.

Das »Übergewicht von *Leid über Lust*« oder das Umgekehrte (der *Hedonismus*): diese beiden Lehren sind selbst schon Wegweiser zum Nihilismus...

Denn hier wird in beiden Fällen kein anderer letzter *Sinn* gesetzt als die Lust- oder Unlust-Erscheinung.

Aber so redet eine Art Mensch, die es nicht mehr wagt, einen Willen, eine Absicht, einen *Sinn* zu setzen: – für jede gesündere Art Mensch mißt sich der Wert des Lebens schlechterdings nicht am Maße dieser Nebensachen. Und ein *Übergewicht* von Leid wäre möglich und *trotzdem* ein mächtiger Wille, ein *Ja-sagen* zum Leben, ein Nötig-haben dieses Übergewichts.

»Das Leben lohnt sich nicht«; »Resignation«; »warum sind die Tränen?« – eine schwächliche und sentimentale Denkweise. *»Un monstre gai vaut mieux qu'un sentimental ennuyeux.«*

Das »Subjekt« ist nur eine Fiktion: es gibt das *ego* gar nicht, von dem geredet wird, wenn man den Egoismus tadelt.

Unsre psychologische Optik ist dadurch bestimmt:

1. daß *Mitteilung* nötig ist und daß zur Mitteilung etwas fest, vereinfacht, präzisierbar sein muß (vor allem im sogenannten *identischen* Fall). Damit es aber mitteilbar sein kann, muß es *zurechtgemacht* empfunden werden, als »*wiedererkennbar*«. Das Material der Sinne vom Verstande zurechtgemacht, reduziert auf grobe Hauptstriche, ähnlich gemacht, subsumiert unter Verwandtes. Also: die Undeutlichkeit und das Chaos des Sinneseindrucks wird gleichsam *logisiert*;

2. die Welt der »Phänomene« ist die zurechtgemachte Welt, die wir *als real empfinden*. Die »Realität« liegt in dem beständigen Wiederkommen gleicher, bekannter, verwandter Dinge, in ihrem *logisierten Charakter*, im Glauben, daß wir hier rechnen, berechnen können;

3. der Gegensatz dieser Phänomenal-Welt ist *nicht* »die wahre Welt«, sondern die formlos-unformulierbare Welt des Sensationen-Chaos – also *eine andere Art* Phänomenal-Welt, eine für uns »unerkennbare«;

4. Fragen, wie die Dinge »an sich« sein mögen, ganz abgesehen von unsrer Sinnen-Rezeptivität und Verstandes-Aktivität, muß man mit der Frage zurückweisen: woher könnten wir wissen, *daß es Dinge gibt*? Die »Dingheit« ist erst von uns geschaffen. Die Frage ist, ob es nicht noch viele Arten geben könnte, eine solche *scheinbare* Welt zu schaffen – und ob nicht dieses Schaffen, Logisieren, Zurechtmachen, Fälschen

die bestgarantierte *Realität* selbst ist: kurz, ob nicht das, was »Dinge setzt«, allein real ist; und ob nicht die »Wirkung der äußeren Welt auf uns« auch nur die Folge solcher wollenden Subjekte ist... Die anderen »Wesen« agieren auf uns; unsre *zurechtgemachte* Scheinwelt ist eine Zurechtmachung und *Überwältigung* von deren Aktionen: eine Art *Defensiv*-Maßregel. Das *Subjekt allein ist beweisbar*: *Hypothese, daß es nur Subjekte gibt* – daß »Objekt« nur eine Art Wirkung von Subjekt auf Subjekt ist ... ein *modus des Subjekts*.

Die Zustände, in denen wir eine *Verklärung* und *Fülle* in die Dinge legen und an ihnen dichten, bis sie unsre eigene Fülle und Lebenslust zurückspiegeln: der Geschlechtstrieb; der Rausch; die Mahlzeit; der Frühling; der Sieg über den Feind; der Hohn; das Bravourstück; die Grausamkeit; die Ekstase des religiösen Gefühls. *Drei* Elemente vornehmlich: der *Geschlechtstrieb*, der *Rausch*, die *Grausamkeit* – alle zur ältesten *Festfreude* des Menschen gehörend, alle insgleichen im anfänglichen »Künstler« überwiegend.

Umgekehrt: treten uns Dinge entgegen, welche diese Verklärung und Fülle zeigen, so antwortet das animalische Dasein mit einer *Erregung jener Sphären*, wo alle jene Lustzustände ihren Sitz haben – und eine Mischung dieser sehr zarten Nuancen von animalischen Wohlgefühlen und Begierden ist der *ästhetische Zustand*. Letzterer tritt nur bei solchen Naturen ein, welche jener abgebenden und überströmenden Fülle des leiblichen *vigor* überhaupt fähig sind; in ihm ist immer das *primum mobile*. Der Nüchterne, der Müde, der Erschöpfte, der Vertrocknende (z. B. ein Gelehrter) kann absolut nichts von der Kunst empfangen, weil er die künstlerische Urkraft, die Nötigung des Reichtums nicht hat: wer nicht geben kann, empfängt auch nichts.

»*Vollkommenheit*« – in jenen Zuständen (bei der Geschlechtsliebe insonderheit) verrät sich naiv, was der tiefste Instinkt als das Höhere, Wünschbarere, Wertvollere überhaupt anerkennt, die Aufwärtsbewegung seines Typus; insgleichen *nach welchem* Status er eigentlich *strebt*. Die Vollkommenheit: das ist die außerordentliche Erweiterung seines Machtgefühls, der Reichtum, das notwendige Überschäumen über alle Ränder.

Die Kunst erinnert uns an Zustände des animalischen *vigor*; sie ist einmal ein Überschuß und Ausströmen von blühender Leiblichkeit in die Welt der Bilder und Wünsche; andrerseits eine Anreizung der animalischen Funktionen durch Bilder und Wünsche des gesteigerten Lebens – eine Erhöhung des Lebensgefühls, ein Stimulans desselben.

Inwiefern kann auch das Häßliche noch diese Gewalt haben? Insofern es noch von der siegreichen Energie des Künstlers etwas mitteilt, der über dies Häßliche und Furchtbare Herr geworden ist; oder insofern es die Lust der Grausamkeit in uns leise anregt (unter Umständen selbst die Lust, *uns* weh zu tun, die Selbstvergewaltigung: und damit das Gefühl der Macht über uns).

»Ich will das oder das«; »ich möchte, daß das oder das so wäre«; »ich weiß, daß das oder das so ist« – die Kraftgrade: der Mensch des *Willens*, der Mensch des *Verlangens*, der Mensch des *Glaubens*.

Der große Mensch ist notwendig Skeptiker (womit nicht gesagt ist, daß er es scheinen müßte), vorausgesetzt, daß dies die Größe ausmacht: etwas Großes *wollen* und die Mittel dazu. Die Freiheit von jeder Art Überzeugung gehört zur *Stärke seines Willens*. So ist es jenem »aufgeklärten Despotismus« gemäß, den jede große Leidenschaft ausübt. Eine solche nimmt den Intellekt in ihren Dienst; sie hat den Mut auch zu unheiligen Mitteln; sie macht unbedenklich; sie gönnt sich Überzeugungen, sie *braucht* sie selbst, aber sie unterwirft sich ihnen nicht. Das Bedürfnis nach Glauben, nach irgend etwas Unbedingtem in Ja und Nein ist ein Beweis der Schwäche; alle Schwäche ist Willensschwäche. Der Mensch des Glaubens, der Gläubige ist notwendig eine kleine Art Mensch. Hieraus ergibt sich, daß »Freiheit des Geistes«, d. h. Unglaube als Instinkt, Vorbedingung der Größe ist.

Psychologische Ableitung unseres Glaubens an die Vernunft. – Der Begriff »Realität«, »Sein« ist von unserm »*Subjekt*«-Gefühl entnommen.

»Subjekt«: von uns aus interpretiert, so daß das Ich als Substanz gilt, als Ursache alles Tuns, als *Täter*.

Die logisch-metaphysischen Postulate, der Glaube an Substanz, Akzidenz, Attribut usw. hat seine Überzeugungskraft in der Gewohnheit, all unser Tun als Folge unseres Willens zu betrachten: – so daß das Ich, als Substanz, nicht vergeht in der Vielheit der Veränderung. – *Aber es gibt keinen Willen.* –

Wir haben gar keine Kategorien, um eine »Welt an sich« von einer »Welt als Erscheinung« scheiden zu dürfen. Alle unsre *Vernunft-Kategorien* sind sensualistischer Herkunft: abgelesen von der empirischen Welt. »Die Seele«, »das Ich« – die Geschichte dieser Begriffe zeigt, daß auch hier die älteste Scheidung (»Atem«, »Leben«)...

Wenn es nichts Materielles gibt, gibt es auch nichts Immaterielles. Der Begriff *enthält* nichts mehr.

Keine Subjekt-»Atome«. Die Sphäre eines Subjekts beständig *wachsend* oder sich *vermindernd*, der Mittelpunkt des Systems sich beständig *verschiebend*; im Falle es die angeeignete Masse nicht organisieren kann, zerfällt es in zwei. Andererseits kann es sich ein schwächeres Subjekt, ohne es zu vernichten, zu seinem Funktionär umbilden und bis zu einem gewissen Grade mit ihm zusammen eine neue Einheit bilden. Keine »Substanz«, vielmehr etwas, das an sich nach Verstärkung strebt; und das sich nur indirekt »erhalten« will (es will sich *überbieten* –).

Ein und dasselbe zu bejahen und zu verneinen mißlingt uns: das ist ein subjektiver Erfahrungssatz, darin drückt sich keine »Notwendigkeit« aus, *sondern nur ein Nichtvermögen.*

Wenn, nach Aristoteles, der *Satz vom Widerspruch* der gewisseste aller Grundsätze ist, wenn er der letzte und unterste ist, auf den alle Beweisführungen zurückgehn, wenn in ihm das Prinzip aller anderen Axiome liegt: um so strenger sollte man erwägen, was er im Grunde schon an Behauptungen *voraussetzt.* Entweder wird mit ihm etwas in betreff des Wirklichen, Seienden behauptet, wie als ob man es anderswoher bereits kennte; nämlich daß ihm nicht entgegengesetzte Prädikate zugesprochen werden *können.* Oder der Satz will sagen: daß ihm entgegengesetzte Prädikate nicht zugesprochen werden *sollen.* Dann wäre Logik ein Imperativ, *nicht* zur Erkenntnis des Wahren, sondern zur Setzung und Zurechtmachung einer Welt, *die uns wahr heißen soll.*

Kurz, die Frage steht offen: sind die logischen Axiome dem Wirklichen adäquat, oder sind sie Maßstäbe und Mittel, um Wirkliches, den Begriff »Wirklichkeit«, für uns erst zu *schaffen*? ... Um das erste bejahen zu können, müßte man aber, wie gesagt, das Seiende bereits kennen; was schlechterdings nicht der Fall ist. Der Satz enthält also kein *Kriterium der Wahrheit*, sondern einen *Imperativ* über das, was als wahr gelten *soll*.

Gesetzt, es gäbe ein solches sich-selbst-identisches *A* gar nicht, wie es jeder Satz der Logik (auch der Mathematik) voraussetzt, das *A* wäre bereits eine *Scheinbarkeit*, so hätte die Logik eine bloß *scheinbare* Welt zur Voraussetzung. In der Tat glauben wir an jenen Satz unter dem Eindruck der unendlichen Empirie, welche ihn fortwährend zu *bestätigen* scheint. Das »Ding« – das ist das eigentliche Substrat zu *A*; *unser Glaube an Dinge* ist die Voraussetzung für den Glauben an die Logik. Das *A* der Logik ist wie das Atom eine Nachkonstruktion des »Dinges«... Indem wir das nicht begreifen und aus der Logik ein Kriterium des *wahren Seins* machen, sind wir bereits auf dem Wege, alle jene Hypostasen: Substanz, Prädikat, Objekt, Subjekt, Aktion usw. als Realitäten zu setzen: das heißt eine metaphysische Welt zu konzipieren, das heißt eine »wahre Welt« (– *diese ist aber die scheinbare Welt noch einmal*...).

Die ursprünglichsten Denkakte, das Bejahen und Verneinen, das Für-wahr-halten und Nicht-für-wahr-halten, sind, insofern sie nicht nur eine Gewohnheit, sondern ein *Recht* voraussetzen, überhaupt für wahr zu halten oder für unwahr zu halten, bereits von einem Glauben beherrscht, *daß es für uns Erkenntnis gibt, daß Urteilen wirklich die Wahrheit treffen könne*: – kurz, die Logik zweifelt nicht, etwas vom An-sich-Wahren aussagen zu können (nämlich daß ihm nicht entgegengesetzte Prädikate zukommen *können*).

Hier *regiert* das sensualistische grobe Vorurteil, daß die Empfindungen uns *Wahrheiten* über die Dinge lehren – daß ich nicht zu gleicher Zeit von ein und demselben Dinge sagen kann, es ist *hart* und es ist *weich*. (Der instinktive Beweis »ich kann nicht zwei entgegengesetzte Empfindungen zugleich haben« – *ganz grob* und *falsch*.)

Das begriffliche Widerspruchs-Verbot geht von dem Glauben aus, daß wir Begriffe bilden *können*, daß ein Begriff das Wesen eines Dinges nicht nur bezeichnet, sondern *faßt*... Tatsächlich gilt die *Logik* (wie die Geometrie und Arithmetik) nur von *fingierten Wesenheiten, die wir geschaffen haben.* Logik ist der Versuch, *nach einem von uns gesetzten Seins-Schema die wirkliche Welt zu begreifen, richtiger: uns formulierbar, berechenbar zu machen...*

Ich will auch die *Asketik* wieder *vernatürlichen*: an Stelle der Absicht auf Verneinung die Absicht auf *Verstärkung*; eine Gymnastik des Willens; eine Entbehrung und eingelegte Fastenzeit jeder Art, auch im Geistigsten; eine Kasuistik der Tat in bezug auf unsre Meinung, die wir von unsern Kräften haben; ein Versuch mit Abenteuern und willkürlichen Gefahren. (*Dîners chez Magny*: lauter geistige Schlecker mit verdorbenem Magen.) – Man sollte *Prüfungen* erfinden auch für die Stärke im Wort-halten-können.

Zur Größe gehört die Furchtbarkeit: man lasse sich nichts vormachen.

Die logische Bestimmtheit, Durchsichtigkeit als Kriterium der Wahrheit (»*omne illud verum est, quod clare et distincte percipitur*«, Descartes): damit ist die mechanische Welt-Hypothese erwünscht und glaublich.

Aber das ist eine grobe Verwechslung: wie *simplex sigillum veri.* Woher weiß man das, daß die wahre Beschaffenheit der Dinge in *diesem* Verhältnis zu unserm Intellekt steht? – Wäre es nicht anders? Daß die ihm am meisten das Gefühl von Macht und Sicherheit gebende Hypothese am meisten von ihm *bevorzugt, geschätzt und folglich* als *wahr* bezeichnet wird? – Der Intellekt setzt sein *freiestes* und *stärkstes Vermögen* und *Können* als Kriterium des Wertvollsten, folglich *Wahren...*

»Wahr«: von seiten des Gefühls aus –: was das Gefühl am stärksten erregt (»Ich«);
von seiten des Denkens aus –: was dem Denken das größte Gefühl von Kraft gibt;
von seiten des Tastens, Sehens, Hörens aus –: wobei am stärksten Widerstand zu leisten ist.

Also die *höchsten Grade in der Leistung* erwecken für das *Objekt* den Glauben an dessen »Wahrheit«, das heißt *Wirklichkeit.* Das Gefühl der Kraft, des Kampfes, des Widerstandes überredet dazu, daß es etwas *gibt*, dem hier widerstanden wird.

Zur Bekämpfung des Determinismus und der Teleologie. – Daraus, daß etwas regelmäßig erfolgt und berechenbar erfolgt, ergibt sich nicht, daß es *notwendig* erfolgt. Daß ein Quantum Kraft sich in jedem bestimmten Falle auf eine einzige Art und Weise bestimmt und benimmt, macht es nicht zum »unfreien Willen«. Die »mechanische Notwendigkeit« ist kein Tatbestand: *wir* erst haben sie in das Geschehen hineininterpretiert. Wir haben die *Formulierbarkeit* des Geschehens ausgedeutet als Folge einer über dem Geschehen waltenden Nezessität. Aber daraus, daß ich etwas Bestimmtes tue, folgt keineswegs, daß ich es gezwungen tue. Der *Zwang* ist in den Dingen gar nicht nachweisbar: die Regel beweist nur, daß ein und dasselbe Geschehen nicht auch ein anderes Geschehen ist. Erst dadurch, daß wir Subjekte, »*Täter*« in die Dinge hineingedeutet haben, entsteht der Anschein, daß alles Geschehen die Folge von einem auf Subjekte ausgeübten *Zwange* ist – ausgeübt von wem? Wiederum von einem »Täter«. Ursache und Wirkung – ein gefährlicher Begriff, solange man ein *Etwas* denkt, das *verursacht*, und ein Etwas, auf das *gewirkt* wird.

a) Die Notwendigkeit ist kein Tatbestand, sondern eine Interpretation.

b) Hat man begriffen, daß das »Subjekt« nichts ist, was *wirkt*, sondern nur eine Fiktion, so folgt vielerlei.

Wir haben nur nach dem Vorbilde des Subjekts die *Dinglichkeit* erfunden und in den Sensationen-Wirrwarr hineininterpretiert. Glauben wir nicht mehr an das *wirkende* Subjekt, so fällt auch der Glaube an *wirkende* Dinge, an Wechselwirkung, Ursache und Wirkung zwischen jenen Phänomenen, die wir Dinge nennen.

Es fällt damit natürlich auch die Welt der *wirkenden Atome*: deren Annahme immer unter der Voraussetzung gemacht ist, daß man Subjekte braucht.

Es fällt endlich auch das »*Ding an sich*«: weil das im Grunde die Konzeption eines »Subjekts an sich« ist. Aber wir begriffen, daß das Subjekt fingiert ist. Der Gegensatz »Ding an sich« und »Erscheinung« ist unhaltbar; damit aber fällt auch der Begriff »*Erscheinung*« dahin.

c) Geben wir das wirkende *Subjekt* auf, so auch das *Objekt*, auf das gewirkt wird. Die Dauer, die Gleichheit mit sich selbst, das Sein inhäriert weder dem, was Subjekt, noch dem, was Objekt genannt wird:

es sind Komplexe des Geschehens, in Hinsicht auf andere Komplexe scheinbar dauerhaft – also z. B. durch eine Verschiedenheit im Tempo des Geschehens (Ruhe – Bewegung, fest – locker: alles Gegensätze, die nicht an sich existieren und mit denen tatsächlich nur *Gradverschiedenheiten* ausgedrückt werden, die für ein gewisses Maß von Optik sich als Gegensätze ausnehmen. Es gibt keine Gegensätze: nur von denen der Logik her haben wir den Begriff des Gegensatzes – und von da aus fälschlich in die Dinge übertragen).

d) Geben wir den Begriff »Subjekt« und »Objekt« auf, dann auch den Begriff »*Substanz*« – und folglich auch dessen verschiedene Modifikationen, z. B. »Materie«, »Geist« und andere hypothetische Wesen, »Ewigkeit und Unveränderlichkeit des Stoffs« usw. Wir sind die *Stofflichkeit* los.

Moralisch ausgedrückt, *ist die Welt falsch*. Aber insofern die Moral selbst ein Stück dieser Welt ist, so ist die Moral falsch.

Der Wille zur Wahrheit ist ein Fest-*machen*, ein Wahr-, Dauerhaft-*machen*, ein Aus-dem-Auge-schaffen jenes *falschen* Charakters, eine Umdeutung desselben ins *Seiende*. »Wahrheit« ist somit nicht etwas, das da wäre und das aufzufinden, zu entdecken wäre – sondern etwas, *das zu schaffen ist* und das den Namen für einen *Prozeß abgibt*, mehr noch für einen Willen der Überwältigung, der an sich kein Ende hat: Wahrheit hineinlegen, als ein *processus in infinitum*, ein *aktives Bestimmen* – *nicht* ein Bewußtwerden von etwas, das an sich fest und bestimmt wäre. Es ist ein Wort für den »Willen zur Macht«.

Das Leben ist auf die Voraussetzung eines Glaubens an Dauerndes und Regulär-Wiederkehrendes gegründet; je mächtiger das Leben, um so breiter muß die erratbare, gleichsam *seiend gemachte* Welt sein. Logisierung, Rationalisierung, Systematisierung als Hilfsmittel des Lebens.

Der Mensch projiziert seinen Trieb zur Wahrheit, sein »Ziel« in einem gewissen Sinne außer sich als *seiende* Welt, als metaphysische Welt, als »Ding an sich«, als bereits vorhandene Welt. Sein Bedürfnis als Schaffender *erdichtet* bereits die Welt, an der er arbeitet, nimmt sie vorweg; diese Vorwegnahme (dieser »Glaube« an die Wahrheit) ist seine Stütze.

Alles Geschehen, alle Bewegung, alles Werden als ein Feststellen von Grad- und Kraftverhältnissen, als ein *Kampf*...

Sobald wir uns jemanden *imaginieren*, der verantwortlich ist dafür, daß wir so und so sind usw. (Gott, Natur), ihm also unsre Existenz, unser Glück und Elend als *Absicht* zulegen, verderben wir uns die *Unschuld des Werdens*. Wir haben dann jemanden, der durch uns und mit uns etwas erreichen will.

Das »Wohl des Individuums« ist ebenso imaginär als das »Wohl der Gattung«: das erstere wird *nicht* dem letzteren geopfert, Gattung ist aus der Ferne betrachtet etwas ebenso Flüssiges wie Individuum. »*Erhaltung* der Gattung« ist nur eine Folge des *Wachstums* der Gattung, d. h. der *Überwindung der Gattung* auf dem Wege zu einer stärkeren Art.

Thesen. – Daß die anscheinende »*Zweckmäßigkeit*« (»die aller menschlichen Kunst unendlich überlegene Zweckmäßigkeit«) bloß die Folge jenes in allem Geschehen sich abspielenden *Willens zur Macht* ist –: daß das *Stärker-werden* Ordnungen mit sich bringt, die einem Zweckmäßigkeits-Entwurf ähnlich sehen –: daß die anscheinenden *Zwecke* nicht beabsichtigt sind, aber, sobald die Übermacht über eine geringere Macht erreicht ist und letztere als Funktion der größeren arbeitet, eine Ordnung des *Ranges*, der Organisation den Anschein einer Ordnung von Mittel und Zweck erwecken muß.

Gegen die anscheinende »*Notwendigkeit*«:
- diese nur ein *Ausdruck* dafür, daß eine Kraft nicht auch etwas anderes ist.

Gegen die anscheinende »*Zweckmäßigkeit*«:
- letztere nur ein *Ausdruck* für eine Ordnung von Machtsphären und deren Zusammenspiel.

Die *Annahme des Seienden* ist nötig, um denken und schließen zu können: die Logik handhabt nur Formeln für Gleichbleibendes. Deshalb wäre diese Annahme noch ohne Beweiskraft für die Realität: »das Seiende« gehört zu unsrer Optik. Das »Ich« als seiend (– durch Werden und Entwicklung nicht berührt).

Die *fingierte Welt* von Subjekt, Substanz, »Vernunft« usw. ist *nötig* –: eine ordnende, vereinfachende, fälschende, künstlich-trennende Macht ist in uns. »Wahrheit« ist Wille, Herr zu werden über das Vielerlei der Sensationen: – die Phänomene *aufreihen* auf bestimmte Kategorien. Hierbei gehen wir vom Glauben an das »An-sich« der Dinge aus (wir nehmen die Phänomene als *wirklich*).

Der Charakter der werdenden Welt als *unformulierbar*, als »falsch«, als »sich-widersprechend«. *Erkenntnis* und *Werden* schließen sich aus. *Folglich* muß »Erkenntnis« etwas anderes sein: es muß ein Wille zum Erkennbar-machen vorangehen, eine Art Werden selbst muß die *Täuschung des Seienden* schaffen.

Im Neuen Testament, speziell in den Evangelien, höre ich durchaus nichts »*Göttliches*« reden: vielmehr eine *indirekte Form* der abgründlichsten Verleumdungs- und Vernichtungswut – eine der unehrlichsten Formen des Hasses. Es fehlt *alle* Kenntnis der Eigenschaften einer *höheren Natur*. Ungescheuter Mißbrauch aller Art Biedermännerei; der ganze Schatz von Sprichwörtern ist ausgenützt und angemaßt; war es nötig, daß ein *Gott* kommt, um jenen Zöllnern zu sagen usw. –

Nichts ist gewöhnlicher als dieser Kampf gegen die *Pharisäer* mit Hilfe einer absurden und unpraktischen Moral-Scheinbarkeit; an solchem *tour de force* hat das Volk immer sein Vergnügen gehabt. Vorwurf der »Heuchelei«! aus diesem Munde! Nichts ist gewöhnlicher als diese Behandlung der Gegner – ein Indizium verfänglichster Art für Vornehmheit oder *nicht*...

Die *gelobten* Zustände und Begierden: – friedlich, billig, mäßig, bescheiden, ehrfürchtig, rücksichtsvoll, tapfer, keusch, redlich, treu, gläubig, gerade, vertrauensvoll, hingebend, mitleidig, hilfreich, gewissenhaft, einfach, mild, gerecht, freigebig, nachsichtig, gehorsam, uneigennützig, neidlos, gütig, arbeitsam –

Zu unterscheiden: inwiefern *solche Eigenschaften* bedingt sind als Mittel zu einem bestimmten Willen und *Zwecke* (oft einem »*bösen*« Zwecke); oder als natürliche *Folgen* eines dominierenden Affektes (z. B. *Geistigkeit*): oder Ausdruck einer Notlage, will sagen: als *Existenzbedingung* (z. B. Bürger, Sklave, Weib usw.).

Summa: sie sind allesamt *nicht um ihrer selber willen als »gut« empfunden*, sondern bereits unter dem Maßstab der »Gesellschaft«, »Herde«, als Mittel zu deren Zwecken, als notwendig für deren Aufrechterhaltung und Förderung, als Folge zugleich eines eigentlichen *Herdeninstinktes* im einzelnen: somit im Dienste eines Instinktes, der *grundverschieden* vondiesen *Tugendzuständen* ist. Denn die Herde ist nach außen hin *feindselig, selbstsüchtig, unbarmherzig*, voller Herrschsucht, Mißtrauen usw.

Im »*Hirten*« kommt der *Antagonismus heraus*: er muß die *entgegengesetzten* Eigenschaften der Herde haben.

Todfeindschaft der Herde gegen die *Rangordnung*: ihr Instinkt zugunsten der *Gleichmacher* (Christus). Gegen die *starken Einzelnen* (*les souverains*) ist sie feindselig, unbillig, maßlos, unbescheiden, frech, rücksichtslos, feig, verlogen, falsch, unbarmherzig, versteckt, neidisch, rachsüchtig.

Moralistischer Naturalismus: Rückführung des scheinbar emanzipierten, übernatürlichen Moralwertes auf seine »Natur«: d. h. auf die *natürliche Immoralität*, auf die natürliche »Nützlichkeit« usw.

Ich darf die Tendenz dieser Betrachtungen als *moralistischen Naturalismus* bezeichnen: meine Aufgabe ist, die scheinbar emanzipierten und *naturlos* gewordnen Moralwerte in ihre Natur zurückzuübersetzen – d. h. in ihre natürliche »*Immoralität*«.

– NB. Vergleich mit der jüdischen »Heiligkeit« und ihrer Naturbasis: ebenso steht es mit dem *souverän gemachten Sittengesetz*, losgelöst von seiner *Natur* (– bis zum *Gegensatz* zur Natur –).

Schritte der *Entnatürlichung der Moral* (sogenannten »*Idealisierung*«):

als Weg zum Individual-Glück,
als Folge der Erkenntnis,
als kategorischer Imperativ,
als Weg zur Heiligung,
als Verneinung des Willens zum Leben.

(Die schrittweise *Lebensfeindlichkeit* der Moral.)

Die unterdrückte und ausgewischte *Häresie* in der Moral. – Begriffe: heidnisch, Herren-Moral, *virtù*.

Die große nihilistische Falschmünzerei unter klugem Mißbrauch moralischer Werte:

a) Liebe als Entpersönlichung; insgleichen Mitleid.

b) Nur der *entpersönlichte Intellekt* (»der Philosoph«) erkennt die *Wahrheit*, »das wahre Sein und Wesen der Dinge«.

c) Das Genie, die *großen Menschen* sind *groß*, weil sie nicht sich selbst und ihre Sache suchen: der *Wert* des Menschen *wächst* im Verhältnis dazu, als er sich selbst verleugnet.

d) Die Kunst als Werk des *»reinen willensfreien Subjekts«*; Mißverständnis der »Objektivität«.

e) *Glück* als Zweck des Lebens; *Tugend* als Mittel zum Zweck.

Die pessimistische Verurteilung des Lebens bei Schopenhauer ist eine *moralische*. Übertragung der Herden-Maßstäbe ins Metaphysische.

Das »Individuum« sinnlos, folglich ihm einen Ursprung im »An-sich« gebend (und eine Bedeutung seines Daseins als »Verirrung«); Eltern nur als »Gelegenheitsursache«. – Es rächt sich, daß von der Wissenschaft das Individuum nicht begriffen war: es ist *das ganze bisherige Leben* in *einer* Linie und *nicht* dessen *Resultat*.

Wer weiß, wie aller *Ruhm* entsteht, wird einen Argwohn auch gegen den Ruhm haben, den die Tugend genießt.

Das Lob, die Dankbarkeit als Wille zur Macht. – *Lob* und *Dankbarkeit* bei Ernte, gutem Wetter, Sieg, Hochzeit, Frieden – die Feste brauchen alle ein *Subjekt*, gegen welches hin sich das Gefühl entladet. Man will, daß alles, was einem Gutes geschieht, einem *angetan* ist: man will den *Täter*. Ebenso vor einem Kunstwerk: man begnügt sich nicht an ihm: man lobt den Täter. – Was ist also *loben*? Eine Art *Ausgleichung* in bezug auf empfangene Wohltaten, ein *Zurückgeben*, ein Bezeigen *unserer* Macht – denn der Lobende bejaht, urteilt, schätzt ab, *richtet*: er gesteht sich das Recht zu, bejahen zu *können*, Ehre austeilen zu *können*. Das erhöhte Glücks- und Lebensgefühl ist auch ein erhöhtes *Machtgefühl*: aus dem heraus *lobt* der Mensch (– aus dem heraus erfindet und sucht er einen *Täter*, ein *»Subjekt«* –). Die *Dankbarkeit* als die *gute Rache*: am strengsten gefordert und geübt, wo Gleichheit und Stolz zugleich aufrechterhalten werden soll, wo am besten Rache geübt wird.

Der zweite Buddhismus. – Vorzeichen dafür: Das Überhandnehmen des Mitleids. Die geistige Übermüdung. Die Reduktion der Probleme auf Lust- und Unlust-Fragen. Die Kriegs-Glorie, welche einen Gegenschlag hervorruft. Ebenso wie die nationale Abgrenzung eine Gegenbewegung, die herzlichste »Fraternität«, hervorruft. Die Unmöglichkeit der Religion, mit Dogmen und Fabeln fortarbeiten zu können.

Mit dieser buddhistischen Kultur wird die *nihilistische Katastrophe* ein Ende machen.

Jede Lehre ist überflüssig, für die nicht alles schon bereitliegt an aufgehäuften Kräften, an Explosiv-Stoffen. Eine Umwertung von Werten wird nur erreicht, wenn eine Spannung von neuen Bedürfnissen, von Neu-Bedürftigen da ist, welche an den alten Werten leiden, ohne zum Bewußtsein zu kommen.

Periode der *Aufklärung* – darauf Periode der *Empfindsamkeit.* Inwiefern Schopenhauer zur »Empfindsamkeit« gehört (Hegel zur Geistigkeit).

Eine Periode, wo die alte Maskerade und Moral-Aufputzung der Affekte Widerwillen macht: *die nackte Natur*; wo die *Macht-Quantitäten* als *entscheidend* einfach zugestanden werden (als *rangbestimmend*); wo der *große Stil* wieder auftritt als Folge der *großen Leidenschaft.*

Was »*nützlich*« heißt, ist ganz und gar abhängig von der *Absicht*, dem Wozu?; die Absicht, das »Ziel« wieder ist ganz und gar abhängig vom Grad der *Macht.* Deshalb ist Utilitarismus keine Grundlage, sondern nur eine *Folgen*-Lehre und absolut zu *keiner Verbindlichkeit* für *alle* zu bringen.

Zur Kritik der »*Selbstsucht*«. – Die unfreiwillige Naivität des Larochefoucauld, welcher glaubt, etwas Kühnes, Freies und Paradoxes zu sagen – damals war die »Wahrheit« in psychologischen Dingen etwas, das erstaunen machte – Beispiel: »*les grandes âmes ne sont pas celles qui ont moins de passions et plus de vertus que les âmes communes, mais seule-*

ment celles qui ont de plus grands desseins«. – Freilich: John Stuart Mill (der Chamfort den *edleren* und philosophischeren Larochefoucauld des 18. Jahrhunderts nennt –) sieht in ihm nur den scharfsinnigsten Beobachter alles dessen in der menschlichen Brust, was auf »gewohnheitsmäßige Selbstsucht« zurückgeht, und fügt hinzu: »Ein *edler* Geist wird es nicht über sich gewinnen, sich die Notwendigkeit einer dauernden Betrachtung von *Gemeinheit* und *Niedrigkeit* aufzulegen, es wäre denn, um zu zeigen, gegen welche verderblichen Einflüsse sich hoher Sinn und Adel des Charakters siegreich zu behaupten vermag.«

Werte umwerten – was wäre das? Es müssen die *spontanen* Bewegungen alle da sein, die neuen, zukünftigen, stärkeren: nur stehen sie noch unter falschen Namen und Schätzungen und sind sich selbst noch nicht *bewußt geworden.*

Ein mutiges Bewußt-werden und *Ja-sagen* zu dem, was *erreicht* ist – ein Losmachen von dem Schlendrian alter Wertschätzungen, die uns entwürdigen im Besten und Stärksten, was wir erreicht haben.

Der Pessimismus als Vorform des Nihilismus.

Die großen *Methodologen*: Aristoteles, Bacon, Descartes, Auguste Comte.

Inwiefern die einzelnen *erkenntnistheoretischen Grundstellungen* (Materialismus, Sensualismus, Idealismus) Konsequenzen der *Wertschätzungen* sind: die Quelle der obersten Lustgefühle (»Wertgefühle«) auch als entscheidend über das Problem der *Realität!*

– Das *Maß positiven Wissens* ist ganz gleichgültig oder nebensächlich: man sehe doch die indische Entwicklung.

Die buddhistische *Negation* der Realität überhaupt (Scheinbarkeit = Leiden) ist eine vollkommene Konsequenz: Unbeweisbarkeit, Unzugänglichkeit, Mangel an Kategorien nicht nur für eine »Welt an sich«, sondern *Einsicht in die fehlerhaften Prozeduren,* vermöge deren dieser ganze Begriff gewonnen ist. »Absolute Realität«, »Sein an sich« ein Widerspruch. In einer *werdenden* Welt ist »Realität« immer nur eine *Simplifikation* zu praktischen Zwecken oder eine *Täuschung* auf

Grund grober Organe oder eine Verschiedenheit im *Tempo* des Werdens.

Die logische Weltverneinung und Nihilisierung folgt daraus, daß wir Sein dem Nichtsein entgegensetzen müssen und daß der Begriff »Werden« geleugnet wird. (»*Etwas*« wird.)

Sein und *Werden*. – »*Vernunft*«, entwickelt auf sensualistischer Grundlage, auf den *Vorurteilen der Sinne*, d. h. im Glauben an die Wahrheit der Sinnes-Urteile.

»Sein« als Verallgemeinerung des Begriffs »*Leben*« (atmen), »beseelt sein«, »wollen, wirken«, »werden«.

Gegensatz ist: »unbeseelt-sein«, »*nicht*-werdend«, »*nicht*-wollend«. Also: es wird dem »Seienden« *nicht* das Nicht-seiende, *nicht* das Scheinbare, auch nicht das Tote entgegengesetzt (denn tot sein kann nur etwas, das auch leben kann).

Die »Seele«, das »Ich« als *Urtatsache* gesetzt; und überall hineingelegt, wo es ein *Werden* gibt.

Ungeheure *Selbstbesinnung:* nicht als Individuum, sondern als Menschheit sich bewußt werden. Besinnen wir uns, denken wir zurück: gehen wir die kleinen und großen Wege!

A.

Der Mensch sucht »die Wahrheit«: eine Welt, die nicht sich widerspricht, nicht täuscht, nicht wechselt, eine *wahre* Welt – eine Welt, in der man nicht leidet: Widerspruch, Täuschung, Wechsel – Ursachen des Leidens! Er zweifelt nicht, daß es eine Welt, wie sie sein soll, gibt; er möchte zu ihr sich den Weg suchen. (Indische Kritik: selbst das »Ich« als scheinbar, als *nicht*-real.)

Woher nimmt hier der Mensch den Begriff der *Realität?* – Warum leitet er gerade das *Leiden* von Wechsel, Täuschung, Widerspruch ab? und warum nicht vielmehr sein Glück?... –

Die Verachtung, der Haß gegen alles, was vergeht, wechselt, wandelt: – woher diese Wertung des Bleibenden? Ersichtlich ist hier der Wille zur Wahrheit bloß das Verlangen in eine *Welt des Bleibenden*.

Die Sinne täuschen, die Vernunft korrigiert die Irrtümer: *folglich*, schloß man, ist die Vernunft der Weg zu dem Bleibenden; die *un-*

unsinnlichsten Ideen müssen der »wahren Welt« am nächsten sein. – Von den Sinnen her kommen die meisten Unglücksschläge, – sie sind Betrüger, Betörer, Vernichter. –

Das *Glück* kann nur im Seienden verbürgt sein: Wechsel und Glück schließen sich aus. Der höchste Wunsch hat demnach die Einswerdung mit dem Seienden im Auge. Das ist die *Formel* für: Weg zum höchsten Glück.

In summa: Die Welt, wie sie sein *sollte*, existiert; diese Welt, in der wir leben, ist ein Irrtum, – diese unsre Welt sollte *nicht* existieren.

Der Glaube an das Seiende erweist sich nur als eine Folge: das eigentliche *primum mobile* ist der Unglaube an das Werdende, das Mißtrauen gegen das Werdende, die Geringschätzung alles Werdens...

Was für eine Art Mensch reflektiert *so*? Eine unproduktive, *leidende* Art, eine lebensmüde Art. Dächten wir uns die entgegengesetzte Art Mensch, so hätte sie den Glauben an das Seiende nicht nötig: mehr noch, sie würde es verachten, als tot, langweilig, indifferent...

Der Glaube, daß die Welt, die sein sollte, *ist*, wirklich existiert, ist ein Glaube der Unproduktiven, die *nicht eine Welt schaffen wollen*, wie sie sein soll. Sie setzen sie als vorhanden, sie suchen nach Mitteln und Wegen, um zu ihr zu gelangen. »Wille zur *Wahrheit*« – *als Ohnmacht des Willens zum Schaffen.*

Erkennen, daß etwas so und so *ist:* Tun, daß etwas so und so *wird:*	Antagonismus in den Kraftgraden der Naturen.

Fiktion einer Welt, welche unseren Wünschen entspricht; psychologische Kunstgriffe und Interpretationen, um alles, was wir ehren und als angenehm empfinden, mit dieser *wahren Welt* zu verknüpfen.

»Wille zur Wahrheit« auf dieser Stufe ist wesentlich *Kunst der Interpretation:* wozu immer noch Kraft der Interpretation gehört.

Dieselbe Spezies Mensch, noch eine Stufe *ärmer* geworden, *nicht mehr im Besitz der Kraft* zu interpretieren, des Schaffens von Fiktionen, macht den *Nihilisten*. Ein Nihilist ist der Mensch, welcher von der Welt, wie sie ist, urteilt, sie sollte *nicht* sein, und von der Welt, wie sie sein sollte, urteilt, sie existiert nicht. Demnach hat dasein (handeln, leiden, wollen, fühlen) keinen Sinn: das Pathos des »Umsonst« ist das Nihilisten-Pathos – zugleich noch als Pathos eine *Inkonsequenz* des Nihilisten.

Wer seinen Willen nicht in die Dinge zu legen vermag, der Willens- und Kraftlose, der legt wenigstens noch einen *Sinn* hinein, d. h. den Glauben, daß schon ein Wille darin sei.

Es ist ein Gradmesser von *Willenskraft*, wie weit man des *Sinnes* in den Dingen entbehren kann, wie weit man in einer sinnlosen Welt zu leben aushält: *weil man ein kleines Stück von ihr selbst organisiert.*

Das *philosophische Objektiv-Blicken* kann somit ein Zeichen von Willens- und Kraft-Armut sein. Denn die Kraft organisiert das Nähere und Nächste; die »Erkennenden«, welche nur *feststellen* wollen, was ist, sind solche, die nichts festsetzen können, *wie es sein soll.*

Die *Künstler*, eine Zwischenart: sie setzen wenigstens ein Gleichnis von dem fest, was sein soll, – sie sind produktiv, insofern sie wirklich *verändern* und umformen; nicht wie die Erkennenden, welche alles lassen, wie es ist.

Zusammenhang der Philosophen mit den pessimistischen Religionen: dieselbe Spezies Mensch (– sie legen den *höchsten Grad von Realität* den *höchstgewerteten Dingen* bei –).

Zusammenhang der Philosophen mit den moralischen Menschen und deren Wertmaßen (– die *moralische* Weltauslegung als *Sinn:* nach dem Niedergang des religiösen Sinnes –).

Überwindung der Philosophen durch *Vernichtung* der Welt des Seienden: Zwischenperiode des Nihilismus: bevor die Kraft da ist, die Werte umzuwenden und das Werdende, die scheinbare Welt, als die *einzige* zu vergöttlichen und gutzuheißen.

B.

Der Nihilismus als normales Phänomen kann ein Symptom wachsender *Stärke* sein oder wachsender *Schwäche:*

teils, daß die Kraft, zu *schaffen*, zu *wollen*, so gewachsen ist, daß sie diese Gesamt-Ausdeutungen und *Sinn*-Einlegungen nicht mehr braucht (»nähere Aufgaben«, Staat usw.);

teils, daß selbst die schöpferische Kraft, *Sinn* zu schaffen, nachläßt und die Enttäuschung der herrschende Zustand wird. Die Unfähigkeit zum *Glauben* an einen »Sinn«, der »Unglaube«.

Was die *Wissenschaft* in Hinsicht auf beide Möglichkeiten bedeutet?

1. Als Zeichen von Stärke und Selbstbeherrschung, als Entbehren-*können* heilender, tröstlicher Illusions-Welten;

2. als untergrabend, sezierend, enttäuschend, schwächend.

C.

Der Glaube an die Wahrheit, das Bedürfnis einen Halt zu haben an etwas Wahrgeglaubtem: psychologische Reduktion abseits von allen bisherigen Wertgefühlen. Die Furcht, die Faulheit.

Insgleichen der *Unglaube:* Reduktion. Inwiefern er einen *neuen Wert* bekommt, wenn es eine wahre Welt gar nicht gibt (– dadurch werden die Wertgefühle wieder frei, die bisher auf die seiende Welt *verschwendet* worden sind).

Philosophie als die Kunst, die Wahrheit zu entdecken: so nach Aristoteles. *Dagegen* die Epikureer, die sich die *sensualistische* Theorie der Erkenntnis des Aristoteles zunutze machten: gegen das Suchen der Wahrheit ganz ironisch und ablehnend; »Philosophie als eine Kunst des *Lebens*«.

Die drei großen Naivitäten:

Erkenntnis als Mittel zum Glück (als ob...),
als Mittel zur Tugend (als ob...),
als Mittel zur »Verneinung des Lebens«, – insofern sie ein Mittel zur Enttäuschung ist – (als ob...).

Die Juden haben in der Sphäre der Kunst das Genie gestreift mit Heinrich Heine und Offenbach, diesem geistreichsten und übermütigsten Satyr, der als Musiker zur großen Tradition hält und für den, der nicht bloß Ohren hat, eine rechte Erlösung von den gefühlsamen und im Grunde *entarteten* Musikern der deutschen Romantik ist.

Den *Wert* eines Menschen danach abschätzen, was er den Menschen *nützt* oder *kostet* oder *schadet*: das bedeutet ebensoviel und ebensowenig, als ein Kunstwerk abschätzen je nach den *Wirkungen*, die es tut. Aber damit ist der Wert des Menschen *im Vergleich mit anderen Menschen* gar nicht berührt. Die »moralische Wertschätzung«, soweit sie eine *soziale* ist, mißt durchaus den Menschen nach seinen Wirkungen. Ein Mensch mit seinem eigenen Geschmack auf der Zunge, umschlossen und versteckt durch seine Einsamkeit, unmitteilbar, unmitteilsam –

ein *unausgerechneter* Mensch, also ein Mensch einer höheren, jedenfalls *anderen* Spezies: wie wollt ihr den abwerten können, da ihr ihn nicht kennen könnt, nicht vergleichen könnt?

Die *moralische Abwertung* hat die größte Urteils-Stumpfheit im Gefolge gehabt: der Wert eines Menschen an sich ist *unterschätzt*, fast *übersehen*, fast *geleugnet*. Rest der naiven *Teleologie*: der *Wert* des Menschen *nur in Hinsicht auf die Menschen*.

Geschichte der wissenschaftlichen Methode, von Auguste Comte beinahe als Philosophie selber verstanden.

Das *Feststellen* zwischen »wahr« und »unwahr«, das *Feststellen* überhaupt von Tatbeständen ist grundverschieden von dem schöpferischen *Setzen*, vom Bilden, Gestalten, Überwältigen, *Wollen*, wie es im Wesen der *Philosophie* liegt. *Einen Sinn hineinlegen* – diese Aufgabe bleibt unbedingt immer noch *übrig*, gesetzt, daß *kein Sinn darin liegt*. So steht es mit Tönen, aber auch mit Volks-Schicksalen: sie sind der verschiedensten Ausdeutung und Richtung zu *verschiedenen Zielen fähig*.

Die noch höhere Stufe ist ein *Ziel setzen* und daraufhin das Tatsächliche einformen: also die *Ausdeutung der Tat* und nicht bloß die begriffliche *Umdichtung*.

»Hunger« ist nur eine engere Anpassung, nachdem der Grundtrieb nach Macht geistigere Gestalt gewonnen hat.

Im allgemeinen ist jedes Ding *so viel wert, als man dafür bezahlt hat*. Dies gilt freilich nicht, wenn man das Individuum isoliert nimmt; die großen Fähigkeiten des einzelnen stehen außer allem Verhältnis zu dem, was er selbst dafür getan, geopfert, gelitten hat. Aber sieht man seine Geschlechts-Vorgeschichte an, so entdeckt man da die Geschichte einer ungeheuern Aufsparung und Kapital-Sammlung von Kraft, durch alle Art Verzichtleisten, Ringen, Arbeiten, Sich-Durchsetzen. Weil der große Mensch so viel *gekostet* hat und *nicht*, weil er wie ein Wunder, als Gabe des Himmels und »Zufalls« dasteht, wurde er groß – »Vererbung« ein falscher Begriff. Für das, was einer ist, haben seine Vorfahren die Kosten bezahlt.

Nichts ist weniger unschuldig als das Neue Testament. Man weiß, auf welchem Boden es gewachsen ist. Dies Volk mit einem unerbittlichen Willen zu sich selbst, das sich, nachdem es jeden natürlichen Halt verloren und sein Recht auf Dasein längst eingebüßt hatte, dennoch durchzusetzen wußte und dazu nötig hatte, sich ganz und gar auf unnatürliche, rein imaginäre Voraussetzungen (als auserwähltes Volk, als Gemeinde der Heiligen, als Volk der Verheißung, als »Kirche«) aufzubauen: dies Volk handhabte die *pia fraus* mit einer Vollendung, mit einem Grad »guten Gewissens«, daß man nicht vorsichtig genug sein kann, wenn es Moral predigt. Wenn Juden als die Unschuld selber auftreten, da ist die Gefahr groß geworden: man soll seinen kleinen Fond Verstand, Mißtrauen, Bosheit immer in der Hand haben, wenn man das Neue Testament liest.

Leute niedrigster Herkunft, zum Teil Gesindel, die Ausgestoßenen nicht nur der guten, sondern auch der achtbaren Gesellschaft, abseits selbst vom *Geruche* der Kultur aufgewachsen, ohne Zucht, ohne Wissen, ohne jede Ahnung davon, daß es in geistigen Dingen Gewissen geben könnte, eben – Juden: instinktiv klug, mit allen abergläubischen Voraussetzungen, mit der Unwissenheit selbst, einen Vorzug, eine *Verführung* zu schaffen.

Ursachen des Nihilismus: 1. es fehlt die höhere Spezies, d. h. die, deren unerschöpfliche Fruchtbarkeit und Macht den Glauben an den Menschen aufrechterhält. (Man denke, was man Napoleon verdankt: fast alle höheren Hoffnungen dieses Jahrhunderts.)

2. die *niedere Spezies* (»Herde«, »Masse«, »Gesellschaft«) verlernt die Bescheidenheit und bauscht ihre Bedürfnisse zu *kosmischen* und *metaphysischen* Werten auf. Dadurch wird das ganze Dasein *vulgarisiert:* insofern nämlich die *Masse* herrscht, tyrannisiert sie die *Ausnahmen*, so daß diese den Glauben an sich verlieren und *Nihilisten* werden.

Alle Versuche, *höhere Typen auszudenken, manquiert* (»Romantik«; der Künstler, der Philosoph; gegen Carlyles Versuch, ihnen die höchsten Moralwerte zuzulegen).

Widerstand gegen höhere Typen als Resultat.

Niedergang und *Unsicherheit aller höheren Typen.* Der Kampf gegen das

Genie (»Volkspoesie« usw.). Mitleid mit den Niederen und Leidenden als *Maßstab* für die *Höhe der Seele*.

Es fehlt der Philosoph, der Ausdeuter der Tat, *nicht* nur der Umdichter.

Hauptgesichtspunkt: daß man nicht die *Aufgabe* der höheren Spezies in der *Leitung* der niederen sieht (wie es z. B. Comte macht –), sondern die niedere als *Basis*, auf der eine höhere Spezies ihrer *eigenen* Aufgabe lebt – auf der sie erst *stehen kann*.

Die Bedingungen, unter denen eine *starke* und *vornehme* Spezies sich erhält (in Hinsicht auf geistige Zucht), sind die umgekehrten von denen, unter welchen die »industriellen Massen«, die Krämer *à la* Spencer stehn.

Das, was nur den *stärksten* und *fruchtbarsten* Naturen freisteht zur Ermöglichung *ihrer* Existenz – Muße, Abenteuer, Unglaube, Ausschweifung selbst –, das würde, wenn es den *mittleren* Naturen freistünde, diese notwendig zugrunde richten – und tut es auch. Hier ist die Arbeitsamkeit, die Regel, die Mäßigkeit, die feste »Überzeugung« am Platze – kurz die »Herdentugenden«: unter ihnen wird diese mittlere Art Mensch vollkommen.

Die Frage des Nihilismus »*wozu?*« geht von der bisherigen Gewöhnung aus, vermöge deren das Ziel *von außen her* gestellt, gegeben, gefordert schien – nämlich durch irgendeine *übermenschliche Autorität*. Nachdem man verlernt hat, an diese zu glauben, sucht man doch nach alter Gewöhnung nach einer *anderen* Autorität, welche *unbedingt zu reden wüßte* und Ziele und Aufgaben *befehlen könnte*. Die Autorität des *Gewissens* tritt jetzt in erster Linie (je mehr emanzipiert von der Theologie, um so imperativischer wird die *Moral*) als Schadenersatz für eine *persönliche* Autorität. Oder die Autorität der *Vernunft*. Oder der *soziale Instinkt* (die Herde). Oder die *Historie* mit einem immanenten Geist, welche ihr Ziel in sich hat und der man sich *überlassen kann*. Man möchte *herumkommen* um den *Willen*, um das *Wollen* eines Zieles, um das Risiko, *sich selbst* ein Ziel zu geben; man möchte die Verantwortung abwälzen (– man würde den *Fatalismus* akzeptieren). Endlich: *Glück* und, mit einiger Tartüfferie, das *Glück der meisten*.

Man sagt sich

1. ein bestimmtes Ziel ist gar nicht nötig,

2. ist gar nicht möglich vorherzusehn.

Gerade jetzt, wo der *Wille* in der *höchsten Kraft nötig* wäre, ist er am *schwächsten* und *kleinmütigsten. Absolutes Mißtrauen gegen die organisatorische Kraft* des Willens fürs *Ganze*.

Was ist ein *Glaube?* Wie entsteht er? Jeder Glaube ist ein *Für-wahr-halten.*

Die extremste Form des Nihilismus wäre die Einsicht: daß *jeder* Glaube, jedes Für-wahr-halten notwendig falsch ist: weil es eine *wahre Welt* gar nicht gibt. Also: ein *perspektivischer Schein*, dessen Herkunft in uns liegt (insofern wir eine engere, verkürzte, vereinfachte Welt fortwährend *nötig haben*).

– Daß es das *Maß der Kraft* ist, wie sehr wir uns die *Scheinbarkeit*, die Notwendigkeit der Lüge eingestehen können, ohne zugrunde zu gehn.

Insofern könnte Nihilismus als *Leugnung* einer wahrhaften Welt, eines Seins, *eine göttliche Denkweise sein.*

Daß die Dinge eine *Beschaffenheit an sich* hätten, ganz abgesehen von der Interpretation und Subjektivität, ist *eine ganz müßige Hypothese:* es würde voraussetzen, daß das *Interpretieren* und *Subjekt-sein nicht* wesentlich sei, daß ein Ding aus allen Relationen gelöst noch Ding sei.

Umgekehrt: der anscheinende *objektive* Charakter der Dinge: könnte er nicht bloß auf eine *Graddifferenz* innerhalb des Subjektiven hinauslaufen? – daß etwa das Langsam-Wechselnde uns als »objektiv« dauernd, seiend, »an sich« sich herausstellte, – daß das Objektive nur ein falscher Artbegriff und Gegensatz wäre *innerhalb* des Subjektiven?

Gegen 1876 hatte ich den Schrecken, mein ganzes bisheriges Wollen *kompromittiert* zu sehen, als ich begriff, wohin es jetzt mit Wagner hinauswollte: und ich war sehr fest an ihn gebunden, durch alle Bande der tiefen Einheit der Bedürfnisse, durch Dankbarkeit, durch die Ersatzlosigkeit und absolute Entbehrung, die ich vor mir sah.

Um dieselbe Zeit schien ich mir wie unauflösbar *eingekerkert* in meine Philologie und Lehrtätigkeit – in einen Zufall und Notbehelf meines Lebens –: ich wußte nicht mehr, wie herauskommen, und war müde, verbraucht, vernutzt.

Um dieselbe Zeit begriff ich, daß mein Instinkt auf das Gegenteil hinauswollte als der Schopenhauers: auf eine *Rechtfertigung des Lebens*, selbst in seinem Furchtbarsten, Zweideutigsten und Lügenhaftesten – dafür hatte ich die Formel »*dionysisch*« in den Händen.

Daß ein »An-sich der Dinge« notwendig gut, selig, wahr, eins sein müsse, dagegen war Schopenhauers Interpretation des »An-sichs« als Wille ein wesentlicher Schritt: nur verstand er nicht, diesen Willen zu *vergöttlichen:* er blieb im moralisch-christlichen Ideal hängen. Schopenhauer stand so weit noch unter der Herrschaft der christlichen Werte, daß er, nachdem ihm das Ding an sich nicht mehr »Gott« war, es schlecht, dumm, absolut verwerflich sehen mußte. Er begriff nicht, daß es unendliche Arten des Anders-sein-könnens, selbst des Gott-sein-könnens geben kann.

Die *Wertschätzung* »ich glaube, daß das und das so ist« als *Wesen* der »*Wahrheit*«. In den Wertschätzungen drücken sich *Erhaltungs-* und *Wachstums-Bedingungen* aus. Alle unsre *Erkenntnisorgane und Sinne* sind nur entwickelt in Hinsicht auf Erhaltungs- und Wachstums-Bedingungen. Das *Vertrauen* zur Vernunft und ihren Kategorien, zur Dialektik, also die *Wertschätzung* der Logik, beweist nur die durch Erfahrung bewiesene *Nützlichkeit* derselben für das Leben: *nicht* deren »*Wahrheit*«.

Daß eine Menge *Glauben* da sein muß; daß *geurteilt* werden darf; daß der Zweifel in Hinsicht auf alle wesentlichen Werte *fehlt*: – das ist Voraussetzung alles Lebendigen und seines Lebens. Also daß etwas für wahr gehalten werden *muß*, ist notwendig, – *nicht*, daß etwas wahr ist.

»Die *wahre* und die *scheinbare* Welt« – dieser Gegensatz wird von mir zurückgeführt auf *Wertverhältnisse*. Wir haben *unsere* Erhaltungs-Bedingungen projiziert als *Prädikate des Seins* überhaupt. Daß wir in unserm Glauben stabil sein müssen, um zu gedeihen, daraus haben wir gemacht, daß die »wahre« Welt keine wandelbare und werdende, sondern eine *seiende ist*.

Die *Werte und deren Veränderung* stehen im Verhältnis zu dem *Macht-Wachstum des Wertsetzenden*.

Das Maß von *Unglauben*, von zugelassener »Freiheit des Geistes« als *Ausdruck des Machtwachstums.*

»Nihilismus« als Ideal der *höchsten Mächtigkeit* des Geistes, des überreichsten Lebens, teils zerstörerisch, teils ironisch.

Was bedeutet Nihilismus? – *Daß die obersten Werte sich entwerten.* Es fehlt das Ziel. Es fehlt die Antwort auf das »Wozu?«.

Der Nihilismus stellt einen pathologischen *Zwischenzustand* dar (– pathologisch ist die ungeheure Verallgemeinerung, der Schluß auf *gar keinen Sinn* –): sei es, daß die produktiven Kräfte noch nicht stark genug sind, – sei es, daß die *décadence* noch zögert und ihre Hilfsmittel noch nicht erfunden hat.

Voraussetzung dieser Hypothese: – Daß es *keine Wahrheit* gibt; daß es keine absolute Beschaffenheit der Dinge, kein »Ding an sich« gibt. – *Dies ist selbst nur Nihilismus, und zwar der extremste.* Er legt den *Wert* der Dinge gerade dahinein, daß diesen Werten *keine* Realität entspricht und entsprach, sondern daß sie nur ein Symptom von Kraft auf seiten der *Wert-Ansetzer* sind, eine Simplifikation zum *Zweck des Lebens.*

Nihilismus. Er ist *zweideutig:*

A. Nihilismus als Zeichen der *gesteigerten Macht des Geistes:* der *aktive* Nihilismus.

B. Nihilismus als *Niedergang* und *Rückgang der Macht des Geistes:* der *passive* Nihilismus.

Der Nihilismus ein *normaler Zustand.*

Er kann ein Zeichen von *Stärke* sein, die Kraft des Geistes kann so angewachsen sein, daß ihr die *bisherigen* Ziele (»Überzeugungen«, Glaubensartikel) unangemessen sind (–: ein Glaube nämlich drückt im allgemeinen den Zwang von *Existenzbedingungen* aus, eine Unterwerfung unter die Autorität von Verhältnissen, unter denen ein Wesen *gedeiht, wächst, Macht gewinnt...*); andererseits ein Zeichen von *nicht genügender* Stärke, um produktiv sich nun auch wieder ein Ziel, ein Warum, einen Glauben zu *setzen.*

Sein *Maximum* von relativer Kraft erreicht er als gewalttätige Kraft der *Zerstörung*: als *aktiver Nihilismus.*

Sein Gegensatz wäre der *müde* Nihilismus, der nicht mehr *angreift:* seine berühmteste Form der Buddhismus: als *passivischer* Nihilismus, als ein Zeichen von Schwäche: die Kraft des Geistes kann ermüdet, *erschöpft* sein, so daß die *bisherigen* Ziele und Werte unangemessen sind und keinen Glauben mehr finden –, daß die Synthesis der Werte und Ziele (auf der jede starke Kultur beruht) sich löst, so daß die einzelnen Werte sich Krieg machen: *Zersetzung* –, daß alles, was erquickt, heilt, beruhigt, betäubt, in den Vordergrund tritt, unter verschiedenen *Verkleidungen*, religiös oder moralisch oder politisch oder ästhetisch usw.

Aus der Zukunft des Arbeiters. – Arbeiter sollten wie *Soldaten* empfinden lernen. Ein Honorar, ein Gehalt, aber keine Bezahlung!

Kein Verhältnis zwischen Abzahlung und *Leistung!* Sondern das Individuum, *je nach seiner Art,* so stellen, daß es das *Höchste leisten* kann, was in seinem Bereich liegt.

Berichtigung des Begriffs »Egoismus«. – Hat man begriffen, inwiefern »Individuum« ein Irrtum ist, sondern jedes Einzelwesen eben der *ganze Prozeß* in gerader Linie ist (nicht bloß »vererbt«, sondern er selbst –), so hat das Einzelwesen eine *ungeheuer große Bedeutung*. Der Instinkt redet darin ganz richtig. Wo dieser Instinkt *nachläßt* – wo das Individuum sich einen Wert erst im Dienst für andere *sucht*, kann man sicher auf Ermüdung und *Entartung* schließen. Der Altruismus der Gesinnung, gründlich und ohne Tartüfferie, ist ein Instinkt dafür, sich wenigstens einen *zweiten* Wert zu schaffen, im Dienste *anderer* Egoismen. Meistens aber ist er nur *scheinbar:* ein *Umweg* zur Erhaltung des *eigenen Lebensgefühls*, *Wertgefühls.*

Ersatz der Moral durch den *Willen* zu unserem Ziele, und *folglich* zu dessen *Mitteln.*

Kein *Lob* haben wollen: man tut, was einem nützlich ist oder was einem Vergnügen macht oder was man tun *muß.*

Die große *Lüge* in der Historie: als ob es die *Verderbnis* des Heidentums gewesen wäre, die dem Christentum die Bahn gemacht habe! Aber es war die Schwächung und *Vermoralisierung* des antiken Menschen! Die Umdeutung der Naturtriebe in *Laster* war schon vorhergegangen!

Die lügnerische Auslegung der Worte, Gebärden und Zustände *Sterbender:* da wird z. B. die Furcht vor dem Tode mit der Furcht vor dem »Nach-dem-Tode« grundsätzlich verwechselt...

Große *Lüge* in der Historie: als ob die *Verderbnis der Kirche die Ursache* der Reformation gewesen sei! Nur der Vorwand, die Selbstvorlügnerei seitens ihrer Agitatoren – es waren starke Bedürfnisse da, deren Brutalität eine geistliche Bemäntelung sehr nötig hatte.

Gegen den *Wert* des Ewig-Gleichbleibenden (v. Spinozas Naivität, Descartes' ebenfalls) den Wert des Kürzesten und Vergänglichsten, das verführerische Goldaufblitzen am Bauch der Schlange *vita* –

Franz von Assisi: verliebt, populär, Poet, kämpft gegen die Rangordnung der Seelen zugunsten der Niedrigsten. Leugnung der Seelenhierarchie – »vor Gott alle gleich«.

Die Metamorphosen der Sklaverei; ihre Verkleidung unter religiöse Mäntel; ihre Verklärung durch die Moral.

Fleiß, Bescheidenheit, Wohlwollen, Mäßigkeit sind ebenso viele *Verhinderungen* der *souveränen Gesinnung*, der großen *Erfindsamkeit*, der heroischen Zielesetzung, des vornehmen Für-sich-seins.

Es handelt sich nicht um ein *Vorangehn* (– damit ist man bestenfalls Hirt, d. h. oberster Notbedarf der Herde), sondern um ein *Für-sich-gehen-können*, um ein *Anders-sein-können.*

Die *Verkleinerung* des Menschen muß lange als einziges Ziel gelten: weil erst ein breites Fundament zu schaffen ist, damit eine *stärkere* Art

Mensch darauf stehen kann. (: Inwiefern bisher *jede verstärkte* Art Mensch auf einem *Niveau der niedrigeren stand* – – –)

Absolute Überzeugung: daß die Wertgefühle oben und unten *verschieden* sind; daß zahllose *Erfahrungen* den Unteren *fehlen*, daß von unten nach oben das Mißverständnis *notwendig* ist.

»Der Wert des Lebens.« – Das Leben ist ein Einzelfall; man muß *alles* Dasein rechtfertigen und *nicht* nur das Leben, – das rechtfertigende Prinzip ist ein solches, aus dem sich das Leben erklärt.

Das Leben ist nur *Mittel* zu etwas: es ist der *Ausdruck* von Wachstumsformen der Macht.

Daß wir nicht unsere »Wünschbarkeiten« zu Richtern über das Sein machen!

Daß wir nicht auch *End*formen der Entwicklung (z. B. Geist) wieder als ein »An-sich« *hinter* die Entwicklung placieren!

Offenbach: französische Musik mit einem Voltaireschen Geist, frei, übermütig, mit einem kleinen sardonischen Grinsen, aber hell, geistreich bis zur Banalität (– er *schminkt* nicht –) und ohne die *mignardise* krankhafter oder blond-wienerischer Sinnlichkeit.

Prinzipielle Neuerungen: An Stelle der »moralischen Werte« lauter *naturalistische Werte*. Vernatürlichung der Moral.

An Stelle der »Soziologie« eine *Lehre von den Herrschaftsgebilden*.

An Stelle der »Gesellschaft« den *Kultur-Komplex* als *mein* Vorzugs-Interesse (gleichsam als Ganzes bezüglich in seinen Teilen).

An Stelle der »Erkenntnistheorie« eine *Perspektiven-Lehre der Affekte* (wozu eine Hierarchie der Affekte gehört: die *transfigurierten* Affekte: deren *höhere Ordnung*, deren »*Geistigkeit*«).

An Stelle von »Metaphysik« und Religion die *Ewige Wiederkunftslehre* (diese als Mittel der Züchtung und Auswahl).

»Gott« als Kulminations-Moment: das Dasein eine ewige Vergottung und Entgottung. *Aber darin kein Wert-Höhepunkt*, sondern ein

Macht-Höhepunkt.

Absoluter *Ausschluß* des *Mechanismus* und des *Stoffs:* beides nur Ausdrucksformen niedriger Stufen, die entgeistigtste Form des Affekts (des »Willens zur Macht«).

Der *Rückgang vom Höhepunkt im Werden* (der höchsten Vergeistigung der Macht auf dem sklavenhaftesten Grunde) als *Folge* dieser höchsten Kraft darzustellen, welche, *gegen sich* sich wendend, nachdem sie nichts mehr zu organisieren hat, ihre Kraft verwendet zu *desorganisieren*...

a) Die immer größere *Besiegung* der Sozietäten und Unterjochung derselben unter eine kleinere, aber stärkere Zahl;

b) die immer größere Besiegung der Bevorrechteten und Stärkeren und folglich Heraufkunft der Demokratie, endlich *Anarchie* der Elemente.

Die *überschüssige* Kraft in der *Geistigkeit, sich selbst* neue Ziele stellend; durchaus nicht bloß als befehlend und führend für die niedere Welt oder für die Erhaltung des Organismus, des »Individuums«.

Wir sind *mehr* als das Individuum: wir sind die ganze Kette noch, mit den Aufgaben aller Zukünfte der Kette.

Come l'uom s'eterna... (Inf. XV, 85)

Kant: macht den erkenntnistheoretischen Skeptizismus der Engländer *möglich* für Deutsche:

1. indem er die moralischen und religiösen Bedürfnisse der Deutschen für denselben interessiert: so wie aus gleichem Grunde die neueren Akademiker die Skepsis benutzen als Vorbereitung für den Platonismus (*vide* Augustin); so wie Pascal sogar die *moralistische* Skepsis benutzte, um das Bedürfnis nach Glauben zu exzitieren (»zu rechtfertigen«);

2. indem er ihn scholastisch verschnörkelte und verkräuselte und dadurch dem wissenschaftlichen Form-Geschmack der Deutschen annehmbar machte (denn Locke und Hume an sich waren zu hell, zu klar, d. h. nach deutschen Wertinstinkten geurteilt »zu oberflächlich«-).

Kant: ein geringer Psycholog und Menschenkenner; grob fehlgreifend in Hinsicht auf große historische Werte (Französische Revolution); Moral-Fanatiker *à la* Rousseau; mit unterirdischer Christlichkeit der Werte; Dogmatiker durch und durch, aber mit einem schwerfälligen Überdruß an diesem Hang, bis zum Wunsche, ihn zu tyrannisieren, aber auch der Skepsis sofort müde; noch von keinem Hauche kosmopolitischen Geschmacks und antiker Schönheit angeweht... ein *Verzögerer* und *Vermittler*, nichts Originelles (– so wie *Leibniz* zwischen Mechanik und Spiritualismus, wie *Goethe* zwischen dem Geschmack des 18. Jahrhunderts und dem des »historischen Sinnes« [– der wesentlich ein Sinn des Exotismus ist], wie die *deutsche Musik* zwischen französischer und italienischer Musik, wie *Karl* der Große zwischen *imperium Romanum* und Nationalismus *vermittelte, überbrückte,* – *Verzögerer par excellence*).

Zur Charakteristik des *nationalen Genius* in Hinsicht auf Fremdes und Entlehntes. –

Der *englische* Genius vergröbert und vernatürlicht alles, was er empfängt;

der *französische* verdünnt, vereinfacht, logisiert, putzt auf;

der *deutsche* vermischt, vermittelt, verwickelt, vermoralisiert;

der *italienische* hat bei weitem den freiesten und feinsten Gebrauch vom Entlehnten gemacht und hundertmal mehr hineingesteckt als herausgezogen: als der *reichste* Genius, der am meisten zu verschenken hatte.

Zeitweiliges Überwiegen der sozialen Wertgefühle begreiflich und nützlich: es handelt sich um die Herstellung eines *Unterbaus*, auf dem endlich eine *stärkere* Gattung möglich wird. – Maßstab der Stärke: unter den *umgekehrten* Wertschätzungen leben können und sie ewig wieder wollen. Staat und Gesellschaft als Unterbau: weltwirtschaftlicher Gesichtspunkt, Erziehung als *Züchtung*.

Les philosophes ne sont pas faits pour s'aimer. Les aigles ne volent point en compagnie. Il faut laisser cela aux perdrix, aux étourneaux... Planer au-dessus et avoir des griffes, voilà le lot des grands génies. *Galiani*

Wenn man auch noch so bescheiden in seinem Anspruch auf intellektuelle Sauberkeit ist, man kann nicht verhindern, bei der Berührung mit dem Neuen Testament etwas wie ein unaussprechliches Mißbehagen zu empfinden: denn die zügellose Frechheit des Mitredenwollens Unberufenster über die großen Probleme, ja ihr Anspruch auf Richtertum in solchen Dingen übersteigt jedes Maß. Die unverschämte Leichtfertigkeit, mit der hier von den unzugänglichsten Problemen (Leben, Welt, Gott, Zweck des Lebens) geredet wird, wie als ob sie keine Probleme wären, sondern einfach Sachen, die diese kleinen Mucker *wissen!*

Die *Intoleranz der Moral* ist ein Ausdruck von der *Schwäche* des Menschen: er fürchtet sich vor seiner »Unmoralität«, er muß seine stärksten Triebe *verneinen*, weil er sie noch nicht zu benutzen weiß. So liegen die fruchtbarsten Striche der Erde am längsten unbebaut: – die Kraft fehlt, die hier Herr werden könnte...

Das »Ding an sich« widersinnig. Wenn ich alle Relationen, alle »Eigenschaften«, alle »Tätigkeiten« eines Dinges wegdenke, so bleibt *nicht* das Ding übrig: weil Dingheit erst von uns *hinzufingiert* ist aus logischen Bedürfnissen, also zum Zweck der Bezeichnung, der Verständigung (zur Bindung jener Vielheit von Relationen, Eigenschaften, Tätigkeiten).

Der neuere Mensch hat seine idealisierende Kraft in Hinsicht auf einen *Gott* zumeist in einer wachsenden *Vermoralisierung desselben* ausgeübt – was bedeutet das? – Nichts Gutes, ein Abnehmen der Kraft des Menschen.

An sich wäre nämlich das Gegenteil möglich: und es gibt Anzeichen davon. Gott, gedacht als das Freigewordensein von der Moral, die ganze Fülle der Lebensgegensätze in sich drängend und sie in göttlicher Qual *erlösend, rechtfertigend* – Gott als das Jenseits, das Oberhalb der erbärmlichen Eckensteher-Moral von »Gut und Böse«.

Dies war die verhängnisvollste Art Größenwahn, die bisher auf Erden dagewesen ist: – wenn diese verlogenen kleinen Mißgeburten von Muckern anfangen, die Worte »Gott«, »Jüngstes Gericht«, »Wahrheit«, »Liebe«, »Weisheit«, »Heiliger Geist« für sich in Anspruch zu nehmen und sich damit gegen »die Welt« abzugrenzen, wenn diese Art Mensch anfängt, die *Werte nach sich umzudrehen*, wie als ob *sie* der Sinn, das Salz, das Maß und *Gewicht* vom ganzen Rest wären: so sollte man ihnen Irrenhäuser bauen und nichts weiter tun. Daß man sie *verfolgte*, das war eine antike Dummheit großen Stils: damit nahm man sie zu ernst, damit machte man aus ihnen einen Ernst.

Das ganze Verhängnis war dadurch ermöglicht, daß schon eine verwandte Art von Größenwahn *in der Welt war*, der *jüdische* (– nachdem einmal die Kluft zwischen den Juden und den Christen-Juden aufgerissen, *mußten* die Christen-Juden die Prozedur der Selbsterhaltung, welche der jüdische Instinkt erfunden hatte, nochmals und in einer letzten Steigerung zu ihrer Selbsterhaltung anwenden –); andererseits dadurch, daß die griechische Philosophie der Moral alles getan hatte, um einen *Moral-Fanatismus* selbst unter Griechen und Römern vorzubereiten und schmackhaft zu machen... Plato, die große Zwischenbrücke der Verderbnis, der zuerst die Natur in der Moral nicht verstehen wollte, der bereits die griechischen Götter mit seinem Begriff »*gut*« entwertet hatte, der bereits *jüdisch – angemuckert* war (– in Ägypten?).

Das *Dasein* im ganzen von Dingen behaupten, von denen wir gar nichts wissen, exakt weil ein Vorteil darin liegt, nichts von ihnen wissen zu können, war eine Naivität Kants, Folge eines Nachschlags von Bedürfnissen, namentlich moralisch-metaphysischen.

Die *tiefe Unwürdigkeit*, mit der alles Leben außerhalb des christlichen beurteilt wird: es genügt ihnen nicht, ihre eigentlichen Gegner sich gemein zu denken, sie brauchen nichts weniger als eine Gesamtverleumdung von allem, was nicht *sie* sind... Mit der Arroganz der Heiligkeit verträgt sich aufs beste eine niederträchtige und verschmitzte Seele: Zeugnis die ersten Christen.

Die *Zukunft*: sie lassen es sich *tüchtig bezahlen*... Es ist die *unsauberste Art Geist*, die es gibt. Das ganze Leben Christi wird so dargestellt, daß er den Weissagungen zum Recht verhilft: er handelt so, *damit* sie Recht bekommen...

»Seid einfach« – eine Aufforderung an uns verwickelte und unfaßbare Nierenprüfer, welche eine einfache Dummheit ist... Seid natürlich: aber wie, wenn man eben »unnatürlich« *ist?*...

Die *psychologische Voraussetzung:* die *Unwissenheit* und *Unkultur*, die Ignoranz, die jede Scham verlernt hat: man denke sich diese unverschämten Heiligen mitten in Athen;

: der *jüdische »Auserwählten«-Instinkt:* sie nehmen *alle Tugenden* ohne weiteres für sich in Anspruch und rechnen den Rest der Welt als ihren Gegensatz; tiefes Zeichen der *Gemeinheit der Seele;*

: der *vollkommene Mangel an wirklichen Zielen*, an wirklichen *Aufgaben*, zu denen man andere Tugenden als die der Mucker braucht, – *der Staat nahm ihnen diese Arbeit ab:* das unverschämte Volk tat trotzdem, als ob sie ihn nicht nötig hätten.

»So ihr nicht werdet wie die Kinder –«: o wie fern wir von dieser psychologischen Naivität sind!

»*Die Moral um der Moral willen*« – eine wichtige Stufe in ihrer Entnaturalisierung: sie erscheint selbst als letzter Wert. In dieser Phase hat sie die Religion mit sich durchdrungen: im Judentum z. B. Und ebenso gibt es eine Phase, wo sie die Religion wieder *von sich abtrennt* und wo ihr kein Gott »moralisch« genug ist: dann zieht sie das unpersönliche Ideal vor... Das ist jetzt der Fall.

»*Die Kunst um der Kunst willen*« – das ist ein gleichgefährliches Prinzip: damit bringt man einen falschen Gegensatz in die Dinge, – es läuft auf eine Realitäts-Verleumdung (»Idealisierung« ins *Häßliche*) hinaus. Wenn man ein Ideal ablöst vom Wirklichen, so stößt man das

Wirkliche hinab, man verarmt es, man verleumdet es. »*Das Schöne um des Schönen willen*«, »*das Wahre um des Wahren willen*«, »*das Gute um des Guten willen*« – das sind drei Formen des *bösen Blicks* für das Wirkliche.

– *Kunst, Erkenntnis, Moral* sind *Mittel:* statt die Absicht auf Steigerung des Lebens in ihnen zu erkennen, hat man sie zu einem *Gegensatz des Lebens* in Bezug gebracht, zu »*Gott*«, – gleichsam als Offenbarungen einer höheren Welt, die durch diese hie und da hindurchblickt...

»*Schön* und *häßlich*«, »*wahr* und *falsch*«, »*gut* und *böse*« – diese *Scheidungen* und *Antagonismen* verraten Daseins- und Steigerungsbedingungen, nicht vom Menschen überhaupt, sondern von irgendwelchen festen und dauerhaften Komplexen, welche ihre Widersacher von sich abtrennen. Der *Krieg*, der damit geschaffen wird, ist das Wesentliche daran: als Mittel der *Absonderung*, die die Isolation *verstärkt*...

Heidnisch – christlich. Heidnisch ist das Jasagen zum Natürlichen, das Unschuldsgefühl im Natürlichen, »die Natürlichkeit«. *Christlich* ist das Neinsagen zum Natürlichen, das Unwürdigkeits-Gefühl im Natürlichen, die Widernatürlichkeit.

»Unschuldig« ist z. B. Petronius: ein Christ hat im Vergleich mit diesem Glücklichen ein für allemal die Unschuld verloren. Da aber zuletzt auch der *christliche status* bloß ein Naturzustand sein muß, sich aber nicht als solchen begreifen darf, so bedeutet »*christlich*« eine zum Prinzip erhobene *Falschmünzerei der psychologischen Interpretation*...

Konsequenz des Kampfes: der Kämpfende sucht seinen Gegner zu seinem *Gegensatz* umzubilden – in der Vorstellung natürlich. Er sucht an sich bis zu dem Grade zu glauben, daß er den Mut der »guten Sache« haben kann (als ob er die *gute Sache* sei); wie als ob die Vernunft, der Geschmack, die Tugend von seinem Gegner bekämpft werde... Der Glaube, den er nötig hat, als stärkstes Defensiv- und Aggressiv-Mittel, ist ein *Glaube an sich*, der sich aber als Glaube an Gott zu mißverstehen weiß: – sich nie die Vorteile und Nützlichkeiten des Sieges vorstellen, sondern immer nur den Sieg um des Sieges willen, als »Sieg Gottes« –. Jede kleine im Kampf befindliche Gemeinschaft (selbst einzelne) sucht sich zu überreden: »*Wir haben den guten Geschmack, das gute Urteil und die Tugend für uns...*« Der Kampf zwingt zu einer solchen *Übertreibung der Selbstschätzung*...

Im Buddhismus überwiegt dieser Gedanke: »Alle Begierden, alles, was Affekt, was Blut macht, zieht zu Handlungen fort« – nur insofern wird *gewarnt* vor dem Bösen. Denn Handeln – das hat keinen Sinn, Handeln hält im Dasein fest: alles Dasein aber hat keinen Sinn. Sie sehen im Bösen den Antrieb zu etwas Unlogischem: zur Bejahung von Mitteln, deren Zweck man verneint. Sie suchen nach einem Wege zum Nichtsein, und *deshalb* perhorreszieren sie *alle* Antriebe seitens der Affekte. Z. B. ja nicht sich rächen! ja nicht feind sein! – Der Hedonismus der Müden gibt hier die höchsten Wertmaße ab. Nichts ist dem Buddhisten ferner als der jüdische Fanatismus eines Paulus: nichts würde mehr seinem Instinkt widerstreben als diese Spannung, Flamme, Unruhe des religiösen Menschen, vor allem jene Form der Sinnlichkeit, welche das Christentum mit dem Namen der »Liebe« geheiligt hat. Zu alledem sind es die gebildeten und sogar übergeistigten Stände, die im Buddhismus ihre Rechnung finden: eine Rasse, durch einen jahrhundertelangen Philosophen-Kampf abgesotten und müde gemacht, nicht aber *unterhalb aller Kultur* wie die Schichten, aus denen das Christentum entsteht... Im Ideal des Buddhismus erscheint das Loskommen auch von Gut und Böse wesentlich: es wird da eine raffinierte Jenseitigkeit der Moral ausgedacht, die mit dem Wesen der Vollkommenheit zusammenfällt, unter der Voraussetzung, daß man auch die guten Handlungen bloß *zeitweilig* nötig hat, bloß als *Mittel*, – nämlich um von *allem* Handeln loszukommen.

Der *radikale Nihilismus* ist die Überzeugung einer absoluten Unhaltbarkeit des Daseins, wenn es sich um die höchsten Werte, die man anerkennt, handelt; hinzugerechnet die *Einsicht*, daß wir nicht das geringste Recht haben, ein Jenseits oder ein An-sich der Dinge anzusetzen, das »göttlich«, das leibhafte Moral wäre.

Diese Einsicht ist eine Folge der großgezogenen »Wahrhaftigkeit«: somit selbst eine Folge des Glaubens an die Moral.

Dies ist die *Antinomie:*

Sofern wir an die Moral glauben, *verurteilen* wir das Dasein.

Die Logik des Pessimismus bis zum letzten Nihilismus: was treibt da? – Begriff der *Wertlosigkeit, Sinnlosigkeit:* inwiefern moralische Wertungen hinter allen sonstigen hohen Werten stecken.

– Resultat: *die moralischen Werturteile sind Verurteilungen, Verneinungen; Moral ist die Abkehr vom Willen zum Dasein...*

Ich betrachte das Christentum als die verhängnisvollste Lüge der Verführung, die es bisher gegeben hat, als die große *unheilige Lüge:* ich ziehe seinen Nachwuchs und Ausschlag von Ideal noch unter allen sonstigen Verkleidungen heraus, ich wehre alle Halb- und Dreiviertels-Stellungen zu ihm ab – ich zwinge zum Krieg mit ihm.

Die *Kleine-Leute-Moralität* als Maß der Dinge: das ist die ekelhafteste Entartung, welche die Kultur bisher aufzuweisen hat. *Und diese Art Ideal* als »Gott« hängenbleibend über der Menschheit!!

Auch die *Christen* haben es gemacht wie die Juden und das, was sie als Existenzbedingung und Neuerung empfanden, ihrem Meister in den Mund gelegt und sein Leben damit inkrustiert. Insgleichen haben sie die ganze Spruchweisheit ihm zurückgegeben –: kurz, ihr tatsächliches Leben und Treiben als einen *Gehorsam* dargestellt und dadurch für ihre Propaganda geheiligt.

Woran alles hängt, das ergibt sich bei Paulus: es ist *wenig*. Das andere ist die Ausgestaltung eines Typus von Heiligen, aus dem, was ihnen als heilig galt.

Die ganze »Wunderlehre«, eingerechnet die Auferstehung, ist eine Konsequenz der Selbstverherrlichung der Gemeinde, welche das, was sie sich selber zutraute, in höherem Grade ihrem Meister zutraute (resp. *aus* ihm ihre Kraft ableitete...).

Wann auch die »Herren« Christen werden können. – Es liegt in dem Instinkt einer *Gemeinschaft* (Stamm, Geschlecht, Herde, Gemeinde), die Zustände und Begehrungen, denen sie ihre Erhaltung verdankt, als *an sich wertvoll* zu empfinden, z. B. Gehorsam, Gegenseitigkeit, Rücksicht, Mäßigkeit, Mitleid – somit alles, was denselben im Wege steht oder widerspricht, *herabzudrücken.*

Es liegt insgleichen in dem Instinkt der *Herrschenden* (seien es einzelne, seien es Stände), die Tugenden, auf welche hin die Unterworfenen *handlich* und *ergeben* sind, zu patronisieren und auszuzeichnen (– Zustände und Affekte, die den eignen so fremd wie möglich sein können).

Der *Herdeninstinkt* und der *Instinkt der Herrschenden* kommen im Loben einer gewissen Anzahl von Eigenschaften und Zuständen *überein* – aber aus verschiedenen Gründen: der erste aus unmittelbarem Egoismus, der zweite aus mittelbarem Egoismus.

Die Unterwerfung der Herren-Rassen unter das Christentum ist wesentlich die Folge der Einsicht, daß das Christentum eine *Herdenreligion* ist, daß es *Gehorsam* lehrt: kurz, daß man Christen leichter beherrscht als Nichtchristen. Mit diesem Wink empfiehlt noch heute der Papst dem Kaiser von China die christliche Propaganda.

Es kommt hinzu, daß die Verführungskraft des christlichen Ideals am stärksten vielleicht auf solche Naturen wirkt, welche die Gefahr, das Abenteuer und das Gegensätzliche lieben, welche alles lieben, *wobei sie sich riskieren*, wobei aber ein *non plus ultra* von Machtgefühl erreicht werden kann. Man denke sich die heilige Theresa, inmitten der heroischen Instinkte ihrer Brüder: – das Christentum erscheint da als eine Form der Willens-Ausschweifung, der Willensstärke, als eine Donquijoterie des Heroismus...

Daß es nicht darauf ankommt, ob *etwas wahr ist*, sondern wie es *wirkt* –: absoluter *Mangel an intellektueller Rechtschaffenheit.* Alles ist gut, die Lüge, die Verleumdung, die unverschämteste Zurechtmachung, wenn es dient, jenen Wärmegrad zu erhöhen, – bis man »glaubt« –.

Eine förmliche Schule der *Mittel der Verführung* zu einem Glauben: prinzipielle *Verachtung* der Sphären, woher der Widerspruch kommen könnte (– der Vernunft, der Philosophie und Weisheit, des Mißtrauens, der Vorsicht); ein unverschämtes Loben und Verherrlichen der Lehre unter beständiger Berufung darauf, daß Gott es sei, der sie gebe, – daß der Apostel nichts bedeute, – daß hier nichts zu kritisieren sei, sondern nur zu glauben, anzunehmen; daß es die außerordentlichste Gnade und Gunst sei, eine solche Erlösungslehre zu empfangen; daß die tiefste Dankbarkeit und Demut der Zustand sei, in dem man sie zu empfangen habe...

Es wird beständig spekuliert auf die Ressentiments, welche diese Niedrig-Gestellten gegen alles, was in Ehren ist, empfinden: daß man ihnen diese Lehre als Gegensatz-Lehre gegen die Weisheit der Welt, gegen die Macht der Welt darstellt, das verführt zu ihr. Sie überredet die Ausgestoßenen und Schlechtweggekommenen aller Art; sie verspricht die Seligkeit, den Vorzug, das Privilegium den Unscheinbarsten und Demütigsten; sie fanatisiert die armen, kleinen, törichten Köpfe zu einem unsinnigen Dünkel, wie als ob *sie* der Sinn und das Salz der Erde wären –.

Das alles, nochmals gesagt, kann man nicht tief genug verachten. Wir ersparen uns die *Kritik der Lehre;* es genügt, die Mittel anzusehn, deren sie sich bedient, um zu wissen, womit man es zu tun hat. Sie akkordierte mit der *Tugend*, sie nahm die ganze *Faszinations-Kraft der Tugend* schamlos für sich allein in Anspruch... sie akkordierte mit der Macht des Paradoxen, mit dem Bedürfnis alter Zivilisationen nach Pfeffer und Widersinn; sie verblüffte, sie empörte, sie reizte auf zu Verfolgung und zu Mißhandlung –.

Es ist genau dieselbe Art *durchdachter Nichtswürdigkeit*, mit der die jüdische Priesterschaft ihre Macht festgestellt hat und die jüdische Kirche geschaffen worden ist...

Man soll unterscheiden: 1. jene Wärme der Leidenschaft »Liebe« (auf dem Untergrund einer hitzigen Sinnlichkeit ruhend); 2. das absolut *Unvornehme* des Christentums: – die beständige Übertreibung, die Geschwätzigkeit; – den Mangel an kühler Geistigkeit und Ironie; – das Unmilitärische in allen Instinkten; – das priesterliche Vorurteil gegen den männlichen Stolz, gegen die Sinnlichkeit, die Wissenschaften, die Künste.

Die Realität, auf der das Christentum sich aufbauen konnte, war die kleine *jüdische Familie* der Diaspora mit ihrer Wärme und Zärtlichkeit, mit ihrer im ganzen römischen Reiche unerhörten und vielleicht unverstandenen Bereitschaft zum Helfen, Einstehen füreinander, mit ihrem verborgenen und in Demut verkleideten Stolz der »Auserwählten«, mit ihrem innerlichsten Neinsagen ohne Neid zu allem, was obenauf ist und was Glanz und Macht für sich hat. *Das als Macht erkannt zu haben*, diesen *seligen* Zustand als mitteilsam, verführerisch, ansteckend auch für Heiden erkannt zu haben – ist das *Genie* des Paulus: den Schatz von latenter Energie, von klugem Glück auszunützen zu einer »jüdischen Kirche freieren Bekenntnisses«, die ganze jüdische Erfahrung und Meisterschaft der *Gemeinde-Selbsterhaltung* unter der Fremdherrschaft, auch die jüdische Propaganda – das erriet er als seine Aufgabe. Was er vorfand, das war eben jene absolut unpolitische und abseits gestellte Art *kleiner Leute:* ihre Kunst, sich zu behaupten und durchzusetzen, in einer Anzahl Tugenden angezüchtet, welche den einzigen Sinn von Tugend ausdrückten (»Mittel der Erhaltung und Steigerung einer bestimmten Art Mensch«).

Aus der kleinen jüdischen Gemeinde kommt das Prinzip der *Liebe* her: es ist eine *leidenschaftlichere* Seele, die hier unter der Asche von Demut und Armseligkeit glüht: so war es weder griechisch noch indisch noch gar germanisch. Das Lied zu Ehren der Liebe, welches Paulus gedichtet hat, ist nichts Christliches, sondern ein jüdisches Auflodern der ewigen Flamme, die semitisch ist. Wenn das Christentum etwas Wesentliches in psychologischer Hinsicht getan hat, so ist es eine *Erhöhung der Temperatur der Seele* bei jenen kälteren und vornehmeren Rassen, die damals obenauf waren; es war die Entdeckung, daß das elendeste Leben reich und unschätzbar werden kann durch eine Temperatur-Erhöhung...

Es versteht sich, daß eine solche Übertragung *nicht* stattfinden konnte in Hinsicht auf die herrschenden Stände: die Juden und Christen hatten die schlechten Manieren gegen sich, – und was Stärke und Leidenschaft der Seele bei schlechten Manieren ist, das wirkt abstoßend und beinahe ekelerregend (– ich *sehe* diese schlechten Manieren, wenn ich das Neue Testament lese). Man mußte durch Niedrigkeit und Not mit dem hier redenden Typus des niederen Volkes verwandt sein, um das Anziehende zu empfinden... Es ist eine Probe davon, ob man etwas *klassischen Geschmack* im Leibe hat, wie man zum Neuen Testament steht (vgl. Tacitus); wer davon nicht revoltiert ist, wer dabei nicht ehrlich und gründlich etwas von *foeda superstitio* empfindet, etwas, wovon man die Hand zurückzieht, wie um nicht sich zu beschmutzen: der weiß nicht, was klassisch ist. Man muß das »Kreuz« empfinden wie Goethe –

Das »*christliche Ideal*«: jüdisch klug in Szene gesetzt. Die *psychologischen Grundtriebe*, seine »Natur«:

der Aufstand gegen die herrschende geistliche Macht;

Versuch, die Tugenden, unter denen das *Glück der Niedrigsten* möglich ist, zum richterlichen Ideal aller Werte zu machen, – es *Gott* zu heißen: der Erhaltungs-Instinkt der lebensärmsten Schichten;

die absolute *Enthaltung* von Krieg und Widerstand aus dem Ideal zu rechtfertigen, – insgleichen den Gehorsam;

die Liebe untereinander, als Folge der Liebe zu Gott.

Kunstgriff: alle *natürlichen mobilia ableugnen* und umkehren ins Geistlich-Jenseitige... *die Tugend* und deren *Verehrung* ganz und gar für sich ausnützen, schrittweise sie allem Nicht-Christlichen *absprechen.*

Es ist heute in der Gesellschaft eine große Menge von Rücksicht, von Takt und Schonung, von gutwilligem Stehenbleiben vor fremden Rechten, selbst vor fremden Ansprüchen verbreitet; mehr noch gilt eine gewisse wohlwollende Instinkt-Abschätzung des menschlichen Wertes überhaupt, welche sich im Vertrauen und Kredit jeder Art zu erkennen gibt; die *Achtung* vor den Menschen – und zwar ganz und gar nicht bloß vor den tugendhaften Menschen – ist vielleicht das Element, welches uns am stärksten von einer christlichen Wertung abtrennt. Wir haben ein gut Teil Ironie, wenn wir noch Moral predigen hören; man erniedrigt sich in unsern Augen und wird scherzhaft, falls man Moral predigt.

Diese *moralistische Liberalität* gehört zu den besten Zeichen unsrer Zeit. Finden wir Fälle, wo sie entschieden fehlt, so mutet uns das wie Krankheit an (der Fall Carlyle in England, der Fall Ibsen in Norwegen, der Fall des Schopenhauerschen Pessimismus in ganz Europa). Wenn irgend etwas mit unsrer Zeit versöhnt, so ist es das große Quantum *Immoralität*, welches sie sich gestattet, ohne darum von sich geringer zu denken. Im Gegenteil! Was macht denn die Überlegenheit der Kultur gegen die Unkultur aus? der Renaissance z. B. gegen das Mittelalter? – Immer nur eins: das große Quantum *zugestandener* Immoralität. Daraus folgt, mit Notwendigkeit, als was alle *Höhen* der menschlichen Entwicklung sich dem Auge der Moral-Fanatiker darstellen müssen: als *non plus ultra* der Korruption (– man denke an

Savonarolas Urteil über Florenz, an Platos Urteil über das Perikleische Athen, an Luthers Urteil über Rom, an Rousseaus Urteil über die Gesellschaft Voltaires, an das deutsche Urteil *contra* Goethe).

Der Haß gegen die Mittelmäßigkeit ist eines Philosophen unwürdig: es ist fast ein Fragezeichen an seinem »*Recht* auf Philosophie«. Gerade deshalb, weil er die Ausnahme ist, hat er die Regel in Schutz zu nehmen, hat er allem Mittleren den guten Mut zu sich selber zu erhalten.

Man muß zusammenrechnen, *was* alles sich gehäuft hatte, als Folge der *höchsten moralischen Idealität*: wie sich fast alle *sonstigen Werte* um das Ideal kristallisiert hatten. Das beweist, daß es am *längsten*, am *stärksten begehrt* worden ist, – daß es nicht erreicht worden ist: sonst würde es *enttäuscht* haben (resp. eine mäßigere Wertung nach sich gezogen haben).

Der *Heilige* als die *mächtigste Spezies* Mensch –: *diese* Idee hat den Wert der moralischen Vollkommenheit so hoch gehoben. Man muß die gesamte Erkenntnis sich bemüht denken, zu beweisen, daß der *moralischste* Mensch der *mächtigste*, *göttlichste* ist. – Die Überwältigung der Sinne, der Begierden – alles erregte *Furcht*; – das Widernatürliche erschien als das *Übernatürliche*, *Jenseitige*...

Versecktere Formen des Kultus des christlichen Moral-Ideals. – Der *weichliche* und *feige Begriff* »*Natur*«, der von den Naturschwärmern aufgebracht ist (– abseits von allen Instinkten für das Furchtbare, Unerbittliche und Zynische auch der »schönsten« Aspekte), eine Art Versuch, jene moralisch-christliche »Menschlichkeit« aus der Natur *herauszulesen*, – der Rousseausche Naturbegriff, wie als ob »Natur« Freiheit, Güte, Unschuld, Billigkeit, Gerechtigkeit, *Idyll* sei, – immer *Kultus der christlichen Moral* im Grunde. – Stellen zu sammeln, *was* eigentlich die Dichter verehrt haben, z. B. am Hochgebirge usw. – Was Goethe an ihr haben wollte, – warum er Spinoza verehrte –. Vollkommene *Unwissenheit* der Voraussetzung dieses *Kultus*...

Der *weichliche* und *feige Begriff* »*Mensch*« *à la* Comte und Stuart Mill, womöglich gar Kultus-Gegenstand... Es ist immer wieder der Kultus der christlichen Moral unter einem neuen Namen... Die Freidenker, z. B. Guyau.

Der *weichliche* und *feige Begriff* »*Kunst*« als Mitgefühl für alles Leidende, Schlechweggekommene (selbst die *Historie*, z. B. Thierrys): es ist immer wieder der Kultus des christlichen Moral-Ideals.

Und nun gar das ganze *sozialistische Ideal:* nichts als ein tölpelhaftes Mißverständnis jenes christlichen Moral-Ideals.

Die Begierde *vergrößert* das, was man haben will; sie wächst selbst durch Nichterfüllung, – die *größten Ideen* sind die, welche die heftigste und längste Begierde geschaffen hat. Wir legen den Dingen *immer mehr Wert bei*, je mehr unsre Begierde nach ihnen wächst: wenn die »moralischen Werte« die *höchsten Werte* geworden sind, so verrät dies, daß das moralische Ideal das *unerfüllteste* gewesen ist (– insofern es *galt* als *Jenseits alles Leids*, als Mittel der *Seligkeit*). Die Menschheit hat mit immer wachsender Brunst nur *Wolken* umarmt: sie hat endlich ihre Verzweiflung, ihr Unvermögen »Gott« genannt...

Der tragische Künstler. – Es ist die Frage der *Kraft* (eines einzelnen oder eines Volkes), *ob* und *wo* das Urteil »schön« angesetzt wird. Das Gefühl der Fülle, der *aufgestauten Kraft* (aus dem es erlaubt ist, vieles mutig und wohlgemut entgegenzunehmen, vor dem der Schwächling *schaudert*) – das *Macht*gefühl spricht das Urteil »schön« noch über Dinge und Zustände aus, welche der Instinkt der Ohnmacht nur als *hassenswert*, als »häßlich« abschätzen kann. Die Witterung dafür, womit wir ungefähr fertig werden würden, wenn es leibhaft entgegenträte, als Gefahr, Problem, Versuchung – diese Witterung bestimmt auch noch unser ästhetisches Ja. (»Das ist schön« ist eine *Bejahung.*)

Daraus ergibt sich, ins Große gerechnet, daß die *Vorliebe für fragwürdige und furchtbare Dinge* ein Symptom für *Stärke* ist: während der Geschmack am *Hübschen und Zierlichen* den Schwachen, den Delikaten zugehört. Die *Lust* an der Tragödie kennzeichnet *starke* Zeitalter und Charaktere: ihr *non plus ultra* ist vielleicht die *divina commedia.* Es sind die *heroischen* Geister, welche zu sich selbst in der tragischen Grausamkeit ja sagen: sie sind hart genug, um das Leiden als *Lust* zu empfinden.

Gesetzt dagegen, daß die Schwachen von einer Kunst Genuß begehren, welche für sie nicht erdacht ist, was werden sie tun, um die

Tragödie sich schmackhaft zu machen? Sie werden *ihre eigenen Wertgefühle* in sie hineininterpretieren: z. B. den »Triumph der sittlichen Weltordnung« oder die Lehre vom »Unwert des Daseins« oder die Aufforderung zur »Resignation« (– oder auch halb medizinische, halb moralische Affekt-Ausladungen *à la* Aristoteles). Endlich: die *Kunst des Furchtbaren*, insofern sie die Nerven aufregt, kann als Stimulans bei den Schwachen und Erschöpften in Schätzung kommen: das ist heute z. B. der Grund für die *Schätzung* der Wagnerschen Kunst. Es ist ein Zeichen von *Wohl-* und *Machtgefühl*, wie weit einer den Dingen ihren furchtbaren und fragwürdigen Charakter zugestehen darf; und *ob* er überhaupt »Lösungen« am Schluß braucht.

Diese Art *Künstler-Pessimismus* ist genau das *Gegenstück zum moralisch-religiösen Pessimismus*, welcher an der »Verderbnis« des Menschen, am Rätsel des Daseins leidet: dieser will durchaus eine Lösung, wenigstens eine Hoffnung auf Lösung. Die Leidenden, Verzweifelten, An-sich-Mißtrauischen, die Kranken mit einem Wort, haben zu allen Zeiten die entzückenden *Visionen* nötig gehabt, um es auszuhalten (der Begriff »Seligkeit« ist *dieses* Ursprungs). Ein verwandter Fall: die Künstler der *décadence*, welche im Grunde *nihilistisch* zum Leben stehen, *flüchten* in die *Schönheit der Form* – in die *ausgewählten* Dinge, wo die Natur vollkommen ward, wo sie indifferent *groß* und *schön* ist... (– Die »Liebe zum Schönen« kann somit etwas anderes als das *Vermögen* sein, ein Schönes zu *sehen*, *das* Schöne zu *schaffen:* sie kann gerade der Ausdruck von *Unvermögen* dazu sein.)

Die überwältigenden Künstler, welche einen *Konsonanz-Ton* aus jedem Konflikte erklingen lassen, sind die, welche ihre eigene Mächtigkeit und Selbsterlösung noch den Dingen zugute kommen lassen: sie sprechen ihre innerste Erfahrung in der Symbolik jedes Kunstwerkes aus – ihr Schaffen ist Dankbarkeit für ihr Sein.

Die *Tiefe des tragischen Künstlers* liegt darin, daß sein ästhetischer Instinkt die ferneren Folgen übersieht, daß er nicht kurzsichtig beim Nächsten stehenbleibt, daß er die *Ökonomie im Großen* bejaht, welche das *Furchtbare*, *Böse*, *Fragwürdige* rechtfertigt, und nicht nur – rechtfertigt.

Biologischer Wert des *Schönen* und des *Häßlichen.* – Was uns instinktiv *widersteht*, ästhetisch, ist aus allerlängster Erfahrung dem Menschen als schädlich, gefährlich, mißtrauen-verdienend bewiesen: der plötzlich redende ästhetische Instinkt (im Ekel z. B.) enthält ein *Urteil.* Insofern steht das *Schöne* innerhalb der allgemeinen Kategorie der biologischen Werte des Nützlichen, Wohltätigen, Leben-steigernden: doch so, daß eine Menge Reize, die ganz von ferne an nützliche Dinge und Zustände erinnern und anknüpfen, uns das Gefühl des Schönen, d. h. der Vermehrung von Machtgefühl geben (– nicht also bloß Dinge, sondern auch die Begleitempfindungen solcher Dinge oder ihre Symbole).

Hiermit ist das Schöne und Häßliche als *bedingt* erkannt; nämlich in Hinsicht auf unsre untersten *Erhaltungswerte.* Davon abgesehen ein Schönes und ein Häßliches ansetzen wollen, ist sinnlos. *Das* Schöne existiert so wenig als *das* Gute, *das* Wahre. Im einzelnen handelt es sich wieder um die *Erhaltungsbedingungen* einer bestimmten Art von Mensch: so wird der *Herdenmensch* bei anderen Dingen das *Wertgefühl des Schönen* haben als der *Ausnahme-* und Über-Mensch.

Es ist die *Vordergrunds-Optik*, welche nur die *nächsten Folgen* in Betracht zieht, aus der der Wert des Schönen (auch des Guten, auch des Wahren) stammt.

Alle Instinkt-Urteile sind *kurzsichtig* in Hinsicht auf die Kette der Folgen: sie raten an, was *zunächst* zu tun ist. Der Verstand ist wesentlich ein *Hemmungsapparat* gegen das Sofort-Reagieren auf das Instinkt-Urteil: er hält auf, er überlegt weiter, er sieht die Folgenkette ferner und länger.

Die *Schönheits-* und *Häßlichkeits-Urteile* sind *kurzsichtig* (– sie haben immer den Verstand *gegen* sich –): aber im *höchsten Grade überredend;* sie appellieren an unsre Instinkte, dort, wo sie am schnellsten sich entscheiden und ihr Ja und Nein sagen, *bevor* noch der Verstand zu Worte kommt.

Die gewohntesten Schönheits-Bejahungen *regen sich gegenseitig auf und an;* wenn der ästhetische Trieb einmal in Arbeit ist, kristallisiert sich um »das einzelne Schöne« noch eine ganze Fülle anderer und anderswoher stammender Vollkommenheiten. Es ist nicht möglich, *objektiv* zu bleiben resp. die interpretierende, hinzugebende, ausfüllende, dichtende Kraft auszuhängen (– letztere ist jene Verkettung der Schönheits-Bejahungen selber). Der Anblick eines »schönen Weibes«...

Also 1. das Schönheits-Urteil ist *kurzsichtig*, es sieht nur die nächsten Folgen;

2. es *überhäuft* den Gegenstand, der es erregt, mit einem *Zauber*, der durch die Assoziation verschiedener Schönheits-Urteile bedingt ist – der aber dem *Wesen jenes Gegenstandes ganz fremd ist.* Ein Ding als schön empfinden heißt: es notwendig falsch empfinden – (weshalb, beiläufig gesagt, die Liebesheirat die gesellschaftlich unvernünftigste Art der Heirat ist).

Es gibt ganz naive Völker und Menschen, welche glauben, ein beständig gutes Wetter sei etwas Wünschbares: sie glauben noch heute *in rebus moralibus*, der »gute Mensch« allein und nichts als der »gute Mensch« sei etwas Wünschbares – und eben dahin gehe der Gang der menschlichen Entwicklung, daß nur *er* übrigbleibe (und allein dahin *müsse* man alle Absicht richten –). Das ist im höchsten Grade *unökonomisch* gedacht und, wie gesagt, der Gipfel des Naiven, nichts als Ausdruck der *Annehmlichkeit*, die der »gute Mensch« macht (– er erweckt keine Furcht, er erlaubt die Ausspannung, er gibt, was man nehmen kann).

Mit einem überlegnen Auge wünscht man gerade umgekehrt die immer größere *Herrschaft des Bösen*, die wachsende Freiwerdung des Menschen von der engen und ängstlichen Moral-Einschnürung, das Wachstum der Kraft, um die größten Naturgewalten – die Affekte – in Dienst nehmen zu können.

»Es wird gedacht: folglich gibt es Denkendes«: darauf läuft die Argumentation des Cartesius hinaus. Aber das heißt unsern Glauben an den *Substanz*begriff schon als »wahr *a priori*« ansetzen: – daß, wenn gedacht wird, es etwas geben muß, »das denkt«, ist einfach eine Formulierung unserer grammatischen Gewöhnung, welche zu einem Tun einen Täter setzt. Kurz, es wird hier bereits ein logisch-metaphysisches Postulat gemacht – und *nicht nur konstatiert*... Auf dem Wege des Cartesius kommt man *nicht* zu etwas absolut Gewissem, sondern nur zu einem Faktum eines sehr starken Glaubens.

Reduziert man den Satz auf »es wird gedacht, folglich gibt es Gedanken«, so hat man eine bloße Tautologie: und gerade das, was in Frage steht, die »*Realität* des Gedankens«, ist nicht berührt – nämlich in dieser Form ist die »Scheinbarkeit« des Gedankens nicht abzuweisen. Was aber Cartesius *wollte*, ist, daß der Gedanke nicht nur eine *scheinbare Realität* hat, sondern eine *an sich*.

Die Zunahme der »*Verstellung*« gemäß der aufwärtssteigenden *Rangordnung* der Wesen. In der anorganischen Welt scheint sie zu fehlen – Macht gegen Macht, ganz roh –, in der organischen beginnt die *List;* die Pflanzen sind bereits Meister in ihr. Die höchsten Menschen wie Cäsar, Napoleon (Stendhals Wort über ihn), insgleichen die höheren Rassen (Italiener), die Griechen (Odysseus); die tausendfältigste Verschlagenheit gehört ins *Wesen* der Erhöhung des Menschen... Problem des Schauspielers. Mein Dionysos-Ideal...

Das *Gesetz*, die gründlich realistische Formulierung gewisser Erhaltungsbedingungen einer Gemeinde, verbietet gewisse Handlungen in einer bestimmten Richtung, namentlich insofern sie gegen die Gemeinde sich wenden: sie verbietet *nicht* die Gesinnung, aus der diese Handlungen fließen, – denn sie hat dieselben Handlungen in einer anderen Richtung nötig, nämlich gegen die *Feinde* der Gemeinschaft. Nun tritt der Moral-Idealist auf und sagt: »Gott siehet das Herz an: die Handlung selbst ist noch nichts; man muß die feindliche Gesinnung ausrotten, aus der sie fließt...« Darüber lacht man in normalen Verhältnissen; nur in jenen Ausnahmefällen, wo eine Gemeinschaft *absolut* außerhalb der Nötigung lebt, Krieg für ihre Existenz zu führen, hat man überhaupt das Ohr für solche Dinge. Man läßt eine Gesinnung fahren, deren *Nützlichkeit* nicht mehr abzusehen ist.

Dies war z. B. beim Auftreten Buddhas der Fall, innerhalb einer sehr friedlichen und selbst geistig übermüdeten Gesellschaft.

Dies war insgleichen bei der ersten Christengemeinde (auch Judengemeinde) der Fall, deren Voraussetzung die absolut *unpolitische* jüdische Gesellschaft ist. Das Christentum konnte nur auf dem Boden des Judentums wachsen, d. h. innerhalb eines Volkes, das politisch schon Verzicht geleistet hatte und eine Art Parasiten-Dasein innerhalb der römischen Ordnung der Dinge lebte. Das Christentum ist um einen Schritt *weiter:* man darf sich noch viel mehr »entmannen« – die Umstände erlauben es. – Man treibt die *Natur* aus der Moral *heraus*, wenn man sagt: »Liebet eure Feinde«: denn nun ist die *Natur* »du sollst deinen Nächsten *lieben*, deinen Feind *hassen*« in dem Gesetz (im Instinkt) sinnlos geworden: nun muß auch die *Liebe zu dem Nächsten* sich erst neu begründen (als eine Art *Liebe zu Gott*). Überall *Gott* hineingesteckt und die *Nützlichkeit* herausgezogen; überall geleugnet, *woher* eigentlich alle Moral stammt: die *Naturwürdigung*, welche eben in der *Anerkennung einer Natur-Moral* liegt, in Grund und Boden *vernichtet*...

Woher kommt der *Verführungsreiz* eines solchen entmannten Menschheits-Ideals? Warum degoutiert es nicht, wie uns etwa die Vorstellung des Kastraten degoutiert?... Eben hier liegt die Antwort: die Stimme des Kastraten degoutiert uns auch *nicht*, trotz der grausamen Verstümmelung, welche die Bedingung ist: sie ist süßer geworden... Eben damit, daß der Tugend die »männlichen Glieder« ausgeschnitten sind, ist ein femininischer Stimmklang in die Tugend gebracht, den sie vorher nicht hatte.

Denken wir andererseits an die furchtbare Härte, Gefahr und Unberechenbarkeit, die ein Leben der männlichen Tugenden mit sich bringt – das Leben eines Korsen heute noch oder das der heidnischen Araber (welches bis auf die Einzelheiten dem Leben der Korsen gleich ist: die Lieder könnten von Korsen gedichtet sein) – so begreift man, wie gerade die robusteste Art Mensch von diesem wollüstigen Klang der »Güte«, der »Reinheit« fasziniert und erschüttert wird... Eine Hirtenweise... ein Idyll... der »gute Mensch«: dergleichen wirkt am stärksten in Zeiten, wo die Tragödie durch die Gassen läuft.

Hiermit haben wir aber auch erkannt, inwiefern der »Idealist« (– Ideal-Kastrat) auch aus einer ganz *bestimmten* Wirklichkeit herausgeht und nicht bloß ein Phantast ist... Er ist gerade zur Erkenntnis gekommen, daß für seine Art Realität eine solche grobe Vorschrift des *Verbotes* bestimmter Handlungen keinen Sinn hat (weil der Instinkt gerade zu diesen Handlungen *geschwächt* ist, durch langen Mangel an Übung, an Nötigung zur Übung). Der Kastratist formuliert eine Summe von neuen Erhaltungsbedingungen für Menschen einer ganz bestimmten Spezies: darin ist er Realist. Die *Mittel* zu seiner Legislatur sind die gleichen wie für die älteren Legislaturen: der Appell an alle Art Autorität, an »Gott«, die Benutzung des Begriffs »Schuld und Strafe«, – d. h. er macht sich den ganzen Zubehör des älteren Ideals zunutze: nur in einer neuen Ausdeutung, die Strafe z. B. innerlicher gemacht (etwa als Gewissenbiß).

In praxi geht diese Spezies Mensch *zugrunde*, sobald die Ausnahmebedingungen ihrer Existenz aufhören – eine Art Tahiti und Inselglück, wie es das Leben der kleinen Juden in der Provinz war. Ihre einzige *natürliche* Gegnerschaft ist der Boden, aus dem sie wuchsen: gegen ihn haben sie nötig zu kämpfen, gegen ihn müssen sie die *Offensiv-* und *Defensiv-Affekte* wieder wachsen lassen: ihre Gegner sind die Anhänger des alten Ideals (– diese Spezies Feindschaft ist großartig durch Paulus im Verhältnis zum Jüdischen vertreten, durch Luther im Verhältnis zum priesterlich-asketischen Ideal). Die mildeste Form dieser Gegnerschaft ist sicherlich die der ersten Buddhisten: vielleicht ist auf nichts *mehr* Arbeit verwendet worden, als die *feindseligen* Gefühle zu entmutigen und schwach zu machen. Der Kampf gegen das Ressentiment erscheint fast als erste Aufgabe des Buddhisten: erst damit ist der *Frieden* der Seele verbürgt. Sich loslösen, aber ohne Rankune: das setzt allerdings eine erstaunlich gemilderte und süß gewordene Menschlichkeit voraus – Heilige...

Die *Klugheit des Moral-Kastratismus.* – Wie führt man Krieg gegen die männlichen Affekte und Wertungen? Man hat keine physischen Gewaltmittel, man kann nur einen Krieg der List, der Verzauberung, der Lüge, kurz »des Geistes« führen.

Erstes Rezept: man nimmt die Tugend überhaupt für sein Ideal in Anspruch; man *negiert* das ältere Ideal bis zum *Gegensatz zu allem Ideal.* Dazu gehört eine Kunst der Verleumdung.

Zweites Rezept: man setzt seinen Typus als *Wertmaß* überhaupt an; man projiziert ihn in die Dinge, hinter die Dinge, hinter das Geschick der Dinge – als Gott.

Drittes Rezept: man setzt die Gegner seines Ideals als Gegner Gottes an; man erfindet sich das *Recht* zum großen Pathos, zur Macht, zu fluchen und zu segnen.

Viertes Rezept: man leitet alles Leiden, alles Unheimliche, Furchtbare und Verhängnisvolle des Daseins aus der Gegnerschaft gegen *sein* Ideal ab: – alles Leiden folgt als *Strafe*, und selbst bei den Anhängern (– es sei denn, daß es eine Prüfung ist usw.).

Fünftes Rezept: man geht so weit, die Natur als Gegensatz zum eignen Ideal zu fassen: man betrachtet es als eine große Geduldsprobe, als eine Art Martyrium, so lange im Natürlichen auszuhalten; man übt sich auf den *dédain* der Mienen und Manieren in Hinsicht auf alle »natürlichen Dinge« ein.

Sechstes Rezept: der Sieg der Widernatur, des idealen Kastratismus, der Sieg der Welt des Reinen, Guten, Sündlosen, Seligen wird projiziert in die Zukunft, als Ende, Finale, große Hoffnung, als »Kommen des Reiches Gottes«.

– – Ich hoffe, man kann über diese Emporschraubung einer kleinen Spezies zum absoluten Wertmaß der Dinge noch *lachen?*...

Es gibt heute auch einen Musiker-Pessimismus, selbst noch unter Nicht-Musikern. Wer hat ihn nicht erlebt, wer hat ihm nicht geflucht, dem unseligen Jüngling, der sein Klavier bis zum Verzweiflungsschrei martert, der eigenhändig den Schlamm der düstersten graubraunsten Harmonien vor sich herwälzt? Damit ist man *erkannt*, als Pessimist... Ob man aber damit auch als »musikalisch« erkannt ist? Ich würde es nicht zu glauben wissen. Der Wagnerianer *pur sang* ist unmusikalisch; er unterliegt den Elementarkräften der Musik ungefähr, wie das Weib dem Willen seines Hypnotiseurs unterliegt – und um dies zu *können*, darf er durch kein strenges und feines Gewissen in *rebus musicis et musicantibus* mißtrauisch gemacht sein. Ich sagte »ungefähr wie« –: aber vielleicht handelt es sich hier um mehr als ein Gleichnis. Man erwäge die Mittel zur Wirkung, deren sich Wagner mit Vorliebe bedient (– die er zu einem guten Teile sich erst hat erfinden müssen): sie ähneln in einer befremdlichen Weise den Mitteln, mit denen der Hypnotiseur es zur Wirkung bringt (– Wahl der Bewegungen, der Klangfarben seines Orchesters; das abscheuliche Ausweichen vor der Logik und Quadratur des Rhythmus; das Schleichende, Streichende, Geheimnisvolle, der Hysterismus seiner »unendlichen Melodie«). – Und ist der Zustand, in welchen z. B. das Lohengrin-Vorspiel den Zuhörer und noch mehr die Zuhörerin versetzt, wesentlich verschieden von der somnambulischen Ekstase? – Ich hörte eine Italienerin nach dem Anhören des genannten Vorspiels sagen, mit jenen hübsch verzückten Augen, auf welche sich die Wagnerianerin versteht: »*come si dorme con questa musica!*« –

Man überlege sich die *Einbuße*, welche alle menschlichen Institutionen machen, falls überhaupt eine göttliche und jenseitige *höhere Sphäre* angesetzt wird, welche diese Institutionen erst *sanktioniert*. Indem man sich gewöhnt, den Wert dann in dieser Sanktion zu sehen (z. B. in der Ehe), hat man ihre *natürliche Würdigkeit zurückgesetzt*, unter Umständen *geleugnet*... Die Natur ist in dem Maße mißgünstig beurteilt, als man die Widernatur eines Gottes zu Ehren gebracht hat. »Natur« wurde so viel wie »verächtlich«, »schlecht«...

Das Verhängnis eines Glaubens an die *Realität der höchsten moralischen Qualitäten als Gott:* damit waren alle wirklichen Werte geleugnet und grundsätzlich als *Unwerte* gefaßt. So stieg das *Widernatürliche* auf den Thron. Mit einer unerbittlichen Logik langte man bei der absoluten Forderung der *Verneinung der Natur* an.

Die *Moral-Hypothese* zum Zweck der *Rechtfertigung Gottes* hieß: das Böse muß freiwillig sein (bloß damit an die *Freiwilligkeit des Guten* geglaubt werden kann) und andrerseits: in allem Übel und Leiden liegt ein *Heilszweck*.

Der Begriff »Schuld« als *nicht* bis auf die letzten Gründe des Daseins zurückreichend und der Begriff »Strafe« als eine erzieherische Wohltat, folglich als Akt eines *guten* Gottes.

Absolute Herrschaft der Moral-Wertung *über* alle andern: man zweifelte nicht daran, daß Gott nicht böse sein könne und nichts Schädliches tun könne, d. h. man dachte sich bei »Vollkommenheit« bloß eine *moralische* Vollkommenheit.

Meine Absicht, die absolute Homogenität in allem Geschehen zu zeigen und die Anwendung der moralischen Unterscheidung nur als *perspektivisch bedingt;* zu zeigen, wie alles das, was moralisch gelobt wird, wesensgleich mit allem Unmoralischen ist und nur, wie jede

Entwicklung der Moral, mit unmoralischen Mitteln und zu unmoralischen Zwecken ermöglicht worden ist –; wie umgekehrt alles, was als unmoralisch in Verruf ist, ökonomisch betrachtet, das Höhere und Prinzipiellere ist, und wie eine Entwicklung nach größerer Fülle des Lebens notwendig auch den *Fortschritt der Unmoralität* bedingt. »Wahrheit« der Grad, in dem wir uns die Einsicht in *diese* Tatsache *gestatten.*

Die *Überreste* der *Natur-Entwertung* durch Moral-Transzendenz: Wert der *Entselbstung*, Kultus des Altruismus; Glaube an eine *Vergeltung* innerhalb des Spiels der Folgen; Glaube an die »Güte«, an das »Genie« selbst, wie als ob das eine wie das andere *Folgen der Entselbstung* wären; die Fortdauer der kirchlichen Sanktion des bürgerlichen Lebens; absolutes Mißverstehen-wollen der Historie (als Erziehungswerk zur Moralisierung) oder Pessimismus im Anblick der Historie (– letzterer so gut eine Folge der Naturentwertung wie jene *Pseudo-Rechtfertigung*, jenes *Nicht*-Sehen-wollen dessen, was der Pessimist *sieht* –).

Inwiefern der Schopenhauersche Nihilismus immer noch die Folge des gleichen Ideals ist, welches den christlichen Theismus geschaffen hat. – Der Grad von Sicherheit in betreff der höchsten Wünschbarkeit, der höchsten Werte, der höchsten Vollkommenheit war so groß, daß die Philosophen davon wie von einer *absoluten Gewißheit a priori ausgingen:* »Gott« an der Spitze als *gegebene* Wahrheit. »Gott gleich zu werden«, »in Gott aufzugehn« – das waren jahrtausendelang die naivsten und überzeugendsten Wünschbarkeiten (– aber eine Sache, die überzeugt, ist deshalb noch nicht wahr: sie ist bloß *überzeugend.* Anmerkung für Esel).

Man hat verlernt, jener Ansetzung von Idealen auch die *Personen-Realität* zuzugestehen; man ward atheistisch. Aber hat man eigentlich auf das Ideal verzichtet? – Die letzten Metaphysiker suchen im Grunde immer noch in ihm die wirkliche »Realität«, das »Ding an sich«, im Verhältnis zu dem alles andere nur scheinbar ist. Ihr Dogma ist, daß, weil unsre Erscheinungswelt so ersichtlich *nicht* der Ausdruck jenes Ideals ist, sie eben nicht »wahr« ist – und im Grunde nicht einmal auf jene metaphysische Welt als Ursache zurückführt. Das Unbedingte, sofern es jene höchste Vollkommenheit ist, kann unmöglich den

Grund für alles Bedingte abgeben. Schopenhauer, der es anders wollte, hatte nötig, jenen metaphysischen Grund sich als Gegensatz zum Ideale zu denken, als »bösen, blinden Willen«: dergestalt konnte er dann »das Erscheinende« sein, das in der Welt der Erscheinung sich offenbart. Aber selbst damit gab er nicht jenes Absolutum von Ideal auf – er schlich sich durch . . .

(Kant schien die Hypothese der »intelligiblen Freiheit« nötig, um das *ens perfectum* von der Verantwortlichkeit für das So-und-So-sein *dieser* Welt zu entlasten, kurz um das Böse und das Übel zu erklären: eine skandalöse Logik bei einem Philosophen...)

Moral als höchste Abwertung. – *Entweder* ist unsre Welt das Werk und der Ausdruck (der *modus*) Gottes: dann muß sie *höchst vollkommen* sein (Schluß Leibnizens...) – und man zweifelte nicht, was zur Vollkommenheit gehöre, zu wissen –, dann kann das Böse, das Übel nur *scheinbar* sein (*radikaler* bei Spinoza die Begriffe Gut *und* Böse) oder muß aus dem höchsten Zweck Gottes abgeleitet sein (– etwa als Folge einer besonderen Gunsterweisung Gottes, der zwischen Gut und Böse zu wählen erlaubt: das Privilegium, kein Automat zu sein; »Freiheit« auf die Gefahr hin, sich zu vergreifen, falsch zu wählen... z. B. bei Simplicius im Kommentar zu Epiktet).

Oder unsere Welt ist unvollkommen, das Übel und die Schuld sind real, sind determiniert, sind absolut ihrem Wesen inhärent; dann kann sie nicht die *wahre* Welt sein: dann ist Erkenntnis eben nur der Weg, sie zu verneinen, dann ist sie eine Verirrung, welche als Verirrung erkannt werden kann. Dies die Meinung Schopenhauers auf Grund Kantischer Voraussetzungen. Noch desperater Pascal: er begriff, daß dann auch die Erkenntnis korrupt, gefälscht sein müsse, – daß *Offenbarung* not tue, um die Welt auch nur als verneinenswert zu begreifen...

Man hat die Grausamkeit zum tragischen Mitleiden verfeinert, so daß sie als solche *geleugnet* wird. Desgleichen die Geschlechtsliebe in der Form der *amour-passion*; die Sklavengesinnung als christlicher Gehorsam; die Erbärmlichkeit als Demut; die Erkrankung des *nervus sympathicus* z. B. als Pessimismus, Pascalismus oder Carlylismus usw.

Gesichtspunkte für *meine* Werte: ob aus der Fülle oder aus dem Verlangen?... ob man zusieht oder Hand anlegt – oder wegsieht, beiseite geht?... ob aus der aufgestauten Kraft, »spontan«, oder bloß *reaktiv* angeregt, angereizt? ob *einfach*, aus Wenigkeit der Elemente, *oder* aus überwältigender Herrschaft über viele, so daß sie dieselben in Dienst nimmt, wenn sie sie braucht?... ob man *Problem* oder *Lösung* ist?... ob *vollkommen* bei der Kleinheit der Aufgabe oder *unvollkommen* bei dem Außerordentlichen eines Ziels? ob man *echt* oder nur *Schauspieler*, ob man als Schauspieler echt oder nur ein nachgemachter Schauspieler, ob man »Vertreter« oder das Vertretene selbst ist –? ob »Person« oder bloß ein Rendez-vous von Personen... ob *krank* aus Krankheit oder aus überschüssiger Gesundheit? ob man vorangeht als Hirt oder als »Ausnahme« (dritte Spezies: als Entlaufener)? ob man *Würde* nötig hat – oder den »Hanswurst«? ob man den Widerstand sucht oder ihm aus dem Wege geht? ob man unvollkommen ist, als »zu früh« oder als »zu spät«? ob man von Natur ja sagt oder nein sagt oder ein Pfauenwedel von bunten Dingen ist? ob man stolz genug ist, um sich auch seiner Eitelkeit nicht zu schämen? ob man eines Gewissensbisses noch fähig ist (– die Spezies wird selten: früher hatte das Gewissen zu viel zu beißen: es scheint, jetzt hat es nicht mehr Zähne genug dazu)? ob man einer »Pflicht« noch fähig ist? (– es gibt solche, die sich den Rest ihrer Lebenslust rauben würden, wenn sie sich die Pflicht *rauben* ließen – sonderlich die Weiblichen, die Untertänig-Geborenen.)

Es gibt zart und kränklich angelegte Naturen, sogenannte Idealisten, die es nicht höher treiben können als bis zu einem Verbrechen, *cru, vert:* es ist die große Rechtfertigung ihres kleinen und blassen Daseins, eine Abzahlung für eine lange Feigheit und Verlogenheit, ein *Augenblick* wenigstens von Stärke: hinterdrein gehen sie daran zugrunde.

Die einzige Möglichkeit, einen Sinn für den Begriff »Gott« aufrechtzuerhalten, wäre: Gott *nicht* als treibende Kraft, sondern Gott als *Maximal-Zustand*, als eine *Epoche* –: ein Punkt in der Entwicklung des *Willens zur Macht:* aus dem sich ebensosehr die Weiterentwicklung als das Vorher, das Bis-zu-ihm erklärte.

Mechanistisch betrachtet, bleibt die Energie des Gesamt-Werdens konstant; ökonomisch betrachtet, steigt sie bis zu einem Höhepunkt und sinkt von ihm wieder herab in einem ewigen Kreislauf. Dieser »Wille zur Macht« drückt sich in der *Ausdeutung*, in der *Art des Kraftverbrauchs* aus: – Verwandlung der Energie in Leben und »Leben in höchster Potenz« erscheint demnach als Ziel. Dasselbe Quantum Energie bedeutet auf den verschiedenen Stufen der Entwicklung verschiedenes.

Das, was das Wachstum im Leben ausmacht, ist die immer sparsamer und weiter rechnende Ökonomie, welche mit immer weniger Kraft immer mehr erreicht... Als Ideal das Prinzip des kleinsten Aufwandes...

Daß die Welt *nicht* auf einen Dauerzustand hinauswill, ist das einzige, *was bewiesen ist*. Folglich *muß* man ihren Höhezustand so ausdenken, daß er kein Gleichgewichtszustand ist...

Die absolute Nezessität des gleichen Geschehens in einem Weltlauf, wie in allen übrigen, ist in Ewigkeit *nicht* ein Determinismus über dem Geschehen, sondern bloß der Ausdruck dessen, daß das Unmögliche nicht möglich ist; daß eine bestimmte Kraft nichts anderes sein kann als eben diese bestimmte Kraft; daß sie sich an einem Quantum Kraft-Widerstand nicht anders ausläßt, als ihrer Stärke gemäß ist; – Geschehen und Notwendig-Geschehen ist eine *Tautologie*.

Mit der moralischen Herabwürdigung des *ego* geht auch noch, in der Naturwissenschaft, eine Überschätzung der *Gattung* Hand in Hand. Aber die Gattung ist etwas ebenso Illusorisches wie das *ego:* man hat eine falsche Distinktion gemacht. Das *ego* ist hundertmal *mehr* als bloß eine Einheit in der Kette von Gliedern; es ist die *Kette selbst*, ganz und gar; und die Gattung ist eine bloße Abstraktion aus der Vielheit dieser Ketten und deren partieller Ähnlichkeit. Daß, wie so oft behauptet worden ist, das Individuum der Gattung *geopfert* wird, ist durchaus kein Tatbestand: vielmehr nur das Muster einer fehlerhaften Interpretation.

Die »*bewußte* Welt« kann *nicht* als *Wert-Ausgangspunkt* gelten: Notwendigkeit einer »*objektiven*« Wertsetzung.

In Hinsicht auf das Ungeheure und Vielfache des Für- und Gegeneinanderarbeitens, wie es das Gesamtleben jedes Organismus darstellt, ist dessen *bewußte* Welt von Gefühlen, Absichten, Wertschätzungen ein kleiner Ausschnitt. Dies Stück Bewußtsein als Zweck, als Warum? für jenes Gesamt-Phänomen von Leben anzusetzen, fehlt uns alles Recht: ersichtlich ist das Bewußtwerden nur ein Mittel mehr in der Entfaltung und Machterweiterung des Lebens. Deshalb ist es eine Naivität, Lust oder Geistigkeit oder Sittlichkeit oder irgendeine Einzelheit der Sphäre des Bewußtseins als höchsten Wert anzusetzen: und vielleicht gar »die Welt« aus ihnen zu rechtfertigen.

Das ist mein *Grundeinwand* gegen alle philosophisch-moralischen Kosmo- und Theodizeen, gegen alle *Warums* und *höchsten Werte* in der bisherigen Philosophie und Religionsphilosophie. Eine Art der *Mittel ist als Zweck mißverstanden* worden: *das Leben und seine Machtsteigerung wurde* umgekehrt *zum Mittel erniedrigt.*

Wenn wir einen Zweck des Lebens weit genug ansetzen wollten, so dürfte er mit keiner Kategorie des bewußten Lebens zusammenfallen; er müßte vielmehr jede noch *erklären* als *Mittel zu sich*...

Die »Verneinung des Lebens« als Ziel des Lebens, Ziel der Entwicklung! Das Dasein als große Dummheit! Eine solche *Wahnwitz-Interpretation* ist nur die Ausgeburt einer *Messung* des Lebens mit Faktoren des *Bewußtseins* (Lust und Unlust, Gut und Böse). Hier werden die Mittel geltend gemacht gegen den Zweck – die »unheiligen«, absurden, vor allem *unangenehmen* Mittel –: wie kann der Zweck etwas taugen, der solche Mittel gebraucht! Aber der Fehler steckt darin, daß wir – statt nach dem Zweck zu *suchen*, der die *Notwendigkeit* solcher Mittel erklärt – von vornherein einen Zweck voraussetzen, welcher solche Mittel gerade *ausschließt:* d. h. daß wir eine Wünschbarkeit in bezug auf gewisse Mittel (nämlich angenehme, rationelle, tugendhafte) zur *Norm* nehmen, nach der wir erst ansetzen, welcher *Gesamtzweck wünschbar* ist...

Der *Grundfehler* steckt nur darin, daß wir die Bewußtheit – statt sie als Werkzeug und Einzelheit im Gesamt-Leben zu verstehen – als Maßstab, als höchsten Wertzustand des Lebens ansetzen: es ist die fehlerhafte Perspektive des *a parte ad totum*, – weshalb instinktiv alle Philosophen darauf aus sind, ein Gesamtbewußtsein, ein bewußtes Mitleben und Mitwollen alles dessen, was geschieht, einen »Geist«,

»Gott« zu imaginieren. Man muß ihnen aber sagen, daß *eben damit* das *Dasein* zum *Monstrum* wird; daß ein »Gott« und Gesamtsensorium schlechterdings etwas wäre, dessentwegen das Dasein *verurteilt* werden müßte... Gerade daß wir das zweck- und mittelsetzende Gesamtbewußtsein *eliminiert* haben: das ist unsre *große Erleichterung*, – damit hören wir auf, Pessimisten sein zu *müssen*... *Unser* größter *Vorwurf* gegen das Dasein war die *Existenz Gottes*...

Das Christentum ist möglich als *privateste* Daseinsform; es setzt eine enge, abgezogene, vollkommen unpolitische Gesellschaft voraus – es gehört ins Konventikel. Ein »christlicher *Staat*«, eine »christliche Politik« dagegen ist eine Schamlosigkeit, eine Lüge, etwa wie eine christliche Heerführung, welche zuletzt den »Gott der Heerscharen« als Generalstabschef behandelt. Auch das Papsttum ist niemals imstande gewesen, christliche Politik zu machen...; und wenn Reformatoren Politik treiben, wie Luther, so weiß man, daß sie eben solche Anhänger Macchiavells sind wie irgendwelche Immoralisten oder Tyrannen.

Die Krähwinkelei und Schollenkleberei der moralischen Abwertung und ihres »nützlich« und »schädlich« hat ihren guten Sinn; es ist die notwendige Perspektive der Gesellschaft, welche nur das Nähere und Nächste in *Hinsicht der Folgen* zu übersehen vermag.

Der *Staat* und der *Politiker* hat schon eine mehr *übermoralische* Denkweise nötig: weil er viel größere Komplexe von Wirkungen zu berechnen hat.

Insgleichen wäre eine *Weltwirtschaft* möglich, die so ferne Perspektiven hat, daß alle ihre einzelnen Forderungen für den Augenblick als ungerecht und willkürlich erscheinen dürften.

Nützlich sind die Affekte allesamt, die einen direkt, die andern indirekt; in Hinsicht auf den Nutzen ist es schlechterdings unmöglich, irgendeine Wertabfolge festzusetzen, – so gewiß, ökonomisch gemessen, die Kräfte in der Natur allesamt gut, d. h. nützlich sind, so viel furchtbares und unwiderrufliches Verhängnis auch von ihnen ausgeht. Höchstens könnte man sagen, daß die mächtigsten Affekte die wertvollsten sind: insofern es keine größeren Kraftquellen gibt.

Wie unter dem Druck der asketischen *Entselbstungs-Moral* gerade die Affekte der Liebe, der Güte, des Mitleids, selbst der Gerechtigkeit, der Großmut, des Heroismus *mißverstanden* werden mußten:

Es ist der *Reichtum an Person*, die Fülle in sich, das Überströmen und Abgeben, das instinktive Wohlsein und Jasagen zu sich, was die großen Opfer und die große Liebe macht: es ist die starke und göttliche Selbstigkeit, aus der diese Affekte wachsen, so gewiß wie auch das Herr-werden-wollen, Übergreifen, die innere Sicherheit, ein Recht auf alles zu haben. Die nach gemeiner Auffassung *entgegengesetzten* Gesinnungen sind vielmehr *eine* Gesinnung; und wenn man nicht fest und wacker in seiner Haut sitzt, so hat man nichts abzugeben und Hand auszustrecken und Schutz und Stab zu sein...

Wie hat man diese Instinkte *so umdeuten* können, daß der Mensch als wertvoll empfindet, was seinem Selbst entgegengeht? wenn er sein Selbst einem andern Selbst preisgibt! Oh über die psychologische Erbärmlichkeit und Lügnerei, welche bisher in Kirche und kirchlich angekränkelter Philosophie das große Wort geführt hat!

Wenn der Mensch sündhaft ist, durch und durch, so darf er sich nur hassen. Im Grunde dürfte er auch seine Mitmenschen mit keiner andern Empfindung behandeln wie sich selbst; Menschenliebe bedarf einer Rechtfertigung, – sie liegt darin, daß *Gott sie befohlen hat*. – Hieraus folgt, daß alle die natürlichen Instinkte des Menschen (zur Liebe usw.) ihm an sich unerlaubt scheinen und erst, nach ihrer *Verleugnung*, auf Grund eines Gehorsams gegen Gott wieder zu Recht kommen... Pascal, der bewunderungswürdige *Logiker* des Christentums, *ging* so weit! Man erwäge sein Verhältnis zu seiner Schwester. »Sich *nicht* lieben machen« schien ihm christlich.

Die Präokkupation mit sich und seinem »ewigen Heile« ist *nicht* der Ausdruck einer reichen und selbstgewissen Natur: denn diese fragt den Teufel danach, ob sie selig wird, – sie hat kein solches Interesse am Glück irgendwelcher Gestalt, sie ist Kraft, Tat, Begierde – sie drückt sich den Dingen auf, sie *vergreift* sich an den Dingen. Christentum ist eine romantische Hypochondrie solcher, die nicht auf festen Beinen stehn.

Überall, wo die *hedonistische* Perspektive in den Vordergrund tritt, darf man auf Leiden und eine gewisse *Mißratenheit* schließen.

Die wohlwollenden, hilfreichen, gütigen Gesinnungen sind schlechterdings *nicht* um des Nutzens willen, der von ihnen ausgeht, zu Ehren gekommen: sondern weil sie Zustände *reicher Seelen* sind, welche abgeben können und ihren Wert als Füllegefühl des Lebens tragen. Man sehe die Augen des Wohltäters an! Das ist das Gegenstück der Selbstverneinung, des Hasses auf das *moi*, des »Pascalismus«.

Das Nachdenken über das Allgemeinste ist immer rückständig: die letzten »Wünschbarkeiten« über den Menschen z. B. sind von den Philosophen eigentlich niemals als Problem genommen worden. Die »*Verbesserung*« des Menschen wird von ihnen allen naiv angesetzt, wie als ob wir durch irgendeine Intuition über das Fragezeichen hinausgehoben wären, *warum* gerade »verbessern«? Inwiefern ist es *wünschbar*, daß der Mensch *tugendhafter* wird? oder *klüger?* oder *glücklicher?* Gesetzt, daß man nicht schon das »Warum?« des Menschen überhaupt *kennt*, so hat jede solche Absicht keinen Sinn; und wenn man das eine will, wer weiß? vielleicht darf man dann das andere nicht wollen? Ist die Vermehrung der Tugendhaftigkeit zugleich verträglich mit einer Vermehrung der Klugheit und Einsicht? *Dubito;* ich werde nur zu viel Gelegenheit haben, das Gegenteil zu beweisen. Ist die Tugendhaftigkeit als Ziel im rigorosen Sinne nicht tatsächlich bisher im Widerspruch mit dem Glücklich-werden gewesen? braucht sie andererseits nicht das Unglück, die Entbehrung und Selbstmißhandlung als notwendiges Mittel? Und wenn die *höchste Einsicht* das Ziel wäre, müßte man nicht eben damit die Steigerung des Glücks ablehnen? und die Gefahr, das Abenteuer, das Mißtrauen, die Verführung als Weg zur Einsicht wählen?... Und will man *Glück*, nun, so muß man vielleicht zu den »Armen des Geistes« sich gesellen.

Wir »Objektiven«. – Das ist nicht das »Mitleid«, was *uns* die Tore zu den fernsten und fremdesten Arten Sein und Kultur aufmacht; sondern unsre Zugänglichkeit und Unbefangenheit, welche gerade *nicht* »mitleidet«, sondern im Gegenteil sich bei hundert Dingen ergötzt, wo man ehedem litt (empört oder ergriffen war, oder feindselig und kalt blickte –). Das Leiden in allen Nuancen ist uns jetzt interessant: damit sind wir gewiß *nicht* die Mitleidigeren, selbst wenn der Anblick des Leidens uns durch und durch erschüttert und zu Tränen rührt: – wir sind schlechterdings deshalb nicht hilfreicher gestimmt.

In diesem *freiwilligen* Anschauen-wollen von aller Art Not und Vergehen sind wir stärker und kräftiger geworden, als es das 18. Jahrhundert war; es ist ein Beweis unseres Wachstums an Kraft (– wir haben uns dem 17. und 16. Jahrhundert *genähert*). Aber es ist ein tiefes Mißverständnis, unsre »Romantik« als Beweis unsrer »verschönerten Seele« aufzufassen. Wir wollen *starke sensations*, wie alle *gröberen* Zeiten und Volksschichten sie wollen. (Dies hat man wohl auseinanderzuhalten vom Bedürfnis der Nervenschwachen und *décadents:* bei denen ist das Bedürfnis nach Pfeffer da, selbst nach Grausamkeit.)

Wir *alle* suchen Zustände, in denen die bürgerliche Moral *nicht mehr mitredet*, noch weniger die priesterliche (– wir haben bei jedem Buche, an dem etwas Pfarrer- und Theologenluft hängengeblieben ist, den Eindruck einer bemitleidenswerten *niaiserie* und Armut). Die »gute Gesellschaft« ist die, wo im Grunde nichts interessiert, als was bei der bürgerlichen Gesellschaft *verboten* ist und üblen Ruf macht: ebenso steht es mit Büchern, mit Musik, mit Politik, mit der Schätzung des Weibes.

Wie ist es möglich, daß jemand vor sich gerade in Hinsicht auf die moralischen Werte *allein* Respekt hat, daß er alles andere *unterordnet* und gering nimmt im Vergleich mit Gut, Böse, Besserung, Heil der Seele usw.? z. B. Henri Fréd. Amiel. Was bedeutet die *Moral-Idiosynkrasie?* – ich frage psychologisch, auch physiologisch, z. B. Pascal. Also in Fällen, wo große *andere* Qualitäten nicht fehlen; auch im Falle Schopenhauers, der ersichtlich das schätzte, was er nicht hatte und haben *konnte*... – ist es nicht die Folge einer bloß gewohnheitsmäßigen *Moral-Interpretation* von tatsächlichen Schmerz- und Unlust-Zuständen? ist es nicht eine bestimmte Art von *Sensibilität*, welche die Ursache ihrer vielen Unlustgefühle *nicht versteht*, aber mit *moralischen Hypothesen sich zu erklären glaubt?* So daß auch ein gelegentliches Wohlbefinden und *Kraftgefühl* immer sofort wieder unter der Optik vom »guten Gewissen«, von der Nähe Gottes, vom Bewußtsein der *Erlösung* überleuchtet erscheint?... Also der *Moral-Idiosynkratiker* hat 1. *entweder* wirklich in der Annäherung an den Tugend-Typus der Gesellschaft seinen eigenen Wert: »der Brave«, »*Rechtschaffene*«, – ein mittlerer Zustand hoher Achtbarkeit: in allem Können *mittelmäßig*, aber in allem Wollen honett, gewissenhaft, fest, geachtet, bewährt; 2. *oder* er glaubt ihn zu haben, weil er alle seine Zustände überhaupt nicht anders zu verstehen glaubt –, er ist sich unbekannt, er legt sich dergestalt aus. – Moral als das einzige *Interpretationsschema*, bei dem der Mensch sich aushält: – eine Art Stolz?...

Ich habe dem bleichsüchtigen Christen-Ideale den Krieg erklärt (samt dem, was ihm nahe verwandt ist), nicht in der Absicht, es zu vernichten, sondern nur um seiner *Tyrannei* ein Ende zu setzen und Platz frei zu bekommen für neue Ideale, für *robustere* Ideale... Die *Fortdauer* des christlichen Ideals gehört zu den wünschenswertesten Dingen, die es gibt: und schon um der Ideale willen, die neben ihm und vielleicht über ihm sich geltend machen wollen, – sie müssen Gegner, starke Gegner haben, um *stark* zu werden. – So brauchen wir Immoralisten die *Macht* der *Moral*: unser Selbsterhaltungstrieb will, daß unsre *Gegner* bei Kräften bleiben, – er will nur *Herr über sie* werden.

Schopenhauer hat die hohe Intellektualität als *Loslösung* vom Willen ausgelegt; er hat das Frei-werden von den Moral-Vorurteilen, welches in der Entfesselung des großen Geistes liegt, die typische *Unmoralität* des Genies, nicht sehen *wollen*; er hat künstlich das, was er allein ehrte, den moralischen Wert der »Entselbstung«, auch als *Bedingung* der geistigsten Tätigkeit, des »Objektiv«-Blickens, angesetzt. »Wahrheit«, auch in der Kunst, tritt hervor nach Abzug des *Willens*...

Quer durch alle moralische Idiosynkrasie hindurch sehe ich eine *grundverschiedene Wertung:* solche absurde Auseinandertrennung von »Genie« und Willens-Welt der Moral und Immoral *kenne ich nicht*. Der moralische Mensch ist eine niedrigere Spezies als der unmoralische, eine schwächere; ja – er ist der *Moral* nach ein Typus, nur nicht *sein eigener* Typus; eine Kopie, eine gute Kopie bestenfalls, – das Maß seines Wertes liegt *außer* ihm. Ich schätze den Menschen nach dem *Quantum Macht und Fülle seines Willens: nicht* nach dessen Schwächung und Auslöschung; ich betrachte eine Philosophie, welche die Verneinung des Willens *lehrt*, als eine Lehre der Herunterbringung und der

Verleumdung... Ich schätze die *Macht* eines *Willens* danach, wie viel von Widerstand, Schmerz, Tortur er aushält und sich zum Vorteil umzuwandeln weiß; ich rechne dem Dasein nicht seinen bösen und schmerzhaften Charakter zum Vorwurf an, sondern bin der Hoffnung, daß es einst böser und schmerzhafter sein wird als bisher...

Die *Spitze* des Geistes, die Schopenhauer imaginierte, war, zur Erkenntnis zu kommen, daß alles keinen Sinn hat, kurz, zu *erkennen*, was instinktiv der gute Mensch schon *tut*... Er leugnet, daß es *höhere* Arten Intellekt geben könne, – er nahm seine Einsicht als ein *non plus ultra*. Hier ist die Geistigkeit tief unter die Güte geordnet; ihr höchster Wert (als *Kunst* z. B.) wäre es, die moralische Umkehr anzuraten, vorzubereiten: absolute Herrschaft der *Moralwerte*. –

Neben Schopenhauer will ich *Kant* charakterisieren: nichts Griechisches, absolut widerhistorisch (Stelle über die Französische Revolution) und Moral-Fanatiker (Goethes Stelle über das Radikal-Böse). Auch bei ihm im Hintergrund die *Heiligkeit*...

Ich brauche eine Kritik des *Heiligen*...

Hegels Wert. »Leidenschaft«.

Krämer-Philosophie des Herrn Spencer: vollkommene Abwesenheit eines Ideals, außer dem des mittleren Menschen.

Instinkt-Grundsatz aller Philosophen und Historiker und Psychologen: es muß alles, was *wertvoll* ist in Mensch, Kunst, Geschichte, Wissenschaft, Religion, Technik, bewiesen werden als *moralisch-wertvoll, moralisch-bedingt*, in Ziel, Mittel und Resultat. Alles verstehen in Hinsicht auf den obersten Wert: z. B. Rousseaus Frage in betreff der Zivilisation »wird durch sie der Mensch *besser?*« – eine komische Frage, da das *Gegenteil* auf der Hand liegt und eben das ist, was *zugunsten* der Zivilisation redet.

Welcher Art von *bizarrem Ideal* man auch folgt (z. B. als »Christ« oder als »freier Geist« oder als »Immoralist« oder als Reichsdeutscher–), man soll nicht fordern, daß es *das* Ideal sei: denn damit nähme man ihm den Charakter des Privilegiums, des Vorrechts. Man soll es haben, um sich auszuzeichnen, *nicht* um sich gleichzusetzen.

Wie kommt es trotzdem, daß die meisten Idealisten sofort für ihr Ideal Propaganda machen, wie als ob sie kein Recht haben könnten auf das Ideal, falls nicht *alle* es anerkennten? – Das tun z. B. alle jene mutigen Weiblein, die sich die Erlaubnis nehmen, Latein und Mathematik zu lernen. Was zwingt sie dazu? Ich fürchte, der Instinkt der Herde, die Furchtsamkeit vor der Herde: sie kämpfen für die »Emanzipation des Weibes«, weil sie unter der Form einer *generösen Tätigkeit*, unter der Flagge des »Für andere« ihren kleinen Privat-Separatismus am klügsten durchsetzen.

Klugheit der Idealisten, nur Missionare und »Vertreter« eines Ideals zu sein: sie »verklären« sich damit in den Augen derer, welche an Uneigennützigkeit und Heroismus glauben. Indes: der wirkliche Heroismus besteht darin, daß man *nicht* unter der Fahne der Aufopferung, Hingebung, Uneigennützigkeit kämpft, sondern *gar nicht kämpft*... »So bin *ich*; so will *ich's: –* hol *euch* der Teufel!« –

Krieg gegen die weichliche Auffassung der »*Vornehmheit*«! – ein Quantum Brutalität mehr ist nicht zu erlassen: so wenig als eine Nachbarschaft zum Verbrechen. Auch die »Selbstzufriedenheit« ist *nicht* darin; man muß abenteuerlich auch zu sich stehen, versucherisch, verderberisch – nichts von Schönseelen-Salbaderei –. Ich will einem *robusteren Ideale* Luft machen.

Über unsre *moderne Musik.* – Die Verkümmerung der Melodie ist das gleiche wie die Verkümmerung der »Idee«, der Dialektik, der Freiheit geistigster Bewegung, – eine Plumpheit und Gestopftheit, welche sich zu neuen Wagnissen und selbst zu Prinzipien entwickelt; – man hat schließlich nur die Prinzipien seiner Begabung, seiner *Borniertheit von Begabung.*

»Dramatische Musik« Unsinn! Das ist einfach schlechte Musik... Das »Gefühl«, die »Leidenschaft« als Surrogate, wenn man die hohe Geistigkeit und das *Glück* derselben (z. B. Voltaires) nicht mehr zu erreichen weiß. Technisch ausgedrückt, ist das »Gefühl«, die »Leidenschaft« *leichter* – es setzt viel ärmere Künstler voraus. Die Wendung zum Drama verrät, daß ein Künstler über die *Schein*mittel noch mehr sich Herr weiß als über die echten Mittel. Wir haben *dramatische Malerei, dramatische Lyrik* usw.

Zur Rangordnung. – Was ist am typischen Menschen *mittelmäßig?* Daß er nicht die *Kehrseite der Dinge* als notwendig versteht: daß er die Übelstände bekämpft, wie als ob man ihrer entraten könne; daß er das eine nicht mit dem anderen hinnehmen will – daß er den *typischen Charakter eines Dinges*, eines Zustandes, einer Zeit, einer Person verwischen und auslöschen möchte, indem er nur einen Teil ihrer Eigenschaften gutheißt und die andern *abschaffen* möchte. Die »Wünschbarkeit« der Mittelmäßigen ist das, was von uns anderen bekämpft wird: das *Ideal* gefaßt als etwas, an dem nichts Schädliches, Böses, Gefährliches, Fragwürdiges, Vernichtendes übrigbleiben soll. Unsere Einsicht ist die umgekehrte: daß mit jedem Wachstum des Menschen auch seine Kehrseite wachsen muß, daß der *höchste* Mensch, gesetzt daß ein solcher Begriff erlaubt ist, *der* Mensch wäre, welcher *den Gegensatz-Charakter des Daseins* am stärksten darstellte als dessen Glorie und einzige Rechtfertigung... Die gewöhnlichen Menschen dürfen nur ein ganz kleines Eckchen und Winkelchen dieses Naturcharakters darstellen: sie gehen alsbald zugrunde, wenn die Vielfachheit der Elemente und die Spannung der Gegensätze wächst, d. h. die Vorbedingung für die *Größe des Menschen*. Daß der Mensch besser *und* böser werden muß, das ist meine Formel für diese Unvermeidlichkeit.

Die meisten stellen den Menschen als Stücke und Einzelheiten dar: erst wenn man sie zusammenrechnet, so kommt ein Mensch heraus. Ganze Zeiten, ganze Völker haben in diesem Sinne etwas Bruchstückhaftes; es gehört vielleicht zur Ökonomie der Menschen-Entwicklung, daß der Mensch sich stückweise entwickelt. Deshalb soll man durchaus nicht verkennen, daß es sich trotzdem nur um das Zustandekommen des synthetischen Menschen handelt: daß die niedrigen Menschen, die ungeheure Mehrzahl bloß Vorspiele und Einübungen sind, aus deren Zusammenspiel hie und da der *ganze Mensch* entsteht, der Meilenstein-Mensch, welcher anzeigt, wie weit bisher die Menschheit vorwärts gekommen. Sie geht *nicht* in einem Striche vorwärts; oft geht der schon erreichte Typus wieder verloren (– wir haben z. B. mit aller Anspannung von drei Jahrhunderten noch nicht den *Menschen der Renaissance* wieder erreicht, und hinwiederum blieb der Mensch der Renaissance hinter dem *antiken Menschen* zurück).

Jede Gesellschaft hat die Tendenz, ihre Gegner bis zur *Karikatur* – zum mindesten in ihrer *Vorstellung* – herunterzubringen und gleichsam auszuhungern. Eine solche Karikatur ist z. B. unser »*Verbrecher*«. Inmitten der römisch-aristokratischen Ordnung der Werte war der *Jude* zur Karikatur reduziert. Unter Künstlern wird der »Biedermann und *bourgeois*« zur Karikatur; unter Frommen der Gottlose; unter Aristokraten der Volksmann. Unter Immoralisten wird es der Moralist: Plato zum Beispiel wird bei mir zur Karikatur.

Man soll die *Tugend* gegen die Tugendprediger verteidigen: das sind ihre schlimmsten Feinde. Denn sie lehren die Tugend als ein Ideal für *alle*; sie nehmen der Tugend ihren Reiz des Seltenen, des Unnachahmlichen, des Ausnahmsweisen und Undurchschnittlichen – ihren *aristokratischen Zauber*. Man soll insgleichen Front machen gegen die verstockten Idealisten, welche eifrig an alle Töpfe klopfen und ihre Genugtuung haben, wenn es hohl klingt: welche Naivität, Großes und Seltenes zu *fordern* und seine Abwesenheit mit Ingrimm und Menschenverachtung festzustellen! – Es liegt z. B. auf der Hand, daß eine *Ehe* so viel wert ist als die, welche sie schließen, d. h. daß sie im großen ganzen etwas Erbärmliches und Unschickliches sein wird: kein Pfarrer, kein Bürgermeister kann etwas anderes daraus machen.

Die *Tugend* hat alle Instinkte des Durchschnittsmenschen gegen sich: sie ist unvorteilhaft, unklug, sie isoliert; sie ist der Leidenschaft verwandt und der Vernunft schlecht zugänglich; sie verdirbt den Charakter, den Kopf, den Sinn, – immer gemessen mit dem Maß des Mittelguts von Mensch; sie setzt in Feindschaft gegen die Ordnung, gegen die *Lüge*, welche in jeder Ordnung, Institution, Wirklichkeit versteckt liegt, – sie ist das *schlimmste Laster*, gesetzt, daß man sie nach der Schädlichkeit ihrer Wirkung auf die *andern* beurteilt.

– Ich erkenne die Tugend daran, daß sie 1. nicht verlangt, erkannt zu werden, 2. daß sie nicht Tugend überall voraussetzt, sondern gerade etwas anderes, 3. daß sie an der Abwesenheit der Tugend *nicht leidet*, sondern umgekehrt dies als das Distanzverhältnis betrachtet, auf Grund dessen etwas an der Tugend zu ehren ist; sie teilt sich nicht mit, 4. daß sie nicht Propaganda macht... 5. daß sie niemandem erlaubt, den Richter zu machen, weil sie immer eine Tugend *für sich* ist, 6. daß sie gerade alles das tut, was sonst *verboten* ist: Tugend, wie ich sie verstehe, ist das eigentliche *vetitum* innerhalb aller Herden-Legislatur, 7. kurz, daß sie Tugend im Renaissance-Stil ist, *virtù*, moralinfreie Tugend...

Zuletzt, was habe ich erreicht? Verbergen wir uns dies wunderlichste Resultat nicht: ich habe der Tugend einen neuen *Reiz* erteilt, – sie wirkt als etwas *Verbotenes*. Sie hat unsre feinste Redlichkeit gegen sich, sie ist eingesalzen in das »*cum grano salis*« des wissenschaftlichen Gewissensbisses; sie ist altmodisch im Geruch und antikisierend, so daß sie nunmehr endlich die Raffinierten anlockt und neugierig macht; – kurz, sie wirkt als Laster. Erst nachdem wir alles als Lüge, Schein erkannt haben, haben wir auch die Erlaubnis wieder zu dieser schönsten Falschheit, der der Tugend, erhalten. Es gibt keine Instanz mehr, die uns dieselbe verbieten dürfte: erst indem wir die Tugend als eine *Form der Immoralität* aufgezeigt haben, ist sie wieder *gerechtfertigt*, – sie ist eingeordnet und gleichgeordnet in Hinsicht auf ihre Grundbedeutung, sie nimmt teil an der Grund-Immoralität alles Daseins – als eine Luxus-Form ersten Ranges, die hochnäsigste, teuerste und seltenste Form des Lasters. Wir haben sie entrunzelt und entkuttet, wir haben sie von der Zudringlichkeit der vielen erlöst, wir haben ihr die blödsinnige Starrheit, das leere Auge, die steife Haartour, die hieratische Muskulatur genommen.

Gegen die *Reue*. – Ich liebe diese Art Feigheit gegen die eigene Tat nicht; man soll sich selbst nicht im Stich lassen unter dem Ansturz unerwarteter Schande und Bedrängnis. Ein extremer Stolz ist da eher am Platz. Zuletzt, was hilft es! Keine Tat wird dadurch, daß sie bereut wird, ungetan; ebensowenig dadurch, daß sie »vergeben« oder daß sie »gesühnt« wird. Man müßte Theologe sein, um an eine schuldentilgende Macht zu glauben: wir Immoralisten ziehen es vor, nicht an »Schuld« zu glauben. Wir halten dafür, daß jedwederlei Handlung in der Wurzel wert-identisch ist, – insgleichen daß Handlungen, welche sich *gegen* uns wenden, ebendarum immer noch, ökonomisch gerechnet, nützliche, *allgemein-wünschbare* Handlungen sein können. – Im einzelnen Fall werden wir zugestehen, daß eine Tat uns leicht hätte *erspart* bleiben können, – nur die Umstände haben uns zu ihr begünstigt. Wer von uns hätte nicht, von den Umständen *begünstigt*, schon die ganze Skala der Verbrechen durchgemacht?... Man soll deshalb nie sagen: »Das und das hättest du nicht tun sollen«, sondern immer nur: »Wie seltsam, daß ich das nicht schon hundertmal getan habe!« – Zuletzt sind die wenigsten Handlungen *typische* Handlungen und wirklich Abbreviaturen einer Person; und in Anbetracht, wie wenig Person die meisten sind, wird selten ein Mensch durch eine einzelne Tat *charakterisiert*. Tat der Umstände, bloß epidermal, bloß reflexmäßig als Auslösung auf einen Reiz erfolgend: lange bevor die Tiefe unseres Seins davon berührt, darüber befragt worden ist. Ein Zorn, ein Griff, ein Messerstich: was ist daran von Person! – Die Tat bringt häufig eine Art Starrblick und Unfreiheit mit sich: so daß der Täter durch ihre Erinnerung wie gebannt ist und sich selbst bloß als *Zubehör* zu ihr noch fühlt. Diese geistige Störung, eine Form von Hypnotisierung, hat man vor allem zu bekämpfen: eine einzelne Tat, sie sei welche sie sei, ist doch im Vergleich mit allem, was man tut, gleich *null* und darf weggerechnet werden, ohne daß die Rechnung falsch würde. Das unbillige Interesse, welches die Gesellschaft haben kann, unsre ganze Existenz nur in *einer* Richtung nachzurechnen, wie als ob ihr Sinn sei, eine einzelne Tat herauszutreiben, sollte den Täter selbst nicht anstecken: leider geschieht es fast beständig. Das hängt daran, daß jeder Tat mit ungewöhnlichen Folgen eine geistige Störung folgt: gleichgültig selbst, ob diese Folgen gute oder schlimme sind. Man sehe einen Verliebten an, dem ein Versprechen zuteil geworden; einen Dichter, dem ein Theater Beifall klatscht: sie unterscheiden sich, was den *torpor intellectualis* betrifft, in nichts von dem Anarchisten, den man mit einer Haussuchung überfällt.

Es gibt Handlungen, die unser *unwürdig* sind: Handlungen, die, als typisch genommen, uns in eine niedrigere Gattung herabdrücken würden. Hier hat man allein diesen Fehler zu vermeiden, daß man sie typisch nimmt. Es gibt die umgekehrte Art Handlungen, deren *wir* nicht würdig sind: Ausnahmen, aus einer besondern Fülle von Glück und Gesundheit geboren, unsere höchsten Flutwellen, die ein Sturm, ein Zufall einmal so hoch trieb: solche Handlungen und »Werke« sind ebenfalls nicht typisch. Man soll einen Künstler nie nach dem Maße seiner Werke messen.

Ob ich damit der Tugend geschadet habe?... Ebensowenig, als die Anarchisten den Fürsten: erst seitdem sie angeschossen werden, sitzen sie wieder fest auf ihrem Thron... Denn so stand es immer und wird es stehen: man kann einer Sache nicht besser nützen, als indem man sie verfolgt und mit allen Hunden hetzt... Dies – habe ich getan.

Schopenhauer wünscht, daß man die *Schurken* kastriert und die *Gänse* ins Kloster sperrt: von welchem Gesichtspunkte aus könnte das wünschbar sein? Der Schurke hat das vor vielen Menschen voraus, daß er nicht mittelmäßig ist; und der Dumme das vor *uns*, daß er nicht am Anblick der Mittelmäßigkeit leidet.

Wünschbarer wäre es, daß die Kluft größer würde, also die Schurkerei und die Dummheit wüchse. Dergestalt *erweiterte* sich die menschliche Natur... Aber zuletzt ist eben das auch das Notwendige; es geschieht und wartet nicht darauf, ob wir es wünschen oder nicht. Die Dummheit, die Schurkerei wachsen: das *gehört* zum »Fortschritt«.

Typus meiner Jünger. – Solchen Menschen, *welche mich etwas angehn*, wünsche ich Leiden, Verlassenheit, Krankheit, Mißhandlung, Entwürdigung – ich wünsche, daß ihnen die tiefe Selbstverachtung, die Marter des Mißtrauens gegen sich, das Elend des Überwundenen nicht unbekannt bleibt: ich habe kein Mitleid mit ihnen, weil ich ihnen das einzige wünsche, was heute beweisen kann, ob einer *Wert* hat oder nicht – *daß er standhält.*

Zur Stärke des 19. Jahrhunderts. – Wir sind *mittelalterlicher* als das 18. Jahrhundert; nicht bloß neugieriger oder reizbarer für Fremdes und Seltnes. Wir haben gegen die *Revolution* revoltiert... Wir haben uns von der *Furcht vor der raison*, dem Gespenst des 18. Jahrhunderts, emanzipiert: wir wagen wieder absurd, kindisch, lyrisch zu sein – mit einem Wort: »wir sind Musiker«. Ebensowenig *fürchten* wir uns vor dem *Lächerlichen* wie vor dem *Absurden*. Der *Teufel* findet die Toleranz Gottes zu seinen Gunsten: mehr noch, er hat ein Interesse als der Verkannte, Verleumdete von alters her – wir sind die Ehrenretter des Teufels.

Wir trennen das Große nicht mehr von dem Furchtbaren. Wir rechnen die *guten* Dinge zusammen in ihrer Komplexität mit den *schlimmsten:* wir haben die absurde »Wünschbarkeit« von ehedem *überwunden* (die das Wachstum des Guten wollte ohne das Wachstum des Bösen –). Die *Feigheit* vor dem Ideal der Renaissance hat nachgelassen – wir wagen es, zu *ihren Sitten* selbst zu aspirieren. Die *Intoleranz* gegen den Priester und die Kirche hat zu gleicher Zeit ein Ende bekommen; »es ist unmoralisch, an Gott zu glauben« – aber gerade das gilt uns als die beste Form der Rechtfertigung dieses Glaubens.

Wir haben alledem ein *Recht* bei uns gegeben. Wir fürchten uns nicht vor der *Kehrseite* der »guten Dinge« (– wir *suchen* sie: wir sind tapfer und neugierig genug dazu), z. B. am Griechentum, an der Moral, an der Vernunft, am guten Geschmack (– wir rechnen die Einbuße nach, die man mit all solchen Kostbarkeiten macht: *man macht sich beinahe arm* mit einer solchen Kostbarkeit –). Ebensowenig verhehlen wir uns die Kehrseite der *schlimmen* Dinge.

Wogegen ich protestiere? Daß man nicht diese kleine friedliche Mittelmäßigkeit, dieses Gleichgewicht einer Seele, welche nicht die großen Antriebe der großen Krafthäufungen kennt, als etwas Hohes nimmt, womöglich gar als *Maß des Menschen.*

Bacon von Verulam sagt: *Infimarum virtutum apud vulgus laus est, mediarum admiratio, supremarum sensus nullus.* Das Christentum aber gehört, als Religion, zum *vulgus*: es hat für die höchste Gattung *virtus* keinen Sinn.

Wem die Tugend leicht fällt, der macht sich auch noch über sie lustig. Der Ernst in der Tugend ist nicht aufrechtzuerhalten: man erreicht sie und hüpft über sie hinaus – wohin? in die Teufelei.

Wie intelligent sind inzwischen alle unsre schlimmen Hänge und Dränge geworden! wie viel wissenschaftliche Neugierde plagt sie! Lauter Angelhaken der Erkenntnis!

Die *tiefe Verachtung*, mit der der Christ in der vornehm gebliebenen antiken Welt behandelt wurde, gehört ebendahin, wohin heute noch die Instinkt-Abneigung gegen den Juden gehört: es ist der Haß der freien und selbstbewußten Stände gegen die, *welche sich durchdrücken* und schüchterne, linkische Gebärden mit einem unsinnigen Selbstgefühl verbinden.

Das Neue Testament ist das Evangelium einer gänzlich *unvornehmen* Art Mensch; ihr Anspruch, mehr Wert zu haben, ja *allen* Wert zu haben, hat in der Tat etwas Empörendes – auch heute noch.

Das *christlich-jüdische* Leben: hier überwog *nicht* das Ressentiment. Erst die großen Verfolgungen mögen die Leidenschaft dergestalt herausgetrieben haben – sowohl die *Glut* der *Liebe* als die des *Hasses*.

Wenn man für seinen Glauben seine Liebsten geopfert sieht, dann wird man *aggressiv;* man verdankt den Sieg des Christentums seinen Verfolgern.

Die *Asketik* im Christentum ist nicht spezifisch: das hat Schopenhauer mißverstanden: sie wächst nur in das Christentum hinein: überall dort, wo es auch ohne Christentum Asketik gibt.

Das *hypochondrische* Christentum, die Gewissens-Tierquälerei und -Folterung ist insgleichen nur einem gewissen Boden zugehörig, auf dem christliche Werte Wurzel geschlagen haben: es ist nicht das Christentum selbst. Das Christentum hat alle Art Krankheiten morbider Böden in sich aufgenommen: man könnte ihm einzig zum Vorwurf machen, daß es sich gegen keine Ansteckung zu wehren wußte. Aber eben *das* ist sein Wesen: Christentum ist ein Typus der *décadence*.

Die europäischen Fürsten sollten sich in der Tat besinnen, ob sie unsrer Unterstützung entbehren können. Wir Immoralisten – wir sind heute die einzige Macht, die keine Bundesgenossen braucht, um zum Siege zu kommen: damit sind wir bei weitem die Stärksten unter den Starken. Wir bedürfen nicht einmal der Lüge: welche Macht könnte sonst ihrer entraten? Eine starke Verführung kämpft für uns, die stärkste vielleicht, die es gibt –: die Verführung der Wahrheit ... Der »Wahrheit«? Wer legt das Wort mir in den Mund? Aber ich nehme es wieder heraus: aber ich verschmähe das stolze Wort: nein, wir haben auch sie nicht nötig, wir würden auch noch ohne die Wahrheit zur Macht und zum Siege kommen. Der Zauber, der für uns kämpft, das Auge der Venus, das unsere Gegner selbst bestrickt und blind macht, das ist die *Magie des Extrems*, die Verführung, die alles Äußerste übt: wir Immoralisten – wir sind *die Äußersten*...

Das Christentum als *emanzipiertes Judentum* (in gleicher Weise wie eine lokal und rassenmäßig bedingte Vornehmheit endlich sich von diesen Bedingungen emanzipiert und nach verwandten Elementen *suchen geht*...)

1. als Kirche (Gemeinde) auf dem Boden des Staates, als unpolitisches Gebilde;
2. als Leben, Zucht, Praxis, Lebenskunst;
3. als *Religion der Sünde* (des Vergehens *an Gott* als *einziger* Art der Vergehung, als einziger Ursache alles Leidens überhaupt), mit einem Universalmittel gegen sie. Es gibt nur an Gott Sünde; was gegen die Menschen gefehlt ist, darüber soll der Mensch nicht richten noch Rechenschaft fordern, es sei denn im Namen Gottes. Insgleichen alle Gebote (Liebe): alles ist angeknüpft an Gott, und um Gottes Willen wird es am Menschen getan. Darin steckt eine hohe Klugheit (– das Leben in großer Enge, wie bei den Eskimos, ist nur erträglich bei der friedfertigsten und nachsichtigsten Gesinnung: das jüdisch-christliche Dogma wendete sich gegen die Sünde, zum besten des »Sünders« –).

Die *moralischen* Werte waren bis jetzt die obersten Werte: will das jemand in Zweifel ziehen?... Entfernen wir diese Werte von jener Stelle, so verändern wir *alle* Werte: das Prinzip ihrer bisherigen *Rangordnung* ist damit umgeworfen.

Entfernen wir die höchste Güte aus dem Begriff Gottes – sie ist eines Gottes unwürdig. Entfernen wir insgleichen die höchste Weisheit – es ist die Eitelkeit der Philosophen, die diesen Aberwitz eines Weisheits-Monstrums von Gott verschuldet hat: er sollte ihnen möglichst gleichsehen. Nein! Gott *die höchste Macht* – das genügt! Aus ihr folgt alles, aus ihr folgt – »die Welt«!

Lauter Fragen der Kraft: wie weit sich durchsetzen gegen die Erhaltungsbedingungen der *Gesellschaft* und deren Vorurteile? – wie weit *seine furchtbaren Eigenschaften* entfesseln, an denen die meisten zugrunde gehen? – wie weit der *Wahrheit* entgegengehen und sich die fragwürdigsten Seiten derselben zu Gemüte führen? – wie weit dem *Leiden*, der Selbstverachtung, dem Mitleiden, der Krankheit, dem Laster entgegengehen, mit dem Fragezeichen, ob man darüber Herr werden wird? (–was uns nicht umbringt, macht uns *stärker*...) – endlich: wie weit der Regel, dem Gemeinen, dem Kleinlichen, Guten, Rechtschaffenen, der Durchschnitts-Natur recht geben bei sich, ohne sich damit vulgarisieren zu lassen?... Stärkste Probe des Charakters: sich nicht durch die Verführung des Guten ruinieren zu lassen. Das *Gute* als Luxus, als Raffinement, als *Laster*.

Der heuchlerische Anschein, mit dem alle *bürgerlichen Ordnungen* übertüncht sind, wie als ob sie *Ausgeburten der Moralität* wären – z. B. die Ehe; die Arbeit; der Beruf; das Vaterland; die Familie; die Ordnung; das Recht. Aber da sie insgesamt auf die *mittelmäßigste* Art Mensch hin begründet sind, zum Schutz gegen Ausnahmen und Ausnahme-Bedürfnisse, so muß man es billig finden, wenn hier viel gelogen wird.

Vor allem, meine Herren Tugendhaften, habt ihr keinen Vorrang vor uns: wir wollen euch die *Bescheidenheit* hübsch zu Gemüte führen: es ist ein erbärmlicher Eigennutz und Klugheit, welche euch eure Tugend anrät. Und hättet ihr mehr Kraft und Mut im Leibe, würdet ihr euch nicht dergestalt zu tugendhafter Nullität herabdrücken. Ihr macht aus euch, was ihr könnt: teils was ihr müßt – wozu euch eure Umstände zwingen –, teils was euch Vergnügen macht, teils was euch nützlich scheint. Aber wenn ihr tut, was nur euren Neigungen gemäß ist oder was eure Notwendigkeit von euch will oder was euch nützt, so sollt ihr euch darin *weder loben dürfen noch loben lassen!*... Man ist eine *gründlich kleine Art* Mensch, wenn man *nur* tugendhaft ist: darüber soll nichts in die Irre führen! Menschen, die irgendworin in Betracht kommen, waren noch niemals solche Tugend-Esel: ihr innerster Instinkt, der ihres Quantums Macht, fand dabei nicht seine Rechnung: während eure Minimalität an Macht nichts weiser erscheinen läßt als Tugend. Aber ihr habt die *Zahl* für euch: und insofern ihr *tyrannisiert*, wollen wir *euch* den Krieg machen...

Ich liebe es durchaus nicht an jenem Jesus von Nazareth oder an seinem Apostel Paulus, daß sie den *kleinen Leuten so viel in den Kopf gesetzt haben*, als ob es etwas auf sich habe mit ihren bescheidenen Tugenden. Man hat es zu teuer bezahlen müssen: denn sie haben die wertvolleren Qualitäten von Tugend und Mensch in Verruf gebracht, sie haben das schlechte Gewissen und das Selbstgefühl der vornehmen Seele gegeneinander gesetzt, sie haben die *tapfern, großmütigen, verwegenen, exzessiven* Neigungen der starken Seele irregeleitet, bis zur Selbstzerstörung...

Ein *tugendhafter Mensch* ist schon deshalb eine niedrigere Spezies, weil er keine »Person« ist, sondern seinen Wert dadurch erhält, einem Schema Mensch gemäß zu sein, das ein für allemal aufgestellt ist. Er hat nicht seinen Wert *a parte*: er kann verglichen werden, er hat seinesgleichen, er *soll* nicht einzeln sein.

Rechnet die Eigenschaften des *guten* Menschen nach, weshalb tun sie uns wohl? Weil wir keinen Krieg nötig haben, weil er kein Mißtrauen, keine Vorsicht, keine Sammlung und Strenge uns auferlegt: unsre Faulheit, Gutmütigkeit, Leichtsinnigkeit macht sich einen *guten Tag*. Dieses unser *Wohlgefühl ist es, das wir aus uns hinausprojizieren* und dem guten Menschen als *Eigenschaft*, als *Wert* zurechnen.

Der *Individualismus* ist eine bescheidene und noch unbewußte Art des »Willens zur Macht«; hier scheint es dem einzelnen schon genug, *freizukommen* von einer Übermacht der Gesellschaft (sei es des Staates oder der Kirche). Er setzt sich *nicht als Person* in Gegensatz, sondern bloß als einzelner; er vertritt alle einzelnen gegen die Gesamtheit. Das heißt: er setzt sich instinktiv *gleich an mit jedem einzelnen;* was er erkämpft, das erkämpft er nicht sich als Person, sondern sich als Vertreter einzelner gegen die Gesamtheit.

Der *Sozialismus* ist bloß ein *Agitationsmittel des Individualismus*: er begreift, daß man sich, um etwas zu erreichen, zu einer Gesamtaktion organisieren muß, zu einer »Macht«. Aber was er will, ist nicht die Sozietät als Zweck des einzelnen, sondern die Sozietät als *Mittel zur Ermöglichung vieler einzelnen:* – das ist der Instinkt der Sozialisten, über den sie sich häufig betrügen (– abgesehen, daß sie, um sich durchzusetzen, häufig betrügen müssen). Die altruistische Moral-Predigt im Dienste des Individual-Egoismus: eine der gewöhnlichsten Falschheiten des *neunzehnten* Jahrhunderts.

Der *Anarchismus* ist wiederum bloß ein *Agitationsmittel des Sozialismus;* mit ihm erregt er Furcht, mit der Furcht beginnt er zu faszinieren und zu terrorisieren: vor allem – er zieht die Mutigen, die Gewagten auf seine Seite, selbst noch im Geistigsten.

Trotz alledem: der *Individualismus* ist die *bescheidenste* Stufe des Willens zur Macht.

Hat man eine gewisse Unabhängigkeit erreicht, so will man mehr: es tritt die *Sonderung* heraus nach dem Grade der Kraft: der Einzelne setzt sich nicht ohne weiteres mehr gleich, sondern er *sucht nach seinesgleichen* – er hebt andere von sich ab. Auf den Individualismus folgt die *Glieder-* und *Organbildung:* die verwandten Tendenzen sich zusammenstellend und sich als Macht betätigend: zwischen diesen Machtzentren Reibung, Krieg, Erkenntnis beiderseitiger Kräfte, Ausgleichung, Annäherung, Festsetzung von *Austausch der Leistungen.* Am Schluß: eine *Rangordnung.*

Rekapitulation:

1. Die Individuen machen sich frei;
2. sie treten in Kampf, sie kommen über »Gleichheit der Rechte« überein (– »Gerechtigkeit« als Ziel –);
3. ist das erreicht, so treten die tatsächlichen *Ungleichheiten der Kraft* in eine *vergrößerte Wirkung* (weil im großen ganzen der Friede herrscht und viele kleine Kraft-Quanta schon Differenzen ausmachen, solche, die früher fast gleich null waren). Jetzt organisieren sich die Einzelnen zu *Gruppen;* die Gruppen streben nach Vorrechten und nach Übergewicht. Der Kampf, in milderer Form, tobt von neuem.

Man will *Freiheit,* solange man noch nicht die Macht hat. Hat man sie, will man Übermacht; erringt man sie nicht (ist man noch zu schwach zu ihr), will man *»Gerechtigkeit«, d. h. gleiche Macht.*

Diese kleinen Herdentier-Tugenden führen ganz und gar nicht zum »ewigen Leben«: sie dergestalt in Szene setzen, und sich mit ihnen, mag sehr klug sein, aber für den, der hier noch seine Augen auf hat, bleibt es trotz alledem das lächerlichste aller Schauspiele. Man verdient ganz und gar nicht ein Vorrecht auf Erden und im Himmel, wenn man es zur Vollkommenheit einer kleinen, lieben Schafsmäßigkeit gebracht hat; man bleibt damit, günstigenfalls, immer bloß ein kleines, liebes, absurdes Schaf mit Hörnern – vorausgesetzt, daß man nicht vor Eitelkeit platzt und durch richterliche Attitüden skandalisiert.

Die ungeheure Farben-Verklärung, mit der hier die kleinen Tugenden illuminiert werden – wie als Widerglanz göttlicher Qualitäten!

Die *natürliche* Absicht und Nützlichkeit jeder Tugend grundsätzlich *verschwiegen;* sie ist nur in Hinsicht auf ein *göttliches* Gebot, ein göttliches Vorbild wertvoll, nur in Hinsicht auf jenseitige und geistliche Güter. (Prachtvoll: als ob sichs ums »*Heil der Seele*« handelte: aber es war ein Mittel, um es hier mit möglichst viel schönen Gefühlen »auszuhalten«.)

Die jüdische Priesterschaft hatte verstanden, alles, was *sie* beanspruchte, als eine *göttliche Satzung*, als Folgeleistung gegen ein Gebot Gottes zu präsentieren... insgleichen, was dazu diente, *Israel zu erhalten*, seine Existenz-*Ermöglichung* (z. B. eine Summe von *Werken:* Beschneidung, Opferkult als Zentrum des nationalen Bewußtseins) nicht als Natur, sondern als »Gott« einzuführen. – *Dieser Prozeß setzt sich fort; innerhalb* des Judentums, wo die Notwendigkeit der »Werke« nicht empfunden wurde (nämlich als Abscheidung gegen außen), konnte eine priesterliche Art Mensch konzipiert werden, die sich verhält wie die »vornehme Natur« zum Aristokraten; eine kastenlose und gleichsam spontane Priesterhaftigkeit der Seele, welche nun, um ihren Gegensatz scharf von sich abzuheben, nicht auf die »Werke«, sondern die »Gesinnung« den Wert legte...

Im Grunde handelte es sich wieder darum, eine bestimmte Art von Seele *durchzusetzen:* gleichsam ein *Volks-Aufstand innerhalb* eines priesterlichen Volkes – eine pietistische Bewegung von unten (Sünder, Zöllner, Weiber, Kranke). Jesus von Nazareth war das Zeichen, an dem sie sich *erkannten*. Und wieder, um an sich glauben zu können, brauchen sie eine *theologische Transfiguration:* nichts Geringeres als »der

Sohn Gottes« tut ihnen not, um sich Glauben zu schaffen... Und genau so, wie die Priesterschaft die ganze Geschichte Israels verfälscht hatte, so wurde nochmals der Versuch gemacht, überhaupt die Geschichte der Menschheit hier *umzufälschen*, damit das Christentum als sein kardinalstes Ereignis erscheinen könne. Diese Bewegung konnte nur auf dem Boden des Judentums entstehen: dessen Haupttat war, *Schuld und Unglück* zu verflechten und alle Schuld auf *Schuld an Gott* zu reduzieren: davon ist das Christentum die *zweite Potenz*.

Das Christentum als eine *Entnatürlichung* der Herdentier-Moral: unter absolutem Mißverständnis und Selbstverblendung. Die Demokratisierung ist eine *natürlichere* Gestalt derselben, eine weniger verlogene.

Tatsache: die Unterdrückten, die Niedrigen, die ganze große Menge von Sklaven und Halbsklaven *wollen zur Macht*.

Erste Stufe: sie machen sich frei – sie lösen sich aus, imaginär zunächst, sie erkennen sich untereinander an, sie setzen sich durch.

Zweite Stufe: sie treten in Kampf, sie wollen Anerkennung, gleiche Rechte, »Gerechtigkeit«.

Dritte Stufe: sie wollen die Vorrechte (– sie ziehen die Vertreter der Macht zu sich hinüber).

Vierte Stufe: sie wollen die Macht *allein*, und sie *haben* sie...

Im Christentum sind *drei Elemente* zu unterscheiden: a) die Unterdrückten aller Art, b) die Mittelmäßigen aller Art, c) die Unbefriedigten und Kranken aller Art. Mit dem *ersten* Element kämpft es gegen die politisch Vornehmen und deren Ideal; mit dem *zweiten* Element gegen die Ausnahmen und Privilegierten (geistig, sinnlich –) jeder Art; mit dem *dritten* Element gegen den *Natur-Instinkt* der Gesunden und Glücklichen.

Wenn es zum Siege kommt, so tritt das *zweite* Element in den Vordergrund; denn dann hat das Christentum die Gesunden und Glücklichen zu sich überredet (als Krieger für seine Sache), insgleichen die Mächtigen (als interessiert wegen der Überwältigung der Menge), – und jetzt ist es der *Herden-Instinkt*, die in jedem Betracht wertvolle *Mittelmaß-Natur*, die ihre höchste Sanktion durch das Christentum bekommt. Diese Mittelmaß-Natur kommt endlich so weit sich zum

Bewußtsein (– gewinnt den Mut zu sich –), daß sie auch *politisch* sich die *Macht* zugesteht...

Die Demokratie ist das *vernatürlichte* Christentum: eine Art »Rückkehr zur Natur«, nachdem es durch eine extreme Antinatürlichkeit von der entgegengesetzten Wertung überwunden werden konnte. – Folge: das aristokratische Ideal *entnatürlicht* sich nunmehr (»der höhere Mensch«, »vornehm«, »Künstler«, »Leidenschaft«, »Erkenntnis«; Romantik als Kultus der Ausnahme, Genie usw.).

Man lese einmal das *Neue Testament* als *Verführungs-Buch:* die *Tugend* wird in Beschlag genommen, im Instinkt, daß man mit ihr die öffentliche Meinung für sich einnimmt, – und zwar die allerbescheidenste *Tugend*, welche das ideale Herdenschaf anerkennt und nichts weiter (den Schafhirten eingerechnet –): eine kleine, zärtliche, wohlwollende, hilfreiche und schwärmerisch-vergnügte Art Tugend, welche nach außen hin absolut anspruchslos ist, – welche »die Welt« gegen sich abgrenzt. Der *unsinnigste Dünkel*, als ob sich das Schicksal der Menschheit dergestalt um sie drehe, daß die Gemeinde auf der einen Seite das Rechte und die Welt auf der andern Seite das Falsche, das ewig-Verwerfliche und Verworfene sei. Der *unsinnigste Haß* gegen alles, was in der Macht ist: aber ohne daran zu rühren! Eine Art von *innerlicher Loslösung*, welche äußerlich alles beim alten läßt (Dienstbarkeit und Sklaverei; aus *allem* sich ein Mittel zum Dienste Gottes und der Tugend zu machen wissen).

Henrik Ibsen ist mir sehr deutlich geworden. Mit all seinem robusten Idealismus und »Willen zur Wahrheit« hat er sich nicht von dem Moral-Illusionismus freizumachen gewagt, welcher »Freiheit« sagt und nicht sich eingestehen will, was Freiheit ist: die zweite Stufe in der Metamorphose des »Willens zur Macht« seitens derer, denen sie fehlt. Auf der ersten verlangt man Gerechtigkeit von seiten derer, welche die Macht haben. Auf der zweiten sagt man »Freiheit«, d. h. man will »loskommen« von denen, welche die Macht haben. Auf der dritten sagt man »*gleiche Rechte*«, d. h. man will, solange man noch nicht das Übergewicht hat, auch die Mitbewerber hindern, in der Macht zu wachsen.

Rang bestimmend, Rang abhebend sind allein Macht-Quantitäten: und nichts sonst.

Nicht die Menschen »besser« machen, *nicht* zu ihnen auf irgendeine Art Moral reden, als ob »Moralität an sich«, oder eine ideale Art Mensch überhaupt, gegeben sei: sondern *Zustände schaffen*, unter denen *stärkere Menschen nötig sind*, welche ihrerseits eine Moral (deutlicher: eine *leiblich-geistige Disziplin*), *welche stark macht*, brauchen und folglich *haben* werden!

Sich nicht durch blaue Augen oder geschwellte Busen verführen lassen: *die Größe der Seele hat nichts Romantisches an sich*. Und leider *gar nichts Liebenswürdiges!*

Sehen wir, was »der echte Christ« mit alledem anfängt, was seinem Instinkte sich widerrät: – die *Beschmutzung* und Verdächtigung des Schönen, des Glänzenden, des Reichen, des Stolzen, des Selbstgewissen, des Erkennenden, des Mächtigen – *in summa* der *ganzen Kultur:* seine Absicht geht dahin, ihr *das gute Gewissen* zu nehmen...

Eine Gesinnung, die sich »Idealismus« nennt und die der Mittelmäßigkeit nicht erlauben will, mittelmäßig zu sein, und dem Weibe nicht, Weib zu sein! – Nicht uniformieren! Uns klarmachen, wie *teuer eine Tugend zu stehen kommt:* und daß Tugend nichts Durchschnittlich-Wünschenswertes, sondern eine *noble Tollheit*, eine schöne Ausnahme, mit dem Vorrecht, *stark*-gestimmt zu werden...

Wo man die *stärkeren Naturen* zu suchen hat. – Das Zugrundegehen und Entarten der *solitären* Spezies ist viel *größer* und furchtbarer: sie haben die Instinkte der Herde, die Tradition der Werte gegen sich; ihre Werkzeuge zur Verteidigung, ihre Schutz-Instinkte sind von vornherein nicht stark, nicht sicher genug – es gehört viel Gunst des Zufalls dazu, daß sie *gedeihen* (– sie gedeihen in den niedrigsten und gesellschaftlich preisgegebensten Elementen am häufigsten; wenn man nach *Person* sucht, dort findet man sie, um wie viel sicherer als in den mittleren Klassen!).

Der Stände- und Klassenkampf, der auf »Gleichheit der Rechte«

abzielt – ist er ungefähr erledigt, so geht der *Kampf* los gegen die *Solitär-Person.* (In einem gewissen Sinne *kann dieselbe sich am leichtesten in einer demokratischen Gesellschaft erhalten und entwickeln:* dann, wenn die gröberen Verteidigungs-Mittel nicht mehr nötig sind und eine gewisse Gewöhnung an Ordnung, Redlichkeit, Gerechtigkeit, Vertrauen zu den Durchschnittsbedingungen gehört.)

Die *Stärksten* müssen am festesten gebunden, beaufsichtigt, in Ketten gelegt und überwacht werden: so will es der Instinkt der Herde. Für sie ein Régime der Selbstüberwältigung, des asketischen Abseits oder der »Pflicht« in abnützender Arbeit, bei der man nicht mehr zu sich selber kommt.

Inwiefern die *christlichen* Jahrhunderte mit ihrem Pessimismus *stärkere* Jahrhunderte waren als das 18. Jahrhundert – entsprechend das *tragische* Zeitalter der Griechen –.

Das 19. Jahrhundert gegen das 18. Jahrhundert. Worin Erbe, – worin Rückgang gegen dasselbe (: »geist«-loser, geschmackloser), – worin Fortschritt über dasselbe (düsterer, realistischer, *stärker*).

Absurde und verächtliche Art des Idealismus, welche die Mediokrität *nicht medioker* haben will und, statt an einem Ausnahme-Sein einen Triumph zu fühlen, *entrüstet* ist über Feigheit, Falschheit, Kleinheit und Miserabilität. *Man soll das nicht anders wollen!* und die Kluft *größer* aufreißen! – Man soll die höhere Art *zwingen*, sich *abzuscheiden* durch die Opfer, die sie ihrem Sein zu bringen hat.

Hauptgesichtspunkt: Distanzen aufreißen, aber *keine Gegensätze schaffen.* Die *Mittelgebilde* ablösen und im Einfluß verringern: Hauptmittel, um Distanzen zu erhalten.

Im *Verhältnis zur Musik* ist alle Mitteilung durch *Worte* von schamloser Art; das Wort verdünnt und verdummt; das Wort entpersönlicht; das Wort macht das Ungemeine gemein.

Die Rangordnung der Menschen-Werte. –

a) Man soll einen Menschen nicht nach einzelnen Werken abschätzen. *Epidermal-Handlungen.* Nichts ist seltener als eine *Personal*-Handlung. Ein Stand, ein Rang, eine Volks-Rasse, eine Umgebung, ein Zufall – alles drückt sich eher noch in einem Werke oder Tun aus als eine »Person«.

b) Man soll überhaupt nicht voraussetzen, daß viele Menschen »Personen« sind. Und dann sind manche auch *mehrere* Personen, die meisten sind *keine*. Überall, wo die durchschnittlichen Eigenschaften überwiegen, auf die es ankommt, daß ein Typus fortbesteht, wäre Person-Sein eine Vergeudung, ein Luxus, hätte es gar keinen Sinn, nach einer »Person« zu verlangen. Es sind Träger, Transmissions-Werkzeuge.

c) Die »Person« ein relativ *isoliertes* Faktum; in Hinsicht auf die weit größere Wichtigkeit des Fortflusses und der Durchschnittlichkeit somit beinahe etwas *Widernatürliches*. Zur Entstehung der Person gehört eine zeitige Isolierung, ein Zwang zu einer Wehr- und Waffen-Existenz, etwas wie Einmauerung, eine größere Kraft des Abschlusses; und, vor allem, eine viel *geringere Impressionabilität*, als sie der mittlere Mensch, dessen Menschlichkeit *kontagiös* ist, hat.

Erste Frage in betreff *der Rangordnung:* wie *solitär* oder wie *herdenhaft* jemand ist. (Im letztern Falle liegt sein Wert in den Eigenschaften, die den Bestand seiner Herde, seines Typus sichern; im andern Falle in dem, was ihn abhebt, isoliert, verteidigt und *solitär ermöglicht.*)

Folgerung: man soll den solitären Typus *nicht* abschätzen nach dem herdenhaften, und den herdenhaften *nicht* nach dem solitären.

Aus der Höhe betrachtet sind beide notwendig; insgleichen ist ihr Antagonismus notwendig, – und nichts ist *mehr* zu verbannen als jene »Wünschbarkeit«, es möchte sich etwas *drittes* aus beiden entwikkeln (»Tugend« als Hermaphroditismus). Das ist so wenig »wünschbar« als die Annäherung und Aussöhnung der Geschlechter. Das *Typische fortentwickeln*, die *Kluft* immer *tiefer aufreißen*...

Begriff der *Entartung* in beiden Fällen: wenn die Herde den Eigenschaften der solitären Wesen sich nähert und diese den Eigenschaften der Herde – kurz, wenn sie sich *annähern*. Dieser Begriff der Entartung ist abseits von der moralischen Beurteilung.

Geschichte der Vermoralisierung und Entmoralisierung

Erster Satz: Es gibt gar keine moralischen Handlungen: sie sind vollkommen eingebildet. Nicht nur, daß sie *nicht nachweisbar* sind (was z. B. Kant zugab und das Christentum insgleichen), – sondern sie sind *gar nicht möglich.* Man hat einen *Gegensatz* zu den treibenden Kräften erfunden, durch ein psychologisches Mißverständnis, und glaubt eine andere Art von ihnen bezeichnet zu haben; man hat ein *primum mobile* fingiert, das gar nicht existiert. Nach der Schätzung, welche überhaupt den Gegensatz »moralisch« und »unmoralisch« aufgebracht hat, muß man sagen: *es gibt nur unmoralische Absichten und Handlungen.*

Zweiter Satz: Diese ganze Unterscheidung »moralisch« und »unmoralisch« geht davon aus, daß sowohl die moralischen als die unmoralischen Handlungen Akte der freien Spontaneität seien – kurz, daß es eine solche gebe, oder anders ausgedrückt: daß die moralische Beurteilung überhaupt sich nur auf eine Gattung von Absichten und Handlungen beziehe, *die freien.* Aber diese ganze Gattung von Absichten und Handlungen ist rein imaginär: die Welt, an welche der moralische Maßstab allein anlegbar ist, existiert gar nicht – *es gibt weder moralische noch unmoralische Handlungen.*

Der *psychologische Irrtum,* aus dem der *Gegensatz-Begriff* »moralisch« und »unmoralisch« entstanden ist: »selbstlos«, »unegoistisch«, »selbstverleugnend« – alles *unreal,* fingiert.

Fehlerhafter Dogmatismus in betreff des »*ego*«: dasselbe als atomistisch genommen, in einem falschen Gegensatz zum »Nicht-Ich«; insgleichen aus dem Werden herausgelöst, als etwas Seiendes. Die *falsche Versubstanzialisierung des Ich:* diese (in dem Glauben an die individuelle Unsterblichkeit) besonders unter dem Druck *religiös-moralischer Zucht* zum Glaubensartikel gemacht. Nach dieser künstlichen Loslösung und An-und-für-sich-Erklärung des *ego* hatte man einen Wert-Gegensatz vor sich, der unwidersprechlich schien: das *Einzel-ego* und das ungeheure *Nicht-Ich.* Es schien handgreiflich, daß der Wert des Einzel-*ego* nur darin liegen könne, sich auf das ungeheure »Nicht-Ich« zu beziehen resp. sich ihm unterzuordnen und um *seinet*willen zu existieren. – Hier waren die *Herden-Instinkte* bestimmend: nichts geht so sehr wider diese Instinkte als die Souveränität des Einzelnen. Gesetzt aber, das *ego* ist begriffen als ein An-und-für-sich, so muß sein Wert in der *Selbstverneinung* liegen.

Also: 1. die falsche Verselbständigung des »Individuums«, als *Atom;*

2. die Herden-Würdigung, welche das Atom-bleiben-wollen perhorresziert und als feindlich empfindet;

3. als Folgerung: Überwindung des Individuums durch Verlegung seines Ziels;

4. nun schien es Handlungen zu geben, welche *selbstverneinend* waren: man phantasierte um sie eine ganze Sphäre von Gegensätzen herum;

5. man fragte: in welchen Handlungen *bejaht sich* der Mensch am stärksten? Um diese (Geschlechtlichkeit, Habsucht, Herrschsucht, Grausamkeit usw.) wurde der Bann, der Haß, die Verachtung gehäuft: man *glaubte*, daß es unselbstische Triebe gibt, man *verwarf* alle selbstischen, man *verlangte* die unselbstischen;

6. Folge davon: was hatte man getan? Man hatte die stärksten, natürlichsten, mehr noch, die *einzig realen* Triebe in Bann getan, – man mußte, um eine Handlung fürderhin lobenswert zu finden, in ihr die Anwesenheit solcher Triebe *leugnen – ungeheure Fälscherei in psychologicis*. Selbst jede Art »Selbstzufriedenheit« hatte sich erst dadurch wieder möglich zu machen, daß man sich *sub specie boni* mißverstand und zurechtlegte. Umgekehrt: jene Spezies, welche ihren Vorteil davon hatte, dem Menschen seine Selbstzufriedenheit zu *nehmen* (die Repräsentanten des Herden-Instinkts, z. B. die Priester und Philosophen), wurde fein und psychologisch-scharfsichtig, zu zeigen, wie überall doch die Selbstsucht herrsche. Christlicher Schluß: »*Alles* ist Sünde; auch unsre Tugenden. Absolute Verwerflichkeit des Menschen. Die selbstlose Handlung ist *nicht möglich*.« Erbsünde. Kurz: nachdem der Mensch seinen Instinkt in Gegensatz zu einer rein imaginären Welt des Guten gebracht hatte, endete er mit Selbstverachtung, als *unfähig*, Handlungen zu tun, welche »gut« sind.

NB. Das Christentum bezeichnet damit einen *Fortschritt* in der psychologischen Verschärfung des Blicks: Larochefoucauld und Pascal. Es begriff die *Wesensgleichheit* der *menschlichen Handlungen* und ihre Wert-Gleichheit in der Hauptsache (– alle *unmoralisch*).

Nun machte man *Ernst*, Menschen zu bilden, in denen die Selbstsucht getötet ist – die *Priester*, die *Heiligen*. Und wenn man zweifelte an der Möglichkeit, »vollkommen« zu werden, man zweifelte *nicht*, zu wissen, was vollkommen ist.

Die Psychologie des Heiligen, des Priesters, des »guten Menschen« mußte natürlich rein phantasmagorisch ausfallen. Man hatte die *wirklichen* Motive des Handelns für *schlecht* erklärt: man mußte, um überhaupt noch handeln zu können, Handlungen vorschreiben zu können, Handlungen, die gar nicht möglich sind, als möglich beschreiben und gleichsam *heiligen*. Mit derselben *Falschheit*, mit der man verleumdet hatte, hat man nunmehr verehrt und veridealisiert.

Das *Wüten* gegen die Instinkte des Lebens als »heilig«, verehrungswürdig. Die absolute Keuschheit, der absolute Gehorsam, die absolute Armut: *priesterliches* Ideal. Almosen, Mitleiden, Aufopferung, Verleugnung des Schönen, der Vernunft, der Sinnlichkeit, moroser Blick für alle starken Qualitäten, die man hat: *Laien*-Ideal.

Man kommt vorwärts: die *verleumdeten Instinkte* suchen sich auch ein Recht zu schaffen (z. B. Luthers Reformation: gröbste Form der moralischen Verlogenheit unter der »Freiheit des Evangeliums«), – man tauft sie um auf heilige Namen;

: die *verleumdeten Instinkte* suchen sich als *notwendig* zu beweisen, damit die *tugendhaften* überhaupt möglich sind; man muß *vivre, pour vivre pour autrui:* Egoismus als *Mittel* zum Zweck;

: man geht weiter, man sucht sowohl den egoistischen als auch den altruistischen Regungen ein Existenz-Recht zu geben: *Gleichheit* der Rechte für die einen wie für die andern (vom Gesichtspunkt des Nutzens);

: man geht weiter, man sucht die *höhere Nützlichkeit* in der Bevorzugung des egoistischen Gesichtspunktes gegenüber dem altruistischen: nützlicher in Hinsicht auf das Glück der meisten oder die Förderung der Menschheit usw. Also: ein Übergewicht an Rechten des Egoismus, aber unter einer extrem altruistischen Perspektive (»Gesamt-Nutzen der Menschheit«);

: man sucht die *altruistische* Handlungsweise mit der *Natürlichkeit* zu versöhnen, man sucht das Altruistische auf dem Grunde des Lebens;

man sucht das Egoistische wie das Altruistische als gleich begründet im Wesen des Lebens und der Natur;

: man träumt von einem Verschwinden des Gegensatzes in irgendeiner Zukunft, wo, durch fortgesetzte Anpassung, das Egoistische auch zugleich das Altruistische ist;

: endlich, man begreift, daß die altruistischen Handlungen nur eine *Spezies* der egoistischen sind – und daß der Grad, in dem man liebt, sich verschwendet, ein Beweis ist für den Grad einer individuellen *Macht* und *Personalität.* Kurz, *daß man, indem man den Menschen böser macht, ihn besser macht* – und daß man das eine nicht ohne das andere ist... Damit geht der Vorhang auf vor der ungeheuren *Fälschung der Psychologie des bisherigen Menschen.*

Folgerungen: es gibt *nur* unmoralische Absichten und Handlungen; – die sogenannten moralischen sind also als *Unmoralitäten* nachzuweisen. Die Ableitung aller Affekte aus dem *einen* Willen zur Macht: wesensgleich. Der Begriff des Lebens: – es drücken sich in dem anscheinenden Gegensatze (von »gut und böse«) *Machtgrade von Instinkten* aus, zeitweilige Rangordnung, unter der gewisse Instinkte im Zaum gehalten werden oder in Dienst genommen werden. – *Rechtfertigung* der Moral: ökonomisch usw.

Gegen den zweiten Satz. Der Determinismus: Versuch, die moralische Welt zu *retten,* dadurch daß man sie *transloziert* – ins Unbekannte. Der Determinismus ist nur ein *modus,* unsre Wertschätzungen eskamotieren zu dürfen, nachdem sie in der mechanistisch-gedachten Welt keinen Platz haben. Man muß deshalb den Determinismus *angreifen* und *unterminieren:* insgleichen unser Recht zu einer Scheidung einer An-sich- und Phänomenal-Welt *bestreiten.*

Der Protestantismus, jene geistig unreinliche und langweilige Form der *décadence,* in der das Christentum sich bisher im mediokren Norden zu konservieren gewußt hat: als etwas Halbes und Komplexes wertvoll für die Erkenntnis, insofern es Erfahrungen verschiedener Ordnung und Herkunft in den gleichen Köpfen zusammenbrachte.

Die Vernatürlichung des Menschen im 19. Jahrhundert (– das 18. Jahrhundert ist das der Eleganz, der Feinheit und der *sentiments généreux*). – *Nicht* »Rückkehr zur Natur«: denn es gab noch niemals eine natürliche Menschheit. Die Scholastik un- und *wider*-natürlicher Werte ist die Regel, ist der Anfang; zur Natur kommt der Mensch nach langem Kampfe, – er kehrt nie »zurück« ... Die Natur: d. h. es wagen, unmoralisch zu sein wie die Natur.

Wir sind gröber, direkter, voller Ironie gegen generöse Gefühle, selbst wenn wir ihnen unterliegen.

Natürlicher ist unsre erste *Gesellschaft*, die der Reichen, der Müßigen: man macht Jagd aufeinander, die Geschlechtsliebe ist eine Art Sport, bei dem die Ehe ein Hindernis und einen Reiz abgibt; man unterhält sich und lebt um des Vergnügens willen; man schätzt die körperlichen Vorzüge in erster Linie, man ist neugierig und gewagt.

Natürlicher ist unsre Stellung zur *Erkenntnis;* wir haben die Libertinage des Geistes in aller Unschuld, wir hassen die pathetischen und hieratischen Manieren, wir ergötzen uns am Verbotensten, wir wüßten kaum noch ein Interesse der Erkenntnis, wenn wir uns auf dem Wege zu ihr zu langweilen hätten.

Natürlicher ist unsre Stellung zur *Moral.* Prinzipien sind lächerlich geworden; niemand erlaubt sich ohne Ironie mehr von seiner »Pflicht« zu reden. Aber man schätzt eine hilfreiche, wohlwollende Gesinnung (– man sieht im *Instinkt* die Moral und dédaigniert den Rest. Außerdem ein paar Ehrenpunkts-Begriffe –).

Natürlicher ist unsre Stellung *in politicis:* wir sehen Probleme der Macht, des Quantums Macht gegen ein anderes Quantum. Wir glauben nicht an ein Recht, das nicht auf der Macht ruht, sich durchzusetzen: wir empfinden alle Rechte als Eroberungen.

Natürlicher ist unsre Schätzung *großer Menschen und Dinge:* wir rechnen die Leidenschaft als ein Vorrecht, wir finden nichts groß, wo nicht ein großes Verbrechen einbegriffen ist; wir konzipieren alles Groß-sein als ein Sich-außerhalb-stellen in bezug auf Moral.

Natürlicher ist unsre Stellung zur *Natur:* wir lieben sie nicht mehr um ihrer »Unschuld«, »Vernunft«, »Schönheit« willen, wir haben sie hübsch »verteufelt« und »verdummt«. Aber statt sie darum zu verachten, fühlen wir uns seitdem verwandter und heimischer in ihr. Sie aspiriert *nicht* zur Tugend: wir achten sie deshalb.

Natürlicher ist unsre Stellung zur *Kunst:* wir verlangen nicht von ihr die schönen Scheinlügen usw.; es herrscht der brutale Positivismus, welcher konstatiert, ohne sich zu erregen.

In summa: es gibt Anzeichen dafür, daß der Europäer des 19. Jahrhunderts sich weniger seiner Instinkte schämt; er hat einen guten Schritt dazu gemacht, sich einmal seine unbedingte Natürlichkeit, d. h. seine Unmoralität einzugestehen, *ohne Erbitterung:* im Gegenteil, stark genug dazu, diesen Anblick allein noch auszuhalten.

Das klingt in gewissen Ohren, wie als ob die *Korruption* fortgeschritten wäre: und gewiß ist, daß der Mensch sich nicht der »*Natur*« angenähert hat, von der *Rousseau* redet, sondern einen Schritt weiter getan hat in *der* Zivilisation, welche er *perhorreszierte.* Wir haben uns *verstärkt:* wir sind dem 17. Jahrhundert wieder näher gekommen, dem Geschmack seines Endes namentlich (Dancourt, Lesage, Regnard).

Der Nihilismus der Artisten. – Die Natur grausam durch ihre Heiterkeit; zynisch mit ihren Sonnenaufgängen. Wir sind feindselig gegen *Rührungen.* Wir flüchten dorthin, wo die Natur unsere Sinne und unsre Einbildungskraft bewegt; wo wir nichts zu lieben haben, wo wir nicht an die moralischen Scheinbarkeiten und Delikatessen dieser nordischen Natur erinnert werden; – und so auch in den Künsten. Wir ziehen vor, was nicht mehr uns an »Gut und Böse« erinnert. Unsre moralistische Reizbarkeit und Schmerzfähigkeit ist wie erlöst in einer furchtbaren und glücklichen Natur, im Fatalismus der Sinne und der Kräfte. Das Leben ohne Güte.

Die Wohltat besteht im Anblick der großartigen *Indifferenz* der Natur gegen Gut und Böse.

Keine Gerechtigkeit in der Geschichte, keine Güte in der Natur: deshalb geht der Pessimist, falls er Artist ist, dorthin *in historicis,* wo die Absenz der Gerechtigkeit selber noch mit großartiger Naivität sich zeigt, wo gerade die *Vollkommenheit* zum Ausdruck kommt –, und insgleichen in der *Natur* dorthin, wo der böse und indifferente Charakter sich nicht verhehlt, wo sie den Charakter der *Vollkommenheit* darstellt... Der nihilistische Künstler verrät sich im Wollen und Bevorzugen der *zynischen Geschichte,* der *zynischen Natur.*

Das *Verbrechen* gehört unter den Begriff »Aufstand wider die gesellschaftliche Ordnung«. Man »bestraft« einen Aufständischen nicht: man *unterdrückt* ihn. Ein Aufständischer kann ein erbärmlicher und verächtlicher Mensch sein: an sich ist an einem Aufstande nichts zu verachten, – und in Hinsicht auf unsere Art Gesellschaft aufständisch zu sein, erniedrigt an sich noch nicht den Wert eines Menschen. Es gibt Fälle, wo man einen solchen Aufständischen darum selbst zu ehren hätte, weil er an unsrer Gesellschaft etwas empfindet, gegen das der Krieg not tut – wo er uns aus dem Schlummer weckt.

Damit, daß der Verbrecher etwas einzelnes tut an einem einzelnen, ist nicht widerlegt, daß sein ganzer Instinkt gegen die ganze Ordnung im Kriegszustande ist: die Tat als bloßes Symptom.

Man soll den Begriff »Strafe« reduzieren auf den Begriff: Niederwerfung eines Aufstandes, Sicherheitsmaßregel gegen den Niedergeworfenen (ganze oder halbe Gefangenschaft). Aber man soll nicht *Verachtung* durch die Strafe ausdrücken: ein Verbrecher ist jedenfalls ein Mensch, der sein Leben, seine Ehre, seine Freiheit riskiert – ein Mann des Muts. Man soll insgleichen nicht die Strafe als Buße nehmen; oder als eine Abzahlung, wie als ob es ein Tauschverhältnis gebe zwischen Schuld und Strafe, – die Strafe reinigt nicht, *denn* das Verbrechen beschmutzt nicht.

Man soll dem Verbrecher die Möglichkeit nicht abschließen, seinen Frieden mit der Gesellschaft zu machen: gesetzt, daß er nicht zur *Rasse des Verbrechertums* gehört. In letzterm Falle soll man ihm den Krieg machen, noch bevor er etwas Feindseliges getan hat (erste Operation, sobald man ihn in der Gewalt hat: ihn kastrieren).

Man soll dem Verbrecher nicht seine schlechten Manieren noch den niedrigen Stand seiner Intelligenz zum Nachteil anrechnen. Nichts ist gewöhnlicher, als daß er sich selbst mißversteht (namentlich ist sein revoltierter Instinkt, die Rankune des *déclassé* oft nicht sich zum Bewußtsein gelangt, *faute de lecture*), daß er unter dem Eindruck der Furcht, des Mißerfolgs seine Tat verleumdet und verunehrt: von jenen Fällen noch ganz abgesehen, wo, psychologisch nachgerechnet, der Verbrecher einem unverstandnen Triebe nachgibt und seiner Tat durch eine Nebenhandlung ein falsches Motiv unterschiebt (etwa durch eine Beraubung, während es ihm am Blute lag).

Man soll sich hüten, den Wert eines Menschen nach einer einzelnen Tat zu behandeln. Davor hat Napoleon gewarnt. Namentlich sind die Hautrelief-Taten ganz besonders insignifikant. Wenn unsereiner kein Verbrechen, z. B. keinen Mord auf dem Gewissen hat – woran liegt es? Daß uns ein paar begünstigende Umstände dafür gefehlt haben. Und täten wir es, was wäre damit an unserm Werte bezeichnet? An sich würde man uns verachten, wenn man uns nicht die Kraft zutraute, unter Umständen einen Menschen zu töten. Fast in allen Verbrechen drücken sich zugleich Eigenschaften aus, welche an einem Manne nicht fehlen sollen. Nicht mit Unrecht hat Dostojewskij von den Insassen jener sibirischen Zuchthäuser gesagt, sie bildeten den stärksten und wertvollsten Bestandteil des russischen Volkes. Wenn bei uns der Verbrecher eine schlecht ernährte und verkümmerte Pflanze ist, so gereicht dies unseren gesellschaftlichen Verhältnissen zur Unehre; in der Zeit der Renaissance gedieh der Verbrecher und erwarb sich seine eigne Art von Tugend – Tugend im Renaissancestile freilich, *virtù*, moralinfreie Tugend.

Man vermag nur solche Menschen in die Höhe zu bringen, die man nicht mit Verachtung behandelt; die moralische Verachtung ist eine größere Entwürdigung und Schädigung als irgendein Verbrechen.

Es ist eine *Entnatürlichung der Moral*, daß man die Handlung *abtrennt* vom Menschen; daß man den Haß oder die Verachtung gegen die »Sünde« wendet; daß man glaubt, es gebe Handlungen, welche an sich gut oder schlecht sind.

Wiederherstellung der »*Natur*«: eine Handlung an sich ist vollkommen leer an Wert: es kommt alles darauf an, *wer* sie tut. Ein und dasselbe »Verbrechen« kann im einen Fall das höchste Vorrecht, im andern das Brandmal sein. Tatsächlich ist es die Selbstsucht der Urteilenden, welche eine Handlung, resp. ihren Täter auslegt im Verhältnis zum eigenen Nutzen oder Schaden (– oder im Verhältnis zur Ähnlichkeit oder Nichtverwandtschaft mit sich).

Man soll das Reich der Moralität Schritt für Schritt verkleinern und eingrenzen: man soll die Namen für die eigentlichen hier arbeitenden Instinkte ans Licht ziehen und zu Ehren bringen, nachdem sie die längste Zeit unter heuchlerischen Tugendnamen versteckt wurden; man soll aus Scham vor seiner immer gebieterischer redenden »Redlichkeit« die Scham verlernen, welche die natürlichen Instinkte verleugnen und weglügen möchte. Es ist ein Maß der Kraft, wie weit man sich der Tugend entschlagen kann; und es wäre eine Höhe zu denken, wo der Begriff »Tugend« so umempfunden wäre, daß er wie *virtù* klänge, Renaissance-Tugend, moralinfreie Tugend. Aber einstweilen – wie fern sind wir noch von diesem Ideale!

Die Gebiets-Verkleinerung der Moral: ein Zeichen ihres Fortschritts. Überall, wo man noch nicht *kausal* zu denken vermocht hat, dachte man *moralisch.*

Was wird aus dem Menschen, der keine Gründe mehr hat, sich zu wehren und anzugreifen? Was bleibt von seinen *Affekten* übrig, wenn die ihm abhandenkommen, in denen er seine Wehr und seine Waffe hat?

»*Glaube*« oder »*Werke*«? – Aber daß zum »Werke«, zur Gewohnheit bestimmter Werke sich eine bestimmte Wertschätzung und endlich *Gesinnung* hinzuerzeugt, ist ebenso natürlich, als es unnatürlich ist, daß aus einer bloßen Wertschätzung »Werke« hervorgehn. Man muß sich üben, *nicht* in der Verstärkung von Wertgefühlen, sondern im Tun; man muß erst etwas *können*... Der christliche *Dilettantismus* Luthers. Der Glaube ist eine Eselsbrücke. Der Hintergrund ist eine tiefe Überzeugung Luthers und seinesgleichen von ihrer Unfähigkeit zu christlichen Werken, eine persönliche Tatsache, verhüllt unter einem extremen Mißtrauen darüber, ob nicht überhaupt *jedwedes* Tun Sünde und vom Teufel ist: so daß der Wert der Existenz auf einzelne hochgespannte Zustände der *Untätigkeit* fällt (Gebet, Effusion usw.). – Zuletzt hätte er recht: die Instinkte, welche sich im ganzen Tun der Reformatoren ausdrücken, sind die brutalsten, die es gibt. Nur in der absoluten *Wegwendung* von sich, in der Versenkung in den *Gegensatz*, nur als *Illusion* (»Glaube«) war ihnen das Dasein auszuhalten.

Der *vollkommene Nihilist.* – Das Auge des Nihilisten *idealisiert ins Häßliche*, übt Untreue gegen seine Erinnerungen –: es läßt sie fallen, sich entblättern; es schützt sie nicht gegen leichenblasse Verfärbungen, wie sie die Schwäche über Fernes und Vergangenes gießt. Und was er gegen sich nicht übt, das übt er auch gegen die ganze Vergangenheit der Menschen nicht – er läßt sie fallen.

Der *unvollständige* Nihilismus, seine Formen: wir leben mitten drin. Die Versuche, dem Nihilismus zu entgehn, *ohne* die bisherigen Werte umzuwerten: bringen das Gegenteil hervor, verschärfen das Problem.

Krieg gegen das *christliche Ideal*, gegen die Lehre von der »Seligkeit« und dem »Heil« als Ziel des Lebens, gegen die Suprematie der Einfältigen, der reinen Herzen, der Leidenden und Mißglückten.

Der Instinkt der Herde schätzt die *Mitte* und das *Mittlere* als das Höchste und Wertvollste ab: die Stelle, auf der die Mehrzahl sich befindet; die Art und Weise, in der sie sich daselbst befindet. Damit ist er Gegner aller Rangordnung, der ein Aufsteigen von unten nach oben zugleich als ein Hinabsteigen von der Überzahl zur kleinsten Zahl ansieht. Die Herde empfindet die *Ausnahme*, sowohl das Unter-ihr wie das Über-ihr, als etwas, das zu ihr sich gegnerisch und schädlich verhält. Ihr Kunstgriff in Hinsicht auf die Ausnahmen nach oben, die Stärkeren, Mächtigeren, Weiseren, Fruchtbareren ist, sie zur Rolle der Hüter, Hirten, Wächter zu überreden – zu ihren *ersten Dienern*: damit hat sie eine Gefahr in einen Nutzen umgewandelt. In der Mitte hört die Furcht auf: hier ist man mit nichts allein; hier ist wenig Raum für das Mißverständnis; hier gibt es Gleichheit; hier wird das eigne Sein nicht als Vorwurf empfunden, sondern als das *rechte* Sein; hier herrscht die Zufriedenheit. Das Mißtrauen gilt den Ausnahmen; Ausnahme sein gilt als Schuld.

Würde irgendein Ring in der ganzen Kette von Kunst und Wissenschaft fehlen, wenn das Weib, wenn das *Werk des Weibes* darin fehlte? Geben wir die Ausnahme zu – sie beweist die Regel – das Weib bringt es in allem zur Vollkommenheit, was nicht ein Werk ist, in Brief, in Memoiren, selbst in der delikatesten Handarbeit, die es gibt, kurz in allem, was nicht ein Metier ist, genau deshalb, weil es darin sich selbst vollendet, weil es damit seinem einzigen Kunst-Antrieb gehorcht, den es besitzt – es will *gefallen*... Aber was hat das Weib mit der leidenschaftlichen Indifferenz des echten Künstlers zu schaffen, der einem Klang, einem Hauch, einem Hopsassa mehr Wichtigkeit zugesteht, als sich selbst? der mit allen fünf Fingern nach seinem Geheimsten und Innersten greift? der keinem Dinge einen Wert zugesteht, es sei denn, daß es Form zu werden weiß (– daß es sich preisgibt, daß es sich öffentlich macht –). Die Kunst, so wie der Künstler sie übt – begreift ihr's denn nicht, was sie ist: ein Attentat auf alle *pudeurs?*... Erst mit diesem Jahrhundert hat das Weib jene Schwenkung zur Literatur gewagt (– *vers la canaille plumière écrivassière*, mit dem alten Mirabeau zu reden): es schriftstellert, es künstlert, es verliert an Instinkt. *Wozu* doch? wenn man fragen darf.

Die moderne Kunst als eine Kunst zu *tyrannisieren.* – Eine grobe und stark herausgetriebene *Logik des Lineaments;* das Motiv vereinfacht bis zur Formel: die Formel tyrannisiert. Innerhalb der Linien eine wilde Vielheit, eine überwältigende Masse, vor der die Sinne sich verwirren; die Brutalität der Farben, des Stoffes, der Begierden. Beispiele: Zola, Wagner; in geistigerer Ordnung Taine. Also *Logik, Masse* und *Brutalität.*

– Das Laster mit etwas entschieden Peinlichem so verknüpfen, daß zuletzt man vor dem Laster flieht, um von dem loszukommen, was mit ihm verknüpft ist. Das ist der berühmte Fall Tannhäusers. Tannhäuser, durch Wagnersche Musik um seine Geduld gebracht, hält es selbst bei Frau Venus nicht mehr aus: mit einem Male gewinnt die Tugend Reiz; eine thüringische Jungfrau steigt im Preise; und um das Stärkste zu sagen, er goutiert sogar die Weise Wolframs von Eschenbach...

Künstler sind *nicht* die Menschen der *großen* Leidenschaft, was sie uns und sich auch vorreden mögen. Und das aus zwei Gründen: es fehlt ihnen die Scham vor sich selber (sie sehen sich zu, *indem sie leben;* sie lauern sich auf, sie sind zu neugierig) und es fehlt ihnen auch die

Scham vor der großen Leidenschaft (sie beuten sie als Artisten aus). Zweitens aber ihr Vampyr, ihr Talent, mißgönnt ihnen meist solche Verschwendung von Kraft, welche Leidenschaft heißt. – Mit einem Talent ist man auch das Opfer seines Talents: man lebt unter dem Vampyrismus seines Talents.

Man wird nicht dadurch mit seiner Leidenschaft fertig, daß man sie darstellt: vielmehr, man *ist* mit ihr fertig, *wenn* man sie darstellt. (Goethe lehrt es anders; aber es scheint, daß er hier sich selbst mißverstehen wollte – aus *delicatezza.*)

Wann und wo hat je ein Mensch, *der in Betracht kommt,* jenem christlichen Ideal ähnlich gesehen? Wenigstens für solche Augen, wie sie ein Psycholog und Nierenprüfer haben muß! – man blättere alle Helden Plutarchs durch.

Die Revolution ermöglichte Napoleon: das ist ihre Rechtfertigung. Um einen ähnlichen Preis würde man den anarchistischen Einsturz unsrer ganzen Zivilisation wünschen müssen. Napoleon ermöglichte den Nationalismus: das ist dessen Entschuldigung.

Der Wert eines Menschen (abgesehen, wie billig, von Moralität und Unmoralität: denn mit diesen Begriffen wird der *Wert* eines Menschen noch nicht einmal berührt) liegt nicht in seiner Nützlichkeit: denn er bestünde fort, selbst wenn es niemanden gäbe, dem er zu nützen wüßte. Und warum könnte nicht gerade der Mensch, von dem die verderblichsten Wirkungen ausgingen, die Spitze der ganzen Spezies Mensch sein: so hoch, so überlegen, daß an ihm alles vor Neid zugrunde ginge?

A. *Die Wege zur Macht:* die neue Tugend unter dem Namen einer *alten* einführen, – für sie das »Interesse« aufregen (»Glück« als ihre Folge und umgekehrt), – die Kunst der Verleumdung gegen ihre Widerstände, – die Vorteile und Zufälle ausnützen zu ihrer Verherrlichung, – ihre Anhänger durch Opfer, Separation zu ihren Fanatikern machen; – *die große Symbolik.*

B. *Die erreichte* Macht: 1. Zwangsmittel der Tugend; 2. Verführungsmittel der Tugend; 3. die Etikette (der Hofstaat) der Tugend.

Die falsche »Verstärkung«: – 1) im *Romantismus:* dies beständige *espressivo* ist kein Zeichen von Stärke, sondern von einem Mangelgefühl;

2) die *pittoreske* Musik, die sogenannte dramatische, ist vor allem *leichter* (ebenso wie die brutale Kolportage und Nebeneinanderstellung von *faits* und *traits* im Roman des Naturalismus);

3) die »*Leidenschaft*« eine Sache der Nerven und der ermüdeten Seelen; so wie der Genuß an Hochgebirgen, Wüsten, Unwettern, Orgien und Scheußlichkeiten – am Massenhaften und Massiven (bei Historikern z. B.); *tatsächlich gibt es einen Kultus der Ausschweifung des Gefühls* (– wie kommt es, daß die starken Zeiten ein umgekehrtes Bedürfnis in der Kunst haben – nach einem Jenseits der Leidenschaft?);

4) die Bevorzugung der *aufregenden* Stoffe (*Erotica* oder *Socialistica* oder *Pathologica*): Alles Zeichen, für wen heute gearbeitet wird, für *Überarbeitete* und Zerstreute oder Geschwächte.

Man muß *tyrannisieren*, um überhaupt zu *wirken*.

Die *Wissenschaft:* ihre zwei Seiten:

hinsichtlich des Individuums;

hinsichtlich des Kultur-Komplexes (»Niveaus«); – entgegengesetzte Wertung nach dieser und nach jener Seite.

Einsicht in die *Zunahme der Gesamt-Macht:* ausrechnen, inwiefern auch der Niedergang von Einzelnen, von Ständen, von Zeiten, Völkern *einbegriffen* ist in diesem Wachstum.

Verschiebung des *Schwergewichts* einer Kultur. Die *Unkosten* jedes großen Wachstums: wer sie trägt! *Inwiefern sie jetzt ungeheuer sein müssen.*

Mit was für Mitteln man rohe Völker zu behandeln hat und daß die »Barbarei« der Mittel nichts Willkürliches und Beliebiges ist, das kann man *in praxi* mit Händen greifen, wenn man mit aller seiner europäischen Verzärtelung einmal in die Notwendigkeit versetzt wird, am Kongo oder irgendwo Herr über Barbaren bleiben zu müssen.

Gesamt-Einsicht: der zweideutige Charakter unsrer *modernen Welt* – eben dieselben Symptome könnten auf *Niedergang* und auf *Stärke* deuten. Und die Abzeichen der Stärke, der errungenen Mündigkeit könnten auf Grund überlieferter *(zurückgebliebener)* Gefühls-Abwertung als Schwäche *mißverstanden* werden. Kurz, das *Gefühl*, als *Wertgefühl*, ist *nicht auf der Höhe der Zeit.*

Verallgemeinert: Das *Wertgefühl* ist immer *rückständig*, es drückt Erhaltungs-, Wachstums-Bedingungen einer viel früheren Zeit aus: es kämpft gegen neue Daseinsbedingungen an, aus denen es nicht gewachsen ist und die es notwendig mißversteht: es hemmt, es weckt Argwohn gegen das Neue...

Mit der Kunst gegen die Vermoralisierung kämpfen. – Kunst als Freiheit von der moralischen Verengung und Winkel-Optik; oder als Spott über sie. Die Flucht in die Natur, wo ihre *Schönheit* mit der *Furchtbarkeit* sich paart. Konzeption des *großen* Menschen.

– Zerbrechliche, unnütze Luxus-Seelen, welche ein Hauch schon trübe macht, »die *schönen Seelen*«.

– Die *verblichenen Ideale* aufwecken in ihrer schonungslosen Härte und Brutalität, als die prachtvollsten Ungeheuer, die sie sind.

– Ein frohlockender Genuß an der psychologischen Einsicht in die Sinuosität und Schauspielerei wider Wissen bei allen vermoralisierten Künstlern.

– Die *Falschheit* der Kunst – ihre Immoralität ans Licht ziehen.

– Die »idealisierenden Grundmächte« (Sinnlichkeit, Rausch, überreiche Animalität) ans Licht ziehen.

Gesamt-Einsicht. – Tatsächlich bringt jedes große Wachstum auch ein ungeheures *Abbröckeln* und *Vergehen* mit sich: das Leiden, die Symptome des Niedergangs *gehören* in die Zeiten ungeheuren Vorwärtsgehens; jede fruchtbare und mächtige Bewegung der Menschheit hat zugleich eine nihilistische Bewegung *mitgeschaffen.* Es wäre unter Umständen das Anzeichen für ein einschneidendes und allerwesentlichstes Wachstum, für den Übergang in neue Daseinsbedingungen, daß die *extremste* Form des Pessimismus, der eigentliche *Nihilismus*, zur Welt käme. *Dies habe ich begriffen.*

Zum Pessimismus der Stärke. – In dem innern Seelen-Haushalt des *primitiven* Menschen überwiegt die *Furcht* vor dem *Bösen. Was* ist das

Böse? Dreierlei: der Zufall, das Ungewisse, das Plötzliche. Wie bekämpft der primitive Mensch das Böse? – Er konzipiert es als Vernunft, als Macht, als Person selbst. Dadurch gewinnt er die Möglichkeit, mit ihnen eine Art Vertrag einzugehn und überhaupt auf sie im voraus einzuwirken – zu prävenieren.

– Ein anderes Auskunftsmittel ist, die bloße Scheinbarkeit ihrer Bosheit und Schädlichkeit zu behaupten: man legt die Folgen des Zufalls, des Ungewissen, des Plötzlichen als *wohlgemeint*, als sinnvoll aus.

– Ein drittes Mittel: man interpretiert vor allem das Schlimme als »verdient«: man rechtfertigt das Böse als Strafe.

– *In summa: man unterwirft sich ihm –:* die ganze moralisch-religiöse Interpretation ist nur eine Form der Unterwerfung unter das Böse. – Der Glaube, daß im Bösen ein guter Sinn sei, heißt Verzicht leisten, es zu bekämpfen.

Nun stellt die ganze Geschichte der Kultur eine Abnahme jener *Furcht vor dem Zufalle, vor* dem *Ungewissen,* vor dem *Plötzlichen* dar. Kultur, das heißt eben *berechnen* lernen, kausal denken lernen, prävenieren lernen, an Notwendigkeit glauben lernen. Mit dem Wachstum der Kultur wird dem Menschen jene *primitive* Form der Unterwerfung unter das Übel (Religion oder Moral genannt), jene »Rechtfertigung des Übels« entbehrlich. Jetzt macht er Krieg gegen das »Übel« – er schafft es ab. Ja, es ist ein Zustand von Sicherheitsgefühl, von Glaube an Gesetz und Berechenbarkeit möglich, wo er als *Überdruß* ins Bewußtsein tritt – wo die *Lust am Zufall,* am *Ungewissen* und am *Plötzlichen* als Kitzel hervorspringt.

Verweilen wir einen Augenblick bei diesem Symptom *höchster* Kultur – ich nenne ihn den *Pessimismus der Stärke.* Der Mensch braucht jetzt *nicht mehr* eine »Rechtfertigung des Übels«, er perhorresziert gerade das »Rechtfertigen«: er genießt das Übel *pur, cru,* er findet das *sinnlose Übel* als das interessanteste. Hat er früher einen Gott nötig gehabt, so entzückt ihn jetzt eine Welt-Unordnung ohne Gott, eine Welt des Zufalls, in der das Furchtbare, das Zweideutige, das Verführerische zum Wesen gehört.

In einem solchen Zustande bedarf gerade *das Gute* einer »Rechtfertigung«, d. h. es muß einen bösen und gefährlichen Untergrund haben oder eine große Dummheit in sich schließen: *dann gefällt* es *noch.* Die

Animalität erregt jetzt nicht mehr Grausen; ein geistreicher und glücklicher Übermut zugunsten des Tiers im Menschen ist in solchen Zeiten die triumphierendste Form der Geistigkeit. Der Mensch ist nunmehr stark genug dazu, um sich eines *Glaubens an Gott* schämen zu dürfen – er darf jetzt von neuem den *advocatus diaboli* spielen. Wenn er *in praxi* die Aufrechterhaltung der Tugend befürwortet, so tut er es um der Gründe willen, welche in der Tugend eine Feinheit, Schlauheit, Gewinnsuchts-, Machtsuchtsform erkennen lassen.

Auch dieser *Pessimismus der Stärke* endet mit einer *Theodizee*, d. h. mit einem absoluten *Ja-sagen* zu der Welt – aber um der Gründe willen, auf die hin man zu ihr ehemals nein gesagt hat –: und dergestalt zur Konzeption dieser Welt als des tatsächlich *erreichten höchstmöglichen Ideals.*

Der *Substanz*-Begriff eine Folge des *Subjekt*-Begriffs: *nicht* umgekehrt! Geben wir die Seele, »das Subjekt« preis, so fehlt die Voraussetzung für eine »Substanz« überhaupt. Man bekommt *Grade des Seienden*, man verliert *das* Seiende.

Kritik der »*Wirklichkeit*«: worauf führt die» *Mehr-oder-Weniger-Wirklichkeit*«, die Gradation des Seins, an die wir glauben? –

Unser Grad von *Lebens-* und *Machtgefühl* (Logik und Zusammenhang des Erlebten) gibt uns das Maß von »Sein«, »Realität«, Nicht-Schein.

Subjekt: das ist die Terminologie unsres Glaubens an eine *Einheit* unter allen den verschiedenen Momenten höchsten Realitätsgefühls: wir verstehen diesen Glauben als *Wirkung einer* Ursache, – wir glauben an unseren Glauben so weit, daß wir um seinetwillen die »Wahrheit«, »Wirklichkeit«, »Substantialität« überhaupt imaginieren. – »Subjekt« ist die Fiktion, als ob viele *gleiche* Zustände an uns die Wirkung *eines* Substrats wären: aber *wir* haben erst die »Gleichheit« dieser Zustände *geschaffen;* das Gleich-*setzen* und Zurecht-*machen* derselben ist der *Tatbestand*, *nicht* die Gleichheit (– diese ist vielmehr zu *leugnen* –).

Die »*Modernität*« unter dem Gleichnis von Ernährung und Verdauung. –

Die Sensibilität unsäglich reizbarer (– unter moralistischem Aufputz: die Vermehrung des *Mitleids* –); die Fülle disparater Eindrücke größer als je: – der *Kosmopolitismus* der Speisen, der Literaturen, Zeitungen, Formen, Geschmäcker, selbst Landschaften. Das *Tempo* dieser Einströmung ein *Prestissimo;* die Eindrücke wischen sich aus; man wehrt sich instinktiv, etwas hereinzunehmen, *tief* zu nehmen, etwas zu »verdauen«; – Schwächung der Verdauungs-Kraft resultiert daraus. Eine Art *Anpassung* an diese Überhäufung mit Eindrücken tritt ein: der Mensch verlernt zu *agieren; er reagiert nur noch* auf Erregungen von außen her. *Er gibt seine Kraft aus* teils in der *Aneignung*, teils in der *Verteidigung*, teils in der *Entgegnung*. *Tiefe Schwächung der Spontaneität:* – der Historiker, Kritiker, Analytiker, der Interpret, der Beobachter, der Sammler, der Leser, – alles *reaktive* Talente, – *alle* Wissenschaft!

Künstliche *Zurechtmachung* seiner Natur zum »Spiegel«; interessiert, aber gleichsam bloß epidermal-interessiert: eine grundsätzliche Kühle, ein Gleichgewicht, eine festgehaltene *niedere* Temperatur dicht unter der dünnen Fläche, auf der es Wärme, Bewegung, »Sturm«, Wellenspiel gibt.

Gegensatz der *äußeren* Beweglichkeit zu einer gewissen *tiefen Schwere und Müdigkeit.*

Die *Notwendigkeit* zu erweisen, daß zu einem immer ökonomischeren Verbrauch von Mensch und Menschheit, zu einer immer fester ineinander verschlungenen »Maschinerie« der Interessen und Leistungen *eine Gegenbewegung gehört.* Ich bezeichne dieselbe als *Ausscheidung eines Luxus-Überschusses der Menschheit:* in ihr soll eine *stärkere* Art, ein höherer Typus ans Licht treten, der andre Entstehungs- und andre Erhaltungsbedingungen hat als der Durchschnitts-Mensch. Mein Begriff, mein *Gleichnis* für diesen Typus ist, wie man weiß, das Wort »Übermensch«.

Auf jenem ersten Wege, der vollkommen jetzt überschaubar ist, entsteht die Anpassung, die Abflachung, das höhere Chinesentum, die Instinkt-Bescheidenheit, die Zufriedenheit in der Verkleinerung des Menschen – eine Art *Stillstands-Niveau des Menschen.* Haben wir erst jene unvermeidlich bevorstehende Wirtschafts-Gesamtverwaltung der Erde, dann *kann* die Menschheit als Maschinerie in deren Diensten ihren besten Sinn finden: – als ein ungeheures Räderwerk von immer kleineren, immer feiner »anzupassenden« Rädern; als ein immer wachsendes Überflüssig-werden aller dominierenden und kommandierenden Elemente; als ein Ganzes von ungeheurer Kraft, dessen einzelne Faktoren *Minimal-Kräfte, Minimal-Werte* darstellen.

Im Gegensatz zu dieser Verkleinerung und Anpassung der Menschen an eine spezialisiertere Nützlichkeit bedarf es der umgekehrten Bewegung – der Erzeugung des *synthetischen*, des *summierenden*, des *rechtfertigenden* Menschen, für den jene Machinalisierung der Menschheit eine Daseins-Vorausbedingung ist, als ein Untergestell, auf dem er seine *höhere Form zu sein* sich erfinden kann.

Er braucht die *Gegnerschaft* der Menge, der »Nivellierten«, das Distanz-Gefühl im Vergleich zu ihnen; er steht auf ihnen, er lebt von ihnen. Diese höhere Form des *Aristokratismus* ist die der Zukunft. – Moralisch geredet, stellt jene Gesamt-Maschinerie, die Solidarität aller Räder, ein Maximum in der *Ausbeutung des Menschen* dar: aber sie setzt solche voraus, derentwegen diese Ausbeutung *Sinn* hat. Im anderen Falle wäre sie tatsächlich bloß die Gesamt-Verringerung, *Wert*-Verringerung des Typus Mensch, – ein *Rückgangs-Phänomen* im größten Stile.

– Man sieht, was ich bekämpfe, ist der *ökonomische* Optimismus; wie als ob mit den wachsenden Unkosten aller auch der Nutzen aller notwendig wachsen müßte. Das Gegenteil scheint mir der Fall: *die Unkosten aller summieren sich zu einem Gesamt-Verlust:* der Mensch wird *geringer* – so daß man nicht mehr weiß, *wozu* überhaupt dieser ungeheure Prozeß gedient hat. Ein Wozu? ein *neues* Wozu? – *das* ist es, was die Menschheit nötig hat.

Das *Kontinuum:* »Ehe, Eigentum, Sprache, Tradition, Stamm, Familie, Volk, Staat« sind Kontinuen niederer und höherer Ordnung. Die Ökonomik derselben besteht in dem *Überschusse* der *Vorteile* der ununterbrochenen Arbeit, sowie der Vervielfachung über die *Nachteile:* die größeren Kosten der Auswechslung der Teile oder der Dauerbarmachung derselben. (Vervielfältigung der wirkenden Teile, welche doch vielfach unbeschäftigt bleiben, also größere Anschaffungskosten und nicht unbedeutende Kosten der Erhaltung.) Der Vorteil besteht darin, daß die Unterbrechungen vermieden und die aus ihnen entspringenden Verluste gespart werden. *Nichts ist kostspieliger als ein Anfang.*

»Je größer die Daseinsvorteile, desto größer auch die Erhaltungs- und Schaffungskosten (Nahrung und Fortpflanzung); desto größer auch die Gefahren und die Wahrscheinlichkeit, vor der erreichten Höhe zugrunde zu gehen.«

Spott über den falschen »Altruismus« bei den Biologen: die Fortpflanzung bei den Amöben erscheint als Abwerfen des Ballastes, als purer Vorteil. Die Ausstoßung der unbrauchbaren Stoffe.

Ich versuche eine *ökonomische* Rechtfertigung der Tugend. – Die Aufgabe ist, den Menschen möglichst nutzbar zu machen und ihn, soweit es irgendwie angeht, der unfehlbaren Maschine zu nähern: zu diesem Zwecke muß er mit *Maschinen-Tugenden* ausgestattet werden (– er muß die Zustände, in welchen er machinal-nutzbar arbeitet, als die höchstwertigen empfinden lernen: dazu tut not, daß ihm die *anderen* möglichst verleidet, möglichst gefährlich und verrufen gemacht werden).

Hier ist der erste Stein des Anstoßes die *Langeweile*, die *Einförmigkeit*, welche alle machinale Tätigkeit mit sich bringt. Diese ertragen zu lernen – und nicht nur zu ertragen –, die Langeweile von einem höheren Reiz umspielt sehen lernen: dies war bisher die Aufgabe alles höheren Schulwesens. Etwas lernen, das uns nichts angeht; und eben darin, in diesem »objektiven« Tätigsein, seine »Pflicht« empfinden; die Lust und die Pflicht voneinander getrennt abschätzen lernen – das ist die unschätzbare Aufgabe und Leistung des höheren Schulwesens. Der Philologe war deshalb bisher der Erzieher *an sich:* weil seine Tätigkeit selber das Muster einer bis zum Großartigen gehenden Monotonie der Tätigkeit abgibt; unter seiner Fahne lernt der Jüngling »ochsen«: erste Vorbedingung zur einstmaligen Tüchtigkeit machinaler Pflichterfüllung (als Staats-Beamter, Ehegatte, Büro-Sklave, Zeitungsleser und Soldat). Eine solche Existenz bedarf vielleicht einer philosophischen Rechtfertigung und Verklärung mehr noch als jede andere: die *angenehmen* Gefühle müssen von irgendeiner unfehlbaren Instanz aus überhaupt als niedrigeren Ranges abgewertet werden; die »Pflicht an sich«, vielleicht sogar das Pathos der Ehrfurcht in Hinsicht auf alles, was unangenehm ist – und diese Forderung als jenseits aller Nützlichkeit, Ergötzlichkeit, Zweckmäßigkeit redend, imperativisch... Die machinale Existenzform als höchste, ehrwürdigste Existenzform, sich selbst anbetend (–Typus: Kant als Fanatiker des Formalbegriffs »du sollst«).

Die *ökonomische* Abschätzung der bisherigen Ideale – d. h. Auswahl bestimmter Affekte und Zustände, auf Unkosten anderer ausgewählt und großgezüchtet. Der Gesetzgeber (oder der Instinkt der Gesellschaft) wählt eine Anzahl Zustände und Affekte aus, mit deren Tätigkeit eine reguläre Leistung verbürgt ist (ein Machinalismus von Leistungen nämlich als Folge von den regelmäßigen Bedürfnissen jener Affekte und Zustände).

Gesetzt, daß diese Zustände und Affekte Ingredienzen des Peinlichen enthalten, so muß ein Mittel gefunden werden, dieses Peinliche durch eine Wertvorstellung zu überwinden, die Unlust als wertvoll, also in höherem Sinne lustvoll empfinden zu machen. In Formel gefaßt: »*wie wird etwas Unangenehmes angenehm?*« Zum Beispiel wenn in der Kraft, Macht, Selbstüberwindung unser Gehorsam, unsre Einordnung in das Gesetz, zu Ehren kommt. Insgleichen unser Gemeinsinn, Nächstensinn, Vaterlandssinn, unsre »Vermenschlichung«, unser »Altruismus«, »Heroismus«.

Daß man die unangenehmen Dinge gern tut – *Absicht der Ideale.*

Eine *Arbeitsteilung* der *Affekte* innerhalb der Gesellschaft: so daß die Einzelnen und die Stände die *unvollständige*, aber eben damit *nützlichere* Art von Seele heranzüchten. Inwiefern bei jedem Typus innerhalb der Gesellschaft einige Affekte fast *rudimentär* geworden sind (auf die stärkere Ausbildung eines andern Affekts hin).

Zur *Rechtfertigung* der Moral:

die *ökonomische* (die Absicht auf möglichste Ausnutzung von Individual-Kraft gegen die Verschwendung alles Ausnahmsweisen);

die *ästhetische* (die Ausgestaltung fester Typen samt der Lust am eignen Typus);

die *politische* (als Kunst, die schweren Spannungsverhältnisse von verschiedenen Machtgraden auszuhalten);

die *psychologische* (als imaginäres Übergewicht der Schätzung zugunsten derer, die schlecht oder mittelmäßig weggekommen sind – zur Erhaltung der Schwachen).

Nachzudenken: Inwiefern immer noch der verhängnisvolle Glaube an die *göttliche Providenz* – dieser für Hand und Vernunft *lähmendste* Glaube, den es gegeben hat – fortbesteht; inwiefern unter den Formeln »Natur«, »Fortschritt«, »Vervollkommnung«, »Darwinismus«, unter dem Aberglauben einer gewissen Zusammengehörigkeit von Glück und Tugend, von Unglück und Schuld immer noch die christliche Voraussetzung und Interpretation ihr Nachleben hat. Jenes absurde *Vertrauen* zum Gang der Dinge, zum »Leben«, zum »Instinkt des Lebens«, jene biedermännische *Resignation*, die des Glaubens ist, jedermann habe nur seine Pflicht zu tun, damit *alles* gut gehe – dergleichen hat nur Sinn unter der Annahme einer Leitung der Dinge *sub specie boni*. Selbst noch der *Fatalismus*, unsre jetzige Form der philosophischen Sensibilität, ist eine Folge jenes *längsten* Glaubens an göttliche Fügung, eine unbewußte Folge: nämlich als ob es eben nicht auf *uns* ankomme, wie alles geht (– als ob wir es laufen lassen *dürften*, wie es läuft: jeder einzelne selbst nur ein Modus der absoluten Realität –).

Jedes Ideal setzt *Liebe* und *Haß*, *Verehrung* und *Verachtung* voraus. Entweder ist das positive Gefühl das *primum mobile* oder das negative Gefühl. *Haß* und *Verachtung* sind z. B. bei allen Ressentiments-Idealen das *primum mobile*.

Statt des »Naturmenschen« Rousseaus hat das 19. Jahrhundert ein *wahreres Bild* vom »Menschen« entdeckt – es hat dazu den *Mut* gehabt... Im ganzen ist damit dem christlichen Begriff »Mensch« eine Wiederherstellung zuteil geworden. Wozu man *nicht* den Mut gehabt hat, das ist, gerade *diesen* »Mensch an sich« gutzuheißen und in ihm die Zukunft des Menschen garantiert zu sehen. Insgleichen hat man *nicht* gewagt, das *Wachstum der Furchtbarkeit* des Menschen als Begleiterscheinung jedes Wachstums der Kultur zu begreifen; man ist darin immer noch dem christlichen Ideal unterwürfig und nimmt *dessen* Partei gegen das Heidentum, insgleichen gegen den Renaissance-

Begriff der *virtù*. So aber hat man den Schlüssel nicht zur Kultur: und *in praxi* bleibt es bei der Falschmünzerei der Geschichte zugunsten des »guten Menschen« (wie als ob er allein der *Fortschritt* des Menschen sei) und beim *sozialistischen Ideal* (d. h. dem *Residuum* des Christentums und Rousseaus in der entchristlichten Welt).

Der Kampf gegen das 18. Jahrhundert: dessen *höchste Überwindung* durch *Goethe und Napoleon*. Auch *Schopenhauer* kämpft gegen dasselbe; unfreiwillig aber tritt er zurück ins 17. Jahrhundert – er ist ein moderner Pascal, mit Pascalschen Werturteilen *ohne* Christentum. Schopenhauer war nicht stark genug zu einem neuen Ja.

Napoleon: die notwendige Zusammengehörigkeit des höheren und des furchtbaren Menschen begriffen. Der »Mann« wiederhergestellt; dem Weibe der schuldige Tribut von Verachtung und Furcht zurückgewonnen. Die »Totalität« als Gesundheit und höchste Aktivität; die gerade Linie, der große Stil im Handeln wiederentdeckt; der mächtigste Instinkt, der des Lebens selbst, die Herrschsucht, bejaht.

Große Dinge verlangen, daß man von ihnen schweigt oder groß redet: groß, das heißt zynisch und mit Unschuld.

Was ich erzähle, ist die Geschichte der nächsten zwei Jahrhunderte. Ich beschreibe, was kommt, was nicht mehr anders kommen kann: *die Heraufkunft des Nihilismus.* Diese Geschichte kann jetzt schon erzählt werden: denn die Notwendigkeit selbst ist hier am Werke. Diese Zukunft redet schon in hundert Zeichen, dieses Schicksal kündigt überall sich an; für diese Musik der Zukunft sind alle Ohren bereits gespitzt. Unsre ganze europäische Kultur bewegt sich seit langem schon mit einer Tortur der Spannung, die von Jahrzehnt zu Jahrzehnt wächst, wie auf eine Katastrophe los: unruhig, gewaltsam, überstürzt: einem Strom ähnlich, der ans *Ende* will, der sich nicht mehr besinnt, der Furcht davor hat, sich zu besinnen.

– Der hier das Wort nimmt, hat umgekehrt nichts bisher getan als *sich zu besinnen:* als ein Philosoph und Einsiedler aus Instinkt, der seinen Vorteil im Abseits, im Außerhalb, in der Geduld, in der Verzögerung, in der Zurückgebliebenheit fand; als ein Wage- und Versucher-Geist, der sich schon in jedes Labyrinth der Zukunft einmal verirrt hat; als ein Wahrsagevogel-Geist, der *zurückblickt*, wenn er erzählt, was kommen wird; als der erste vollkommene Nihilist Europas, der aber den Nihilismus selbst schon in sich zu Ende gelebt hat, – der ihn hinter sich, unter sich, außer sich hat.

Denn man vergreife sich nicht über den Sinn des Titels, mit dem dies Zukunfts-Evangelium benannt sein will. »*Der Wille zur Macht.* Versuch einer Umwertung aller Werte« – mit dieser Formel ist eine *Gegenbewegung* zum Ausdruck gebracht, in Absicht auf Prinzip und

Aufgabe; eine Bewegung, welche in irgendeiner Zukunft jenen vollkommenen Nihilismus ablösen wird; welche ihn aber *voraussetzt*, logisch und psychologisch; welche schlechterdings nur *auf ihn und aus ihm* kommen kann. Denn warum ist die Heraufkunft des Nihilismus nunmehr *notwendig?* Weil unsre bisherigen Werte selbst es sind, die in ihm ihre letzte Folgerung ziehn; weil der Nihilismus die zu Ende gedachte Logik unsrer großen Werte und Ideale ist, – weil wir den Nihilismus erst erleben müssen, um dahinter zu kommen, was eigentlich der Wert dieser »Werte« war... Wir haben, irgendwann, *neue Werte* nötig...

Der *Staat* oder die organisierte *Unmoralität* – *inwendig:* als Polizei, Strafrecht, Stände, Handel, Familie; *auswendig:* als Wille zur Macht, zum Kriege, zur Eroberung, zur Rache.

Wie wird es erreicht, daß eine *große Menge* Dinge tut, zu denen der *Einzelne* sich nie verstehen würde? – Durch Zerteilung der Verantwortlichkeit, des Befehlens und der Ausführung. Durch *Zwischenlegung* der Tugenden des Gehorsams, der Pflicht, der Vaterlands- und Fürstenliebe. Durch Aufrechterhaltung des Stolzes, der Strenge, der Stärke, des Hasses, der Rache – kurz aller typischen Züge, welche dem Herdentypus *widersprechen.*

Die Aufrechterhaltung des Militär-Staates ist das allerletzte Mittel, die *große Tradition* sei es aufzunehmen, sei es festzuhalten hinsichtlich des *obersten Typus* Mensch, des *starken Typus.* Und alle *Begriffe*, die die Feindschaft und Rangdistanz der Staaten verewigen, dürfen daraufhin sanktioniert erscheinen (z. B. Nationalismus, Schutzzoll).

Die *Kunstgriffe*, um Handlungen, Maßregeln, Affekte zu ermöglichen, welche, individuell gemessen, nicht mehr »statthaft« – auch nicht mehr »schmackhaft« sind:

die *Kunst* »macht sie uns schmackhaft«, die uns in solche »entfremdete« Welten eintreten läßt;

der *Historiker* zeigt ihre Art Recht und Vernunft; die Reisen; der Exotismus; die Psychologie; Strafrecht; Irrenhaus; Verbrecher; Soziologie;

die »*Unpersönlichkeit*« (so daß wir als *Media* eines Kollektivwesens uns diese Affekte und Handlungen gestatten – Richterkollegien, Jury, Bürger, Soldat, Minister, Fürst, Sozietät, »Kritiker« –) gibt uns das Gefühl, *als ob wir ein Opfer brächten*...

Die angebliche Jugend. – Man betrügt sich, wenn man hier von einem naiven und jungen Volks-Dasein träumt, das sich gegen eine alte Kultur abhebt; es geht der Aberglaube, als ob in diesen Schichten des niedersten Volkes, wo das Christentum wuchs und Wurzeln schlug, die tiefere Quelle des Lebens wieder emporgesprudelt sei: man versteht nichts von der Psychologie der Christlichkeit, wenn man sie als Ausdruck einer neu heraufkommenden Volks-Jugend und Rassen-Verstärkung nimmt. Vielmehr: es ist eine typische *décadence*-Form, die Moral-Verzärtlichung und Hysterie in einer müde und ziellos gewordenen, krankhaften Mischmasch-Bevölkerung. Diese wunderliche Gesellschaft, welche hier um diesen Meister der Volks-Verführung sich zusammenfand, gehört eigentlich samt und sonders in einen russischen Roman: alle Nervenkrankheiten geben sich bei ihnen ein Rendezvous... die Abwesenheit von Aufgaben, der Instinkt, das alles eigentlich am Ende sei, daß sich nichts mehr lohne, die Zufriedenheit in einem *dolce far niente*.

Die Macht und Zukunfts-Gewißheit des jüdischen Instinkts, das Ungeheure seines zähen Willens zu Dasein und Macht, liegt in seiner herrschenden Klasse; *die* Schichten, welche das junge Christentum emporhebt, sind durch nichts schärfer gezeichnet, als durch die Instinkt-*Ermüdung*. Man hat es satt: das ist das eine – und man ist zufrieden, bei sich, in sich, für sich – das ist das andere.

Das Evangelium: die Nachricht, daß den Niedrigen und Armen ein Zugang zum Glück offensteht, – daß man nichts zu tun hat als sich von der Institution, der Tradition, der Bevormundung der oberen Stände loszumachen: insofern ist die Heraufkunft des Christentums nichts weiter als die *typische Sozialisten-Lehre*.

Eigentum, Erwerb, Vaterland, Stand und Rang, Tribunale, Polizei, Staat, Kirche, Unterricht, Kunst, Militärwesen: alles ebenso viele Verhinderungen des Glücks, Irrtümer, Verstrickungen, Teufelswerke, denen das Evangelium das Gericht ankündigt – alles typisch für die Sozialisten-Lehre.

Im Hintergrunde der Aufruhr, die Explosion eines aufgestauten Widerwillens gegen die »Herren«, der Instinkt dafür, wie viel Glück nach so langem Drucke schon im Frei-sich-fühlen liegen könnte... (Meistens ein Symptom davon, daß die unteren Schichten zu menschenfreundlich behandelt worden sind, daß sie ein ihnen verbotenes Glück bereits auf der Zunge schmecken... Nicht der Hunger erzeugt Revolutionen, sondern daß das Volk *en mangeant* Appetit bekommen hat...)

Das Erscheinen der griechischen Philosophen von Sokrates an ist ein Symptom der *décadence;* die antihellenischen Instinkte kommen obenauf...

Noch ganz hellenisch ist der »*Sophist*« – eingerechnet Anaxagoras, Demokrit, die großen Ionier –; aber als Übergangsform. Die Polis verliert ihren Glauben an die Einzigkeit ihrer Kultur, an ihr Herren-Recht über jede andere Polis... Man tauscht die Kultur, d. h. »die Götter« aus, – man verliert dabei den Glauben an das Allein-Vorrecht des *deus autochthonus*. Das Gut und Böse verschiedener Abkunft mischt sich: die Grenze zwischen Gut und Böse *verwischt* sich... Das ist der »Sophist«...

Der »Philosoph« dagegen ist die *Reaktion:* er will die *alte* Tugend. Er sieht die Gründe des Verfalls im Verfall der Institutionen, er will *alte* Institutionen; – er sieht den Verfall im Verfall der Autorität: er sucht nach *neuen* Autoritäten (Reise ins Ausland, in fremde Literaturen, in exotische Religionen...); – er will die *ideale Polis*, nachdem der Begriff »Polis« sich überlebt hatte (ungefähr wie die Juden sich als »Volk« festhielten, nachdem sie in Knechtschaft gefallen waren). Sie interessieren sich für alle Tyrannen: sie wollen die Tugend mit *force majeure* wiederherstellen.

Allmählich wird alles *Echthellenische* verantwortlich gemacht für den *Verfall* (und Plato ist genau so undankbar gegen Perikles, Homer, Tragödie, Rhetorik, wie die Propheten gegen David und Saul). *Der Niedergang von Griechenland wird als Einwand gegen die Grundlagen der hellenischen Kultur verstanden: Grundirrtum der Philosophen –. Schluß:* die griechische Welt geht zugrunde. *Ursache:* Homer, der Mythos, die antike Sittlichkeit usw.

Die *anti*hellenische Entwicklung des Philosophen-Werturteils: – das Ägyptische (»Leben nach dem Tode« als Gericht...); – das Semitische (die »Würde des Weisen«, der »Scheich«); – die Pythagoreer, die unterirdischen Kulte, das Schweigen, die Jenseits-Furchtmittel, die *Mathematik*: religiöse Schätzung, eine Art Verkehr mit dem kosmischen All; – das Priesterliche, Asketische, Transzendente; – die *Dialektik*, – ich denke, es ist eine abscheuliche und pedantische Begriffsklauberei schon in Plato? – Niedergang des guten geistigen Geschmacks: man empfindet das Häßliche und Klappernde aller direkten Dialektik bereits nicht mehr.

Nebeneinander gehen die *beiden décadence*-Bewegungen und Extreme: a) die üppige, liebenswürdig-boshafte, prunk- und kunstliebende *décadence* und b) die Verdüsterung des religiös-moralischen Pathos, die stoische Selbst-Verhärtung, die platonische Sinnen-Verleumdung, die Vorbereitung des Bodens für das Christentum.

Diese *nihilistische* Religion sucht sich die *décadence-Elemente* und Verwandtes im Altertum zusammen; nämlich:

a) die Partei der *Schwachen* und *Mißratenen* (den Ausschuß der antiken Welt: das, was sie am kräftigsten von sich stieß...);
b) die Partei der *Vermoralisierten* und *Antiheidnischen;*
c) die Partei der *Politisch-Ermüdeten* und Indifferenten (blasierte Römer...), der *Entnationalisierten*, denen eine Leere geblieben war;
d) die Partei derer, die sich satt haben, – die gern an einer *unterirdischen* Verschwörung mitarbeiten –

Eine *nihilistische* Religion wie das Christentum, einem greisenhaft-zähen, alle starken Instinkte überlebt habenden Volke entsprungen und gemäß – Schritt für Schritt in andre Milieus übertragen, endlich in die jungen, *noch gar nicht gelebt habenden* Völker eintretend – *sehr seltsam!* Eine Schluß-, Hirten-, Abend-Glückseligkeit Barbaren, Germanen gepredigt! Wie mußte das alles erst germanisiert, barbarisiert werden! *Solchen*, die ein *Walhall* geträumt hatten –: die alles Glück im Kriege fanden! – Eine *über*nationale Religion in ein Chaos hineingepredigt, wo *noch nicht einmal* Nationen da waren –.

Unser Vorrang: wir leben im Zeitalter der *Vergleichung*, wir können nachrechnen, wie nie nachgerechnet worden ist: wir sind das Selbstbewußtsein der Historie überhaupt. Wir genießen anders, wir leiden anders: die Vergleichung eines unerhört Vielfachen ist unsre instinktivste Tätigkeit. Wir verstehen alles, wir leben alles, wir haben kein feindseliges Gefühl mehr in uns. Ob wir selbst dabei schlecht wegkommen, unsre entgegenkommende und beinahe liebevolle Neugierde geht ungescheut auf die gefährlichsten Dinge los...

»Alles ist gut« – es kostet uns Mühe, zu verneinen. Wir leiden, wenn wir einmal so unintelligent werden, Partei gegen etwas zu nehmen... Im Grunde erfüllen wir Gelehrten heute am besten die Lehre Christi – –

Die beiden großen nihilistischen Bewegungen: a) der Buddhismus, b) das Christentum. Letzteres hat erst jetzt ungefähr Kultur-Zustände erreicht, in denen es seine ursprüngliche Bestimmung erfüllen kann – ein *Niveau*, zu dem es *gehört*, – in dem es sich *rein* zeigen kann...

Die ganze christliche Lehre von dem, was geglaubt werden *soll*, die ganze christliche »Wahrheit« ist eitel Lug und Trug: und genau das Gegenstück von dem, was den Anfang der christlichen Bewegung gegeben hat.

Das gerade, was im *kirchlichen* Sinn das Christliche ist, ist das *Antichristliche* von vornherein: lauter Sachen und Personen statt der Symbole, lauter Historie statt der ewigen Tatsachen, lauter Formeln, Riten, Dogmen statt einer Praxis des Lebens. Christlich ist die vollkommene Gleichgültigkeit gegen Dogmen, Kultus, Priester, Kirche, Theologie.

Die Praxis des Christentums ist keine Phantasterei, so wenig die Praxis des Buddhismus sie ist: sie ist ein Mittel, glücklich zu sein.

Das Christentum ist jeden Augenblick noch möglich. Es ist an keines der unverschämten Dogmen gebunden, welche sich mit seinem Namen geschmückt haben: es braucht weder die Lehre vom *persönlichen Gott*, noch von der *Sünde*, noch von der *Unsterblichkeit*, noch von der *Erlösung*, noch vom *Glauben;* es hat schlechterdings keine Metaphysik nötig, noch weniger den Asketismus, noch weniger eine christliche »Naturwissenschaft«. Das Christentum ist eine *Praxis*, keine Glaubenslehre. Es sagt uns wie wir handeln, nicht was wir glauben sollen.

Wer jetzt sagte »ich will nicht Soldat sein«, »ich kümmere mich nicht um die Gerichte«, »die Dienste der Polizei werden von mir nicht in Anspruch genommen«, »ich will nichts tun, was den Frieden in mir selbst stört: und wenn ich daran leiden muß, nichts wird mehr mir den Frieden erhalten als Leiden« – der wäre Christ.

Es fehlt der exzentrische Begriff der »Heiligkeit«, – »Gott« und »Mensch« sind nicht auseinandergerissen. Das »Wunder« fehlt – es gibt gar nicht jene Sphäre: die einzige, die in Betracht kommt, ist die »geistliche« (d. h. symbolisch-psychologische). Als *décadence:* Seitenstück zum »Epikureismus«... Das Paradies, nach griechischem Begriff, auch nur der »Garten Epikurs«.

Es fehlt die *Aufgabe* in einem solchen Leben: – es *will* nichts; – eine Form der »epikurischen Götter«; – es fehlt aller *Grund*, noch Ziele zu setzen, – Kinder zu haben: – alles ist erreicht.

Unser Zeitalter ist in einem gewissen Sinne *reif* (nämlich *décadent*), wie es die Zeit Buddhas war... Deshalb ist eine Christlichkeit ohne die absurden Dogmen möglich (die widerlichsten Ausgeburten des antiken Hybridismus).

Wir haben das christliche Ideal wieder *hergestellt:* es bleibt übrig, seinen *Wert zu bestimmen:*

1. Welche Werte werden durch dasselbe *negiert?* Was enthält das *Gegensatz-Ideal?* – Stolz, Pathos der Distanz, die große Verantwortung, den Übermut, die prachtvolle Animalität, die kriegerischen und eroberungslustigen Instinkte, die Vergöttlichung der Leidenschaft, der Rache, der List, des Zorns, der Wollust, des Abenteuers, der Erkenntnis –; das *vornehme Ideal* wird negiert: Schönheit, Weisheit, Macht, Pracht und Gefährlichkeit des Typus Mensch: der Ziele setzende, der »zukünftige« Mensch (– hier ergibt sich die Christlichkeit als *Schlußfolgerung* des *Judentums* –).

2. Ist es *realisierbar?* – Ja, doch klimatisch bedingt, ähnlich wie das

indische. Beiden fehlt die *Arbeit.* – Es löst heraus aus Volk, Staat, Kultur-Gemeinschaft, Gerichtsbarkeit, es lehnt den Unterricht, das Wissen, die Erziehung zu guten Manieren, den Erwerb, den Handel ab... es löst alles ab, was den Nutzen und Wert des Menschen ausmacht – es *schließt* ihn durch eine Gefühls-Idiosynkrasie *ab.* Unpolitisch, antinational, weder aggressiv noch defensiv, – nur möglich innerhalb des festgeordnetsten Staats- und Gesellschaftslebens, welches diese *heiligen Parasiten* auf allgemeine Unkosten wuchern läßt...

3. Es bleibt eine Konsequenz des Willens zur *Lust* – und zu nichts weiter! Die »Seligkeit« gilt als etwas, das sich selbst beweist, das keine Rechtfertigung mehr braucht, – alles übrige (die Art leben und leben lassen) ist nur Mittel zum Zweck...

Aber das ist *niedrig gedacht*: die Furcht vor dem Schmerz, vor der Verunreinigung, vor der Verderbnis selbst als ausreichendes Motiv, alles fahren zu lassen... Dies ist eine *arme* Denkweise, Zeichen einer *erschöpften* Rasse; man soll sich nicht täuschen lassen. (»Werdet wie die Kinder« –. Die *verwandte* Natur: Franz von Assisi, neurotisch, epileptisch, Visionär, wie Jesus.)

Zur Geschichte des Christentums. – Fortwährende Veränderung des Milieus: die christliche Lehre verändert damit fortwährend ihr *Schwergewicht*... Die Begünstigung der *Niederen* und *kleinen Leute*... Die Entwicklung der *caritas*... Der Typus »Christ« nimmt schrittweise alles wieder an, was er ursprünglich negierte (in *dessen Negation er bestand* –). Der Christ wird Bürger, Soldat, Gerichtsperson, Arbeiter, Handelsmann, Gelehrter, Theolog, Priester, Philosoph, Landwirt, Künstler, Patriot, Politiker, »Fürst«... er nimmt alle *Tätigkeiten* wieder auf, die er abgeschworen hat (– die Selbstverteidigung, das Gerichthalten, das Strafen, das Schwören, das Unterscheiden zwischen Volk und Volk, das Geringschätzen, das Zürnen...). Das ganze Leben des Christen ist endlich genau das Leben, *von dem Christus die Loslösung predigte*...

Die *Kirche* gehört so gut zum *Triumph* des Antichristlichen, wie der moderne Staat, der moderne Nationalismus... Die Kirche ist die Barbarisierung des Christentums.

Über das *Christentum* Herr geworden: der Judaismus (Paulus); der Platonismus (Augustin); die Mysterienkulte (Erlösungslehre, Sinnbild des »Kreuzes«); der Asketismus (– Feindschaft gegen die »Natur«, »Vernunft«, »Sinne«, – Orient...).

Jesus gebietet: Man soll dem, der böse gegen uns ist, weder durch die Tat, noch im Herzen Widerstand leisten.

Man soll keinen Grund anerkennen, sich von seinem Weibe zu scheiden.

Man soll keinen Unterschied zwischen Fremden und Einheimischen, Ausländern und Volksgenossen machen.

Man soll sich gegen niemanden erzürnen, man soll niemanden geringschätzen. Gebt Almosen im Verborgenen. Man soll nicht reich werden wollen. Man soll nicht schwören. Man soll nicht richten. Man soll sich versöhnen, man soll vergeben. Betet nicht öffentlich.

Die »Seligkeit« ist nichts Verheißenes: sie ist da, wenn man so und so lebt und tut.

Spätere Zutaten. – Die ganze Propheten- und Wundertäter-Attitüde, der Zorn, das Heraufbeschwören des Gerichts ist eine abscheuliche Verderbnis (z. B. Markus 6, 11: Und die, welche euch nicht aufnehmen... ich sage euch: wahrlich, es wird Sodom und Gomorrha usw.). Der »Feigenbaum« (Matth. 21, 18): Als er aber des Morgens wieder in die Stadt ging, hungerte ihn. Und er sah einen Feigenbaum am Wege und ging hin und fand nichts daran denn allein Blätter, und sprach zu ihm: Nun wachse auf dir hinfort nimmermehr Frucht! und der Feigenbaum verdorrte alsbald.

Auf eine ganz absurde Weise ist die Lohn- und Straf-Lehre hineingemengt: es ist alles damit verdorben.

Insgleichen ist die *Praxis* der ersten *ecclesia militans*, des Apostels Paulus und sein Verhalten auf eine ganz verfälschende Weise als *geboten*, als *voraus* festgesetzt dargestellt – – –.

Die nachträgliche Verherrlichung des tatsächlichen *Lebens* und *Lehrens* der ersten Christen: wie als ob alles so *vorgeschrieben* und bloß *befolgt* wäre – –.

Nun gar die *Erfüllung* der *Weissagungen:* was ist da alles gefälscht und zurechtgemacht worden!

Jesus geht direkt auf den Zustand los, das »Himmelreich« im Herzen, und findet die Mittel *nicht* in der Observanz der jüdischen Kirche –; er rechnet selbst die Realität des Judentums (seine Nötigung, sich zu erhalten) für nichts: er ist rein *innerlich*. –

Ebenso macht er sich nichts aus den sämtlichen groben Formeln im Verkehr mit Gott: er wehrt sich gegen die ganze Buß- und Versöhnungs-Lehre; er zeigt, wie man leben muß, um sich als »vergöttlicht« zu fühlen – und wie man nicht mit Buße und Zerknirschung über seine Sünden dazu kommt: »*es liegt nichts an Sünde*« ist sein Haupturteil.

Sünde, Buße, Vergebung – das gehört alles nicht hierher... das ist eingemischtes Judentum, oder es ist heidnisch.

Der Symbolismus des Christentums ruht auf dem *jüdischen*, der auch schon die *ganze Realität* (Historie, Natur) in eine heilige Unnatürlichkeit und Unrealität aufgelöst hatte... der die wirkliche Geschichte nicht mehr sehen wollte –, der sich für den natürlichen Erfolg nicht mehr interessierte –

Das *Himmelreich* ist ein Zustand des Herzens (– von den Kindern wird gesagt »denn ihrer ist das Himmelreich«): Nichts, was »über der Erde« ist. Das Reich Gottes »kommt« nicht chronologisch-historisch, nicht nach dem Kalender, etwas, das eines Tages da wäre und tags vorher nicht: sondern es ist eine »Sinnes-Änderung im Einzelnen«, etwas, das jederzeit kommt und jederzeit noch nicht da ist...

Der *Schächer am Kreuz:* – wenn der Verbrecher selbst, der einen schmerzhaften Tod leidet, urteilt: »so, wie dieser Jesus, ohne Revolte, ohne Feindschaft, gütig, ergeben, leidet und stirbt, so allein ist es das Rechte«, hat er das Evangelium bejaht: und damit *ist er im Paradiese*...

»*Seinem Gefühle folgen?*« – Daß man, einem generösen Gefühle *nachgebend*, sein Leben in Gefahr bringt, und unter dem Impuls eines

Augenblicks: das ist wenig wert und charakterisiert nicht einmal. In der Fähigkeit dazu sind sich alle gleich – und in der Entschlossenheit dazu übertrifft der Verbrecher, Bandit und Korse einen honetten Menschen gewiß.

Die höhere Stufe ist: auch diesen Andrang bei sich zu überwinden und die heroische Tat *nicht* auf Impulse hin zu tun – sondern kalt, *raisonnable*, ohne das stürmische Überwallen von Lustgefühlen dabei... Dasselbe gilt vom Mitleid: es muß erst habituell durch die *raison durchgesiebt* sein; im anderen Falle ist es so gefährlich wie irgendein Affekt.

Die *blinde Nachgiebigkeit* gegen einen Affekt, sehr gleichgültig, ob es ein generöser und mitleidiger oder feindseliger ist, ist die Ursache der *größten Übel.*

Die Größe des Charakters besteht nicht darin, daß man diese Affekte nicht besitzt – im Gegenteil, man hat sie im furchtbarsten Grade: aber daß man sie am Zügel führt... und auch das noch ohne Lust an dieser Bändigung, sondern bloß weil...

Der Stifter des Christentums hat es büßen müssen, daß er sich an die niedrigste Schicht der jüdischen Gesellschaft und Intelligenz gewendet hat. Sie hat ihn nach dem Geiste konzipiert, den sie begriff... Es ist eine wahre Schande, eine Heilsgeschichte, einen persönlichen Gott, einen persönlichen Erlöser, eine persönliche Unsterblichkeit herausfabriziert zu haben und die ganze Mesquinerie der »Person« und der »Historie« übrigbehalten zu haben aus einer Lehre, die allem Persönlichen und Historischen die Realität bestreitet...

Die Heils-Legende an Stelle der symbolischen Jetzt- und Allzeit, des Hier und Überall; das Mirakel an Stelle des psychologischen Symbols.

Winckelmanns und Goethes Griechen, Victor Hugos Orientalen, Wagners Edda-Personnagen, Walter Scotts Engländer des dreizehnten Jahrhunderts – irgendwann wird man die ganze Komödie entdecken! es war alles über alle Maßen historisch falsch, *aber* – modern.

Was heute am tiefsten angegriffen ist, das ist der Instinkt und der Wille der *Tradition:* alle Institutionen, die diesem Instinkt ihre Herkunft verdanken, gehen dem modernen Geiste wider den Geschmack... Im Grunde denkt und tut man nichts, was nicht den Zweck verfolgte, diesen Sinn für Überlieferung mit den Wurzeln herauszureißen. Man nimmt die Tradition als Fatalität: man studiert sie, man erkennt sie an (als »Erblichkeit« –), aber man *will* sie nicht. Die Anspannung eines Willens über lange Zeitfernen hin, die Auswahl der Zustände und Wertungen, welche es machen, daß man über Jahrhunderte der Zukunft verfügen kann – das gerade ist im höchsten Maße antimodern. Woraus sich ergibt, daß die *desorganisierenden* Prinzipien unserem Zeitalter den Charakter geben.

Zur Kritik des guten Menschen. – Rechtschaffenheit, Würde, Pflichtgefühl, Gerechtigkeit, Menschlichkeit, Ehrlichkeit, Geradheit, gutes Gewissen, – sind wirklich mit diesen wohlklingenden Worten Eigenschaften um ihrer selbst willen bejaht und gutgeheißen? oder sind hier an sich wertindifferente Eigenschaften und Zustände nur unter irgendwelchen Gesichtspunkt gerückt, wo sie Wert bekommen? Liegt der Wert dieser Eigenschaften in ihnen oder in dem Nutzen, Vorteil, der aus ihnen folgt (zu folgen scheint, zu folgen erwartet wird)?

Ich meine hier natürlich nicht einen Gegensatz von *ego* und *alter* in der Beurteilung: die Frage ist, ob die *Folgen* es sind, sei es für den Träger dieser Eigenschaften, sei es für die Umgebung, Gesellschaft, »Menschheit«, derentwegen diese Eigenschaften Wert haben sollen: oder ob sie an sich selbst Wert haben... Anders gefragt: ist es die *Nützlichkeit*, welche die entgegengesetzten Eigenschaften verurteilen, bekämpfen, verneinen heißt (– Unzuverlässigkeit, Falschheit, Verschrobenheit, Selbst-Ungewißheit, Unmenschlichkeit –)? Ist das Wesen solcher Eigenschaften oder nur die Konsequenz solcher Eigenschaften verurteilt? – Anders gefragt: wäre es *wünschbar*, daß Menschen dieser zweiten Eigenschaften nicht existieren? – *Das wird jedenfalls geglaubt*... Aber hier steckt der Irrtum, die Kurzsichtigkeit, die Borniertheit des *Winkel-Egoismus*.

Anders ausgedrückt: wäre es wünschbar, Zustände zu schaffen, in denen der ganze Vorteil auf Seiten der Rechtschaffenen ist – so daß die entgegengesetzten Naturen und Instinkte entmutigt würden und langsam ausstürben?

Dies ist im Grunde eine Frage des Geschmacks und der *Ästhetik:* wäre es wünschbar, daß die »achtbarste«, d. h. langweiligste Spezies Mensch übrigbliebe? die Rechtwinkligen, die Tugendhaften, die Biedermänner, die Braven, die Geraden, die »Hornochsen«?

Denkt man sich die ungeheure Überfülle der »Anderen« weg: so hat sogar der Rechtschaffene nicht einmal mehr ein Recht auf Existenz: er ist nicht mehr nötig, – und hier begreift man, daß nur die grobe Nützlichkeit eine solche *unausstehliche Tugend* zu Ehren gebracht hat.

Die Wünschbarkeit liegt vielleicht gerade auf der umgekehrten Seite: Zustände schaffen, bei denen der »rechtschaffene Mensch« in die bescheidne Stellung eines »nützlichen Werkzeugs« herabgedrückt wird – als das »ideale Herdentier«, bestenfalls Herden-Hirt: kurz, bei denen er nicht mehr in die obere Ordnung zu stehen kommt: welche *andere Eigenschaften* verlangt.

Der Humor der europäischen Kultur: man hält *das* für wahr, aber tut *jenes.* Z. B. was hilft alle Kunst des Lesens und der Kritik, wenn die kirchliche Interpretation der Bibel, die protestantische so gut wie die katholische, nach wie vor aufrechterhalten wird!

Zukünftiges. – Gegen die Romantik der großen »Passion«. – Zu begreifen, wie zu jedem »klassischen« Geschmack ein Quantum Kälte, Luzidität, Härte hinzugehört: Logik vor allem, Glück in der Geistigkeit, »drei Einheiten«, Konzentration, Haß gegen Gefühl, Gemüt, *esprit*, Haß gegen das Vielfache, Unsichere, Schweifende, Ahnende so gut als gegen das Kurze, Spitze, Hübsche, Gütige. Man soll nicht mit künstlerischen Formeln spielen: man soll das Leben umschaffen, daß es sich nachher formulieren *muß.*

Es ist eine heitere Komödie, über die erst jetzt wir lachen lernen, die wir jetzt erst *sehen:* daß die Zeitgenossen Herders, Winckelmanns, Goethes und Hegels in Anspruch nahmen, das *klassische Ideal wieder entdeckt zu haben*... und zu gleicher Zeit Shakespeare! – Und dasselbe Geschlecht hatte sich von der klassischen Schule der Franzosen auf schnöde Art losgesagt! als ob nicht das Wesentliche so gut hier wie dorther hätte gelernt werden können!... Aber man wollte die »Natur«, die »Natürlichkeit«: o Stumpfsinn! Man glaubte, die Klassizität sei eine Art Natürlichkeit!

Ohne Vorurteil und Weichlichkeit zu Ende denken, auf welchem Boden ein klassischer Geschmack wachsen kann. Verhärtung, Vereinfachung, Verstärkung, Verböserung des Menschen: so gehört es zusammen. Die logisch-psychologische Vereinfachung. Die Verachtung des Details, des Komplexen, des Ungewissen.

Die Romantiker in Deutschland protestierten *nicht* gegen den Klassizismus, sondern gegen Vernunft, Aufklärung, Geschmack, achtzehntes Jahrhundert.

Die Sensibilität der romantisch-wagnerschen Musik: Gegensatz der *klassischen Sensibilität.*

Der Wille zur Einheit (weil die Einheit tyrannisiert: nämlich die Zuhörer, Zuschauer), aber Unfähigkeit, *sich* in der Hauptsache zu tyrannisieren: nämlich in Hinsicht auf das Werk selbst (auf Verzichtleisten, Kürzen, Klären, Vereinfachen). Die Überwältigung durch Massen (Wagner, Victor Hugo, Zola, Taine).

Warum kulminiert die deutsche Musik zur Zeit der deutschen Romantik? Warum fehlt Goethe in der deutschen Musik? Wie viel Schiller, genauer wie viel »Thekla« ist dagegen in Beethoven!

Schumann hat Eichendorff, Uhland, Heine, Hoffmann, Tieck in sich. Richard Wagner hat Freischütz, Hoffmann, Grimm, die romantische Sage, den mystischen Katholizismus des Instinkts, den Symbolismus, die »Freigeisterei der Leidenschaft« (Rousseaus Absicht). Der »Fliegende Holländer« schmeckt nach Frankreich, wo *le ténébreux* 1830 der Verführer-Typus war.

Kultus der Musik, der revolutionären Romantik der Form. Wagner *resümiert* die Romantik, die deutsche und die französische –

Die ganze Auffassung vom Range der *Leidenschaften:* wie als ob das Rechte und Normale sei, von der *Vernunft* geleitet zu werden, – während die Leidenschaften das Unnormale, Gefährliche, Halbtierische seien, überdies, ihrem Ziele nach, nichts anderes als *Lust-Begierden*...

Die Leidenschaft ist entwürdigt 1. wie als ob sie nur *un*geziemender Weise, und nicht notwendig und immer, das *mobile* sei, 2. insofern sie etwas in Aussicht nimmt, was keinen hohen Wert hat, ein Vergnügen...

Die Verkennung von Leidenschaft und *Vernunft*, wie als ob letztere ein Wesen für sich sei und nicht vielmehr ein Verhältniszustand verschiedener Leidenschaften und Begehrungen; und als ob nicht jede Leidenschaft ihr Quantum Vernunft in sich hätte...

»Objektivität« am Philosophen: moralischer Indifferentismus gegen sich, Blindheit gegen die guten und schlimmen Folgen; Unbedenklichkeit im Gebrauch gefährlicher Mittel; Perversität und Vielheit des Charakters als Vorzug erraten und ausgenützt.

Meine tiefe Gleichgültigkeit gegen mich: ich will keinen Vorteil aus meinen Erkenntnissen und weiche auch den Nachteilen nicht aus, die sie mit sich bringen. – Hier ist eingerechnet das, was man *Verderbnis* des Charakters nennen könnte; diese Perspektive liegt außerhalb: ich handhabe meinen Charakter, aber denke weder daran, ihn zu verstehen, noch ihn zu verändern, – der persönliche Kalkul der Tugend ist mir nicht einen Augenblick in den Kopf gekommen. Es scheint mir, daß man sich die Tore der Erkenntnis zumacht, sobald man sich für seinen persönlichen Fall interessiert – oder gar für das »Heil seiner Seele«!... Man muß seine Moralität nicht zu wichtig nehmen und sich ein bescheidenes Anrecht auf deren Gegenteil nicht nehmen lassen...

Eine Art *Erbreichtum an Moralität* wird hier vielleicht vorausgesetzt: man wittert, daß man viel davon verschwenden und zum Fenster hinauswerfen kann, ohne dadurch sonderlich zu verarmen. Niemals sich versucht fühlen, »schöne Seelen« zu bewundern; sich ihnen immer überlegen wissen. Den Tugend-Ungeheuern mit einem innerlichen Spott begegnen; *déniaiser la vertu* – geheimes Vergnügen.

Sich um sich selber rollen; kein Wunsch, »besser« oder überhaupt nur »anders« zu werden. Zu interessiert, um nicht Fangarme oder Netze jeder Moralität nach den Dingen auszuwerfen –.

Man gibt sich nicht genug Rechenschaft darüber, in welcher Barbarei der Begriffe wir Europäer noch leben. Daß man hat glauben können, das »Heil der Seele« hänge an einem Buche!... Und man sagt mir, man glaube das heute noch.

Was hilft alle wissenschaftliche Erziehung, alle Kritik und Hermeneutik, wenn ein solcher Widersinn von Bibel-Auslegung, wie ihn die Kirche aufrechterhält, noch nicht die Schamröte zur Leibfarbe gemacht hat?

Liebe. – Seht hinein: diese Liebe, dieses Mitleid der Weiber – gibt es etwas Egoistischeres?... Und wenn sie sich opfern, ihre Ehre, ihren Ruf, wem opfern sie sich? Dem Manne? Oder nicht vielmehr einem zügellosen Bedürfnisse? – Das sind genau so selbstsüchtige Begierden: ob sie nun anderen wohltun und Dankbarkeit einpflanzen...

Inwiefern eine derartige Hyperfötation einer Wertung alles übrige *heiligen* kann!!

Wie falsch, wie verlogen war die Menschheit immer über die Grundtatsachen ihrer inneren Welt! Hier kein Auge zu haben, hier den Mund halten und den Mund auftun –

A. Der *konsequente* Typus. Hier wird begriffen, daß man auch das Böse nicht hassen dürfe, daß man ihm nicht widerstehen dürfe, daß man auch nicht gegen sich selbst Krieg führen dürfe; daß man das Leiden, welches eine solche Praxis mit sich bringt, nicht nur hinnimmt; daß man ganz und gar in den *positiven* Gefühlen lebt; daß man die Partei der Gegner nimmt in Wort und Tat; daß man durch eine Superfötation der friedlichen, gütigen, versöhnlichen, hilf- und liebreichen Zustände den Boden der anderen Zustände verarmt..., daß man eine fortwährende *Praxis* nötig hat. *Was* ist hier erreicht? – Der buddhistische Typus oder die *vollkommene Kuh*.

Dieser Standpunkt ist nur möglich, wenn kein moralischer Fanatismus herrscht, d. h. wenn das Böse nicht um seiner selbst willen gehaßt wird, sondern nur, weil es den Weg abgibt zu Zuständen, welche uns wehtun (Unruhe, Arbeit, Sorge, Verwicklung, Abhängigkeit).

Dies der buddhistische Standpunkt: hier wird nicht die Sünde gehaßt, hier *fehlt* der Begriff »Sünde«.

B. Der *inkonsequente* Typus. Man führt Krieg gegen das Böse, – man glaubt, daß der Krieg *um des Guten willen* nicht die moralische und Charakter-Konsequenz habe, die sonst der Krieg mit sich bringt (und derentwegen man ihn als *böse* verabscheut). Tatsächlich verdirbt ein solcher Krieg gegen das Böse viel gründlicher als irgendeine Feindseligkeit von Person zu Person; und gewöhnlich schiebt sich sogar »die Person« als Gegner, wenigstens imaginär, wieder ein (der Teufel, die bösen Geister usw.). Das feindselige Verhalten, Beobachten, Spionieren gegen alles, was in uns schlimm ist und schlimmen Ursprungs sein könnte, endet mit der gequältesten und unruhigsten Verfassung: so daß jetzt »Wunder«, Lohn, Ekstase, Jenseitigkeits-Lösung *wünschbar* werden... Der christliche Typus: oder *der vollkommene Mucker.*

C. Der *stoische* Typus. Die Festigkeit, die Selbstbeherrschung, das Unerschütterliche, der Friede als Unbeugsamkeit eines langen Willens – die tiefe Ruhe, der Verteidigungszustand, die Burg, das kriegerische Mißtrauen – die Festigkeit der Grundsätze; die Einheit von *Wille* und *Wissen*; die Hochachtung vor sich. Einsiedler-Typus. *Der vollkommene Hornochs.*

Das Christentum hat von vornherein das Symbolische in Kruditäten umgesetzt:

1. der Gegensatz »wahres Leben« und »falsches« Leben: mißverstanden als »Leben diesseits« und »Leben jenseits«;
2. der Begriff »ewiges Leben« im Gegensatz zum Personal-Leben der Vergänglichkeit als »Personal-Unsterblichkeit«;
3. die Verbrüderung durch gemeinsamen Genuß von Speise und Trank nach hebräisch-arabischer Gewohnheit als »Wunder der Transsubstantiation«;
4. die »Auferstehung –« als Eintritt in das »wahre Leben«, als »wiedergeboren«; daraus: eine historische Eventualität, die irgendwann nach dem Tode eintritt;
5. die Lehre vom Menschensohn als dem »Sohn Gottes«, das Lebensverhältnis zwischen Mensch und Gott; daraus: die »zweite Person der Gottheit« – gerade das *weggeschafft:* das Sohnverhältnis jedes Menschen zu Gott, auch des niedrigsten;
6. die Erlösung durch den Glauben (nämlich daß es keinen anderen Weg zur Sohnschaft Gottes gibt als die von Christus gelehrte *Praxis* des *Lebens*) umgekehrt in den Glauben, daß man an ir-

gendeine wunderbare *Abzahlung* der *Sünde* zu glauben habe, welche nicht durch den Menschen, sondern durch die Tat Christi bewerkstelligt ist:

Damit mußte »Christus am Kreuze« neu gedeutet werden. Dieser Tod war an sich durchaus *nicht* die Hauptsache... er war nur ein Zeichen mehr, wie man sich gegen die Obrigkeit und Gesetze der Welt zu verhalten habe – *nicht sich wehren... Darin lag das Vorbild.*

Das Christentum nimmt den Kampf nur auf, der schon gegen das *klassische* Ideal, gegen die *vornehme* Religion bestand.

Tatsächlich ist diese ganze *Umbildung* eine Übersetzung in die Bedürfnisse und das Verständnis-Niveau der damaligen *religiösen Masse*: jener Masse, welche an Isis, Mithras, Dionysos, die »große Mutter« glaubte und welche von einer Religion verlangte: 1. die Jenseits-Hoffnung, 2. die blutige Phantasmagorie des Opfertiers (das Mysterium), 3. die erlösende *Tat*, die heilige Legende, 4. den Asketismus, die Weltverneinung, die abergläubische »Reinigung«, 5. die Hierarchie, eine Form der Gemeindebildung. Kurz: das Christentum paßt sich an das schon bestehende, überall eingewachsene *Anti-Heidentum* an, an die Kulte, welche von Epikur bekämpft worden sind... genauer, an die *Religionen* der *niederen Masse*, der *Frauen*, der *Sklaven*, der *nicht-vornehmen Stände.*

Wir haben also als *Mißverständnis:*

1. die Unsterblichkeit der Person;
2. die angebliche *andere* Welt;
3. die Absurdität des Strafbegriffs und Sühnebegriffs im Zentrum der Daseins-Interpretation;
4. die Entgöttlichung des Menschen statt seiner Vergöttlichung, die Aufreißung der tiefsten Kluft, über die nur das Wunder, nur die Prostration der tiefsten Selbstverachtung hinweghilft;
5. die ganze Welt der verdorbenen Imagination und des krankhaften Affekts, statt der liebevollen, einfältigen Praxis, statt eines auf Erden erreichbaren buddhistischen Glückes;
6. eine kirchliche Ordnung mit Priesterschaft, Theologie, Kultus, Sakrament; kurz, alles das, was Jesus von Nazareth *bekämpft* hatte;

7. das *Wunder* in allem und jedem, der Aberglaube: während gerade das Auszeichnende des Judentums und des ältesten Christentums sein *Widerwille* gegen das Wunder ist, seine relative *Rationalität.*

In den Begriff der Macht, sei es eines Gottes, sei es eines Menschen, ist immer zugleich die Fähigkeit zu *nützen* und die Fähigkeit zu *schaden* eingerechnet. So bei den Arabern; so bei den Hebräern. So bei allen stark geratenen Rassen.

Es ist ein verhängnisvoller Schritt, wenn man *dualistisch* die Kraft zum einen von der zum andern *trennt*... Damit wird die Moral zur Giftmischerin des Lebens...

Das »Christentum« ist etwas Grundverschiedenes von dem geworden, was sein Stifter tat und wollte. Es ist die große *antiheidnische Bewegung* des Altertums, formuliert mit Benutzung von Leben, Lehre und »Worten« des Stifters des Christentums, aber in einer absolut *willkürlichen* Interpretation nach dem Schema *grundverschiedener Bedürfnisse*: übersetzt in die Sprache aller schon bestehenden *unterirdischen Religionen* –

Es ist die Heraufkunft des Pessimismus (– während Jesus den Frieden und das Glück der Lämmer bringen wollte): und zwar des Pessimismus der Schwachen, der Unterlegenen, der Leidenden, der Unterdrückten.

Ihr Todfeind ist 1. die *Macht* in Charakter, Geist und Geschmack; die »Weltlichkeit«; 2. das klassische »Glück«, die vornehme Leichtfertigkeit und Skepsis, der harte Stolz, die exzentrische Ausschweifung und die kühle Selbstgenugsamkeit des Weisen, das griechische Raffinement in Gebärde, Wort und Form. Ihr Todfeind ist der *Römer* ebenso sehr als der *Grieche.*

Versuch des *Antiheidentums*, sich philosophisch zu begründen und möglich zu machen: Witterung für die zweideutigen Figuren der alten Kultur, vor allem für Plato, diesen Antihellenen und Semiten von Instinkt... Insgleichen für den Stoizismus, der wesentlich das Werk von Semiten ist (– die »Würde« als Strenge, Gesetz, die Tugend als Größe, Selbstverantwortung, Autorität, als höchste Personal-Souveränität – das ist semitisch. Der Stoiker ist ein arabischer Scheich in griechische Windeln und Begriffe gewickelt).

Sich stärker fühlen – oder anders ausgedrückt: die Freude – setzt immer ein Vergleichen voraus (aber *nicht* notwendig mit anderen, sondern mit sich, inmitten eines Zustands von Wachstum, und ohne daß man erst *wüßte*, inwiefern man vergleicht –).

Die *künstliche* Verstärkung: sei es durch aufregende Chemika, sei es durch aufregende Irrtümer (»Wahnvorstellungen«):

z. B. das Gefühl der *Sicherheit*, wie es der Christ hat; er fühlt sich stark in seinem Vertrauen-dürfen, in seinem Geduldig- und Gefaßt-sein-dürfen: er verdankt diese künstliche Verstärkung dem Wahne, von einem Gott beschirmt zu sein;

z. B. das Gefühl der *Überlegenheit:* wie wenn der Kalif von Marokko nur Erdkugeln zu sehen bekommt, auf denen seine drei vereinigten Königreiche vier Fünftel der Oberfläche einnehmen;

z. B. das Gefühl der *Einzigkeit:* wie wenn der Europäer sich einbildet, daß der Gang der Kultur sich in Europa abspielt, und wenn er sich selber eine Art abgekürzter Weltprozeß scheint: oder der Christ alles Dasein überhaupt um das »Heil des Menschen« sich drehen macht.

– Es kommt darauf an, wo man den Druck, die Unfreiheit empfindet: je nachdem erzeugt sich ein andres Gefühl des *Stärker-seins*. Einem Philosophen ist z. B. inmitten der kühlsten, transmontansten Abstraktions-Gymnastik zumute wie einem Fisch, der in sein Wasser kommt: während Farben und Töne ihn drücken; gar nicht zu reden von den dumpfen Begehrungen – von dem, was die andern »das Ideal« nennen.

Soviel habe ich begriffen: wenn man das Entstehen großer und seltener Menschen abhängig gemacht hätte von der Zustimmung der vielen (einbegriffen, daß diese *wüßten*, welche Eigenschaften zur Größe gehören, und insgleichen, auf wessen Unkosten alle Größe sich entwickelt) – nun, es hätte nie einen bedeutenden Menschen gegeben! –

Daß der Gang der Dinge *unabhängig* von der Zustimmung der allermeisten seinen Weg nimmt: daran liegt es, daß einiges Erstaunliche sich auf der Erde eingeschlichen hat.

Morphologie der Selbstgefühle

Erster Gesichtspunkt: inwiefern die *Mitgefühls-* und *Gemeinschafts-Gefühle*, die niedrigere, die vorbereitende Stufe sind, zur Zeit, wo das Personal-Selbstgefühl, die Initiative der Wertsetzung im Einzelnen noch gar nicht möglich ist.

Zweiter Gesichtspunkt: inwiefern die *Höhe des Kollektiv-Selbstgefühls*, der Stolz auf die Distanz des Klans, das Sich-ungleich-fühlen, die Abneigung gegen Vermittlung, Gleichberechtigung, Versöhnung eine Schule des *Individual-Selbstgefühls* ist: namentlich insofern sie den Einzelnen zwingt, den Stolz des Ganzen zu *repräsentieren:* – er muß reden und handeln mit einer extremen Achtung vor sich, insofern er die Gemeinschaft in Person darstellt. Insgleichen: wenn das Individuum sich als *Werkzeug und Sprachrohr der Gottheit* fühlt.

Dritter Gesichtspunkt: inwiefern diese Formen der *Entselbstung* tatsächlich der Person eine ungeheure Wichtigkeit geben: insofern höhere Gewalten sich ihrer bedienen: religiöse Scheu vor sich selbst Zustand des Propheten, Dichters.

Vierter Gesichtspunkt: inwiefern die Verantwortlichkeit für das Ganze dem Einzelnen einen weiten Blick, eine strenge und furchtbare Hand, eine Besonnenheit und Kälte, eine Großartigkeit der Haltung und Gebärde *anerzieht* und *erlaubt*, welche er nicht um seiner selbst willen sich zugestehen würde.

In summa: die Kollektiv-Selbstgefühle sind die große Vorschule der Personal-*Souveränität*. Der vornehme Stand ist der, welcher die Erbschaft dieser Übung macht.

Jesus stellte ein wirkliches Leben, ein Leben in der Wahrheit jenem gewöhnlichen Leben gegenüber: nichts liegt ihm ferner als der plumpe Unsinn eines »verewigten Petrus«, einer ewigen Personal-Fortdauer. Was er bekämpft, das ist die Wichtigtuerei der »Person«: wie kann er gerade *die* verewigen wollen?

Er bekämpft insgleichen die Hierarchie innerhalb der Gemeinde: er verspricht nicht irgendeine Proportion von Lohn je nach der Leistung: wie kann er Strafe und Lohn im Jenseits gemeint haben!

Das *Christentum* ist ein naiver Ansatz zu einer buddhistischen *Friedensbewegung*, mitten aus dem eigentlichen Herde des Ressentiments heraus... aber durch *Paulus* zu einer heidnischen Mysterienlehre umgedreht, welche endlich sich mit der ganzen *staatlichen Organisation* vertragen lernt... und Kriege führt, verurteilt, foltert, schwört, haßt.

Paulus geht von dem Mysterien-Bedürfnis der großen, religiös-erregten Menge aus: er sucht ein *Opfer*, eine blutige Phantasmagorie, die den Kampf aushält mit den Bildern der Geheimkulte: Gott am Kreuze, das Bluttrinken, die *unio mystica* mit dem »Opfer«.

Er sucht die *Fortexistenz* (die selige, entsühnte Fortexistenz der Einzelseele) als Auferstehung in Kausalverbindung mit jenem *Opfer* zu bringen (nach dem Typus des Dionysos, Mithras, Osiris).

Er hat nötig, den Begriff *Schuld* und *Sünde* in den Vordergrund zu bringen, *nicht* eine neue Praxis (wie sie Jesus selbst zeigte und lehrte), sondern einen neuen Kultus, einen neuen Glauben, einen Glauben an eine wundergleiche Verwandlung (»Erlösung« durch den Glauben).

Er hat das *große Bedürfnis der heidnischen Welt* verstanden und aus den Tatsachen vom Leben und Tode Christi eine vollkommen willkürliche Auswahl gemacht, alles neu akzentuiert, überall das Schwergewicht verlegt... er hat prinzipiell das ursprüngliche Christentum *annulliert*...

Das Attentat auf *Priester* und *Theologen* mündete, dank dem Paulus, in eine neue Priesterschaft und Theologie – einen *herrschenden* Stand, auch eine *Kirche*.

Das Attentat auf die übermäßige Wichtigtuerei der »*Person*« mündete in den Glauben an die »ewige Person« (in die Sorge ums »ewige Heil«...), in die paradoxeste Übertreibung des Personal-Egoismus.

Das ist der *Humor* der Sache, ein tragischer Humor: Paulus hat gerade das im großen Stile wieder aufgerichtet, was Christus durch sein Leben annulliert hatte. Endlich, als die Kirche fertig ist, nimmt sie sogar das *Staats-Dasein* unter ihre Sanktion.

Man kann nicht genug Achtung vor dem Menschen haben, sobald man ihn daraufhin ansieht, wie er sich durchzuschlagen, auszuhalten, die Umstände sich zunutze zu machen, Widersacher niederzuwerfen versteht; sieht man dagegen auf den Menschen, sofern er *wünscht*, ist er die absurdeste Bestie... Es ist gleichsam, als ob er einen Tummelplatz der Feigheit, Faulheit, Schwächlichkeit, Süßlichkeit, Untertänigkeit zur Erholung für seine starken und männlichen Tugenden brauchte: siehe die menschlichen *Wünschbarkeiten*, seine »Ideale«. Der *wünschende* Mensch erholt sich von dem Ewig-Wertvollen an ihm, von seinem Tun: im Nichtigen, Absurden, Wertlosen, Kindischen. Die geistige Armut und Erfindungslosigkeit ist bei diesem so erfinderischen und auskunftsreichen Tier erschrecklich. Das »Ideal« ist gleichsam die Buße, die der Mensch zahlt, für den ungeheuren Aufwand, den er in allen wirklichen und dringlichen Aufgaben zu bestreiten hat. Hört die Realität auf, so kommt der Traum, die Ermüdung, die Schwäche: »das Ideal« ist geradezu eine Form von Traum, Ermüdung, Schwäche... Die stärksten und die ohnmächtigsten Naturen werden sich gleich, wenn dieser Zustand über sie kommt: sie *vergöttlichen* das *Aufhören* der Arbeit, des Kampfes, der Leidenschaften, der Spannung, der Gegensätze, der *»Realität« in summa*... des Ringens um Erkenntnis, der *Mühe* der Erkenntnis.

»Unschuld«: so heißen sie den Idealzustand der Verdummung; »Seligkeit«: den Idealzustand der Faulheit; »Liebe«: den Idealzustand des Herdentiers, das keinen Feind mehr haben will. Damit hat man alles, was den Menschen erniedrigt und herunterbringt, ins *Ideal* erhoben.

Ein Gott für unsere Sünden gestorben; eine Erlösung durch den Glauben; eine Wiederauferstehung nach dem Tode – das sind alles Falschmünzereien des eigentlichen Christentums, für die man jenen unheilvollen Querkopf (Paulus) verantwortlich machen muß.

Das *vorbildliche Leben* besteht in der Liebe und Demut; in der Herzens-Fülle, welche auch den Niedrigsten nicht ausschließt; in der förmlichen Verzichtleistung auf das Recht-behalten-wollen, auf Verteidigung, auf Sieg im Sinne des persönlichen Triumphes; im Glauben an die Seligkeit hier, auf Erden, trotz Not, Widerstand und Tod; in der Versöhnlichkeit, in der Abwesenheit des Zornes, der Verachtung; nicht belohnt werden wollen; niemandem sich verbunden haben; die geistlich-geistigste Herrenlosigkeit; ein sehr stolzes Leben unter dem Willen zum armen und dienenden Leben.

Nachdem die Kirche die *ganze christliche Praxis* sich hatte nehmen lassen und ganz eigentlich das Leben im Staate, jene Art Leben, welche Jesus bekämpft und verurteilt hatte, sanktioniert hatte, mußte sie den Sinn des Christentums irgendwo anders hin legen: in den *Glauben* an unglaubwürdige Dinge, in das Zeremoniell von Gebeten, Anbetung, Festen usw. Der Begriff »Sünde«, »Vergebung«, »Strafe«, »Belohnung« – alles ganz unbeträchtlich und fast *ausgeschlossen* vom ersten Christentum – kommt jetzt in den Vordergrund.

Ein schauderhafter Mischmasch von griechischer Philosophie und Judentum; der Asketismus; das beständige Richten und Verurteilen; die Rangordnung usw.

– »Was tun, um zu glauben?« – eine absurde Frage. Was im Christentum fehlt, das ist die Enthaltung von alledem, was Christus befohlen hat zu *tun.*

Es ist das mesquine Leben, aber mit einem Auge der Verachtung interpretiert.

Gott schuf den Menschen glücklich, müßig, unschuldig und unsterblich: unser wirkliches Leben ist ein falsches, abgefallenes, sündhaftes Dasein, eine Straf-Existenz... Das Leiden, der Kampf, die Arbeit, der Tod werden als Einwände und Fragezeichen gegen das Leben abgeschätzt, als etwas Unnatürliches, etwas, das nicht dauern soll; gegen das man Heilmittel braucht – und *hat*!...

Die Menschheit hat von Adam an bis jetzt sich in einem unnormalen Zustande befunden: Gott selbst hat seinen Sohn für die Schuld Adams hergegeben, um diesem unnormalen Zustande ein Ende zu machen: der natürliche Charakter des Lebens ist ein *Fluch*; Christus gibt dem, der an ihn glaubt, den Normal-Zustand zurück: er macht ihn glücklich, müßig und unschuldig. – Aber die Erde hat nicht angefangen, fruchtbar zu sein ohne Arbeit; die Weiber gebären nicht ohne Schmerzen Kinder; die Krankheit hat nicht aufgehört; die Gläubigsten befinden sich hier so schlecht wie die Ungläubigsten. Nur daß der Mensch vom *Tode* und von der *Sünde* befreit ist – Behauptungen, die keine Kontrolle zulassen –, das hat die Kirche um so bestimmter behauptet. »Er ist frei von Sünde« – nicht durch sein Tun, nicht durch einen rigorosen Kampf seinerseits, sondern durch die *Tat* der *Erlösung freigekauft* – folglich vollkommen, unschuldig, paradiesisch...

Das *wahre* Leben nur ein Glaube (d. h. ein Selbstbetrug, ein Irrsinn). Das ganze ringende, kämpfende, wirkliche Dasein voll Glanz und Finsternis nur ein schlechtes, falsches Dasein: von ihm *erlöst* werden ist die Aufgabe.

»Der Mensch unschuldig, müßig, unsterblich, glücklich« – diese Konzeption der »höchsten Wünschbarkeit« ist vor allem zu kritisieren. Warum ist die Schuld, die Arbeit, der Tod, das Leiden (*und*, christlich geredet, die *Erkenntnis*...) *wider* die höchste Wünschbarkeit? – Die faulen christlichen Begriffe »Seligkeit«, »Unschuld«, »Unsterblichkeit« – – –

Man hat kein Recht weder auf Dasein, noch auf Arbeit, noch gar auf »Glück«: es steht mit dem einzelnen Menschen nicht anders, als mit dem niedrigsten Wurm.

Die *Gegenseitigkeit*, die Hinterabsicht auf Bezahlt-werden-wollen: eine der verfänglichsten Formen der Wert-Erniedrigung des Menschen. Sie bringt jene »Gleichheit« mit sich, welche die Kluft der Distanz als *unmoralisch* abwertet...

– Die *Kirche* ist exakt das, wogegen Jesus gepredigt hat – und wogegen er seine Jünger kämpfen lehrte –

Der Eintritt in das *wahre* Leben – *man rettet sein persönliches Leben vom Tode, indem man das allgemeine Leben lebt* –

Ihr habt alle nicht den Mut, einen Menschen zu töten, oder auch nur zu peitschen, oder auch nur zu –, aber die ungeheure Maschine von *Staat* überwältigt den einzelnen, so daß er die Verantwortlichkeit für das, was er tut, *ablehnt* (Gehorsam, Eid usw.).

– Alles, was ein Mensch im Dienste des Staates *tut*, geht wider seine Natur;

– insgleichen alles, was er in Hinsicht auf den zukünftigen Dienst im Staate *lernt*, geht wider seine Natur.

Das wird erreicht durch die *Arbeitsteilung* (so daß niemand die ganze Verantwortlichkeit mehr hat):

der Gesetzgeber – und der, der das Gesetz ausführt;

der Disziplin-Lehrer – und die, welche in der Disziplin hart und streng geworden sind.

Die Christen haben niemals die Handlungen praktiziert, welche ihnen Jesus vorgeschrieben hat, und das unverschämte Gerede von der »Rechtfertigung durch den Glauben« und dessen oberster und einziger Bedeutsamkeit ist nur die Folge davon, daß die Kirche nicht den Mut, noch den Willen hatte, sich zu den *Werken* zu bekennen, welche Jesus forderte.

Der Buddhist handelt anders als der Nichtbuddhist; *der Christ handelt wie alle Welt* und hat ein Christentum der Zeremonien und der *Stimmungen.*

Die tiefe und verächtliche Verlogenheit des Christentums in Europa –: wir werden wirklich die Verachtung der Araber, Hindus, Chinesen... Man höre die Reden des ersten deutschen Staatsmannes über das, was jetzt vierzig Jahre Europa eigentlich beschäftigt hat...

Das ursprüngliche Christentum ist *Abolition des Staates*: es verbietet den Eid, den Kriegsdienst, die Gerichtshöfe, die Selbstverteidigung und Verteidigung irgendeines Ganzen, den Unterschied zwischen Volksgenossen und Fremden; insgleichen die *Stände*ordnung.

Das *Vorbild Christi*: er widerstrebt nicht denen, die ihm Übles tun; er verteidigt sich nicht; er tut mehr: er »reicht die linke Wange« (auf die Frage »bist du Christus?« antwortet er »und von nun an werdet ihr ehen des Menschen Sohn sitzen zur Rechten der Kraft und kommen in den Wolken des Himmels«). Er verbietet, daß seine Jünger ihn verteidigen; er macht aufmerksam, daß er Hilfe haben könnte, aber nicht *will.*

Das Christentum ist auch *Abolition der Gesellschaft*: es bevorzugt alles von ihr Geringgeschätzte, es wächst heraus aus den Verrufenen und Verurteilten, den Aussätzigen jeder Art, den »Sündern«, den »Zöllnern«, den Prostituierten, dem dümmsten Volk (den »Fischern«); es verschmäht die Reichen, die Gelehrten, die Vornehmen, die Tugendhaften, die »Korrekten«...

Ein wenig reine Luft! Dieser absurde Zustand Europas soll nicht mehr lange dauern! Gibt es irgendeinen Gedanken hinter diesem Hornvieh-Nationalismus? Welchen Wert könnte es haben, jetzt, wo alles auf größere und gemeinsame Interessen hinweist, diese ruppigen Selbstgefühle aufzustacheln? Und das in einem Zustande, wo die *geistige Unselbständigkeit* und Entnationalisierung in die Augen springt und in einem gegenseitigen Sich-Verschmelzen und -Befruchten der eigentliche Wert und Sinn der jetzigen Kultur liegt!... Und das »neue Reich«, wieder auf den verbrauchtesten und bestverachteten Gedanken gegründet: die Gleichheit der Rechte und der Stimmen.

Das Ringen um einen Vorrang innerhalb eines Zustandes, der nichts taugt; diese Kultur der Großstädte, der Zeitungen, des Fiebers und der »Zwecklosigkeit« -!

Die wirtschaftliche Einigung Europas kommt mit Notwendigkeit - und ebenso, als Reaktion, die *Friedenspartei*...

Eine Partei des *Friedens*, ohne Sentimentalität, welche sich und ihren Kindern verbietet, Krieg zu führen; verbietet, sich der Gerichte zu bedienen; welche den Kampf, den Widerspruch, die Verfolgung gegen sich heraufbeschwört: eine Partei der Unterdrückten, wenigstens für eine Zeit; alsbald die *große* Partei. Gegnerisch gegen die *Rach-* und *Nachgefühle*.

Eine *Kriegspartei*, mit der gleichen Grundsätzlichkeit und Strenge gegen sich, in umgekehrter Richtung vorgehend -.

Zum psychologischen Problem des Christentums. - Die treibende Kraft bleibt: das Ressentiment, der Volksaufstand, der Aufstand der Schlechtweggekommenen. (Mit dem Buddhismus steht es anders: er ist nicht *geboren* aus einer *Ressentiment-*Bewegung. Er bekämpft dasselbe, weil es zum *Handeln* antreibt).

Diese Friedenspartei begreift, daß *Verzichtleisten auf Feindseligkeit in Gedanken und Tat* eine Unterscheidungs- und Erhaltungsbedingung ist. Hierin liegt die psychologische Schwierigkeit, welche verhindert hat, daß man das Christentum verstand: der Trieb, der es *schuf*, erzwingt eine grundsätzliche Bekämpfung seiner selber.

Nur als *Friedens- und Unschuldspartei* hat diese Aufstandsbewegung eine Möglichkeit auf Erfolg: sie muß siegen durch die extreme Milde,

Süßigkeit, Sanftmut, ihr Instinkt begreift das –. *Kunststück:* den Trieb, dessen Ausdruck man ist, leugnen, verurteilen, das Gegenstück dieses Triebes durch die Tat und das Wort beständig zur Schau tragen –.

Zu begreifen: – Daß alle Art Verfall und Erkrankung fortwährend an den Gesamt-Werturteilen mitgearbeitet hat: daß in den herrschend gewordnen Werturteilen die *décadence* sogar zum Übergewicht gekommen ist: daß wir nicht nur gegen die Folgezustände alles gegenwärtigen Elends von Entartung zu kämpfen haben, sondern *alle bisherige décadence* rückständig, das heißt *lebendig* geblieben ist. Eine solche Gesamt-Abirrung der Menschheit von ihren Grundinstinkten, eine solche Gesamt-*décadence* des Werturteils ist das Fragezeichen *par excellence*, das eigentliche Rätsel, das das Tier »Mensch« dem Philosophen aufgibt.

Die Hauptarten des Pessimismus:

der Pessimismus der *Sensibilität* (: die Überreizbarkeit mit einem Übergewicht der Unlustgefühle);

der Pessimismus des »*unfreien Willens*« (anders gesagt: der Mangel an Hemmungskräften gegen die Reize);

der Pessimismus des *Zweifels* (: die Scheu vor allem Festen, vor allem Fassen und Anrühren).

Die dazu gehörigen psychologischen Zustände kann man allesamt im Irrenhause beobachten, wenn auch in einer gewissen Übertreibung. Insgleichen den »Nihilismus« (das durchbohrende Gefühl des – »Nichts«).

Wohin aber gehört der *Moral-Pessimismus* Pascals? der *metaphysische Pessimismus* der Vedânta-Philosophie? der *soziale Pessimismus* des Anarchisten (oder Shelleys)? der *Mitgefühls*-Pessimismus (wie der Leo Tolstois, Alfred de Vignys)?

Sind das nicht alles gleichfalls Verfalls- und Erkrankungs-Phänomene? ... Das exzessive Wichtig-nehmen von Moralwerten oder von »Jenseits«-Fiktionen oder von sozialen Notständen oder von *Leiden* überhaupt. Jede solche *Übertreibung* eines *engeren* Gesichtspunktes ist an sich schon ein Zeichen von Erkrankung. Ebenfalls das Überwiegen des *Neins* über das *Ja!*

Was hier nicht zu verwechseln ist: die Lust am Nein-sagen und Nein-tun aus einer ungeheuren Kraft und Spannung des Ja-sagens – eigentümlich allen reichen und mächtigen Menschen und Zeiten. Ein Luxus gleichsam; eine Form der Tapferkeit ebenfalls, welche sich dem Furchtbaren entgegenstellt; eine Sympathie für das Schreckliche und Fragwürdige, weil man, unter anderem, schrecklich und fragwürdig ist: das *Dionysische* in Wille, Geist, Geschmack.

Daß die Menschheit eine Gesamtaufgabe zu lösen habe, daß sie als Ganzes irgendeinem Ziel entgegenlaufe, diese sehr unklare und willkürliche Vorstellung ist noch sehr jung. Vielleicht wird man sie wieder los, bevor sie eine »fixe Idee« wird... Sie ist kein Ganzes, diese Menschheit: sie ist eine unlösbare Vielheit von aufsteigenden und niedersteigenden Lebensprozessen, – sie hat nicht eine Jugend und darauf eine *Reife* und endlich ein Alter. Sondern die Schichten liegen durcheinander und übereinander – und in einigen Jahrtausenden kann es immer noch jüngere Typen Mensch geben, als wir sie heute nachweisen können. Die *décadence* andererseits gehört zu allen Epochen der Menschheit: überall gibt es Auswurf- und Verfalls-Stoffe, es ist ein Lebensprozeß selbst, das Ausscheiden der Niedergangs- und Abfalls-Gebilde.

Unter der Gewalt des christlichen Vorurteils *gab es diese Frage gar nicht*: der Sinn lag in der Errettung der einzelnen Seele; das Mehr oder Weniger in der Dauer der Menschheit kam nicht in Betracht. Die besten Christen wünschten, daß es möglichst bald ein Ende habe; – über das, was dem einzelnen not tue, *gab es keinen Zweifel*... Die Aufgabe stellte sich jetzt für jeden einzelnen, wie in irgendwelcher Zukunft für einen Zukünftigen: der Wert, Sinn, Umkreis der Werte war fest, unbedingt, ewig, eins mit Gott... Das, was von diesem ewigen Typus abwich, war sündlich, teuflisch, verurteilt...

Das Schwergewicht des Wertes lag für jede Seele in sich selber: Heil oder Verdammnis! Das Heil der *ewigen* Seele! Extremste Form der *Verselbstung*... Für jede Seele gab es nur *eine* Vervollkommnung; nur *ein* Ideal; nur *einen* Weg zur Erlösung... Extremste Form der *Gleichberechtigung*, angeknüpft an eine optische Vergrößerung der eigenen Wichtigkeit bis ins Unsinnige... Lauter unsinnig wichtige Seelen, mit entsetzlicher Angst um sich selbst gedreht...

Nun glaubt kein Mensch mehr an diese absurde Wichtigtuerei: und wir haben unsere Weisheit durch ein Sieb der Verachtung geseiht. Trotzdem bleibt unerschüttert die *optische Gewöhnung*, einen Wert des Menschen in der Annäherung an einen *idealen Menschen* zu suchen: man hält im Grunde sowohl die Verselbstungs-Perspektive als die *Gleichberechtigung vor dem Ideal* aufrecht. *In summa: man glaubt zu wissen*, was, in Hinsicht auf den idealen Menschen, die *letzte Wünschbarkeit* sei...

Dieser Glaube ist aber nur die Folge einer ungeheuren *Verwöhnung* durch das christliche Ideal: als welches man, bei jeder vorsichtigen Prüfung des »idealen Typus«, sofort wieder herauszieht. Man glaubt, *erstens*, zu wissen, daß die Annäherung an *einen* Typus wünschbar ist; *zweitens*, zu wissen, welcher Art dieser Typus ist; *drittens*, daß jede Abweichung von diesem Typus ein Rückgang, eine Hemmung, ein Kraft- und Machtverlust des Menschen ist... Zustände träumen, wo dieser *vollkommene Mensch* die ungeheure Zahlen-Majorität für sich hat: höher haben es auch unsre Sozialisten, selbst die Herren Utilitarier nicht gebracht. – Damit scheint ein *Ziel* in die *Entwicklung* der Menschheit zu kommen: jedenfalls ist der Glaube an einen *Fortschritt zum Ideal* die einzige Form, in der eine Art *Ziel* in der Menschheits-Geschichte heute gedacht wird. *In summa:* man hat die Ankunft des »*Reiches Gottes*« in die Zukunft verlegt, auf die Erde, ins Menschliche, – aber man hat im Grunde den Glauben an das *alte* Ideal festgehalten...

Die *Lasterhaften* und *Zügellosen*: ihr deprimierender Einfluß auf den *Wert der Begierden*. Es ist die schauerliche Barbarei der Sitte, welche, im Mittelalter vornehmlich, zu einem wahren »Bund der Tugend« zwingt – nebst ebenso schauerlichen Übertreibungen über das, was den *Wert* des Menschen ausmacht. Die kämpfende »*Zivilisation*« (Zähmung) braucht alle Art Eisen und Tortur, um sich gegen die Furchtbarkeit und Raubtier-Natur aufrechtzuerhalten.

Hier ist eine Verwechslung ganz natürlich, obwohl vom schlimmsten Einfluß: Das, was *Menschen der Macht und des Willens von sich* verlangen können, gibt ein Maß auch für das, was sie sich zugestehen dürfen. Solche Naturen sind der *Gegensatz* der Lasterhaften und Zügellosen: obwohl sie unter Umständen Dinge tun, derentwegen ein geringerer Mensch des Lasters und der Unmäßigkeit überführt wäre.

Hier schadet der Begriff der »*Gleichwertigkeit* der Menschen *vor Gott*« außerordentlich; man verbot Handlungen und Gesinnungen, welche, an sich, zu den Prärogativen der Starkgeratenen gehören – wie als ob sie an sich des Menschen unwürdig wären. Man brachte die ganze Tendenz der starken Menschen in Verruf, indem man die Schutzmittel der Schwächsten (auch gegen sich Schwächsten) als Wert-Norm aufstellte.

Die Verwechslung geht so weit, daß man geradezu die großen *Virtuosen* des Lebens (deren Selbstherrlichkeit den schärfsten Gegensatz zum Lasterhaften und Zügellosen abgibt) mit den schimpflichsten Namen brandmarkte. Noch jetzt glaubt man einen Cesare Borgia mißbilligen zu müssen; das ist einfach zum Lachen. Die Kirche hat deutsche Kaiser auf Grund ihrer Laster in Bann getan: als ob ein Mönch oder Priester über das mitreden dürfte, was ein Friedrich der Zweite von sich fordern darf. Ein Don Juan wird in die Hölle geschickt: das ist sehr naiv. Hat man bemerkt, daß im Himmel alle interessanten Menschen fehlen? ... Nur ein Wink für die Weiblein, wo sie ihr Heil am besten finden. – Denkt man ein wenig konsequent und außerdem mit einer vertieften Einsicht in das, was ein »großer Mensch« ist, so unterliegt es keinem Zweifel, daß die Kirche alle »großen Menschen« in die Hölle schickt –, sie kämpft *gegen* alle »Größe des Menschen«.

Der »*Ehr-Begriff*«: beruhend auf dem Glauben an »gute Gesellschaft«, an ritterliche Hauptqualitäten, an die Verpflichtung, sich fortwährend zu repräsentieren. Wesentlich: daß man sein Leben nicht wichtig nimmt; daß man unbedingt auf respektvollste Manieren hält, seitens aller, mit denen man sich berührt (zum mindesten so weit sie nicht zu »*uns*« gehören); daß man weder vertraulich, noch gutmütig, noch lustig, noch bescheiden ist, außer *inter pares*; daß man *sich immer repräsentiert.*

Der Krieg gegen die Vornehmen und Mächtigen, wie er im Neuen Testament geführt wird, ist ein Krieg wie der des *Reineke* und mit gleichen Mitteln: nur immer in priesterlicher Salbung und in entschiedener Ablehnung, um seine eigne Schlauheit zu wissen.

Die Zeit kommt, wo wir dafür *bezahlen* müssen, zwei Jahrtausende lang *Christen* gewesen zu sein: wir verlieren das *Schwergewicht*, das uns leben ließ – wir wissen eine Zeitlang nicht, wo aus, noch ein. Wir stürzen jählings in die *entgegengesetzten* Wertungen, mit dem Maße von Energie, das eben eine solche extreme *Überwertung* des Menschen im Menschen erzeugt hat.

Jetzt ist alles durch und durch falsch, »Wort«, durcheinander, schwach oder überspannt:

a) man versucht eine Art von *irdischer Lösung*, aber im gleichen Sinne, in dem des *schließlichen Triumphs* von Wahrheit, Liebe, Gerechtigkeit (der Sozialismus: »Gleichheit der Person«);

b) man versucht ebenfalls das *Moral-Ideal* festzuhalten (mit dem Vorrang des Unegoistischen, der Selbst-Verleugnung, der Willens-Verneinung);

c) man versucht selbst das »Jenseits« festzuhalten: sei es auch nur als antilogisches *x*: aber man deutet es sofort so aus, daß eine Art metaphysischer Trost alten Stils aus ihm gezogen werden kann;

d) man versucht die *göttliche Leitung alten Stils*, die belohnende, bestrafende, erziehende, zum *Besseren* führende Ordnung der Dinge aus dem Geschehen herauszulesen;

e) man glaubt nach wie vor an Gut und Böse: so daß man den Sieg des Guten und die Vernichtung des Bösen als *Aufgabe* empfindet (– das ist englisch: typischer Fall der Flachkopf John Stuart Mill);

f) die Verachtung der »Natürlichkeit«, der Begierde, des *ego*: Versuch, selbst die höchste Geistigkeit und Kunst als Folge einer Entpersönlichung und als *désintéressement* zu verstehn;

g) man erlaubt der *Kirche*, sich immer noch in alle wesentlichen Erlebnisse und Hauptpunkte des Einzellebens einzudrängen, um ihnen *Weihe*, *höheren Sinn* zu geben: wir haben noch immer den »christlichen Staat«, die »christliche Ehe« –

Meine »Zukunft«: – eine stramme Polytechniker-Bildung. Militärdienst: so daß durchschnittlich jeder Mann der höheren Stände Offizier ist, er sei sonst, wer er sei.

Perioden des europäischen Nihilismus.

Die Periode der Unklarheit, der Tentativen aller Art, das Alte zu konservieren und das Neue nicht fahren zu lassen.

Die Periode der Klarheit: man begreift, daß Altes und Neues Grundgegensätze sind: die alten Werte aus dem niedergehenden, die neuen aus dem aufsteigenden Leben geboren –, daß *alle alten Ideale* lebensfeindliche Ideale sind (aus der *décadence* geboren und die *décadence* bestimmend, wie sehr anch im prachtvollen Sonntags-Aufputz der Moral). Wir *verstehen* das Alte und sind lange nicht stark genug zu einem Neuen.

Die Periode der drei großen Affekte: der Verachtung, des Mitleids, der Zerstörung.

Die Periode der Katastrophe: die Heraufkunft einer Lehre, welche die Menschen *aussiebt* ... welche die Schwachen zu Entschlüssen treibt und ebenso die Starken –

Einsicht, welche den »freien Geistern« *fehlt:* dieselbe Disziplin, welche eine starke Natur noch verstärkt und zu großen Unternehmungen befähigt, *zerbricht und verkümmert die mittelmäßigen:* – der Zweifel – *la largeur de cœur* – das Experiment – die Independenz.

Rolle des »Bewußtseins«. – Es ist wesentlich, daß man sich über die Rolle des »Bewußtseins« nicht vergreift: es ist unsere *Relation mit der »Außenwelt«, welche es entwickelt hat.* Dagegen die *Direktion*, resp. die Obhut und Vorsorglichkeit in Hinsicht auf das Zusammenspiel der leiblichen Funktionen tritt uns *nicht* ins Bewußtsein; ebenso wenig als die geistige *Einmagazinierung*: daß es dafür eine oberste Instanz gibt, darf man nicht bezweifeln: eine Art leitendes Komitee, wo die verschiedenen *Hauptbegierden* ihre Stimme und Macht geltend machen. »Lust«, »Unlust« sind Winke aus dieser Sphäre her: der *Willensakt* insgleichen: die *Ideen* insgleichen.

In summa: das, was bewußt wird, steht unter kausalen Beziehungen, die uns ganz und gar vorenthalten sind – die Aufeinanderfolge von Gedanken, Gefühlen, Ideen im Bewußtsein drückt nichts darüber aus, daß diese Folge eine kausale Folge ist: es ist aber *scheinbar* so, im höchsten Grade. Auf diese *Scheinbarkeit* hin haben wir unsere ganze Vorstellung von *Geist*, *Vernunft*, *Logik usw. gegründet* (– das gibt es alles nicht: es sind fingierte Synthesen und Einheiten) und diese wieder *in* die Dinge, *hinter* die Dinge projiziert!

Gewöhnlich nimmt man das *Bewußtsein* selbst als Gesamt-Sensorium und oberste Instanz; indessen, es ist nur ein *Mittel* der *Mitteilbarkeit*: es ist im Verkehr entwickelt, und in Hinsicht auf Verkehrs-Interessen... »Verkehr« hier verstanden auch von den Einwirkungen der Außenwelt und den unsererseits dabei nötigen Reaktionen; ebenso wie von unseren Wirkungen *nach* außen. Es ist *nicht* die Leitung, sondern ein *Organ der Leitung*.

Die Mittel, vermöge deren eine stärkere Art sich erhält.

Sich ein Recht auf Ausnahme-Handlungen zugestehen; als Versuch der Selbstüberwindung und der Freiheit.

Sich in Zustände begeben, wo es nicht erlaubt ist, *nicht* Barbar zu sein.

Sich durch jede Art von Askese eine Übermacht und Gewißheit in Hinsicht auf seine Willensstärke verschaffen.

Sich nicht mitteilen; das Schweigen; die Vorsicht vor der Anmut.

Gehorchen lernen, in der Weise, daß es eine Probe für die Selbst-Aufrechterhaltung abgibt. Kasuistik des Ehrenpunktes ins Feinste getrieben.

Nie schließen »was einem recht ist, ist dem andern billig« – sondern umgekehrt!

Die Vergeltung, das Zurückgeben-*dürfen* als Vorrecht behandeln, als Auszeichnung zugestehn.

Die Tugend der *anderen* nicht ambitionieren.

Aristokratismus. Die Herdentier-Ideale – jetzt gipfelnd als *höchste Wertansetzung* der »Sozietät«: Versuch, ihr einen kosmischen, ja metaphysischen Wert zu geben. – Gegen sie verteidige ich den *Aristokratismus.*

Eine Gesellschaft, welche in sich jene *Rücksicht* und *Delikatesse* in bezug auf Freiheit bewahrt, muß sich als Ausnahme fühlen und sich gegenüber eine Macht haben, gegen welche sie sich abhebt, gegen welche sie feindselig ist und herabblickt.

Je mehr ich Recht abgebe und mich gleichstelle, um so mehr gerate ich unter die Herrschaft der Durchschnittlichsten, endlich der Zahlreichsten. Die Voraussetzung, welche eine aristokratische Gesellschaft in sich hat, um zwischen ihren Mitgliedern den hohen Grad von Freiheit zu erhalten, ist die extreme Spannung, welche aus dem Vorhandensein des *entgegengesetzten* Triebes bei allen Mitgliedern entspringt: des Willens zur Herrschaft...

Wenn ihr die starken Gegensätze und Rangverschiedenheiten wegschaffen wollt, so schafft ihr die starke Liebe, die hohe Gesinnung, das Gefühl des Für-sich-seins auch ab.

Zur *wirklichen* Psychologie der Freiheits- und Gleichheits-Sozietät. – Was *nimmt ab*?

Der Wille zur *Selbstverantwortlichkeit*, Zeichen des Niedergangs der Autonomie; die *Wehr-* und *Waffentüchtigkeit*, auch im Geistigsten: die Kraft zu kommandieren; der Sinn der *Ehrfurcht*, der Unterordnung, des Schweigen-könnens; die *große Leidenschaft*, die große Aufgabe, die Tragödie, die Heiterkeit.

Zur Kritik der großen Worte. – Ich bin voller Argwohn und Bosheit gegen das, was man »Ideal« nennt: hier liegt *mein Pessimismus*, erkannt zu haben, wie die »höheren Gefühle« eine Quelle des Unheils, das heißt der Verkleinerung und Werterniedrigung des Menschen sind.

Man täuscht sich jedesmal, wenn man einen »Fortschritt« von einem Ideal erwartet; der Sieg des Ideals war jedesmal bisher eine *retrograde Bewegung.*

Christentum, Revolution, Aufhebung der Sklaverei, gleiche Rechte, Philanthropie, Friedensliebe, Gerechtigkeit, Wahrheit: alle diese großen Worte haben nur Wert im Kampf, als Standarte: *nicht* als Realitäten, sondern als *Prunkworte*, für etwas ganz anderes (ja Gegensätzliches!).

»Dinge, die eine Beschaffenheit *an sich* haben« – eine dogmatische Vorstellung, mit der man absolut brechen muß.

Die »wachsende Autonomie des Individuums«: davon reden diese Pariser Philosophen, wie Fouillée: sie sollten doch nur die *race moutonnière* ansehen, die sie selber sind. Macht doch die Augen auf, ihr Herren Zukunfts-Soziologen! Das Individuum ist stark geworden unter *umgekehrten* Bedingungen: ihr beschreibt die äußerste Schwächung und Verkümmerung des Menschen, ihr *wollt* sie selbst und braucht den ganzen Lügenapparat des alten Ideals dazu! ihr seid *derart*, daß ihr eure Herdentier-Bedürfnisse wirklich als *Ideal* empfindet!

Der vollkommene Mangel an psychologischer Rechtschaffenheit!

Die Herkunft des Ideals. Untersuchung des Bodens, auf dem es wächst.

A. Von den »ästhetischen« Zuständen ausgehen, wo die Welt voller, runder, *vollkommener gesehen* wird –: das *heidnische* Ideal: darin die Selbstbejahung vorherrschend (*man gibt ab* –). Der höchste Typus: das *klassische* Ideal – als Ausdruck eines Wohlgeratenseins *aller* Hauptinstinkte. Darin wieder der höchste Stil: *der große Stil.* Ausdruck des »Willens zur Macht« selbst. Der am meisten gefürchtete Instinkt *wagt sich zu bekennen.*

B. Von Zuständen ausgehen, wo die Welt leerer, blässer, verdünnter *gesehen* wird, wo die »Vergeistigung« und Unsinnlichkeit den Rang des Vollkommnen einnimmt, wo am meisten das Brutale, Tierisch-Direkte, Nächste vermieden wird (– *man rechnet ab, man wählt* –): der »Weise«, »der Engel«, priesterlich = jungfräulich = unwissend, physiologische Charakteristik solcher Idealisten –: das *anämische* Ideal. Unter Umständen kann es das Ideal solcher Naturen sein, welche das erste, das heidnische *darstellen* (: so sieht Goethe in Spinoza seinen »Heiligen«).

C. Von Zuständen ausgehen, wo wir die Welt absurder, schlechter, ärmer, täuschender empfinden, als daß wir in ihr noch das Ideal vermuten oder wünschen (– *man negiert, man vernichtet* –): die Projektion des Ideals in das Wider-Natürliche, Wider-Tatsächliche, Wider-Logische; der Zustand dessen, der so urteilt (– die »Verarmung« der

Welt als Folge des Leidens: *man nimmt, man gibt nicht mehr* –): das *widernatürliche Ideal.*

(Das *christliche Ideal* ist ein *Zwischengebilde* zwischen dem zweiten und dritten, bald mit dieser, bald mit jener Gestalt überwiegend.)

Die drei Ideale: A. Entweder eine *Verstärkung* des Lebens (– *heidnisch*), oder B. eine *Verdünnung* des Lebens (– *anämisch*), oder C. eine *Verleugnung* des Lebens (– *widernatürlich*). Die »Vergöttlichung« gefühlt: in der höchsten Fülle – in der zartesten Auswahl – in der Verachtung und Zerstörung des Lebens.

Der Nihilismus ist nicht nur eine Betrachtsamkeit über das »Umsonst!«, und nicht nur der Glaube, daß alles wert ist zugrunde zu gehen: man legt Hand an, man *richtet zugrunde*... Das ist, wenn man will, *unlogisch*: aber der Nihilist glaubt nicht an die Nötigung, logisch zu sein... Es ist der Zustand starker Geister und Willen: und solchen ist es nicht möglich, bei dem Nein »des Urteils« stehen zu bleiben: – das *Nein der Tat* kommt aus ihrer Natur. Der Ver-Nichtsung durch das Urteil sekundiert die Ver-Nichtsung durch die Hand.

Gegen John Stuart Mill. – Ich perhorresziere seine Gemeinheit, welche sagt »was dem einen recht ist, ist dem andern billig«; »was du nicht willst usw., das füg auch keinem andern zu«; welche den ganzen menschlichen Verkehr auf *Gegenseitigkeit der Leistung* begründen will, so daß jede Handlung als eine Art Abzahlung erscheint für etwas, das uns erwiesen ist. Hier ist die Voraussetzung *unvornehm* im untersten Sinne: hier wird die *Äquivalenz der Werte von Handlungen* vorausgesetzt bei mir und dir; hier ist der persönlichste Wert einer Handlung einfach annulliert (das, was durch nichts ausgeglichen und bezahlt werden kann –). Die »Gegenseitigkeit« ist eine große Gemeinheit; gerade daß etwas, das *ich* tue, *nicht* von einem andern getan werden *dürfte* und *könnte*, daß es *keinen Ausgleich* geben darf (– außer in der *ausgewähltesten Sphäre* der »meines-gleichen«, *inter pares* –), daß man in einem tieferen Sinne nie zurückgibt, weil man etwas *Einmaliges ist* und nur *Einmaliges tut* – diese Grundüberzeugung enthält die Ursache der *aristokratischen Absonderung von der Menge*, weil die Menge an »Gleichheit« und *folglich* Ausgleichbarkeit und »Gegenseitigkeit« glaubt.

Wenn wir »Enttäuschte« sind, so sind wir es nicht in Hinsicht auf das Leben: sondern, daß uns über die »Wünschbarkeiten« aller Art die Augen aufgegangen sind. Wir sehen mit einem spöttischen Ingrimm dem zu, was »Ideal« heißt: wir verachten uns nur darum, nicht zu jeder Stunde jene absurde Regung niederhalten zu können, welche »Idealismus« heißt. Die *Verwöhnung* ist stärker als der Ingrimm des *Enttäuschten*.

Ein Mensch, wie er sein *soll*: das klingt uns so abgeschmackt wie: »ein Baum, wie er sein soll«.

Man erkennt die *Überlegenheit* des griechischen Menschen, des Renaissance-Menschen an – aber man möchte ihn ohne seine Ursachen und Bedingungen haben.

Es ist der Gipfel der psychologischen Verlogenheit des Menschen, sich ein Wesen als Anfang und »An-sich« nach seinem Winkel-Maßstab des ihm gerade gut, weise, mächtig, wertvoll Erscheinenden herauszurechnen – und dabei die *ganze Ursächlichkeit*, vermöge deren überhaupt irgendwelche Güte, irgendwelche Weisheit, irgendwelche Macht besteht und Wert hat, wegzudenken. Kurz, Elemente der spätesten und bedingtesten Herkunft als nicht entstanden, sondern als »an sich« zu setzen und womöglich gar als Ursache alles Entstehens überhaupt... Gehen wir von der Erfahrung aus, von jedem Falle, wo ein Mensch sich bedeutend über das Maß des Menschlichen erhoben hat, so sehen wir, daß jeder hohe Grad von Macht *Freiheit* von Gut und Böse ebenso wie von »Wahr« und »Falsch« in sich schließt und dem, was Güte will, keine Rechnung gönnen kann: wir begreifen dasselbe noch einmal für jeden hohen Grad von Weisheit – die Güte ist in ihr ebenso aufgehoben als die Wahrhaftigkeit, Gerechtigkeit, Tugend und andere Volks-Velleitäten der Wertung. Endlich jeder hohe Grad von Güte selbst: ist es nicht ersichtlich, daß er bereits eine geistige Myopie und Unfeinheit voraussetzt? insgleichen die Unfähigkeit, zwischen wahr und falsch, zwischen nützlich und schädlich auf eine größere Entfernung hin zu unterscheiden? gar nicht davon zu reden, daß ein hoher Grad von Macht in den Händen der höchsten

Güte die unheilvollsten Folgen (»die Abschaffung des Übels«) mit sich bringen würde? – In der Tat, man sehe nur an, was der »Gott der Liebe« seinen Gläubigen für Tendenzen eingibt: sie ruinieren die Menschheit zugunsten des »Guten«. – *In praxi* hat sich derselbe Gott angesichts der wirklichen Beschaffenheit der Welt als *Gott der höchsten Kurzsichtigkeit, Teufelei und Ohnmacht* erwiesen: woraus sich ergibt, wieviel Wert seine Konzeption hat.

An sich hat ja Wissen und Weisheit keinen Wert; ebenso wenig als Güte: man muß immer erst noch das Ziel haben, von wo aus diese Eigenschaften Wert oder Unwert erhalten, – es *könnte ein Ziel geben*, von wo aus ein extremes Wissen einen hohen Unwert darstellte (etwa wenn die extreme Täuschung eine der Voraussetzungen der Steigerung des Lebens wäre; insgleichen wenn die Güte etwa die Sprungfedern der großen Begierde zu lähmen und zu entmutigen vermöchte)... Unser menschliches Leben gegeben, wie es ist, so hat alle »Wahrheit«, alle »Güte«, alle »Heiligkeit«, alle »Göttlichkeit« im christlichen Stile bis jetzt sich als große Gefahr erwiesen, – noch jetzt ist die Menschheit in Gefahr, an einer lebenswidrigen Idealität zugrunde zu gehn.

Daß zwischen *Subjekt* und *Objekt* eine Art adäquater Relation stattfinde; daß das Objekt etwas sei, das *von innen gesehn* Subjekt wäre, ist eine gutmütige Erfindung, die, wie ich denke, ihre Zeit gehabt hat. Das Maß dessen, was uns überhaupt bewußt wird, ist ja ganz und gar abhängig von der groben Nützlichkeit des Bewußtwerdens: wie erlaubte uns diese Winkelperspektive des Bewußtseins irgendwie über »Subjekt« und »Objekt« Aussagen, mit denen die Realität berührt würde! –

Man kann die unterste und ursprünglichste Tätigkeit im Protoplasma nicht aus einem Willen zur Selbsterhaltung ableiten, denn es nimmt auf eine unsinnige Art mehr in sich hinein, als die Erhaltung bedingen würde: und vor allem, es »erhält sich« damit *nicht*, sondern *zerfällt*... Der Trieb, der hier waltet, hat gerade dieses Sich-*nicht*-erhalten-wollen zu erklären: »Hunger« ist schon eine Ausdeutung, nach ungleich komplizierteren Organismen (– Hunger ist eine spezialisierte und spätere Form des Triebes, ein Ausdruck der Arbeitsteilung, im Dienst eines darüber waltenden höheren Triebes).

Es gibt solche, die danach suchen, wo etwas unmoralisch ist. Wenn sie urteilen: »das ist unrecht«, so glauben sie, man müsse es abschaffen und ändern. Umgekehrt habe ich nirgends Ruhe, solange ich bei einer Sache noch nicht über ihre *Unmoralität* im klaren bin. Habe ich diese heraus, so ist mein Gleichgewicht wieder hergestellt.

Mein Schlußsatz ist: daß der *wirkliche* Mensch einen viel höheren Wert darstellt als der »wünschbare« Mensch irgendeines bisherigen Ideals: daß alle »Wünschbarkeiten« in Hinsicht auf den Menschen absurde und gefährliche Ausschweifungen waren, mit denen eine einzelne Art von Mensch *ihre* Erhaltungs- und Wachstums-Bedingungen über der Menschheit als Gesetz aufhängen möchte; daß jede zur Herrschaft gebrachte »Wünschbarkeit« solchen Ursprungs bis jetzt den Wert des Menschen, seine Kraft, seine Zukunftsgewißheit *herabgedrückt* hat; daß die Armseligkeit und Winkel-Intellektualität des Menschen sich am meisten bloßstellt, auch heute noch, wenn er *wünscht;* daß die Fähigkeit des Menschen, Werte anzusetzen, bisher zu niedrig entwickelt war, um dem tatsächlichen, nicht bloß »wünschbaren« *Werte des Menschen* gerecht zu werden; daß das Ideal bis jetzt die eigentlich welt- und menschverleumdende Kraft, der Gifthauch über der Realität, die große *Verführung zum Nichts* war...

Ich halte die Phänomenalität auch der *inneren* Welt fest: alles, was uns *bewußt* wird, ist durch und durch erst zurechtgemacht, vereinfacht, schematisiert, ausgelegt, – der *wirkliche* Vorgang der inneren »Wahrnehmung«, die *Kausalvereinigung* zwischen Gedanken, Gefühlen, Begehrungen, zwischen Subjekt und Objekt ist uns absolut verborgen – und vielleicht eine reine Einbildung. Diese »scheinbare *innere* Welt« ist mit ganz denselben Formen und Prozeduren behandelt, wie die »äußere« Welt. Wir stoßen nie auf »Tatsachen«: Lust und Unlust sind späte und abgeleitete Intellekt-Phänomene...

Die »Ursächlichkeit« entschlüpft uns; zwischen Gedanken ein unmittelbares ursächliches Band anzunehmen, wie es die Logik tut – das ist Folge der allergröbsten und plumpsten Beobachtung. *Zwischen* zwei Gedanken spielen *noch alle möglichen Affekte* ihr Spiel: aber die Bewegungen sind zu rasch, deshalb *verkennen* wir sie, *leugnen* wir sie...

»Denken«, wie es die Erkenntnistheoretiker ansetzen, kommt gar nicht vor: das ist eine ganz willkürliche Fiktion, erreicht durch Heraushebung *eines* Elementes aus dem Prozeß und Subtraktion aller übrigen, eine künstliche Zurechtmachung zum Zwecke der Verständlichung...

Der »Geist«, *etwas, das denkt:* womöglich gar »der Geist absolut, rein, *pur*« – diese Konzeption ist eine abgeleitete zweite Folge der falschen Selbstbeobachtung, welche an »Denken« glaubt: hier ist *erst* ein Akt imaginiert, der gar nicht vorkommt, »das Denken«, und *zweitens* ein Subjekt-Substrat imaginiert, in dem jeder Akt dieses Denkens und sonst nichts anderes seinen Ursprung hat: das heißt *sowohl das Tun, als der Täter sind fingiert.*

In einer Welt, die wesentlich falsch ist, wäre Wahrhaftigkeit eine *widernatürliche Tendenz:* eine solche könnte nur Sinn haben als Mittel zu einer besonderen *höheren Potenz von Falschheit.* Damit eine Welt des Wahren, Seienden fingiert werden konnte, mußte zuerst der Wahrhaftige geschaffen sein (eingerechnet, daß ein solcher sich »wahrhaftig« glaubt).

Einfach, durchsichtig, mit sich nicht im Widerspruch, dauerhaft, sich gleichbleibend, ohne Falte, Volte, Vorhang, Form: ein Mensch derart konzipiert eine Welt des Seins als »*Gott*« nach seinem Bilde.

Damit Wahrhaftigkeit möglich ist, muß die ganze Sphäre des Menschen sehr sauber, klein und achtbar sein: es muß der Vorteil in jedem Sinne auf seiten des Wahrhaftigen sein. – Lüge, Tücke, Verstellung müssen Erstaunen erregen...

»Wollen« ist *nicht* »begehren«, streben, verlangen: davon hebt es sich ab durch den *Affekt des Kommandos.*

Es gibt kein »Wollen«, sondern nur ein *Etwas*-Wollen: man muß nicht das *Ziel* auslösen aus dem Zustand – wie es die Erkenntnistheoretiker tun. »Wollen«, wie sie es verstehn, kommt so wenig vor wie »Denken«: ist eine reine Fiktion.

Daß *etwas befohlen wird* gehört zum Wollen (– damit ist natürlich nicht gesagt, daß der Wille »effektuiert« wird).

Jener allgemeine *Spannungszustand*, vermöge dessen eine Kraft nach Auslösung trachtet, – ist kein »Wollen«.

Ein Philosoph erholt sich anders und mit anderem: er erholt sich z. B. im Nihilismus. Der Glaube, *daß es gar keine Wahrheit gibt*, der Nihilisten-Glaube, ist ein großes Gliederstrecken für einen, der als Kriegsmann der Erkenntnis unablässig mit lauter häßlichen Wahrheiten im Kampfe liegt. Denn die Wahrheit ist häßlich.

Wie kommt es, daß die Grundglaubensartikel in der Psychologie allesamt die ärgsten Verdrehungen und Falschmünzereien sind? »*Der Mensch strebt nach Glück*« z. B. – was ist daran wahr? Um zu verstehn, was »Leben« ist, welche Art Streben und Spannung Leben ist, muß die Formel so gut von Baum und Pflanze, als vom Tier gelten. »Wonach strebt die Pflanze?« – aber hier haben wir bereits eine falsche Einheit erdichtet, die es nicht gibt: die Tatsache eines millionenfachen Wachstums mit eigenen und halbeigenen Initiativen ist versteckt und verleugnet, wenn wir eine plumpe Einheit »Pflanze« voranstellen. Daß die letzten kleinsten »Individuen« *nicht* in dem Sinn eines »metaphysischen Individuums« und Atoms verständlich sind, daß ihre Machtsphäre fortwährend sich verschiebt – das ist zuallererst sichtbar: aber strebt ein jedes von ihnen, wenn es sich dergestalt verändert, *nach Glück?* – Aber alles Sich-ausbreiten, Einverleiben, Wachsen ist ein Anstreben gegen Widerstehendes; Bewegung ist essentiell etwas mit Unlustzuständen Verbundenes: es muß das, was hier treibt, jedenfalls etwas anderes wollen, wenn es dergestalt die Unlust will und fortwährend aufsucht. – Worum kämpfen die Bäume eines Urwaldes miteinander? Um »Glück«? – Um *Macht!*...

Der Mensch, Herr über die Naturgewalten geworden, Herr über seine eigne Wildheit und Zügellosigkeit (die Begierden haben folgen, haben nützlich sein gelernt) – der Mensch, im Vergleich zu einem Vor-Menschen, stellt ein ungeheures Quantum *Macht* dar, – *nicht* ein Plus von »Glück«! Wie kann man behaupten, daß er nach Glück *gestrebt* habe?...

Der *höhere* Mensch unterscheidet sich von dem *niederen* in Hinsicht auf die Furchtlosigkeit und die Herausforderung des Unglücks: es ist ein Zeichen von *Rückgang*, wenn eudämonistische Wertmaße als oberste zu gelten anfangen (– physiologische Ermüdung, Willens-Verarmung –). Das Christentum mit seiner Perspektive auf »Seligkeit« ist eine typische Denkweise für eine leidende und verarmte Gattung Mensch. Eine volle Kraft will schaffen, leiden, untergehn: ihr ist das christliche Mucker-Heil eine schlechte Musik und hieratische Gebärden ein Verdruß.

Daß man endlich die menschlichen Werte wieder hübsch in die Ecke zurücksetze, in der sie allein ein Recht haben: als Eckensteher-Werte. Es sind schon viele Tierarten verschwunden; gesetzt, daß auch der Mensch verschwände, so würde nichts in der Welt fehlen. Man muß Philosoph genug sein, um auch *dies* Nichts zu bewundern (– *Nil admirari*).

Ist man über das »Warum?« seines Lebens mit sich im reinen, so gibt man dessen »Wie?« leichten Kaufs dahin. Es ist selbst schon ein Zeichen von Unglauben an Warum, an Zweck und Sinn, ein *Mangel an Willen*, wenn der Wert von Lust und Unlust in den Vordergrund tritt und hedonistisch-pessimistische Lehren Gehör finden; und Entsagung, Resignation, Tugend, »Objektivität« *können* zum mindesten schon Zeichen davon sein, daß es an der Hauptsache zu mangeln beginnt.

Hinfall der kosmologischen Werte

A.

Der *Nihilismus* als *psychologischer Zustand* wird eintreten müssen, *erstens*, wenn wir einen »Sinn« in allem Geschehen gesucht haben, der nicht darin ist: so daß der Sucher endlich den Mut verliert. Nihilismus ist dann das Bewußtwerden der langen *Vergeudung* von Kraft, die Qual des »Umsonst«, die Unsicherheit, der Mangel an Gelegenheit, sich irgendwie zu erholen, irgendworüber noch zu beruhigen – die Scham vor sich selbst, als habe man sich allzulange *betrogen*... Jener Sinn könnte gewesen sein: die »Erfüllung« eines sittlichen höchsten Kanons in allem Geschehen, die sittliche Weltordnung; oder die Zunahme der Liebe und Harmonie im Verkehr der Wesen; oder die Annäherung an einen allgemeinen Glücks-Zustand; oder selbst das Losgehen auf einen allgemeinen Nichts-Zustand – ein Ziel ist immer noch ein Sinn. Das Gemeinsame aller dieser Vorstellungsarten ist, daß ein Etwas durch den Prozeß selbst *erreicht* werden soll: – und nun begreift man, daß mit dem Werden *nichts* erzielt, *nichts* erreicht wird... Also die Enttäuschung über einen angeblichen *Zweck des Werdens* als Ursache des Nihilismus: sei es in Hinsicht auf einen ganz bestimmten Zweck, sei es, verallgemeinert, die Einsicht in das Unzureichende aller bisherigen Zweck-Hypothesen, die die ganze »Entwicklung« betreffen (– der Mensch *nicht mehr* Mitarbeiter, geschweige der Mittelpunkt des Werdens).

Der Nihilismus als psychologischer Zustand tritt *zweitens* ein, wenn man eine *Ganzheit*, eine *Systematisierung*, selbst eine *Organisierung* in allem Geschehen und unter allem Geschehen angesetzt hat: so daß in der Gesamtvorstellung einer höchsten Herrschafts- und Verwaltungsform die nach Bewunderung und Verehrung durstige Seele schwelgt (– ist es die Seele eines Logikers, so genügt schon die absolute Folgerichtigkeit und Realdialektik, um mit allem zu versöhnen...). Eine Art Einheit, irgendeine Form des »Monismus«: und infolge dieses Glaubens der Mensch in tiefem Zusammenhangs- und Abhängigkeitsgefühl von einem ihm unendlich überlegenen Ganzen, ein *modus* der Gottheit... »Das Wohl des Allgemeinen fordert die Hingabe des einzelnen«... aber siehe da, es *gibt* kein solches Allgemeines! Im Grunde hat der Mensch den Glauben an seinen Wert verloren, wenn durch ihn nicht ein unendlich wertvolles Ganzes wirkt: d. h. er hat ein solches Ganzes konzipiert, *um an seinen Wert glauben zu können*.

Der Nihilismus als psychologischer Zustand hat noch eine *dritte* und *letzte* Form. Diese zwei *Einsichten* gegeben, daß mit dem Werden nichts erzielt werden soll und daß unter allem Werden keine große Einheit waltet, in der der einzelne völlig untertauchen darf wie in einem Element höchsten Wertes: so bleibt als *Ausflucht* übrig, diese ganze Welt des Werdens als Täuschung zu verurteilen und eine Welt zu erfinden, welche jenseits derselben liegt, als *wahre* Welt. Sobald aber der Mensch dahinterkommt, wie nur aus psychologischen Bedürfnissen diese Welt gezimmert ist und wie er dazu ganz und gar kein Recht hat, so entsteht die letzte Form des Nihilismus, welche den *Unglauben an eine metaphysische Welt* in sich schließt, – welche sich den Glauben an eine *wahre* Welt verbietet. Auf diesem Standpunkt gibt man die Realität des Werdens als *einzige* Realität zu, verbietet sich jede Art Schleichweg zu Hinterwelten und falschen Göttlichkeiten – aber *erträgt diese Welt nicht, die man schon nicht leugnen will...*

– Was ist im Grunde geschehen? Das Gefühl der *Wertlosigkeit* wurde erzielt, als man begriff, daß weder mit dem Begriff »*Zweck*«, noch mit dem Begriff »*Einheit*«, noch mit dem Begriff »*Wahrheit*« der Gesamtcharakter des Daseins interpretiert werden darf. Es wird nichts damit erzielt und erreicht; es fehlt die übergreifende Einheit in der Vielheit des Geschehens: der Charakter des Daseins ist nicht »wahr«, ist *falsch*..., man hat schlechterdings keinen Grund mehr, eine *wahre* Welt sich einzureden... Kurz: die Kategorien »Zweck«, »Einheit«, »Sein«, mit denen wir der Welt einen Wert eingelegt haben, werden wieder von uns *herausgezogen* – und nun sieht die Welt *wertlos aus*...

B.

Gesetzt, wir haben erkannt, inwiefern mit diesen *drei* Kategorien die Welt nicht mehr *ausgelegt* werden darf und daß nach dieser Einsicht die Welt für uns wertlos zu werden anfängt: so müssen wir fragen, *woher* unser Glaube an diese drei Kategorien stammt, – versuchen wir, ob es nicht möglich ist, *ihnen* den Glauben zu kündigen! Haben wir diese drei Kategorien *entwertet*, so ist der Nachweis ihrer Unanwendbarkeit auf das All kein Grund mehr, *das All zu entwerten.*

– Resultat: Der *Glaube an die Vernunft-Kategorien* ist die Ursache des Nihilismus, – wir haben den Wert der Welt an Kategorien gemessen, *welche sich auf eine rein fingierte Welt beziehen.*

– Schluß-Resultat: Alle Werte, mit denen wir bis jetzt die Welt zuerst uns schätzbar zu machen gesucht haben und endlich ebendamit *entwertet* haben, als sie sich als unanlegbar erwiesen – alle diese Werte sind, psychologisch nachgerechnet, Resultate bestimmter Perspektiven der Nützlichkeit zur Aufrechterhaltung und Steigerung menschlicher Herrschafts-Gebilde: und nur fälschlich *projiziert* in das Wesen der Dinge. Es ist immer noch die *hyperbolische Naivität* des Menschen: sich selbst als Sinn und Wertmaß der Dinge anzusetzen.

Die obersten Werte, in deren Dienst der Mensch leben *sollte*, namentlich wenn sie sehr schwer und kostspielig über ihn verfügten, – diese *sozialen Werte* hat man zum Zweck ihrer *Ton-Verstärkung*, wie als ob sie Kommandos Gottes wären, als »Realität«, als »wahre« Welt, als Hoffnung und *zukünftige* Welt über dem Menschen aufgebaut. Jetzt, wo die mesquine Herkunft dieser Werte klar wird, scheint uns das All damit entwertet, »sinnlos« geworden, – aber das ist nur ein *Zwischenzustand*.

Der philosophische Nihilist ist der Überzeugung, daß alles Geschehen sinnlos und umsonstig ist; und es sollte kein sinnloses und umsonstiges Sein geben. Aber woher dieses: Es sollte nicht? Aber woher nimmt man *diesen* »Sinn«, *dieses* Maß? – Der Nihilist meint im Grunde, der Hinblick auf ein solches ödes, nutzloses Sein wirke auf einen Philosophen *unbefriedigend*, öde, verzweifelt. Eine solche Einsicht widerspricht unserer feineren Sensibilität als Philosophen. Es läuft auf die absurde Wertung hinaus: der Charakter des Daseins *müßte dem Philosophen Vergnügen machen*, wenn anders es zurecht bestehen soll...

Nun ist leicht zu begreifen, daß Vergnügen und Unlust innerhalb des Geschehens nur den Sinn von *Mitteln* haben können: es bliebe übrig zu fragen, ob wir den »Sinn«, »Zweck« überhaupt sehen *könnten*, ob nicht die Frage der Sinnlosigkeit oder ihres Gegenteils für uns unlösbar ist. –

Wert alles *Abwertens*. – Meine Forderung ist, daß man den *Täter* wieder in das Tun hineinnimmt, nachdem man ihn begrifflich aus ihm herausgezogen und damit das Tun entleert hat; daß man das *Etwas*-tun, das »Ziel«, die »Absicht«, daß man den »Zweck« wieder in das Tun zurücknimmt, nachdem man ihn künstlich aus ihm herausgezogen und damit das Tun entleert hat.

Alle »Zwecke«, »Ziele«, »Sinne« sind nur Ausdrucksweisen und Metamorphosen des *einen* Willens, der allem Geschehen inhäriert: des Willens zur Macht. Zwecke-, Ziele-, Absichten-haben, *Wollen* überhaupt, ist so viel wie *Stärker*-werden-wollen, Wachsen-wollen – und *dazu* auch die *Mittel* wollen.

Der allgemeinste und unterste Instinkt in allem Tun und Wollen ist eben deshalb der unerkannteste und verborgenste geblieben, weil *in praxi* wir immer seinem Gebote folgen, weil wir dies Gebot *sind*...

Alle Wertschätzungen sind nur Folgen und engere Perspektiven *im Dienste* dieses *einen* Willens: das Wertschätzen *selbst* ist nur dieser *Wille zur Macht*.

Eine Kritik des Seins aus irgendeinem dieser Werte heraus ist etwas Widersinniges und Mißverständliches. Gesetzt selbst, daß sich darin ein Untergangsprozeß einleitet, so steht dieser Prozeß noch im Dienste dieses Willens.

Das Sein selbst abschätzen! Aber das Abschätzen selbst ist dieses Sein noch! – und indem wir nein sagen, tun wir immer noch, was wir *sind*.

Man muß die *Absurdität* dieser daseinsrichtenden Gebärde einsehn; und sodann noch zu erraten suchen, *was* sich eigentlich damit begibt. Es ist symptomatisch.

Jener Kaiser hielt sich beständig die Vergänglichkeit aller Dinge vor, um sie nicht *zu wichtig* zu nehmen und zwischen ihnen ruhig zu bleiben. Mir scheint umgekehrt alles viel zu viel wert zu sein, als daß es so flüchtig sein dürfte: ich suche nach einer Ewigkeit für jegliches: dürfte man die kostbarsten Salben und Weine ins Meer gießen? – Mein Trost ist, daß alles, was war, ewig ist – das Meer spült es wieder her.

All die Schönheit und Erhabenheit, die wir den wirklichen und eingebildeten Dingen geliehen haben, will ich zurückfordern als Eigentum und Erzeugnis des Menschen: als seine schönste Apologie. Der Mensch als Dichter, als Denker, als Gott, als Liebe, als Macht: o über seine königliche Freigebigkeit, mit der er die Dinge beschenkt hat, um sich zu *verarmen* und *sich* elend zu fühlen! Das war bisher seine größte Selbstlosigkeit, daß er bewunderte und anbetete und sich zu verbergen wußte, daß *er* es war, der das geschaffen hat, was er bewunderte. –

Wie viel *Vorteil* opfert der Mensch, wie wenig »eigennützig« ist er! Alle seine Affekte und Leidenschaften wollen ihr Recht haben – und wie *fern* vom klugen Nutzen des Eigennutzes ist der Affekt!

Man will *nicht* sein »Glück«; man muß Engländer sein, um glauben zu können, daß der Mensch immer seinen Vorteil sucht. Unsre Begierden wollen sich in langer Leidenschaft an den Dingen vergreifen –, ihre aufgestaute Kraft sucht die Widerstände.

In der ungeheuren Vielheit des Geschehens innerhalb eines Organismus ist der uns *bewußt* werdende Teil ein bloßes Mittel: und das bißchen »Tugend«, »Selbstlosigkeit« und ähnliche Fiktionen werden auf eine vollkommen radikale Weise vom übrigen Gesamtgeschehen aus Lügen gestraft. Wir tun gut, unseren Organismus in seiner vollkommenen Unmoralität zu studieren...

Die animalischen Funktionen sind ja prinzipiell millionenfach wichtiger als alle schönen Zustände und Bewußtseins-Höhen: letztere sind ein Überschuß, soweit sie nicht Werkzeuge sein müssen für jene animalischen Funktionen. Das ganze *bewußte* Leben, der Geist samt der Seele, samt dem Herzen, samt der Güte, samt der Tugend: in wessen Dienst arbeitet es denn? In dem möglichster Vervollkommnung der Mittel (Ernährungs-, Steigerungsmittel) der animalischen Grundfunktionen: vor allem der *Lebenssteigerung.*

Es liegt so unsäglich viel mehr an dem, was man »Leib« und »Fleisch« nannte: der Rest ist ein kleines Zubehör. Die Aufgabe, die ganze Kette des Lebens fortzuspinnen, und *so, daß der Faden immer mächtiger wird* – das ist die Aufgabe.

Aber nun sehe man, wie Herz, Seele, Tugend, Geist förmlich sich verschwören, diese prinzipielle Aufgabe zu *verkehren*: wie als ob *sie* die Ziele wären!... Die *Entartung des Lebens* ist wesentlich bedingt durch die außerordentliche *Irrtumsfähigkeit des Bewußtseins:* es wird am wenigsten durch Instinkte in Zaum gehalten und *vergreift* sich deshalb am längsten und gründlichsten.

Nach den *angenehmen* oder *unangenehmen Gefühlen dieses Bewußtseins* abmessen, ob das Dasein *Wert* hat: kann man sich eine tollere Ausschweifung der Eitelkeit denken? Es ist ja nur ein Mittel: – und angenehme oder unangenehme Gefühle sind ja auch nur Mittel!

Woran mißt sich objektiv der *Wert?* Allein an dem Quantum *gesteigerter* und *organisierter Macht.*

Je nach den Widerständen, die eine Kraft aufsucht, um über sie Herr zu werden, muß das Maß des hiermit herausgeforderten Mißlingens und Verhängnisses wachsen: und insofern jede Kraft sich nur an Widerstehendem auslassen kann, ist notwendig in jeder Aktion ein *Ingrediens von Unlust.* Nur wirkt diese Unlust als Reiz des Lebens und stärkt den *Willen zur Macht!*

Nicht die Befriedigung des Willens ist Ursache der *Lust* (: gegen diese oberflächlichste Theorie will ich besonders kämpfen, – die absurde psychologische Falschmünzerei der nächsten Dinge –), sondern daß der Wille vorwärts will und immer wieder Herr über das wird, was ihm im Wege steht. Das Lustgefühl liegt gerade in der Unbefriedigung des Willens, darin, daß er ohne den Gegner und Widerstand noch nicht satt genug ist. – »Der Glückliche«: Herdenideal.

Die normale *Unbefriedigung* unsrer Triebe, z. B. des Hungers, des Geschlechtstriebs, des Bewegungstriebs, enthält in sich durchaus noch nichts Herabstimmendes; sie wirkt vielmehr agazierend auf das Lebensgefühl, wie jeder Rhythmus von kleinen, schmerzhaften Reizen es *stärkt*, was auch die Pessimisten uns vorreden mögen. Diese Unbefriedigung, statt das Leben zu verleiden, ist das große *Stimulans* des Lebens.

(Man könnte vielleicht die Lust überhaupt bezeichnen als einen Rhythmus kleiner Unlustreize.)

Wo der Gesichtspunkt »Wert« unzulässig: –

Daß im »*Prozeß des Ganzen*« *die Arbeit der Menschheit nicht in Betracht kommt*, weil es einen Gesamtprozeß (diesen als System gedacht –) gar nicht gibt;

daß es kein »Ganzes« gibt; daß *alle Abwertung des menschlichen Daseins*, der menschlichen Ziele nicht in Hinsicht auf etwas gemacht werden kann, das gar nicht existiert;

daß die »Notwendigkeit«, die »Ursächlichkeit«, »Zweckmäßigkeit« nützliche *Scheinbarkeiten* sind;

daß *nicht* »Vermehrung des Bewußtseins« das Ziel ist, sondern *Steigerung der Macht*: in welche Steigerung die Nützlichkeit des

Bewußtseins eingerechnet ist; ebenso verhält es sich mit Lust und Unlust;

daß man nicht die *Mittel* zum obersten Wertmaß nimmt (also nicht Zustände des Bewußtseins, wie Lust und Schmerz, wenn das Bewußt-werden selbst nur ein Mittel ist –);

daß die Welt durchaus kein Organismus ist, sondern das Chaos: daß die Entwicklung der »Geistigkeit« nur Mittel zur relativen Dauer der Organisation ist;

daß alle »Wünschbarkeit« keinen Sinn hat in bezug auf den Gesamtcharakter des Seins.

»Unlust« und »Lust« sind die denkbar dümmsten *Ausdrucksmittel* von Urteilen: womit natürlich nicht gesagt ist, daß die Urteile, welche hier auf diese Art laut werden, dumm sein müßten. Das Weglassen aller Begründung und Logizität, ein Ja oder Nein in der Reduktion auf ein leidenschaftliches Haben-wollen oder Wegstoßen, eine imperativische Abkürzung, deren Nützlichkeit unverkennbar ist: das ist Lust und Unlust. Ihr Ursprung ist in der Zentral-Sphäre des Intellekts; ihre Voraussetzung ist ein unendlich beschleunigtes Wahrnehmen, Ordnen, Subsumieren, Nachrechnen, Folgern: Lust und Unlust sind immer Schlußphänomene, keine »Ursachen«.

Die Entscheidung darüber, was Unlust und Lust erregen soll, ist vom *Grade der Macht* abhängig: dasselbe, was in Hinsicht auf ein geringes Quantum Macht als Gefahr und Nötigung zu schnellster Abwehr erscheint, kann bei einem Bewußtsein größerer Machtfülle eine wollüstige Reizung, ein Lustgefühl als Folge haben.

Alle Lust- und Unlustgefühle setzen bereits ein *Messen nach Gesamt-Nützlichkeit, Gesamt-Schädlichkeit* voraus: also eine Sphäre, wo das Wollen eines Ziels (Zustandes) und ein Auswählen der Mittel dazu stattfindet. Lust und Unlust sind niemals »ursprüngliche Tatsachen«.

Lust- und Unlustgefühle sind *Willens-Reaktionen* (*Affekte*), in denen das intellektuelle Zentrum den Wert gewisser eingetretener Veränderungen zum Gesamtwert fixiert, zugleich als Einleitung von Gegenaktionen.

Vom Wert des »Werdens«. – Wenn die Weltbewegung einen Zielzustand hätte, so müßte er erreicht sein. Das einzige Grundfaktum ist aber, daß sie *keinen* Zielzustand hat: und jede Philosophie und wissenschaftliche Hypothese (z. B. der Mechanismus), in der ein solcher notwendig wird, ist durch jenes Grundfaktum *widerlegt.*

Ich suche ein Weltkonzeption, welche *dieser* Tatsache gerecht wird. Das Werden soll erklärt werden, *ohne* zu solchen finalen Absichten Zuflucht zu nehmen: das Werden muß gerechtfertigt erscheinen in jedem Augenblick (oder *unabwertbar*: was auf eins hinausläuft); es darf absolut nicht das Gegenwärtige um eines Zukünftigen wegen oder das Vergangene um des Gegenwärtigen willen gerechtfertigt werden. Die »Notwendigkeit« nicht in Gestalt einer übergreifenden, beherrschenden Gesamtgewalt, oder eines ersten Motors; noch weniger als notwendig, um etwas Wertvolles zu bedingen. Dazu ist nötig, ein Gesamtbewußtsein des Werdens, einen »Gott«, zu leugnen, um das Geschehen nicht unter den Gesichtspunkt eines mitfühlenden, mitwissenden und doch nichts *wollenden* Wesens zu bringen: »Gott« ist nutzlos, wenn er nicht etwas will, und andrerseits ist damit eine *Summierung von Unlust und Unlogik* gesetzt, welche den Gesamtwert des »Werdens« erniedrigen würde: glücklicherweise *fehlt* gerade eine solche summierende Macht (– ein leidender und überschauender Gott, ein »Gesamtsensorium« und »Allgeist« wäre der *größte Einwand gegen das Sein*).

Strenger: *man darf nichts Seiendes überhaupt zulassen* – weil dann das Werden seinen Wert verliert und geradezu als sinnlos und überflüssig erscheint.

Folglich ist zu fragen: wie die Illusion des Seienden hat entstehen können (müssen);

insgleichen: wie alle Werturteile, welche auf der Hypothese ruhen, daß es Seiendes gebe, entwertet sind.

Damit aber erkennt man, daß diese *Hypothese des Seienden* die Quelle aller *Welt-Verleumdung* ist (– die »bessere Welt«, die »wahre Welt«, die »jenseitige Welt«, das »Ding an sich«).

1. Das Werden hat *keinen Zielzustand*, mündet nicht in ein »Sein«.
2. Das Werden ist *kein Scheinzustand*; vielleicht ist die *seiende* Welt ein Schein.

3. Das Werden ist wertgleich in jedem Augenblick: die Summe seines Wertes bleibt sich gleich; *anders ausgedrückt: es hat gar keinen Wert*, denn es fehlt etwas, woran es zu messen wäre und in bezug worauf das Wort »Wert« Sinn hätte. *Der Gesamtwert der Welt ist unabwertbar*, folglich gehört der philosophische Pessimismus unter die komischen Dinge.

Der Gesichtspunkt des »Werts« ist der Gesichtspunkt von *Erhaltungs-, Steigerungs-Bedingungen* in Hinsicht auf komplexe Gebilde von relativer Dauer des Lebens innerhalb des Werdens.

Es gibt keine dauerhaften letzten Einheiten, keine Atome, keine Monaden: auch hier ist »das Seiende« erst von uns *hineingelegt* (aus praktischen, nützlichen, perspektivischen Gründen).

»*Herrschaftsgebilde*«; die Sphäre des Beherrschenden fortwährend wachsend oder unter der Gunst und Ungunst der Umstände (der Ernährung –) periodisch abnehmend, zunehmend.

»Wert« ist wesentlich der Gesichtspunkt für das Zunehmen oder Abnehmen dieser herrschaftlichen Zentren (»Vielheiten« jedenfalls; aber die »Einheit« ist in der Natur des Werdens gar nicht vorhanden).

Die Ausdrucksmittel der Sprache sind unbrauchbar, um das »Werden« auszudrücken: es gehört zu unserm *unablöslichen Bedürfnis der Erhaltung*, beständig eine gröbere Welt von Bleibendem, von »Dingen« usw. zu setzen. Relativ dürfen wir von Atomen und Monaden reden: und gewiß ist, daß die *kleinste Welt an Dauer die dauerhafteste ist*... Es gibt keinen Willen: es gibt Willens-Punktationen, die beständig ihre Macht mehren oder verlieren.

»Die Summe der Unlust überwiegt die Summe der Lust: folglich wäre das Nichtsein der Welt besser, als deren Sein« – »Die Welt ist etwas, das vernünftigerweise nicht wäre, weil sie dem empfindenden Subjekt mehr Unlust als Lust verursacht« – dergleichen Geschwätz heißt sich heute Pessimismus!

Lust und Unlust sind Nebensachen, keine Ursachen; es sind Werturteile *zweiten Ranges*, die sich erst ableiten von einem regierenden Wert – ein in Form des Gefühls redendes »nützlich«, »schädlich« und folglich absolut flüchtig und abhängig. Denn bei jedem »nützlich«,

»schädlich« sind immer noch hundert verschiedene Wozu? zu fragen. Ich verachte diesen *Pessimismus der Sensibilität*: er ist selbst ein Zeichen tiefer Verarmung an Leben.

Sich selbst *nicht* zu erkennen: Klugheit des Idealisten. Der Idealist: ein Wesen, welches Gründe hat, über sich dunkel zu bleiben, und das klug genug ist, sich auch über diese Gründe noch dunkel zu bleiben.

Man soll es dem Christentum nie vergeben, daß es solche Menschen wie Pascal zugrunde gerichtet hat. Man soll nie aufhören, eben dies am Christentum zu bekämpfen, daß es den Willen dazu hat, gerade die stärksten und vornehmsten Seelen zu zerbrechen. Man soll sich nie Frieden geben, solange dies eine noch nicht in Grund und Boden zerstört ist: das Ideal vom Menschen, welches vom Christentum erfunden worden ist, seine Forderungen an den Menschen, sein Nein und sein Ja in Hinsicht auf den Menschen. Der ganze absurde Rest von christlicher Fabel, Begriffs-Spinneweberei und Theologie geht uns nichts an; er könnte noch tausendmal absurder sein, und wir würden nicht einen Finger gegen ihn aufheben. Aber jenes Ideal bekämpfen wir, das mit seiner krankhaften Schönheit und Weibs-Verführung, mit seiner heimlichen Verleumder-Beredsamkeit allen Feigheiten und Eitelkeiten müdgewordner Seelen zuredet – und die Stärksten haben müde Stunden –, wie als ob alles das, was in solchen Zuständen am nützlichsten und wünschbarsten scheinen mag, Vertrauen, Arglosigkeit, Anspruchslosigkeit, Geduld, Liebe zu seinesgleichen, Ergebung, Hingebung an Gott, eine Art Abschirrung und Abdankung seines ganzen Ichs, auch an sich das Nützlichste und Wünschbarste sei; wie als ob die kleine bescheidene Mißgeburt von Seele, das tugendhafte Durchschnittstier und Herdenschaf Mensch nicht nur den Vorrang vor der stärkeren, böseren, begehrlicheren, trotzigeren, verschwenderischeren und darum hundertfach gefährdeteren Art Mensch habe, sondern geradezu für den Menschen überhaupt das Ideal, das Ziel, das Maß, die höchste Wünschbarkeit abgebe. *Diese* Aufrichtung eines Ideals war bisher die unheimlichste Versuchung, welcher der Mensch ausgesetzt war: denn mit ihm drohte den stärker geratenen Ausnahmen und Glücksfällen von Mensch, in denen der

Wille zur Macht und zum Wachstum des ganzen Typus Mensch einen Schritt vorwärts tut, der Untergang; mit seinen Werten sollte das Wachstum jener Mehr-Menschen an der Wurzel angegraben werden, welche um ihrer höheren Ansprüche und Aufgaben willen freiwillig auch ein gefährlicheres Leben (ökonomisch ausgedrückt: Steigerung der Unternehmer-Kosten ebenso sehr wie der Unwahrscheinlichkeit des Gelingens) in den Kauf nehmen. Was wir am Christentum bekämpfen? Daß es die Starken zerbrechen will, daß es ihren Mut entmutigen, ihre schlechten Stunden und Müdigkeiten ausnützen, ihre stolze Sicherheit in Unruhe und Gewissensnot verkehren will, daß es die vornehmen Instinkte giftig und krankzumachen versteht, bis sich ihre Kraft, ihr Wille zur Macht rückwärts kehrt, gegen sich selber kehrt – bis die Starken an den Ausschweifungen der Selbstverachtung und der Selbstmißhandlung zugrunde gehen: jene schauerliche Art des Zugrundegehens, deren berühmtestes Beispiel *Pascal* abgibt.

Vom Ideal des Moralisten. – Dieser Traktat handelt von der großen *Politik* der Tugend. Wir haben ihn denen zum Nutzen bestimmt, welchen daran liegen muß, zu lernen, nicht wie man tugendhaft *wird*, sondern wie man tugendhaft *macht* – wie man die Tugend *zur Herrschaft bringt*. Ich will sogar beweisen, daß, um dies eine zu wollen – die Herrschaft der Tugend – man grundsätzlich das andere *nicht* wollen darf; eben damit verzichtet man darauf, tugendhaft zu werden. Dies Opfer ist groß: aber ein solches Ziel lohnt vielleicht solch ein Opfer. Und selbst noch größere! ... Und einige von den berühmtesten Moralisten haben so viel riskiert. Von diesen nämlich wurde bereits die Wahrheit erkannt und vorweggenommen, welche mit diesem Traktat zum ersten Male gelehrt werden soll: daß man die *Herrschaft der Tugend* schlechterdings *nur durch dieselben Mittel erreichen kann*, mit denen man überhaupt eine Herrschaft erreicht, jedenfalls nicht *durch* die Tugend...

Dieser Traktat handelt, wie gesagt, von der Politik der Tugend: er setzt ein Ideal dieser Politik an, er beschreibt sie so, wie sie sein müßte, wenn etwas auf dieser Erde vollkommen sein könnte. Nun wird kein Philosoph darüber in Zweifel sein, was der Typus der Vollkommenheit in der Politik ist; nämlich der Macchiavellismus. Aber der Macchiavellismus, *pur, sans mélange, cru, vert, dans toute sa force, dans toute son âpreté* ist übermenschlich, göttlich, transzendent, er wird von Menschen nie erreicht, höchstens gestreift. Auch in dieser engeren Art von Politik, in der Politik der Tugend, scheint das Ideal nie erreicht worden zu sein. Auch Plato hat es nur gestreift. Man entdeckt, gesetzt daß man Augen für versteckte Dinge hat, selbst noch an den unbefangensten und bewußtesten *Moralisten* (und das ist ja der Name für solche Politiker der Moral, für jede Art Begründer neuer Moral-Gewalten) Spuren davon, daß auch sie der menschlichen Schwäche ihren Tribut gezollt haben. *Sie alle aspirierten*, zum mindesten in ihrer Ermüdung, auch für sich selbst *zur Tugend*: erster und kapitaler Fehler eines Moralisten – als welcher *Immoralist der Tat* zu sein hat. Daß er gerade das *nicht scheinen darf*, ist eine andere Sache. Oder vielmehr, es ist *nicht* eine andere Sache: es gehört eine solche grundsätzliche Selbstverleugnung (moralisch ausgedrückt, Verstellung) mit hinein in den Kanon des Moralisten und seiner eigensten Pflichtenlehre: ohne sie wird er niemals zu *seiner* Art Vollkommenheit gelangen. Freiheit von der Moral, *auch von der Wahrheit*, um jenes Zieles willen, das jedes Opfer aufwiegt: um der *Herrschaft der Moral* willen – so lautet jener Kanon. Die Moralisten haben die *Attitüde der Tugend* nötig, auch die Attitüde der Wahrheit; ihr Fehler beginnt erst, wo sie der Tugend *nachgeben*, wo sie die Herrschaft über die Tugend verlieren, wo sie selbst *moralisch* werden, *wahr* werden. Ein großer Moralist ist, unter anderem, notwendig auch ein großer Schauspieler; seine Gefahr ist, daß seine Verstellung unversehens Natur wird, wie es sein Ideal ist, sein *esse* und sein *operari* auf eine göttliche Weise auseinanderzuhalten; alles, was er tut, muß er *sub specie boni* tun – ein hohes, fernes, anspruchsvolles Ideal! Ein *göttliches* Ideal! Und in der Tat geht die Rede, daß der Moralist damit kein geringeres Vorbild nachahmt, als Gott selbst: Gott, diesen größten Immoralisten der Tat, den es gibt, der aber nichtsdestoweniger zu bleiben versteht, was er *ist*, der *gute* Gott…

Mit der Tugend selbst gründet man nicht die Herrschaft der Tugend; mit der Tugend selbst verzichtet man auf Macht, verliert den Willen zur Macht.

Die »wahre Welt«, wie immer auch man sie bisher konzipiert hat – sie war immer die scheinbare Welt *noch einmal.*

Wenn der Charakter des Daseins falsch sein sollte – das wäre nämlich möglich –, was wäre dann die Wahrheit, alle unsere Wahrheit? ... Eine gewissenlose Umfälschung des Falschen? Eine höhere Potenz des Falschen?...

Daß man sein Leben, seine Gesundheit, seine Ehre aufs Spiel setzt, das ist die Folge des Übermutes und eines überströmenden, verschwenderischen Willens: nicht aus Menschenliebe, sondern weil jede große Gefahr unsre Neugierde in bezug auf das Maß unsrer Kraft, unsres Mutes herausfordert.

Aus dem Druck der Fülle, aus der Spannung von Kräften, die beständig in uns wachsen und noch nicht sich zu entladen wissen, entsteht ein Zustand, wie er einem Gewitter vorhergeht: die Natur, die wir sind, *verdüstert* sich. Auch das ist »Pessimismus«... Eine Lehre, die einem solchen Zustand ein Ende macht, indem sie irgend etwas *befiehlt*: eine Umwertung der Werte, vermöge deren den aufgehäuften Kräften ein Weg, ein Wohin gezeigt wird, so daß sie in Blitzen und Taten explodieren – braucht durchaus keine Glückslehre zu sein: indem sie *Kraft auslöst*, die bis zur Qual zusammengedrängt und gestaut war, *bringt sie Glück.*

Über den Rang entscheidet das Quantum Macht, das du bist; der Rest ist Feigheit.

Die Geschlechtlichkeit, die Herrschsucht, die Lust am Schein und am Betrügen, die große freudige Dankbarkeit für das Leben und seine typischen Zustände – das ist am heidnischen Kultus wesentlich und hat das gute Gewissen auf seiner Seite. – Die *Unnatur* (schon im griechischen Altertum) kämpft gegen das Heidnische an, als Moral, Dialektik.

Ist man Philosoph, wie man immer Philosoph war, so hat man kein Auge für das, was war, und das, was wird – man sieht nur das *Seiende*. Da es aber nichts Seiendes gibt, so blieb dem Philosophen nur das *Imaginäre* aufgespart, als seine »Welt«.

Gesamt-Anblick des zukünftigen Europäers: derselbe als das intelligenteste Sklaventier, sehr arbeitsam, im Grunde sehr bescheiden, bis zum Exzeß neugierig, vielfach, verzärtelt, willensschwach – ein kosmopolitisches Affekt- und Intelligenzen-Chaos. Wie möchte sich aus ihm eine *stärkere* Art herausheben? Eine solche mit *klassischem* Geschmack? Der klassische Geschmack: das ist der Wille zur Vereinfachung, Verstärkung, zur Sichtbarkeit des Glücks, zur Furchtbarkeit, der Mut zur psychologischen *Nacktheit* (– die Vereinfachung ist eine Konsequenz des Willens zur Verstärkung; das Sichtbar-werden-lassen des Glücks, insgleichen der Nacktheit, eine Konsequenz des Willens zur Furchtbarkeit...). Um sich aus jenem Chaos zu dieser *Gestaltung* emporzukämpfen – dazu bedarf es einer *Nötigung*: man muß die Wahl haben, entweder zugrunde zu gehn oder *sich durchzusetzen*. Eine herrschaftliche Rasse kann nur aus furchtbaren und gewaltsamen Anfängen emporwachsen. Problem: wo sind die *Barbaren* des zwanzigsten Jahrhunderts? Offenbar werden sie erst nach ungeheuren sozialistischen Krisen sichtbar werden und sich konsolidieren – es werden die Elemente sein, die der *größten Härte gegen sich selber* fähig sind, und den *längsten Willen* garantieren können.

Man kann das, was die Ursache dafür ist, *daß* es überhaupt Entwicklung gibt, nicht selbst wieder auf dem Wege der Forschung über Entwicklung finden; man soll es nicht als »werdend« verstehn wollen, noch weniger als geworden... Der »Wille zur Macht« kann nicht geworden sein.

Eine Höhe und Vogelschau der Betrachtung gewinnen, wo man begreift, wie alles so, *wie es gehen sollte*, auch wirklich geht: wie jede Art »Unvollkommenheit« und das Leiden an ihr mit hinein in die *höchste Wünschbarkeit* gehört.

Menschen, die Schicksale sind, die, indem sie sich tragen, Schicksale tragen, die ganze Art der *heroischen* Lastträger: o wie gerne möchten sie einmal von sich selber ausruhn! wie dürsten sie nach starken Herzen und Nacken, um für Stunden wenigstens loszuwerden, was sie drückt! Und wie umsonst dürsten sie! ... Sie warten; sie sehen sich alles an, was vorübergeht: niemand kommt ihnen auch nur mit dem Tausendstel Leiden und Leidenschaft entgegen, niemand errät, *inwiefern* sie warten... Endlich, endlich lernen sie ihre erste Lebensklugheit – nicht mehr zu warten; und dann alsbald auch ihre zweite: leutselig zu sein, bescheiden zu sein, von nun an jedermann zu ertragen, jederlei zu ertragen – kurz, noch ein wenig *mehr zu ertragen*, als sie bisher schon getragen haben.

Bescheiden, fleißig, wohlwollend, mäßig: so wollt ihr den Menschen? den *guten Menschen*? Aber mich dünkt das nur der ideale Sklave, der Sklave der Zukunft.

Der *ideale Sklave* (der »gute Mensch«). – Wer *sich* nicht als »Zweck« ansetzen kann, noch überhaupt von sich aus Zwecke ansetzen kann, der gibt der Moral der *Entselbstung* die Ehre – instinktiv. Zu ihr überredet ihn alles: seine Klugheit, seine Erfahrung, seine Eitelkeit. Und auch der Glaube ist eine Entselbstung.

Man ist um den Preis Künstler, daß man das, was alle Nichtkünstler »Form« nennen, als *Inhalt*, als »die Sache selbst« empfindet. Damit gehört man freilich in eine *verkehrte Welt*: denn nunmehr wird einem der Inhalt zu etwas bloß Formalem – unser Leben eingerechnet.

Die Kunst in der »Geburt der Tragödie«

I

Die Konzeption des Werks, auf welche man in dem Hintergrunde dieses Buches stößt, ist absonderlich düster und unangenehm: unter den bisher bekannt gewordnen Typen des Pessimismus scheint keiner diesen Grad von Bösartigkeit erreicht zu haben. Hier fehlt der Gegensatz einer wahren und einer scheinbaren Welt: es gibt nur *eine* Welt, und diese ist falsch, grausam, widersprüchlich, verführerisch, ohne

Sinn... Eine so beschaffene Welt ist die wahre Welt. *Wir haben Lüge nötig*, um über diese Realität, diese »Wahrheit« zum Sieg zu kommen, das heißt, *um zu leben*... Daß die Lüge nötig ist, um zu leben, das gehört selbst noch mit zu diesem furchtbaren und fragwürdigen Charakter des Daseins.

Die Metaphysik, die Moral, die Religion, die Wissenschaft – sie werden in diesem Buche nur als verschiedne Formen der Lüge in Betracht gezogen: mit ihrer Hilfe wird ans Leben *geglaubt*. »Das Leben *soll* Vertrauen einflößen«: die Aufgabe, so gestellt, ist ungeheuer. Um sie zu lösen, muß der Mensch schon von Natur Lügner sein, er muß mehr als alles andere *Künstler* sein. Und er *ist* es auch: Metaphysik, Religion, Moral, Wissenschaft – alles nur Ausgeburten seines Willens zur Kunst, zur Lüge, zur Flucht vor der »Wahrheit«, zur *Verneinung* der »Wahrheit«. Das Vermögen selbst, dank dem er die Realität durch die Lüge vergewaltigt, dieses Künstler-Vermögen des Menschen *par excellence* – er hat es noch mit allem, was ist, gemein. Er selbst ist ja ein Stück Wirklichkeit, Wahrheit, Natur: wie sollte er nicht auch ein Stück *Genie der Lüge* sein!

Daß der Charakter des Daseins *verkannt* werde – tiefste und höchste Geheim-Absicht hinter allem, was Tugend, Wissenschaft, Frömmigkeit, Künstlertum ist. Vieles niemals sehn, vieles falsch sehn, vieles hinzusehn: o wie klug man noch ist, in Zuständen, wo man am fernsten davon ist, sich für klug zu halten! Die Liebe, die Begeisterung, »Gott« – lauter Feinheiten des letzten Selbstbetrugs, lauter Verführungen zum Leben, lauter Glaube an das Leben! In Augenblicken, wo der Mensch zum Betrognen ward, wo er sich überlistet hat, wo er ans Leben glaubt: o wie schwillt es da in ihm auf! Welches Entzücken! Welches Gefühl von Macht! Wieviel Künstler-Triumph im Gefühl der Macht! ... Der Mensch ward wieder einmal Herr über den »Stoff« – Herr über die Wahrheit! ... Und wann immer der Mensch sich freut, er ist immer der gleiche in seiner Freude: er freut sich als Künstler, er genießt sich als Macht, er genießt die Lüge als seine Macht...

II

Die Kunst und nichts als die Kunst! Sie ist die große Ermöglicherin des Lebens, die große Verführerin zum Leben, das große Stimulans des Lebens.

Die Kunst als einzig überlegene Gegenkraft gegen allen Willen zur Verneinung des Lebens, als das Antichristliche, Antibuddhistische, Antinihilistische *par excellence.*

Die Kunst als die *Erlösung des Erkennenden* – dessen, der den furchtbaren und fragwürdigen Charakter des Daseins sieht, sehen will, des Tragisch-Erkennenden.

Die Kunst als die *Erlösung des Handelnden* – dessen, der den furchtbaren und fragwürdigen Charakter des Daseins nicht nur sieht, sondern lebt, leben will, des tragisch-kriegerischen Menschen, des Helden.

Die Kunst als die *Erlösung des Leidenden* – als Weg zu Zuständen, wo das Leiden gewollt, verklärt, vergöttlicht wird, wo das Leiden eine Form der großen Entzückung ist.

III

Man sieht, daß in diesem Buche der Pessimismus, sagen wir deutlicher der Nihilismus, als die »Wahrheit« gilt. Aber die Wahrheit gilt nicht als oberstes Wertmaß, noch weniger als oberste Macht. Der Wille zum Schein, zur Illusion, zur Täuschung, zum Werden und Wechseln (zur objektivierten Täuschung) gilt hier als tiefer, ursprünglicher, »metaphysischer« als der Wille zur Wahrheit, zur Wirklichkeit, zum Schein – letzterer ist selbst bloß eine Form des Willens zur Illusion. Ebenso gilt die Lust als ursprünglicher als der Schmerz: der Schmerz erst als bedingt, als eine Folgeerscheinung des Willens zur Lust (des Willens zum Werden, Wachsen, Gestalten, *d. h. zum Schaffen*: im Schaffen ist aber das Zerstören eingerechnet). Es wird ein höchster Zustand von Bejahung des Daseins konzipiert, aus dem auch der höchste Schmerz nicht abgerechnet werden kann: der *tragisch-dionysische* Zustand.

IV

Dies Buch ist dergestalt sogar antipessimistisch: nämlich in dem Sinne, daß es etwas lehrt, das stärker ist als der Pessimismus, das »göttlicher« ist als die Wahrheit: die *Kunst.* Niemand würde, wie es scheint, einer radikalen Verneinung des Lebens, einem wirklichen Nein*tun* noch mehr als einem Neinsagen zum Leben ernstlicher das Wort reden, als der Verfasser dieses Buches. Nur weiß er – er hat es erlebt, er hat vielleicht nichts anderes erlebt! – daß die Kunst *mehr wert* ist, als die Wahrheit.

In der Vorrede bereits, mit der Richard Wagner wie zu einem Zwiegespräche eingeladen wird, erscheint dies Glaubensbekenntnis, dies Artisten-Evangelium: »die Kunst als die eigentliche Aufgabe des Lebens, die Kunst als dessen *metaphysische* Tätigkeit...«

Die Naivität in Hinsicht auf die letzten »*Wünschbarkeiten*« – während man das »Warum« des Menschen nicht kennt.

Die Juden machen den Versuch, sich durchzusetzen, nachdem ihnen zwei Kasten, die der Krieger und die der Ackerbauer, verlorengegangen sind;

sie sind in diesem Sinne die »Verschnittenen«: sie haben den Priester – und dann sofort den Tschandala...

Wie billig kommt es bei ihnen zu einem Bruch, zu einem Aufstand des Tschandala: der Ursprung des *Christentums.*

Damit, daß sie den *Krieger* nur als ihren Herrn kannten, brachten sie in ihre Religion die Feindschaft gegen den *Vornehmen*, gegen den Edlen, Stolzen, gegen die Macht, gegen die *herrschenden Stände* –: sie sind *Entrüstungs*-Pessimisten...

Damit schufen sie eine wichtige neue Position: der Priester an der Spitze der Tschandalas, – gegen die *vornehmen Stände*...

Das Christentum zog die letzte Konsequenz dieser Bewegung: auch im jüdischen Priestertum empfand es noch die Kaste, den Privilegierten, den Vornehmen – es *strich den Priester aus* –

Der Christ ist der Tschandala, der den Priester ablehnt ... der Tschandala, der sich selbst erlöst...

Deshalb ist die *französische* Revolution die Tochter und Fortsetzerin des *Christentums* ... sie hat den Instinkt gegen die Kaste, gegen die Vornehmen, gegen die letzten Privilegien – –

Schwäche des Willens: das ist ein Gleichnis, das irreführen kann. Denn es gibt keinen Willen, und folglich weder einen starken, noch schwachen Willen. Die Vielheit und Disgregation der Antriebe, der Mangel an System unter ihnen resultiert als »schwacher Wille«; die Koordination derselben unter der Vorherrschaft eines einzelnen resultiert als »starker Wille« – im erstern Falle ist es das Oszillieren und der Mangel an Schwergewicht; im letztern die Präzision und Klarheit der Richtung.

Neue Rangordnung der Geister: nicht mehr die tragischen Naturen voran.

Weshalb alles *Schauspielerei* wird. – Dem modernen Menschen fehlt: der sichere *Instinkt* (Folge einer *langen gleichartigen Tätigkeitsform* einer Art Mensch); die Unfähigkeit, etwas *Vollkommnes* zu leisten, ist bloß die Folge davon – man kann als einzelner die Schule nie nachholen.

Das, was eine Moral, ein Gesetzbuch schafft: der tiefe Instinkt dafür, daß erst der *Automatismus* die Vollkommenheit möglich macht in Leben und Schaffen.

Aber jetzt haben wir den entgegengesetzten Punkt erreicht, ja, wir haben ihn erreichen *gewollt* – die extremste Bewußtheit, die Selbstdurchschauung des Menschen und der Geschichte – damit sind wir praktisch am fernsten von der Vollkommenheit in Sein, Tun und Wollen: unsere Begierde, unser Wille selbst zur Erkenntnis ist ein Symptom einer ungeheuren *décadence*. Wir streben nach dem Gegenteil von dem, was *starke Rassen, starke Naturen* wollen – das Begreifen ist ein *Ende*...

Daß Wissenschaft möglich ist in diesem Sinne, wie sie heute geübt wird, ist der Beweis dafür, daß alle elementaren Instinkte, *Notwehr-* und *Schutz-*Instinkte des Lebens nicht mehr fungieren. Wir sammeln nicht mehr, wir verschwenden die Kapitalien der Vorfahren, auch noch in der Art, wie wir *erkennen* –.

Ich wollte, man finge damit an, sich selbst zu *achten*: alles andere folgt daraus. Freilich hört man eben *damit* für die andern auf: denn das gerade verzeihen sie am letzten. »Wie? Ein Mensch, der sich selbst achtet?« –

Das ist etwas anderes als der blinde Trieb, sich selbst zu *lieben*: Nichts ist gewöhnlicher, in der Liebe der Geschlechter wie in der Zweiheit, welche »Ich« genannt wird, als *Verachtung* gegen das, was man liebt – der Fatalismus in der Liebe.

Die Zeiten, wo man mit *Lohn* und *Strafe* den Menschen *lenkt*, haben eine niedere, noch primitive Art Mensch im Auge: das ist wie bei *Kindern*...

Inmitten unsrer späten Kultur ist die Fatalität und die Degenereszenz etwas, das vollkommen den Sinn von Lohn und Strafe *aufhebt* ... Es setzt junge, starke, kräftige Rassen voraus, dieses wirkliche *Bestimmen* der Handlung durch Lohn- und Straf-Aussicht. In alten Rassen sind die Impulse *so unwiderstehlich*, daß eine bloße Vorstellung ganz ohnmächtig ist; – nicht Widerstand leisten können, wo ein Reiz gegeben ist, sondern ihm folgen *müssen*: diese extreme Irritabilität der *décadents* macht solche Straf- und *Besserungs*-Systeme vollkommen sinnlos.

Der Begriff »Besserung« ruht auf der Voraussetzung eines normalen und starken Menschen, dessen Einzel-Handlung irgendwie wieder *ausgeglichen* werden soll, um ihn *nicht* für die Gemeinde zu *verlieren*, um ihn nicht als *Feind* zu haben.

Man redet heute viel von dem *semitischen* Geist des *Neuen Testaments*: aber was man so nennt, ist bloß priesterlich – und im arischen Gesetzbuch reinster Rasse, im Manu, ist diese Art »Semitismus«, d. h. *Priester-Geist*, schlimmer als irgendwo.

Die Entwicklung des jüdischen Priesterstaates ist *nicht* original: sie haben das Schema in Babylon kennen gelernt: das Schema ist arisch. Wenn dasselbe später wieder, unter dem Übergewicht des germanischen Blutes, in Europa dominierte, so war dies dem Geiste der *herrschenden* Rasse gemäß: ein großer Atavismus. Das germanische Mittelalter war auf Wiederherstellung der *arischen Kasten-Ordnung* aus.

Der Mohammedanismus hat wiederum vom Christentum gelernt: die Benutzung des »Jenseits« als Straf-Organ.

Das Schema eines *unveränderlichen Gemeinwesens*, mit Priestern an der Spitze – dieses älteste große Kultur-Produkt Asiens im Gebiete der Organisation – *muß* natürlich in jeder Beziehung zum Nachdenken und Nachmachen aufgefordert haben. – Noch Plato: aber vor allen die Ägypter.

Grundsatz: nur Einzelne fühlen sich *verantwortlich*. Die Vielheiten sind erfunden, um Dinge zu tun, zu denen der Einzelne nicht den Mut hat. Eben deshalb sind alle Gemeinwesen, Gesellschaften hundertmal *aufrichtiger* und *belehrender* über das Wesen des Menschen als das Individuum, welches zu schwach ist, um den Mut zu seinen Begierden zu haben...

Der ganze »Altruismus« ergibt sich als *Privatmann-Klugheit*: die Gesellschaften sind nicht »altruistisch« gegeneinander... Das Gebot der Nächstenliebe ist noch niemals zu einem Gebot der Nachbar-Liebe erweitert worden. Vielmehr gilt da noch, was bei Manu steht: »Alle uns angrenzenden Reiche, ebenso deren Verbündete, müssen wir als uns feindlich denken. Aus demselben Grunde hinwiederum müssen uns *deren* Nachbarn als uns freundlich gesinnt gelten.«

Das Studium der Gesellschaft ist deshalb so unschätzbar, weil der Mensch als Gesellschaft viel *naiver* ist als der Mensch als »Einheit«. Die »Gesellschaft« hat die *Tugend* nie anders angesehen als als Mittel der Stärke, der Macht, der Ordnung.

Wie einfältig und würdig sagt es Manu: »Aus eigner Kraft würde die Tugend sich schwerlich behaupten können. Im Grunde ist es nur die Furcht vor Strafe, was die Menschen in Schranken hält und jeden im ruhigen Besitz des Seinen läßt.«

»Lohn und Strafe.« – Das lebt miteinander, das verfällt miteinander. Heute will man nicht belohnt sein, man will niemanden *anerkennen*, der straft... Man hat den Kriegsfuß hergestellt: man *will* etwas, man hat Gegner dabei, man erreicht es vielleicht am vernünftigsten, *wenn man sich verträgt* – wenn man einen *Vertrag* macht.

Eine moderne Gesellschaft, bei der jeder einzelne seinen »Vertrag« gemacht hat – der Verbrecher ist ein *Vertragsbrüchiger*... Das wäre ein klarer Begriff. Aber dann könnte man nicht Anarchisten und *prinzipielle* Gegner einer Gesellschaftsform innerhalb derselben dulden...

Der Priester will durchsetzen, daß er als *höchster Typus* des Menschen gilt, daß er herrscht, – auch noch über die, welche die *Macht* in den Händen haben, daß er unverletzlich ist, unangreifbar –, daß er die *stärkste Macht* in der Gemeinde ist, absolut nicht zu ersetzen und zu unterschätzen.

Mittel: er allein ist der *Wissende;* er allein ist der *Tugendhafte;* er allein hat die *höchste Herrschaft über sich;* er allein ist in einem gewissen Sinne

Gott und geht zurück in die Gottheit; er allein ist die Zwischenperson zwischen Gott und den *andern*; die Gottheit straft jeden Nachteil, jeden Gedanken wider einen Priester gerichtet.

Mittel: die Wahrheit existiert. Es gibt nur *eine* Form, sie zu erlangen: Priester werden. Alles, was *gut ist*, in der Ordnung, in der Natur, in dem Herkommen, geht auf die Weisheit der Priester zurück. Das Heilige Buch ist ihr Werk. Die ganze Natur ist nur eine Ausführung der Satzungen darin. Es gibt keine andere Quelle des *Guten* als den Priester. Alle andere Art von Vortrefflichkeit ist *rang*verschieden von der des Priesters, z. B. die des *Kriegers*.

Konsequenz: wenn der Priester der *höchste* Typus sein soll, so muß die *Gradation* zu seinen *Tugenden* die Wertgradation der Menschen ausmachen. Das *Studium*, die *Entsinnlichung*, das *Nicht-Aktive*, das *Impassible*, *Affektlose*, das *Feierliche*; – Gegensatz: die *tiefste* Gattung Mensch.

Der Priester hat *eine* Art Moral gelehrt: um selbst als *höchster Typus* empfunden zu werden. Er konzipiert einen *Gegensatz*-Typus: den Tschandala. *Diesen* mit allen Mitteln verächtlich zu machen, gibt die *Folie* ab für die Kasten-Ordnung. – Die extreme Angst des Priesters vor der *Sinnlichkeit* ist zugleich bedingt durch die *Einsicht*, daß hier die *Kasten-Ordnung* (das heißt die *Ordnung* überhaupt) am schlimmsten bedroht ist... Jede »freiere Tendenz« *in puncto puncti* wirft die Ehegesetzgebung *über den Haufen* –

Es gehört zum Begriff des Lebendigen, daß es wachsen muß – daß es seine Macht erweitern und folglich fremde Kräfte in sich hineinnehmen muß. Man redet, unter der Benebelung durch die Moral-Narkose, von einem Recht des Individuums, sich zu *verteidigen*; im gleichen Sinne dürfte man auch von seinem Rechte *anzugreifen* reden: denn *beides* – und das zweite noch mehr als das erste – sind Nezessitäten für jedes Lebendige – der aggressive und der defensive Egoismus sind nicht Sache der Wahl oder gar des »freien Willens«, sondern die *Fatalität* des Lebens selbst.

Hierbei gilt es gleich, ob man ein Individuum oder einen lebendigen Körper, eine aufwärtsstrebende »Gesellschaft« ins Auge faßt. Das Recht zur Strafe (oder die gesellschaftliche Selbstverteidigung) ist im Grunde nur durch einen Mißbrauch zum Worte »Recht« gelangt:

ein Recht wird durch Verträge erworben – aber das Sich-wehren und Sich-verteidigen ruht nicht auf der Basis eines Vertrags. Wenigstens dürfte ein Volk mit ebensoviel gutem Sinn sein Eroberungsbedürfnis, sein Machtgelüst, sei es mit Waffen, sei es durch Handel, Verkehr und Kolonisation, als Recht bezeichnen – Wachstums-Recht etwa. Eine Gesellschaft, die, endgültig und ihrem *Instinkt* nach, den Krieg und die Eroberung abweist, ist im Niedergang: sie ist reif für Demokratie und Krämerregiment... In den meisten Fällen freilich sind die Friedensversicherungen bloße Betäubungsmittel.

Im alten Strafrecht war ein *religiöser* Begriff mächtig: der der sühnenden Kraft der Strafe. Die Strafe reinigt: in der modernen Welt befleckt sie. Die Strafe ist eine Abzahlung: man ist wirklich das *los*, für was man so viel hat leiden *wollen*. Gesetzt, daß an diese Kraft der Strafe geglaubt wird, so gibt es hinterdrein eine *Erleichterung* und ein *Aufatmen*, das wirklich einer neuen Gesundheit, einer Wiederherstellung nahekommt. Man hat nicht nur seinen Frieden wieder mit der Gesellschaft gemacht, man ist vor sich selbst auch wieder achtungswürdig geworden – »rein«... Heute isoliert die Strafe noch mehr als das Vergehen; das *Verhängnis* hinter einem Vergehen ist dergestalt gewachsen, daß es unheilbar geworden ist. Man kommt als *Feind* der Gesellschaft aus der Strafe heraus. Von jetzt ab gibt es einen Feind mehr.

Das *jus talionis kann* diktiert sein durch den Geist der Vergeltung (d. h. durch eine Art Mäßigung des Rache-Instinktes); aber bei *Manu* z. B. ist es das Bedürfnis, ein Äquivalent zu haben, um zu *sühnen*, um religiös wieder »frei« zu sein.

Wie eine *ja-sagende* arische Religion, die Ausgeburt der *herrschenden* Klasse, aussieht: das Gesetzbuch Manus. (Die Vergöttlichung des Machtgefühls im Brahmanen: interessant, daß es in der Krieger-Kaste entstanden und erst übergegangen ist auf die Priester.)

Der Philosoph gegen die *Rivalen*, z. B. gegen die Wissenschaft: da wird er Skeptiker; da behält er sich eine *Form der Erkenntnis* vor, die er dem wissenschaftlichen Menschen abstreitet; da geht er mit dem Priester Hand in Hand, um nicht den Verdacht des Atheismus,

Materialismus zu erregen; er betrachtet einen Angriff auf sich als einen Angriff auf die Moral, die Tugend, die Religion, die Ordnung – er weiß seine Gegner als »Verführer« und »Unterminierer« in Verruf zu bringen: da geht er mit der Macht Hand in Hand.

Der Philosoph im Kampf mit andern Philosophen: – er sucht sie dahin zu drängen, als Anarchisten, Ungläubige, Gegner der Autorität zu erscheinen. *In summa:* soweit er *kämpft*, kämpft er ganz wie ein Priester, wie eine Priesterschaft.

Der Philosoph als Weiter-Entwicklung des *priesterlichen* Typus: – hat dessen Erbschaft im Leibe; – ist, selbst noch als Rivale, genötigt, um dasselbe mit denselben Mitteln zu ringen wie der Priester seiner Zeit; – er aspiriert zur *höchsten Autorität.*

Was gibt *Autorität*, wenn man nicht die physische Macht in den Händen hat (keine Heere, keine *Waffen* überhaupt...)? Wie gewinnt man namentlich die Autorität *über* die, welche die physische Gewalt und die Autorität besitzen? (Sie konkurrieren mit der Ehrfurcht vor dem Fürsten, vor dem siegreichen Eroberer, dem weisen Staatsmann.)

Nur indem sie den Glauben erwecken, eine höhere stärkere Gewalt in den Händen zu haben – Gott –. Es ist nichts stark genug: man hat die Vermittlung und die Dienste der Priester *nötig*. Sie stellen sich als unentbehrlich *dazwischen*: sie haben als Existenzbedingung nötig: 1. daß an die absolute Überlegenheit ihres Gottes, daß *an ihren Gott* geglaubt wird, 2. daß es keine andern, keine direkten Zugänge zu Gott gibt. Die *zweite* Forderung allein schafft den Begriff der »Heterodoxie«; die *erste* den des »Ungläubigen« (d. h. der an einen *andern* Gott glaubt–).

Was ist denn am Philosophen rückständig? – Daß er *seine* Qualitäten als notwendige und einzige Qualitäten lehrt, um zum »höchsten Gut« zu gelangen (z. B. Dialektik, wie Plato). Daß er alle Arten Mensch *gradatim* aufsteigen läßt zu *seinem* Typus als dem höchsten. Daß er geringschätzt, was sonst geschätzt wird, – daß er eine Kluft aufreißt zwischen den obersten *priesterlichen* Werten und den *weltlichen*. Daß er *weiß*, was wahr ist, was Gott ist, was das Ziel ist, was der Weg ist... Der typische Philosoph ist hier absolut Dogmatiker; – wenn er Skepsis *nötig* hat, so ist es, um von *seiner Hauptsache* dogmatisch reden zu dürfen.

Die neue Welt-Konzeption. – Die Welt besteht; sie ist nichts, was wird, nichts, was vergeht. Oder vielmehr: sie wird, sie vergeht, aber sie hat nie angefangen zu werden und nie aufgehört zu vergehn – sie *erhält* sich in beidem... Sie lebt von sich selber: ihre Exkremente sind ihre Nahrung.

Die Hypothese einer *geschaffenen Welt* soll uns nicht einen Augenblick bekümmern. Der Begriff »schaffen« ist heute vollkommen undefinierbar, unvollziehbar; bloß ein Wort noch, rudimentär aus Zeiten des Aberglaubens; mit einem Wort erklärt man nichts. Der letzte Versuch, eine Welt, die *anfängt*, zu konzipieren, ist neuerdings mehrfach mit Hilfe einer logischen Prozedur gemacht worden – zumeist, wie zu erraten ist, aus einer theologischen Hinterabsicht.

Man hat neuerdings mehrfach in dem Begriff »Zeit-Unendlichkeit der Welt *nach hinten*« (*regressus in infinitum*) einen Widerspruch finden wollen: man hat ihn selbst gefunden, um den Preis freilich, dabei den Kopf mit dem Schwanz zu verwechseln. Nichts kann mich hindern, von diesem Augenblick an rückwärts rechnend zu sagen »ich werde nie dabei an ein Ende kommen«: wie ich vom gleichen Augenblick vorwärts rechnen kann, ins Unendliche hinaus. Erst wenn ich den Fehler machen wollte – ich werde mich hüten, es zu tun –, diesen korrekten Begriff eines *regressus in infinitum* gleichzusetzen mit einem *gar nicht vollziehbaren* Begriff eines endlichen *progressus* bis jetzt, erst wenn ich die *Richtung* (vorwärts oder rückwärts) als logisch indifferent setzte, würde ich den Kopf – diesen Augenblick – als Schwanz zu fassen bekommen: das bleibe Ihnen überlassen, mein Herr Dühring!...

Ich bin auf diesen Gedanken bei früheren Denkern gestoßen: jedesmal war er durch andre Hintergedanken bestimmt (– meistens theologische, zugunsten des *creator spiritus*). Wenn die Welt überhaupt erstarren, vertrocknen, absterben, *Nichts* werden könnte, oder wenn sie einen Gleichgewichtszustand erreichen könnte, oder wenn sie überhaupt irgendein Ziel hätte, das die Dauer, die Unveränderlichkeit, das Ein-für-alle-Mal in sich schlösse (kurz, metaphysisch geredet: wenn das Werden in das Sein oder ins Nichts münden *könnte*), so müßte dieser Zustand erreicht sein. Aber er ist nicht erreicht: woraus folgt... Das ist unsre einzige Gewißheit, die wir in den Händen halten, um als

Korrektiv gegen eine große Menge an sich möglicher Welt-Hypothesen zu dienen. Kann z. B. der Mechanismus der Konsequenz eines Finalzustandes nicht entgehen, welche William Thomson ihm gezogen hat, so ist damit der Mechanismus *widerlegt.*

Wenn die Welt als bestimmte Größe von Kraft und als bestimmte Zahl von Kraftzentren gedacht werden *darf* – und jede andre Vorstellung bleibt unbestimmt und folglich *unbrauchbar* –, so folgt daraus, daß sie eine berechenbare Zahl von Kombinationen, im großen Würfelspiel ihres Daseins, durchzumachen hat. In einer unendlichen Zeit würde jede mögliche Kombination irgendwann einmal erreicht sein; mehr noch: sie würde unendliche Male erreicht sein. Und da zwischen jeder Kombination und ihrer nächsten Wiederkehr alle überhaupt noch möglichen Kombinationen abgelaufen sein müßten und jede dieser Kombinationen die ganze Folge der Kombinationen in derselben Reihe bedingt, so wäre damit ein Kreislauf von absolut identischen Reihen bewiesen: die Welt als Kreislauf, der sich unendlich oft bereits wiederholt hat und der sein Spiel *in infinitum* spielt. – Diese Konzeption ist nicht ohne weiteres eine mechanistische: denn wäre sie das, so würde sie nicht eine unendliche Wiederkehr identischer Fälle bedingen, sondern einen Finalzustand. *Weil* die Welt ihn nicht erreicht hat, muß der Mechanismus uns als unvollkommne und nur vorläufige Hypothese gelten.

Es gibt nichts *Unveränderliches* in der Chemie: das ist nur Schein, ein bloßes Schulvorurteil. Wir haben das Unveränderliche *eingeschleppt*, immer noch aus der Metaphysik, meine Herren Physiker. Es ist ganz naiv von der Oberfläche abgelesen, zu behaupten, daß der Diamant, der Graphit und die Kohle identisch sind. Warum? Bloß weil man keinen Substanz-Verlust durch die Waage konstatieren kann! Nun gut, damit haben sie noch etwas gemein; aber die Molekül-Arbeit bei der Verwandlung, die wir nicht sehen und wägen können, macht eben aus dem einen Stoff etwas andres – mit spezifisch anderen Eigenschaften.

Die Physiker glauben an eine »wahre Welt« auf ihre Art: eine feste, für alle Wesen gleiche *Atom-Systematisation* in notwendigen Bewegungen – so daß für sie die »scheinbare Welt« sich reduziert auf di Wesen nach seiner Art zugängliche Seite des allgemeinen u gemein notwendigen Seins (zugänglich und auch noch zu macht – »subjektiv« gemacht). Aber damit verirren sie sich. Das das sie ansetzen, ist erschlossen nach der Logik jenes Bewußtsei spektivismus – ist somit auch selbst eine subjektive Fiktion. Weltbild, das sie entwerfen, ist durchaus nicht wesensverschied dem Subjektiv-Weltbild: es ist nur mit weitergedachten Sinne struiert, aber durchaus mit *unsern* Sinnen... Und zuletzt haben der Konstellation etwas ausgelassen, ohne es zu wissen: eben de wendigen *Perspektivismus*, vermöge dessen jedes Kraftzentrum nicht nur der Mensch – *von sich aus* die ganze übrige Welt konst d. h. an seiner Kraft mißt, betastet, gestaltet... Sie haben verg diese Perspektiven-*setzende* Kraft in das »wahre Sein« einzurech in der Schulsprache geredet: das Subjekt-sein. Sie meinen, di »entwickelt«, hinzugekommen; – aber noch der Chemiker br es: es ist ja das *Spezifisch-Sein*, das bestimmt So-und-so-Agieren -Reagieren, je nachdem.

Der Perspektivismus ist nur eine komplexe Form der Spezifität. M Vorstellung ist, daß jeder spezifische Körper danach strebt, über ganzen Raum Herr zu werden und seine Kraft auszudehnen (– Wille zur Macht:) und alles das zurückzustoßen, was seiner A dehnung widerstrebt. Aber er stößt fortwährend auf gleiche Bestreb gen andrer Körper und endet, sich mit denen zu arrangieren (» einigen«), welche ihm verwandt genug sind: – *so konspirieren sie* *zusammen zur Macht.* Und der Prozeß geht weiter...

Die scheinbare Welt, d. h. eine Welt, nach Werten angesehn; ordnet, ausgewählt nach Werten, d. h. in diesem Falle nach d Nützlichkeits-Gesichtspunkt in Hinsicht auf die Erhaltung und Mac Steigerung einer bestimmten Gattung von Animal.

Das *Perspektivische* also gibt den Charakter der »Scheinbarkeit« a Als ob eine Welt noch übrig bliebe, wenn man das Perspektivisc abrechnet! Damit hätte man ja die *Relativität* abgerechnet!

Jedes Kraftzentrum hat für den ganzen *Rest* seine *Perspektive*, d. l seine ganz bestimmte *Wertung*, seine Aktions-Art, seine Widerstand

Art. Die »scheinbare Welt« reduziert sich also auf eine spezifische Art von Aktion auf die Welt, ausgehend von einem Zentrum.

Nun gibt es gar keine andre Art Aktion: und die »Welt« ist nur ein Wort für das Gesamtspiel dieser Aktionen. Die *Realität* besteht exakt in dieser Partikular-Aktion und -Reaktion jedes Einzelnen gegen das Ganze...

Es bleibt kein Schatten von *Recht* mehr übrig, hier von *Schein* zu reden...

Die *spezifische Art zu reagieren* ist die einzige Art des Reagierens: wir wissen nicht, wie viele und was für Arten es alles gibt.

Aber es gibt kein »*anderes*«, kein »*wahres*«, kein wesentliches Sein – damit würde eine Welt *ohne* Aktion und Reaktion ausgedrückt sein...

Der Gegensatz der scheinbaren Welt und der wahren Welt reduziert sich auf den Gegensatz »Welt« und »Nichts« –

Daß der Wert einer Handlung von dem abhängen soll, was ihr im *Bewußtsein* vorausging – wie falsch ist das! – Und man hat die Moralität danach bemessen, selbst die Kriminalität...

Der Wert einer Handlung muß nach ihren Folgen bemessen werden – sagen die Utilitarier –: sie nach ihrer Herkunft zu messen, impliziert eine Unmöglichkeit, nämlich diese zu *wissen*.

Aber weiß man die Folgen? Fünf Schritt weit vielleicht. Wer kann sagen, was eine Handlung anregt, aufregt, wider sich erregt? Als Stimulans? Als Zündfunke vielleicht für einen Explosivstoff? ... Die Utilitarier sind naiv... Und zuletzt müßten wir erst *wissen*, *was* nützlich ist: auch hier geht ihr Blick nur fünf Schritt weit... Sie haben keinen Begriff von der großen Ökonomie, die des Übels nicht zu entraten weiß.

Man weiß die Herkunft nicht, man weiß die Folgen nicht – hat folglich eine Handlung überhaupt einen Wert?

Bleibt die Handlung selbst: ihre Begleiterscheinungen im Bewußtsein, das Ja und das Nein, das ihrer Ausführung folgt: liegt der Wert einer Handlung in den subjektiven Begleiterscheinungen? (– das hieße den Wert der Musik nach dem Vergnügen oder Mißvergnügen abmessen, das sie uns macht ... das sie ihrem *Komponisten* macht...). Sichtlich begleiten sie Wertgefühle, ein Macht-, ein Zwang-, ein

Ohnmachtsgefühl z. B., die Freiheit, die Leichtigkeit, – anders gefragt: könnte man den Wert einer Handlung auf physiologische Werte reduzieren: ob sie ein Ausdruck des vollständigen oder gehemmten Lebens ist? – Es mag sein, daß sich ihr *biologischer* Wert darin ausdrückt...

Wenn also die Handlung weder nach ihrer Herkunft, noch nach ihren Folgen, noch nach ihren Begleiterscheinungen abwertbar ist, so ist ihr Wert *x*, unbekannt...

Unsre heiligsten Überzeugungen, unser Unwandelbares in Hinsicht auf oberste Werte sind *Urteile unsrer Muskeln.*

Warum die Schwachen siegen. In summa: die Kranken und Schwachen haben mehr *Mitgefühl*, sind »menschlicher« –: die Kranken und Schwachen haben mehr *Geist*, sind wechselnder, vielfacher, unterhaltender – boshafter: die Kranken allein haben die *Bosheit* erfunden. (Eine krankhafte Frühreife häufig bei Rhachitischen, Skrophulosen und Tuberkulosen –.) *Esprit:* Eigentum später Rassen: Juden, Franzosen, Chinesen. (Die Antisemiten vergeben es den Juden nicht, daß die Juden »Geist« haben – und Geld. Die Antisemiten – ein Name der »Schlechtweggekommenen«.)

Die Kranken und Schwachen haben die *Faszination* für sich gehabt: sie sind *interessanter* als die Gesunden: der Narr und der Heilige – die zwei interessantesten Arten Mensch ... in enger Verwandtschaft das »Genie«. Die großen »Abenteurer und Verbrecher« und alle Menschen, die gesündesten voran, sind gewisse Zeiten ihres Lebens *krank* – die großen Gemütsbewegungen, die Leidenschaft der Macht, die Liebe, die Rache sind von tiefen Störungen begleitet. Und was die *décadence* betrifft, so stellt sie jeder Mensch, der nicht zu früh stirbt, in jedem Sinne beinahe dar, – er kennt also auch die Instinkte, welche zu ihr gehören, aus Erfahrung – für die *Hälfte fast jedes Menschenlebens* ist der Mensch *décadent.*

Endlich: das Weib! *Die eine Hälfte der Menschheit* ist schwach, typisch-krank, wechselnd, unbeständig – das Weib braucht die Stärke, um sich an sie zu klammern, und eine Religion der Schwäche, welche es als göttlich verherrlicht, *schwach* zu sein, zu lieben, demütig zu sein –:

oder besser, es macht die Starken schwach – es *herrscht*, wenn es gelingt, die Starken zu überwältigen. Das Weib hat immer mit den Typen der *décadence*, den Priestern, zusammen konspiriert gegen die »Mächtigen«, die »Starken«, die *Männer* –. Das Weib bringt die Kinder beiseite für den Kultus der Pietät, des Mitleids, der Liebe – die *Mutter* repräsentiert den Altruismus *überzeugend*.

Endlich: die zunehmende Zivilisation, die zugleich notwendig auch die Zunahme der morbiden Elemente, des *Neurotisch-Psychiatrischen* und des *Kriminalistischen* mit sich bringt. Eine *Zwischen-Spezies* entsteht, der *Artist*, von der Kriminalität der Tat durch Willensschwäche und soziale Furchtsamkeit abgetrennt, insgleichen noch nicht reif für das Irrenhaus, aber mit seinen Fühlhörnern in beide Sphären neugierig hineingreifend: diese spezifische Kulturpflanze, der moderne Artist, Maler, Musiker, vor allem Romancier, der für seine Art, zu sein, das sehr uneigentliche Wort »Naturalismus« handhabt... Die Irren, die Verbrecher und die »Naturalisten« nehmen zu: Zeichen einer wachsenden und jäh *vorwärts* eilenden Kultur – d. h. der Ausschuß, der Abfall, die Auswurfstoffe gewinnen Importanz, – das Abwärts *hält Schritt*.

Endlich: *der soziale Mischmasch*, Folge der Revolution, der Herstellung gleicher Rechte, des Aberglaubens an »gleiche Menschen«. Dabei mischen sich die Träger der Niedergangs-Instinkte (des Ressentiments, der Unzufriedenheit, des Zerstörer-Triebes, des Anarchismus und Nihilismus), eingerechnet der Sklaven-Instinkte, der Feigheits-, Schlauheits- und Kanaillen-Instinkte der lange *unten* gehaltenen Schichten in alles Blut aller Stände hinein: zwei, drei Geschlechter darauf ist die Rasse nicht mehr zu erkennen – alles ist *verpöbelt*. Hieraus resultiert ein Gesamtinstinkt gegen die *Auswahl*, gegen das *Privilegium* jeder Art, von einer Macht und Sicherheit, Härte, Grausamkeit der Praxis, daß in der Tat sich alsbald selbst die *Privilegierten* unterwerfen – was noch Macht festhalten will, schmeichelt dem Pöbel, arbeitet mit dem Pöbel, *muß* den Pöbel auf seiner Seite haben –, die »Genies« voran: sie werden *Herolde* der Gefühle, mit denen man Massen begeistert – die Note des Mitleids, der Ehrfurcht selbst vor allem, was leidend, niedrig, verachtet, verfolgt gelebt hat, klingt über alle andern Noten weg (Typen: Victor Hugo und Richard Wagner).

– Die Heraufkunft des Pöbels bedeutet noch einmal die Heraufkunft der *alten Werte.*

Bei einer solchen extremen Bewegung in Hinsicht auf Tempo und Mittel, wie sie unsre Zivilisation darstellt, verlegt sich das Schwergewicht der Menschen: *der* Menschen, auf die es am meisten ankommt, die es gleichsam auf sich haben, die ganze große Gefahr einer solchen krankhaften Bewegung zu kompensieren – es werden die Verzögerer *par excellence*, die Langsam-Aufnehmenden, die Schwer-Loslassenden, die Relativ-Dauerhaften inmitten dieses ungeheuren Wechselns und Mischens von Elementen sein. Das Schwergewicht fällt unter solchen Umständen notwendig den *Mediokren* zu: gegen die Herrschaft des Pöbels und der Exzentrischen (beide meist verbündet) konsolidiert sich die *Mediokrität*, als die Bürgschaft und Trägerin der Zukunft. Daraus erwächst für die *Ausnahme-Menschen* ein neuer Gegner – oder aber eine neue Verführung. Gesetzt, daß sie sich nicht dem Pöbel anpassen und dem Instinkte der »Enterbten« zu Gefallen Lieder singen, werden sie nötig haben, »mittelmäßig« und »gediegen« zu sein. Sie wissen: die *mediocritas* ist auch *aurea* – sie allein sogar verfügt über Geld und *Gold* (– über alles, was *glänzt*...) ... Und noch einmal gewinnt die alte Tugend, und überhaupt die ganze *verlebte* Welt des Ideals eine begabte Fürsprecherschaft... Resultat: die Mediokrität bekommt Geist, Witz, Genie – sie wird unterhaltend, sie verführt.

Resultat. – Eine hohe Kultur kann nur stehen auf einem breiten Boden, auf einer stark und gesund konsolidierten Mittelmäßigkeit. In ihrem Dienste und von ihr bedient arbeitet die *Wissenschaft* – und selbst die Kunst. Die Wissenschaft kann es sich nicht besser wünschen: sie gehört als solche zu einer mittleren Art Mensch – sie ist deplaziert unter Ausnahmen –, sie hat nichts Aristokratisches und noch weniger etwas Anarchistisches in ihren Instinkten. – Die Macht der Mitte wird sodann aufrecht gehalten durch den Handel, vor allem den Geldhandel: der Instinkt der Großfinanziers geht gegen alles Extreme – die Juden sind deshalb einstweilen die *konservierendste* Macht in unserm so bedrohten und unsicheren Europa. Sie können weder Revolutionen brauchen, noch Sozialismus, noch Militarismus: wenn sie Macht haben wollen und brauchen, auch über die revolutionäre Partei, so ist dies nur eine Folge des Vorhergesagten und nicht im Widerspruch dazu. Sie haben nötig, gegen andere extreme Richtungen gelegentlich Furcht zu erregen – dadurch, daß sie zeigen, *was* alles in ihrer Hand steht. Aber ihr Instinkt selbst ist unwandelbar konservativ – und »mittelmäßig«... Sie wissen überall, wo es Macht gibt, mächtig zu sein: aber die Ausnützung ihrer Macht geht immer in einer Richtung. Das Ehren-Wort für *mittelmäßig* ist bekanntlich das Wort »*liberal*«.

Besinnung. – Es ist unsinnig, vorauszusetzen, daß dieser ganze *Sieg der Werte* antibiologisch sei: man muß suchen, ihn zu erklären aus einem Interesse des *Lebens*, zur *Aufrechterhaltung* des Typus »Mensch« selbst durch diese Methodik der *Über*herrschaft der Schwachen und Schlechtweggekommenen –: im andern Falle existierte der Mensch nicht mehr? – Problem – – –

Die *Steigerung* des Typus verhängnisvoll für die *Erhaltung der Art*? Warum? –

Es zeigen die Erfahrungen der Geschichte: die starken Rassen *dezimieren* sich *gegenseitig*: durch Krieg, Machtbegierde, Abenteuer; die starken Affekte: die *Vergeudung* – (es wird Kraft nicht mehr kapitalisiert, es entsteht die geistige Störung durch die übertriebene Spannung); ihre Existenz ist kostspielig, kurz – sie reiben sich *untereinander* auf –; es treten Perioden *tiefer Abspannung* und Schlaffheit ein: alle großen Zeiten werden *bezahlt*... Die Starken sind hinterdrein schwächer, willenloser, absurder, als die durchschnittlich-Schwachen.

Es sind *verschwenderische* Rassen. Die »*Dauer*« an sich hätte ja keinen Wert: man möchte wohl eine kürzere, aber *wertreichere* Existenz der Gattung vorziehen. – Es bliebe übrig, zu beweisen, daß selbst so ein reicherer Wertertrag erzielt würde als im Fall der kürzeren Existenz; d. h. der Mensch als Aufsummierung von Kraft gewinnt ein viel höheres Quantum von Herrschaft über die Dinge, wenn es so geht, wie es geht... Wir stehen vor einem Problem der *Ökonomie* – – –

Der Mensch kannte sich nicht physiologisch, die ganze Kette der Jahrtausende entlang: er kennt sich auch heute noch nicht. Zu wissen z. B., daß man ein Nervensystem habe (– aber keine »Seele« –), bleibt immer noch das Vorrecht der Unterrichtetsten. Aber der Mensch begnügt sich nicht, hier nicht zu wissen. Man muß sehr human sein, um zu sagen, »ich weiß das nicht«, um sich Ignoranzen zu gönnen.

Gesetzt, er leidet oder er ist in guter Laune, so zweifelt er nicht, den Grund dafür zu finden, wenn er nur sucht. Also sucht er ihn... In Wahrheit kann er den Grund nicht finden, weil er nicht einmal argwöhnt, wo er zu suchen hätte... Was geschieht? ... Er nimmt eine *Folge* seines Zustandes als dessen *Ursache*, z. B. ein Werk in guter Laune unternommen (im Grunde unternommen, weil schon die gute Laune den Mut dazu gab) gerät: *ecco*, das Werk ist der *Grund*, zur guten Laune... Tatsächlich war wiederum das Gelingen bedingt durch dasselbe, was die gute Laune bedingte – durch die glückliche Koordination der physiologischen Kräfte und Systeme.

Er befindet sich schlecht: und *folglich* wird er mit einer Sorge, einem Skrupel, einer Selbstkritik nicht fertig... In Wahrheit glaubt der Mensch, sein schlechter Zustand sei die Folge seines Skrupels, seiner »Sünde«, seiner »Selbstkritik«...

Aber der Zustand der Wiederherstellung, oft nach einer tiefen Erschöpfung und Prostration, kehrt zurück. »Wie ist das möglich, daß ich so frei, so erlöst bin? Das ist ein Wunder; das kann nur Gott mir getan haben.« – Schluß: »er hat mir meine Sünde vergeben«...

Daraus ergibt sich eine Praktik: um Sündengefühle anzuregen, um Zerknirschungen vorzubereiten, hat man den Körper in einen krankhaften und nervösen Zustand zu bringen. Die Methodik dafür ist bekannt. Wie billig, argwöhnt man nicht die kausale Logik der Tatsache: man hat eine religiöse Deutung für die *Kasteiung des Fleisches*, sie erscheint als Zweck an sich, während sie sich nur als *Mittel* ergibt, um jene krankhafte Indigestion der Reue möglich zu machen (die *»idée fixe«* der Sünde, die Hypnotisierung der Henne durch den Strich »Sünde«).

Die Mißhandlung des Leibes erzeugt den Boden für die Reihe der »Schuldgefühle«, d. h. ein allgemeines Leiden, das *erklärt sein will*...

Andrerseits ergibt sich ebenso die Methodik der »Erlösung«: man hat jede Ausschweifung des Gefühls durch Gebete, Bewegungen, Gebärden, Schwüre herausgefordert – die Erschöpfung folgt, oft jäh, oft unter epileptischer Form. Und – hinter dem Zustand tiefer Somnolenz kommt der Schein der Genesung –, religiös geredet: »Erlösung.«

Wie eine *ja-sagende* semitische Religion, die Ausgeburt der *herrschenden* Klasse, aussieht: das Gesetzbuch Mohammeds, das Alte Testament in den älteren Teilen. (Der *Mohammedanismus*, als eine Religion für *Männer*, hat eine tiefe Verachtung für die Sentimentalität und Verlogenheit des Christentums ... einer Weibs-Religion, als welche er sie fühlt –.)

Wie eine *nein-sagende* semitische Religion, die Ausgeburt der *unterdrückten* Klasse, aussieht: das Neue Testament (– nach indisch-arischen Begriffen: eine *Tschandala-Religion*).

Der ganze christliche Buß- und Erlösungs-*training* kann aufgefaßt werden als eine willkürlich erzeugte *folie circulaire*: wie billig nur in bereits prädestinierten, nämlich morbid angelegten Individuen erzeugbar.

Der Mensch sucht *nicht* die Lust und vermeidet *nicht* die Unlust: man versteht, welchem berühmten Vorurteile ich hiermit widerspreche. Lust und Unlust sind bloße Folge, bloße Begleiterscheinung – was der Mensch will, was jeder kleinste Teil eines lebenden Organismus will, das ist ein *Plus von Macht*. Im Streben danach folgt sowohl Lust als Unlust; aus jenem Willen heraus sucht er nach Widerstand, braucht er etwas, das sich entgegenstellt... Die Unlust, als Hemmung seines Willens zur Macht, ist also ein normales Faktum, das normale Ingrediens jedes organischen Geschehens; der Mensch weicht ihr nicht aus, er hat sie vielmehr fortwährend nötig: jeder Sieg, jedes Lustgefühl, jedes Geschehen setzt einen überwundenen Widerstand voraus.

Nehmen wir den einfachsten Fall, den der primitiven Ernährung: das Protoplasma streckt seine Pseudopodien aus, um nach etwas zu suchen, das ihm widersteht – nicht aus Hunger, sondern aus Willen zur Macht. Darauf macht es den Versuch, dasselbe zu überwinden, sich anzueignen, sich einzuverleiben: – das, was man »Ernährung« nennt, ist bloß eine Folge-Erscheinung, eine Nutzanwendung jenes ursprünglichen Willens, *stärker* zu werden.

Die Unlust hat also so wenig notwendig eine *Verminderung unsres Machtgefühls* zur Folge, daß, in durchschnittlichen Fällen, sie gerade als Reiz auf dieses Machtgefühl wirkt – das Hemmnis ist der *stimulus* dieses Willens zur Macht.

Man hat die Unlust verwechselt mit einer *Art* der Unlust, mit der der Erschöpfung: letztere stellt in der Tat eine tiefe Verminderung und Herabstimmung des Willens zur Macht, eine meßbare Einbuße an Kraft dar. Das will sagen: es gibt a) Unlust als Reizmittel zur Verstärkung der Macht und b) Unlust nach einer Vergeudung von Macht; im erstern Fall ein *stimulus*, im letztern die Folge einer übermäßigen Reizung... Die Unfähigkeit zum Widerstand ist der letzteren Unlust zu eigen: die Herausforderung des Widerstehenden gehört zur ersteren ... Die Lust, welche im Zustand der Erschöpfung allein noch empfunden wird, ist das Einschlafen; die Lust im andern Falle ist der Sieg...

Die große Verwechslung der Psychologen bestand darin, daß sie diese beiden *Lustarten* – die des *Einschlafens* und die des *Sieges* – nicht auseinanderhielten. Die Erschöpften wollen Ruhe, Gliederausstrecken, Frieden, Stille – es ist das *Glück* der nihilistischen Religionen und Philosophien; die Reichen und Lebendigen wollen Sieg, überwundene Gegner, Überströmen des Machtgefühls über weitere Bereiche als bisher. Alle gesunden Funktionen des Organismus haben dies Bedürfnis – und der ganze Organismus ist ein solcher nach Wachstum von Machtgefühlen ringender Komplex von Systemen – – –

Es ist nicht möglich, den *Hunger* als *primum mobile* zu nehmen, ebenso wenig als die Selbsterhaltung. Der Hunger als Folge der Unterernährung aufgefaßt, heißt: der Hunger als Folge eines *nicht mehr Herr werdenden* Willens zur Macht. Es handelt sich durchaus nicht um eine Wiederherstellung eines Verlustes – erst spät, infolge Arbeitsteilung, nachdem der Wille zur Macht ganz andre Wege zu seiner Befriedigung einschlagen lernte, wird das Aneignungsbedürfnis des Organismus *reduziert* auf den Hunger, auf das Wiederersatzbedürfnis des Verlorenen.

Der Schmerz ist etwas anderes als die Lust, – ich will sagen, er ist *nicht* deren Gegenteil.

Wenn das Wesen der »Lust« zutreffend bezeichnet worden ist als ein *Plus-Gefühl* von Macht (somit als ein Differenz-Gefühl, das die Vergleichung voraussetzt), so ist damit das Wesen der »Unlust« noch nicht definiert. Die falschen Gegensätze, an die das Volk und *folglich* die Sprache glaubt, sind immer gefährliche Fußfesseln für den Gang der Wahrheit gewesen. Es gibt sogar Fälle, wo eine Art Lust bedingt ist durch eine gewisse *rhythmische Abfolge* kleiner Unlust-Reize: damit wird ein sehr schnelles Anwachsen des Machtgefühls, des Lustgefühls erreicht. Dies ist der Fall z. B. beim Kitzel, auch beim geschlechtlichen Kitzel im Akt des Koitus: wir sehen dergestalt die Unlust als Ingrediens der Lust tätig. Es scheint, eine kleine Hemmung, die überwunden wird und der sofort wieder eine kleine Hemmung folgt, die wieder überwunden wird – dieses Spiel von Widerstand und Sieg regt jenes Gesamtgefühl von überschüssiger, überflüssiger Macht am stärksten an, das das Wesen der Lust ausmacht.

Die Umkehrung, eine Vermehrung der Schmerzempfindung durch kleine eingeschobene Lustreize, fehlt: Lust und Schmerz sind eben nichts Umgekehrtes.

Der Schmerz ist ein *intellektueller* Vorgang, in dem entschieden ein Urteil laut wird, – das Urteil »*schädlich*«, in dem sich lange Erfahrung aufsummiert hat. An sich gibt es keinen Schmerz. Es ist *nicht* die Verwundung, die wehtut; es ist die Erfahrung, von welchen schlimmen Folgen eine Verwundung für den Gesamt-Organismus sein kann, welche in Gestalt jener tiefen Erschütterung redet, die Unlust heißt (bei schädigenden Einflüssen, welche der älteren Menschheit unbekannt geblieben sind, z. B. von seiten neu kombinierter giftiger Chemikalien, fehlt auch die Aussage des Schmerzes, – und wir sind verloren).

Im Schmerz ist das eigentlich Spezifische immer die lange Erschütterung, das Nachzittern eines schreckenerregenden Schocks im zerebralen Herde des Nervensystems – man leidet eigentlich *nicht* an der Ursache des Schmerzes (irgendeiner Verletzung z. B.), sondern an der langen Gleichgewichtsstörung, welche infolge jenes Schocks eintritt. Der Schmerz ist eine Krankheit der zerebralen Nervenherde, – die Lust ist durchaus keine Krankheit.

Daß der Schmerz die Ursache ist zu Gegenbewegungen, hat zwar den Augenschein und sogar das Philosophen-Vorurteil für sich; aber in plötzlichen Fällen kommt, wenn man genau beobachtet, die Gegenbewegung ersichtlich früher als die Schmerzempfindung. Es stünde schlimm um mich, wenn ich bei einem Fehltritt zu warten hätte, bis das Faktum an die Glocke des Bewußtseins schlüge und ein Wink, was zu tun ist, zurücktelegraphiert würde. Vielmehr unterscheide ich so deutlich als möglich, daß erst die Gegenbewegung des Fußes, um den Fall zu verhüten, folgt und dann, in einer meßbaren Zeitdistanz, eine Art schmerzhafter Welle plötzlich im vordern Kopfe fühlbar wird. Man reagiert also *nicht* auf den Schmerz. Der Schmerz wird nachher projiziert in die verwundete Stelle – aber das Wesen dieses Lokal-Schmerzes ist trotzdem nicht der Ausdruck der Art der Lokal-Verwundung; er ist ein bloßes Ortszeichen, dessen Stärke und Tonart der Verwundung gemäß ist, welche die Nerven-Zentren davon empfangen haben. Daß infolge jenes Schocks die Muskelkraft des Organismus meßbar heruntergeht, gibt durchaus noch keinen Anhalt dafür, das *Wesen* des Schmerzes in einer Verminderung des Machtgefühls zu suchen.

Man reagiert, nochmals gesagt, *nicht* auf den Schmerz: die Unlust ist keine »Ursache« von Handlungen. Der Schmerz selbst ist eine Reaktion, die Gegenbewegung ist eine andre und *frühere* Reaktion – beide nehmen von verschiedenen Stellen ihren Ausgangspunkt...

Der Schlaf als Folge jeder Erschöpfung, die Erschöpfung als Folge jeder übermäßigen Reizung...

Das Bedürfnis nach Schlaf, die Vergöttlichung und Adoration selbst des Begriffes »Schlaf« in allen pessimistischen Religionen und Philosophien –

Die Erschöpfung ist in diesem Fall eine Rassen-Erschöpfung; der Schlaf, psychologisch genommen, nur ein Gleichnis eines viel tieferen und längeren *Ruhenmüssens... In praxi* ist der Tod, der hier unter dem Bilde seines Bruders, des Schlafes, so verführerisch wirkt...

Es sind die Ausnahme-Zustände, die den Künstler bedingen: alle, die mit krankhaften Erscheinungen tief verwandt und verwachsen sind: so daß es nicht möglich scheint, Künstler zu sein und nicht krank zu sein.

Die physiologischen Zustände, welche im Künstler gleichsam zur »Person« gezüchtet sind und die an sich in irgendwelchem Grade dem Menschen überhaupt anhaften:

1. der *Rausch*: das erhöhte Machtgefühl; die innere Nötigung, aus den Dingen einen Reflex der eignen Fülle und Vollkommenheit zu machen;

2. die *extreme Schärfe* gewisser Sinne: so daß sie eine ganz andre Zeichensprache verstehn – und schaffen, – dieselbe, die mit manchen Nervenkrankheiten verbunden erscheint –; die extreme Beweglichkeit, aus der eine extreme Mitteilsamkeit wird; das Redenwollen alles dessen, was Zeichen zu geben weiß –; ein Bedürfnis, sich gleichsam loszuwerden durch Zeichen und Gebärden; Fähigkeit, von sich durch hundert Sprachmittel zu reden – ein *explosiver* Zustand. Man muß sich diesen Zustand zunächst als Zwang und Drang denken, durch alle Art Muskelarbeit und Beweglichkeit die Exuberanz der inneren Spannung loszuwerden: sodann als unfreiwillige *Koordination dieser Bewegung* zu den inneren Vorgängen (Bildern, Gedanken, Begierden), – als eine Art Automatismus des ganzen Muskelsystems unter dem Impuls von innen wirkender starker Reize –; Unfähigkeit, die Reaktion zu *verhindern*; der Hemmungsapparat gleichsam *ausgehängt*. Jede innere Bewegung (Gefühl, Gedanke, Affekt) ist begleitet von *Vaskular-Veränderungen* und folglich von Veränderungen der Farbe, der Temperatur, der Sekretion. Die *suggestive* Kraft der Musik, ihre »*suggestion mentale*«; –

3. das *Nachmachen-müssen*: eine extreme Irritabilität, bei der sich ein gegebenes Vorbild kontagiös mitteilt – ein Zustand wird nach Zeichen schon erraten und *dargestellt*... Ein Bild, innerlich auftauchend, wirkt schon als Bewegung der Glieder –, eine gewisse *Willens*-Aushängung ... (Schopenhauer!!!!) Eine Art Taubsein, Blindsein nach außen hin – das Reich der *zugelassenen* Reize ist scharf umgrenzt.

Dies unterscheidet den Künstler vom Laien (dem künstlerisch-Empfänglichen): letzterer hat im Aufnehmen seinen Höhepunkt von Reizbarkeit; ersterer im Geben, – dergestalt, daß ein Antagonismus dieser beiden Begabungen nicht nur natürlich, sondern wünschenswert ist. Jeder dieser Zustände hat eine umgekehrte Optik – vom Künstler verlangen daß er sich die Optik des Zuhörers (Kritikers) einübe, heißt verlangen, daß er sich und seine schöpferische Kraft *verarme*... Es ist hier wie bei der Differenz der Geschlechter: man soll vom Künstler, der *gibt*, nicht verlangen, daß er Weib wird – daß er »*empfängt*«.

Unsre Ästhetik war insofern bisher eine Weibs-Ästhetik, als nur die Empfänglichen für Kunst ihre Erfahrungen »was ist schön«? formuliert haben. In der ganzen Philosophie bis heute fehlt der Künstler... Das ist, wie das Vorhergehende andeutete, ein notwendiger Fehler: denn der Künstler, der anfinge, sich zu begreifen, würde sich damit *vergreifen*, – er hat nicht zurückzusehen, er hat überhaupt nicht zu sehen, er hat zu geben. – Es ehrt einen Künstler, der Kritik unfähig zu sein – andernfalls ist er halb und halb, ist er »modern«.

Unsre Religion, Moral und Philosophie sind *décadence*-Formen des Menschen.

– Die *Gegenbewegung*: die *Kunst*.

Die »*wahre*« und die »*scheinbare Welt*«

A.

Die *Verführungen*, die von diesem Begriff ausgehen, sind dreierlei Art:

a) eine *unbekannte* Welt: – wir sind Abenteurer, neugierig – das Bekannte scheint uns müde zu machen (– die Gefahr des Begriffs liegt darin, uns »diese« Welt als *bekannt* zu insinuieren...);

b) eine *andre* Welt, wo es anders ist: – es rechnet etwas in uns nach, unsre stille Ergebung, unser Schweigen verlieren dabei ihren Wert, – vielleicht wird alles gut, wir haben nicht umsonst gehofft ... Die Welt, wo es anders, wo wir selbst – wer weiß? anders sind...

c) eine *wahre* Welt: – das ist der wunderlichste Streich und Angriff, der auf uns gemacht wird; es ist so vieles an das Wort »wahr« ankrustiert, unwillkürlich machen wir's auch der »wahren Welt« zum Geschenk: die *wahre* Welt muß auch eine *wahrhaftige* sein, eine solche, die uns nicht betrügt, nicht zu Narren hat: an sie glauben ist beinahe glauben *müssen* (– aus Anstand, wie es unter zutrauenswürdigen Wesen geschieht –).

Der Begriff »die *unbekannte* Welt« insinuiert uns *diese* Welt als »bekannt« (als langweilig –);

der Begriff »die *andre* Welt« insinuiert, als ob die Welt *anders sein könnte*, – hebt die Notwendigkeit und das Fatum auf (– unnütz, sich zu *ergeben*, sich *anzupassen* –);

der Begriff »die *wahre* Welt« insinuiert diese Welt als eine unwahrhaftige, betrügerische, unredliche, unechte, unwesentliche – und *folglich* auch nicht unserm Nutzen zugetane Welt (– unratsam, sich ihr anzupassen; *besser*: ihr widerstreben).

Wir *entziehen* uns also in dreierlei Weise »dieser« Welt:

a) mit unsrer *Neugierde* – wie als ob der interessantere Teil woanders wäre;

b) mit unsrer *Ergebung* – wie als ob es nicht nötig sei, sich zu ergeben, – wie als ob diese Welt keine Notwendigkeit letzten Ranges sei;

c) mit unsrer *Sympathie* und Achtung – wie als ob diese Welt sie nicht verdiente, als unlauter, als gegen uns nicht redlich...

In summa: wir sind auf eine dreifache Weise *revoltiert*: wir haben ein *x* zur *Kritik* der »bekannten Welt« gemacht.

B.

Erster Schritt der Besonnenheit: zu begreifen, inwiefern wir *verführt* sind – nämlich es könnte an sich exakt *umgekehrt* sein:

a) die *unbekannte* Welt könnte derartig beschaffen sein, um uns Lust zu machen zu »dieser« Welt, – als eine vielleicht stupide und geringere Form des Daseins;

b) die *andere* Welt, geschweige, daß sie unsern Wünschen, die hier keinen Austrag fänden, Rechnung trüge, könnte mit unter der Masse dessen sein, was uns *diese* Welt möglich macht: sie kennen lernen wäre ein Mittel, uns zufrieden zu machen;

c) die *wahre* Welt: aber wer sagt uns eigentlich, daß die scheinbare Welt weniger wert sein muß als die wahre? Widerspricht nicht unser Instinkt diesem Urteile? Schafft sich nicht ewig der Mensch eine fingierte Welt, weil er eine bessere Welt haben will als die Realität? *Vor allem*: wie kommen wir darauf, daß *nicht unsre* Welt die wahre ist? ... zunächst könnte doch die andre Welt die »scheinbare« sein (in der Tat haben sich die Griechen z. B. ein *Schattenreich*, eine *Scheinexistenz* neben der *wahren* Existenz, gedacht –). Und endlich: was gibt uns ein Recht, gleichsam *Grade der Realität* anzusetzen? Das ist etwas andres als eine unbekannte Welt – das ist bereits *Etwas-wissen-wollen von der unbekannten.* Die »andere«, die »unbekannte« Welt – gut! aber sagen »wahre Welt« das heißt »etwas *wissen* von ihr«, – das ist der *Gegensatz* zur Annahme einer *x*-Welt...

In summa: die Welt *x* könnte in jedem Sinne langweiliger, unmenschlicher und unwürdiger sein als diese Welt.

Es stünde anders, wenn behauptet würde, es gebe *x* Welten, d. h. jede mögliche Welt noch außer dieser. Aber das ist *nie behauptet worden...*

C.

Problem: warum die *Vorstellung von der andern* Welt immer zum Nachteil, resp. zur Kritik »dieser« Welt ausgefallen ist – worauf das weist? –

Nämlich: ein Volk, das auf sich stolz ist, das im Aufgange des Lebens ist, denkt das *Anders*-sein immer als Niedriger-, Wertloser-sein; es betrachtet die fremde, die unbekannte Welt als seinen Feind, als seinen Gegensatz, es fühlt sich ohne Neugierde, in voller Ablehnung gegen das Fremde... Ein Volk würde nicht zugeben, daß ein anderes Volk das »wahre Volk« wäre...

Schon daß ein solches Unterscheiden möglich ist – daß man diese Welt für die »scheinbare« und *jene* für die »wahre« nimmt, ist symptomatisch.

Die Entstehungsherde der Vorstellung »andre Welt«:

der Philosoph, der eine Vernunft-Welt erfindet, wo die *Vernunft* und die *logischen* Funktionen adäquat sind – daher stammt die »wahre« Welt;

der religiöse Mensch, der eine »göttliche Welt« erfindet – daher stammt die »entnatürlichte, widernatürliche« Welt;

der moralische Mensch, der eine »freie Welt« fingiert – daher stammt die »gute, vollkommene, gerechte, heilige« Welt.

Das *Gemeinsame* der drei Entstehungsherde: der *psychologische* Fehlgriff, die physiologischen Verwechslungen.

Die »andre Welt«, wie sie tatsächlich in der Geschichte erscheint, mit welchen Prädikaten abgezeichnet? Mit den Stigmaten des philosophischen, des religiösen, des moralischen Vorurteils.

Die »andre Welt«, wie sie aus diesen Tatsachen erhellt, als ein

Synonym des Nicht-seins, des Nicht-lebens, des Nicht-leben-*wollens*...

Gesamteinsicht: der Instinkt der *Lebensmüdigkeit*, und nicht der des Lebens, hat die »andre Welt« geschaffen.

Konsequenz: Philosophie, Religion und Moral sind *Symptome der décadence.*

Ich unterscheide den Mut vor Personen, den Mut vor Sachen und den Mut vor dem Papier. Letzterer war z. B. der Mut David Straußens. Ich unterscheide nochmals den Mut vor Zeugen und den Mut ohne Zeugen: der Mut eines Christen, eines Gottgläubigen überhaupt kann niemals Mut ohne Zeugen sein – er ist damit allein schon degradiert. Ich unterscheide endlich den Mut aus Temperament und den Mut aus Furcht vor der Furcht: ein Einzelfall der letzten Spezies ist der moralische Mut. Hierzu kommt noch der Mut aus Verzweiflung.

Wagner hatte diesen Mut. Seine Lage hinsichtlich der Musik war im Grunde verzweifelt. Ihm fehlte beides, was zum *guten* Musiker befähigt: Natur und Kultur, die Vorbestimmung für Musik und die Zucht und Schulung zur Musik. Er hatte Mut: er schuf aus diesem Mangel ein Prinzip – er *erfand* sich eine Gattung Musik. Die »dramatische Musik«, wie er sie erfand, ist die Musik, welche er *machen konnte* – ihr Begriff sind die Grenzen Wagners.

Und man hat ihn mißverstanden! – *Hat* man ihn mißverstanden? ... Fünf Sechstel der modernen Künstler sind in seinem Falle. Wagner ist ihr Retter: fünf Sechstel sind übrigens die »geringste Zahl«. Jedesmal, wo die Natur sich unerbittlich gezeigt hat und wo andrerseits die Kultur ein Zufall, eine Tentative, ein Dilettantismus blieb, wendet sich jetzt der Künstler mit Instinkt, was sage ich? mit Begeisterung an Wagner: »halb zog er ihn, halb sank er hin«, wie der Dichter sagt.

Die *religiöse Moral.* – Der Affekt, die große Begierde, die Leidenschaften der Macht, der Liebe, der Rache, des Besitzes –: die Moralisten wollen sie auslöschen, herausreißen, die Seele von ihnen »reinigen«.

Die Logik ist: die Begierden richten oft großes Unheil an, – folglich sind sie böse, verwerflich. Der Mensch muß los von ihnen kommen: eher kann er nicht ein *guter* Mensch sein...

Das ist dieselbe Logik wie: »ärgert dich ein Glied, so reiße es aus«. In dem besonderen Fall, wie es jene gefährliche »Unschuld vom Lande«, der Stifter des Christentums, seinen Jüngern zur Praxis empfahl, im Fall der geschlechtlichen Irritabilität, folgt leider dies nicht nur, daß ein Glied fehlt, sondern daß der Charakter des Menschen *entmannt* ist... Und das gleiche gilt von dem Moralisten-Wahnsinn, welcher, statt der Bändigung, die Exstirpation der Leidenschaften verlangt. Ihr Schluß ist immer: erst der entmannte Mensch ist der gute Mensch.

Die großen Kraftquellen, jene oft so gefährlich und überwältigend hervorströmenden Wildwasser der Seele, statt ihre Macht in Dienst zu nehmen und zu *ökonomisieren*, will diese kurzsichtigste und verderblichste Denkweise, die Moral-Denkweise, *versiegen* machen.

Die christlichen Moral-Quacksalber. – Mitleid und Verachtung folgen sich in schnellem Wechsel, und mitunter bin ich empört, wie beim Anblick eines schnöden Verbrechens. Hier ist der Irrtum zur Pflicht gemacht – zur Tugend –, der Fehlgriff ist Handgriff geworden, der Zerstörer-Instinkt systematisiert als »Erlösung«; hier wird aus jeder Operation eine Verletzung, eine Ausschneidung selbst von Organen, deren Energie die Voraussetzung jeder Wiederkehr der Gesundheit ist. Und bestenfalls wird nicht geheilt, sondern nur eine Symptomen-Reihe des Übels in eine andere eingetauscht... Und dieser gefährliche Unsinn, das System der Schändung und Verschneidung des Lebens gilt als heilig, als unantastbar; in seinem Dienste leben, Werkzeug dieser Heilkunst sein, *Priester* sein hebt heraus, macht ehrwürdig, macht heilig und unantastbar selbst. Nur die Gottheit kann die Urheberin dieser höchsten Heilkunst sein: nur als Offenbarung ist die Erlösung begreiflich, als Akt der Gnade, als unverdientestes Geschenk, das der Kreatur gemacht ist.

Erster Satz: die Gesundheit der Seele wird als Krankheit angesehen, mißtrauisch...

Zweiter Satz: die Voraussetzungen für ein starkes und blühendes Leben, die starken Begehrungen und Leidenschaften, gelten als Einwände gegen ein starkes und blühendes Leben.

Dritter Satz: Alles, woher dem Menschen Gefahr droht, alles, was über ihn Herr werden und ihn zugrunde richten kann, ist böse, ist verwerflich – ist mit der Wurzel aus seiner Seele auszureißen.

Vierter Satz: der Mensch, ungefährlich gemacht, gegen sich und andre, schwach, niedergeworfen in Demut und Bescheidenheit, seiner Schwäche bewußt, der »Sünder«, – das ist der wünschbarste Typus, der, welchen man mit einiger Chirurgie der Seele auch *herstellen* kann...

Ich sehe durchaus nicht ab, wie einer es wiedergutmachen kann, der versäumt hat, zur rechten Zeit in eine *gute Schule* zu gehen. Ein solcher kennt sich nicht; er geht durchs Leben, ohne gehen gelernt zu haben; der schlaffe Muskel verrät sich bei jedem Schritt noch. Mitunter ist das Leben so barmherzig, diese harte Schule nachzuholen: jahrelanges Siechtum vielleicht, das die äußerste Willenskraft und Selbstgenugsamkeit herausfordert; oder eine plötzlich hereinbrechende Notlage, zugleich noch für Weib und Kind, welche eine Tätigkeit erzwingt, die den erschlafften Fasern wieder Energie gibt und dem Willen zum Leben die *Zähigkeit zurückgewinnt.* Das Wünschenswerteste bleibt unter allen Umständen eine harte Disziplin *zur rechten Zeit,* d. h. in jenem Alter noch, wo es stolz macht, viel von sich verlangt zu sehn. Denn dies unterscheidet die harte Schule als gute Schule von jeder anderen: daß viel verlangt wird; daß streng verlangt wird; daß das Gute, das Ausgezeichnete selbst, als normal verlangt wird; daß das Lob selten ist, daß die Indulgenz fehlt; daß der Tadel scharf, sachlich, ohne Rücksicht auf Talent und Herkunft laut wird. Eine solche Schule hat man in jedem Betracht nötig: das gilt vom Leiblichsten wie vom Geistigsten: es wäre verhängnisvoll, hier trennen zu wollen! Die gleiche Disziplin macht den Militär und den Gelehrten tüchtig: und näher besehn, es gibt keinen tüchtigen Gelehrten, der nicht die Instinkte eines tüchtigen Militärs im Leibe hat. Befehlen können und wieder auf eine stolze Weise gehorchen; in Reih und Glied stehen, aber fähig jederzeit, auch zu führen; die Gefahr dem Behagen vorziehn; das Erlaubte und Unerlaubte nicht in einer Krämerwaage wiegen; dem Mesquinen, Schlauen, Parasitischen mehr feind sein als dem Bösen. – Was *lernt* man in einer harten Schule? *Gehorchen* und *Befehlen.*

Ein gewisser Grad von Glaube genügt uns heute als *Einwand* gegen das Geglaubte. – noch mehr als Fragezeichen an der geistigen Gesundheit des Gläubigen.

Wenn wir uns, aus dem Instinkte der Gemeinschaft heraus, Vorschriften machen und gewisse Handlungen verbieten, so verbieten wir, wie es Vernunft hat, nicht eine Art zu »sein«, nicht eine »Gesinnung«, sondern nur eine gewisse Richtung und Nutzanwendung dieses »Seins«, dieser »Gesinnung«. Aber da kommt der Ideologe der Tugend, der *Moralist*, seines Wegs und sagt: »Gott siehet das Herz an! Was liegt daran, daß ihr euch bestimmter Handlungen enthaltet: ihr seid darum nicht besser!« Antwort: mein Herr Langohr und Tugendsam, wir wollen durchaus nicht besser sein, wir sind sehr zufrieden mit uns, wir wollen uns nur nicht untereinander *Schaden tun*, – und deshalb verbieten wir gewisse Handlungen in einer gewissen Rücksicht, nämlich auf uns, während wir dieselben Handlungen, vorausgesetzt, daß sie sich auf Gegner des Gemeinwesens – auf Sie zum Beispiel – beziehen, nicht genug zu ehren wissen. Wir erziehen unsere Kinder auf sie hin; wir züchten sie groß... Wären wir von jenem »gottwohlgefälligen« Radikalismus, den Ihr heiliger Aberwitz anempfiehlt, wären wir Mondkälber genug, mit jenen Handlungen ihre Quelle, das »Herz«, die »Gesinnung« zu verurteilen, so hieße das unser Dasein verurteilen und mit ihm seine oberste Voraussetzung – eine Gesinnung, ein Herz, eine Leidenschaft, die wir mit den höchsten Ehren ehren. Wir verhüten durch unsre Dekrete, daß diese Gesinnung auf eine unzweckmäßige Weise ausbricht und sich Wege sucht, – wir sind klug, wenn wir uns solche Gesetze geben, wir sind damit auch *sittlich*... Argwöhnen Sie nicht, von ferne wenigstens, welche Opfer es uns kostet, wie viel Zähmung, Selbstüberwindung, Härte gegen uns dazu not tut? Wir sind vehement in unsern Begierden, es gibt Augenblicke, wo wir uns auffressen möchten... Aber der »Gemeinsinn« wird über uns Herr: bemerken Sie doch, das ist beinahe eine Definition der Sittlichkeit.

Der *»gute Mensch« als Tyrann*. – Die Menschheit hat immer denselben Fehler wiederholt: daß sie aus einem Mittel zum Leben einen

Maßstab des Lebens gemacht hat; daß sie – statt in der höchsten Steigerung des Lebens selbst, im Problem des Wachstums und der Erschöpfung, das Maß zu finden – die *Mittel* zu einem ganz bestimmten Leben zum Ausschluß aller anderen Formen des Lebens, kurz zur Kritik und Selektion des Lebens benutzt hat. D. h. der Mensch liebt endlich die Mittel um ihrer selbst willen und *vergißt* sie als Mittel: so daß sie jetzt als Ziele ihm ins Bewußtsein treten, als Maßstäbe von Zielen... d. h. *eine bestimmte Spezies Mensch* behandelt ihre Existenzbedingungen als gesetzlich aufzuerlegende Bedingungen, als »Wahrheit«, »Gut«, »Vollkommen«: sie *tyrannisiert*... Es ist eine *Form des Glaubens*, des Instinkts, daß eine Art Mensch nicht die Bedingtheit ihrer eignen Art, ihre Relativität im Vergleich zu anderen einsieht Wenigstens scheint es zu Ende zu sein mit einer Art Mensch (Volk, Rasse), wenn sie tolerant wird, gleiche Rechte zugesteht und nicht mehr daran denkt, Herr sein zu wollen –

»*Sinne*«, »*Leidenschaften*«. – Die Furcht vor den Sinnen, vor den Begierden, vor den Leidenschaften, wenn sie so weit geht, dieselben zu *widerraten*, ist ein Symptom bereits von *Schwäche*: die extremen Mittel kennzeichnen immer anormale Zustände. Was hier fehlt, resp. *angebröckelt* ist, das ist die Kraft zur *Hemmung* eines Impulses: wenn man den Instinkt hat, nachgeben zu müssen, d. h. reagieren zu *müssen*, dann tut man gut, den Gelegenheiten (»Verführungen«) aus dem Wege zu gehn.

Ein »Anreiz der Sinne« ist nur insofern eine *Verführung*, als es sich um Wesen handelt, deren System zu leicht beweglich und bestimmbar ist: im entgegengesetzten Falle, bei großer Schwerfälligkeit und Härte des Systems, sind starke Reize nötig, um die Funktionen in Gang zu bringen.

Die Ausschweifung ist uns ein Einwand nur gegen den, der zu ihr kein Recht hat; und fast alle Leidenschaften sind in schlechten Ruf derentwegen gebracht, die nicht stark genug sind, sie *zu ihrem Nutzen* zu wenden –.

Man muß sich darüber verstehn, daß gegen *Leidenschaft* eingewendet werden kann, was gegen *Krankheit* einzuwenden ist: trotzdem – wir dürften der Krankheit nicht entbehren, und noch weniger der Leidenschaften. Wir *brauchen* das Anormale, wir geben dem Leben einen ungeheuren Schock durch diese großen Krankheiten.

Im einzelnen ist zu unterscheiden:

1. die *dominierende Leidenschaft*, welche sogar die supremste Form der Gesundheit überhaupt mit sich bringt: hier ist die Koordination der innern Systeme und ihr Arbeiten in einem Dienste am besten erreicht – aber das ist beinahe die Definition der Gesundheit!

2. das *Gegeneinander* der Leidenschaften, die Zweiheit, Dreiheit, Vielheit der »Seelen in einer Brust«: sehr ungesund, innerer Ruin, auseinanderlösend, einen inneren Zwiespalt und Anarchismus verratend und steigernd –: es sei denn, daß *eine* Leidenschaft endlich Herr wird. *Rückkehr der Gesundheit* –

3. das *Nebeneinander*, *ohne* ein Gegeneinander und Füreinander zu sein: oft periodisch, und dann, sobald es eine Ordnung gefunden hat, auch gesund. Die interessantesten Menschen gehören hierher, die Chamäleons; sie sind nicht im Widerspruch mit sich, sie sind glücklich und sicher, aber sie haben keine Entwicklung – ihre Zustände liegen nebeneinander, wenn sie auch siebenmal getrennt sind. Sie wechseln, sie *werden* nicht.

Gegen Reue und ihre rein psychologische Behandlung. – Mit einem Erlebnis nicht fertig werden ist bereits ein Zeichen von *décadence.* Dieses Wieder-Aufreißen alter Wunden, das Sich-Wälzen in Selbstverachtung und Zerknirschung ist eine Krankheit mehr, aus der nimmermehr das »Heil der Seele«, sondern immer nur eine neue Krankheitsform derselben entstehen kann...

Diese »Erlösungs-Zustände« im Christen sind bloße Wechsel eines und desselben krankhaften Zustandes, – Auslegungen der epileptischen Krise unter einer bestimmten Formel, welche *nicht* die Wissenschaft, sondern der religiöse Wahn gibt.

Man ist auf eine krankhafte Manier *gut*, wenn man krank ist... Wir rechnen jetzt den größten Teil des psychologischen Apparates, mit dem das Christentum gearbeitet hat, unter die Formen der Hysterie und der Epilepsoidis.

Die ganze Praxis der seelischen Wiederherstellung muß auf eine *physiologische* Grundlage zurückgestellt werden: der »Gewissensbiß«

als solcher ist ein Hindernis der Genesung, – man muß alles aufzuwiegen suchen durch neue Handlungen, um möglichst schnell dem Siechtum der *Selbsttortur* zu entgehn... Man sollte die rein psychologische Praktik der Kirche und der Sekten als gesundheitsgefährlich in Verruf bringen... Man heilt einen Kranken nicht durch Gebete und Beschwörungen böser Geister: die Zustände der »Ruhe«, die unter solchen Einwirkungen eintreten, sind fern davon, im psychologischen Sinne Vertrauen zu erwecken...

Man ist *gesund*, wenn man sich über seinen Ernst und Eifer lustig macht, mit dem irgendeine Einzelheit unsres Lebens dergestalt uns *hypnotisiert* hat, wenn man beim Gewissensbiß etwas fühlt wie beim Biß eines Hundes wider einen Stein, – wenn man sich seiner Reue schämt. –

Die bisherige Praxis, die rein psychologische und religiöse, war nur auf eine *Veränderung der Symptome* aus: sie hielt einen Menschen für wiederhergestellt, wenn er vor dem Kreuze sich erniedrigte und Schwüre tat, ein guter Mensch zu sein... Aber ein Verbrecher, der mit einem gewissen düstern Ernst sein Schicksal festhält und nicht seine Tat hinterdrein verleumdet, hat *mehr Gesundheit der Seele*... Die Verbrecher, mit denen Dostojewskij zusammen im Zuchthause lebte, waren samt und sonders ungebrochene Naturen, – sind sie nicht hundertmal mehr wert als ein »gebrochener« Christ?

(– Ich empfehle die Behandlung des Gewissensbisses mit der *Mitchell-Kur* – –)

Die Verirrung der Philosophie ruht darauf, daß man, statt in der Logik und den Vernunftkategorien Mittel zu sehen zum Zurechtmachen der Welt zu Nützlichkeits-Zwecken (also, »prinzipiell«, zu einer nützlichen *Fälschung*), man in ihnen das Kriterium der Wahrheit, resp. der *Realität* zu haben glaubte. Das »Kriterium der Wahrheit« war in der Tat bloß die *biologische Nützlichkeit eines solchen Systems prinzipieller Fälschung:* und da eine Gattung Tier nichts Wichtigeres kennt, als sich zu erhalten, so dürfte man in der Tat hier von »Wahrheit« reden. Die Naivität war nur die, die anthropozentrische Idiosynkrasie als *Maß der Dinge*, als Richtschnur über »real« und »unreal« zu nehmen: kurz, eine Bedingtheit zu verabsolutieren. Und siehe da, jetzt fiel mit einem Mal die Welt auseinander in eine »wahre« Welt und eine »scheinbare«: und genau die Welt, in der der Mensch zu wohnen und sich einzurichten seine Vernunft erfunden hatte, genau dieselbe wurde ihm diskreditiert. Statt die Formen als Handhabe zu benutzen, sich die Welt handlich und berechenbar zu machen, kam der Wahnsinn der Philosophen dahinter, daß in diesen Kategorien der Begriff jener Welt gegeben ist, dem die andere Welt, die, in der man lebt, nicht entspricht... Die Mittel wurden mißverstanden als Wertmaß, selbst als Verurteilung der Absicht...

Die Absicht war, sich auf eine nützliche Weise zu täuschen: die Mittel dazu die Erfindung von Formeln und Zeichen, mit deren Hilfe man die verwirrende Vielheit auf ein zweckmäßiges und handliches Schema reduzierte.

Aber wehe! jetzt brachte man eine *Moral-Kategorie* ins Spiel: kein Wesen will sich täuschen, kein Wesen darf täuschen, – folglich gibt es nur einen Willen zur Wahrheit. Was ist »Wahrheit«?

Der Satz vom Widerspruch gab das Schema: die wahre Welt, zu der man den Weg sucht, kann nicht mit sich in Widerspruch sein, kann nicht wechseln, kann nicht werden, hat keinen Ursprung und kein Ende.

Das ist der größte Irrtum, der begangen worden ist, das eigentliche Verhängnis des Irrtums auf Erden: man glaubte ein Kriterium der Realität in den Vernunftformen zu haben, – während man sie hatte, um Herr zu werden über die Realität, um auf eine kluge Weise die Realität *mißzuverstehn*...

Und siehe da: jetzt wurde die Welt falsch, und exakt der Eigenschaften wegen, *die ihre Realität ausmachen*, Wechsel, Werden, Vielheit, Gegensatz, Widerspruch, Krieg. Und nun war das ganze Verhängnis da:

1. Wie kommt man los von der falschen, der bloß scheinbaren Welt? (– es war die wirkliche, die einzige);

2. wie wird man selbst möglichst der Gegensatz zu dem Charakter der scheinbaren Welt? (Begriff des vollkommnen Wesens als eines Gegensatzes zu jedem realen Wesen, deutlicher, als *Widerspruch zum Leben*...)

Die ganze Richtung der Werte war auf *Verleumdung des Lebens* aus; man schuf eine Verwechslung des Ideal-Dogmatismus mit der Erkenntnis überhaupt: so daß die Gegenpartei immer nun auch die *Wissenschaft* perhorreszierte.

Der Weg zur Wissenschaft war dergestalt *doppelt* versperrt: einmal durch den Glauben an die »wahre« Welt, und dann durch die Gegner dieses Glaubens. Die Naturwissenschaft, Psychologie war 1. in ihren Objekten verurteilt, 2. um ihre Unschuld gebracht...

In der wirklichen Welt, wo schlechterdings alles verkettet und bedingt ist, heißt irgend etwas verurteilen und *wegdenken*, alles wegdenken und verurteilen. Das Wort »das sollte nicht sein«, »das hätte nicht sein sollen« ist eine Farce... Denkt man die Konsequenzen aus, so ruinierte man den Quell des Lebens, wenn man das abschaffen wollte, was in irgendeinem Sinne *schädlich, zerstörerisch* ist. Die Physiologie demonstriert es ja *besser!*

– Wir sehen, wie die *Moral* a) die ganze Weltauffassung *vergiftet*, b) den Weg zur Erkenntnis, zur *Wissenschaft* abschneidet, c) alle wirklichen Instinkte auflöst und untergräbt (indem sie deren Wurzeln als *unmoralisch* empfinden lehrt).

Wir sehen ein furchtbares Werkzeug der *décadence* vor uns arbeiten, das sich mit den heiligsten Namen und Gebärden aufrecht hält.

Man muß den Phänomenalismus nicht an der falschen Stelle suchen: nichts ist phänomenaler, (oder deutlicher:) nichts ist so sehr *Täuschung*, als diese innere Welt, die wir mit dem berühmten »inneren Sinn« beobachten.

Wir haben den Willen als Ursache geglaubt, bis zu dem Maße, daß wir nach unserer Personal-Erfahrung überhaupt eine Ursache in das Geschehen hineingelegt haben (d. h. Absicht als Ursache von Geschehen –).

Wir glauben, daß Gedanke und Gedanke, wie sie in uns nacheinander folgen, in irgendeiner kausalen Verkettung stehn: der Logiker insonderheit, der tatsächlich von lauter Fällen redet, die niemals in der Wirklichkeit vorkommen, hat sich an das Vorurteil gewöhnt, daß Gedanken Gedanken *verursachen* –.

Wir glauben – und selbst unsre Philosophen glauben es noch –, daß Lust und Schmerz Ursache sind von Reaktionen, daß es der Sinn von Lust und Schmerz ist, Anlaß zu Reaktionen zu geben. Man hat

Lust und das Vermeiden der Unlust geradezu jahrtausendelang als *Motive* für jedes Handeln aufgestellt. Mit einiger Besinnung dürfen wir zugeben, daß alles so verlaufen würde, nach genau derselben Verkettung der Ursachen und Wirkungen, wenn diese Zustände »Lust und Schmerz« fehlten: und man täuscht sich einfach, zu behaupten, daß sie irgend etwas verursachen: – es sind *Begleiterscheinungen* mit einer ganz andern Finalität, als der, Reaktionen hervorzurufen; es sind bereits Wirkungen innerhalb des eingeleiteten Prozesses der Reaktion.

In summa: alles, was bewußt wird, ist eine Enderscheinung, ein Schluß – und verursacht nichts; alles Nacheinander im Bewußtsein ist vollkommen atomistisch –. Und wir haben die Welt versucht zu verstehn in der *umgekehrten* Auffassung, – als ob nichts wirke und real sei als Denken, Fühlen, Wollen!...

Nicht »erkennen«, sondern schematisieren, – dem Chaos so viel Regularität und Formen auferlegen, als es unserm praktischen Bedürfnis genugtut.

In der Bildung der Vernunft, der Logik, der Kategorien ist das *Bedürfnis* maßgebend gewesen: das Bedürfnis, nicht zu »erkennen«, sondern zu subsumieren, zu schematisieren, zum Zweck der Verständigung, der Berechnung... (Das Zurechtmachen, das Ausdichten zum Ähnlichen, Gleichen, – derselbe Prozeß, den jeder Sinneseindruck durchmacht, ist die Entwicklung der Vernunft!) Hier hat nicht eine präexistente »Idee« gearbeitet: sondern die Nützlichkeit, daß nur, wenn wir grob und gleichgemacht die Dinge sehen, sie für uns berechenbar und handlich werden... Die *Finalität* in der Vernunft ist eine Wirkung, keine Ursache: bei jeder anderen Art Vernunft, zu der es fortwährend Ansätze gibt, mißrät das Leben, – es wird unübersichtlich –, zu ungleich –.

Die Kategorien sind »Wahrheiten« nur in dem Sinne, als sie lebenbedingend für uns sind: wie der Euklidische Raum eine solche bedingende »Wahrheit« ist. (An sich geredet: da niemand die Notwendigkeit, daß es gerade Menschen gibt, aufrechterhalten wird, ist die Vernunft, so wie der Euklidische Raum, eine bloße Idiosynkrasie bestimmter Tierarten, und eine neben vielen anderen...)

Die subjektive Nötigung, hier nicht widersprechen zu können, ist eine biologische Nötigung: der Instinkt der Nützlichkeit, so zu schließen wie wir schließen, steckt uns im Leibe, wir *sind* beinahe dieser Instinkt... Welche Naivität aber, daraus einen Beweis zu ziehen, daß wir damit eine »Wahrheit an sich« besäßen!... Das Nicht-widersprechen-können beweist ein Unvermögen, nicht eine »Wahrheit«.

Die *Sophisten* sind nichts weiter als Realisten: sie formulieren die allen gang und gäben Werte und Praktiken zum Rang der Werte, – sie haben den Mut, den alle starken Geister haben, um ihre Unmoralität zu *wissen*...

Glaubt man vielleicht, daß diese kleinen griechischen Freistädte, welche sich vor Wut und Eifersucht gern aufgefressen hätten, von menschenfreundlichen und rechtschaffenen Prinzipien geleitet wurden? Macht man vielleicht dem Thukydides einen Vorwurf aus seiner Rede, die er den athenischen Gesandten in den Mund legt, als sie mit den Meliern über Untergang oder Unterwerfung verhandeln?

Inmitten dieser entsetzlichen Spannung von Tugend zu reden war nur vollendeten Tartüffs möglich – oder *Abseits-Gestellten*, Einsiedlern, Flüchtlingen und Auswanderern aus der Realität... Alles Leute, die negierten, um selber leben zu können –

Die Sophisten waren Griechen: als Sokrates und Plato die Partei der Tugend und Gerechtigkeit nahmen, waren sie *Juden* oder ich weiß nicht was –. Die Taktik *Grotes* zur Verteidigung der Sophisten ist falsch: er will sie zu Ehrenmännern und Moral-Standarten erheben – aber ihre Ehre war, keinen Schwindel mit großen Worten und Tugenden zu treiben...

Parmenides hat gesagt »man denkt das nicht, was nicht ist«; – wir sind am andern Ende und sagen »was gedacht werden kann, muß sicherlich eine Fiktion sein«.

Die allgemeine Täuschung und Täuscherei im Gebiete der sogenannten *moralischen Besserung*. – Wir glauben nicht daran, daß ein Mensch ein anderer wird, wenn er es nicht schon ist: d. h. wenn er nicht, wie es oft genug vorkommt, eine Vielheit von Personen, mindestens von Ansätzen zu Personen, ist. In diesem Falle erreicht man, daß eine andre Rolle in den Vordergrund tritt, daß »der alte Mensch« zurückgeschoben wird... Der Anblick ist verändert, *nicht* das Wesen ... Daß jemand aufhört, gewisse Handlungen zu tun, ist ein bloßes *fatum brutum*, das die verschiedenste Deutung zuläßt. Selbst das ist nicht immer damit erreicht, daß es die Gewöhnung an ein gewisses Tun aufhebt, den letzten Grund dazu nimmt. Wer aus Fatum und Fähigkeit Verbrecher ist, verlernt nichts, sondern lernt immer hinzu: und eine lange Entbehrung wirkt sogar als Tonikum auf sein Talent... Für die Gesellschaft freilich hat gerade das allein ein Interesse, daß jemand gewisse Handlungen nicht mehr tut: sie nimmt ihn zu diesem Zwecke aus den Bedingungen heraus, wo er gewisse Handlungen tun *kann*: das ist jedenfalls weiser, als das Unmögliche versuchen, nämlich die Fatalität seines So-und-So-seins zu brechen. Die Kirche – und sie hat nichts getan, als die antike Philosophie hierin abzulösen und zu beerben –, von einem andern Wertmaße ausgehend und eine »Seele«, das »Heil« einer Seele retten wollend, glaubt einmal an die sühnende Kraft der Strafe und sodann an die auslöschende Kraft der Vergebung: beides sind Täuschungen des religiösen Vorurteils, – die Strafe sühnt nicht, die Vergebung löscht nicht aus, Getanes wird nicht ungetan gemacht. Damit, daß jemand etwas vergißt, ist bei weitem nicht erwiesen, daß etwas nicht mehr *ist*... Eine Tat zieht ihre Konsequenzen, im Menschen und außer dem Menschen, gleichgültig ob sie als bestraft, »gesühnt«, »vergeben« und »ausgelöscht« gilt, gleichgültig ob die Kirche inzwischen ihren Täter selbst zu einem Heiligen avanciert hat. Die Kirche glaubt an Dinge, die es nicht gibt, an »Seelen«; sie glaubt an Wirkungen, die es nicht gibt, an göttliche Wirkungen; sie glaubt an Zustände, die es nicht gibt, an Sünde, an Erlösung, an das Heil der Seele: sie bleibt überall bei der Oberfläche stehn, bei Zeichen, Gebärden, Worten, denen sie eine arbiträre Auslegung gibt. Sie hat eine zu Ende gedachte Methodik der psychologischen Falschmünzerei.

Nichts ist fehlerhafter, als aus psychischen und physischen Phänomenen die zwei Gesichter, die zwei Offenbarungen einer und derselben Substanz zu machen. Damit erklärt man nichts: der Begriff »*Substanz*« ist vollkommen unbrauchbar, wenn man erklären will.

Das *Bewußtsein*, in zweiter Rolle, fast indifferent, überflüssig, bestimmt vielleicht zu verschwinden und einem vollkommenen Automatismus Platz zu machen –

Wenn wir nur die inneren Phänomene beobachten, so sind wir vergleichbar den Taubstummen, die aus der Bewegung der Lippen die Worte erraten, die sie nicht hören. Wir schließen aus den Erscheinungen des inneren Sinns auf unsichtbare und andere Phänomene, welche wir wahrnehmen würden, wenn unsre Beobachtungsmittel zureichend wären.

Für diese innere Welt gehn uns alle feineren Organe ab, so daß wir eine *tausendfache Komplexität* noch als Einheit empfinden, so daß wir eine Kausalität hineinerfinden, wo jeder Grund der Bewegung und Veränderung uns unsichtbar bleibt, – die Aufeinanderfolge von Gedanken, von Gefühlen ist ja nur das Sichtbarwerden derselben im Bewußtsein. Daß diese Reihenfolge irgend etwas mit einer Kausal-Verkettung zu tun habe, ist völlig unglaubwürdig: das Bewußtsein liefert uns nie ein Beispiel von Ursache und Wirkung.

Wo es eine gewisse Einheit in der Gruppierung gibt, hat man immer den *Geist* als Ursache dieser Koordination gesetzt: wozu jeder Grund fehlt. Warum sollte die Idee eines komplexen Faktums eine der Bedingungen dieses Faktums sein? oder warum müßte einem komplexen Faktum die *Vorstellung* als Ursache davon präzedieren? –

Wir werden uns hüten, die *Zweckmäßigkeit* durch den Geist zu erklären: es fehlt jeder Grund, dem Geist die Eigentümlichkeit, zu organisieren und zu systematisieren, zuzuschreiben. Das Nervensystem hat ein viel ausgedehnteres Reich: die Bewußtseinswelt ist hinzugefügt. Im Gesamtprozeß der Adaptation und Systematisation spielt das Bewußtsein keine Rolle.

Der Kampf gegen Sokrates, Plato, die sämtlichen sokratischen Schulen geht von dem tiefen Instinkt aus, daß man den Menschen nicht *besser* macht, wenn man ihm die Tugend als beweisbar, als gründefordernd darstellt... Zuletzt ist es die mesquine Tatsache, daß der agonale Instinkt alle diese gebornen Dialektiker dazu zwang, ihre *Personal-Fähigkeit* als *oberste Eigenschaft* zu verherrlichen und alles übrige

Gute als bedingt durch sie darzustellen. Der *antiwissenschaftliche* Geist dieser ganzen »Philosophie«: sie *will recht behalten.*

Die ungeheuren Fehlgriffe:
1. die unsinnige *Überschätzung des Bewußtseins*, aus ihm eine Einheit, ein Wesen gemacht: »der Geist«, »die Seele«, etwas, das fühlt, denkt, will –
2. der Geist als *Ursache*, namentlich überall wo Zweckmäßigkeit, System, Koordination erscheinen;
3. das Bewußtsein als höchste erreichbare Form, als oberste Art Sein, als »Gott«;
4. der Wille überall eingetragen, wo es Wirkung gibt;
5. die »wahre Welt« als geistige Welt, als zugänglich durch die Bewußtseins-Tatsachen;
6. die *Erkenntnis* absolut als Fähigkeit des Bewußtseins, wo überhaupt es Erkenntnis gibt.

Folgerungen:

jeder Fortschritt liegt in dem Fortschritt zum Bewußtwerden; jeder Rückschritt im Unbewußtwerden; (– das Unbewußtwerden galt als Verfallensein an die *Begierden* und *Sinne* – als *Vertierung*...)

man nähert sich der Realität, dem »wahren Sein« durch Dialektik; man *entfernt* sich von ihm durch Instinkte, Sinne, Mechanismus...

den Menschen in Geist auflösen, hieße ihn zu Gott machen: Geist, Wille, Güte – eins;

alles *Gute* muß aus der Geistigkeit stammen, muß Bewußtseins-Tatsache sein;

der Fortschritt zum *Besseren* kann nur ein Fortschritt im *Bewußt*werden sein.

Theorie und Praxis. – Verhängnisvolle Unterscheidung, wie als ob es einen eignen *Erkenntnistrieb* gebe, der, ohne Rücksicht auf Fragen des Nutzens und Schadens, blindlings auf die Wahrheit losgehe: und dann, davon abgetrennt, die ganze Welt der *praktischen* Interessen...

Dagegen suche ich zu zeigen, welche Instinkte hinter all diesen *reinen* Theoretikern tätig gewesen sind – wie sie allesamt fatalistisch im Bann ihrer Instinkte auf etwas losgingen, das *für sie* »Wahrheit« war, für sie und *nur* für sie. Der Kampf der Systeme, samt dem der erkenntnistheoretischen Skrupel, ist ein Kampf ganz bestimmter Instinkte (Formen der Vitalität, des Niedergangs, der Stände, der Rassen usw.).

Der sogenannte *Erkenntnistrieb* ist zurückzuführen auf einen *Aneignungs-* und *Überwältigungstrieb*: diesem Triebe folgend haben sich die Sinne, das Gedächtnis, die Instinkte usw. entwickelt. Die möglichst schnelle Reduktion der Phänomene, die Ökonomie, die Akkumulation des erworbenen Schatzes an Erkenntnis (d. h. angeeigneter und handlich gemachter Welt)...

Die Moral ist deshalb eine so kuriose Wissenschaft, weil sie im höchsten Grade *praktisch* ist: so daß die reine Erkenntnisposition, die wissenschaftliche Rechtschaffenheit sofort preisgegeben wird, sobald die Moral ihre Antworten fordert. Die Moral sagt: ich *brauche* manche Antworten – Gründe, Argumente; Skrupel mögen hinterdrein kommen, oder auch nicht –.

»Wie soll gehandelt werden?« – Denkt man nun nach, daß man mit einem souverän entwickelten Typus zu tun hat, von dem seit unzähligen Jahrtausenden »gehandelt« worden ist, und alles Instinkt, Zweckmäßigkeit, Automatismus, Fatalität geworden ist, so kommt einem die *Dringlichkeit* dieser Moral-Frage sogar ganz komisch vor.

»Wie soll gehandelt werden?« – Moral war immer ein Mißverständnis: tatsächlich wollte eine Art, die ein Fatum so und so zu handeln im Leibe hatte, sich rechtfertigen, indem sie ihre Norm als Universalnorm aufdekretieren *wollte*...

»Wie soll gehandelt werden?« ist keine Ursache, sondern eine *Wirkung*. Die Moral folgt, das Ideal kommt am Ende.

– Andrerseits verrät das Auftreten der moralischen Skrupel (anders ausgedrückt: das *Bewußtwerden der Werte*, nach denen man handelt) eine gewisse *Krankhaftigkeit*; starke Zeiten und Völker reflektieren nicht über ihr Recht, über Prinzipien zu handeln, über Instinkt und Vernunft. Das *Bewußtwerden* ist ein Zeichen davon, daß die eigentliche Moralität, d. h. Instinkt-Gewißheit des Handelns, zum Teufel geht... Die Moralisten sind, wie jedesmal, daß eine *neue Bewußtseins-Welt* geschaffen wird, Zeichen einer Schädigung, Verarmung, Desorganisation. – Die *Tief-Instinktiven* haben eine Scheu vor dem Logisieren der Pflichten: unter ihnen findet man pyrrhonistische Gegner der Dialektik und der Erkennbarkeit überhaupt... Eine Tugend wird mit »um« *widerlegt*...

Thesis: das Auftreten der Moralisten gehört in die Zeiten, wo es zu Ende geht mit der Moralität.

Thesis: der Moralist ist ein Auflöser der moralischen Instinkte, so sehr er deren Wiederhersteller zu sein glaubt.

Thesis: das, was den Moralisten tatsächlich treibt, sind nicht moralische Instinkte, sondern die *Instinkte der décadence*, übersetzt in die Formeln der Moral (– er empfindet das Unsicherwerden der Instinkte als *Korruption*).

Thesis: die *Instinkte der décadence*, die durch die Moralisten über die Instinkt-Moral starker Rassen und Zeiten Herr werden wollen, sind

1. die Instinkte der Schwachen und Schlechtweggekommenen;
2. die Instinkte der Ausnahmen, der Solitären, der Ausgelösten, des *abortus* im Hohen und Geringen;
3. die Instinkte der Habituell-Leidenden, welche eine noble Auslegung ihres Zustandes brauchen und deshalb so wenig als möglich Physiologen sein dürfen.

1. Der angeblich reine Erkenntnistrieb aller Philosophen ist kommandiert durch ihre Moral-»Wahrheiten«, – ist nur scheinbar unabhängig...

2. Die »Moralwahrheiten« »so *soll* gehandelt werden« sind bloße Bewußtseins-Formen eines müdewerdenden Instinkts »so und so *wird* bei uns gehandelt«. Das »Ideal« soll einen Instinkt wiederherstellen, stärken; es schmeichelt dem Menschen, gehorsam zu sein, wo er nur Automat ist.

Das ist außerordentlich. Wir finden von Anfang der griechischen Philosophie an einen Kampf gegen die Wissenschaft, mit den Mitteln einer Erkenntnistheorie, resp. Skepsis: und wozu? Immer zugunsten der *Moral*... (Der Haß gegen die Physiker und Ärzte.) Sokrates, Aristipp, die Megariker, die Zyniker, Epikur, Pyrrho – General-

Ansturm gegen die Erkenntnis zugunsten der *Moral*... (Haß auch gegen die Dialektik.) Es bleibt ein Problem: sie nähern sich der Sophistik, um die Wissenschaft loszuwerden. Andererseits sind die Physiker alle so weit unterjocht, um das Schema der Wahrheit, des wahren Seins in ihre Fundamente aufzunehmen: z. B. das Atom, die vier Elemente (*Juxtaposition* des Seienden, um die Vielheit und Veränderung zu erklären –). Verachtung gelehrt gegen die *Objektivität* des Interesses: Rückkehr zu dem praktischen Interesse, zur Personal-Nützlichkeit aller Erkenntnis...

Der Kampf gegen die Wissenschaft richtet sich gegen 1. deren Pathos (Objektivität), 2. deren Mittel (d. h. gegen deren Nützlichkeit), 3. deren Resultate (als kindisch).

Es ist derselbe Kampf, der später wieder von seiten der *Kirche*, im Namen der Frömmigkeit, geführt wird: sie erbt das ganze antike Rüstzeug zum Kampfe. Die Erkenntnistheorie spielt dabei dieselbe Rolle wie bei Kant, wie bei den Indern... Man will sich nicht darum zu bekümmern haben: man will freie Hand behalten für seinen »Weg«.

Wogegen wehren sie sich eigentlich? Gegen die Verbindlichkeit, gegen die Gesetzlichkeit, gegen die Nötigung Hand in Hand zu gehn –: ich glaube, man nennt das *Freiheit*...

Darin drückt sich die *décadence* aus: der Instinkt der Solidarität ist so entartet, daß die Solidarität als *Tyrannei* empfunden wird: sie wollen keine Autorität, keine Solidarität, keine Einordnung in Reih und Glied zu unedler Langsamkeit der Bewegung. Sie hassen das Schrittweise, das Tempo der Wissenschaft, sie hassen das Nicht-anlangen-wollen, den langen Atem, die Personal-Indifferenz des wissenschaftlichen Menschen.

Die Geschichte der Philosophie ist ein *heimliches Wüten* gegen die Voraussetzungen des Lebens, gegen die Wertgefühle des Lebens, gegen das Parteinehmen zugunsten des Lebens. Die Philosophen haben nie gezögert, eine Welt zu bejahen, vorausgesetzt, daß sie dieser Welt widerspricht, daß sie eine Handhabe abgibt, von dieser Welt schlecht zu reden. Es war bisher die große *Schule der Verleumdung*: und sie hat so sehr imponiert, daß heute noch unsere sich als Fürsprecherin des Lebens gebende Wissenschaft die Grundposition der Verleumdung *akzeptiert* hat und diese Welt als scheinbar, diese Ursachenkette als bloß phänomenal handhabt. *Was* haßt da eigentlich?

Ich fürchte, es ist immer *die Circe der Philosophen*, die Moral, welche ihnen diesen Streich gespielt, zu allen Zeiten Verleumder sein zu müssen... Sie glaubten an die moralischen »Wahrheiten«, sie fanden da die obersten Werte, – was blieb ihnen übrig, als, je mehr sie das Dasein begriffen, um so mehr zu ihm nein zu sagen?... Denn dieses Dasein ist *unmoralisch*... Und dieses Leben ruht auf unmoralischen Voraussetzungen: und alle Moral *verneint* das Leben –.

– Schaffen wir die wahre Welt ab: und um dies zu können, haben wir die bisherigen obersten Werte abzuschaffen, die Moral... Es genügt nachzuweisen, daß auch die Moral *unmoralisch* ist, in dem Sinne, in welchem das Unmoralische bis jetzt verurteilt worden ist. Ist auf diese Weise die Tyrannei der bisherigen Werte gebrochen, haben wir die »wahre Welt« abgeschafft, so wird eine *neue Ordnung der Werte* von selbst folgen müssen.

Die scheinbare Welt und die *erlogene* Welt – ist der Gegensatz. Letztere hieß bisher die »wahre Welt«, die »Wahrheit«, »Gott«. *Diese* haben wir abzuschaffen.

Logik meiner Konzeption:

1. *Moral als oberster Wert* (Herrin über *alle* Phasen der Philosophie, selbst der Skeptiker). *Resultat:* diese Welt taugt nichts, sie ist nicht die »wahre Welt«.
2. *Was* bestimmt hier den obersten Wert? *Was* ist eigentlich Moral? – Der Instinkt der *décadence*; es sind die Erschöpften und Enterbten, die auf diese Weise *Rache nehmen. Historischer* Nachweis: die Philosophen sind immer *décadents* ... im Dienste der *nihilistischen* Religionen.
3. Der Instinkt der *décadence*, der als *Wille zur Macht* auftritt. Beweis: die absolute *Unmoralität* der *Mittel* in der ganzen Geschichte der Moral.

Gesamteinsicht: die bisherigen höchsten Werte sind ein Spezialfall des Willens zur Macht; die Moral selbst ist ein Spezialfall der Unmoralität.

Welche Werte bisher obenauf waren.

Moral als oberster Wert, in allen Phasen der Philosophie (selbst bei den Skeptikern). Resultat: diese Welt taugt nichts, es muß eine »wahre Welt« geben.

Was bestimmt hier eigentlich den obersten Wert? Was ist eigentlich Moral? Der Instinkt der *décadence*, es sind die Erschöpften und Enterbten, die auf diese Weise *Rache nehmen* und die *Herren* machen...

Historischer Nachweis: die Philosophen immer *décadents*, immer im Dienst der nihilistischen Religionen.

Der Instinkt der *décadence*, der als Wille zur Macht auftritt. Vorführung seines Systems der Mittel: absolute Unmoralität der Mittel.

Gesamteinsicht: die bisherigen obersten Werte sind ein Spezialfall des Willens zur Macht; die Moral selbst ist ein Spezialfall der *Unmoralität.*

Warum die gegnerischen Werte immer unterlagen

1. Wie war das eigentlich *möglich*? Frage: warum unterlag das Leben, die physiologische Wohlgeratenheit überall? Warum gab es keine Philosophie des *Ja*, keine Religion des Ja?...

Die historischen Anzeichen solcher Bewegungen:

Die heidnische Religion. Dionysos gegen den »Gekreuzigten«.
Die Renaissance. Die *Kunst.*

2. Die Starken und die Schwachen: die Gesunden und die Kranken; die Ausnahme und die Regel. Es ist kein Zweifel, *wer* der Stärkere ist...

Gesamtaspekt der Geschichte: Ist der Mensch damit eine *Ausnahme* in der Geschichte des Lebens? – Einsprache gegen den *Darwinismus.* Die Mittel der Schwachen, um sich oben zu erhalten, sind Instinkte, sind »Menschlichkeit« geworden, sind »Institutionen«...

3. Nachweis dieser Herrschaft in unsern politischen Instinkten, in unsern sozialen Werturteilen, in unsern Künsten, in unsrer *Wissenschaft.*

Die *Niedergangs-Instinkte* sind Herr über die *Aufgangs-Instinkte* geworden... Der *Wille zum Nichts* ist Herr geworden über den *Willen zum Leben*!

– Ist das *wahr*? ist nicht vielleicht eine größere Garantie des Lebens, der Gattung in diesem Sieg der Schwachen und Mittleren? – ist es vielleicht nur ein Mittel in der Gesamtbewegung des Lebens, eine Tempo-Verzögerung? eine Notwehr gegen etwas noch Schlimmeres?

– Gesetzt, die *Starken* wären Herr, in allem, und auch in den Wertschätzungen geworden: ziehen wir die Konsequenz, wie sie über Krankheit, Leiden, Opfer denken würden! Eine *Selbstverachtung der Schwachen* wäre die Folge: sie würden suchen, zu verschwinden und sich auszulöschen. Und wäre dies vielleicht *wünschenswert*? – und möchten wir eigentlich eine Welt, in der die Nachwirkung der Schwachen, ihre Feinheit, Rücksicht, Geistigkeit, *Biegsamkeit* fehlte?...

Wir haben zwei »Willen zur Macht« im Kampfe gesehn (*im Spezialfall: wir hatten ein Prinzip*, dem einen recht zu geben, der bisher unterlag, und dem, der bisher siegte, unrecht zu geben): wir haben die »wahre Welt« als eine »*erlogene Welt*« und die Moral als eine *Form der Unmoralität* erkannt. Wir sagen *nicht*: »der Stärkere hat unrecht«.

Wir haben begriffen, *was* bisher den obersten Wert bestimmt hat und *warum* es Herr geworden ist über die gegnerische Wertung –: es war numerisch *stärker*.

Reinigen wir jetzt die *gegnerische Wertung* von der Infektion und Halbheit, von der *Entartung*, in der sie uns allen bekannt ist.

Wiederherstellung der Natur: moralinfrei.

Warum die Philosophen Verleumder sind. – Die tückische und blinde Feindseligkeit der Philosophen gegen die *Sinne* – wie viel *Pöbel* und *Biedermann* ist in all diesem Haß!

Das Volk betrachtet einen Mißbrauch, von dem es schlechte Folgen fühlt, immer als *Einwand* gegen das, was mißbraucht worden ist: alle aufständischen Bewegungen gegen Prinzipien, sei es im Gebiete der Politik oder der Wirtschaft, argumentieren immer so, mit dem Hintergedanken, einen *abusus* als dem Prinzip notwendig und inhärent darzustellen.

Das ist eine *jammervolle* Geschichte: der Mensch sucht nach einem Prinzip, von wo aus er den Menschen verachten kann, – er erfindet eine Welt, um diese Welt verleumden und beschmutzen zu können: tatsächlich greift er jedesmal nach dem Nichts und konstruiert das Nichts zum »Gott«, zur »Wahrheit« und jedenfalls zum Richter und Verurteiler *dieses* Seins...

Wenn man einen Beweis dafür haben will, wie tief und gründlich die eigentlich *barbarischen* Bedürfnisse des Menschen auch noch in seiner Zähmung und »Zivilisation« Befriedigung suchen, so sehe man die »Leitmotive« der ganzen Entwicklung der Philosophie an: – eine Art Rache an der Wirklichkeit, ein heimtückisches Zugrunderichten der Wertung, in der der Mensch lebt, eine *unbefriedigte* Seele, die die Zustände der Zähmung als Tortur empfindet und am krankhaften Aufdröseln aller Bande, die mit ihr verbinden, ihre Wollust hat.

Anti-Darwin. – Die *Domestikation des Menschen*: welchen definitiven Wert kann sie haben? oder hat überhaupt eine Domestikation einen definitiven Wert? – Man hat Gründe, dies letztere zu leugnen.

Die Schule Darwins macht zwar große Anstrengung, uns zum Gegenteil zu überreden: sie will, daß die *Wirkung der Domestikation* tief, ja fundamental werden kann. Einstweilen halten wir am Alten fest: es hat sich nichts bisher bewiesen, als eine ganz oberflächliche Wirkung durch Domestikation – oder aber die Degenereszenz. Und alles, was der menschlichen Hand und Züchtung entschlüpft, kehrt fast sofort wieder in seinen Natur-Zustand zurück. Der Typus bleibt konstant: man kann nicht »*dénaturer la nature*«.

Man rechnet auf den Kampf um die Existenz, den Tod der schwächlichen Wesen und das Überleben der Robustesten und Bestbegabten; folglich imaginiert man ein *beständiges Wachstum der Vollkommenheit für die Wesen.* Wir haben uns umgekehrt versichert, daß, in dem Kampf um das Leben, der Zufall den Schwachen so gut dient, wie den Starken; daß die List die Kraft oft mit Vorteil suppliert; daß die *Fruchtbarkeit* der Gattungen in einem merkwürdigen Rapport zu den *Chancen der Zerstörung* steht...

Man teilt der *natürlichen Selektion* zugleich langsame und unendliche Metamorphosen zu: man will glauben, daß jeder Vorteil sich vererbt und sich in abfolgenden Geschlechtern immer stärker ausdrückt (während die Erblichkeit so kapriziös ist...); man betrachtet die glücklichen Anpassungen gewisser Wesen an sehr besondere Lebensbedingungen und man erklärt, daß sie durch den *Einfluß des Milieus* erlangt seien.

Man findet aber Beispiele der *unbewußten Selektion* nirgendswo (ganz und gar nicht). Die disparatesten Individuen einigen sich, die extremen mischen sich in die Masse. Alles konkurriert, seinen Typus aufrechtzuerhalten; Wesen, die äußere Zeichen haben, die sie gegen gewisse Gefahren schützen, verlieren dieselben nicht, wenn sie unter Umstände kommen, wo sie ohne Gefahr leben... Wenn sie Orte bewohnen, wo das Kleid aufhört, sie zu verbergen, nähern sie sich keineswegs dem Milieu an.

Man hat die *Auslese der Schönsten* in einer Weise übertrieben, wie sie weit über den Schönheitstrieb unsrer eignen Rasse hinausgeht! Tatsächlich paart sich das Schönste mit sehr enterbten Kreaturen, das Größte mit dem Kleinsten. Fast immer sehen wir Männchen und Weibchen von jeder zufälligen Begegnung profitieren und sich ganz und gar nicht wählerisch zeigen. – Modifikation durch Klima und Nahrung: – aber in Wahrheit gleichgültig.

Es gibt keine *Übergangsformen*. –

Man behauptet die wachsende Entwicklung der Wesen. Es fehlt jedes Fundament. Jeder Typus hat seine *Grenze*: über diese hinaus gibt es keine Entwicklung. Bis dahin absolute Regelmäßigkeit.

Meine Gesamtansicht. – *Erster Satz:* der Mensch als Gattung ist *nicht* im Fortschritt. Höhere Typen werden wohl erreicht, aber sie halten sich nicht. Das Niveau der Gattung wird *nicht* gehoben.

Zweiter Satz: der Mensch als Gattung stellt keinen Fortschritt im Vergleich zu irgendeinem andern Tier dar. Die gesamte Tier- und Pflanzenwelt entwickelt sich nicht vom Niederen zum Höheren... Sondern alles zugleich, und übereinander und durcheinander und gegeneinander. Die reichsten und komplexesten Formen – denn mehr besagt das Wort »höherer Typus« nicht – gehen leichter zugrunde: nur die niedrigsten halten eine scheinbare Unvergänglichkeit fest. Erstere werden selten erreicht und halten sich mit Not oben: letztere haben eine kompromittierende Fruchtbarkeit für sich. – Auch in der Menschheit gehen unter wechselnder Gunst und Ungunst die *höheren Typen*, die Glücksfälle der Entwicklung, am leichtesten zugrunde. Sie sind jeder Art von *décadence* ausgesetzt: sie sind extrem, und damit selbst beinahe schon *décadents*... Die kurze Dauer der Schönheit, des

Genies, des Cäsar ist *sui generis*: dergleichen vererbt sich nicht. Der *Typus* vererbt sich; ein Typus ist nichts Extremes, kein »Glücksfall«... Das liegt an keinem besonderen Verhängnis und »bösen Willen« der Natur, sondern einfach am Begriff »höherer Typus«: der höhere Typus stellt eine unvergleichlich größere Komplexität – eine größere Summe koordinierter Elemente dar: damit wird auch die Disgregation unvergleichlich wahrscheinlicher. Das »Genie« ist die sublimste Maschine, die es gibt – folglich die zerbrechlichste.

Dritter Satz: die Domestikation (die »Kultur«) des Menschen geht nicht tief... *Wo* sie tief geht, ist sie sofort die Degenereszenz (Typus: der Christ). Der »wilde« Mensch (oder, moralisch ausgedrückt: der *böse* Mensch) ist eine Rückkehr zur Natur – und, in gewissem Sinne, seine Wiederherstellung, seine *Heilung* von der »Kultur«...

Wissenschaftlichkeit: als Dressur oder als Instinkt. – Bei den griechischen Philosophen sehe ich einen *Niedergang der Instinkte*: sonst hätten sie nicht dermaßen fehlgreifen können, den *bewußten* Zustand als den *wertvolleren* anzusetzen. Die *Intensität* des *Bewußtseins* steht im *umgekehrten* Verhältnis zur Leichtigkeit und Schnelligkeit der zerebralen Übermittlung. Dort regierte die *umgekehrte Meinung* über den Instinkt: was immer das Zeichen *geschwächter* Instinkte ist.

Wir müssen in der Tat das *vollkommene Leben* dort suchen, wo es am wenigsten mehr bewußt wird (d. h. seine Logik, seine Gründe, seine Mittel und Absichten, seine *Nützlichkeit* sich vorführt). Die Rückkehr zur Tatsache des *bon sens*, des *bon homme*, der »kleinen Leute« aller Art. *Einmagazinierte Rechtschaffenheit und Klugheit* seit Geschlechtern, die sich niemals ihrer Prinzipien bewußt wird und selbst einen kleinen Schauder vor Prinzipien hat. Das Verlangen nach einer *raisonnierenden Tugend* ist nicht räsonabel... Ein Philosoph ist mit einem solchen Verlangen kompromittiert.

Reaktion der kleinen Leute: – Das höchste Gefühl der Macht gibt die Liebe. Zu begreifen, inwiefern hier nicht der Mensch überhaupt, sondern eine Art Mensch redet.

»Wir sind göttlich in der Liebe, wir werden ‚Kinder Gottes', Gott liebt uns und will gar nichts von uns, als Liebe«; das heißt: alle Moral, alles Gehorchen und Tun bringt nicht jenes Gefühl von Macht und Freiheit hervor, wie es die Liebe hervorbringt; – aus Liebe tut man nichts Schlimmes, man tut viel mehr, als man aus Gehorsam und Tugend täte.

Hier ist das Herdenglück, das Gemeinschafts-Gefühl im großen und kleinen, das lebendige Eins-Gefühl als *Summe des Lebensgefühls* empfunden. Das Helfen und Sorgen und Nützen erregt fortwährend das Gefühl der Macht; der sichtbare Erfolg, der Ausdruck der Freude unterstreicht das Gefühl der Macht; der Stolz fehlt nicht, als Gemeinde, als Wohnstätte Gottes, als »Auserwählte«.

Tatsächlich hat der Mensch nochmals eine *Alteration der Persönlichkeit* erlebt: diesmal nannte er sein Liebesgefühl Gott. Man muß ein Erwachen eines solchen Gefühls sich denken, eine Art Entzücken, eine fremde Rede, ein »Evangelium«, – diese Neuheit war es, welche ihm nicht erlaubte, sich die Liebe zuzurechnen –: er meinte, daß Gott vor ihm wandle und in ihm lebendig geworden sei. – »Gott kommt zu den Menschen«, der »Nächste« wird transfiguriert, in einen Gott (insofern an ihm das Gefühl der Liebe sich auslöst). *Jesus ist der Nächste*, so wie dieser zur Gottheit, zur *Machtgefühl erregenden* Ursache umgedacht wurde.

Warum alles auf Schauspielerei hinauskam. – Die rudimentäre Psychologie, welche nur die *bewußten* Momente des Menschen rechnete (als Ursachen), welche »Bewußtheit« als Attribut der Seele nahm, welche einen Willen (d. h. eine Absicht) hinter allem Tun suchte: sie hatte nur nötig, auf die Frage, erstens: *Was will der Mensch*? zu antworten: Das *Glück* (man durfte nicht sagen »Macht«: das wäre *unmoralisch* gewesen); – folglich ist in allem Handeln des Menschen eine Absicht, mit ihm das Glück zu erreichen. Zweitens: wenn tatsächlich der Mensch das Glück nicht erreicht, woran liegt das? An den Fehlgriffen in bezug auf die Mittel. – *Welches ist unfehlbar das Mittel zum Glück*? Antwort: die *Tugend*. – Warum die Tugend? – Weil sie die höchste Vernünftigkeit ist und weil Vernünftigkeit den Fehler unmöglich macht, sich in den Mitteln zu vergreifen: als *Vernunft* ist die Tugend der Weg zum Glück. Die Dialektik ist das beständige Handwerk der Tugend, weil sie alle Trübung des Intellekts, alle Affekte ausschließt.

Tatsächlich will der Mensch *nicht* das »Glück«. Lust ist ein Gefühl von Macht: wenn man die Affekte ausschließt, so schließt man die Zustände aus, die am höchsten das Gefühl der Macht, folglich Lust geben. Die höchste Vernünftigkeit ist ein kalter, klarer Zustand, der fern davon ist, jenes Gefühl von Glück zu geben, das der *Rausch* jeder Art mit sich bringt...

Die antiken Philosophen bekämpfen alles, was berauscht, – was die absolute Kälte und Neutralität des Bewußtseins beeinträchtigt... Sie waren konsequent, auf Grund ihrer falschen Voraussetzung: daß Bewußtsein der *hohe*, der *oberste* Zustand sei, die Voraussetzung der Vollkommenheit, – während das Gegenteil wahr ist – – –

Soweit gewollt wird, soweit gewußt wird, gibt es keine Vollkommenheit im Tun irgendwelcher Art. Die antiken Philosophen waren die *größten Stümper der Praxis*, weil sie sich theoretisch verurteilten, zur *Stümperei... In praxi* lief alles auf Schauspielerei hinaus: – und wer dahinter kam, Pyrrho z. B., urteilte wie jedermann, nämlich daß in der Güte und Rechtschaffenheit die »kleinen Leute« den Philosophen weit über sind.

Alle tieferen Naturen des Altertums haben Ekel an den *Philosophen der Tugend* gehabt: man sah Streithämmel und Schauspieler in ihnen (Urteil über *Plato*: seitens *Epikurs*, seitens *Pyrrhos*).

Resultat: In der Praxis des Lebens, in der Geduld, Güte und gegenseitigen Förderung sind ihnen die kleinen Leute über: – ungefähr das Urteil, wie es Dostojewskij oder Tolstoi für seine Muschiks in Anspruch nimmt: sie sind philosophischer in der Praxis, sie haben eine beherztere Art, mit dem Notwendigen fertig zu werden...

Ein anderer Weg, den Menschen aus seiner Erniedrigung zu ziehen, welche der Abgang der hohen und starken Zustände, wie als fremder Zustände, mit sich brachte, war die Verwandtschafts-Theorie. Diese hohen und starken Zustände konnten wenigstens als Einwirkungen unsrer *Vorfahren* ausgelegt werden, wir gehörten zueinander, solidarisch, wir wachsen in unsern eignen Augen, indem wir nach uns bekannter Norm handeln.

Versuch vornehmer Familien, die Religion mit ihrem Selbstgefühl auszugleichen. – Dasselbe tun die Dichter und Seher; sie fühlen sich stolz, gewürdigt und *auserwählt* zu sein zu solchem Verkehre, – sie legen Wert darauf, als Individuen gar nicht in Betracht zu kommen, bloße Mundstücke zu sein (Homer).

Schrittweises Besitz-ergreifen von seinen hohen und stolzen Zuständen, Besitz-ergreifen von seinen Handlungen und Werken. Ehedem glaubte man sich zu ehren, wenn man für die höchsten Dinge, die man tat, sich nicht verantwortlich wußte, sondern – Gott. Die Unfreiheit des Willens galt als das, was einer Handlung einen höheren Wert verlieh: damals war ein Gott zu ihrem Urheber gemacht.

Moral als Versuch, den menschlichen Stolz herzustellen. – Die Theorie vom »freien Willen« ist antireligiö s. Siewill dem Menschen ein Anrecht schaffen, sich für seine hohen Zustände und Handlungen als Ursache denken zu dürfen: sie ist eine Form des wachsenden *Stolzgefühls*.

Der Mensch fühlt seine Macht, sein »Glück«, wie man sagt: es muß »Wille« sein vor diesem Zustand – sonst gehört er ihm nicht an. Die Tugend ist der Versuch, ein Faktum von Wollen und Gewollt-haben als notwendiges Antezedens vor jedes hohe und starke Glücksgefühl zu setzen: – wenn regelmäßig der Wille zu gewissen Handlungen im Bewußtsein vorhanden ist, so darf ein Machtgefühl als dessen Wirkung ausgelegt werden. – Das ist eine bloße *Optik der Psychologie*: immer unter der falschen Voraussetzung, daß uns nichts zugehört, was wir nicht als gewollt im Bewußtsein haben. Die ganze Verantwortlichkeitslehre hängt an dieser naiven Psychologie, daß nur der Wille Ursache ist und daß man wissen muß, gewollt zu haben, um *sich* als Ursache glauben zu dürfen.

– *Kommt die Gegenbewegung*: die der Moralphilosophen, immer noch unter dem gleichen Vorurteil, daß man nur für etwas verantwortlich ist, das man gewollt hat. Der Wert des Menschen als *moralischer Wert* angesetzt: folglich muß seine Moralität eine *causa prima* sein; folglich muß ein Prinzip im Menschen sein, ein »freier Wille« als *causa prima*. – Hier ist immer der Hintergedanke: wenn der Mensch nicht *causa prima* ist als Wille, so ist er unverantwortlich, – folglich gehört er gar nicht vor das moralische Forum, – die Tugend oder das Laster wären automatisch und machinal…

In summa: damit der Mensch vor sich Achtung haben kann, muß er fähig sein, auch böse zu werden.

Die *Schauspielerei* als Folge der Moral des »freien Willens«. – Es ist ein Schritt in der *Entwicklung des Machtgefühls* selbst, seine hohen Zustände (seine Vollkommenheit) selber auch verursacht zu haben, – folglich, schloß man sofort, *gewollt* zu haben...

(Kritik: Alles vollkommne Tun ist gerade unbewußt und nicht mehr gewollt; das Bewußtsein drückt einen unvollkommnen und oft krankhaften Personalzustand aus. Die *persönliche Vollkommenheit als bedingt durch Willen*, als *Bewußtheit*, als Vernunft mit Dialektik, ist eine Karikatur, eine Art von Selbstwiderspruch... Der Grad von Bewußtheit macht ja die Vollkommenheit *unmöglich*... Form der *Schauspielerei.*)

Vom Ursprung der Religion. – In derselben Weise, in der jetzt noch der ungebildete Mensch daran glaubt, der Zorn sei die Ursache davon, daß er zürnt, der Geist davon, daß er denkt, die Seele davon, daß er fühlt, kurz, so wie auch jetzt noch unbedenklich eine Masse von psychologischen Entitäten angesetzt wird, welche Ursachen sein sollen: so hat der Mensch auf einer noch naiveren Stufe eben dieselben Erscheinungen mit Hilfe von psychologischen Personal-Entitäten erklärt. Die Zustände, die ihm fremd, hinreißend, überwältigend schienen, legte er sich als Obsession und Verzauberung unter der Macht einer Person zurecht. (So führt der Christ, die heute am meisten naive und zurückgebildete Art Mensch, die Hoffnung, die Ruhe, das Gefühl der »Erlösung« auf ein psychologisches Inspirieren Gottes zurück: bei ihm, als einem wesentlich leidenden und beunruhigten Typus, erscheinen billigerweise die Glücks-, Ergebungs- und Ruhegefühle als das *Fremde*, als das der Erklärung Bedürftige.) Unter klugen, starken und lebensvollen Rassen erregt am meisten der Epileptische die Überzeugung, daß hier eine *fremde Macht* im Spiele ist; aber auch jede verwandte Unfreiheit, z. B. die des Begeisterten, des Dichters, des großen Verbrechers, der Passionen wie Liebe und Rache dient zur Erfindung von außermenschlichen Mächten. Man konkresziert einen Zustand in eine Person: und behauptet, dieser Zustand, wenn er an uns auftritt, sei die Wirkung jener Person. Mit andern Worten: in der psychologischen Gottbildung wird ein Zustand, um Wirkung zu sein, als Ursache personifiziert.

Die psychologische Logik ist die: das *Gefühl der Macht*, wenn es plötzlich und überwältigend den Menschen überzieht – und das ist in allen großen Affekten der Fall –, erregt ihm einen Zweifel an seiner Person: er wagt sich nicht als Ursache dieses erstaunlichen Gefühls zu denken – und so setzt er eine *stärkere* Person, eine Gottheit für diesen Fall an.

In summa: der Ursprung der Religion liegt in den extremen Gefühlen der Macht, welche, als *fremd*, den Menschen überraschen: und dem Kranken gleich, der ein Glied zu schwer und seltsam fühlt und zum Schlusse kommt, daß ein anderer Mensch über ihm liege, legt sich der naive *homo religiosus* in *mehrere Personen* auseinander. Die Religion ist ein Fall der »*altération de la personnalité*«. Eine Art *Furcht-* und *Schreckgefühl* vor sich selbst... Aber ebenso ein außerordentliches *Glücks-* und *Höhengefühl*... Unter Kranken genügt das *Gesundheitsgefühl*, um an Gott, an die Nähe Gottes zu glauben.

Rudimentäre Psychologie des religiösen Menschen: – Alle Veränderungen sind Wirkungen; alle Wirkungen sind Willens-Wirkungen (– der Begriff »Natur«, »Naturgesetz« fehlt); zu allen Wirkungen gehört ein Täter. Rudimentäre Psychologie: man ist selber nur in *dem* Falle Ursache, wo man weiß, daß man gewollt hat.

Folge: die Zustände der Macht imputieren dem Menschen das Gefühl, *nicht* die Ursache zu sein, *unverantwortlich* dafür zu sein –: sie kommen, ohne gewollt zu sein: folglich sind wir nicht die Urheber –: der unfreie Wille (d. h. das Bewußtsein einer Veränderung mit uns, ohne daß wir sie gewollt haben) bedarf eines *fremden* Willens.

Konsequenz: der Mensch hat alle seine starken und erstaunlichen Momente nicht gewagt, *sich* zuzurechnen, – er hat sie als »passiv«, als »erlitten«, als Überwältigungen konzipiert –: die Religion ist eine Ausgeburt eines *Zweifels* an der Einheit der Person, eine *altération* der Persönlichkeit –: insofern alles Große und Starke vom Menschen als *übermenschlich*, als *fremd* konzipiert wurde, verkleinerte sich der Mensch, – er legte die zwei Seiten, eine sehr erbärmliche und schwache und eine sehr starke und erstaunliche in zwei Sphären auseinander, hieß die erste »Mensch«, die zweite »Gott«.

Er hat das immer fortgesetzt; er hat, in der Periode der *moralischen Idiosynkrasie* seine hohen und sublimen Moral-Zustände nicht als »gewollt«, als »Werk« der Person ausgelegt. Auch der Christ legt seine Person in eine mesquine und schwache Fiktion, die er Mensch nennt, und eine andere, die er Gott (Erlöser, Heiland) nennt, auseinander –

Die Religion hat den Begriff »Mensch« erniedrigt; ihre extreme Konsequenz ist, daß alles Gute, Große, Wahre übermenschlich ist und nur durch eine Gnade geschenkt...

Anti-Darwin. – Was mich beim Überblick über die großen Schicksale des Menschen am meisten überrascht, ist, immer das Gegenteil vor Augen zu sehn von dem, was heute Darwin mit seiner Schule sieht oder sehen *will*: die Selektion zugunsten der Stärkeren, Besser-Weggekommenen, den Fortschritt der Gattung. Gerade das Gegenteil greift sich mit Händen: das Durchstreichen der Glücksfälle, die Unnützlichkeit der höher geratenen Typen, das unvermeidliche Herr-werden der mittleren, selbst der *unter-mittleren* Typen. Gesetzt, daß man uns nicht den Grund aufzeigt, warum der Mensch die Ausnahme unter den Kreaturen ist, neige ich zum Vorurteil, daß die Schule Darwins sich überall getäuscht hat. Jener Wille zur Macht, in dem ich den letzten Grund und Charakter aller Veränderung wiedererkenne, gibt uns das Mittel an die Hand, warum gerade die Selektion zugunsten der Ausnahmen und Glücksfälle nicht statthat: die Stärksten und Glücklichsten sind schwach, wenn sie organisierte Herdeninstinkte, wenn sie die Furchtsamkeit der Schwachen, die Überzahl gegen sich haben. Mein Gesamtaspekt der Welt der Werte zeigt, daß in den obersten Werten, die über der Menschheit heute aufgehängt sind, nicht die Glücksfälle, die Selektions-Typen, die Oberhand haben: vielmehr die Typen der *décadence*, – vielleicht gibt es nichts Interessanteres in der Welt, als dieses *unerwünschte* Schauspiel...

So seltsam es klingt: man hat die Starken immer zu beweisen gegen die Schwachen; die Glücklichen gegen die Mißglückten; die Gesunden gegen die Verkommenden und Erblich-Belasteten. Will man die Realität zur *Moral* formulieren, so lautet diese Moral: die Mittleren sind mehr wert, als die Ausnahmen; die *décadence*-Gebilde mehr als die Mittleren; der Wille zum Nichts hat die Oberhand über den Willen zum Leben – und das Gesamtziel ist, nun, christlich, buddhistisch, schopenhauerisch ausgedrückt: »besser *nicht* sein, als sein.«

Gegen die Formulierung der Realität zur Moral *empöre* ich mich: deshalb perhorresziere ich das Christentum mit einem tödlichen Haß, weil es die sublimen Worte und Gebärden schuf, um einer schauderhaften Wirklichkeit den Mantel des Rechts, der Tugend, der Göttlichkeit zu geben...

Ich sehe alle Philosophen, ich sehe die Wissenschaft auf den Knien vor der Realität vom *umgekehrten* Kampf ums Dasein, als ihn die Schule Darwins lehrt, – nämlich ich sehe überall *die* obenauf, *die* übrigbleibend, die das Leben, den Wert des Lebens kompromittieren. – Der Irrtum der Schule Darwins wurde mir zum Problem: wie kann man blind sein, um gerade *hier* falsch zu sehen?

Daß die *Gattungen* einen Fortschritt darstellen, ist die unvernünftigste Behauptung von der Welt: einstweilen stellen sie ein *Niveau* dar. Daß die höheren Organismen aus den niederen sich entwickelt hätten, ist durch keinen Fall bisher bezeugt. Ich sehe, daß die niederen durch die Menge, durch die Klugheit, durch die List im Übergewicht sind, – ich sehe nicht, wie eine zufällige Veränderung einen Vorteil abgibt, zum mindesten nicht für eine so lange Zeit: diese wäre wieder ein neues Motiv, zu erklären, warum eine zufällige Veränderung derartig stark geworden ist.

Ich finde die »Grausamkeit der Natur«, von der man so viel redet, an einer andern Stelle: sie ist grausam gegen ihre Glückskinder, sie schont und schützt und liebt *les humbles*.

In summa: das Wachstum der *Macht* einer Gattung ist durch die Präponderanz ihrer Glückskinder, ihrer Starken vielleicht weniger garantiert, als durch die Präponderanz der mittleren und niederen Typen... In letzteren ist die große Fruchtbarkeit, die Dauer; mit ersteren wächst die Gefahr, die rasche Verwüstung, die schnelle Zahl-Verminderung.

Einheitskonzeption der Psychologie. – Wir sind gewöhnt daran, die Ausgestaltung einer ungeheuren Fülle von Formen verträglich zu halten mit einer Herkunft aus der Einheit.

Meine Theorie wäre: – daß der *Wille zur Macht* die primitive Affekt-Form ist, daß alle andern Affekte nur seine Ausgestaltungen sind;

daß es eine bedeutende Aufklärung gibt, an Stelle des individuellen »Glücks« (nach dem jedes Lebende streben soll) zu setzen *Macht*: »es strebt nach Macht, nach *mehr* in der Macht«; – Lust ist nur ein Symptom vom Gefühl der erreichten Macht, eine Differenz-Bewußtheit – (– es strebt nicht nach Lust: sondern Lust tritt ein, wenn es erreicht, wonach es strebt: Lust begleitet, Lust bewegt nicht –);

daß alle treibende Kraft Wille zur Macht ist, daß es keine physische, dynamische oder psychische Kraft außerdem gibt.

In unsrer Wissenschaft, wo der Begriff Ursache und Wirkung reduziert ist auf das Gleichungs-Verhältnis, mit dem Ehrgeiz, zu beweisen, daß auf jeder Seite *dasselbe* Quantum von Kraft ist, *fehlt* die *treibende Kraft*: wir betrachten nur Resultate, wir setzen sie als *gleich* in Hinsicht auf Inhalt an Kraft...

Es ist eine bloße Erfahrungssache, daß die Veränderung *nicht aufhört*: an sich haben wir nicht den geringsten Grund, zu verstehen, daß auf eine Veränderung eine andre folgen müsse. Im Gegenteil: ein *erreichter Zustand* schiene sich selbst erhalten zu müssen, wenn es nicht ein Vermögen in ihm gäbe, eben *nicht* sich erhalten zu wollen... Der Satz des Spinoza von der »Selbsterhaltung« müßte eigentlich der Veränderung einen Halt setzen: aber der Satz ist falsch, das *Gegenteil* ist wahr. Gerade an allem Lebendigen ist am deutlichsten zu zeigen, daß es alles tut, um *nicht* sich zu erhalten, sondern um *mehr* zu werden...

Ist »Wille zur Macht« eine *Art* »Wille« oder identisch mit dem Begriff »Wille«? Heißt es so viel als begehren? oder *kommandieren*? Ist es der »Wille«, von dem Schopenhauer meint, er sei das »An sich der Dinge«?

Mein Satz ist: daß *Wille* der bisherigen Psychologie eine ungerechtfertigte Verallgemeinerung ist, daß es diesen Willen *gar nicht gibt*, daß, statt die Ausgestaltung *eines bestimmten* Willens in viele Formen zu fassen, man den Charakter des Willens *weggestrichen* hat, indem man den Inhalt, das Wohin? heraussubtrahiert hat –: das ist im höchsten Grade bei *Schopenhauer* der Fall: das ist ein bloßes leeres Wort, was er »Wille« nennt. Es handelt sich noch weniger um einen »Willen *zum*

Leben«: denn das Leben ist bloß ein *Einzelfall* des Willens zur Macht; – es ist ganz willkürlich, zu behaupten, daß alles danach strebe, in *diese* Form des Willens zur Macht überzutreten.

Es gibt weder »Geist«, noch Vernunft, noch Denken, noch Bewußtsein, noch Seele, noch Wille, noch Wahrheit: alles Fiktionen, die unbrauchbar sind. Es handelt sich nicht um »Subjekt und Objekt«, sondern um eine bestimmte Tierart, welche nur unter einer gewissen relativen *Richtigkeit*, vor allem *Regelmäßigkeit* ihrer Wahrnehmungen (so daß sie Erfahrung kapitalisieren kann) gedeiht...

Die Erkenntnis arbeitet als *Werkzeug* der Macht. So liegt es auf der Hand, daß sie wächst mit jedem Mehr von Macht...

Sinn der »Erkenntnis«: hier ist, wie bei »gut« oder »schön«, der Begriff streng und eng anthropozentrisch und biologisch zu nehmen. Damit eine bestimmte Art sich erhält und wächst in ihrer Macht, muß sie in ihrer Konzeption der Realität so viel Berechenbares und Gleichbleibendes erfassen, daß daraufhin ein Schema ihres Verhaltens konstruiert werden kann. *Die Nützlichkeit der Erhaltung – nicht* irgendein abstrakt-theoretisches Bedürfnis, nicht betrogen zu werden – steht als Motiv hinter der Entwicklung der Erkenntnisorgane..., sie entwickeln sich so, daß ihre Beobachtung genügt, uns zu erhalten. Anders: das *Maß* des Erkennen-wollens hängt ab von dem Maß des Wachsens des *Willens zur Macht* der Art: eine Art ergreift *so* viel Realität, *um über sie Herr zu werden, um sie in Dienst zu nehmen.*

Der mechanistische Begriff der »*Bewegung*« ist bereits eine Übersetzung des Original-Vorgangs in die *Zeichensprache von Auge und Getast.*

Der Begriff »*Atom*«, die Unterscheidung zwischen einem »Sitz der treibenden Kraft und ihr selber«, ist eine *Zeichensprache aus unsrer logisch-psychischen Welt her.*

Es steht nicht in unserm Belieben, unser Ausdrucksmittel zu verändern: es ist möglich, zu begreifen, inwiefern es bloße Semiotik ist. Die Forderung einer *adäquaten Ausdrucksweise* ist *unsinnig*: es liegt im Wesen einer Sprache, eines Ausdrucksmittels, eine bloße *Relation* auszudrücken... Der Begriff »Wahrheit« ist *widersinnig.* Das ganze Reich von »wahr – falsch« bezieht sich nur auf Relationen zwischen Wesen, nicht auf das »An sich«... Es gibt kein »Wesen an sich« (die *Relationen* konstituieren erst Wesen –), so wenig es eine »Erkenntnis an sich« geben kann.

Will man den erstaunlichsten Beweis dafür, wie weit die Transfigurationskraft des Rausches geht? – Die »Liebe« ist dieser Beweis: Das, was Liebe heißt in allen Sprachen und Stummheiten der Welt. Der Rausch wird hier mit der Realität in einer Weise fertig, daß im Bewußtsein des Liebenden die Ursache ausgelöscht und etwas andres sich an ihrer Stelle zu finden scheint – ein Zittern und Aufglänzen aller Zauberspiegel der Circe... Hier macht Mensch und Tier keinen Unterschied; noch weniger Geist, Güte, Rechtschaffenheit. Man wird fein genarrt, wenn man fein ist; man wird grob genarrt, wenn man grob ist: aber die Liebe, und selbst die Liebe zu Gott, die Heiligen-Liebe »erlöster Seelen« bleibt in der Wurzel eins: ein Fieber, das Gründe hat sich zu transfigurieren, ein Rausch, der gut tut, über sich zu lügen... Und jedenfalls lügt man gut, wenn man liebt, vor sich und über sich: man scheint sich transfiguriert, stärker, reicher, vollkommener, man *ist* vollkommener... Wir finden hier die *Kunst* als organische Funktion: wir finden sie eingelegt in den engelhaftesten Instinkt »Liebe«: wir finden sie als größtes Stimulans des Lebens – Kunst somit als sublim zweckmäßig auch noch darin, daß sie lügt... Aber wir würden irren, bei ihrer Kraft, zu lügen, stehen zu bleiben: sie tut mehr, als bloß imaginieren: sie verschiebt selbst die Werte. Und nicht nur daß sie das *Gefühl* der Werte verschiebt: der Liebende *ist* mehr wert, ist stärker. Bei den Tieren treibt dieser Zustand neue Waffen, Pigmente, Farben und Formen heraus: vor allem neue Bewegungen, neue Rhythmen, neue Locktöne und Verführungen. Beim Menschen ist es nicht anders. Sein Gesamthaushalt ist reicher als je, mächtiger, *ganzer* als im Nichtliebenden. Der Liebende wird Verschwender: er ist reich genug dazu. Er wagt jetzt, wird Abenteurer, wird ein Esel an Großmut und Unschuld; er glaubt wieder an Gott, er glaubt an die Tugend, weil er an die Liebe glaubt: und andrerseits wachsen diesem Idioten des Glücks Flügel und neue Fähigkeiten, und selbst zur Kunst tut sich ihm die Tür auf. Rechnen wir aus der Lyrik in Ton und Wort die

Suggestion jenes intestinalen Fiebers ab: was bleibt von der Lyrik und Musik übrig? ... *L'art pour l'art* vielleicht: das virtuose Gequak kaltgestellter *Frösche*, die in ihrem Sumpfe desperieren... Den ganzen *Rest* schuf die Liebe...

Alle Kunst wirkt als Suggestion auf die Muskeln und Sinne, welche ursprünglich beim naiven künstlerischen Menschen tätig sind: sie redet immer nur zu Künstlern – sie redet zu dieser Art von feiner Beweglichkeit des Leibes. Der Begriff »Laie« ist ein Fehlgriff. Der Taube ist keine Spezies des Guthörigen.

Alle Kunst wirkt *tonisch*, mehrt die Kraft, entzündet die Lust (d. h. das Gefühl der Kraft), regt alle die feineren Erinnerungen des Rausches an – es gibt ein eigenes Gedächtnis, das in solche Zustände hinunterkommt: eine ferne und flüchtige Welt von Sensationen kehrt da zurück.

Das Häßliche, d. h. der Widerspruch zur Kunst, das, was *ausgeschlossen* wird von der Kunst, ihr *Nein*: – jedesmal, wenn der Niedergang, die Verarmung an Leben, die Ohnmacht, die Auflösung, die Verwesung von fern nur angeregt wird, reagiert der ästhetische Mensch mit seinem *Nein*. Das Häßliche wirkt *depressiv*: es ist der Ausdruck einer Depression. Es *nimmt* Kraft, es verarmt, es drückt... Das Häßliche *suggeriert* Häßliches; man kann an seinen Gesundheitszuständen erproben, wie unterschiedlich das Schlechtbefinden auch die Fähigkeit der Phantasie des Häßlichen steigert. Die Auswahl wird anders, von Sachen, Interessen, Fragen. Es gibt einen dem Häßlichen nächstverwandten Zustand auch im Logischen – Schwere, Dumpfheit. Mechanisch fehlt dabei das Gleichgewicht: das Häßliche hinkt, das Häßliche stolpert – Gegensatz einer göttlichen Leichtfertigkeit des Tanzenden.

Der ästhetische Zustand hat einen Überreichtum von *Mitteilungsmitteln*, zugleich mit einer extremen *Empfänglichkeit* für Reize und Zeichen. Er ist der Höhepunkt der Mitteilsamkeit und Übertragbarkeit zwischen lebenden Wesen – er ist die Quelle der Sprachen. Die Sprachen haben hier ihren Entstehungsherd: die Tonsprachen so gut als die Gebärden- und Blicksprachen. Das vollere Phänomen ist immer der Anfang: unsere Vermögen sind subtilisiert aus volleren

Vermögen. Aber auch heute hört man noch mit den Muskeln, man liest selbst noch mit den Muskeln.

Jede reife Kunst hat eine Fülle Konvention zur Grundlage: insofern sie Sprache ist. Die Konvention ist die Bedingung der großen Kunst, *nicht* deren Verhinderung... Jede Erhöhung des Lebens steigert die Mitteilungs-Kraft, insgleichen die Verständnis-Kraft des Menschen. Das *Sich-heineinleben in andere Seelen* ist ursprünglich nichts Moralisches, sondern eine physiologische Reizbarkeit der Suggestion: die »Sympathie« oder was man »Altruismus« nennt, sind bloße Ausgestaltungen jenes zur Geistigkeit gerechneten psychomotorischen Rapports (*induction psycho-motrice* meint Ch. Féré). Man teilt sich nie Gedanken mit: man teilt sich Bewegungen mit, mimische Zeichen, welche von uns auf Gedanken hin *zurückgelesen* werden.

Ich setze hier eine Reihe psychologischer Zustände als Zeichen vollen und blühenden Lebens hin, welche man heute gewohnt ist, als *krankhaft* zu beurteilen. Nun haben wir inzwischen verlernt, zwischen gesund und krank von einem Gegensatze zu reden: es handelt sich um Grade – meine Behauptung in diesem Falle ist, daß, was heute »gesund« genannt wird, ein niedrigeres Niveau von dem darstellt, was unter günstigen Verhältnissen gesund *wäre* –, daß wir relativ krank sind... Der Künstler gehört zu einer noch stärkeren Rasse. Was uns schon schädlich, was bei uns krankhaft wäre, ist bei ihm Natur – – Aber man wendet uns ein, daß gerade die *Verarmung* der Maschine die extravagante Verständniskraft über jedwede Suggestion ermögliche: Zeugnis unsre hysterischen Weiblein.

Die *Überfülle* an Säften und Kräften kann so gut Symptome der partiellen Unfreiheit, von Sinnes-Halluzinationen, von Suggestions-Raffinements mit sich bringen, wie eine Verarmung an Leben –, der Reiz ist anders bedingt, die Wirkung bleibt sich gleich... Vor allem ist die *Nach*wirkung nicht dieselbe; die extreme Erschlaffung aller morbiden Naturen nach ihren Nerven-Exzentrizitäten hat nichts mit den Zuständen des Künstlers gemein: der seine guten Zeiten nicht *abzubüßen* hat... Er ist reich genug dazu: er kann verschwenden, ohne arm zu werden.

Wie man heute »Genie« als eine Form der Neurose beurteilen dürfte, so vielleicht auch die künstlerische Suggestiv-Kraft – und unsre *Artisten* sind in der Tat den hysterischen Weiblein nur zu verwandt!!! Das aber spricht gegen »heute«, und nicht gegen die »Künstler«.

Die unkünstlerischen Zustände: die der *Objektivität*, der Spiegelung, des ausgehängten Willens... (das skandalöse Mißverständnis *Schopenhauers*, der die Kunst als Brücke zur Verneinung des Lebens nimmt)... Die unkünstlerischen Zustände: der Verarmenden, Abziehenden, Abblassenden, unter deren Blick das Leben leidet – der Christ.

Die *Romantik*: eine zweideutige Frage, wie alles Moderne.

Die ästhetischen Zustände zwiefach.

Die Vollen und Schenkenden im Gegensatz zu den Suchenden, Begehrenden.

Das Rauschgefühl, tatsächlich einem *Mehr von Kraft* entsprechend: am stärksten in der Paarungszeit der Geschlechter: neue Organe, neue Fertigkeiten, Farben, Formen; – die »Verschönerung« ist eine Folge der *erhöhten* Kraft. Verschönerung als Ausdruck eines *siegreichen* Willens, einer gesteigerten Koordination, einer Harmonisierung aller starken Begehrungen, eines unfehlbar perpendikulären Schwergewichts. Die logische und geometrische Vereinfachung ist eine Folge der Krafterhöhung: umgekehrt erhöht wieder das *Wahrnehmen* solcher Vereinfachung das Kraftgefühl... Spitze der Entwicklung: der große Stil.

Die Häßlichkeit bedeutet *décadence eines Typus*, Widerspruch und mangelnde Koordination der inneren Begehrungen – bedeutet einen Niedergang an *organisierender* Kraft, an »Willen«, psychologisch geredet.

Der Lustzustand, den man *Rausch* nennt, ist exakt ein hohes *Machtgefühl*... Die Raum- und Zeit-Empfindungen sind verändert: ungeheure Fernen werden überschaut und gleichsam erst *wahrnehmbar*; die *Ausdehnung* des Blicks über größere Mengen und Weiten; die *Verfeinerung des Organs* für die Wahrnehmung vieles Kleinsten und Flüchtigsten; die *Divination*, die Kraft des Verstehens auf die leiseste Hilfe hin, auf jede Suggestion hin: die »intelligente« *Sinnlichkeit* –; die *Stärke* als Herrschaftsgefühl in den Muskeln, als Geschmeidigkeit und Lust an der Bewegung, als Tanz, als Leichtigkeit und Presto; die Stärke als

Lust am Beweis der Stärke, als Bravourstück, Abenteuer, Furchtlosigkeit, Gleichgültigkeit gegen Leben und Tod... Alle diese Höhen-Momente des Lebens regen sich gegenseitig an; die Bilder- und Vorstellungswelt des einen genügt, als Suggestion, für den andern: – dergestalt sind schließlich Zustände ineinander verwachsen, die vielleicht Grund hätten, sich fremd zu bleiben. Zum Beispiel: das religiöse Rauschgefühl und die Geschlechtserregung (– zwei tiefe Gefühle, nachgerade fast verwunderlich koordiniert. Was gefällt allen frommen Frauen, alten? jungen? Antwort: ein Heiliger mit schönen Beinen, noch jung, noch Idiot). Die Grausamkeit in der Tragödie und das Mitleid (– ebenfalls normal koordiniert...). Frühling, Tanz, Musik: – alles Wettbewerb der Geschlechter, – und auch noch jene Faustische »Unendlichkeit im Busen«.

Die Künstler, wenn sie etwas taugen, sind (auch leiblich) stark angelegt, überschüssig, Krafttiere, sensuell; ohne eine gewisse Überheizung des geschlechtlichen Systems ist kein Raffael zu denken... Musik machen ist auch noch eine Art Kindermachen; Keuschheit ist bloß die Ökonomie eines Künstlers – und jedenfalls hört auch bei Künstlern die Fruchtbarkeit mit der Zeugungskraft auf... Die Künstler sollen nichts so sehen, wie es ist, sondern voller, sondern einfacher, sondern stärker: dazu muß ihnen eine Art Jugend und Frühling, eine Art habitueller Rausch im Leben eigen sein.

Wie weit die Verderbnis der Psychologen durch die Moral-Idiosynkrasie geht: – niemand der alten Philosophen hat den Mut zur Theorie des »unfreien Willens« gehabt (d. h. zu einer die Moral negierenden Theorie); – niemand hat den Mut gehabt, das Typische der Lust, jeder Art Lust (»Glück«) zu definieren als Gefühl der Macht: denn die Lust an der Macht galt als unmoralisch; – niemand hat den Mut gehabt, die Tugend als eine *Folge der Unmoralität* (eines Machtwillens) im Dienste der Gattung (oder der Rasse oder der Polis) zu begreifen (denn der Machtwille galt als Unmoralität).

Es kommt in der ganzen Entwicklung der Moral keine Wahrheit vor: alle Begriffs-Elemente, mit denen gearbeitet wird, sind Fiktionen; alle Psychologica, an die man sich hält, sind Fälschungen; alle Formen der Logik, welche man in dies Reich der Lüge einschleppt, sind

Sophismen. Was die Moral-Philosophen selbst auszeichnet, das ist die vollkommene Absenz jeder Sauberkeit, jeder Selbstzucht des Intellekts: sie halten »schöne Gefühle« für Argumente: ihr »geschwellter Busen« dünkt ihnen der Blasebalg der Gottheit... Die Moral-Philosophie ist die skabröse Periode in der Geschichte des Geistes.

Das erste große Beispiel: unter dem Namen der Moral, als Patronat der Moral ein unerhörter Unfug ausgeübt, tatsächlich eine *décadence* in jeder Hinsicht. Man kann nicht streng genug darauf insistieren, daß die großen griechischen Philosophen die *décadence jedweder griechischen Tüchtigkeit* repräsentieren und *kontagiös* machen... Diese gänzlich abstrakt gemachte »Tugend« war die größte Verführung, sich selbst abstrakt zu machen: d. h. sich *herauszulösen*.

Der Augenblick ist sehr merkwürdig: die Sophisten streifen an die erste *Kritik der Moral*, die erste *Einsicht* über die Moral: – sie stellen die Mehrheit (die lokale Bedingtheit) der moralischen Werturteile nebeneinander; – sie geben zu verstehen, daß jede Moral sich dialektisch rechtfertigen lasse: d. h. sie erraten, wie alle Begründung einer Moral notwendig *sophistisch* sein muß – ein Satz, der hinterdrein im allergrößten Stil durch die antiken Philosophen von Plato an (bis Kant) bewiesen worden ist; – sie stellen die erste Wahrheit hin, daß eine »Moral an sich«, ein »Gutes an sich« nicht existiert, daß es Schwindel ist, von »Wahrheit« auf diesem Gebiete zu reden.

Wo war nur die *intellektuelle Rechtschaffenheit* damals?

Die griechische Kultur der Sophisten war aus allen griechischen Instinkten herausgewachsen; sie gehört zur Kultur der Perikleischen Zeit, so notwendig wie Plato *nicht* zu ihr gehört: sie hat ihre Vorgänger in Heraklit, in Demokrit, in den wissenschaftlichen Typen der alten Philosophie; sie hat in der hohen Kultur des Thukydides z. B. ihren Ausdruck. Und – sie hat schließlich recht bekommen: jeder Fortschritt der erkenntnistheoretischen und moralistischen Erkenntnis hat die Sophisten *restituiert*... Unsre heutige Denkweise ist in einem hohen Grade heraklitisch, demokritisch und protagoreisch... es genügte zu sagen, daß sie *protagoreisch* sei: weil Protagoras die beiden Stücke Heraklit und Demokrit in sich zusammennahm.

(*Plato:* ein *großer Cagliostro* – man denke, wie ihn Epikur beurteilte; wie ihn Timon, der Freund Pyrrhos, beurteilte. – – Steht vielleicht die

Rechtschaffenheit Platos außer Zweifel? ... Aber wir wissen zum mindesten, daß er als absolute Wahrheit *gelehrt* wissen wollte, was nicht einmal bedingt ihm als Wahrheit galt: nämlich die Sonder-Existenz und Sonder-Unsterblichkeit der »Seelen«.)

Die große Vernunft in aller Erziehung zur Moral war immer, daß man hier die *Sicherheit eines Instinkts* zu erreichen suchte: so daß weder die gute Absicht noch die guten Mittel als solche erst ins Bewußtsein traten. So wie der Soldat exerziert, so sollte der Mensch handeln lernen. In der Tat gehört dieses Unbewußtsein zu jeder Art Vollkommenheit: selbst noch der Mathematiker handhabt seine Kombinationen unbewußt...

Was bedeutet nun die *Reaktion* des Sokrates, welcher die Dialektik als Weg zur Tugend anempfahl und sich darüber lustig machte, wenn die Moral sich nicht logisch zu rechtfertigen wußte? Aber eben das letztere gehört zu ihrer *Güte* – ohne Unbewußtheit *taugt sie nichts*!

Es bedeutet exakt die *Auflösung der griechischen Instinkte*, als man die *Beweisbarkeit* als Voraussetzung der persönlichen Tüchtigkeit in der Tugend voranstellte. Es sind selbst Typen der Auflösung, alle diese großen »Tugendhaften« und Wortemacher.

In praxi bedeutet es, daß die moralischen Urteile aus ihrer Bedingtheit, aus der sie gewachsen sind und in der allein sie Sinn haben, aus ihrem griechischen und griechisch-politischen Grund und Boden ausgerissen werden und, unter dem Anschein von *Sublimierung*, *entnatürlicht* werden. Die großen Begriffe »gut«, »gerecht« werden losgemacht von den Voraussetzungen, zu denen sie gehören, und als *frei gewordne* »Ideen« Gegenstände der Dialektik. Man sucht hinter ihnen eine Wahrheit, man nimmt sie als Entitäten oder als Zeichen von Entitäten: man *erdichtet* eine Welt, wo sie zu Hause sind, wo sie herkommen...

In summa: der Unfug ist auf seiner Spitze bereits bei *Plato*... Und nun hatte man nötig, auch den *abstrakt-vollkommenen* Menschen hinzuzuerfinden: – gut, gerecht, weise, Dialektiker – kurz, die *Vogelscheuche* des antiken Philosophen: eine Pflanze, aus jedem Boden losgelöst; eine Menschlichkeit ohne alle bestimmten regulierenden Instinkte; eine Tugend, die sich mit Gründen »beweist«. Das vollkommen *absurde* »Individuum« an sich! die *Unnatur* höchsten Ranges ...

Kurz, die Entnatürlichung der Moralwerte hatte zur Konsequenz, einen entartenden *Typus des Menschen* zu schaffen – »*den* Guten«, »*den* Glücklichen«, »*den* Weisen«. – Sokrates ist ein Moment der *tiefsten Perversität* in der Geschichte der Werte.

Es würde uns Zweifel gegen einen Menschen machen, zu hören, daß er *Gründe* nötig hat, um anständig zu bleiben: gewiß ist, daß wir seinen Umgang meiden. Das Wörtchen »denn« kompromittiert in gewissen Fällen; man *widerlegt* sich mitunter sogar durch ein einziges »denn«. Hören wir nun des weiteren, daß ein solcher Aspirant der Tugend *schlechte* Gründe nötig hat, um respektabel zu bleiben, so gibt das noch keinen Grund ab, unsern Respekt vor ihm zu steigern. Aber er geht weiter, er kommt zu uns, er sagt uns ins Gesicht: »Sie stören meine Moralität mit Ihrem Unglauben, mein Herr Ungläubiger; solange Sie nicht an meine *schlechten Gründe*, will sagen an Gott, an ein strafendes Jenseits, an eine Freiheit des Willens glauben, *verhindern* Sie meine Tugend... Moral: man muß die Ungläubigen abschaffen: sie verhindern die *Moralisierung der Massen*.«

Alle diese Werte sind empirisch und bedingt. Aber der, der an sie glaubt, der sie verehrt, *will* eben diesen Charakter nicht anerkennen. Die Philosophen glauben allesamt an diese Werte, und eine Form ihrer Verehrung war die Bemühung, aus ihnen *a priori-Wahrheiten* zu machen. Fälschender Charakter der *Verehrung*...

Die Verehrung ist die hohe Probe der intellektuellen *Rechtschaffenheit*: aber es *gibt* in der ganzen Geschichte der Philosophie keine intellektuelle Rechtschaffenheit, – sondern die »Liebe zum Guten«...

Der absolute *Mangel an Methode*, um den Wert dieser Werte zu prüfen; *zweitens*: die Abneigung, diese Werte zu prüfen, überhaupt sie bedingt zu nehmen. – Bei den Moral-Werten kamen alle *antiwissenschaftlichen* Instinkte zusammen in Betracht, um hier die Wissenschaft *auszuschließen*...

Formel des »*Fortschritts*«-*Aberglaubens* eines berühmten Physiologen der zerebralen Tätigkeit:

»L'animal ne fait jamais de progrès comme espèce. L'homme seul fait de progrès comme espèce.«

Nein: –

Sokrates. – Dieser Umschlag des Geschmacks zugunsten der Dialektik ist ein großes Fragezeichen. Was geschah eigentlich? – Sokrates, der Roturier, der ihn durchsetzte, kam mit ihm über einen vornehmeren Geschmack, den Geschmack *der Vornehmen*, zum Sieg: – der Pöbel kam mit der Dialektik zum Sieg. Vor Sokrates lehnte man seitens aller guten Gesellschaft die dialektische Manier ab; man glaubte, daß sie bloßstellte; man warnte die Jugend vor ihr. Wozu diese Etalage von Gründen? Wozu eigentlich beweisen? Gegen andere hatte man die Autorität. Man befahl: das genügte. Unter sich, *inter pares*, hat man das Herkommen, *auch* eine Autorität: und, zuguterletzt, man »verstand sich«! Man fand gar keinen Platz für Dialektik. Auch mißtraute man solchem offnen Präsentieren seiner Argumente. Alle honnetten Dinge halten ihre Gründe nicht so in der Hand. Es ist etwas Unanständiges darin, alle fünf Finger zu zeigen. Was sich »beweisen« läßt, ist wenig wert. – Daß Dialektik Mißtrauen erregt, daß sie wenig überredet, das weiß übrigens der Instinkt der Redner aller Parteien. Nichts ist leichter wegzuwischen als ein Dialektiker-Effekt. Dialektik kann nur eine *Notwehr* sein. Man muß in der Not sein, man muß sein Recht zu *erzwingen* haben: eher macht man keinen Gebrauch von ihr. Die Juden waren deshalb Dialektiker, Reineke Fuchs war es, Sokrates war es. Man hat ein schonungsloses Werkzeug in der Hand. Man kann mit ihr tyrannisieren. Man stellt bloß, indem man siegt. Man überläßt seinem Opfer den Nachweis, kein Idiot zu sein. Man macht wütend und hilflos, während man selber kalte, triumphierende Vernünftigkeit bleibt – man *depotenziert* die Intelligenz seines Gegners. – Die Ironie des Dialektikers ist eine Form der Pöbel-Rache: die Unterdrückten haben ihre Ferozität in den kalten Messerstichen des Syllogismus...

Gefährliche Unterscheidung zwischen »theoretisch« und »praktisch« z. B. bei Kant, aber auch bei den Alten: – sie tun, als ob die reine Geistigkeit ihnen die Probleme der Erkenntnis und Metaphysik vorlege;

– sie tun, als ob, wie auch die Antwort der Theorie ausfalle, die Praxis nach eigenem Wertmaß zu beurteilen sei.

Gegen das erste richte ich meine *Psychologie der Philosophen*: ihr entfremdetster Kalkül und ihre »Geistigkeit« bleiben immer nur der letzte blasseste Abdruck einer physiologischen Tatsache; es fehlt absolut die Freiwilligkeit darin, alles ist Instinkt, alles ist von vornherein in bestimmte Bahnen gelenkt...

Gegen das zweite frage ich, ob wir eine andere Methode kennen, um gut zu handeln, als: gut zu denken; letzteres *ist* ein Handeln, und ersteres setzt Denken voraus. Haben wir ein Vermögen, den Wert einer Lebensweise anderswie zu beurteilen, als den Wert einer Theorie: durch Induktion, durch Vergleichung? ... Die Naiven glauben, hier wären wir besser daran, hier wüßten wir, was »gut« ist, – die Philosophen reden's nach. Wir schließen, daß hier ein *Glaube* vorhanden ist, weiter nichts...

»Man muß handeln; *folglich* bedarf es einer Richtschnur« – sagten selbst die antiken Skeptiker. Die *Dringlichkeit* einer Entscheidung als Argument, irgend etwas hier für *wahr* zu halten!...

»Man muß *nicht* handeln« – sagten ihre konsequenteren Brüder, die Buddhisten, und ersannen eine Richtschnur, wie man sich losmache vom Handeln...

Sich einordnen, leben wie der »*gemeine Mann*« lebt, für recht und gut halten, was *er* für recht hält: das ist die *Unterwerfung* unter den *Herdeninstinkt*. Man muß seinen Mut und seine Strenge so weit treiben, eine solche Unterwerfung wie eine *Scham* zu empfinden. Nicht mit zweierlei Maß leben!... Nicht Theorie und Praxis trennen!...

Die Vorherrschaft der moralischen Werte. – Folgen dieser Vorherrschaft: die Verderbnis der Psychologie usw., das Verhängnis überall, das an ihr hängt. Was *bedeutet* diese Vorherrschaft? Worauf weist sie hin? –

Auf eine gewisse *größere Dringlichkeit* eines bestimmten Ja und Nein auf diesem Gebiete. Man hat alle Arten *Imperative* darauf verwendet, um die moralischen Werte als fest erscheinen zu lassen: sie sind am längsten kommandiert worden: – sie *scheinen* instinktiv, wie innere Kommandos. Es drücken sich *Erhaltungsbedingungen der Sozietät* darin aus, daß die moralischen Werte als *undiskutierbar* empfunden werden.

Die Praxis: das will heißen die *Nützlichkeit*, untereinander sich über die obersten Werte zu verstehen, hat hier eine Art Sanktion erlangt. Wir sehen *alle Mittel angewendet*, wodurch das Nachdenken und die Kritik auf diesem Gebiete *lahm*gelegt wird: – welche Attitüde nimmt noch Kant an! nicht zu reden von denen, welche es als unmoralisch ablehnen, hier zu »forschen« –

Die Moralwerte als *Scheinwerte*, verglichen mit den *physiologischen*.

Unsre Erkenntnis ist in dem Maße wissenschaftlich geworden, als sie Zahl und Maß anwenden kann. Der Versuch wäre zu machen, ob nicht eine wissenschaftliche Ordnung der Werte einfach auf einer *Zahl-* und *Maß-Skala der Kraft* aufzubauen wäre... Alle sonstigen »Werte« sind Vorurteile, Naivitäten, Mißverständnisse. – Sie sind überall *reduzierbar* auf jene Zahl- und Maß-Skala der Kraft. Das *Aufwärts* in dieser Skala bedeutet jedes *Wachsen an Wert*: das Abwärts in dieser Skala bedeutet *Verminderung des Wertes*.

Hier hat man den Schein und das Vorurteil wider sich. (Die Moralwerte sind ja nur *Scheinwerte*, verglichen mit den *physiologischen*.)

Eine Moral, eine durch lange Erfahrung und Prüfung erprobte, *bewiesene* Lebensweise kommt zuletzt als Gesetz zum Bewußtsein, als *dominierend*... Und damit tritt die ganze Gruppe verwandter Werte und Zustände in sie hinein: sie wird ehrwürdig, unangreifbar, heilig, wahrhaft; es gehört zu ihrer Entwicklung, daß ihre Herkunft *vergessen* wird... Es ist ein Zeichen, daß sie Herr geworden ist...

Ganz dasselbe könnte geschehen sein mit den *Kategorien der Vernunft*: dieselben könnten, unter vielem Tasten und Herumgreifen, sich bewährt haben durch relative Nützlichkeit... Es kam ein Punkt, wo man sie zusammenfaßte, sich als Ganzes zum Bewußtsein brachte – und wo man sie *befahl*, d. h. wo sie wirkten als *befehlend*... Von jetzt ab galten sie als *a priori*, als jenseits der Erfahrung, als unabweisbar. Und doch drücken sie vielleicht nichts aus, als eine bestimmte Rassen- und Gattungs-Zweckmäßigkeit, – bloß ihre Nützlichkeit ist ihre »Wahrheit« –.

A.

Ich sehe mit Erstaunen, daß die Wissenschaft sich heute resigniert, auf die scheinbare Welt angewiesen zu sein: eine wahre Welt – sie mag sein, wie sie will –, gewiß haben wir kein Organ der Erkenntnis für sie.

Hier dürfen wir nun schon fragen: mit welchem Organ der Erkenntnis setzt man auch diesen Gegensatz nur an?...

Damit, daß eine Welt, die unsern Organen zugänglich ist, auch als abhängig von diesen Organen verstanden wird, damit, daß wir eine Welt als subjektiv bedingt verstehen, damit ist *nicht* ausgedrückt, daß eine objektive Welt überhaupt *möglich* ist. Wer zwingt uns, zu denken, daß die Subjektivität real, essentiell ist?

Das »An sich« ist sogar eine widersinnige Konzeption: eine »Beschaffenheit an sich« ist Unsinn: wir haben den Begriff »Sein«, »Ding« immer nur als *Relations*begriff...

Das Schlimme ist, daß mit dem alten Gegensatz »scheinbar« und »wahr« sich das korrelative Werturteil fortgepflanzt hat: »gering an Wert« und »absolut wertvoll«.

Die scheinbare Welt gilt uns nicht als eine »wertvolle« Welt; der Schein soll eine Instanz gegen den obersten Wert sein. Wertvoll an sich kann nur eine »wahre« Welt sein...

Vorurteil der Vorurteile! Erstens wäre an sich möglich, daß die wahre Beschaffenheit der Dinge dermaßen den Voraussetzungen des Lebens schädlich wäre, entgegengesetzt wäre, daß eben der Schein not täte, um leben zu können... Dies ist ja der Fall in so vielen Lagen: z. B. in der Ehe.

Unsre empirische Welt wäre aus den Instinkten der Selbsterhaltung auch in ihren Erkenntnisgrenzen bedingt: wir hielten für wahr, für gut, für wertvoll, was der Erhaltung der Gattung frommt...

a) Wir haben keine Kategorien, nach denen wir eine wahre und eine scheinbare Welt scheiden dürften. (Es könnte eben bloß eine scheinbare Welt geben, aber nicht nur *unsere* scheinbare Welt.)

b) Die *wahre* Welt angenommen, so könnte sie immer noch die *geringere an Wert* für uns sein: gerade das Quantum Illusion möchte, in seinem Erhaltungswert für uns, höheren Ranges sein. (Es sei denn, daß der *Schein* an sich ein Verwerfungsurteil begründete?)

c) Daß eine Korrelation bestehe zwischen den *Graden der Werte* und den *Graden der Realität* (so daß die obersten Werte auch die oberste Realität hätten), ist ein metaphysisches Postulat, von der Voraussetzung ausgehend, daß wir die Rangordnung der Werte *kennen*: nämlich daß diese Rangordnung eine *moralische* sei... Nur in dieser Voraussetzung ist die *Wahrheit* notwendig für die Definition alles Höchstwertigen.

B.

Es ist von kardinaler Wichtigkeit, daß man die *wahre Welt* abschafft. Sie ist die große Anzweiflerin und Wertverminderung der *Welt, die wir sind*: sie war bisher unser gefährlichstes *Attentat* auf das Leben.

Krieg gegen alle Voraussetzungen, auf welche hin man eine wahre Welt fingiert hat. Zu diesen Voraussetzungen gehört, daß die *moralischen Werte die obersten* seien.

Die moralische Wertung als oberste wäre widerlegt, wenn sie bewiesen werden könnte als die Folge einer *unmoralischen* Wertung: als ein Spezialfall der realen Unmoralität: sie reduzierte sich damit selbst auf einen *Anschein*, und als *Anschein* hätte sie, von sich aus, kein Recht mehr, den Schein zu verurteilen.

C.

Der »Wille zur Wahrheit« wäre sodann psychologisch zu untersuchen: er ist keine moralische Gewalt, sondern eine Form des Willens zur Macht. Dies wäre damit zu beweisen, daß er sich aller *unmoralischen* Mittel bedient: die Metaphysiker voran –.

Wir sind heute vor die Prüfung der Behauptung gestellt, daß die moralischen Werte die obersten Werte seien. Die *Methodik der Forschung* ist erst erreicht, wenn alle *moralischen Vorurteile* überwunden sind: – sie stellt einen Sieg über die Moral dar...

Zur Hygiene der »Schwachen«. – Alles, was in der Schwäche getan wird, mißrät. Moral: nichts tun. Nur ist das Schlimme, daß gerade die Kraft, das Tun auszuhängen, *nicht* zu reagieren, am stärksten krank ist unter dem Einfluß der Schwäche: daß man nie schneller, nie blinder reagiert als dann, wenn man gar nicht reagieren sollte...

Die Stärke einer Natur zeigt sich im Abwarten und Aufschieben der Reaktion: eine gewisse ἀδιαφορία ist ihr so zu eigen, wie der

Schwäche die Unfreiheit der Gegenbewegung, die Plötzlichkeit, Unhemmbarkeit der »Handlung«... Der Wille ist schwach: und das Rezept, um dumme Sachen zu verhüten, wäre, starken Willen zu haben und *nichts* zu tun – *Contradictio.* Eine Art Selbstzerstörung, der Instinkt der Erhaltung ist kompromittiert... Der *Schwache schadet sich selber*... Das ist der *Typus* der *décadence*...

Tatsächlich finden wir ein ungeheures Nachdenken über Praktiken, die *Impassibilität* zu provozieren. Der Instinkt ist insofern auf richtiger Spur, als nichts tun nützlicher ist, als etwas tun...

Alle Praktiken der Orden, der solitären Philosophen, der Fakirs sind von dem richtigen Wertmaße eingegeben, daß eine gewisse Art Mensch sich noch *am meisten nützt*, wenn sie sich so viel wie möglich hindert, zu handeln –

Erleichterungsmittel: der absolute Gehorsam, die machinale Tätigkeit, die Separation von Menschen und Dingen, welche ein sofortiges Entschließen und Handeln fordern würden.

Wenn *Lust* und *Unlust* sich auf das Gefühl der Macht beziehen, so müßte Leben ein Wachstum von Macht darstellen, so daß die Differenz des »Mehr« ins Bewußtsein träte... Ein Niveau von Macht festgehalten, würde sich die Lust nur an Verminderungen des Niveaus zu messen haben, an Unlustzuständen, – *nicht* an Lustzuständen... Der Wille zum Mehr liegt im Wesen der Lust: daß die Macht wächst, daß die Differenz ins Bewußtsein tritt.

Von einem gewissen Punkte an, bei der *décadence*, tritt die *umgekehrte Differenz* ins Bewußtsein, die Abnahme: das Gedächtnis der starken Augenblicke von ehedem drückt die gegenwärtigen Lustgefühle herab, – der Vergleich *schwächt* jetzt die Lust.

Die eigentlichen *Philosophen der Griechen* sind die vor Sokrates (– mit Sokrates verändert sich etwas). Das sind alles vornehme Personnagen, abseits sich stellend von Volk und Sitte, gereist, ernst bis zur Düsterkeit, mit langsamem Auge, den Staatsgeschäften und der Diplomatie nicht fremd. Sie nehmen den Weisen alle großen Konzeptionen der Dinge vorweg: sie stellen sie selber dar, sie bringen sich in System. Nichts gibt einen höheren Begriff vom griechischen Geist, als diese plötzliche Fruchtbarkeit an Typen, als diese ungewollte Vollständigkeit in der Aufstellung der großen Möglichkeiten des philosophischen Ideals. – Ich sehe nur noch *eine* originale Figur in dem Kommenden: einen Spätling, aber notwendig den letzten – den Nihilisten *Pyrrho:* – er hat den Instinkt *gegen* alles das, was inzwischen obenauf gekommen war, die Sokratiker, Plato, den Artisten-Optimismus Heraklits. (Pyrrho greift über Protagoras zu Demokrit zurück...)

Die *weise* Müdigkeit: Pyrrho. Unter den Niedrigen leben, niedrig. Kein Stolz. Auf die gemeine Art leben; ehren und glauben, was alle glauben. Auf der Hut gegen Wissenschaft und Geist, auch alles, was *bläht*... Einfach: unbeschreiblich geduldig, unbekümmert, mild. *ἀπάθεια*, mehr noch *πραΰτης*. Ein Buddhist für Griechenland, zwischen dem Tumult der Schulen aufgewachsen; spät gekommen; ermüdet; der Protest des Müden gegen den Eifer der Dialektiker; der Unglaube des Müden an die Wichtigkeit aller Dinge. Er hat *Alexander* gesehn, er hat die *indischen Büßer* gesehn. Auf solche Späte und Raffinierte wirkt alles Niedrige, alles Arme, alles Idiotische selbst verführerisch. Das narkotisiert: das macht ausstrecken (Pascal). Sie empfinden andrerseits, mitten im Gewimmel und verwechselt mit jedermann, ein wenig Wärme: sie haben *Wärme* nötig, diese Müden... Den Widerspruch überwinden; kein Wettkampf; kein Wille zur Auszeichnung: die *griechischen* Instinkte verneinen. (Pyrrho lebte mit seiner Schwester zusammen, die Hebamme war.) Die Weisheit verkleiden, daß sie nicht mehr auszeichnet; ihr einen Mantel von Armut und Lumpen geben; die niedrigsten Verrichtungen tun: auf den Markt gehn und Milchschweine verkaufen . . . Süßigkeit; Helle; Gleichgültigkeit; keine Tugenden, die Gebärden brauchen: sich auch in der Tugend gleichsetzen: letzte Selbstüberwindung, letzte Gleichgültigkeit.

Pyrrho, gleich Epikur, zwei Formen der griechischen *décadence*: verwandt im Haß gegen die Dialektik und gegen alle *schauspielerischen* Tugenden – beides zusammen hieß damals Philosophie –; absichtlich das, was sie lieben, niedrig achtend; die gewöhnlichen, selbst verachteten Namen dafür wählend; einen Zustand darstellend, wo man weder krank, noch gesund, noch lebendig, noch tot ist... Epikur naiver, idyllischer, dankbarer; Pyrrho gereister, verlebter, nihilistischer

... Sein Leben war ein Protest gegen die große *Identitätslehre* (*Glück* = *Tugend* = *Erkenntnis*). Das rechte Leben fördert man nicht durch Wissenschaft: Weisheit macht nicht »weise«... Das rechte Leben will nicht Glück, sieht ab von Glück...

Kritik des Begriffs »Ursache«. – Wir haben absolut keine Erfahrung über eine *Ursache*; psychologisch nachgerechnet, kommt uns der ganze Begriff aus der subjektiven Überzeugung, daß *wir* Ursache sind, nämlich, daß der Arm sich bewegt... *Aber das ist ein Irrtum*. Wir unterscheiden uns, die Täter, vom Tun, und von diesem Schema machen wir überall Gebrauch, – wir suchen nach einem Täter zu jedem Geschehen. Was haben wir gemacht? Wir haben ein Gefühl von Kraft, Anspannung, Widerstand, ein Muskelgefühl, das schon der Beginn der Handlung ist, als Ursache *mißverstanden*, oder den *Willen* das und das zu tun, weil auf ihn die Aktion folgt, als Ursache verstanden.

»Ursache« kommt gar nicht vor: von einigen Fällen, wo sie uns gegeben schien und wo wir aus uns sie projiziert haben zum *Verständnis des Geschehens*, ist die Selbsttäuschung nachgewiesen. Unser »Verständnis eines Geschehens« bestand darin, daß wir ein Subjekt erfanden, welches verantwortlich wurde dafür, daß etwas geschah und wie es geschah. Wir haben unser Willens-Gefühl, unser »Freiheits«-Gefühl, unser Verantwortlichkeits-Gefühl und unsre Absicht zu einem Tun in den Begriff »Ursache« zusammengefaßt: *causa efficiens* und *causa finalis* ist in der Grundkonzeption eins.

Wir meinten, eine Wirkung sei erklärt, wenn ein Zustand aufgezeigt würde, dem sie bereits inhäriert. Tatsächlich erfinden wir alle Ursachen nach dem Schema der Wirkung: letztere ist uns bekannt... Umgekehrt sind wir außerstande, von irgendeinem Dinge vorauszusagen, was es »wirkt«. Das Ding, das Subjekt, der Wille, die Absicht – alles inhäriert der Konzeption »Ursache«. Wir suchen nach Dingen, um zu erklären, weshalb sich etwas verändert hat. Selbst noch das *Atom* ist ein solches hinzugedachtes »Ding« und »Ursubjekt«...

Endlich begreifen wir, daß Dinge – folglich auch Atome – nichts wirken: *weil sie gar nicht da sind* – daß der Begriff Kausalität vollkommen unbrauchbar ist. – Aus einer notwendigen Reihenfolge von Zuständen folgt *nicht* deren Kausal-Verhältnis (– das hieße deren *wirkende*

Vermögen von 1 auf 2, auf 3, auf 4, auf 5 springen machen). *Es gibt weder Ursachen, noch Wirkungen.* Sprachlich wissen wir davon nicht loszukommen. Aber daran liegt nichts. Wenn ich den *Muskel* von seinen »Wirkungen« getrennt denke, so habe ich ihn negiert...

In summa: ein Geschehen ist weder bewirkt, noch *bewirkend. Causa* ist ein *Vermögen zu wirken*, hinzuerfunden zum Geschehen...

Die Kausalitäts-Interpretation eine Täuschung... Ein »Ding« ist die Summe seiner Wirkungen, synthetisch gebunden durch einen Begriff, Bild. Tatsächlich hat die Wissenschaft den Begriff Kausalität seines Inhalts entleert und ihn übrigbehalten zu einer Gleichnisformel, bei der es im Grunde gleichgültig geworden ist, auf welcher Seite Ursache oder Wirkung. Es wird behauptet, daß in zwei Komplex-Zuständen (Kraftkonstellationen) die Quanten Kraft gleich blieben.

Die *Berechenbarkeit eines Geschehens* liegt nicht darin, daß eine Regel befolgt wurde, oder einer Notwendigkeit gehorcht wurde, oder ein Gesetz von Kausalität von uns in jedes Geschehen projiziert wurde –: sie liegt in der *Wiederkehr »identischer Fälle«*.

Es gibt nicht, wie Kant meint, einen *Kausalitäts-Sinn*. Man wundert sich, man ist beunruhigt, man will etwas Bekanntes, woran man sich halten kann... Sobald im Neuen uns etwas Altes aufgezeigt wird, sind wir beruhigt. Der angebliche Kausalitäts-Instinkt ist nur die *Furcht vor dem Ungewohnten* und der Versuch, in ihm etwas *Bekanntes* zu entdecken, – ein Suchen nicht nach Ursachen, sondern nach Bekanntem.

»Der Wille zur Macht« wird in demokratischen Zeitaltern dermaßen gehaßt, daß deren ganze Psychologie auf seine Verkleinerung und Verleumdung gerichtet scheint. Der Typus des großen Ehrgeizigen: das soll Napoleon sein! Und Cäsar! und Alexander! – Als ob das nicht gerade die größten *Verächter* der Ehre wären!

Und Helvétius entwickelt uns, daß man nach Macht strebt, um die Genüsse zu haben, welche dem Mächtigen zu Gebote stehn – er versteht dieses Streben nach Macht als Willen zum Genuß! als Hedonismus!

Zwei aufeinanderfolgende Zustände, der *eine* »Ursache«, der andere »Wirkung« –: ist falsch. Der erste Zustand hat nichts zu bewirken, den zweiten hat nichts bewirkt.

Es handelt sich um einen Kampf zweier an Macht ungleichen Elemente: es wird ein Neu-Arrangement der Kräfte erreicht, je nach dem Maß von Macht eines jeden. Der zweite Zustand ist etwas Grundverschiedenes vom ersten (*nicht* dessen Wirkung): das Wesentliche ist, daß die im Kampf befindlichen Faktoren mit anderen Machtquanten herauskommen.

Sie verachteten den Leib: sie ließen ihn außer Rechnung: mehr noch, sie behandelten ihn wie einen Feind. Ihr Wahnwitz war, zu glauben, man könne eine »schöne Seele« in einer Mißgeburt von Kadaver herumtragen... Um das auch andern begreiflich zu machen, hatten sie nötig, den Begriff »schöne Seele« anders anzusetzen, den natürlichen Wert umzuwerten, bis endlich ein bleiches, krankhaftes, idiotisch-schwärmerisches Wesen als Vollkommenheit, als »englisch«, als Verklärung, als höherer Mensch empfunden wurde.

Kritik des Begriffes »wahre und scheinbare Welt«. – Von diesen ist die erste eine bloße Fiktion, aus lauter fingierten Dingen gebildet.

Die »Scheinbarkeit« gehört selbst zur Realität: sie ist eine Form ihres Seins; d. h. in einer Welt, wo es kein Sein gibt, muß durch den *Schein* erst eine gewisse berechenbare Welt *identischer* Fälle geschaffen werden: ein Tempo, in dem Beobachtung und Vergleichung möglich ist, usw.

: »Scheinbarkeit« ist eine zurechtgemachte und vereinfachte Welt, an der unsre *praktischen* Instinkte gearbeitet haben: sie ist für *uns* vollkommen wahr: nämlich wir *leben*, wir können in ihr leben: *Beweis* ihrer Wahrheit für uns...

: die Welt, abgesehen von unsrer Bedingung, in ihr zu leben, die Welt, die wir *nicht* auf unser Sein, unsre Logik und psychologischen Vorurteile reduziert haben, existiert *nicht* als Welt »an sich«; sie ist essentiell Relations-Welt: sie hat, unter Umständen, von jedem Punkt aus ihr *verschiedenes Gesicht*: ihr Sein ist essentiell an jedem Punkte anders: sie drückt auf jeden Punkt, es widersteht ihr jeder Punkt – und diese Summierungen sind in jedem Falle gänzlich *inkongruent*.

Das *Maß von Macht* bestimmt, welches *Wesen* das andre Maß von Macht hat: unter welcher Form, Gewalt, Nötigung es wirkt oder widersteht.

Unser Einzelfall ist interessant genug: wir haben eine Konzeption gemacht, um in einer Welt leben zu können, um gerade genug zu perzipieren, daß wir noch es *aushalten*...

Zur Kritik des Philosophen. – Es ist ein Selbstbetrug der Philosophen und Moralisten, damit aus der *décadence* herauszutreten, daß sie *gegen* dieselbe ankämpfen. Das steht außerhalb ihres Willens: und, so wenig sie es anerkennen, später entdeckt man, wie sie zu den kräftigsten Förderern der *décadence* gehört haben.

Nehmen wir die Philosophen Griechenlands, z. B. Plato. Er löste die Instinkte *ab* von der Polis, vom Wettkampf, von der militärischen Tüchtigkeit, von der Kunst und Schönheit, von den Mysterien, von dem Glauben an Tradition und Großväter... Er war der Verführer der *nobles*: er selbst verführt durch den *roturier* Sokrates... Er negierte alle Voraussetzungen des »vornehmen Griechen« von Schrot und Korn, nahm Dialektik in die Alltags-Praxis auf, konspirierte mit den Tyrannen, trieb Zukunftspolitik und gab das Beispiel der vollkommensten *Instinkt-Ablösung vom Alten.* Er ist tief, leidenschaftlich in allem *Anti*-hellenischen...

Sie stellen der Reihe nach die *typischen décadence*-Formen dar, diese großen Philosophen: die moralisch-religiöse Idiosynkrasie, den Anarchismus, den Nihilismus (*ἀδιάφορα*), den Zynismus, die Verhärtung, den Hedonismus, den Reaktionismus.

Die Frage vom »Glück«, von der »Tugend«, vom »Heil der Seele« ist der Ausdruck der *physiologischen Widersprüchlichkeit* in diesen Niedergangsnaturen: es fehlt in den Instinkten das *Schwergewicht*, das *Wohin.*

Buddha gegen den »Gekreuzigten«. – Innerhalb der nihilistischen Religionen darf man immer noch die *christliche* und die *buddhistische* scharf auseinanderhalten. Die *buddhistische* drückt einen *schönen Abend* aus, eine vollendete Süßigkeit und Milde, – es ist Dankbarkeit gegen alles, was hinten liegt; mit eingerechnet, was fehlt: die Bitterkeit, die Enttäuschung, die Rankune; zuletzt: die hohe geistige Liebe; das Raffinement des philosophischen Widerspruchs ist hinter ihm, auch davon ruht es aus: aber von diesem hat es noch seine geistige Glorie und Sonnenuntergangs-Glut. (– Herkunft aus den obersten Kasten –.)

Die *christliche* Bewegung ist eine Degenereszenz-Bewegung aus Abfalls- und Ausschuß-Elementen aller Art: sie drückt *nicht* den Niedergang einer Rasse aus, sie ist von Anfang an eine Aggregat-Bildung aus sich zusammendrängenden und sich suchenden Krankheits-Gebilden... Sie ist deshalb *nicht* national, *nicht* rassebedingt: sie wendet sich an die Enterbten von überall; sie hat die Rankünе auf dem Grunde gegen alles Wohlgeratene und Herrschende: sie braucht ein *Symbol*, welches den Fluch auf die Wohlgeratenen und Herrschenden darstellt... Sie steht im Gegensatz auch zu aller *geistigen* Bewegung, zu aller Philosophie: sie nimmt die Partei der Idioten und spricht einen Fluch gegen den Geist aus. Rankünе gegen die Begabten, Gelehrten, Geistig-Unabhängigen: sie errät in ihnen das *Wohlgeratene*, das *Herrschaftliche*.

Das Problem des Sokrates. – Die beiden Gegensätze: die *tragische* Gesinnung, die *sokratische* Gesinnung – gemessen an dem Gesetz des Lebens.

Inwiefern die sokratische Gesinnung ein Phänomen der *décadence* ist: inwiefern aber noch eine starke Gesundheit und Kraft im ganzen Habitus, in der Dialektik und Tüchtigkeit, Straffheit des wissenschaftlichen Menschen sich zeigt (– die Gesundheit des *Plebejers*; dessen Bosheit, *esprit frondeur*, dessen Scharfsinn, dessen *Canaille au fond*, im Zaum gehalten durch die *Klugheit*; »häßlich«).

Verhäßlichung: die Selbstverhöhnung, die dialektische Dürre, die Klugheit als *Tyrann* gegen den »Tyrannen« (den Instinkt). Es ist alles übertrieben, exzentrisch, Karikatur an Sokrates, ein *buffo* mit den Instinkten Voltaires im Leibe. Er entdeckt eine neue Art *Agon*; er ist der erste Fechtmeister in den vornehmen Kreisen Athens; er vertritt nichts als die *höchste Klugheit*: er nennt sie »Tugend« (– er erriet sie als *Rettung*: es stand ihm nicht frei, *klug* zu sein, es war *de rigueur*); sich in Gewalt haben, um mit Gründen und *nicht* mit Affekten in den Kampf zu treten (– die *List* des Spinoza – das Aufdröseln der Affekt-Irrtümer); – entdecken, wie man jeden fängt, den man in Affekt bringt, entdecken, daß der Affekt unlogisch prozediert; Übung in der Selbstverspottung, um das *Rankünе-Gefühl* in der Wurzel zu schädigen.

Ich suche zu begreifen, aus welchen partiellen und idiosynkratischen

Zuständen das sokratische Problem ableitbar ist: seine Gleichsetzung von Vernunft = Tugend = Glück. Mit diesem Absurdum von Identitätslehre hat er *bezaubert*: die antike Philosophie kam nicht wieder davon los...

Absoluter Mangel an objektivem Interesse: Haß gegen die Wissenschaft: Idiosynkrasie, sich selbst als Problem zu fühlen. Akustische Halluzinationen bei Sokrates: morbides Element. Mit Moral sich abgeben widersteht am meisten, wo der Geist reich und unabhängig ist. Wie kommt es, daß Sokrates *Moral-Monoman* ist? – Alle »praktische« Philosophie tritt in Notlagen sofort in den Vordergrund. Moral und Religion als Hauptinteressen sind Notstands-Zeichen.

– Die Klugheit, Helle, Härte und Logizität als Waffe wider die *Wildheit der Triebe*. Letztere müssen gefährlich und untergangdrohend sein: sonst hat es keinen Sinn, die *Klugheit* bis zu dieser Tyrannei auszubilden. Aus der Klugheit *einen Tyrannen machen*: – aber *dazu* müssen die Triebe Tyrannen sein. Dies das Problem. – Es war sehr zeitgemäß damals. Vernunft wurde = Tugend = Glück.

Lösung: Die griechischen Philosophen stehen auf der gleichen Grundtatsache ihrer inneren Erfahrungen wie Sokrates: fünf Schritt weit vom Exzeß, von der Anarchie, von der Ausschweifung – alles *décadence*-Menschen. Sie empfinden ihn als Arzt: Logik als Wille zur Macht, zur Selbstherrschaft, zum »Glück«. Die Wildheit und Anarchie der Instinkte bei Sokrates ist ein *décadence-Symptom*. Die Superfötation der Logik und der Vernunft-Helligkeit insgleichen. Beide sind Abnormitäten, beide gehören zueinander.

Kritik. Die *décadence* verrät sich in dieser Präokkupation des »Glücks« (d. h. des »Heils der Seele«, d. h. *seinen Zustand als Gefahr* empfinden). Ihr Fanatismus des Interesses für »Glück« zeigt die Pathologie des Untergrundes: es war ein Lebensinteresse. Vernünftig sein *oder* zugrunde gehn war die *Alternative*, vor der sie alle standen. Der Moralismus der griechischen Philosophen zeigt, daß sie sich *in Gefahr* fühlten...

Die zwei Typen: Dionysos und der Gekreuzigte. – Festzustellen: ob der typische *religiöse* Mensch eine *décadence*-Form ist (die großen Neuerer sind samt und sonders krankhaft und epileptisch); aber lassen wir nicht da einen Typus des religiösen Menschen aus, den *heidnischen*? Ist der heidnische Kult nicht eine Form der Danksagung und der Bejahung des Lebens? Müßte nicht sein höchster Repräsentant eine Apologie und Vergöttlichung des Lebens sein? Typus eines wohlgeratenen und entzückt-überströmenden Geistes! Typus eines die Widersprüche und Fragwürdigkeiten des Daseins in sich hineinnehmenden und *erlösenden* Geistes!

Hierher stelle ich den *Dionysos* der Griechen: die religiöse Bejahung des Lebens, des ganzen, nicht verleugneten und halbierten Lebens; (typisch – daß der Geschlechtsakt Tiefe, Geheimnis, Ehrfurcht erweckt).

Dionysos gegen den »Gekreuzigten«: da habt ihr den Gegensatz. Es ist *nicht* eine Differenz hinsichtlich des Martyriums – nur hat dasselbe einen anderen Sinn. Das Leben selbst, seine ewige Fruchtbarkeit und Wiederkehr bedingt die Qual, die Zerstörung, den Willen zur Vernichtung. Im andern Falle gilt das Leiden, der »Gekreuzigte als der Unschuldige«, als Einwand gegen dieses Leben, als Formel seiner Verurteilung. – Man errät: das Problem ist das vom Sinn des Leidens: ob ein christlicher Sinn, ob ein tragischer Sinn. Im ersten Falle soll es der Weg sein zu einem heiligen Sein; im letzteren Fall gilt *das Sein als heilig genug*, um ein Ungeheures von Leid noch zu rechtfertigen. Der tragische Mensch bejaht noch das herbste Leiden: er ist stark, voll, vergöttlichend genug dazu; der christliche verneint noch das glücklichste Los auf Erden: er ist schwach, arm, enterbt genug, um in jeder Form noch am Leben zu leiden. Der Gott am Kreuz ist ein Fluch auf das Leben, ein Fingerzeig, sich von ihm zu erlösen; – der in Stücke geschnittne Dionysos ist eine *Verheißung* des Lebens: es wird ewig wiedergeboren und aus der Zerstörung heimkommen.

Problem des *Philosophen* und des *wissenschaftlichen* Menschen. – Einfluß des Alters; depressive Gewohnheiten (Stubenhocken *à la* Kant; Überarbeitung; unzureichende Ernährung des Gehirns; Lesen). Wesentlicher: ob nicht ein *décadence-Symptom* schon in der Richtung auf solche *Allgemeinheit* gegeben ist; *Objektivität als Willens-Disgregation* (– so *fern* bleiben *können*…). Dies setzt eine große Adiaphorie gegen die starken Triebe voraus: eine Art Isolation, Ausnahmestellung, Widerstand gegen die Normal-Triebe.

Typus: die Loslösung von der *Heimat*; in immer weitere Kreise; der wachsende Exotismus; das Stummwerden der alten Imperative – –; gar dieses beständige Fragen »wohin?« (»Glück«) ist ein Zeichen der *Herauslösung* aus Organisationsformen, Herausbruch.

Problem: ob der *wissenschaftliche* Mensch eher noch ein *décadence*-Symptom ist als der Philosoph: – er ist als *Ganzes* nicht losgelöst, nur ein *Teil* von ihm ist absolut der Erkenntnis geweiht, dressiert für eine Ecke und Optik –, er hat hier *alle* Tugenden einer starken Rasse und Gesundheit nötig, große Strenge, Männlichkeit, Klugheit. Er ist mehr ein Symptom hoher Vielfachheit der Kultur als von deren Müdigkeit. Der *décadence*-Gelehrte ist ein *schlechter* Gelehrter. Während der *décadence*-Philosoph, bisher wenigstens, als der typische Philosoph galt.

Verglichen mit dem Künstler, ist das Erscheinen des *wissenschaftlichen* Menschen in der Tat ein Zeichen einer gewissen Eindämmung und Niveau-Erniedrigung des Lebens (– aber auch einer *Verstärkung, Strenge, Härte, Willenskraft*).

Inwiefern die Falschheit, die Gleichgültigkeit gegen *Wahr* und *Nützlich* beim Künstler Zeichen von Jugend, von »*Kinderei*« sein mögen... Ihre habituelle Art, ihre Unvernünftigkeit, ihre Ignoranz über sich, ihre Gleichgültigkeit gegen »ewige Werte«, ihr Ernst im »Spiele« – ihr Mangel an Würde; Hanswurst und Gott benachbart; der Heilige und die Kanaille... Das *Nachmachen* als Instinkt, kommandierend. – *Aufgangs-Künstler* – *Niedergangs-Künstler*: ob sie nicht allen Phasen zugehören? ... Ja!

Zum Begriff »décadence«.

1. Die Skepsis ist eine Folge der *décadence*: ebenso wie die Libertinage des Geistes.
2. Die Korruption der Sitten ist eine Folge der *décadence* (Schwäche des Willens, Bedürfnis starker Reizmittel –).
3. Die Kurmethoden, die psychologischen und moralischen, verändern nicht den Gang der *décadence*, sie halten nicht auf, sie sind physiologisch *null* –:

   Einsicht in die *große Nullität* dieser anmaßlichen »Reaktionen«; es sind Formen der Narkotisierung gegen gewisse fatale Folge-Erscheinungen; sie bringen das morbide Element nicht heraus; sie sind oft heroische Versuche, den Menschen der *décadence* zu annullieren, ein Minimum seiner *Schädlichkeit* durchzusetzen.

4. Der Nihilismus ist keine Ursache, sondern nur die Logik der *décadence*.
5. Der »Gute« und der »Schlechte« sind nur zwei Typen der *décadence*: sie halten zueinander in allen Grundphänomenen.
6. *Die soziale Frage* ist eine Folge der *décadence*.
7. Die Krankheiten, vor allen die Nerven- und Kopfkrankheiten, sind Anzeichen, daß die *Defensiv*-Kraft der starken Natur fehlt; ebendafür spricht die Irritabilität, so daß *Lust* und *Unlust* die Vordergrunds-Probleme werden.

»*Wille zur Macht« und Kausalismus.* – Psychologisch nachgerechnet, ist der Begriff »Ursache« unser Machtgefühl vom sogenannten Wollen, – unser Begriff »Wirkung« der Aberglaube, daß dies Machtgefühl die Macht selbst sei, welche bewegt...

Ein Zustand, der ein Geschehen begleitet und schon eine Wirkung des Geschehens ist, wird projiziert als »zureichender Grund« desselben – das Spannungsverhältnis unsres Machtgefühls (die Lust als Gefühl der Macht), des überwundnen Widerstandes – sind das Illusionen? –

Übersetzen wir den Begriff »Ursache« wieder zurück in die uns einzig bekannte Sphäre, woraus wir ihn genommen haben: so ist uns keine *Veränderung* vorstellbar, bei der es nicht einen Willen zur Macht gibt. Wir wissen eine Veränderung nicht abzuleiten, wenn nicht ein *Übergreifen* von Macht *über andere Macht* statthat.

Die Mechanik zeigt uns nur Folgen, und noch dazu im Bilde (Bewegung ist eine Bilderrede). Die Gravitation selbst hat keine mechanische Ursache, da sie der Grund erst für mechanische Folgen ist.

Der Wille zur *Akkumulation von Kraft* ist spezifisch für das Phänomen des Lebens, für Ernährung, Zeugung, Vererbung – für Gesellschaft, Staat, Sitte, Autorität. Sollten wir diesen Willen nicht als bewegende Ursache auch in der Chemie annehmen dürfen? – und in der kosmischen Ordnung?

Nicht bloß Konstanz der Energie: sondern Maximal-Ökonomie des Verbrauchs: so daß das *Stärker-werden-wollen von jedem Kraftzen-*

trum aus die einzige Realität ist – nicht Selbstbewahrung, sondern Aneignen-, Herr-werden-, Mehr-werden-, Stärker-werden-wollen.

Daß Wissenschaft möglich ist, das soll uns ein Kausalitäts-Prinzip *beweisen*? »Aus gleichen Ursachen gleiche Wirkungen« – »Ein permanentes Gesetz der Dinge« – »Eine invariable Ordnung«? – Weil etwas berechenbar ist, ist es deshalb schon notwendig?

Wenn etwas so und nicht anders geschieht, so ist darin kein »Prinzip«, kein »Gesetz«, keine »Ordnung«, sondern es wirken Kraft-Quanta, deren Wesen darin besteht, auf alle anderen Kraft-Quanta Macht auszuüben.

Können wir ein *Streben nach Macht* annehmen, ohne eine Lust- und Unlust-Empfindung, d. h. ohne ein Gefühl von der Steigerung und Verminderung der Macht? Der Mechanismus ist nur eine Zeichensprache für die *interne* Tatsachen-Welt kämpfender und überwindender Willens-Quanta? Alle Voraussetzungen des Mechanismus, Stoff, Atom, Schwere, Druck und Stoß sind nicht »Tatsachen an sich«, sondern Interpretationen mit Hilfe *psychischer* Fiktionen.

Das *Leben* als die uns bekannteste Form des Seins ist spezifisch ein Wille zur Akkumulation der Kraft –; alle Prozesse des Lebens haben hier ihren Hebel: nichts will sich erhalten, alles soll summiert und akkumuliert werden.

Das Leben, als ein Einzelfall (Hypothese von da aus auf den Gesamtcharakter des Daseins –) strebt nach einem *Maximal-Gefühl von Macht*; ist essentiell ein Streben nach Mehr von Macht; Streben ist nichts anderes als Streben nach Macht; das Unterste und Innerste bleibt dieser Wille. (Mechanik ist eine bloße Semiotik der Folgen.)

Kritik des Mechanismus. – Entfernen wir hier die zwei populären Begriffe »Notwendigkeit« und »Gesetz«: das erste legt einen falschen Zwang, das zweite eine falsche Freiheit in die Welt. »Die Dinge« betragen sich nicht regelmäßig, nicht nach einer *Regel*: es gibt keine Dinge (– das ist unsre Fiktion); sie betragen sich ebensowenig unter einem Zwang von Notwendigkeit. Hier wird nicht gehorcht: denn *daß etwas so ist, wie es ist*, so stark, so schwach, das ist nicht die Folge eines Gehorchens oder einer Regel oder eines Zwanges…

Der Grad von Widerstand und der Grad von Übermacht – darum

handelt es sich bei allem Geschehen: wenn *wir*, zu unserm Handgebrauch der Berechnung, das in Formeln und »Gesetzen« auszudrücken wissen, um so besser für uns! Aber wir haben damit keine »Moralität« in die Welt gelegt, daß wir sie als gehorsam fingieren –.

Es gibt kein Gesetz: jede Macht zieht in jedem Augenblick ihre letzte Konsequenz. Gerade, daß es kein Anderskönnen gibt, darauf beruht die Berechenbarkeit.

Ein Machtquantum ist durch die Wirkung, die es übt, und die, der es widersteht, bezeichnet. Es fehlt die Adiaphorie: die an sich denkbar wäre. Es ist essentiell ein Wille zur Vergewaltigung und sich gegen Vergewaltigung zu wehren. Nicht Selbsterhaltung: jedes Atom wirkt in das ganze Sein hinaus – es ist weggedacht, wenn man diese Strahlung von Machtwillen wegdenkt. Deshalb nenne ich es ein Quantum »*Wille zur Macht*«: damit ist der Charakter ausgedrückt, der aus der mechanischen Ordnung nicht weggedacht werden kann, ohne sie selbst wegzudenken.

Eine Übersetzung dieser Welt von Wirkung in eine *sichtbare* Welt – eine Welt fürs Auge – ist der Begriff »Bewegung«. Hier ist immer subintelligiert, daß *etwas* bewegt wird – hierbei wird, sei es nun in der Fiktion eines Klümpchen-Atoms oder selbst von dessen Abstraktion, dem dynamischen Atom, immer noch ein Ding gedacht, welches wirkt – d. h. wir sind aus der Gewohnheit nicht herausgetreten, zu der uns Sinne und Sprache verleiten. Subjekt, Objekt, ein Täter zum Tun, das Tun und das, was es tut, gesondert: vergessen wir nicht, daß dies eine bloße Semiotik und nichts Reales bezeichnet. Die Mechanik als eine Lehre der *Bewegung* ist bereits eine Übersetzung in die Sinnensprache des Menschen.

Wir haben »Einheiten« nötig, um *rechnen* zu können: deshalb ist nicht anzunehmen, daß es solche Einheiten *gibt*. Wir haben den Begriff der Einheit entlehnt von unserm »Ich«-Begriff – unserm ältesten Glaubensartikel. Wenn wir uns nicht für Einheiten hielten, hätten wir nie den Begriff »Ding« gebildet. Jetzt, ziemlich spät, sind wir reichlich davon überzeugt, daß unsre Konzeption des Ich-Begriffs nichts für eine reale Einheit verbürgt. Wir haben also, um die mechanistische Welt theoretisch aufrechtzuerhalten, immer die Klausel zu machen, inwiefern wir sie mit zwei Fiktionen durchführen: dem Begriff der *Bewegung* (aus unsrer Sinnensprache genommen) und dem Begriff des *Atoms* (= Einheit, aus unsrer psychischen »Erfahrung« herstammend): – sie hat ein *Sinnen-Vorurteil* und ein *psychologisches Vorurteil* zu ihrer Voraussetzung.

Die Mechanik formuliert Folgeerscheinungen, noch dazu semiotisch, in sinnlichen und psychologischen Ausdrucksmitteln (daß alle Wirkung *Bewegung* ist; daß wo Bewegung ist, *etwas* bewegt wird): sie berührt die ursächliche Kraft nicht.

Die *mechanistische Welt* ist so imaginiert, wie das Auge und das Getast sich allein eine Welt vorstellen (als »bewegt«), – so, daß sie berechnet werden kann, – daß ursächliche Einheiten fingiert sind, »Dinge« (Atome), deren Wirkung konstant bleibt (– Übertragung des falschen Subjektbegriffs auf den Atombegriff).

Phänomenal ist also: die Einmischung des Zahlbegriffs, des Dingbegriffs (Subjektbegriffs), des Tätigkeitsbegriffs (Trennung von Ursache-sein und Wirken), des Bewegungsbegriffs: wir haben unser *Auge*, unsre *Psychologie* immer noch darin.

Eliminieren wir diese Zutaten, so bleiben keine Dinge übrig, sondern dynamische Quanta, in einem Spannungsverhältnis zu allen andern dynamischen Quanten: deren Wesen in ihrem Verhältnis zu allen andern Quanten besteht, in ihrem »Wirken« auf dieselben. Der Wille zur Macht nicht ein Sein, nicht ein Werden, sondern ein *Pathos* – ist die elementarste Tatsache, aus der sich erst ein Werden, ein Wirken ergibt...

Wenn das innerste Wesen des Seins Wille zur Macht ist, wenn Lust alles Wachstum der Macht, Unlust alles Gefühl, nicht widerstehen, nicht Herr werden zu können, ist: dürfen wir dann nicht Lust und Unlust als Kardinal-Tatsachen ansetzen? Ist Wille möglich ohne diese beiden Oszillationen des Ja und des Nein? – Aber *wer* fühlt Lust? ... Aber *wer* will Macht? .... Absurde Frage! wenn das Wesen selbst Machtwille und folglich Lust- und Unlust-fühlen ist! Trotzdem: es bedarf der Gegensätze, der Widerstände, also, relativ, der *übergreifenden Einheiten*...

Die *Lust* tritt auf, wo Gefühl der Macht.

Das *Glück*: in dem herrschend gewordnen Bewußtsein der Macht und des Siegs.

Der *Fortschritt*: die Verstärkung des Typus, die Fähigkeit zum großen Wollen: alles andere ist Mißverständnis, Gefahr.

Begriff »décadence«. – Der *Abfall*, *Verfall*, *Ausschuß* ist nichts, was an sich zu verurteilen wäre: er ist eine notwendige Konsequenz des Lebens, des Wachstums an Leben. Die Erscheinung der *décadence* ist so notwendig, wie irgendein Aufgang und Vorwärts des Lebens: man hat es nicht in der Hand, sie *abzuschaffen*. Die Vernunft will umgekehrt, *daß ihr ihr Recht wird.*

Es ist eine Schmach für alle sozialistischen Systematiker, daß sie meinen, es könnte Umstände geben, gesellschaftliche Kombinationen, unter denen das Laster, die Krankheit, das Verbrechen, die Prostitution, die *Not* nicht mehr wüchse... Aber das heißt das *Leben* verurteilen... Es steht einer Gesellschaft nicht frei, jung zu bleiben. Und noch in ihrer besten Kraft muß sie Unrat und Abfallsstoffe bilden. Je energischer und kühner sie vorgeht, um so reicher wird sie an Mißglückten, an Mißgebilden sein, um so näher dem Niedergang sein... Alter schafft man nicht durch Institutionen ab. Die Krankheit auch nicht. Das Laster auch nicht.

Was man bisher als *Ursachen der Degeneration* ansah, sind deren *Folgen*.

Aber auch, was man als *Heilmittel* gegen die Entartung betrachtet, sind nur *Palliative* gegen gewisse Wirkungen derselben: die »Geheilten« sind nur ein *Typus der Degenerierten.*

Folgen der décadence: das Laster – die Lasterhaftigkeit; die Krankheit – die Krankhaftigkeit; das Verbrechen – die Kriminalität; das Zölibat – die Sterilität; der Hysterismus – die Willensschwäche; der Alkoholismus; der Pessimismus; der Anarchismus; die Libertinage (auch die *geistige*). Die Verleumder, Untergraber, Anzweifler, Zerstörer.

Ehemals sagte man von jeder Moral: »An ihren Früchten sollt ihr sie erkennen.« Ich sage von jeder Moral: »Sie ist eine Frucht, an der ich den *Boden* erkenne, aus dem sie wuchs.«

Das gefährlichste Mißverständnis. – Es gibt einen Begriff, der anscheinend keine Verwechslung, keine Zweideutigkeit zuläßt: das ist der der *Erschöpfung*. Diese kann erworben sein; sie kann ererbt sein – in jedem Falle verändert sie den Aspekt der Dinge, den *Wert der Dinge*...

Im Gegensatz zu dem, der aus der Fülle, welche er darstellt und fühlt, unfreiwillig *abgibt* an die Dinge, sie voller, mächtiger, zukunftsreicher sieht – der jedenfalls schenken *kann* –, verkleinert und verhunzt der Erschöpfte alles, was er sieht – er *verarmt* den Wert: er ist schädlich...

Hierüber scheint kein Fehlgriff möglich: trotzdem enthält die Geschichte die schauerliche Tatsache, daß die Erschöpften immer *verwechselt* worden sind mit den Vollsten – und die Vollsten mit den Schädlichsten.

Der Arme an Leben, der Schwache, verarmt noch das Leben: der Reiche an Leben, der Starke, bereichert es. Der erste ist dessen Parasit: der zweite ein Hinzu-Schenkender... Wie ist eine Verwechslung möglich?...

Wenn der Erschöpfte mit der Gebärde der höchsten Aktivität und Energie auftrat (wenn die Entartung einen Exzeß der geistigen oder nervösen Entladung bedingte), dann *verwechselte* man ihn mit dem Reichen... Er erregte Furcht... Der Kultus des *Narren* ist immer auch der Kultus des An-Leben-Reichen, des Mächtigen. Der Fanatiker, der Besessene, der religiöse Epileptiker, alle Exzentrischen sind als höchste Typen der Macht empfunden worden: als *göttlich*.

Diese Art Stärke, die *Furcht* erregt, galt vor allem als göttlich: von hier nahm die Autorität ihren Ausgangspunkt, hier interpretierte, hörte, suchte man *Weisheit*... Hieraus entwickelte sich, überall beinahe, ein *Wille* zur »Vergöttlichung«, d. h. zur typischen Entartung von Geist, Leib und Nerven: ein Versuch, den Weg zu dieser höheren Art Sein zu finden. Sich krank, sich toll machen, die Symptome der Zerrüttung provozieren – das hieß stärker, übermenschlicher, furchtbarer, weiser werden. Man glaubte damit so reich an Macht zu werden, daß man *abgeben* konnte. Überall, wo angebetet worden ist, suchte man einen, der abgeben kann.

Hier war irreführend die Erfahrung des *Rausches*. Dieser *vermehrt* im höchsten Grade das Gefühl der Macht, folglich, naiv beurteilt, *die*

Macht. Auf der höchsten Stufe der Macht mußte der *Berauschteste* stehn, der Ekstatische. (– Es gibt zwei Ausgangspunkte des *Rausches*: die übergroße Fülle des Lebens und einen Zustand von krankhafter Ernährung des Gehirns.)

Was sich vererbt, das ist nicht die Krankheit, sondern die *Krankhaftigkeit*: die Unkraft im Widerstande gegen die Gefahr schädlicher Einwanderungen usw., die gebrochene Widerstandskraft; *moralisch* ausgedrückt: die Resignation und Demut vor dem Feinde.

Ich habe mich gefragt, ob man nicht alle diese obersten Werte der bisherigen Philosophie, Moral und Religion mit den Werten der Geschwächten, *Geisteskranken* und *Neurastheniker* vergleichen kann: sie stellen, in einer milderen Form, *dieselben Übel* dar...

Der Wert aller morbiden Zustände ist, daß sie in einem Vergrößerungsglas gewisse Zustände, die normal, aber als normal schlecht sichtbar sind, zeigen...

Gesundheit und *Krankheit* sind nichts wesentlich Verschiedenes, wie es die alten Mediziner und heute noch einige Praktiker glauben. Man muß nicht distinkte Prinzipien oder Entitäten daraus machen, die sich um den lebenden Organismus streiten und aus ihm ihren Kampfplatz machen. Das ist albernes Zeug und Geschwätz, das zu nichts mehr taugt. Tatsächlich gibt es zwischen diesen beiden Arten des Daseins nur Gradunterschiede: die Übertreibung, die Disproportion, die Nicht-Harmonie der normalen Phänomene konstituieren den krankhaften Zustand (Claude Bernard).

So gut »*das Böse*« betrachtet werden kann als Übertreibung, Disharmonie, Disproportion, so gut kann »*das Gute*« eine *Schutzdiät* gegen die Gefahr der Übertreibung, Disharmonie und Disproportion sein.

Die *erbliche Schwäche*, als *dominierendes* Gefühl: Ursache der obersten Werte.

NB. Man *will* Schwäche: warum? ... meistens, weil man *notwendig* schwach ist.

– Die *Schwächung als Aufgabe*: Schwächung der Begehrungen, der Lust- und Unlustgefühle, des Willens zur Macht, zum Stolzgefühl, zum Haben- und Mehr-haben-wollen; die Schwächung als Demut; die Schwächung als Glaube; die Schwächung als Widerwille und

Scham an allem Natürlichen, als Verneinung des Lebens, als Krankheit und habituelle Schwäche... die Schwächung als Verzichtleisten auf Rache, auf Widerstand, auf Feindschaft und Zorn.

Der *Fehlgriff* in der Behandlung: man will die Schwäche nicht bekämpfen durch ein *système fortifiant*, sondern durch eine Art Rechtfertigung und *Moralisierung*: d. h. durch eine *Auslegung*...

– Die *Verwechslung* zweier gänzlich verschiedener Zustände: z. B. die *Ruhe der Stärke*, welche wesentlich Enthaltung der Reaktion ist (der Typus der Götter, welche nichts bewegt) – und die *Ruhe der Erschöpfung*, die Starrheit, bis zur Anästhesie. Alle philosophisch-asketischen Prozeduren streben nach der zweiten, aber meinen in der Tat die erste ... denn sie legen dem erreichten Zustande die Prädikate bei, wie als ob ein göttlicher Zustand erreicht sei.

»Musik« – und der große Stil. – Die Größe eines Künstlers bemißt sich nicht nach den »schönen Gefühlen«, die er erregt: das mögen die Weiblein glauben. Sondern nach dem Grade, in dem er sich dem großen Stile nähert, in dem er fähig ist des großen Stils. Dieser Stil hat das mit der großen Leidenschaft gemein, daß er es verschmäht, zu gefallen; daß er es vergißt, zu überreden; daß er befiehlt; daß er *will*... Über das Chaos Herr werden, das man ist; sein Chaos zwingen, Form zu werden: logisch, einfach, unzweideutig, Mathematik, *Gesetz* werden – das ist hier die große Ambition. – Mit ihr stößt man zurück; nichts reizt mehr die Liebe zu solchen Gewaltmenschen – eine Einöde legt sich um sie, ein Schweigen, eine Furcht wie vor einem großen Frevel... Alle Künste kennen solche Ambitiöse des großen Stils: warum fehlen sie in der Musik? Noch niemals hat ein Musiker gebaut wie jener Baumeister, der den Palazzo Pitti schuf... Hier liegt ein Problem. Gehört die Musik vielleicht in jene Kultur, wo das Reich aller Art Gewaltmenschen schon zu Ende ging? Widerspräche zuletzt der Begriff großer Stil schon der Seele der Musik – dem »Weibe« in unsrer Musik?...

Ich berühre hier eine Kardinal-Frage: wohin gehört unsre ganze Musik? Die Zeitalter des klassischen Geschmacks kennen nichts ihr Vergleichbares: sie ist aufgeblüht, als die Renaissance-Welt ihren Abend erreichte, als die »Freiheit« aus den Sitten und selbst aus den

Menschen davon war – gehört es zu ihrem Charakter, Gegenrenaissance zu sein? Ist sie die Schwester des Barockstils, da sie jedenfalls seine Zeitgenossin ist? Ist Musik, moderne Musik, nicht schon *décadence*?...

Ich habe schon früher einmal den Finger auf diese Frage gelegt: ob unsre Musik nicht ein Stück Gegenrenaissance in der Kunst ist? ob sie nicht die Nächstverwandte des Barockstils ist? ob sie nicht im Widerspruch zu allem klassischen Geschmack gewachsen ist, so daß sich in ihr jede Ambition der Klassizität von selbst verböte?

Auf diese Wertfrage ersten Ranges würde die Antwort nicht zweifelhaft sein dürfen, wenn die Tatsache richtig abgeschätzt worden wäre, daß die Musik ihre höchste Reife und Fülle als *Romantik* erlangt –, noch einmal als Reaktions-Bewegung gegen die Klassizität.

Mozart – eine zärtliche und verliebte Seele, aber ganz achtzehntes Jahrhundert, auch noch in seinem Ernste... Beethoven der erste große Romantiker, im Sinne des *französischen* Begriffs Romantik, wie Wagner der letzte große Romantiker ist ... beides instinktive Widersacher des klassischen Geschmacks, des strengen Stils – um vom »großen« hier nicht zu reden.

Zur Psychologie des *Paulus*. – Das Faktum ist der Tod Jesu. Dies bleibt *auszulegen*... Daß es eine Wahrheit und einen Irrtum in der Auslegung gibt, ist solchen Leuten gar nicht in den Sinn gekommen: eines Tags steigt ihnen eine sublime Möglichkeit in den Kopf »es *könnte* dieser Tod das und das bedeuten« – und sofort *ist* er das! Eine Hypothese beweist sich durch den sublimen *Schwung*, welchen sie ihrem Urheber gibt...

»Der Beweis der Kraft«: d. h. ein Gedanke wird durch seine *Wirkung* bewiesen – (»an seinen Früchten«, wie die Bibel naiv sagt); was begeistert, muß *wahr* sein – wofür man sein Blut läßt, muß *wahr* sein –.

Hier wird überall das plötzliche Machtgefühl, das ein Gedanke in seinem Urheber erregt, diesem Gedanken als *Wert* zugerechnet: – und da man einen Gedanken gar nicht anders zu ehren weiß, als indem man ihn als wahr bezeichnet, so ist das erste Prädikat, das er zu seiner Ehre bekommt, er sei *wahr*... Wie könnte er sonst wirken? Er wird von einer Macht imaginiert: gesetzt sie wäre nicht real, so könnte sie nicht wirken... Er wird als *inspiriert* aufgefaßt: die Wirkung, die er ausübt, hat etwas von der Übergewalt eines dämonischen Einflusses –

Ein Gedanke, dem ein solcher *décadent* nicht Widerstand zu leisten vermag, dem er vollends verfällt, ist *als wahr* »bewiesen«!!!

Alle diese heiligen Epileptiker und Gesichte-Seher besaßen nicht ein Tausendstel von jener Rechtschaffenheit der Selbstkritik, mit der heute ein Philologe einen Text liest oder ein historisches Ereignis auf seine Wahrheit prüft... Es sind, im Vergleich zu uns, moralische Kretins...

Pessimismus in der Kunst? – Der Künstler liebt allmählich die Mittel um ihrer selber willen, in denen sich der Rauschzustand zu erkennen gibt: die extreme Feinheit und Pracht der Farbe, die Deutlichkeit der Linie, die Nuance des Tons: das *Distinkte*, wo sonst, im Normalen, alle Distinktion fehlt. Alle distinkten Sachen, alle Nuancen, insofern sie an die extremen Kraftsteigerungen erinnern, welche der Rausch erzeugt, wecken rückwärts dieses Gefühl des Rausches; – die Wirkung der Kunstwerke ist die *Erregung des kunstschaffenden Zustands*, des Rausches.

Das Wesentliche an der Kunst bleibt ihre Daseins-*Vollendung*, ihr Hervorbringen der Vollkommenheit und Fülle; Kunst ist wesentlich *Bejahung, Segnung, Vergöttlichung des Daseins*... Was bedeutet eine *pessimistische Kunst*? Ist das nicht eine *contradictio*? – Ja. – Schopenhauer *irrt*, wenn er gewisse Werke der Kunst in den Dienst des Pessimismus stellt. Die Tragödie lehrt *nicht* »Resignation«... die furchtbaren und fragwürdigen Dinge darstellen ist selbst schon ein Instinkt der Macht und Herrlichkeit am Künstler: er fürchtet sie nicht... Es gibt keine pessimistische Kunst... Die Kunst bejaht. Hiob bejaht. – Aber Zola? Aber die Goncourts? – Die Dinge sind häßlich, die sie zeigen: aber *daß* sie dieselben zeigen, ist aus *Lust an diesem Häßlichen*... Hilft nichts! ihr betrügt euch, wenn ihr's anders behauptet. – Wie erlösend ist Dostojewskij!

Überschriften über einem modernen Narrenhaus

»Denknotwendigkeiten sind Moralnotwendigkeiten.«

Herbert Spencer

»Der letzte Prüfstein für die Wahrheit eines Satzes ist die Unbegreiflichkeit ihrer Verneinung.« Herbert Spencer

Im dionysischen Rausche ist die Geschlechtlichkeit und die Wollust: sie fehlt nicht im apollinischen. Es muß noch eine Tempo-Verschiedenheit in beiden Zuständen geben... Die *extreme Ruhe gewisser Rauschempfindungen* (strenger: die Verlangsamung des Zeit- und Raumgefühls) spiegelt sich gern in der Vision der ruhigsten Gebärden und Seelen-Arten. Der klassische Stil stellt wesentlich diese Ruhe, Vereinfachung, Abkürzung, Konzentration dar – das *höchste Gefühl der Macht* ist konzentriert im klassischen Typus. Schwer reagieren: ein großes Bewußtsein: kein Gefühl von Kampf.

Religion in der Musik. – Wie viel uneingeständliche und selbst unverstandne Befriedigung aller religiösen Bedürfnisse ist noch in der Wagnerschen Musik! Wie viel Gebet, Tugend, Salbung, »Jungfräulichkeit«, »Erlösung« redet da noch mit! ... Daß die Musik vom Worte, vom Begriffe absehen darf – o wie sie daraus ihren Vorteil zieht, diese arglistige Heilige, die zu allem zurückführt, *zurückverführt*, was einst geglaubt wurde! ... Unser intellektuelles Gewissen braucht sich nicht zu schämen – es bleibt außerhalb – wenn irgendein alter Instinkt mit zitternden Lippen aus verbotenen Bechern trinkt... Das ist klug, gesund und, insofern es Scham vor der Befriedigung des religiösen Instinktes verrät, sogar ein gutes Zeichen... Heimtückische Christlichkeit: Typus der Musik des »letzten Wagner«.

Was hat der deutsche Geist aus dem Christentum gemacht! – Und daß ich beim Protestantismus stehen bleibe: wie viel Bier ist wieder in der protestantischen Christlichkeit! Ist eine geistig verdumpftere, faulere, gliederstreckendere Form des Christen-Glaubens noch denkbar, als die eines deutschen Durchschnitts-Protestanten? ... Das nenne ich mir ein bescheidnes Christentum! eine Homöopathie des Christentums nenne ich's! – Man erinnert mich daran, daß es heute auch einen *unbescheidnen* Protestantismus gibt, den der Hofprediger und antisemitischen Spekulanten: aber niemand hat noch behauptet, daß irgendein »Geist« auf diesen Gewässern »schwebe«... Das ist bloß eine unanständigere Form der Christlichkeit, durchaus noch keine verständigere...

Es gibt eine tiefe und vollkommen unbewußte Wirkung der *décadence* selbst auf die Ideale der Wissenschaft: unsere ganze Soziologie ist der Beweis für diesen Satz. Ihr bleibt vorzuwerfen, daß sie nur das *Verfalls-Gebilde* der Sozietät aus Erfahrung kennt und unvermeidlich die eigenen Verfalls-Instinkte als Norm des soziologischen Urteils nimmt.

Das *niedersinkende* Leben im jetzigen Europa formuliert in ihnen seine Gesellschafts-Ideale: sie sehen alle zum Verwechseln dem Ideal *alter überlebter* Rassen ähnlich...

Der *Herdeninstinkt* sodann – eine jetzt souverän gewordene Macht – ist etwas Grundverschiedenes vom Instinkt einer *aristokratischen Sozietät*: und es kommt auf den Wert der *Einheiten* an, was die Summe zu bedeuten hat... Unsre ganze Soziologie kennt gar keinen andern Instinkt als den der Herde, d. h. der *summierten Nullen* – wo jede Null »gleiche Rechte« hat, wo es tugendhaft ist, Null zu sein...

Die Wertung, mit der heute die verschiedenen Formen der Sozietät beurteilt werden, ist ganz und gar eins mit jener, welche dem *Frieden* einen höheren Wert zuerteilt als dem Krieg: aber dies Urteil ist antibiologisch, ist selbst eine Ausgeburt der *décadence* des Lebens... Das Leben ist eine Folge des Kriegs, die Gesellschaft selbst ein Mittel zum Krieg... Herr Herbert Spencer ist als Biologe ein *décadent* – er ist es auch als Moralist (er sieht im *Sieg* des Altruismus etwas Wünschenswertes!!!).

Heute, wo uns jedes »so und so *soll* der Mensch sein« eine kleine Ironie in den Mund legt, wo wir durchaus daran festhalten, daß man, trotz allem, nur das *wird*, was man *ist* (trotz allem: will sagen Erziehung, Unterricht, Milieu, Zufälle und Unfälle), haben wir in Dingen der Moral auf eine kuriose Weise das Verhältnis von Ursache und Folge *umdrehen* gelernt – nichts unterscheidet uns vielleicht gründlicher von den alten Moralgläubigen. Wir sagen z. B. nicht mehr »das Laster ist die *Ursache* davon, daß ein Mensch auch physiologisch zugrunde geht«; wir sagen ebensowenig »durch die Tugend gedeiht ein Mensch, sie bringt langes Leben und Glück«. Unsre Meinung ist vielmehr, daß Laster und Tugend keine Ursachen, sondern nur *Folgen* sind. Man wird ein anständiger Mensch, weil man ein anständiger Mensch *ist*: d. h. weil man als Kapitalist guter Instinkte und gedeihlicher Verhältnisse geboren ist... Kommt man arm zur Welt, von Eltern her, welche in allem nur verschwendet und nichts gesammelt haben, so ist man »unverbesserlich«, will sagen reif für Zuchthaus und Irrenhaus... Wir wissen heute die moralische Degenereszenz nicht mehr abgetrennt von der physiologischen zu denken: sie ist ein bloßer Symptomen-Komplex der letzteren; man ist notwendig schlecht, wie man notwendig krank ist... Schlecht: das Wort drückt hier gewisse *Unvermögen* aus, die physiologisch mit dem Typus der Degenereszenz verbunden sind: z. B. die Schwäche des Willens, die Unsicherheit und selbst Mehrheit der »Person«, die Ohnmacht, auf irgendeinen Reiz hin die Reaktion auszusetzen und sich zu »beherrschen«, die Unfreiheit vor jeder Art Suggestion eines fremden Willens. Laster ist keine Ursache; Laster ist eine *Folge*... Laster ist eine ziemlich willkürliche Begriffsabgrenzung, um gewisse Folgen der physiologischen Entartung zusammenzufassen. Ein allgemeiner Satz, wie ihn das Christentum lehrte, »der Mensch ist schlecht«, würde berechtigt sein, wenn es berechtigt wäre, den Typus des Degenerierten als Normal-Typus des Menschen zu nehmen. Aber das ist vielleicht eine Übertreibung. Gewiß hat der Satz überall dort ein Recht, wo gerade das Christentum gedeiht und obenauf ist: denn damit ist ein morbider Boden bewiesen, ein Gebiet für Degenereszenz.

Was uns Ehre macht. – Wenn irgend etwas uns Ehre macht, so ist es dies: wir haben den *Ernst* woandershin gelegt: wir nehmen die von allen Zeiten verachteten und beiseite gelassenen *niedrigen* Dinge wichtig – wir geben dagegen die »schönen Gefühle« wohlfeil.

Gibt es eine gefährlichere Verirrung als die Verachtung des Leibes? Als ob nicht mit ihr die ganze Geistigkeit verurteilt wäre zum Krankhaft-werden, zu den *vapeurs* des »Idealismus«!

Es hat alles nicht Hand noch Fuß, was von Christen und Idealisten ausgedacht ist: wir sind radikaler. Wir haben die »kleinste Welt« als das überall Entscheidende entdeckt.

Straßenpflaster, gute Luft im Zimmer, die Speise auf ihren Wert begriffen; wir haben Ernst gemacht mit allen *Nezessitäten* des Daseins und *verachten* alles »Schönseelentum« als eine Art der »Leichtfertigkeit und Frivolität«. – Das bisher Verachtetste ist in die erste Linie gerückt.

Der Begriff »verwerfliche Handlung« macht uns Schwierigkeit. Nichts von alledem, was überhaupt geschieht, kann an sich verwerflich sein: *denn man dürfte es nicht weghaben wollen*: denn jegliches ist so mit allem verbunden, daß irgend etwas ausschließen wollen, alles ausschließen heißt. Eine verwerfliche Handlung heißt: eine verworfene Welt überhaupt...

Und selbst dann noch: in einer verworfenen Welt würde auch das Verwerfen verwerflich sein... Und die Konsequenz einer Denkweise, welche alles verwirft, wäre eine Praxis, die alles bejaht... Wenn das Werden ein großer Ring ist, so ist jegliches gleich wert, ewig, notwendig. – In allen Korrelationen von Ja und Nein, von Vorziehen und Abweisen, Lieben und Hassen drückt sich nur eine Perspektive, ein Interesse bestimmter Typen des Lebens aus: an sich redet alles, was ist, das Ja.

Apollinisch – dionysisch. – Es gibt zwei Zustände, in denen die Kunst selbst wie eine Naturgewalt im Menschen auftritt, über ihn verfügend, ob er will oder nicht: einmal als Zwang zur Vision, andrerseits als Zwang zum Orgiasmus. Beide Zustände sind auch im normalen Leben vorgespielt, nur schwächer: im Traum und im Rausch.

Aber derselbe Gegensatz besteht noch zwischen Traum und Rausch: beide entfesseln in uns künstlerische Gewalten, jede aber verschieden: der Traum die des Sehens, Verknüpfens, Dichtens; der Rausch die der Gebärde, der Leidenschaft, des Gesangs, des Tanzes.

Ursprung der Moral-Werte. – Der Egoismus ist so viel wert, als der physiologisch wert ist, der ihn hat.

Jeder einzelne ist die ganze Linie der Entwicklung noch (und nicht nur, wie ihn die Moral auffaßt, etwas, das mit der Geburt beginnt). Stellt er das *Aufsteigen* der Linie Mensch dar, so ist sein Wert in der Tat außerordentlich; und die Sorge um Erhaltung und Begünstigung seines Wachstums darf extrem sein. (Es ist die Sorge um die in ihm verheißene Zukunft, welche dem wohlgeratenen Einzelnen ein so außerordentliches Recht auf Egoismus gibt.) Stellt er die *absteigende* Linie dar, den Verfall, die chronische Erkrankung, so kommt ihm wenig Wert zu: und die erste Billigkeit ist, daß er so wenig wie möglich Platz, Kraft und Sonnenschein den Wohlgeratnen wegnimmt. In diesem Falle hat die Gesellschaft die *Niederhaltung des Egoismus* (– der mitunter absurd, krankhaft, aufrührerisch sich äußert –) zur Aufgabe: handle es sich nun um Einzelne oder um ganze verkommende, verkümmernde Volks-Schichten. Eine Lehre und Religion der »Liebe«, der *Niederhaltung* der Selbstbejahung, des Duldens, Tragens, Helfens, der Gegenseitigkeit in Tat und Wort kann innerhalb solcher Schichten vom höchsten Werte sein, selbst mit den Augen der Herrschenden gesehn: denn sie hält die Gefühle der Rivalität, des Ressentiments, des Neides nieder, die allzu natürlichen Gefühle der Schlechtweggekommenen, sie vergöttlicht ihnen selbst unter dem Ideal der Demut und des Gehorsams das Sklave-sein, das Beherrschtwerden, das Armsein, das Kranksein, das Unten-stehn. Hieraus ergibt sich, warum die herrschenden Klassen (oder Rassen) und Einzelnen jederzeit den Kultus der Selbstlosigkeit, das Evangelium der Niedrigen, den »Gott am Kreuze« aufrechterhalten haben.

Das Übergewicht einer altruistischen Wertungsweise ist die Folge eines Instinktes für Mißraten-sein. Das Werturteil auf unterstem Grunde sagt hier: »ich bin nicht viel wert«: ein bloß physiologisches Werturteil; noch deutlicher: das Gefühl der Ohnmacht, der Mangel der großen bejahenden Gefühle der Macht (in Muskeln, Nerven, Bewegungszentren). Dies Werturteil übersetzt sich, je nach der Kultur dieser Schichten, in ein moralisches oder religiöses Urteil (– die Vorherrschaft religiöser oder moralischer Urteile ist immer ein Zeichen niedriger Kultur –): es sucht sich zu begründen, aus Sphären, woher ihnen der Begriff »Wert« überhaupt bekannt ist. Die Auslegung, mit der der christliche Sünder sich zu verstehen glaubt, ist ein Versuch, den Mangel an Macht und Selbstgewißheit *berechtigt* zu finden: er will lieber sich schuldig finden, als umsonst sich schlecht fühlen: an sich ist es ein Symptom von Verfall, Interpretationen dieser Art überhaupt zu brauchen. In andern Fällen sucht der Schlechtweggekommene den Grund dafür nicht in seiner »Schuld« (wie der Christ), sondern in der Gesellschaft: der Sozialist, der Anarchist, der Nihilist – indem sie ihr Dasein als etwas empfinden, an dem jemand *schuld* sein soll, sind sie damit immer noch die Nächstverwandten des Christen, der auch das Sich-schlecht-Befinden und Mißraten besser zu ertragen glaubt, wenn er jemanden gefunden hat, den er dafür *verantwortlich* machen kann. Der Instinkt der *Rache* und des *Ressentiments* erscheint hier in beiden Fällen als Mittel, es auszuhalten, als Instinkt der Selbsterhaltung: ebenso wie die Bevorzugung der *altruistischen* Theorie und Praxis. Der *Haß gegen den Egoismus*, sei es gegen den eignen (wie beim Christen), sei es gegen den fremden (wie beim Sozialisten), ergibt sich dergestalt als ein Werturteil unter der Vorherrschaft der Rache; andrerseits als eine Klugheit der Selbsterhaltung Leidender durch Steigerung ihrer Gegenseitigkeits- und Solidaritätsgefühle... Zuletzt ist, wie schon angedeutet, auch jene Entladung des Ressentiments im Richten, Verwerfen, Bestrafen des Egoismus (des eignen oder eines fremden) noch ein Instinkt der Selbsterhaltung bei Schlechtweggekommenen. *In summa:* der Kultus des Altruismus ist eine spezifische Form des Egoismus, die unter bestimmten physiologischen Voraussetzungen regelmäßig auftritt.

Wenn der Sozialist mit einer schönen Entrüstung »Gerechtigkeit«, »Recht«, »gleiche Rechte« verlangt, so steht er nur unter dem Druck seiner ungenügenden Kultur, welche nicht zu begreifen weiß, warum er leidet: andrerseits macht er sich ein Vergnügen damit; – befände er sich besser, so würde er sich hüten, so zu schreien: er fände dann anderswo sein Vergnügen. Dasselbe gilt vom Christen: die »Welt« wird von ihm verurteilt, verleumdet, verflucht – er nimmt sich selbst nicht aus. Aber das ist kein Grund, sein Geschrei ernst zu nehmen. In beiden Fällen sind wir immer noch unter Kranken, denen es *wohltut*, zu schreien, denen die Verleumdung eine Erleichterung ist.

Zur Psychologie des *Psychologen*. Psychologen, wie sie erst vom 19. Jahrhundert ab möglich sind: nicht mehr jene Eckensteher, die drei, vier Schritt vor sich blicken und beinahe zufrieden sind, in sich hinein zu graben. Wir Psychologen der Zukunft – wir haben wenig guten Willen zur Selbstbeobachtung: wir nehmen es fast als ein Zeichen von Entartung, wenn ein Instrument »sich selbst zu erkennen« sucht: wir sind Instrumente der Erkenntnis und möchten die ganze Naivität und Präzision eines Instrumentes haben, – folglich dürfen wir uns selbst nicht analysieren, nicht »kennen«. Erstes Merkmal von Selbsterhaltungs-Instinkt des großen Psychologen: er sucht sich nie, er hat kein Auge, kein Interesse, keine Neugierde für sich... Der große Egoismus unsres dominierenden Willens will es so von uns, daß wir hübsch vor uns die Augen schließen, – daß wir als »unpersönlich«, »*désintéressé*«, »objektiv« erscheinen müssen! – o in wie exzentrischem Grade wir das Gegenteil davon sind!

Wir sind keine Pascals, wir sind nicht sonderlich am »Heil der Seele«, am eigenen Glück, an der eigenen Tugend interessiert. – Wir haben weder Zeit noch Neugierde genug, uns dergestalt um uns selbst zu drehen. Es steht, tiefer angesehn, sogar *noch* anders: wir mißtrauen allen Nabelbeschauern aus dem Grunde, weil uns die Selbstbeobachtung als eine *Entartungsform* des psychologischen Genies gilt, als ein Fragezeichen am Instinkt des Psychologen: so gewiß ein Maler-Auge entartet ist, hinter dem der *Wille* steht, zu sehn, um zu sehn.

Mit dem Wort »*dionysisch*« ist ausgedrückt: ein Drang zur Einheit, ein Hinausgreifen über Person, Alltag, Gesellschaft, Realität, über den Abgrund des Vergehens: das leidenschaftlich-schmerzliche Überschwellen in dunklere, vollere, schwebendere Zustände; ein verzücktes Jasagen zum Gesamt-Charakter des Lebens, als dem in allem Wechsel Gleichen, Gleich-Mächtigen, Gleich-Seligen; die große pantheistische Mitfreudigkeit und Mitleidigkeit, welche auch die furchtbarsten und fragwürdigsten Eigenschaften des Lebens gutheißt und heiligt; der ewige Wille zur Zeugung, zur Fruchtbarkeit, zur Wiederkehr; das Einheitsgefühl der Notwendigkeit des Schaffens und Vernichtens.

Mit dem Wort »*apollinisch*« ist ausgedrückt: der Drang zum vollkommenen Für-sich-sein, zum typischen »Individuum«, zu allem was vereinfacht, heraushebt, stark, deutlich, unzweideutig, typisch macht: die Freiheit unter dem Gesetz.

An den Antagonismus dieser beiden Natur-Kunstgewalten ist die Fortentwicklung der Kunst ebenso notwendig geknüpft, als die Fortentwicklung der Menschheit an den Antagonismus der Geschlechter. Die Fülle der Macht und die Mäßigung, die höchste Form der Selbstbejahung in einer kühlen, vornehmen, spröden Schönheit: der Apollinismus des hellenischen Willens.

Diese Gegensätzlichkeit des Dionysischen und Apollinischen innerhalb der griechischen Seele ist eines der großen Rätsel, von dem ich mich angesichts des griechischen Wesens angezogen fühlte. Ich bemühte mich im Grunde um nichts als um zu erraten, warum gerade der griechische Apollinismus aus einem dionysischen Untergrund herauswachsen mußte, der dionysische Grieche nötig hatte, apollinisch zu werden: das heißt, seinen Willen zum Ungeheuren, Vielfachen, Ungewissen, Entsetzlichen zu brechen an einem Willen zum Maß, zur Einfachheit, zur Einordnung in Regel und Begriff. Das Maßlose, Wüste, Asiatische liegt auf seinem Grunde: die Tapferkeit des Griechen besteht im Kampfe mit seinem Asiatismus: die Schönheit ist ihm nicht geschenkt, so wenig als die Logik, als die Natürlichkeit der Sitte – sie ist erobert, gewollt, erkämpft – sie ist sein *Sieg*.

Nichts wäre nützlicher und mehr zu fördern, als ein konsequenter *Nihilismus der Tat*. – So wie ich alle die Phänomene des Christentums, des Pessimismus verstehe, so drücken sie aus: »wir sind reif, nicht zu sein; für uns ist es vernünftig, nicht zu sein.« Diese Sprache der »Vernunft« wäre in diesem Falle auch die Sprache der *selektiven Natur*.

Was über alle Begriffe dagegen zu verurteilen ist, das ist die zweideutige und feige Halbheit einer Religion, wie die des *Christentums*: deutlicher, der *Kirche*: welche statt zum Tode und zur Selbstvernichtung zu ermutigen, alles Mißratene und Kranke schützt und sich selbst fortpflanzen macht –

Problem: mit was für Mitteln würde eine strenge Form des großen kontagiösen Nihilismus erzielt werden: eine solche, welche, mit wissenschaftlicher Gewissenhaftigkeit, den freiwilligen Tod lehrt und übt (– und *nicht* das schwächliche Fortvegetieren mit Hinsicht auf eine falsche Postexistenz –)?

Man kann das Christentum nicht genug verurteilen, weil es den *Wert* einer solchen *reinigenden* großen Nihilismus-Bewegung, wie sie vielleicht im Gange war, durch den Gedanken der unsterblichen Privat-Person entwertet hat: insgleichen durch die Hoffnung auf Auferstehung: kurz, immer durch ein Abhalten von der *Tat des Nihilismus*, dem Selbstmord... Es substituierte den langsamen Selbstmord: allmählich ein kleines, armes, aber dauerhaftes Leben; allmählich ein ganz gewöhnliches, bürgerliches, mittelmäßiges Leben usw.

Wert ist das höchste Quantum Macht, das der Mensch sich einzuverleiben vermag – der Mensch: *nicht* die Menschheit! Die Menschheit ist viel eher noch ein Mittel, als ein Ziel. Es handelt sich um den Typus: die Menschheit ist bloß das Versuchsmaterial, der ungeheure Überschuß des Mißratenen: ein Trümmerfeld.

Physiologie der nihilistischen Religionen. – Die *nihilistischen* Religionen allesamt: *systematisierte Krankheits-Geschichten* unter einer religiös-moralischen Nomenklatur.

In den heidnischen Kulten ist es der große *Jahreskreislauf*, um dessen Ausdeutung sich der Kultus dreht. Im christlichen Kultus ein Kreislauf *paralytischer Phänomene*, um die sich der Kultus dreht...

Die *ja-sagenden* Affekte: – der Stolz, die Freude, die Gesundheit, die Liebe der Geschlechter, die Feindschaft und der Krieg, die Ehrfurcht, die schönen Gebärden, Manieren, der starke Wille, die Zucht der hohen Geistigkeit, der Wille zur Macht, die Dankbarkeit gegen Erde und Leben – alles, was reich ist und abgeben will und das Leben beschenkt und vergoldet und verewigt und vergöttlicht – die ganze Gewalt *verklärender* Tugenden, alles Gutheißende, Jasagende, Jatuende –.

Der Zustand der Korruption. – Die Zusammengehörigkeit aller Korruptions-Formen zu begreifen; und dabei nicht die christliche Korruption zu vergessen (Pascal als Typus); ebenso die sozialistisch-kommunistische Korruption (eine Folge der christlichen; – naturwissenschaftlich ist die *höchste* Sozietäts-Konzeption der Sozialisten die *niedrigste* in der Rangordnung der Sozietäten); die »*Jenseits*«-Korruption: wie als ob es außer der wirklichen Welt, der des Werdens, eine Welt des Seienden gäbe.

Hier darf es keinen *Vertrag* geben: hier muß man ausmerzen, vernichten, Krieg führen – man muß das christlich-nihilistische Wertmaß überall noch *herausziehn* und es unter jeder Maske bekämpfen... z. B. aus der jetzigen *Soziologie*, aus der jetzigen *Musik*, aus dem jetzigen *Pessimismus* (– alles Formen des christlichen Wertideals –).

Entweder eins *oder* das andere ist *wahr*: wahr, das heißt hier den Typus Mensch emporhebend...

Der Priester, der Seelsorger, als verwerfliche Daseinsformen. Die gesamte Erziehung bisher hilflos, haltlos, ohne Schwergewicht, mit dem Widerspruch der Werte behaftet –

Und wie viele neue *Ideale* sind im Grunde noch möglich! – Hier ein kleines Ideal, das ich alle fünf Wochen einmal auf einem wilden und einsamen Spaziergang erhasche, im azurnen Augenblick eines frevelhaften Glücks. Sein Leben zwischen zarten und absurden Dingen verbringen; der Realität fremd; halb Künstler, halb Vogel und Metaphysikus; ohne Ja und Nein für die Realität, es sei denn, daß man sie ab und zu in der Art eines guten Tänzers mit den Fußspitzen anerkennt; immer von irgendeinem Sonnenstrahl des Glücks gekitzelt; ausgelassen und ermutigt selbst durch Trübsal – denn Trübsal *erhält* den Glücklichen –; einen kleinen Schwanz von Posse auch noch dem Heiligsten anhängend: – dies, wie sich von selbst versteht, das Ideal eines schweren, zentnerschweren Geistes, eines *Geistes der Schwere*.

Die Tugend bleibt das kostspieligste Laster: sie *soll* es bleiben!

Der Mensch ist ein mittelmäßiger Egoist: auch der Klügste nimmt seine Gewohnheit wichtiger als seinen Vorteil.

Wie dürfte man den Mittelmäßigen ihre Mittelmäßigkeit verleiden! Ich tue, man sieht es, das Gegenteil: jeder Schritt weg von ihr führt – so lehre ich – ins *Unmoralische.*

Was ist Keuschheit am Manne? Daß sein Geschlechts-Geschmack vornehm geblieben ist; daß er in *eroticis* weder das Brutale, noch das Krankhafte, noch das Kluge mag.

Alles, was einfach ist, ist bloß imaginär, ist nicht »wahr«. Was aber wirklich, was wahr ist, ist weder eins, noch auch nur reduzierbar auf eins.

Die Kriegerischen und die Friedlichen. – Bist du ein Mensch, der die Instinkte des Kriegers im Leibe hat? Und in diesem Falle bliebe noch eine zweite Frage: bist du ein Angriffskrieger oder ein Widerstandskrieger von Instinkt? Der Rest von Menschen, alles, was *nicht* kriegerisch von Instinkt ist, will Frieden, will Eintracht, will »Freiheit«, will »gleiche Rechte« –: das sind nur Namen und Stufen für ein und dasselbe. Dorthin gehn, wo man nicht nötig hat, sich zu wehren – solche Menschen werden unzufrieden mit sich, wenn sie genötigt sind, Widerstand zu leisten: sie wollen Zustände schaffen, wo es überhaupt keinen Krieg mehr gibt. Schlimmstenfalls sich unterwerfen, gehorchen, einordnen: immer noch besser als Krieg führen – so rät es z. B.

dem Christen sein Instinkt. Bei den geborenen Kriegern gibt es etwas wie Bewaffnung in Charakter, in Wahl der Zustände, in der Ausbildung jeder Eigenschaft: die »Waffe« ist im ersten Typus, die Wehr im zweiten am besten entwickelt.

Die Unbewaffneten, die Unbewehrten: welche Hilfsmittel und Tugenden sie nötig haben, um es auszuhalten – um selbst obzusiegen.

Die typischen Selbstgestaltungen. Oder: die acht Hauptfragen.

1. Ob man sich vielfacher haben will oder einfacher?
2. Ob man glücklicher werden will oder gleichgültiger gegen Glück und Unglück?
3. Ob man zufriedner mit sich werden will oder anspruchsvoller und unerbittlicher?
4. Ob man weicher, nachgebender, menschlicher werden will oder »unmenschlicher«?
5. Ob man klüger werden will oder rücksichtsloser?
6. Ob man ein Ziel erreichen will oder allen Zielen ausweichen (wie es z. B. der Philosoph tut, der in jedem Ziel eine Grenze, einen Winkel, ein Gefängnis, eine Dummheit riecht)?
7. Ob man geachteter werden will oder gefürchteter? Oder *verachteter*?
8. Ob man Tyrann oder Verführer oder Hirt oder Herdentier werden will?

Was ist vornehm? – Daß man sich beständig zu repräsentieren hat. Daß man Lagen sucht, wo man beständig Gebärden nötig hat. Daß man das Glück der *großen Zahl* überläßt: Glück als Frieden der Seele, Tugend, *comfort*, englisch-engelhaftes Krämertum *à la* Spencer. Daß man instinktiv für sich schwere Verantwortungen sucht. Daß man sich überall Feinde zu schaffen weiß, schlimmstenfalls noch aus sich selbst. Daß man der *großen Zahl* nicht durch Worte, sondern durch Handlungen beständig widerspricht.

Der »gute Mensch«. Oder: die Hemiplegie der Tugend. – Für jede starke und Natur gebliebene Art Mensch gehört Liebe und Haß, Dankbarkeit und Rache, Güte und Zorn, Ja-tun und Nein-tun zueinander. Man ist gut, um den Preis, daß man auch böse zu sein weiß;

man ist böse, weil man sonst nicht gut zu sein verstünde. Woher nun jene Erkrankung und ideologische Unnatur, welche diese Doppelheit ablehnt – welche als das Höhere lehrt, nur halbseitig tüchtig zu sein? Woher die Hemiplegie der Tugend, die Erfindung des guten Menschen? ... Die Forderung geht dahin, daß der Mensch sich an jenen Instinkten verschneide, mit denen er feind sein kann, schaden kann, zürnen kann, Rache heischen kann... Diese Unnatur entspricht dann jener dualistischen Konzeption eines bloß guten und eines bloß bösen Wesens (Gott, Geist, Mensch), in ersterem alle positiven, in letzterem alle negativen Kräfte, Absichten, Zustände summierend. – Eine solche Wertungsweise glaubt sich damit »idealistisch«; sie zweifelt nicht daran, eine höchste Wünschbarkeit in der Konzeption »des Guten« angesetzt zu haben. Geht sie auf ihren Gipfel, so denkt sie sich einen Zustand aus, wo alles Böse annulliert ist und wo in Wahrheit nur die guten Wesen übriggeblieben sind. Sie hält es also nicht einmal für ausgemacht, daß jener Gegensatz von Gut und Böse sich gegenseitig bedinge; umgekehrt, letzteres soll verschwinden und ersteres soll übrigbleiben, das eine hat ein Recht zu sein, das andere *sollte gar nicht da sein* ... Was wünscht da eigentlich?

Man hat sich zu allen Zeiten und sonderlich zu den christlichen Zeiten viel Mühe gegeben, den Menschen auf diese *halbseitige* Tüchtigkeit, auf den »Guten« zu reduzieren: noch heute fehlt es nicht an kirchlich Verbildeten und Geschwächten, denen diese Absicht mit der »Vermenschlichung« überhaupt oder mit dem »Willen Gottes« oder mit dem »Heil der Seele« zusammenfällt. Hier wird als wesentliche Forderung gestellt, daß der Mensch nichts Böses tue, daß er unter keinen Umständen schade, schaden *wolle*. Als Weg dazu gilt: die Verschneidung aller Möglichkeit zur Feindschaft, die Aushängung aller Instinkte des Ressentiments, der »Frieden der Seele« als chronisches Übel.

Diese Denkweise, mit der ein bestimmter Typus Mensch gezüchtet wird, geht von einer absurden Voraussetzung aus: sie nimmt das Gute und das Böse als Realitäten, die mit sich im Widerspruch sind (*nicht* als komplementäre Wertbegriffe, was die Wahrheit wäre), sie rät die Partei des Guten zu nehmen, sie verlangt, daß der Gute dem Bösen bis in die letzte Wurzel entsagt und widerstrebt – *sie verneint tatsächlich damit das Leben,* welches in allen seinen Instinkten sowohl das Ja wie das Nein hat. Nicht daß sie dies begriffe: sie träumt umgekehrt davon, zur Ganzheit, zur Einheit, zur Stärke des Lebens zurückzukehren: sie denkt es sich als Zustand der Erlösung, wenn endlich der eignen innern Anarchie, der Unruhe zwischen jenen entgegengesetzten Wert-Antrieben ein Ende gemacht wird. – Vielleicht gab es bisher keine gefährlichere Ideologie, keinen größeren Unfug *in psychologicis* als diesen Willen zum Guten: man zog den widerlichsten Typus, den *unfreien* Menschen groß, den Mucker; man lehrte, eben nur als Mucker sei man auf dem rechten Wege zur Gottheit, nur ein Mucker-Wandel sei ein göttlicher Wandel.

Und selbst hier noch behält das Leben recht – das Leben, welches das Ja nicht vom Nein zu trennen weiß –: was hilft es, mit allen Kräften den Krieg für böse zu halten, nicht schaden, nicht Nein tun zu wollen! man führt *doch* Krieg! man kann gar nicht anders! Der gute Mensch, der dem Bösen entsagt hat, behaftet, wie es ihm wünschbar scheint mit jener Hemiplegie der Tugend, hört durchaus nicht auf, Krieg zu führen, Feinde zu haben, nein zu sagen, nein zu tun. Der Christ zum Beispiel haßt die »Sünde«! – und was ist ihm nicht alles »Sünde«! Gerade durch jenen Glauben an einen Moral-Gegensatz von Gut und Böse ist ihm die Welt vom Hassenswerten, vom Ewig-zu-Bekämpfenden übervoll geworden. »Der Gute« sieht sich wie umringt vom Bösen und unter dem beständigen Ansturm des Bösen, er verfeinert sein Auge, er entdeckt unter all seinem Dichten und Trachten noch das Böse: und so endet er, wie es folgerichtig ist, damit, die Natur für böse, den Menschen für verderbt, das Gutsein als Gnade (das heißt als menschenunmöglich) zu verstehen. *In summa:* er *verneint das Leben,* er begreift, wie das Gute als oberster Wert das Leben *verurteilt*... Damit sollte seine Ideologie von Gut und Böse ihm als widerlegt gelten. Aber eine Krankheit widerlegt man nicht. Und so konzipiert er ein *anderes* Leben! ...

Welcher Grad von Widerstand beständig überwunden werden muß, um *obenauf* zu bleiben, das ist das Maß der *Freiheit,* sei es für einzelne, sei es für Gesellschaften: Freiheit nämlich als positive Macht, als Wille zur Macht angesetzt. Die höchste Form der Individual-

Freiheit, der Souveränität wüchse demnach, mit großer Wahrscheinlichkeit, nicht fünf Schritt weit von ihrem Gegensatze auf, dort wo die Gefahr der Sklaverei gleich hundert Damoklesschwertern über dem Dasein hängt. Man gehe daraufhin durch die Geschichte: die Zeiten, wo das »Individuum« bis zu jener Vollkommenheit reif, das heißt *frei* wird, wo der klassische Typus des *souveränen Menschen* erreicht ist: o nein! das waren niemals humane Zeiten!

Man muß keine Wahl haben: entweder obenauf – oder unten, wie ein Wurm, verhöhnt, vernichtet, zertreten. Man muß Tyrannen gegen sich haben, um Tyrann, d. h. *frei* zu werden. Es ist kein kleiner Vorteil, hundert Damoklesschwerter über sich zu haben: damit lernt man tanzen, damit kommt man zur »Freiheit der Bewegung«.

Damit, daß das Christentum die Lehre von der Uneigennützigkeit und Liebe in den Vordergrund gerückt hat, hat es durchaus noch nicht das Gattungs-Interesse für höherwertig angesetzt als das Individual-Interesse. Seine eigentlich *historische* Wirkung, das Verhängnis von Wirkung bleibt umgekehrt gerade die *Steigerung des Egoismus*, des Individual-Egoismus bis ins Extrem (– bis zum Extrem der Individual-Unsterblichkeit). Der einzelne wurde durch das Christentum so wichtig genommen, so absolut gesetzt, daß man ihn nicht mehr *opfern* konnte: aber die Gattung besteht nur durch Menschenopfer... Vor Gott wurden alle »Seelen« *gleich*: aber das ist gerade die gefährlichste aller möglichen Wertschätzungen! Setzt man die einzelnen gleich, so stellt man die Gattung in Frage, so begünstigt man eine Praxis, welche auf den Ruin der Gattung hinausläuft: das Christentum ist das Gegenprinzip *gegen die Selektion.* Wenn der Entartende und Kranke (»der Christ«) so viel Wert haben soll wie der Gesunde (»der Heide«), oder gar noch mehr, nach Pascals Urteil über Krankheit und Gesundheit, so ist der natürliche Gang der Entwicklung gekreuzt und die *Unnatur* zum Gesetz gemacht... Diese allgemeine Menschenliebe ist *in praxi* die *Bevorzugung* alles Leidenden, Schlechtweggekommenen, Degenerierten: sie hat tatsächlich die Kraft, die Verantwortlichkeit, die hohe Pflicht, Menschen zu opfern, heruntergebracht und abgeschwächt. Es blieb nach dem Schema des christlichen Wertmaßes nur noch übrig, sich selbst zu opfern: aber dieser *Rest* von Menschenopfer, den das

Christentum konzedierte und selbst anriet, hat, vom Standpunkte der Gesamt-Züchtung aus, gar keinen Sinn. Es ist für das Gedeihen der Gattung gleichgültig, ob irgendwelche einzelne sich selbst opfern (– sei es in mönchischer und asketischer Manier oder, mit Hilfe von Kreuzen, Scheiterhaufen und Schafotten, als »Märtyrer« des Irrtums). Die Gattung braucht den Untergang der Mißratenen, Schwachen, Degenerierten: aber gerade an sie wendete sich das Christentum, als *konservierende* Gewalt; sie steigerte noch jenen an sich schon so mächtigen Instinkt der Schwachen, sich zu schonen, sich zu erhalten, sich gegenseitig zu halten. Was ist die »Tugend« und »Menschenliebe« im Christentum, wenn nicht eben diese Gegenseitigkeit der Erhaltung, diese Solidarität der Schwachen, diese Verhinderung der Selektion? Was ist der christliche Altruismus, wenn nicht der Massen-Egoismus der Schwachen, welcher errät, daß, wenn alle füreinander sorgen, jeder einzelne am längsten erhalten bleibt? ... Wenn man eine solche Gesinnung nicht als eine extreme *Unmoralität*, als ein Verbrechen am Leben empfindet, so gehört man zur kranken Bande und hat selber deren Instinkte... Die echte Menschenliebe verlangt das Opfer zum Besten der Gattung – sie ist hart, sie ist voll Selbstüberwindung, weil sie das Menschenopfer braucht. Und diese Pseudo-Humanität, die Christentum heißt, will gerade durchsetzen, daß *niemand geopfert wird*...

Die Gläubigen sind sich bewußt, dem Christentum Unendliches zu verdanken, und schließen folglich, daß dessen Urheber eine Personnage ersten Ranges sei... Dieser Schluß ist falsch, aber er ist der typische Schluß der Verehrenden. Objektiv angesehn, wäre möglich, *erstens*, daß sie sich irrten über den Wert dessen, was sie dem Christentum verdanken: Überzeugungen beweisen nichts für das, wovon man überzeugt ist, bei Religionen begründen sie eher noch einen Verdacht dagegen... Es wäre *zweitens* möglich, daß, was dem Christentum verdankt wird, nicht seinem Urheber zugeschrieben werden dürfte, sondern eben dem fertigen Gebilde, dem Ganzen, der Kirche usw. Der Begriff »Urheber« ist so vieldeutig, daß er selbst die bloße Gelegenheits-Ursache für eine Bewegung bedeuten kann: man hat die Gestalt des Gründers in dem Maße vergrößert, als die Kirche wuchs; aber eben diese Optik der Verehrung erlaubt den Schluß, daß irgendwann dieser Gründer etwas sehr Unsicheres und Unfestgestelltes war – am Anfang... Man denke, mit welcher *Freiheit* Paulus das Personal-Problem Jesus behandelt, beinahe eskamotiert –: jemand, der gestorben ist, den man nach seinem Tode wieder gesehen hat, jemand, der von den Juden zum Tode überantwortet wurde... Ein bloßes »Motiv«: die Musik macht *er* dann dazu...

Ein kleiner tüchtiger Bursch wird ironisch blicken, wenn man ihn fragt: »Willst du tugendhaft werden?« – aber er macht die Augen auf, wenn man ihn fragt: »Willst du stärker werden, als deine Kameraden?« –

Wie wird man stärker? – Sich langsam entscheiden; und zähe festhalten an dem, was man entschieden hat. Alles andere folgt.

Die *Plötzlichen* und die *Veränderlichen:* die beiden Arten der Schwachen. Sich nicht mit ihnen verwechseln; die Distanz fühlen – beizeiten!

Vorsicht vor den Gutmütigen! Der Umgang mit ihnen erschlafft. Jeder Umgang ist gut, bei dem die Wehr und Waffen, die man in den Instinkten hat, geübt werden. Die ganze Erfindsamkeit darin, seine Willenskraft auf die Probe zu stellen... *Hier* das Unterscheidende sehn, *nicht* im Wissen, Scharfsinn, Witz.

Man muß befehlen lernen, beizeiten – ebensogut als gehorchen. Man muß Bescheidenheit, *Takt* in der Bescheidenheit lernen: nämlich auszeichnen, ehren, wo man bescheiden ist; ebenso mit Vertrauen – auszeichnen, ehren.

Was büßt man am schlimmsten? Seine Bescheidenheit; seinen eigensten Bedürfnissen kein Gehör geschenkt zu haben; sich verwechseln; sich niedrig nehmen; die Feinheit des Ohrs für seine Instinkte einbüßen – dieser *Mangel an Ehrerbietung* gegen sich rächt sich durch jede Art von *Einbuße*: Gesundheit, Freundschaft, Wohlgefühl, Stolz, Heiterkeit, Freiheit, Festigkeit, Mut. Man vergibt sich später diesen Mangel an echtem Egoismus nie: man nimmt ihn als Einwand, als Zweifel an einem wirklichen *ego*.

Ehedem hat man jene Zustände und Folgen der *physiologischen Erschöpfung*, weil sie reich an Plötzlichem, Schrecklichem, Unerklärlichem und Unberechenbarem sind, für wichtiger genommen, als die gesunden Zustände und deren Folgen. Man fürchtete sich: man setzte hier eine *höhere* Welt an. Man hat den Schlaf und Traum, man hat den Schatten, die Nacht, den Naturschrecken verantwortlich gemacht für das Entstehen zweier Welten: vor allem sollte man die Symptome der physiologischen Erschöpfung daraufhin betrachten. Die alten Religionen disziplinieren ganz eigentlich den Frommen zu einem Zustande der Erschöpfung, wo er solche Dinge erleben *muß*... Man glaubte in eine höhere Ordnung eingetreten zu sein, wo alles aufhört, bekannt zu sein. – Der *Schein* einer höheren Macht...

Kritik der subjektiven Wertgefühle. – Das *Gewissen.* Ehemals schloß man: das Gewissen verwirft diese Handlung; folglich ist diese Handlung verwerflich. Tatsächlich verwirft das Gewissen eine Handlung, weil dieselbe lange verworfen worden ist. Es spricht bloß nach: es schafft keine Werte. Das, was ehedem dazu bestimmte, gewisse Handlungen zu verwerfen, war *nicht* das Gewissen: sondern die Einsicht (oder das Vorurteil) hinsichtlich ihrer Folgen... Die Zustimmung des Gewissens, das Wohlgefühl des »Friedens mit sich« ist von gleichem Range wie die Lust eines Künstlers an seinem Werke – sie beweist gar nichts... Die Selbstzufriedenheit ist so wenig ein Wertmaß für das, worauf sie sich bezieht, als ihr Mangel ein Gegenargument gegen den Wert einer Sache. Wir wissen bei weitem nicht genug, um den Wert unsrer Handlungen messen zu können: es fehlt uns zu alledem die Möglichkeit, objektiv dazu zu stehn: auch wenn wir eine Handlung verwerfen, sind wir nicht Richter, sondern Partei... Die edlen Wallungen, als Begleiter von Handlungen, beweisen nichts für deren Wert: ein Künstler kann mit dem allerhöchsten Pathos des Zustandes eine Armseligkeit zur Welt bringen. Eher sollte man sagen, daß diese Wallungen verführerisch seien: sie locken unsern Blick, unsre Kraft ab von der Kritik, von der Vorsicht, von dem Verdacht, daß wir eine *Dummheit* machen ... sie machen uns dumm –

»Sein Leben lassen für eine Sache« – großer Effekt. Aber man läßt für vieles sein Leben: die Affekte samt und sonders wollen ihre Befriedigung. Ob es das Mitleid ist oder der Zorn oder die Rache – daß das Leben daran gesetzt wird, verändert nichts am Werte. Wie viele haben ihr Leben für die hübschen Weiblein geopfert – und selbst, was schlimmer ist, ihre Gesundheit! Wenn man das Temperament hat, so wählt man instinktiv die gefährlichen Dinge: z. B. die Abenteuer der Spekulation, wenn man Philosoph; oder der Immoralität, wenn man tugendhaft ist. Die eine Art Mensch will nichts riskieren, die andre will riskieren. Sind wir anderen Verächter des Lebens? Im Gegenteil, wir suchen instinktiv ein *potenziertes* Leben, das Leben in der Gefahr... Damit, nochmals gesagt, wollen wir nicht tugendhafter sein, als die anderen. Pascal z. B. wollte nichts riskieren und blieb Christ: das war vielleicht tugendhaft. – *Man opfert immer.*

Die Ursachen des Irrtums liegen ebensosehr im *guten Willen* des Menschen als im schlechten –: er verbirgt sich in tausend Fällen die Realität, er fälscht sie, um an seinem guten oder schlechten Willen nicht zu leiden. Gott z. B. als Lenker des menschlichen Schicksals: oder die Auslegung seines kleinen Geschicks, wie als ob alles zum Heil der Seele geschickt und ausgedacht sei – dieser Mangel an »Philologie«, der einem feinern Intellekt als Unsauberkeit und Falschmünzerei gelten muß, wird durchschnittlich unter der Inspiration des *guten Willens* gemacht. Der gute Wille, die »edlen Gefühle«, die »hohen Zustände« sind in ihren Mitteln ebensolche Falschmünzer und Betrüger als die moralisch abgelehnten und egoistisch genannten Affekte Liebe, Haß, Rache.

Die Irrtümer sind das, was die Menschheit am kostspieligsten zu bezahlen hat: und ins Große gerechnet sind es die Irrtümer des »guten Willens«, die sie am tiefsten geschädigt haben. Der Wahn, der glücklich macht, ist verderblicher als der, welcher direkt schlimme Folgen hat: letzterer schärft, macht mißtrauisch, reinigt die Vernunft – ersterer schläfert sie ein...

Die schönen Gefühle, die erhabenen Wallungen gehören, physiologisch geredet, unter die narkotischen Mittel: ihr Mißbrauch hat ganz dieselbe Folge wie der Mißbrauch eines andern Opiums – die *Nervenschwäche*...

Die Unwissenheit in *psychologicis* – der Christ hat kein Nervensystem –; die Verachtung und das willkürliche Wegsehen-wollen von den Forderungen des Leibes, von der *Entdeckung* des Leibes; die Voraussetzung, daß es so der höheren Natur des Menschen gemäß sei – *daß es der Seele notwendig zugute komme* –; die grundsätzliche Reduktion aller Gesamt-Gefühle des Leibes auf moralische Werte; die Krankheit selbst bedingt gedacht durch die Moral, etwa als Strafe oder als Prüfung oder auch als Heils-Zustand, in dem der Mensch vollkommener wird, als er es in der Gesundheit sein könnte (– der Gedanke Pascals), unter Umständen das freiwillige Sich-krank-machen –

Der Phänomenalismus der »inneren Welt«. Die *chronologische Umdrehung,* so daß die Ursache später ins Bewußtsein tritt als die Wirkung. – Wir haben gelernt, daß der Schmerz an eine Stelle des Leibes projiziert wird, ohne dort seinen Sitz zu haben –: wir haben gelernt, daß die Sinnesempfindung, welche man naiv als bedingt durch die Außenwelt ansetzt, vielmehr durch die Innenwelt bedingt ist: daß die eigentliche Aktion der Außenwelt immer *unbewußt* verläuft... Das Stück Außenwelt, das uns bewußt wird, ist nachgeboren nach der Wirkung, die von außen auf uns geübt ist, ist nachträglich projiziert als deren »Ursache«...

In dem Phänomenalismus der »innern Welt« kehren wir die Chronologie von Ursache und Wirkung um. Die Grundtatsache der »inneren Erfahrung« ist, daß die Ursache imaginiert wird, nachdem die Wirkung erfolgt ist... Dasselbe gilt auch von der Abfolge der Gedanken: – wir suchen den Grund zu einem Gedanken, bevor er uns noch bewußt ist: und dann tritt zuerst der Grund und dann dessen Folge ins Bewußtsein... Unser ganzes Träumen ist die Auslegung von Gesamt-Gefühlen auf mögliche Ursachen: und zwar so, daß ein Zustand erst bewußt wird, wenn die dazu erfundene Kausalitäts-Kette ins Bewußtsein getreten ist.

Die ganze »innere Erfahrung« beruht darauf, daß zu einer Erregung der Nerven-Zentren eine Ursache gesucht und vorgestellt wird – und daß erst die gefundene Ursache ins Bewußtsein tritt: diese Ursache ist schlechterdings nicht adäquat der wirklichen Ursache, – es ist ein Tasten auf Grund der ehemaligen »inneren Erfahrungen«, d. h. des Gedächtnisses. Das Gedächtnis konserviert aber auch die Gewohnheit der alten Interpretationen, d. h. der irrtümlichen Ursächlichkeit – so daß die »innere Erfahrung« in sich noch die Folgen aller ehemaligen falschen Kausal-Fiktionen zu tragen hat. Unsere »Außenwelt«, wie wir sie jeden Augenblick projizieren, ist unauflöslich gebunden an den alten Irrtum vom Grunde: wir legen sie aus mit dem Schematismus des »Dings« usw.

Die »innere Erfahrung« tritt uns ins Bewußtsein, erst nachdem sie eine Sprache gefunden hat, die das Individuum *versteht* – d. h. eine Übersetzung eines Zustandes in ihm *bekanntere* Zustände –: »verstehen« das heißt naiv bloß: etwas Neues ausdrücken können in der Sprache von etwas Altem, Bekanntem. Z. B. »ich befinde mich schlecht« – ein solches Urteil setzt eine *große und späte Neutralität des Beobachtenden* voraus: – der naive Mensch sagt immer: das und das macht, daß ich mich schlecht befinde – er wird über sein Schlechtbefinden erst klar, wenn er einen Grund sieht, sich schlecht zu befinden... Das nenne ich den *Mangel an Philologie*; einen Text *als Text* ablesen können, ohne eine Interpretation dazwischen zu mengen, ist die späteste Form der »inneren Erfahrung« – vielleicht eine kaum mögliche...

Daß nichts von dem wahr ist, was ehemals als wahr galt –. Was als unheilig, verboten, verächtlich, verhängnisvoll ehemals verachtet wurde –: alle diese Blumen wachsen heut am lieblichen Pfade der Wahrheit.

Diese ganze alte Moral geht uns nichts mehr an: es ist kein Begriff darin, der noch Achtung verdiente. Wir haben sie überlebt – wir sind nicht mehr grob und naiv genug, um in dieser Weise uns belügen lassen zu müssen... Artiger gesagt: wir sind zu tugendhaft dazu... Und wenn Wahrheit im alten Sinne nur deshalb »Wahrheit« war, weil die alte Moral zu ihr ja sagte, ja sagen *durfte*: so folgt daraus, daß wir auch keine Wahrheit von ehedem mehr nötig haben... Unser *Kriterium* der Wahrheit ist durchaus nicht die Moralität: wir *widerlegen* eine Behauptung damit, daß wir sie als abhängig von der Moral, als inspiriert durch edle Gefühle beweisen.

Der Begriff »starker und schwacher Mensch« reduziert sich darauf, daß im ersten Falle viel Kraft vererbt ist – er ist eine Summe: im andern *noch wenig* – (– *un*zureichende Vererbung, Zersplitterung des Ererbten). Die Schwäche kann ein *Anfangs*-Phänomen sein: »*noch wenig*«; oder ein *End*-Phänomen: »nicht *mehr*«.

Der Ansatz-Punkt ist der, *wo große Kraft ist*, wo Kraft *auszugeben* ist. Die Masse, als die Summe der *Schwachen*, reagiert *langsam*; wehrt sich gegen vieles, für das sie zu schwach ist – von dem sie keinen Nutzen haben kann; schafft *nicht*, geht *nicht* voran.

Dies gegen die Theorie, welche das starke Individuum leugnet und meint »die Masse tut's«. Es ist die Differenz wie zwischen getrennten Geschlechtern: es können vier, fünf Generationen zwischen dem Tätigen und der Masse liegen – eine *chronologische* Differenz.

Die *Werte der Schwachen* sind obenan, weil die Starken sie übernommen haben, um damit zu *leiten*.

Erworbene, nicht ererbte Erschöpfung: 1. unzureichende *Ernährung*, oft aus Unwissenheit über Ernährung, z. B. bei Gelehrten; 2. die erotische *Präkozität*: der Fluch vornehmlich der französischen Jugend, der Pariser voran: welche aus den Lyzeen bereits verhunzt und beschmutzt in die Welt tritt – und nicht wieder von der Kette verächtlicher Neigungen loskommt, gegen sich selbst ironisch und schnöde – Galeerensklaven, mit aller Verfeinerung (– übrigens in den häufigsten Fällen bereits Symptom der Rassen- und Familien-*décadence*, wie alle Hyper-Reizbarkeit; insgleichen als Kontagium des Milieus –: auch bestimmbar zu sein durch die Umgebung, gehört zur *décadence* –); 3. der Alkoholismus, *nicht* der Instinkt, sondern die Gewöhnung, die stupide Nachahmung, die feige oder eitle Anpassung an ein herrschendes *régime:* – Welche Wohltat ist ein Jude unter Deutschen! Wieviel Stumpfheit, wie flächsern der Kopf, wie blau das Auge; der Mangel an *Esprit* in Gesicht, Wort, Haltung; das faule Sich-strecken, das deutsche Erholungs-Bedürfnis, das nicht aus Überarbeitung, sondern aus der widrigen Reizung und Überreizung durch Alkoholika herkommt...

Die Priester – und mit ihnen die Halbpriester, die Philosophen – haben zu allen Zeiten eine Lehre Wahrheit genannt, deren *erzieherische* Wirkung wohltätig war oder wohltätig schien – die »besserte«. Sie gleichen damit einem naiven Heilkünstler und Wundermann aus dem Volke, der, weil er ein Gift als Heilmittel erprobt hat, leugnet, daß dasselbe ein Gift ist... »An ihren Früchten sollt ihr sie erkennen – nämlich unsre ‚Wahrheiten'«: das ist das Priester-Raisonnement bis heute noch. Sie haben selbst verhängnisvoll genug ihren Scharfsinn dahin verschwendet, dem »Beweis der Kraft« (oder »aus den Früchten«) den Vorrang, ja die Entscheidung über alle Formen des Beweises zu geben. »Was gut macht, muß gut sein; was gut ist, kann nicht lügen« – so schließen sie unerbittlich –: »was gute Früchte trägt, das muß folglich wahr sein: es gibt kein anderes Kriterium der Wahrheit«...

Sofern aber das »Besser-machen« als Argument gilt, muß das Schlechter-machen als Widerlegung gelten. Man beweist den Irrtum damit als Irrtum, daß man das Leben derer prüft, die ihn vertreten: ein Fehltritt, ein Laster widerlegt... Diese unanständigste Art der Gegnerschaft, die von hinten und unten, die Hunde-Art, ist insgleichen niemals ausgestorben: die Priester, sofern sie Psychologen sind, haben nie etwas interessanter gefunden, als an den Heimlichkeiten ihrer Gegner zu schnüffeln – sie beweisen ihr Christentum damit, daß sie bei der »Welt« nach Schmutz suchen. Voran bei den Ersten der Welt, bei den »Genies«: man erinnere sich, wie jederzeit in Deutschland gegen Goethe angekämpft worden ist (Klopstock und Herder gingen hierin mit »gutem Beispiel« voran – Art läßt nicht von Art).

Man muß sehr unmoralisch sein, um durch die Tat *Moral zu machen*... Die Mittel der Moralisten sind die furchtbarsten Mittel, die je gehandhabt worden sind; wer den Mut nicht zur Unmoralität der Tat hat, taugt zu allem übrigen, er taugt nicht zum Moralisten.

Die Moral ist eine Menagerie; ihre Voraussetzung, daß eiserne Stäbe nützlicher sein können als Freiheit, selbst für den Eingefangenen; ihre andere Voraussetzung, daß es Tierbändiger gibt, die sich vor furchtbaren Mitteln nicht fürchten – die glühendes Eisen zu handhaben wissen. Diese schreckliche Spezies, die den Kampf mit dem wilden Tier aufnimmt, heißt sich »Priester«.

Der Mensch, eingesperrt in einen eisernen Käfig von Irrtümern, eine Karikatur des Menschen geworden, krank, kümmerlich, gegen sich selbst böswillig, voller Haß auf die Antriebe zum Leben, voller Mißtrauen gegen alles, was schön und glücklich ist am Leben, ein wandelndes Elend: diese künstliche, willkürliche, *nachträgliche* Mißgeburt, welche die Priester aus ihrem Boden gezogen haben, den »*S*ünder«: wie werden wir es erlangen, dieses Phänomen trotz alledem zu *rechtfertigen*?

Das Mittel, Priester und Religionen zu widerlegen, ist immer nur dies: zeigen, daß ihre Irrtümer aufgehört haben, *wohltätig* zu sein – daß sie mehr schaden, kurz daß ihr eigner »Beweis der Kraft« nicht mehr stichhält...

Die wertvollsten Einsichten werden am spätesten gefunden: aber die wertvollsten Einsichten sind die *Methoden*.

Alle Methoden, alle Voraussetzungen unsrer jetzigen Wissenschaft haben jahrtausendelang die tiefste Verachtung gegen sich gehabt: auf sie hin ist man aus dem Verkehr mit *honetten* Menschen ausgeschlossen worden – man galt als »*Feind Gottes*«, als Verächter des höchsten Ideals, als »Besessener«.

Wir haben das ganze *Pathos* der Menschheit gegen uns gehabt – unser Begriff von dem, was die »Wahrheit« sein soll, was der Dienst der Wahrheit sein soll, unsre Objektivität, unsre Methode, unsre stille, vorsichtige, mißtrauische Art war vollkommen *verächtlich*... Im Grunde war es ein ästhetischer Geschmack, was die Menschheit am längsten gehindert hat: sie glaubte an den pittoresken Effekt der Wahrheit, sie verlangte vom Erkennenden, daß er stark auf die Phantasie wirke.

Das sieht aus, als ob ein *Gegensatz* erreicht, ein *Sprung* gemacht worden sei: in Wahrheit hat jene Schulung durch die Moral-Hyperbeln Schritt für Schritt jenes *Pathos milderer Art* vorbereitet, das als wissenschaftlicher Charakter leibhaft wurde...

Die *Gewissenhaftigkeit im Kleinen*, die Selbstkontrolle des religiösen Menschen war eine Vorschule zum wissenschaftlichen Charakter: vor allem die Gesinnung, welche *Probleme ernst nimmt*, noch abgesehen davon, was persönlich dabei für einen herauskommt...

Die *beiden großen Tentativen*, die gemacht worden sind, das 18. Jahrhundert zu überwinden:

Napoleon, indem er den Mann, den Soldaten und den großen Kampf um Macht wieder aufweckte – Europa als politische Einheit konzipierend;

Goethe, indem er eine europäische Kultur imaginierte, die die volle Erbschaft der schon *erreichten* Humanität macht.

Die deutsche Kultur dieses Jahrhunderts erweckt Mißtrauen – in der Musik fehlt jenes volle, erlösende und bindende Element Goethe –

Im großen gerechnet, ist in unsrer jetzigen Menschheit ein ungeheures Quantum von *Humanität* erreicht. Daß dies im allgemeinen nicht empfunden wird, ist selber ein Beweis dafür: wir sind für die *kleinen Notstände* so empfindlich geworden, daß wir das, was erreicht ist, unbillig übersehn.

Hier ist abzurechnen, daß es viel *décadence* gibt und daß mit solchen Augen gesehn, unsre Welt schlecht und miserabel *aussehn muß*. Aber diese Augen haben zu allen Zeiten das gleiche gesehn:

1. eine gewisse Überreizung selbst der moralischen Empfindung,
2. das Quantum Verbitterung und Verdüsterung, das der Pessimismus mit sich in die Beurteilung trägt: – beides zusammen hat der *entgegengesetzten* Vorstellung, daß es *schlecht* mit unsrer Moralität steht, zum Übergewicht verholfen.

Die Tatsache des Kredits, des ganzen Welthandels, der Verkehrsmittel – ein ungeheures mildes *Vertrauen* auf den Menschen drückt sich darin aus... Dazu trägt auch bei

3. die Loslösung der Wissenschaft von moralischen und religiösen Absichten: ein sehr gutes Zeichen, das aber meistens falsch verstanden ist.

Ich versuche auf meine Weise eine Rechtfertigung der Geschichte.

Moral ein nützlicher Irrtum, deutlicher, in Hinsicht auf die größten und vorurteilsfreiesten ihrer Förderer, eine notwendig erachtete Lüge.

Wovor ich warne: die *décadence*-Instinkte nicht mit der *Humanität* zu verwechseln;

die *auflösenden* und *notwendig zur décadence treibenden Mittel* der Zivilisation nicht mit der *Kultur* zu verwechseln;

die *Libertinage*, das Prinzip des »*laisser aller*«, nicht mit dem *Willen zur Macht* zu verwechseln (– er ist dessen *Gegen*prinzip).

Was ich mit aller Kraft deutlich zu machen wünsche:

a) daß es keine schlimmere Verwechslung gibt, als wenn man *Züchtung* mit *Zähmung* verwechselt: was man getan hat... Die Züchtung ist, wie ich sie verstehe, ein Mittel der ungeheuren Kraft-Aufspeicherung der Menschheit, so daß die Geschlechter auf der Arbeit ihrer Vorfahren fortbauen können – nicht nur äußerlich, sondern innerlich, organisch aus ihnen herauswachsend, ins *Stärkere*...

b) daß es eine außerordentliche Gefahr gibt, wenn man glaubt, daß die Menschheit als *Ganzes* fortwüchse und stärker würde, wenn die Individuen schlaff, gleich, durchschnittlich werden... Menschheit ist ein Abstraktum: das Ziel der *Züchtung* kann auch im einzelnsten Falle immer nur der *stärkere* Mensch sein (– der ungezüchtete ist schwach, vergeuderisch, unbeständig –).

Wenn irgend etwas unsre *Vermenschlichung*, einen wahren tatsächlichen *Fortschritt* bedeutet, so ist es, daß wir keine exzessiven Gegensätze, überhaupt keine Gegensätze mehr brauchen...

wir dürfen die Sinne lieben, wir haben sie in jedem Grade vergeistigt und artistisch gemacht;

wir haben ein Recht auf alle die Dinge, die am schlimmsten bisher *verrufen* waren.

A. In dem Maße, in dem heute das Christentum noch nötig erscheint, ist der Mensch noch wüst und verhängnisvoll...

B. In anderem Betracht ist es nicht nötig, sondern extrem schädlich, wirkt aber anziehend und verführend, weil es dem *morbiden* Charakter ganzer Schichten, ganzer Typen der jetzigen Menschheit entspricht... sie geben ihrem Hange nach, indem sie christlich aspirieren – die *décadents* aller Art –.

Man hat hier zwischen A und B streng zu scheiden. *Im Fall A* ist Christentum ein Heilmittel, mindestens ein Bändigungsmittel (– es dient unter Umständen, krank zu machen: was nützlich sein kann, um die Wüstheit und Roheit zu brechen). *Im Fall B* ist es ein Symptom der Krankheit selbst, *vermehrt* die *décadence*; hier wirkt es einem *korroborierenden* System der Behandlung entgegen, hier ist es der Kranken-Instinkt *gegen* das, was ihm heilsam ist –

Die Idee der »wahren Welt« oder »Gottes« als absolut unsinnlich, geistig, gütig ist eine *Notmaßregel* im Verhältnis dazu, als die *Gegen*-Instinkte noch allmächtig sind...

Die Mäßigkeit und erreichte Humanität zeigt sich exakt in der Vermenschlichung der Götter: die Griechen der stärksten Zeit, die vor sich selber keine Furcht hatten, sondern Glück an sich hatten, näherten ihre Götter an alle ihre Affekte –.

Die Vergeistigung der Gottes-Idee ist deshalb fern davon, einen *Fortschritt* zu bedeuten: man fühlt dies recht herzlich bei der Berührung mit Goethe – wie da die Verdunstung Gottes zu Tugend und Geist sich als eine *rohere* Stufe fühlbar macht...

Die Partei der *Ernsten*, *Würdigen*, *Nachdenklichen*: und ihr gegenüber die wüste, unsaubere, unberechenbare Bestie –: ein bloßes Problem der *Tierbändigung* – wobei der Tierbändiger hart, furchtbar und schreckeneinflößend sein muß für seine Bestie.

Alle wesentlichen Forderungen müssen mit einer brutalen Deutlichkeit, d. h. tausendfach *übertrieben* gestellt werden

:die *Erfüllung* der Forderung selbst muß in einer Vergröberung dargestellt werden, daß sie Ehrfurcht erregt, z. B. die Entsinnlichung seitens der Brahmanen.

Der Kampf mit der Kanaille und dem Vieh. Ist eine gewisse Bändigung und Ordnung erreicht, so muß die Kluft zwischen diesen *Gereinigten* und *Wiedergeborenen* und dem *Rest* so furchtbar wie möglich aufgerissen werden...

Diese Kluft vermehrt die Selbstachtung, den Glauben an das, was von ihnen dargestellt wird, bei den höheren Kasten – daher der *Tschandala.* Die Verachtung und deren Übermaß ist vollkommen psychologisch korrekt, nämlich hundertfach übertrieben, um überhaupt nachgefühlt zu werden.

Der Kampf gegen die *brutalen* Instinkte ist ein anderer, als der Kampf gegen die *krankhaften* Instinkte; er kann selbst ein Mittel sein, um über die Brutalität Herr zu werden, *krank*zumachen. Die psychologische Behandlung im Christentum läuft oft darauf hinaus, aus einem Vieh ein krankes und *folglich* zahmes Tier zu machen.

Der Kampf gegen rohe und wüste Naturen muß ein Kampf mit Mitteln sein, die auf sie wirken: die *abergläubischen* Mittel sind unersetzlich und unerläßlich...

Um billig von der Moral zu denken, müssen wir zwei *zoologische* Begriffe an ihre Stelle setzen: *Zähmung* der Bestie und *Züchtung einer bestimmten Art.*

Die Priester gaben zu allen Zeiten vor, daß sie »*bessern*« wollen... Aber wir andern lachen, wenn ein Tierbändiger von seinen »gebesserten« Tieren reden wollte. Die Zähmung der Bestie wird in den meisten Fällen durch eine Schädigung der Bestie erreicht: auch der moralische Mensch ist kein besserer Mensch, sondern nur ein geschwächter. Aber er ist weniger schädlich...

Die psychologischen *Verwechslungen*: – *das Verlangen nach Glauben* – verwechselt mit dem »Willen zur Wahrheit« (z. B. bei Carlyle). Aber ebenso ist *das Verlangen nach Unglauben* verwechselt worden mit dem »Willen zur Wahrheit« (– ein Bedürfnis, loszukommen von einem Glauben, aus hundert Gründen: Recht zu bekommen gegen irgendwelche »Gläubigen«). *Was inspiriert die Skeptiker*? Der *Haß* gegen die Dogmatiker – oder ein Ruhe-Bedürfnis, eine Müdigkeit, wie bei Pyrrho.

Die *Vorteile*, welche man von der Wahrheit erwartete, waren die Vorteile des Glaubens an sie: – *an sich* nämlich könnte ja die Wahrheit durchaus peinlich, schädlich, verhängnisvoll sein –. Man hat die »Wahrheit« auch nur wieder bekämpft, als man Vorteile sich vom Siege versprach – z. B. Freiheit von den herrschenden Gewalten.

Die Methodik der Wahrheit ist *nicht* aus Motiven der Wahrheit gefunden worden, sondern *aus Motiven der Macht, des Überlegen-sein-wollens.*

Womit beweist sich die Wahrheit? Mit dem Gefühl der erhöhten

Macht – mit der Nützlichkeit – mit der Unentbehrlichkeit – *kurz mit Vorteilen* (nämlich Voraussetzungen, welcher Art die Wahrheit beschaffen sein *sollte*, um von uns anerkannt zu werden). Aber das ist ein *Vorurteil*: ein Zeichen, daß es sich gar nicht um *Wahrheit* handelt...

Was bedeutet z. B. der »Wille zur Wahrheit« bei den Goncourts? bei den *Naturalisten*? – Kritik der »Objektivität«.

Warum erkennen: warum nicht lieber sich täuschen? ... Was man wollte, war immer der Glaube – und *nicht* die Wahrheit... Der Glaube wird durch *entgegengesetzte* Mittel geschaffen als die Methodik der Forschung –: *er schließt letztere selbst aus* –.

Märtyrer. – Alles, was auf Ehrfurcht sich gründet, bedarf, um bekämpft zu werden, seitens der Angreifenden eine gewisse verwegene, rücksichtslose, selbst schamlose Gesinnung... Erwägt man nun, daß die Menschheit seit Jahrtausenden nur Irrtümer als Wahrheiten geheiligt hat, daß sie selbst jede Kritik derselben als Zeichen der schlechten Gesinnung brandmarkte, so muß man mit Bedauern sich eingestehn, daß eine gute Anzahl *Immoralitäten* nötig war, um die Initiative zum Angriff, will sagen zur *Vernunft* zu geben... Daß diese Immoralisten sich selbst immer als »Märtyrer der Wahrheit« aufgespielt haben, soll ihnen verziehen sein: die Wahrheit ist, daß nicht der Trieb zur Wahrheit, sondern die Auflösung, die frevelhafte Skepsis, die Lust am Abenteuer der Trieb war, aus dem sie negierten –. Im andern Falle sind es persönliche Rankünen, die sie ins Gebiet der Probleme treiben – sie kämpfen gegen Probleme, um gegen Personen recht zu behalten. Vor allem aber ist es die Rache, welche wissenschaftlich nutzbar geworden ist – die Rache Unterdrückter, solcher, die durch die *herrschende* Wahrheit beiseite gedrängt und selbst unterdrückt waren...

Die Wahrheit, will sagen die wissenschaftliche Methodik, ist von solchen erfaßt und gefördert worden, die in ihr ein Werkzeug des Kampfes errieten – eine Waffe zur *Vernichtung*... Um ihre Gegnerschaft zu Ehren zu bringen, brauchten sie im übrigen einen Apparat nach Art derer, die sie angriffen: – sie affichierten den Begriff »Wahrheit« ganz so unbedingt wie ihre Gegner – sie wurden Fanatiker, zum mindesten in der Attitüde, weil keine andre Attitüde ernst genommen wurde. Das übrige tat dann die Verfolgung, die Leidenschaft und

Unsicherheit des Verfolgten, – der Haß wuchs und folglich nahm die Voraussetzung ab, um auf dem Boden der Wissenschaft zu bleiben. Sie wollten zuletzt allesamt auf eine ebenso absurde Weise recht haben wie ihre Gegner... Das Wort »Überzeugung«, »Glaube«, der Stolz des Märtyrertums – das sind alles die ungünstigsten Zustände für die Erkenntnis. Die Gegner der Wahrheit haben zuletzt die ganze subjektive Manier, um über Wahrheit zu entscheiden, nämlich mit Attitüden, Opfern, heroischen Entschließungen, von selbst wieder akzeptiert – d. h. die *Herrschaft* der antiwissenschaftlichen Methode *verlängert.* Als Märtyrer kompromittierten sie ihre eigene Tat.

Nicht der Sieg der *Wissenschaft* ist das, was unser 19. Jahrhundert auszeichnet, sondern der Sieg der wissenschaftlichen *Methode* über die Wissenschaft.

Der Irrtum und die Unwissenheit sind verhängnisvoll. – Die Behauptung, daß die *Wahrheit da sei* und daß es ein Ende habe mit der Unwissenheit und dem Irrtum, ist eine der größten Verführungen, die es gibt. Gesetzt, sie wird geglaubt, so ist damit der Wille zur Prüfung, Forschung, Vorsicht, Versuchung lahmgelegt: er kann selbst als frevelhaft, nämlich als *Zweifel* an der Wahrheit gelten...

Die »Wahrheit« ist folglich verhängnisvoller als der Irrtum und die Unwissenheit, weil sie die Kräfte unterbindet, mit denen an der Aufklärung und Erkenntnis gearbeitet wird.

Der Affekt der *Faulheit* nimmt jetzt Partei für die »Wahrheit« – (»Denken ist eine Not, ein Elend!«); insgleichen die Ordnung, die Regel, das Glück des Besitzes, der Stolz der Weisheit – die *Eitelkeit in summa:* – es ist bequemer zu *gehorchen*, als zu *prüfen*; es ist schmeichelhafter, zu denken »ich habe die Wahrheit«, als um sich herum nur Dunkel zu sehn... vor allem: es beruhigt, es gibt Vertrauen, es erleichtert das Leben – es »verbessert« den Charakter, insofern es das *Mißtrauen verringert.* Der »Frieden der Seele«, die »Ruhe des Gewissens«: alles Erfindungen, die nur unter der Voraussetzung möglich sind, daß *die Wahrheit da ist.* – »An ihren Früchten sollt ihr sie erkennen«... Die »Wahrheit« ist Wahrheit, *denn* sie macht die Menschen *besser*... Der Prozeß setzt sich fort: alles Gute, allen Erfolg, der »Wahrheit« aufs Konto zu setzen.

Das ist der *Beweis der Kraft:* das Glück, die Zufriedenheit, der Wohlstand des Gemeinwesens wie des einzelnen werden nunmehr als Folge des *Glaubens an die Moral* verstanden... Die Umkehrung: der *schlimme* Erfolg ist aus dem *Mangel* an Glauben abzuleiten –.

Was ist die *Falschmünzerei an der Moral?* – Sie gibt vor, etwas zu *wissen*, nämlich was »gut und böse« sei. Das heißt wissen wollen, wozu der Mensch da ist, sein Ziel, seine Bestimmung zu kennen. Das heißt wissen wollen, daß der Mensch ein Ziel, eine Bestimmung *habe* –.

Die Umkehrung der Rangordnung. – Die frommen Falschmünzer, die Priester, werden unter uns zu Tschandalas: – sie nehmen die Stellung der Scharlatane, der Quacksalber, der Falschmünzer, der Zauberer ein: wir halten sie für Willens-Verderber, für die großen Verleumder und Rachsüchtigen des Lebens, für die *Empörer* unter den Schlechtweggekommenen. Wir haben aus der Dienstboten-Kaste, den Sudras, unsern Mittelstand gemacht, unser »Volk«, das, was die politische Entscheidung in den Händen hat.

Dagegen ist der Tschandala von ehemals obenauf: voran die *Gotteslästerer*, die *Immoralisten*, die Freizügigen jeder Art, die Artisten, die Juden, die Spielleute – im Grunde alle *verrufenen* Menschenklassen –.

Wir haben uns zu *ehrenhaften* Gedanken emporgehoben, mehr noch, wir *bestimmen* die Ehre auf Erden, die »Vornehmheit«... Wir alle sind heute die *Fürsprecher des Lebens* –. Wir *Immoralisten* sind heute die *stärkste Macht*: die großen andern Mächte brauchen uns... wir konstruieren die Welt nach unserm Bilde –.

Wir haben den Begriff »Tschandala« auf die *Priester*, *Jenseits-Lehrer* und die mit ihnen verwachsene *christliche Gesellschaft* übertragen, hinzugenommen was gleichen Ursprungs ist, die Pessimisten, Nihilisten, Mitleids-Romantiker, Verbrecher, Lasterhaften – die gesamte Sphäre, wo der Begriff »Gott« als *Heiland* imaginiert wird...

Wir sind stolz darauf, keine Lügner mehr sein zu müssen, keine Verleumder, keine Verdächtiger des Lebens...

Zur Kritik des Manu-Gesetzbuches. – Das ganze Buch ruht auf der heiligen Lüge. Ist es das Wohl der Menschheit, welches dieses ganze

System inspiriert hat? Diese Art Mensch, welche an die *Interessiertheit* jeder Handlung glaubt, war sie interessiert oder nicht, dieses System durchzusetzen? Die Menschheit zu verbessern – woher ist diese Absicht inspiriert? Woher ist der Begriff des Bessern genommen?

Wir finden eine Art Mensch, die *priesterliche*, die sich als Norm, als Spitze, als höchsten Ausdruck des Typus Mensch fühlt: von sich aus nimmt sie den Begriff des »Bessern«. Sie glaubt an ihre Überlegenheit, sie *will* sie auch in der Tat: die Ursache der heiligen Lüge ist der *Wille zur Macht*...

Aufrichtung der Herrschaft: zu diesem Zwecke die Herrschaft von Begriffen, welche in der Priesterschaft ein *non plus ultra* von Macht ansetzen. Die Macht durch die Lüge – in Einsicht darüber, daß man sie nicht physisch, militärisch besitzt... Die Lüge als Supplement der Macht – ein neuer Begriff der »Wahrheit«.

Man irrt sich, wenn man hier *unbewußte und naive* Entwicklung voraussetzt, eine Art Selbstbetrug... Die Fanatiker sind nicht die Erfinder solcher durchdachten Systeme der Unterdrückung... Hier hat die kaltblütigste Besonnenheit gearbeitet; dieselbe Art Besonnenheit, wie sie ein Plato hatte, als er sich seinen »Staat« ausdachte. – »Man muß die Mittel wollen, wenn man das Ziel will« – über diese Politiker-Einsicht waren alle Gesetzgeber bei sich klar.

Wir haben das klassische Muster als spezifisch *arisch*: wir dürfen also die bestausgestattete und besonnenste Art Mensch verantwortlich machen für die grundsätzlichste Lüge, die je gemacht worden ist... Man hat das nachgemacht, überall beinahe: der *arische Einfluß* hat alle Welt verdorben...

Kritik der heiligen Lüge. – Daß zu frommen Zwecken die Lüge erlaubt ist, das gehört zur Theorie aller Priesterschaften – wie weit es zu ihrer Praxis gehört, soll der Gegenstand dieser Untersuchung sein.

Aber auch die Philosophen, sobald sie mit priesterlichen Hinterabsichten die Leitung der Menschen in die Hand zu nehmen beabsichtigen, haben sofort auch sich ein Recht zur Lüge zurechtgemacht: Plato voran. Am großartigsten ist die doppelte durch die typisch-arischen Philosophen des Vedânta entwickelte: zwei Systeme, in allen Hauptpunkten widersprüchlich, aber aus Erziehungszwecken sich ablösend, ausfüllend, ergänzend. Die Lüge des einen soll einen Zustand schaffen, in dem die Wahrheit des andern erst *hörbar* wird...

Wie weit geht die fromme Lüge der Priester und der Philosophen? – Man muß hier fragen, welche Voraussetzungen zur Erziehung sie haben, welche Dogmen sie *erfinden* müssen, um diesen Voraussetzungen genugzutun?

Erstens: sie müssen die Macht, die Autorität, die unbedingte Glaubwürdigkeit auf ihrer Seite haben.

Zweitens: sie müssen den ganzen Naturverlauf in Händen haben, so daß alles, was den einzelnen trifft, als bedingt durch ihr Gesetz erscheint.

Drittens: sie müssen auch einen weiter reichenden Machtbereich haben, dessen Kontrolle sich den Blicken ihrer Unterworfenen entzieht: das Strafmaß für das Jenseits, das »Nach-dem-Tode« – wie billig auch die Mittel, zur Seligkeit den Weg zu wissen.

– Sie haben den Begriff des natürlichen Verlaufs zu entfernen: da sie aber kluge und nachdenkliche Leute sind, so können sie eine Menge Wirkungen *versprechen*, natürlich als bedingt durch Gebete oder durch strikte Befolgung ihres Gesetzes. – Sie können insgleichen eine Menge Dinge *verordnen*, die absolut vernünftig sind, – nur daß sie nicht die Erfahrung, die Empirie als Quelle dieser Weisheit nennen dürfen, sondern eine Offenbarung oder die Folge »härtester Bußübungen«.

Die *heilige Lüge* bezieht sich also prinzipiell: auf den *Zweck* der Handlung (– der Naturzweck, die Vernunft wird unsichtbar gemacht: ein Moral-Zweck, eine Gesetzeserfüllung, eine Gottesdienstlichkeit erscheint als Zweck –): auf die *Folge* der Handlung (– die natürliche Folge wird als übernatürliche ausgelegt, und, um sichrer zu wirken, es werden unkontrollierbare andre, übernatürliche Folgen in Aussicht gestellt).

Auf diese Weise wird ein Begriff von *Gut* und *Böse* geschaffen, der ganz und gar losgelöst von dem Naturbegriff »nützlich«, »schädlich«, »lebenfördernd«, »lebenvermindernd« erscheint – er kann, insofern ein *anderes* Leben erdacht ist, sogar direkt *feindselig* dem Naturbegriff von Gut und Böse werden.

Auf diese Weise wird endlich das berühmte »*Gewissen*« geschaffen:

eine innere Stimme, welche bei jeder Handlung *nicht* den Wert der Handlung an ihren Folgen mißt, sondern in Hinsicht auf die Absicht und Konformität dieser Absicht mit dem »Gesetz«.

Die heilige Lüge hat also 1. einen *strafenden* und *belohnenden Gott* erfunden, der exakt das Gesetzbuch der Priester anerkennt und exakt sie als seine Mundstücke und Bevollmächtigten in die Welt schickt; – 2. ein *Jenseits des Lebens*, in dem die große Straf-Maschine erst wirksam gedacht wird – zu diesem Zwecke die *Unsterblichkeit der Seele*; – 3. das *Gewissen* im Menschen, als das Bewußtsein davon, daß Gut und Böse feststeht – daß Gott selbst hier redet, wenn es die Konformität mit der priesterlichen Vorschrift anrät; – 4. die *Moral* als *Leugnung* alles natürlichen Verlaufs, als Reduktion alles Geschehens auf ein moralisch-bedingtes Geschehen, die Moralwirkung (d. h. die Straf- und Lohn-Idee) als die Welt durchdringend, als einzige Gewalt, als *creator* von allem Wechsel; – 5. die *Wahrheit* als gegeben, als geoffenbart, als zusammenfallend mit der Lehre der Priester: als Bedingung alles Heils und Glücks in diesem und jenem Leben.

In summa: womit ist die moralische *Besserung* bezahlt? – Aushängung der *Vernunft*, Reduktion aller Motive auf Furcht und Hoffnung (Strafe und Lohn); *Abhängigkeit* von einer priesterlichen Vormundschaft, von einer Formalien-Genauigkeit, welche den Anspruch macht, einen göttlichen Willen auszudrücken; die Einpflanzung eines »Gewissens«, welches ein falsches *Wissen* an Stelle der Prüfung und des Versuchs setzt: wie als ob es bereits feststünde, was zu tun und was zu lassen wäre – eine Art Kastration des suchenden und vorwärtsstrebenden Geistes; – *in summa*: die ärgste *Verstümmelung* des Menschen, die man sich vorstellen kann, angeblich als der »gute Mensch«.

In praxi ist die ganze Vernunft, die ganze Erbschaft von Klugheit, Feinheit, Vorsicht, welche die Voraussetzung des priesterlichen Kanons ist, willkürlich hinterdrein auf eine bloße *Mechanik* reduziert: die Konformität mit dem Gesetz gilt bereits als Ziel, als oberstes Ziel, *das Leben hat keine Probleme mehr*; – die ganze Welt-Konzeption ist beschmutzt mit der *Strafidee*; – das Leben selbst ist, mit Hinsicht darauf, das *priesterliche* Leben als das *non plus ultra* der Vollkommenheit darzustellen, in eine Verleumdung und Beschmutzung des Lebens umgedacht; – der Begriff »Gott« stellt eine Abkehr vom Leben, eine

Kritik, eine Verachtung selbst des Lebens dar; – die Wahrheit ist umgedacht als die *priesterliche* Lüge, das Streben nach Wahrheit als *Studium der Schrift*, als Mittel, *Theolog zu werden*...

Dem Wohlgeratenen, der meinem Herzen wohltut, aus einem Holz geschnitzt, welches hart, zart und wohlriechend ist – an dem selbst die Nase noch ihre Freude hat –, sei dies Buch geweiht.

Ihm schmeckt, was ihm zuträglich ist;

sein Gefallen an etwas hört auf, wo das Maß des Zuträglichen überschritten wird;

er errät die Heilmittel gegen partielle Schädigungen; er hat Krankheiten als große Stimulantia seines Lebens;

er versteht seine schlimmen Zufälle auszunützen;

er wird stärker, durch die Unglücksfälle, die ihn zu vernichten drohen;

er sammelt instinktiv aus allem, was er sieht, hört, erlebt, zugunsten seiner Hauptsache – er folgt einem *auswählenden* Prinzip – er läßt viel durchfallen;

er reagiert mit der Langsamkeit, welche eine lange Vorsicht und ein gewollter *Stolz* angezüchtet haben – er prüft den Reiz, woher er kommt, wohin er will, er unterwirft sich nicht;

er ist immer in *seiner* Gesellschaft, ob er mit Büchern, Menschen oder Landschaften verkehrt;

er ehrt, indem er *wählt*, indem er *zuläßt*, indem er *vertraut*.

Nicht die Natur ist unmoralisch, wenn sie ohne Mitleid für die Degenerierten ist: das Wachstum der physiologischen und moralischen Übel im menschlichen Geschlecht ist umgekehrt die *Folge einer krankhaften und unnatürlichen Moral*. Die Sensibilität der Mehrzahl der Menschen ist krankhaft und unnatürlich.

Woran hängt es, daß die Menschheit *korrupt* ist in moralischer und physiologischer Beziehung? – Der Leib geht zugrunde, wenn ein Organ *alteriert* ist. Man kann nicht das *Recht des Altruismus* auf die Physiologie zurückführen, ebensowenig das Recht auf Hilfe, auf Gleichheit der Lose: das sind alles Prämien für die Degenerierten und Schlechtweggekommenen.

Es gibt *keine Solidarität* in einer Gesellschaft, wo es unfruchtbare, unproduktive und zerstörerische Elemente gibt: die übrigens noch entartetere Nachkommen haben werden, als sie selbst sind.

Grundeinsicht über das Wesen der *décadence*: *was man bisher als deren Ursachen angesehen hat, sind deren Folgen.*

Damit verändert sich die ganze Perspektive *der moralischen Probleme.*

Der ganze Moral-Kampf gegen Laster, Luxus, Verbrechen, selbst Krankheit erscheint als Naivität, als überflüssig: – es gibt keine »*Besserung*« (gegen die *Reue*).

Die *décadence* selbst ist nichts, *was zu bekämpfen wäre*: sie ist absolut notwendig und jeder Zeit und jedem Volk eigen. *Was* mit aller Kraft zu bekämpfen ist, das ist die Einschleppung des Kontagiums in die gesunden Teile des Organismus.

Tut man das? Man tut das *Gegenteil.* Genau darum bemüht man sich seitens der *Humanität.*

– Wie verhalten sich zu dieser *biologischen* Grundfrage die bisherigen *obersten Werte*? Die Philosophie, die Religion, die Moral, die Kunst usw.

(Die Kur: z. B. *Militarismus*, von Napoleon an, der in der Zivilisation seine natürliche Feindin sah.)

Man hat den unwürdigen Versuch gemacht, in Wagner und Schopenhauer Typen der geistig Gestörten zu sehen: eine ungleich wesentlichere Einsicht wäre gewonnen, den Typus der *décadence*, den beide darstellen, wissenschaftlich zu präzisieren.

»Die Erlösung von aller Schuld«

Man spricht von der »tiefen Ungerechtigkeit« des sozialen Pakts: wie als ob die Tatsache, daß dieser unter günstigen, jener unter ungünstigen Verhältnissen geboren wird, von vornherein eine Ungerechtigkeit sei; oder gar schon, daß dieser mit diesen Eigenschaften, jener mit jenen geboren wird. Von seiten der Aufrichtigsten unter diesen Gegnern der Gesellschaft wird dekretiert: »wir selber sind mit allen unseren schlechten, krankhaften, verbrecherischen Eigenschaften, die wir eingestehen, nur die unvermeidlichen *Folgen* einer sekulären Unterdrükkung der Schwachen durch die Starken«; sie schieben ihren Charakter den herrschenden Ständen ins Gewissen. Und man droht, man zürnt, man verflucht; man wird tugendhaft vor Entrüstung –, man will nicht umsonst ein schlechter Mensch, eine Kanaille geworden sein.

Diese Attitüde, eine Erfindung unsrer letzten Jahrzehnte, heißt sich, soviel ich höre, auch Pessimismus, und zwar Entrüstungs-Pessimismus. Hier wird der Anspruch gemacht, die Geschichte zu richten, sie ihrer Fatalität zu entkleiden, eine Verantwortlichkeit hinter ihr, *Schuldige* in ihr zu finden. Denn darum handelt es sich: man braucht Schuldige. Die Schlechtweggekommenen, die *décadents* jeder Art sind in Revolte über sich und brauchen Opfer, um nicht an sich selbst ihren Vernichtungs-Durst zu löschen (– was an sich vielleicht die Vernunft für sich hätte). Dazu haben sie einen Schein von Recht nötig, d. h. eine Theorie, auf welche hin sie die Tatsache ihrer Existenz, ihres So-und-so-seins auf irgendeinen Sündenbock *abwälzen* können. Dieser Sündenbock kann Gott sein – es fehlt in Rußland nicht an solchen Atheisten aus Ressentiment –, oder die gesellschaftliche Ordnung, oder die Erziehung und der Unterricht, oder die Juden, oder die Vornehmen, oder überhaupt *Gutweggekommene* irgendwelcher Art. »Es ist ein Verbrechen, unter günstigen Bedingungen geboren zu werden: denn damit hat man die andern enterbt, beiseite gedrückt, zum Laster, selbst zur *Arbeit* verdammt... Was kann *ich* dafür, miserabel zu sein! Aber irgendwer muß etwas dafür können, *sonst wäre es nicht auszuhalten!*« ... Kurz, der Entrüstungs-Pessimismus *erfindet* Verantwortlichkeiten, um sich ein *angenehmes* Gefühl zu schaffen – die Rache ... »Süßer als Honig« nennt sie schon der alte Homer. –

Daß eine solche Theorie nicht mehr Verständnis, will sagen Verachtung findet, das macht das Stück *Christentum*, das uns allen noch im Blute steckt: so daß wir tolerant gegen Dinge sind, bloß weil sie von fern etwas christlich riechen... Die Sozialisten appellieren an die christlichen Instinkte, das ist noch ihre feinste Klugheit... Vom Christentum her sind wir an den abergläubischen Begriff der »Seele« gewöhnt, an die »unsterbliche Seele«, an die Seelen-Monade, die eigentlich ganz woanders zu Hause ist und nur zufällig in diese oder jene Umstände, ins »Irdische« gleichsam hineingefallen ist, »Fleisch« geworden ist: doch ohne daß ihr Wesen dadurch berührt, geschweige denn *bedingt* wäre. Die gesellschaftlichen, verwandtschaftlichen, historischen Verhältnisse sind für die Seele nur Gelegenheiten, Verlegenheiten vielleicht; jedenfalls ist sie nicht deren *Werk*. Mit dieser Vorstellung ist das Individuum transzendent gemacht; es darf auf sie hin sich eine unsinnige Wichtigkeit beilegen.

In der Tat hat erst das Christentum das Individuum herausgefordert, sich zum Richter über alles und jedes aufzuwerfen, der Größenwahn ist ihm beinahe zur Pflicht gemacht: es hat ja *ewige* Rechte gegen alles Zeitliche und Bedingte geltend zu machen! Was Staat! Was Gesellschaft! Was historische Gesetze! Was Physiologie! Hier redet ein Jenseits des Werdens, ein Unwandelbares in aller Historie, hier redet etwas Unsterbliches, etwas Göttliches: eine *Seele!*

Ein anderer christlicher, nicht weniger verrückter Begriff hat sich noch weit tiefer ins Fleisch der Modernität vererbt: der Begriff von der »*Gleichheit der Seelen vor Gott*«. In ihm ist das Prototyp aller Theorien der *gleichen Rechte* gegeben: man hat die Menschheit den Satz von der Gleichheit erst religiös stammeln gelehrt, man hat ihr später eine Moral daraus gemacht: was Wunder, daß der Mensch damit endet, ihn ernst zu nehmen, ihn *praktisch* zu nehmen! – will sagen politisch, demokratisch, sozialistisch, entrüstungs-pessimistisch.

Überall, wo Verantwortlichkeiten gesucht worden sind, ist es der *Instinkt der Rache* gewesen, der da suchte. Dieser Instinkt der Rache wurde in Jahrtausenden dermaßen über die Menschheit Herr, daß die ganze Metaphysik, Psychologie, Geschichtsvorstellung, vor allem aber die *Moral* mit ihm abgezeichnet ist. Soweit auch nur der Mensch gedacht hat, so weit hat er den Bazillus der Rache in die Dinge geschleppt. Er hat Gott selbst damit krank gemacht, er hat *das Dasein* überhaupt *um seine Unschuld gebracht*: nämlich dadurch, daß er jedes So-und-so-sein auf Willen, auf Absichten, auf Akte der Verantwortlichkeit zurückführte. Die ganze Lehre vom Willen, diese verhängnisvollste *Fälschung* in der bisherigen Psychologie, wurde wesentlich erfunden zum Zweck der Strafe. Es war die gesellschaftliche *Nützlichkeit* der Strafe, die diesem Begriff seine Würde, seine Macht, seine Wahrheit verbürgte. Die Urheber jener Psychologie – der Willens-Psychologie – hat man in den Ständen zu suchen, welche das

Strafrecht in den Händen hatten, voran in dem der Priester an der Spitze der ältesten Gemeinwesen: diese wollten sich ein Recht schaffen, Rache zu nehmen – sie wollten *Gott* ein Recht zur Rache schaffen. Zu diesem Zwecke wurde der Mensch »frei« gedacht; zu diesem Zwecke mußte jede Handlung als gewollt, mußte der Ursprung jeder Handlung als im Bewußtsein liegend gedacht werden. Aber mit diesen Sätzen ist die alte Psychologie widerlegt.

Heute, wo Europa in die umgekehrte Bewegung eingetreten scheint, wo wir Halkyonier zumal mit aller Kraft den *Schuldbegriff* und *Strafbegriff* aus der Welt wieder zurückzuziehen, herauszunehmen, auszulöschen suchen, wo unser größter Ernst darauf aus ist, die Psychologie, die Moral, die Geschichte, die Natur, die gesellschaftlichen Institutionen und Sanktionen, Gott selbst von diesem Schmutze zu reinigen, – in wem müssen wir unsre natürlichsten Antagonisten sehen? Eben in jenen Aposteln der Rache und des Ressentiments, in jenen Entrüstungs-Pessimisten *par excellence*, welche eine Mission daraus machen, ihren Schmutz unter dem Namen »Entrüstung« zu heiligen... Wir anderen, die wir dem Werden seine Unschuld zurückzugewinnen wünschen, möchten die Missionare eines reinlicheren Gedankens sein: daß niemand dem Menschen seine Eigenschaften gegeben hat, weder Gott, noch die Gesellschaft, noch seine Eltern und Vorfahren, noch er selbst, – daß niemand *schuld* an ihm ist... Es fehlt ein Wesen, das dafür verantwortlich gemacht werden könnte, daß jemand überhaupt da ist, daß jemand so und so ist, daß jemand unter diesen Umständen, in dieser Umgebung geboren ist. – *Es ist ein großes Labsal, daß solch ein Wesen fehlt*... Wir sind *nicht* das Resultat einer ewigen Absicht, eines Willens, eines Wunsches: mit uns wird *nicht* der Versuch gemacht, ein »Ideal von Vollkommenheit« oder ein »Ideal von Glück« oder ein »Ideal von Tugend« zu erreichen – wir sind ebensowenig der Fehlgriff Gottes, vor dem ihm selber angst werden müßte (mit welchem Gedanken bekanntlich das Alte Testament beginnt). Es fehlt jeder Ort, jeder Zweck, jeder Sinn, wohin wir unser Sein, unser So-und-so-sein abwälzen könnten. Vor allem: niemand *könnte* es: man *kann* das Ganze nicht richten, messen, vergleichen oder gar verneinen! Warum nicht? – Aus fünf Gründen, allesamt selbst bescheidenen Intelligenzen zugänglich: zum Beispiel, *weil es nichts gibt außer dem Ganzen*... Und nochmals gesagt, das ist ein großes Labsal, darin liegt die Unschuld alles Daseins.

Zwei Typen der Moral sind nicht zu verwechseln: eine Moral, mit der sich der gesund gebliebene Instinkt gegen die beginnende *décadence* wehrt – und eine andere Moral, mit der eben diese *décadence* sich formuliert, rechtfertigt und selber abwärts führt.

Die erstere pflegt stoisch, hart, tyrannisch zu sein (– der *Stoizismus* selbst war eine solche Hemmschuh-Moral); die andere ist schwärmerisch, sentimental, voller Geheimnisse, sie hat die Weiber und »schönen Gefühle« für sich (– das erste *Christentum* war eine solche Moral).

Man hat zu allen Zeiten die »schönen Gefühle« für Argumente genommen, den »gehobenen Busen« für den Blasebalg der Gottheit, die Überzeugung als »Kriterium der Wahrheit«, das Bedürfnis des Gegners als Fragezeichen zur Weisheit: diese Falschheit, Falschmünzerei geht durch die ganze Geschichte der Philosophie. Die achtbaren, aber nur spärlichen Skeptiker abgerechnet, zeigt sich nirgends ein Instinkt von intellektueller Rechtschaffenheit. Zuletzt hat noch *Kant* in aller Unschuld diese Denker-Korruption mit dem Begriff »*praktische Vernunft*« zu verwissenschaftlichen gesucht: er erfand eigens eine Vernunft dafür, in welchen Fällen man sich *nicht* um die Vernunft zu kümmern brauche: nämlich wenn das Bedürfnis des Herzens, wenn die Moral, wenn die »Pflicht« redet.

Wenn durch Übung in einer ganzen Reihe von Geschlechtern die Moral gleichsam einmagaziniert worden ist – also die Feinheit, die Vorsicht, die Tapferkeit, die Billigkeit –, so strahlt die Gesamtkraft dieser aufgehäuften Tugend selbst noch in die Sphäre aus, wo die Rechtschaffenheit am seltensten, in die *geistige* Sphäre. In allem Bewußtwerden drückt sich ein Unbehagen des Organismus aus; es soll etwas Neues versucht werden, es ist nichts genügend zurecht dafür, es gibt Mühsal, Spannung, Überreiz – das alles *ist* eben Bewußtwerden... Das Genie sitzt im Instinkt; die Güte ebenfalls. Man handelt nur vollkommen, sofern man instinktiv handelt. Auch moralisch betrachtet ist alles Denken, das bewußt verläuft, eine bloße Tentative, zumeist das Widerspiel der Moral. Die wissenschaftliche Rechtschaffenheit ist immer ausgehängt, wenn der Denker anfängt zu räsonieren: man mache die Probe, man lege die Weisesten auf die Goldwaage, indem man sie Moral reden macht...

Das läßt sich beweisen, daß alles Denken, das *bewußt* verläuft, auch einen viel niedrigeren Grad von Moralität darstellen wird, als das Denken desselben, sofern es von seinen *Instinkten* geführt wird.

Nichts ist seltner unter den Philosophen als *intellektuelle Rechtschaffenheit*: vielleicht sagen sie das Gegenteil, vielleicht glauben sie es selbst. Aber ihr ganzes Handwerk bringt es mit sich, daß sie nur gewisse Wahrheiten zulassen; sie wissen, was sie beweisen *müssen*, sie erkennen sich beinahe daran als Philosophen, daß sie über diese »Wahrheiten« einig sind. Da sind z. B. die moralischen Wahrheiten. Aber der Glaube an Moral ist noch kein Beweis von Moralität: es gibt Fälle – und der Fall der Philosophen gehört hierher –, wo ein solcher Glaube einfach eine *Unmoralität* ist.

Renaissance und Reformation. – Was *beweist* die Renaissance? Daß das Reich des »Individuums« nur kurz sein kann. Die Verschwendung ist zu groß; es fehlt die Möglichkeit selbst, zu sammeln, zu kapitalisieren, und die Erschöpfung folgt auf dem Fuße. Es sind Zeiten, wo alles *vertan* wird, wo die Kraft selbst vertan wird, mit der man sammelt, kapitalisiert, Reichtum auf Reichtum häuft... Selbst die Gegner solcher Bewegungen sind zu einer unsinnigen Kraft-Vergeudung gezwungen; auch sie werden alsbald erschöpft, ausgebraucht, öde.

Wir haben in der Reformation ein wüstes und pöbelhaftes Gegenstück zur Renaissance Italiens, verwandten Antrieben entsprungen, nur daß diese im zurückgebliebenen, gemein gebliebenen Norden sich religiös verkleiden mußten, – dort hatte sich der Begriff des höheren Lebens von dem des religiösen Lebens noch nicht abgelöst.

Auch mit der Reformation will das Individuum zur Freiheit; »Jeder sein eigner Priester« ist auch nur eine Formel der Libertinage. In Wahrheit genügte *ein* Wort – »evangelische Freiheit« – und alle Instinkte, die Grund hatten, im Verborgenen zu bleiben, brachen wie wilde Hunde heraus, die brutalsten Bedürfnisse bekamen mit einem

Male den Mut zu sich, alles schien gerechtfertigt... Man hütete sich zu begreifen, welche Freiheit man im Grunde gemeint hatte, man schloß die Augen vor sich... Aber daß man die Augen zumachte und die Lippen mit schwärmerischen Reden benetzte, hinderte nicht, daß die Hände zugriffen, wo etwas zu greifen war, daß der Bauch der Gott des »freien Evangeliums« wurde, daß alle Rache- und Neid-Gelüste sich in unersättlicher Wut befriedigten...

Dies dauerte eine Weile: dann kam die Erschöpfung, ganz so wie sie im Süden Europas gekommen war; und auch hier wieder eine *gemeine* Art Erschöpfung, ein allgemeines *ruere in servitium*... Es kam das *unanständige* Jahrhundert Deutschlands...

Wohin gehört unsre moderne Welt: in die Erschöpfung oder in den Aufgang? – Ihre Vielheit und Unruhe bedingt durch die höchste Form des *Bewußtwerdens*.

Man hat bisher das Christentum immer auf eine falsche, und nicht bloß schüchterne Weise angegriffen. Solange man nicht die *Moral* des Christentums als *Kapitalverbrechen am Leben* empfindet, haben dessen Verteidiger gutes Spiel. Die Frage der bloßen »Wahrheit« des Christentums – sei es in Hinsicht auf die Existenz seines Gottes oder die Geschichtlichkeit seiner Entstehungslegende, gar nicht zu reden von der christlichen Astronomie und Naturwissenschaft – ist eine ganz nebensächliche Angelegenheit, solange die Wertfrage der christlichen *Moral* nicht berührt ist. *Taugt* die Moral des Christentums etwas oder ist sie eine Schändung und Schmach trotz aller Heiligkeit der Verführungskünste? Es gibt Schlupfwinkel jeder Art für das Problem von der Wahrheit; und die Gläubigsten können zuletzt sich der Logik der Ungläubigsten bedienen, um sich ein Recht zu schaffen, gewisse Dinge als unwiderlegbar zu affirmieren – nämlich als *jenseits* der Mittel aller Widerlegung (– dieser Kunstgriff heißt sich heute »Kantischer Kritizismus«).

Ich habe das Glück, nach ganzen Jahrtausenden der Verirrung und Verwirrung den Weg wiedergefunden zu haben, der zu einem Ja und einem Nein führt.

Ich lehre das Nein zu allem, was schwach macht – was erschöpft.

Ich lehre das Ja zu allem, was stärkt, was Kraft aufspeichert, was das Gefühl der Kraft rechtfertigt.

Man hat weder das eine noch das andre bisher gelehrt: man hat Tugend, Entselbstung, Mitleiden, man hat selbst Verneinung des Lebens gelehrt. Dies alles sind Werte der Erschöpften.

Ein langes Nachdenken über die Physiologie der Erschöpfung zwang mich zu der Frage, wie weit die Urteile Erschöpfter in die Welt der Werte eingedrungen seien.

Mein Ergebnis war so überraschend wie möglich, selbst für mich, der in mancher fremden Welt schon zu Hause war: ich fand alle obersten Werturteile, alle, die Herr geworden sind über die Menschheit, mindestens zahm gewordene Menschheit, zurückführbar auf die Urteile Erschöpfter.

Unter den heiligsten Namen zog ich die zerstörerischen Tendenzen heraus; man hat Gott genannt, was schwächt, Schwäche lehrt, Schwäche infiziert... ich fand, daß der »gute Mensch« eine Selbstbejahungsform der *décadence* ist.

Jene Tugend, von der noch Schopenhauer gelehrt hat, daß sie die oberste, die einzige und das Fundament aller Tugenden sei: eben jenes Mitleiden erkannte ich als gefährlicher, als irgendein Laster. Die Auswahl in der Gattung, ihre Reinigung vom Abfall grundsätzlich kreuzen – das hieß bisher Tugend *par excellence*...

Man soll das *Verhängnis* in Ehren halten; das Verhängnis, das zum Schwachen sagt »geh zugrunde!«...

Man hat es *Gott* genannt, daß man dem Verhängnis widerstrebte – daß man die Menschheit verdarb und verfaulen machte... Man soll den Namen Gottes nicht unnützlich führen...

Die Rasse ist verdorben – nicht durch ihre Laster, sondern ihre Ignoranz: sie ist verdorben, weil sie die Erschöpfung nicht als Erschöpfung verstand: die physiologischen Verwechslungen sind die Ursache alles Übels...

Die Tugend ist unser großes Mißverständnis.

Problem: wie kamen die Erschöpften dazu, die Gesetze der Werte zu machen? Anders gefragt: wie kamen die zur Macht, die die Letzten sind? ... Wie kam der Instinkt des Tieres Mensch auf den Kopf zu stehn?...

Fortschritt. – Daß wir uns nicht täuschen! Die Zeit läuft vorwärts – wir möchten glauben, daß auch alles, was in ihr ist, vorwärts läuft, – daß die Entwicklung eine Vorwärts-Entwicklung ist... Das ist der Augenschein, von dem die Besonnensten verführt werden. Aber das neunzehnte Jahrhundert ist kein Fortschritt gegen das sechzehnte: und der deutsche Geist von 1888 ist ein Rückschritt gegen den deutschen Geist von 1788... Die »Menschheit« avanciert nicht, sie existiert nicht einmal. Der Gesamt-Aspekt ist der einer ungeheuren Experimentier-Werkstätte, wo einiges gelingt, zerstreut durch alle Zeiten, und Unsägliches mißrät, wo alle Ordnung, Logik, Verbindung und Verbindlichkeit fehlt. Wie dürften wir verkennen, daß die Heraufkunft des Christentums eine *décadence*-Bewegung ist? ... Daß die deutsche Reformation eine Rekrudeszenz der christlichen Barbarei ist? ... Daß die Revolution den Instinkt zur großen Organisation der Gesellschaft zerstört hat? ... Der Mensch ist kein Fortschritt gegen das Tier: der Kultur-Zärtling ist eine Mißgeburt im Vergleich zum Araber und Korsen; der Chinese ist ein wohlgeratener Typus, nämlich dauerfähiger, als der Europäer...

Was ist tragisch? – Ich habe zu wiederholten Malen den Finger auf das große Mißverständnis des Aristoteles gelegt, als er in zwei *deprimierenden* Affekten, im Schrecken und im Mitleiden, die tragischen Affekte zu erkennen glaubte. Hätte er recht, so wäre die Tragödie eine lebensgefährliche Kunst: man müßte vor ihr wie vor etwas Gemeinschädlichem und Anrüchigem warnen. Die Kunst, sonst das große Stimulans des Lebens, ein Rausch am Leben, ein Wille zum Leben, würde hier, im Dienste einer Abwärtsbewegung, gleichsam als Dienerin des Pessimismus *gesundheitsschädlich* (– denn daß man durch Erregung dieser Affekte sich von ihnen »purgiert«, wie Aristoteles zu glauben scheint, ist einfach nicht wahr). Etwas, das habituell Schrekken oder Mitleid erregt, desorganisiert, schwächt, entmutigt: – und gesetzt, Schopenhauer behielte recht, daß man der Tragödie die Resignation zu entnehmen habe (d. h. eine sanfte Verzichtleistung auf

Glück, auf Hoffnung, auf Willen zum Leben), so wäre hiermit eine Kunst konzipiert, in der die Kunst sich selbst verneint. Tragödie bedeutete dann einen Auflösungsprozeß: der Instinkt des Lebens sich im Instinkt der Kunst selbst zerstörend. Christentum, Nihilismus, tragische Kunst, physiologische *décadence:* das hielte sich an den Händen, das käme zur selben Stunde zum Übergewicht, das triebe sich gegenseitig vorwärts – *abwärts*... Tragödie wäre ein Symptom des Verfalls.

Man kann diese Theorie in der kaltblütigsten Weise widerlegen: nämlich indem man vermöge des Dynamometers die Wirkung einer tragischen Emotion mißt und man bekommt als Ergebnis, was zuletzt nur die absolute Verlogenheit eines Systematikers verkennen kann: – daß die Tragödie ein *tonicum* ist. Wenn Schopenhauer hier nicht begreifen *wollte*, wenn er die Gesamt-Depression als tragischen Zustand ansetzt, wenn er den Griechen (– die zu seinem Verdruß nicht »resignierten«...) zu verstehen gab, sie hätten sich nicht auf der Höhe der Weltanschauung befunden: so ist das *parti pris*, Logik des Systems, Falschmünzerei des Systematikers: eine jener schlimmen Falschmünzereien, welche Schopenhauern, Schritt für Schritt, seine ganze Psychologie verdorben hat (: er, der das Genie, die Kunst selbst, die Moral, die heidnische Religion, die Schönheit, die Erkenntnis und ungefähr alles willkürlich-gewaltsam mißverstanden hat).

Ich unterscheide einen Typus des aufsteigenden Lebens und einen andern des Verfalls, der Zersetzung, der Schwäche. Sollte man glauben, daß die Rangfrage zwischen beiden Typen überhaupt noch zu stellen ist?...

Der *moderne* Künstler, in seiner Physiologie dem Hysterismus nächstverwandt, ist auch als Charakter auf diese Krankhaftigkeit hin abgezeichnet. Der Hysteriker ist falsch – er lügt aus Lust an der Lüge, er ist bewunderungswürdig in jeder Kunst der Verstellung –, es sei denn, daß seine krankhafte Eitelkeit ihm einen Streich spielt. Diese Eitelkeit ist wie ein fortwährendes Fieber, welches Betäubungsmittel nötig hat und vor keinem Selbstbetrug, vor keiner Farce zurückschreckt, die eine augenblickliche Linderung verspricht. (*Unfähigkeit* zum Stolz und beständig Rache für eine tief eingenistete Selbstverachtung nötig zu haben – das ist beinahe die Definition dieser Art von Eitelkeit.)

Die absurde Erregbarkeit seines Systems, die aus allen Erlebnissen Krisen macht und das »Dramatische« in die geringsten Zufälle des Lebens einschleppt, nimmt ihm alles Berechenbare: er ist keine Person mehr, höchstens ein Rendezvous von Personen, von denen bald diese, bald jene mit unverschämter Sicherheit herausschießt. Eben darum ist er groß als Schauspieler: alle diese armen Willenlosen, welche die Ärzte in der Nähe studieren, setzen in Erstaunen durch ihre Virtuosität der Mimik, der Transfiguration, des Eintretens in fast jeden *verlangten* Charakter.

Man soll das Christentum als *historische Realität* nicht mit jener einen Wurzel verwechseln, an welche es mit seinem Namen erinnert: die *andern* Wurzeln, aus denen es gewachsen ist, sind bei weitem mächtiger gewesen. Es ist ein Mißbrauch ohnegleichen, wenn solche Verfalls-Gebilde und Mißformen, die »christliche Kirche«, »christlicher Glaube« und »christliches Leben« heißen, sich mit jenem heiligen Namen abzeichnen. Was hat Christus *verneint*? – Alles, was heute christlich heißt.

Die Nezessität der falschen Werte. – Man kann ein Urteil widerlegen, indem man seine Bedingtheit nachweist: damit ist die Notwendigkeit, es zu haben, nicht abgeschafft. Die *falschen Werte* sind nicht durch Gründe auszurotten: so wenig wie eine krumme Optik im Auge eines Kranken. Man muß ihre Notwendigkeit, *dazusein*, begreifen: sie sind eine *Folge* von Ursachen, die mit Gründen nichts zu tun haben.

Der Irrtum ist der kostspieligste Luxus, den sich der Mensch gestatten kann: und wenn der Irrtum gar ein physiologischer Irrtum ist, dann wird er lebensgefährlich. Wofür hat folglich die Menschheit bisher am meisten gezahlt, am schlimmsten gebüßt? Für ihre »Wahrheiten«: denn dieselben waren allesamt Irrtümer *in physiologicis*...

Mein Satz, in eine Formel gedrängt, die altertümlich riecht, nach Christentum, Scholastik und anderem Moschus: im Begriff »Gott als *Geist*« ist Gott als Vollkommenheit *negiert*...

Theorie der Erschöpfung. – Das Laster, die Geisteskranken (resp. die Artisten...), die Verbrecher, die Anarchisten – das sind nicht die *unterdrückten* Klassen, sondern der *Auswurf* der bisherigen Gesellschaft aller Klassen...

Mit der Einsicht, daß alle unsre Stände durchdrungen sind von diesen Elementen, haben wir begriffen, daß die *moderne Gesellschaft* keine »Gesellschaft«, kein »Körper« ist, sondern ein krankes Konglomerat von Tschandalas – eine Gesellschaft, die die Kraft nicht mehr hat, zu *exkretieren*.

Inwiefern durch das Zusammenleben seit Jahrhunderten die *Krankhaftigkeit* viel tiefer geht:

die moderne Tugend, die moderne Geistigkeit, unsre Wissenschaft	als Krankheits-Formen.

Bis zu welchem Grade die Unfähigkeit eines pöbelhaften Agitators der Menge geht, sich den Begriff »höhere Natur« klar zu machen, dafür gibt Buckle das beste Beispiel ab. Die Meinung, welche er so leidenschaftlich *bekämpft* – daß »große Männer«, Einzelne, Fürsten,

Staatsmänner, Genies, Feldherrn die Hebel und *Ursachen* aller großen Bewegungen sind – wird von ihm instinktiv dahin mißverstanden, als ob mit ihr behauptet würde, das Wesentliche und Wertvolle an einem solchen »höheren Menschen« liege eben in der Fähigkeit, Massen in Bewegung zu setzen: kurz in ihrer *Wirkung*... Aber die »höhere Natur« des großen Mannes liegt im Anderssein, in der Unmitteilbarkeit, in der Rangdistanz – *nicht* in irgendwelchen Wirkungen: und ob er auch den Erdball erschütterte.

Wenn meine Leser darüber zur Genüge eingeweiht sind, daß auch »der Gute« im großen Gesamt-Schauspiel des Lebens eine Form der *Erschöpfung* darstellt: so werden sie der Konsequenz des Christentums die Ehre geben, welche den Guten als den *Häßlichen* konzipierte. Das Christentum hatte damit recht.

An einem Philosophen ist es eine Nichtswürdigkeit zu sagen »das Gute und das Schöne sind eins«; fügt er gar noch hinzu »auch das Wahre«, so soll man ihn prügeln. Die Wahrheit ist häßlich.

Wir haben die *Kunst*, damit wir *nicht an der Wahrheit zugrunde gehn*.

Zur Zukunft der Ehe: – eine *Steuer-Mehrbelastung* (bei Erbschaften), auch Kriegsdienst-Mehrbelastung der Junggesellen von einem bestimmten Alter an und anwachsend (innerhalb der Gemeinde);

Vorteile aller Art für Väter, welche reichlich Knaben in die Welt setzen: unter Umständen eine Mehrheit von Stimmen;

ein *ärztliches Protokoll*, jeder Ehe vorangehend und von den Gemeinde-Vorständen unterzeichnet: worin mehrere bestimmte Fragen seitens der Verlobten und der Ärzte beantwortet sein müssen (»Familien-Geschichte« –);

als Gegenmittel gegen die *Prostitution* (oder als deren Veredelung): Ehen auf Frist, legalisiert (auf Jahre, auf Monate), mit Garantie für die Kinder;

jede Ehe verantwortet und befürwortet durch eine bestimmte Anzahl Vertrauensmänner einer Gemeinde: als Gemeinde-Angelegenheit.

Richard Wagner bleibt, bloß in Hinsicht auf seinen Wert für Deutschland und deutsche Kultur abgeschätzt, ein großes Fragezeichen, ein deutsches Unglück vielleicht, ein Schicksal in jedem Falle: aber was liegt daran? Ist er nicht sehr viel mehr, als bloß ein deutsches Ereignis? Es will mir sogar scheinen, daß er nirgendswo weniger hingehört als nach Deutschland; nichts ist daselbst auf ihn vorbereitet, sein ganzer Typus steht unter Deutschen einfach fremd, wunderlich, unverstanden, unverständlich da. Aber man hütet sich, das sich einzugestehen: dazu ist man zu gutmütig, zu viereckig, zu deutsch. »*Credo quia absurdus est*«: so will es und wollte es auch in diesem Falle der deutsche Geist – und so glaubt er einstweilen alles, was Wagner über sich selbst geglaubt haben wollte. Der deutsche Geist hat zu allen Zeiten *in psychologicis* der Feinheit und Divination ermangelt. Heute, wo er unter dem Hochdruck der Vaterländerei und Selbstbewunderung steht, verdickt und vergröbert er sich zusehends: wie sollte er dem Problem Wagner gewachsen sein! –

Im Grunde ist auch Wagners Musik noch Literatur, so gut es die ganze französische Romantik ist: der Zauber des Exotismus (fremder Zeiten, Sitten, Leidenschaften), ausgeübt auf empfindsame Eckensteher. Das Entzücken beim Hineintreten in das ungeheure ferne ausländische vorzeitliche Land, zu dem der Zugang durch Bücher führt, wodurch der ganze Horizont mit neuen Farben und Möglichkeiten bemalt war... Die Ahnung von noch ferneren unaufgeschlossenen Welten; der *dédain* gegen die Boulevards... Der Nationalismus nämlich, man lasse sich nicht täuschen, ist auch nur eine Form des Exotismus... Die romantischen Musiker erzählen, was die exotischen Bücher aus ihnen gemacht haben: man möchte gern Exotika erleben, Leidenschaften im florentinischen und venetianischen Geschmack: zuletzt *begnügt man sich, sie im Bilde* zu suchen... Das Wesentliche ist die Art von *neuer* Begierde, ein Nachmachen-wollen, Nachleben-wollen, die Verkleidung, die Verstellung der Seele... Die romantische Kunst ist nur ein Notbehelf für eine manquierte »Realität«.

Der Versuch, Neues zu *tun*: Revolution, Napoleon. Napoleon, die Leidenschaft neuer Möglichkeiten der Seele, die Raumerweiterung der Seele.

Ermattung des Willens; um so größere Ausschweifung in der Begierde, Neues zu fühlen, vorzustellen, zu träumen – Folge der exzessiven Dinge, die man erlebt hatte: Heißhunger nach exzessiven Gefühlen... Die fremden Literaturen boten die stärksten Würzen.

Mein neuer Weg zum »Ja«. – Philosophie, wie ich sie bisher verstanden und gelebt habe, ist das freiwillige Aufsuchen auch der verabscheuten und verruchten Seiten des Daseins. Aus der langen Erfahrung, welche mir eine solche Wanderung durch Eis und Wüste gab, lernte ich alles, was bisher philosophiert hat, anders ansehn – die *verborgene* Geschichte der Philosophie, die Psychologie ihrer großen Namen kam für mich ans Licht. »Wie viel Wahrheit *erträgt*, wie viel Wahrheit *wagt* ein Geist?« – dies wurde für mich der eigentliche Wertmesser. Der Irrtum ist eine *Feigheit*... jede Errungenschaft der Erkenntnis *folgt* aus dem Mut, aus der Härte gegen sich, aus der Sauberkeit gegen sich... Eine solche *Experimental-Philosophie*, wie ich sie lebe, nimmt versuchsweise selbst die Möglichkeiten des grundsätzlichsten Nihilismus vorweg: ohne daß damit gesagt wäre, daß sie bei einer Negation, beim Nein, bei einem Willen zum Nein stehen bliebe. Sie will vielmehr bis zum Umgekehrten hindurch – bis zu einem *dionysischen Ja-sagen* zur Welt, wie sie ist, ohne Abzug, Ausnahme und Auswahl –, sie will den ewigen Kreislauf – dieselben Dinge, dieselbe Logik und Unlogik der Verknotung. Höchster Zustand, den ein Philosoph erreichen kann: dionysisch zum Dasein stehn –: meine Formel dafür ist *amor fati*.

Hierzu gehört, die bisher *verneinten* Seiten des Daseins nicht nur als *notwendig* zu begreifen, sondern als wünschenswert: und nicht nur als wünschenswert in Hinsicht auf die bisher bejahten Seiten (etwa als deren Komplemente oder Vorbedingungen), sondern um ihrer selber willen, als der mächtigeren, fruchtbareren, *wahreren* Seiten des Daseins, in denen sich sein Wille deutlicher ausspricht.

Insgleichen gehört hierzu, die bisher allein *bejahte* Seite des Daseins abzuschätzen; zu begreifen, woher diese Wertung stammt und wie wenig sie verbindlich für eine dionysische Wertabmessung des Daseins ist: ich zog heraus und begriff, *was* hier eigentlich ja sagt (der Instinkt der Leidenden einmal, der Instinkt der Herde andrerseits und jener dritte, der *Instinkt der meisten* gegen die Ausnahmen –).

Ich erriet damit, inwiefern eine stärkere Art Mensch notwendig nach einer anderen Seite hin sich die Erhöhung und Steigerung des Menschen ausdenken müßte: *höhere Wesen*, jenseits von Gut und Böse, jenseits von jenen Werten, die den Ursprung aus der Sphäre des Leidens, der Herde und der meisten nicht verleugnen können – ich suchte nach den Ansätzen dieser umgekehrten Idealbildung in der Geschichte (die Begriffe »heidnisch«, »klassisch«, »vornehm« neu entdeckt und hingestellt –).

Die Tugend ist unter Umständen bloß eine ehrwürdige Form der Dummheit: wer dürfte ihr darum übelwollen? Und diese Art Tugend ist auch heute noch nicht überlebt. Eine Art von wackerer Bauern-Einfalt, welche aber in allen Ständen möglich ist und der man nicht anders als mit Verehrung und Lächeln zu begegnen hat, glaubt auch heute noch, daß alles in guten Händen ist, nämlich in der »Hand Gottes«: und wenn sie diesen Satz mit jener bescheidenen Sicherheit aufrechterhalten, wie als ob sie sagten, daß zwei mal zwei vier ist, so werden wir anderen uns hüten, zu widersprechen. Wozu *diese* reine Torheit trüben? Wozu sie mit unseren Sorgen in Hinsicht auf Mensch, Volk, Ziel, Zukunft verdüstern? Und wollten wir es, wir könnten es nicht. Sie spiegeln ihre eigne ehrwürdige Dummheit und Güte in die Dinge *hinein* (bei ihnen lebt ja der alte Gott, *deus myops* noch!); wir andern – wir sehen etwas anderes in die Dinge hinein: unsre Rätsel-Natur, unsre Widersprüche, unsre tiefere, schmerzlichere, argwöhnischere Weisheit.

Wir entbehren in der *Musik* einer *Ästhetik*, die den Musikern Gesetze aufzuerlegen verstünde und ein Gewissen schüfe; wir entbehren, was eine Folge davon ist, eines eigentlichen Kampfes um »Prinzipien« – denn als Musiker lachen wir über die Herbartschen Velleitäten auf diesem Gebiete ebensosehr, als über die Schopenhauers. Tatsächlich ergibt sich hieraus eine große Schwierigkeit: wir wissen die Begriffe »Muster«, »Meisterschaft«, »Vollkommenheit« nicht mehr zu *begründen* – wir tasten mit dem Instinkte alter Liebe und Bewunderung blind herum im Reich der Werte, wir glauben beinahe, »gut ist, was *uns* gefällt«... Es erweckt mein Mißtrauen, wenn ganz unschuldig Beethoven allerwärts als »Klassiker« bezeichnet wird: ich würde streng aufrechterhalten, daß man in anderen Künsten unter einem Klassiker einen umgekehrten Typus, als der Beethovens ist, begreift. Aber wenn gar noch die vollkommene und in die Augen springende *Stil-Auflösung* Wagners, sein sogenannter dramatischer Stil als »Vorbild«, als »Meisterschaft«, als »Fortschritt« gelehrt und verehrt wird, so kommt meine Ungeduld auf ihren Gipfel. Der dramatische Stil in der Musik, wie ihn Wagner versteht, ist die Verzichtleistung auf Stil überhaupt, unter der Voraussetzung, daß etwas anderes hundertmal wichtiger ist als Musik, nämlich das Drama. Wagner kann malen, er benutzt die Musik nicht zur Musik, er verstärkt Attitüden, er ist Poet; endlich, er hat an die »schönen Gefühle« und »gehobenen Busen« appelliert gleich allen Theaterkünstlern – mit dem allen hat er die Frauen und selbst die Bildungs-Bedürftigen zu sich überredet: aber was geht Frauen und Bildungs-Bedürftige die Musik an! Das hat alles kein Gewissen für die Kunst; das leidet nicht, wenn alle ersten und unerläßlichsten Tugenden einer Kunst zugunsten von Nebenabsichten (als *ancilla dramaturgica*) mit Füßen getreten und verhöhnt werden. Was liegt an aller Erweiterung der Ausdrucksmittel, wenn das, *was* da ausdrückt, die Kunst selbst, für sich selbst das Gesetz verloren hat! Die malerische Pracht und Gewalt des Tons, die Symbolik von Klang, Rhythmus, Farbentönen der Harmonie und Disharmonie, die suggestive Bedeutung der Musik, die ganze mit Wagner zur Herrschaft gebrachte *Sinnlichkeit* der Musik – das alles hat Wagner an der Musik erkannt, herausgezogen, entwickelt. Victor Hugo hat etwas Verwandtes für die Sprache getan: aber schon heute fragt man sich in Frankreich im Fall Victor Hugos, ob nicht zum Verderb der Sprache ... ob nicht, mit der Steigerung der Sinnlichkeit in der Sprache, die Vernunft, die Geistigkeit, die tiefe Gesetzlichkeit in der Sprache heruntergedrückt worden ist? Daß die Dichter in Frankreich Plastiker, daß die Musiker in Deutschland Schauspieler und Kultur-Anpinseler geworden sind – sind das nicht Zeichen der *décadence*?

Der Mensch, eine kleine, überspannte Tierart, die – glücklicherweise – ihre Zeit hat; das Leben auf der Erde überhaupt ein Augenblick, ein Zwischenfall, eine Ausnahme ohne Folge, etwas, das für den Gesamt-Charakter der Erde belanglos bleibt; die Erde selbst, wie jedes Gestirn, ein Hiatus zwischen zwei Nichtsen, ein Ereignis ohne Plan,

Vernunft, Wille, Selbstbewußtsein, die schlimmste Art des Notwendigen, die *dumme* Notwendigkeit... Gegen diese Betrachtung empört sich etwas in uns; die Schlange Eitelkeit redet uns zu »das alles muß falsch sein: *denn* es empört... Könnte das nicht alles nur Schein sein? Und der Mensch trotz alledem, mit Kant zu reden – –«

Der Kampf gegen den »alten Glauben«, wie ihn Epikur unternahm, war, im strengen Sinne, der Kampf gegen das *präexistente* Christentum – der Kampf gegen die bereits verdüsterte, vermoralisierte, mit Schuldgefühlen durchsäuerte, alt und krank gewordene alte Welt.

Nicht die »Sittenverderbnis« des Altertums, sondern gerade seine *Vermoralisierung* ist die Voraussetzung, unter der allein das Christentum über dasselbe Herr werden konnte. Der Moral-Fanatismus (kurz: Plato) hat das Heidentum zerstört, indem er seine Werte umwertete und seiner Unschuld Gift zu trinken gab. – Wir sollten endlich begreifen, daß, was da zerstört wurde, das *Höhere* war, im Vergleich mit dem, was Herr wurde! – Das Christentum ist aus der psychologischen Verderbnis gewachsen, hat nur auf verderbtem Boden Wurzel gefaßt.

Wir wenigen oder vielen, die wir wieder in einer *entmoralisierten* Welt zu leben wagen, wir *Heiden* dem Glauben nach: wir sind wahrscheinlich auch die ersten, die es begreifen, was ein *heidnischer Glaube* ist – sich höhere Wesen, als der Mensch ist, vorstellen müssen, aber diese *jenseits* von Gut und Böse; alles Höher-sein auch als *Unmoralischsein* abschätzen müssen. Wir glauben an den Olymp – und *nicht* an den »Gekreuzigten«.

Kultur contra Zivilisation. – Die Höhepunkte der Kultur und der Zivilisation liegen auseinander: man soll sich über den abgründlichen Antagonismus von Kultur und Zivilisation nicht irreführen lassen. Die großen Momente der Kultur waren immer, moralisch geredet, Zeiten der Korruption; und wiederum waren die Epochen der gewollten und erzwungenen *Tierzähmung* des Menschen (»Zivilisation« –) Zeiten der Unduldsamkeit für die geistigsten und kühnsten Naturen. Zivilisation will etwas anderes, als Kultur will: vielleicht etwas Umgekehrtes...

– Und wie viele neue Götter sind noch möglich! Mir selber, in dem der religiöse, das heißt gott*bildende* Instinkt mitunter zur Unzeit lebendig wird: wie anders, wie verschieden hat sich mir jedesmal das Göttliche offenbart! ... So vieles Seltsame ging schon an mir vorüber, in jenen zeitlosen Augenblicken, die ins Leben herein wie aus dem Monde fallen, wo man schlechterdings nicht mehr weiß, wie alt man schon ist und wie jung man noch sein wird... Ich würde nicht zweifeln, daß es viele Arten Götter gibt... Es fehlt nicht an solchen, aus denen man einen gewissen Halkyonismus und Leichtsinn nicht hinwegdenken darf... Die leichten Füße gehören vielleicht selbst zum Begriffe »Gott«... Ist es nötig, auszuführen, daß ein Gott sich mit Vorliebe jenseits alles Biedermännischen und Vernunftgemäßen zu halten weiß? jenseits auch, unter uns gesagt, von Gut und Böse? Er hat die Aussicht *frei* – mit Goethe zu reden. – Und um für diesen Fall die nicht genug zu schätzende Autorität Zarathustras anzurufen: Zarathustra geht so weit, von sich zu bezeugen »ich würde nur an einen Gott glauben, der zu *tanzen* verstünde«...

Nochmals gesagt: wie viele neue Götter sind noch möglich! – Zarathustra selbst freilich ist bloß ein alter Atheist: der glaubt weder an alte, noch neue Götter. Zarathustra sagt, er *würde* –; aber Zarathustra *wird* nicht... Man verstehe ihn recht.

Typus Gottes nach dem Typus der schöpferischen Geister, der »großen Menschen«.

Randbemerkung zu einer niaiserie anglaise. – »Was du nicht willst, daß dir die Leute tun, das tue ihnen auch nicht.« Das gilt als Weisheit; das gilt als Klugheit; das gilt als Grund der Moral – als »güldener Spruch«. John Stuart Mill (und wer nicht unter Engländern?) glaubt daran! ... Aber der Spruch hält nicht den leichtesten Angriff aus.

Der Kalkül: »tue nichts, was dir selber nicht angetan werden soll« verbietet Handlungen um ihrer schädlichen Folgen willen: der Hintergedanke ist, daß eine Handlung immer *vergolten* wird. Wie nun, wenn jemand, mit dem »*Principe*« in der Hand, sagte: »gerade solche Handlungen *muß* man tun, damit andere uns nicht zuvorkommen – damit wir andere außerstand setzen, sie *uns* anzutun«? – Andrerseits: denken wir uns einen Korsen, dem seine Ehre die *vendetta* gebietet. Auch er wünscht keine Flintenkugel in den Leib: aber die Aussicht auf eine solche, die Wahrscheinlichkeit einer Kugel hält ihn *nicht* ab, seiner Ehre zu genügen... Und sind wir nicht in allen *anständigen* Handlungen eben absichtlich gleichgültig gegen das, was daraus für uns kommt? Eine Handlung zu vermeiden, die schädliche Folgen für uns hätte – das wäre ein Verbot für anständige Handlungen überhaupt.

Dagegen ist der Spruch wertvoll, weil er einen *Typus Mensch* verrät: es ist der *Instinkt der Herde*, der sich mit ihm formuliert – man ist gleich, man nimmt sich gleich: wie ich dir, so du mir. – Hier wird wirklich an eine *Äquivalenz der Handlungen* geglaubt, die, in allen realen Verhältnissen, einfach nicht vorkommt. Es *kann* nicht jede Handlung zurückgegeben werden: zwischen wirklichen »Individuen« *gibt es keine gleichen Handlungen*, folglich auch keine »Vergeltung«... Wenn ich etwas tue, so liegt mir der Gedanke vollkommen fern, daß überhaupt dergleichen irgendeinem Menschen möglich sei: es gehört *mir*... Man kann mir nichts zurückzahlen, man würde immer eine »*andere*« Handlung gegen mich begehen.

Ich verstehe unter »*Freiheit des Geistes*« etwas sehr Bestimmtes: hundertmal den Philosophen und andern Jüngern der »Wahrheit« durch Strenge gegen sich überlegen sein, durch Lauterkeit und Mut, durch den unbedingten Willen, nein zu sagen, wo das Nein gefährlich ist – ich behandle die bisherigen Philosophen als *verächtliche libertins* unter der Kapuze des Weibes »Wahrheit«.

Wie verräterisch sind alle Parteien! – sie bringen etwas von ihren Führern ans Licht, das von ihnen vielleicht mit großer Kunst unter den Scheffel gestellt ist.

Paulus: er sucht Macht *gegen* das regierende Judentum – seine Bewegung ist zu schwach... Umwertung des Begriffes »Jude«: die »Rasse« wird beiseite getan –: aber das hieß das *Fundament* negieren. Der »Märtyrer«, der »Fanatiker«, der Wert alles *starken* Glaubens...

Das Christentum ist die *Verfalls-Form* der alten Welt in tiefster Ohnmacht, so daß die kränksten und ungesündesten Schichten und Bedürfnisse obenauf kommen.

Folglich mußten *andere* Instinkte in den Vordergrund treten, um eine Einheit, eine sich wehrende Macht zu *schaffen* –, kurz eine Art Notlage war nötig, wie jene, aus der die Juden ihren *Instinkt zur Selbsterhaltung* genommen hatten...

Unschätzbar sind hierfür die Christen-Verfolgungen – die Gemeinsamkeit in der Gefahr, die Massen-Bekehrungen als einziges Mittel, den Privat-Verfolgungen ein Ende zu machen (– er nimmt es folglich so leicht als möglich mit dem Begriff »Bekehrung« –).

Was der Rausch alles vermag, der »Liebe« heißt und der noch etwas anderes ist als Liebe! – Doch darüber hat jedermann seine Wissenschaft. Die Muskelkraft eines Mädchens *wächst*, sobald nur ein Mann in seine Nähe kommt; es gibt Instrumente, dies zu messen. Bei einer noch näheren Beziehung der Geschlechter, wie sie z. B. der Tanz und andre gesellschaftliche Gepflogenheiten mit sich bringen, nimmt diese Kraft dergestalt zu, um zu wirklichen *Kraftstücken* zu befähigen: man traut endlich seinen Augen nicht – und seiner Uhr! Hier ist allerdings einzurechnen, daß der Tanz an sich schon, gleich jeder sehr geschwinden Bewegung, eine Art Rausch für das gesamte Gefäß-, Nerven- und Muskel-System mit sich bringt. Man hat in diesem Falle mit den kombinierten Wirkungen eines doppelten Rausches zu rechnen. – Und wie weise es mitunter ist, einen kleinen Stich zu haben! ... Es gibt Realitäten, die man nie sich eingestehen darf; dafür ist man Weib, dafür hat man alle weiblichen *pudeurs*... Diese jungen Geschöpfe, die dort tanzen, sind ersichtlich jenseits aller Realität: sie tanzen nur mit lauter handgreiflichen Idealen; sie sehen sogar, was mehr ist, noch Ideale um sich sitzen: die Mütter! ... Gelegenheit, Faust zu zitieren... Sie sehen unvergleichlich besser aus, wenn sie dergestalt ihren kleinen Stich haben, diese hübschen Kreaturen – o wie gut sie das auch wissen! sie werden sogar liebenswürdig, *weil* sie das wissen! – Zuletzt inspiriert sie auch *noch* ihr Putz; ihr Putz ist ihr *dritter* kleiner Rausch: sie glauben an ihren Schneider, wie sie an ihren Gott glauben – und wer widerriete ihnen diesen Glauben! Dieser Glaube macht selig! Und die Selbstbewunderung ist gesund! – Selbstbewunderung schützt vor Erkältung. Hat sich je ein hübsches Weib erkältet, das sich gut bekleidet wußte? Nun und nimmermehr! Ich setze selbst den Fall, daß es kaum bekleidet war.

Das »Ich« unterjocht und tötet: es arbeitet wie eine organische Zelle: es raubt und ist gewalttätig. Es will sich regenerieren – Schwangerschaft. Es will seinen Gott gebären und alle Menschheit ihm zu Füßen sehen.

Die Arbeiter sollen einmal leben wie jetzt die Bürger; – aber *über* ihnen, sich durch Bedürfnislosigkeit auszeichnend, die *höhere Kaste:* also ärmer und einfacher, doch im Besitz der Macht.

Für die *niederen* Menschen gelten die umgekehrten Wertschätzungen; es kommt darauf an, in sie die »Tugenden« zu pflanzen. Die absoluten Befehle; furchtbare Zwingmeister; sie dem leichten Leben entreißen. Die übrigen dürfen *gehorchen*: und ihre Eitelkeit verlangt, daß sie nicht abhängig von großen Menschen, sondern von »*Prinzipien*« erscheinen.

Wahrheit ist die Art von Irrtum, ohne welche eine bestimmte Art von lebendigen Wesen nicht leben könnte. Der Wert für das *Leben* entscheidet zuletzt.

Es gibt vielerlei Augen. Auch die Sphinx hat Augen –: und folglich gibt es vielerlei »Wahrheiten«, und folglich gibt es keine Wahrheit.

Grundsatz: es gibt etwas von Verfall in allem, was den modernen Menschen anzeigt: aber dicht neben der Krankheit stehen Anzeichen einer unerprobten Kraft und Mächtigkeit der Seele. *Dieselben Gründe, welche die Verkleinerung der Menschen hervorbringen*, treiben *die Stärkeren und Seltneren bis hinauf zur Größe.*

Die Philosophen hatten 1. von jeher das wunderbare Vermögen zur *contradictio in adjecto*; 2. sie trauten den Begriffen ebenso unbedingt, als sie den Sinnen mißtrauten: sie erwogen nicht, daß Begriffe und Worte unser Erbgut aus Zeiten sind, wo es in den Köpfen sehr dunkel und anspruchslos zuging.

Was am letzten den Philosophen aufdämmert: sie müssen sich die Begriffe nicht mehr nur schenken lassen, nicht nur sie reinigen und aufhellen, sondern sie allerst *machen, schaffen*, hinstellen und zu ihnen überreden. Bisher vertraute man im ganzen seinen Begriffen, wie als einer wunderbaren *Mitgift* aus irgendwelcher Wunder-Welt: aber es waren zuletzt die Erbschaften unsrer fernsten, ebenso dümmsten als gescheitesten Vorfahren. Es gehört diese *Pietät* gegen das, *was sich in uns vorfindet*, vielleicht zu dem *moralischen Element im Erkennen*. Zunächst tut die absolute Skepsis gegen alle überlieferten Begriffe not (wie sie *vielleicht* schon einmal *ein* Philosoph besessen hat – Plato natürlich –, denn er *hat* das *Gegenteil gelehrt*).

Mein Augenmerk darauf, an welchen Punkten der Geschichte die großen Menschen hervorspringen. Die Bedeutung langer *despotischer Moralen*: sie spannen den Bogen, wenn sie ihn nicht zerbrechen.

Ich bin abgeneigt 1. dem Sozialismus, weil er ganz naiv vom »Guten, Wahren, Schönen« und von »gleichen Rechten« träumt (– auch der Anarchismus will, nur auf brutalere Weise, das gleiche Ideal);

2. dem Parlamentarismus und Zeitungswesen, weil das die Mittel sind, wodurch das Herdentier sich zum Herrn macht.

Die *Moralen* und *Religionen* sind die Hauptmittel, mit denen man aus dem Menschen gestalten kann, was einem beliebt: vorausgesetzt, daß man einen Überschuß von schaffenden Kräften hat und seinen Willen über lange Zeiträume durchsetzen kann.

Die europäische Demokratie ist zum kleinsten Teil eine Entfesselung von Kräften. Vor allem ist sie eine Entfesselung von Faulheiten, von Müdigkeiten, von *Schwächen*.

Ein tüchtiger Handwerker oder Gelehrter nimmt sich gut aus, wenn er seinen Stolz bei seiner Kunst hat und genügsam und zufrieden auf das Leben blickt. Nichts hingegen ist jämmerlicher anzuschauen, als wenn ein Schuster oder Schulmeister mit leidender Miene zu verstehen gibt, er sei eigentlich für etwas Besseres geboren. Es gibt gar nichts Besseres, als das Gute! und das ist: irgendeine Tüchtigkeit haben und aus ihr schaffen, *virtù* im italienischen Sinne der Renaissance.

Heute, in der Zeit wo der Staat einen unsinnig dicken Bauch hat, gibt es in allen Feldern und Fächern, außer den eigentlichen Arbeitern, noch »Vertreter«: z. B. außer den Gelehrten noch Literaten, außer den leidenden Volks-Schichten noch schwätzende prahlerische Tunichtgute, welche jenes Leiden »vertreten« – gar nicht zu reden von den Politikern von Berufs wegen, welche sich wohlbefinden und Notstände vor einem Parlament mit starken Lungen »vertreten«. Unser modernes Leben ist äußerst *kostspielig* durch die Menge Zwischenpersonen; in einer antiken Stadt dagegen, und im Nachklang daran noch in mancher Stadt Spaniens und Italiens, trat man selber auf und hätte nichts auf einen solchen modernen Vertreter und Zwischenhändler gegeben – es sei denn einen Tritt!

Ich zeige auf etwas Neues hin: gewiß, für ein solches demokratisches Wesen gibt es die Gefahr des Barbaren, aber man sucht sie nur in der Tiefe. Es gibt auch eine *andere Art Barbaren*, die kommen aus der Höhe: eine Art von erobernden und herrschenden Naturen, welche nach einem Stoffe suchen, den sie gestalten können. Prometheus war ein solcher Barbar.

Der Anblick des jetzigen Europäers gibt mir viele Hoffnung: es bildet sich da eine verwegene herrschende Rasse, auf der Breite einer äußerst intelligenten Herden-Masse. Es steht vor der Tür, daß die Bewegungen zur Bildung der letzteren nicht mehr allein im Vordergrund stehen.

Ein großer Mensch – ein Mensch, welchen die Natur in großem Stile aufgebaut und erfunden hat – was ist das? *Erstens:* er hat in seinem gesamten Tun eine lange Logik, die ihrer Länge wegen schwer überschaubar, folglich irreführend ist, eine Fähigkeit, über große Flächen seines Lebens hin seinen Willen auszuspannen und alles kleine Zeug an sich zu verachten und wegzuwerfen, seien darunter auch die schönsten, »göttlichsten« Dinge von der Welt. *Zweitens:* er ist *kälter, härter, unbedenklicher und ohne Furcht vor der »Meinung«*; es fehlen ihm die Tugenden, welche mit der »Achtung« und dem Geachtetwerden zusammenhängen, überhaupt alles, was zur »Tugend der Herde« gehört. Kann er nicht *führen*, so geht er allein; es kommt dann vor, daß er manches, was ihm auf dem Wege begegnet, angrunzt. *Drittens:* er will kein »teilnehmendes« Herz, sondern Diener, Werkzeuge; er ist, im Verkehre mit Menschen, immer darauf aus, etwas aus ihnen zu *machen*. Er weiß sich unmittelbar: er findet es geschmacklos, wenn er vertraulich wird; und er ist es gewöhnlich nicht, wenn man ihn dafür hält. Wenn er nicht zu sich redet, hat er seine Maske. Er lügt lieber, als daß er die Wahrheit redet: es kostet mehr Geist und *Willen*. Es ist eine Einsamkeit in ihm, als welche etwas Unerreichbares ist für Lob und Tadel, eine eigene Gerichtsbarkeit, welche keine Instanz über sich hat.

Der menschliche Horizont. – Man kann die Philosophen auffassen als solche, welche die äußerste Anstrengung machen, zu *erproben*, wie weit sich der Mensch *erheben* könne – besonders Plato: wie *weit* seine Kraft reicht. Aber sie tun es als Individuen; vielleicht war der Instinkt der Cäsaren, der Staatengründer usw. größer, welche daran denken, wie weit der Mensch getrieben werden könne in der *Entwicklung* und unter »günstigen Umständen«. Aber sie begriffen nicht genug, was günstige Umstände sind. Große Frage: wo bisher die Pflanze »Mensch« am prachtvollsten gewachsen ist. Dazu ist das vergleichende Studium der Historie nötig.

Durch moralische Hinterabsichten ist der Gang der Philosophie bisher am meisten aufgehalten worden.

Das langsame Hervortreten und Emporkommen der mittleren und niederen Stände (eingerechnet der niederen Art Geist und Leib), welches schon vor der Französischen Revolution reichlich präludiert und ohne Revolution ebenfalls seinen Weg vorwärts gemacht hätte, – im ganzen also das Übergewicht der Herde über alle Hirten und Leithämmel – bringt mit sich:

1. Verdüsterung des Geistes (– das Beieinander eines stoischen und frivolen *Anscheins* von Glück, wie es vornehmen Kulturen eigen ist, nimmt ab; man läßt viele Leiden *sehn* und *hören*, welche man früher ertrug und verbarg);

2. die *moralische Hypokrisie* (eine Art, sich durch Moral *auszeichnen* zu wollen, aber durch die Herden-Tugenden: Mitleid, Fürsorge, Mäßigung und nicht durch solche, die außer dem Herden-Vermögen erkannt und gewürdigt werden);

3. eine *wirkliche* große Menge von Mitleiden und Mitfreude (das Wohlgefallen im großen Beieinander, wie es alle Herdentiere haben – »Gemeinsinn«, »Vaterland«, alles, wo das Individuum nicht in Betracht kommt).

Das 20. Jahrhundert. – *Der Abbé Galiani sagt einmal: La prévoyance est la cause des guerres actuelles de l'Europe. Si l'on voulait se donner la peine de ne rien prévoir, tout le monde serait tranquille, et je ne crois pas qu'on serait plus malheureux parce qu'on ne ferait pas la guerre.* Da ich durchaus nicht die unkriegerischen Ansichten meines verstorbenen Freundes Galiani teile, so fürchte ich mich nicht davor, einiges vorherzusagen und also möglicherweise damit die Ursache von Kriegen heraufzubeschwören.

Eine ungeheure *Besinnung*, nach dem schrecklichsten Erdbeben: mit neuen Fragen.

Wenn das kein Zeitalter des Verfalls und der abnehmenden Lebenskraft ist, so ist es zum mindesten eines des unbesonnenen und willkürlichen *Versuchens*: – und es ist wahrscheinlich, daß aus einer Überfülle mißratener Experimente ein Gesamt-Eindruck wie von Verfall entsteht: und vielleicht die Sache selbst, *der* Verfall.

Das Verdienst *leugnen*: aber das tun, was über allem Loben, ja über allem Verstehn ist.

Auf die Not der Massen sehen mit ironischer Wehmut: sie wollen etwas, das *wir* können – ah!

Der moderne Pessimismus ist ein Ausdruck von der Nutzlosigkeit der *modernen* Welt – nicht der Welt und des Daseins.

Der Glaube »so und so *ist* es« zu verwandeln in den Willen »so und so *soll es werden*«.

Es muß solche geben, die alle Verrichtungen heiligen, nicht nur Essen und Trinken – und nicht nur im Gedächtnis an sie, oder im Eins-werden mit ihnen, *sondern* immer von neuem und auf eine neue Weise soll diese Welt verklärt werden.

Überwindung der Affekte? – Nein, wenn es Schwäche und Vernichtung derselben bedeuten soll. *Sondern in Dienst nehmen*: wozu gehören mag, sie lange zu tyrannisieren (nicht erst als einzelne, sondern als Gemeinde, Rasse usw.). Endlich gibt man ihnen eine vertrauensvolle Freiheit wieder: sie lieben uns wie gute Diener und gehen freiwillig dorthin, wo unser Bestes hin will.

Glück und Selbstzufriedenheit des Lazzaroni oder »Seligkeit« bei »schönen Seelen« oder schwindsüchtige Liebe bei herrnhuterischen Pietisten beweisen nichts in bezug auf die *Rangordnung* der Menschen. Man müßte, als großer Erzieher, eine Rasse solcher »seligen Menschen« unerbittlich in das Unglück hineinpeitschen. Die Gefahr der Verkleinerung, des Ausruhens ist sofort da – *gegen* das spinozistische oder epikureische Glück und gegen alles Ausruhen in kontemplativen Zuständen. Wenn aber die Tugend das Mittel zu einem solchen Glück ist, nun, so *muß man auch Herr über die Tugend werden.*

Die Teilung eines Protoplasmas in zwei tritt ein, wenn die Macht nicht mehr ausreicht, den angeeigneten Besitz zu bewältigen: Zeugung ist Folge einer Ohnmacht.

Wo die Männchen aus Hunger die Weibchen aufsuchen und in ihnen aufgehn, ist Zeugung die Folge eines Hungers.

Tun wir einigen Aberglauben von uns ab, der in bezug auf Philosophen bisher gang und gäbe war!

Das »Ich« – welches mit der einheitlichen Verwaltung unsres Wesens *nicht* eins ist! – ist ja nur eine begriffliche Synthesis – also *gibt* es gar kein *Handeln aus »Egoismus«*.

Objektiv, hart, fest, streng bleiben im Durchsetzen eines Gedankens – das bringen die Künstler noch am besten zustande; wenn einer aber Menschen dazu nötig hat (wie Lehrer, Staatsmänner usw.), da geht die Ruhe und Kälte und Härte schnell davon. Man kann bei Naturen wie Cäsar und Napoleon etwas ahnen von einem »interesselosen« Arbeiten an ihrem Marmor, mag dabei von Menschen geopfert werden, was nur möglich. Auf dieser Bahn liegt die Zukunft der höchsten Menschen: die *größte Verantwortlichkeit* tragen und *nicht* daran *zerbrechen*. – Bisher waren fast immer Inspirations-Täuschungen nötig, um selbst den *Glauben an sein Recht und seine Hand* nicht zu verlieren.

»Die guten Leute sind alle schwach: sie sind gut, weil sie nicht stark genug sind, böse zu sein«, sagte der Latuka-Häuptling Comorro zu Baker.

»Für schwache Herzen gibt es kein Unglück« – sagt man im Russischen.

Die mächtigsten und gefährlichsten Leidenschaften des Menschen, an denen er am leichtesten zugrunde geht, sind so gründlich in Acht getan, daß damit die mächtigsten Menschen selber unmöglich geworden sind oder sich als *böse*, als »schädlich und unerlaubt« fühlen mußten. Diese Einbuße ist groß, aber notwendig bisher gewesen: jetzt, wo eine Menge Gegenkräfte großgezüchtet sind durch zeitweilige Unterdrückung jener Leidenschaften (von Herrschsucht, Lust an der Verwandlung und Täuschung) ist deren Entfesselung wieder möglich: sie werden nicht mehr die alte Wildheit haben. Wir erlauben uns die zahme Barbarei: man sehe unsre Künstler und Staatsmänner an.

Zu demonstrieren, inwiefern die griechische Religion die *höhere* war als die jüdisch-christliche. Letztere siegte, weil die griechische Religion selber entartet (*zurück*gegangen) war.

Urwald-Tiere die *Römer*.

Der sublime Mensch hat den höchsten Wert, auch wenn er ganz zart und zerbrechlich ist, weil eine Fülle von ganz schweren und seltenen Dingen durch viele Geschlechter gezüchtet und beisammen erhalten worden ist.

Welche *Vorteile* bot die christliche Moral-Hypothese?

1. sie verlieh dem Menschen einen absoluten *Wert*, im Gegensatz zu seiner Kleinheit und Zufälligkeit im Strom des Werdens und Vergehens;
2. sie diente den Advokaten Gottes, insofern sie der Welt trotz Leid und Übel den Charakter der *Vollkommenheit* ließ – eingerechnet jene »Freiheit« –: das Übel erschien voller *Sinn*;
3. sie setzte ein *Wissen* um absolute Werte beim Menschen an und gab ihm somit gerade für das Wichtigste *adäquate Erkenntnis*;
4. sie verhütete, daß der Mensch sich als Mensch verachtete, daß er gegen das Leben Partei nahm, daß er am Erkennen verzweifelte: sie war ein *Erhaltungsmittel*.

In summa: Moral war das große *Gegenmittel* gegen den praktischen und theoretischen *Nihilismus*.

Aber unter den Kräften, die die Moral großzog, war die *Wahrhaftigkeit*: *diese* wendet sich endlich gegen die Moral, entdeckt ihre *Teleologie*, ihre *interessierte* Betrachtung – und jetzt wirkt die *Einsicht* in diese lange eingefleischte Verlogenheit, die man verzweifelt, von sich abzutun, gerade als Stimulans. Wir konstatieren jetzt Bedürfnisse an uns, gepflanzt durch die lange Moral-Interpretation, welche uns jetzt als Bedürfnisse zum Unwahren erscheinen: andererseits sind es die, an denen der Wert zu hängen scheint, derentwegen wir zu leben aushalten. Dieser Antagonismus – das, was wir erkennen, *nicht* zu schätzen und das, was wir uns vorlügen möchten, nicht mehr schätzen zu *dürfen* – ergibt einen Auflösungsprozeß.

Extreme Positionen werden nicht durch ermäßigte abgelöst, sondern wiederum durch extreme, aber *umgekehrte*. Und so ist der Glaube an die absolute Immoralität der Natur, an die Zweck- und Sinnlosigkeit der psychologisch-notwendige *Affekt*, wenn der Glaube an Gott und eine essentiell moralische Ordnung nicht mehr zu halten ist. Der Nihilismus erscheint jetzt, *nicht* weil die Unlust am Dasein größer wäre als früher, sondern weil man überhaupt gegen einen »Sinn« im Übel, ja im Dasein mißtrauisch geworden ist. *Eine* Interpretation ging zugrunde: weil sie aber als *die* Interpretation galt, erscheint es, als ob es gar keinen Sinn im Dasein gebe, als ob alles *umsonst* sei.

Daß dies »Umsonst!« der Charakter unseres gegenwärtigen Nihilismus ist, bleibt nachzuweisen. Das Mißtrauen gegen unsere früheren Wertschätzungen steigert sich bis zur Frage: »sind nicht alle ,Werte' Lockmittel, mit denen die Komödie sich in die Länge zieht, aber durchaus nicht einer Lösung näherkommt?« Die *Dauer*, mit einem »Umsonst«, ohne Ziel und Zweck, ist der *lähmendste* Gedanke, namentlich noch, wenn man begreift, daß man gefoppt wird und doch ohne Macht ist, sich nicht foppen zu lassen.

Denken wir diesen Gedanken in seiner furchtbarsten Form: das Dasein, so wie es ist, ohne Sinn und Ziel, aber unvermeidlich wiederkehrend, ohne ein Finale ins Nichts: *»die ewige Wiederkehr«*.

Das ist die extremste Form des Nihilismus: das Nichts (das »Sinnlose«) ewig!

Europäische Form des Buddhismus: Energie des Wissens und der Kraft zwingt zu einem solchen Glauben. Es ist die *wissenschaftlichste* aller möglichen Hypothesen. Wir leugnen Schluß-Ziele: hätte das Dasein eins, so müßte es erreicht sein.

Da begreift man, daß hier ein Gegensatz zum Pantheismus angestrebt wird: denn »alles vollkommen, göttlich, ewig« zwingt *ebenfalls zu einem Glauben an die »ewige Wiederkunft«*. Frage: ist mit der Moral auch diese pantheistische Ja-Stellung zu allen Dingen unmöglich gemacht? Im Grunde ist ja nur der moralische Gott überwunden. Hat es einen Sinn, sich einen Gott »jenseits von Gut und Böse« zu denken? Wäre ein Pantheismus in *diesem* Sinne möglich? Bringen wir die Zweckvorstellung aus dem Prozesse weg und bejahen wir *trotzdem* den Prozeß? – Das wäre der Fall, wenn etwas innerhalb jenes Prozesses in jedem Momente desselben *erreicht* würde – und immer das Gleiche.

Spinoza gewann eine solche bejahende Stellung, insofern jeder Moment eine *logische* Notwendigkeit hat: und er triumphierte mit seinem logischen Grundinstinkte über eine *solche* Weltbeschaffenheit.

Aber sein Fall ist nur ein Einzel-Fall. *Jeder Grundcharakterzug*, der *jedem* Geschehen zugrunde liegt, der sich in jedem Geschehen ausdrückt, müßte, wenn er von einem Individuum als *sein* Grundcharakterzug empfunden würde, dieses Individuum dazu treiben, triumphierend jeden Augenblick des allgemeinen Daseins gutzuheißen. Es käme eben darauf an, daß man diesen Grundcharakterzug bei sich als gut, wertvoll, mit Lust empfindet.

Nun hat die *Moral* das Leben vor der Verzweiflung und dem Sprung ins Nichts bei solchen Menschen und Ständen geschützt, welche von *Menschen* vergewalttätigt und niedergedrückt wurden: denn die Ohnmacht gegen Menschen, *nicht* die Ohnmacht gegen die Natur, erzeugt die desperateste Verbitterung gegen das Dasein. Die Moral hat die Gewalthaber, die Gewalttätigen, die »Herren« überhaupt als die Feinde behandelt, gegen welche der gemeine Mann geschützt, *das heißt zunächst ermutigt, gestärkt* werden muß. Die Moral hat folglich am tiefsten *hassen* und *verachten* gelehrt, was der Grundcharakterzug der Herrschenden ist: *ihren Willen zur Macht*. Diese Moral abschaffen, leugnen, zersetzen: das wäre den bestgehaßten Trieb mit einer *umgekehrten* Empfindung und Wertung ansehen. Wenn der Leidende, Unterdrückte *den Glauben verlöre*, ein *Recht* zu seiner Verachtung des Willens zur Macht zu haben, so träte er in das Stadium der hoffnungslosen Desperation. Dies wäre der Fall, wenn dieser Zug dem Leben essentiell wäre, wenn sich ergäbe, daß selbst in jenem Willen zur Moral nur dieser »Wille zur Macht« verkappt sei, daß auch jenes Hassen und Verachten noch ein Machtwille ist. Der Unterdrückte sähe ein, daß er mit dem Unterdrücker *auf gleichem Boden* steht und daß er kein *Vorrecht*, keinen *höheren Rang* vor jenem habe.

Vielmehr *umgekehrt!* Es gibt nichts am Leben, was Wert hat, außer dem Grade der Macht – gesetzt eben, daß Leben selbst der Wille zur Macht ist. Die Moral behütete die *Schlechtweggekommenen* vor Nihilismus, indem sie *jedem* einen unendlichen Wert, einen metaphysischen Wert beimaß und in eine Ordnung einreihte, die mit der der weltlichen Macht und Rangordnung nicht stimmt: sie lehrte Ergebung, Demut usw. *Gesetzt, daß der Glaube an diese Moral zugrunde geht*, so würden die Schlechtweggekommenen ihren Trost nicht mehr haben – und *zugrunde gehn*.

Das *Zugrunde-gehen* präsentiert sich als ein *Sich-zugrunde-richten*, als ein instinktives Auslesen dessen, was *zerstören muß. Symptome* dieser Selbstzerstörung der Schlechtweggekommenen: die Selbstvivisektion, die Vergiftung, Berauschung, Romantik, vor allem die instinktive Nötigung zu Handlungen, mit denen man die Mächtigen zu *Todfeinden* macht (– gleichsam sich seine Henker selbst züchtend), der *Wille zur Zerstörung* als Wille eines noch tieferen Instinkts, des Instinkts der Selbstzerstörung, des *Willens ins Nichts*.

Nihilismus, als Symptom davon, daß die Schlechtweggekommenen keinen Trost mehr haben: daß sie zerstören, um zerstört zu werden, daß sie, von der Moral abgelöst, keinen Grund mehr haben, »sich zu ergeben« – daß sie sich auf den Boden des entgegengesetzten Prinzips stellen und auch ihrerseits *Macht wollen*, indem sie die Mächtigen *zwingen*, ihre Henker zu sein. Dies ist die europäische Form des Buddhismus, das *Nein-tun*, nachdem alles Dasein seinen »Sinn« verloren hat.

Die »Not« ist nicht etwa größer geworden: im Gegenteil! »Gott, Moral, Ergebung« waren Heilmittel, auf furchtbar tiefen Stufen des Elends: der *aktive Nihilismus* tritt bei relativ viel günstiger gestalteten Verhältnissen auf. Schon daß die Moral als überwunden empfunden wird, setzt einen ziemlichen Grad geistiger Kultur voraus; diese wieder ein relatives Wohlleben. Eine gewisse geistige Ermüdung, durch den langen Kampf philosophischer Meinungen bis zur hoffnungslosesten Skepsis *gegen* Philosophie gebracht, kennzeichnet ebenfalls den keineswegs *niederen* Stand jener Nihilisten. Man denke an die Lage, in der Buddha auftrat. Die Lehre der ewigen Wiederkunft würde *gelehrte* Voraussetzungen haben (wie die Lehre Buddhas solche hatte, zum Beispiel Begriff der Kausalität usw.).

Was heißt jetzt »schlechtweggekommen«? Vor allem *physiologisch*: nicht mehr politisch. Die *ungesundeste* Art Mensch in Europa (in allen

Ständen) ist der Boden dieses Nihilismus: sie wird den Glauben an die ewige Wiederkunft als einen *Fluch* empfinden, von dem getroffen man vor keiner Handlung mehr zurückscheut: nicht passiv auslöschen, sondern alles auslöschen *machen*, was in diesem Grade sinn- und ziellos ist: obwohl es nur ein Krampf, ein blindes Wüten ist bei der Einsicht, daß alles seit Ewigkeiten da war – auch dieser Moment von Nihilismus und Zerstörungslust. – Der *Wert* einer solchen *Krisis* ist, daß sie *reinigt*, daß sie die verwandten Elemente zusammendrängt und sich aneinander verderben macht, daß sie den Menschen entgegengesetzter Denkweisen gemeinsame Aufgaben zuweist – auch unter ihnen die schwächeren, unsichreren ans Licht bringend und so zu einer *Rangordnung der Kräfte*, vom Gesichtspunkt der Gesundheit, den Anstoß gibt: Befehlende als Befehlende erkennend, Gehorchende als Gehorchende. Natürlich abseits von allen bestehenden Gesellschaftsordnungen.

Welche werden sich als die *Stärksten* dabei erweisen? Die Mäßigsten, die, welche keine extremen Glaubenssätze *nötig* haben, die, welche einen guten Teil Zufall, Unsinn nicht nur zugestehn, sondern lieben, die, welche vom Menschen mit einer bedeutenden Ermäßigung seines Wertes denken können, ohne dadurch klein und schwach zu werden: die Reichsten an Gesundheit, die den meisten Malheurs gewachsen sind und deshalb sich vor den Malheurs nicht so fürchten – Menschen, die *ihrer Macht sicher sind* und die die *erreichte* Kraft des Menschen mit bewußtem Stolze repräsentieren.

Wie dächte ein solcher Mensch an die ewige Wiederkunft? –

Tatsächlich haben wir ein Gegenmittel gegen den *ersten* Nihilismus nicht mehr so nötig: das Leben ist nicht mehr dermaßen ungewiß, zufällig, unsinnig in unserem Europa. Eine solch ungeheure *Potenzierung vom Wert* des Menschen, vom Wert des Übels usw. ist jetzt nicht so nötig, wir ertragen eine bedeutende *Ermäßigung* dieses Wertes, wir dürfen viel Unsinn und Zufall einräumen: die erreichte *Macht* des Menschen erlaubt jetzt eine *Herabsetzung* der Zuchtmittel, von denen die moralische Interpretation das stärkste war. »Gott« ist eine viel zu extreme Hypothese.

(*Revue des deux mondes*, 15. Febr. 1887. *Taine* über Napoleon:) »Plötzlich entfaltet sich die *faculté maîtresse*: der *Künstler*, eingeschlossen in den Politiker, kommt heraus *de sa gaine*; er schafft *dans l'idéal et l'impossible*. Man erkennt ihn wieder als das, was er ist: der posthume Bruder des Dante und des Michelangelo: und in Wahrheit, in Hinsicht auf die festen Konturen seiner Vision, die Intensität, Kohärenz und innere Logik seines Traums, die Tiefe seiner Meditation, die übermenschliche Größe seiner Konzeption, ist er ihnen gleich *et leur égal: son génie a la même taille et la même structure; il est un des trois esprits souverains de la renaissance italienne.*«

Nota bene – – Dante, Michelangelo, Napoleon.

Diese so beginnen, daß man das Wort »*Ideal*« abschafft: Kritik der *Wünschbarkeiten*.

Das furchtbarste und gründlichste Verlangen des Menschen, sein Trieb nach Macht – man nennt diesen Trieb »Freiheit« – muß am längsten in Schranken gehalten werden. Deshalb ist die Ethik bisher, mit ihren unbewußten Erziehungs- und Züchtungs-Instinkten, darauf aus gewesen, das Macht-Gelüst in Schranken zu halten: sie verunglimpft das tyrannische Individuum und unterstreicht, mit ihrer Verherrlichung der Gemeindefürsorge und der Vaterlandsliebe, den Herden-Machtinstinkt.

Kritik der »Gerechtigkeit« und »Gleichheit vor dem Gesetz«: was eigentlich damit *weggeschafft* werden soll? Die Spannung, die Feindschaft, der Haß. – Aber ein Irrtum ist es, daß dergestalt »*das Glück*« *gemehrt* wird: die Korsen z. B. genießen mehr Glück als die Kontinentalen.

Grundfehler: die Ziele in die Herde und *nicht* in einzelne Individuen zu legen! Die Herde ist Mittel, nicht *mehr!* Aber jetzt versucht man, die Herde als *Individuum* zu verstehen und ihr einen höheren Rang als dem einzelnen zuzuschreiben – tiefstes Mißverständnis!! Insgleichen das, was herdenhaft macht, die *Mit*gefühle, als die *wertvollere* Seite unsrer Natur zu charakterisieren!

Keine »*moralische* Erziehung« des Menschengeschlechts: sondern die *Zwangsschule der wissenschaftlichen Irrtümer* ist nötig, weil die »Wahrheit« degoutiert und das Leben verleidet – vorausgesetzt, daß der Mensch nicht schon unentrinnbar in seine *Bahn* gestoßen ist und seine redliche *Einsicht* mit einem tragischen Stolze auf sich nimmt.

Die Physiologen wie die Philosophen glauben, das *Bewußtsein*, im Maße es an Helligkeit *zunimmt*, wachse im *Werte*: das hellste Bewußtsein, das logischste, kälteste Denken sei *ersten* Ranges. Indessen – wonach ist dieser Wert bestimmt? – In Hinsicht auf *Auslösung des Willens* ist das oberflächlichste, *vereinfachteste* Denken das am meisten nützliche – es könnte deshalb das – usw. (weil es wenig Motive übrig läßt).

Die *Präzision* des *Handelns* steht in Antagonismus mit der *weitblickenden* und oft ungewiß urteilenden *Vorsorglichkeit:* letztere durch den *tieferen* Instinkt geführt.

Man darf sich die Wahrheit bis so weit zugestehn, als man bereits *erhöht* genug ist, um nicht mehr die *Zwangsschule des moralischen Irrtums* nötig zu haben. – Falls man das Dasein moralisch beurteilt, *degoutiert* es.

Man soll nicht falsche Personen erfinden, z. B. nicht sagen »die Natur ist grausam«. Gerade einzusehen, *daß es kein solches Zentralwesen der Verantwortlichkeit* gibt, *erleichtert!*

Entwicklung der Menschheit.

A. Macht über die Natur zu gewinnen und *dazu* eine gewisse Macht über sich. (Die Moral war nötig, *um* den Menschen durchzusetzen im Kampf mit Natur und »wildem Tier«.)

B. *Ist* die Macht über die Natur errungen, so kann man diese Macht benutzen, um *sich selbst* frei weiterzubilden: Wille zur Macht als Selbsterhöhung und Verstärkung.

Alles Denken, Urteilen, Wahrnehmen als *Vergleichen* hat als Voraussetzung ein »Gleich-*setzen*«, noch früher ein »Gleich-*machen*«. Das Gleich-machen ist dasselbe, was die Einverleibung der angeeigneten Materie in die Amöbe ist.

»Erinnerung« spät, insofern hier der gleichmachende Trieb bereits *gebändigt* erscheint: die Differenz wird bewahrt. Erinnern als ein Einrubrizieren und Einschachteln; aktiv – wer?

Was ist »passiv«? – *Gehemmt* sein in der vorwärtsgreifenden Bewegung: also ein Handeln des Widerstandes und der Reaktion.

Was ist »aktiv«? – nach Macht ausgreifend.

»Ernährung« – ist nur abgeleitet; das Ursprüngliche ist: alles in sich einschließen wollen.

»Zeugung« – nur abgeleitet; ursprünglich: wo *ein* Wille nicht ausreicht, das gesamte Angeeignete zu organisieren, tritt ein *Gegenwille* in Kraft, der die Loslösung vornimmt, ein neues Organisationszentrum, nach einem Kampfe mit dem ursprünglichen Willen.

»Lust« – als Machtgefühl (die Unlust voraussetzend).

Die zwei Wege. – Es kommt ein Zeitpunkt, wo der Mensch *Kraft* im Überfluß zu Diensten hat: die Wissenschaft ist darauf aus, diese *Sklaverei der Natur* herbeizuführen.

Dann bekommt der Mensch *Muße*: sich selbst *auszubilden*, zu etwas Neuem, Höherem. *Neue Aristokratie.* Dann werden eine Menge *Tugenden überlebt*, die jetzt *Existenzbedingungen* waren. – Eigenschaften nicht mehr nötig haben, *folglich* sie verlieren. Wir haben die Tugenden nicht mehr *nötig*: *folglich* verlieren wir sie (– sowohl die Moral vom »Eins ist not«, vom Heil der Seele, wie der Unsterblichkeit: sie waren Mittel, um dem Menschen eine ungeheure *Selbstbezwingung zu ermöglichen*, durch den Affekt einer ungeheuren *Furcht* ...).

Die verschiedenen Arten *Not*, durch deren Zucht der Mensch geformt ist: Not lehrt arbeiten, denken, sich zügeln.

Die *physiologische* Reinigung und Verstärkung. Die *neue Aristokratie* hat einen Gegensatz nötig, gegen den sie ankämpft: sie muß eine furchtbare Dringlichkeit haben, sich zu erhalten.

Die zwei Zukünfte der Menschheit: 1. die Konsequenz der Vermittelmäßigung; 2. das bewußte Abheben, Sich-Gestalten.

Eine Lehre, die eine *Kluft* schafft: sie erhält die *oberste und die niedrigste Art* (sie zerstört die mittlere).

Die bisherigen Aristokraten, geistliche und weltliche, beweisen nichts *gegen* die Notwendigkeit einer neuen Aristokratie.

Moral als *Illusion der Gattung*, um den einzelnen anzutreiben, sich der Zukunft zu opfern: scheinbar ihm selbst einen unendlichen Wert zugestehend, so daß er mit diesem *Selbstbewußtsein* andere Seiten seiner Natur tyrannisiert und niederhält und schwer mit sich zufrieden ist.

Tiefste Dankbarkeit für das, was die Moral bisher geleistet hat: aber *jetzt nur noch ein Druck*, der zum Verhängins werden würde! *Sie selbst zwingt* als Redlichkeit zur Moralverneinung.

Die Voraussetzung der *wissenschaftlichen Arbeit*: ein Glaube an den Verband und die Fortdauer der wissenschaftlichen Arbeit, so daß der einzelne an jeder noch so kleinen Stelle arbeiten darf, im Vertrauen, *nicht umsonst zu arbeiten*.

Es gibt *eine* große Lähmung: *umsonst* arbeiten, *umsonst* kämpfen. – –

Die *aufhäufenden* Zeiten, wo Kraft, Machtmittel gefunden werden, deren sich einst die Zukunft bedienen wird: *Wissenschaft* als *mittlere Station*, an der die mittleren, vielfacheren, komplizierteren Wesen ihre natürlichste Entladung und Befriedigung haben: alle die, denen die *Tat* sich widerrät.

Hauptirrtum der Psychologen: sie nehmen die undeutliche Vorstellung als eine niedrigere Art der Vorstellung gegen die helle gerechnet: aber was aus unserm Bewußtsein sich entfernt und deshalb *dunkel wird, kann* deshalb an sich vollkommen klar sein. *Das Dunkelwerden ist Sache der Bewußtseins-Perspektive.*

Alles, was als »Einheit« ins Bewußtsein tritt, ist bereits ungeheuer kompliziert: wir haben immer nur einen *Anschein von Einheit.*

Das Phänomen des *Leibes* ist das reichere, deutlichere, faßbarere Phänomen: methodisch voranzustellen, ohne etwas auszumachen über seine letzte Bedeutung.

Der Satz vom Bestehen der Energie fordert die *ewige Wiederkehr.*

Im *großen Menschen* sind die spezifischen Eigenschaften des Lebens – Unrecht, Lüge, Ausbeutung – am größten. Insofern sie aber *überwältigend* gewirkt haben, ist ihr Wesen am besten mißverstanden und ins Gute interpretiert worden. Typus Carlyle als Interpret.

Die Tugend (z. B. als Wahrhaftigkeit) als *unser* vornehmer und gefährlicher Luxus; wir müssen nicht die Nachteile ablehnen, die er mit sich bringt.

Unser »Erkennen« beschränkt sich darauf, *Quantitäten* festzustellen; aber wir können durch nichts hindern, diese Quantitäts-Differenzen als *Qualitäten* zu empfinden. Die Qualität ist eine *perspektivische* Wahrheit für *uns*; kein »An sich«.

Unsere Sinne haben ein bestimmtes Quantum als Mitte, innerhalb deren sie funktionieren, d. h. wir empfinden groß und klein im Verhältnis zu den Bedingungen unsrer Existenz. Wenn wir unsre Sinne um das Zehnfache verschärften oder verstumpften, würden wir zugrunde gehn: – d. h. wir empfinden auch *Größenverhältnisse* in bezug auf unsre Existenz-Ermöglichung als *Qualitäten.*

Die ganze Moral Europas hat den *Nutzen der Herde* auf dem Grunde: die Trübsal aller höheren, seltneren Menschen liegt darin, daß alles, was sie auszeichnet, ihnen mit dem Gefühl der Verkleinerung und Verunglimpfung zum Bewußtsein kommt. Die *Stärken* des jetzigen Menschen sind die Ursachen der pessimistischen Verdüsterung: die Mittelmäßigen sind, wie die Herde ist, ohne viel Frage und Gewissen – heiter. (Zur Verdüsterung der Starken: Pascal, Schopenhauer.)

Je gefährlicher eine Eigenschaft der Herde scheint, um so gründlicher wird sie in die Acht getan.

Die geistigsten Menschen empfinden den Reiz und Zauber der *sinnlichen* Dinge, wie es sich die anderen Menschen – solche mit den »fleischernen Herzen« – gar nicht vorstellen können, auch nicht vorstellen dürften, – sie sind Sensualisten im besten Glauben, weil sie den

Sinnen einen grundsätzlicheren Wert zugestehen als jenem feinen Siebe, dem Verdünnungs-, Verkleinerungsapparate, oder wie das heißen mag, was man, in der Sprache des Volkes, »*Geist*« nennt. Die Kraft und Macht der Sinne – das ist das Wesentlichste an einem wohlgeratenen und ganzen Menschen: das prachtvolle »Tier« muß zuerst gegeben sein – was liegt sonst an aller »Vermenschlichung«!

Grundlösung. – Wir glauben an die Vernunft: diese aber ist die Philosophie der grauen *Begriffe*. Die Sprache ist auf die allernaivsten Vorurteile hin gebaut.

Nun lesen wir Disharmonien und Probleme in die Dinge hinein, weil wir *nur* in der sprachlichen Form *denken* – somit die »ewige Wahrheit« der »Vernunft« glauben (z. B. Subjekt, Prädikat usw.).

Wir hören auf zu denken, wenn wir es nicht in dem sprachlichen Zwange tun wollen, wir langen gerade noch bei dem Zweifel an, hier eine Grenze als Grenze zu sehn.

Das vernünftige Denken ist ein Interpretieren nach einem Schema, welches wir nicht abwerfen können.

Die Entwicklung der Wissenschaft löst das »Bekannte« immer mehr in ein Unbekanntes auf: – sie *will* aber gerade das *Umgekehrte* und geht von dem Instinkt aus, das Unbekannte auf das Bekannte zurückzuführen.

In summa bereitet die Wissenschaft eine *souveräne Unwissenheit* vor, ein Gefühl, daß »Erkennen« gar nicht vorkommt, daß es eine Art Hochmut war, davon zu träumen, mehr noch, daß wir nicht den geringsten Begriff übrig behalten, um auch nur »Erkennen« als eine *Möglichkeit* gelten zu lassen – daß »Erkennen« eine widerspruchsvolle Vorstellung ist. Wir *übersetzen* eine uralte Mythologie und Eitelkeit des Menschen in die harte Tatsache: so wenig »Ding an sich«, so wenig ist »Erkenntnis an sich« noch *erlaubt* als Begriff. Die Verführung durch »Zahl und Logik«, die Verführung durch die »Gesetze«.

»*Weisheit*« als Versuch, über die perspektivischen Schätzungen (d. h. über den »Willen zur Macht«) *hinweg*zukommen: ein lebensfeindliches und auflösendes Prinzip, Symptom wie bei den Indern usw., *Schwächung* der Aneignungskraft.

Der Intellekt kann sich nicht selbst kritisieren, eben weil er nicht zu vergleichen ist mit andersgearteten Intellekten und weil sein Vermögen zu erkennen erst angesichts der »wahren Wirklichkeit« zutage treten würde, d. h. weil, um den Intellekt zu kritisieren, wir ein höheres Wesen mit »absoluter Erkenntnis« sein müßten. Dies setzte schon voraus, daß es, abseits von allen perspektivischen Arten der Betrachtung und sinnlich-geistiger Aneignung, *etwas gäbe*, ein »An sich«. – Aber die psychologische Ableitung des Glaubens an *Dinge* verbietet uns, von »Dingen an sich« zu reden.

Wir stellen ein Wort hin, wo unsre Unwissenheit anhebt, wo wir nicht mehr weiter sehn können, z. B. das Wort »Ich«, das Wort »tun«, das Wort »leiden«: – das sind vielleicht Horizontlinien unsrer Erkenntnis, aber keine »Wahrheiten«.

Der faule Fleck des Kantischen Kritizismus ist allmählich auch den gröberen Augen sichtbar geworden: Kant hatte kein Recht mehr zu seiner Unterscheidung »*Erscheinung*« und »*Ding an sich*« – er hatte sich selbst das Recht abgeschnitten, noch fernerhin in dieser alten üblichen Weise zu unterscheiden, insofern er den Schluß von der Erscheinung auf eine *Ursache* der Erscheinung als unerlaubt ablehnte – gemäß seiner Fassung des Kausalitätsbegriffs und dessen *rein intraphänomenaler* Gültigkeit: welche Fassung andrerseits jene Unterscheidung schon vorwegnimmt, wie als ob das »Ding an sich« nicht nur erschlossen, sondern *gegeben* sei.

Die wenigsten machen sich klar, was der Standpunkt der *Wünschbarkeit*, jedes »so sollte es sein, aber es ist nicht« oder gar »so hätte es sollen gewesen sein« in sich schließt: eine Verurteilung des gesamten Gangs der Dinge. Denn in ihm gibt es nichts Isoliertes: das Kleinste trägt das Ganze, auf deinem kleinen Unrechte steht der ganze Bau der Zukunft, das Ganze wird bei jeder Kritik, die das Kleinste trifft, mit verurteilt. Gesetzt nun gar, daß die moralische Norm, wie es selbst Kant vermeinte, niemals vollkommen erfüllt worden ist und als eine Art Jenseits über der Wirklichkeit hängen bliebe, ohne jemals in sie hineinzufallen: so schlösse die Moral ein Urteil über das Ganze in sich, welches aber doch erlaubte zu fragen: *woher nimmt sie das Recht dazu*? Wie kommt der Teil dazu, dem Ganzen gegenüber hier den Richter zu machen? – Und wäre es in der Tat ein unausrottbarer Instinkt, dieses Moral-Urteilen und Ungenügen am Wirklichen, wie man behauptet hat, gehörte dann dieser Instinkt nicht vielleicht mit zu den unausrottbaren Dummheiten, auch Unbescheidenheiten unsrer Spezies? – Aber indem wir dies sagen, tun wir das, was wir tadeln; der Standpunkt der Wünschbarkeit, des unbefugten Richterspielens gehört mit in den Charakter des Gangs der Dinge, jede Ungerechtigkeit und Unvollkommenheit ebenso – es ist eben unser Begriff von »Vollkommenheit«, welcher seine Rechnung nicht findet. Jeder Trieb, der befriedigt werden will, drückt seine Unzufriedenheit mit der jetzigen Lage der Dinge aus: wie? ist vielleicht das Ganze aus lauter unzufriedenen Teilen zusammengesetzt, die allesamt Wünschbarkeiten im Kopf haben? ist der »Gang der Dinge« vielleicht eben das »Weg von hier? Weg von der Wirklichkeit!«, die ewige Unbefriedigung selbst? ist die Wünschbarkeit vielleicht die treibende Kraft selbst? ist sie – *deus*?

Es scheint mir wichtig, daß man *das* All, die Einheit los wird, irgendeine Kraft, ein Unbedingtes; man würde nicht umhin können, es als höchste Instanz zu nehmen und »Gott« zu taufen. Man muß das All zersplittern; den Respekt vor dem All verlernen; das, was wir dem Unbekannten und Ganzen gegeben haben, zurücknehmen für das Nächste, Unsere.

Was Kant z. B. sagt »Zwei Dinge bleiben ewig verehrenswert« (Schluß der prakt. Vernunft) – heute würden wir eher sagen »die Verdauung ist ehrwürdiger«. Das All brächte immer die alten Probleme mit sich – »wie Übel möglich sei?« usw. Also: *es gibt kein All, es fehlt* das große Sensorium oder Inventarium oder Kraft-Magazin.

Ethik: oder »Philosophie der Wünschbarkeit«. – »Es *sollte* anders sein«, »es *soll* anders werden«: die Unzufriedenheit wäre also der Keim der Ethik.

Man könnte sich retten, erstens indem man auswählt, wo man *nicht* das Gefühl hat; zweitens indem man die Anmaßung und Albernheit begreift: denn verlangen, daß *etwas* anders ist, als es ist, heißt: verlangen, daß *alles* anders ist – es enthält eine verwerfende Kritik des Ganzen. *Aber Leben ist selbst ein solches Verlangen!*

Feststellen, *was* ist, *wie* es ist, scheint etwas unsäglich Höheres, Ernsteres als jedes »So sollte es sein«, weil letzteres, als menschliche Kritik und Anmaßung von vornherein zur Lächerlichkeit verurteilt erscheint. Es drückt sich darin ein Bedürfnis aus, welches verlangt, daß unserem menschlichen Wohlbefinden die Einrichtung der Welt entspricht; auch der Wille, so viel als möglich auf diese Aufgabe hin zu tun.

Andrerseits hat nur dieses Verlangen »so sollte es sein« jenes andre Verlangen, was *ist*, hervorgerufen. Das Wissen nämlich darum, was ist, ist bereits eine Konsequenz jenes Fragens »wie? ist es möglich? warum gerade so?« Die Verwunderung über die Nicht-Übereinstimmung unsrer Wünsche und des Weltlaufs hat dahin geführt, den Weltlauf kennenzulernen. Vielleicht steht es noch anders: vielleicht ist jenes »so sollte es sein« unser Weltüberwältigungs-Wunsch – –

Wenn ich ein regelmäßiges Geschehen in eine *Formel* bringe, so habe ich mir die Bezeichnung des ganzen Phänomens erleichtert, abgekürzt usw. Aber ich habe kein »Gesetz« konstatiert, sondern die Frage aufgestellt, woher es kommt, daß hier etwas sich wiederholt: es ist eine Vermutung, daß der Formel ein Komplex von zunächst unbekannten Kräften und Kraft-Auslösungen entspricht: es ist Mythologie zu denken, daß hier Kräfte einem Gesetz gehorchen, so daß infolge ihres Gehorsams wir jedesmal das gleiche Phänomen haben.

A. *Moral als Werk der Unmoralität.*

1. Damit moralische Werte zur *Herrschaft* kommen, müssen lauter unmoralische Kräfte und Affekte helfen.
2. Die *Entstehung* moralischer Werte ist das Werk unmoralischer Affekte und Rücksichten.

B. *Moral als Werk des Irrtums.*

C. *Moral mit sich selbst allgemach im Widerspruch.*

Vergeltung. – Wahrhaftigkeit, Zweifel, *ἐποχή*, Richten. »Unmoralität« des *Glaubens* an die Moral.

Die Schritte:

1. absolute Herrschaft der Moral: alle biologischen Erscheinungen nach ihr gemessen und *gerichtet.*
2. Versuch einer Identifikation von Leben und Moral (Symptom einer erwachten Skepsis: Moral soll nicht mehr als Gegensatz gefühlt werden); mehrere Mittel, selbst ein transzendenter Weg.
3. *Entgegensetzung* von *Leben* und *Moral*: Moral vom Leben aus gerichtet und verurteilt.

D. Inwiefern die Moral dem Leben *schädlich* war:

a) dem Genuß des Lebens, der Dankbarkeit gegen das Leben usw.,
b) der Verschönerung, Veredelung des Lebens,
c) der Erkenntnis des Lebens,
d) der Entfaltung des Lebens, insofern es die *höchsten* Erscheinungen desselben mit sich selbst zu entzweien suchte.

E. Gegenrechnung: ihre *Nützlichkeit* für das Leben.

1. die Moral als Erhaltungsprinzip von größeren Ganzen, als Einschränkung der Glieder: nützlich für das »*Werkzeug*«.
2. die Moral als Erhaltungsprinzip im Verhältnis zur inneren

Gefährdung des Menschen durch Leidenschaften: nützlich für den »*Mittelmäßigen*«.

3. die Moral als Erhaltungsprinzip gegen die lebenvernichtenden Einwirkungen tiefer Not und Verkümmerung: nützlich für den »*Leidenden*«.
4. die Moral als Gegenprinzip gegen die furchtbare Explosion der Mächtigen: nützlich für den »*Niedrigen*«.

Inwiefern die Welt-Auslegungen
Symptome eines herrschenden Triebes sind

Die *artistische* Welt-Betrachtung: sich vor das Leben hinsetzen. Aber hier fehlt die Analysis des ästhetischen Anschauens, seine Reduktion auf Grausamkeit, Gefühl der Sicherheit, des Richter-seins und Außerhalb-seins usw. Man muß den Künstler selbst nehmen: und dessen Psychologie (die Kritik des Spieltriebs, als Auslassen von Kraft, Lust am Wechsel, am Eindrücken der eigenen Seele in Fremdes, der absolute Egoismus des Künstlers usw.). Welche Triebe er sublimisiert.

Die *wissenschaftliche* Welt-Betrachtung: Kritik des psychologischen Bedürfnisses *nach* Wissenschaft. Das Begreiflich-machen-wollen; das Praktisch-, Nützlich-, Ausbeutbar-machen-wollen –: inwiefern antiästhetisch. Der Wert allein, was gezählt und berechnet werden kann. Inwiefern eine durchschnittliche Art Mensch dabei zum Übergewicht kommen will. Furchtbar, wenn gar die *Geschichte* in dieser Weise in Besitz genommen wird – das Reich des Überlegenen, des Richtenden. Welche Triebe er sublimisiert!

Die *religiöse* Welt-Betrachtung: Kritik des religiösen Menschen. Es ist *nicht* notwendig der moralische, sondern der Mensch der starken Erhebungen und tiefen Depressionen, der die ersteren mit Dankbarkeit oder Verdacht interpretiert und nicht von *sich* herleitet (– die letzteren auch nicht –). Wesentlich der sich »unfrei« fühlende Mensch, der seine Zustände, die Unterwerfungs-Instinkte sublimisiert.

Die *moralische* Welt-Betrachtung. Die sozialen Rangordnungs-Gefühle werden ins Universum verlegt: die Unverrückbarkeit, das Gesetz, die Einordnung und Gleichordnung werden, weil am höchsten geschätzt, auch an der höchsten Stelle *gesucht* – über dem All, oder hinter dem All.

Was *gemeinsam* ist: die herrschenden Triebe wollen auch als *höchste Wert-Instanzen überhaupt*, ja als *schöpferische* und *regierende Gewalten betrachtet werden*. Es versteht sich, daß diese Triebe sich gegenseitig entweder anfeinden oder unterwerfen (synthetisch auch wohl binden, oder in der Herrschaft wechseln). Ihr tiefer Antagonismus ist aber so groß, daß wo sie *alle* Befriedigung wollen, ein Mensch von tiefer *Mittelmäßigkeit* zu denken ist.

Moral der *Wahrhaftigkeit* in der Herde. »Du sollst erkennbar sein, dein Inneres durch deutliche und konstante Zeichen ausdrücken – sonst bist du gefährlich: und wenn du böse bist, ist die Fähigkeit, dich zu verstellen, das Schlimmste für die Herde. Wir verachten den Heimlichen, Unkennbaren. – *Folglich* mußt du dich selber für erkennbar halten, du darfst dir nicht *verborgen* sein, du darfst *nicht* an deinen *Wechsel* glauben.« Also: die Forderung der Wahrhaftigkeit setzt die *Erkennbarkeit* und die *Beharrlichkeit* der Person voraus. Tatsächlich ist es Sache der Erziehung, das Herden-Mitglied zu einem *bestimmten Glauben* über das Wesen des Menschen zu bringen: sie *macht erst diesen Glauben* und fordert dann daraufhin »Wahrhaftigkeit«.

Die Wissenschaft – das war bisher die Beseitigung der vollkommenen Verworrenheit der Dinge durch Hypothesen, welche alles »erklären« – also aus dem Widerwillen des Intellekts an dem Chaos. – Dieser selbe Widerwille ergreift mich bei der Betrachtung *meiner selber*: die innere Welt möchte ich auch durch ein *Schema* mir bildlich vorstellen und über die intellektuelle Verworrenheit hinauskommen. Die Moral war eine solche *Vereinfachung*: sie lehrte den Menschen als *erkannt*, als *bekannt*. – Nun haben wir die Moral vernichtet – wir selber sind uns wieder *völlig dunkel* geworden! Ich weiß, daß ich *von mir* nichts weiß. Die *Physik* ergibt sich als eine *Wohltat* für das Gemüt: die Wissenschaft (als der Weg zur *Kenntnis*) bekommt einen neuen Zauber nach der Beseitigung der Moral – und *weil* wir *hier allein* Konsequenz finden, so müssen wir unser Leben darauf *einrichten*, sie uns zu *erhalten*. Dies ergibt eine Art *praktischen Nachdenkens* über *unsre Existenzbedingungen* als Erkennende.

Die Falschheit. – Jeder *souveräne Instinkt* hat die anderen zu seinen Werkzeugen, Hofstaat, Schmeichlern: er läßt sich nie bei seinem *häßlichen* Namen nennen: und er duldet *keine anderen* Lobsprüche, bei denen er nicht *indirekt* mit gelobt wird. Um jeden souveränen Instinkt herum kristallisiert sich alles Loben und Tadeln überhaupt zu einer festen Ordnung und Etikette. – Dies die *eine* Ursache der Falschheit.

Jeder nach Herrschaft strebende, aber unter einem Joch befindliche Instinkt braucht für sich, zur Unterstützung seines Selbstgefühls, zur Stärkung, alle schönen Namen und *anerkannten* Werte: so daß er sich hervorwagt *zumeist* unter dem Namen des von ihm bekämpften »Herren«, von dem er frei werden will (z. B. unter der Herrschaft christlicher Werte die fleischliche Begierde oder die Machtbegierde). – Dies die *andere* Ursache der Falschheit.

In beiden Fällen herrscht *vollkommene Naivität*: die Falschheit tritt *nicht* ins Bewußtsein. Es ist ein Zeichen von *gebrochenem* Instinkt, wenn der Mensch das Treibende und dessen »Ausdruck« (»die Maske«) *getrennt* sieht – ein Zeichen von Selbstwiderspruch, und viel weniger siegreich. Die absolute *Unschuld* in der Gebärde, im Wort, im Affekt, das »gute Gewissen« in der Falschheit, die Sicherheit, mit der man nach den größten und prachtvollsten Worten und Stellungen faßt – alles notwendig zum Siege.

Im *andern* Falle: bei *extremer Hellsichtigkeit* bedarf es *Genie* des *Schauspielers* und ungeheure Zucht in der Selbstbeherrschung, um zu siegen. Deshalb sind Priester die geschicktesten *bewußten* Heuchler; sodann Fürsten, denen ihr Rang und ihre Abkunft eine Art von Schauspielerei großzüchtet. Drittens Gesellschafts-Menschen, Diplomaten. Viertens Frauen.

Die *Sinnlichkeit* in ihren Verkleidungen: 1. als Idealismus (»Plato«), der Jugend eigen, dieselbe Art von Hohlspiegel-Bild schaffend, wie die Geliebte im Speziellen erscheint, eine Inkrustation, Vergrößerung, Verklärung, Unendlichkeit um jedes Ding legend –: 2. in der Religion der Liebe: »ein schöner junger Mann, ein schönes Weib«, irgendwie göttlich, ein Bräutigam, eine Braut der Seele –: 3. in der *Kunst*, als »schmückende« Gewalt: wie der Mann das Weib sieht, indem er ihr gleichsam alles zum Präsent macht, was es von Vorzügen gibt, so legt die Sinnlichkeit des Künstlers in *ein* Objekt, was er sonst noch ehrt und hochhält – dergestalt *vollendet* er ein Objekt (»idealisiert« es). Das Weib, unter dem Bewußtsein, was der Mann in bezug auf das Weib empfindet, *kommt dessen Bemühen nach Idealisierung entgegen*, indem es sich schmückt, schön geht, tanzt, zarte Gedanken äußert: insgleichen *übt sie Scham*, Zurückhaltung, Distanz – mit dem Instinkt dafür, daß damit das idealisierende Vermögen des Mannes *wächst*. (– Bei der ungeheuren Feinheit des weiblichen Instinkts bleibt die Scham keineswegs bewußte Heuchelei: sie errät, daß gerade die *naive wirkliche Schamhaftigkeit* den Mann am meisten verführt und zur Überschätzung drängt. Darum ist das Weib naiv – aus Feinheit des Instinkts, welcher ihr die Nützlichkeit des Unschuldigseins anrät. Ein willentliches *die-Augen-über-sich-geschlossen-halten*... Überall, wo die Verstellung stärker wirkt, wenn sie unbewußt ist, *wird* sie unbewußt.)

Zur Genesis der Kunst. – Jenes *Vollkommen-machen, Vollkommen-sehen*, welches dem mit geschlechtlichen Kräften überladenen zerebralen System zu eigen ist (der Abend zusammen mit der Geliebten, die kleinsten Zufälligkeiten verklärt, das Leben eine Abfolge sublimer Dinge, »das Unglück des Unglücklich-Liebenden mehr wert als irgend etwas«): andrerseits wirkt jedes *Vollkommene* und *Schöne* als unbewußte Erinnerung jenes verliebten Zustandes und seiner Art zu sehen – jede *Vollkommenheit*, die ganze *Schönheit* der Dinge erweckt durch *contiguity* die aphrodisische Seligkeit wieder. (*Physiologisch:* der schaffende Instinkt des Künstlers und die Verteilung des *semen* ins Blut...) Das *Verlangen nach Kunst* und *Schönheit* ist ein indirektes Verlangen nach den Entzückungen des Gechlechtstriebes, welche er dem *cerebrum* mitteilt. Die *vollkommen gewordne Welt*, durch »Liebe«.

Ja die Philosophie des Rechts! Das ist eine Wissenschaft, welche wie alle moralische Wissenschaft noch nicht einmal in der Windel liegt!

Man verkennt z. B. immer noch, auch unter frei sich dünkenden Juristen, die älteste und wertvollste *Bedeutung* der Strafe – man kennt sie gar nicht: und so lange die Rechtswissenschaft sich nicht auf einen neuen Boden stellt, nämlich auf die Historien- und die Völker-Vergleichung, wird es bei dem unnützen Kampfe von grundfalschen Abstraktionen verbleiben, welche heute sich als »Philosophie des Rechts« vorstellen und die sämtlich vom gegenwärtigen Menschen abgezogen sind. Dieser gegenwärtige Mensch ist aber ein so verwickeltes Geflecht, auch in bezug auf seine rechtlichen Wertschätzungen, daß er die verschiedensten *Ausdeutungen* erlaubt.

Das Beschimpfende ist erst so in die Strafe gekommen, daß gewisse Bußen an verächtliche Menschen (Sklaven z. B.) geknüpft wurden. Die, welche am meisten bestraft wurden, waren verächtliche Menschen, und schließlich lag im Strafen etwas Beschimpfendes.

Der Glaube an »Affekte«. – Affekte sind eine Konstruktion des Intellekts, eine *Erdichtung von Ursachen*, die es nicht gibt. Alle körperlichen *Gemeingefühle*, die wir nicht verstehen, werden intellektuell ausgedeutet, d. h. ein *Grund* gesucht, um sich so oder so zu fühlen, in Personen, Erlebnissen usw. Also etwas Nachteiliges, Gefährliches, Fremdes wird *gesetzt*, als wäre es die Ursache unserer Verstimmung; tatsächlich wird es zu der Verstimmung *hinzugesucht*, um der *Denkbarkeit* unseres Zustandes willen. – Häufige Blutzuströmungen zum Gehirn mit dem Gefühl des Erstickens werden als »Zorn« *interpretiert*: die Personen und Sachen, die uns zum Zorn reizen, sind Auslösungen für den physiologischen Zustand. – Nachträglich, in langer Gewöhnung, sind gewisse Vorgänge und Gemeingefühle sich so regelmäßig verbunden, daß der Anblick gewisser Vorgänge jenen Zustand des Gemeingefühls hervorbringt und speziell irgendjene Blutstauung, Samenerzeugung usw. mit sich bringt: also durch die Nachbarschaft. »Der Affekt wird erregt« sagen wir dann.

In »Lust« und »Unlust« stecken bereits *Urteile*: die Reize werden unterschieden, ob sie dem Machtgefühl förderlich sind oder nicht.

Der Glaube an das Wollen. Es ist Wunder-Glaube, einen Gedanken als Ursache einer mechanischen Bewegung zu setzen. Die *Konsequenz* der *Wissenschaft* verlangt, daß, nachdem wir die Welt in Bildern uns *denkbar* gemacht haben, wir auch die Affekte, Begehrungen, Willen usw. uns *denkbar* machen, d. h. sie *leugnen* und als *Irrtümer des Intellekts* behandeln.

Wir finden als das Stärkste und fortwährend Geübte auf allen Stufen des Lebens das *Denken* – in jedem Perzipieren und scheinbaren Erleiden auch noch! Offenbar wird es dadurch am *mächtigsten* und *anspruchvollsten*, und auf die Dauer tyrannisiert es alle anderen Kräfte. Es wird endlich die »Leidenschaft an sich«.

Ein alter Chinese sagte, er habe gehört, wenn Reiche zugrunde gehn sollen, so hätten sie viele Gesetze.

In bezug auf deutsche Kultur habe ich das Gefühl des *Niedergangs* immer gehabt. Das hat mich oft *unbillig* gegen das *ganze* Phänomen der europäischen Kultur gemacht, daß ich eine niedergehende Art kennen lernte. Die Deutschen kommen immer später hinterdrein: sie tragen etwas in der *Tiefe*, z. B. –

Abhängigkeit vom Ausland: z. B. *Kant* – Rousseau, Sensualisten, Hume, Swedenborg.

Schopenhauer – Inder und Romantik, Voltaire.

Wagner – französischer Kultus des Gräßlichen und der großen Oper, *Paris* und Flucht in *Urzustände* (die Schwester-Ehe).

– Gesetz der *Nachzügler* (Provinz nach Paris, Deutschland nach Frankreich). *Wieso* gerade *Deutsche* das *Griechische entdeckten* (: je stärker man einen Trieb entwickelt, um so *anziehender* wird es, sich einmal in seinen *Gegensatz* zu stürzen).

Musik ist *Aus*klingen.

Ursprünglich Chaos der Vorstellungen. Die Vorstellungen, die sich miteinander vertrugen, blieben übrig, die größte Zahl ging zugrunde – und geht zugrunde.

Schaffen – als *Auswählen* und *Fertig-machen* des Gewählten. (Bei jedem Willensakte ist *dies* das *Wesentliche*.)

Die ewige Wiederkunft. Eine Prophezeiung.

1. Darstellung der Lehre und ihrer *theoretischen* Voraussetzungen und Folgen.
2. Beweis der Lehre.

3. Mutmaßliche Folgen davon, daß sie *geglaubt* wird (sie bringt alles zum *Aufbrechen*).
   a) Mittel, sie zu ertragen;
   b) Mittel, sie zu beseitigen.
4. Ihr Platz in der Geschichte, als eine *Mitte*.
   Zeit der höchsten Gefahr.
   Gründung einer Oligarchie *über* den Völkern und ihren Interessen: Erziehung zu einer allmenschlichen Politik.
   Gegenstück des Jesuitismus.

Die beiden größten (von Deutschen gefundenen) philosophischen Gesichtspunkte:
   a) der des *Werdens*, der *Entwicklung*;
   b) der nach dem *Werte des Daseins* (aber die erbärmliche Form des deutschen Pessimismus erst zu überwinden!) –
   beide von mir in *entscheidender* Weise zusammengebracht.

Alles wird und kehrt ewig wieder – *entschlüpfen* ist nicht *möglich*! – Gesetzt, wir *könnten* den Wert beurteilen, was folgt daraus? Der Gedanke der Wiederkunft als *auswählendes* Prinzip, im Dienste der *Kraft* (und Barbarei!!).

Reife der Menschheit für *diesen* Gedanken.

»Wollen«: ist gleich Zweck-Wollen. »Zweck« enthält eine Wertschätzung. Woher stammen die Wertschätzungen? Ist eine feste Norm von »angenehm und schmerzhaft« die Grundlage?

Aber in unzähligen Fällen *machen* wir erst eine Sache schmerzhaft, dadurch daß wir unsere Wertschätzung hineinlegen.

Umfang der moralischen Wertschätzungen: sie sind fast in jedem Sinneseindruck mitspielend. Die Welt ist uns *gefärbt* dadurch.

Wir haben die Zwecke und die Werte hineingelegt: wir haben eine ungeheure *latente Kraft*masse dadurch in uns: aber in der *Vergleichung* der Werte ergibt sich, daß Entgegengesetztes als wertvoll galt, daß *viele* Gütertafeln existierten (also nichts »an sich« wertvoll).

Bei der Analyse der einzelnen Gütertafeln ergab sich ihre Aufstellung als die Aufstellung von *Existenzbedingungen* beschränkter Gruppen (und oft irrtümlicher): zur Erhaltung.

Bei der Betrachtung der *jetzigen* Menschen ergab sich, daß wir *sehr verschiedene* Werturteile handhaben, und daß keine schöpferische Kraft mehr darin ist – die Grundlage: »die Bedingung der Existenz« fehlt dem moralischen Urteile jetzt. Es ist viel überflüssiger, es ist lange nicht so schmerzhaft. – Es wird *willkürlich*. Chaos.

Wer schafft *das Ziel*, das über der Menschheit stehen bleibt und auch über dem einzelnen? Ehemals wollte man mit der Moral *erhalten*: aber niemand will jetzt mehr *erhalten*, es ist nichts daran zu erhalten. Also eine *versuchende Moral*: sich ein Ziel *geben*.

»Die *Kraftempfindung* kann nicht aus Bewegung hervorgehen: Empfindung überhaupt kann nicht aus Bewegung hervorgehen.«

»Auch dafür spricht nur eine scheinbare Erfahrung: in einer Substanz (Gehirn) wird durch übertragene Bewegung (Reize) Empfindung erzeugt. Aber erzeugt? Wäre denn bewiesen, daß die Empfindung dort noch gar *nicht* existiert? so daß ihr Auftreten als *Schöpfungsakt* der eingetretenen Bewegung aufgefaßt werden *müßte*? Der empfindungslose Zustand dieser Substanz ist nur eine Hypothese! keine Erfahrung! – Empfindung also *Eigenschaft* der Substanz: es gibt empfindende Substanzen.«

»Erfahren wir von gewissen Substanzen, daß sie Empfindung *nicht* haben? Nein, wir erfahren nur nicht, *daß* sie welche haben. Es ist unmöglich, die Empfindung aus der nicht empfindenden Substanz abzuleiten.« – *O der Übereilung!*

Eine Vielheit von Kräften, verbunden durch einen gemeinsamen Ernährungs-Vorgang, heißen wir »*Leben*«. Zu diesem Ernährungs-Vorgang, als Mittel seiner Ermöglichung, gehört alles sogenannte Fühlen, Vorstellen, Denken, d. h. 1. ein Widerstreben gegen alle anderen Kräfte; 2. ein Zurechtmachen derselben nach Gestalt und Rhythmus; 3. ein Abschätzen in bezug auf Einverleibung oder Abscheidung.

»Es mußte in der Ausbildung des Denkens der Punkt eintreten, wo es zum Bewußtsein kam, daß das, was man als *Eigenschaften der Dinge* bezeichnete, Empfindungen des empfindenden Subjekts seien: damit hörten die Eigenschaften auf, dem Dinge anzugehören.« Es blieb »das Ding an sich« übrig. Die Unterscheidung zwischen Ding an sich und des Dinges für uns basiert auf der älteren, naiven Wahrnehmung, die dem Dinge Energie beilegte: aber die Analyse ergab, daß auch die Kraft hineingedichtet worden ist, und ebenso – die Substanz. »Das Ding affiziert ein Subjekt.«? Wurzel der Substanzvorstellung in der Sprache, nicht im Außer-uns-Seienden! Das Ding an sich ist gar kein Problem!

Das Seiende wird als Empfindung zu denken sein, welcher nichts Empfindungsloses mehr zugrunde liegt.

In der Bewegung ist kein neuer *Inhalt* der Empfindung gegeben. Das Seiende kann nicht inhaltlich Bewegung sein: also *Form* des Seins.

NB. Die *Erklärung* des Geschehens kann versucht werden einmal: durch Vorstellung von Bildern des Geschehens, die ihm *voranlaufen* (Zwecke);
zweitens: durch Vorstellung von Bildern, die ihm *nachlaufen* (die mathematisch-physikalische Erklärung).

Beide soll man nicht durcheinanderwerfen. Also: die physische Erklärung, welche die Verbildlichung der Welt ist aus Empfindung und Denken, kann nicht selber wieder das Empfinden und Denken ableiten und entstehen machen: vielmehr muß die Physik auch die empfindende Welt *konsequent als ohne Empfindung und Zweck* konstruieren – bis hinauf zum höchsten Menschen. Und die teleologische ist nur eine *Geschichte der Zwecke* und *nie* physikalisch!

Die Wissenschaft fragt *nicht*, was uns zum Wollen trieb: sie *leugnet* vielmehr, daß *gewollt* worden ist, und meint, daß etwas ganz anderes geschehen sei – kurz, daß der Glaube an »Wille« und »Zweck« eine Illusion sei. Sie fragt nicht nach den *Motiven* der Handlung, als ob diese uns vor der Handlung im Bewußtsein gewesen wären: sondern sie zerlegt erst die Handlung in eine mechanische Gruppe von Erscheinungen und sucht die Vorgeschichte dieser mechanischen Bewegung – aber *nicht* im Fühlen, Empfinden, Denken. *Daher* kann sie nie die Erklärung nehmen: die Empfindung ist ja eben ihr Material, *das erklärt werden soll.* – Ihr Problem ist eben: die Welt zu erklären, *ohne* zu Empfindungen als Ursache zu greifen: denn das hieße ja: *als Ursache* der Empfindungen die *Empfindungen* ansehen. Ihre Aufgabe ist schlechterdings nicht gelöst.

Also: entweder *kein* Wille – die Hypothese der Wissenschaft –, oder *freier* Wille. Letztere Annahme das herrschende Gefühl, von dem wir uns nicht losmachen können, auch wenn die Hypothese *bewiesen* wäre.

Der populäre Glaube an Ursache und Wirkung ist auf die Voraussetzung gebaut, daß der freie Wille *Ursache sei von jeder Wirkung*: erst daher haben wir das Gefühl der Kausalität. Also darin liegt auch das Gefühl, daß jede Ursache *nicht* Wirkung ist, sondern immer erst Ursache – wenn der Wille die Ursache ist. »Unsre Willensakte sind *nicht notwendig*« – das *liegt* im Begriff »*Wille*«. Notwendig ist die Wirkung *nach* der Ursache – so fühlen wir. Es ist eine *Hypothese*, daß auch unser Wollen in jedem Falle ein Müssen sei.

Wir haben von alters her den Wert einer Handlung, eines Charakters, eines Daseins in die *Absicht* gelegt, in den *Zweck*, um dessentwillen getan, gehandelt, gelebt worden ist: diese uralte Idiosynkrasie des Geschmacks nimmt endlich eine gefährliche Wendung, – gesetzt nämlich, daß die Absichts- und Zwecklosigkeit des Geschehens immer mehr in den Vordergrund des Bewußtseins tritt. Damit scheint eine allgemeine Entwertung sich vorzubereiten: »Alles hat keinen Sinn«, – diese melancholische Sentenz heißt »aller Sinn liegt in der Absicht, und gesetzt, daß die Absicht ganz und gar fehlt, so fehlt auch ganz und gar der Sinn«. Man war, jener Schätzung gemäß, genötigt gewesen, den Wert des Lebens in ein »Leben nach dem Tode« zu verlegen, oder in die fortschreitende Entwicklung der Ideen oder der Menschheit oder des Volkes oder über den Menschen weg; aber damit war man in den Zweck*progressus in infinitum* gekommen: man hatte endlich nötig, sich einen Platz in dem »Welt-Prozeß« auszumachen (mit der dysdämonistischen Perspektive vielleicht, daß es der Prozeß ins Nichts sei).

Demgegenüber bedarf der »*Zweck*« einer strengeren Kritik: man muß einsehen, daß eine Handlung *niemals verursacht wird durch einen Zweck*; daß Zweck und Mittel Auslegungen sind, wobei gewisse Punkte eines Geschehens unterstrichen und herausgewählt werden, auf Unkosten anderer und zwar der meisten; daß jedesmal, wenn etwas auf einen Zweck hin getan wird, etwas Grundverschiednes und andres geschieht; daß in bezug auf jede Zweck-Handlung es so steht, wie mit der angeblichen Zweckmäßigkeit der Hitze, welche die Sonne ausstrahlt: die übergroße Masse ist verschwendet; ein kaum in Rechnung kommender Teil hat »Zweck«, hat »Sinn« – ; daß ein »Zweck« mit seinen »Mitteln« eine unbeschreiblich unbestimmte Zeichnung ist, welche als Vorschrift, als »Wille« zwar kommandieren kann, aber ein System von gehorchenden und eingeschulten Werkzeugen voraussetzt, welche an Stelle des Unbestimmten lauter feste Größen setzen (d. h. wir imaginieren ein System von zweck- und mittelsetzenden *klügeren*, aber engeren Intellekten, um unserm einzig bekannten »Zweck« die Rolle der »Ursache einer Handlung« zumessen zu können, wozu wir eigentlich kein Recht haben: es hieße, um ein Problem zu lösen, die Lösung des Problems in eine unserer Beobachtung unzugängliche Welt hineinstellen –).

Zuletzt: warum könnte nicht »ein Zweck« eine *Begleiterscheinung* sein, in der Reihe von Veränderungen wirkender Kräfte, welche die zweckmäßige Handlung hervorrufen – ein in das Bewußtsein vorausgeworfenes blasses Zeichenbild, das uns zur Orientierung dient dessen, was geschieht, als ein Symptom selbst vom Geschehen, *nicht* als dessen Ursache? – Aber damit haben wir den *Willen selbst* kritisiert: ist es nicht eine Illusion, das, was im Bewußtsein als Willensakt auftaucht, als Ursache zu nehmen? Sind nicht alle Bewußtseins-Erscheinungen nur End-Erscheinungen, letzte Glieder einer Kette, aber scheinbar in ihrem Hintereinander innerhalb *einer* Bewußtseins-Fläche sich bedingend? Dies könnte eine Illusion sein.–

Widerspruch gegen die angeblichen »Tatsachen des Bewußtseins«. Die Beobachtung ist tausendfach schwieriger, der Irrtum vielleicht *Bedingung* der Beobachtung überhaupt.

Ich habe die Absicht, meinen Arm auszustrecken; angenommen, ich weiß so wenig von Physiologie des menschlichen Leibes und von den mechanischen Gesetzen seiner Bewegung als ein Mann aus dem Volke, was gibt es eigentlich Vageres, Blasseres, Ungewisseres als diese Absicht im Vergleich zu dem, was darauf geschieht? Und gesetzt, ich sei der scharfsinnigste Mechaniker und speziell über die Formeln unterrichtet, die hierbei angewendet werden, so würde ich um keinen Deut besser oder schlechter meinen Arm ausstrecken. Unser »Wissen« und unser »Tun« in diesem Falle liegen kalt auseinander: als in zwei verschiedenen Reichen. – Andererseits: Napoleon führt den Plan eines Feldzuges durch – was heißt das? Hier ist alles *gewußt*, was zur Durchführung des Planes gehört, weil alles befohlen werden muß: aber auch hier sind Untergebene vorausgesetzt, welche das Allgemeine auslegen, anpassen an die Not des Augenblicks, Maß der Kraft usw.

Wenn wir etwas tun, so entsteht ein *Kraftgefühl*, oft schon vor dem Tun, bei der Vorstellung des zu Tuenden (wie beim Anblick eines Feindes, eines Hemmnisses, dem wir uns *gewachsen* glauben): immer begleitend. Wir meinen instinktiv, dies Kraftgefühl sei Ursache der Handlung, es sei »die Kraft«. Unser Glaube an Kausalität ist der Glaube an Kraft und deren Wirkung; eine Übertragung unsres Erlebnisses: wobei wir Kraft und Kraftgefühl identifizieren. – Nirgends aber bewegt die Kraft die Dinge; die empfundene Kraft »setzt nicht die Muskeln in Bewegung«. »Wir haben von einem solchen Prozeß keine Vorstellung, keine Erfahrung.« – »Wir erfahren ebensowenig, wie die Kraft als Bewegendes, die *Notwendigkeit* einer Bewegung.« Die Kraft soll das Zwingende sein! »Wir erfahren nur, daß eins auf das andre folgt – weder Zwang erfahren wir, noch Willkür, daß eins auf das andre folgt.« Die Kausalität wird erst durch die Hineindenkung des Zwanges in den Folgenvorgang geschaffen. Ein gewisses »Begreifen« entsteht dadurch, d. h. wir haben uns den Vorgang angemenschlicht, »bekannter« gemacht: das Bekannte ist das Gewohnheitsbekannte des mit *Kraftgefühl verbundenen menschlichen Erzwingens*.

Ob nicht der Ursprung unsrer anscheinenden »Erkenntnisse« auch nur in *älteren Wertschätzungen* zu suchen ist, welche so fest einverleibt sind, daß sie zu unserem Grundbestand gehören? So daß eigentlich nur *jüngere* Bedürfnisse mit dem *Resultat der ältesten Bedürfnisse* handgemein werden?

Die Welt so und so gesehen, empfunden, ausgelegt, daß organisches Leben bei dieser Perspektive von Auslegung sich erhält. Der Mensch ist *nicht* nur ein Individuum, sondern das fortlebende Gesamt-Organische in *einer* bestimmten Linie. Daß *er* besteht, damit ist bewiesen, daß eine Gattung von Interpretation (wenn auch immer fortgebaut) auch bestanden hat, daß das System der Interpretation nicht gewechselt hat. »Anpassung«.

Unser »Ungenügen«, unser »Ideal« usw. ist vielleicht die *Konsequenz* dieses einverleibten Stücks Interpretation, unseres perspektivischen Gesichtspunkts: vielleicht geht endlich das organische Leben daran zugrunde – so wie die Arbeitsteilung von Organismen zugleich eine Verkümmerung und Schwächung der Teile, endlich den Tod für das Ganze mit sich bringt. Es muß der *Untergang* des organischen Lebens, auch seiner höchsten Form, ebenso angelegt sein wie der Untergang des einzelnen.

Warum alle *Tätigkeit*, auch die eines *Sinnes*, mit Lust verknüpft ist? Weil vorher eine Hemmung, ein Druck bestand? Oder vielmehr weil alles Tun ein Überwinden, ein Herrwerden ist und *Vermehrung* des *Machtgefühls* gibt? – Die Lust im Denken. – Zuletzt ist es nicht nur das Gefühl der Macht, sondern die Lust an dem Schaffen und *am Geschaffenen*: denn alle Tätigkeit kommt uns ins Bewußtsein als Bewußtsein eines »Werks«.

Den größten Ekel haben mir bisher die Schmarotzer des Geistes gemacht: man findet sie, in unserem ungesunden Europa, überall schon, und zwar mit dem besten Gewissen von der Welt. Vielleicht ein wenig trübe, ein wenig *air pessimiste*, in der Hauptsache aber gefräßig, schmutzig, beschmutzend, sich einschleichend, einschmiegend, diebisch, krätzig – und unschuldig wie alle kleinen Sünder und Mikroben. Sie leben davon, daß andere Leute Geist haben und mit vollen Händen ausgeben: sie wissen, wie es selbst zum Wesen des reichen Geistes gehört, unbekümmert, ohne kleinliche Vorsicht, auf den Tag hin und selbst verschwenderisch sich auszugeben. – Denn der Geist ist ein schlechter Haushalter und hat kein Augenmerk darauf, wie alles von ihm lebt und zehrt.

Ein Künstler hält keine Wirklichkeit aus, er blickt weg, zurück: seine ernsthafte Meinung ist, daß was ein Ding wert ist, jener schattengleiche Rest ist, den man aus Farben, Gestalt, Klang, Gedanken gewinnt; er glaubt daran, daß, je mehr subtilisiert, verdünnt, verflüchtigt ein Ding, ein Mensch wird, *um so mehr sein Wert zunimmt: je weniger* real, um so mehr Wert. Dies ist Platonismus: der aber noch eine Kühnheit mehr besaß, im Umdrehen: – er maß den Grad Realität nach dem Wertgrade ab und sagte: je mehr »Idee«, desto mehr Sein. Er drehte den Begriff »Wirklichkeit« herum und sagte: »Was ihr für wirklich haltet, ist ein Irrtum, und wir kommen, je näher wir der ‚Idee' kommen, um so näher der ‚Wahrheit'«. – Versteht man es? Das *war die größte Umtaufung:* und weil sie vom Christentum aufgenommen ist, so sehen wir die erstaunliche Sache nicht. Plato hat im Grunde *den Schein,* als Artist, der er war, dem Sein *vorgezogen!* also die Lüge und Erdichtung der Wahrheit! das Unwirkliche dem Vorhandenen! – er war aber so sehr vom Werte des Scheins überzeugt, daß er ihm die Attribute »Sein«, »Ursächlichkeit« und »Gutheit«, »Wahrheit«, kurz alles übrige beilegte, dem man Wert beilegt.

Der Wertbegriff selbst, als Ursache gedacht: erste Einsicht.

Das Ideal mit allen Attributen bedacht, die Ehre verleihen: zweite Einsicht.

Grundgedanke: Die Falschheit erscheint so tief, so allseitig, der *Wille* ist dergestalt gegen das direkte Sich-selbst-Erkennen und Bei-Namen-Nennen gerichtet, daß die *Vermutung sehr große Wahrscheinlichkeit* hat: *Wahrheit, Wille zur Wahrheit* sei eigentlich etwas ganz andres und auch nur eine *Verkleidung.* (Das Bedürfnis nach *Glauben* ist der größte Hemmschuh der Wahrhaftigkeit.)

Das *allgemeinste Zeichen der modernen Zeit:* der Mensch hat in seinen eigenen Augen unglaublich an *Würde* eingebüßt. Lange als Mittelpunkt und Tragödien-Held des Daseins überhaupt; dann wenigstens bemüht, sich als verwandt mit der entscheidenden und an sich wertvollen Seite des Daseins zu beweisen – wie es alle Metaphysiker tun, die die *Würde des Menschen* festhalten wollen, mit ihrem Glauben, daß die moralischen Werte kardinale Werte sind. Wer Gott fahren ließ, hält um so strenger am Glauben an die Moral fest.

Jede rein *moralische* Wertsetzung (wie z. B. die buddhistische) *endet mit Nihilismus*: dies für Europa zu erwarten! Man glaubt mit einem Moralismus ohne religiösen Hintergrund auszukommen: aber damit ist der Weg zum Nihilismus notwendig. – In der Religion fehlt der Zwang, *uns* als wertsetzend zu betrachten.

1. Der Nihilismus steht vor der Tür: woher kommt uns dieser unheimlichste aller Gäste? – Ausgangspunkt: es ist ein *Irrtum*, auf »soziale Notstände« oder »physiologische Entartungen« oder gar auf Korruption hinzuweisen als *Ursache* des Nihilismus. Es ist die honetteste, mitfühlendste Zeit. Not, seelische, leibliche, intellektuelle Not ist an sich durchaus nicht vermögend, Nihilismus (d. h. die radikale Ablehnung von Wert, Sinn, Wünschbarkeit) hervorzubringen. Diese Nöte erlauben immer noch ganz verschiedene Ausdeutungen. Sondern: in einer *ganz bestimmten Ausdeutung*, in der christlich-moralischen, steckt der Nihilismus.

2. Der Untergang des Christentums – an seiner *Moral* (die unablösbar ist –), welche sich gegen den christlichen Gott wendet (der Sinn der Wahrhaftigkeit, durch das Christentum hoch entwickelt, bekommt *Ekel* vor der Falschheit und Verlogenheit aller christlichen Welt- und Geschichtsdeutung. Rückschlag von »Gott ist die Wahrheit« in den fanatischen Glauben »Alles ist falsch«. Buddhismus der *Tat*...).

3. Skepsis an der Moral ist das Entscheidende. Der Untergang der *moralischen* Weltauslegung, die keine *Sanktion* mehr hat, nachdem sie versucht hat, sich in eine Jenseitigkeit zu flüchten: endet in Nihilismus. »Alles hat keinen Sinn« (die Undurchführbarkeit *einer* Weltauslegung, der ungeheure Kraft gewidmet worden ist – erweckt das Mißtrauen, ob nicht *alle* Weltauslegungen falsch sind –). Buddhistischer Zug, Sehnsucht ins Nichts. (Der indische Buddhismus hat *nicht* eine grundmoralische Entwicklung hinter sich, deshalb ist bei ihm im Nihilismus nur unüberwundene Moral: Dasein als Strafe, Dasein als Irrtum kombiniert, der Irrtum also als Strafe – eine moralische Wertschätzung). Die philosophischen Versuche, den »moralischen Gott« zu überwinden (Hegel, Pantheismus). Überwindung der volkstümlichen Ideale: der Weise; der Heilige; der Dichter. Antagonismus von »wahr« und »schön« und »gut« – –

4. Gegen die »Sinnlosigkeit« einerseits, gegen die moralischen Werturteile andrerseits: inwiefern alle Wissenschaft und Philosophie bisher unter moralischen Urteilen stand? und ob man nicht die Feindschaft der Wissenschaft mit in den Kauf bekommt? Oder die Antiwissenschaftlichkeit? Kritik des Spinozismus. Die christlichen Werturteile überall in den sozialistischen und positivistischen Systemen rückständig. Es fehlt eine *Kritik der christlichen Moral.*

5. Die nihilistischen Konsequenzen der jetzigen Naturwissenschaft (nebst ihren Versuchen, ins Jenseitige zu entschlüpfen). Aus ihrem Betriebe *folgt* endlich eine Selbstzersetzung, eine Wendung gegen *sich*, eine Antiwissenschaftlichkeit. Seit Kopernikus rollt der Mensch aus dem Zentrum ins *x*.

6. Die nihilistischen Konsequenzen der politischen und volkswirtschaftlichen Denkweise, wo alle »Prinzipien« nachgerade zur Schauspielerei gehören: der Hauch von Mittelmäßigkeit, Erbärmlichkeit, Unaufrichtigkeit usw. Der Nationalismus. Der Anarchismus usw. Strafe. Es fehlt der *erlösende* Stand und Mensch, die Rechtfertiger –

7. Die nihilistischen Konsequenzen der Historie und der »*praktischen* Historiker«, d. h. der Romantiker. Die Stellung der Kunst: absolute *Un*originalität ihrer Stellung in der modernen Welt. Ihre Verdüsterung. Goethes angebliches Olympiertum.

8. Die Kunst und die Vorbereitung des Nihilismus: Romantik (Wagners Nibelungen-Schluß).

Man kennt die Art Mensch, welche sich in die Sentenz *tout comprendre c'est tout pardonner* verliebt hat. Es sind die Schwachen, es sind vor allem die Enttäuschten: wenn es an allem etwas zu verzeihen gibt, so gibt es auch an allem etwas zu verachten! Es ist die Philosophie der Enttäuschung, die sich hier so human in Mitleiden einwickelt und süß blickt.

Das sind Romantiker, denen der Glaube flöten ging: nun wollen sie wenigstens noch *zusehen*, wie alles läuft und verläuft. Sie nennen's *l'art pour l'art*, »Objektivität« usw.

»Schönheit« ist deshalb für den Künstler etwas außer aller Rangordnung, weil in der Schönheit Gegensätze gebändigt sind, das höchste

Zeichen von Macht, nämlich über Entgegengesetztes; außerdem ohne Spannung – daß keine Gewalt mehr not tut, daß alles so leicht *folgt*, *gehorcht*, und zum Gehorsam die liebenswürdigste Miene macht – das ergötzt den Machtwillen des Künstlers.

Erster Satz. Die *leichtere* Denkweise siegt über die schwierigere – als *Dogma*: *simplex sigillum veri*. – *Dico*: daß die *Deutlichkeit* etwas für Wahrheit ausweisen soll, ist eine vollkommne Kinderei...

Zweiter Satz. Die Lehre vom *Sein*, vom Ding, von lauter festen Einheiten ist *hundertmal leichter* als die Lehre vom *Werden*, von der Entwicklung...

Dritter Satz. Die Logik war als *Erleichterung* gemeint: als *Ausdrucksmittel* – *nicht* als Wahrheit... Später *wirkte* sie als *Wahrheit*...

Zur Psychologie der Metaphysik. – Diese Welt ist scheinbar: *folglich* gibt es eine wahre Welt; – diese Welt ist bedingt: *folglich* gibt es eine unbedingte Welt; – diese Welt ist widerspruchsvoll: *folglich* gibt es eine widerspruchslose Welt; – diese Welt ist werdend: *folglich* gibt es eine seiende Welt: – lauter falsche Schlüsse (blindes Vertrauen in die Vernunft: wenn A *ist*, so muß auch sein Gegensatz-Begriff B *sein*). Zu diesen Schlüssen *inspiriert das Leiden*: im Grunde sind es *Wünsche*, es möchte eine solche Welt geben; ebenfalls drückt sich der Haß gegen eine Welt, die leiden macht, darin aus, daß eine andere imaginiert wird, eine *wertvollere*: das *Ressentiment* der Metaphysiker gegen das Wirkliche ist hier schöpferisch.

Zweite Reihe von Fragen: *wozu* Leiden? ... und hier ergibt sich ein Schluß auf das Verhältnis der wahren Welt zu unsrer scheinbaren, wandelbaren, leidenden, widerspruchsvollen: 1. Leiden als Folge des Irrtums: wie ist Irrtum möglich? 2. Leiden als Folge von Schuld: wie ist Schuld möglich? (– lauter Erfahrungen aus der Natursphäre oder der Gesellschaft universalisiert und ins »An-sich« projiziert). Wenn aber die bedingte Welt ursächlich von der unbedingten bedingt ist, so muß die *Freiheit zum Irrtum und zur Schuld* mit von ihr bedingt sein: und wieder fragt man *wozu*? ... Die Welt des Scheins, des Werdens, des Widerspruchs, des Leidens ist also *gewollt*: *wozu*?

Der Fehler dieser Schlüsse: zwei gegensätzliche Begriffe sind gebildet

– *weil* dem einen von ihnen eine Realität entspricht, »*muß*« auch dem andern eine Realität entsprechen. »*Woher* sollte man sonst dessen Gegenbegriff haben?« – *Vernunft* somit als eine Offenbarungs-Quelle über An-sich-Seiendes.

Aber die *Herkunft* jener Gegensätze *braucht nicht notwendig* auf eine übernatürliche Quelle der Vernunft zurückzugehn: es genügt, die *wahre Genesis* der Begriffe dagegenzustellen: – diese stammt aus der praktischen Sphäre, aus der Nützlichkeitssphäre, und hat eben daher ihren *starken Glauben* (man *geht daran zugrunde*, wenn man nicht gemäß dieser Vernunft schließt: aber damit ist das nicht »bewiesen«, was sie behauptet).

Die Präokkupation durch das Leiden bei den Metaphysikern: ist ganz naiv. »Ewige Seligkeit«: psychologischer Unsinn. Tapfere und schöpferische Menschen fassen Lust und Leid *nie* als letzte Wertfragen, – es sind Begleit-Zustände: man muß beides *wollen*, wenn man etwas *erreichen* will –. Darin drückt sich etwas Müdes und Krankes an den Metaphysikern und Religiösen aus, daß sie Lust- und Leidprobleme im Vordergrunde sehn. Auch die *Moral* hat *nur* deshalb für sie solche *Wichtigkeit*, weil sie als wesentliche Bedingung in Hinsicht auf Abschaffung des Leidens gilt.

Insgleichen die Präokkupation durch Schein und Irrtum: Ursache von Leiden, Aberglaube, daß das Glück mit der Wahrheit verbunden sei (Verwechslung: das Glück in der »Gewißheit«, im »Glauben«).

Das theologische Vorurteil bei Kant, sein unbewußter Dogmatismus, seine moralistische Perspektive als herrschend, lenkend, befehlend.

Das πρῶτον ψεῦδος: wie ist die Tatsache der *Erkenntnis* möglich? ist die Erkenntnis überhaupt eine Tatsache? was ist Erkenntnis? Wenn wir nicht *wissen*, was Erkenntnis ist, können wir unmöglich die Frage beantworten, ob es Erkenntnis gibt. – Sehr schön! Aber wenn ich nicht schon »weiß«, *ob* es Erkenntnis gibt, geben kann, kann ich die Frage »was ist Erkenntnis« vernünftigerweise gar nicht stellen. Kant *glaubt* an die Tatsache der Erkenntnis: es ist eine Naivität, was er will: *die Erkenntnis der Erkenntnis!*

»Erkenntnis ist Urteil!« Aber Urteil ist ein *Glaube*, daß etwas so und so ist! Und *nicht* Erkenntnis! »Alle Erkenntnis besteht in synthetischen Urteilen« mit dem Charakter der *Allgemeingültigkeit* (die Sache verhält sich in allen Fällen so und nicht anders), mit dem Charakter der *Notwendigkeit* (das Gegenteil der Behauptung kann nie stattfinden).

Die *Rechtmäßigkeit* im Glauben an die Erkenntnis wird immer vorausgesetzt: so wie die Rechtmäßigkeit im Gefühl des Gewissensurteils vorausgesetzt wird. Hier ist die *moralische Ontologie das herrschende* Vorurteil.

Also der Schluß ist: 1. es gibt Behauptungen, die wir für allgemeingültig und notwendig halten;

2. der Charakter der Notwendigkeit und Allgemeingültigkeit kann nicht aus der Erfahrung stammen;

3. folglich muß er ohne Erfahrung, *anderswoher sich begründen* und eine andere Erkenntnisquelle haben!

(Kant schließt 1. es gibt Behauptungen, die nur unter gewisser Bedingung gültig sind; 2. diese Bedingung ist, daß sie nicht aus der Erfahrung, sondern aus der reinen Vernunft stammen.)

Also: die Frage ist, *woher unser Glaube* an die Wahrheit solcher Behauptungen seine Gründe nimmt? Nein, woher er seine Ursache hat! Aber die *Entstehung eines Glaubens*, einer starken Überzeugung ist ein psychologisches Problem: und eine *sehr* begrenzte und enge Erfahrung bringt oft einen solchen Glauben zuwege! *Er setzt bereits voraus*, daß es nicht nur »*data a posteriori*« gibt, sondern auch *data a priori*, »vor der Erfahrung«. Notwendigkeit und Allgemeingültigkeit könne nie durch Erfahrung gegeben werden: womit ist denn nun klar, daß sie ohne Erfahrung überhaupt da sind?

Es gibt keine einzelnen Urteile!

Ein einzelnes Urteil ist niemals »wahr«, niemals Erkenntnis; erst im *Zusammenhang*, in der *Beziehung* von vielen Urteilen ergibt sich eine Bürgschaft.

Was unterscheidet den wahren und den falschen Glauben? Was ist Erkenntnis? Er »weiß« es, das ist himmlisch!

Notwendigkeit und Allgemeingültigkeit können nie durch Erfahrung gegeben werden! Also unabhängig von der Erfahrung, *vor* aller Erfahrung! Diejenige Einsicht, die *a priori* stattfindet, also unabhängig von aller Erfahrung *aus der bloßen Vernunft*, »eine *reine* Erkenntnis«!

»Die Grundsätze der Logik, der Satz der Identität und des Widerspruchs, sind reine Erkenntnisse, weil sie aller Erfahrung vorausgehen.« – Aber das sind gar keine Erkenntnisse! sondern *regulative Glaubensartikel.*

Um die Apriorität (die reine Vernunftmäßigkeit) der mathematischen Urteile zu begründen, muß der Raum *begriffen werden als eine Form der reinen Vernunft.*

Hume hatte erklärt: »es gibt gar keine synthetischen Urteile *a priori.*« Kant sagt: doch! die mathematischen! Und wenn es also solche Urteile gibt, gibt es vielleicht auch Metaphysik, eine Erkenntnis der Dinge durch die reine Vernunft!

Mathematik wird möglich unter Bedingungen, unter denen Metaphysik *nie* möglich ist. Alle menschliche Erkenntnis ist entweder Erfahrung oder Mathematik.

Ein Urteil ist synthetisch: d. h. es verknüpft verschiedene Vorstellungen.

Es ist *a priori:* d. h. jene Verknüpfung ist eine allgemeingültige und notwendige, die nie durch sinnliche Wahrnehmung, sondern nur durch reine Vernunft gegeben sein kann.

Soll es synthetische Urteile *a priori* geben, so wird die Vernunft imstande sein müssen, zu verknüpfen: das Verknüpfen ist eine Form. Die Vernunft muß *formgebende Vermögen besitzen.*

Das Mitleid eine Verschwendung der Gefühle, ein der moralischen Gesundheit schädlicher Parasit, »es kann unmöglich Pflicht sein, die Übel in der Welt zu vermehren«. Wenn man bloß aus Mitleid wohltut, so tut man eigentlich sich selbst wohl und nicht dem andern. Mitleid beruht nicht auf Maximen, sondern auf Affekten; es ist pathologisch. Das fremde Leiden steckt uns an, Mitleid ist eine Ansteckung.

Die Priester sind die Schauspieler von irgend etwas Übermenschlichem, dem sie Sinnfälligkeit zu geben haben, sei es von Idealen, sei es von Göttern oder von Heilanden: darin finden sie ihren Beruf, dafür haben sie ihre Instinkte; um es so glaubwürdig wie möglich zu machen, müssen sie in der Anähnlichung so weit wie möglich gehen; ihre Schauspieler-Klugheit muß vor allem *das gute Gewissen* bei ihnen erzielen, mit Hilfe dessen erst wahrhaft überredet werden kann.

Ein Ideal, das sich durchsetzen oder noch behaupten will, sucht sich zu stützen a) durch eine *untergeschobene* Herkunft, b) durch eine angebliche Verwandtschaft mit schon bestehenden mächtigen Idealen, c) durch die Schauder des Geheimnisses, wie als ob hier eine undiskutierbare Macht rede, d) durch Verleumdung seiner gegnerischen Ideale, e) durch eine lügnerische Lehre des *Vorteils*, den es mit sich bringt, z. B. Glück, Seelenruhe, Frieden oder auch die Beihilfe eines mächtigen Gottes usw. – Zur Psychologie des Idealisten: Carlyle, Schiller, Michelet.

Hat man alle Defensiv- und Schutz-Maßregeln aufgedeckt, mit denen ein Ideal sich erhält: ist es damit *widerlegt?* Es hat die Mittel angewendet, durch die alles Lebendige lebt und wächst – sie sind allesamt »unmoralisch«.

Meine Einsicht: alle die Kräfte und Triebe, vermöge deren es Leben und Wachstum gibt, sind mit dem *Banne der Moral* belegt: Moral als Instinkt der Verneinung des Lebens. Man muß die Moral vernichten, um das Leben zu befreien.

»Du sollst nicht lügen«: man fordert Wahrhaftigkeit. Aber die Anerkennung des Tatsächlichen (das Sich-nicht-belügen-lassen) ist gerade bei den Lügnern am größten gewesen: sie erkannten eben auch das *Untat*sächliche dieser populären »Wahrhaftigkeit«. Es wird beständig zu viel oder zu wenig gesagt: die Forderung, *sich zu entblößen* mit jedem Worte, das man spricht, ist eine Naivität.

Man sagt, was man denkt, man ist »wahrhaft« *nur unter Voraussetzungen*: nämlich unter der, *verstanden* zu werden (*inter pares*), und zwar wohlwollend verstanden zu werden (*noch einmal inter pares*). Gegen das *Fremde* verbirgt man sich: und wer etwas erreichen will, sagt was er über sich gedacht haben will, *nicht* aber was er denkt. (»Der Mächtige lügt immer.«)

Der *Sieg* eines moralischen Ideals wird durch dieselben »unmoralischen« Mittel errungen wie jeder Sieg: Gewalt, Lüge, Verleumdung, Ungerechtigkeit.

Alle die Triebe und Mächte, welche von der Moral *gelobt* werden, ergeben sich mir als essentiell *gleich* mit dem von ihr verleumdeten und abgelehnten: z. B. Gerechtigkeit als Wille zur Macht, Wille zur Wahrheit als Mittel des Willens zur Macht.

Zur Kritik der Herden-Tugenden. – Die *inertia* tätig 1. im Vertrauen, weil Mißtrauen Spannung, Beobachtung, Nachdenken nötig macht; – 2. in der Verehrung, wo der Abstand der Macht groß ist und Unterwerfung notwendig: um nicht zu fürchten, wird versucht zu lieben, hochzuschätzen und die Machtverschiedenheit als *Wert*verschiedenheit auszudeuten: so daß das Verhältnis *nicht mehr revoltiert*; – 3. im Wahrheitssinn. Was ist wahr? Wo eine Erklärung gegeben ist, die uns das Minimum von geistiger Kraftanstrengung macht (überdies ist Lügen sehr anstrengend); – 4. in der Sympathie. Sich gleichsetzen, versuchen gleich zu empfinden, ein vorhandenes Gefühl *anzunehmen*, ist eine Erleichterung: es ist etwas Passives gegen das Aktivum gehalten, welches die eigensten Rechte des Werturteils sich wahrt und beständig betätigt (letzteres gibt keine Ruhe); – 5. in der Unparteilichkeit und Kühle des Urteils: man scheut die Anstrengung des Affekts und stellt sich lieber abseits, »objektiv«; – 6. in der Rechtschaffenheit: man gehorcht lieber einem vorhandenen Gesetz, als daß man sich ein Gesetz *schafft*, als daß man sich und anderen befiehlt: die Furcht vor dem Befehlen –: lieber sich unterwerfen, als reagieren; – 7. in der Toleranz: die Furcht vor dem Ausüben des Rechts, des Richtens.

Die *maskierten* Arten des Willens zur Macht:

1. Verlangen nach *Freiheit*, Unabhängigkeit, auch nach Gleichgewicht, Frieden, *Koordination*. Auch der Einsiedler, die »Geistesfreiheit«. In niedrigster Form: Wille überhaupt dazusein, »Selbsterhaltungstrieb«.
2. Die *Einordnung*, um im größeren Ganzen dessen Willen zur Macht zu befriedigen: die *Unterwerfung*, das Sich-unentbehrlich-machen, -nützlich-machen bei dem, der die Gewalt hat; die *Liebe*, als ein Schleichweg zum Herzen des Mächtigeren – um über ihn zu herrschen.
3. Das Pflichtgefühl, das Gewissen, der imaginäre Trost, zu einem

höheren Rang zu gehören, als die tatsächlich Gewalthabenden; die Anerkennung einer Rangordnung, die das *Richten* erlaubt, auch über die Mächtigeren; die Selbstverurteilung; die Erfindung *neuer Werttafeln* (Juden: klassisches Beispiel).

Die Tugenden sind so gefährlich als die Laster, insofern man sie von außen her als Autorität und Gesetz über sich herrschen läßt und sie nicht aus sich selbst erst erzeugt, wie es das Rechte ist, als persönlichste Notwehr und Notdurft, als Bedingung gerade *unseres* Daseins und Wachstums, die wir erkennen und anerkennen, gleichgültig ob andere mit uns unter gleicher oder verschiedner Bedingung wachsen. Dieser Satz von der Gefährlichkeit der unpersönlich verstandenen, *objektiven* Tugend gilt auch von der Bescheidenheit: an ihr gehen viele der ausgesuchten Geister zugrunde. Die Moralität der Bescheidenheit ist die schlimmste Verweichlichung für solche Seelen. bei denen es allein Sinn hat, daß sie beizeiten *hart* werden.

Gegen den Darwinismus. – Der Nutzen eines Organs erklärt *nicht* seine Entstehung, im Gegenteil! Die längste Zeit, während deren eine Eigenschaft sich bildet, erhält sie das Individuum nicht und nützt ihm nicht, am wenigsten im Kampf mit äußeren Umständen und Feinden.

Was ist zuletzt »nützlich«? Man muß fragen »in bezug *worauf* nützlich?« Z. B. was der *Dauer* des Individuums nützt, könnte seiner Stärke und Pracht ungünstig sein; was das Individuum erhält, könnte es zugleich festhalten und stillstellen in der Entwicklung. Andererseits kann ein *Mangel*, eine *Entartung* vom höchsten Nutzen sein, insofern sie als Stimulans anderer Organe wirkt. Ebenso kann eine *Notlage* Existenzbedingung sein, insofern sie ein Individuum auf das Maß herunterschraubt, bei dem es *zusammenhält* und sich nicht vergeudet. – Das Individuum selbst als Kampf der Teile (um Nahrung, Raum usw.): seine Entwicklung geknüpft an ein *Siegen*, *Vorherrschen* einzelner Teile, an ein *Verkümmern*, »Organwerden« anderer Teile.

Der Einfluß der »äußeren Umstände« ist bei Darwin ins Unsinnige *überschätzt*: das Wesentliche am Lebensprozeß ist gerade die ungeheure gestaltende, von innen her formenschaffende Gewalt, welche die »äußeren Umstände« *ausnützt*, *ausbeutet* –. Die von innen her gebildeten *neuen* Formen sind *nicht* auf einen Zweck hin geformt; aber im Kampf der Teile wird eine neue Form nicht lange *ohne* Beziehung zu einem partiellen Nutzen stehen und dann, dem *Gebrauche* nach, sich immer vollkommener ausgestalten.

Gefahr in der Bescheidenheit. – Sich zu früh anpassen an Aufgaben, Gesellschaften, Alltags- und Arbeits-Ordnungen, in welche der Zufall uns setzt, zur Zeit, wo weder unsere Kraft, noch unser Ziel uns gesetzgeberisch ins Bewußtsein getreten ist; die damit errungene allzufrühe Gewissens-Sicherheit, Erquicklichkeit, Gemeinsamkeit, dieses vorzeitige Sich-Bescheiden, das sich als Loskommen von der inneren und äußeren Unruhe dem Gefühl einschmeichelt, verwöhnt und hält in der gefährlichsten Weise nieder; das Achten-lernen nach Art von »seinesgleichen«, wie als ob wir selbst in uns kein Maß und Recht hätten, Werte anzusetzen, die Bemühung, gleichzuschätzen *gegen* die innere Stimme des Geschmacks, der auch ein Gewissen ist, wird eine furchtbare feine Fesselung: wenn es endlich keine Explosion gibt, mit Zersprengung aller Bande der Liebe und Moral mit einem Male, so verkümmert, verkleinlicht, verweiblicht, versachlicht sich ein solcher Geist. – Das Entgegengesetzte ist schlimm genug, aber immer noch besser: an seiner Umgebung leiden, an ihrem Lobe sowohl wie an ihrer Mißbilligung, verwundet dabei und unterschwürig werden, ohne es zu verraten; unfreiwillig-mißtrauisch sich gegen ihre Liebe verteidigen, das Schweigen lernen, vielleicht indem man es durch Reden verbirgt, sich Winkel und unerratbare Einsamkeiten schaffen für die Augenblicke des Aufatmens, der Tränen, der sublimen Tröstung – bis man endlich stark genug ist, um zu sagen: »was habe ich mit *euch* zu schaffen?« und *seines* Weges geht.

Lamartine hat für Sorrent und den Posilipp die Sprache –
Victor Hugo schwärmt für Spanien, »*parce que aucune autre nation n'a moins emprunté à l'antiquité, parce qu'elle n'a subi aucune influence classique*«.

Das Übergewicht der *Musik* in den Romantikern von 1830 und 1840. Delacroix. Ingres, ein leidenschaftlicher Musiker (Kultus für Gluck, Haydn, Beethoven, Mozart) sagte seinen Schülern in Rom

»si je pouvais vous rendre tous musiciens, vous y gagneriez comme peintres« –; insgleichen Horace Vernet, mit einer besonderen Leidenschaft für den Don Juan (wie Mendelssohn bezeugt 1831); insgleichen Stendhal, der von sich sagt: *Combien de lieues ne ferais-je pas à pied, et à combien de jours de prison ne me soumetterais-je pas pour entendre Don Juan ou le Matrimonio segreto; et je ne sais pour quelle autre chose je ferais cet effort.* Damals war er 56 Jahre alt.

Die entliehenen Formen, z. B. Brahms als typischer »Epigone«, Mendelssohns gebildeter Protestantismus ebenfalls (eine frühere »Seele« wird *nach*gedichtet...)

– die moralischen und poetischen Substitutionen bei Wagner, die *eine* Kunst als Notbehelf für Mängel in der anderen,

– der »historische Sinn«, die Inspiration durch Dichten, Sagen,

– jene typische Verwandlung, für die unter Franzosen G. Flaubert, unter Deutschen Richard Wagner das deutlichste Beispiel ist, wie der romantische Glaube an die Liebe und die Zukunft in das Verlangen zum Nichts sich verwandelt, 1830 in 1850.

Wenn irgend etwas erreicht ist, so ist es ein harmloseres Verhalten zu den Sinnen, eine freudigere, wohlwollendere, goethischere Stellung zur Sinnlichkeit; insgleichen eine stolzere Empfindung in betreff des Erkennens: so daß der »reine Tor« wenig Glauben findet.

Gesetzt, unsere übliche Auffassung der Welt wäre ein *Mißverständnis*: könnte eine *Vollkommenheit* konzipiert werden, innerhalb deren selbst solche *Mißverständnisse sanktioniert* wären?

Konzeption einer *neuen* Vollkommenheit: das, was unserer Logik, unserem »Schönen«, unserem »Guten«, unserem »Wahren« *nicht* entspricht, könnte in einem *höheren* Sinne vollkommen sein, als es unser Ideal selbst ist.

Die absolute Notwendigkeit *ganz von Zwecken zu befreien*: sonst dürfen wir auch nicht versuchen, uns zu opfern und gehen zu lassen! Erst die Unschuld des Werdens gibt uns den *größten Mut* und die *größte Freiheit*!

Atavismus: wonnevolles Gefühl, einmal unbedingt gehorchen zu können.

Der Mensch, mehr als jedes andre Tier, ursprünglich *altruistisch* – daher seine langsame Entwicklung (Kind) und hohe Ausbildung, daher auch die außerordentliche, letzte Art von Egoismus. – Die Raubtiere sind viel *individueller.*

Das Begierden-Erdreich, aus dem die *Logik* herausgewachsen ist: Herden-Instinkt im Hintergrunde. Die Annahme der gleichen Fälle setzt die »gleiche Seele« voraus. *Zum Zweck der Verständigung und Herrschaft.*

Der Antagonismus zwischen der »wahren Welt«, wie sie der Pessimismus aufdeckt, und einer lebensmöglichen Welt – dazu muß man die Rechte der *Wahrheit* prüfen. Es ist nötig, den Sinn aller dieser »idealen Triebe« am *Leben* zu messen, um zu begreifen, was eigentlich jener Antagonismus ist: der Kampf des krankhaften, verzweifelnden, sich an Jenseitiges klammernden Lebens mit dem gesünderen, dümmeren, verlogneren, reicheren, unzersetzteren Leben. Also nicht »Wahrheit« im Kampf mit Leben, sondern *eine* Art Leben mit einer anderen. – Aber es will die *höhere Art* sein! – Hier muß die Beweisführung einsetzen, daß eine Rangordnung not tut – daß das erste Problem das der *Rangordnung der Arten Leben* ist.

Der Sinn und die Lust an der *Nuance* (– die eigentliche Modernität), an dem, was *nicht* generell ist, läuft dem Triebe entgegen, welcher seine Lust und Kraft im Erfassen des *Typischen* hat: gleich dem griechischen Geschmack der besten Zeit. Ein Überwältigen der Fülle des Lebendigen ist darin, das *Maß* wird Herr, jene *Ruhe* der starken Seele liegt zugrunde, welche sich langsam bewegt und einen Widerwillen vor dem Allzu-Lebendigen hat. Der allgemeine Fall, das Gesetz wird *verehrt* und *herausgehoben*: die Ausnahme wird umgekehrt beiseite gestellt, die Nuance weggewischt. Das Feste, Mächtige, Solide, das Leben, das breit und gewaltig ruht und seine Kraft birgt – das »*gefällt*«: d. h. das korrespondiert mit dem, was man von sich hält.

In Hinsicht auf die *Maler*: *tout ces modernes sont des poètes qui ont voulu être peintres. L'un a cherché des drames dans l'histoire, l'autre des scènes de mœurs, celui-ci traduit des religions, celui-là une philosophie.* Jener ahmt Raffael nach, ein anderer die ersten italienischen Meister; die Landschafter verwenden Bäume und Wolken, um Oden und Elegien zu machen. *Keiner* ist einfach Maler; alle sind Archäologen, Psychologen, In-Szene-Setzer irgendwelcher Erinnerung oder Theorie. Sie gefallen sich an unsrer Erudition, an unsrer Philosophie. Sie sind, wie wir, voll und übervoll von allgemeinen Ideen. Sie lieben eine Form nicht um das, was sie ist, sondern um das, was sie *ausdrückt*. Sie sind die Söhne einer gelehrten, gequälten und reflektierenden Generation – tausend Meilen weit von den alten Meistern, welche nicht lasen und nur daran dachten, ihren Augen ein Fest zu geben.

Es ist ganz und gar nicht die erste Frage, ob wir mit uns zufrieden sind, sondern ob wir überhaupt irgendwomit zufrieden sind. Gesetzt, wir sagen ja zu einem einzigen Augenblick, so haben wir damit nicht nur zu uns selbst, sondern zu allem Dasein ja gesagt. Denn es steht nichts für sich, weder in uns selbst noch in den Dingen: und wenn nur ein einziges Mal unsre Seele wie eine Saite vor Glück gezittert und getönt hat, so waren alle Ewigkeiten nötig, um dies *eine* Geschehen zu bedingen – und alle Ewigkeit war in diesem einzigen Augenblick unseres Jasagens gutgeheißen, erlöst, gerechtfertigt und bejaht.

Eine volle und mächtige Seele wird nicht nur mit schmerzhaften, selbst furchtbaren Verlusten, Entbehrungen, Beraubungen, Verachtungen fertig: sie kommt aus solchen Höllen mit größerer Fülle und Mächtigkeit heraus: und, um das Wesentlichste zu sagen, mit einem neuen Wachstum in der Seligkeit der Liebe. Ich glaube, der, welcher etwas von den untersten Bedingungen jedes Wachstums in der Liebe erraten hat, wird Dante, als er über die Pforte seines Inferno schrieb: »auch mich schuf die ewige Liebe«, verstehen.

Die *nihilistische* Konsequenz (der Glaube an die Wertlosigkeit) als Folge der moralischen Wertschätzung: – *das Egoistische ist uns verleidet* (selbst nach der Einsicht in die Unmöglichkeit des Unegoistischen);

– *das Notwendige ist uns verleidet* (selbst nach Einsicht in die Unmöglichkeit eines *liberum arbitrium* und einer »intelligiblen Freiheit«). Wir sehen, daß wir die Sphäre, wohin wir unsere Werte gelegt haben, nicht erreichen – damit hat die andere Sphäre, in der wir leben, *noch keineswegs* an Wert gewonnen: im Gegenteil, wir sind *müde*, weil wir den Hauptantrieb verloren haben. »Umsonst bisher!«

A.

Von einer vollen herzhaften *Würdigung* unsrer jetzigen Menschheit auszugehen: – sich nicht durch den Augenschein täuschen lassen: diese Menschheit ist weniger »effektvoll«, aber sie gibt ganz andere Garantien der *Dauer*, ihr Tempo ist langsamer, aber der Takt selbst ist viel reicher. Die *Gesundheit* nimmt zu, die wirklichen Bedingungen des starken Leibes werden erkannt und allmählich geschaffen, der »Asketismus« *ironice* –. Die Scheu vor Extremen, ein gewisses Zutrauen zum »rechten Weg«, keine Schwärmerei; ein zeitweiliges Sich-Einleben in engere Werte (wie »Vaterland«, wie »Wissenschaft« usw.).

Dies ganze Bild wäre aber immer noch *zweideutig:* – es könnte eine *aufsteigende* oder aber eine *absteigende* Bewegung des Lebens sein.

B.

Der Glaube an den »*Fortschritt*« – in der niederen Sphäre der Intelligenz erscheint er als aufsteigendes Leben: aber das ist Selbsttäuschung;

in der höheren Sphäre der Intelligenz als *absteigendes.*

Schilderung der Symptome.

Einheit des Gesichtspunktes: Unsicherheit in betreff der Wertmaße.

Furcht vor einem allgemeinen »Umsonst«.

Nihilismus.

»Nützlich« im Sinne der darwinistischen Biologie – das heißt: im Kampf mit anderen sich als begünstigend erweisend. Aber mir scheint schon das *Mehrgefühl*, das Gefühl des *Stärker-werdens*, ganz abgesehen vom Nutzen im Kampf, der eigentliche *Fortschritt:* aus diesem Gefühle entspringt erst der Wille zum Kampf –

»Nützlich« in bezug auf die Beschleunigung des Tempos der Entwicklung ist ein anderes »Nützlich« als das in bezug auf möglichste Feststellung und Dauerhaftigkeit des Entwickelten.

Die größte Kompliziertheit, die scharfe Abscheidung, das Nebeneinander der ausgebildeten Organe und Funktionen, mit Verschwinden der Mittelglieder – wenn das *Vollkommenheit* ist, so ergibt sich ein Wille zur Macht im organischen Prozeß, vermöge deren *herrschaftliche, gestaltende, befehlende* Kräfte immer das Gebiet ihrer Macht mehren und innerhalb desselben immer wieder vereinfachen: der Imperativ *wachsend.*

Der »Geist« ist nur ein Mittel und *Werkzeug* im Dienst des höheren Lebens, der Erhöhung des Lebens.

Wenn es »nur *ein* Sein gibt, das Ich« und nach seinem Bilde alle andern »Seienden« gemacht sind – wenn schließlich der Glaube an das »Ich« mit dem Glauben an die Logik, d. h. metaphysische Wahrheit der Vernunft-Kategorien steht und fällt: wenn andrerseits das Ich sich als etwas *Werdendes* erweist: so –

Rekapitulation:

Dem Werden den Charakter des Seins *aufzuprägen* – das ist der *höchste Wille zur Macht.*

Zwiefache Fälschung, von den Sinnen her und vom Geiste her, um eine Welt des Seienden zu erhalten, des Verharrenden, Gleichwertigen usw.

Daß alles wiederkehrt, ist die extremste *Annäherung einer Welt des Werdens an die des Seins – Gipfel der Betrachtung.*

Von den Werten aus, die dem Seienden beigelegt werden, stammt die Verurteilung und Unzufriedenheit im Werdenden: nachdem eine solche Welt des Seins erst erfunden war.

Die Metamorphosen des Seienden (Körper, Gott, Ideen, Naturgesetze, Formeln usw.).

»Das Seiende« als Schein; Umkehrung der Werte: der Schein war das *Wertverleihende* –.

Erkenntnis an sich im Werden unmöglich; wie ist also Erkenntnis möglich? Als Irrtum über sich selbst, als Wille zur Macht, als Wille zur Täuschung.

Werden als Erfinden, Wollen, Selbstverneinen, Sich-selbst-überwinden: kein Subjekt, sondern ein Tun, Setzen, schöpferisch, keine »Ursachen und Wirkungen«.

Kunst als Wille zur Überwindung des Werdens, als »Verewigen«, aber kurzsichtig, je nach der Perspektive: gleichsam im kleinen die Tendenz des Ganzen wiederholend.

Was alles Leben zeigt, als verkleinerte Formel für die gesamte Tendenz zu betrachten: deshalb eine neue Fixierung des Begriffs »Leben«, als Wille zur Macht.

Anstatt »Ursache und Wirkung« der Kampf des Werdenden miteinander, oft mit Einschlürfung des Gegners; keine konstante Zahl des Werdenden.

Unbrauchbarkeit der alten Ideale zur Interpretation des ganzen Geschehens, nachdem man deren tierische Herkunft und Nützlichkeit erkannt hat; alle überdies dem Leben widersprechend.

Unbrauchbarkeit der mechanistischen Theorie – gibt den Eindruck der *Sinnlosigkeit.*

Der ganze *Idealismus* der bisherigen Menschheit ist im Begriff, in *Nihilismus* umzuschlagen – in den Glauben an die absolute *Wert*losigkeit, d. h. *Sinn*losigkeit.

Die Vernichtung der Ideale, die neue Öde; die neuen Künste, um es auszuhalten, wir *Amphibien.*

Voraussetzung: Tapferkeit, Geduld, keine »Rückkehr«, keine Hitze nach vorwärts. (NB. Zarathustra, sich beständig parodisch zu allen früheren Werten verhaltend, aus der Fülle heraus.)

Gegen das physikalische *Atom.* – Um die Welt zu begreifen, müssen wir sie berechnen können; um sie berechnen zu können, müssen wir konstante Ursachen haben; weil wir in der Wirklichkeit keine solchen konstanten Ursachen finden, *erdichten* wir uns welche – die Atome. Dies ist die Herkunft der Atomistik.

Die Berechenbarkeit der Welt, die Ausdrückbarkeit alles Geschehens in Formeln – ist das wirklich ein »Begreifen«? Was wäre wohl an einer Musik begriffen, wenn alles, was an ihr berechenbar ist und in Formeln abgekürzt werden kann, berechnet wäre? – Sodann die »konstanten Ursachen«, Dinge, Substanzen, etwas »Unbedingtes« also; *erdichtet* – was hat man erreicht?

Die *Individuation*, vom Standpunkt der Abstammungstheorie beurteilt, zeigt das beständige Zerfallen von eins in zwei und das ebenso beständige Vergehen der Individuen *auf den Gewinn von wenig* Individuen, die die Entwicklung fortsetzen: die übergroße Masse stirbt jedesmal ab (»der Leib«).

Das Grundphänomen: *unzählige Individuen geopfert um weniger willen:* als deren Ermöglichung. – Man muß sich nicht täuschen lassen: ganz so steht es mit den *Völkern* und *Rassen:* sie bilden den »Leib« zur Erzeugung von einzelnen *wertvollen Individuen*, die den großen Prozeß fortsetzen.

Das *Bewußtsein* – ganz äußerlich beginnend, als Koordination und Bewußtwerden der »Eindrücke« – anfänglich am weitesten entfernt vom biologischen Zentrum des Individuums; aber ein Prozeß, der sich vertieft, verinnerlicht, jenem Zentrum beständig annähert.

Zur *Entstehung der Logik.* Der fundamentale Hang, *gleichzusetzen, gleichzusehen* wird modifiziert, im Zaum gehalten durch Nutzen und Schaden, durch den *Erfolg*: es bildet sich eine Anpassung aus, ein milderer Grad, in dem er sich befriedigen kann, ohne zugleich das Leben zu verneinen und in Gefahr zu bringen. Dieser ganze Prozeß ist ganz entsprechend jenem äußeren, mechanischen (der sein Symbol ist), daß das *Plasma* fortwährend, was es sich aneignet, sich gleichmacht und in seine Formen und Reihen einordnet.

Die Frage der Werte ist *fundamentaler* als die Frage der Gewißheit: letztere erlangt ihren Ernst erst unter der Voraussetzung, daß die Wertfrage beantwortet ist.

Sein und Schein, psychologisch nachgerechnet, ergibt kein »Sein an sich«, keine Kriterien für »Realität«, sondern nur für Grade der Scheinbarkeit, gemessen an der Stärke des *Anteils*, den wir einem Schein geben.

Nicht ein Kampf um Existenz wird zwischen den Vorstellungen und Wahrnehmungen gekämpft, sondern um Herrschaft: – *vernichtet* wird die überwundene Vorstellung *nicht*, nur *zurückgedrängt* oder *subordiniert. Es gibt im Geistigen keine Vernichtung*…

Gegen die Theorie, daß das einzelne Individuum den Vorteil der *Gattung*, seiner Nachkommenschaft im Auge hat, auf Unkosten des eigenen Vorteils: das ist nur *Schein*.

Die ungeheure Wichtigkeit, mit der das Individuum den *geschlechtlichen Instinkt* nimmt, ist nicht eine *Folge* von dessen Wichtigkeit für die Gattung, sondern das Zeugen ist die eigentliche Leistung des Individuums und sein höchstes Interesse folglich, *seine höchste Machtäußerung* (natürlich nicht vom Bewußtsein aus beurteilt, sondern von dem Zentrum der ganzen Individuation).

Grundirrtümer der bisherigen Biologen: es handelt sich *nicht* um die Gattung, sondern um *stärker auszuwirkende* Individuen. (Die Vielen sind nur Mittel.)

Das Leben ist *nicht* Anpassung innerer Bedingungen an äußere, sondern Wille zur Macht, der von innen her immer mehr »Äußeres« sich unterwirft und einverleibt.

Diese Biologen *setzen* die moralischen Wertschätzungen *fort* (– der »an sich höhere Wert des Altruismus«, die Feindschaft gegen die Herrschsucht, gegen den Krieg, gegen die Unnützlichkeit, gegen die Rang- und Ständeordnung).

Intellektualität des *Schmerzes:* er bezeichnet nicht an sich, was augenblicklich geschädigt ist, sondern welchen *Wert* die Schädigung hat in Hinsicht auf das allgemeine Individuum.

Ob es Schmerzen gibt, in denen »die Gattung« und *nicht* das Individuum leidet –?

Muß nicht alle Philosophie endlich die Voraussetzungen, auf denen die Bewegung der *Vernunft* ruht, ans Licht bringen? – unsern *Glauben an das »Ich«* als an eine Substanz, als an die einzige Realität, nach welcher wir überhaupt den Dingen Realität zusprechen? Der älteste

»Realismus« kommt zuletzt ans Licht: zu gleicher Zeit, wo die ganze religiöse Geschichte der Menschheit sich wiedererkennt als Geschichte vom Seelen-Aberglauben. *Hier ist eine Schranke*: unser Denken selbst involviert jenen Glauben (mit seiner Unterscheidung von Substanz, Akzidens; Tun, Täter usw.); ihn fahrenlassen heißt: nicht-mehr-denken-dürfen.

Daß aber ein Glaube, so notwendig er ist zur Erhaltung von Wesen, nichts mit der Wahrheit zu tun hat, erkennt man z. B. selbst daran, daß wir an Zeit, Raum und Bewegung glauben *müssen*, ohne uns gezwungen zu fühlen, hier absolute Realität zuzugestehen.

Man hat neuerdings mit einem zufälligen und in jedem Betracht unzutreffenden Wort viel Mißbrauch getrieben: man redet überall von »*Pessimismus*«, man kämpft um die Frage, auf die es Antworten geben müsse, wer recht habe, der Pessimismus oder der Optimismus.

Man hat nicht begriffen, was doch mit Händen zu greifen: daß Pessimismus kein Problem, sondern ein *Symptom* ist, – daß der Name ersetzt werden müsse durch »*Nihilismus*«, – daß die Frage, ob Nichtsein besser ist als Sein, selbst schon eine Krankheit, ein Niedergangs-Anzeichen, eine Idiosynkrasie ist.

Die nihilistische Bewegung ist nur der Ausdruck einer physiologischen *décadence*.

Allgemeine Typen der décadence:

1. man wählt, im *Glauben*, Heilmittel zu wählen, das, was die Erschöpfung beschleunigt; – dahin gehört das Christentum (um den größten Fall des fehlgreifenden Instinkts zu nennen); – dahin gehört der »Fortschritt« –
2. man verliert die *Widerstands-Kraft* gegen die Reize – man wird bedingt durch die Zufälle: man vergröbert und vergrößert die Erlebnisse ins Ungeheure ... eine »Entpersönlichung«, eine Disgregation des Willens; – dahin gehört eine ganze Art Moral, die altruistische, die, welche das Mitleiden im Munde führt: an der das Wesentliche die Schwäche der Persönlichkeit ist, so daß sie *mitklingt* und wie eine überreizte Saite beständig zittert ... eine extreme Irritabilität ...

3. man verwechselt Ursache und Wirkung: man versteht die *décadence* nicht als physiologisch und sieht in ihren Folgen die eigentliche Ursache des Sich-schlecht-befindens; – dahin gehört die ganze religiöse Moral…
4. man ersehnt einen Zustand, wo man nicht mehr leidet: das Leben wird tatsächlich als Grund zu *Übeln* empfunden – man taxiert die *bewußtlosen*, gefühllosen Zustände (Schlaf, Ohnmacht) unvergleichlich wertvoller, als die bewußten; daraus eine *Methodik*…

Über die Herkunft unsrer Wertschätzungen

Wir können uns unsern Leib räumlich auseinanderlegen, und dann erhalten wir ganz dieselbe Vorstellung davon wie vom Sternensystem, und der Unterschied von organisch und unorganisch fällt nicht mehr in die Augen. Ehemals erklärte man die Sternbewegungen als Wirkungen zweckbewußter Wesen: man braucht das nicht mehr, und auch in betreff des leiblichen Bewegens und Sich-Veränderns glaubt man lange nicht mehr mit dem zwecksetzenden Bewußtsein auszukommen. Die allergrößte Menge der Bewegungen hat gar nichts mit Bewußtsein zu tun: *auch nicht mit Empfindung*. Die Empfindungen und Gedanken sind etwas *äußerst Geringes und Seltenes* im Verhältnis zu dem zahllosen Geschehn in jedem Augenblick.

Umgekehrt nehmen wir wahr, daß eine Zweckmäßigkeit im kleinsten Geschehn herrscht, der unser bestes Wissen nicht gewachsen ist: eine Vorsorglichkeit, eine Auswahl, ein Zusammenbringen, Wieder-gut-machen usw. Kurz, wir finden eine Tätigkeit vor, die einem *ungeheuer viel höheren und überschauenden Intellekt* zuzuschreiben wäre, als der uns bewußte ist. Wir lernen von allem Bewußten *geringer denken*: wir verlernen, uns für unser Selbst verantwortlich zu machen, da *wir* als bewußte, zwecksetzende Wesen nur der kleinste Teil davon sind. Von den zahlreichen Einwirkungen in jedem Augenblick, z. B. Luft, Elektrizität empfinden wir fast nichts: es könnte genug Kräfte geben, welche, obschon sie uns nie zur Empfindung kommen, uns fortwährend beeinflussen. Lust und Schmerz sind ganz seltene und spärliche Erscheinungen gegenüber den zahllosen Reizen, die eine Zelle, ein Organ auf eine andre Zelle, ein andres Organ ausübt.

Es ist die Phase der *Bescheidenheit des Bewußtseins*. Zuletzt verstehen wir das bewußte Ich selber nur als ein Werkzeug im Dienste jenes höheren, überschauenden Intellekts: und da können wir fragen, ob nicht alles bewußte *Wollen*, alle *bewußten Zwecke*, alle *Wertschätzungen* vielleicht nur *Mittel* sind, mit denen etwas wesentlich *Verschiedenes erreicht werden soll*, als es innerhalb des Bewußtseins scheint. Wir *meinen*: es handle sich um unsre *Lust* und *Unlust* – – – aber Lust und Unlust könnten Mittel sein, vermöge deren wir etwas zu *leisten hätten*, was außerhalb unseres Bewußtseins liegt – – – Es ist zu zeigen, wie sehr alles Bewußte *auf der Oberfläche* bleibt: wie Handlung und Bild der Handlung *verschieden* ist, wie *wenig* man von dem weiß, was einer Handlung *vorher*geht: wie phantastisch unsere Gefühle »Freiheit des Willens«, »Ursache und Wirkung« sind: wie Gedanken und Bilder, wie Worte nur Zeichen von Gedanken sind: die Unergründlichkeit jeder Handlung: die Oberflächlichkeit alles Lobens und Tadelns: *wie wesentlich Erfindung* und *Einbildung* ist, worin wir bewußt leben: wie wir in allen unsern Worten von Erfindungen reden (Affekte auch), und wie die *Verbindung* der *Menschheit* auf einem Überleiten und Fortdichten dieser Erfindungen beruht: während im Grunde die wirkliche Verbindung (durch Zeugung) ihren unbekannten Weg geht. *Verändert* wirklich dieser Glaube an die gemeinsamen Erfindungen die Menschen? Oder ist das ganze Ideen- und Wertschätzungswesen nur ein *Ausdruck selber* von unbekannten Veränderungen? *Gibt* es denn Willen, Zwecke, Gedanken, Werte wirklich? Ist vielleicht das ganze bewußte Leben nur ein *Spiegelbild*? Und auch wenn die Wertschätzung einen Menschen zu *bestimmen* scheint, geschieht im Grunde etwas ganz anderes! Kurz: gesetzt, es gelänge, das Zweckmäßige im Wirken der Natur zu erklären ohne die Annahme eines zweckesetzenden Ichs: könnte zuletzt vielleicht auch *unser* Zweckesetzen, unser Wollen usw. nur eine *Zeichensprache* sein für etwas wesentlich anderes, nämlich Nicht-Wollendes und Unbewußtes? nur der *feinste Anschein* jener natürlichen Zweckmäßigkeit des Organischen, aber nichts Verschiedenes davon?

Und kurz gesagt: es handelt sich vielleicht bei der ganzen Entwicklung des Geistes um den *Leib*: es ist die *fühlbar* werdende *Geschichte* davon, daß ein *höherer Leib sich bildet*. Das Organische steigt noch auf höhere Stufen. Unsere Gier nach Erkenntnis der Natur ist ein Mittel, wodurch der Leib sich vervollkommnen will. Oder vielmehr: es werden hunderttausende von Experimenten gemacht, die Ernährung, Wohnart, Lebensweise des *Leibes* zu verändern: das Bewußtsein und die Wertschätzungen in ihm, alle Arten von Lust und Unlust sind *Anzeichen dieser Veränderungen und Experimente.* Zuletzt *handelt es sich gar nicht um den Menschen: er soll überwunden werden.*

Bei der Entstehung der Organismen denkt sich der Mensch *zugegen*: was ist bei diesem Vorgange mit Augen und Getast wahrzunehmen gewesen? Was ist in Zahlen zu bringen? Welche Regeln zeigen sich in den Bewegungen? Also: der Mensch will alles Geschehen sich als ein *Geschehen für Auge und Getast* zurechtlegen, folglich als Bewegungen: er will *Formeln* finden, die ungeheure Masse dieser Erfahrungen zu *vereinfachen. Reduktion alles Geschehens* auf den Sinnenmenschen und Mathematiker. Es handelt sich um ein *Inventarium* der *menschlichen Erfahrungen*: gesetzt, daß der Mensch, oder vielmehr das *menschliche Auge und Begriffsvermögen*, der ewige Zeuge aller Dinge gewesen sei.

Was ist das *Kriterium* der moralischen Handlung? 1. ihre Uneigennützigkeit, 2. ihre Allgemeingültigkeit usw. Aber das ist Stuben-Moralistik. Man muß die Völker studieren und zusehn, was jedesmal das Kriterium ist, und was sich darin ausdrückt: ein Glaube »ein solches Verhalten gehört zu unseren ersten Existenz-Bedingungen«. Unmoralisch heißt »Untergang-bringend«. Nun sind alle diese Gemeinschaften, in denen diese Sätze gefunden wurden, zugrunde gegangen: einzelne dieser Sätze sind immer von neuem unterstrichen worden, weil jede neu sich bildende Gemeinschaft sie – wieder nötig hatte, z. B. »Du sollst nicht stehlen«. Zu Zeiten, wo das Gemeingefühl für die Gesellschaft (z. B. im *imperium Romanum*) nicht verlangt werden konnte, warf sich der Trieb aufs »Heil der Seele«, religiös gesprochen: oder »das größte Glück«, philosophisch geredet. Denn auch die griechischen Moral-Philosophen empfanden nicht mehr mit ihrer *πόλις*.

Aus der Gewöhnung an unbedingte Autoritäten ist zuletzt ein tiefes Bedürfnis nach unbedingten Autoritäten entstanden: – so stark, daß es selbst in einem kritischen Zeitalter, wie dem Kants, dem Bedürfnis nach Kritik sich als überlegen bewies und, in einem gewissen Sinne, die ganze Arbeit des kritischen Verstandes sich untertänig und zunutze zu machen wußte. – Es bewies in der darauffolgenden Generation, welche durch ihre historischen Instinkte notwendig auf das Relative jeder Autorität hingelenkt wurde, noch einmal seine Überlegenheit, als es auch die Hegelsche Entwicklungs-Philosophie, die in Philosophie umgetaufte Historie, selbst sich dienstbar machte und die Geschichte als die fortschreitende Selbstoffenbarung, Selbstüberbietung der moralischen Ideen hinstellte. Seit Plato ist die Philosophie unter der Herrschaft der Moral. Auch bei seinen Vorgängern spielen moralische Interpretationen entscheidend hinein (bei Anaximander das Zugrunde-gehn aller Dinge als Strafe für ihre Emanzipation vom reinen Sein; bei Heraklit die Regelmäßigkeit der Erscheinungen als Zeugnis für den sittlich-rechtlichen Charakter des gesamten Werdens).

Gegen den Positivismus, welcher bei den Phänomenen stehn bleibt »es gibt nur *Tatsachen*«, würde ich sagen: nein, gerade Tatsachen gibt es nicht, nur *Interpretationen*. Wir können kein Faktum »an sich« feststellen: vielleicht ist es ein Unsinn, so etwas zu wollen.

»Es ist alles *subjektiv*« sagt ihr: aber schon das ist *Auslegung*. Das »Subjekt« ist nichts Gegebenes, sondern etwas Hinzu-Erdichtetes, Dahinter-Gestecktes. – Ist es zuletzt nötig, den Interpreten noch hinter die Interpretation zu setzen? Schon das ist Dichtung, Hypothese.

Soweit überhaupt das Wort »Erkenntnis« Sinn hat, ist die Welt erkennbar: aber sie ist anders *deutbar*, sie hat keinen Sinn hinter sich, sondern unzählige Sinne. – »Perspektivismus.«

Unsere Bedürfnisse sind es, *die die Welt auslegen;* unsere Triebe und deren Für und Wider. Jeder Trieb ist eine Art Herrschsucht, jeder hat seine Perspektive, welche er als Norm allen übrigen Trieben aufzwingen möchte.

Der christliche Priester ist von Anfang an der Todfeind der Sinnlichkeit; man kann sich keinen größeren Gegensatz denken, als die unschuldig-ahnungsvolle und feierliche Haltung, mit der z. B. in den ehrwürdigsten Frauenkulten Athens die Gegenwart der geschlechtlichen Symbole empfunden wurde. Der Akt der Zeugung ist das Geheimnis an sich in allen nicht-asketischen Religionen: eine Art Symbol der Vollendung und der geheimnisvollen Absicht der Zukunft: der Wiedergeburt, Unsterblichkeit.

Was ist denn das, dieser Kampf des Christen »wider die Natur«? Wir werden uns ja durch seine Worte und Auslegungen nicht täuschen lassen! Es ist Natur wider etwas, das auch Natur ist. Furcht bei vielen, Ekel bei manchen, eine gewisse Geistigkeit bei anderen, die Liebe zu einem Ideal ohne Fleisch und Begierde, zu einem »Auszug der Natur« bei den Höchsten – diese wollen es ihrem Ideale gleichtun. Es versteht sich, daß Demütigung an Stelle des Selbstgefühls, ängstliche Vorsicht vor den Begierden, die Lostrennung von den gewöhnlichen Pflichten (wodurch wieder ein höheres Ranggefühl geschaffen wird), die Aufregung eines beständigen Kampfes um ungeheure Dinge, die Gewohnheit der Gefühls-Effusion – alles einen Typus zusammensetzt: in ihm überwiegt die *Reizbarkeit* eines verkümmernden Leibes, aber die Nervosität und ihre Inspiration wird anders *interpretiert*. Der *Geschmack* dieser Art Naturen geht einmal 1. auf das Spitzfindige, 2. auf das Blumige, 3. auf die extremen Gefühle. – Die natürlichen Hänge befriedigen sich *doch*, aber unter einer neuen Form der Interpretation, z. B. als »Rechtfertigung vor Gott«, »Erlösungsgefühl in der Gnade« (– jedes unabweisbare *Wohlgefühl* wird so interpretiert! –), der Stolz, die Wollust usw. – Allgemeines Problem: was wird aus dem Menschen, der sich das Natürliche verlästert und praktisch verleugnet und verkümmert? Tatsächlich erweist sich der Christ als eine *übertreibende* Form der Selbstbeherrschung: um seine Begierden zu bändigen, scheint er nötig zu haben, sie zu vernichten oder zu kreuzigen.

Der Haß gegen die Leiblich- und Seelisch-Privilegierten: Aufstand der häßlichen, mißratenen Seelen gegen die schönen, stolzen, wohlgemuten. Ihr Mittel: Verdächtigung der Schönheit, des Stolzes, der Freude: »es gibt kein Verdienst«, »die Gefahr ist ungeheuer: man *soll* zittern und sich schlecht befinden«, »die Natürlichkeit ist böse; der Natur widerstreben ist das Rechte. *Auch* der ‚Vernunft'« (– das Widernatürliche als das Höhere).

Wieder sind es die *Priester*, die diesen Zustand ausbeuten und das »Volk« für sich gewinnen. »Der Sünder«, an dem Gott mehr Freude hat als am »Gerechten«. *Dies* ist der Kampf gegen das »Heidentum« (der Gewissensbiß als Mittel, die seelische Harmonie zu zerstören).

Der Haß der Durchschnittlichen gegen die *Ausnahmen*, der Herde gegen die Unabhängigen. (Die Sitte als eigentliche »Sittlichkeit«.) Wendung *gegen* den »Egoismus«: Wert hat allein das »dem andern«. »Wir sind alle gleich«; – gegen die Herrschsucht, gegen »Herrschen« überhaupt; – gegen das Vorrecht; – gegen Sektierer, Freigeister, Skeptiker; – gegen die Philosophie (als dem Werkzeug- und Ecken-Instinkt entgegen); bei Philosophen selbst »der kategorische Imperativ«, das Wesen des Moralischen »allgemein und überall«.

Die drei *Behauptungen:*
Das Unvornehme ist das Höhere (Protest des »gemeinen Mannes«);
das Widernatürliche ist das Höhere (Protest der Schlechtweggekommenen);
das Durchschnittliche ist das Höhere (Protest der Herde, der »Mittleren«).

In der *Geschichte der Moral* drückt sich also ein *Wille zur Macht* aus, durch den bald die Sklaven und Unterdrückten, bald die Mißratenen und An-sich-Leidenden, bald die Mittelmäßigen den Versuch machen, die *ihnen* günstigsten Werturteile durchzusetzen.

Insofern ist das Phänomen der Moral vom Standpunkt der Biologie aus höchst bedenklich. Die Moral hat sich bisher entwickelt *auf Unkosten:* der Herrschenden und ihrer spezifischen Instinkte, der Wohlgeratenen und *schönen* Naturen, der Unabhängigen und Privilegierten in irgendeinem Sinne.

Die Moral ist also eine Gegenbewegung gegen die Bemühungen der Natur, es zu einem *höheren Typus* zu bringen. Ihre Wirkung ist: Mißtrauen gegen das Leben überhaupt (insofern dessen Tendenzen als »unmoralisch« empfunden werden) – Sinnlosigkeit, Widersinn (insofern die obersten Werte als im Gegensatz zu den obersten Instinkten empfunden werden) – Entartung und Selbstzerstörung der »höheren Naturen«, weil gerade in ihnen der Konflikt *bewußt* wird.

Es gelingt den wenigsten, in dem, worin wir leben, woran wir von alters her gewöhnt sind, ein Problem zu sehn – das Auge ist gerade dafür nicht eingestellt: dies scheint mir zumal in betreff unserer Moral der Fall zu sein.

Das Problem »jeder Mensch als Objekt für andere« ist Anlaß zu den höchsten Ehrverleihungen: für sich selbst – nein!

Das Problem »du sollst«: ein Hang, der sich nicht zu begründen weiß, ähnlich wie der Geschlechtstrieb, soll *nicht* unter die Verurteilung der Triebe fallen; umgekehrt, er soll ihr Wertmesser und Richter sein!

Das Problem der »Gleichheit«, während wir alle nach Auszeichnung dürsten: hier gerade sollen wir umgekehrt an uns genau die Anforderungen wie an andere stellen. Das ist so abgeschmackt, sinnfällig verrückt: aber – es wird als heilig, als höheren Ranges empfunden, der Widerspruch gegen die Vernunft wird kaum gehört.

Aufopferung und Selbstlosigkeit als auszeichnend, der unbedingte Gehorsam gegen die Moral und der Glaube, vor ihr mit jedermann gleichzustehn.

Die Vernachlässigung und Preisgebung von Wohl und Leben als auszeichnend, die vollkommne Verzichtleistung auf eigne Wertesetzung, das strenge Verlangen, von jedermann auf dasselbe verzichtet zu sehen. »Der Wert der Handlungen ist *bestimmt*: jeder einzelne ist dieser Wertung unterworfen.«

Wir sehn: eine Autorität redet – wer redet? – Man darf es dem menschlichen Stolze nachsehn, wenn er diese Autorität so hoch als möglich suchte, um sich so wenig als möglich unter ihr gedemütigt zu finden. Also – Gott redet!

Man bedurfte Gottes, als einer unbedingten Sanktion, welche keine Instanz über sich hat, als eines »kategorischen Imperators« –: oder, sofern man an die Autorität der Vernunft glaubt, man brauchte eine Einheits-Metaphysik, vermöge deren dies logisch war.

Gesetzt nun, der Glaube an Gott ist dahin: so stellt sich die Frage von neuem: »*wer* redet?« – Meine Antwort, nicht aus der Metaphysik, sondern der Tier-Physiologie genommen: *der Herden-Instinkt redet.* Er will Herr sein: daher sein »du sollst!« – er will den einzelnen nur im Sinne des Ganzen, zum besten des Ganzen gelten lassen, er haßt die Sich-Loslösenden, – er wendet den Haß aller einzelnen gegen ihn.

Das gesamte Moralisieren als Phänomen ins Auge bekommen. Auch als *Rätsel*. Die moralischen Phänomene haben mich beschäftigt wie Rätsel. Heute würde ich eine Antwort zu geben wissen: was bedeutet es, daß für mich das Wohl des Nächsten höheren Wert haben *soll*, als mein eigenes? daß aber der Nächste selbst den Wert seines Wohls anders schätzen *soll* als ich, nämlich demselben gerade *mein* Wohl überordnen soll? Was bedeutet das »Du sollst«, das selbst von Philosophen als »gegeben« betrachtet wird?

Der anscheinend verrückte Gedanke, daß einer die Handlung, die er dem andern erweist, höher halten soll als die sich selbst erwiesene, dieser andere ebenso wieder usw. (daß man nur Handlungen gutheißen soll, weil einer dabei nicht sich selbst im Auge hat, sondern das Wohl des andern) hat seinen Sinn: nämlich als Instinkt des Gemeinsinns, auf der Schätzung beruhend, daß am einzelnen überhaupt wenig gelegen ist, aber sehr viel an allen zusammen, vorausgesetzt, daß sie eben eine *Gemeinschaft* bilden, mit einem Gemein-Gefühl und Gemein-Gewissen. Also eine Art Übung in einer bestimmten Richtung des Blicks, Wille zu einer Optik, welche sich selbst zu sehn unmöglich machen will.

Mein Gedanke: es fehlen die Ziele, und *diese müssen einzelne* sein! Wir sehn das allgemeine Treiben: jeder einzelne wird geopfert und dient als Werkzeug. Man gehe durch die Straße, ob man nicht lauter »Sklaven« begegnet. Wohin? Wozu?

Meine Philosophie ist auf *Rangordnung* gerichtet: *nicht* auf eine individualistische Moral. Der Sinn der Herde soll in der Herde herrschen – aber nicht über sie hinausgreifen: die Führer der Herde bedürfen einer grundverschiedenen Wertung ihrer eignen Handlungen, insgleichen die Unabhängigen, oder die »Raubtiere« usw.

Erwägen wir, wie teuer sich ein solcher moralischer Kanon (»ein *Ideal*«) bezahlt macht. (Seine Feinde sind – nun? Die »Egoisten«.)

Der melancholische Scharfsinn der Selbstverkleinerung in Europa (Pascal, Larochefoucauld) – die innere Schwächung, Entmutigung, Selbstannagung der Nicht-Herdentiere –

die beständige Unterstreichung der Mittelmäßigkeits-Eigenschaften als der wertvollsten (Bescheidenheit, in Reih und Glied, die Werkzeug-Natur) –

das schlechte Gewissen eingemischt in alles Selbstherrliche, Originale:

– die Unlust also: – also *Verdüsterung* der Welt der Stärker-Geratenen!

– das Herdenbewußtsein in die Philosophie und Religion übertragen: auch seine Ängstlichkeit.

– Lassen wir die psychologische Unmöglichkeit einer rein selbstlosen Handlung außer Spiel!

Daß man sich nicht über sich selbst vergreift! Wenn man in sich den moralischen Imperativ so hört, wie der Altruismus ihn versteht, so gehört man zur *Herde*. Hat man das umgekehrte Gefühl, fühlt man in seinen uneigennützigen und selbstlosen Handlungen seine Gefahr, seine Abirrung, so gehört man nicht zur Herde.

Vorteil eines Abseits von seiner Zeit. – Abseits gestellt gegen die beiden Bewegungen, die individualistische und die kollektivistische Moral – denn auch die erste kennt die Rangordnung nicht und will dem einen die gleiche Freiheit geben wie allen. Meine Gedanken drehen sich nicht um den Grad von Freiheit, der dem einen oder dem anderen oder allen zu gönnen ist, sondern um den Grad von *Macht*, den einer oder der andere über andere oder alle üben soll, resp. inwiefern eine Opferung von Freiheit, eine Versklavung selbst, zur Hervorbringung eines *höheren Typus* die Basis gibt. In gröbster Form gedacht: *wie könnte man die Entwicklung der Menschheit opfern*, um einer höheren Art, als der Mensch ist, zum Dasein zu helfen? –

Zuletzt sei man ohne Sorge: man braucht nämlich sehr viel Moralität, um in dieser feinen Weise unmoralisch zu sein; ich will ein Gleichnis gebrauchen:

Ein Physiologe, der sich für eine Krankheit interessiert, und ein Kranker, der von ihr geheilt werden will, haben nicht das gleiche Interesse. Nehmen wir einmal an, daß jene Krankheit die Moral ist – denn sie ist eine Krankheit –, und daß wir Europäer deren Kranke sind: was für eine feine Qual und Schwierigkeit wird entstehen, wenn wir Europäer nun zugleich auch deren neugierige Beobachter und

Physiologen sind! Werden wir auch nur ernsthaft wünschen, von der Moral loszukommen? Werden wir es wollen? Abgesehen von der Frage, ob wir es *können*? Ob wir »geheilt« werden können? –

Da jeder Trieb unintelligent ist, so ist »Nützlichkeit« gar kein Gesichtspunkt für ihn. Jeder Trieb, indem er tätig ist, opfert Kraft und andere Triebe: er wird endlich gehemmt; sonst würde er alles zugrunde richten, durch Verschwendung. Also: das »Unegoistische«, Aufopfernde, Unkluge ist nichts Besonderes – es ist allen Trieben gemeinsam –, sie denken nicht an den Nutzen des ganzen *ego* (*weil sie nicht denken!*), sie handeln wider unseren Nutzen, gegen das *ego:* und oft *für* das *ego* – unschuldig in beidem!

Man sucht das Bild der Welt in *der* Philosophie, bei der es uns am freisten zumute wird; d. h. bei der unser mächtigster Trieb sich frei fühlt zu *seiner* Tätigkeit. So wird es auch bei mir stehn!

Unsinn aller Metaphysik als einer Ableitung des Bedingten aus dem Unbedingten.

Zur Natur des Denkens gehört es, daß es zu dem Bedingten das Unbedingte *hinzudenkt*, hinzuerfindet: wie es das »Ich« zur Vielheit seiner Vorgänge hinzudenkt, hinzuerfindet: es mißt die Welt an lauter von ihm selbst gesetzten Größen: an seinen Grundfiktionen »Unbedingtes«, »Zweck und Mittel«, »Dinge«, »Substanzen«, an logischen Gesetzen, an Zahlen und Gestalten.

Es gäbe nichts, was Erkenntnis zu nennen wäre, wenn nicht erst das Denken sich die Welt dergestalt *umschüfe* zu »Dingen«, Sich-selbst-Gleichem. Erst *vermöge* des Denkens gibt es *Unwahrheit*.

Das Denken ist *unableitbar*, ebenso die *Empfindungen:* aber damit ist es noch lange *nicht* als ursprünglich oder »an sich seiend« bewiesen! sondern nur festgestellt, daß wir nicht *dahinter* können, weil wir nichts als Denken und Empfinden *haben*.

Wer die Vernünftigkeit vorwärts stößt, treibt damit die entgegengesetzte Macht auch wieder zu neuer Kraft, die Mystik und Narrheit aller Art.

In *jeder Bewegung* zu unterscheiden 1. daß sie *teilweise* Ermüdung ist von einer vorhergegangenen Bewegung (Sattheit davon, Bosheit der Schwäche gegen sie, Krankheit); 2. daß sie *teilweise* eine neu aufgewachte, lange schlummernde aufgehäufte Kraft ist, freudig, übermütig, gewalttätig: Gesundheit.

Was *bedeutet* das, daß wir die *Campagna romana* nachfühlen? Und das Hochgebirge?

Chateaubriand 1803 in einem Brief an M. de Fontanes gibt den ersten Eindruck der *Campagna romana.*

Der Präsident de Brosses sagt von der *Campagna romana: »il fallait que Romulus fût ivre, quand il songea à bâtir une ville dans un terrain aussi laid.«*

Auch Delacroix wollte Rom nicht, es machte ihm Furcht. Er schwärmte für Venedig, wie Shakespeare, wie Byron, wie George Sand. Die Abneigung gegen Rom auch bei Theoph. Gautier – und bei Rich. Wagner.

Der *Gewissensbiß:* Zeichen, daß der Charakter der *Tat* nicht gewachsen ist. Es gibt Gewissensbisse auch nach *guten Werken:* ihr Ungewöhnliches, das was aus dem alten Milieu heraushebt. –

Die nächste Vorgeschichte einer Handlung bezieht sich auf diese: aber *weiter zurück* liegt eine Vorgeschichte, die *weiter hinaus* deutet: die einzelne Handlung ist zugleich ein Glied einer viel umfänglicheren *späteren* Tatsache. Die *kürzeren* und die *längeren* Prozesse sind nicht getrennt –

Dem bösen Menschen das gute Gewissen zurückgeben – ist das mein unwillkürliches Bemühen gewesen? und zwar dem bösen Menschen, insofern er der *starke Mensch* ist? (Das Urteil *Dostojewskijs* über die Verbrecher der Gefängnisse ist hierbei anzuführen.)

Der starke Mensch, mächtig in den Instinkten einer starken Gesundheit, verdaut seine Taten ganz ebenso, wie er die Mahlzeiten verdaut; er wird mit schwerer Kost selbst fertig: in der Hauptsache aber führt ihn ein unversehrter und strenger Instinkt, daß er nichts tut, was ihm widersteht, so wenig als er etwas tut, das ihm nicht schmeckt.

Die Arten der Selbstbetäubung. – Im Innersten: nicht wissen, wohinaus? *Leere.* Versuch, mit Rausch darüber hinwegzukommen: Rausch als Musik, Rausch als Grausamkeit im tragischen Genuß des Zugrundegehens des Edelsten, Rausch als blinde Schwärmerei für einzelne *Menschen* oder *Zeiten* (als Haß usw.). – Versuch, besinnungslos zu arbeiten, als Werkzeug der Wissenschaft: das Auge offen machen für die vielen kleinen Genüsse, z. B. auch als Erkennender (Bescheidenheit gegen sich); die Bescheidung über sich zu generalisieren, zu einem Pathos; die Mystik, der wollüstige *Genuß* der ewigen Leere; die Kunst »um ihrer selber willen« (»*le fait*«), das »reine Erkennen« als Narkosen des Ekels an *sich* selber; irgendwelche beständige Arbeit, *irgendein* kleiner dummer Fanatismus; das Durcheinander aller Mittel, Krankheit durch allgemeine Unmäßigkeit (die Ausschweifung tötet das Vergnügen).

1. Willensschwäche als Resultat.

2. Extremer Stolz und die Demütigung kleinlicher Schwäche im Kontrast *gefühlt.*

Die höchste Billigkeit und Milde als Zustand der *Schwächung* (das Neue Testament und die christliche Urgemeinde – als volle *bêtise* bei den Engländern Darwin, Wallace sich zeigend). Eure *Billigkeit,* ihr höheren Naturen, treibt euch zum *suffrage universel* usw., eure »Menschlichkeit« zur Milde gegen Verbrechen und Dummheit. Auf die *Dauer* bringt ihr damit die Dummheit und die Unbedenklichen zum Siege: Behagen und Dummheit – *Mitte.*

Äußerlich: Zeitalter ungeheurer Kriege, Umstürze, Explosionen. *Innerlich:* immer größere Schwäche der Menschen, die *Ereignisse* als *Exzitantien.* Der Pariser als das europäische Extrem.

Konsequenzen: 1. *die Barbaren* (zuerst natürlich unter der Form der bisherigen Kultur); 2. *die souveränen Individuen* (wo barbarische *Kraft-Mengen* und die Fessellosigkeit in Hinsicht auf alles Dagewesene sich kreuzen). Zeitalter der größten Dummheit, Brutalität und Erbärmlichkeit der *Massen,* und der *höchsten Individuen.*

Theorie des *Zufalls.* Die Seele ein auslesendes und sich nährendes Wesen äußerst klug und schöpferisch *fortwährend* (diese *schaffende* Kraft gewöhnlich übersehn! nur als »*passiv*« begriffen).

Ich erkannte die *aktive Kraft*, das Schaffende inmitten des Zufälligen: – Zufall ist selber nur *das Aufeinanderstoßen der schaffenden Impulse.*

Meine erste Lösung: die dionysische Weisheit. Lust an der Vernichtung des Edelsten und am Anblick, wie er schrittweise ins Verderben gerät: als Lust am *Kommenden, Zukünftigen*, welches triumphiert über das *vorhandene noch so Gute.* Dionysisch: zeitweilige Identifikation mit dem Prinzip des Lebens (Wollust des Märtyrers einbegriffen).

Meine Neuerungen. – Weiter-Entwicklung des Pessimismus: der Pessimismus des Intellekts; die *moralische* Kritik, Auflösung des letzten Trostes. Erkenntnis der Zeichen des *Verfalls:* umschleiert durch Wahn jedes starke Handeln; die Kultur isoliert, ist ungerecht und dadurch stark.

1. Mein *Anstreben* gegen den Verfall und die zunehmende Schwäche der Persönlichkeit. Ich suchte ein neues *Zentrum.*

2. Unmöglichkeit dieses Strebens *erkannt.*

3. *Darauf ging ich weiter in der Bahn der Auflösung – darin fand ich für einzelne neue Kraftquellen. Wir müssen Zerstörer sein!* – – Ich erkannte, daß der Zustand der *Auflösung*, in der *einzelne* Wesen sich vollenden *können wie nie* – ein Abbild und *Einzelfall des allgemeinen Daseins ist.* Gegen die lähmende Empfindung der allgemeinen Auflösung und Unvollendung hielt ich die *ewige Wiederkunft.*

Zur *Psychologie der Metaphysik:* – der Einfluß der *Furchtsamkeit.*

Was am meisten gefürchtet worden ist, die Ursache der *mächtigsten Leiden* (Herrschsucht, Wollust usw.), ist von den Menschen am feindseligsten behandelt worden und aus der »wahren« Welt eliminiert. So haben sie die *Affekte* Schritt für Schritt *weggestrichen* – Gott als Gegensatz des Bösen angesetzt, *das heißt* die Realität in die *Negation der Begierden und Affekte* verlegt (d. h. gerade ins *Nichts*).

Insgleichen ist *die Unvernunft*, das Willkürliche, Zufällige von ihnen gehaßt worden (als Ursache zahlloser physischer Leiden). *Folglich* negierten sie dies Element im An-sich-Seienden, faßten es als absolute »Vernünftigkeit« und »Zweckmäßigkeit«.

Insgleichen der *Wechsel*, die *Vergänglichkeit* gefürchtet: darin drückt sich eine gedrückte Seele aus, voller Mißtrauen und schlimmer Erfahrung (Fall Spinoza: eine umgekehrte Art Mensch würde diesen

Wechsel zum *Reiz* rechnen).

Eine mit Kraft überladene und *spielende* Art Wesen würde gerade die *Affekte*, die *Unvernunft* und den *Wechsel* in eudämonistischem Sinne *gutheißen*, samt ihren Konsequenzen Gefahr, Kontrast, Zugrundegehn usw.

Alle Tugenden physiologische *Zustände:* namentlich die organischen Hauptfunktionen als notwendig, als gut empfunden. Alle Tugenden sind eigentlich verfeinerte *Leidenschaften* und erhöhte Zustände.

Mitleid und Liebe zur Menschheit als Entwicklung des Geschlechtstriebes. Gerechtigkeit als Entwicklung des Rachetriebes. Tugend als Lust am Widerstande, Wille zur Macht. Ehre als Anerkennung des Ähnlichen und Gleichmächtigen.

Unfreiheit oder Freiheit des Willens? – Es gibt *keinen* »*Willen*«*:* das ist nur eine vereinfachende Konzeption des Verstandes, wie »Materie«. *Alle Handlungen müssen erst mechanisch als möglich vorbereitet sein, bevor sie gewollt werden.* Oder: der »*Zweck*« tritt im Gehirn *zumeist* erst auf, wenn alles vorbereitet ist zu seiner Ausführung. Der Zweck ein »innerer« »Reiz« – nicht *mehr.*

Das Individuum ist etwas ganz *Neues* und *Neuschaffendes*, etwas Absolutes, alle Handlungen ganz *sein* Eigen.

Die Werte für seine Handlungen entnimmt der einzelne zuletzt doch sich selber: weil er auch die überlieferten Worte sich *ganz individuell deuten* muß. Die *Auslegung* der Formel ist mindestens persönlich, wenn er auch keine Formel *schafft:* als *Ausleger* ist er immer noch schaffend.

Indem ich dieses sage, sehe ich über mir den *ungeheuren Rattenschwanz von Irrtümern* unter den Sternen glänzen, der bisher als die höchste Inspiration der Menschheit galt: »alles Glück folgt aus der Tugend, alle Tugend aus dem freien Willen«!

Kehren wir die Werte um: alle Tüchtigkeit Folge einer glücklichen Organisation, alle Freiheit Folge der Tüchtigkeit (– Freiheit hier als Leichtigkeit in der Selbstdirektive verstanden. Jeder Künstler versteht mich).

Die erfinderische Kraft, welche Kategorien erdichtet hat, arbeitete im Dienst des Bedürfnisses, nämlich von Sicherheit, von schneller Verständlichkeit auf Grund von Zeichen und Klängen, von Abkürzungsmitteln: – es handelt sich nicht um metaphysische Wahrheiten bei »Substanz«, »Subjekt«, »Objekt«, »Sein«, »Werden«. – Die Mächtigen sind es, welche die Namen der Dinge zum Gesetz gemacht haben, und unter den Mächtigen sind es die größten Abstraktions-Künstler, die die Kategorien geschaffen haben.

Die Qualitäten sind unsere unübersteiglichen Schranken; wir können durch nichts verhindern, bloße *Quantitäts-Differenzen* als etwas von Quantität Grundverschiedenes zu empfinden, nämlich als *Qualitäten*, die nicht mehr aufeinander reduzierbar sind. Aber alles, wofür nur das Wort »Erkenntnis« Sinn hat, bezieht sich auf das Reich, wo gezählt, gewogen, gemessen werden kann, auf die Quantität: während umgekehrt alle unsre Wertempfindungen (d. h. eben unsre Empfindungen) gerade an den Qualitäten haften, d. h. an unsren, nur uns allein zugehörigen perspektivischen »Wahrheiten«, die schlechterdings nicht »erkannt« werden können. Es liegt auf der Hand, daß jedes von uns verschiedene Wesen andere Qualitäten empfindet und folglich in einer andern Welt, als wir leben, lebt. Die Qualitäten sind unsre eigentliche menschliche Idiosynkrasie: zu verlangen, daß diese unsre menschlichen Auslegungen und Werte allgemeine und vielleicht konstitutive Werte sind, gehört zu den erblichen Verrücktheiten des menschlichen Stolzes.

Durch das Denken wird das Ich gesetzt; aber bisher glaubte man wie das Volk, im »Ich denke« liege etwas von Unmittelbar-Gewissem, und dieses »Ich« sei die gegebene *Ursache* des Denkens, nach deren Analogie wir alle sonstigen ursächlichen Verhältnisse verstünden. Wie sehr gewohnt und unentbehrlich jetzt jene Fiktion auch sein mag – *das* allein beweist noch nichts gegen ihre Erdichtetheit: es kann ein Glaube Lebensbedingung und *trotzdem falsch* sein.

»Wahrheit«: das bezeichnet innerhalb meiner Denkweise nicht notwendig einen Gegensatz zum Irrtum, sondern in den grundsätzlichsten Fällen nur eine Stellung verschiedner Irrtümer zueinander: etwa daß der eine älter, tiefer als der andere ist, vielleicht sogar unausrottbar, insofern ein organisches Wesen unserer Art nicht ohne ihn leben könnte; während andere Irrtümer uns nicht dergestalt als Lebensbedingungen tyrannisieren, vielmehr, gemessen an solchen »Tyrannen«, beseitigt und »widerlegt« werden können.

Eine Annahme, die unwiderlegbar ist, – warum sollte sie deshalb schon *»wahr«* sein? Dieser Satz empört vielleicht die Logiker, welche *ihre* Grenzen als Grenzen der *Dinge* ansetzen: aber diesem Logiker-Optimismus habe ich schon lange den Krieg erklärt.

Der höhere philosophische Mensch, der um sich Einsamkeit hat, nicht weil er allein sein will, sondern weil er etwas *ist*, das nicht seinesgleichen findet: welche Gefahren und neuen Leiden sind ihm gerade heute aufgespart, wo man den Glauben an die Rangordnung verlernt hat und folglich diese Einsamkeit nicht zu ehren und nicht zu verstehen weiß! Ehemals heiligte sich der Weise beinahe durch ein solches Beiseite-gehen für das Gewissen der Menge – heute sieht sich der Einsiedler wie mit einer Wolke trüber Zweifel und Verdächtigungen umringt.

Und nicht etwa nur von seiten der Neidischen und Erbärmlichen: er muß Verkennung, Vernachlässigung und Oberflächlichkeit noch an jedem Wohlwollen herausempfinden, das er erfährt, er kennt jene Heimtücke des beschränkten Mitleidens, welches sich selber gut und heilig fühlt, wenn es ihn, etwa durch bequemere Lagen, durch geordnetere, zuverlässigere Gesellschaft, vor sich selber zu »retten« sucht – ja er wird den unbewußten Zerstörungstrieb zu bewundern haben, mit dem alle Mittelmäßigen des Geistes gegen ihn tätig sind, und zwar im besten Glauben an ihr Recht dazu! Es ist für Menschen dieser unverständlichen Vereinsamung nötig, sich tüchtig und herzhaft auch in den Mantel der äußeren, der räumlichen Einsamkeit zu wickeln: das gehört zu ihrer Klugheit. Selbst List und Verkleidung werden heute not tun, damit ein solcher Mensch sich selber erhalte, sich selber *oben* erhalte, inmitten der niederziehenden gefährlichen Stromschnellen der Zeit. Jeder Versuch, es *in* der Gegenwart, *mit* der Gegenwart auszuhalten, jede Annäherung an diese Menschen und Ziele von heute muß er wie seine eigentliche Sünde abbüßen: und er mag die verborgene Weisheit seiner Natur anstaunen, welche ihn bei allen solchen Versuchen sofort durch Krankheit und schlimme Unfälle wieder zu sich selber zurückzieht.

Und wißt ihr auch, was mir »die Welt« ist? Soll ich sie euch in meinem Spiegel zeigen? Diese Welt: ein Ungeheuer von Kraft, ohne Anfang, ohne Ende, eine feste, eherne Größe von Kraft, welche nicht größer, nicht kleiner wird, die sich nicht verbraucht, sondern nur verwandelt, als Ganzes unveränderlich groß, ein Haushalt ohne Ausgaben und Einbußen, aber ebenso ohne Zuwachs, ohne Einnahmen, vom »Nichts« umschlossen als von seiner Grenze, nichts Verschwimmendes, Verschwendetes, nichts Unendlich-Ausgedehntes, sondern als bestimmte Kraft einem bestimmten Raum eingelegt, und nicht einem Raume, der irgendwo »leer« wäre, vielmehr als Kraft überall, als Spiel von Kräften und Kraftwellen zugleich Eins und Vieles, hier sich häufend und zugleich dort sich mindernd, ein Meer in sich selber stürmender und flutender Kräfte, ewig sich wandelnd, ewig zurücklaufend, mit ungeheuren Jahren der Wiederkehr, mit einer Ebbe und Flut seiner Gestaltungen, aus den einfachsten in die vielfältigsten hinaustreibend, aus dem Stillsten, Starrsten, Kältesten hinaus in das Glühendste, Wildeste, Sich-selber-Widersprechendste, und dann wieder aus der Fülle heimkehrend zum Einfachen, aus dem Spiel der Widersprüche zurück bis zur Lust des Einklangs, sich selber bejahend noch in dieser Gleichheit seiner Bahnen und Jahre, sich selber segnend als das, was ewig wiederkommen muß, als ein Werden, das kein Sattwerden, keinen Überdruß, keine Müdigkeit kennt –: diese meine *dionysische* Welt des Ewig-sich-selber-Schaffens, des Ewig-sich-selber-Zerstörens, diese Geheimnis-Welt der doppelten Wollüste, dies mein »Jenseits von Gut und Böse«, ohne Ziel, wenn nicht im Glück des Kreises ein Ziel liegt, ohne Willen, wenn nicht ein Ring zu sich selber guten Willen hat – wollt ihr einen *Namen* für diese Welt? Eine *Lösung* für alle ihre Rätsel? Ein *Licht* auch für euch, ihr Verborgensten, Stärksten, Unerschrockensten, Mitternächtlichsten? – *Diese Welt ist der Wille zur Macht – und nichts außerdem!* Und auch ihr selber seid dieser Wille zur Macht – und nichts außerdem!

Der eigentlich *königliche* Beruf des Philosophen (nach dem Ausdruck Alkuins des Angelsachsen): *prava corrigere, et recta corroborare, et sancta sublimare.*

Unsere große Bescheidung: das Unbekannte nicht vergöttern; wir fangen eben an, wenig zu wissen. Die falschen und verschwendeten Bemühungen.

Unsere »neue Welt«: wir müssen erkennen, bis zu welchem Grade wir die *Schöpfer* unsrer Wertgefühle sind – also »Sinn« in die Geschichte legen *können.*

Dieser Glaube an die Wahrheit geht in uns zu seiner letzten Konsequenz – ihr wißt, wie sie lautet –: daß, wenn es überhaupt etwas anzubeten gibt, es der *Schein* ist, der angebetet werden muß, daß die Lüge – und *nicht* die Wahrheit – göttlich ist!

Das Kriterium der Wahrheit liegt in der Steigerung des Machtgefühls.

Die beiden extremsten Denkweisen – die mechanistische und die platonische – kommen überein in der *ewigen Wiederkunft:* beide als Ideale.

– »Die Krankheit macht den Menschen besser«: diese berühmte Behauptung, der man durch alle Jahrhunderte begegnet, und zwar im Munde der Weisen ebenso als im Mund und Maule des Volks, gibt zu denken. Man möchte sich, auf ihre Gültigkeit hin, einmal erlauben zu fragen: gibt es vielleicht ein ursächliches Band zwischen Moral und Krankheit überhaupt? Die »Verbesserung des Menschen«, im großen betrachtet, z. B. die unleugbare Milderung, Vermenschlichung, Vergutmütigung des Europäers innerhalb des letzten Jahrtausends – ist sie vielleicht die Folge eines langen heimlich-unheimlichen Leidens und Mißratens, Entbehrens, Verkümmerns? Hat »die Krankheit« den Europäer »besser gemacht«? Oder anders gefragt: ist unsre Moralität – unsre moderne zärtliche Moralität in Europa, mit der man die Moralität des Chinesen vergleichen möge, – der Ausdruck eines physiologischen *Rückgangs?*... Man möchte nämlich nicht ableugnen können, daß jede Stelle der Geschichte, wo »der Mensch« sich in besonderer Pracht und Mächtigkeit des Typus gezeigt hat, sofort einen plötzlichen, gefährlichen, eruptiven Charakter annimmt, bei dem die Menschlichkeit schlimm fährt; und vielleicht hat es in jenen Fällen, wo es *anders scheinen will*, eben nur an Mut oder Feinheit gefehlt, die Psychologie in die Tiefe zu treiben und den allgemeinen Satz auch da noch herauszuziehn: »je gesünder, je stärker, je reicher, fruchtbarer, unternehmender ein Mensch sich fühlt, um so ‚unmoralischer' wird er auch«. Ein peinlicher Gedanke! dem man durchaus nicht nachhängen soll! Gesetzt aber, man läuft mit ihm ein kleines, kurzes Augenblickchen vorwärts, wie verwundert blickt man da in die Zukunft! Was würde sich dann auf Erden teurer bezahlt machen als gerade das, was wir mit allen Kräften fordern – die Vermenschlichung, die »Verbesserung«, die wachsende »Zivilisierung« des Menschen? Nichts wäre kostspieliger als Tugend: denn am Ende hätte man mit ihr die Erde als Hospital: und »jeder jedermanns Krankenpfleger« wäre der Weisheit letzter Schluß. Freilich: man hätte dann auch jenen vielbegehrten »Frieden auf Erden«! Aber auch so wenig »Wohlgefallen aneinander«! So wenig Schönheit, Übermut, Wagnis, Gefahr! So wenig »Werke«, um derentwillen es sich lohnte, auf Erden zu leben! Ach! und ganz und gar keine »Taten« mehr! Alle *großen* Werke und Taten, welche stehngeblieben sind und von den Wellen der Zeit nicht fortgespült wurden, – waren sie nicht alle im tiefsten Verstande große *Unmoralitäten*?...

Kritik des bisherigen *Pessimismus*. – Abwehr der eudämonologischen Gesichtspunkte als letzte Reduktion auf die Frage: welchen *Sinn* hat es? Reduktion der Verdüsterung. –

Unser Pessimismus: die Welt ist nicht *das* wert, was wir glaubten, – unser Glaube selber hat unsre Triebe nach Erkenntnis so gesteigert, daß wir dies heute sagen *müssen*. Zunächst gilt sie damit als weniger wert: sie wird so *zunächst empfunden*, – nur in diesem Sinne sind wir Pessimisten, nämlich mit dem Willen, uns rückhaltlos diese Umwertung einzugestehen und uns nichts nach alter Weise vorzuleiern, vorzulügen.

Gerade damit finden wir das Pathos, welches uns treibt, *neue Werte* zu suchen. In *summa*: die Welt könnte viel mehr wert sein, als wir glaubten, – wir müssen hinter die *Naivität unsrer Ideale* kommen, und daß wir vielleicht im Bewußtsein, ihr die höchste Interpretation zu geben, unserm menschlichen Dasein nicht einmal einen mäßig-billigen Wert gegeben haben.

Was ist *vergöttert* worden? – Die Wertinstinkte innerhalb der *Gemeinde* (das, was deren Fortdauer ermöglichte).

Was ist *verleumdet* worden? – Das, was die höheren Menschen *abtrennte* von den niederen, die Klüfte-schaffenden Triebe.

Aus der Kriegsschule der Seele. (Den Tapfern, den Frohgemuten, den Enthaltsamen geweiht.)

Ich möchte die liebenswürdigen Tugenden nicht unterschätzen; aber die Größe der Seele verträgt sich nicht mit ihnen. Auch in den Künsten schließt der große Stil das Gefällige aus.

In Zeiten schmerzhafter Spannung und Verwundbarkeit wähle den Krieg: er härtet ab, er macht Muskel.

Die tief Verwundeten haben das olympische Lachen; man hat nur, was man nötig hat.

Es dauert zehn Jahre schon: kein Laut mehr *erreicht* mich – ein Land ohne Regen. Man muß viel Menschlichkeit übrig haben, um in der *Dürre* nicht zu verschmachten.

Bei den Ehen im *bürgerlichen* Sinne des Wortes, wohlverstanden im achtbarsten Sinne des Wortes »Ehe«, handelt es sich ganz und gar nicht um Liebe, ebenso wenig als es sich dabei um Geld handelt – aus der Liebe läßt sich keine Institution machen –: sondern um die gesellschaftliche Erlaubnis, die zwei Personen zur Geschlechtsbefriedigung aneinander erteilt wird, unter Bedingungen, wie sich von selbst versteht, aber solchen, welche das *Interesse der Gesellschaft* im Auge haben. Daß einiges Wohlgefallen der Beteiligten und sehr viel guter Wille – Wille zur Geduld, Verträglichkeit, Fürsorge füreinander – zu den Voraussetzungen eines solchen Vertrags gehören wird, liegt auf der Hand; aber das Wort Liebe sollte man dafür nicht mißbrauchen! Für zwei Liebende im ganzen und starken Sinn des Wortes ist eben die Geschlechtsbefriedigung nichts Wesentliches und eigentlich nur ein Symbol: für den einen Teil, wie gesagt, Symbol der unbedingten Unterwerfung, für den andern Symbol der Zustimmung zu ihr, Zeichen der Besitzergreifung. – Bei der Ehe im adeligen, altadeligen Sinne des Wortes handelte es sich um *Züchtung* einer Rasse (gibt es heute noch Adel? *Quaeritur*) – also um Aufrechterhaltung eines festen, bestimmten Typus herrschender Menschen: diesem Gesichtspunkt wurde Mann und Weib geopfert. Es versteht sich, daß hierbei *nicht* Liebe das erste Erfordernis war, im Gegenteil! und noch nicht einmal jenes Maß von gutem Willen füreinander, welches die gute bürgerliche Ehe bedingt. Das Interesse eines Geschlechts zunächst entschied, und über ihm – der Stand. Wir würden vor der Kälte, Strenge und rechnenden Klarheit eines solchen vornehmen Ehe-Begriffs, wie er bei jeder gesunden Aristokratie geherrscht hat, im alten Athen wie noch im Europa des 18. Jahrhunderts, ein wenig frösteln, wir warmblütigen Tiere mit kitzlichem Herzen, wir »Modernen«! Eben deshalb ist die Liebe als Passion – nach dem großen Verstande des Wortes – für die aristokratische Welt *erfunden* worden und in ihr: da, wo der Zwang, die Entbehrung eben am größten waren…

Auch ein Gebot der Menschenliebe. – Es gibt Fälle, wo ein Kind ein Verbrechen sein würde: bei chronisch Kranken und Neurasthenikern dritten Grades. Was hat man da zu tun? – Solche zur Keuschheit ermutigen, etwa mit Hilfe von Parsifal-Musik, mag immerhin versucht werden: Parsifal selbst, dieser typische Idiot, hatte nur zu viel Gründe, sich nicht fortzupflanzen. Der Übelstand ist, daß eine gewisse Unfähigkeit, sich zu »beherrschen« (– auf Reize, auf noch so kleine Geschlechtsreize *nicht* zu reagieren), gerade zu den regelmäßigsten Folgen der Gesamt-Erschöpfung gehört. Man würde sich verrechnen, wenn man sich zum Beispiel einen Leopardi als keusch vorstellte. Der Priester, der Moralist spielen da ein verlorenes Spiel; besser tut man noch, in die Apotheke zu schicken. Zuletzt hat hier die Gesellschaft eine *Pflicht* zu erfüllen: es gibt wenige dergestalt dringliche und grundsätzliche Forderungen an sie. Die Gesellschaft, als Großmandatar des Lebens, hat jedes verfehlte Leben *vor* dem Leben selber zu verantworten – sie hat es auch zu büßen: folglich *soll* sie es verhindern. Die Gesellschaft *soll* in zahlreichen Fällen der *Zeugung* vorbeugen: sie darf hierzu, ohne Rücksicht auf Herkunft, Rang und Geist, die härtesten Zwangs-Maßregeln, Freiheits-Entziehungen, unter Umständen Kastrationen in Bereitschaft halten. – Das Bibel-Verbot »du sollst nicht töten!« ist eine Naivität im Vergleich zum Ernst des Lebens-Verbots an die *décadents:* »ihr sollt nicht zeugen!«… Das Leben selbst erkennt keine Solidarität, kein »gleiches Recht« zwischen gesunden und entartenden Teilen eines Organismus an: letztere muß man *ausschneiden* – oder das Ganze geht zugrunde. – *Mitleiden* mit den *décadents, gleiche Rechte* auch für die Mißratenen – das wäre die tiefste Unmoralität, das wäre die *Widernatur* selbst als Moral!

Zur Vernunft des Lebens. – Eine relative Keuschheit, eine grundsätzliche und kluge Vorsicht vor Eroticis selbst in Gedanken, kann zur großen Vernunft des Lebens auch bei reich ausgestatteten und ganzen Naturen gehören. Der Satz gilt insonderheit von den *Künstlern,* er gehört zu deren bester Lebens-Weisheit. Völlig unverdächtige Stimmen sind schon in diesem Sinne laut geworden: ich nenne Stendhal, Th. Gautier, auch Flaubert. Der Künstler ist vielleicht seiner Art nach mit Notwendigkeit ein sinnlicher Mensch, erregbar überhaupt, zugänglich in jedem Sinne, dem Reize, der Suggestion des Reizes schon von fern her entgegenkommend. Trotzdem ist er im Durchschnitt, unter der Gewalt seiner Aufgabe, seines Willens zur Meisterschaft, tatsächlich ein mäßiger, oft sogar ein keuscher Mensch. Sein dominierender Instinkt *will* es so von ihm: er erlaubt ihm nicht, sich auf diese oder jene Weise auszugeben. Es ist ein und dieselbe Kraft, die man in der Kunst-Konzeption und die man im geschlechtlichen Aktus ausgibt: es gibt nur eine Art Kraft. *Hier* zu unterliegen, *hier* sich zu verschwenden ist für einen Künstler verräterisch: es verrät den Mangel an Instinkt, an Wille überhaupt, es kann ein Zeichen von *décadence* sein – es entwertet jedenfalls bis zu einem unausrechenbaren Grade seine Kunst.

Ich verstehe unter »Moral« ein System von Wertschätzungen, welches mit den Lebensbedingungen eines Wesens sich berührt.

BRIEFE

1. *An Gustav Krug und Wilhelm Pinder* [Pforta, 14. Januar 1861]

Liebe Freunde. Nun sind die schönen Tage schon wieder vorüber, wo wir uns länger und häufiger sprechen konnten, vorüber die Zeiten, die in der Erwartung so hoffnungsvoll, in der Erinnerung so trostreich sind. Um nun sowohl meinem gegebnen Versprechen zu genügen, als auch um wieder einmal mich gemütlich mit Euch wenn auch nicht persönlich so doch im Geiste zu unterhalten, schicke ich mich jetzt an einige Worte an Euch zu richten, weniger über das, was ich erlebt, genossen, gehört, gesehen, als über einige Ideen, deren wir ja schon in den jüngst verfloßnen Stunden so viel gegenseitig austauschten. Denn was sollte ich von meinem jetzigen Leben berichten? Daß wir viel zu tun haben? Daß die Arbeit noch durch Feriengedanken gestört wird? Daß die Zeit für Lieblingsbeschäftigungen gering, ach leider! zu gering ist? Das habt Ihr ja alles schon selbst erfahren und erfahrt es noch. Weshalb sollte ich da noch Euren Mißmut vergrößern? Fürwahr, es ist doch viel angenehmer, aus dem tyrannischen Reich des Zwangs in die Gebiete des freien Willens zu flüchten. Ohne weitere Umschweife will ich deshalb mich zu dem Stoff wenden, der jetzt Eure Aufmerksamkeit kurze Zeit fesseln möge. Und dieser Stoff betrifft die Umgestaltung des Oratoriums. Wenn man bis jetzt immer geglaubt hat, das Oratorium nehme in der geistlichen Musik dieselbe Stelle ein, die die Oper in der weltlichen, so scheint mir dies unrichtig, ja eine Herabsetzung zu sein. An und für sich ist schon das Oratorium großartig einfacher, ja so muß es als erhebende, und zwar streng religiös erhebende Musik sein. So verschmäht das Oratorium alle andern Mittel, deren sich die Oper zur Wirkung bedient; es kann von niemand für etwas Begleitendes wie die Opernmusik doch für die Menge noch ist, gehalten werden. Kein andrer Sinn wird hier erregt außer dem Gehör. Auch ist der Stoff unendlich einfacher und erhabener, ja großenteils ist er bekannt und allen, auch dem Ungebildeten ohne Mühe verständlich. Deshalb, glaube ich, steht das Oratorium in seiner Musikgattung höher als die Oper, indem es also in den Mitteln einfacher, in den Wirkungen unmittelbarer ist und seiner Verbreitung nach wenigstens allgemeiner sein sollte. Wenn letzteres nicht so ist, so muß man die Ursachen nicht in der Musikgattung selbst, sondern teils in der Behandlung teils in dem geringen Ernst unsrer Zeit suchen. Was die Behandlung nun anbetrifft, so ist diese erstens zu kompliziert und läßt noch den Mangel an Einheit empfinden. Wie kann ein Tonwerk, in eine Menge kleiner unzusammenhängender Teile zerspalten, einen einigen und vorzüglich einen heiligen Eindruck machen! Deshalb halte ich dafür, daß das Ganze nur in wenige aber größere Teile zerfalle, die sich dem Gang der Ereignisse anschließen und einen durchgängig einigen Charakter tragen. Zweitens liegt ein Nachteil in der viel zu künstlichen, altväterischen Behandlungsweise, die mehr in die Studierstube paßt als in unsre Kirchen und Säle und die dem Ungebildeten in der Musik das Verständnis erschwert, ja unmöglich macht. Nun ist zwar richtig: Ein solches Werk kann und soll nicht bei einmaliger Anhörung durchdacht und auserkannt, sondern empfunden werden. Und daß eine Fuge auch von Ungebildeten empfunden werden kann, wird niemand leugnen, besonders wenn sie knapp und kräftig ist und nicht durch unzählige Takte mißlautend und langweilig durchgeführt wird. Der Hauptgrund aber, daß das Oratorium zu wenig populär, ist wohl darin zu suchen, daß die Musik oft zu unheilig mit Weltlichem gemischt ist. Und das ist das Haupterfordernis, daß sie in allen Teilen das Heilige, Göttliche auf der Stirn trägt. Also muß ein jedes Oratorium diesen drei Forderungen genügen, nämlich überall einen einigen zusammenhängenden Charakter zeigen, dann tief zu Gemüt dringen und endlich stets streng religiös und erhebend sein. Dazu tritt nun noch ein Erfordernis, das aber wirklich notwendig und unumgänglich ist. Ich meine nämlich die Ausstoßung des Rezitativs und einen entsprechenden Ersatz. Es läßt sich nun einmal eine rein unpoetische Erzählung schlechterdings nicht absingen, ohne einen störenden und trennenden Eindruck hervorzubringen. Als entsprechender Ersatz läßt sich auch so eigentlich kein andres Musikstück erdenken. Wenn die Erzählung aber unumgänglich notwendig ist, so müßten nach meiner Meinung die Worte zu der begleitenden Musik gesprochen werden. So träte dann ein neues Element, nämlich das melodramatische, zu dem Oratorium. Sonst muß aber, so viel nur irgend möglich ist, alles Unsingbare vermieden werden und lieber die etwa fehlenden Zwischenglieder, die sich bei bekannten Erzählungen der Zuhörer so leicht ergänzen kann, durch musikalische Zwischensätze von ähnlichem Charakter wie die Erzählung ausgefüllt werden. –

Da ich hoffe, in den nächsten Briefen meine weitern Gedanken darüber gegen Euch auszusprechen, und mich meine Zeit drängt, muß ich jetzt wohl schließen. Sind denn die Noten angekommen? Ich bin sehr gespannt darauf. Nächstens werden wir ja uns auch gegenseitig unsre Januarsendungen schicken, von Wilhelm empfange ich vielleicht auch noch eine verspätete Dezemberlieferung. Schreibt mir doch recht bald einmal: ich sehne mich so nach einem Brief, da ich so abgeschlossen und getrennt von Euch bin. Sonst wünsche ich, daß es Euch immer recht wohl geht und Ihr auch mitunter an Euren Freund in Pforta denkt.

Semper nostra manet amicitia

2. *An Elisabeth Nietzsche* [Pforta, Ende November 1861]

von Deinem Bruder

Liebe Liese. Da ich Dir lange schon einen Brief schuldig war, will ich Dir jetzt einen recht feinen schreiben, wenn nicht meine klobige Feder mich daran hindern sollte. Ich werde Dich wahrscheinlich von weiter nichts als von –Weihnachten unterhalten können. Es ist ja auch jetzt unser Lieblingsgedanke und ist es alle Jahre um diese Zeit gewesen. Stelle Dir nun recht gemütlich einen meiner ersten Ferienabende vor, wie wir in warmer Stube, mit oder ohne Lampe dasitzen und uns gegenseitig unsre Wünsche vorzählen. Währenddem bereiten drüben Mama und Tante Rosalie geheimnisvolle Werke und

– wir lauschen,
wenn sie heimlich Worte tauschen;

und ein ungewöhnlich Rauschen,
bald ein Flüstern, bald ein Knistern
macht uns nach den Wundern lüstern,
und das geisterhafte Weben,
Hin- und wieder 'nüber Schweben
macht uns beben usw.

Ich hoffe, Du wirst mit Deinen Wünschen noch nicht so entschlossen sein, daß ich Dir nicht wenigstens einige Vorschläge zur Güte machen könnte. Ich habe eine ziemliche Anzahl wünschenswerter Bücher und Musikalien aufgeschrieben und will Dir so einiges mitteilen. Von letztern z. B. scheint mir sehr passend für Dich ein Werk Schumanns, desselben, der die zerbrochne Fensterscheibe komponiert hat.

Und zwar sind es seine schönsten Lieder überhaupt; es ist »Frauenliebe und Leben«, Gedichte von Chamisso, und muß so ungefähr 20 Sgr. kosten. Der Text ist gleichfalls wunderschön. Von Büchern kann ich Dir zuerst zwei theologische Werke anempfehlen, die Dich und mich sehr interessieren werden. Ich habe sie selbst aus dem Munde Wenkels loben gehört, für Dich sicherlich bedeutungsvoll. Beide sind von Hase, dem berühmten in Jena lebenden Professor, den ich selbst beinahe einmal gehört hätte, der nämlich der geistvollste Verfechter des idealen Rationalismus. »Das Leben Jesu« (1,6) ist das eine und Kirchengeschichte (2 T. 6) das andre. Beide oder vielmehr jedes einzeln ungefähr 1 [T.], 15 Sgr. – Schreib an mich, wenn Du die spezielle Adresse haben willst. Oder willst Du Dir vielleicht ein englisches Buch wünschen? Ich an Deiner Stelle würde ganz entschieden Byron englisch lesen, der 1 T. 25 Srg. kostet. Ich könnte Dir noch verschiedne Bücher aufschreiben, nun will ich meine Wünsche sagen. In Hinsicht auf Musik also wünsche ich mir Paradies und die Peri von Schumann für Klavier solo arrangiert. Das ist etwas Entzückendes für jedermann, also auch für Dich. Dann Shelleys poetische Werke übersetzt von Seybt. Das erste kostet etwa 2 Taler, wenn es durch Gustav besorgt wird. Das letztere 1 T. 10 Srg. Ich würde mich ganz ungemein freuen, wenn ich beides bekäme, denn es sind meine einzigen Wünsche. Da fällt mir übrigens etwas ein, das ich Dir doch erzählen muß. Ich war nämlich Sonntag Mittag zu Herrn Dr. Heinze zu Tisch eingeladen, wo sehr fein gegessen wurde und noch hübscher gesprochen. Dann ist Dr. Volkmann der neue Lehrer bereit, englische Privatstunden zu geben. Es haben sich eine Menge gemeldet, ich denke aber doch erst Ostern beizutreten. Augenblicklich studiere ich ja Italienisch noch privatim. Lateinisch, Griechisch, Hebräisch, wo das erste Buch Mose gelesen, Deutsch, wo das Nibelungenlied in der Ursprache gelesen wird, Französisch, wo in der Klasse Karl XII. gelesen, in einem Kränzchen mit dreien außer mir Athalie, Italienisch wo im Kränzchen Dante gelesen wird. Wenn das nicht vorläufig genug ist, da weiß ich nicht, besonders da im Lateinischen zugleich Vergil, Livius, Cicero, Sallust gelesen, im Griechischen Ilias, Lysias, Herodot gelesen wird. Nun leb wohl und freu Dich über diesen bedenklich langen Brief

Sonntag auf Wiedersehn in Almrich Dein Fritz

3. *An Elisabeth Nietzsche* [Pforta, Ende November 1861]

Menzel, Geschichte der letzten vierzig Jahre 1816–56, 2 Bände, Stuttgart 1859. 1 T. 28 Srg.

Barrau, Geschichte der französischen Revolution 1789–99, 2 Bände, Brandenburg 1859. 1 T. 6 Srg.

beides Berlin, Gsellius.

Liebe Lisbeth. Das sind meine Wünsche, die sich seit gestern insoweit geändert haben, daß ich mir überhaupt nichts Musikalisches wünsche. Diese geschichtlichen Werke sind für mich aber außerordentlich wünschenswert, Du mußt wissen, daß ich mich jetzt sehr für Geschichte interessiere. Außerdem habe ich gar keine Wünsche; wenn Du mir etwas schenken willst, so schenke mir ein Stück Streichpomade, die für meine Haare mir lieb wäre. Daß Du Dir »Frauenliebe und Leben« nicht schenken zu lassen wünschst, ist mir unlieb zu hören, erstens da die Opposition doch aus einem Munde herrührt, der mir überhaupt über solche Schönheiten kein Urteil zu haben scheint, und zweitens, weil ich weniger an das Singen als an das Vorspielen gedacht habe. Zum Singen freilich möchte es jetzt für Dich zu schwer sein, einzelnes wenigstens. Wenn Du also nicht wünschst, da könnte ich Dir andere Sachen, von Schubert z. B., vorschlagen. Freust Du

Dich nicht ganz entsetzlich auf Weihnachten? Es ist freilich schade, daß ich mir nichts Musikalisches wünschen kann. Ich werde mir aber in den Ferien mehreres abschreiben und es Euch dann vorspielen. So ist es doch viel billiger. Wir wollen recht schöne Ferien verleben. Du kannst mir übrigens einen schleunigen Gefallen tun. Morgen brauche ich ganz unbedingt den Bettüberzug, sende ihn mir in der Kiste und außerdem den Band von Beckers Weltgeschichte, der die Reformation enthält, und den letzten Band der neusten Geschichte desselben Werkes. Bitte vergiß es ja nicht! Sonst habe ich nichts weiter zu schreiben. Mein erster Wunschzettel gilt also nicht mehr. Mache die Tanten aber mit dem neuen noch nicht vor Donnerstag bekannt. Bei der Bestellung achte ja auf dieselben Worte, wie ich aufgeschrieben habe. Lebe recht schön wohl! Grüße Mamma vielmal wenn sie wiederkommt.

Dein Fritz

Nochmals anders entschlossen, aber auch nun fest. Ich habe die obigen Wünsche verworfen und wünsche mir

Arnd, Geschichte der französischen Revolution 1789–99, 6 Bände, Braunschweig 1851, gebunden, Berlin, Gsellius 3 Tl.

weiter nichts. Sag es den Tanten.

4. *An Franziska und Elisabeth Nietzsche* [Pforta, 5. Dezember 1861]

Liebe Mamma! oder Liebe Lisbeth! wer gerade den Brief zuerst liest.

Du konntest Dir denken, daß ich mich nach so vielen Veränderungen meiner Wünsche, noch einmal anders entschließen könnte, und so ist es denn auch wirklich gekommen. Ich bin auch wieder zur Musik zurückgekehrt, denn ich kann mir eine Bescherung gar nicht recht ohne etwas Musikalisches denken. Ich hoffe, die Wahl ist gut, auch für Dich. Ebenso ist das Buch höchst interessant, vielleicht auch für Dich. Auf der andern Seite werde ich beides so aufschreiben, daß der abgerissne Zettel dem Buchhändler gezeigt werden kann. Eine Änderung ist jetzt gar nicht mehr möglich, schon der Zeit wegen nicht. Der Gedanke kam mir über Nacht, denn ich schwankte sehr heftig. Ein Werk über die Französische Revolution mir zu wünschen, war eigentlich überflüssig, da die besten und teuersten Werke in der Bibliothek sind. Auch glaube ich immer bescheidner in meinen Wünschen geworden zu sein, natürlich ohne der Mildtätigkeit irgendwie Schranken setzen zu wollen. Ich danke Dir übrigens schön, liebe Lisbeth, daß Du mir alles richtig besorgt hast, auch für die Äpfel danke ich recht sehr. Wie wird es denn mit Sonntag in Almrich? Bitte bringt mir doch den Wallenstein von der Tante Lina mit, wir haben eine Charakteristik des Antonio Piccolomini aus demselben zu machen. –

Sonnabend über zwei Wochen! Es ist ein entzückender Gedanke! Ihr glaubt nicht, wie ich mich auf Weihnachten freue, das wunderschöne Weihnachten! Jetzt sind noch ziemlich arbeitsvolle Wochen. Aber dann! Sonnabend früh als nur irgend möglich, komme ich, es wird herrlich! Nicht wahr, der Onkel Burkhardt ist mit den kleinen Kusinen doch auch mit da? Ist die Mamma wieder zurückgekommen? Schreibt mir nur recht bald! Euer Fritz

Eine große Neuigkeit! Heute ist Donnerstag und morgen wird deshalb – Freitag sein –

Wir verreisen doch nicht etwa Weihnachten? Vorigen Sonntag bin ich noch etwa sieben Minuten bei Gustav gewesen, der mich dann nach Pforta begleitete. –

Erkältungen sind jetzt überaus häufig. Die Krankenstube ist übervoll, es sollen neue Räume eingerichtet werden, Breithaupt ist auch drüben. Ich leide an Heiserkeit und Schnupfen. Weihnachten macht alles gut!

Übrigens habe ich noch einen Wunsch, nämlich irgendeine Photographie eines lebenden berühmten Mannes, z. B. Liszt oder Wagner oder eine Photographie aus dem Shakespearealbum des berühmten Kaulbach (z. B. zu Macbeth) eine einzelne kostet allerdings $27^1/_2$ Srg. Es soll eine Zierde für mein Album sein. Sie sind großes Format.

Ihr seht jedenfalls, daß ich die mannigfachsten Wünsche habe. Ihr müßt mir nun aber auch so schreiben, was Ihr Euch wünscht.

5. *An Franziska Nietzsche* [Pforta, Ende Februar 1862]

Liebe Mamma! So hast Du nun die liebe Lisbeth auf lange Zeit fortgebracht, die sich gewiß recht zurücksehnen wird und sich wenig heimisch in dem großen Dresden wissen wird. Du selbst hast dort gewiß einige schöne Tage, besonders in Rückerinnerung an vergangne Zeiten erlebt; denn durch die Zeit wird alles teuer, was uns einmal in Freude und Erstaunen versetzt hat. Und schwer wirst Du von Dresden und Lisbeth geschieden sein – das weiß ich recht wohl. – Wie es nun mit ihren Verhältnissen steht, davon weiß ich gar nichts; schreib mir recht lang und ausführlich, wie wir uns überhaupt etwas ausführlicher schreiben können, da Du weniger Zeit zur Wirtschaftsbesorgung verwenden brauchst. Wenn sie nur in einer recht vornehmen Pension untergebracht ist! Mir will Dresden nicht recht gefallen, es ist nicht großartig genug und in seinen Eigenheiten, auch in Sprache den thüringischen Elementen zu nahe verwandt. Wäre sie z. B. nach Hannover gekommen, so hätte sie völlig verschiedene Sitten, Eigentümlichkeiten, Sprache kennengelernt; es ist immer gut, wenn der Mensch, um nicht einseitig zu werden, in verschiedenen Regionen erzogen wird. Sonst als Kunststadt, kleine Residenz, überhaupt zur Ausbildung von E[lisabeths] Geist wird Dresden völlig genügen und ich beneide sie gewissermaßen. Doch glaube ich, in meinem Leben noch viel dergleichen genießen zu können. Im allgemeinen bin ich begierig zu hören, wie sich Elisabeth in ihren neuen Verhältnissen macht. Ein Risiko ist so eine Pension immer. Aber ich habe viel gutes Zutraun zu Elisabeth. – Wenn sie nur noch hübscher schreiben lernte! Auch wenn sie erzählt, muß sie diese vielen »Ach« und »Oh's«, »Du kannst gar nicht glauben, wie herrlich, wie wundervoll, wie bezaubernd usw. das war« das muß sie weglassen. Und so vieles, was sie hoffentlich in feiner Gesellschaft und bei größerem Aufpassen auf sich selbst vergessen wird. – Nun, liebe Mamma. Montag kommst Du doch heraus? 4–7 ist die Aufführung. Herrn Dr. Heinze habe ich um ein Billet angesprochen. Einen großen Gefallen tätest Du mir, wenn Du mir etwa $^1/_2$ Mandel Eier und Zucker heraussendetest, da zu unsern Proben, täglich zweimal, und am Haupttage dreimal eine solche Stimmreinigung unumgänglich nötig ist. Lebe recht schön wohl, liebe Mamma!

Dein Fritz

Zum Lesen, wofür Du viel Zeit nun haben wirst, schlage ich Dir Auerbachs »Barfüßele« vor, was mich hoch entzückt hat. –

6. *An Franziska Nietzsche* [Pforta,] Montag, 25. 8. 62

Liebe Mamma! Du kannst Dir vorstellen, wie mich des lieben Onkels großes Unglück erschreckt hat; versichere ihn und die liebe Tante meines herzlichsten Beileides; ich möchte so gern ihm irgendeinen Dienst erweisen, ich weiß aber gar nicht, was ich tun könnte. Auf der andern Seite muß ich ja auch meine Glückwünsche bringen zu der Vermehrung seiner lieben Familie; wie seltsam doch Glück und Unglück aneinandergrenzt!

Leider Gottes bin ich jetzt wieder einmal von meinen fatalen Kopfschmerzen heimgesucht und befinde mich deshalb schon seit einer Woche auf der Krankenstube. Der Herr Doktor hat mir heute also geraten und erlaubt, nach Naumburg zu reisen und dort meine Wasser- und Spaziergehekur vorzunehmen. Ich gehe also heute, Montagmittag, nach Naumburg und wohne in unserm Logis, um dort ein ganz stilles Leben ohne alle Musik und sonstige Aufregung zu führen. Herr Dr. hat mir die nötigen Diätvorschriften gegeben, Du brauchst also in keiner Weise Sorge für mich zu haben und auch keineswegs von Merseburg, wo Du sicherlich sehr nötig bist, fortzureisen. Vielleicht ist gerade ein Leben, das ich ganz allein führe, für mich das allerbeste. Also bitte, ängstige Dich nicht, liebe Mamma, wenn ich alles vermeide, was mich aufregen kann, werden ja die Kopfschmerzen schwinden; aber ich denke jetzt etwas länger fortzubleiben, damit womöglich ich sie mit Stumpf und Stiel ausrotte.

Ich freue mich übrigens sehr auf Dein und Elisabeths schließliches Kommen, das ich doch wahrscheinlich miterleben werde. Ich wünsche nur, daß Ihr alle recht gesund seid, das ist mein inniger Wunsch.

Dein Dich herzlich liebender FWNietzsche

Meine Lebensweise wird die Sache der Tante Rosalie sein, ich trinke übrigens Bitterwasser und ein Kühlungspulver; das Unangenehmste ist mir die häufige Aufregung, in die ich gerate. –

7. *An Franziska Nietzsche* [Pforta, wohl 2. Mai 1863]

Liebe Mamma. Dein lieber Brief mit den Brustkaramellen kam mir sehr angenehm, da ich manches wieder von Euch hörte was mich ja auch sehr interessierte. Um zuvörderst nun von meinem Unwohlsein Bericht zu erstatten, so ist die Heiserkeit immer noch da und zwar unvermindert; ich trinke seit gestern Selterwasser mit Milch und das scheint die Kehle ein wenig zu erleichtern. Es wird mir allmählich grauenhaft auf der Krankenstube, besonders da heute Wetter und Himmel lustig aussehn. Obwohl ich hier arbeite, will es doch nicht viel werden, da mir immer ein oder das andre Buch fehlt. Ich mache mir Auszüge aus Hettners Literaturgeschichte des 18. Jahrh., überhaupt treibe ich viel Literaturgeschichte.

Was meine Zukunft betrifft, so sind es eben diese ganz praktischen Bedenken, die mich beunruhigen. Von selbst kommt die Entscheidung nicht, was ich studieren soll. Ich muß also selbst darüber nachdenken und wählen; und diese Wahl ist es, die mir Schwierigkeiten macht. Gewiß ist es mein Bestreben, das, was ich studiere ganz zu studieren, aber um so schwieriger wird die Wahl, da man das Fach heraussuchen muß, worin man etwas Ganzes zu leisten hoffen kann. Und wie trügerisch sind oft diese Hoffnungen! Wie leicht läßt man sich von einer momentanen Vorliebe oder einem alten Familienherkommen oder von besonderen Wünschen fortreißen, so daß die Wahl des Berufes ein Lottospiel erscheint, in dem sehr viele Nieten und sehr wenig Treffer sind. Nun bin ich noch in der besonders unangenehmen Lage, wirklich eine ganze Anzahl von auf die verschiedensten Fächer zerstreuten Interessen zu haben, deren allseitige Befriedigung mich zu einem gelehrten Manne, aber schwerlich zu einem Berufstier machen würde. Daß ich also einige Interessen abstreifen muß, ist mir klar. Daß ich einige neue hinzugewinnen muß, ebenfalls. Aber welche sollen nun so unglücklich sein, daß ich sie über Bord werfe, vielleicht gerade meine Lieblingskinder!

Ich kann mich nicht deutlicher aussprechen, die kritische Lage ist einleuchtend, und übers Jahr muß ich mich entschieden haben. Von selbst kommt es nicht, und ich selbst kenne die Fächer zu wenig.

Genug. – Ich habe eigentlich nichts weiter zu schreiben, als daß ich sehr bedauere, das Brautpaar nicht in Pforta gesehn zu haben.

Grüße Lisbeth und Onkel recht sehr von mir!

Lebt recht wohl allesamt! Fritz

8. *An Franziska und Elisabeth Nietzsche* [Pforta, 6. September 1863]

Sonntag abends um zehn Uhr

Meine Grüße Euch allen! Nicht wahr, ein paar Zeilen von mir kommen Euch jetzt recht erwartet, da ich heute selbst doch nicht kommen konnte. Ob ich zwar gleich selbst nichts erlebt habe; hingegen dachte ich im Fluß voriger Woche einen Bogen voll der buntesten, niedlichsten Erlebnisse zu bekommen; aber die Woche ist vorübergehinkt und hat mir nur einen Zettel gebracht, aus dem ich erfuhr, daß Ihr meiner noch gedächtet und daß meine Wäsche schmutzig sein müsse, was wirklich seltsamerweise auch wahr war.

Also heute einige Zeilen, damit Ihr erfahrt, daß ich noch lebe, Bücher um mich gewälzt habe und bis nächsten Sonnabend nicht dran denken kann, aus dieser Verschanzung herauszukommen. Dabei bin ich heiter, mitunter verstimmt, erlebe bald gute und lustige bald verdrießliche Dinge, aber das Uhrwerk ist im Gang und schnurrt fort, ob eine Fliege sich auch draufsetzt oder eine Nachtigall dabei singt.

Allerdings der Herbst und seine gereifte Luft hat die Nachtigallen vertrieben, und die Fliegen haben sich dabei eine Erkältung zugezogen. Und ich liebe den Herbst sehr, ob ich ihn gleich mehr durch meine Erinnerung und durch meine Gedichte kenne.

Aber die Luft ist so kristallklar, und man sieht so scharf von Erde nach Himmel, die Welt liegt wie nackt vor den Augen.

Wenn ich minutenlang denken darf was ich will, da suche ich Worte zu einer Melodie die ich habe und eine Melodie zu Worten die ich habe, und beides zusammen, was ich habe, stimmt nicht, ob es gleich aus einer Seele kam. Aber das ist mein Los!

Nun gehen sie wieder ab, die Schwalben, die nach dem Süden zu die Segel richten, und wir singen wieder sentimental hinterdrein und schwenken die Seidel, und mancher wischt sich die Nase vor Rührung, denn der Postillon bläst: Schier dreißig Jahre bist du alt!

Das nennt man heutzutage einen Lebensabschnitt, und mancher Abiturient stellt sich jetzt das Leben wie einen Kuchen vor, von dem er das kleinere, etwas verbrannte Stück vertilgt hat, und nun geht er mit Energie und würdiger Vorbereitung daran, das größere, süßere Schnittchen zu beseitigen.

Und siehe, es bleibt ein schäbiger Rest, den nennt man Lebenserfahrung, und geniert sich, ihn den Hunden vorzuwerfen. Aus Pietät vielleicht. Denn er hat einem viel Zähne gekostet. –

Bis hierher die wahrheits- und dichtungsvolle Einleitung meines Briefes. Jetzt kommt die Hauptsache, bestehend in dem Tatbestand, daß ich Eurer oft gedenke, zweitens, daß ich weiße Taschentücher brauche, da ich vor lauter Schnupfen blühe, und drittens, daß ich folgende Noten brauche als Leibesnotdurft

Schumann, Phantasien, 2 Hefte. »Abends« usw. Kinderszenen. 1. Heft.

Volkmann, Visegrad.

Lisbeth, bitte, besorge mir beides ja recht hübsch von Domrich und schicke es mir ja Dienstag heraus. Es ist für Fräulein Anna Redtel. Ich hab's versprochen. Bitte! Fritz

der Euch Mittwoch in Almrich zu sehn hofft;
es ist Abiturientenabgang. Lebt recht wohl!

9. *An Gustav Krug und Wilhelm Pinder* [Pforta,] 12. Juni [1864]

am Sonntagsmorgen geschrieben

Meine lieben Freunde, es ist wahrhaftig nicht der erste Brief, den ich nach unserer Trennung voneinander beginne, aber ich hoffe es wird der erste sein, den ich vollende und wirklich absende. Öfter habe ich mich aus den Mühseligkeiten der Gegenwart herausgehoben, indem ich ein Blatt Papier nahm, an Euch die Aufschrift richtete und frohe und trübe Gedanken gleichsam vor Euch aussprach.

Ihr habt mir so angenehme und der alten Liebe so volle Briefe gegeschrieben, das muß ich hoch, sehr hoch schätzen. Denn die leichten

Schaumwellen eines freien Lebens löschen leicht die alten Bilder von der Tafel der Seele ab. Verzeiht mir, wenn ich einen solchen Gedanken ausgesprochen habe. Aber gedacht habe ich ihn.

Unsre Aussichten auf eine neue Vereinigung an derselben Stätte scheinen sich nicht zu erfüllen. Wenigstens vorderhand ist kaum daran zu denken. Zwingt mich nicht weiter, mit Zahlen und Berechnungen Gründe anzugeben. Das kann ich nicht. Aber wir treffen uns jedenfalls noch einmal, ob ich nun in Bonn oder anderswo studiere; ich suche Euch sicher einmal in Eurer selbstgeschaffnen Häuslichkeit auf. Wenn Euch etwas daran liegt, von meinen gegenwärtigen Studien etwas zu erfahren, so hört dies: Ich schreibe eine große Arbeit über Theognis, nach einer freien Wahl. Ich habe mich wieder in eine Menge von Vermutungen und Phantasien eingelassen, denke aber die Arbeit mit recht philologischer Gründlichkeit und so wissenschaftlich als mir möglich zu vollenden. Ich habe mir schon einen neuen Standpunkt bei der Betrachtung dieses Mannes errungen und urteile in den meisten Punkten verschieden von den gewöhnlichen Ansichten. Die besten Sachen, die darüber geschrieben sind, habe ich gründlich durchstudiert.

Nun eine Bitte, und eine recht lästige. Es ist vor kurzem in dem Düppelkampfe auch ein junger Philolog Rintelen aus Münster gefallen. Dieser Mann promovierte mit einer *dissertatio de Theognide Megarensi*. Und um diese Dissertation möchte ich Euch ersuchen. Vielleicht wendet Ihr Euch persönlich an einen Professor oder an den Bibliothekar. Sie wird jedenfalls vorhanden sein. Ihr tut mir einen ungemeinen Gefallen; es ist das Neuste, was über Theognis geschrieben ist. Sobald Ihr es auftreiben könnt, übersendet es mir. Ich kann meine Arbeit nicht eher anfangen, als bis ich diese Schrift gelesen habe.

Das ist naiv von mir, aber ich kann nicht anders. Wer täte mir wohl den Gefallen eher, als Ihr, meine lieben Freunde? Aber nun erscheint es fast, als ob ich den Brief nur dieses Wunsches halber geschrieben hätte?

Meine Abhandlung über die Naturanschauung im griechischen und deutschen Volksepos muß natürlich jetzt völlig ruhen. Und bei so manchem andern tut es mir leid, daß ich auf die Universität gehe, ohne es vollendet zu haben.

Meine Hundstagsferien werden mit fortwährenden Studien aller

Art ausgefüllt werden. Ich habe Mutter und Schwester gebeten Naumburg für diese Zeit zu verlassen, damit ich einsam bin.

Musik *tacet*. Wenn ich etwas Zeit habe, so spiele ich meistens in Gegenwart mehrerer musikliebender Menschen und muß improvisieren mit deren wohlfeiler Bewunderung. Trotzdem fühle ich mich ganz entsetzlich brach.

Gestern war hier ein Konzert oder vielmehr eine Vorlesung, denn das Konzert war die Nebensache. Der junge Koberstein las zuerst die Kraniche des Ibycus unter eines Gewitters Begleitung, sodann die berühmte Antonioszene aus Julius Cäsar, recht gut beides und so, daß man viel daraus lernen konnte.

Zur Shakespearefeier habe ich früh ein Gedicht vorgetragen, und Koberstein hat eine gute Rede gehalten. Nachmittags lasen wir vor einem großen Publikum Heinrich den IV. Ich habe den Heinrich Percy mit viel Aufregung und Wut gelesen.

Ich bitte Dich, lieber Gustav, auf das inständigste, etwas der kleinen Kompositionen, von denen Du in Deinem Briefe sprachst, zuzusenden und möglichst bald. Wie der Hirsch schreit nach frischem Wasser etc. so sehnet sich meine Seele nach so etwas.

So, nun wende ich die vierte Seite um, und wieder wird bald meine abgerissne Unterhaltung auf meine Namensschrift und gute Wünsche hinauslaufen. Und wenn Euch diese Zeilen alle mit ihrer melancholischen Färbung vor die Augen treten, so werdet Ihr wohl nicht in der Stimmung sein und auch nicht sein wollen, diese Färbung auf Eure Seele zu übertragen. Ich möchte es auch um alles in der Welt nicht. Je froher Ihr Euch fühlt, je mehr Ihr das Leben genießt, um so höher ist auch meine Freude, und ich bin ein Narr, wenn ich Euch durch melancholische Briefe die Laune verderbe. –

So lebt recht wohl, meine lieben Freunde, erfüllt mir meine Bitte und vergeßt mich nicht.

Euer Fritz

10. *An Rudolf Buddensieg* [Naumburg, 12. Juli 1864]

Mein lieber Buddensieg, bei Tische saß ich und feierte essend, trinkend und lachend meiner Schwester Geburtstag, als mir die Ankunft

Ihres Briefes angezeigt wurde. Am Tage darauf bekam ich eine nochmalige dringende und höchst freundliche Einladung, durch einen Domrichschen Commis vermittelt. Und trotzdem bin ich Unmensch genug, gegen Sie und nicht am wenigsten auch gegen mich – Ihrer Einladung nicht Folge zu leisten. Gründe mündlich, ich weiß zwar nicht wann; aber es ist entsetzlich heiß, und Gründe soll mir niemand abtrotzen, am wenigsten bei einer hautablösenden Temperatur, wenn auch die Gründe so wohlfeil wie Brombeeren und langweilig wie heiße Sommertage wären.

Glauben Sie mir dies, daß ich Ihnen nicht sowohl für Ihre Einladung von Herzen dankbar bin, als besonders für die schöne Erinnerung an mich und für die Fortpflanzung unsrer gegenseitigen Interessen, unsrer musikalischen Interessen.

Und nichts wäre mir erwünschter als mich Ihnen gegenüber wieder einmal über Musik aussprechen zu können, Ihnen den musikalischen Zustand Pfortas zu schildern und Ihnen einiges über meine eignen musikalischen Bestrebungen mitzuteilen.

Was nun Ihre Gedanken über die Wirkungen der Musik betrifft, so ist die Beobachtung, die Sie an sich gemacht haben, wohl mehr oder weniger allen musikalisch organisierten Menschen eigen; indessen ist diese Nervenerregung, dieser Schauer nicht die Wirkung der Musik allein, sondern aller höhern Künste. Erinnern Sie sich des analogen Eindruckes beim Lesen Shakespearescher Tragödien. Und wie bei diesen bald ein einziges Wort, bald eine drängende und fortreißende Szene, bald ein greller Gegensatz dieses Gefühl hervorruft, so erwecken auch durchaus verschiedenartige Musikwerke einen gleichen Eindruck, einen gleichen Nervenkitzel. Denken Sie daran, daß dies bloß eine physische Wirkung ist; ihr voran geht eine geistige Intuition, die auf den Menschen bei ihrer Seltenheit, Großartigkeit und Ahnungsfülle so einwirkt, wie ein plötzliches Wunderbares. Denken Sie nicht, daß der Grund dieser Intuition im Gefühl, im Empfinden liegt; nein, gerade im höchsten und feinsten Teile des erkennenden Geistes. Ist es Ihnen nicht als ob sich etwas Weites, Ungeahntes erschlösse, spüren Sie nicht, daß Sie in ein andres Reich hinübersehen, das dem Menschen für gewöhnlich verhüllt ist?

Bei dieser geistigen Intuition tritt der Hörer dem Komponisten so nahe, als er nur treten kann. Über diese Wirkung hinaus gibt es keine in der Kunst; sie ist selbst eine schöpferische Kraft. Finden Sie den Ausdruck unpassend, den ich selbst vor zwei Jahren, als ich mehrere Bogen über diesen Gegenstand an meine Freunde schrieb, gewählt habe; ich nannte die Wirkung eine »dämonische«. Wenn es je Ahnungen höherer Welten gibt, so liegen sie hier verborgen.

Indessen ist die Materie weit, und Sie verzeihn mir, wenn ich ein paar Worte hingeschrieben habe, die wenig bedeuten. Ein Geheimnis liegt hier sicher verborgen: fragen Sie sich: Ob der Komponist immer oder selten dies Gefühl beim Schaffen habe? Ob dieser Eindruck nur von guter Musik veranlaßt werde, oder ob bei entsprechender Organisation des Menschen nur die seiner Geisteshöhe gemäße Musik diesen Eindruck gewährt? Ob man überhaupt aus diesem Eindruck einen Schluß auf die objektive Vollkommenheit eines Musikwerkes machen dürfe? Ob vorzügliche Musikwerke diesen Eindruck auf feine Naturen machen müssen? Und so der Rätsel viele. –

Ich schreibe eine Arbeit über Theognis von Megara, lateinisch; von Montag bis Sonnabend arbeitete ich daran, unmäßig fleißig und wurde fertig. Es wird wohl viel über 60 Bogenspalten geben.

Ob ich in Leipzig studiere, weiß ich nicht; zunächst hoffe ich auf Bonn, aber zu zweit, d. h. wenn meine Idee von Bonn vereitelt wird – auf Leipzig.

Ob ich mein Examen bestehen werde, weiß ich nicht; indessen hoffe ich es, wenn ich die Ferien sehr tüchtig benutze, es gut zu bestehen. Nachher schreibe ich Ihnen.

Aber nicht wahr, wir unterhalten einen Briefwechsel? Sie werden beistimmen, haben Sie doch den Anfang gemacht.

Leben Sie recht glücklich. Herzlichen Dank.

Ihr FW. N.

der ärgerlich ist, Ihnen keinen bessern Brief schreiben zu können.

Aber ὀτοτοῖ der Hitze!

Dienstag Nachmittag 26^0 R. im Schatten.

11. *An Franziska und Elisabeth Nietzsche*

[Bonn, 24. und 25. Oktober 1864] Montag früh

Liebe Mamma und Lisbeth, indem ich mich zuerst nach allen Seiten hin höflichst verneige, stelle ich mich Euch als ein Mitglied der deutschen Burschenschaft Franconia vor.

Nun, ich sehe schon, wie Ihr auf höchst merkwürdige Weise den Kopf schüttelt und einen Ausruf der Verwunderung von Euch gebt. Es ist auch wirklich vielerlei Wunderbares mit diesem Schritt verbunden, und so kann ich es Euch nicht übelnehmen. Z. B. traten fast zu gleicher Zeit sieben Pförtner der Franconia bei und zwar außer zweien sämtliche Pförtner, die sich in Bonn zusammenfanden, darunter viele, die schon im vierten Semester stehn. Ich nenne Euch einige, die Ihr kennen werdet: Deussen, Stöckert, Haushalter, Töpelmann, Stedefeld, Schleußner, Michael und ich selbst.

Natürlich habe ich mir den Schritt reiflichst überlegt und ihn in Anbetracht meiner Natur fast für notwendig erachtet. Wir sind alle zum größten Teile Philologen, zugleich alle Musikliebhaber. Es herrscht im allgemeinen ein sehr interessanter Ton in der Franconia, die alten Leute haben mir prächtig gefallen.

Vorher habe ich noch die Marchia genau kennengelernt und einige derselben mir zum nähern Umgang gewählt. Auch die Germanen habe ich besichtigt, so daß ich zu einer Vergleichung wohl berechtigt war, die aber zugunsten der Franconia ausfiel.

Ich habe bis jetzt von allen Seiten sehr viel Angenehmes und Liebes erfahren. Neulich habe ich Musikdirektor Brambach eine Visite gemacht und mich in den städtischen Gesangverein aufnehmen lassen. Mit den Märkern habe ich eine Partie nach Rolandseck gemacht; die Gegend ist prachtvoll, und wir haben einige sehr schöne Tage gehabt. Gestern fuhren die Frankonen nach Plittersdorf, dort war Kirmes, und es wurde tüchtig getanzt, bei einem Bauer Most getrunken; abends ging ich mit einem Frankonen, den ich besonders gern habe, meinem Leibburschen, den Rhein entlang nach Bonn zurück; auf den Bergen waren Weinlesefeuer. Ihr glaubt nicht, wie schön alles ist.

Neulich habe ich zufällig zu meiner größten Freude den lieben Baron von Frankenstein getroffen und ihn auf ein paar Stunden im

Hotel Kley besucht. Er ist ganz derselbe liebenswürdige Mensch wie ehemals und erkundigte sich lebhaft nach Euch und den Naumburger Verhältnissen. Er wird mich in diesen Tagen besuchen. Auch Hachtmann hat mich gesprochen. Dem Dr. Wachsmuth mache ich heute Visite.

Heute gehe ich auf den Gottesacker um Schumanns, Schlegels und Arndts Gräber zu sehen. Nachmittags fahre ich mit meinen Wirtsleuten in ein benachbartes Dorf zu einer Kirmes. Es sind sehr feine und angenehme Leute, mit deren Sorge um mich ich in jeder Weise zufrieden sein kann. Ich wohne ganz allerliebst, esse recht gut, werde reinlich und pünktlich bedient und bin gern abends ein Stündchen mit ihnen zusammen. –

Jetzt eben war ich auf dem wunderschönen Friedhof und habe Robert Schumann einen Kranz dediziert. Meine Wirtin und ihre Nichte Fräulein Marie (denn Marie heißt am Rhein alles) haben mich begleitet.

Nun, liebe Lisbeth, Dir noch die spezielle Nachricht, daß unsre Farben weiß—rot—gold sind, daß unsre Mützen weiß sind mit einem rot-goldnen Rande. Dann will ich Dir einige alte Bonner Frankonen als alte Bekannte vorstellen: Max Rötger (Trüffelwurst), und Treitzschke, der sich als Redner beim Leipziger Turnfest ausgezeichnet, Fritz Spielhagen, an dessen »In der zwölften Stunde«, das in Bonn spielt, Du lebhaft denken wirst. Überhaupt ist die Frankonia höchst renomiert.

Die Kollegien haben noch nicht angefangen. Neulich habe ich von Prediger Kletschke ein Buch »Die Sündlosigkeit Jesu« von Ullmann als Geschenk erhalten mit einem außerordentlich liebenswürdigen Brief, worin er sich als »Ihnen von Herzen verbundener Freund« unterzeichnet. Ich habe mich sehr über das interessante Buch gefreut. Ich vermute, daß er Euch besucht haben wird.

Die Kaffeemaschine liefert mir jetzt morgendlich einen sehr guten Kaffee und ich bin der mir stets so lieben Geberin von Herzen dankbar.

Ich erwarte sehnlichst jetzt die Kiste und vor allem Briefe von Euch, aus denen ich den Effekt entnehmen kann, den mein Einspringen machen wird. Grüßt mir die Tante Rosalie und wer sich für mich interessiert auf das freundlichste.

Lebt recht recht wohl! Fritz

Liebe Lisbeth, sollte Fr. Anna Redtel noch in Kösen sein, so geruhe, sie von mir zu grüßen und sage ihr, daß ich, so oft ich in Hotel Kley im Angesicht des herrlichen Siebengebirges Kaffee tränke – sie grüßen ließe. –

Dienstag Abend. Ich habe die Kiste bekommen und bin sehr froh darob, besonders über die schöne Wäsche und die schönen Notenbücher. Gestern haben wir einen sehr fidelen Nachmittag verlebt: ich habe fabelhaft getanzt.

Ich esse mit Deussen immer auf meiner Stube zusammen; wir können sehr zufrieden sein. Ich sehe wohl und munter aus und bin immer recht mäßig. Ich bin auf Theologie und Philosophie immatrikuliert. Dr. Wachsmuth ist als Professor nach Marburg berufen. – Ich habe eine hübsche Petroleumlampe. –

12. *An Franziska und Elisabeth Nietzsche*

[Bonn, Ende Dezember 1864]

Liebe Mama und Lisbeth, gar zu gern möchte ich Euch einen Neujahrswunsch in Versen zuschicken, da ich Eure Vorliebe dafür kenne, aber es geht halt nimmer! Sei es nun, daß meine Ansprüche an ein Gedicht sehr gestiegen sind, sei es daß ich um einige Prozent nüchterner und – praktischer geworden bin, was gar nicht schaden könnte, – sei es endlich, daß die diabolischen Zahnschmerzen, die mich quälen, mir jede Begeisterung verjagen, fest steht, daß Verse mir heute nicht glücken. Darum wird notgedrungen Prosa antreten müssen. Dies zur Erklärung der Form meines Briefs.

Ich liebe die Silvesternächte und die Geburtstage. Denn sie geben uns Stunden, wie man sie sich freilich oft machen kann, aber nur zu selten sich macht, wo die Seele stillesteht und einen Abschnitt der eignen Entwicklung übersehen kann. In solchen Stunden werden entscheidende Vorsätze geboren. Ich pflege dann immer die Manuskripte und Briefe des verflossenen Jahres vorzunehmen und mir einige Notizen zu machen. Man ist für ein paar Stunden erhaben über die Zeit und tritt fast aus der eignen Entwicklung heraus. Man sichert und verbrieft sich die Vergangenheit und bekommt Mut und Entschlossenheit, wieder weiter seine Bahnen zu gehen. Es ist schön, wenn auf die Entschlüsse und Vorsätze der Seele – gleichsam die erste junge Saat der Zukunft – die Wünsche und Segnungen der Verwandten wie ein milder Regen fallen. Man sollte daraus nur keine Zeremonie machen, keine offizielle Nötigung. Denn wenn schon ein pflichtmäßiger Dank mich unmutig machen kann, wie viel mehr ein pflichtmäßiger Wunsch! Wo man überzeugt sein kann, daß die Seelen gegenseitig innigst zusammenstimmen, da wird der in Worte gefaßte Wunsch zu einer Höflichkeit. Und Höflichkeit geziemt sich für die Gesellschaft, aber nicht für verschlungene Seelen.

Erspart es mir deshalb, die gewöhnliche Formel von Gesundheit, Glück usw. in einer mehr oder weniger neuen Weise auszusprechen. Daß wir uns lieb haben, sehr lieb haben, meine liebe Mama und Lisbeth, das muß uns genügen. Sagt das auch den lieben Tanten. Es ist mir unmöglich zu schreiben.

Nun erzähle ich Euch, was ich erlebt habe. Eigentlich wenig. Ich bin sehr viel zu Hause gewesen und habe mich am Manfred erfreut. Am dritten Feiertag war ich in der Oper und hörte den Freischütz, der mir im ganzen, ebenso wie der Oberon, mißfiel. Die Höllenschluchtszene machte auf mich einen lächerlichen Eindruck. Gestern besuchte ich Doktor Deiters, der mir viel Schumann vorspielte. Zum Neujahr werde ich, Gott sei Dank, nur eine Visite zu machen haben, zu Prof. Schaarschmidts. Die Silvesternacht werde ich zu Hause verleben, wenn anders mich meine Zahnschmerzen nicht verlassen. Diese sind aber gegenwärtig so stark, daß ich während des Schreibens alle Augenblicke haltmachen muß und nur mit der größten Mühe Euch nicht meine Verstimmtheit zeige. Das Zahnfleisch rechts an den letzten Zähnen ist entzündet, und irgendein Zahn hohl, so daß der Nerv inkommodiert wird. Oder ich bekomme dahinten einen Weisheitszahn. Es wird auch nachgerade Zeit.

Abends ist jetzt gewöhnlich einer meiner Bekannten bei mir zum Besuch. Die schöne Stolle ist leider schon aufgegessen. Wie habt Ihr denn Euer Weihnachten verlebt? Ich erwarte sehnlichst den ersten Brief, mit dem, wie ich hoffe, zugleich das Geld für das nächste Quartal ankommt. Das erste Quartal hat mir *in summa* 130 Tl. gekostet. Davon fällt nun freilich eine stattliche Portion für die nächsten Vierteljahre fort, da die Gelder für Immatrikulation, Kollegien usw. bedeutend sind. Aber Du siehst, liebe Mama, daß ich mich in Bonn noch mehr einschränken muß. Länger als ein Jahr kann ich es des Geldpunktes halber hier nicht aushalten. Ich bin entschlossen, nachher nach Halle zu gehen und dort zu dienen. Mach Dir nur ja keine Sorgen, ich muß durchkommen. Über Geldsachen schreibe ich nur an den Onkel Bernhard. Aber ich wollte Dir nach dem ersten Quartale doch Nachricht geben. Ich führe übrigens genaue Rechnungen. Der durchschnittliche Wechsel in Bonn ist 500–600. Das ist nun alles nicht sehr schön, nicht wahr? Aber ich hätte schon einen besseren Schluß des Briefes machen können, wenn nur die Zahnschmerzen nicht wären. Das schöne Tuch behagt meinem Halse wohl, ebenso die Hosenträger meinem Buckel! Euer Fritz

13. *An Carl von Gersdorff*

Bonn am Tage der Himmelfahrt, [25. Mai] 1865

Lieber Freund, ich muß es Dir im voraus gestehn, daß ich Deinen ersten Brief aus Göttingen mit einer ganz besonderen Sehnsucht erwartet habe; denn ich hatte dabei außer dem freundschaftlichen noch ein psychologisches Interesse. Ich hoffte, daß er den Eindruck widerspiegeln werde, den gerade auf Dein Gemüt das Korpsleben mache und ich war versichert, daß Du Dich offen darüber aussprechen würdest.

Das hast Du denn auch getan, und ich sage Dir meinen herzlichsten Dank dafür. Wenn Du also jetzt in bezug auf das Korpsleben die Ansicht Deines verehrten Bruders teilst, so kann ich nur die sittliche Kraft bewundern, mit der Du, um im Strome des Lebens schwimmen zu lernen, Dich sogar in ein beinahe schlammiges, trübes Wasser stürzt und darin Deine Übungen machst. Verzeihe die Härte des Bildes, aber ich glaube, es ist treffend.

Indessen kommt noch etwas Wichtiges hinzu. Wer als Studierender seine Zeit und sein Volk kennenlernen will, muß Farbenstudent werden; die Verbindungen und ihre Richtungen stellen meist den Typus der nächsten Generation von Männern möglichst scharf dar. Zudem sind die Fragen über eine Neuorganisation studentischer Verhältnisse brennend genug, um nicht den einzelnen zu veranlassen, die Zustände aus eigner Anschauung kennenzulernen und zu beurteilen.

Freilich müssen wir uns hüten, daß wir dabei nicht selbst zu sehr beeinflußt werden: Die Gewöhnung ist eine ungeheure Macht. Man hat schon sehr viel verloren, wenn man die sittliche Entrüstung über etwas Schlechtes verliert, das in unserm Kreise täglich geschieht. Das gilt z. B. in betreff des Trinkens und der Trunkenheit, aber auch in der Mißachtung und Verhöhnung andrer Menschen, andrer Meinungen.

Ich gestehe Dir sehr gern, daß ähnliche Erfahrungen wie Du sie gemacht hast, bis zu einem gewissen Grade sich auch mir aufdrängten, daß mir der Ausdruck der Geselligkeit auf den Kneipabenden oft im hohen Maße mißbehagte, daß ich einzelne Individuen ihres Biermaterialismus wegen kaum ausstehn konnte; ebenfalls daß mit unerhörter Anmaßung über Menschen und Meinungen *en masse* zu meinem größten Ärger abgeurteilt wurde. Trotzdem hielt ich gern in der Verbindung aus, da ich viel dadurch lernte und im allgemeinen auch das geistige Leben darin anerkennen mußte. Allerdings ist mir engerer Umgang mit einem oder zwei Freunden eine Notwendigkeit; hat man diese, so nimmt man die übrigen als eine Art Zukost mit, die einen als Pfeffer und Salz, die andern als Zucker, die andern als nichts.

Nochmals versichere ich, daß alles, was Du mir über Deine Kämpfe und Unruhen geschrieben hast, meine Achtung und Liebe zu Dir nur steigern kann.

Deine Gedanken über Deinen Beruf habe ich mit dem größten Behagen gelesen. Es war mir, als ob wir uns noch einen Schritt näher hierdurch treten müßten. Über das *jus* habe ich keine Ansicht. Von Dir aber weiß und glaube ich, daß Du, um deutsche Sprache und Literatur zu studieren, Neigung und Fähigkeit hast, ja daß Du, was das Wichtigste ist, auch den Willen haben wirst, die bedeutenden und nicht immer interessanten Arbeitsmassen auf diesem Gebiet zu bewältigen. Wir haben im allgemeinen eine gute Vorbereitung in Pforta dazu genossen, wir haben ein ausgezeichnetes Vorbild in Koberstein, den hier unser geistvoller Prof. Springer für den bei weitem bedeutendsten Literarhistoriker unsrer Zeit erklärt hat. Du wirst in Leipzig Curtius, wichtig für Sprachvergleichung, finden, sodann Zarnke, dessen Nibelungenausgabe ich kenne und schätze, dann den eitlen Minckwitz, den Ästhetiker Flathe, den Nationalökonomiker Roscher, den Du natürlich hören wirst. Du wirst sodann mit allergrößter Wahrscheinlichkeit dort finden: unsern großen Ritschl, wie Du in den Zeitungen gelesen haben wirst. Damit ist die philosophische Fakultät Leipzigs die bedeutendste Deutschlands. Und nun kommt noch etwas Angenehmes. Sobald Du mir schriebst, daß Du nach Leipzig gehen wolltest, habe ich es auch fest beschlossen. So werden wir uns wiederfinden. Nachdem ich diesen Entschluß gefaßt hatte, hörte ich auch von Ritschls Abgang, und das bestärkte mich darin. Ich will in Leipzig womöglich gleich in das philologische Seminar kommen und muß tüchtig arbeiten. Musik und Theater können wir reichlich genießen. Natürlich bleibe ich Kamel.

Hier in Bonn herrscht immer noch die größte Aufregung, die größte Gehässigkeit wegen des Jahn-Ritschl-Streites. Ich gebe Jahn unbedingt recht. Es tut mir sehr leid, ihn Michaeli verlassen zu müssen. Er ist ungemein liebenswürdig. Meine Danaëarbeit ist längst abgegeben und ich bin außerordentliches Mitglied des Seminars geworden. Denke Dir, daß drei Pförtner jetzt ordentliche Mitglieder geworden sind, während bloß vier Stellen offen waren. Haushalter, Michael, Stedtefeld. Das ist ein besondrer Triumph für die alte Pforta. Zum Schulfest haben die hiesigen sämtlichen Pförtner dem Lehrerkollegium ein Telegramm zugeschickt und eine sehr freundliche Antwort erhalten. Gräfe, Bodenstein und Lauer sind in die Frankonia eingesprungen, das wirst Du wohl schon gehört haben.

Für dies Semester habe ich zunächst eine archäologische Arbeit für das Seminar zu machen. Sodann für den wissenschaftlichen Abend unsrer Burschenschaft eine größere Arbeit über die politischen Dichter Deutschlands, bei der ich viel zu lernen hoffe, aber auch gewaltig viel lesen und Material sammeln muß. Vor allem aber muß ich an einer größern philologischen Arbeit, über deren Thema ich noch nicht klar bin, arbeiten, um durch sie in das Leipziger Seminar zu kommen.

Als Nebensache treibe ich jetzt Beethovens Leben nach dem Werk von Marx. Vielleicht komponiere ich auch wieder einmal, was ich bis jetzt in diesem Jahre ängstlich vermieden habe. Ebenso wird nicht mehr gedichtet. Pfingsten ist in Köln das rheinische Musikfest, bitte komm herüber von Göttingen. Zur Aufführung kommen vornehmlich Israel in Ägypten von Händel, Faustmusik von Schumann, Jahreszeiten von Haydn und vieles andre. Ich bin ausübendes Mitglied. Gleich darauf beginnt die internationale Ausstellung in Köln. Alles Nähere findest Du in den Zeitungen.

Zum Schluß freue ich mich sehr, daß Du die »Problematischen Naturen« gelesen hast. Es ist bedauerlich, daß Spielhagen in seinem neuesten Roman »Die von Hohenstein« keine Fortschritte zeigt. Es ist ein wüstes Parteigemälde. Seine adelfeindliche Richtung in den Probl. Nat. ist hier zum ausgesprochnen Hasse geworden.

– Ich bin außer mir über Feder und Tinte, schon seit vier Seiten hat mich alle Gemütlichkeit verlassen, ich referiere bloß noch auf das trockenste einige Fakta. –

Einige Kapitel in den Probl. Nat. habe ich bewundert. Sie haben wirklich Goethesche Kraft und Anschaulichkeit. So sind gleich die ersten Kapitel Meisterstücke. Du hast doch auch die Fortsetzung »Durch Nacht zum Licht« gelesen?

Die schwächste Partie ist die Romantik im Hineinspielen der Zigeuner.

Du kennst doch Freitags »Verlorne Handschrift«? –

Ich hoffe Spielhagen diesen Sommer kennenzulernen.

So, lieber Freund, lebe recht wohl und denke meiner freundlichst. Ich freue mich auf unser Wiedersehn. Ich wünsche Dir Heiterkeit und Frohsinn, vor allem einen Menschen, dem Du Dich näherstellen kannst. Verzeihe mir meine unausstehliche Schrift und meinen Mißmut darüber, Du weißt, wie sehr ich mich darüber ärgere, und wie meine Gedanken dabei aufhören.

Dein treuer Freund Fr. Nietzsche

14. *An Elisabeth Nietzsche*

Bonn, am Sonntag nach Pfingsten, [11. Juni 1865]

Liebe Lisbeth, nach einem so anmutigen, mit mädchenhaften Dichtungen durchflochtenen Brief, wie ich ihn zuletzt von Dir empfing, würde es Unrecht und Undank sein, Dich noch länger auf Antwort warten zu lassen, besonders da ich diesmal über ein reiches Material zu verfügen habe und ich nur mit großem Behagen die genossenen Freuden im Geiste »wiederkäue«.

Zuvor muß ich jedoch eine Stelle Deines Briefes berühren, die mit ebenso pastoraler Färbung als lamaartiger Herzlichkeit geschrieben ist. Mache Dir keine Sorgen, liebe Lisbeth. Wenn der Wille so gut und entschieden ist, wie Du schreibst, werden die lieben Onkels nicht zu viel Mühe haben. Was Deinen Grundsatz betrifft, daß das Wahre immer auf der Seite des Schwereren ist, so gebe ich Dir dies zum Teil zu. Indessen, es ist schwer zu begreifen, daß 2 x 2 nicht 4 ist; ist es deshalb wahrer?

Andrerseits, ist es wirklich so schwer, das alles, worin man erzogen ist, was allmählich sich tief eingewurzelt hat, was in den Kreisen der Verwandten und vieler guten Menschen als Wahrheit gilt, was außerdem auch wirklich den Menschen tröstet und erhebt, das alles einfach anzunehmen, ist das schwerer, als im Kampf mit Gewöhnung, in der Unsicherheit des selbständigen Gehens, unter häufigen Schwankungen des Gemüts, ja des Gewissens, oft trostlos, aber immer mit dem ewigen Ziel des Wahren, des Schönen, des Guten neue Bahnen zu gehn?

Kommt es denn darauf an, die Anschauung über Gott, Welt und Versöhnung zu bekommen, bei der man sich am bequemsten befindet, ist nicht vielmehr für den wahren Forscher das Resultat seiner Forschung geradezu etwas Gleichgültiges? Suchen wir denn bei unserem Forschen Ruhe, Friede, Glück? Nein, nur die Wahrheit, und wäre sie höchst abschreckend und häßlich.

Noch eine letzte Frage: Wenn wir von Jugend an geglaubt hätten, daß alles Seelenheil von einem anderen als Jesus ist, ausfließe, etwa von Muhammed, ist es nicht sicher, daß wir derselben Segnungen teilhaftig geworden wären? Gewiß, der Glaube allein segnet, nicht das Objektive, was hinter dem Glauben steht. Dies schreibe ich Dir nur, liebe Lisbeth, um dem gewöhnlichsten Beweismittel gläubiger Menschen damit zu begegnen, die sich auf ihre inneren Erfahrungen berufen und daraus die Untrüglichkeit ihres Glaubens herleiten. Jeder wahre Glaube ist auch untrüglich, er leistet das, was die betreffende gläubige Person darin zu finden hofft, er bietet aber nicht den geringsten Anhalt zur Begründung einer objektiven Wahrheit.

Hier scheiden sich nun die Wege der Menschen; willst Du Seelenruhe und Glück erstreben, nun so glaube, willst Du ein Jünger der Wahrheit sein, so forsche.

Dazwischen gibt es eine Menge halber Standpunkte. Es kommt aber auf das Hauptziel an.

Verzeihe mir diese langweilige und nicht gerade gedankenreiche Auseinandersetzung. Du wirst Dir dies alles schon oftmals und immer besser und schöner gesagt haben.

Auf diesen ernsten Grundstock will ich aber nun ein um so lustigeres Gebäude aufführen. Ich kann Dir diesmal von wunderschönen Tagen erzählen.

Am Freitag den 2ten Juni, reiste ich nach Köln herüber zum niederrheinischen Musikfest. An demselben Tage wurde dort die internationale Ausstellung eröffnet. Köln machte in diesen Tagen einen weltstädtischen Eindruck. Ein unendliches Sprachen- und Trachtengewirr – ungeheuer viel Taschendiebe und andre Schwindler – alle Hotels bis in die entlegensten Räume gefüllt – die Stadt auf das anmutigste mit Fahnen geschmückt – das war der äußere Eindruck. Als Sänger bekam ich meine weißrote seidne Schleife auf die Brust und begab mich in die Probe. Du kennst leider den Gürzenichsaal nicht, ich habe Dir aber in den letzten Ferien eine fabelhafte Vorstellung erweckt durch den Vergleich mit dem Naumburger Börsensaal. Unser Chor bestand aus 182 Sopranen, 154 Alten, 113 Tenören und 172 Bässen. Dazu ein Orchester aus Künstlern bestehend von etwa 160 Mann, darunter 52 Violinen, 20 Violen, 21 Cellis und 14 Contrebässe. Sieben der besten Solosänger und Sängerinnen waren herangezogen worden. Das Ganze wurde von Hiller dirigiert. Von den Damen zeichneten sich viele durch Jugend und Schönheit aus. Bei den drei Hauptkonzerten erschienen sie alle in Weiß, mit blauen Achselschleifen und natürlichen oder gemachten Blumen im Haar. Eine jede hielt ein schönes Bukett in der Hand. Wir Herren alle in Frack und weißer Weste. Am ersten Abend saßen wir noch bis tief in die Nacht hinein zusammen und ich schlief endlich bei einem alten Frankonen auf dem Lehnstuhl und war den Morgen ganz taschenmesserartig zusammengeknickt. Dazu leide ich, beiläufig bemerkt, seit den letzten Ferien an starkem Rheumatismus in dem linken Arm. Die nächste

Nacht schlief ich wieder in Bonn. Den Sonntag war das erste große Konzert. »Israel in Ägypten« von Händel. Wir sangen mit unnachahmlicher Begeisterung bei 50 Grad Reaumur. Der Gürzenich war für alle drei Tage ausgekauft. Das Billett für das Einzelkonzert kostete 2–3 Taler. Die Ausführung war nach aller Urteil eine vollkommene. Es kam zu Szenen, die ich nie vergessen werde. Als Staegemann und Julius Stockhausen »der König aller Bässe« ihr berühmtes Heldenduett sangen, brach ein unerhörter Sturm des Jubels aus, achtfache Bravos, Tusche der Trompeten, Dacapogeheul, sämtliche 300 Damen schleuderten ihre 300 Buketts den Sängern ins Gesicht, sie waren im eigentlichsten Sinne von einer Blumenwolke umhüllt. Die Szene wiederholte sich, als das Duett *da capo* gesungen war.

Am Abend begannen wir Bonner Herren alle zusammen zu kneipen, wurden aber von dem Kölner Männergesangverein in die Gürzenichrestauration eingeladen und blieben hier unter karnevalistischen Toasten und Liedern, worin der Kölner blüht, unter vierstimmigem Gesange und steigender Begeisterung beisammen. Um 3 Uhr morgens machte ich mich mit 2 Bekannten fort; und wir durchzogen die Stadt, klingelten an den Häusern, fanden nirgends ein Unterkommen, auch die Post nahm uns nicht auf – wir wollten in den Postwägen schlafen – bis endlich nach anderthalb Stunden ein Nachtwächter uns das *Hôtel du Dome* aufschloß. Wir sanken auf die Bänke des Speisesaals hin und waren in 2 Sekunden entschlafen. Draußen graute der Morgen. Nach $1^1/_2$ Stunden kam der Hausknecht und weckte uns, da der Saal gereinigt werden mußte. Wir brachen in humoristisch verzweifelter Stimmung auf, gingen über den Bahnhof nach Deutz herüber, genossen ein Frühstück und begaben uns mit höchst gedämpfter Stimme in die Probe. Wo ich mit großem Enthusiasmus einschlief (mit obligaten Posaunen und Pauken). Umso aufgeweckter war ich in der Aufführung am Nachmittag von 6–11 Uhr. Kamen darin doch meine liebsten Sachen vor, die Faustmusik von Schumann und die A-dur-Symphonie von Beethoven. Am Abend sehnte ich mich sehr nach einer Ruhestätte und irrte etwa in 13 Hotels herum, wo alles voll und übervoll war. Endlich im 14ten, nachdem auch hier der Wirt mir versicherte, daß alle Zimmer besetzt seien, erklärte ich ihm kaltblütig, daß ich hier bleiben würde, er möchte für ein Bett sorgen. Das geschah denn auch, in einem Restaurationszimmer wurden Feldbetten aufgeschlagen, für eine Nacht mit 20 Gr. zu bezahlen.

Am dritten Tag endlich fand das letzte Konzert statt, worin eine größere Anzahl von kleineren Sachen zur Aufführung kam. Der schönste Moment daraus war die Aufführung der Symphonie von Hiller mit dem Motto »Es muß doch Frühling werden«, die Musiker waren in seltner Begeisterung, denn wir alle verehrten Hiller höchlichst, nach jedem Teile ungeheurer Jubel und nach dem letzten eine ähnliche Szene nur noch gesteigert. Sein Thron wurde bedeckt mit Kränzen und Buketts, einer der Künstler setzte ihm den Lorbeerkranz auf, das Orchester stimmte einen 3fachen Tusch an, und der alte Mann bedeckte sein Gesicht und weinte. Was die Damen unendlich rührte.

Noch besonders will ich Dir eine Dame nennen, Frau Szarvadi aus Paris, die Klaviervirtuosin. Denke Dir eine kleine noch junge Persönlichkeit, ganz Feuer, unschön, interessant, schwarze Locken.

Die letzte Nacht habe ich aus gänzlichem Mangel an dem *nervus rerum* wieder bei dem alten Frankonen verbracht, und zwar auf der Erde. Was nicht sehr schön war. Morgens fuhr ich wieder nach Bonn zurück.

»Es war eine rein künstlerische Existenz«, wie eine Dame zu mir sagte.

Man kehrt mit förmlicher Ironie zu seinen Büchern, zu Textkritik und anderem Zeug zurück.

Daß ich nach Leipzig gehe, ist sicher. Der Jahn-Ritschl-Streit wütet fort. Beide Parteien drohen sich mit vernichtenden Publikationen. Deussen wird wahrscheinlich auch nach Leipzig gehn.

Zum Schulfest (21. Mai) sandten wir Bonner Pförtner ein Telegramm an das Lehrerkollegium und bekamen eine sehr freundliche Antwort.

Heute machen wir eine Pförtnerspritze nach Königswinter. – Unsere roten Stürmer mit goldner Litze sehen vorzüglich aus.

Ich werde nächstens an den lieben Rudolf schreiben, der mir einen so liebenswürdigen Brief geschickt hat. Sage der lieben Tante und dem lieben Onkel meine herzlichsten Empfehlungen Fritz

15. *An Hermann Mushacke*

Naumburg, Mittwoch [30. August 1865]

Mein lieber Freund, so sehr ich mich über alles und jedes Deines ausnehmend lieben Briefes gefreut habe, so ärgerlich ist es für mich, daß ich Deinen gerechten und billigen Wunsch nicht erfüllen kann. Stelle Dir meine Lage vor: ich habe mehr Geld gebraucht als ich sollte, viel mehr; ich muß die leiseste Andeutung vermeiden, daß ich noch Schulden habe, um nicht meine Stellung unhaltbar zu machen. Und so bin ich denn in der verzweifelten Lage, Dir – wahrhaftig, fast mit Beschämung – schreiben zu müssen: »Ich *kann* nicht«. Und welche erbärmliche Summe!

Und trotzdem kann ich nicht mit dem Gedanken fertig werden, daß ich hier unfreundschaftlich handele. Ich kann Dir keine Vorwürfe machen, wenn Du mir deshalb böse bist. Damit springe ich von diesem Thema ab.

Du kannst es Dir vielleicht erklären, daß ich mit einem etwas unangenehmen Gefühl an Bonn zurückdenke. Den dort verlebten Dingen und Stimmungen stehe ich noch zu nahe, das ist richtig. Die bittre Schale der Gegenwart, der Wirklichkeit läßt mich noch nicht zum Genuß des Kerns kommen. Denn ich hoffe, daß ich auch dieses Jahr einstmals vom Standpunkte der Erinnerung aus freudig als ein notwendiges Glied meiner Entwicklung einregistrieren kann. Augenblicklich ist es mir nicht möglich. Noch scheint es mir, als ob ich das Jahr in mancher Beziehung fehlerhaft vergeudet hätte. Mein Verweilen in der Burschenschaft erscheint mir – offen gesagt – als ein *faux pas*, nämlich für das letzte Sommersemester. Damit ging ich über mein Prinzip hinaus, mich den Dingen und Menschen nicht länger hinzugeben, als bis ich sie kennengelernt habe.

So etwas straft sich selbst. Ich ärgere mich über mich. Diese Empfindung hat mir den Sommer etwas verdorben und sogar mein objektives Urteil über die Burschenschaft getrübt. Ich bin keiner der unbedingten Parteigänger der Frankonia. Ich kann mir recht wohl eine liebenswürdigere Gesellschaft denken. Ich halte ihre politische Urteilsfähigkeit für sehr gering, nur im Kopfe einiger weniger beruhend. Ich finde ihr Auftreten nach außen plebejisch und abstoßend. Da ich mit meinen mißgünstigen Urteilen nicht zu sehr zurückhaltend war, habe ich meine Stellung den Mitgliedern derselben gegenüber unbequem gemacht.

Hier, lieber Freund, muß ich immer dankbar Deiner gedenken; wie oft habe ich bei Dir, nur bei Dir die verdrießliche Stimmung verloren, die mich für gewöhnlich beherrschte. Und deshalb sind die angenehmen Bilder von Bonner Vergnügungen für mich immer mit Deinem Bild verknüpft.

Mit meinen Studien muß ich, im Grunde genommen, auch unzufrieden sein, wenn ich auch viel Schuld auf die Rechnung der Verbindung schreibe, die meine schönen Pläne durchkreuzt hat. Gerade in diesen Tagen merke ich, was für eine wohltuende Beruhigung und Erhebung des Menschen in einer fortgesetzten eindringlichen Arbeit liegt. Diese Befriedigung habe ich in Bonn so selten gehabt. Ich muß höhnisch auf meine vollendeten Arbeiten aus der Bonner Zeit sehen, da ist ein Aufsatz für den Gustav-Adolf-Verein, einer für den burschenschaftlichen Abend und einer für das Seminar. Abscheulich! Ich schäme mich, wenn ich an dies Zeug denke. Jede meiner Pennalarbeiten war besser.

Aus den Kollegien habe ich vereinzelte Dinge abgerechnet nichts gelernt. Ich bin Springer für *Genüsse* dankbar, ich könnte Ritschl dankbar sein, wenn ich ihn fleißig benutzt hätte. Im allgemeinen bin ich darüber gar nicht unglücklich. Ich gebe viel auf eine Selbstentwicklung – und wie leicht kann man nicht von Männern wie Ritschl bestimmt werden, fortgerissen werden vielleicht gerade auf Bahnen, die der eignen Natur fernliegen.

Daß ich für das Verständnis meines Selbst viel gelernt habe, rechne ich als den größten Gewinn dieses Jahres. Und daß ich einen herzlich teilnehmenden Freund gewonnen habe, für keinen geringeren.

Das gehört nämlich für mich notwendig zusammen. Daß ich mit meiner vielfachen Zerrissenheit, mit meinem wegwerfenden oft frivolen Urteile noch einen solchen lieben Menschen an mich ziehen konnte, befremdet mich einesteils, doch hoffe ich aus demselben Grunde; und nur in Momenten, wo der Geist alles negiert, frage ich mich, ob nicht mein lieber Freund Mushacke mich nur zu wenig kennt –

Hier will ich wieder einmal Atem schöpfen und von etwas Neuem beginnen. Ich arbeite jetzt tüchtig, wie schon gesagt. Theognis wird fürchterlich maltraitiert. Mit einer kritischen Schere, an einem langen methodischen Faden hängend, schneide ich ihm täglich einige aufgeflickten Flitter ab. Mitunter, wenn jeder Weg verschlossen scheint, möchte ich an der ganzen Untersuchung verzweifeln. Kommen Resultate heraus – was ich kaum übersehen kann –, werden sie in eine Arbeit für das Leipziger Seminar verwandelt. Für selbiges haben wir jetzt, falls Ritschl Direktor wird, Prioritätsaktien. Die Leipziger Philologen werden mir von Prof. Steinhart sehr ungünstig geschildert. Es fehlt das Leben für die Wissenschaft, die Leute wünschen baldiges Amt und Brot. Darum darf sich Ritschl keine Bonner Zustände mehr in Aussicht stellen. Die Tradition von G. Hermann soll spurlos in Leipzig verschwunden sein. Es fehlt alle Philosophie und alle Geschichte.

Immer noch weiß ich nicht gewiß, ob Mutter und Schwester mit nach Leipzig ziehn. Sicher ist aber eins – daß ich Dich vom 1ten Oktober an besuchen darf und es mit der größten Freude tun werde. Ich schreibe Dir noch einmal das Genauere, mit welchem Zuge ich ankommen werde usw.

Meine Gesundheit ist augenblicklich eine bessere als in Bonn. Man fand, daß ich etwas elend aussah, darum werde ich jetzt *quasi* aufgefüttert. Vor Gesellschaften halte ich mich zurück. Die Reizbarkeit der Nerven ist noch nicht beschwichtigt.

Ich spiele natürlich viel Klavier, genieße schon früh um 5 Uhr die klaren blauen Spätsommertage und sage mir oft im stillen, daß ich recht glücklich sein könnte. Dazu lese ich schöne Bücher, wie Laubes Reisenovellen und schöne Briefe, wie einer von meinem Freunde Mushacke aus Bonn kam und eine höchst humoristische Darstellung der dortigen Zustände enthielt.

Doch es wird dunkel. Ich schicke Dir einen herzenswarmen Gruß ins schöne Rheinland und wünsche Dir frohe und zufriedne Tage und Nächte. Dein Fritz Nietzsche

16. *An den Konvent der Burschenschaft Frankonia*

[Leipzig,] am 20. Okt. 1865

Ich habe dem Konvent der »Frankonia« anzuzeigen, daß ich hiermit durch Einsendung meines Bandes meinen Austritt erkläre. Ich höre damit nicht auf, die Idee der Burschenschaft hochzuschätzen. Nur das will ich offen eingestehen, daß mir ihre gegenwärtige Erscheinungsform wenig behagt. Dies mag zum Teil an mir liegen. Es ist mir schwer geworden, ein Jahr hindurch in der Frankonia auszuhalten. Ich habe es aber für meine Pflicht gehalten, sie kennenzulernen. Jetzt halten mich keine engeren Bande mit ihr zusammen. Darum sage ich ihr Lebewohl. Möge die Frankonia recht bald das Entwicklungsstadium überstehen, in dem sie sich jetzt befindet. Möge sie immer nur Mitglieder von tüchtiger Gesinnung und guter Sitte zählen.

Friedrich Nietzsche

17. *An Carl von Gersdorff* 7. April 1866. Naumburg

Lieber Freund, gelegentlich kommen Stunden jener ruhigen Betrachtung, wo man in Freude und Trauer gemischt über seinem Leben steht, ähnlich jenen schönen Sommertagen, die sich breit und behaglich über die Hügel hinlagern, wie Emerson sie so vortrefflich beschreibt: dann wird die Natur vollkommen, wie er sagt, und wir: dann sind frei wir vom Banne des immer wachenden Willens, dann sind wir reines, anschauendes, interesseloses Auge. In dieser vor allem anderen zu ersehnenden Stimmung nehme ich die Feder zur Hand, um Dir auf Deinen freundlichen und gedankenreichen Brief zu antworten. Unsre gemeinsamen Besorgnisse sind bis zu einem kleinen Reste zusammengeschmolzen: wir haben wieder gesehen, wie von ein paar Federstrichen, schließlich vielleicht sogar von zufälligen Launen einzelner die Geschicke unzähliger bestimmt werden und überlassen es gern den Frommen, für diese zufälligen Launen ihrem Gotte Dank zu wissen. Es mag sein, daß uns diese Reflexion zum Lachen stimmt, wenn wir uns in Leipzig wiedersehen.

Von dem individuellsten Gesichtspunkte aus hatte ich mich bereits mit dem militärischen Gedanken vertraut gemacht. Ich wünschte mich öfter herausgerissen aus meinen gleichförmigen Arbeiten, ich war nach den Gegensätzen der Aufregung, des stürmischen Lebensdranges, der Begeisterung begierig. Denn so sehr ich mich auch angestrengt habe, so ist es mir doch täglich deutlicher geworden, daß man eine solche Arbeit nicht aus den Ärmeln schüttelt. Ich habe die Ferien sehr viel – relativ – gelernt, und mein Theognis findet mich nach den Ferien mindestens um ein Semester fortgeschrittener. Dabei habe ich manche einleuchtende Dinge gefunden, die eine Bereicherung meiner *quaestiones Theogn.* werden sollen. Eingemauert bin ich in Bücher – durch Corssens ungemeine Gefälligkeit. Ebenso muß ich mich über Volckmann äußern, der mich redlich unterstützt hat, besonders mit der ganzen Suidasliteratur, deren Hauptkenner er ist. Ich habe mich so gut in dies Gebiet hineingelebt, daß ich es auch selbständig angebaut habe, indem ich kürzlich den Nachweis fand, warum das *Violarium* der Eudocia nicht auf Suidas, sondern auf die Hauptquelle des Suidas, eine *epitome* des Hesychius Milesius (natürlich verloren) zurückgeht: dies gibt für meinen Theognis ein überraschendes Resultat, das ich Dir später einmal darlegen will. Ich erwarte übrigens täglich einen Brief von Dr. Dilthey aus Berlin, einem Schüler Ritschls, der in Theognisfragen mehr wie ein andrer bewandert ist. Ich habe mich ihm ganz geöffnet und ihm weder meine Ergebnisse noch meinen Studentenstand verschwiegen. Ich hoffe, daß ich in Leipzig angelangt rüstig an das Niederschreiben gehen kann; ich habe mein Material ziemlich zusammen. Zu leugnen ist es übrigens nicht, daß ich mitunter kaum diese mir selbst aufgelegte Sorge verstehe, die mich von mir selbst abzieht, (dazu von Schopenhauer – was oftmals eins ist) mich in ihren Folgen dem Urteile der Leute aussetzt und womöglich gar mich zur Maske einer Gelehrsamkeit zwingt, die ich nicht habe. Man verliert jedenfalls etwas dadurch, daß man gedruckt wird. Manche Aufhaltungen und Verdrießlichkeiten sind nicht ausgeblieben. Die Berliner Bibliothek wollte die Theognisausgaben des 16. und 17. Jh. nicht herausrücken. Eine Anzahl sehr nötiger Bücher hatte ich mir von der Leipziger Bibliothek ausgebeten durch Roschers Vermittlung. Roscher aber schrieb mir, daß seine Gewissenhaftigkeit nicht zuließe, Bücher, die auf seinen Namen geschrieben wären, aus der Hand zu geben. Welche Gewissenhaftigkeit zu tadeln mir nicht einfällt, nur kam sie mir unbequem genug.

Drei Dinge sind meine Erholungen, aber seltne Erholungen, mein Schopenhauer, Schumannsche Musik, endlich einsame Spaziergänge. Gestern stand ein stattliches Gewitter am Himmel, ich eilte auf einen benachbarten Berg, »Leusch« genannt (vielleicht kannst Du mir dies Wort deuten), fand oben eine Hütte, einen Mann, der zwei Zicklein schlachtete, und seinen Jungen. Das Gewitter entlud sich höchst gewaltig mit Sturm und Hagel, ich empfand einen unvergleichlichen Aufschwung, und ich erkannte recht, wie wir erst dann die Natur recht verstehen, wenn wir zu ihr aus unsern Sorgen und Bedrängnissen heraus flüchten müssen. Was war mir der Mensch und sein unruhiges Wollen! Was war mir das ewige »Du sollst«, »Du sollst nicht«! Wie anders der Blitz, der Sturm, der Hagel, freie Mächte, ohne Ethik! Wie glücklich, wie kräftig sind sie, reiner Wille, ohne Trübungen durch den Intellekt!

Dagegen habe ich Beispiele genug erfahren, wie trübe oftmals der Intellekt bei den Menschen ist. Neulich sprach ich einen, der als Missionar in Kürze ausgehen wollte – nach Indien. Ich fragte ihn etwas aus; er hatte kein indisches Buch gelesen, kannte den Oupnekhat nicht dem Namen nach und hatte sich vorgenommen, mit den Brahmanen sich nicht einzulassen – weil sie philosophisch durchgebildet wären. Heiliger Ganges!

Heute hörte ich eine geistreiche Predigt Wenkels über das Christentum »der Glaube, der die Welt überwunden hat« unerträglich hochmütig gegen alle Völker, die nicht Christen sind, und doch wieder sehr schlau. Alle Augenblicke nämlich substituierte er dem Worte Christentum etwas anderes, was immer einen richtigen Sinn gab, auch für unsre Auffassung. Wenn der Satz »das Christentum hat die Welt überwunden« mit dem Satz »das Gefühl der Sünde, kurz, ein metaphysisches Bedürfnis hat die Welt überwunden« vertauscht wird, so hat das für uns nichts Anstößiges, man muß nur konsequent sein und sagen, »die wahren Inder sind Christen« und auch: »die wahren Christen sind Inder«. Im Grunde aber ist die Vertauschung solcher Worte und Begriffe, die einmal fixiert sind, nicht recht ehrlich; es werden nämlich die Schwachen im Geiste vollends verwirrt. Heißt Christentum »Glaube an ein geschichtliches Ereignis oder an eine geschichtliche Person«, so habe ich mit diesem Christentum nichts zu tun. Heißt es aber kurz Erlösungsbedürftigkeit, so kann ich es höchst schätzen und nehme ihm selbst das nicht übel, daß es die Philosophen zu disziplinieren sucht: als welche zu wenige sind gegen die ungeheure Masse der Erlösungsbedürftigen, zudem aus gleichem Stoffe gemacht. Ja und wären alle, die Philosophie treiben, Anhänger Schopenhauers! Aber nur zu oft steckt hinter der Maske des Philosophen die hohe Majestät des »Willens«, der seine Selbstverherrlichung ins Werk zu setzen sucht. Herrschen die Philosophen, so wäre τὸ πλῆθος verloren, herrscht diese Masse, wie jetzt, so steht es dem Philosophen, *raro in gurgite vasto*, immer noch zu, δίχα ἄλλων wie Aeschylus, φρονέειν.

Dabei ist es für uns allerdings höchst lästig, unsre noch jungen und kräftigen Schopenhauergedanken so halbausgesprochen zurückzuhalten und im ganzen diese unglückliche Differenz zwischen Theorie und Praxis immer auf dem Herzen lasten zu haben. Wofür ich gar keinen Trost weiß, im Gegenteil Trostes bedürftig bin. Mir ist es so, als müßten wir den Kern milder beurteilen. Er steckt auch in dieser Kollision.

Damit lebe wohl, lieber Freund, empfiehl mich Deinen Angehörigen, wie die meinen Dich bestens grüßen lassen; und es bleibt dabei, wenn wir uns wiedersehen, so lächeln wir – mit Recht.

Dein Freund Friedrich Nietzsche

18. *An Hedwig Raabe (Entwurf)* [Leipzig, Juni 1866]

Mein erster Wunsch ist, daß Sie die unbedeutende Widmung unbedeutender Lieder mir nicht übeldeuten. Es liegt mir nichts ferner, als Sie etwa durch diese Widmung auf meine Persönlichkeit aufmerksam machen zu wollen. Wenn andre Leute durch Hand und Mund im Theater ihr Entzücken kundgeben, tue ich es durch ein paar Lieder; andre mögen in Gedichten noch besser sich verständigen. Alle aber haben nur ein Gefühl: Ihnen anzudeuten, wie glücklich sie auf eine kurze Strecke ihres Daseins gewesen sind, wie herzlich sie die Erinnerung an solche sonnige Blicke eines vollkommnen Lebens in sich hegen.

Sie dürfen nicht meinen, als ob diese Huldigungen Ihrer sicher höchst edlen und liebenswürdigen Natur dargebracht würden. Im Grunde verehre ich, und sicherlich alle mit mir, Ihre Darstellungen: mit der Süßigkeit und dem Schmerz, mit dem meine eigne Kindheit mir vor die Seele tritt als ein Verlorenes aber doch einmal Dagewesenes, denke ich auch an Ihre ursprünglichen und immer lebenswahren herzensguten Gestalten: Mögen diese Gestalten mir auf meinem Lebensweg auch noch so selten begegnen – und noch vor kurzem glaubte ich gar nicht mehr an ihre Wirklichkeit – so ist mein Glaube an sie jetzt wieder festgewurzelt. Dies verdanke ich wirklich Ihnen allein; nach diesem Bekenntnis werden Sie mir auch die Freiheit dieses Briefes nicht übelnehmen. Was kann Ihnen an augenblicklichen Erfolgen, an dem stürmischen Beifall einer aufgeregten Menge liegen. Aber zu wissen, daß viele aus dieser Menge eine heilbringende Erinnerung mit sich forttragen, daß viele, die das Leben und die Menschen trübe genug anblickten, jetzt mit hellerem Gesicht und freundlicher Hoffnung weitergehen – dies muß ein überaus beglückendes Gefühl sein.

Es ist schließlich mein Wunsch, daß Sie auch aus den Tönen der beiliegenden Lieder diese warmen und dankbaren Empfindungen heraushören mögen.

19. *An Franziska und Elisabeth Nietzsche*

[Leipzig, Ende Juni 1866]

Liebe Mama und Lisbeth, ich hoffe, daß Ihr Euch eine Zeitung haltet, so daß Ihr mit Eifer verfolgt habt, was die letzten Wochen für entscheidende Ereignisse gebracht haben. Die Gefahr, in der Preußen steckt, ist ungeheuer groß: daß es gar durch einen vollkommnen Sieg imstande wäre, sein Programm durchzusetzen, ist ganz unmöglich. Auf diese revolutionäre Weise den deutschen Einheitsstaat zu gründen, ist ein starkes Stück Bismarcks: Mut und rücksichtslose Konsequenz besitzt er, aber er unterschätzt die moralischen Kräfte im Volke. Immerhin sind aber die letzten Schachzüge vorzüglich: vor allem hat er es verstanden, auf Österreich einen gewaltigen, wenn nicht den größten Teil der Schuld zu wälzen.

Unsre Lage ist sehr einfach. Wenn ein Haus brennt, fragt man nicht zuerst, wer den Brand verschuldet hat, sondern löscht. Preußen steht in Brand. Jetzt gilt es zu retten. Das ist das allgemeine Gefühl.

Mit dem Moment, wo der Krieg begann, traten alle nebensächlichen Rücksichten zurück. Ich bin ein ebenso enragierter Preuße, wie z. B. der Vetter ein Sachse ist. Für alle Sachsen ist es aber eine besonders schwere Zeit. Ihr Land vollkommen in Feindeshand. Ihre Armee ruhig und untätig. Ihr König fern von den Seinen. Einem andern König und einem Kurfürsten hat man einfach den Garaus gemacht. Das ist die neueste Erklärung des Fürstentums »von Gottes Gnaden«. Da begreift man es, wenn der alte Gerlach mit einigen westphälischen Borneos gegen den Bund mit der gekrönten (Victor Eman[uel]) und nicht gekrönten Demokratie schimpft.

Am Ende ist diese preußische Art, die Fürsten loszuwerden, die bequemste von der Welt. Es ist geradezu ein Glück, daß sich Hannover und Kurhessen nicht an Preußen anschlossen: sonst wären wir in Ewigkeit nicht von diesen Herren losgekommen.

Wir leben also in der preußischen Stadt Leipzig. Heute ist der Kriegsstand für ganz Sachsen erklärt worden. Allmählich lebt man wie auf einer Insel, weil die telegraph. Nachrichten und die Postverbindung und die Eisenbahnen in fortwährender Störung sind. Nach Naumburg natürlich, wie überhaupt nach Preußen, geht alles wie sonst. Aber z. B. einen Brief an Deussen nach Tübingen zu befördern, ist kaum eine Möglichkeit.

Dabei dauern die Vorlesungen ungestört fort. Wie ich neulich von Naumburg zurückkam, fand ich einen Brief von Ritschl vor, worin er mir die Ankunft der römischen Kollation anzeigt. Die Pariser kommt Ende dieser Woche.

Trotzdem bin ich mir immer bewußt, daß der Tag sehr nahe ist, wo ich einberufen werde. Dazu ist es nachgerade unehrenhaft, zu Hause zu sitzen, wo das Vaterland einen Kampf um Leben oder Tod beginnt.

Erkundigt Euch einmal ganz genau auf dem Landamte, wann die Einberufung der Einjährigen-Freiwilligen stattfindet und gebt mir in Kürze Nachricht.

Das Erfreulichste, was noch Leipzig bietet, ist die Hedwig Raabe, als welche fortfährt, vor ausverkauften Häusern zu spielen, in einer Zeit, wo das Dresdner Theater z. B. eines Tages 6 Taler einnahm.

Lebt heute recht wohl und laßt mir bald wieder Wäsche und Nachrichten zuteil werden. Ich grüße Euch herzlich. F W N

Fortsetzung

Da der Brief liegengeblieben ist, so wird es Euch schwerlich wütend stimmen, wenn Ihr noch einen Nachtrag bekommt. Ich bin 3 Tage krank gewesen, aber heute geht es wieder. Die Hitze muß mir geschadet haben. Das ist aber gleichgültig. Wichtig ist aber, daß unsre Soldaten ihren ersten größern Sieg erfochten haben. Vorgestern abend wurde es durch unsern Stadtkommandanten bekannt gemacht, der sogleich eine immense schwarzweiße Flagge an seinem Hotel aufhissen ließ. Die Stimmung der Bevölkerung ist sehr geteilt. Man glaubt den armseligen Wiener Lügen, nach denen alle diese letzten Treffen ebensoviele Verluste für die Preußen sind, man erzählt sich von einer Gefangennahme von 15000 Mann Preußen. Das glaube der Teufel. In Wien werden ja zur Ermutigung der Massen alle Depeschen gefälscht und umgedreht.

Ich bin beiläufig äußerst ergötzt über den glänzenden Durchfall (παππαξ) der Naumburg-Zeitzer Konservativen bei den letzten Wahlen. Wir wünschen keine Egoisten in der Kammer, die, um sich zu fördern, schön tun, nach dem Mund reden, sklavisch wedeln und vor lauter Ergebenheit platzen wie die Bofiste. Und es gab einen großen Gestank.

Euren Brief mit dem Gersdorffs bekam ich und kann Euch der Angst entledigen. Als ob Ihr so viel sicherer wäret als ich in Leipzig. Jetzt bleibe ich hier und möchte in diesen Zeiten wirklich nicht gern in einem etwas schläfrigen, zeitungslosen und kreuzzeitungsdunstaushauchenden Neste stecken.

Ich habe für Gersdorffs ersten Bruder rechte Besorgnisse. Die Ziethenschen Husaren waren die ersten im Feuer und sollen stark gelitten haben. Unser Gersdorff hofft in frühestens 3 Monaten Offizier zu werden, wenn nicht etwa alberne Kadetten ihm vorgezogen werden.

Hiermit gehabt Euch wohl; wenn das Lama Geburtstag feiert, dürfte ich nach Naumburg kommen. Ich bitte aber vorher um einen Brief wegen der Aushebungsgeschichte. F W N

20. *An Carl von Gersdorff* [Naumburg, Ende August 1866]

Lieber Freund, »die Post hat keinen Brief für mich?« wirst Du oft in Verwunderung gefragt haben. Aber sie hat einen von mir, die abscheuliche Post und hat ihn Dir nicht herausgerückt. »Sei still, mein Herz!«

Je länger der Zeitraum ist, in dem Du von mir nichts erfahren hast, je größer Dir mein Undank erscheinen muß, als welcher auf Deinen vorletzten ebenso herzlichen wie gedankenreichen Brief keine Zeile der Antwort zurückerstattete – weil nämlich die Nürnberger Feldpost meinen Brief verschlungen hat, ohne ihn wieder von sich zu geben – um so mehr fühle ich das Bedürfnis, das, was die Post verschuldet hat, wiedergutzumachen und mich also von dem scheinbar sehr gerechten Vorwurfe des Undankes zu entlasten. Es ist sehr bitter, Dich im Felde zu wissen, verstimmt durch fehlgeschlagne Pläne, durch wenig behagliche Umgebung, durch geisttötende Bewegungen und endlich gar durch die Nachlässigkeit eines Freundes. Denn nicht anders mußte es Dir erscheinen. Genug ich erröte, wie man öfters errötet, ohne sich schuldbewußt zu fühlen, in dem Gedanken, man könne irgendwodurch in der Meinung andrer, vorzüglich lieber Menschen sinken.

Deine Briefe waren meinem subjektiven Gefühle nach mit das angenehmste, was der Sommerfeldzug erzeugt hat. Wie ganz anders nimmt sich ein von Freundeshand geschildertes Ereignis, selbst kleiner Art, aus, als irgendwelche Großtaten, über denen der häßliche Dunst des Zeitungspapiers sich lagert.

Leider kann ich von meinen Erlebnissen nur weniges und dazu kleinliches mitteilen. Meine Arbeit ist fertig in Ritschls Händen: ich habe sie in drei Teilen zustande gebracht und bin so lange in Leipzig geblieben, bis ich den letzten Strich (meine Namensunterschrift) gemacht hatte. Nie habe ich mit solcher Unlust geschrieben; ich habe schließlich den Stoff in der einförmigsten Weise abgehaspelt: doch war Ritschl mit einem Teile, den er gelesen hatte, recht zufrieden. Im Oktober wird es wohl erscheinen. Ritschl will die Arbeit aufmerksam durchlesen, auch Wilhelm Dindorf hat sich die Erlaubnis ausgebeten. Mit letzterem trete ich wahrscheinlich in Geschäftsverbindung. Er hat mir durch Ritschl den Antrag machen lassen, ob ich ein Äschyloslexikon nach dem neuesten Standpunkte der Äschyloskritik ausarbeiten wolle. Natürlich für gutes Honorar. Ich habe mir überlegt, daß ich dabei viel lernen kann, daß ich mit Äschylos recht intim vertraut werde, daß ich die Dindorfsche (unter deutschen Gelehrten einzig vollständige) Kollation des *cod. Mediceus* in die Hände bekomme, daß ich bequeme Gelegenheit, ja Nötigung habe, mir ein Stück, etwa die Choephoren, zu einer zukünftigen Vorlesung vorzubereiten und bin nach allen diesen Überlegungen darauf eingegangen. Nur muß ich erst meine Befähigung dazu nachweisen, indem ich einen Probebogen in diesen Ferien auszuarbeiten habe. Übrigens ist eine solche Arbeit bei Äschylos gerade nicht uninteressant; man ist genötigt, fortwährend strengste Kritik zu üben gegen die Unzahl von Konjekturen. Dindorf veranschlagte das Buch mindestens auf 60 Bogen. Nach den Ferien trete ich mit Teubner – falls ich angenommen werde – in Geldunterhandlungen. Ritschl ist immer freundlicher gegen mich.

Folglich bleibe ich auch nächstes Semester in Leipzig, wo es mir, alles gerechnet, vortrefflich behagt. Sollte es Dir nicht möglich sein, in Leipzig fortzudienen? Ich wäre darüber sehr glücklich, denn Du fehlst mir ganz besonders. Zwar habe ich jetzt viel Bekannte, aber keinen, mit dem ich so viel gemeinsame Vergangenheit und Gegenwart habe als mit Dir. Vielleicht kann ich auch den alten Deussen noch bewegen, nach Leipzig zu kommen; er schrieb mir neulich, er sehe jetzt vollkommen ein, daß er einen dummen Streich gemacht habe. »Spät kommst Du, doch Du kommst«, nämlich die Erkenntnis über das theologische Studium. Er will Tübingen verlassen, die Wahl einer Universität ist ihm gleichgültig, weil er für seine Theologie, deren Joch er bis zu Ende (nicht dem aller Dinge, sondern bis zum ersten Examen) tragen will, nirgends viel zu finden hofft. Vielleicht ist er auch jetzt noch einmal zu einer »Umkehr« zu bestimmen. Die Philologie wird sich immer freuen, wenn der lange verlorne Sohn, der sich mit den Trebern der Theologen gemästet hat, zurückkehrt, und die Sprachvergleichung besonders darf schon zu Deussens Ehren ein Kalb schlachten.

Unser philologischer Verein blüht: neulich hat er sich photographieren lassen und Ritschl ein Bild verehrt zu dessen großer Freude. Rohde ist jetzt auch ordentliches Mitglied, ein sehr gescheuter, aber trotziger und eigensinniger Kopf. Bei der Aufnahme von neuen Mitgliedern wirke ich dafür, daß mit möglichster Strenge und Sichtung verfahren wird. Herr von Voigt hat nicht die Ehre gehabt, aufgenommen zu werden.

Die letzten Wochen waren in Leipzig sehr interessant. Der Riedelsche Verein gab in der Nikolaikirche ein Konzert zum Besten der Verwundeten. Das Gedränge war an allen Kirchentüren wie am Theater, wenn die Hedwig Raabe spielte. Wir haben eine Einnahme von mehr als 1000 Talern gehabt. Eine halbe Stunde vor Beginn des Konzertes kam das Telegramm der Thronrede nach Leipzig: ich bin nie über eine Tat unseres Königs so glücklich gewesen, wie über diese versöhnliche, unzweideutige Rede. Die alten Parteilager sind jetzt gänzlich verwüstet, d. h. die extremen Standpunkte. Männer wie Treitzschke und Roggenbach sind plötzlich die Vertreter der allgemeinen Meinung geworden. Ein großer Teil der sogenannten Konservativen, z. B. der Rat Pinder in Naumburg, schwimmt lustig in dem neuen Fahrwasser. Es ist auch für mich – offen gestanden – ein seltner und ganz neuer Genuß, sich ganz einmal im Einklang mit der zeitweiligen Regierung zu fühlen. Zwar muß man verschiedne Tote ruhen lassen, außerdem sich deutlich machen, daß das Bismarcksche Spiel ein überaus kühnes war, daß eine Politik, welche *va banque* zu rufen wagt, je nach dem Erfolg ebenso verflucht wie angebetet werden kann. Aber der Erfolg ist diesmal da: was erreicht ist, ist groß. Minutenlang suche ich mich einmal von dem Zeitbewußtsein, von den subjektiv natürlichen Sympathien für Preußen loszumachen und dann habe ich das Schauspiel einer großen Haupt- und Staatsaktion, aus solchem Stoff, wie nun einmal die Geschichte gemacht ist, beileibe nicht moralisch, aber für den Beschauer ziemlich schön und erbaulich.

Du wirst wohl die Schrift über die Zukunft der Mittelstaaten von Treitzschke gelesen haben. Mit großer Mühe habe ich sie mir in Leipzig verschafft, wo sie wie überhaupt in Sachsen – *proh pudor* – verboten war. Dagegen haben unsre Gesinnungsgenossen, die Freitage, die Biedermänner usw. ein Votum der sächsischen liberalnationalen Partei erzielt, das sich für unbedingte Annexion ausspricht. Dies würde auch meinen persönlichen Interessen das dienlichste sein. Hoffentlich ist König Johann starrköpfig genug, Preußen zur Annexion zu zwingen.

Schließlich soll auch Schopenhauer noch erwähnt werden, an dem ich noch mit vollster Sympathie hänge. Was wir an ihm haben, hat mir kürzlich erst eine andere Schrift recht deutlich gemacht, die in ihrer Art vortrefflich und sehr belehrend ist: Geschichte des Materialismus und Kritik seiner Bedeutung für die Gegenwart von Fr. A. Lange. 1866. Wir haben hier einen höchst aufgeklärten Kantianer und Naturforscher vor uns. Sein Resultat ist in folgenden drei Sätzen zusammengefaßt:

1. die Sinnenwelt ist das Produkt unsrer Organisation;

2. unsre sichtbaren (körperlichen) Organe sind gleich allen andern Teilen der Erscheinungswelt nur Bilder eines unbekannten Gegenstandes;

3. unsre wirkliche Organisation bleibt uns daher ebenso unbekannt wie die wirklichen Außendinge. Wir haben stets nur das Produkt von beiden vor uns.

Also das wahre Wesen der Dinge, das Ding an sich, ist uns nicht nur unbekannt, sondern es ist auch der Begriff desselben nicht mehr und nicht weniger als die letzte Ausgeburt eines von unsrer Organisation bedingten Gegensatzes, von dem wir nicht wissen, ob er außerhalb unsrer Erfahrung irgendeine Bedeutung hat. Folglich, meint Lange, lasse man die Philosophen frei, vorausgesetzt, daß sie uns hinfüro erbauen. Die Kunst ist frei, auch auf dem Gebiet der Begriffe. Wer will einen Satz von Beethoven widerlegen, und wer will Raphaels Madonna eines Irrtums zeihen? –

Du siehst, selbst bei diesem strengsten kritischen Standpunkte bleibt uns unser Schopenhauer, ja er wird uns fast noch mehr. Wenn die Philosophie Kunst ist, dann mag auch Haym sich vor Schopenhauer verkriechen; wenn die Philosophie erbauen soll, dann kenne ich wenigstens keinen Philosophen, der mehr erbaut als unser Schopenhauer.

Damit lebe heute wohl, lieber Freund. Überlege Dir's, ob Du nicht nach Leipzig kommen kannst. Jedenfalls aber teile mir mit, wann und wo wir uns treffen können. Denn allzugern möchte ich Dich einmal sehen, was in Leipzig mir nicht zuteil wurde, da Ihr Euch so schnell wieder aus der Umgebung von Leipzig verzoget. Doch habe ich die Musik Deines Regiments gehört, etwas unklassisch, und besonders viel Afrikanerin.

562

In Pforte bin ich noch nicht gewesen. Volkmann ist glücklich verheiratet. Deine Grüße werde ich treulich ausrichten. Meine Angehörigen lassen sich Dir bestens empfehlen und versichern Dich ihrer Teilnahme. Adieu, lieber Freund, Dein F.W. Nietzsche

21. *An Paul Deussen (Fragment)* [Naumburg, September 1866]

Lieber Freund, wenn ich nur irgend etwas über Dein Geschick wüßte. Und wahrlich, es ist nicht meine Schuld. Ich muß annehmen, daß mein letzter Brief von Ende August nicht an Dich gelangt ist: denn offen gestanden, ich würde es ebensowenig verzeihen als begreifen können, wenn Du gerade diesen Brief unbeantwortet gelassen hättest. Also nehme ich den milderen Fall an, der mir allerdings sehr ungelegen gekommen ist: viele Briefe von mir könnten verloren gegangen sein an Stelle dieses einen, in dem ich Dich auf das angelegentlichste bat, Dein theologisches Bärenfell abzustreifen und Dich als jungen philologischen Löwen zu gebärden.

Ad vocem Bärenfell. Ich bitte mir dies nicht übel zu deuten. Gewiß wirst Du tüchtig gearbeitet haben, aber ich bin nicht mehr imstande, diese Arbeit zu schätzen, wenn ich an *eine* Bedingung dabei nicht glaube: nämlich, daß diese Art Arbeit Dein Beruf sei. Ich glaube daran nicht, weil Du nach Deinem eignen Zeugnisse nicht daran glaubst. Und selbst wenn *Du* jetzt anders darüber denken solltest, wie Du zur Zeit Deines letzten Briefes dachtest: ich fürwahr für *meinen* Teil werde mich nie überzeugen lassen, daß Du in Deinem Berufe arbeitest, so lange Du Dich für ein theologisches Examen vorbereitest.

Lieber Paul, es ist wirklich keine Kleinigkeit, in den Zwanzigerjahren längere Zeit über seinen Beruf im unklaren zu sein. Wir Menschen haben nur wenige wirklich produktive Jahre: diese sind unvermeidlich mit dem bezeichneten Lebensalter entflohen. Die originalen Ansichten, die unser ganzes späteres Leben ausführen, mit Beispielen und Erfahrungen belegen und bekräftigen soll, werden in diesen Jahren geboren: da aber unser Beruf uns unser Leben hindurch begleitet, so ist es nötig, daß in *ihm* jene Ansichten und Einsichten gefunden werden. Unser philologisches Studium hat aber die Eigenart, daß, um in ihm etwas Neues zu erkennen, um eine bahnbrechende Methode zu finden, auch zugleich ein Grad von Gelehrsamkeit und Routine d. h. Erfahrung und Übung nötig ist. Also viel gelernt und viel verdaut, aber noch viel mehr gesucht, kombiniert, erschlossen.

Dazu gehört Zeit, viel Zeit. Ich beherzige immer die Klage Ritschls, der sich seine Studentenzeit wieder ersehnte, weil es die einzige Zeit des Lebens wäre, wo man viel und zusammenhängend arbeiten könnte. Nun, lieber Freund, Du weißt, wohin alles dies zielt. Es ist mir nicht bekannt, wie viel davon in Deiner Macht steht. Jedenfalls fürchte ich, daß Du nicht wie jeder andre Körper durch Deine eigne Schwere gefallen (und ich kann Dein theologisches Studium nur als Deinen Fall bezeichnen) bist, sondern gezogen von anderen. Wer diese sind, ist allerdings nicht gleichgültig, aber in Anbetracht der für das Leben entscheidenden Wichtigkeit dieses Schrittes dürfen diese »anderen« nicht in Betracht kommen.

Du siehst, daß ich immer noch die Hoffnung auf Deinen philologischen »Flug« nicht aufgegeben habe. Diese Hoffnung muß also sehr stark sein. Ich ärgere mich, wenn ich an Deine »Theologie« denke, und deshalb verzeihe, wenn ich mich auch in diesem Briefe von ihr wegwende.

Je mehr ich und je heller ich, in den Vorhöfen der Philologie stehend, in ihre Heiligtümer einblicke, um so mehr suche ich für sie Jünger zu gewinnen. Das ist ein Studium, bei dem es manchen Tropfen Schweißes kostet, das aber auch wirklich *jede* Mühe lohnt. Die kräftige und kräftigende Empfindung einer Lebensaufgabe stellt sich dem wirklichen Philologen bald genug ein. Es soll uns ja nicht, lieber Paul, auf eine Lebensversicherungsanstalt und zeitige Pfründe ankommen. Aber wohl ersehnen wir beide Vertreibung jenes melancholischen Zustandes, wo der junge Geist noch keine Bahn gefunden hat, auf der er gesund einhergehen kann, wohl ersehnen wir beide...

22. *An Carl von Gersdorff* Leipzig, Mittwoch [16. Januar 1867]

Mein lieber Freund, es war ebenfalls in den ersten Tagen des Januars, wo auch ich in Naumburg an einem Sterbebette stand, an dem einer nahen Verwandten, die nächst Mutter und Schwester die nächsten Anrechte auf meine Liebe und Verehrung hatte, die treulich an meinem Lebenswege Anteil genommen hatte, und mit der ein ganzes Stück meiner Vergangenheit und vornehmlich meiner Kindheit von uns gewichen ist. Und doch, als ich Deinen Brief empfing, mein lieber, armer, schwergetroffner Freund, ergriff mich ein viel heftigerer Schmerz: war doch auch der Unterschied der beiden Sterbefälle so groß. Dort war ein Leben vollbracht, mit guten Handlungen ausgenützt, mit schwachem Körper bis zum Alter getragen: wir hatten alle die Empfindung, daß die Kräfte des Körpers und Geistes verzehrt waren und daß der Tod nur für unsre Liebe zu früh komme. Aber was schied mit Deinem auch von mir stets bewunderten und verehrten Bruder.

Es schied von uns eine jener seltnen, edlen Römernaturen, auf die Rom in seiner besten Zeit stolz gewesen wäre, auf die Du als Bruder noch viel mehr Anrecht hast stolz zu sein. Denn wie selten bringt unsre erbärmliche Zeit solche Heldengestalten hervor. Aber Du weißt es ja, wie die Alten darüber denken: »Der Götter Lieblinge sterben früh.«

Was hätte eine solche Kraft noch tun können. Wie hätte sie als Vorbild eines selbsteignen, rühmlichen Strebens, als Beispiel eines entschiedenen, in sich klaren, um Welt und Weltmeinung unbekümmerten Charakters Tausenden in des Lebens Wirren Stärkung und Trost sein können. Wohl weiß ich, daß dieser *vir bonus* im schönsten Sinne Dir noch mehr war, daß er Dein anzustrebendes Ideal, wie Du mir oft früher sagtest, Dein sicherer Leitstern für die wechselvollen und durchaus nicht bequemen Bahnen des Lebens war. Vielleicht war dieser Tod der größte Schmerz, der Dich überhaupt treffen konnte.

Nun, lieber Freund, Du hast jetzt – das merke ich an dem Tone Deines Briefes – selbst an Dir erfahren, warum unser Schopenhauer das Leiden und die Trübsale als ein herrliches Geschick, als den δεύτερος πλοῦς zur Verneinung des Willens preist. Du hast auch die läuternde, innerlich beruhigende und festigende Kraft des Schmerzes erfahren und empfunden. Es ist eine Zeit, in der Du selbst erproben kannst, was wahr ist an der Lehre Schopenhauers. Wenn das vierte Buch seines Hauptwerkes jetzt auf Dich einen häßlichen, trüben, lästigen Eindruck macht, wenn es *nicht* die Kraft hat, Dich zu erheben und Dich aus dem äußeren heftigen Schmerze hindurchzuführen zu jener wehmütigen, aber glücklichen Stimmung, die uns auch beim Anhören edler Musik ergreift, zu jener Stimmung, in der man die irdischen Hüllen von sich abfallen sieht: dann mag auch ich nichts mehr mit dieser Philosophie zu tun haben. Der Schmerzerfüllte kann und darf allein über solche Dinge ein entscheidendes Wort sagen: wir anderen mitten im Strome der Dinge und des Lebens stehend, jene Verneinung des Willens nur ersehnend als ein glückseliges Eiland, wir können es nicht beurteilen, ob der Trost solcher Philosophie auch für die Zeiten tiefer Trauer ausreicht.

Es wird mir schwer, auf etwas anderes überzugehen: denn ich weiß nicht, ob Dich nicht Erzählungen über mein Geschick und Ergehen in dieser Stimmung verdrießen. Doch wird Dir lieb sein zu hören, daß Einsiedel und ich infolge gemeinsamen Schmerzes jetzt öfter zusammengekommen sind und auf Mittel und Wege sinnen, wie wir Dir eine kleine Freude und Erholung verschaffen können. Überhaupt hast Du an Einsiedel einen sehr teilnehmenden und mitfühlenden Freund; soeben habe ich ihm Deinen schönen, ausführlichen und mit herzlichster Liebe geschriebenen Brief vorgelesen. Wir wünschen beide nichts sehnlicher als Dich einmal sehen und sprechen zu können.

Mir geht es wohl. Die Arbeit ist groß, aber fruchtbringend, darum erfreuend. Ich schätze ein stetiges und konzentriertes Arbeiten von Tag zu Tage mehr. Augenblicklich versuche ich meine Kräfte an einer Preisaufgabe der hiesigen Universität »*De fontibus Diogenis Laertii*«; ich habe dabei die wohltuende Empfindung, nicht erst durch Anlockung von Ehre und Geld auf dies Thema gekommen zu sein, sondern es mir selbst gestellt zu haben. Das wußte Ritschl und war so gefällig, nachher dies Thema als Preisaufgabe vorzuschlagen. Ich habe einige Mitstreiter, wenn ich recht berichtet bin: doch habe ich in diesem Falle nicht geringes Selbstvertrauen, da ich bis jetzt lauter sehr schöne Resultate gefunden habe. Schließlich kommt es allein auf Förderung der Wissenschaft an: sollte ein anderer noch mehr gefunden haben, so soll mich dies nicht sehr kränken.

Von Deussen habe ich im neuen Jahre Nachricht: er ist wieder Philolog, bravo: und empfindet, wie er selbst schreibt, wieder festen Boden unter sich. Er studiert in Bonn und scheint allmählich in das Fahrwasser zu kommen. Er schickte mir seine Übersetzung eines französischen Buches »Theodor Parkers Biographie« mit, mit der er sich Geld verdient hat.

Zum Schluß, lieber Freund, bitte ich Dich um eins: belästige Dich nicht mit Briefschreiben. In kurzer Zeit bekommst Du von mir wieder Nachricht in einem recht ausführlichen Briefe, den heute zu schreiben mir nicht möglich ist. Dasselbe läßt Dir auch Einsiedel sagen.

Ich schließe mit einem warmen Lebewohl und einem Spruch des Aristoteles:

τί γάρ ἐστιν ἄνθρωπος; ἀσθενείας ὑπόδειγμα, καιροῦ λάφυρον, τύχης παίγνιον, μεταπτώσεως εἰκών, φθόνου καὶ συμφορᾶς πλάστιγξ.

Dein treuer, gleichfalls tief getroffener Freund

Friedrich Nietzsche

23. *An Carl von Gersdorff* Naumburg, den 6. April [1867]

Mein lieber Freund, mein langes Stillschweigen hat Gott weiß worin seine Ursache. Denn nie bin ich dankbarer und freudiger gestimmt, als wenn Deine Briefe ankommen und mir von Deinen Erlebnissen und Stimmungen treue Kunde geben. Sehr oft kommt die Gelegenheit, von Dir zu sprechen; als welche ich nie vorübergehen lasse. Noch häufiger läuft mein Gedanke zu Dir, wenn ich gerade mitten drin in Büchern stecke und an alle möglichen gelehrten Dinge denken sollte, die Dir mit Recht etwas abschmeckend sind. Und trotzdem schreibe ich nicht. Mitunter wundere ich mich selbst darüber. Jetzt eben fällt mir ein, was der Grund sein wird. Die Hand, die den ganzen Tag schreibt, das Auge, das von früh bis abend weißes Papier schwarz werden sieht, verlangt nach Abwechslung oder Ruhe. Heute aber am ganzen Nachmittag mußten Suidas und Laertius warten, weil ich Besuch hatte: darum werden sie auch heute abend warten müssen. Warum geben sie ihr Regiment aus den Händen? Mögen sie nun den Nachteil haben, ich habe wenigstens einen Vorteil dabei, ich kann mich mit meinem lieben Freunde brieflich unterhalten und brauche nicht die beiden alten Knaben zu beaufsichtigen, deren Torheiten mich für gewöhnlich beschäftigen.

In diesen Ferien nämlich will ich meine Arbeit über die Quellen des Laertius zu Papier bringen und stehe jetzt noch ziemlich in den Anfängen. Ich will zu Deiner Belustigung gestehen, was mir die meiste Mühe und Sorge macht: mein deutscher Stil (vom lateinischen nicht zu reden: habe ich mich mit der Muttersprache auseinandergesetzt, so sollen auch fremde Sprachen daran kommen). Mir fallen die Schuppen von den Augen: ich lebte allzulange in einer stilistischen Unschuld. Der kategorische Imperativ »Du sollst und mußt schreiben« hat mich aufgeweckt. Ich suchte nämlich, was ich nie gesucht hatte außer auf dem Gymnasium: gut zu schreiben, und plötzlich erlahmte die Feder in der Hand. Ich konnte es nicht und ärgerte mich. Dazu dröhnten mir die Ohren von Lessingschen, Lichtenbergschen, Schopenhauerschen Stilvorschriften. Ein Trost war mir immer, daß diese drei Autoritäten einstimmig behaupten, es sei schwer, gut zu schreiben, von Natur habe kein Mensch einen guten Stil, man müsse arbeiten und hartes Holz bohren, ihn zu erwerben. Ich möchte wahrhaftig nicht wieder so hölzern und trocken, nach der logischen Schnürbrust schreiben, wie ich es z. B. in meinem Theognisaufsatz getan habe: an dessen Wiege keine Grazien gesessen haben (vielmehr brummte es aus der Ferne wie von Königsgrätz her). Es wäre sehr unglücklich, nicht besser schreiben zu können und es doch warm zu wünschen. Vor allem müssen wieder einige muntere Geister in meinem Stile entfesselt werden, ich muß darauf wie auf einer Klaviatur spielen lernen, aber nicht nur eingelernte Stücke, sondern freie Phantasien, so frei wie möglich, aber doch immer logisch und schön.

Zweitens beunruhigt mich ein andrer Wunsch. Einer meiner ältesten Freunde Wilhelm Pinder aus Naumburg steht jetzt dicht vor seinem ersten juristischen Examen; die wohlbekannten Ängste in solchen Zeitläuften kennen wir auch. Aber was mir gefällt, ja mich zur Nachahmung anstachelt, liegt nicht im Examen, sondern in der Vorbereitung dazu. Wie nützlich, ja wie erhebend muß es sein, etwa in einem Semester alle Disziplinen seiner Wissenschaft an sich vorüber marschieren zu lassen und somit wirklich einmal eine Gesamtanschauung über dieselbe zu bekommen. Ist es nicht ebenso, als ob ein Offizier, stets nur gewöhnt, seine Kompagnie einzuexerzieren, plötzlich in einer Schlacht zum Begriffe dessen kommt, was seine kleinen Bemühungen für große Früchte zeitigen können. Denn wir wollen es nicht leugnen, jene erhebende Gesamtanschauung des Altertums fehlt den meisten Philologen, weil sie sich zu nahe vor das Bild stellen und einen Ölfleck untersuchen, anstatt die großen und kühnen Züge des ganzen Gemäldes zu bewundern und – was mehr ist – zu genießen. Wann, frage ich, haben wir doch einmal jenen reinen Genuß unsrer Altertumsstudien, von dem wir leider oft genug reden.

Drittens ist überhaupt unsre ganze Art zu arbeiten entsetzlich. Die hundert Bücher vor mir auf dem Tische sind ebenso viele Zangen, die den Nerv des selbständigen Denkens ausglühen. Ich glaube, lieber Freund, Du hast mit kühnem Griff das allerbeste Los erwählt. Nämlich einen wirksamen Kontrast, eine umgedrehte Anschauungsweise, eine entgegengesetzte Stellung zum Leben, zum Menschen, zur Arbeit, zur Pflicht. Ich lobe wahrhaftig damit nicht Deinen jetzigen Beruf als solchen, sondern nur, soweit er Negation Deines vorigen Lebens, Strebens, Denkens war. Unter solchen Kontrasten bleibt Seele und Leib gesund und bringt nicht jene notwendigen Krankheitsformen hervor, die sowohl das Übergewicht gelehrter Tätigkeit, als das übermäßige Vorherrschen der körperlichen erzeugen, die der Gelehrte so gut als der Bauerntölpel hat. Nur daß bei diesem diese Krankheiten anders sich zeigen als bei jenem. Die Griechen waren keine Gelehrten, sie waren aber auch nicht geistlose Turner. Müssen wir denn so notwendig eine Wahl zwischen der einen oder andern Seite treffen, ist vielleicht hier auch durch das »Christentum« ein Riß in die Menschennatur gekommen, den das Volk der Harmonie nicht kannte? Sollte nicht das Bild eines Sophokles jeden »Gelehrten« beschämen, der so elegant zu tanzen und Ball zu schlagen verstand und dabei doch auch einige Geistesfertigkeiten aufzeigte.

Doch es geht uns in diesen Dingen, wie es uns im ganzen Leben geht: wir bringen es schon zur Erkennung eines Übelstandes, aber damit ist auch noch kein Finger gerührt, ihn zu beseitigen. Und hier könnte ich wirklich ein viertes Lamento beginnen: als welches ich vor meinem militärischen Freunde zurückhalte. Denn einem Krieger müssen solche Klagen viel mehr zuwider sein als einem Stubenhocker als ich jetzt bin.

Da fällt mir eine jüngst erlebte Geschichte ein, die zwar eine Illustration der gelehrten Krankheitsformen ist und als solche verschwiegen werden dürfte, die Dich aber amüsieren wird, weil sie nur die Übersetzung des Schopenhauerschen Aufsatzes »über die Philosophieprofessoren« in die Wirklichkeit zu sein scheint.

Es gibt eine Stadt, in der ein junger Mann, mit besonderen Denkfähigkeiten ausgerüstet und besonders zu philosophischer Spekulation befähigt, den Plan faßt, sich die Doktorwürde zu erwerben. Zu diesem Zweck stellt er sein in einigen Jahren mühsam zusammengedachtes System »über die Grundschemen der Vorstellung« zusammen und ist glücklich und stolz, es getan zu haben. Mit solchen Gefühlen überreicht er es der philosophischen Fakultät jenes Ortes, an dem sich zufällig eine Universität befindet. Zwei Philosophieprofessoren haben ihr Gutachten abzugeben und geben es dahin ab, daß der eine äußert, die Arbeit zeige Geist, aber vertrete Anschauungen, die hier gar nicht gelehrt würden, der andre aber erklärt, die Ansichten entsprächen nicht dem gemeinen Menschenverstand und wären paradox. Somit wurde die Arbeit zurückgewiesen und dem Betreffenden der Doktorhut nicht aufgesetzt. Glücklicherweise ist der Betroffene nicht demütig genug, in diesem Urteil die Stimme der Weisheit zu hören, ja ist so übermütig zu behaupten, daß eine gewisse philosophische Fakultät die philosophische *facultas* vermissen lasse.

Kurzum, lieber Freund, man kann nicht selbständig genug seine Bahnen gehn. Die Wahrheit wohnt selten dort, wo man ihr Tempel gebaut und Priester ordiniert hat. Was wir gut oder dumm machen, das haben wir auszubaden, nicht diejenigen, die uns den guten oder dummen Rat erteilen. Man lasse uns doch wenigstens das Vergnügen, eine Dummheit aus freien Stücken zu begehen. Ein allgemeines Rezept, wie jedem Menschen zu helfen ist, gibt es nicht. Man muß an sich selbst sein Arzt sein, zugleich aber auch an sich die ärztlichen Erfahrungen sammeln. Wir denken wirklich an unser Wohl zu wenig, unser Egoismus ist nicht klug genug, unsre Vernunft nicht egoistisch genug.

Damit, lieber Freund, sei es heute genug. Leider habe ich Dir gar nichts »Solides« »Reelles« oder wie sonst die Schlagwörter der jungen Kaufleute heißen, zu berichten, aber Du wirst auch nicht danach verlangen. Daß ich mich mit Dir freue, wenn Du einen unsrer Gesinnungsgenossen entdeckst und dazu noch so einen tüchtigen und liebenswerten, wie Krüger – das versteht sich. Unsre Freimaurerei mehrt sich und breitet sich aus, obschon ohne Abzeichen, Mysterien und Bekenntnisformeln.

Es ist späte Nacht, und draußen heult der Wind. Du weißt, daß ich in Leipzig auch im nächsten Semester bleiben werde. Meine Wünsche tragen mich, den Philologen, nach Paris in die kaiserliche Bibliothek, wohin ich vielleicht im nächsten Jahre abgehe, wenn bis dahin der Vulkan nicht ausgebrochen ist. Mich, den Menschen, aber tragen meine Gedanken oft genug und so auch heute Nacht zu Dir, dem ich hiermit von Herzen »Gute Nacht« sage.

Friedrich Nietzsche
in treuer Freundschaft

Naumburg, den 6ten April:
als welchen Ort ich am 30. April verlassen werde. Meine neue Wohnung in Leipzig, Weststraße 59, 2. Etage

24. *An Erwin Rohde* Naumburg, den 3. November 1867

Mein lieber Freund, gestern bekam ich einen Brief von unserm Wilhelm Roscher aus Leipzig, mit Nachrichten, welche mit Deiner Erlaubnis den Eingang dieses Briefes bilden sollen. Voran die erfreuliche Kunde, daß es mit Vater Ritschls Gesundheit und Heiterkeit bestens steht; was ich mit Verwunderung höre, da das Benehmen der Berliner ihm sicherlich manche wunde Stelle aufgerissen hat. Sodann scheint der Verein, der sich auch einen feierlichen Stempel zugelegt hat, einer schönen Zukunft entgegenzugehn. Der Lesezirkel zählt 28 Mitglieder bis jetzt: das Café von Zaspel soll nach Roschers Intentionen eine Art Philologenbörse bilden. Auch ist ein Schrank gekauft worden, in dem die Zeitschriften aufbewahrt werden. Freitagszusammenkünfte haben wahrscheinlich noch nicht stattgefunden; wenigstens schreibt Wilhelm nichts davon. Zudem sind verschiedene Mitglieder noch nicht eingetroffen, z. B. Koch, der leider durch eine schwere Krankheit verhindert ist. Ebensowenig der vortreffliche Kohl, der sich seltsamerweise mehrere Wochen bei einem Freunde auf dem Lande aufhalten will und somit die bedenklichen Szenen des Examens etwas hinausgeschoben hat. Schließlich will ich nicht verschweigen, daß Roschers Brief mir die angenehme Nachricht brachte, daß meine Laertiusarbeit am 31. Okt. in der Aula den Sieg im Wettkampf gegen Herrn Οὔτις gewonnen hat; was ich vor allem deshalb erzähle, weil ich dabei Deiner freundschaftlichen Bemühungen eingedenk bin, unter denen das besagte *opusculum* vom Stapel lief. Es kann lange dauern, ehe von diesen Angelegenheiten etwas gedruckt wird: alle früheren Pläne habe ich zurückgezogen und nur den einen festgehalten, in einem größeren Zusammenhange dies Gebiet, vereint mit Freund Volkmann, zu behandeln. Da wir aber beide stark anderweitig beschäftigt sind, so mögen die hübschen Fabeln von der Gelehrsamkeit des Laertius und Suidas sich noch eine Zeitlang ihres Daseins freuen. Der einzige Mensch, der ein wenig schneller über die wahrscheinliche Sachlage unterrichtet werden muß, ist Curt Wachsmuth: als welcher persönlich und mündlich davon hören will und wird, nachdem ich ihn in Halle bei der Philologenversammlung kennengelernt habe. Er hat wirklich einen künstlerischen Anstrich, vor allem eine kräftige banditeske Häßlichkeit, die er mit Schwung und Stolz trägt.

Jene Tage in Halle sind für mich einstweilen das lustige Finale, oder sagen wir die Coda, meiner philologischen Ouvertüre. Solche Lehrerbanden präsentieren sich doch besser als ich je erwartet hatte. Mag es sein, daß die alten Spinnen in ihren Netzen geblieben waren: kurz, die Kleidung war recht anständig und neumodisch, und die Schnurrbärte sind sehr beliebt. Greis Bernhardy zwar präsidierte so schlecht als möglich und Bergk langweilte durch einen unverständlichen dreistündigen Vortrag. Das meiste war aber gut gelungen, vor allem das Diner (bei dem man dem alten Steinhart die goldne Uhr stahl: berechne danach, welche Stimmung durchherrschte) und eine abendliche Zusammenkunft im Schützengraben. Hier lernte ich auch den klugblickenden Magister Sauppe aus Göttingen kennen, der mir als Protagonist der Naumburger Philologen von Interesse ist. Sein Vortrag über einige neue attische Inschriften war das pikanteste, was wir gehört haben; wenn ich nämlich Tischendorfs Rede über Paläographie ausnehme, der mit vollem Zeuge losfuhr, d. h. mit der Homerjungfrau, den Simonidesfälschungen, den Menander- und Euripidesfragmenten usw.; auch vermittelte er wiederum in reichster Fülle und kündigte schließlich sein paläographisches Werk an, mit naiver Preisangabe, nämlich im Werte von ungefähr 5000 Talern. Der Besuch war außerordentlich zahlreich, und Bekannte gab es in reicher Fülle. Beim Diner hatten wir eine Leipziger Ecke gebildet, bestehend aus Windisch, Angermann, Clemm, Fleischer usw. Sehr habe ich mich gefreut, in Clemm einen ganz besonders liebenswürdigen Menschen gefunden zu haben: während ich ihn in Leipzig kaum kennengelernt habe, ja sogar infolge der verteufelten Bonner Angewohnheit eine Art Abneigung gegen ihn empfand und ihn mit jenen schiefen Blicken zu betrachten pflegte, mit denen Burschenschafter die »Herren Chöre« zu messen lieben. Natürlich erklärte er sich mit vollem Herzen bereit, an den Leipziger *symbolis* teilzunehmen. Doch fand er den Termin zu zeitig abgesteckt: und ich bin nahe daran, sein Urteil zu unterschreiben. Täglich, ja stündlich haben wir in Halle auf die Ankunft von Vater Ritschl gewartet, der sich angekündigt hatte und leider dem schlechten Wetter sich fügen mußte. Wir haben nach seiner Anwesenheit gelechzt, ich insbesondere, der ihm nach allen Seiten hin Dank wissen muß. Seiner Vermittlung habe ich zuzuschreiben, daß ich jetzt im Besitz des vollständigen Rheinischen Museums bin, und zwar ohne bisher etwas dafür getan zu haben, ja in der sichern Aussicht, eine längere Zeit für jenen *index* nichts tun zu können. Die nächsten paar Wochen nach unsrer Reise habe ich nicht in dieser Fronarbeit verschwendet, sondern auf die lustigste Weise meine *Democritea* zusammengestellt; als welche *in honorem Ritscheli* bestimmt sind. So ist doch wenigstens der Hauptwurf getan: obschon für eine sorgsame Begründung meiner Tollheiten und eine stämmige Kombinatorik nur zuviel noch zu tun übrig ist, viel zuviel für einen Menschen, der »anderweitig stark beschäftigt ist«.

Nun, wirst Du fragen, wenn er nicht raucht und spielt, wenn er nicht *indicem* fabriziert, noch *Democritea* kombiniert, *Laertium et Suidam* despektiert, was macht er denn?

Er exerziert.

Ja, mein lieber Freund, wenn Dich ein Dämon einmal in einer frühen Morgenstunde, sagen wir, zwischen fünf und sechs, nach Naumburg geleiten und gefälligerweise die Absicht haben sollte,

Deine Schritte in meine Nähe zu lenken: so erstarre nicht über das Schauspiel, das sich Deinen Sinnen darbietet. Plötzlich atmest Du die Atmosphäre eines Stalles. Im halben Laternenlichte erscheinen Gestalten. Es scharrt, wiehert, bürstet, klopft um Dich herum. Und mitten drin, im Gewande eines Pferdeknechtes, heftig bemüht, mit den Händen Unaussprechliches, Unansehnliches wegzutragen oder den Gaul mit der Striegel zu bearbeiten, – mir graut es, wenn ich sein Antlitz sehe – es ist, beim Hund, meine eigne Gestalt.

Ein paar Stunden später siehst Du zwei Rosse auf der Reitbahn herumstürmen, nicht ohne Reiter, von denen der eine Deinem Freunde sehr ähnlich ist. Er reitet seinen feurigen schwungvollen Balduin und hofft einmal gut reiten zu lernen, obschon oder vielmehr weil er jetzt immer noch auf der Decke reitet, mit Sporen und Schenkeln, aber ohne Reitgerte. Auch mußte er sich beeilen, alles zu verlernen, was er in der Leipziger Reitbahn gehört hatte und vor allem sich mit großer Anstrengung einen sicheren und reglementmäßigen Sitz aneignen.

Zu andern Tageszeiten steht er, emsig und aufmerksam, am gezognen Geschütz und holt Granaten aus der Protze oder reinigt das Rohr mit dem Wischer oder richtet nach Zoll und Graden etc. Vor allem aber hat er sehr viel zu lernen.

Ich versichere Dich bei dem schon erwähnten Hund, meine Philosophie hat jetzt Gelegenheit, mir praktisch zu nützen. Ich habe in keinem Augenblicke bis jetzt eine Erniedrigung verspürt, aber sehr oft wie über etwas Märchenhaftes gelächelt. Mitunter auch raune ich unter dem Bauch des Pferdes versteckt »Schopenhauer hilf«; und wenn ich erschöpft und mit Schweiß bedeckt nach Hause komme, so beruhigt mich ein Blick auf das Bild an meinem Schreibtisch: oder ich schlage die Parerga auf, die mir jetzt, samt Byron, sympathischer als je sind.

Jetzt ist endlich der Punkt erreicht, wo ich das aussprechen kann, womit nach Deiner Erwartung der Brief hätte beginnen sollen. Mein lieber Freund, Du weißt jetzt den Grund, warum mein Brief so ungebührlich lange sich verspätet hat. Ich habe im strengsten Sinne keine Zeit gehabt. Aber auch oftmals keine Stimmung. Man schreibt eben Briefe an Freunde, die man so liebt, wie ich Dich liebe, nicht in jeder beliebigen Stimmung. Ebensowenig schreibt man in einem erhaschten Moment heute eine Zeile und morgen eine, sondern man sehnt sich nach einer vollen und breiten Stunde und Stimmung. Heute blickt der freundlichste Herbsttag zum Fenster herein. Heute habe ich den Nachmittag frei, wenigstens bis halb sieben Uhr; als welche Stunde mich zur Abendfütterung und Tränkung in den Stall ruft. Heute feiere ich den Sonntag auf meine Weise, indem ich meines fernen Freundes und unsrer gemeinsamen Vergangenheit in Leipzig und im Böhmerwald und in Nirwana gedenke. Das Schicksal hat mit einem plötzlichen Ruck das Leipziger Blatt meines Lebens abgerissen, und das nächste, das ich jetzt in diesem sibyllinischen Buche sehe, ist mit einem Tintenklecks von oben bis unten bedeckt. Damals ein Leben in freister Selbstbestimmung, im epikureischen Genuß der Wissenschaft und der Künste, im Kreise von Mitstrebenden, in der Nähe eines liebenswerten Lehrers und – was mir das Höchste bleibt, was ich von jenen Leipziger Tagen sagen kann – im steten Umgang mit einem Freunde, der nicht nur Studienkamerad ist oder etwa durch gemeinsame Erlebnisse mit mir verbunden ist, sondern dessen Lebensernst wirklich denselben Grad zeigt, wie mein eigner Sinn, dessen Wertschätzung der Dinge und der Menschen ungefähr denselben Gesetzen wie die meinige folgt, dessen ganzes Wesen schließlich auf mich eine kräftigende und stählende Wirkung hat. So vermisse ich auch jetzt nichts mehr als eben jenen Umgang; und ich wage selbst zu glauben, daß, wenn wir zusammen verurteilt wären, unter diesem Joche zu ziehen, wir unsre Bürde heiter und würdevoll tragen würden: während ich augenblicklich nur auf den Trost der Erinnerung hingewiesen bin. In der ersten Zeit war ich fast verwundert, Dich als meinen Schicksalsgefährten nicht zu finden: und mitunter, wenn ich reitend den Kopf umdrehe nach dem andern Freiwilligen, so meine ich Dich auf dem Pferde sitzen zu sehen.

Ich bin in Naumburg ziemlich einsam; ich habe weder einen Philologen, noch einen Schopenhauerfreund im Kreise meiner Bekannten; und selbst diese kommen selten mit mir zusammen, weil der Dienst meine Zeit sehr beansprucht. Somit habe ich oft das Bedürfnis, die Vergangenheit wiederzukäuen und die Gegenwart durch Beimischung jener Würze verdaulich zu machen. Als ich heute morgen im Regenmantel durch die schwarze, kalte, feuchte Nacht ging, und der Wind unruhig um die dunklen Häusermassen blies, sang ich vor mich hin

»ein Biedermann muß lustig, guter Dinge sein« und dachte an unsere närrische Abschiedsfeier, an den hüpfenden Kleinpaul – dessen Existenz augenblicklich in Naumburg und Leipzig unbekannt, aber deshalb nicht fraglich ist – an Kochs dionysisches Gesicht, an unser Gedenkmal am Ufer jenes Leipziger Stromes, das wir Nirwana tauften und das meinerseits die festlichen Worte, die sich siegreich erwiesen haben, trägt *γένοι' οἷος ἐσσί*.

Wenn ich zum Schluß diese Worte auch auf Dich anwende, teurer Freund, so sollen sie das Beste umschließen, was ich für Dich im Herzen trage. Wer weiß, wann das wechselnde Geschick unsre Bahnen wieder zusammenführen wird: möge es recht bald geschehn; wann es aber immer auch geschehe, ich werde mit Freude und Stolz auf eine Zeit zurückblicken, wo ich einen Freund gewann *οἷος ἐσσί*.

Friedrich Nietzsche

Kanonier der 21. Batt. der reit. Abteil. des Feldartilleriereg. Nr. 4.

NB. Der Brief hat sich wieder einige Tage verzögert, weil ich gern ein Kistchen mit Weintrauben demselben folgen lassen wollte: schließlich erklärt die unselige Post, selbiges nicht annehmen zu wollen, weil die Weintrauben nur als Most ankommen würden.

Ignoscas

25. *An Erwin Rohde* Naumburg, 1.–3. Febr. 1868

Mein lieber Freund, Sonnabend ist es und zwar neigt sich der Tag seinem Ende zu. Für einen Soldaten liegt ein Zauber in dem Wort »Sonnabend«, ein Gefühl der Beruhigung und des Friedens, das ich als Student nicht kannte. Ruhig schlafen und träumen zu können, ohne daß das Schreckensbild des andern Morgens die Seele umschwebt, wiederum 7 Tage jener uniformierten Aufregung, die man Militärjahr nennt, überwunden und abgetan zu haben – was gibt das für einfache und starke Vergnügungen, eines Zynikers würdig und fast zu billig und zu bequem von uns erworben! Ich verstehe jetzt jene erste und größte Sonnabendnachmittagstimmung, in der das behagliche Wort erscholl *πάντα λίαν καλά*, in der der Kaffee und die Pfeife erfunden wurde und der erste Optimist ins Leben trat. Jedenfalls waren die Ebräer, die jene schöne Geschichte erdachten und glaubten,

Kriegsleute oder Fabrikarbeiter, aber gewiß keine Studenten; denn diese hätten 6 Feiertage und einen Werkeltag zum Vorschlag gebracht und würden in der Praxis auch jenen einen Tag den übrigen gleich gemacht haben. Wenigstens war dies meine Praxis: und ich fühle augenblicklich den Gegensatz zwischen meinem jetzigen Leben und meiner früheren wissenschaftlichen Müßiggängerei sehr stark. Könnte man nur einmal die Philologen von 10 Jahren zusammenholen und sie zur Dienstleistung in ihrer Wissenschaft so drillen, wie es beim Militär Mode ist: nach 10 Jahren wäre eine Philologie nicht mehr nötig, weil alle Hauptarbeit getan wäre, sie wäre aber auch nicht mehr möglich, weil kein Mensch freiwillig unter diese Fahne treten würde, eine Fahne, bei der der Begriff des »Einjährigen – Freiwilligen« ganz wegfällt.

So ein Sonnabend macht geschwätzig, wie Du merken wirst; da wir die übrige Woche zu viel zu schweigen haben und alle unsre Seelenfähigkeiten nach dem Kommandowort des Vorgesetzten zu regeln pflegen, so quillt an den unbewachten Momenten des Sonnabends das Wort aus der Lippe und die Zeile aus dem Tintenfaß, zumal wenn das Feuer im Ofen knistert und draußen der frühlingsschwangere Februarsturm braust. Sonnabend, Sturm und Zimmerwärme, das sind die besten Ingredienzen, aus denen der Punsch der »Briefstimmung« gebraut wird.

Mein lieber Freund, dies mein Leben ist jetzt wirklich sehr einsam und freundelos. Da ist nichts von Anregungen, das ich mir nicht selbst gäbe, nichts von jenem harmonischen Zusammenklang der Seelen, wie es manche gute Stunde in Leipzig mit sich brachte. Vielmehr Entfremdung der Seele von sich selbst. Übergewicht eines herrschenden Einflusses, der den Geist zu straffer Furcht zusammenrafft und ihn die Dinge mit einem Ernste zu betrachten lehrt, dessen sie nicht wert sind. Dies ist die Kehrseite meiner jetzigen Existenz, wie Du sie mir gewiß nachfühlen kannst. Drehen wir aber die Münze um. Dies Leben ist zwar unbequem, aber, als Zwischengericht genossen, unbedingt nützlich. Es ist ein fortwährender Appell an die Energie eines Menschen und mundet besonders als ἀντίδοτον gegen die lähmende Skepsis, über deren Wirkung wir manches miteinander beobachtet haben. Dabei lernt man seine Natur kennen, wie sie sich unter fremden, meist rohen Menschen, ohne Beihilfe der Wissenschaft und ohne jene traditionelle *fama*, die unsern Wert für unsre Freunde und für die Gesellschaft bestimmt, zu offenbaren pflegt. Ich habe bis jetzt bemerkt, daß man mir wohlwill, so Hauptmann wie Kanonier; andererseits tue ich, was mir obliegt, mit Eifer und eignem Interesse. Darf man darauf nicht stolz sein, wenn man als der beste Reiter unter 30 Rekruten gilt? Wahrhaftig, lieber Freund, das ist mehr als eine philologische Prämie: obwohl ich auch gegen derartige Lobsprüche nicht unempfänglich bin, wie sie mir die Leipziger Fakultät zuteil werden ließ. Darf ich Dir, ohne in den Ruf eines eiteln Narren zu kommen jenes ἐγκώμιον, wie es im Programm S. 22 steht, abschreiben?

Philosophorum denique Ordini unus traditus libellus est et ex classe quidem prima: 'De fontibus Laertii Diogenis' hac inscriptione γένοι' οἷος ἐσσί *Pind. Pyth. II. v. 73.* (Denkst Du noch an unser Nirwanaplätzchen im Rosental?) *Eius libelli scriptor, quum res, quae ad eam quaestionem pertinerent et litteras quae huc facerent penitus cognovisset earumque momenta acri ingenio examinasset, rem, quam explanandam susceperat persecutus ita est, ut, quum summo acumine in singulis locis cognoscendis atque iudicandis uteretur summaque sagacitate in vero indagando, inveniendo, e tenebris eruendo versaretur ingenioque in colligendo plurimum valeret atque ea, quae explorate perceperat, dilucide exponeret, vix quidquam reliquerit in ea quaestione, quod aut addi aut demi posse videretur, summamque et ingenii et doctrinae laudem ab ordine amplissumo consecutus sit. e. q. s.*

Nicht wahr, lieber Freund, *tant de bruit pour une omelette?* Aber so sind wir, wir machen uns lustig über solch ein Lob und wissen nur zu gut, was es auf sich resp. hinter sich hat, aber trotzdem verzieht sich das Gesicht zu einem wohlgefälligen Grinsen. Bei solchen Dingen ist unser alter Ritschl ein Kuppler, *his laudibus splendididissimis* sucht er uns im Netz der Dame Philologie festzuhalten. Ich habe erstaunliche Lust, in meinem nächsten *in honorem Ritscheli* geschriebenen Aufsatz (über Demokrits Schriftstellerei) den Philologen eine Anzahl bittrer Wahrheiten zu sagen. Bis jetzt habe ich für denselben die schönste Hoffnung: er hat einen philosophischen Hintergrund bekommen, was mir bis jetzt bei keiner meiner Arbeiten gelungen war. Außerdem bekommen alle meine Arbeiten ohne meine Absicht, aber gerade deshalb zu meinem Vergnügen eine ganz bestimmte Richtung; sie weisen alle wie Telegraphenstangen auf ein Ziel meiner Studien, das ich nächstens auch fest ins Auge fassen werde. Es ist dies eine Geschichte der literarischen Studien im Altertum und in der Neuzeit. Es kommt mir zunächst wenig auf die Details an; jetzt zieht mich das Allgemein-Menschliche an, wie das Bedürfnis einer literar-historischen Forschung sich bildet und wie es unter den formenden Händen der Philosophen Gestalt bekommt. Daß wir alle aufklärenden Gedanken in der Literaturgeschichte von jenen wenigen großen Genien empfangen haben, die im Munde der Gebildeten leben und daß alle guten und fördernden Leistungen auf dem besagten Gebiete nichts als praktische Anwendungen jener typischen Ideen waren, daß mithin das Schöpferische in der literarischen Forschung von solchen stammt, die selbst derartige Studien nicht oder wenig trieben, daß dagegen die gerühmten Werke des Gebietes von solchen verfaßt wurden, die des schöpferischen Funkens bar waren – diese stark pessimistischen Anschauungen, in sich einen neuen Kultus des Genius bergend, beschäftigen mich anhaltend und machen mich geneigt, einmal die Geschichte daraufhin zu prüfen. An mir selbst stimmt die Probe; denn mir ist es so, als ob Du bei den niedergeschriebenen Zeilen den Duft von Schopenhauerscher Küche riechen müßtest.

Von diesen Luftschlössern ist der Abfall zur Wirklichkeit recht bitter. Denke lieber Freund, daß ich, der ich in den angedeuteten Aussichten gelegentlich schwelge, trotzdem nicht imstande bin, das Allernächste zu beendigen. Es ist mir rein unmöglich, den versprochnen Beitrag zum Ritschlbuche zur rechten Zeit zu liefern. So sehr die Materie mir im Kopfe und am Herzen liegt, so fern ist doch die Ausarbeitung: da fehlt es an hundert Dingen, an Zeit, Büchern, guten Freunden, Momenten der Sättigung und der Erhebung: und zu jedem dieser Mängel muß ich hinzufügen, daß jeder einzelne schon die Kraft hat, mich an einer Ausarbeitung zu hindern. Glückliche Menschen, sagt Ritschl von den Studenten, ihr habt 14 Stunden des Tages für euch und eure Studien! Elender Mensch, sage ich zu mir, Du hast nicht zwei Stunden des Tages; und selbst diese mußt Du dem Mavors opfern, der dir sonst das Leutnantpatent verweigert. Ach lieber Freund, was ist so ein reitender und fahrender Artilleriste für ein Unglückstier, wenn er literarische Triebe hat! Unser alter Kriegsgott hatte eben die jungen Weiber, nicht alte verschrumpelte Musen gern. Ein Kanonier, der über Demokritische Probleme oft genug in der Kasernenstube nachdenkt, auf einem schmutzigen Schemel kauernd, indem ihm die Stiebeln gewichst werden, ist nun einmal ein *παράδοξον*, auf das die Götter mit Hohn blicken.

Wenn Ihr also noch bis November dieses Jahres warten wollt, so macht Ihr mir eine große Freude. Wir sammeln im Frühjahr und Sommer die Aufsätze unsrer Freunde, besprechen und beurteilen sie, verhandeln mit dem Buchhändler, lassen lustig drucken – und dann kommt mein Aufsatz, zuletzt und spät zwar, aber doch zur rechten Zeit. Übrigens fand auch Clemm den bisherigen Termin als zu kurz gesteckt. Bitte, teile mir doch Deine Meinung über diesen Punkt mit!

Wenn ich Dir sage, daß ich *täglich* von morgens 7 Uhr bis abends um 5 im Dienst bin, außerdem noch bei einem Leutnant und bei einem Tierarzte Vorträge höre, so kannst Du ermessen, wie schlimm ich daran bin. Abends ist der Leib schlaff und müde und sucht zeitig sein Nest. Und so geht es ohne Rast und Ruh aus einem Tag in den andern. Wo bleibt da die für wissenschaftliche Ausarbeitung nötige Sammlung und Kontemplation!

Ach sogar für Dinge, die mir näher stehen als meine literarischen Bedürfnisse, die *χάριτες* eines freundschaftlichen Briefwechsels und der *Kunst*, fällt so selten eine Stunde ab! Laß mich nur erst wieder im Vollgenuß meiner Zeit und Kräfte sein –

si male nunc, non olim sic erit.

Und im nächsten Jahre gehe ich nach Paris. Beinahe bin ich überzeugt, daß Du auf denselben Gedanken kommen wirst. Bekanntlich muß ja ein Biedermann lustig, guter Dinge sein, wenn anders Sankt Offenbach recht hat.

Dir, also, Poesie der Zukunft, und dir, Freundschaft der besten Vergangenheit, den letzten Federzug, den letzten Tintenklecks!

fulsere quondam candidi tibi soles!

F. Nietzsche in treuer Freundschaft

26. *An Carl von Gersdorff* Naumburg, am 16. Febr. 1868

Lieber Freund, durch Deine beiden mich hocherfreuenden Briefe habe ich einen deutlichen Einblick in Dein gegenwärtiges Arbeiten und Denken gewonnen: ich fühle den ruhigen Genuß heraus, mit dem Du Dich nach straffem, einengendem Dienste wieder in dem schönen Garten der Wissenschaften ergehst. Wollte das Schicksal, daß auch mir dieser Genuß bald wieder winkte! Aber meine Zeit, ja mein bestes Teil geistiger Kraft und Regsamkeit verbraucht sich in dem ewigen Kreislauf militärischer Übungen. Ich habe mich darüber jetzt vollkommen resigniert, während ich in den ersten Monaten einen ungestümen Anlauf nahm, auch bei den jetzigen Verhältnissen meine Studien fortzusetzen. Es lag mir vornehmlich eine Arbeit am Herzen, zu der ich eine Menge schönes Material gesammelt hatte und täglich sammelte, eine Arbeit, an die mich philologisches und philosophisches Interesse knüpfte: über Demokrits Schriftstellerei. Die ungeheuren Angaben über dieselbe hatten mir Mißtrauen eingeflößt; ich ging dem Begriff einer großartigen literarischen Falschmünzerei nach und fand auf den verschlungenen Wegen der Kombination eine Fülle interessanter Punkte. Am Schlusse aber, als meine skeptische Betrachtung alle Folgerungen übersehn konnte, drehte sich mir allmählich unter den Händen das Bild herum; ich gewann ein neues Gesamtbild der bedeutenden Persönlichkeit Demokrits und von dieser höchsten Warte der Beobachtung gewann die Tradition ihr Recht wieder. Diesen ganzen Prozeß, die Rettung der Negation durch die Negation, habe ich mir nun zu schildern vorgenommen, so daß ich bei dem Leser dieselbe Folge von Gedanken zu erwecken suche, die mir sich ungesucht und kräftig aufdrangen. Dazu gehört aber Muße und frische Gesundheit des Denkens und Dichtens.

Nicht besonderes Glück habe ich bis jetzt mit meiner Arbeit *de fontibus Laertii Diogenis* gehabt, die längst gedruckt sein sollte, aber durch eine kleine Bummelei eines Bekannten erst in voriger Woche zum Druck nach Leipzig wanderte. Sie erscheint, wie meine Theognisstudie, im Rheinischen Museum. Sie ist schon ihres Stoffes wegen angetan, ein paar Philologen mehr zu fesseln resp. zu reizen als mein erstes *opusculum*. Es war nicht zu umgehen, daß ich hier und da einem

Philologen einen Klaps versetzte. Nun wir werden sehn, wie es mir bekommt. Glücklicherweise habe ich den größten Teil von Material gerade für wichtige Punkte noch gar nicht gegeben, so daß ich bei einer etwaigen Polemik immer noch mit vollen Händen werfen kann.

Später wenn ich mich von der Demokritarbeit frei gemacht habe, und eine Dissertation *de Homero Hesiodoque aequalibus* glücklich vom Stapel gelaufen ist: soll es mit frischen Sinnen an ein Hauptwerk gehen, an eine Darstellung der literarischen Studien der Alten, wobei sich die Entwicklung dessen, was man jetzt Literaturgeschichte nennt, ergeben wird. Später will ich Dir einmal erzählen, wie ich im Hintergrunde einige stark pessimistische Sätze aufstelle, so daß das Ganze stark von einem Schopenhauerschen Dufte umschwommen sein wird.

Verzeihe mir, wenn ich Dich mit lauter Aussichten und Absichten, jedenfalls mit unrealen Dingen unterhalte. Aber denke, wie stark im Menschen das Bedürfnis ist, seine Wünsche auszusprechen, und wie wenig meine Umgebung danach angetan ist, gerade derartige Dinge aufzunehmen. Im Grunde ist das gerade, was mich am meisten in Naumburg bedrückt, die *ἐρημία τῶν φίλων*, während ich andererseits mich glücklich schätzen muß, durch die Gegenwart der Angehörigen der Sorgen für das Dasein enthoben zu sein, ja eines bequemen Lebens mich erfreuen zu können.

Meine Dienstangelegenheiten nehmen, wie ich Dir sagte, viel Zeit weg, sind aber im ganzen erträglich. Besonders ist es immer noch das Reiten, für das man meinen Eifer durch mancherlei Lob rege erhält. Ich höre von den Offizieren, daß ich einen guten Sitz habe und mich dadurch vorteilhaft auszeichne. Wahrhaftig, lieber Freund, ich habe nie gedacht, daß ich auch in diesen Regionen noch Gelegenheit haben würde, eitel zu werden. Genug, mein Trieb, mich in dieser schönen, aber schweren Kunst möglichst auszubilden, ist ziemlich stark. Wenn Du einmal, etwa bei Gelegenheit des Pförtner Schulfestes nach Naumburg kommst, wirst Du meine Leistungen leicht abschätzen können; ich glaube Du wirst tüchtig lachen, wenn Du mich kommandieren hörst. Übrigens habe ich noch viel zu lernen, um ein anständiges Offiziersexamen zu machen.

Daß Du Dich mit viel Vergnügen auf nationalökonomische Studien geworfen hast, ist mir sehr begreiflich; ich selbst bedaure nichts mehr, als bis jetzt eines tüchtigen Pfadzeigers ermangelt zu haben. Denn über Roschers Stellung und Wert haben wir zu meiner Überraschung genau dieselbe Meinung. Sowohl im Gespräch mit Freund Kleinpaul, der die Schwäche der philosophischen Natur Roschers völlig durchschaute, als in der Unterhaltung mit der geistvollen Gattin Ritschls, die auch die prickelnde Ungründlichkeit des witzigen Mannes herausfühlte, habe ich mich in dem angedeuteten Sinne ausgesprochen. Übrigens ist mir ein nicht geringer Beleg für die Richtigkeit dieser Meinung das Naturell seines Sohnes, das ich kennenzulernen Gelegenheit hatte, und das vollständig die Züge des Urbildes aufweist.

Ein Büchlein, aus dem ich über den Stand der sozial-politischen Parteien manches mir angeeignet habe, obgleich es eine bedenkliche Lektüre ist und scharf säuerlich nach Reaktion und Katholizismus schmeckt, ist Dir vielleicht auch bekannt: Geschichte der sozial-politischen Parteien in Deutschland, von Jos. Edm. Jörg (Freiburg im Breisgau 1867). Auch aus ihm leuchtet die irrationale Größe Lassalles hervor. Leider sehe ich keine Möglichkeit ab, wie ich dessen Schriften in meine Hände bekommen könnte, und ich muß mich daher auf spätere Zeiten vertrösten.

An dieser Stelle muß ich nochmals das Verdienst eines Mannes rühmen, von dem ich Dir schon früher einmal geschrieben habe. Wenn Du Lust hast Dich vollständig über die materialistische Bewegung unsrer Tage, über die Naturwissenschaften mit ihren Darwinschen Theorien, ihren kosmischen Systemen, ihrer belebten *camera obscura* etc. zu unterrichten, zugleich auch über den ethischen Materialismus, über die Manchester-Theorie etc., so weiß ich Dir immer nichts Ausgezeichneteres zu empfehlen als »Die Geschichte des Materialismus« von Friedr. Alb. Lange (Iserlohn 1866), ein Buch, das unendlich mehr gibt als der Titel verspricht und das man als einen wahren Schatz wieder und wieder anschauen und durchlesen mag. Bei Deiner Richtung der Studien weiß ich Dir nichts Würdigeres zu nennen. Ich habe mir schlechterdings vorgenommen, mit diesem Manne bekannt zu werden und will ihm meine Demokritabhandlung als ein Zeichen meiner Dankbarkeit schicken.

Übrigens gehört auch Spielhagen zu denen, mit welchen ich ein persönliches Verhältnis wünsche. Nun, vielleicht gibt sich in Berlin einmal eine Annäherung. Ich wundre mich, daß Du nicht einmal dem ausgezeichneten Manne einen Besuch abstattest. Wir müssen uns unsre philosophischen Freunde etwas zusammensuchen. Auch Bahnsen, der Verfasser der »Charakterologischen Studien«, steht auf der Liste. Da ist ja auch Eugen Dühring in Berlin, der immer schöne Kollegien gelesen hat, z. B. über Schopenhauer und Byron, über Pessimismus etc. Endlich ist dort wohl auch Frauenstädt, der Protagonist des Kultus, aufzutreiben. Wenn wir doch nur ein Organ für die Bestrebungen vom Standpunkte Schopenhauers hätten, eine philosophische Zeitschrift, redigiert von jungen talentvollen Männern usw.

Aber, wirst Du sagen, es ist jetzt nicht die Zeit zu philosophieren. Und Du hast recht. Politik ist jetzt das Organ des Gesamtdenkens. Ich staune über die Ereignisse und kann sie mir nur dadurch näherbringen, daß ich mir die Wirksamkeit bestimmter Männer aus dem Flusse des Ganzen herausscheide und einzeln betrachte. Unmäßiges Vergnügen bereitet mir Bismarck. Ich lese seine Reden, als ob ich starken Wein trinke: ich halte die Zunge an, daß sie nicht zu schnell trinkt und daß ich den Genuß recht lange habe. Was Du mir von Machinationen seiner Gegner schreibst, glaube ich Dir sehr gern; denn es ist eine Notwendigkeit, daß sich gegen solche Naturen alles Kleinliche, Engherzige, Parteiische, Bornierte aufbäumt und zum unversöhnlichen Kriege rüstet.

Heute lieber Freund ein herzliches Lebewohl! Entschuldige, daß ich nicht mehr von meiner Zeit diesem liebsten meiner Geschäfte zuwenden darf, im geistigen Verkehr mit meinen Freunden zu weilen. Indem ich Dir noch die Grüße meiner Angehörigen ausrichte, verbleibe ich in treuer Anhänglichkeit Dein Freund

Friedrich Nietzsche

27. *An Paul Deussen* [Leipzig, zweite Oktoberhälfte 1868]

Mein lieber Freund, Deine Briefe kommen neuerdings immer bei besonders feierlichen Gelegenheiten an: so, als ich vor kurzem in meine neue Leipziger Wohnung einzog, lag Dein Brief auf dem Tisch, den Freund Roscher bereits richtig expediert hatte. Bald darauf habe ich denn auch den ersten Teil meines *Laertianum* an Dich addressiert, damit ich nicht wieder dem Vorwurfe verfalle, undankbar gegen Freunde zu sein und durch anhaltendes Stillschweigen den Eindruck eines Toten zu machen. Nein, ich lebe und, was mehr sagen will, ich lebe gut und wünsche, daß Du Dich einmal persönlich davon überzeugst: besonders um die Einsicht zu gewinnen, daß φιλοσοφεῖν und Kranksein doch nicht identische Begriffe sind; daß es aber allerdings eine gewisse »Gesundheit« gibt, die ewige Feindin tieferer Philosophie, die bekanntlich neuerdings zum Spitznamen für bestimmte Sorten von Grenzbotenhelden und Historikern geworden ist.

Indem ich so an den Schluß Deines Briefes anknüpfe, erledige ich zugleich den dort mir zugemuteten Vorschlag. Lieber Freund, »gut schreiben« (wenn anders ich dies Lob verdiene: *nego ac pernego*) berechtigt doch wahrhaftig nicht, eine Kritik des Schopenhauerschen Systems zu schreiben: im übrigen kannst Du Dir von dem Respekt, den ich vor diesem »Genius ersten Ranges« habe, gar keine Vorstellung machen, wenn Du *mir* (i. e. *homini pusillullullo!*) die Fähigkeiten zutraust, jenen besagten Riesen über den Haufen zu werfen: denn hoffentlich verstehst Du unter einer Kritik seines Systems nicht nur die Hervorhebung irgendwelcher schadhaften Stellen, mißlungner Beweisführungen, taktischer Ungeschicktheiten: womit allerdings gewisse überverwegne Überwege und in der Philosophie nicht heimische Hayme alles getan zu haben glauben. Man schreibt überhaupt nicht die Kritik einer Weltanschauung: sondern man begreift sie oder begreift sie eben nicht, ein dritter Standpunkt ist mir unergründlich. Jemand, der den Duft einer Rose nicht riecht, wird doch wahrhaftig nicht darüber kritisieren dürfen: und riecht er ihn: *à la bonheur!* Dann wird ihm die Lust vergehn, zu kritisieren.

– Wir verstehn uns einfach nicht: erlaube mir über die besagten Dinge zu schweigen: was ich mich erinnre, Dir schon einmal vorgeschlagen zu haben.

Mit Deiner Ablehnung einer Apologie bin ich auch nicht sehr zufrieden, insbesondre nicht damit, daß ich Dir zugemutet habe, die »Philologie« zu verteidigen. Daran liegt mir gar nichts: ich möchte aber wissen, was Du über den gegenwärtigen Stand der Philologie, über die herrschenden Methoden, über die Entwicklung der jetzigen Philologen, über ihre Stellung zu den Schulen usw. denkst und zwar im Gegensatz zu meinen etwas derb ausgesprochnen Ansichten. Denn deutlich (oder »martialisch«) zu reden hat in Briefen den besonderen Vorteil, seinen Halbpart aus schwebenden, vermittelnden Standpunkten zu drängen und ihm ein direktes Ja! und Nein! zu erpressen. Natürlich mit Gründen; aber Deine mythologische Auffassung der Philologie als Tochter (sage Tochter! *heu heu!*) der Philosophie, die als solche jeder Kontrolle und Gerichtsbarkeit entzogen sei, enthält doch keinen auch nur leise angedeuteten Grund. Soll ich mythologisch reden, so betrachte ich Philologie als Mißgeburt der Göttin Philosophie, erzeugt mit einem Idioten oder Kretin. Schade, daß Plato nicht schon denselben *μῦθος* erdacht hat: dem würdest Du eher glauben – und mit Recht. – Allerdings frage ich jede einzelne Wissenschaft nach ihrem Freipaß; und wenn sie nicht nachweisen kann, daß irgendwelche großen Kulturzwecke in ihrem Horizont liegen: so lasse ich sie zwar immer noch passieren, da die Käuze im Reich des Wissens ebenso ihr Recht haben als im Reich des Lebens, lache aber, wenn besagte Kauzwissenschaften sich pathetisch gebärden und den Kothurn am Fuße führen. Insgleichen werden einige Wissenschaften einmal senil: und der Anblick ist betrübend, wenn diese, abgezehrten Leibes, mit vertrockneten Adern, welkem Munde das Blut junger und blühender Naturen aufsuchen und vampyrartig aussaugen: ja, es ist die Pflicht eines Pädagogen, die frischen Kräfte fernzuhalten von den Umschlingungen jener greisen Scheusale: die vom Standpunkt des Historikers Ehrerbietung, von dem der Gegenwart Widerwillen, von dem der Zukunft Vernichtung zu erwarten haben.

Ἀλλὰ ταῦτα μὲν τροπικῶς. Ἡμεῖς δέ, lieber Freund, sind Jünger der Gegenwart: *soyons de notre siècle!* –

Schließlich einige persönliche Allotrien. Erstens bitte ich Dich, mir einige Worte über das *Laertianum* zu schreiben: weil ich wissen möchte, was derartige Arbeiten in Deinem *ingenium* für eine Wertstellung einnehmen. Zweitens bin ich Dir zu erzählen schuldig, wie, wo und warum ich hier lebe. Vor allem nicht als Student: und es ist bereits über ein Jahr her, daß ich diesen unerträglichen Zustand abgelegt habe. Vielmehr bin ich hier der zukünftige Privatdozent Leipzigs und richte nach dieser Intention mein Leben ein. Die Familie, in der ich meine schöne Behausung aufgeschlagen habe, ist die des Prof. Biedermann, ehemaligen Parlamentlers und jetzigen Redakteurs der Deutschen Allgemeinen: durch den es mir möglich ist, eine Anzahl interessanter Bekanntschaften zu machen (als da sind: geistreiche Frauen, hübsche Schauspielerinnen, bedeutende Literaten und Politiker etc.). Eine Anzahl größerer Aufsätze wartet der glücklichen Stunde, über die ich Dir später einmal schreibe. Ritschl, mein verehrter Lehrer und seine mir sehr nahestehende Gattin erweisen mir manches Angenehme: dazu blühe ich im Kreise strebender Freunde und Genossen und bedaure nur, nicht zur Hand zu haben den vortrefflichen Paul Deussen.

28. *An Erwin Rohde* [Leipzig, 9. November 1868]

Mein lieber Freund, heute habe ich die Absicht, Dir eine Reihe von heiteren Dingen zu erzählen, lustig in die Zukunft zu blicken und mich so idyllisch-behaglich zu gebärden, daß Dein böser Gast, jenes katzenartige Fieber, einen krummen Buckel macht und sich ärgerlich von dannen trollt. Und damit jeder Mißton vermieden werde, will ich die bekannte *res severa*, die Deinen zweiten Brief veranlaßte, auf einem besonderen Blatt besprechen, das Du dann in besonderer Stimmung und auf besonderem Orte lesen magst.

Die Akte meiner Komödie heißen: 1. Ein Vereinsabend oder der Unterprofessor, 2. der herausgeworfene Schneider, 3. ein Rendezvous mit +. Einige alte Weiber spielen mit.

Am Donnerstag abend verführte mich Romundt zum Theater, für das meine Gefühle sehr erkalten: wir wollten ein Stück von unserm Zukunftsdirektor Heinrich Laube sehn und saßen wie thronende Götter im Olymp zu Gericht über ein Machwerk, genannt Graf Essex. Natürlich schimpfte ich auf meinen Verführer, der sich auf die Empfindungen seiner zehnjährigen Kindheit berief und war glücklich einen Raum verlassen zu können, in dem sich nicht einmal *ΓΛΑΥΚΙΔΙΟΝ* vorfand: wie sich bei mikroskopischer Durchsuchung aller Winkel des Theaters erwies.

Zu Hause fand ich zwei Briefe, den Deinigen und eine Einladung von Curtius, den jetzt näher zu kennen mir Vergnügen macht. Wenn sich zwei Freunde unserer Art Briefe schreiben, da freuen sich bekanntlich die Engelchen; und so freuten sie sich auch, als ich Deinen Brief las, ja sie kicherten sogar.

Am andern Morgen zog ich festlich aus, um mich bei der Curtia für die Einladung zu bedanken, da ich sie leider nicht annehmen konnte. Ich weiß nicht, ob Du diese Dame kennst; mir hat sie sehr gefallen, und es entstand zwischen dem Ehepaar und mir eine unverwüstliche Heiterkeit. In dieser Stimmung ging ich zu meinem Redakteur *en chef* Zarncke, fand herzliche Aufnahme, ordnete mit ihm unsre Verhältnisse – meine Rezensionsprovinz ist jetzt unter anderem fast die gesamte griechische Philosophie, mit Ausnahme von Aristoteles, den Torstrik innehat und eines anderen Teiles, in dem mein ehemaliger Lehrer Heinze (Hofrat und Prinzenerzieher in Oldenburg) tätig ist. Hast Du beiläufig meine Anzeige von Roses *Symposiaca Anacreontea* gelesen? Nächstens kommt auch mein Namensvetter dran, der an der Eudocia zum Ritter geworden ist – langweilige Dame, langweiliger Ritter!

Zu Hause angelangt fand ich Deinen zweiten Brief, entrüstete mich und beschloß ein Attentat.

Am Abend war der erste Vortrag unseres philologischen Vereines für dies Semester angesetzt: und man hatte mich sehr höflich ersucht, diesen zu übernehmen. Ich, der ich Gelegenheiten brauche, mich auf akademische Waffen einzupauken, war auch gleich bereit und hatte das Vergnügen, bei meinem Eintritt bei Zaspel eine schwarze Masse von 40 Zuhörern vorzufinden. Romundt war von mir beauftragt, recht persönlich aufzupassen, damit er mir sagen könne, wie die theatralische Seite, also Vortrag, Stimme, Stil, Disposition beschaffen sei und gewirkt habe. Ich habe ganz frei gesprochen, bloß mit Zuhilfenahme eines Deminutivzettels, und zwar über die Varronischen Satiren und den Zyniker Menippus: und siehe, es war alles *καλὰ λίαν*. Es wird schon gehn mit dieser akademischen Laufbahn!

Hier nun ist zu erwähnen, daß ich beabsichtige, bis Ostern mich hier aller Habilitationsscherereien zu entledigen und zugleich bei dieser Gelegenheit zu promovieren. Dies ist erlaubt: einen speziellen Dispens brauche ich nur, insofern ich noch nicht das übliche *quinquennium* hinter mir habe. Nun ist sich habilitieren und lesen zweierlei: aber recht passend scheint es mir, nachdem ich mir die Hände frei gemacht habe, dann hinauszureisen in die Welt, zum letzten Male in nichtamtlicher Stellung! Ach, lieber Freund, es wird die Empfindung eines Bräutigams sein, Freude und Ärger gemischt, Humor, *γένος σπουδογέλοιον*, Menippus! Im Bewußtsein eines guten Tagewerkes ging ich zu Bett und überlegte mir die bewußte bei Ritschl aufzuführende Szene: als welche auch am andern Mittag aufgeführt wurde.

Als ich nach Hause kam, fand ich einen Zettel, an mich adressiert, mit der kurzen Notiz: »Willst Du Richard Wagner kennenlernen, so komme um $^{3}/_{4}4$ in das *Café théâtre.* Windisch.«

Diese Neuigkeit verwirrte mir etwas den Kopf, verzeih mir!, so daß ich die eben gehabte Szene ganz vergaß und in einen ziemlichen Wirbel geriet.

Ich lief natürlich hin, fand unsern Biederfreund, der mir neue Aufschlüsse gab. Wagner war im strengsten Inkognito in Leipzig bei seinen Verwandten: die Presse hatte keinen Wind, und alle Dienstboten Brockhausens waren stumm gemacht wie Gräber in Livree. Nun hatte die Schwester Wagners, die Prof. Brockhaus, jene bewußte gescheute Frau, auch ihre gute Freundin, die Ritschelin, ihrem Bruder vorgeführt: wobei sie den Stolz hatte, vor dem Bruder mit der Freundin und vor der Freundin mit dem Bruder zu renommieren, das glückliche Wesen! Wagner spielt in Gegenwart der Frau Ritschl das Meisterlied, das ja auch Dir bekannt ist: und die gute Frau sagt ihm, daß ihr dies Lied schon wohl bekannt sei, *mea opera.* Freude und Verwunderung Wagners: gibt allerhöchsten Willen kund, mich inkognito kennenzulernen. Ich sollte für Freitag abend eingeladen werden: Windisch aber setzt auseinander, daß ich verhindert sei durch Amt, Pflicht, Versprechen: also schlägt man Sonnabend nachmittag vor. Windisch und ich liefen also hin, fanden die Familie des Professors, aber Richard nicht, der mit einem ungeheuren Hute auf dem großen Schädel ausgegangen war. Hier lernte ich also besagte vortreffliche Familie kennen und bekam eine liebenswürdige Einladung für Sonntag abend.

Meine Stimmung war wirklich an diesen Tagen etwas romanhaft; gib mir zu, daß die Einleitung dieser Bekanntschaft, bei der großen Unnahbarkeit des Sonderlings, etwas an das Märchen streifte.

In der Meinung, daß eine große Gesellschaft geladen sei, beschloß ich, große Toilette zu machen und war froh, daß gerade für den Sonntag mein Schneider mir einen fertigen Ballanzug versprochen hatte. Es war ein schrecklicher Regen- und Schneetag, man schauderte, ins Freie zu gehn, und so war ich denn zufrieden, daß mich nachmittags Roscherchen besuchte, mir etwas von den Eleaten erzählte und von dem Gott in der Philosophie – denn er behandelt als *candidandus* den von Ahrens gegebnen Stoff »Entwicklung des Gottesbegriffs bis Aristoteles«, während Romundt die Preisaufgabe der Universität »Über den Willen« zu lösen trachtet. – Es dämmerte, der Schneider kam nicht und Roscher ging. Ich begleitete ihn, suchte den Schneider persönlich auf und fand seine Sklaven heftig mit meinem Anzuge beschäftigt: man versprach in $^3/_4$ Stunden ihn zu schicken. Ich ging vergnügter Dinge weg, streifte Kintschy, las den Kladderadatsch und fand mit Behagen die Zeitungsnotiz, daß Wagner in der Schweiz sei, daß man aber in München ein schönes Haus für ihn baue: während ich wußte, daß ich ihn heute abend sehen würde und daß gestern ein Brief vom kleinen König an ihn angekommen sei, mit der Adresse: »An den großen deutschen Tondichter Richard Wagner.«

Zu Hause fand ich zwar keinen Schneider, las in aller Gemächlichkeit noch die Dissertation über die Eudocia und wurde nur von Zeit zu Zeit durch gellendes, aber aus der Ferne kommendes Läuten beunruhigt. Endlich wurde mir zur Gewißheit, daß an dem altväterlichen eisernen Gittertor jemand warte: es war verschlossen, ebenso wie die Haustür. Ich schrie über den Garten weg dem Manne zu, er solle in das Naundörfchen kommen: unmöglich, sich bei dem Geplätscher des Regens verständlich zu machen. Das Haus geriet in Aufregung, endlich wurde aufgeschlossen, und ein altes Männchen mit einem Paket kam zu mir. Es war halb 7 Uhr; es war Zeit, meine Sachen anzuziehn und Toilette zu machen, da ich sehr weitab wohne. Richtig, der Mann hat meine Sachen, ich probiere sie an, sie passen. Verdächtige Wendung! Er präsentiert die Rechnung. Ich akzeptiere höflich: er will bezahlt sein, gleich bei Empfang der Sachen. Ich bin erstaunt, setze ihm auseinander, daß ich gar nichts mit ihm als einem Arbeiter für meinen Schneider zu tun habe, sondern nur mit dem Schneider selbst, dem ich den Auftrag gegeben habe. Der Mann wird dringender, die Zeit wird dringender; ich ergreife die Sachen und beginne sie anzuziehn, der Mann ergreift die Sachen und hindert mich sie anzuziehn:

Gewalt meiner Seite, Gewalt seiner Seite! Szene. Ich kämpfe im Hemde: denn ich will die neuen Hosen anziehn.

Endlich Aufwand von Würde, feierliche Drohung, Verwünschung meines Schneiders und seines Helfershelfers, Racheschwur: währenddem entfernt sich das Männchen mit meinen Sachen. Ende des 2ten Aktes: ich brüte im Hemde auf dem Sofa und betrachte einen schwarzen Rock, ob er für Richard gut genug ist.

– Draußen gießt der Regen. –

Ein Viertel auf acht: um halb acht, habe ich mit Windisch verabredet, wollen wir uns im Theatercafé treffen. Ich stürme in die finstre regnerische Nacht hinaus, auch ein schwarzes Männchen, ohne Frack, doch in gesteigerter Romanstimmung: das Glück ist günstig, selbst die Schneiderszene hat etwas Ungeheuerlich-Unalltägliches.

Wir kommen in dem sehr behaglichen Salon Brockhaus an: es ist niemand weiter vorhanden als die engste Familie, Richard und wir beide. Ich werde Richard vorgestellt und rede zu ihm einige Worte der Verehrung: er erkundigt sich sehr genau, wie ich mit seiner Musik vertraut geworden sei, schimpft entsetzlich auf alle Aufführungen seiner Opern, mit Ausnahme der berühmten Münchener und macht sich über die Kapellmeister lustig, welche ihrem Orchester im gemütlichen Tone zurufen: »Meine Herren, jetzt wird's leidenschaftlich«, »Meine Gutsten, noch ein bißchen leidenschaftlicher!« W. imitiert sehr gern den Leipziger Dialekt. –

Nun will ich Dir in Kürze erzählen, was uns dieser Abend bot, wahrlich Genüsse so eigentümlich pikanter Art, daß ich auch heute noch nicht im alten Gleise bin, sondern eben nichts Besseres tun kann, als mit Dir, mein teurer Freund, zu reden und »wundersame Mär« zu künden. Vor und nach Tisch spielte Wagner und zwar alle wichtigen Stellen der Meistersinger, indem er alle Stimmen imitierte und dabei sehr ausgelassen war. Es ist nämlich ein fabelhaft lebhafter und feuriger Mann, der sehr schnell spricht, sehr witzig ist und eine Gesellschaft dieser privatesten Art ganz heiter macht. Inzwischen hatte ich ein längeres Gespräch mit ihm über Schopenhauer: ach, und Du begreifst es, welcher Genuß es für mich war, ihn mit ganz unbeschreiblicher Wärme von ihm reden zu hören, was er ihm verdanke, wie er der einzige Philosoph sei, der das Wesen der Musik erkannt habe;

dann erkundigte er sich, wie sich jetzt die Professoren zu ihm verhalten, lachte sehr über den Philosophenkongreß in Prag und sprach »von den philosophischen Dienstmännern«. Nachher las er ein Stück aus seiner Biographie vor, die er jetzt schreibt, eine überaus ergötzliche Szene aus seinem Leipziger Studienleben, an die ich jetzt noch nicht ohne Gelächter denken kann; er schreibt übrigens außerordentlich gewandt und geistreich. – Am Schluß, als wir beide uns zum Fortgehen anschickten, drückte er mir sehr warm die Hand und lud mich sehr freundlich ein, ihn zu besuchen, um Musik und Philosophie zu treiben, auch übertrug er mir, seine Schwester und seine Anverwandten mit seiner Musik bekannt zu machen: was ich denn feierlich übernommen habe. – Mehr sollst Du hören, wenn ich diesem Abende etwas objektiver und ferner gegenüberstehe. Heute ein herzliches Lebewohl und beste Wünsche für Deine Gesundheit. F. N.

Res severa! Res severa! Res severa!

Mein lieber Freund, ich bitte Dich, direkt an Dr. Klette nach Bonn zu schreiben und (ohne weitere Formen und Gründe) das Manuskript zurückzufordern. Wenigstens würde ich so handeln.

Die Ritschlsche *Taktlosigkeit* ist zu stark: und in der stattgehabten Unterredung trat sie deutlich hervor: so daß ich etwas kühl mit ihm gesprochen habe, was ihn stark choquierte.

Das ist allerdings Wahrheit, daß das Rhein. Mus. jetzt überhäuft ist: und das wird Dir das letzte Heft dieses Jahres bezeugen, das mit vier Bogen über die gewöhnliche Seitenzahl hinausschießt.

Daß ich persönlich noch besonders über die Geschichte ärgerlich bin, liegt nahe. War ich es doch, der in bester Absicht und freundschaftlichster Meinung Dir den Vorschlag machte, Dein Manuskript dem Rhein. Mus. anzuvertrauen: dem ich damit etwas *recht Angenehmes* zu erweisen glaubte. Besonders wurmt es mich, wenn ich daran denke, zu welchem Zweck die schöne Abhandlung zunächst bestimmt war.

Willst Du Dich rächen, so schicke die Schrift an den Hermes; doch bin ich selbst kein Freund einer derartigen Rache. Vom Philologus darf unter diesen Verhältnissen keine Rede sein: und mit Fleckeisens Jbh. steht es ähnlich wie mit dem Rhein. Mus.

Also, lieber Freund, muß ein Verleger gesucht werden (und wenn ich Dir raten darf, gib zugleich mit den *ὄνος* heraus, nach dem von

Dir erkannten Handschriftenverhältnis). Natürlich wirst Du einen Verleger am liebsten in Deinem Hamburg suchen: sonst vertraue, daß ich mich mit Eifer nach einem noblen Buchhändler umsehen werde, falls Du mich dazu beauftragst.

Jedenfalls muß die Sache schnell gehn, ja in Monatsfrist muß das 3–4 Bogen starke Schriftchen gedruckt sein. –

Liegt Dir nichts an dieser Eile, so läßt sich vielleicht unter uns beiden ein kleiner Plan arrangieren: wir machen ein Buch mitsammen, genannt »Beiträge zur griechischen Literaturgeschichte« in dem wir einige größere Aufsätze vereinigen (von mir z. B. über Demokrits Schriftstellerei, über den homerisch-hesiodischen ἀγών, über den Zyniker Menipp) und auch eine Anzahl Miszellen beigeben.

Was denkst Du dazu?

In treuester Freundschaft und Teilnahme
in rebus secundis et adversis
der Leipziger Eidylliker

29. *An Erwin Rohde* [Leipzig, 10. Januar 1869]

Mein lieber Freund, bevor ich heute auf alle unsre gemeinsamen Herzensdinge kommen kann, will Bileams Eselein einige Worte verlauten lassen. Selbiges Getier wundert sich nämlich sehr über jenen nach Hamburg geschickten Druckbogen, jetzt aber ist es durch den Obersten der Drugulinschen Druckerei aufgeklärt und denkt fürderhin wie ein aufgeklärter Setzer. Die erste Korrektur nämlich habe ich besorgt: da es aber Träumerei ist, durch einen einzigen Angriff dem Setzer seine Liebhabereien für verrückte Worte und barbarisches Griechisch zu verleiden, so wurde Dir – dem als Autor natürlich eine ganz andre Autorität zur Seite steht (um mit R. Wagner zu reden) – die zweite Korrektur übertragen und mir nun hinwiederum die dritte: welche auch bereits besorgt ist. Hoffen wir denn also, daß das neugebackne Geschöpfchen bald munter und guter Dinge umherspringe, Γλαυκίδιον in Backfischrollen vergleichbar. Der Himmel schenke Dir und mir immer so gute Hebammen wie den Dr. Engelmann: dem Du vielleicht schon ein paar Zeilen geschrieben hast, zumal er den

Wunsch hat, Dich kennenzulernen. – Und damit verstummt das Eselein, und die Menschen dürfen wieder reden.

Ach lieber Freund, was für einen schönen Weihnachtsgruß hast Du mir nach Naumburg geschickt. Am ersten Festmorgen war es, und Festglocken läuteten. Die ganze Welt ist an diesem Morgen beschenkt und deshalb ein wenig besser als im ganzen andern Jahr. Ich selbst zog mit geblähter Nase die warme Temperatur der Heimat ein: siehe, da kam der Briefträger und machte meine Freude voll. Wer sich als Einsiedler zu fühlen gewöhnt hat, wer mit kalten Blicken durch alle die gesellschaftlichen und kameradschaftlichen Verbindungen hindurchsieht und die winzigen und zwirnfädigen Bändchen merkt, die Mensch an Menschen knüpfen, Bändchen so fest, daß ein Windhäuchchen sie zerbläst: wer dazu die Einsicht hat, daß nicht die Flamme des Genies ihn zum Einsiedler macht, jene Flamme, aus deren Lichtkreis alles flieht, weil es von ihr beleuchtet so totentanzmäßig, so narrenhaft, spindeldürr und eitel erscheint: nein, wer einsam ist vermöge einer Naturmarotte, vermöge einer seltsam gebrauten Mischung von Wünschen, Talenten und Willensstrebungen, der weiß, welch »ein unbegreiflich hohes Wunder« ein *Freund* ist; und wenn er ein Götzendiener ist, so muß er vor allem »dem unbekannten Gotte, der den Freund schuf« einen Altar errichten. Ich habe hier Gelegenheit mir die Ingredienzen eines glücklichen Familienlebens in der Nähe anzusehn: hier ist kein Vergleich mit der Höhe, mit der Singularität der Freundschaft. Das Gefühl im Hausrock, das Alltäglichste und Trivialste überschimmert von diesem behaglich sich dehnenden Gefühl – das ist Familienglück, das viel zu häufig ist, um viel wert sein zu können. Aber Freundschaften! Es gibt Menschen, die an ihrer Existenz zweifeln. Ja, es ist eine ausgesuchte Gourmandise, die nur wenigen zuteil wird, jenen ermatteten Wanderern, denen der Lebensweg ein Weg durch die Wüste ist: sie tröstet ein freundlicher Dämon, wenn sie im Sande liegen, ihnen netzt er die verdorrten Lippen mit dem Götternektar der Freundschaft. Diese wenigen aber singen in den Klüften und Höhlen, wo sie ungestört vom Weltlärm ihren Göttern opfern, schöne Hymnen auf die Freundschaft, und der alte Oberpriester Schopenhauer schwenkt dazu den Weihkessel seiner Philosophie.

An der mit NB. bezeichneten Stelle kam eine Nachricht, die mich in die Stadt rief, sobald der Bogen vollgeschrieben war: jetzt zurückgekommen zittre ich an allen Gliedern und kann mich nicht einmal dadurch befreien, daß ich Dir mein Herz ausschütte. *Absit diabolus! Adsit amicissumus Erwinus!*

30. *An Erwin Rohde* [Leipzig, 16. Januar 1869]

Mein lieber Freund, ich hatte neulich allen Grund, an den Gliedern zu zittern und den Brief jäh abzubrechen; denn es ist ein großer Streich auf mein Haupt gefallen, und die gemeinsamen Pariser Pläne flattern in alle Lüfte. Und mit ihnen flattern meine schönsten Hoffnungen. Ich hatte es noch einmal recht wohl haben wollen, bevor ich an die Berufskette gelegt würde, ich hatte sehnlich begehrt, den tiefen Ernst und den zauberhaften Reiz eines Wanderlebens auszukosten, noch einmal das unbeschreibliche Glück, Zuschauer und nicht Mitspieler zu sein, mit dem treusten und verständnisreichsten Freunde zu schlürfen. Ich dachte mir uns beide, wie wir mit ernstem Auge und lächelnder Lippe, mitten durch den Pariser Strom hindurchschreiten, ein paar philosophische Flaneurs, die man überall zusammen zu sehen sich gewöhnen würde, in den Museen und Bibliotheken, in den *Closeries des Lilas* und der *Notre dame*, überallhin den Ernst ihres Denkens und das zarte Verständnis ihrer Zusammengehörigkeit tragend. Und was soll ich eintauschen gegen eine solche Wanderschaft, gegen solche Freundesnähe! Ach, liebster Freund, ich glaube, so ist es dem Bräutigam zumute wie mir: nie erschien mir unsre holde Ungezwungenheit, unsre ideale Sommerbummelei so beneidenswert wie jetzt.

Bevor ich nun das Folgende ausspreche, bitte ich Dich darum, eine Sache, die noch nicht ausgetragen ist, als ein strenges freundschaftliches Geheimnis zu betrachten, an dem fremde Nasen noch gar nicht zu schnüffeln haben.

Lieber Freund, ich habe die wahrscheinliche, ja sichere Aussicht, allernächster Zeit an die Universität Basel berufen zu werden: ich habe mich darauf einzurichten, von Ostern an akademischer Lehrer zu sein.

Mein Titel wird zunächst der eines Profess. extraord. sein, mein Gehalt 3000 fr. betragen und meine Stellung es mit sich bringen, an der obersten Klasse des dortigen Pädagogiums wöchentlich 6 Stunden zu geben. Nachdem diese ganze Berufung erst in Szene gesetzt ist, würde es eine unverzeihliche Laune sein, wieder sich auf die Hinterfüße zu stellen.

Der Ursprung aber dieser märchenhaften Geschichte ist dieser. Der dortige Erziehungsrat, von Kiessling benachrichtigt, daß er nächstens Basel verlassen würde – mit was für vorteilhaften Aussichten, kann Dir gleich sein – jener Erziehungsrat also, der sehr vortreffliche Vischer fragt bei Ritschl, seinem alten Ratgeber in solchen Fällen, an und erkundigt sich bei dieser Gelegenheit nach einem Menschen meines Namens, von dem man den Eindruck habe, daß er aus guter Schule sei.

Das Folgende kannst Du Dir denken: wie Ritschl mich kommen läßt, wie ich in eine glückliche Bestürzung gerate, in der ich einen ganzen Nachmittag, spazierengehend, Tannhäusermelodien sang, wie Ritschl über mich Bericht erstattet und wie nun schließlich Vischer wieder schreibt usw. Wozu Dich noch behelligen mit dem, was noch mitten durchschwimmt, mit den eifrigen, ja gierigen Bewerbungen anderer usw.

Nun kann ja noch ein kleiner Dämon alles wieder über den Haufen werfen; und geschieht dies, so bin ich der letzte, der den Kopf hängen läßt. Ich habe von Anfang an mich daran gewöhnt, in dieser Geschichte eine großartige Zufälligkeit zu sehen. Sollte sie sich plötzlich in jenes lächerliche Mäuslein verwandeln, von dem der Dichter singt – immerhin! Wir sind nicht so leicht tot zu machen! *(Pluralis maiestatis!)* Viel schmerzlicher wird mir sein – oder würde mir sein –, wenn unsre Pariser Zukunftsträume spurlos in den Lüften zerflattern sollten.

Lieber Freund, ich halte meinen Finger an meinen Mund und gebe Dir einen recht kräftigen Händedruck. Wir sind doch recht die Narren des Schicksals: noch vorige Woche wollte ich Dir einmal schreiben und vorschlagen, gemeinsam Chemie zu studieren und die Philologie dorthin zu werfen, wohin sie gehört, zum Urväter-Hausrat. Jetzt lockt der Teufel »Schicksal« mit einer philologischen Professur.

Übrigens sind zunächst die Aussichten dieser Professur vortrefflich.

Steigerungen des Ranges und des Gehaltes sind schon nach kurzen Terminen vorgesehen; und alles, was ich höre oder erhorche, spricht dafür, daß ich mit freidenkenden und nobeln Behörden – unerhört! auf preußische Taille! – zu tun habe.

In der nächsten Zeit muß ich nun schnell promovieren; wärest Du vielleicht so gefällig eine Korrektur der sehr kurzen Dissertation (*Corollarium disput. de font. Laert.*) zu übernehmen? Meine Zeit ist mir sehr teuer geworden. Gott weiß, was ich alles in den nächsten Monaten zu tun habe! Schopenhauer lächelt ob dieses Stoßseufzers: denn was bringen wir Schächer mit unsrer *πολυπραγμοσύνη* zustande!

Und so lebe wohl und verzeih, wenn Du kannst, die Treulosigkeit Deines treusten Freundes. 's gibt halt keine Treue auf der Welt. Das Leben ist mir recht schwül, ich spüre so etwas wie das Herannahen des Sommers. –

Noch eine Notiz. Kürzlich hat mich Richard Wagner zu meiner größten Freude, brieflich grüßen lassen. Luzern ist mir nun nicht mehr unerreichbar. Am Ende dieses Monates reise ich nach Dresden, um die Meistersinger zu hören. Schließlich freue ich mich darauf mehr als auf alles, ausgenommen unsre Pariser Reise.

Es lebe die Kunst und die Freundschaft! F. N.

31. *An Erwin Rohde* [Leipzig, 22. und 28. Februar 1869]

Mein lieber Freund, heute, am Geburtstage Schopenhauers, habe ich niemanden, mit dem ich so vertraut reden könnte als mit Dir. Ich lebe nämlich hier in der aschgrauen Wolke der Einsamkeit und dies um so mehr, als ich von vielen Seiten mit geselligen Armen aufgenommen werde und fast Abend für Abend dem traurigen Zwange der Einladungen Folge leiste. In diesen Gesellschaften höre ich so viele Stimmen und komme gar nicht zu mir selber; wie ist es nur möglich, dieses summende Geräusch auszuhalten? Oder verletzt es mich bloß, weil ich die Ohren der Kalliope habe. Aber es erinnert an die Mücke, jenes Geräusch, und Du weißt, daß die Mücke das musikalische Untier *κατ᾽ ἐξοχήν* ist, weil zwei Mücken zusammen immer in der kleinen Sekunde singen. Menschen, mit denen man auf den Einklang gestimmt ist oder deren Reden wie schöne Terzen neben den meinigen auf- und niedersteigen, habe ich gar nicht an Ort und Stelle; und selbst der vortreffliche Romundt, der wie ich merke, den herzlichen Wunsch hat, mir etwas mehr zu sein als ein guter Bekannter, bleibt meinem Gefühle, ich weiß nicht warum, doch recht fern. Also Einsamkeit habe ich nicht erst in Basel zu lernen. –

Es sind wieder ein paar Tage ins Land gegangen, und mein Brief an Dich ist nicht fertig geworden. Heute aber werde ich lebhaft wieder an jene Stimmung erinnert, in der ich ihn begann, heute wo ich als Erinnerung an den Geburtstag Schopenhauers eine Photographie unsers Meisters durch die Liebenswürdigkeit Wiesekes zugeschickt bekommen – zugleich mit der Einladung, einmal persönlich in Plaue (in der Nähe von Brandenburg) zu erscheinen. Da hat nämlich dieser alte Hahn zur Feier des 22. Februars sich eine Anzahl Schopenhauerfreunde aus Berlin zusammengeladen, darunter meinen Freund Gersdorff; alle haben sich gefreut, daß einer ihrer Leute Professor geworden ist und haben dessen Wohl in Steinberger 57ger getrunken. Erinnert das nicht an die ersten Christengemeinden und ihre Trunkenheit in süßem Weine? Als Motto für jenen Tag hatte sich jene Gesellschaft folgenden Spruch gewählt: »Wie sollte es töricht sein, stets dafür zu sorgen, daß man die allein sichere Gegenwart möglichst genieße, da ja das ganze Leben nur ein größeres Stück Gegenwart und als solches ganz vergänglich ist?« Bei Tisch ist der bewußte Silberpokal mit Glanz aufgetreten, der »Onkel« hat eine kleine Rede geredet, und nach dem Braten ist ein Kapitel aus Schopenhauers Nachlaß vorgelesen worden.

Auch der heutige Tag soll zu Ehren eines Meisters gefeiert werden. Ich bin nämlich zu einem Privatsouper im *Hotel de Pologne* eingeladen, um dort Franz Liszts Bekanntschaft zu machen. Neuerdings bin ich mit meinen Ansichten über Zukunftsmusik usw. etwas hervorgetreten und werde jetzt von den Anhängern derselben stark angebohrt. Sie wünschen nämlich, daß ich mich literarisch in Ihrem Interesse beteilige, ich aber für mein Teil habe nicht die geringste Lust, wie eine Henne gleich öffentlich zu gackern; und es kommt hinzu, daß meine Herren Brüder *in Wagnero* meistens doch gar zu dumm sind und ekelhaft schreiben. Das macht, sie sind im Grunde mit jenem Genius schlechterdings nicht verwandt und haben keinen Blick für die Tiefe, sondern nur für die Oberfläche. Daher die Schmach, daß die Schule sich einbildet, der Fortschritt in der Musik bestünde gerade in den Dingen, die Wagners höchst eigenartige Natur wie Blasen hier und da aufwirft. Für das Buch »Oper und Drama« ist keiner der Kerle reif. – Ich habe Dir noch nichts erzählt von der ersten Meistersingeraufführung in Dresden, von dieser größten künstlerischen Schwelgerei, die mir dieser Winter gebracht hat. Weiß Gott, ich muß doch ein tüchtiges Stück vom Musiker im Leibe haben; denn in jener ganzen Zeit hatte ich die stärkste Empfindung, plötzlich zu Hause und heimisch zu sein, und mein sonstiges Treiben erschien wie ein ferner Nebel, aus dem ich erlöst war. Jetzt nun steht mir so ein tiefer schwerer Nebel wieder bevor. Ich habe für das Sommersemester zwei Vorlesungen angekündigt: priv. Geschichte der griechischen Lyrik mit Interpretation auserwählter Proben; publ. Methodik und Quellenkunde der griech. Literaturgeschichte. Sodann habe ich den ganzen griechischen Unterricht in der dortigen Prima zu geben, und auch das philologische Seminar wird seine Zeit und Mühe beanspruchen. Und vor allem die Einsamkeit, die Einsamkeit *ἄφιλος ἄλυρος*! Augenblicklich lebe ich zerstreut ja genußsüchtig ein verzweifeltes Carnevale vor dem großen Aschermittwoch des Berufs, der Philisterei. Es geht mir nahe – aber keiner meiner hiesigen Bekannten merkt etwas davon. Die lassen sich blenden durch den Titel Professor und glauben ich sei der glücklichste Mensch unter der Sonne.

Liebster Freund, ich empfinde es immer mit dem tiefsten Mißmut, daß wir nicht zusammen leben können. Wir beide sind Virtuosen auf einem Instrument, das andre Menschen nicht anhören mögen und können, das uns aber tiefstes Entzücken bringt; und nun setzen wir uns jeder an eine einsame Küste, Du im Norden, ich im Süden und sind beide unglücklich, weil wir den Zusammenklang unsrer Instrumente vermissen und uns danach sehnen. –

Nach diesem Adagio sollte billigerweise ein Scherzo folgen: hier hast Du eins. Vater Ritschl hat sich neulich ausführlich über Deinen *Ὄνος* ausgesprochen: natürlich hat er ihn im Manuskript gar nicht gelesen. »Das ist ein Academicus!« sagte er und war ganz glücklich. Offenbar war seine Stimmung völlig umgeschlagen, er rühmte nicht nur die schöne *μέϑοδος* und die ausgesuchte Gelehrsamkeit, sondern auch den geistreichen, weltmännischen Ton, mit dem sich jener Esel vernehmen läßt. Engelmann übrigens, jener ausgezeichnete Verleger und höchst achtbare Mensch, hat sich mehrfach angeboten, ja mir einen Besuch gemacht, so daß auch ich für meine Zukunftsschriften nicht erst nach Verlegern zu suchen habe. Hier, lieber Freund, haben wir beide einen guten Fang getan.

Du hast übrigens einen Menschen glücklich gemacht, der heißt Wilhelm Roscher. Er sprang und jubelte und kam zu mir gelaufen, als er Deinen Brief bekam.

Zum Schluß noch ein guter Rat vom alten Ritschl. Hast Du nicht Lust, Dich in Göttingen (statt in Kiel) zu habilitieren? R. hält dies für sehr angetan, aus vielen Gründen.

Und so lebe wohl und verzeih dem Freunde, der sehr viel an Dich denkt und doch so selten schreibt. Ich bleibe noch bis zum 15. März in Leipzig. F. N.

32. *An Carl von Gersdorff* [Naumburg, 11. April 1869]

Mein lieber Freund, der letzte Termin ist herangekommen, der letzte Abend, den ich noch in der Heimat verlebe: morgen früh geht's hinaus in die weite weite Welt, in einen neuen ungewohnten Beruf, in eine schwere und drückende Atmosphäre von Pflicht und Arbeit. Wieder einmal gilt es Abschied nehmen: die goldne Zeit der freien unumschränkten Tätigkeit, der souveränen Gegenwart, des Kunst- und Weltgenusses als unbeteiligter oder wenigstens schwach beteiligter Zuschauer – diese Zeit ist unwiederbringlich hinüber: jetzt regiert die strenge Göttin, die Tagespflicht. »Bemooster Bursche zieh ich aus«, Du kennst ja das ergreifende Studentenlied. Ja, ja! Muß selber nun Philister sein! Irgendwo hat dieser Satz immer seine Wahrheit. Man ist nicht ungestraft in Amt und Würden – es handelt sich nur darum ob die Fesseln von Eisen oder von Zwirn sind. Und ich habe noch den Mut, gelegentlich einmal eine Fessel zu zerreißen und anderwärts und auf andre Weise das bedenkliche Leben zu versuchen. Von dem obligaten Buckel der Professoren spüre ich noch nichts. Philister zu sein, *ἄν*-

ϑρωπος ἄμουσος, Herdenmensch – davor behüte mich Zeus und alle Musen! Auch wüßte ich kaum, wie ich's anstellen sollte, es zu werden, da ich's nicht bin. Einer Art des Philisteriums bin ich zwar nähergerückt, der *species* »Fachmensch«; es ist nur zu natürlich, daß die tägliche Last, die allstündliche Konzentration des Denkens auf bestimmte Wissensgebiete und Probleme die freie Empfänglichkeit etwas abstumpft und den philosophischen Sinn in der Wurzel angreift. Aber ich bilde mir ein, dieser Gefahr mit mehr Ruhe und Sicherheit entgegengehen zu können als die meisten Philologen; zu tief wurzelt schon der philosophische Ernst, zu deutlich sind mir die wahren und wesentlichen Probleme des Lebens und Denkens von dem großen Mystagogen Schopenhauer gezeigt worden, um jemals einen schmählichen Abfall von der »Idee« befürchten zu müssen. Meine Wissenschaft mit diesem neuen Blute zu durchdringen, auf meine Zuhörer jenen Schopenhauerischen Ernst zu übertragen, der auf der Stirne des erhabnen Mannes ausgeprägt ist – dies ist mein Wunsch, meine kühne Hoffnung: etwas mehr möchte ich sein als ein Zuchtmeister tüchtiger Philologen: die Lehrergeneration der Gegenwart, die Sorgfalt für die nachwachsende Brut, alles dies schwebt mir vor der Seele. Wenn wir einmal unser Leben austragen müssen, versuchen wir es, dieses Leben so zu gebrauchen, daß andere es als wertvoll segnen, wenn wir glücklich von ihm erlöst sind.

Dir, teurer Freund, mit dem ich in vielen Grundfragen des Lebens eins bin, wünsche ich das Glück, das Du verdienst, mir Deine alte treue Freundschaft. Lebe wohl!

Friedrich Nietzsche Dr.

Ich danke Dir herzlich für Deine inhaltsreichen Briefe. Verzeih es meiner πολυπραγμοσύνη, wenn ich so spät danke. Wieseke habe ich brieflich gedankt.

33. *An Friedrich Ritschl* Basel, 10. Mai 1869

Hochverehrter Herr Geheimrat, Sie werden gewiß gerne hören, daß es mir hier wohl geht, und daß demnach die guten Wünsche Ihres Briefes, der mich hier bald nach meinem Eintreffen überraschte, zeitig anfangen in Erfüllung zu gehn. Einstweilen wenigstens ist mir alles neu genug, um auch amüsant zu sein (NB. doch nicht alles: z. B. nicht die ungefähr 50 Visiten mit rückwirkender Kraft und die ewigen neuen Gesichter und Bekanntschaften). Daß ich genug zu tun habe, um mich nicht zu langweilen, ersehen Sie aus folgendem Überblick. Jeden Morgen der Woche halte ich um 7 Uhr meine Vorlesung, und zwar die drei ersten Tage über Geschichte der griechischen Lyrik, die drei letzten über die Choephoren des Aeschylus. Der Montag bringt das Seminar mit sich, das ich für *meinen* Teil ungefähr nach Ihrem Schema eingerichtet habe: Vischer macht Anstalten, bald einmal von der Direktion desselben zurückzutreten. Gerlach präpariert sich zu seinen Seminarübungen nicht. – Dienstag und Freitag habe ich am Pädagogium zweimal zu unterrichten, Mittwoch und Donnerstag einmal: dies tue ich bis jetzt mit Vergnügen. Bei der Lektüre des Phaedo habe ich Gelegenheit, meine Schüler mit Philosophie zu infizieren; durch die hier unerhörte Operation der Extemporalia wecke ich sie sehr unsanft aus ihrem grammatikalischen Schlummer. In meinen Vorlesungen habe ich sieben Mann, womit man mich hier zufrieden zu sein heißt. Die Studenten sind durchweg fleißig, schlingen unsinnig viel Vorlesungen in sich hinein und kennen den Begriff des Schwänzens kaum vom Hörensagen. – Über die Basler und ihr aristokratisches Pfahlbürgertum ließe sich viel schreiben, noch mehr sprechen. – Vom Republikanismus kann einer hier geheilt werden. –

Um schließlich auf die Theognidea zu kommen: so ist es mir eigentlich verdrießlich, den alten Leutsch, der offenbar keine rechte Lust hat mit den Papierchen herauszurücken, brieflich anzugehen: aber es soll nächstens doch geschehen. Eine Einsicht in jene Papiere wird mich zur Entscheidung bringen, ob ich nicht doch die ganze Arbeit dem bewußten Dr. Fritzsche überlasse. Wenn ich nur irgendwie wüßte, was dieser eigentlich im Schilde führt. Ich fände es seinerseits sehr vernünftig und auch ganz schicklich, wenn er einmal an *mich* schriebe.

Mit dem Wunsche bei Ihnen, verehrter Lehrer, in gutem Andenken zu bleiben und der Notiz, daß ich nächstens mir als besonderes ἥδυσμα eines schönen Nachmittages gönnen werde, Ihrer Frau Gemahlin zu schreiben bin ich Ihr ergebenster Friedr. Nietzsche

34. *An Richard Wagner* [Basel, am 22. Mai 1869]

Sehr verehrter Herr, wie lange habe ich schon die Absicht gehabt, einmal ohne alle Scheu auszusprechen, welchen Grad von Dankbarkeit ich Ihnen gegenüber empfinde; da sich tatsächlich die besten und erhobensten Momente meines Lebens an Ihren Namen knüpfen und ich nur noch einen Mann kenne, noch dazu Ihren großen Geistesbruder Arthur Schopenhauer, an den ich mit gleicher Verehrung, ja *religione quadam* denke. Ich freue mich, Ihnen an einem festlichen Tage dies Bekenntnis ablegen zu können und tue dies nicht ohne ein Gefühl des Stolzes. Denn wenn es das Los des Genius ist, eine Zeitlang nur *paucorum hominum* zu sein: so dürfen doch wohl diese *pauci* sich in einem besonderen Grade beglückt und ausgezeichnet fühlen, weil es ihnen vergönnt ist, das Licht zu sehen und sich an ihm zu wärmen, wenn die Masse noch im kalten Nebel steht und friert. Auch fällt diesen wenigen der Genuß des Genius nicht so ohne alle Mühe in den Schoß, vielmehr haben sie kräftig gegen die allmächtigen Vorurteile und die entgegenstrebenden eignen Neigungen zu kämpfen; so daß sie, bei glücklichem Kampfe, schließlich eine Art Eroberungsrecht auf den Genius haben.

Nun habe ich es gewagt, mich unter die Zahl dieser *pauci* zu rechnen, nachdem ich wahrnahm, wie unfähig fast alle Welt, mit der man verkehrt, sich zeigt, wenn es gilt, Ihre Persönlichkeit als Ganzheit zu fassen, den einheitlichen, tiefethischen Strom zu fühlen, der durch Leben Schrift und Musik geht, kurz, die Atmosphäre einer ernsteren und seelenvolleren Weltanschauung zu spüren, wie sie uns armen Deutschen durch alle möglichen politischen Miseren, durch philosophischen Unfug und vordringliches Judentum über Nacht abhandengekommen war. Ihnen und Schopenhauer danke ich es, wenn ich bis jetzt festgehalten habe an dem germanischen Lebensernst, an einer vertieften Betrachtung dieses so rätselvollen und bedenklichen Daseins.

Wie viele rein wissenschaftliche Probleme sich mir durch den Hinblick auf Ihre so einsam und merkwürdig dastehende Persönlichkeit allmählich erklärt haben, möchte ich Ihnen lieber einmal mündlich sagen, wie ich es auch gewünscht hätte, alles was ich eben geschrieben habe, nicht *schreiben* zu müssen. Wie gern würde ich an dem heutigen

Tage in Ihrer See- und Bergeinsamkeit erschienen sein, wenn nicht die leidige Kette meines Berufes mich in meiner Basler Hundehütte zurückhielte.

Schließlich habe ich noch die Bitte auszusprechen, der Frau Baronin von Bülow bestens empfohlen zu werden und mich selbst zeichnen zu dürfen

als Ihren treusten und ergebensten Anhänger und Verehrer
Dr. Nietzsche, Prof. in Basel

35. *An Carl von Gersdorff* [Pilatus, 4. August 1869]

Du glaubst gar nicht, mein lieber Freund, wie sehr mich Dein letzter Brief gerührt hat und wie deutlich ich das Gefühl unseres Zusammengehörens empfand. Mitten heraus aus jener peinlichen Vorbereitung zum Examen, aus dem Gewühl der Weltstadt erklang mir Deine Stimme, als die eines tiefernsten, dem Besten und Würdigsten nachstrebenden Menschen, der fernab wandelnd von den Bahnen seiner Alters- und Berufsgenossen, im engsten Kreise weniger Auserwählter und in Betrachtung wichtigster Fragen sich wohl und heimisch fühlt. Glaube aber nur, daß auch mir diese Geisteswelt, in der Du lebst, ewig die nächste bleibt, daß ich mich keineswegs durch meinen philologischen Beruf von ihr entfremden lasse sondern an den Brücken baue, um zwischen innerem Wunsch und äußerem »Muß« eine Verbindung herzustellen. So werde ich schon im nächsten Halbjahr eine Geschichte der vorplatonischen Philosophen lesen, in die allerhand hineingearbeitet werden soll, was als kräftige Kost meinen Zuhörern dient und sie unmerkbar den ernstesten und würdigsten Denkern zuführen soll. Dazu habe ich einen Menschen gefunden, der wie kein anderer das Bild dessen, was Schopenhauer »das Genie« nennt, mir offenbart und der ganz durchdrungen ist von jener wundersam innigen Philosophie. Dies ist kein anderer als Richard Wagner, über den Du kein Urteil glauben darfst, das sich in der Presse, in den Schriften der Musikgelehrten usw. findet. *Niemand* kennt ihn und kann ihn beurteilen, weil alle Welt auf einem andern Fundamente steht und in seiner Atmosphäre nicht heimisch ist. In ihm herrscht eine so unbedingte Idealität, eine solche tiefe und rührende Menschlichkeit, ein solcher erhabner Lebensernst, daß ich mich in seiner Nähe wie in der Nähe des Göttlichen fühle. Wie manche Tage habe ich nun schon in dem reizenden Landgute am Vierwaldstättersee verlebt, und immer neu und unerschöpflich ist diese wunderbare Natur. So las ich noch gestern ein Manuskript das er mir übergeben hatte »Über Staat und Religion«; ein größerer tiefsinniger Aufsatz, dazu bestimmt, seinen »jungen Freund«, den kleinen Bayernkönig über seine innere Stellung zu Staat und Religion aufzuklären. Nie ist in würdigerer und philosophischerer Weise zu einem König geredet worden; ich war ganz erhoben und erschüttert von dieser Idealität, die durchaus dem Geiste Schopenhauers entsprungen schien. Der König kann wie kein anderer Sterblicher die Tragik des Lebens verstehen, darum ziemt ihm die Gnade usw.

Erfreue mich doch recht bald mit neuen Nachrichten über Deine Wirksamkeit *in partibus infidelium* und sei herzlich und warm gegrüßt von Deinem treuen Fritz Nietzsche Dr.

Grüße Textor und Krüger recht angelegentlich. – Von morgen an bin ich wieder in Basel.

Ein wichtiges Buch für Dich ist Hartmanns »Philosophie des Unbewußten«, trotz der Unredlichkeit des Verfassers. Dann schaffe Dir doch ja an »Deutsche Kunst und Politik« von Richard Wagner und desselben »Oper und Drama«.

36. *An Carl von Gersdorff* Basel, 28. Sept. 1869

(Vom 7. bis 17. Oktober bin ich in *Naumburg*)

Mein lieber Freund, nun sollst Du hören, was Dein letzter Brief gewirkt hat: auch ich gehöre, seit dem Empfang desselben, nicht mehr zu den »Sarkophagen«. Es kam mir ins Gedächtnis, wie ich in Leipzig selbst einmal einen schüchternen Versuch machte, nach der Lektüre Shelleys, Dir die Paradoxie der Pflanzenkost samt ihren Konsequenzen vorzuführen: leider an unpassender Stelle, bei »Mahn«, während vor uns die bewußten Kotelletts mit Allerlei standen. Verzeih das gemeine Detail der Erinnerung, über die ich selbst ganz erstaunt bin: aber der Kontrast Deiner Natur und der Pflanzenkost-Weltanschauung erschien mir damals so kräftig, daß selbst jene Einzelheiten sich mir einprägten.

Nach diesem ersten Bekenntnis, nun gleich das zweite: ich bin nämlich bereits wieder überzeugt, daß das Ganze eine Marotte ist, noch dazu eine recht bedenkliche. Doch zweifle ich, ob ich jetzt gerade alle Gründe bei der Hand habe, die mir inzwischen dagegen eingefallen sind. Ich verlebte nämlich wieder, wie ich es jetzt häufig tue, ein paar Tage bei einem, der jahrelang dieselbe Abstinenz geübt hat und davon reden darf, nämlich bei Richard Wagner. Und er hat mir, nicht ohne wärmste Beteiligung seines Gemüts und mit kräftigster Ansprache, alle die inneren Verkehrtheiten jener Theorie und Praxis vorgeführt. Das wichtigste für mich ist, daß hier wieder ein Stück jenes Optimismus mit Händen zu greifen ist, der unter den wunderlichsten Formen, bald als Sozialismus, bald als Totenverbrennung – nicht Begrabung, bald als Pflanzenkostlehre und unter unzähligen Formen immer wieder auftaucht: als ob nämlich mit Beseitigung einer sündhaft-unnatürlichen Erscheinung das Glück und die Harmonie hergestellt sei. Während doch unsre erhabne Philosophie lehrt, daß wo wir hingreifen, wir überall in das volle Verderben, in den reinen Willen zum Leben fassen und hier alle Palliativkuren unsinnig sind. Gewiß ist die Achtung vor dem Tiere ein den edlen Menschen zierendes Bewußtsein: aber die so grausame und unsittliche Göttin Natur hat eben mit *ungeheurem Instinkt* uns Völkern dieser Zonen das Entsetzliche, die Fleischkost angezwungen, während in den warmen Gegenden, wo die Affen von Pflanzenkost leben, auch die Menschen, nach demselben ungeheuren Instinkte, mit ihr sich genügen lassen. Auch bei uns ist, bei besonders kräftigen und stark *körperlich* tätigen Menschen, eine reine Pflanzenkost möglich, indes nur mit gewaltigem Auflehnen *gegen* die Natur: die sich auch in ihrer Art rächt, wie es Wagner persönlich auf das allerstärkste empfunden hat. Einer seiner Freunde ist sogar das Opfer des Experiments geworden, und er selbst glaubt längst nicht mehr zu zu leben, wenn er in jener Ernährungsart fortgefahren wäre. Der Kanon, den die Erfahrung auf diesem Gebiete gibt, ist der: geistig produktive und gemütlich intensive Naturen *müssen* Fleisch haben. Die andre Lebensweise bleibe den Bäckern und Bauern, die nichts als Verdauungsmaschinen sind. – Der andre Gesichtspunkt ist ebenso wichtig: es ist unglaublich, was eine so abnorme Lebensweise, die nach allen Seiten hin Kampf verursacht, an Kraft und Energie des Geistes aufzehrt, *die somit edleren und allgemein nützlicheren Bestrebungen entzogen werden.* Wer den Mut hat, für etwas Unerhörtes durch seine Praxis einzustehn, der sorge dafür, daß dies auch etwas Würdiges und Großes sei, nicht aber eine Theorie, bei der es sich um die Ernährung der Materie handelt. Und mag man auch einzelnen ein Martyrium für solche Dinge zugestehn: ich möchte nicht zu ihnen zählen, solange auf geistigem Gebiete wir noch irgendeine Fahne hochzuhalten haben. Ich merke wohl, daß in Deiner Natur, liebster Freund, etwas Heroisches ist, das sich eine Welt voll Kampf und Mühe schaffen möchte: aber ich fürchte, daß ganz unbedeutende Flachköpfe diese Deine edle Neigung mißbrauchen wollen, indem sie ihr ein solches Prinzip unterzuschieben suchen. Wenigstens halte ich jene vielverbreiteten literarischen Produktionen für berüchtigte Lügenfabrikate, allerdings vom ehrlich-dummen Fanatismus diktiert. Kämpfen wir, und wenn es geht, nicht für Windmühlen. Denken wir an den Kampf und die Askese wahrhaft großer Männer, an Schopenhauer, Schiller, Wagner! Antworte mir, teurer Freund. F. N.

Ich fange noch einen neuen Bogen an, weil es mich wirklich sehr bekümmert, mit Dir hierin nicht übereinstimmen zu können. Indes, um Dir meine wohlmeinende Energie zu zeigen, habe ich dieselbe Lebensweise bis jetzt eingehalten und werde dies solange tun, bis *Du selbst* mir die Erlaubnis gibst anders zu leben. – Warum muß man doch die Mäßigkeit gleich bis zum Extrem ausdehnen? Offenbar deshalb, weil es leichter ist, einen ganz äußersten Standpunkt festzuhalten als auf jener goldnen Mitte ohne Fehl zu gehen.

Das gebe ich ja zu, daß man in den Gasthöfen durchaus an eine »Überfütterung« gewöhnt wird: weshalb ich in ihnen nicht mehr essen mag. Ebenfalls ist mir ganz klar, daß eine zeitweilige Enthaltsamkeit von Fleisch, aus diätetischen Gründen, äußerst nützlich ist. Aber warum, um mit Goethe zu reden, daraus »Religion machen«? Dies liegt aber in allen solchen Absonderlichkeiten unvermeidlich eingeschlossen, und wer erst für Pflanzenkost reif ist, ist es meist auch für sozialistisches »Allerlei«.

Auch in diesem Punkte hat Schopenhauer mit der unfehlbaren

Sicherheit seines großen Instinktes das Richtige gesagt und getan. Du kennst die Stelle.

Doch will ich von diesem Punkte nicht mehr reden. Wohl aber noch von allem, was sich auf unsern Meister bezieht – dessen Bild ich, beiläufig, noch nicht bekommen habe. Ich stehe jetzt wirklich in einem Zentrum von Schopenhauerischen Fäden, in alle Welt ausgespannt. Wenn wir einmal wieder zusammenkommen, werde ich Dir von Wenkels Schopenhauertum erzählen, ebenso von Wagners, der durchaus durchdrungen und geweiht ist von dieser Philosophie: ich werde Dir die denkwürdigsten und gedankenreichsten Briefe meiner Freunde Dr. Rohde (in Florenz) und Dr. Romundt (Leipzig) vorlesen, die alle auf das tiefste und bestimmendste von jener Philosophie gepackt sind. Um schließlich von mir zu reden, so durchdringt jene mir innerlichst sympathische Weltanschauung von Tag zu Tag mehr mein Denken, auch mein wissenschaftliches: wie Du es vielleicht merken wirst, wenn ich Dir bald einmal meine Basler Antrittsrede im Manuskript zuschicke. Sie handelt »Über die Persönlichkeit Homers«: man muß schon tüchtig sich in Schopenhauer hineingelebt haben, um an ihr zu fühlen, wo alles der bestimmende Zauber seiner eigentümlichen Denkart mächtig ist.

Im nächsten Winter werde ich Gelegenheit haben in *unserem* Sinne nützlich zu sein, da ich Geschichte der vorplatonischen Philosophie und eine Vorlesung über Homer und Hesiod angekündigt habe. Auch werde ich zwei öffentliche Reden halten »Über die Ästhetik der griechischen Tragiker, zb. über das antike Musikdrama«, und Wagner wird dazu aus Tribschen herüberkommen.

Ich habe Dir schon geschrieben, von welchem Werte mir dieser Genius ist: als die leibhafte Illustration dessen, was Schopenhauer ein »Genie« nennt.

Mit meiner akademischen Tätigkeit, deren erstes Semester ich nun glücklich beendet habe, darf ich wohl zufrieden sein. Merke ich doch an meinen Zuhörern die geweckteste Teilnahme und wirkliche Sympathie für mich, die sich darin äußert, daß sie oft und gerne sich bei mir Rats erholen.

Aber es ist ein anstrengendes Leben, das glaube mir.

Ach wenn ich doch nicht alle diese Worte hätte schreiben müssen!

Alle Wärme, Unmittelbarkeit und Energie des Gefühls sind dahin, wenn erst das *Wort*, in Alizarintinte gehüllt, auf dem Papier steht. Und doch erwarte ich etwas von dem Briefe. Oder darf ich dies nicht?

Jedenfalls doch eine baldige Antwort?

In herzlicher Gesinnung und treuer Freundschaft,
auch mit bestem Gruße an Deine guten Freunde
Friedr. Nietzsche

37. *An Erwin Rohde* [Naumburg, 7. Oktober 1869]

Heil und Segen voran!

Die Überschrift des Briefes zeigt Dir, welche Üppigkeit mir zuteil geworden, heimatliche Wärme und Erinnerungsfülle.

Draußen vor den Fenstern liegt der gedankenreiche Herbst im klaren mildwärmenden Sonnenlichte, der nordische Herbst, den ich so liebe wie meine allerbesten Freunde, weil er so reif und wunschlos-unbewußt ist. Die Frucht fällt vom Baume, ohne Windstoß.

Und so ist es mit der Liebe der Freunde: ohne Mahnung, ohne Rütteln, in aller Stille fällt sie nieder und beglückt. Sie begehrt nichts für sich und gibt alles von sich.

Nun vergleiche die scheußlich-gierige Geschlechtsliebe mit der Freundschaft!

Ich sollte auch meinen, daß jemand, der den Herbst, wenige Freunde und die Einsamkeit wahrhaft liebt, sich einen großen, fruchtbar-glücklichen Lebensherbst prophezeien darf.

»Drum dulde, daß der Parzen eine
Den Herbst mir spinne, lieb und lang
Aus halbverkühltem Sonnenscheine
Und Müßiggang.«

Aber Du weißt, welchen Müßiggang wir meinen: haben wir doch schon zusammen gelebt, als *echte* σχολαστικοί d. h. Müßiggänger.

Und was hindert uns, von jenem Lebensherbst zu hoffen, daß er wieder uns so zusammenbringt?

Sei dies denn Wunsch und Hoffnung, ausgesprochen am Gedenktage Deiner Geburt, aber immer und allezeit im Herzen getragen!

Von hier aus suche ich denn die alten Erinnerungsstätten in Leipzig auf, und Romundt meldet mir freundschaftlichst, daß er bereits dort eingetroffen sei, um mich nicht zu verfehlen. Habe ich Dir geschrieben, daß er meine Einladung angenommen hat, den Anfang des Wintersemesters in Basel zu erleben, und daß wir dort die schwierige Frage seiner Zukunftsstellung mitsammen erledigen wollen. Schreibe mir doch Deine Meinung: wie ich ihn jetzt kenne, nach der schönen Entwicklung des letzten Jahres, halte ich ihn der Aussicht auf einen philosophischen Lehrstuhl durchaus für würdig. Wohlverstanden der *Aussicht!* Er wird viel zu tun haben, zur systematischen Bewältigung ganzer philosophischer Disziplinen. Und es möchte noch manches Jahr hingehen dürfen.

Übrigens wünsche ich *unser* Zusammentreffen auch deshalb so sehnlich, weil eine ganze Fülle von ästhetischen Problemen und Antworten seit den letzten Jahren in mir gärt, und mir der Rahmen eines Briefes zu eng ist, um Dir etwas darüber deutlich machen zu können. Ich benütze die Gelegenheit *öffentlicher* Reden, um kleine Teile des Systems auszuarbeiten, wie ich es z. B. schon mit meiner Antrittsrede getan habe. Natürlich ist mir Wagner im höchsten Sinne förderlich, vornehmlich als Exemplar, das aus der bisherigen Ästhetik unfaßbar ist. Es gilt vor allem kräftig über den Lessingschen Laokoon hinauszuschreiten: was man kaum aussprechen darf, ohne innere Beängstigung und Scham.

Windisch ist nun habilitiert: Brockhausens haben mich in Basel besucht, auch sind wir einen Tag in Tribschen zusammengewesen. Ritschl und Frau haben eine ganz unglaubliche Liebe und Hochschätzung vor mir: was ich Dir verrate, um Dir Freude zu machen. Es sind doch höchst liberale Menschen, mit vieler eigner Kraft: sie ehren sich, wenn sie das Andersartige so unbefangen-freudig gelten lassen.

Und ich sollte mich sehr wundern, wenn Sie nicht auch über Dich so und ähnlich urteilen. Das muß doch das Philologentum empfinden, daß wir gute Freunde sind und unterschiedlich doch von allen anderen. Nicht wahr? Liebster Freund? F. N.

Bis zum 17ten Okt. bin ich hier. – Die schöne und nützliche Kollation des *certamen* ist ein rechter Freundschaftsdienst! Gott, daß solche ausgezeichneten Freunde wie Du, Handschriftsklaverei und ähnliche Scheußlichkeiten mir zu Liebe über sich nehmen!!

38. *An Erwin Rohde* [Basel, Ende Januar und 15. Februar 1870]

Mein lieber Freund, neulich überkam mich die Sorge, wie es Dir wohl in Rom ergehen möge, und wie abseits von der Welt und wie verlassen Du vielleicht dort lebst. Es wäre ja selbst möglich, daß Du krank wärest, ohne rechte Pflege und ohne freundschaftliche Unterstützung. Beruhige mich und nimm mir meine pessimistischen Grillen. Mir kommt das Rom des Konzils so unheimlich giftig vor – nein ich will nicht mehr schreiben, denn das Briefgeheimnis ist für alle kirchlich-jesuitischen Dinge mir nicht sicher genug: man möchte wittern, was im Briefe stünde und Dir's entgelten lassen. – Du studierst das Altertum und lebst das Mittelalter. –

Nun will ich eins Dir recht eindringlich sagen. Denke daran, auf Deiner Rückreise einige Zeit bei *mir* zu wohnen: weißt Du, es möchte vielleicht für lange Zeit das letzte Mal sein. Ich vermisse Dich ganz unglaublich: mache mir also das Labsal Deiner Gegenwart und sorge dafür, daß sie nicht so kurz ist. Das ist mir nämlich doch eine neue Empfindung, auch so *gar niemanden* an Ort und Stelle zu haben, dem man das Beste und Schwerste des Lebens sagen könnte. Dazu nicht einmal einen wirklich sympathischen Berufsgenossen. Meine Freundschaft bekommt unter so einsiedlerischen Umständen, so jungen und schweren Jahren, wirklich etwas Pathologisches: ich bitte Dich wie ein Kranker bittet: »komm nach Basel!«

Mein wahres und nicht genug zu preisendes Refugium bleibt hier für mich Tribschen bei Luzern: nur daß es doch nur selten aufzusuchen ist. Die Weihnachtsferien habe ich dort verlebt: schönste und erhebendste Erinnerung! Es ist durchaus nötig, daß Du auch in diese Magie eingeweiht wirst. Bist Du erst mein Gast, so reisen wir auch zusammen zu Freund Wagner. Kannst Du mir nichts über Franz Liszt schreiben? Wenn Du vielleicht Deine Rückreise über den Lago di Como machen könntest, so wäre eine schöne Gelegenheit, uns allen eine Freude zu machen. Wir, d. h. wir Tribschener haben ein Auge auf eine Villa am See, bei Fiume latte, namens: »Villa Capuana«, zwei Häuser. Kannst Du diese Villa nicht einer Musterung und Kritik unterwerfen?

Von Wackernagels Tod hast Du wohl gelesen. Es ist im Plane, daß

Scherer in Wien ihn ersetzen soll. Auch ein neuer Theologe ist im Anzuge, Overbeck aus Jena. Romundt ist Erzieher bei Prof. Czermak und wohl situiert, dank Ritschl. Roscher, der mir über seine wärmste Verehrung für Dich geschrieben hat, ist als »bedeutender« Pädagog in Bautzen. Bücheler soll nach Bonn gerufen sein. Das Rhein. Museum hat jetzt lateinische Lettern. Ich habe einen Vortrag vor gemischtem Publikum gehalten über »Das antike Musikdrama« und halte am 1. Februar einen zweiten über »Sokrates und die Tragödie«. Ich gewinne immer mehr Liebe für das Hellenentum: man hat kein besseres Mittel sich ihm zu nähern als durch unermüdliche Fortbildung seines eigenen Persönchens. Der Grad, den ich jetzt erreicht habe, ist das allerbeschämendste Eingeständnis meiner Unwissenheit. Die Philologenexistenz in irgendeiner kritischen Bestrebung, aber 1000 Meilen abseits vom Griechentum wird mir immer unmöglicher. Auch zweifle ich, ob ich noch je ein rechter Philologe werden könne: wenn ich es nicht nebenbei, so zufällig erreiche, dann geht es nicht. Das Malheur nämlich ist: ich habe kein Muster und bin in der Gefahr des Narren auf eigne Hand. Mein nächster Plan ist, vier Jahre Kulturarbeit an mir, dann eine jahrelange Reise – mit Dir vielleicht. Wir haben wirklich ein recht schweres Leben, die holde Unwissenheit an der Hand von Lehrern und Traditionen war so glücklich – sicher.

Übrigens bist Du klug, wenn Du nicht so eine kleine Universität als Wohnsitz wählst. Man vereinsamt selbst in seiner Wissenschaft. Was gäbe ich darum, wenn wir zusammen leben könnten! Ich verlerne ganz zu sprechen. Das Lästigste aber ist mir, daß ich immer repräsentieren muß, den Lehrer, den Philologen, den Menschen und daß ich mich allen, mit denen ich umgehe, erst beweisen muß. Das aber kann ich so sehr schlecht und verlerne es immer mehr. Ich verstumme oder sage bereits absichtlich nur soviel, wieviel man als höflicher Weltmensch zu sagen pflegt. Kurz, ich bin mit mir mehr unzufrieden als mit der Welt und deshalb um so zugetaner dem Teuersten.

Mitte Februar. Ich habe jetzt die stärkste Besorgnis, daß mich Deine Briefe und Dich die meinigen nicht erreichen: seit November habe ich nichts gehört. Meine verehrte Freundin Cosima riet mir, durch ihren Vater (Franz Liszt) mir Auskunft über Dich zu verschaffen. Dies werde ich auch nächstens tun, heute probiere ich es nochmals mit einem Brief. – Über das Konzil sind wir gut durch die »römischen« Briefe in der Augsburger unterrichtet: Kennst Du den Verfasser? Laß es Dir dann ja nicht merken: es wird schrecklich auf ihn gefahndet. – Ich habe hier einen Vortrag über »Sokrates und die Tragödie« gehalten, der Schrecken und Mißverständnisse erregt hat. Dagegen hat sich durch ihn das Band mit meinen Tribschener Freunden noch enger geknüpft. Ich werde noch zur wandelnden Hoffnung: auch Richard Wagner hat mir in der rührendsten Weise zu erkennen gegeben, welche Bestimmung er mir vorgezeichnet sieht. Dies ist alles sehr beängstigend. Du weißt wohl, wie sich Ritschl über mich geäußert hat. Doch will ich mich nicht anfechten lassen: literarischen Ehrgeiz habe ich eigentlich gar nicht, an eine herrschende Schablone mich anzuschließen brauche ich nicht, weil ich keine glänzenden und berühmten Stellungen erstrebe. Dagegen will ich mich, wenn es Zeit ist, so ernst und freimütig äußern, wie nur möglich. Wissenschaft, Kunst und Philosophie wachsen jetzt so sehr in mir zusammen, daß ich jedenfalls einmal Zentauren gebären werde.

Mein alter Kamerad Deussen ist mit Leib und Seele zu Schopenhauer übergegangen, als der letzte und älteste meiner Freunde. Windisch ist auf ein Jahr nach England, im Dienste der *East-Indian-Office*, um Sanskrithandschriften zu vergleichen. Romundt hat einen Schopenhauer-Verein ins Leben gerufen. – Soeben ist eine skandalöse Schrift gegen Ritschl erschienen (gegen seine Plautus-Kritik und das auslautende D): von Bergk, zur Schmach des deutschen Gelehrtentums.

Nochmals schönsten und herzlichsten Gruß. Ich freue mich auf das Frühjahr, weil es Dich durch Basel führt: nur teile mir mit, wann das geschieht: in den Osterferien bin ich mit den Meinigen am Genfersee.

Lebwohl! Lebwohl!

39. *An Carl von Gersdorff* [Basel, 11. März 1870]

Mein lieber Freund, längst hätte ich Dir geschrieben, wenn ich nicht in einem wunderlichen Glauben gelebt hätte: nämlich Deine Adresse, ja Deinen Wohnort nicht zu kennen. Ich bildete mir ein, daß

Dein neuer juristischer Beruf in alle Verhältnisse eine Veränderung gebracht habe, und war schon im Begriff, mich an das Berliner Koberstein-Komitee zu wenden und um Auskunft über Dich zu bitten. So ist es denn gekommen, daß Du mir zwei Briefe hintereinander geschrieben hast: und beide haben auf mich einen starken Eindruck gemacht und den sehnlichen Wunsch erweckt, Dich einmal wiederzusehen. Was denkst Du über eine Schweizerreise in diesem Sommer, etwa im Monat Juli?

Daß wir nun auch über Richard Wagner einig sind, ist mir ein überaus schätzenswerter Beweis unseres Zusammengehörens. Denn es ist nicht leicht und erfordert einen tüchtigen Mannesmut, um hier nicht bei dem fürchterlichen Geschrei irre zu werden. Auch trifft man mitunter sehr wackere und intelligente Leute in der Gegenpartei. Schopenhauer muß uns über diesen Konflikt theoretisch hinwegheben: wie es Wagner praktisch, als Künstler, tut. Zweierlei halte ich mir immer vor: der unglaubliche Ernst und die deutsche Vertiefung in der Welt- und Kunstanschauung Wagners, wie sie aus jedem Tone quillt, ist den meisten Menschen unsrer »Jetztzeit« ein Greuel, wie Schopenhauers Askesis und Verneinung des Willens. Unsern »Juden« – und Du weißt, wie weit der Begriff reicht – ist vornehmlich verhaßt die idealistische Art Wagners, in der er mit Schiller am stärksten verwandt ist: dies glühende hochherzige Kämpfen, auf daß der »Tag der Edlen« endlich komme, kurz das Ritterliche, was unserm plebejisch politischen Tageslärm möglichst widerstrebend ist. Schließlich finde ich auch bei vortrefflichen Naturen oftmals eine Anschauung der *Indolenz*, als ob eine eigne Bemühung, ein ernstes eingehendes Studium, um einen solchen Künstler und solche Kunstwerke zu verstehn, gar nicht nötig sei. Wie habe ich mich gefreut, daß Du »Oper und Drama« so angelegentlich studierst! Ich habe es sogleich meinen Tribschener Freunden berichtet. Überhaupt sind ihnen meine Freunde keine Fremdlinge: und wenn Du etwa nach der ersten Meistersinger-Aufführung einen ausführlichen Brief an R. W. schreiben willst, so wird dies große Freude erregen und man wird bereits des genauern wissen, wer der Schreiber des Briefes ist. Auch versteht es sich, daß wir, wenn Du mich einmal besuchst, nach Tribschen reisen. Es ist eine unendliche Bereicherung des Lebens, einen solchen Genius wirklich nahe kennenzulernen. Für mich knüpft sich alles Beste und Schönste an die Namen Schopenhauer und Wagner, und ich bin stolz und glücklich, hierin mit meinen nächsten Freunden gleichgestimmt zu sein. – Kennst Du schon »Kunst und Politik«? Auch kündige ich Dir das Erscheinen einer kleinen Schrift von R. W. an »Über das Dirigieren«, die am besten mit dem »Philosophieprofessoren«-Aufsatz Sch.'s zu vergleichen ist.

Sehr betrübt hat mich das Schicksal Deines guten Bruders. Wir haben in Leipzig, auch nach Deinem Fortgange, uns nicht selten getroffen, und ich habe ihn immer geschätzt. Hoffentlich wird hier noch alles gut werden. So elend ist aber unser Leben: von allen Seiten gähnt das Verderbliche und Schreckliche. Es gehört viel dazu, sich einen mutigen Sinn zu bewahren. – Ach und wie sehr braucht man das Bewußtsein *wahrer Freunde!* Die Einsamkeit ist mitunter gar zu trostlos.

Treulich Dein F. N.

40. *An Richard Wagner* Basel, 21. Mai 1870

Pater Seraphice, wie es mir voriges Jahr nicht beschieden war, Augenzeuge Ihrer Geburtstagsfeier zu sein, so hält mich auch jetzt wieder eine ungünstige Konstellation davon ab; die Feder drängt sich mir heute widerwillig in die Hand, während ich gehofft hatte eine Maienfahrt zu Ihnen machen zu können.

Gestatten Sie mir, daß ich den Kreis meiner Wünsche heute so eng und persönlich wie nur möglich fasse. Andere mögen im Namen der heiligen Kunst, im Namen der schönsten deutschen Hoffnungen, im Namen Ihrer eigensten Wünsche ihre Gratulationen zu bringen wagen; mir genüge der subjektiveste aller Wünsche: mögen Sie mir bleiben, was Sie mir im letzten Jahre gewesen sind, mein Mystagog in den Geheimlehren der Kunst und des Lebens. Mag ich auch zeitweilig durch die grauen Nebel der Philologie hindurch Ihnen etwas entfernt erscheinen, ich bin es nie, meine Gedanken sind immer um Sie herum. Wenn es wahr ist, was Sie einmal – zu meinem Stolze – geschrieben haben, daß die Musik mich dirigiere, so sind Sie jedenfalls der Dirigent dieser meiner Musik; und Sie haben es mir selbst gesagt, daß auch etwas Mittelmäßiges, *gut* dirigiert, einen befriedigenden Eindruck machen könne. In diesem Sinne bringe ich den seltensten aller Wünsche: es mag so bleiben, der Augenblick verharre: er ist so schön! Ich verlange nur dies vom nächsten Jahre, daß ich mich selbst Ihrer unschätzbaren Teilnahme und Ihres tapferen Zuspruchs nicht unwürdig erweisen möge. Nehmen Sie diesen Wunsch mit unter die Wünsche auf, mit denen Sie das neue Jahr beginnen!

Einer »der seligen Knaben«

41. *An Cosima von Bülow* Basel, Sonntag [19. Juni 1870]

Verehrteste Frau Baronin, wir haben Ihnen zwei herrliche Tage zu danken, *ich* sogar im Grunde vier, weil ich alles, was meinen Freund Rohde berührt, mitempfinde und somit diesmal doppelt genießen konnte. R. der am Tage darauf von Basel abreiste, gestand mir den Höhepunkt seiner ganzen fünfzehnmonatlichen Reise ins »Blaue« in Tribschen erlebt zu haben; er hat eine Verehrung und Bewunderung der ganzen gesamten dortigen Existenz mit davongetragen, die durchaus etwas Religiöses hat. Ich verstehe, wie die Athener ihrem Aeschylus und Sophokles Opferstätten errichten konnten, wie sie dem Sophokles den Heroennamen »Dexion« gaben, weil er die Götter in seinem Hause aufgenommen und bewirtet habe. Dies Dasein der Götter im Hause des Genius erweckt jene religiöse Stimmung, von der ich berichtete. –

Hier sind die beiden Aufsätze, recht *spät:* aber der Abschreiber hat etwas gebummelt und der Buchbinder sich nicht beeilt. –

Meine Arbeitsnot ist noch etwas gesteigert worden. Wenn nur meine Wünsche in Erfüllung gehen, und ich meinen Freund Rohde als Kollegen in die Nähe bekomme (nach Freiburg) –

In Sachen Bayreuths habe ich mir überlegt, daß es für mich das Beste sein dürfte, wenn ich auf ein paar Jahre meine Professoren-Tätigkeit einstelle und auch mit ins Fichtelgebirge wallfahre. Das sind so Hoffnungen, denen ich mich gern hingebe. –

Über *Fidi* habe ich mich sehr gefreut: es war das erste Mal, daß ich ihn in der rechten Umgebung und Beleuchtung der freien Natur sah, und wie gesund und hoffnungsreich erschien er mir da!

– – Ich muß schnell schließen: man kommt, wohl irgendein »Scholar«. In treulichem Gedenken Ihr ergebenster F. N.

42. *An Erwin Rohde* [Basel, 19. Juli 1870]

Endlich, liebster Freund, komme ich auch wieder zu Wort. Denke Dir, daß ich inzwischen einige Wochen zu Bett gelegen habe, einer Fußverrenkung wegen, offenbar weil ich dem Asklepios keinen Hahn geopfert habe, sondern die »Hahnen« (denke an Köbi!) immer selbst auffresse (denke an Goethe).

Nach diesen gelehrten Zitaten fühle ich mich bewogen, eine Stelle aus einem der letzten Bülow-Briefe wörtlich zu zitieren. »Uns sind diese Tage in sehr guter Erinnerung geblieben; der Meister hat an Ihrem Freund großes Wohlgefallen, sein männlicher Ernst, seine bedeutende Teilnahme, und die wirkliche Freundlichkeit, die seine strengen Züge bisweilen durchleuchtete, war ihm durchaus sympathisch. Wird er nach Freiburg befördert, so kommen Sie immer zu zweien auf Tribschen, denn ‚zwei-einig geht der Mensch zu best' sagt unsere Autorität.«

Hier ein furchtbarer Donnerschlag: der *französisch-deutsche Krieg* ist erklärt, und unsre ganze fadenscheinige Kultur stürzt dem entsetzlichsten Dämon an die Brust. Was werden wir erleben! Freund, liebster Freund, wir sahen uns noch einmal in der Abendröte des Friedens. Wie danke ich Dir! Wird Dir das Dasein jetzt unerträglich, so komme wieder zu mir zurück. Was sind alle unsre Ziele!

Wir können bereits am Anfang vom Ende sein! Welche Wüstenei! Wir werden wieder Klöster brauchen. Und wir werden die ersten *fratres* sein. Der treue Schweizer

43. *An Wilhelm Vischer (-Bilfinger)*

Maderanertal, Montag, 8. Aug. 1870

Verehrtester Herr Ratsherr, in der gegenwärtigen Lage Deutschlands darf Ihnen mein Entschluß nicht unerwartet sein, daß auch ich meinen Pflichten gegen das Vaterland zu genügen suche. In dieser Absicht wende ich mich an Sie, um mir – durch Ihre Fürsprache bei dem wohllöbl. Erziehungskollegium – Urlaub für den letzten Teil des Sommersemesters zu erbitten. Mein Befinden ist jetzt derart gekräftigt, daß ich ohne jede Bedenklichkeit als Soldat oder als Krankenpfleger mich nützlich machen kann. Daß ich aber auch das geringe Scherflein meiner persönlichen Leistungsfähigkeit in den Opferkasten des Vaterlandes werfen *muß*, das wird niemand so natürlich und billigenswert finden als gerade eine schweizerische Erziehungsbehörde. Wenn ich auch mir wohl bewußt bin, welcher Kreis von Pflichten in Basel von mir auszufüllen ist, so könnte ich mich – bei dem ungeheuren Rufe Deutschlands, daß jeder seine *deutsche* Pflicht tue – doch nur mit peinlichem Zwange und ohne wirklichen Nutzen in ihrem Banne festhalten lassen.

Soviel ich vor drei Wochen gehört habe, ist Herr Mähly imstande und gern bereit, seine Stunden im Pädagogium wieder zu übernehmen, und vielleicht wird Herr Hagenbach oder Herr Gelzer bestimmt werden können, in diesem außerordentlichen Falle den griechischen Unterricht der dritten Klasse in diesem Semester zu Ende zu führen; jedenfalls werde ich persönlich, falls Sie mir die Erlaubnis dazu geben, diese Herren um Unterstützung bitten.

Ich komme sofort nach Basel, um die Entscheidung einer wohllöbl. Erziehungsbehörde zu vernehmen und noch einige Anordnungen zu treffen. Bis dahin empfehle ich mich Ihrer Gewogenheit, die mir hoffentlich auch in diesem Falle zur Seite stehen wird.

Mit ehrerbietigem Gruße
Ihr ergebenster Dr. Friedrich Nietzsche
Prof. o. p.

44. *An Richard Wagner* Erlangen, Sonntag [11. September 1870]

Lieber und verehrter Meister. So ist denn, mitten im Ungewitter, Ihr Haus fertig geworden und fest begründet. Ich habe auch in der Ferne dieses Ereignisses immer unter Segenswünschen gedacht und bin sehr beglückt, aus den Zeilen Ihrer von mir so geliebten Frau Gemahlin zu ersehen, daß die Möglichkeit, diese Feste zu begehen, schließlich doch noch schneller kam als vielleicht – bei unserem letzten Zusammensein – zu argwöhnen war.

Sie wissen, welcher Strom mich aus Ihrer Nähe fortgerissen hat, so daß ich nicht Augenzeuge so heiliger und ersehnter Handlungen sein konnte. Meine Hilfstätigkeit hat einen einstweiligen Abschluß gefunden, leider durch Krankheit. Meine mannigfachen Aufträge und Verpflichtungen führten mich bis in die Nähe von Metz; es wurde mir und meinem – sehr bewährten – Freunde Mosengel möglich, den größten Teil unserer Aufgaben mit Glück zu erledigen. In Ars sur Moselle übernahmen wir die Pflege von Verwundeten und kehrten dann mit diesen nach Deutschland zurück. Dieses dreitägige und dreinächtige Zusammensein mit Schwerverwundeten war der Höhepunkt unserer Anstrengungen. Ich hatte einen elenden Viehwagen, in dem 6 Schwerleidende lagen, allein während jener Zeit zu besorgen, zu verbinden, zu verpflegen usw. Alle mit zerschossenen Knochen, mehrere mit 4 Wunden; dazu konstatierte ich bei zweien noch Wunddiphtheritis. Daß ich es in diesen Pestdünsten aushielt, selbst zu schlafen und zu essen vermochte, erscheint mir jetzt wie ein Zauberwerk. Kaum aber hatte ich meinen Transport an ein Karlsruher Lazarett abgeliefert, stellten sich auch bei mir ernstliche Zeichen von Unwohlsein ein. Mit Mühe kam ich nach Erlangen, um meinem Vereine über verschiedenes Bericht zu erstatten. Dann legte ich mich zu Bett und liege bis jetzt. Ein tüchtiger Arzt erkannte als mein Leiden einmal eine sehr starke Ruhr und sodann Rachendiphtheritis. Wir sind aber mit der größten Energie gegen beide ansteckenden Übel vorgegangen, und es ist heute gute Hoffnung zu melden. Mit zwei jener berüchtigten Lazarettseuchen habe ich also auf eins Bekanntschaft gemacht; sie haben so schwächend und entkräftigend auf mich in kurzer Zeit gewirkt, daß ich zunächst alle meine Hilfstätigkeitspläne aufgeben muß und an meine Gesundheit allein zu denken veranlaßt werde. So bin ich nach einem kurzen Anlauf von 4 Wochen, ins allgemeinere zu wirken, bereits auf mich selbst wieder zurückgeworfen – recht elend!

Über die deutschen Siege möchte ich kein Wort sagen: das sind Feuerzeichen an der Wand, *allen* Völkern verständlich.

Heute darf ich nicht mehr schreiben; mein nächster Brief gilt Ihrer verehrten Frau Gemahlin, der ich meine innigsten Glückwünsche zu Füßen lege. Dem Täufling ein fröhliches Glückauf! Glückauf dem ganzen Tribschener Haus! Ihr getreuer Friedr. Nietzsche

45. *An Carl von Gersdorff* Basel, 7. Nov. 70 [und kurz davor]

Mein lieber Freund, hoffentlich erreicht Dich auch dieser Brief bei gutem tapferen Befinden und leidlicher Stimmung. Woher diese zwar kommen soll, ist mir fast unbegreiflich – es sei denn, daß man wisse, was das Dasein ist und zu bedeuten hat. Wenn sich einmal wie jetzt die schrecklichen Untergründe des Seins aufschließen, der ganze unendliche Reichtum des Wehes sich ausschüttet, dann haben wir das Recht, als die *Wissenden* mitten hindurchzuschreiten. Dies gibt eine mutig resignierte Stimmung, man hält's damit aus und wird nicht zur Salzsäule.

Ich habe mich mit wahrer Begierde in die Wissenschaften gestürzt; jetzt hat nun auch wieder die regelmäßige Berufstätigkeit begonnen. Ich wünschte nur gesünder zu sein. Aber mein Organismus hat unter dem Ansturme der Ruhr sehr gelitten und noch lange nicht ersetzt, was ihm genommen wurde. Man hat mich hier in Basel mit großer Freundlichkeit wieder bewillkommt. Auch von Tribschen habe ich gute Nachrichten. Wagner und Frau sagen Dir die besten Grüße und Wünsche. (Du weißt doch, daß im August die Hochzeit stattgefunden hat? Ich war als Zeuge eingeladen, konnte aber nicht erscheinen, weil ich gerade damals in Frankreich war.) W. hat mir vor ein paar Tagen ein wundervolles Manuskript zugeschickt, »Beethoven« betitelt. Hier haben wir eine überaus tiefe Philosophie der Musik im strengen Anschluß an Schopenhauer. Diese Abhandlung erscheint zu Ehren Beethovens – als die höchste Ehre, die ihm die Nation erweisen kann. –

Mein Brief ist einige Tage zu meinem Leidwesen liegengeblieben. Das neue Semester begann wie gewöhnlich mit einem kräftigen Ansturme, so daß einem Hören und Sehen verging. Ich lese dieses Semester zwei neue Kollegien, griechische Metrik und Rhythmik (nach einem eignen System) und Hesiod. Sodann die Seminarübungen.

Dann die griechischen Stunden am Pädagogium, in denen ich die Oresteia des Aeschylos vornehme. Dazu kommen Regenz-, Fakultäts- und Bibliothekssitzungen, nebst manchen Einladungen geselliger Art.

Gestern abend hatte ich einen Genuß, den ich Dir vor allem gegönnt hätte. Jacob Burckhardt hielt eine freie Rede über »Historische Größe«, und zwar völlig aus unserm Denk- und Gefühlskreise heraus. Dieser ältere, höchst eigenartige Mann ist zwar nicht zu Verfälschungen, aber wohl zu Verschweigungen der Wahrheit geneigt, aber in vertrauten Spaziergängen nennt er Schopenhauer »unseren Philosophen«. Ich höre bei ihm ein wöchentlich einstündiges Kolleg über das Studium der Geschichte und glaube der einzige seiner 60 Zuhörer zu sein, der die tiefen Gedankengänge mit ihren seltsamen Brechungen und Umbiegungen, wo die Sache an das Bedenkliche streift, begreift. Zum ersten Male habe ich ein Vergnügen an einer Vorlesung, dafür ist sie auch derart, daß ich sie, wenn ich älter wäre, halten könnte. In seiner heutigen Vorlesung nahm er Hegels Philosophie der Geschichte vor, in einer des Jubiläums durchaus würdigen Weise.

In diesem Sommer habe ich einen Aufsatz geschrieben »Über die dionysische Weltanschauung«, der das griechische Altertum von einer Seite betrachtet, wo wir ihm, dank unserm Philosophen, jetzt näherkommen können. Das sind aber Studien, die zunächst nur für mich berechnet sind. Ich wünsche nichts mehr, als daß mir die Zeit gelassen wird, ordentlich auszureifen und dann etwas aus dem Vollen produzieren zu können.

Vor dem bevorstehenden Kulturzustande habe ich die größten Besorgnisse. Wenn wir nur nicht die ungeheuren nationalen Erfolge zu teuer in einer Region bezahlen müssen, wo *ich* wenigstens mich zu keinerlei Einbuße verstehen mag. Im Vertrauen: ich halte das jetzige Preußen für eine der Kultur höchst gefährliche Macht. Das Schulwesen will ich einmal später öffentlich bloßlegen, mit den religiösen Umtrieben, wie sie jetzt wieder von Berlin aus zugunsten der katholischen Kirchengewalt im Gange sind, mag's ein anderer versuchen. – Es ist mitunter recht schwer, aber wir müssen Philosophen genug sein, um in dem allgemeinen Rausch besonnen zu bleiben – damit nicht der Dieb komme und uns stehle oder verringere, was für mich mit den größten militärischen Taten, ja selbst mit allen nationalen Erhebungen nicht in Vergleichung kommen darf.

Für die kommende Kulturperiode sind die Kämpfer vonnöten: für diese müssen wir uns erhalten. Lieber Freund, mit den größten Besorgnissen denke ich immer an Dich – möge Dich der Genius der Zukunft, in dem Sinne wie wir sie erhoffen, geleiten und schützen!

Dein treuer Freund Fr. Nietzsche

46. *An Richard Wagner* Basel, 10. Nov. am Luthertage [1870]

Verehrtester Meister, in dem ersten Ansturme des neuen Semesters, der diesmal, nach meiner langen Abwesenheit, besonders heftig ist, konnte mir nichts Erquicklicheres geschehen als die Übersendung Ihres »Beethoven«. Wie viel mir daran liegen mußte, Ihre Philosophie der Musik – und das heißt doch wohl: *die* Philosophie der Musik kennenzulernen, könnte ich Ihnen besonders an einem Aufsatze deutlich machen, den ich für mich in diesem Sommer schrieb, betitelt »die dionysische Weltanschauung«. In der Tat habe ich durch dies Vorstudium erreicht, daß ich die Notwendigkeit Ihrer Beweisführung vollständig und mit tiefstem Genusse einsehe, so entlegen der Gedankenkreis, so überraschend und in Staunen versetzend alles und namentlich die Ausführung über Beethovens eigentliche *Tat* ist. Doch fürchte ich, daß Sie den Ästhetikern dieser Tage als ein Nachtwandler erscheinen werden, dem zu folgen nicht rätlich, ja gefährlich, vor allem unmöglich gelten muß. Selbst die Kenner Schopenhauerscher Philosophie werden der größten Zahl nach außerstande sein, den tiefen Einklang zwischen Ihren Gedanken und denen ihres Meisters sich in Begriffe und Gefühle zu übersetzen. Und so ist Ihre Schrift, wie es Aristoteles von seinen esoterischen Schriften sagt »zugleich herausgegeben und nicht herausgegeben«. Ich möchte glauben, daß Ihnen, dem Denker, zu folgen, in diesem Falle nur für den möglich ist, dem der »Tristan« vornehmlich sich entsiegelt hat.

Deshalb betrachte ich die wirkliche Erkenntnis Ihrer Tonphilosophie als ein kostbares *Ordens*-besitztum, das einstweilen nur sehr wenigen zugute kommt. –

In dem Manuskript sind gelegentlich einige doppelt zu setzende Buchstaben nur einfach geschrieben, z. B. in »appellieren, Apperzeption, supplieren«, was für den Setzer zu bemerken wäre. –

Ihr dankbarer und getreuer Friedrich Nietzsche

47. *An Erwin Rohde*

Basel, Mittwoch, circa den 27. Nov. [23. November 1870]

Absolution! Mein lieber Freund! Solche Jahre kommen sobald nicht wieder vor, und somit soll es sobald nicht wieder vorkommen, daß ich so lange Zeit über mich wie ein Grab schweige. Einmal lebe ich noch – den Schlingen der *Ruhr* und der *Diphtherie* bin ich zwar nicht entgangen und sie haben mich sattsam ruiniert, aber im ganzen bin ich jetzt wieder ein Mensch unter Menschen. Von meinen Kriegserlebnissen mag ich Dir nichts erzählen – warum hast *Du* sie nicht mitgemacht? Ich habe beiläufig *nie* eine Zeile von Deinen Briefen zu sehen bekommen, sie sind alle »im Felde« verschwunden! Ich hatte einen sehr wackern Reisegefährten, dem ich von Dir mancherlei erzählt habe, in dem Wunsche, daß er Dich kennenlernt. Suche dies doch zu ermöglichen, Du wirst Dich freuen. Er heißt Mosengel, ist Maler und wohnt Hamburg, Katharinenstr. 41. Es ist einer der besten Menschen, die mir vorgekommen sind und ein mir wohltuender Landschaftenmaler. Er hat viel Verdienste um mich, zuletzt hat er mich noch in meiner Krankheit gepflegt.

Jetzt bin ich wieder in voller Tätigkeit und lese zwei Kollegien, *Hesiod* und *Metrik*, sodann Akademika im Seminar und Agamemnon im Pädagogium. Wie steht es denn mit Dir? Bist Du auch bereits im akademischen Joche? Wenn – nun dann Glückauf zur fröhlichen Jagd! Und zur Wanderung mit der Diogeneslaterne!

Ich rekapituliere kurz, daß mir manches Freudige widerfahren ist. Erstens gibt es von Wagner einen großen Aufsatz über Beethoven, der eine Philosophie in Schopenhauers Geist und Wagners Kraft enthält. Er wird bald gedruckt sein. Frau Wagner fragte bei mir brieflich an, ob Du auch mit im Felde seist und wie es Dir ginge. – Zweite Freude: Jacob Burckhardt liest jetzt allwöchentlich über das Studium der Geschichte, in Schopenhauers Geist – ein schöner aber seltner Refrain! Ich höre ihn. Dritte Freude: an meinem Geburtstag hatte ich den besten philologischen Einfall, den ich bis jetzt gehabt habe – nun, das klingt freilich nicht stolz, soll's auch nicht sein! Jetzt arbeite ich an ihm herum. Wenn Du mir es glauben willst, so kann ich Dir erzählen, daß es eine neue *Metrik* gibt, die ich entdeckt habe, der gegenüber die ganze neuere Entwicklung der Metrik von G. Hermann bis Westphal oder Schmidt eine *Verirrung* ist. Lache oder höhne, wie Du willst – mir selber ist die Sache sehr erstaunlich. Es gibt sehr viel zu arbeiten, aber ich schlucke Staub mit Lust, weil ich diesmal die schönste Zuversicht habe und dem Grundgedanken eine immer größere Tiefe geben kann. – Im Sommer habe ich einen größeren Aufsatz für mich geschrieben »Über dionysische Weltanschauung«, um mich bei dem einbrechenden Ungewitter zu beruhigen.

Jetzt weißt Du, wie es mir geht. Nimm noch dazu, daß ich die größte Besorgnis vor der herankommenden Zukunft habe (in der ich ein verkapptes Mittelalter zu erkennen wähne), auch daß meine Gesundheit schlecht ist – außer wenn ich Briefe von Freunden oder so schöne Abhandlungen bekomme, wie die Deinige aus dem Rhein. Museum. Es fällt mir ein, daß Vischer sich höchst interessiert und Dir sehr dankbar darüber aussprach.

Auch hast Du ja Dich um meinen *ἀγών* so verdient gemacht, habe herzlichen Dank dafür. Ritschl behauptet, Du seist kein Korrektor, ich habe mir nie angemaßt, mich dafür zu halten. So sind wir wenigstens in gleicher Verdammnis. – Sieh doch zu, daß Du aus dem fatalen kulturwidrigen Preußen herauskommst! wo die Knechte und die Pfaffen wie Pilze hervorschießen und bald mit ihrem Dunst uns ganz Deutschland verfinstern werden. – Nicht wahr, wir verstehen uns? Nicht? Und Du nimmst mir nichts krumm? Es wäre weiß Gott schade.

Adieu teurer Freund F. N.

Meinen festlichen Geburtstagsgruß noch zu vermelden, ich wünsche Gesundheit, eine Professur und *si placet* – eine Frau.

48. *An Carl von Gersdorff* Basel, 12. Dez. [1870]

Mein lieber Freund, was will ich glücklich sein, wenn Du die großen Ausfälle der letzten Wochen ohne jedes Leidwesen überstanden hast! Man darf nicht mehr an diese entsetzlichen Dinge denken, wenn man nicht allen Mut verlieren will.

Jetzt aber will ich Dir schreiben, in der Hoffnung, ja in der Voraussetzung, daß Du auch diesen fürchterlichen Gefahren entronnen bist, tapfer und glücklich, als ein Liebling des Kriegsgottes – doch ohne ihn wiederzulieben!

Wann nun wird Dich dieser Brief erreichen! Vielleicht zu Deinem *Geburtstag;* und wenn Du ihn diesmal heil und gesund erlebst, so mache es ja wie Polykrates und opfere den *Dämonen!*

Von mir empfange die neueste Schrift Wagners über »Beethoven«, als ein Symbol unserer innigen Gemeinsamkeit unseres Strebens und Denkens unter *einer* Fahne, unter derselben, auf welche als auf die allein zum Ziele führende Wagner in dieser Schrift hinweist. Ich habe sie in erhobener und ehrfürchtiger Stimmung gelesen. Es sind tiefe Geheimnisse darin, schön und schrecklich, wie die Musik selbst in ihren höchsten Äußerungen sich offenbart.

Von Tribschen habe ich Dir die Photographie Wagners zu übersenden, zugleich mit herzlichen Grüßen. Frau Wagner schrieb mir »Hier für den philosophischen Kämpfenden die versprochene Photographie; keinem hätte sie Wagner lieber geschickt als demjenigen, der seine Pflicht mutig erfüllend zugleich über das Wesen der Dinge nachzudenken nicht verschmäht.«

Nun noch etwas Erfreuliches. Du warst so gütig, mich aus Deinem Kriegslager auf eine Schrift aufmerksam zu machen, die für die Verbreitung des Schopenhauerschen Gedankenkreises auch in Frankreich bürgt. Einen großen Triumph erlebte ich jüngst, als ich in den Berichten der Wiener Akademie der Wissenschaften einen Aufsatz des Prof. Czermak fand über Schopenhauers Farbenlehre. Dieser konstatiert, daß Sch. selbständig und auf originellem Wege zu der Erkenntnis gekommen ist, die man jetzt als die Young-Helmholtzsche Farbentheorie bezeichnet: zwischen ihr und der Schopenhauerschen ist die wunderbarste, bis in die Bruchzahlen genaue Übereinstimmung. Der ganze Ausgangspunkt, daß die Farbe zunächst ein physiologisches Erzeugnis des Auges ist, sei zu allererst von Sch. dargelegt worden. Sehr bedauert wird, daß Sch. sich nicht von dem »wissenschaftlich unsinnigen« Goetheschen Theorem und seinem *furor Anti-Newtonianus* habe losmachen können. Übrigens nennt Czermak (*kein* Anhänger unseres Philosophen) Schopenhauer »den *gewaltigsten* Philosophen seit Kant«. Und damit müssen wir wohl zufrieden sein.

Diese Abhandlung und Wagners Zustimmung zur Schopenh. Lehre sind auch in ihrer Art Beiträge zum Hegel-Denkmal. Eigentlich polemischer Artikel bedarf es kaum mehr. Selbst das verdient für den Umschwung angeführt zu werden, daß Hartmanns Philosophie des Unbewußten – ein Buch, in dem jedenfalls die Probleme in Schopenhauerschem Sinne gestellt sind – jetzt bereits eine zweite Auflage erlebt hat. Laß nun mir noch ein paar Jahre Zeit, dann sollst Du auch eine neue Einwirkung auf die Altertumskunde spüren und damit hoffentlich verbunden auch einen neuen Geist in der wissenschaftlichen und ethischen *Erziehung* unsrer Nation.

Aber welche Feinde erwachsen jetzt auf dem blutigen Boden dieses Krieges für unsren Glauben! Ich bin hierin auf das Schlimmste gefaßt, zugleich in der Zuversicht, daß unter dem Übermaß von Leid und Schrecken hier und dort die Nachtblume der Erkenntnis aufgeht. Unser Kampf steht noch bevor – *darum müssen wir leben*! Darum habe ich auch das gute Zutrauen, daß Du *gefeit* bist; die Kugeln, die uns tötlich treffen sollen, werden nicht aus Gewehren und Kanonen geschossen! Und damit leb wohl! Lieber Freund!

In alter Treue Dein Friedrich Nietzsche

Inzwischen habe ich Deine Zeilen erhalten und bin herzlich erfreut, daß meine Voraussetzung die rechte war. Gebe der Dämon weiteres Glück! – Den »Beethoven« Dir *jetzt* zu schicken, erlaubt die Post nicht. Du bekommst ihn erst im Januar.

49. *An Erwin Rohde* [Basel, 15. Dezember 1870]

Mein lieber Freund, keine Minute ist seit dem Lesen Deines Briefes verflossen, und schon schreibe ich. Ich wollte Dir nämlich nur sagen, daß ich ganz gleich fühle wie Du und es für eine Schmach halte, wenn wir nicht einmal aus diesem sehnsüchtigen Schmachten durch eine kräftige *Tat* herauskommen. Nun höre, was ich in meinem Gemüte mit mir herumwälze. Schleppen wir uns noch ein paar Jahre durch diese Universitätsexistenz, nehmen wir sie wie ein *lehrreiches Leidwesen*, das man ernsthaft und mit Erstaunen zu tragen hat. Es soll dies unter anderem eine *Lern*zeit für das *Lehren* sein, auf das mich auszubilden mir als meine Aufgabe gilt. Nur habe ich mir das Ziel etwas höher gesteckt.

Auf die Dauer nämlich sehe auch ich ein, was es mit der Schopenhauerschen Lehre von der Universitätsweisheit auf sich hat. Es ist ein ganz radikales *Wahrheits*wesen hier nicht *möglich*. Insbesondre wird etwas wahrhaft Umwälzendes von hier aus nicht seinen Ausgang nehmen können.

Sodann können wir nur dadurch zu wirklichen *Lehrern* werden, daß wir uns selbst mit allen Hebeln aus dieser Zeitluft herausheben und daß wir nicht nur weisere, sondern vor allem *bessere* Menschen sind. Auch hier spüre ich vor allem das Bedürfnis, *wahr* sein zu müssen. Und wiederum ertrage ich deshalb die Luft der Akademien nicht mehr zu lange.

Also wir werfen einmal dieses Joch ab, das steht *für mich* ganz fest. Und dann bilden wir eine neue *griechische* Akademie, Romundt gehört gewiß zu uns. Du kennst wohl auch aus Deinem Besuche in Tribschen den Bayreuther Plan *Wagners*. Ich habe mir ganz im stillen überlegt, ob nicht hiermit zugleich *unsererseits* ein Bruch mit der bisherigen Philologie und ihrer *Bildungsperspektive* geschehen sollte. Ich bereite eine große *adhortatio* an alle noch nicht völlig erstickten und in der Jetztzeit verschlungenen Naturen vor. Wie kläglich ist es doch, daß ich Dir darüber schreiben muß, und daß nicht jeder Einzelgedanke mit Dir bereits längst *durchgesprochen* ist! Und weil Du diesen ganzen vorhandenen Apparat nicht kennst, wird Dir vielleicht gar mein Plan wie eine exzentrische Laune erscheinen. Das ist er *nicht*, er ist eine *Not*.

Ein eben erschienenes Buch von Wagner über *Beethoven* wird Dir vieles andeuten können, was ich jetzt von der Zukunft will. Lies es, es ist eine Offenbarung des Geistes, in dem *wir* – wir! – in der Zukunft leben werden.

Sei es nun auch, daß wir wenig Gesinnungsgenossen bekommen, so glaube ich doch, daß wir uns selbst so ziemlich – freilich mit einigen Einbußen – aus diesem Strome herausreißen können und daß wir eine kleine Insel erreichen werden, auf der wir uns nicht mehr Wachs in die Ohren zu stopfen brauchen. Wir sind dann unsere gegenseitigen Lehrer, unsre Bücher sind nur noch Angelhaken, um jemand wieder für unsre klösterlich-künstlerische Genossenschaft zu gewinnen. Wir leben, arbeiten, genießen füreinander – vielleicht daß dies die einzige Art ist, wie wir für das *Ganze* arbeiten sollen.

Um Dir zu zeigen, wie ernsthaft ich das meine, so habe ich bereits angefangen, meine Bedürfnisse einzuschränken, um einen kleinen Rest von Vermögen mir noch zu bewahren. Auch wollen wir in *Lotterien* unser »Glück« versuchen; wenn wir Bücher schreiben, so verlange ich für die nächste Zeit die höchsten Honorare. Kurz jedes nicht unerlaubte Mittel wird benutzt, um uns äußerlich in die Möglichkeit zu versetzen, unser Kloster zu gründen. – Wir haben also auch für die nächsten paar Jahre unsre *Aufgabe*.

Möge Dir dieser Plan vor allem würdig erscheinen, überdacht zu werden! Daß es vor allem Zeit sei, ihn Dir vorzulegen, dafür gibt mir Dein eben empfangener, wirklich ergreifender Brief Zeugnis.

Sollten wir nicht imstande sein, eine neue Form der Akademie in die Welt zu setzen

»Und sollt ich nicht, sehnsüchtigster Gewalt,
Ins Leben ziehn die einzigste Gestalt?«

wie Faust von der Helena sagt.

Von diesem Vorhaben *weiß niemand* etwas, und von Dir soll es nun abhängen, ob wir jetzt auch *Romundt* eine vorbereitende Mitteilung machen.

Unsre Philosophenschule ist doch gewiß keine historische Reminiszenz oder eine willkürliche Laune – treibt uns nicht eine *Not* auf diese Bahn hin? – Es scheint daß unser Studentenplan, unsre gemeinsame Reise, in einer neuen, symbolisch größeren Form wiederkehrt. *Ich* will nicht der sein, der Dich wiederum, wie damals, im Stiche läßt; es wurmt mich immer noch.

Mit den besten Hoffnungen Dein getreuer *Frater Fridericus*

Vom 23. Dezember bis 1. Januar bin ich in Tribschen bei Luzern. – Von Romundt weiß ich nichts.

628

50. *An Wilhelm Vischer (-Bilfinger)*

[Basel, vermutlich Januar 1871]

Verehrtester Herr Ratsherr, für die nachfolgende Kombination brauche ich in besonderem Maße Ihren wohlwollenden Rat und Ihre mir schon mehrfach bewährte *wahre* Teilnahme. Sie werden sehen, daß ich das Wohl der Universität ernsthaft ins Auge gefaßt habe, und daß deren wirkliches Interesse mich zu der folgenden, etwas ausführlichen Auseinandersetzung nötigt.

Es wird Ihnen von meinen Ärzten mitgeteilt worden sein, in welchem Grade ich wieder leidend bin und daß an diesen unerträglichen Zuständen Überanstrengung schuld sei. Nun habe ich mich wiederholt gefragt, woraus dieser sich in der Mitte fast jeden Semesters einstellende Zustand der Überanstrengung zu erklären sei; und ich mußte mir sogar überlegen, ob ich nicht meine Universitätstätigkeit überhaupt abzubrechen habe, als eine für meine Natur ungeeignete Lebensweise. Schließlich bin ich aber in dieser Beziehung zu einer anderen Auffassung gelangt, die ich Ihnen jetzt vortragen möchte.

Ich lebe hier in einem eigentümlichen Konflikt, und der ist es, der mich so erschöpft und selbst körperlich aufreibt. Von Natur auf das stärkste dazu gedrängt, etwas Einheitliches philosophisch durchzudenken und in langen Gedankenzügen andauernd und ungestört bei einem Problem zu verharren, fühle ich mich immer durch den täglichen mehrfachen Beruf und dessen Art hin und her geworfen und aus der Bahn abgelenkt. Dieses Nebeneinander von Pädagogium und Universität halte ich kaum auf die Länge aus, weil ich fühle, daß meine eigentliche Aufgabe, der ich im Notfalle *jeden Beruf opfern müßte*, meine *philosophische*, dadurch leidet, ja zu einer Nebentätigkeit erniedrigt wird. Ich glaube, daß diese Schilderung auf das schärfste das bezeichnet, was mich hier so aufreibt und mich zu keiner gleichmäßigheiteren Berufserfüllung kommen läßt, was andererseits meinen Körper erschöpft und bis zu solchen Leiden anwächst, wie die jetzigen sind: die, wenn sie öfter wiederkehren sollten, mich rein physisch zwingen würden, jeden philologischen Beruf aufzugeben.

In diesem Sinne erlaube ich mir, mich bei Ihnen um die durch Teichmüllers Weggang erledigte *philosophische Professur* zu bewerben.

Was meine persönliche Berechtigung, den philosophischen Lehrstuhl zu ambitionieren, betrifft: so muß ich allerdings mein eignes Zeugnis voranstellen, daß ich dazu Potenz und Kenntnisse zu besitzen glaube und mich sogar, alles in allem, für jenes Amt befähigter fühle als für ein rein philologisches. Wer mich von meinen Schul- und Studentenjahren kennt, ist nie über die Prävalenz der philosophischen Neigungen im Zweifel gewesen; und auch in den philologischen Studien hat mich vorzugsweise das angezogen, was entweder für die Geschichte der Philosophie oder für die ethischen und ästhetischen Probleme mir bedeutsam erschien. Sodann stimme ich völlig Ihrem Urteile bei und mache es für mich geltend, daß bei der augenblicklichen etwas schwierigen Lage der Universitätsphilosophie und bei der geringen Zahl der wirklich geeigneten Bewerber derjenige einiges Anrecht mehr hat, der eine solide philologische Bildung aufzuweisen hat und bei den Studierenden die Teilnahme für eine sorgfältige Interpretation des Aristoteles und Plato wecken kann. Ich erinnere daran, daß ich bereits zwei Kollegien angekündigt habe, die in diesem Sinne philosophischer Natur waren »Die vorplatonischen Philosophen mit Interpretation ausgewählter Fragmente« und »Über die platonische Frage«. So lange ich Philologie studiere, bin ich nie müde geworden, mich mit der Philosophie in enger Berührung zu erhalten; ja meine Hauptteilnahme war immer auf Seiten der philosophischen Fragen, wie mir mancher bezeugen kann, der mit mir umgegangen ist. Von hiesigen Kollegen möchte z. B. Overbeck darüber einigen Aufschluß geben können, von auswärtigen keiner mehr als mein Freund Dr. Rohde, Privatdozent in Kiel. Es ist eigentlich nur dem Zufall zuzuschreiben, daß ich nicht von vornherein für Philosophie meine Universitätspläne gemacht habe: dem Zufall, der mir einen bedeutenden und wahrhaft anregenden philosophischen Lehrer versagte: worüber man bei der jetzigen Konstellation der philosophischen Zustände an Universitäten sich gewiß nicht wundern darf. Gewiß aber würde hierin einer meiner wärmsten Wünsche erfüllt, wenn ich auch hier der Stimme meiner Natur folgen dürfte: und ich glaube hoffen zu können, daß nach Beseitigung jenes vorhin erwähnten Konflikts auch mein körperliches Befinden ein bei weitem regelmäßigeres sein wird. Als befähigt für eine philosophische Lehrstelle werde ich mich bald genug öffentlich ausweisen können: meine gedruckten Arbeiten über Laertius Diogenes sind jedenfalls auch für meine philosophisch-historischen Bestrebungen geltend zu machen. Für pädagogische Fragen und Untersuchungen habe ich immer Teilnahme gehabt: darüber lesen zu dürfen wird mir eine Freude sein. Von neueren Philosophen habe ich mit besonderer Vorliebe Kant und Schopenhauer studiert. Sie haben aus den letzten zwei Jahren gewiß von mir den guten Glauben gewonnen, daß ich das Unpassende und Anstößige zu vermeiden verstehe und daß ich unterscheiden könne, was sich im Vortrag vor Studierenden schickt, was nicht.

Wenn ich Ihnen nun meine Kombination völlig darstellen darf, so hatte ich geglaubt, daß sie in *Rohde* einen überaus geeigneten Nachfolger für meine philologische Professur und Stelle am Pädagogium finden würden. R., mir seit vier Jahren auf das genaueste bekannt, ist von allen jüngeren Philologen, die mir vorgekommen sind, der allerbefähigtste und für jede Universität, die ihn erwirbt, ein wahrer Schmuck; zudem ist er wirklich noch zu haben, während ich höre, daß man in Kiel damit umgeht, durch Gründung einer neuen philologischen außerordentlichen Professur ihn dauernd dort festzuhalten. Ich kann nicht genug aussprechen, wie sehr mir das Dasein hier in Basel durch die Nähe meines besten Freundes erleichtert würde. – Die ganze Konversion der Dinge könnte sofort mit dem Beginn des neuen Sommersemesters beginnen, so daß also keinerlei Lücken in der Besetzung der Stellen einträte. Ich meinerseits wäre sofort bereit, Ihnen die Ankündigung meiner philosophischen Vorlesungen zu machen und würde durch eine regelmäßige Antrittsvorlesung im Anfange des Sommers meine neue Stellung inaugurieren.

Lassen Sie sich, verehrtester Herr Ratsherr, von der Sonderbarkeit der vorgeschlagnen Kombination nicht erschrecken und würdigen Sie dieselbe einer Erwägung.

Um Ihre Nachsicht, Ihren Rat, Ihre Teilnahme bittend

bin ich in hochachtungsvoller Ergebenheit der Ihrige

Dr. Fr. Nietzsche Prof. o. p. der klass. Philol.

51. *An Erwin Rohde*

Lugano, *Hôtel du Parc* (wird aber Ende der Woche verlassen)
[29. März 1871]

Ja, mein lieber Freund, den Bann lösen! Das ist nicht leicht und mir zur Zeit gänzlich unmöglich. Denn ich weiß von der Fortentwicklung der Sache nichts, gar nichts. Vischer hat mir zwar einmal hierher (nach Lugano) geschrieben, aber in seinem Briefe war kein Wort über unser gemeinsames Anliegen. Dagegen erlebte ich noch in Basel vor meiner Abreise und nachdem ich Dir geschrieben, einige Anzeichen, daß der »Philosoph« Steffensen keinen guten Willen für das Projekt hat. Denke Dir, wie sehr man mich in der Hand hat, wenn man sich auf meine nie verschwiegene Schopenhauerei berufen kann! Zudem muß ich doch auch mich philosophisch etwas ausweisen und legitimieren: eine kleine Schrift »Ursprung und Ziel der Tragödie« ist dazu fertig gemacht worden, fertig bis auf einige Pinselstriche. Somit glaube ich, daß wir mindestens etwas noch warten müssen, nämlich bis Michaelis, wo sich die Sache, bestenfalls, für uns entscheidet. Freilich ist damit der traurige Zustand der Aufregung und Unzufriedenheit, als unser *perpetuum mobile*, noch recht in die Länge gezogen, und wir haben gute Zeit, unsere philosophische Kaltblütigkeit an einer nicht sehr hoffnungsreichen Erwartung zu erproben! – Das ist nun die Kehrseite meines Einfalls: gelang er schnell und unerwartet, Glorie!, verzögerte er sich, Miserabilität! Wir haben das längere Teil erwählt, das diesmal auch das kürzere ist.

Mein Befinden ist leider noch nicht das beste; immer noch verbringe ich von zwei Nächten die eine schlaflos. Obwohl ich viel heiterer und ruhiger bin und im ganzen mich wohlfühle, darf ich doch noch nicht an Reisepläne denken; von Italien erhasche ich den Zipfel und lasse ihn bald wieder fallen. Ich habe noch nicht einmal den Comersee und den Langensee kennen gelernt und bin bereits mehr als sechs Wochen in Lugano. Das Wetter ist im ganzen wenig italienisch; von einem Frühling, der mehr wäre als unser deutscher Frühling, habe ich noch nichts gespürt – selbst die niederen Berge rings herum haben noch Schnee, und bis vor zwei Wochen hatten wir ihn noch im Garten des übrigens guten Hotels. Abnorm! sagt man mir, ein leidiger Trost, an den ich mich seit meinem Aufenthalte in der Schweiz bereits gewöhnt habe.

Unter vielen niedergedrückten und halben Stimmungen habe ich auch einige recht erhobene gehabt und davon in dem genannten Schriftchen einiges merken lassen. Von der Philologie lebe ich in einer übermütigen Entfremdung, die sich schlimmer gar nicht denken läßt. Lob und Tadel, ja alle höchsten Glorien auf dieser Seite machen mich schaudern. So lebe ich mich allmählich in mein Philosophentum hinein und glaube bereits an mich; ja wenn ich noch zum Dichter werden sollte, so bin ich selbst hierauf gefaßt. Einen Kompaß der Erkenntnis, wozu ich bestimmt sei, besitze ich ganz und gar nicht: und doch sieht mir, in der Rekapitulation, alles so wohl zusammenstimmend aus, als ob ich einem guten Dämon bis jetzt gefolgt sei. Daß sich jemand, in dieser Unklarheit der Ziele, ja ohne jenes höchste Streben auf eine Staatsbeamtung hin, doch so klar und ruhig fühlen könne, wie ich mich im ganzen fühle, habe ich nie geglaubt. Welche Empfindung, seine eigne Welt, einen hübschen Ball, vor sich rund und voll werden zu sehn! Bald sehe ich ein Stück neuer Metaphysik, bald eine neue Ästhetik wachsen: dann wieder beschäftigt mich ein neues Erziehungsprinzip, mit völliger Verwerfung unserer Gymnasien und Universitäten. Ich lerne bereits nichts mehr, was nicht sofort in irgendeinem Winkel des Vorhandenen einen guten Platz vorfindet. Und am meisten empfinde ich das Wachsen dieser eignen Welt, wenn ich, nicht mit Kühle, aber mit Ruhe, all die sogenannte Weltgeschichte der letzten zehn Monate betrachte und sie nur als Mittel für meine guten Absichten, ohne jede übertriebene Ehrfurcht vor diesem Mittel, verwende. Stolz und Verrücktheit sind wirklich zu schwache Worte für meine geistige »Schlaflosigkeit«. Dieser Zustand macht es mir möglich, auf die ganze Universitätsstellung als etwas Nebensächliches, ja oft nur Peinliches hinzusehn, und selbst jene philosophische Professur reizt mich eigentlich vornehmlich Deinetwegen, da ich ja auch diese Professur nur als etwas Provisorisches betrachte.

Ach, wie sehr verlange ich nach Gesundheit! Man habe nur erst etwas vor, was etwas länger dauern soll als man selber – dann dankt man für jede gute Nacht, für jeden warmen Sonnenstrahl, ja für geregelte Verdauung! Bei mir sind aber irgendwelche inneren Organe des Unterleibes in Zerrüttung. Daher Nerven und Schlaflosigkeit, Hämorrhoiden und Blutgeschmack etc. Sei nur so freundlich, nicht etwa auch jenen vorhin geschilderten Geisteszustand auf das Gangliensystem zurückzuführen! Mir würde sonst um meine Unsterblichkeit bange. Denn ich habe noch nicht gehört, daß Blähungen philosophische Zustände erregen.

Mit diesen – mit diesen Zuständen – mich Dir empfehlend bitte ich Dich recht von Herzen, die Hoffnung noch nicht völlig aufzugeben: ich weiß, wie gern Vischer die Sache betreiben wird. Meine Briefsäumnisse mag ich nicht entschuldigen: aber Du weißt, je *mehr* man die Freunde braucht, um so weniger pflegt man zu schreiben. Es ist ganz gut – aber doch nicht recht! Darum bekommst Du bald wieder von mir einen Brief. Inzwischen denke meiner wie ich Deiner stets gedenke, lieber Freund! F. N.

52. *An Carl von Gersdorff* Basel, 21. Juni 1871

Mein lieber, teurer Freund, so bist Du mir denn glücklich erhalten und *integer* aus den ungeheuren Gefährlichkeiten heimgekehrt. Endlich wieder darfst Du an friedliche Beschäftigungen und Aufgaben denken und jene furchtbare kriegerische Episode als einen ernsten, doch vorübergeflohenen Traum Deines Lebens betrachten. Nun winken neue Pflichten: und wenn eins uns auch im Frieden bleiben mag aus jenem wilden Kriegsspiel, so ist es der heldenmütige und zugleich besonnene Geist, den ich zu meiner Überraschung, gleichsam als eine schöne unerwartete Entdeckung, in unsrem Heere frisch und kräftig, in alter germanischer Gesundheit gefunden habe. Darauf läßt sich bauen: wir dürfen wieder hoffen! Unsre *deutsche* Mission ist noch nicht vorbei! Ich bin mutiger als je: denn noch nicht alles ist unter französisch-jüdischer Verflachung und »Eleganz« und unter dem gierigen Treiben der »Jetztzeit« zugrunde gegangen. Es gibt doch noch Tapferkeit, und zwar deutsche Tapferkeit, die etwas innerlich anderes ist als der *élan* unserer bedauerungswerten Nachbarn.

Über den Kampf der Nationen hinaus hat uns jener internationale Hydrakopf erschreckt, der plötzlich so furchtbar zum Vorschein kam, als Anzeiger ganz anderer Zukunftskämpfe. Wenn wir uns einmal persönlich aussprechen könnten, so würden wir übereinkommen, wie gerade in jener Erscheinung unser modernes Leben, ja eigentlich das ganze alte christliche Europa und sein Staat, vor allem aber die jetzt überall herrschende romanische »Zivilisation« den ungeheuren Schaden verrät, der unserer Welt anhaftet: wie wir alle, mit aller unserer Vergangenheit, *schuld sind* an solchen zutage tretenden Schrecken: so daß wir ferne davon sein müssen, mit hohem Selbstgefühl das Verbrechen eines Kampfes gegen die Kultur nur jenen Unglücklichen zu imputieren. Ich weiß, was es sagen will: der Kampf gegen die Kultur. Als ich von dem Pariser Brande vernahm, so war ich für einige Tage völlig vernichtet und aufgelöst in Tränen und Zweifeln: die ganze wissenschaftliche und philosophisch-künstlerische Existenz erschien mir als eine Absurdität, wenn ein einzelner Tag die herrlichsten Kunstwerke, ja ganze Perioden der Kunst austilgen konnte; ich klammerte mich mit ernster Überzeugung an den metaphysischen Wert der Kunst, die der armen Menschen wegen nicht da sein kann, sondern höhere Missionen zu erfüllen hat. Aber auch bei meinem höchsten Schmerz war ich nicht imstande, einen Stein auf jene Frevler zu werfen, die mir nur Träger einer allgemeinen Schuld waren, über die viel zu denken ist! –

Hier folgt eine Abhandlung, die von meinem philosophischen Treiben etwas mehr verrät als es der Titel andeutet. Lies sie mit Wohlwollen; ich habe noch vielerlei vor und bereite mich auch auf einen Kampf vor, an dem, wie ich weiß, meine Freunde starken Anteil haben werden. Wie viel wäre mündlich zu besprechen, mein teurer Freund! Und wann darf ich einmal auf Deinen Besuch hoffen?

Über Wagner wirst Du durch die Norddeutsche Allgemeine vielerlei und wie ich denke, nur Gutes gehört haben: auch über die großen Bayreuther Pläne. Es ist alles im schönsten Gange. – In Tribschen hat man Dich in gutem Gedächtnis: ich habe erzählt, daß Du mir Deinen Besuch für den Sommer versprochen hättest.

Mein Befinden ist diesen Sommer besser. Die Witterung ist übrigens höchst wechselvoll. Heute haben wir Sturm und kalten Regen. Im Sommer, vom 15. Juli bis 13. August bin ich in Gimmelwald, bei Mürren, im Berner Oberlande, zusammen mit meiner Schwester. Wir sind dort in einer kleinen, wundervoll gelegnen Pension bereits angemeldet. Bist Du denn Zeuge des Berliner Einzugs gewesen? –

Nochmals, mein lieber Freund; ich bin glücklich im Gedanken an Deinen baldigen Besuch. Der Ratsherr Vischer (der als Student öfters im Hause Deines Großvaters in Weimar war) freut sich auch auf Dein Hiersein. Denn alle meine Bekannten wissen von Deinen Schicksalen.

Lebe recht wohl und immer besser: Du hast es verdient.

Ich bitte darum, Deinen verehrten Eltern empfohlen zu werden und bin, was ich war, Dein treuer Freund Friedrich Nietzsche

53. *An Paul Deussen* Basel, 2. Juli 71

Mein lieber Freund, ich habe von Deinen Plänen gehört und über sie nachgedacht. In dieser Doppelheit der Stellung, teils als Gymnasiallehrer, teils als Universitätsdozent liegt *zunächst* etwas sehr Wertvolles. Ich würde Dich jedenfalls bitten, Deine Schulstellung ja nicht aus Überdruß an sogenannter »Schulmeisterei« preiszugeben. Es ist unsre hoffnungsreichste Position: und wer, wie ich, an die durchgreifendsten Reformen des Erziehungswesens gedacht hat, weiß diese Praxis, die reiche Empirie einer Gymnasiallehrerstellung hoch zu schätzen. Denn dort müssen wir *anfangen*, unsre ernsthaftere Weltbetrachtung zum Ausdruck zu bringen. Die Universität ist schwerlich der fruchtbringendste Boden dazu. – Über Universitäten müssen wir uns einmal mündlich verständigen. Wann wirst Du mir einmal mitteilen, daß wir uns sehen, *wiedersehen* wollen? Was sind Briefe!

Hier ein Aufsatz, das zweite Stück eines größeren, der langsam zum Druck kommt. Lies ihn so, wie er verfaßt ist, und laß Dich nicht abschrecken, wenn einige Kunstausdrücke kommen, die im ersten, vorangehenden Teile des Aufsatzes ausführlich motiviert sind. Es ist dies nur ein Druck für meine Freunde (wie früher der »Homer«). Also keine Publikation! Schreibe mir bald und ausführlich Deine Empfindungen darüber: es wird mir das über Deine philosophische Entwicklung am lehrreichsten sein.

Mein guter Freund, ich wiederhole, *wann sehen* wir uns?

In alter Treue F. Nietzsche

54. *An Carl von Gersdorff* Basel, Montag, c. 18. Sept. 71

Mein lieber Freund, meinen herzlichsten Gruß zuvor! Ich bin immer so zufrieden, wenn ich an Dich denke; denn es kommt mir so vor als ob wir auch nach fünfjährigem Intermezzo noch recht gut zusammenpassen. Unsere Wege sind doch, im letzten Grunde, nicht auseinandergegangen, und so haben wir uns wiedergefunden und so werden wir uns in aller Zukunft wiederfinden. Wie wenig Menschen haben, nach solchen Zwischenräumen der Trennung, solch ein Glück mit ihren Freunden!

Ich danke Dir noch einmal für Deinen Besuch; es hätte mir in diesem Sommer nichts Angenehmeres und Tröstlicheres passieren können. Wir haben das Netz der Kultur wieder einmal gemeinsam über unsern Köpfen zusammengezogen, und es wird schwerhalten, uns in dieser Gemeinsamkeit unsrer besten Absichten zu stören.

Du bist überall im besten Andenken. Frau Wagner hat mir über Dich geschrieben, sehr erfreut und dankbar: Burckhardt und Vischer senden Dir ihre besten Grüße. Kurz – mein Basel lob ich mir; meine Freunde sind mit Basel und Basel mit meinen Freunden zufrieden.

Deine letzten Mitteilungen haben mancherlei Schmerzliches. Dein armer Bruder!

Jene Auseinandersetzung über Religion und Philosophie, von der Du mir erzählst, gehört gewiß zu den traurigsten Notwendigkeiten des Lebens: ist man einmal dazu getrieben, so wappne man sich mit Weisheit und Milde. Es ist so überaus schwer, bei solchen Anfechtungen, von aller Bitterkeit sich freizuhalten: während doch, bei der großen Dunkelheit des Daseins, hier das eigentliche Bereich des Mitleidens ist. Betone nur immer durch die Tat Deine innerste Übereinstimmung mit dem Dogma der Liebe und des Mitleidens – das ist die feste Brücke, die auch über solche Klüfte geschlagen werden kann. –

Auch ist es eine edle Kunst, in solchen Dingen zur rechten Zeit zu *schweigen*. Das Wort ist ein gefährliches Ding und selten bei derartigen Anlässen das rechte. Wie vieles darf man nicht aussprechen! Und gerade religiöse und philosophische Grundanschauungen gehören zu den *pudendis*. Es sind die Wurzeln unseres Denkens und Wollens: deshalb sollen sie nicht ans grelle Licht gezogen werden. –

Im Herbst werden wir uns wiedersehen können: zwar schwerlich in Mannheim: denn Wagner ist jetzt in voller schaffender Tätigkeit und deshalb wohl nur mit großer Mühe zu solchen zerstreuenden Öffentlichkeiten zu bewegen.

Aber ich komme wahrscheinlich nach Leipzig, wo ich eine Zusammenkunft mit Rohde verabredet habe. Genaueres melde ich Dir noch. Denke Dir, daß ich vielleicht das Glück habe, alle meine Freunde in diesem Sommer und Herbst in einer Reihenfolge wiederzusehen.

Du hast dieses Glück inauguriert. Dann kam Romundt auf wenige Tage, aber doch zu unsrer großen beiderseitigen Ergötzung. Er war auf dem Wege nach Nizza und ist nun entschlossen, im nächsten Jahre sich für Philosophie zu habilitieren.

In Naumburg werde ich Pinder und Krug treffen, in Leipzig Windisch, Ritschls, Brockhausens und – Rohde. Auf meiner Rückkehr über Marburg will ich Deussen wiedersehn.

– Und könntest Du nicht Mushacke mit nach Leipzig bringen, ungefähr am 10. Oktober? So wäre der Kreislauf vollständig. –

Nun noch eine Bitte. Kennst Du den jungen Fürsten Hatzfeld, den Bruder der Frau v. Schleinitz? Er ist Referendar und Majoratserbe. Ich wäre Dir sehr dankbar, wenn Du mir etwas Genaues über seinen Charakter und seine Bildungsabsichten etc. mitteilen könntest. Den Grund zu dieser, mir sehr wichtigen Anfrage will ich Dir später mitteilen. Wenn Du ihn nicht kennst – mindestens wirst Du leicht etwas über ihn hören können.

Und nun, mein lieber treuer Freund, lebe wohl! Lebe Dich hinein in Wagnersche Kunst, wie Du Dich in Schopenhauer hineingelebt hast. Grüße mir Deine künstlerischen Freunde und denke gern

an Deinen Gebirgskameraden Friedr. Nietzsche

55. *An Gustav Krug* Basel, 13. Nov. 71

Diesen Gruß,
lieber Freund,
zum Angebinde

daß Dich nicht
Ärgernuß
nage und schinde,
sondern daß
Frohgemüt
Dich führe und leite,
Freunden zum Trost,
Feinden jedoch
zu ewigem Neide!

Dieses *carmen* ist nach einer eignen *barbarischen Weise* abzusingen, die ich auch zu Deinen Ehren erfunden habe. Bei unserer nächsten Zusammenkunft will ich sie mündlich weiter fortpflanzen. Auf Papier geschrieben verdorrt sie.

Welche angenehme Erinnerung habe ich von meinen Naumburger Herbsttagen mitgenommen! Seit langer Zeit habe ich nicht so im Genusse der Freundschaft, der Heimat, der Vergangenheit und Gegenwart geschwelgt, und ich bin meinen werten Freunden herzlichen Dank schuldig. In einer ganz seltnen Weise hat sich das Wohlgefühl über jene hellen und warmen Herbsttage bei mir noch hinterdrein manifestiert, in einer Weise, die Deine Teilnahme erwecken wird, mein lieber Freund. Du weißt daß ich seit sechs Jahren nichts mehr komponiert habe (seit jenem Kyrie habe ich nicht mehr die Feder zu einem Notenkopfe gespitzt) und siehe! oder höre!

Inzwischen ist ein sonderbares Opus fertig geworden, gleichsam aus der Luft gefallen. Das erste Motiv war nur, etwas von meinen früheren Sachen vierhändig zuzurichten, so daß ich es mit meinem Kollegen Overbeck zu spielen vermöchte. Ich verfiel auf jene »Silvesternacht«: aber kaum hatte ich das Notenpapier gekauft, so verwandelte sich alles unter meinen Händen, und von dem ersten Takte an ist es etwas völlig Neues geworden. Der lange Titel dieses vierhändigen Satzes, dessen Ausführung 20 Minuten dauert, lautet: »Nachklang einer Silvesternacht, mit Prozessionslied, Bauerntanz und Mitternachtsglocke«. –

Du weißt, wie erstaunt ich war, Dich noch bei frischer Komponierstimmung anzutreffen, und ich kam mir wer weiß wie verwelkt oder auch »weise« vor, daß ich darin mich seit 6 Jahren resigniert hatte. Und nun hinterdrein! Du siehst, was Dein Beispiel an mir gefruchtet hat! Im übrigen bin ich jetzt, wo ich das Werk hinter mir habe, fast auf dem früheren Punkte und denke nicht daran *weiter* zu komponieren: weshalb ich sagte, diese Komposition sei aus der Luft gefallen. Jedenfalls klingt sie gut: sie hat etwas Populäres, gerät nie ins Tragische, wenn auch ins Ernste und Wehmütige. Mitunter ist sie triumphierend, ja auch schmerzlich ausgelassen, kurz – wenn Du Dich unserer Ferienstimmungen erinnern willst, der Spaziergänge über den Knabenberg, bis auf »das Ding an sich«, so wirst Du eine Exemplifikation dieser »dionysischen Manifestation« haben. Das Ganze ist auf wenig Themen aufgebaut, in der Tonfarbe freilich orchestral, ja förmlich gierig nach Orchestration, aber Du weißt – hier kann ich nicht mehr mit. Die Geburtstage sind der 1te bis 7te November: es ist ein so reinliches Manuskript, daß ich mit Overbeck es immer aus der ersten Niederschrift bis jetzt gespielt habe. Jetzt schreibe ich es nochmal ab, um meiner ausgezeichneten und verehrten Freundin, Frau Cosima W., ein Geburtstagsgeschenk machen zu können.

Jetzt macht das neue Semester seine Ansprüche: meine Interessen sind auf Plato und auf lateinische Epigraphik gerichtet. Da höre ich die Muse der Tonkunst nur noch aus weiter Ferne –

Ich sinne darüber nach, wie ich Dir einmal einen Eindruck von meiner Komp. verschaffe. Jedenfalls bei unserem nächsten Zusammensein. Denn schließlich bist Du der einzige, der etwas Teilnahme für solche Extravaganzen haben wird: bei anderen Menschen setze ich nur ein gewisses Mißtrauen in diesem Punkte voraus. Was tut es und wem schadet es, wenn ich mich alle 6 Jahre einmal durch eine dionysische Weise von dem Banne der Musik freikaufe! Denn so betrachte ich diesen musikalischen Exzeß, als einen Freibrief. Es ist ein Nachklang, auch für meine musikalische Lebenszeit, ein Silvesternachklang aus einem Musikjahre. – Jetzt hoffe ich, daß durch meinen rapiden Verlauf auch wiederum Dein Quartett gefördert wird: daß wir wieder einmal, nach alter Germania-Gewohnheit, eine »Synode« halten und dieselbe mit einem »Konzert eigner Kompos.« schließen können. – Möge Dich und unsern lieben gemeinsamen Freund Wilhelm ein guter Genius, auch auf allen juristischen Bahnen, führen und leiten.

640

Freunden zum Trost,
Feinden jedoch
zu ewigem Neide!

F W Nietzsche

56. *An Carl von Gersdorff* [Basel, 18. November 1871]

Verzeihe mir, mein lieber Freund, daß ich Dir nicht früher für Deine Briefe gedankt habe, von denen ein jeder mich an Dein kräftiges Kulturleben erinnert, als ob Du im Grunde noch Soldat seist und Deine militärische Gesinnung jetzt im Bereiche der Philosophie und Kunst zu erweisen trachtetest. Und so ist es recht; nur noch als Kämpfer haben wir gerade in unserer Zeit ein Recht zu existieren, als Vorkämpfer für ein kommendes *saeculum*, dessen Formation wir an uns, an unsern besten Stunden nämlich, etwa ahnen können: da diese besten Stunden uns doch offenbar dem Geiste *unserer* Zeit entfremden, aber doch irgendwo eine Heimat haben müssen; weshalb ich glaube, wir haben in diesen Stunden so eine dumpfe Witterung des Kommenden. Haben wir nicht auch aus unserer letzten gemeinsamen Leipziger Erinnerung noch das Gedächtnis an solche entfremdete Momente, die in ein anderes *saeculum* gehören? – Also – es bleibt dabei: und im Ganzen, Vollen, Schönen resolut zu leben! Aber es gehört eine kräftige Resolution dazu und ist nichts für jedermann!

Heute wurde ich recht an unser Leipziger Dasein gemahnt, und in einem gewissen Sinne kann ich sagen: ich knüpfe ans fröhliche Ende den fröhlichen Anfang nun an, wie das lustige Lied heißt. Heute nämlich, erst heute! antwortete Fritzsch, der treffliche Verleger, auf meinen damaligen Besuch: weshalb ich Dir auch gerade heute Nachricht geben muß. Denn Du und Rohde, Ihr wart es, die mich zu dem trefflichen Fritzsch moralisch und körperlich brachten: was ich bis jetzt noch zu preisen habe. Er konnte nichts dafür, daß seine Antwort sich so lange verschob. Er hatte das Manuskript sofort einem Fachmann zur Beurteilung übersandt, und dieser hat bis zum 16. Nov. getrödelt. Du weißt doch noch, daß das Lied »Lieber Freund, diesen Gruß zum Angebinde« für den 16. Nov. bestimmt war, nämlich zu

Krugs Geburtstag. An diesem gleichen Tage schrieb der gute Fritzsch, »daß mich nicht Ärgernuß nag und schinde«, und verspricht sogar noch bis Weihnachten fertig zu werden. Also die Ausstattung genau nach dem Muster von Wagners »Bestimmung der Oper« ist *beschlossen:* freue Dich mit mir! Für eine schöne *Vignette* wird somit ein herrlicher Platz sein: sage dies Deinem künstlerischen Freunde, zugleich mit meinen teilnehmendsten Grüßen. Nimm Dir einmal die Wagnersche Broschüre vor, schlage den Titel auf und berechne Dir die Größe, die wir dem bildnerischen Kunstwerk geben können. Es kommt nur auf den Titel:

Die
Geburt der Tragödie
aus dem Geiste der Musik

von
Dr. Friedrich Nietzsche
Prof. o. p. der klass. Philologie

Leipzig Fritzsch

Ich habe bis jetzt das allerbeste Zutraun: die Schrift wird mächtig gekauft werden und auf ein Stückchen Unsterblichkeit mag sich der Herr Vignettenbildner nur gefaßt machen.

Nun noch etwas Neues. Denke Dir, mein lieber Freund, in welch seltsamer Weise jene erwärmenden Tage meiner Ferienzusammenkunft in mir hinterdrein wieder zum Vorschein gekommen sind. Nämlich in Form einer größeren vierhändigen Komposition, in der alles wiederklingt von einem schönen sonnenwarmen Herbste. Genannt ist das Opus, weil es anknüpft an eine Jugenderinnerung »Nachhall einer Silvesternacht, mit Prozessionslied, Bauerntanz und Mitternachtsglocke«. Das ist doch ein lustiger Titel: man hätte ebensogut zuviel noch erwarten dürfen »mit Punschbowle und Neujahrsgratulationen«. Overbeck und ich spielen sie, es ist jetzt unser Spezifikum, das wir vor allen vierhändigen Menschen voraushaben. Weihnachten wird Frau Wagner mit dieser Musik beschenkt und überrascht. Auch an dieser Komp. seid Ihr, meine lieben Freunde, die unbewußten *dei ex machina*! Seit sechs Jahren hatte ich nichts mehr komponiert, und *dieser* Herbst hat mich wieder stimuliert! Gut ausgeführt, dauert die Musik 20 Minuten.

Im übrigen bin ich wieder in philolog. Tätigkeit, lese »Einleitung in das Studium Platos« und »Latein. Epigraphik« und bereite für die Zeit nach Neujahr 6 öffentl. Vorträge vor »Über die Zukunft unserer Bildungsanstalten«.

Nächsten Dienstag hält unser neuer Philosoph seine Antrittsrede, über das »selbstverständliche« Thema: »Die Bedeutung des Aristoteles für die Gegenwart.« – –

Hier bist Du im guten Angedenken. Die Dämonenweihe habe ich bei Jacob Burckhardt, in seiner Stube gefeiert: er hat sich meinem Weiheakte angeschlossen und wir haben reichlich zwei Biergläser guten Rhoneweines auf die Straße geschüttet. In früheren Jahrhunderten wären wir der Zauberei verdächtig. – Als ich damals ½12 nachts nach Hause kam, ziemlich dämonisch, fand ich erstaunterweise Freund Deussen vor, mit dem ich noch bis gegen 2 Uhr auf der Straße herumzog. Mit dem allerfrühsten Zuge reiste er ab. Ich habe eine fast gespenstische Erinnerung an ihn, da ich ihn nur bei mattem Lampen- und Mondeslichte gesehn habe.

Laß bald etwas von Dir hören, mein wackerer werter Freund! Du weißt jetzt, daß es mit der Vign. höchste Zeit ist. Sei herzlich gegrüßt von Deinem Friedr. N.

57. *An Erwin Rohde* [Basel, nach dem 21. Dezember 1871]

Mein lieber, lieber Freund, einen herzlichen Weihnachtsgruß zuvor!

Ich hoffte Dir um diese Zeit bereits meine Schrift zuschicken zu können: es sind aber einige Verzögerungen eingetreten, nicht durch meine Schuld, so daß meine Weihnachtsgabe diesmal etwas zu spät kommen wird. Die Vignette des Titelblattes hat einige Störungen gemacht: die Zeichnung, von Gersdorffs Freunde Rau entworfen, hat unsern höchsten Beifall, aber der »bewährte« Holzschneider, den Fritzsch dafür ausgesucht hatte, hat eine stümperhafte Leistung gemacht, so daß sein Holzstock ganz unbrauchbar und inkorrigibel ist, und wir das Werk von neuem einem der besten Holzschneider, dem akademischen Künstler Vogel in Berlin, übertragen mußten. Gersdorff ist mir treu zur Seite und zeichnet sich durch zuverlässigste Hilfsbereitschaft in allen Dingen aus (hast Du ihm nicht einmal ein kleines Briefchen geschrieben? Ich glaube, Du würdest ihn sehr erfreuen. Er gehört zum Vorstande des Berliner Wagnervereins: willst Du Dich nicht bei ihm zu einem Lose anmelden? Alexandrinenstr. 121 II Treppen).

Der Druck ist bedeutend kompresser als in der »Bestimmung der Oper«, daher wird die Schrift wenig umfangreich, etwa 140 Seiten. Acht Bogen sind nach jeder Seite hin fertig, und ich habe nur einen kleinen Rest und die Vorrede zu korrigieren. Der ganze letzte Dir noch unbekannte Teil wird Dich gewiß in Erstaunen setzen, ich habe viel gewagt und darf mir aber in einem ganz enormen Sinne zurufen: *animam salvavi:* weshalb ich mit großer Befriedigung der Schrift gedenke und mich nicht beunruhige, ob sie gleich so anstößig wie möglich ausgefallen ist, und von einigen Seiten geradezu ein »Schrei der Entrüstung«, bei ihrer Publikation, laut werden wird.

Übrigens fühle ich mich in meinen Erkenntnissen der Musik wunderbar befestigt und von deren Richtigkeit überzeugt – durch das, was ich diese Woche in Mannheim, mit Wagner zusammen, erlebte. Ach, mein Freund! Daß Du nicht dabei sein konntest! Was sind alle sonstigen künstlerischen Erinnerungen und Erfahrungen, gemessen an diesen allerletzten! Mir ging es wie einem, dem eine Ahnung sich endlich erfüllt. Denn genau das ist Musik und nichts sonst! Und genau das meine ich mit dem Wort »Musik«, wenn ich das Dionysische schildere, und nichts sonst! Wenn ich mir aber denke, daß nur einige Hunderte Menschen aus der nächsten Generation das von der Musik haben, was ich von ihr habe, so erwarte ich eine völlig neue Kultur! Alles was übrig bleibt und sich gar nicht mit Musikrelationen erfassen lassen will, erzeugt bei mir freilich mitunter geradezu Ekel und Abscheu. Und wie ich vom Mannheimer Konzert zurückkam, hatte ich wirklich das sonderbar gesteigerte übernächtige Grauen vor der Tageswirklichkeit: weil sie mir gar nicht mehr wirklich erschien, sondern gespenstisch.

Diese Weihnachten verlebe ich einsam in Basel und habe die Tribschener herzlichen Einladungen ausgeschlagen. Ich brauche Zeit und

Einsamkeit, um über meine 6 Vorträge (Zukunft der Bildungsanstalten) einiges nachzudenken und mich zu sammeln. Frau W., deren Geburtstag am 25. Dez. ist (und der ich an Deiner Stelle schreiben würde!), habe ich meine »Silvesternacht« gewidmet und bin gespannt, was ich über meine musikalische Arbeit von dort aus zu hören bekomme, da ich noch *nie* etwas Kompetentes zu hören bekam. Wenn ich dieselbe Dir einmal zum Vortrag bringe, wirst Du, wie ich glaube, mit Rührung den warmen, beschaulichen und glücklichen Ton heraushören, der durch das Ganze hindurchklingt und für mich eine verklärte Erinnerung an das Glücksgefühl meiner Herbstferien zu bedeuten hat.

Mit Jacob Burckhardt habe ich einige schöne Tage erlebt, und unter uns wird viel über das Hellenische konferiert. Ich glaube, man kann jetzt in dieser Hinsicht einiges in Basel lernen. Deinen Pythagoreischen Aufsatz hat er mit großer Beteiligung gelesen und sich zu seinen Zwecken exzerpiert, und das, was Du über die ganze Entwicklung der Pythagorasvorstellung sagst, ist gewiß das Beste, was über ein so ernstes Kapitel bis jetzt gesagt worden ist. Inzwischen habe ich über Plato eine Anzahl Grundeinsichten gewonnen, und ich meine, wir beide dürften einmal die bisher so schäbige und mumienhafte Geschichte griechischer Philosophen tüchtig und innerlich erwärmen und erleuchten. – Alles, was Du Allgemeines zu sagen hast, übergib nur nicht den verfluchten philologischen Zeitschriften: warte nur etwas auf die Bayreuther Blätter! – Über Deine zugesagte Zarnckische Anzeige bin ich sehr glücklich und von vornherein sehr dankbar. Mein lieber Freund, wir haben noch ein großes Stück Leben miteinander auszumessen: wir wollen treu sein. FN.

58. *An Gustav Krug* [Basel, 31. Dezember 1871]

Mein lieber Freund, herzlichen Dank bin ich Dir schuldig, ebenso für Deinen eingehenden und wohlwollenden Brief als für die Übersendung eines sehr anziehenden Kompositionsfragmentes. Um mit letzterem zu beginnen, so freute ich mich der kontrapunktischen Sicherheit in diesem kanonischen Experiment: das ist ja unsere moderne

Art, die unerhörtesten Kunststücke nur noch *scherzoso* vorzuführen, etwa wie Wagner in der Prügelszene. Andererseits hat Dein Scherzo für meine Empfindung einen düsteren melancholischen Beigeschmack: wenn ich mir den Klang der Saiteninstrumente hinzudenke, so bekomme ich den Eindruck einer fieberhaften Erregung: rasche wilde Entschlüsse wechseln in unheimlicher Schnelle, und verlangend sehen wir aus nach einem erlösenden Mittelsatz:

Er führet die Freude durch's offene Tor,
Es glänzen die Wolken, es teilt sich der Flor,
Da scheint uns ein Bildchen, ein göttliches, vor –

wie wir im Goetheschen *Ergo bibamus* sangen. Also, lieber Freund, ein göttliches Bildchen! Die Traurigkeit ist nicht für den Menschen gemacht, sondern für die Tiere, sagt Sancho Pansa. Wenn ihr aber der Mensch allzusehr nachhängt, wird er darüber zum Tier. – Ich vermeide jetzt, so sehr es geht, dieses »Tierische« in der Musik. Auch der Schmerz muß von einer solchen Glorie dithyrambischen Entzückens umflossen sein, daß er darin gewissermaßen ertrinkt: wie ich dies am allergrößten Beispiele, am dritten Akt des Tristan empfinde. Lache so viel Du willst über meinen absurden Rat und Wunsch: ich wünsche und rate Dir etwas *mehr Glück* – auch in der Musik, und das soll meine Neujahrsgratulation sein.

Ach, wir wissen es beide, mein lieber Freund, wie dumm solch ein Wunsch ist: dieses innere ruhig beseligte Glück, aus dem die Kunst herausströmt, steht nicht in unserer Macht, folgt nicht unseren Wünschen – sondern fällt unerwartet hier und da einmal vom Himmel in unseren Schoß. Möge Dir im neuen Jahr dieses »Hier und da« recht oft zuteil werden! Und möge *in specie* das ganze Quartett ein Wiederklang solcher Momente sein, ohne allen »tierischen« Beigeschmack oder mit einer so zarten und edlen Dosis, wie sie etwa Dein originelles Fragment in sich trägt. Wenn ich wieder nach Naumburg komme, rechne ich unter meine ersten Freuden, Dein Quartett wirklich einmal zu *hören*: bis dahin wird es Dir wohl geglückt sein, eine Quartettgesellschaft zusammenzubringen. Man lernt übrigens bei der Ausführung eigner Kompositionen durch andere, was das »Dirigieren« heißen will. Man bekommt bei dieser eignen Erfahrung erst einen Begriff, wieviel *Fehler* in der Vortragsweise der einfachsten Musik zu machen sind. Insofern ist es sehr instruktiv, aber auch sehr peinlich und quälend, wie ich es jüngst öfters an meiner vierhändigen Kompos. zu spüren hatte, die mir niemand zu Danke spielen kann.

Um so mehr habe ich die Hoffnung, daß Dir gerade, mein lieber Freund, als dem allein in meine Musikentwicklung wirklich Eingeweihten, ein völliges Verständnis jener Komposition möglich ist, die Du wohl in diesen Tagen kennenlernen wirst. Ich möchte Dich nämlich bitten, meiner Mutter und Schwester, denen ich sie zu Weihnachten gewidmet habe, eine Vorstellung davon zu verschaffen und denke dabei keine Fehlbitte zu tun. Nimm diese Musik möglichst anspruchslos auf; es waren schöne Tage, wie ich sie machte – für mich, aber ich weiß nicht, inwieweit für andere. Oder vielmehr – ich weiß es, nach hiesigen Erfahrungen. Aber es ist nicht sehr glorreich, davon zu reden. Es ist sonderbar, daß die eigne Empfindung sich so schwer übertragen läßt, und was man dann noch an einer solchen Musik perzipiert, *ohne* diese meine Empfindung, das weiß Gott. Es muß was Seltsames sein, und ich kann mich schlechterdings nicht hineindenken.

Meine Schrift erscheint um Neujahr bei Fritzsch. Dir als einem rechten Melomanen, wird sie natürlich zugeschickt. Oh! Sie ist böse und anstößig. Lies sie verstohlen in Deinem Kämmerlein.

Unserem lieben Freunde Wilhelm folge ich mit teilnehmendster Empfindung und denke in kurzer Zeit Viktoria! über ein neu erlegtes Examenungetüm rufen zu hören. Inzwischen Mut! und Tapferkeit! Und Gesundheit! Und ein kräftiges Schlachtschwert und Schlachtroß für solche Gefährlichkeiten!

Empfiehl mich mit den besten Neujahrswünschen Deinen verehrten Eltern und sei versichert der alten Treue Deines

Freundes Friedr. Nietzsche

59. *An Richard Wagner* Basel, 2. Januar 1872

Verehrtester Meister, endlich kommt mein Neujahrswunsch und meine Weihnachtsgabe: freilich sehr spät, doch ohne Fritzschens und meine Schuld. Die mitunter unberechenbare Post gehört aber zu »des Geschickes Mächten«, mit denen kein ewger Bund zu flechten ist. Am 29. Dez. ist bereits das Paket von Leipzig abgegangen, und stündlich habe ich bis jetzt auf seine Ankunft gewartet, um Ihnen mit ihm zusammen meine Glück- und Segenswünsche zuschicken zu können.

Möge meine Schrift wenigstens in irgendeinem Grade der Teilnahme entsprechen, die Sie ihrer Genesis bis jetzt, wirklich zu meiner Beschämung, zugewandt haben. Und wenn ich selbst meine, in der Hauptsache Recht zu haben, so heißt das nur so viel, daß *Sie* mit *Ihrer Kunst* in Ewigkeit recht haben müssen. Auf jeder Seite werden Sie finden, daß ich Ihnen nur zu danken suche, für alles das, was Sie mir gegeben haben: und nur der Zweifel beschleicht mich, ob ich immer recht empfangen habe, was Sie mir gaben. Vielleicht werde ich manches später einmal besser machen können: und »später« nenne ich hier die Zeit der »Erfüllung«, die Bayreuther Kulturperiode. Inzwischen fühle ich mit Stolz, daß ich jetzt gekennzeichnet bin und daß man mich jetzt immer in einer Beziehung zu Ihnen nennen wird. Meinen Philologen gnade Gott, wenn sie jetzt nichts lernen wollen.

Ich werde beglückt sein, verehrtester Meister, wenn Sie diese Schrift, am Beginn des neuen Jahres, als ein gutes und freundliches Wahrzeichen entgegennehmen wollen.

In kurzer Zeit werde ich für Sie und Ihre Frau Gemahlin gebundene Exemplare nachschicken.

Unter Segenswünschen für Sie und Ihr Haus und mit heißem Danke für Ihre Liebe bin ich, der ich war und sein werde

Ihr getreuer Friedrich Nietzsche

60. *An Richard Wagner* Basel, Mittwoch [24. Januar 1872]

Mein verehrter Meister, soeben habe ich einen Brief an Ihre Frau Gemahlin abgesandt; es ist kaum eine Stunde nach Ihrer Abreise von Basel, so daß ich hoffen kann, wie schon morgen früh die gute Nachricht in Tribschen ist.

Es scheint jetzt der Moment zu sein, in dem der Bogen endlich gespannt wird – nachdem er lange mit schlaffen Sehnen da hing. Daß

Sie es aber auch sein müssen, der dies tut! Daß doch alles zuletzt auf Sie zurückgeht! Ich empfinde meine jetzige Existenz als einen Vorwurf und frage Sie aufrichtig an, ob Sie mich brauchen können. Außer dieser Anfrage wüßte ich augenblicklich nichts zu berichten – aber viel, sehr viel zu wünschen, zu hoffen, mein verehrter Meister!

In Treue Ihr Friedrich Nietzsche

61. *An Erwin Rohde* Basel, Sonntag, [28.] Jan. 72

Mein guter lieber Freund, neulich habe ich einmal eine vorläufige Anfrage, ob ich eine Professur in Greifswald annehmen würde, durch Susemihl bekommen, aber sofort, zu Deinen Gunsten und Dich empfehlend, abgelehnt. Ist die Sache in einem weiteren Stadium? Ich habe an Ribbeck verwiesen. – Hier war die Sache doch bekannt geworden und hat mir eine große Sympathie bei den guten Baselern erweckt. Obwohl ich protestierte, daß es kein Ruf sei, sondern nur eine ganz vorläufige Anfrage, hat mir doch die Studentenschaft einen Fackelzug beschlossen, und zwar mit der Motivation, daß sie damit ausdrücken wolle, wie sehr sie meine bisherige Tätigkeit in Basel schätze und ehre. Übrigens habe ich den Fackelzug abgelehnt. – Hier halte ich jetzt Vorträge »Über die Zukunft unserer Bildungsanstalten« und habe es bis zur »Sensation«, hier und da zum Enthusiasmus gebracht. Warum leben wir nicht beieinander! Denn was ich jetzt alles auf dem Herzen trage und für die Zukunft vorbereite, ist in Briefen auch nicht einmal zu berühren. – Ich habe mit Wagner eine Allianz geschlossen. Du kannst Dir gar nicht denken, wie nah wir uns jetzt stehen und wie unsre Pläne sich berühren. – Was ich über mein Buch habe hören müssen, ist ganz unglaubwürdig: weshalb ich auch darüber nichts schreibe – Was denkst Du darüber? Ein ungeheurer Ernst erfaßt mich bei allem, was ich darüber vernehme, weil ich in solchen Stimmen die Zukunft dessen, was ich vorhabe, errate. Dieses Leben wird noch sehr schwer.

In Leipzig soll wieder Erbitterung herrschen. Niemand schreibt mir von dort ein Wörtchen. Auch Ritschl nicht. – Mein guter Freund, irgendwann müssen wir wieder miteinander leben; es ist heilige Notwendigkeit. Ich lebe seit einiger Zeit in einem großen Strome: fast jeder Tag bringt etwas Erstaunliches; wie auch meine Ziele und Absichten sich erheben. – Ich kündige Dir, ganz verschwiegen und zu Verschwiegenheit auffordernd an, daß ich unter anderem ein *Promemoria* über die Straßburger Universität, als Interpellation bei dem Reichsrat, zu Händen Bismarcks vorbereite: worin ich zeigen will, wie schmählich man einen ungeheuren Moment versäumt hat, um eine wirkliche deutsche Bildungsanstalt, zur Regeneration des deutschen Geistes und zur Vernichtung der bisher. sog. »Kultur«, zu gründen. – Kampf aufs Messer! Oder auf Kanonen!

Der reitende Artillerist mit schwerstem Geschütz

62. *An Friedrich Ritschl* Basel, 30. Jan. 72

Verehrtester Herr Geheimrat, Sie werden mir mein Erstaunen nicht verargen, daß ich von Ihnen auch kein Wörtchen über mein jüngst erschienenes Buch zu hören bekomme, und hoffentlich auch meine Offenheit nicht, mit der ich Ihnen dies Erstaunen ausdrücke. Denn dieses Buch ist doch etwas von der Art eines Manifestes und fordert doch am wenigsten zum Schweigen auf. Vielleicht wundern Sie sich, wenn ich Ihnen sage, welchen Eindruck ich etwa bei Ihnen, mein verehrter Lehrer, voraussetzte: ich dachte, wenn Ihnen irgend etwas Hoffnungsvolles in Ihrem Leben begegnet sei, so möchte es dieses Buch sein, hoffnungsvoll für unsere Altertumswissenschaft, hoffnungsvoll für das deutsche Wesen, wenn auch eine Anzahl Individuen daran zugrunde gehen sollte. Denn die praktische Konsequenz meiner Ansichten werde *ich* wenigstens nicht schuldig bleiben, und Sie erraten etwas davon, wenn ich Ihnen mitteile, daß ich hier öffentliche Vorträge »Über die Zukunft unserer Bildungsanstalten« halte. Von persönlichen Absichten und Vorsichten fühle ich mich – wie Sie mir glauben werden, so ziemlich frei, und weil ich nichts für mich suche, hoffe ich etwas für andere zu leisten. Mir liegt vor allem daran, mich der jüngeren Generation der Philologen zu bemächtigen und ich hielte es für ein schmähliches Zeichen, wenn mir dies nicht gelänge. – Nun beunruhigt mich etwas Ihr Schweigen. Nicht als ob ich einen Augenblick an Ihrer Teilnahme für mich gezweifelt hätte; von der bin ich ein für alle Mal überzeugt – wohl aber könnte ich mir gerade von dieser Teilnahme aus eine gleichsam persönliche Besorgnis um mich erklären. Diese zu zerstreuen schreibe ich Ihnen. –

Das Register zum Rhein. Mus. habe ich bekommen. Haben Sie vielleicht meiner Schwester ein Exemplar geschickt?

Eine Anfrage, ob ich einen event. Ruf nach Greifswald annehmen würde, habe ich ohne einen Augenblick des Zögerns verneinend beantwortet.

Bleiben Sie mir, mein verehrter Herr Geheimrat, zusammen mit Ihrer Frau Gemahlin gewogen und seien Sie herzlich gegrüßt von

Ihrem Friedr. Nietzsche

63. *An Carl von Gersdorff* [Basel,] Sonntag, 4. Febr. 72

Mein lieber Freund, wieder nur ein paar Zeilen, voll des herzlichsten Dankes für Deine Mitteilungen, die mich aus schweren Besorgnissen befreiten oder wenigstens fast befreiten. Inzwischen habe ich auch ein Telegramm gelesen »Der Alexandriner Gersdorff ist unentbehrlich geworden«, das ich mir nicht ganz, aber doch fast ganz deuten kann. Was Du auch tun magst – denke daran, daß wir beide mit berufen sind, an einer Kulturbewegung unter den ersten zu kämpfen und zu arbeiten, welche vielleicht in der nächsten Generation, vielleicht noch später der größern Masse sich mitteilt. Dies sei unser Stolz, dies ermutige uns: im übrigen habe ich den Glauben, daß wir nicht geboren sind glücklich zu sein, sondern unsere Pflicht zu tun; und wir wollen uns segnen, wenn wir wissen, wo unsere Pflicht ist.

Meinem Buche wird es doch schwer, sich zu verbreiten: eine ausgezeichnete Anzeige, die Rohde für das Literarische Zentralblatt gemacht hatte, ist von der Redaktion zurückgewiesen worden. Das war die *letzte* Möglichkeit, daß eine ernste Stimme in einem wissenschaftlichen Blatte sich für mein Buch erklärte: jetzt erwarte ich nichts – oder Bosheiten oder Albernheiten... Aber ich rechne auf einen stillen langsamen Gang – durch die Jahrhunderte, wie ich Dir mit der größten Überzeugung ausspreche. Denn gewisse ewige Dinge sind hier zum ersten Male ausgesprochen: das muß weiterklingen. Um mich selbst bin ich unbesorgt: denn ich will nichts für mich, am wenigsten eine Karriere zu machen. Jetzt arbeite ich heiter an meinen pädagogischen Problemen. Für die Osterferien bin ich sehr gebeten, mit einem Professor im benachbarten Freiburg (Baden) nach Athen, Naxos und Kreta zu reisen: was sagst Du dazu! Besonders wenn Du hörst, wer es ist – der Sohn von Felix Mendelssohn-Bartholdy – Nun, ich werde nein! sagen. Ich erlebe immer etwas Kurioses. Den ersten Brief eines Philologen (Professor an der Universität Bern) über mein Buch, den ich fast nicht kenne, lege ich bei: gelegentlich schickst Du mir den Brief zurück.

An Deinen verehrungswürdigen Vater die besten Empfehlungen und den Ausdruck meiner Freude über seine Teilnahme.

Behalt mich lieb und habe Dank! Dank!

Dein Friedr. Nietzsche

64. *An Erwin Rohde* [Basel, Mitte Februar 1872]

Schnell, mein lieber treuer Freund, will ich Dir noch ein paar Zeilchen schreiben. Mit der Augsburgerin ist es nichts, wir wollen uns mit diesem Blatte nicht einlassen, weil es gegen Wagner infame Geschichten auf dem Gewissen hat. Die *Norddeutsche* stünde uns zu Gebote – aber kommt es Dir nicht lächerlich vor? Mir wenigstens. Denke außerdem, daß ich mit Dir über die Taktik einer Anzeige meines Buches insofern nicht einverstanden bin, daß *ich* alles Metaphysische, alles Deduzierende ferngehalten haben möchte: denn gerade dies wirkt, in einem Hohlspiegel zusammengedrängt, schlechterdings nicht anreizend zum Lesen, sondern umgekehrt. Glaubst Du nicht selbst, daß so ein Zarnckischer Leser, wenn er Deine Anzeige liest und vom Buche sonst nichts weiß, sich der Last, es zu lesen, enthoben fühlen darf – während gerade das Umgekehrte der gewünschte Erfolg sein muß, daß alle, die sich mit dem Altertum befassen, es pflichtmäßig erst lesen *müssen*. Wir wollen es doch ja nicht den guten Philologen so leicht machen, daß wir sie selbst fortjagen – sie sollen sich daran erkennen. Außerdem ist es durchaus nicht nötig, daß dies Buch rein metaphysisch und gewissermaßen »transmundan« wirke: da ist mir Jacob Burckhardt ein lebendiger Beweis: er, der sich alles Philosophische und vor allem alle Kunstphilosophie, also auch meine, höchst energisch vom Leibe hält, ist von den Entdeckungen des Buches für die Erkenntnis des griechischen Wesens so fasziniert, daß er Tag und Nacht darüber nachdenkt und mir das Beispiel der *fruchtbarsten* historischen Benutzung an tausend Einzelheiten gibt: so daß ich in seinem Sommerkolleg über griech. Kulturgeschichte viel! zu lernen haben werde, um so mehr als ich dann weiß, wie vertraut und heimisch der Boden ist, auf dem dies gewachsen. Du und er – Ihr beide zusammen gebt wirklich das Ideal des rechten Lesers ab: während Du von einer »Kosmodizee« sprichst, erzählt er mir, daß er jetzt erst den Athenäus recht verstünde usw. Da nun aber eine gewisse »Notorietät«, wie Burckhardt sagt, für ein Buch erst erreicht sein muß, ehe es ernst genommen wird, so ist die Taktik einer Anzeige etwas der Überlegung wertes. Deine Anzeige findet übrigens Wagner »vortrefflich«: auch Frau W. findet, daß sie viel, viel zu gut sei für die Augsburgerin; doch wünscht letztere, Du hättest lieber auf die *Tat* als auf das *Werk* aufmerksam machen mögen. Damit bin ich nun wieder nicht ganz einverstanden: denn worin die Tat besteht, ist nicht so leicht, ohne die größte Beleidigung des lesenden Publikums, auszudrücken: und eine *Tat* soll man an ihren Erfolgen ermessen – vielleicht sind diese hier sehr gering, vielleicht läuft es auf einen elektrischen Schlag ins Wasser hinaus – kurz, ich mag nicht, daß man von mir redet. Sodann muß man, wenn man »Taten« abschätzen will, autoritativ reden können.

Also, mein lieber Freund – ich sage Dir alles ganz offen, wie ich's fühle. Ich danke Dir für Deine edele Bemühung und werde Deine Anzeige brieflich unter Freunden herumschicken – aber laß uns ferne bleiben von dem Glauben, daß wir jetzt mit solchen Anzeigen etwas ausrichten. Die erwünschte »Notorietät« wird vielleicht durch skandalöse Beurteilungen und Beschimpfungen auch erreicht – ich empfehle Dir, *nichts* für mich zu schreiben, wie ich es mit Bestimmtheit weder von Wagner noch von Burckhardt erwarte: wir alle wollen warten und uns privatim freuen oder ärgern.

Soeben werde ich durch einen Brief Ritschls sehr überrascht und im Grunde recht angenehm: er hat gegen mich nichts von seiner freundschaftlichen Milde verloren und schreibt ohne jede Gereiztheit: was ich ihm hoch anrechne. Ich schicke Dir seinen Brief, mit der gleichen Bitte, wie früher – mir die Dokumente einmal gelegentlich sicher zuzustellen. Du erfährst aus dem Briefe auch etwas in betreff Dorpats.

Hier bin ich in voller Gedanken-Tätigkeit über die Zukunft unserer Bildungsanstalten: und es wird Tag für Tag »organisiert« und »regeneriert«, allerdings zunächst nur im Kopfe, doch mit der bestimmtesten praktischen »Tendenz«. Ich drücke mich heute infam aus: rechne meine stilistische Not auf einen ewig fließenden Schnupfen und allgemeines Mißbehagen durch κατάρρους mit βράγχος. Hast Du denn nach Tribschen geschrieben? Ich erzähle Dir zum Schluß von dem 22. Mai, d. h. Wagners Geburtstag, Grundsteinlegung vom Theater in Bayreuth, desgleichen vom Wagnerschen Haus, endlich klassische Aufführung der 9ten Symphonie – also »Alle nach Konnewitz!« Wirklich treffen wir alle für die Pfingstwoche in Bayreuth ein. Lieber Freund, es ist fast notwendig, auch für Dich, dort zu sein. Ich meine dies so ernst als möglich und denke mir, daß es Dir auch so scheinen wird. Fünfzig Jahre später würden wir es für unverzeihlich, für verrückt halten, nicht dabeigewesen zu sein – also überwinden wir die bewußten Unbequemlichkeiten – Basel und Kiel wird wohl in Bayreuth seine *Mitte* haben. Ich beschwöre Dich wirklich bei unserm Allerheiligsten, der Kunst – komme dorthin! Wir müssen dies zusammen erleben, ebenso wie nächstes Jahr die »Bühnenfestspiele«. Schreib mir recht bald, mein lieber treuer guter Freund und denke an mich wie an einen, der mit einem ungeheuren Schallrohr Dir zuruft: Bayreuth!! F. N.

65. *An Erwin Rohde*

[Basel,] Donnerstag [11. April 1872 oder kurz danach]

Liebster Freund, um Deine Stimmung durch das Zauberspiel der Hoffnung etwas aufzuheitern, erzähle ich Dir, als Antwort auf Deinen Brief, zuerst, in welche Kombination ich neuerdings, allerdings erst in Gedanken, Dich und Deinen Beruf, *alias* Lebensunterhalt gebracht habe. Ich denke nämlich darüber nach, wie Du um Michaeli in alle

Ehren und Emolumente meiner Basler Professur, als mein vollständiger Nachfolger, eintreten kannst. Ich selbst nämlich will den nächsten Winter herumziehn im deutschen Vaterland, d. h. eingeladen von den Wagnervereinen der größeren Städte, um Vorträge über die Nibelungen-Bühnenfestspiele zu halten – es muß eben jeder tun, was seine Pflicht ist und, im Kollisionsfalle, was seine Pflicht *mehr* ist. Habe ich aber auf diese Art einen Winter mich von der Universität getrennt, so benutze ich gewiß das einmal eingetretene Vakuum, um zwei Jahre lang nach dem Süden zu gehen. Zum Zwecke dieses Unternehmens lege ich meine Stellung hier nieder, so daß Du dann in *jeder* Beziehung mein Nachfolger wirst; wenn die Universität mir aber wohl will, so denke ich, wird sie mir den Titel und die Würde eines ordentl. Professors unbeschadet der davon gänzlich unabhängigen, Dir zugedachten Professur belassen, natürlich nicht den Gehalt. Bist Du geneigt, Dich mit dieser Kombination vertraut zu machen? – Wie gesagt, betrachte es als einen Entwurf, über den wir uns verständigen wollen. Ich selbst denke mit dem letzten Reste meines Vermögens, vielleicht 2000 Taler, noch 2½ Jahre existieren zu können – und was nachher wird, das weiß Gott, geht mich auch zunächst nichts an. Himmlisches Wohlgefühl, *nicht* als Stipendiat nach dem Süden zu wandern, die Augen rückwärts gedreht nach einem kaiserl. Ministerium! Aber vor allem muß ich wissen, ob Du nötigenfalls bereit bist. Die Entscheidung müßte Ende Mai getroffen werden. –

Herzliche und große Freude hast Du mir gemacht, als Du an Wagner den Brief abschicktest. *Wir* haben nun einmal für das Beste und Edelste, was wir wollen, keinen anderen Patronus: weshalb ihm von Rechts wegen alles als Opfergabe zukommt, was auf unserem eignen Ackerlande wächst. Wenn ich etwas schwer vermisse, so ist es gerade deshalb Deine Nähe: wir sollten immer zusammen uns an ihm erbauen und in der Erkenntnis seiner Werke fortschreiten. Das Nibelungenwerk taucht immer mehr vor meinen erstaunten Blicken auf – als etwas Unglaublich-Gigantisches und Vollendetes, und ohnegleichen. Aber es ist *schwer*, solchen Werken sich zu nähern: weshalb der, der viel davon empfunden und verstanden zu haben glaubt, davon auch reden muß – daher mein Winterplan.

Zu Deinem Sendschreiben an Wagner wünsche ich Dir frohes und glückliches Gelingen. Denke, ich bitte Dich, daran, in welcher *Zeit* Du W. das erweist: *später* kann ich Dir einmal deutlich machen, inwiefern es einer der kompliziertesten und aufregendsten Momente war, in dem jedes *wahre* Zeichen von Verständnis und Teilnahme lindernder Balsam ist.

Ich lege eine Anzahl von Briefen bei, von Romundt, von v. Baligand (Kammerherr des Königs von Bayern), von Franz Liszt, von Gustav Krug, von Prof. Hagen in Bern, von Schuré in Florenz, von der Gräfin Krokow, von Fr. Mathilde Maier. Dann könnte ich noch erzählen von einem sehr liebenswürdigen Briefe der Ministerin von Schleinitz aus Berlin, von Fr. von Meysenbug in Florenz usw. Hans von Bülow, den ich noch gar nicht kannte, hat mich hier besucht und bei mir angefragt, ob er mir seine Übersetzung von Leopardi (das Resultat seiner italienischen Mußestunden) widmen dürfe. Der ist so begeistert von meinem Buche, daß er mit zahlreichen Exemplaren davon herumreist, um sie zu verschenken. Es gibt bald eine zweite Auflage. Übrigens gibt es noch keine öffentliche Anzeige, nicht einmal eine Buchhändleranzeige – es ist ein Erfolg im Schoß der Familie. Dohm, der Redakteur des Kladderadatsch ist auch ein »Begeisterter« und wird darüber schreiben – vielleicht als der erste: was sich rührend und ridikül ausnehmen würde. – Nur unsere verrückten Philologen schweigen – der Brief von Ritschl war doch sehr wenig aufrichtig und dazu recht unbedeutend.

Windisch hat sich in Leipzig mit Roschers Tochter verlobt – ei welch eine schöne Adszendenz!

Gersdorff ist treu, tätig und gut wie immer und ist jetzt in der nützlichsten und anhaltenden Korrespondenz mit Tribschen. – Übrigens, mein lieber guter Freund, ist Bayreuth am 22. Mai für uns nicht zu umgehen, nach Schicksalsschluß! Und im Herbst wirst Du ja, wenn meine Kombination gelingt, Pfründner! Also komme, vorher aber schreibe mir. Zu allem, was Du unternimmst, nimm den Segen Deines Freundes, der Dich liebt und Dir herzlich zugetan ist.

Frd. Nietzsche

66. *An Carl von Gersdorff* Basel, 1. Mai [1872]

Mein lieber guter Freund, verarge mir es nur nicht, wenn ich hier und da einmal eine Pause mit Fermate  in meinem Briefverkehr mache: es hat sicherlich Gründe, aber äußerliche, die für unsere Freundschaft ohne Beziehung sind. Es gab viel zu tun, und ich war auch einige Zeit recht angegriffen und unwohl. Der Winter wollte überstanden sein, und mancherlei wichtige Entscheidungen mußten getroffen werden, von denen ich Dich nicht unterhalte, weil ich Dich einmal mündlich darüber sprechen werde. Nämlich in Bayreuth! Dort werde ich am Sonnabend vor Pfingsten eintreffen: ich bitte Dich, es doch ähnlich einzurichten. Heute habe ich, der Wohnung wegen, an den Oberbürgermeister Muncker geschrieben. Ich höre, daß Frau von Muchanoff, Gräfin Krokow und Fr. von Meysenbug sich auch schon angemeldet haben: ebenfalls Frau von Schleinitz. Diese hat mir einen sehr liebenswürdigen Brief geschrieben, für den Du, lieber Freund, gelegentlich einmal recht schön danken kannst.

Auch Rohde kommt hin, der mir gestern aus Kiel telegraphierte, er sei *Professor* dort geworden. Kannst Du ihm vielleicht ein Zeilchen der Gratulation schicken? Er hat Schönes vor, was Wagner und mich zugleich betrifft – es ist aber noch nicht zu verraten. Die erste Anzeige meines Buches ist nun auch erschienen, aber wo! In der italienischen *Rivista Europea!* An Dohm habe ich neulich noch ein Exemplar geschickt. Habe ich Dir schon von Bülows Enthusiasmus erzählt? Und daß er mir die Dedikation eines Buches angekündigt hat? Auch daß er mir erzählte, es werde sehr bald eine zweite Auflage nötig sein? – Sehr schön sollen ja, nach Tribschener Urteil, die Publikationen des studentischen Wagnervereins sein. Ich halte den Gedanken für äußerst glücklich, daß er die »geistige Agitation« vor allem übernehmen will, die Aufklärung über die Bedeutung dieser bevorstehenden Feste. Mache doch dem Vorsitzenden Herrn Coerper einen Besuch und deute ihm an, er möge an mich und an Rohde, d. h. an die einzigen Wagnerschen Professoren, die gedruckten Publikationen schicken. Vielleicht auch an E. von Hartmann (dessen Adresse ich haben möchte).

Was Du mir über Deinen Herrn Vater schreibst, hat mich sehr ergriffen: in solchen Anzeichen verehre ich den wundervollen deutschen, ja wie ich lieber sagen möchte *preußischen* Ernst, von dem nun einmal alles zu erhoffen ist, während ich gegen die obenaufschwimmende »deutsche Kultur« jetzt im höchsten Grade bedenklich bin.

Wie geht es Deinen künstlerischen Freunden? Kommt einer von ihnen nach Bayreuth? Wie sehr ich das wünsche!

Vorigen Sonnabend war trauriger und tiefbewegter Abschied von Tribschen. Tribschen hat nun aufgehört: wie unter lauter Trümmern gingen wir herum, die Rührung lag überall, in der Luft, in den Wolken, der Hund fraß nicht, die Dienerfamilie war, wenn man mit ihr redete, in beständigem Schluchzen. Wir packten die Manuskripte, Briefe und Bücher zusammen – ach, es war so trostlos! Diese drei Jahre, die ich in der Nähe von Tribschen verbrachte, in denen ich 23 Besuche dort gemacht habe – was bedeuten sie für mich! Fehlten sie mir, was wäre ich! Ich bin glücklich, in meinem Buche mir selbst jene Tribschener Welt petrifiziert zu haben.

Wir beginnen hier das Sommersemester – heute ist der Einweihungstag von Straßburgs Universität: ich denke an diese Feier mit den gemischtesten Empfindungen.

Das Sommerkolleg von Burckhardt wird etwas Einziges: es entgeht Dir viel, daß Du es nicht erleben kannst. Hast Du gehört, daß B. in den letzten Wochen einen sehr ernsthaften Ruf nach Berlin hatte. Er schlug ihn aus.

Mein lieber Freund, wie schön ist es doch, daß wir uns so bald wiedersehen. Noch schöner aber, daß wir uns, seit Jahresfrist, so recht wieder zusammengefunden haben. Unsre schönsten Hoffnungen und Pläne laufen nun in *einer* Bahn. Ich höre mit herzlicher Freude, daß Du an den Klavierauszügen Dich erbaust: wir müssen unsre Nibelungenstudien jetzt höchst ernsthaft beginnen, um uns für so unerhörte Dinge würdig zu machen.

Schreib mir doch *vor* Bayreuth noch ein Wort der Vereinbarung über unser Wiedersehen. In herzlicher Liebe Dein F. N.

67. *An Erwin Rohde* Sonntag, Basel [12. Mai 1872]

Mein lieber Freund, nun Gott sei Dank, daß Du kommen willst. Bei der außerordentlichen Not in betreff der Plätze, des Logis usw. war es durchaus nötig, schnell zu wissen ob Du kommen würdest. Das ist jetzt nun längst weiter gemeldet, nach der Fantaisie, wo jetzt meine Freunde hausen.

So sehen wir uns also wieder! Unsre Zusammenkünfte werden immer großartiger, immer historischer, nicht wahr?

Ich höre, daß die erste Probe am 19ten sein wird, die zweite Montag, die dritte Dienstag.

Zwar bin ich etwas krank, im Besitz einer »Gürtelrose« am Nacken: ich hoffe aber, daß zwischen Hautaffektion und Gehirnfunktion zur rechten Zeit Friede geschlossen wird: denn ich *muß* nach Bayreuth, trotz *cingulum*.

In den kurzen Osterruhemomenten ist auch eine pathetische vierhändige Musik entstanden: so daß jetzt zwei χορικά gleichsam das ἐπεισόδιον dieses Winters einrahmen. – Ich will Dir übrigens meine Wintervorträge mitbringen, durch die ich hier eine unverhältnismäßige Erregung und Begeisterung, bes. bei den Studenten, hervorgerufen habe. Gedruckt werden sie nicht. Jetzt lese ich an der Universität Choephoren vor sechs, vorplatonische Philosophen von zehn Zuhörern. Es ist kläglich! Unsre werten Fachgenossen sind recht still, in betreff meiner Schrift: sie mucksen nicht einmal. Inzwischen brüte ich an ganz neuen Dingen, von denen Du hören sollst.

Wann willst Du in Bayreuth eintreffen? Ich, wie schon gesagt, bin von Sonnabend morgen dort.

Ach, es ist wirklich unglaublich, was wir erleben! Und zusammen! Wenn ich mir dächte, daß wir in so wesentlichen Dingen uns nicht verstünden! Was würde mir fehlen! Wir wollen wieder dem Genius unserer Freundschaft opfern. Adieu! Lieber Freund F. N.

Großer Tag! Wagner-Konzert in Wien! Und – Tag der *riforma federale* in der Schweiz! Für selbige entweder Anfang vom Ende oder Ende vom Anfang.

68. *An Carl von Gersdorff* [Basel, 10. Juni 1872]

Mein lieber Freund, damit Du ganz über mich beruhigt bist und nicht etwa glaubst, daß ich in irgendwelcher Erregung meinen Tag verbringe, schreibe ich Dir, daß ich das Pamphlet gelesen habe und sofort gänzlich beruhigt war. Da trifft mich ja kein Wörtchen! Alles ist, bis ins Kleinste hinein, Verdrehung, Unverstand und Bosheit. Freilich verdient das Bürschchen eine Züchtigung, und in welcher Form sie erfolgen wird, soll Dir der mitfolgende Rohdesche Brief sagen.

Mir tut es herzlich leid um den jungen betörten Menschen, und ich empfinde wie Du ein wahres Leidwesen, wenn ich an seinen guten Namen denke. Es hilft nichts! Er muß öffentlich bestraft werden: wir unter uns wollen aber nicht vergessen, daß das die Frucht der jetzigen Jugenderziehung und der jetzigen Philologie ist: und wenn Wilamowitz bis an sein Ende ein Brandmal davon trägt, so soll ihn das immer daran erinnern, wie schmählich er mißleitet, verführt, aufgereizt, wie schlecht er unterrichtet worden ist.

Ich denke, mein lieber Freund, daß ich nun eine Erfahrung mehr habe, eine typische Erfahrung; nun weiß ich auch, was ich bis jetzt nicht wußte, wie ich so etwas ertragen kann. Gerüsteter und mutiger als je blicke ich in die Zukunft, und die Entwürfe einer neuen Schrift (*noch nicht* der pädagogischen) wachsen in mir. Ruhe und Kontemplation und einfache Zufriedenheit sind wieder zurückgekehrt, sobald ich die Schrift gelesen hatte.

Also betrübe Dich nicht und denke an unsre Bayreuther Gemeinsamkeiten! Wir Freunde haben alles jetzt gemein!

In herzlicher Liebe Dein F.

69. *An Carl von Gersdorff* [Basel, 25. Juni 1872]

Schnell, schnell, mein lieber Freund! Reise sofort ab! Am *Freitag* abend erste Aufführung des Tristan, am Sonntag zweite Aufführung. Wir *müssen* das Werk zweimal hören!

Ich reise Donnerstag morgen ab, ich bitte Dich komme! Sonntag *nacht* muß ich wieder zurückfahren. Bülow telegraphierte sehr erfreut über mein Kommen.

Dein getreuer, in schönster Hoffnung schwebender Freund F. N.

Ich will Hotel Marienbad wohnen: ich bitte Dich auch dahin zu kommen. Barerstr. 4 in der Nähe des Obelisks.

70. *An Gustav Krug* Basel, 24. Juli 1872

Mein lieber Gustav, diesmal trenne ich mich wirklich recht schwer von Deiner Musik, wie von etwas, was mir täglich lieber und sympathischer wurde und das man endlich nur mit Widerwillen der Post zum Lange-Nichtwiedersehen-Hören anvertraut. *Verliebt* habe ich mich in Deine Musik: nur möchte ich mehr Musiker sein, um sie noch unbehinderter schlürfen zu können. Mindestens wünschte ich mir ein recht schönes vierhändiges Arrangement, von einem Meister des Klaviers und der jetzigen Technik gemacht. Deine Musik trieft, um biblisch zu reden, vom Öle der Anmut und Wehmut; wie komme ich mir dann immer vor mit meinen plumpen Geschäften und täppischen *fortissimis* mit *tremolis*, wenn ich Deine Stimmenführungen sehe, wie schöngeschuppte graziöse Schlangen, und Deine *Kontrapunktik* studiere! Wirklich, mein lieber Freund, aus Dir braucht nichts zu werden: denn Du bist was geworden: ein tüchtiger Musiker, während unsereins sich mit »Dionysisch« und »Apollinisch« lächerlich macht. Wie unvergleichlich ist, gegen jedes Theoretisieren gehalten, jedes wirkliche Produzieren! Sei aber zufrieden, bei der innerlichen Art Deiner Musik, daß Du einen sogenannten *Beruf* hast, der gar nichts »Dionysisches« in sich trägt: denn es ist schädlich, so musikalisch schwermutsvoll auf dem Bauche zu liegen, wie ein Bär auf seiner Bärenhaut, »alle sechs Tagewerke im Busen fühlen«, wie Faust sagt – ich wenigstens habe wieder einmal für sechs Jahr das Musikmachen verschworen. »Der Ozean warf mich wieder einmal ans Land«, im vorigen Winter, nämlich auf die Sandbank der Dir bekannten Kompositionen. Damit soll's aber genug sein. Ich gerate, wie diese Kompositionen beweisen, in wahrhaft skandalöser Weise ins Phantastisch-Häßliche, ins Ungeziemend-Ausschweifende. Und ich erwartete von

Deiner Seite, einigen Schimpf und Schmach davonzutragen. Solltest Du aber für Manfred eine wirkliche Art von Neigung haben, wie Dein Brief gütig genug war zu versichern, so warne ich Dich ganz ernsthaft, lieber Freund, vor dieser meiner schlechten Musik. Laß keinen falschen Tropfen in Deine Musikempfindung kommen, am wenigsten aus der barbarisierenden Sphäre meiner Musik. Ich bin ohne Illusionen – jetzt wenigstens.

Verlange nur von mir nichts Kritisches – ich habe keinen guten Geschmack und bin, in meinen musikal. Kenntnissen, recht heruntergekommen, kann auch, wie Du gesehn hast, gar nicht mehr orthographisch schreiben. – Ich bin jetzt nur soviel Musiker, als zu meinem philosophischen Hausgebrauche eben nötig ist.

Die *Rohdesche* Anzeige ist Dir und Wilhelm von Tegernsee aus durch Gersdorff geschickt worden. In Bälde erscheint eine Gegenschrift gegen das philologische Pamphlet; hast Du den Wilamo-Wisch (oder Wilam ohne Witz?) gelesen? Welch übermütig-jüdisch angekränkeltes Bürschchen! Es bekommt aber Prügelchen! Ist nicht zu hindern!

Natürlich habe ich mit dieser Züchtigung nichts zu tun. Denn *ich* muß nur durch eins das schimpfende unzufriedene Pack widerlegen, ärgern und erzürnen – durch den wohlgemuten *Weiter*marsch auf der vor mir erschlossenen Bahn, d. h., ich bin wieder produktiv gestimmt wie die Kater im Lenz.

Im Herbst komme ich wahrscheinlich nach Naumburg.

Ich wünsche Dir von Herzen Glück zu Deinen juristischen Absichten: so chaotisch mir wird, wenn ich an Euren Gesetzeswust denke, so siegreich tauche aus diesem Strudel empor – laufe Deine Bahn, lieber Freund, »freudig wie ein Held zum Siege« (Bayreuther Angedenkens!).

Leb wohl! Leb wohl! Da fällt mir ein, Dir noch nicht gesagt zu haben, daß der Tristan notwendig von Dir gehört werden muß. Es ist ein grenzenlos großartiges Werk und verleiht dem Menschen das höchste Glück, die höchste Erhabenheit, die höchste Reinheit. Mündlich mehr.

Dein F. N.

71. *An Carl von Gersdorff* [Splügen, 5. Oktober 1872]

Mein lieber Freund, ich bitte Dich mir zu verzeihen, daß ich so lange geschwiegen habe: das Sommerhalbjahr ist für mich erst seit vorigem Sonnabend zu Ende, bis dahin aber war ich gleichmäßig für Choephoren und vorplatonische Philosophen Tag für Tag in Tätigkeit, hatte aber außerdem noch den Besuch von Mutter und Schwester, so daß augenblicklich ich alle *nur möglichen* Briefschulden habe. Hierher, an die Paßgrenze der Schweiz und Italiens habe ich mich zurückgezogen und bin über meine Wahl, bis auf Tinte und Feder (wie Du merkst), sehr zufrieden, sehr glücklich! Wunderbare reiche Einsamkeit, mit den herrlichsten Straßen, auf denen ich stundenlang gehen kann, in meine Gedanken versunken, ohne in einen Abgrund zu fallen: sobald ich aber um mich sehe, ist etwas Neues und Großes zu sehen. Die Menschen kommen nur mit den Posten hier durch, ich esse mit ihnen zu Tisch – meine ganze Berührung mit ihnen! – sie sind wie die Platonischen Schatten vor meiner Höhle.

Wenn Du diesen Brief herauskonjizierst, so bist Du ein ordentlicher Philologe.

Wenn ich dann einmal weiterreise, so werde ich Brescia ins Auge fassen, um auch dort wieder auszuruhen, d. h. wahrhaft zu *reisen*, wahrhaft zur Erholung zu reisen! Dort will ich die Bilder eines großen Venetianers studieren, des Moretto, und nur diese: so werde ich mir nicht den Magen, die Augen und die Ferien verderben.

Leider also werden wir uns in diesem Herbst nicht sehen; mein Plan für Norddeutschland war schon im Geiste fertig gedacht, und *Du* kamst recht ausdrücklich in diesem Plane vor – da verführte mich das herrlichste Wanderwetter zum Wandern.

Übrigens hatte ich mir vorgenommen, bei dieser norddeutschen Reise, auf ein – zwei Tage selbst Berlin zu berühren. Ich wollte nämlich das Atelier Deiner künstlerischen Freunde einmal mit Augen sehen. Besonders begierig bin ich, einmal etwas von dem Goethedenkmal durch Dich zu hören. Ich las eine sehr feindselige Beurteilung von einem Dr. Meyer (in dem Lützowschen Kunstblatt), aber doch in einem Tone geschrieben, der der ungeheuchelte Ausdruck der Bewunderung ist, der Bewunderung einer *großen* Begabung. Da wurde eine Nebenfigur, ein bärtiger Mann, als Repräsentant der Tragödie aufs höchste hervorgehoben – wäre es Dir nicht möglich, liebster Freund, meinem Wunsche nach Anschauung gerade *dieser* Figur irgendwie zu Hilfe zu kommen, durch Zeichnung oder Photographie?

Nun habe ich Dir noch von ein paar herrlichen Tagen zu berichten, in denen Deiner, so oft, auch mit Gläserklingen gedacht wurde. Ja, wir vermißten Dich unter uns – Frl. von Meysenbug, Olga Herzen und ihr Bräutigam Dr. Monod aus Paris. Welch ausgezeichnet gute und nicht genug zu schätzende Menschen! Auch Herr Monod, den Du noch nicht kennst, paßt außerordentlich gut in diesen Kreis, er ist Historiker, in Deutschland gebildet und, obschon echter Franzose, von dem edelsten Wunsche beseelt, nicht gegen das deutsche Wesen die Unparteilichkeit zu verlieren. Kennst Du von ihm die vielgelesene Schrift *Français et Allemands*, Schilderung seiner Kriegserlebnisse? Bei dieser Gelegenheit empfehle ich Dir die acht Artikel *über die Franzosen* in der Augsburger Allgem. nachzulesen, welche sie in den letzten zwei Monaten aus der Feder des *Prof. Hillebrand* in Florenz hatte, höchst merkwürdige Artikel, die zu schreiben wenig Deutsche befähigt gewesen wären.

Endlich – weißt Du, daß es von der guten Frl. von Meysenbug eine Selbstbiographie gibt? Sie überraschte mich damit – denn ich wußte nichts davon –, indem sie mir eines Tages ein in *Basel* erschienenes Buch *Mémoires d'une Idéaliste* schenkte. Sehr lehrreich und rührend! Lies es ja!

Meine französische Übersetzerin bei Genf arbeitet tüchtig: und Herr von Senger übersandte mir seitdem herzliche und tief empfundene Zeichen seiner Neigung. Neulich erschien in prachtvoller Ausstattung der neue große Kiepertsche Atlas von Hellas von 1872, als Geschenk. – Romundt hat eine Schrift drucken lassen: sobald ich nach Basel zurückkomme, schicke ich Dir ein sehr schönes Exemplar davon, mit der Bitte, es in meinem Namen Frau von Schleinitz zu überreichen.

Inzwischen, alter lieber Freund, denke an mich wie ich immer mit herzlicher Liebe mich Deiner erinnere. Lebe wohl!

Dein Friedr. Nietzsche

Bitte schreibe aber nur nach *Basel*.

664

72. *An Erwin Rohde* Basel, den 25. Oktober 1872

Endlich, liebster Freund, ist die erste Erregung überwunden, die mir beinahe eine Unverdaulichkeit zugezogen hätte – es wäre doch schade gewesen, wenn ich an dieser herrlichen Weinbeere erstickt wäre, nicht wahr? Nun sitze ich recht behaglich-nachmittaglich in meinem warmen Zimmer und freue mich wie ein Kind über die Bescherung, immer von neuem wieder an ihr herumschnuppernd und -knuppernd. Was Du mir heute erwiesen hast, weiß ich nicht in Worten zu schildern, ich wäre so völlig unfähig gewesen, es mir selbst zu erweisen und weiß, daß es keinen zweiten Menschen gibt, von dem ich ein solches Freundschaftsgeschenk erhoffen könnte. Was hast Du Dich überwinden müssen, armer lieber Freund, mit jenem Burschen so lange umzugehen! Ich begreife nachträglich das Ekelhafte und Peinliche jenes Angriffs am stärksten, indem ich fühle, was Du unter ihm gelitten hast. Nun aber strömt Deine Schrift ins Weite und schleppt den ersäuften Burschen hinter sich drein in das Weite. Welche Wirkungen Du davon erwarten kannst, entnimm aus folgenden Mitteilungen, die an mich gekommen sind, ohne daß ich, wahrhaftig!, nach ihnen gesucht hätte. In Leipzig ist *eine* Stimme über meine Schrift: wie sie lautet, hat der brave und von mir sehr geachtete Usener in Bonn, vor seinen Studenten, die ihn gefragt haben, verraten: es sei der bare Unsinn, mit dem rein gar nichts anzufangen sei: jemand, der so etwas geschrieben habe, sei wissenschaftlich tot. Es ist als ob ich ein Verbrechen begangen hätte; man hat zehn Monate jetzt geschwiegen, weil wirklich alles glaubt, so gänzlich über meine Schrift hinaus zu sein, daß kein Wort darüber zu verlieren ist. So schildert mir Overbeck den Eindruck aus Leipzig. Alle Parteien sind darin eins: damit aber die barocke Ausnahme nicht fehlt, erschien vorgestern ein Brief von *E. Leutsch* im »Altweiberton« und verrät *Neigungen*! Die ganze Erfahrung hat etwas Blödsinniges! (Beiläufig, der alte Knabe schickte ein dickes Volumen, vielleicht 10 bis 15 Abhandlungen, Programme usw., und zwar seine Theognis-Berichte altmodisch-zierlich *eingebunden*! Es ist zum Totlachen!) Halb und halb hält man mich wohl sogar für übergeschnappt, denn diesen Trost haben unsre »Gesunden«, wenn sonst kein Trost verfangen will.

Nun Deine Schrift, in ihrer Großherzigkeit und kühnen Kriegsgenossenschaft, mitten in das gackernde Völkchen hineinfallend – welches Schauspiel! Romundt und Overbeck, die einzigen, denen ich bis jetzt sie vorlesen konnte, sind außer sich vor Freude über Dein glücklichstes Gelingen! – sie werden nicht müde, einzelnes und allgemeines preisend hervorzuheben, sie nennen die Polemik »lessingisch« – nun Du weißt, was gute Deutsche mit diesem Prädikate wollen. Mir gefällt vor allem, immer den tiefen dröhnenden Grundton, wie bei einem starken Wasserfall, mitzuhören, durch den eine jede Polemik erst geweiht wird und den Eindruck der Größe macht, jenen Grundton, in dem Liebe, Vertrauen, Mut, Kraft, Schmerz, Sieg und Hoffnung zusammenklingen. Lieber Freund, ich war ganz erschüttert – und als Du von den »Freunden« sprachst, vermochte ich lange nicht weiterzulesen. Welche herrlichen Erfahrungen habe ich doch in diesem Jahre gemacht! Und wie zerstiebt an ihnen alles etwa von anderswoher auf mich losstürzende Ungemach! Auch aus *Wagners* Seele heraus bin ich stolz und glücklich – denn Deine Schrift bezeichnet einen merkwürdigen Wendepunkt in seiner Stellung zu den wissenschaftlichen Kreisen Deutschlands. Kürzlich soll die Nationalzeitung so frech gewesen sein, mich unter die »literarischen Lakaien W.s« einzurechnen; welches Erstaunen, wenn auch Du Dich zu ihm bekennst! Das ist wohl etwas wichtiger noch, als daß Du an meine Seite trittst? Nicht wahr, alter Freund? Und das, gerade das, macht den heutigen Tag mir zu dem glücklichsten, den ich lange erlebt, ich sehe, was Du, in Deiner Freundestat für mich, *für Wagner getan hast!* Wenn Gersdorff Deine Schrift liest, so bin ich überzeugt, daß er zwei- bis dreimal sich auf den Kopf stellen wird, aus Freude und Glück! Und wie schön und »fürnehm« hat wieder der brave Fritzschius seine Sache gemacht! Wenn er nur nun auch den Vertrieb ebenso gut besorgt – und etwas schneller, als das Erscheinen; ich wußte in der letzten Zeit gar nicht mehr, was ich denken sollte und war fast willens, an ihn zu schreiben. Du kennst doch W.s neueste Schrift »Über Schauspieler und Sänger«? Ein ganz neu entdecktes Bereich der Ästhetik! Und wie fruchtbar gewendet erscheint mancher Gedanke aus der »Geb. der Tragödie«. Ich unterhalte mich mit dieser neuen Schrift, als ob ich mit W. zusammen wäre, dessen Nähe ich jetzt nun, so lange schon, entbehre.

Wir wollen mutig sein, mein lieber, lieber Freund! Ich glaube jetzt immer nur an das Besser-Werden, an *unser* Besserwerden, an unser Wachsen in guten Absichten, guten Mitteln, an unser Wettlaufen nach immer edleren und ferneren Zielen! O wir erreichen sie, und nach jedem Siege ist uns das Ziel weitergesteckt und wir laufen mutiger vorwärts. Soll es uns sehr kümmern, daß es nicht viel, ja sehr wenige Zuschauer gibt, die Augen haben zu sehen, welchen Wettlauf wir laufen? Kümmert uns dies, wenn wir nur wissen, daß diese wenigen Zuschauer auch für uns die einzigen Kampfesrichter sind? Ich für mein Teil gebe für einen solchen Zuschauer, wie Wagner ist, alle Ehrenkränze, die die Gegenwart spenden könnte, preis; und ihn zu befriedigen reizt mich mehr und höher als irgendeine andre Macht. Denn es ist *schwer* – und er sagt alles, ob es ihm gefällt oder nicht, und ist für mich wie ein gutes Gewissen, strafend und belohnend.

Nun mögen alle guten Geister mit uns sein, liebster Freund! Jetzt gehen wir miteinander, *eines* Glaubens und *eines* Hoffens! Was Du erlebst, erlebe ich und es gibt nichts mehr, was einer von uns noch für sich wäre, nichts Gutes und Rechtes!

Ich danke Dir, mein Freund, ich danke Dir!

Dein Friedrich

73. *An Hans von Bülow (Entwurf)*

[Basel, 29. Oktober oder kurz vorher]

Nun Gott sei Dank, daß ich das und gerade das von Ihnen hören muß. Ich weiß schon einen wie unbehaglichen Moment ich Ihnen gemacht habe, dafür sage ich Ihnen, wie sehr Sie mir genützt haben. Denken Sie, daß mir, in meiner musikal. Selbstzucht, allmählich jede Zucht abhanden gekommen ist, daß ich nie von einem Musiker ein Urteil über meine Musik hörte und daß ich wahrhaft glücklich, auf eine so einfache Art über das Wesen meiner allerletzten Kompositionsperiode aufgeklärt zu werden. Denn leider muß ich es gestehn – mache ich Musik eigner Fabrik von Kindheit an, besitze die Theorie durch Studium Albrechtbergers, habe Fugen *en masse* geschrieben und bin des reinen Stils – bis zu einem gewissen Grad der Reinheit fähig. Dagegen überkam mich mitunter ein so barbarisch-exzessives Gelüst, eine Mischung von Trotz und Ironie, daß ich – ebensowenig wie Sie scharf empfinden kann, was in der letzten Musik als Ernst, als Karikatur, als Hohn gemeint. Meinen nächsten Hausgenossen (o die *boni*)! habe ich es als Pamphlet auf die Programmusik zum besten gegeben. Und die ursprüngliche Charakterbezeichnung der Stimmung war *cannibalido*. Dabei ist mir nun leider klar, daß das Ganze samt dieser Mischung von Pathos und Bosheit, einer wirklichen Stimmung absolut entsprach und daß ich an der Niederschrift ein Vergnügen empfand, wie bei nichts Früherem. Es steht demnach recht traurig um meine Musik und noch mehr um meine Stimmungen. Wie bezeichnet man einen Zustand, in dem Lust, Verachtung, Übermut, Erhabenheit durcheinandergeraten sind? – Hier und da verfalle ich in dies gefährliche mondsüchtige Gebiet. – Dabei bin ich – das glauben Sie mir – unendlich weit entfernt, von dieser halb psychiatrischen Musikerregung aus, Wagnersche Musik zu beurteilen und zu verehren. Von meiner Musik weiß ich nur eins, daß ich damit Herr über eine Stimmung werde, die, ungestillt, vielleicht schädlicher ist. An jener verehre ich gerade diese höchste Notwendigkeit – und wo ich sie als mangelhafter Musiker nicht begreife, setze ich sie gläubig voraus. Was mir aber an der letzten Musik besonders vergnüglich war, das war gerade, bei dem tollsten Überschwang eine gewisse Karikatur jener Notwendigkeit. Und gerade diese verzweifelte Kontrapunktik muß mein Gefühl in dem Grade verwirrt haben, daß ich absolut urteilslos geworden war. Und in dieser Not dachte ich mitunter selbst besser von dieser Musik – ein höchst bedauerlicher Zustand, aus dem Sie mich jetzt gerettet haben. Haben Sie Dank! Das ist also keine Musik? Da bin ich recht glücklich daran, da brauche ich mich gar nicht mehr mit dieser Art des *otium cum odio*, mit dieser recht odiosen Art meines Zeitvertreibs abzugeben. Mir liegt an der Wahrheit: Sie wissen, es ist angenehmer sie zu hören als sie zu sagen. Da bin ich also doppelt wieder in Ihrer Schuld. – Aber ich bitte Sie nur um eins, machen Sie für meine Sünde nicht den Tristan verantwortlich. *Nach* dem Anhören des Tristan hätte ich gewiß solche Musik nicht mehr konzipiert – er heilt mich für lange Zeit von meiner Musik. Daß ich ihn wieder hören könnte!

Dann will ich aber doch einen Versuch machen, eine musikalische

Gesundkur vorzunehmen: und vielleicht bleibe ich, wenn ich in Ihrer Ausgabe Beethoven-Sonaten studiere, unter Ihrer geistigen Aufsicht und Leitung. Im übrigen ist mir das ganze eine höchst belehrende Erfahrung – die *Erziehungsfrage*, die mich auf andren Gebieten beschäftigt, wird für mich einmal, im Bereich der Kunst, mit bes. Stärke aufgeworfen. Welchen gräßlichen Verirrungen ist jetzt der Vereinzelte ausgesetzt!

74. *An Malwida von Meysenbug* 7. Nov. 72. Basel

Verehrtestes Fräulein, endlich ist mein Bündelchen für Sie bereit und endlich hören Sie wieder etwas von mir, nachdem ich in ein wahres Grabesschweigen versunken scheinen mußte. Denken Sie, daß ich inzwischen bereits einmal ziemlich in Ihrer Nähe war – nämlich in Bergamo und daß nur ein vollendeter plötzlich ausbrechender Widerwille gegen Italien (namentlich Gemälde!) mich schnell wieder zurücktrieb. – Sonst hätten wir uns in diesem Jahre zum vierten Male gesehen und wieder ein solches Wiedersehn feiern können wie das Basler Konzil, das ich in herzlichem Angedenken und mit stetem Dank gegen Sie und das liebenswerte Brautpaar in Erinnerung trage. Zum vierten Male! Vielleicht einmal mehr als gut ist, nach dem Sprichwort, daß aller guten Dinge drei sind – kurz, der Dämon trieb mich wieder zurück und setzte mich auf den Splügen, wo ich in der größten Abgeschiedenheit von Menschen und Gesellschaft ein beruhigtes und nachdenkliches Leben führte, in kräftiger, ja schneidender Luft (während die italienische Atmosphäre auf mich einwirkte wie der Dunst einer Badestube – abscheulich und weichlich!).

Übrigens wird Freund Gersdorff im nächsten Januar über die Alpen steigen und hat bereits bei mir angefragt, ob er Sie noch in Florenz anzutreffen die Hoffnung hegen könne. Er ist sehr glücklich, da sein Lebenslos jetzt einmal tüchtig umgeschüttelt wird – dadurch, daß er die juristische Laufbahn im Dezember aufgeben darf. Er wird nun etwas reisen und dann Landwirtschaft, mit den dazu nötigen wissenschaftlichen Vorbedingungen, studieren. Den nächsten Sommer denkt er vielleicht in Basel mit Chemie und »Kultur« wie er schreibt, zu verbringen – was jedenfalls nicht Agrikultur, sondern wirkliche Menschheitskultur zu bedeuten hat.

Für die dritte Woche des November, und zwar für acht Tage, ist mir ein herrlicher Besuch angekündigt – hier in Basel! Der »Besuch an sich«, Wagner mit Frau. Sie sind auf der großen Rundreise, auf der sie alle wesentlichen Theater Deutschlands berühren wollen, bei Gelegenheit aber auch den berühmten Basler *Zahnarzt*, dem ich also sehr viel Dank schulde! Die neueste Schrift Wagners »Über Schauspieler und Sänger« kennen Sie schon? Dagegen gewiß noch nicht die Apologie von Prof. Rohde in Kiel, die er, ebenso mit dem Schwert als der Feder, und mit großer Überlegenheit über seinen Gegner geschrieben hat. Ich habe es nämlich durch meine Geburt der Tragödie dazu gebracht, der anstößigste Philologe des Tages zu sein, für den einzutreten ein wahres Wunderwerk der Kühnheit sein mag, da alles einmütig ist, über mich den Stab zu brechen. Abgesehn von der Polemik, mit der ich Sie nicht belästigen würde, enthält aber die Rohdesche Schrift vielerlei Gutes über die philologischen Fundamente meines Buches und wird dadurch bei Ihnen einige Teilnahme finden können. Wenn ich nur nicht fürchten müßte, daß der großmütige Schritt Rohdes ihn in ein wahres Nest von Mißgunst und Bosheit hineinführen wird! Jetzt sind wir beide zusammen auf dem Index!

Im Grunde ist es ja eine Verwechslung; ich habe nicht für Philologen geschrieben, obwohl diese – wenn sie nur *könnten* – mancherlei selbst Rein-Philologisches aus meiner Schrift zu lernen vermöchten. Nun wenden sie sich erbittert an mich, und es scheint, sie meinen, ich habe ein Verbrechen begangen, weil ich nicht zuerst an sie und ihr Verständnis gedacht habe. Auch Rohdes Tat wird erfolglos bleiben, denn nichts vermag die ungeheure Kluft zu überbrücken. Nun ziehe ich ruhig weiter auf meiner Bahn und hüte mich, den Ekel zu empfinden, zu dem man sonst auf Schritt und Tritt Veranlassung fände.

Verehrtestes Fräulein, Sie haben ja Schwereres doch Analoges erlebt und wer weiß wie weit mein Leben noch dem Ihrigen ähnlich zu werden vermag. Denn bis jetzt habe ich eben nur gerade angefangen mich etwas auszusprechen; ich brauche noch viel guten Mut und kräftige Freundesliebe, vor allem gute und edle *Beispiele*, um nicht mitten im Sprechen den Atem zu verlieren. Ja, gute Beispiele! Und da denke ich an Sie und freue mich recht von Herzen, mit Ihnen, verehrtestes Fräulein, als mit einer einsamen Kämpferin für das Rechte, zusammengetroffen zu sein. Glauben Sie ein für allemal, daß ich Ihnen das unbedingte Vertrauen geschenkt habe, das ich, in dieser Welt des Mißtrauens, nur unter meinen nächsten Freunden empfinden darf, und daß ich so gegen Sie, vom ersten Augenblicke unseres Bekanntwerdens, gesinnt gewesen bin. Ebenfalls möge Fräulein Olga überzeugt sein, daß sie auf mich, in jeder Lage des Lebens, rechnen darf. Ich bin Ihnen beiden von Herzen gut und erhoffe Gelegenheiten, es zeigen zu können. –

Da kommt Ihr freundlicher Brief aus Florenz und erinnert mich zunächst daran, daß es, bei meinem abscheulichen Stillschweigen, eigentlich ganz anders erscheinen mußte als ich vorhin, im liegengebliebenen und unvollendeten Brief, versichern konnte: warum schrieb ich nur nicht, in so langer Zeit! So frage ich mich selbst ganz erstaunt, ohne rechte Gründe oder gar Entschuldigungen zu finden. Aber ich habe es schon erlebt, daß ich mich oft am schwersten entschließe, denen zu schreiben, an die ich am meisten denke. Aber ich verstehe es nicht. Deuten Sie es nur so gütig wie möglich und lassen Sie es dann vergessen sein. Es gibt so viel Irrationelles, gegen das man sich nur durch Vergessen hilft.

Mit diesem dunkeln Spruche will ich heute schließen. Sie empfangen mit diesem Briefe das Bild, die Rohdesche Schrift und meine fünf Vorträge über die Zukunft unserer Bildungsanstalten. Diese lesen Sie ja mit Vergegenwärtigung eines ganz bestimmten, und zwar Baslerischen Publikums; es würde mir jetzt unmöglich erscheinen, so etwas drucken zu lassen, denn es geht nicht genug in die Tiefe und ist in eine *farce* eingekleidet, deren Erfindung recht gering ist.

Von Herzen Ihr getreuer Dr. Friedrich Nietzsche

Ich richte noch die herzlichen Empfehlungen meiner Schwester aus; sie ist nicht mehr hier, will mich aber im Sommer wieder besuchen.

75. *An Richard Wagner* [Basel, Mitte November 1872]

Geliebter Meister, nach allem, was mir in der letzten Zeit widerfahren ist, habe ich wahrhaftig am allerwenigsten ein Recht, irgendwie mißmutig zu sein, denn ich lebe wirklich inmitten eines Sonnensystems von Freundesliebe, trostvollem Zuspruch und erquickenden Hoffnungen. Doch gibt es einen Punkt, der mich augenblicklich sehr beunruhigt: unser Wintersemester hat begonnen und ich habe gar keine Studenten! Unsre Philologen sind ausgeblieben! Es ist eigentlich ein *Pudendum* und ängstlich vor aller Welt zu verschweigen. Ihnen, geliebter Meister, erzähle ich es, weil Sie alles wissen sollen. Das Faktum ist nämlich so leicht zu erklären – ich bin unter meiner Fachgenossenschaft plötzlich so verrufen geworden, daß unsre kleine Universität Schaden leidet! Das quält mich sehr, weil ich wirklich derselben sehr ergeben und dankbar bin und am allerwenigsten ihr schaden möchte; jetzt aber feiern meine philologischen Kollegen, auch der Ratsherr Vischer, etwas, was er in seiner ganzen akademischen Laufbahn noch nicht erlebt hat. Bis zum letzten Halbjahr war die Philologenzahl immer im Wachsen – jetzt plötzlich wie weggeblasen! Doch entspricht es dem, was mir aus andern Universitätsstädten zu Ohren kommt. Leipzig natürlich blüht wieder in Scheelsucht und Dünkel, alles verurteilt mich und selbst diejenigen, »die mich kennen«, kommen nicht über den Standpunkt hinaus, mich wegen dieser »Absurdität« zu bemitleiden. Ein von mir sehr geachteter Philologieprofessor in Bonn hat seine Studenten einfach damit beschieden, mein Buch sei »barer Unsinn«, mit dem man rein nichts anfangen könne; jemand, der so etwas schreibe, sei wissenschaftlich tot. So ist mir denn auch von einem Studenten berichtet worden, der erst nach Basel kommen wollte, dann in Bonn zurückgehalten wurde und nun an einen Baseler Verwandten schrieb, er danke Gott, nicht an eine Universität gegangen zu sein, wo *ich* Lehrer sei. Glauben Sie nun, daß *Rohdes* edelmütige Tat etwas anderes erzeugen wird als Haß und Mißgunst zu verdoppeln und gegen uns zwei zu richten? Das nämlich erwarten wir, Rohde und ich, mit der größten Bestimmtheit. Das wäre aber allenfalls noch zu ertragen, aber der einer kleinen Universität von mir erwiesene Schaden, einer Universität, die mir viel Vertrauen geschenkt hat, schmerzt mich sehr und dürfte auf die Dauer mich zu Entschlüssen drängen, die bei mir schon aus andern Rücksichten immer von Zeit zu Zeit einmal auftauchen. – Übrigens kann ich dieses Winterhalbjahr gut benutzen, da ich jetzt nur noch, als einfacher Schulmeister, auf das Pädagogium angewiesen bin.

Das also war der »dunkle Punkt«, sonst nämlich ist alles Licht und Hoffnung. Ich müßte ein sehr moroser Maulwurf sein, wenn ich nicht durch solche Briefe, wie Sie sie mir schicken, zum Freudesprung begeistert würde. Also Sie kommen! Ich preise mein Glück und den Zahnarzt, denn diese Überraschung hätte ich nie zu träumen gewagt. Wollen Sie es diesmal vielleicht mit den »Drei Königen« versuchen? Ich halte sie für besser als Euler, in diesem Sommer habe ich mit meiner Schwester dort gegessen und einen sehr vergnügten Tag mit Fräulein von Meysenbug und dem Brautpaar Herzen-Monod verlebt.

Ihre herrliche Schrift über Schauspieler und Sänger hat bei mir wieder die Sehnsucht erregt, es möge jemand einmal aus Ihren ästhetischen Forschungen und Feststellungen einen zusammenfassenden Bericht machen, um zu zeigen, daß inzwischen sich die ganze Kunstbetrachtung so verändert, vertieft und bestimmt hat, daß von der traditionellen »Ästhetik« im Grunde nichts mehr übrig bleibt. Ich hatte auf dem Splügen gerade auch über die choreographische Bestimmtheit der griechischen Tragödie nachgedacht, über den Zusammenhang der Plastik mit der Mimik und Gruppenbildung der Schauspieler: gerade auch dies glaubte ich erkannt zu haben, wie viel Äschylus selbst jenes *Beispiel* gegeben hat, von dem Sie reden: so daß selbst in unsren Texten durch wundersame Zahlensymmetrien sich Symmetrien der Bewegung erraten lassen; und ich knüpfte an Ihre Tragödien die herrliche Hoffnung, daß von hier aus Maß, Ziel und Regel für einen deutschen Stil der Bewegung, der plastischen Wirklichkeit sich finden müsse. Mit diesen vorbereitenden Gedanken las ich Ihre Schrift wie eine Offenbarung. –

Nun kam Rohdes Schrift: nicht wahr, ich hatte ein Recht zu behaupten, nach dem Erscheinen des Pamphlets, daß ich selbst im kleinsten Nebenpunkte recht habe? Es ist doch immer hübsch, wenn man dies dann durch einen zweiten bewiesen liest. Denn mitunter wird man gegen sich selbst mißtrauisch, wenn die ganze Fachgenossenschaft so einmütig in feindseligem Widerspruche ist. Was hat aber der arme Freund leiden müssen, um sich so lange mit einem solchen »Troßbuben« herumzuschlagen! Wenn er es ausgehalten hat, so hat ihm der Hinblick auf Sie, geliebter Meister, den Mut und die Kraft gegeben. Wir sind nun beide so glücklich, *ein* Vorbild zu haben – und wie beneidenswert stehe ich da, einen solchen Freund wie Rohde zu besitzen, nicht wahr?

Als *Kuriosum* erzähle ich noch, daß ich neulich von einem Musiker über einen *Opern*text zu Rate gezogen wurde, im Grunde mit dem Wunsche, ich möge ihn selbst machen. Ich habe ihm eine weise Epistel geschrieben und sehr abgeraten: dagegen solle er eine gute *Kantate* komponieren, nämlich die »Walpurgisnacht« Goethes noch einmal, *nur besser als Mendelssohn!* Ob er wohl folgen wird? – Das Ganze ist aber doch sehr spaßhaft. –

In der Hoffnung, daß Sie, bei Ihrer Wanderung im lieben niederträchtigen Deutschland, den bewährten Bayreuther Glücksgriff haben, und mit dem Wunsche, recht bald eine Weisung zu erhalten, was etwa für Ihren hiesigen Aufenthalt vorzubereiten wäre, sage ich Ihnen heute von ganzem Herzen Lebewohl! und auf Wiedersehn!

Ihr alter Getreuer F. N.

76. *An Malwida von Meysenbug* Basel, 20. Dez. 72

Verehrtestes Fräulein, Sie haben mir eine große Freude gemacht, für die ich Ihnen auf der Stelle gedankt hätte, wenn es nicht nötig gewesen wäre, eine Photographie von mir beizulegen. Nun gab es aber keine – und wie Sie sehen – gibt es jetzt zwar welche, doch wieder vom alten Seeräuberstil, so daß ich zu der metaphysischen Annahme gedrängt werde, es möge das, was die Photographen so und immer wieder so darstellen, mein »intelligibler« Charakter sein; denn mein intellektueller ist es so wenig, daß ich Bedenken trug, Ihnen dies Konterfei meiner schlechteren Hälfte anzubieten. Kurz, ich wollte sagen, es gab erst einen Zeitverlust, weil ich keine Photographie, und dann wieder einen, weil ich eine hatte – aber eben eine solche! Ich erkläre dies ausdrücklich, weil ich Ihre Photographie für unbegreiflich gut halte: wie sich auch meine Schwester über das Bild von Fräulein Olga eben so dankbar als erfreut zu äußern allen Grund hat. Ich reise jetzt für zwei Wochen nach Naumburg, um dort Weihnachten zu feiern: während dieser Zeit will ich meine Schwester dazu bringen, sich photographisch hinrichten zu lassen: wenigstens bezeichnet dieser Ausdruck meine Empfindung, wenn der einäugige Zyklop als *deus ex machina* vor mir steht. Während ich mich dann bemühe, dem Verderben Trotz zu bieten, geschieht bereits das Unvermeidliche – und ich bin von neuem als Seeräuber oder erster Tenor oder Bojar *et hoc genus omne* äternisiert.

Nun werden Sie die Vorträge gelesen haben und erschreckt worden sein, wie die Geschichte plötzlich abbricht, nachdem so lange präludiert war und in lauter *negativis* und manchen Weitschweifigkeiten der Durst nach den wirklichen neuen Gedanken und Vorschlägen immer stärker sich eingestellt hatte. Man bekommt einen trocknen Hals bei dieser Lektüre und zuletzt nichts zu trinken! Genau genommen paßte das, was ich mir für den letzten Vortrag erdacht hatte – eine sehr tolle und bunte Nachtbeleuchtungsszene –, nicht vor mein Baseler Publikum, und es war gewiß ganz gut, daß mir das Wort im Munde stecken blieb. Im übrigen werde ich recht um die Fortsetzung gequält: da ich aber das Nachdenken über das ganze Gebiet etwas vertagt habe, etwa auf ein Triennium – was mir, bei meinem Alter, leicht wird – so wird der letzte Vortrag gewiß nie ausgearbeitet werden. – Die ganze Rheinszenerie, so wie alles Biographisch-Scheinende ist erschrecklich erlogen. Ich werde mich hüten, die Baseler mit den Wahrheiten meines Lebens zu unterhalten oder nicht zu unterhalten: aber selbst die Umgebung von Rolandseck ist mir in bedenklicher Weise undeutlich in der Erinnerung. Doch schreibt mir auch Frau Wagner, daß sie sich, am Rheine reisend, meiner Schilderung entsonnen habe.

Unser Zusammentreffen hat stattgefunden, in beglückendster Weise, aber nicht hier in Basel, sondern in *Straßburg*: nach langem telegraphischem Wetterleuchten zwischen hier und mehreren süddeutschen Städten wurde endlich der Baseler Aufenthalt als unmöglich erkannt, und so reiste ich denn eines Freitags nach Straßburg, wo wir mit- und beieinander zwei und einen halben Tag verlebten, ohne alle sonstigen

Geschäfte, sondern erzählend und spazierengehend und Pläne machend und der herzlichsten Zueinandergehörigkeit uns gemeinsam erfreuend. Wagner war mit seiner Reise recht zufrieden, er hatte tüchtige Stimmen und Menschen gefunden und war heiter und zu allem Unvermeidlichen gerüstet. Der ganze Winter geht drauf, denn nach Weihnachten geht es nach dem östlichen Norden Deutschlands, besonders nach Berlin, wo auf drei Wochen etwa haltgemacht werden soll. Es ist nicht gewiß, aber möglich, daß er nach Mailand, zur Scala-Aufführung kommt.

Gersdorff trifft in der ersten Hälfte des Januar hier ein, um dann unverzüglich weiter, nach Florenz und Rom zu reisen. Im Februar will er mit seinem Vater in Rom zusammentreffen. Er bedarf jetzt, ebenso wie sein Vater, doppelt dieser längst vorbereiteten Reise, da in der allerletzten Zeit sein einziger Bruder, nach dreijährigem leidensvollen Aufenthalte im Irrenhause (Illenau), gestorben ist Er ist nun die einzige Hoffnung seines Geschlechtes; seine Eltern sind ganz vereinsamt, da auch die letzte und jüngste Schwester, die bisher mit den Eltern zusammenlebte, sich jetzt verheiratet hat, mit einem Grafen Rothkirch-Trach. Übrigens hat Gersdorff mir neulich ganz begeistert ebenso über Ihre als die Herzenschen Memoiren geschrieben: woraus Sie wenigstens das entnehmen können, daß er bei seiner Vorbereitung auf Italien, sich doch besonders auch auf Florenz gut vorbereitet.

Beiläufig: was sind denn das für philologische Fragen, verehrtestes Fräulein, die Sie wie Sie schreiben auf dem Herzen haben? Machen Sie doch mit mir einen Versuch – falls Ihnen nicht etwa Wilamowitz den Glauben an meine Philologie erschüttert hat. Für diesen Fall stehe ich aber immer noch zu Diensten, da ich dann Freund Rohde heranziehen würde, an dessen Philologie zu zweifeln ich niemandem erlaube.

Was haben Sie denn für den nächsten Sommer, nach der sehr schmerzlichen Trennung von Fräulein Olga, beschlossen? Und auf welchen Termin ist die Vermählung angesetzt? Und soll sie in Paris gefeiert werden? Oder bei Ihnen in Florenz?

Das Buch des Herrn Monod über Gregor von Tours ist in den deutschen gelehrten Zeitschriften sehr rühmend besprochen und als das Beste und Wertvollste, gerade vom Standpunkte strenger historischer Schule aus, bezeichnet worden, was bis jetzt über Gregor geschrieben ist.

Heute abend will ich abreisen. Ich sende Ihnen und Fräulein Olga einen herzlichen Weihnachts- und Neujahrsgruß zu. Es lebe dieses Jahr, aus manchen andern Gründen, aber namentlich weil es so schöne und hoffnungsreiche Gemeinsamkeiten geschaffen hat. Es läuft alles auf einer Bahn, und dem Tapferen muß das Gute und das Schlimme gleich recht sein.

Verehrungsvoll Ihr getreuer Fr. Nietzsche

77. *An Carl von Gersdorff* [Gersau, 24. Februar 1873]

Mein lieber Freund, in Basel trommelt man während der drei Fastnacht-Tage so entsetzlich, daß ich mich hierher, nach Gersau, am Vierwaldstätter See, auf diese Zeit geflüchtet habe: als wo ich in Nebel und Regen, ohne die Möglichkeit spazieren zu gehen, mäßig mißvergnügt, aber doch wenigstens in Ruhe sitze. Hier endlich will ich Dir meinen längst geschuldeten Brief schreiben und hoffe, daß die Florentiner Freundin ihn Dir »übermittelt« (wie Tischendorf in Leipzig immer zu sagen pflegte). Ich will gleich mit der Hauptsache beginnen: neulich abends habe ich ein Fest gefeiert, eigentlich nur zu Deinen und Deiner Freunde Ehren: es müssen Dir, bei dem wiederholten Gläserklingen und dem fortwährenden Herbeiwünschen, die Ohren kräftiglich geklungen haben. Ich setze voraus, daß Du das Resultat des Tegethoff-Preisausschreibens weißt und daß Du wie ich in einen wahren Entzückens-Taumel geraten bist: also Rau hat den zweiten Preis (mit 2000 Gulden) und Otto den dritten (mit 1000 Gulden), den ersten hat der Baseler Bildhauer Schlöth in Rom, doch ist unter Kunstkennern kein Zweifel, daß Rau den ersten und zwar bei weitem den ersten verdient hat und daß nur durch einen herbeigezogenen Laien die letzte Entscheidung so absurd ausfiel. Ich las und las immer wieder über die Entwürfe Lissa II und *fortes fortuna juvat* und vor allem über den ersteren, alle Zeugnisse waren voller Enthusiasmus: das sei nicht von Michelangelo entlehntes Räuspern, sondern eine gewaltige Urkraft, die sich hier in die Erscheinung dränge usw. Kurz, ich vermutete Rau und war außer mir vor Vergnügen als ich endlich die Entscheidung hörte. Den Ottoschen Entwurf hat übrigens die Wiener Kunstkritik für ein Werk von Begas gehalten und sich also in einer für Otto höchst schmeichelhaften Weise geirrt. Die Namen der Sieger gehen durch alle Zeitungen, es waren 22 Entwürfe eingesandt. Ich will an Rau schreiben, weiß aber kein Mittel ihn zu erreichen als etwa durch einen *per adr.* von Begas bezeichneten Brief. Ich habe mich seit lange über nichts mehr gefreut und habe, an diesem wichtigen Grenzpunkte im Schicksale Deines Rau, wirklich das ganze Herz voll Segenswünschen – daß er ja auf der guten großen Bahn bleibt. –

Übrigens finde ich, daß Du selbst mit Deinem Geschmack an beiden Künstlern glänzend legitimiert dastehst. Ich gratuliere, mein lieber Freund und wünsche Dir nochmals für Deine italienischen Erfahrungen den gleichen auslesenden deutschen Geschmack und Ernst, den Du dort erwiesen hast.

Denke Dir, daß ich seit Deiner Abreise lange Zeit unwohl war, zu Bett liegen mußte und bis heutzutage mich nicht völlig erholt habe. Ein langwieriger Grippenzustand mit unerschöpflichem Schnupfen. Inzwischen ist das Preisausschreiben des Allg. Deutschen Musikvereins publiziert worden: ich habe durchgesetzt, was ich wollte, nämlich bedeutende Erhöhung des Preises (auf 300 Taler statt 100 oder 50, wie ursprünglich beabsichtigt war) und Zahlung desselben als *Patronatsschein.* Die Preisrichter sind außer mir Prof. Heyne in Basel und Prof. Simrock in Bonn. – Von dem Meister und Frau Wagner habe ich herrliche Briefe, es kam zutage, was ich gar nicht wußte, daß W. über mein Nichtkommen zu Neujahr sehr gekränkt gewesen ist – das hast Du gewußt, liebster Freund, aber mir verschwiegen. Aber alle Wolken sind verscheucht und es ist ganz gut, daß ich nichts wußte, denn mancherlei kann man nicht besser, sondern höchstens noch schlechter machen. Gott weiß übrigens, wie oft ich dem Meister Anstoß gebe: ich wundere mich jedesmal von neuem und kann gar nicht recht dahinterkommen, woran es eigentlich liegt. Um so glücklicher bin ich, daß jetzt wieder Frieden geschlossen ist. Kennst Du die wundervolle Schrift W.s, die jetzt eben zum ersten Male gedruckt ist »Über Staat und Religion«, vom Jahre 1864, zuerst als privatestes *Memoire* an den bayrischen König verfaßt? Sie gehört zu den tiefsten aller seiner literarischen Produkte und ist im edelsten Sinne »erbaulich«. – Sage mir doch Deine Ansicht über das wiederholte Anstoßgeben. Ich kann mir gar nicht denken, wie man W. in allen Hauptsachen mehr Treue halten könne und tiefer ergeben sein könne als ich es bin: wenn ich es mir denken könnte, würde ich's noch mehr sein. Aber in kleinen untergeordneten Nebenpunkten und in einer gewissen für mich notwendigen beinahe »sanitarisch« zu nennenden Enthaltung von *häufigerem* persönlichen Zusammenleben muß ich mir eine Freiheit wahren, wirklich nur um jene Treue in einem höheren Sinne halten zu können. Darüber ist natürlich kein Wort zu sagen, aber es fühlt sich doch – und es ist dann verzweifelt, wenn es gar Verdrießlichkeiten, Mißtrauen und Schweigen nach sich zieht. Ich hatte diesmal keinen Augenblick daran gedacht, solchen heftigen Anstoß gegeben zu haben; und ich fürchte immer durch solche Erlebnisse noch ängstlicher zu werden als ich es schon bin. – Bitte, liebster Freund, Deine offene Ansicht! –

Meine Schrift wächst und gestaltet sich zu einem Seitenstück zur »Geburt«. Der Titel wird vielleicht »Der Philosoph als Arzt der Kultur«. Ich will eigentlich W. zu seinem nächsten Geburtstag damit überraschen. –

Zur Vermählungsfeier von Frl. Olga habe ich eine eigene vierhändige Musik nach Florenz geschickt, mit dem Titel *Une Monodie à deux*: der als Prognostikon einer guten Ehe aufgefaßt werden möge. Der Spieler rechts ist *Madame* Monod, der Spieler links *Monsieur* Monod.

Und nun, herzlich geliebter Freund und »im Irrgarten der Liebe taumelnder Kavalier« (so nennt Dich W.), habe herzlichen Dank für Deinen reichen und glücklichen Brief und denke gern Deines

Fr. Nietzschen

78. *An Carl von Gersdorff* [Basel, 5. April 1873]

Teuerster Freund, die Telegraphen haben zu tun und fliegen bald nach Heidelberg, bald Nürnberg, bald Bayreuth. Denn denke Dir, morgen reise ich auf acht Tage fort, treffe übermorgen mit *Rohde* zusammen – und wo? natürlich in *Bayreuth*. Ich begreife selbst noch nicht, wie schnell und plötzlich sich alles dies gemacht hat. Vor acht

Tagen dachte keiner von uns an so etwas. Schon jetzt wandelt mich Rührung und Ergriffenheit an, wenn ich mir denke, wie wir selbander auf dem Bahnhofe *dieses* Ortes ankommen und nun jeder Schritt Erinnerung wird. Ich glaube doch, es waren die glücklichsten Tage, die ich gehabt habe. Es lag etwas in der Luft, das ich nirgends sonst spürte, etwas ganz Unsagbares, aber Hoffnungsreichstes. Was werden wir dort zusammen denken, Dich immer natürlich mit einschließend! Meine Freude ist heute eine ganz unsinnige, denn es scheint mir, daß alles wieder so schön zustande kommt, wie ein Gott es sich nicht besser wünschen könnte. Ich hoffe, daß mein Besuch wieder gut macht, was mein weihnachtliches Nichtkommen schlecht gemacht hat und danke Dir recht von Herzen für Deinen einfachen und kräftigen Zuspruch, der mir wieder die Augen rein machte und die dummen »fliegenden Mücken« verscheuchte, an denen ich zuweilen laboriere.

Überhaupt, mein Freund, es gibt so vieles in Deinen Briefen, dessentwegen ich immer das Glück preise, einen solchen Freund zu haben; und ich genieße schon eine eigne Freude, die kräftig geschwungenen und freien Züge Deiner Handschrift zu sehen, denn sie verraten mir schon alles, wie es jetzt mit Dir steht. Daß Du übrigens meine Vorträge über die Zukunft der Bildungsanstalten abgeschrieben hast, das ist eine ganz eigne Geschichte nach eigner Melodie zu singen und *nie zu vergessen.* Ich habe mir dabei meine Gedanken gemacht und mache sie mir noch, so oft mir diese Geschichte einfällt. Sie fällt mir oft genug ein. Zuletzt mache ich noch einmal den sechsten Vortrag, nur damit Du etwas Fertiges von mir in den Händen hast.

Nach Bayreuth bringe ich ein Manuskript »Die Philosophie im tragischen Zeitalter der Griechen« mit, zum Vorlesen. Von der buchmäßigen Form ist aber das Ganze noch sehr entfernt, ich werde immer strenger gegen mich, und muß noch viel Zeit vergehen lassen, um eine nochmalige Darstellung (die *vierte* desselben Themas) zu wagen. Auch war ich genötigt, die sonderbarsten Studien zu jenem Zwecke zu treiben, selbst die Mathematik trat in die Nähe, ohne Furcht einzuflößen, dann Mechanik, chemische Atomenlehre usw. Ich habe mich wieder auf das herrlichste überzeugt, was die Griechen sind und waren. Der Weg von Thales bis Sokrates ist etwas Ungeheures.

– Sehr hübsch ist Deine Begegnung mit Wilamowitz und Deine

Rettung, die wohl ein Trankopfer wert war. Weißt Du, daß der Schäker ein zweites Heft unter gleichem Namen hat drucken lassen, mit Schimpfereien und Sophistereien und eine Widerlegung nicht wert. Besonders gegen Rohde gerichtet wendet sich zum Schluß die Schrift ins Allgemeine, weg von den zwei »verrotteten Gehirnen«; die Worte David Strauß' gegen Schopenhauer werden wörtlich auf mich angewendet, und so kommt ein Bild von mir heraus als ob ich Herostrat, Tempelschänder usw. sei. Das Schriftstück ist von Rom aus datiert. Neulich wurde ich in einem Blatt als der »in das Musikalische übersetzte Darwinismus und Materialismus« bezeichnet, das Unreine wurde mit »Darwins Urzelle« verglichen: ich lehre den »Developpismus des Urschleims«! Ich finde, daß die geehrten Gegner verrückt zu werden anfangen. Irgendein Bonus Meyer ließ neulich über Wagners Bayreuther Werk seine Meinung laut werden, daß selbst die »brutale Bauwut der Römer« so etwas nicht gewagt habe. Der Haß scheint in hellen Flammen zu sein.

Das habe ich Dir erzählt, daß ich zu Frl. Olga Herzens Verheiratung eine Musik gemacht habe. Sie und ihr Monod haben mir darauf geschrieben, letzterer aber sehr als Franzose und politischer Mensch, was mir bei einer so privaten Sache nicht am Platze schien. *Muß* man denn sofort gleich von *les tristes événements des dernières années* reden? Mir wird sofort übel dabei. Ich bedaure die arme florentinische Freundin sehr und weiß gar nicht zu helfen. Sie hatte mich eingeladen, Ostern zu ihr zu kommen; mir fehlt es aber an zusammenhängenden Ferien. Ich habe nur 8 Tage und nach einer Examenunterbrechung, die mich hier zu sein zwingt, noch einmal 8–12 Tage: nichts mehr! Da kann ich nicht nach Florenz.

Unter mir, ich meine im ersten Stock des Hauses, arbeitet Prof. Overbeck, unser wertgeschätzter Freund und Gesinnungsgenosse, an einer Brandschrift »Die Christlichkeit unserer jetzigen Theologie«. Unser Haus wird einmal berüchtigt werden.

Romundt hat sehr viel Glück als Akademiker: die Studenten haben ihm mehrfach die größte Teilnahme verraten. Er ist in dem rechten Fahrwasser und es kommt mir so vor, als ob wir alle es wären. Allein mein armer Rohde wandelt einsam dort oben herum. Da muß nachgeholfen werden.

In diesen Tagen ist der junge Prof. Vischer-Heusler in Rom eingetroffen: ich habe ihm Deine Adresse gegeben.

Deinem Herrn Vater sage meine Empfehlungen. Wann kommt denn Rau nach Rom? Und was für eine Adresse hat er? (nämlich bisher in Berlin.) Nun nochmals, geliebter Freund, herzlichen Dank für Deine zwei Briefe, ich wollte ich wäre bei Dir. Übermorgen aber tauschen wir die Rollen: dann sitze ich bei Wagners und meine, Du säßest gerne dabei. Getreulich Dein Fried. Nietzsche

79. *An Richard Wagner* Basel, den 18. April 1873

Verehrtester Meister, ich lebe in fortwährendem Angedenken an die Bayreuther Tage dahin, und das viele in kürzester Zeit neu Gelernte und Erfahrene breitet sich in immer größerer Fülle vor mir aus. Wenn Sie nicht zufrieden mit mir bei meiner Anwesenheit schienen, so begreife ich es nur zu gut, ohne etwas daran ändern zu können, denn ich lerne und perzipiere sehr langsam und erlebe dann in jedem Moment bei Ihnen etwas, woran ich nie gedacht habe und was mir einzuprägen mein Wunsch ist. Ich weiß es recht wohl, teuerster Meister, daß Ihnen ein solcher Besuch keine Erholung sein kann, ja mitunter unerträglich sein muß. Ich wünschte mir so oft wenigstens den Anschein einer größeren Freiheit und Selbständigkeit, aber vergebens. Genug, ich bitte Sie, nehmen Sie mich nur als Schüler, womöglich mit der Feder in der Hand und dem Hefte vor sich, dazu als Schüler mit einem sehr langsamen und gar nicht versatilen Ingenium. Es ist wahr, ich werde täglich melancholischer, wenn ich so recht fühle, wie gern ich Ihnen irgendwie helfen, nützen möchte und wie ganz und gar unfähig ich dazu bin, so daß ich nicht einmal etwas zu Ihrer Zerstreuung und Erheiterung beitragen kann.

Oder vielleicht doch einmal, wenn ich das ausgeführt habe, was ich jetzt unter den Händen habe, nämlich ein Schriftstück gegen den berühmten Schriftsteller David *Strauß*. Ich habe dessen »alten und neuen Glauben« jetzt durchgelesen und mich ebenso über die Stumpfheit und Gemeinheit des Autors wie des Denkers verwundert. Eine schöne Sammlung von Stilproben der abscheulichsten Art soll öffentlich einmal zeigen, wie es mit diesem angeblichen »Klassiker« steht.

In meiner Abwesenheit ist die Schrift meines Hausgenossen *Overbeck* »Über die Christlichkeit unserer Theologie« tüchtig vorgerückt, sie hat einen so offensiven Charakter gegen alle Parteien, und ist andererseits so unwiderlegbar und so ehrlich, daß auch er, nach ihrer Veröffentlichung, verfemt sein wird, als einer, nach Prof. Brockhausens Ausdrucke, der »seine Karriere ruiniert hat«. Basel wird allmählich recht anstößig.

Vom Freunde Rohde habe ich mich in Lichtenfels getrennt (in dessen Bahnhofsrestauration Ihre Büste stand). Wir machten am Ostersonntag noch einen Morgenspaziergang miteinander, nach Vierzehnheiligen, das eine Stunde von Lichtenfels entfernt ist. Nicht wahr, ich habe doch vortreffliche Freunde?

Der verehrungswürdigsten Frau Gemahlin schicke ich heute, mit den besten Grüßen, den Paulus von Rénan; die versprochene Schrift von Paul de Lagarde werde ich zusammen mit der Overbeckschen, wenn diese fertig ist, ankommen lassen.

Es tut mir so leid, daß wir den Dekan nicht noch einmal gesehen haben.

Leben Sie wohl! Leben Sie wohl, teuerster Meister, mit Ihrem ganzen Hause.

Ihr getreuer Friedrich Nietzsche

80. *An Richard Wagner* Basel, 20. Mai 1873

Geliebter Meister, nun sind es wirklich zwei Menschenalter, daß die Deutschen Sie haben – und gewiß gibt es viele, die, wie ich samt meinen Freunden, den nächsten Himmelfahrtstag als den Tag Ihrer Erdenfahrt feiern, zugleich sich sagend, welches das Los eines jeden zur Erde fahrenden Genius sein wird, ein Los, das wahrlich noch mehr an eine Höllenfahrt erinnert. Ein solcher Tag sollte aber nicht von vielen, sondern von allen gefeiert werden, und das ist wirklich immer das Schmerzlichste, daß die Menschen sich so unglaublich langsam zur Dankbarkeit anschicken, und daß erst nach zwei Generationen eine blasse Ahnung dieser höchsten Dankbarkeits-Verpflichtung gefühlt wird. Was wären wir denn, wenn wir Sie nicht haben dürften, und was wäre ich zum Beispiel anderes (wie ich jeden Augenblick empfinde) als ein totgebornes Wesen! Mich schaudert immer bei dem Gedanken, ich könnte vielleicht abseits von Ihnen liegen geblieben sein: und dann lohnte sich wahrlich nicht zu leben, und ich wüßte gar nicht, was ich mit der nächsten Stunde beginnen sollte. Jetzt lernte ich doch eins: daß irgendwann die Deutschen anfangen müssen, für Sie ein »Publikum« zu bilden: und ich wünsche samt meinen Freunden zu diesem Publikum gerechnet zu werden. Freilich gehören wir mehr zur dritten als zur zweiten Generation und kommen somit spät genug. Das wiedergutzumachen, müssen wir's recht ernst nehmen mit unsrer Aufgabe, Publikum zu sein: damit wir von der dumpfen Ahnung zur Klarheit kommen, zu begreifen, weshalb Ihr Genius gerade zu den Deutschen gekommen ist.

Hier in Basel werden wir dies feiern, denn hier haben Sie wirklich eine kleine Schule. Da gibt es meinen Freund Gersdorff (seit vorgestern hier), Overbeck, Romundt, dann des letzteren Freund Rée, der auch diesen Sommer hier bleibt, dann ein paar Studenten, die gläubig auf mich hören, wenn ich von Ihnen erzähle. Daß Overbeck jetzt mit der Fritzschischen Signatur auftritt, ist himmlisch, und ich danke Ihnen von Herzen, dies möglich gemacht zu haben. Ich wollte Ihnen aber eigentlich mit der Zusendung meines Anti-Strauß danken, der seit Wochen in der ersten Niederschrift fertig ist. Aber jetzt, in der ersten Not des neuen Semesters, geht es mit der Umarbeitung langsam, zumal ich sehr an plötzlicher und schmerzhafter Augenschwäche leide und besorgt genug bin. Ich hatte gehofft, Ihnen zum Geburtstag mein Manuskript schicken zu können, aber es ging nicht, und ich bitte Sie, mir noch ein Weilchen Zeit zu geben. Inzwischen sende ich Ihnen und der verehrtesten Frau Gemahlin meine herzlichsten Grüße; und wenn das ganze Haus Sie feiert und die guten Kinder gratulieren, so denken Sie, daß wir hier in der Ferne Neunte Symphonie und Kaisermarsch spielen und mitfeiern und mitgratulieren.

Ihr treulich ergebener Gratulant Friedrich Nietzsche

81. *An Franziska Nietzsche* Basel, 21. Sept. 73

Meine liebe gute Mutter, so ist denn unsre gute Tante dahin, und wir sind wieder einsamer. Alt werden und einsam werden scheint dasselbe, und ganz zuletzt ist man wieder nur mit sich zusammen und macht andre durch unsern Tod einsamer.

Gerade weil ich wenig von meinem Vater weiß und ihn mir mehr aus gelegentlichen Erzählungen erraten muß, waren mir seine nächsten Anverwandten mehr als sonst Tanten zu sein pflegen. Ich freue mich, wenn ich an Tante Riekchen, wie an die Plauenschen usw. denke, daß sie alle eine sonderliche Natur bis in ein hohes Alter festhielten und in sich Halt hatten, um weniger von außen her und von dem so zweifelhaften Wohlwollen der Menschen abzuhängen: ich freue mich dessen, weil ich darin die Rasseeigenschaft derer, die Nietzsche heißen, finde und sie selbst habe.

Deshalb war die gute Tante mir immer auf das freundlichste gewogen, weil sie es fühlte, wie wir in *einer* Hauptsache verwandt waren, nämlich eben in der Nietzscheschen Hauptsache. Und so ehre ich denn ihr Angedenken, indem ich von Herzen begehre, wenn ich alt werden sollte, wenigstens nicht von mir selber, das heißt von dem Geiste meiner Väter abzufallen.

Erwarte jetzt, meine liebe vielgeplagte, weil viel helfende Mutter, nichts mehr von mir und denke gerne

an Deinen Sohn Friedrich Nietzsche

82. *An Malwida von Meysenbug* Basel, 11. Febr. 1874

Verehrte Freundin! Ich wußte gar nicht mehr, wo ich Sie mit meinen Gedanken suchen sollte; von Gersdorff erfuhr ich nur, daß Ihre Bayreuther Existenz ein Ende erreicht habe; nun höre ich, wo Sie sind, einsam und krank, so daß ich am liebsten gleich Ihnen nachgereist wäre, wenn es nur irgendwie mit meinem Amt, mit meinen Pflichten verträglich wäre. Dafür verspreche ich Ihnen einen Besuch in Rom. Oder wäre es nicht in Erwägung zu ziehen, ob Genf oder Lugano Ihrer Gesundheit wohltut; zeitweilig habe ich selbst daran gedacht,

Ihnen Basel vorzuschlagen, denn bis jetzt haben wir einen milden und sonnigen Winter gehabt, und erst seit gestern gibt es Schnee und wirkliche Kälte. Wenigstens weiß ich, daß der Unterschied unseres Klimas mit dem Bayreuther bedeutend ist, und daß wir das Blühen der Bäume fast vier Wochen früher haben. Sehen Sie in diesem Vorschlage nichts, als den herzlichsten Wunsch, Ihnen einmal wieder nähergerückt zu sein; denn ein Leiden haben wir miteinander gemeinsam, welches schwerlich andere Menschen so stark empfinden, das Leiden um Bayreuth. Denn, ach, unsere Hoffnungen waren zu groß! Ich versuchte erst, gar nicht mehr an die dortige Not zu denken, und, da dies nicht anging, habe ich in den letzten Wochen so viel als möglich daran gedacht und alle Gründe scharf geprüft, weshalb das Unternehmen stockt, ja weshalb es vielleicht scheitert. Vielleicht teile ich Ihnen später etwas von diesen Betrachtungen mit; zunächst, nämlich etwa in vierzehn Tagen, bekommen Sie etwas anderes von mir, die von Ihnen erwartete Numero 2 mit dem Titel »Vom Nutzen und Nachteil der Historie für das Leben«. Die Numero 2 erinnert mich daran, daß man gestern in Ludwigsburg David Strauß begraben hat.

Und was macht Frau Monod, und ist es wahr, daß sie einen Knaben geboren hat?

Sie sehen, ich diktierte bis jetzt, also geht es meinen Augen nicht gut. Doch jedenfalls besser. Ach könnte ich Ihnen helfen! Oder irgendwie nützen! Ich denke mit Mitleiden an Sie Arme und bewundere, wie Sie das Leben zu ertragen wissen. Dagegen gerechnet bin ich ein Glücksprinz und muß mich schämen. Meine Wünsche sind um Sie!

Ihr Friedr. Nietzsche

83. *An Erwin Rohde* [Basel, 19. März 1874]

Auch mein Semester kommt zum Schluß, morgen nämlich, obwohl natürlich nur an der Universität; das Pädagogium wirft mir in seiner kärglichen Manier überhaupt anderthalb Wochen Osterferien ab, nicht mehr. *Darin* bist Du, liebster Freund, besser dran, aber auch nur darin, denn Dein übriges Los beklagen wir Verbrüderte, immerfort, einzeln und gemeinsam. Ich habe wieder einen schönen Plan geschmiedet, für späterhin, um uns dauerhaft zu vereinigen – aber ein paar Jahre müssen noch ins Land gehen. Doch nicht wahr, die Versammlung im Herbst, das *concilium Rhaeticum*, das ist fest und dabei bleibt's? – Nun Bayreuth! Wir wissen durch Frau Wagner – und es soll das Geheimnis der Freunde sein – daß der König von Bayern in der Form von Vorschüssen bis zu 100000 Taler das Werk unterstützt, so daß die Arbeiten (Maschinen – Dekorationen) rüstig gefördert werden. Wagner selbst schreibt, daß 1876 der Termin sei, er ist mutig und glaubt, daß jetzt das Unternehmen im reinen ist. Nun das walte Gott! Dies Warten und Bangen ist schwer zu verwinden, ich hatte wirklich zeitweilig die Hoffnung ganz aufgegeben.

Ich erwarte immer von Dir die Meldung einer ordentl. Professur zu bekommen? – Übrigens sind die Menschen schrecklich dumm in Beziehung auf akademische Beamtungen, ich war neulich in Freiburg und hörte über den unausstehlichen Pedanten und Nörgelfritzen Keller klagen. Ist recht! dachte ich, klagt nur zu; auch erfuhr ich, daß Ritschl die Ursache seiner Berufung sei. Dieser schweigt und ich ergötze mich bei der Vorstellung, wie wenig er beim Lesen meiner »Historie« verstehen wird. Dies Nichtverstehen schützt ihn vor dem Ärger, und das ist das Beste an der Sache.

Professor Plüss in Schulpforte, mir fremd, ein Historiker, hat meine Mutterstadt Naumburg durch eine begeisterte Rede über die »Geb. der Tragödie« und die erste »Unzeitg.« aufgeregt. Herr Bruno Meier hat über Dräsekes Beitrag zur Wagnerfrage, bauchschütternden Angedenkens, eine lange schwere widerlegende Abhandlung geschrieben, worin ich als »Feind unserer Kultur« feierlich denunziert und übrigens als verschmitzter Betrüger unter Betrognen dargestellt werde. Er schickte mir seine Abhandlung persönlich, sogar mit Wohnungsangabe zu; ich will ihm die zwei Schriften des Wilamopses zuschicken. Das heißt doch christlich seinen Feinden wohltun. Denn was dieser gute Meier sich freuen wird, über Wilamopsen, das ist gar nicht auszudrücken.

Dr. Fuchs hat im Wochenblatt wieder mich ekelhaft angelobt, ich hab's nun satt mit dem. Doch was erzähle ich Dir von Lob und Tadel! Hier sind wir durch unsre Freundschaft vor Grillen und Verdrießlichkeiten ziemlich geschützt, und da ich wieder etwas unter dem

Herzen trage, so geht mich Lob und Tadel gar nichts an. Daß ich es mit meinen Ergüssen ziemlich dilettantisch unreif treibe, weiß ich wohl, aber es liegt mir durchaus daran, erst einmal den ganzen polemisch-negativen Stoff in mir auszustoßen; ich will unverdrossen erst die ganze Tonleiter meiner Feindseligkeiten absingen, auf und nieder, recht greulich, »daß das Gewölbe wiederhallt«. Später, fünf Jahre später, schmeiße ich alle Polemik hinter mich und sinne auf ein »gutes Werk«. Aber jetzt ist mir die Brust ordentlich verschleimt vor lauter Abneigung und Bedrängnis, da muß ich mich expektorieren, ziemlich oder unziemlich, wenn nur endgültig. Elf schöne Weisen habe ich noch abzusingen. – Unsern Overbeck habe ich zu meiner großen geheimen Freude wieder so weit, daß er Ostern auch wieder öffentlich loskämpft, in der Weise seiner Streit- und Friedensschrift Nr. 1. Siehst Du, hier geht's mutig zu, wir hauen um uns herum. Immer vorwärts mit strengem Fechten! – Nur der gute treffliche Romundt macht uns einige Sorge, er wird zum unerfreulichen Mystiker. Klarheit war nie seine Sache, Welterfahrung auch nicht, jetzt bildet sich ein wunderlicher Haß gegen die Kultur überhaupt in ihm aus – nun wie gesagt, wir (Overbeck und ich) sorgen uns etwas. Er grübelt in unheimlicher Weise über den Anfang der Empfindung, synthetische Einheit der Apperzeption – dafür behüte uns unser Heiland Jesus Christ.

Gute Briefe habe ich, von vielen Seiten. Burckhardt, mein Kollege, hat mir in einer Ergriffenheit über die Lektüre der »Historie« etwas recht Gutes und Charakteristisches geschrieben. – Dem alten Vischer geht es recht schlecht, er hat sich vom größten Teil seiner Geschäfte dispensieren lassen und sieht sehr grün-weiß-gelb-elend aus.

An der »Geburt der Tragödie« wird eifrig gedruckt – endlich!

Wann kannst Du denn im Herbste bei uns eintreffen? Ich möchte das genaueste jetzt schon wissen: damit die Freunde ihre Sommerpläne machen können.

Leb wohl herzlich geliebter Einsiedler und Romantiker des Nordens in bezug auf den Süden.

Übrigens sind wir allesamt kuriose Kerle, ich wundere mich sehr und immer sehrer. Dein F. N.

84. *An Carl von Gersdorff* Basel, erster April 1874

Lieber getreuer Freund, wenn Du nur nicht eine viel zu gute Meinung von mir hättest! Ich glaube fast, daß Du Dich einmal über mich etwas enttäuschen wirst; und will selbst anfangen dies zu tun, damit, daß ich Dir aus meiner besten Selbsterkenntnis heraus erkläre, daß ich von Deinen Lobsprüchen *nichts verdiene*. Könntest Du wissen, wie verzagt und melancholisch ich *im Grunde* von mir selbst, als produzierendem Wesen, denke! Ich suche weiter nichts als etwas Freiheit, etwas wirkliche Luft des Lebens und wehre mich, empöre mich gegen das viele, unsäglich viele Unfreie, was mir anhaftet. Von einem wirklichen Produzieren kann aber gar nicht geredet werden, solange man noch so wenig aus der Unfreiheit, aus dem Leiden und Lastgefühl des Befangenseins heraus ist: werde ich's je erreichen? Zweifel über Zweifel. Das Ziel ist zu weit, und hat man's leidlich erreicht, so hat man meistens auch seine Kräfte im langen Suchen und Kämpfen verzehrt: man kommt zur Freiheit und ist matt wie eine Eintagsfliege am Abend. Das fürchte ich so sehr. Es ist ein Unglück, sich seines Kampfes so bewußt zu werden, so zeitig! Ich kann ja nichts von Taten entgegenstellen, wie es der Künstler oder der Asket vermag. Wie elend und ekelhaft ist mir oft das rohrdommelhafte Klagen! – Ich hab's augenblicklich etwas sehr satt und über.

Meine Gesundheit ist übrigens ausgezeichnet: sei ganz unbesorgt. Aber ich bin mit der Natur recht unzufrieden, die mir etwas mehr Verstand, nebst einem volleren Herzen, hätte geben sollen – es fehlt mir immer am Besten. Das zu wissen ist die größte Menschenquälerei.

Die regelmäßige Arbeit in einem Amte ist so gut, weil sie eine gewisse Dumpfheit mit sich bringt, man leidet so weniger.

Im Herbst also – ach Du verstehst das »also« doch? *müssen* wir uns sehen, beim *concilium subalpinum sive Rhaeticum*. Wenn wir alle zusammen sind, kommt ein ganzer Kerl heraus, der keinen Grund hat sich zu betrüben. Gemeinsam und zusammen sind wir ein Wesen, welches »Freude trinken« darf – an den Brüsten der Natur. Sage mir doch ganz genau, wann es Dir erlaubt ist, hierher zu kommen? Rohde hat im letzten Briefe definitiv zugesagt. Overbeck auch, Romundt (seit gestern unser Hausgenosse) auch. Ich der ich die wenigsten Ferien habe, denke doch die *erste Hälfte des Oktober* zur Disposition zu sein. Kannst Du diese Zeit uns schenken? – Lieber teurer Freund! –

Hast Du zufällig gehört, daß Prof. Plüß in Schulpforte, Nachfolger Volkmanns, in der Naumburger *Litteraria* einen »begeisterten« Vortrag über »Geburt der Trag.« und die Straußiade gehalten hat? Sehr scherzhaft und unglaublich, nicht wahr? – Dr. Fuchs, im musikal. Wochenblatt, ist sehr dreist und hat es dadurch, wie durch manche Zudringlichkeit, mit Overbeck und mir verdorben. – Die gute Meysenbug schickte mir schöne frische Blumen, Frühlingsboten vom Mittelländischen Meere.

Ich lege einen schönen und auch für Dich lehrreichen Brief Rohdes bei; gelegentlich wieder zurückzugeben!

Herrliche Briefe der Bayreuther.

Dank für die Druckfehler: aber der wichtigste fehlt, Höderlin für Hölderlin. Aber nicht wahr, es sieht wunderschön aus? Aber es versteht kein Schwein.

Meine Schriften sollen so dunkel und unverständlich sein! Ich dachte, wenn man von der Not redet, daß solche, die in der Not sind, einen verstehen werden. Das ist auch gewiß wahr: aber wo sind die, welche »in der Not« sind?

Erwarte jetzt nichts Literarisches von mir. Ich habe für mein Sommerkolleg viel vorzubereiten und tue es gern (über Rhetorik).

Übrigens ist viel seit Weihnachten durchdacht und ausgedacht worden.

Sei herzlich gegrüßt und grüße Deine verehrten Eltern.

Ja, wenn man keine Freunde hätte! Ob man's noch aushielte? ausgehalten hätte? *Dubito.* *Fridericus*

85. *An Carl von Gersdorff* [Basel,] 4. Juli 1874

Nun, liebster guter Freund, ich will dir bei aller Sommersonnenglut doch etwas erzählen. Erstens man sehnt sich nach Kühlung. Zweitens man schreibt tüchtig an der Unzeitgemäßen, hoffte bis zu den Ferien fertig zu werden, kann es aber nicht, weil der Körper hinderlich ist und eine kleine Aufmunterung bedarf. Dagegen ist alles schon im schönen Zusammenhang, es wäre schade, wenn ich's verdürbe oder vergäße. Wahrscheinlich gehe ich mit meiner Schwester etwas ins Engadin. Mit Bayreuth bin ich über den guten Vorsatz nicht hinausgekommen; es scheint mir nämlich, daß sie dort ihr Haus und ihr Leben in Unruhe haben und daß gerade jetzt unser Besuch nicht passen würde. Über mein Befinden sind sie übrigens beruhigt, Ihr habt alle euch in Schwarzseherei überboten. Endlich – ich kann jetzt nichts anderes denken als das Fertigwerden und *Gut*werden von Nr. 3. – Wie kamst Du übrigens, lieber Freund, auf den drolligen Einfall, meinen Bayreuther Besuch durch eine Drohung erzwingen zu wollen? Es sieht ja fast so aus, als ob ich freiwillig nicht hingehen möchte – und doch bin ich voriges Jahr zweimal, und vorvoriges Jahr zweimal mit den Bayreuthern zusammengetroffen – von *Basel* aus, und bei meinen erbärmlichen Ferienverhältnissen! – Wir wissen ja beide, daß Wagners Natur sehr zum *Mißtrauen* neigt – aber ich dachte nicht, daß es gut sei, dieses Mißtrauen noch zu schüren. Und zu guter Letzt – denke nur daran, daß ich gegen mich selbst Pflichten habe, die sehr schwer zu erfüllen sind, bei einer sehr gebrechlichen Gesundheit. Wirklich, es sollte mich niemand zu etwas zwingen.

Dies alles recht herzlich und menschlich aufzunehmen!

Denke Dir, daß der gute alte Vischer seit ein paar Tagen im Sterben liegt und die Familie um ihn versammelt ist. Du weißt, was ich an ihm verliere. –

Eben meldet man mir den Tod des Appellationsrats *Krug*, des Vaters meines Freundes. Mein Freund Pinder, ebenso wie Gustav Krug, machen im Herbst Hochzeit – und es blühn die Geschlechter weiter.

Für unsere Zusammenkunft habe ich etwas sehr Schönes – ich bitte Dich aber, auch Deinerseits etwas mitzubringen. Vielleicht die italienischen Übersetzungen!

Doch nur wenn du Zeit und Muße hast, adieu, lieber getreuer Freund.

86. *An Malwida von Meysenbug* Basel, den 25. Oktober 1874

Endlich, verehrtestes Fräulein, komme ich wieder dazu, Ihnen etwas von mir zu erzählen, nämlich dadurch, daß ich Ihnen wieder etwas Neues von mir überreiche; aus dem Inhalte dieser letzten Schrift werden Sie genug von dem erraten, was ich inzwischen in mir erlebt habe. Auch daß es mit mir im Verlaufe des Jahres mitunter viel schlechter und bedenklicher stand als im Buche zu lesen steht. *In summa* aber doch, daß es geht, *vorwärts* geht, und daß es mir nur gar zu sehr am Sonnenscheine des Lebens fehlt; sonst würde ich sagen müssen, daß es mir gar nicht besser gehen könnte als es geht. Denn es ist gewiß ein hohes Glück, mit seiner Aufgabe schrittweise vorwärtszukommen – und jetzt habe ich drei von den 13 Betrachtungen fertig und die vierte spukt im Kopfe; wie wird mir zumute sein, wenn ich erst alles Negative und Empörte, was in mir steckt, aus mir herausgestellt habe, und doch darf ich hoffen, in 5 Jahren ungefähr diesem herrlichen Ziele nahe zu sein! Schon jetzt empfinde ich mit wahrem Dankgefühle, wie ich immer heller und schärfer sehen lerne – geistig! (leider nicht leiblich!) und wie ich mich immer bestimmter und verständlicher aussprechen kann. Wenn ich in meinem Laufe nicht völlig irre gemacht werde oder selber erlahme, so *muß* etwas bei alledem herauskommen. Denken Sie sich nur eine Reihe von 50 solchen Schriften, wie meine bisherigen 4, alle aus der inneren Erfahrung heraus ans Licht *gezwungen* – damit müßte man doch schon eine Wirkung tun, denn man hätte gewiß vielen Menschen die Zunge gelöst, und es wäre genug zur Sprache gebracht, was die Menschen nicht so bald wieder vergessen könnten und was gerade jetzt wie vergessen, wie gar nicht vorhanden erscheint. Und was sollte mich in meinem Laufe stören? Selbst feindselige Gegenwirkungen werden mir jetzt zu Nutzen und Glück, denn sie klären mich oftmals schneller auf als die freundlichen Mitwirkungen: und ich begehre nichts mehr, als über das ganze höchst verwickelte System von Antagonismen, aus denen die »moderne Welt« besteht, aufgeklärt zu werden. Glücklicherweise fehlt es mir an jedem politischen und sozialen Ehrgeize, so daß ich von da aus keine Gefahren zu befürchten habe, keine Abziehungen, keine Nötigung zu Transaktionen und Rücksichten; kurz, ich *darf* heraussagen, was ich denke und ich will einmal erproben, bis zu welchem Grade unsre auf Gedankenfreiheit stolzen Mitmenschen freie Gedanken vertragen. Ich fordere vom Leben nicht zuviel und nichts Überschwängliches; dafür bekommen wir alle in den nächsten Jahren etwas zu erleben, worum uns alle Vor- und Nachwelt beneiden darf. Ebenfalls bin ich mit ausgezeichneten Freunden wider alles Verdienst beschenkt worden; nun wünsche ich mir, vertraulich gesprochen, noch recht bald ein gutes Weib, und dann denke ich meine Lebenswünsche für erfüllt anzusehen. – Alles Übrige steht dann bei mir.

Nun habe ich genug von mir gesprochen, verehrteste Freundin, und noch gar nicht verraten, mit welcher herzlichen Teilnahme ich immer an Sie und an Ihr schweres Lebenslos gedacht habe. Ermessen Sie es an dem Tone unbedingten Vertrauens, in dem ich vor Ihnen von mir spreche, wie nahe ich mich Ihnen allezeit gefühlt habe und wie sehr ich wünschte, Sie hier und da ein wenig trösten und unterhalten zu können. Nun leben Sie aber leider so schrecklich entfernt. Vielleicht aber mache ich mich doch einmal um die nächste Osternzeit auf, Sie in Italien zu besuchen, vorausgesetzt, daß ich weiß, wo Sie da zu finden sind. Inzwischen meine innigsten Wünsche für Ihre Gesundheit und die alte Bitte, mir freundlich gewogen bleiben zu wollen.

Treulich Ihr ergebenster Diener Friedrich Nietzsche

87. *An Malwida von Meysenbug* Naumburg, 2. Jan. 1875

Liebe hochverehrte Freundin, wenn ich so spät auf einen so ausgezeichneten und jedes Dankes würdigen Brief antworte, so liegt der Grund in meinem kuriosen Elend, zu dem jetzt mein Basler Beruf geworden ist. Ich habe gegenwärtig und für ein paar Semester so viel zu tun, daß ich ordentlich in Betäubung von einem Tag in den andern gelange; so will's die »Pflicht« und trotzdem ist mir oft dabei zumute, als ob ich mit dieser »Pflicht« meiner eigentlichen *Pflicht* nicht nachkäme; und mit der *letzteren* hängt gewiß der Verkehr mit den wenigen Menschen zusammen, welche – wie Sie – in allem, was sie tun und leben, mich an das, was *not* tut, erinnern.

Nun, ich lese griechische Literaturgeschichte und interpretiere die Rhetorik des Aristoteles und gebe Stunden über Stunden, die Gesundheit hält's aus, die Augen eingeschlossen, nach der äußerlichen Ansicht der Dinge geht es mir also *gut*. Dabei aber weiß ich gar nicht mehr, *wann* ich wieder dazu kommen soll, meinen unzeitgemäßen Zyklus fortzusetzen. Mein geheimes aber hoffnungsloses Dichten und Trachten geht auf ein Landgut. Ja, Weisheit mit einem Erbgut! wie Jesus Sirach sagt.

Jetzt habe ich zehn Tage Ferien hinter mir, ich verlebte sie mit Mutter und Schwester und fühle mich recht erholt; ich ließ währenddem alles Denken und Sinnen hinter mir und machte Musik. Viele tausend Notenköpfchen sind hingemalt worden, und mit *einer* Arbeit bin ich ganz fertig. Der Hymnus an die Freundschaft ist jetzt zweihändig und vierhändig anzustimmen; seine Form ist diese:

Vorspiel der Freunde zum Tempel der Freundschaft
Hymnus, erste Strophe
Zwischenspiel – wie in traurig-glücklicher Erinnerung
Hymnus, zweite Strophe
Zwischenspiel, wie eine Wahrsagung über die Zukunft.
Ein Blick in weiteste Ferne
Im Abziehen: Gesang der Freunde, dritte Strophe und Schluß

Ich bin *sehr* zufrieden damit. Wollte Gott, es wäre auch ein andrer Mensch, zumal meine Freunde! Die Dauer der ganzen Musik ist genau 15 Minuten. – Sie wissen was darin alles vorgehen kann, gerade die Musik ist ein deutliches Argument für die Idealität der Zeit. Möchte meine Musik ein Beweis dafür sein, daß man seine Zeit vergessen kann, und daß darin Idealität liegt!

Außerdem habe ich meine Jugend-Kompositionen revidiert und geordnet. Es bleibt mir ewig sonderbar, wie in der Musik die Unveränderlichkeit des Charakters sich offenbart; was ein Knabe in ihr ausspricht, ist so deutlich die Sprache des Grundwesens seiner ganzen *Natur*, daß auch der Mann daran nichts geändert wünscht – natürlich die Unvollkommenheit der Technik usw. abgerechnet.

Wenn nach Schopenhauer der Wille vom Vater, der Intellekt von der Mutter vererbt, so scheint es mir, daß die Musik als der Ausdruck des Willens auch Erbgut vom Vater her ist. Sehen Sie sich in Ihrer Erfahrung um: im Kreise der meinigen stimmt der Satz.

Heute nacht fahre ich nach Basel zurück, durch hohen Schnee und kräftige Kälte, seien Sie froh, verehrte Freundin, jetzt nicht in unserm Bärenhäuter-Klima zu sein. –

Gestern schrieben Frau Wagner und Gersdorff an mich. Wir hoffen alle in der Mitte dieses Jahres zu den Bayreuther Proben zusammenzukommen.

Ach könnten Sie doch dabei sein. Und möchte Ihnen dies Jahr erträglich und leicht werden! Und einiges Beglückende und Gute schenken!

Ich sah gestern als am ersten Tage des Jahres mit wirklichem Zittern in die Zukunft. Es ist schrecklich und gefährlich zu leben – ich beneide jeden, der auf eine rechtschaffne Weise tot wird.

Im übrigen bin ich entschlossen *alt* zu werden; denn sonst kann man es zu nichts bringen. Aber nicht aus Vergnügen am Leben will ich alt werden. Sie verstehen diese Entschlossenheit.

Mit den herzlichsten Wünschen allezeit der Ihrige Friedrich Nietzsche

Meine Schwester wird allernächstens schreiben.

88. *An Erwin Rohde* [Basel, 28. Februar 1875]

Wie gerne hörte ich liebster Freund, wenn auch nur durch *ein* Wörtchen, daß es Dir befriedigend ergehe. Ich bin neulich einmal durch einen Traum – wenn es Traum war – in eine Beunruhigung geraten. Auch von Bayreuth aus hat man mich gebeten, Nachrichten von Dir zu geben, Du weißt und weißt es doch schwerlich deutlich genug, *wie* herzlich und warm man dort Deiner gedenkt und wie man sich sorgt. Gegenwärtig ist meine Schwester in Bayreuth und bleibt dort einige Wochen. Ich will auch gleich die Aufforderung von Frau Wagner mitteilen, daß Du doch Dich baldigst und etwas stürmisch an den Bürgermeister von Bayreuth wenden möchtest, um in diesem Sommer dort Quartier zu bekommen; es wird viel Mühe machen, für alle Gäste Unterkommen zu schaffen, und es soll dem Bürgermeister recht zugesetzt werden, weil die Wohnungsfrage noch ganz im argen liegt. Du möchtest doch ja nicht »eine bescheidene Wohnung« verlangen. Meine Schwester bemüht sich für sich und mich etwas zu finden, bis jetzt noch ohne Erfolg.

Das Semester läuft dem Ende zu, noch drei Wochen gibt es an der Universität, noch fünf an dem Pädagogium. Hier ist alles in großer Erregung, denn die neue Verfassung der Stadt Basel wird jetzt im großen Rate durchberaten, alle Parteien sind in Erbitterung, im Frühjahr entscheidet dann das Volk. (Heute wurde eine Stelle von mir über die Staatsomnipotenz, aus der Nr. 3, mit für den politischen Kampf benutzt; hat mir Spaß gemacht). Unser Pädagogium verliert mit Ostern den alten Gerlach, der endlich pensioniert wird; was aber weiter geschieht, wer möchte es erraten? Man hat bei mir angefragt, ob ich vier latein. Stunden an der obersten Klasse für das nächste Semester übernehmen wolle, ich habe nein gesagt, meiner Augen wegen.

Im ganzen geht es mir gut und recht: mir ist als ob ich zu einem Burgherrn würde, so verschanzt und innerlich unabhängig wird allmählich meine Art zu leben.

Ostern soll die Nr. 4 fertig werden. Daß die französische Übersetzung der Nr. 3 zu Ende geführt und mit einer briefartigen Dedikation an mich versehen sei, habe ich Dir schon erzählt? Gersdorff kommt den 12. des März auf einige Zeit hierher, das weißt Du ebenfalls. –

Nun aber etwas, was Du noch nicht weißt und was Du, als vertrautester und mitfühlendster Freund zu wissen ein Recht hast. Auch wir – Overbeck und ich – haben ein Hausleiden, ein Hausgespenst: falle nicht vom Stuhle, wenn Du davon hörst, daß Romundt einen Übertritt zur katholischen Kirche projektiert und katholischer Priester in Deutschland werden will. Das ist erst neuerlich herausgekommen, ist aber, wie wir nachträglich zu unserem Schrecken hören, schon ein mehrjähriger Gedanke, nur jetzt dem Reifsein so nahe als noch nie. – Ich bin etwas innerlich verwundet dadurch und mitunter empfinde ich es als das Böseste, was man mir antun konnte. Natürlich ist es von Romundt nicht böse gemeint, er hat bis jetzt eben noch keinen Augenblick an etwas anderes als an sich gedacht und der verfluchte Akzent, der dem »Heil der eignen Seele« gegeben wird, macht ihn ganz stumpf gegen alles andre, Freundschaft einbegriffen. Mir und Overbeck war es allmählich rätselhaft geworden, daß R. eigentlich gar nichts mehr mit uns gemein habe und sich an allem, was *uns* beseelte und ergriff, ärgerte oder langweilte; besonders hat er eine Art des muckischen Schweigens am Leibe, die uns längst nichts Gutes ahnen ließ. Endlich kam es zu Geständnissen, und jetzt, fast alle drei Tage, zu pfäffischen Explosionen. – Der Ärmste ist in einer verzweifelten Lage und nicht mehr einem Zuspruche zugänglich, das heißt, er wird so von dumpfen Absichten gezogen, daß er uns wie eine wandelnde Velleität vorkommt. – Unsre gute reine protestantische Luft! Ich habe nie bis jetzt stärker meine innigste Abhängigkeit von dem Geiste Luthers gefühlt als jetzt, und allen diesen befreienden Genien will der Unglückliche den Rücken wenden? Ich frage mich, ob er noch bei Verstande ist und ob er nicht mit Kaltwasserbädern zu behandeln ist: so unbegreiflich ist es mir, daß dicht neben mir, nach einem achtjährigen vertrauten Umgange, sich dies Gespenst erhebt. Und zuletzt bin *ich* es noch, auf dem der Makel dieser Konversion hängen bleibt. Weiß Gott, ich sage das nicht aus egoistischer Fürsorge; aber auch ich glaube etwas Heiliges zu vertreten und ich schäme mich tief, wenn ich dem Verdachte begegne, daß ich irgendwas mit diesem mir grundverhaßten katholischen Wesen zu tun hätte. – Lege Dir diese ungeheuerliche Geschichte nach Deiner Freundschaft zu mir zurecht und sage mir ein paar tröstende Worte. Ich bin gerade im Punkte der Freundschaft verwundet und hasse das unaufrichtige schleichende Wesen vieler Freundschaften mehr als je und werde behutsamer sein müssen. – R. selbst wird sich in irgendeinem Konventikel wohlfühlen, das ist kein Zweifel, aber unter *uns* leidet er, wie mir jetzt scheint, fortwährend. Ach liebster Freund! Gersdorff hat recht, wenn er oft sagt, »es gibt nirgends Tolleres als in der Welt«. Mit Trauer

Dein Freund Friedrich N., zugleich auch in Overbecks Namen – Verbrenne den Brief, falls Dir gut scheint.

89. *An Richard Wagner* Basel, den 24. Mai 1875

Meine Wünsche kommen hinterdrein gehinkt, Sie müssen es schon einmal verzeihen, geliebter Meister. Ich gedenke dabei meiner leiblichen Unsicherheit und Schwäche, und bewundere Ihre Rüstigkeit, mit der Sie sich in den letzten Jahren durch das Gewirr von neuen Aufgaben, Beschwerden, Ärger, Ermüdung hindurchgeschlagen haben; so daß ich nicht einmal das Recht habe, Ihnen in dieser Beziehung irgend etwas anzuwünschen. (Wenn ich doch lieber etwas von Ihnen lernen könnte!) Ich habe immer, wenn ich an Ihr Leben denke, das Gefühl von einem *dramatischen* Verlaufe desselben: als ob Sie so sehr Dramatiker seien, daß Sie selber nur in dieser Form leben und jedenfalls erst am Schlusse des fünften Aktes sterben könnten. Wo alles zu einem Ziele hin drängt und stürmt, da weicht der Zufall aus, er fürchtet sich, scheint es. Alles wird notwendig und ehern, bei der größten Bewegtheit: so, wie ich Ihren Ausdruck auf dem schönen Medaillon wiederfinde, mit dem ich neulich beschenkt worden bin. Wir andern Menschen flackern immer etwas, und so bekommt nicht einmal die Gesundheit etwas Stetiges.

Nun will ich nur erzählen, daß ich eine merkwürdig schöne Prophezeiung gefunden habe, welche ich Ihnen gerne zu Ihrem Geburtstage hätte schicken mögen.

Sie lautet so:

O heilig Herz der Völker, o Vaterland!
Allduldend gleich der schweigenden Mutter Erd'
und allverkannt, wenn schon aus deiner
Tiefe die Fremden ihr Bestes haben.
  Sie ernten den Gedanken, den Geist von dir,
  Sie pflücken gern die Traube, doch höhnen sie
  die ungestalte Rebe, daß du
  schwankend den Boden und wild umirrest.
Du Land des hohen ernsteren Genius!
Du Land der Liebe! Bin ich der Deine schon,
  oft zürnte ich weinend, daß du immer
  blöde die eigene Seele leugnest.
Noch säumst und schweigst du, sinnest ein freudig Werk,
  das von dir zeuge, sinnest *ein neu Gebild,*
  das einzig, wie du selber, das aus
  Liebe geboren, und gut, wie du, sei.
Wo ist dein Delos, wo dein Olympia,
daß wir uns alle finden am höchsten Fest?
  Doch wie errät dein Sohn, was du den
  Deinen, Unsterbliche, längst bereitest? –

Das sagt alles der arme Hölderlin, dem es nicht so gut wurde wie mir und der es nur in der Ahnung trug, was wir trauen und schauen werden.

Wahrhaftig, geliebter Meister, Ihnen zum Geburtstag schreiben, heißt immer nur: *uns* Glück wünschen, *uns* Gesundheit wünschen, um an Ihnen recht teilnehmen zu können. Denn ich sollte wirklich meinen: es ist das Kranksein, und der in der Krankheit lauernde Egoismus, wodurch sie gezwungen werden, immer an sich zu denken: während der Genius, in der Fülle seiner Gesundheit, immer nur an die andern denkt, unwillkürlich segnend und heilend, wo er nur seine Hand hinlegt. Jeder kranke Mensch ist ein Schuft, las ich neulich; und woran sind die Menschen nicht alles krank! Auf Ihren Reisen durch Deutschland werden Sie manches gehört haben, z. B. von der ganz allgemeinen Krankheit des »Hartmannianismus«.

Leben Sie wohl, verehrter Meister, und bleiben Sie das, was wir nicht sind, gesund.

Treuergeben Ihr Friedrich Nietzsche

90. *An Carl von Gersdorff* [Basel, Juni 1875]

Mein lieber Freund, meine Schwester dankt Dir herzlich für Deinen Brief und Deine treue Sorge, ich will Dir aber doch selber melden, wie mir's geht. Ich habe eine *sehr schlimme* Zeit hinter mir und vielleicht eine noch schlimmere vor mir. Der Magen war gar nicht mehr zu bändigen, auch bei der lächerlich strengsten Diät, mehrtägige Kopfschmerzen der heftigsten Art, in wenig Tagen wieder kommend, stundenlanges Erbrechen, ohne etwas gegessen zu haben, kurz, die Maschine schien in Stücke gehen zu wollen und ich will nicht leugnen, einige Male gewünscht zu haben, sie wäre es. Große Abmattung, mühsames Gehen auf der Straße, starke Empfindlichkeit gegen Licht; Immermann kurierte auf so etwas wie ein Magengeschwür, und ich erwartete immer Bluterbrechen. Ich mußte 14 Tage lang Höllenstein-Auflösung einnehmen, es half nichts. Jetzt gibt er mir täglich zweimal außerordentlich große Dosen von Chinin. Er will, daß ich in den Ferien *nicht* nach Bayreuth gehe, ich sage gar nichts darüber, Du kannst

Dir denken, wie mir zumute ist. Indessen möchte ich gerne das nächste Jahr noch erleben und will deshalb in diesem Jahre tun, was ich soll. – Unter solchen Umständen wurde es zur Notwendigkeit, mich mit Hilfe meiner guten Schwester häuslicher einzurichten; wir haben eine Wohnung, nahe an der alten, und beziehn sie nach den Sommerferien. Ich habe meine Vorlesungen und Stunden bei alledem fortgesetzt und nur an den schlimmsten Tagen, wo ich immer zu Bette liege, unterbrochen. Wohin ich die Ferien gehe, hängt vom Erfolg der jetzigen Kur ab, jedenfalls in ein Bad. Ich hoffe sehr viel von der neuen Häuslichkeit mit meiner Schwester zusammen, wir wollen zusehen, eine recht exakte Lebensweise zu erfinden.

Daß ich nicht mutlos bin, kannst Du daraus sehn, daß ich neulich einen Entwurf für meine Kollegien auf sieben Jahre hin gemacht habe. Aber viel Quälerei hat das Leben. Zudem haben Krankheiten etwas Würdeloses und sind nicht einmal ein Unglück.

Willst Du in Bayreuth darauf vorbereiten, daß ich im Juli nicht kommen werde? Wagner wird recht böse sein, ich selbst bin es auch. Übrigens habe ich doch noch zu seinem Geburtstag geschrieben, mit vieler Überwindung, denn es ging mir übel. Es ist etwas Herrliches darum, wie er's aushält.

Lebe wohl mein lieber Freund

Ist Miaskowski berufen? Ich habe ihn seitdem nicht gesprochen, er wartete gewiß sehr darauf. Übrigens wäre es die höchste Zeit, denn jeder hier Angestellte muß vier Monate vor dem Anfang des nächsten Semesters (1. Nov.) seine Entlassung begehren.

91. *An Carl von Gersdorff* [Steinabad,] den 21. Juli [1875]

Ja, liebster Freund, Du kommst mir nur um ein klein wenig zuvor, denn als ich meinen letzten Brief an Dich abgelassen, fiel mir erst ein, wie es mit Deiner Zeit jetzt stehen werde und wie Du ein Recht hättest mich unbescheiden zu nennen »ob meines unverschämten Geilens willen« oder wie die schöne Wendung *originaliter* lautet. Nein, ich gehöre nicht zu den gewalttätigen Menschen, die immer recht haben wollen und fast immer auch haben, selbst in der Freundschaft; sondern meine *Unüberlegtheit* ist die Schuld, Dir etwas anzumuten, was, wie ich mir hätte selbst sagen sollen, Dir jetzt nicht möglich ist. Ich hätte nur so gern noch etwas *vor* Bayreuth *über* Bayreuth mit Dir geredet, da Du doch wohl nicht nur als Gersdorff, sondern auch als Nietzsche hingehen wirst – vermutlich wenigstens, wie die Anzeichen meines Schlechtbefindens erraten lassen. Wie mir's geht, hat Dir mein letzter Brief erzählt; inzwischen haben wir die Diät sehr verändert (auf meine Bitte esse ich viel weniger – beiläufig eine der seltsamsten Möglichkeiten der Sprache – ich habe das viele Fleischessen satt). Ein schönes Schwimmbad ist seit gestern meine Freude; es ist unmittelbar am Garten des Hotels, ich benutze es allein, den andern Sterblichen ist's zu kalt. Frühmorgens um sechs bin ich bereits darin, und kurz darauf laufe ich zwei Stunden spazieren, alles vor dem Frühstück. Gestern schweifte ich in den unglaublich schönen Forsten und verborgenen Tälern herum, gegen Abend, drei Stunden lang, und spann im Gehen an allem Hoffnungsvollen der Zukunft herum, es war ein Blick des Glücks, den ich lange nicht erhascht hatte. Wozu ist man nun noch aufgespart? Ich habe einen schönen Korb voll Arbeit für die nächsten sieben Jahre vor mir, und eigentlich wird mir jedesmal wohl zumute, wenn ich daran denke. Wir müssen unsre Jugend noch benützen und manches recht Gute noch lernen. Und allmählich wird's doch ein *gemein*schaftliches Leben und Lernen, immer wieder kommt einer zur Gemeine hinzu, wie diesen Sommer ein sehr fähiger und frühgereifter (weil frühleidender) Schüler, der *stud. jur.* Brenner in Basel. Auch wurde mir von einem jungen Manne erzählt, der nach Australien abging und sich vorher mit meinen Schriften versah. Von einem Briefe des Fürsten Rudi Liechtenstein (in Wien) habe ich Dir erzählt? Heute mußte ich wieder einer Wiener Buchhandlung melden, daß eine Schrift von mir über Homer nicht *veröffentlicht* sei, sie fragte, wie nun schon mehrere, im Namen »eines treuen Anhängers«. Das weißt Du doch auch, daß ich nun ein *zweites* ausgearbeitetes und sehr inhaltreiches Manuskript über J. Burckhardts griechische Kultur habe, als Geschenk von dem kleinen guten Dr. jur. Kelterborn (der auch schon ein Amt hat).

Nun beginnt nach den Ferien meine Häuslichkeit und ein so vernünftig ausgedachtes Leben und Wirken, daß ich noch zu etwas kommen kann. Ich bin jetzt sehr hinterher, die argen Lücken unserer Erziehung (ich denke an Pforte und die Universitäten und andres) an mir selber nachträglich auszustopfen; und jeder Tag hat sein kleines Pensum, ganz abgesehn noch von dem Hauptpensum, welches mit dem Kolleg im Zusammenhange steht. Wir müssen noch eine gute Strecke Wegs immer steigen, langsam, aber immer weiter, um einen recht freien Ausblick über *unsre alte Kultur* zu haben; und durch mehrere mühsame Wissenschaften muß man noch hindurch, vor allem durch die eigentlich *strengen*. Aber dieses ruhige Vorrücken ist unsre Art von Glück, und viel mehr will ich nicht.

Mit der Schriftstellerei ist es nun für längere Zeit vorüber, glaube ich. Aber mir scheint, zu einem rechten Weck- und Mahnruf reichen meine vier Schriftchen auch gerade aus, sie sind für Jünglinge und junges Streben. Hast Du Schurés *le drame musical* in 2 vol. gelesen? Er sandte es mir zu und hat mir viel Freude damit gemacht: Bd. I enthält als Bild das griech. Theater von Egesta, Bd. II das Innere des Bayreuthers. Und meine »Geburt« hat er verstanden und mitempfunden, daß es eine Lust ist, so frei und von innen her. Für mein Gefühl ist alles Französische zu beredt und, bei Behandlung solcher Dinge wie die Musik, etwas zu lärmend und öffentlich. Aber das ist der Fehler der Sprache, nicht Schurés.

Liebster Freund, ich glaube jetzt wirklich, daß ich nicht nach Bayreuth kommen kann, die Zeit von vier Wochen ist für eine solche Kur an sich schon zu kurz; sollte es durchaus nötig sein, so würde ich sie auf fünf Wochen verlängern, nur um alles zu tun, was ich bei einer so ernsthaften Sache mir schuldig bin. Aber im Herbst, nicht wahr, da habe ich Dich wieder in Basel? Was wird sich da alles erzählen lassen! Und meines Studierzimmers sollst Du dich freuen! Herzliche Glückwünsche auf Deinen Weg!

Ich folge Dir in treuer Liebe als Dein Freund Friedrich

Bonndorfs Lage: fasse *Donaueschingen*, die nächste Eisenbahnstation ins Auge. Von da nach Löffingen drei Stunden Post, von da bis Bonndorf zwei Stunden zu Fuß. Dabei ist das Steinabad. Diese Mitteilung als Korrektur meiner Angaben im letzten Briefe, aber keinesfalls als Ermunterungen zum Kommen! Ja nicht mißverstehen, teurer Freund.

92. *An Malwida von Meysenbug* Steinabad, 11. August 1875

Hochverehrte Freundin, es ist nicht Undankbarkeit, sondern Not, was mich so lange verstummen machte, das glauben Sie mir wohl gern. Ich weiß nichts Besseres als daran zu denken, wie ich doch in den letzten Jahren immer reicher an Liebe geworden bin; und dabei fällt mir Ihr Name und Ihre treue tiefe Gesinnung immer zuerst mit ein. Wenn mir nun die Möglichkeit fehlt, solchen, die mich lieben, Freude zu machen, ja selbst der Glaube daran, so fühle ich mich ärmer und beraubter als je – und in so einer Lage war ich. Es war mir, meiner Gesundheit wegen, so aussichtslos zumute, daß ich glaubte, ich müßte nun unter-ducken und wie an einem heißen drückenden Tage nur eben unter der Schwüle und Last so fortschleichen. Alle meine Pläne veränderten sich danach und immer überlief's mich schmerzlich bei dem Gedanken: deine Freunde haben Besseres von dir erwartet, sie müssen nun ihre Hoffnungen fahren lassen und haben keinen Lohn für ihre Treue. – Kennen Sie diesen Zustand? Ich bin jetzt über ihn wieder hinaus, weiß aber nicht, auf wie lange – doch mache ich wieder Entwürfe über Entwürfe und suche mein Leben in einen Zusammenhang zu bringen – ich tue nichts lieber, nichts angelegentlicher, sobald ich nur einmal wieder allein bin. Daran habe ich einen förmlichen Barometer für meine Gesundheit. Unsereins, ich meine Sie und mich, leidet *nie rein körperlich*, sondern alles ist mit geistigen Krisen tief durchwachsen, so daß ich gar keinen Begriff habe, wie ich je aus Apotheken und Küchen allein wieder gesund werden könnte. Ich meine, Sie wissen und glauben das so fest wie ich und ich sage Ihnen etwas recht Überflüssiges!

Das Geheimnis aller Genesung für uns ist, eine gewisse Härte der Haut wegen der großen innerlichen Verwundbarkeit und Leidensfähigkeit zu bekommen. *Von außen her* darf uns wenigstens so leicht nichts mehr anwehen und zustoßen; wenigstens quält mich nichts mehr als wenn man so auf *beiden* Seiten ins Feuer kommt, von innen her und von außen. – Meine durch die gute Schwester eingerichtete Häuslichkeit, die ich in den nächsten Tagen kennenlernen werde, soll für mich so eine neue feste harte Haut werden, es macht mich glücklich, mich in mein Schneckenhaus hineinzudenken. Sie wissen, nach

Ihnen und einigen wenigen strecke ich die Fühlhörner immerdar mit Liebe aus, verzeihen Sie den tierischen Ausdruck.

Ihnen und allen, die Ihnen am Herzen liegen, das Beste wünschend

Ihr allzeit getreuer Friedrich Nietzsche

93. *An Erwin Rohde* Basel, den 7. Oktober 1875

Gott weiß, mein geliebter Freund, in was für einem Lichte Du diesmal den Morgen Deines Geburtstags erblickest! Kommt Dir der Tag grau, ja greulich vor, so denke doch ein wenig mit daran, was Du mir, was Du uns bist und sei *aus unserer Seele* heraus dem Himmel dafür dankbar, daß Du lebst. Freue Dich einmal mit allen denen, welche Dich lieben, wenn Du aus Dir selber sonst nur Leid und Schwermut zu saugen weißt. Vielleicht aber erwartet Dich der Tag mit einem anderen Gesichte, mit einem freudigeren, ich weiß gar nicht, was sich inzwischen mit Dir begeben hat; und da ich mich ganz außerstande fühlte und noch fühle, Dir irgend nach einer Seite hin zu raten, so habe ich inzwischen auch nicht völlig verlernt zu *hoffen*, und zwar so wie Deine *Liebe* hoffte – daß alle Verdunkelungen aufgehellt, alles Zagen beseitigt ist, und daß Deinem edlen tapfern Sinne eine gleiche Gesinnung, eine gleiche Tapferkeit entspricht.

Über Deinen philologischen Vortrag hat mir bis jetzt Overbeck aus den Zeitungen noch nichts berichten können (ich lese keine Zeitungen mehr, seit dreiviertel Jahr). Ich denke, Du sendest mir den Vortrag? Wenigstens würde ich mir damit eine große Freude erbitten. Sonderbarerweise vergesse ich es fast immer mehr, daß wir als Philologen miteinander bekannt geworden sind; wir haben inzwischen so vieles Gemeinsame bekommen, daß ich das Ursprünglich-Gemeinsame kaum mehr besitze. Ich wurde neulich in fast erschreckender Weise daran erinnert, was man *ist* und was man gerade jetzt *kann*, da man sich in ein verzehrendes Antizipieren der Zukunft viel zu sehr eingelassen hat, um nicht alles gegenwärtige Können zu übersehen; mir wurde nämlich etwas aus einem Urteile J. Burckhardts über mich wiedererzählt (er hatte sich in Lörrach gegen einen ganz vertrauten Arzt ausgesprochen). Unter anderem hat er gesagt: »So einen Lehrer würden die Baseler nicht wieder bekommen.« Das gilt also meiner Tätigkeit am Pädagogium: also zu einem ordentl. *Schulmeister* hat's man wirklich gebracht, fast so nebenbei, denn bis diesen Augenblick habe ich nur mit Pflichtgefühl und ohne alles Selbstgefühl diesem Amte gedient, auch ohne Freude. Vielleicht gelingt mir's auch so nebenbei und beinahe gesagt im Schlafe noch zum Philologen zu werden; ich stecke so voll von *allgemeinen Nöten*, daß ich mich fast wie ein Handwerker mit der Philologie befasse, ich meine, wie mit einem Ding, was man zu allen Stunden treiben kann und muß, ohne daß man viel daran denkt.

Meine Betrachtung unter dem Titel »*Richard W. in Bayreuth*« wird nicht gedruckt, sie ist fast fertig, ich bin aber weit hinter dem zurückgeblieben, was ich von mir fordere; und so hat sie nur für mich den Wert einer neuen Orientierung über den schwersten Punkt unserer bisherigen Erlebnisse. Ich stehe nicht darüber und sehe ein, daß *mir* selber die Orientierung nicht völlig gelungen ist – geschweige denn, daß ich anderen helfen könnte!

Auf den gleichen Punkt, doch nicht bis zu dem Grade der Ausarbeitung habe ich im Frühjahr eine Betrachtung gebracht unter dem Titel »*Wir Philologen*«. Kommt eine Zeit, wo wir einmal länger zusammen und *uns ineinander* leben, so will ich Dir manches mitteilen: alles ist selbst erlebt und deshalb windet es sich etwas schwer von mir los. Ich sage das, weil ich oft nach einem Zusammensein mit Dir mir vorwerfe, daß ich Dir nicht genug mitgeteilt habe. Es ist nicht der Mangel an Offenheit, das weißt Du.

Auf dem Bürgenstock war ich inzwischen, mit Overbeck; die letzten Gäste und einzigen Bewohner! Deiner viel gedenkend. Es ist nicht der Ort für Sehnsüchtige, die Ruhe kann einen toll machen.

Am 15. d. M. wird Fräulein von Meysenbug, auf ihrer Rückreise von Paris, bei mir sein. Vielleicht auch Gersdorff; der mir neulich seine nunmehr gefaßte *Absicht*, sich in Berlin zu *verloben*, mitteilte. Wir wollen unsern Segen aus vollem Herzen dazu sprechen.

Mein geliebter Freund, vergiß mich in Deiner Not nicht, vergiß es nicht, daß es im Wasser der Trübsal doch ein paar Balken gibt. Und wenn es kein Balken ist, so doch immer die Freundeshand, an die Du Dich anklammern darfst, es gehe nun, wie es gehe.

Ich sehe einen blauen ruhigen kalten Herbsttag draußen liegen. Lebe wohl, liebster Freund und sei meiner Freundschaft sicher. Ebenfalls grüßt meine Schwester mit den herzlichsten Wünschen.

Der Deinige F. N.

Romundt hat mir die *größte Freude* durch seine Mitteilungen gemacht. Er ist wie genesen und *fühlt* sich auch so: dafür hat er sich als Schulmeister (Griechisch in Sekunda I und II, Deutsch in Prima) sehr zu placken. Es war zum Heil.

94. *An Paul Rée* Basel, den 22. Oktober 1875

Lieber Herr Doktor, ich habe mich viel zu sehr über ihre psychologischen Beobachtungen gefreut, als daß ich es mit Ihrem Toten-Inkognito (»Aus dem Nachlaß«) so ernst nehmen könnte. Beim Durchstöbern einer Menge neuer Bücher fand ich neulich Ihre Schrift und erkannte auf der Stelle einige jener Gedanken als Ihr Eigentum wieder, und ebenso erging es Gersdorff, der aus der früheren Zeit noch neulich mir zitierte »behaglich miteinander schweigen zu können soll ja ein größeres Zeichen von Freundschaft sein als behaglich miteinander reden zu können, wie Rée sagte«. Sie leben also noch in mir und meinen Freunden fort, und nichts hatte ich damals, als ich Ihr von mir so hochgehaltenes Manuskript in den Händen hatte, mehr zu bedauern als gerade durch ein starkes Augenleiden zu absoluter Entsagung im Briefschreiben gezwungen zu sein.

Ich bin ferne davon, mir es herauszunehmen, Sie zu loben, ebensowenig will ich Sie mit irgendwelchen »Hoffnungen« belästigen, die ich etwa auf Sie setze. Nein! wenn Sie nie etwas anderes drucken lassen, wie diese *geistbildenden* Maximen, wenn diese Schrift wirklich Ihr *Nachlaß* ist und bleibt, so soll es gut und recht sein: wer so selbständig lebt und für sich dahergeht, hat das Recht sich auszubitten, daß man ihn mit Lob und Hoffnungen verschone. Nur möchte ich Sie für den Fall irgendeiner Publikations-Absicht darauf aufmerksam machen, daß Sie immer mit Sicherheit auf meinen Verleger, Herrn E. Schmeitzner in Schloß-Chemnitz rechnen können. Ich sage dies namentlich deshalb, weil das einzige, worüber ich mich bei Ihrer

Schrift nicht freute, die letzte Seite war, auf der die Schriften des Herrn E. von Hartmann hintereinander herprangen; die Schrift eines Denkers sollte aber auch nicht einmal auf Ihrem Hinterteil an die Schriften eines Scheindenkers erinnern.

Mit recht guten Wünschen für Ihr leibliches Wohl und der Bitte, meinen Dank dafür freundlich aufzunehmen, daß Sie Ihre Maximen überhaupt der Öffentlichkeit übergeben haben – womit Sie zeigen, daß Ihnen das geistige Wohl Ihrer Mitmenschen *am Herzen* liegt, bin und bleibe ich der Ihrige, Friedrich Nietzsche

95. *An Carl von Gersdorff* [Basel, 13. Dezember 1875]

Gestern, mein geliebter Freund, kam Dein Brief und heute morgen, recht am Beginne einer schweren Arbeitswoche, Deine Bücher: da soll man schon guten Mutes bleiben, wenn man so teilnehmende liebevolle Freunde hat! Wirklich, ich bewundere den schönen Instinkt Deiner Freundschaft – der Ausdruck klingt Dir hoffentlich nicht zu tierisch –, daß Du gerade auf diese *indischen* Sprüche verfallen mußtest, während ich mit einer Art von wachsendem Durst mich gerade in den zwei letzten Monaten nach Indien umsah. Ich entlieh von dem Freunde Schmeitzners Hr. Widemann die englische Übersetzung der *Sutta Nipáta*, etwas aus den heiligen Büchern der Buddhisten; und eines der festen Schlußworte einer Sutta habe ich schon in Hausgebrauch genommen »so wandle ich einsam wie das Rhinozeros«. Die Überzeugung von dem Unwerte des Lebens und dem Truge aller Ziele drängt sich mir oft so stark auf, zumal wenn ich krank zu Bette liege, daß ich verlange, davon etwas mehr zu hören, aber nicht verquickt mit den jüdisch-christlichen Redensarten: gegen die ich mir irgendwann einen Ekel angegessen habe, so daß ich mich vor Ungerechtigkeit in acht zu nehmen habe. Wie es nun mit dem Leben steht, magst Du auch aus beiliegendem Briefe des unsäglich leidenden Freundes Rohde ersehen; man soll sein Herz nicht an dasselbe hängen, das ist klar, und doch, worin kann man es aushalten, wenn man wirklich nichts mehr *will*! Ich meine, das *Erkennen-Wollen* bleibe als letzte Region des Lebens-Willens übrig, als ein Zwischenbereich zwischen

Wollen und Nichtmehrwollen, ein Stück *Purgatorium*, so weit wir auf das Leben unbefriedigt und verachtend zurückblicken und ein Stück Nirwana, insofern die Seele dadurch dem Zustande reinen Anschauens nahe kommt. Ich übe mich darin, die *Hast* des Erkennen-Wollens zu verlernen; daran leiden ja die Gelehrten alle und darüber entgeht ihnen die herrliche Beruhigung aller gewonnenen Einsicht. Nun bin ich immer noch etwas zu straff zwischen die verschiedenen Anforderungen meines Amtes eingespannt, als daß ich nicht allzuoft, wider Willen, in jene Hast geraten *müßte*: allmählich will ich mir schon alles zurechtrücken. Dann wird auch die Gesundheit beständiger werden; die ich nicht eher erlange, bis ich sie auch *verdiene*, bis ich den Zustand meiner Seele gefunden habe, der der mir gleichsam verheißene ist, der Gesundheits-Zustand derselben, wo sie nur noch den *einen* Trieb, das Erkennen-Wollen, übrigbehalten hat und sonst von Trieben und Begehrungen frei geworden ist. Ein einfacher Haushalt, ein ganz geregelter Tageslauf, keine aufreizende Ehrsucht oder Geselligkeitssucht, das Zusammenleben mit meiner Schwester (wodurch alles um mich herum so ganz *nietzschisch* ist und sonderbar beruhigt wird), das Bewußtsein ganz ausgezeichnete liebevolle Freunde zu haben, der Besitz von 40 guten Büchern aus allen Zeiten und Völkern (und von noch mehrern nicht gerade schlechten), das unwandelbare Glück, in Schopenhauer und Wagner Erzieher, in den Griechen die täglichen Objekte meiner Arbeit gefunden zu haben, der Glaube daß es mir an guten Schülern von jetzt an nicht mehr fehlen wird – das macht jetzt mein Leben. Leider kommt die chronische Quälerei hinzu, die mich alle zwei Wochen fast zwei ganze Tage, mitunter noch länger packt – nun, das soll einmal ein Ende haben.

Später einmal, wenn Du Dein Haus sicher und wohlbedacht gegründet hast, wirst Du auch auf mich als einen länger weilenden Feriengast rechnen können; ich erquicke mich öfter mit der Vergegenwärtigung Deines späteren Lebens und denke, daß ich Dir auch noch einmal in Deinen Söhnen nützen kann. Wir haben nun, alter treuer Freund Gersdorff, ein gutes Stück Jugend, Erfahrung, Erziehung, Neigung, Haß, Bestrebung, Hoffnung miteinander bis jetzt gemein gehabt, wir wissen, daß wir uns von Herzen freuen, auch nur beieinander zu sitzen, ich glaube, wir brauchen uns nichts zu versprechen und geloben, weil wir einen *recht guten* Glauben zueinander haben. Du hilfst mir, wo Du kannst, das weiß ich aus Erfahrung; und ich denke bei allem, was mich freut, »wie wird sich Gersdorff dabei freuen!« Denn, um Dir dies zu sagen, Du hast die herrliche Fähigkeit zur *Mitfreude*; ich meine, sie ist selbst seltener und edler als die des Mitleidens.

Nun lebe wohl und gehe in Dein neues Lebensjahr hinüber als der, welcher Du im alten warst, ich weiß Dir sonst nichts zu wünschen. Als solcher hast Du Deine Freunde erworben; und wenn es noch gescheute Weiber gibt, dann wirst Du nicht mehr lange

»einsam wandeln wie das Rhinozeros«.

Treugesinnt der Deine Friedrich Nietzsche

Herzliche Grüße und Glückwünsche meiner Schwester. Meine Empfehlungen an Deinen verehrten Vater.

Ich schickte Dir Rütimeyers Programm, hoffentlich kam es an.

96. *An Mathilde Trampedach* Genf, den 11. April 1876

Mein Fräulein! Sie schreiben heute abend etwas für mich, ich will auch etwas für Sie schreiben. –

Nehmen Sie allen Mut Ihres Herzens zusammen, um vor der Frage nicht zu erschrecken, die ich hiermit an Sie richte: Wollen Sie meine Frau werden? Ich liebe Sie und mir ist es, als ob Sie schon zu mir gehörten. Kein Wort über das Plötzliche meiner Neigung! Wenigstens ist keine Schuld dabei, es braucht also auch nichts entschuldigt zu werden. Aber was ich wissen möchte ist, ob Sie ebenso empfinden wie ich – daß wir uns überhaupt nicht fremd gewesen sind, keinen Augenblick! Glauben Sie nicht auch daran, daß in einer Verbindung jeder von uns freier und besser werde als er es vereinzelt werden könnte, also exzelsior? Wollen Sie es wagen mit mir zusammen zu gehen, als mit einem, der recht herzlich nach Befreiung und Besserwerden strebt? Auf alle Pfade des Lebens und des Denkens?

Nun seien Sie freimütig und halten Sie nichts zurück. Um diesen Brief und meine Anfrage weiß niemand als unser gemeinsamer Freund Herr von Senger. Ich reise morgen um 11 Uhr mit dem Schnellzuge nach Basel zurück, ich muß zurück; meine Adresse für Basel lege ich bei. Können Sie auf meine Frage ja! sagen, so werde ich sofort Ihrer Frau Mutter schreiben, um deren Adresse ich Sie dann bitten würde. Gewinnen Sie es über sich, sich schnell zu entschließen, mit Ja! oder Nein – so trifft mich ein briefliches Wort von Ihnen bis morgen um 10 Uhr *Hôtel garni de la Poste*.

Alles Gute und Segensvolle für immerdar Ihnen wünschend

Friedrich Nietzsche

97. *An Malwida von Meysenbug* Karfreitag, 14. April 1876. Basel

Hochverehrtes Fräulein, es gab vor 14 Tagen ungefähr einen Sonntag, den ich allein am Genfer See und ganz und gar in Ihrer Nähe verbrachte, von früh bis zu dem mondglänzenden Abend: ich las mit wiederhergestellten Sinnen Ihr Buch zu Ende und sagte mir immer wieder, daß ich nie einen weihevolleren Sonntag erlebt habe; die Stimmung der Reinheit und Liebe verließ mich nicht und die Natur war an diesem Tage nichts als das Spiegelbild dieser Stimmung. Sie gingen vor mir her als ein höheres Selbst, als ein *viel* höheres –, aber doch noch mehr ermutigend als beschämend: so schwebten Sie in meiner Vorstellung und ich maß mein Leben an Ihrem Vorbilde und fragte mich nach dem vielen, was mir fehlt. Ich danke Ihnen für sehr viel mehr als für ein Buch. Ich war krank und zweifelte an meinen Kräften und Zielen; nach Weihnachten glaubte ich von allem lassen zu müssen und fürchtete nichts mehr als die Langwierigkeit des Lebens, das mit Aufgebung der höheren Ziele nur wie eine ungeheure Last drückt. Ich bin jetzt gesünder und freier, und die zu erfüllenden Aufgaben stehen wieder vor meinen Blicken, ohne mich zu quälen. Wie oft habe ich Sie in meine Nähe gewünscht, um Sie etwas zu fragen, worauf nur eine höhere Moralität und Wesenheit als ich bin, Antwort geben kann! Aus Ihrem Buche entnehme ich mir jetzt Antworten auf sehr bestimmte mich betreffende Fragen; ich glaube mit meinem Verhalten nicht eher zufrieden sein zu dürfen, als bis ich Ihre Zustimmung habe. Ihr Buch ist für mich aber ein strengerer Richter, als Sie es vielleicht persönlich sein würden. Was muß ein Mann tun, um bei dem Bilde Ihres Lebens sich nicht der Unmännlichkeit zeihen zu müssen? – das frage ich mich oft. Er muß das alles tun, was Sie taten und durchaus nichts mehr! Aber er wird es höchst wahrscheinlich nicht vermögen, es fehlt ihm der sicher leitende Instinkt der allzeit hilfbereiten Liebe. Eins der höchsten Motive, welches ich durch Sie erst geahnt habe, ist das der Mutterliebe ohne das physische Band von Mutter und Kind, es ist eine der herrlichsten Offenbarungen der *caritas*. Schenken Sie mir etwas von dieser Liebe, meine hochverehrte Freundin und sehen Sie in mir einen, der als Sohn einer solchen Mutter bedarf, ach so sehr bedarf!

Wir wollen uns viel in Bayreuth sagen: denn jetzt darf ich wieder darauf hoffen, dorthin gehen zu können: während ich ein paar Monate auch den Gedanken daran aufgeben mußte. Wenn ich jetzt nur, als der Gesündere, *Ihnen* etwas erweisen könnte! Und warum lebe ich nicht in Ihrer Nähe!

Leben Sie wohl, ich bin und bleibe der *Ihrige* in Wahrheit
Friedrich Nietzsche

Ich bin sehr dankbar für den Brief Mazzinis –

98. *An Mathilde Trampedach* Basel, 15. April [1876]

Hochverehrtes Fräulein, Sie sind großmütig genug, mir zu verzeihen, ich fühle es aus der Milde Ihres Briefes heraus, die ich wahrhaftig nicht verdient hatte. Ich habe so viel im Gedenken an meine grausame gewaltsame Handlungsweise gelitten, daß ich für diese Milde Ihnen nicht genug dankbar sein kann. Ich will nichts erklären und weiß mich nicht zu rechtfertigen. Nur hätte ich den letzten Wunsch auszusprechen, daß Sie, wenn Sie einmal meinen Namen lesen oder mich selber wiedersehen sollten, nicht nur an den Schrecken denken möchten, den ich Ihnen eingeflößt habe; ich bitte Sie unter allen Umständen daran zu glauben, daß ich gerne gutmachen möchte, was ich böse gemacht habe.

In Verehrung der Ihrige Friedrich Nietzsche

99. *An Erwin Rohde* Basel, den 23. Mai 1876

Da wollen wir uns denn herzlich miteinander freuen, daß Dein Werk *fertig* ist, mein geliebter Freund; ich hatte immer meine Besorgnisse, denn ich ahnte, daß es ein *μέγα βιβλίον* werde, und wußte, daß es bisher schon in mancher Beziehung ein *μέγα κακόν* gewesen war. Nun ist es da, überdies in ein schönes Fellchen gehüllt und prangt und ergötzt mich. Es enttäuschte mich gleich in einer sehr angenehmen Weise, denn ich hatte mich ein wenig davor gefürchtet, als ob meine geringe philologische Weisheit auf diesem entlegenen Gebiete sich als völlige Torheit entpuppen werde. Nun merke ich schon so viel, daß ich *sehr viel Nutzen* von Deinen Ergebnissen (den allgemeinen, wie den gelegentlichen) haben werde und daß ich auch im Zusammenhang über die Griechen genug gedacht habe, um dieses Buch gar nicht mehr entbehren zu können. Ebenso wird es J. Burckhardt gehen, dem ich davon erzählte. (Ich bin jetzt täglich mit ihm zusammen, im vertrautesten Verkehre.) Ich hebe von dem, was ich bis jetzt gelesen, ein paar Sachen hervor, die mir gleich so gut »wie Baumöl« eingingen, z. B. wie sich Roman und Novelle gegeneinander abheben. Dann S. 56f. über die charakterologischen Studien der Peripatetiker, dann S. 18 (mit der *morale di solitari*); ein sehr belehrender Abschnitt 4 auf S. 22 ff; dann S. 67 weibliche Leser, S. 121 über die Art von wirklicher Popularität der alexandrinischen Dichter, dann S. 142 (mit Anmerk.) sehr schön über die elegische Erzählungskunst. Aufgefallen ist mir, daß Du von den päderastischen Verhältnissen so wenig sagst: und doch ist das Idealisieren des Eros und das reinere und sehnsüchtigere Empfinden der Liebespassion bei den Griechen zuerst auf diesem Boden gewachsen und wie mir scheint, von da aus auf die geschlechtliche Liebe erst *übertragen* worden, während es ihre (der geschlechtl. Liebe) zartere und höhere Entwicklung *früher* geradezu hinderte. Daß die Griechen der älteren Zeit die Männer*erziehung* auf jene Passion gegründet haben und solange sie diese ältere Erziehung hatten, von der Geschlechtsliebe im ganzen mißgünstig gedacht haben, ist toll genug, scheint mir aber wahr zu sein. Auf Seite 70 und 71, glaubte ich, Du würdest an diese Dinge erinnern müssen. Der Eros, als *πάθος* der *καλῶς σχολάζοντες*, in der besten Zeit ist der päderastische: die *Meinung* über den Eros, die Du »einigermaßen verstiegen« nennst, nach der das Aphrodisische am Eros nicht wesentlich, sondern nur gelegentlich und akzidentiell ist, die Hauptsache eben φιλία ist, kommt mir nicht so ungriechisch vor. – Aber es scheint mir, daß Du mit Absicht die ganze Region gemieden hast; auch J. Burckhardt redet im Kolleg nie davon. – Vielleicht übrigens finde ich beim Weiterlesen Deines Buches auch hierüber Winke, ich bin noch nicht weit gekommen: meine Augen sind so schlimm. Du hast viel Sorgfalt auf die Darstellung verwendet; aber ich möchte *Dich*, den *eigentlichen* Rohde noch mehr durchhören, selbst mit der Einbuße, daß der Stil nicht so gefeilt wäre; wie ich an dem Overbeckschen Stil meine persönliche Freude habe, trotz allem »Obwohl«. Etwas *Schweres*, beiläufig gesagt, liegt in der von Dir häufig gebrauchten Zusammenstellung längerer Adjektiva mit Partizipien z. B. »sprudelnd fruchtbares Talent«, »künstlich vermittelndes Verfahren«, »leichtfertig gewandte Arbeit«, »mühsam sorgfältiges Verfahren« (S. 127).

Doch sollte ich über solche Dinge den Mund halten. Aber eine große Verwunderung, mit Maulaufsperren verknüpft, muß ich noch loswerden: was bist Du doch für ein sonderbarer Mensch! In diesen letzten Jahren, so wie sie für Dich leider waren, gerade *dies* Buch auszuarbeiten – das geht ganz eigentlich über meine Fassungskraft! (Beiläufig, auch über mein Talent, zu *jeder* Zeit: so etwas könnte ich nicht, wenn ich es auch können wollte.) Der philologische Dämon steckt Dir so im Leibe, daß ich mitunter vor seinem Wüten (in Scharfsinn und unbändiger Gelehrsamkeit) ordentlich schaudere. Ich weiß keinen Menschen, dem ich so etwas zutraute: und daß dieser Erzphilolog dabei noch ein Erzmensch, und zwar mein Erzfreund ist, das ist wahrlich ein αἴνιγμα δύσλυτον, aber davon abgesehn »eine gute Gabe Gottes!«

Lebe wohl mein getreuer Freund

Mit dem Musico Köselitz wollen wir's auf eine andre Weise noch durchsetzen. Overbeck schreibt in diesen Tagen.

100. *An Richard Wagner (Entwurf)* [Basel, Juli 1876]

Hier, geliebtester Meister, ist eine Art von Bayreuther Festpredigt. Ich habe den Mund nicht halten können und mehreres heraussagen müssen. Denen, welche sich jetzt *freuen*, werde ich die Freude gewiß vermehrt haben – das ist heute mein Stolz und mein Vertrauen. Wie Sie selber diese Bekenntnisse aufnehmen werden, kann ich diesmal gar nicht erraten.

Meine Schriftstellerei bringt für mich die unangenehme Folge mit sich, daß jedesmal, wenn ich eine Schrift veröffentlicht habe, irgend etwas in meinen persönlichen Verhältnissen in Frage gestellt wird und erst wieder, mit einem Aufwand von Humanität, eingerenkt werden muß. Inwiefern ich dies heute ganz besonders empfinde, mag ich gar nicht deutlicher aussprechen. Überlege ich, was ich diesmal gewagt habe, so wird mir hinterdrein schwindlig und befangen zumute und es will mir wie dem Reiter auf dem Bodensee ergehen.

Wenn ich nur um ein weniges anders über Sie dächte, so würde ich diese Schrift nicht veröffentlicht haben. Aber Sie haben mir einmal, in Ihrem allerersten Briefe an mich, etwas vom Glauben an die deutsche Freiheit gesagt: an diesen Glauben wende ich mich heute: wie ich auch nur aus ihm den Mut finden konnte, das zu tun, was ich getan habe.

Mit ganzem, vollen Herzen Ihnen zugehörig Fr. N.

101. *An Erwin Rohde* [Basel, 18. Juli 1876]

Sei es zum Guten, lieber getreuer Freund, was Du mir da meldest, zum wahrhaft Guten: das wünsche ich Dir aus ganzem vollen Herzen. So willst Du denn im Jahre des *Heils* 1876 Dein Nest bauen, wie unser Overbeck, und ich meine, Ihr werdet mir, dadurch daß Ihr *glücklicher* werdet, nicht abhanden kommen. Ja, ich werde ruhiger an Dich denken können: wenn ich Dir auch in diesem Schritte vielleicht nicht folgen sollte. Denn Du hattest die *ganz vertrauende* Seele so *nötig* und hast *sie* und damit *Dich* selbst auf einer höheren Stufe gefunden. *Mir* geht es anders, der Himmel weiß es oder weiß es nicht. Mir scheint das alles nicht so nötig – seltne Tage ausgenommen. –

Vielleicht habe ich da eine böse Lücke in mir. Mein Verlangen und meine Not ist anders: ich weiß kaum es zu sagen und zu erklären.

Diese Nacht fiel's mir ein, einen Vers daraus zu machen; ich bin kein Dichter, aber Du wirst mich schon verstehen.

Es geht ein Wandrer durch die Nacht
Mit gutem Schritt;
Und krummes Tal und lange Höhn –
Er nimmt sie mit.
Die Nacht ist schön –
Er schreitet zu und steht nicht still,
Weiß nicht, wohin sein Weg noch will.
Da singt ein Vogel durch die Nacht. –
– »Ach Vogel, was hast du gemacht?
Was hemmst du meinen Sinn und Fuß
Und gießest süßen Herz-Verdruß
Auf mich, daß ich nun stehen muß
Und lauschen muß,
Zu deuten deinen Ton und Gruß?«
Der gute Vogel schweigt und spricht:
»Nein, Wandrer, nein! *Dich* grüß ich nicht
Mit *dem* Getön!
Ich singe, weil die Nacht so schön:
Doch *du* sollst immer weiter gehn
Und nimmermehr mein Lied verstehn!
Geh nur von dann' –
Und klingt dein Schritt von fern nur an,
Heb' ich mein Nachtlied wieder an,
So gut ich kann.
Leb wohl, du armer Wandersmann!«

So geredet zu mir, nachts nach der Ankunft Deines Briefs. F. N.

Nebst den allerherzlichsten Glückwünschen meiner Schwester.

102. *An Elisabeth Nietzsche*

[Klingenbrunn, 6. August 1876] Sonntag

Liebste Schwester, hoffentlich bist Du in Bayreuth und findest dort gute Menschen, die für Dich sorgen, nachdem ich von dort verschwunden bin.

Ich weiß ganz genau, daß ich es dort *nicht* aushalten kann, ja eigentlich hätten wir es vorher wissen sollen! Denke nur wie vorsichtig ich bisher leben mußte, die letzten Jahre. Ich fühle mich von dem kurzen Aufenthalte dort so ermüdet und erschöpft, ich komme gar nicht wieder recht zu mir. Einen *schlimmen* Tag hier gehabt, zu Bette gelegen; aber *immerfort* Schmerzen im Kopf, wie in gewissen Baseler Zeiten. Der Ort ist sehr gut, tiefe Waldung und Höhenluft, wie im Jura. Hier will ich bleiben, zehn Tage vielleicht, aber nicht wieder über Bayreuth zurückkehren; denn dazu wird es an Geld fehlen.

Ich ängstige mich darum, was Du nun mit der Wohnung anfängst (die ich übrigens gräßlich für mich, ja geradezu unmöglich fand, so schwül und unbequem ist sie). Ich habe Dir 100 Mark zurückgelassen und muß Dir, wenn ich nach Basel komme, mehr Geld schicken; aber vielleicht ist der Plan mit Baumgartners gelungen. Diese mögen dann die Wohnung zahlen; und sie sollen dann die Patronatsscheine ganz umsonst haben. Tue dies alles, so wie es Dir gut scheint. Krug hat einen Schein für 100 Tl. gekauft, das erzählte mir Heckel aus Mannheim.

Also sehen wir uns in diesem Jahre vielleicht nicht wieder! Wie doch die Dinge laufen! Ich muß alle Fassung zusammennehmen, um die grenzenlose Enttäuschung dieses Sommers zu ertragen. Auch meine Freunde werde ich nicht sehen; es ist alles jetzt für mich Gift und Schaden.

Ich bitte Dich ernstlich, Basel und Arlesheim nicht so leicht in Gedanken aufzugeben. Mir erscheint es als das einzig Mögliche.

Ich freue mich, Dich bei Frl. v. Meysenbug und ihrer Familie zu wissen. Es sind zu gute Menschen: danke ihnen in meinem Namen auf das herzlichste. – Ich denke Deiner mit Liebe als Dein Bruder.

Eine Diarrhöe quält mich zu alledem.

Adresse: Klingenbrunn bei Regen, im Bayrischen Walde, Gasthaus zum Ludwigsstein.

103. *An Louise Ott* Basel, 30. August 1876

Meine liebe Frau Ott! Es wurde dunkel um mich, als Sie Bayreuth verließen, es war mir, als ob jemand das Licht mir weggenommen hätte. Ich mußte mich erst wiederfinden, aber das habe ich getan und Sie können ohne Besorgnis diesen Brief in Ihre Hand nehmen.

Wir wollen an der Reinheit des Geistes festhalten, der uns zusammenführte, wir wollen in allem Guten uns gegenseitig treu bleiben.

Ich denke mit einer solchen brüderlichen Herzlichkeit an Sie, daß ich Ihren Gemahl lieben könnte, weil er *Ihr* Gemahl ist; und werden Sie es glauben, daß Ihr kleiner Marcel mir zehnmal des Tages in den Sinn gekommen ist?

Wollen Sie meine ersten drei unzeitgemäßen Betrachtungen von mir haben? Sie sollen doch wissen, woran ich glaube, wofür ich lebe.

Bleiben Sie mir gut und helfen Sie mir in dem, was meine Aufgabe ist. In reiner Gesinnung der Ihrige, Friedrich Nietzsche

104. *An Louise Ott* Freitag, Basel [22. September 1876]

Liebe gute Freundin, erst *konnte* ich nicht schreiben, denn man machte mit mir eine Augenkur – und jetzt *soll* ich nicht schreiben, auf lange Zeit hinaus! Trotzdem – ich las Ihre zwei Briefe immer wieder, ich glaube fast, ich habe sie zu viel gelesen, aber diese neue Freundschaft ist wie neuer Wein: sehr angenehm, aber ein wenig gefährlich vielleicht.

Für mich jedenfalls.

Aber auch für Sie, wenn ich denke an was für einen *Freigeist* Sie da geraten sind! An einen Menschen, der nichts mehr wünscht als täglich irgendeinen beruhigenden Glauben zu verlieren, der in dieser täglich größeren Befreiung des Geistes sein Glück sucht und findet. Vielleicht daß ich sogar noch mehr Freigeist sein *will* als ich es sein *kann*!

Was sollen wir nun machen? – Eine »Entführung aus dem Serail« des Glaubens, ohne Mozartsche Musik?

Kennen Sie die Lebensgeschichte Fräulein von Meysenbugs, unter dem Titel »Memoiren einer Idealistin«?

Was macht der arme kleine Marcel mit seinen Zähnchen? Wir müssen alle leiden, bevor wir ordentlich beißen lernen, physisch und moralisch. – Beißen, um uns zu ernähren, versteht sich, nicht beißen, um zu beißen!

Gibt es nicht von einem gewissen schönen blonden Weibchen ein gutes Bild?

Ich reise Sonntag über acht Tage fort nach Italien, auf lange Zeit. Von dort bekommen Sie Nachricht. Ein Brief an meine Adresse in Basel (Schützengraben 45) erreicht mich jedenfalls.

Von ganzem Herzen brüderlich der Ihre Friedr. Nietzsche

105. *An Richard Wagner* Basel, den 27. Sept. 1876

Hochverehrter Freund! Sie haben mir durch den kleinen Auftrag, welchen Sie mir erteilten, Freude gemacht: es erinnerte mich an die Tribschener Zeiten. Ich habe jetzt Zeit, an Vergangenes, Fernes wie Nahes, zu denken, denn ich sitze viel im dunkelen Zimmer, einer Atropin-Kur der Augen wegen, welche man nach meiner Heimkehr für nötig fand. Der Herbst, nach *diesem* Sommer, ist für mich, und wohl nicht für mich allein, *mehr* Herbst als ein früherer. Hinter dem großen Ereignisse liegt ein Streifen schwärzester Melancholie, aus dem man sich gewiß nicht schnell genug nach Italien oder ins Schaffen oder in beides retten kann. Wenn ich Sie mir in Italien denke, so vergegenwärtige ich mir, daß Ihnen dort die Inspiration zum Anfange der Rheingold-Musik kam. Möge es für Sie immer das Land der Anfänge bleiben! Sodann werden Sie die Deutschen eine Zeitlang los, und es scheint dies hie und da nötig zu sein, um etwas Ordentliches für sie tun zu können.

Sie wissen vielleicht, daß ich auch im nächsten Monat nach Italien gehe, aber nicht, wie ich meine, als in ein Land der Anfänge, sondern des Endes meiner Leiden. Diese sind wieder auf einem Höhepunkte; es ist wirklich die höchste Zeit: meine Behörden wissen, was sie tun, wenn sie mir ein ganzes Jahr Urlaub geben, obgleich dieses Opfer für ein so kleines Gemeinwesen unverhältnismäßig groß ist; sie würden mich nämlich auf eine oder die andere Weise verlieren, wenn sie mir nicht diesen Ausweg eröffneten; ich habe in den letzten Jahren, dank der Langmütigkeit meines Temperamentes, Schmerzen über Schmerzen eingeschluckt, wie als ob ich dazu und zu nichts weiterem geboren wäre. Der Philosophie, welche dies etwa lehrt, habe ich praktisch meinen Tribut in reichem Maße gezahlt. Diese Neuralgie geht so gründlich, so wissenschaftlich zu Werke, sie sondiert förmlich, bis zu welcher Grenze ich den Schmerz aushalten kann, und nimmt sich zu dieser Untersuchung jedesmal dreißig Stunden Zeit. Alle vier bis acht Tage muß ich auf eine Wiederholung dieses Studiums rechnen: Sie sehen, es ist die Krankheit eines Gelehrten; – aber nun habe ich es satt, und ich will gesund leben oder nicht mehr leben. Völlige Ruhe, milde Luft, Spaziergänge, dunkele Zimmer – das erwarte ich von Italien; mir graut davor, dort etwas sehen oder hören zu müssen. Glauben Sie nicht, daß ich morose bin; nicht die Krankheiten, nur die Menschen vermögen mich zu verstimmen, und ich habe immer die hilfbereitesten, rücksichtsvollsten Freunde um mich. Zuerst nach meiner Rückkehr den Moralisten Dr. Rée, jetzt den Musiker Köselitz, denselben, der diesen Brief schreibt; auch Frau Baumgartner will ich unter den guten Freunden nennen; vielleicht freut es Sie zu hören, daß die französische Übersetzung meiner letzten Schrift (*Richard Wagner in Bayreuth*) von der Hand dieser Frau im nächsten Monat gedruckt wird.

Käme der »Geist« über mich, so würde ich Ihnen einen Reisesegen dichten; aber dieser Storch hat sein Nest neuerdings nicht auf mir gebaut: was ihm zu verzeihen ist. So nehmen Sie denn mit den herzlichsten Wünschen fürlieb, die Ihnen als gute Begleiter folgen mögen: Ihnen und Ihrer verehrten Frau Gemahlin, meiner »edelsten Freundin«, um dem Juden Bernays einen seiner unerlaubtesten Germanismen zu entwenden.

Treulich, wie immer der Ihrige Friedrich Nietzsche

106. *An Franziska und Elisabeth Nietzsche*

[Genua, 22. Oktober 1876]

Von Bex schlimme Abreise, in Genf etwas besser, zu Mittag im Hotel Post gegessen. Brenner kam dorthin. Nachtreise durch Mont

Cenis, am andern Tag Nachmittag Ankunft in Genua mit heftigstem Kopfschmerz: sofort zu Bett, Erbrechen und Dauer des Zustandes 44 Stunden. Heute Sonntag besser; eben von einer Fahrt im Hafen und ins Meer hinaus zurück. Schönste Abendruhe und -farbe. Morgen (Montag) abend Abfahrt mit Dampfschiff nach Neapel, wir drei Freunde zusammen haben uns zur Seereise entschlossen. Herzlichste Grüße an Euch.

107. *An Louise Ott* *Sorrent près de Naples, 16 décembre* [1876]

Villa Rubinacci

Sie sind mir hoffentlich, meine verehrte Freundin, gut geblieben, ob ich Ihnen schon so lange Zeit jede Auskunft über meinen Aufenthalt und mein Ergehen schuldig blieb. Aber allen meinen Freunden ging es so wie Ihnen, ich konnte und durfte nicht anders. Meine unerträglichen Kopfschmerzen, gegen welche ich kein Mittel bewährt gefunden habe, zwingen mich zu einer stillschweigenden Entsagung im freundschaftlichen Verkehre. Auch heute mache ich nur eine Ausnahme von der Regel und fürchte, auch selbst dafür büßen zu müssen. Aber ich möchte gar zu gerne etwas von Ihnen hören, und vielleicht etwas Ausführliches, – machen Sie mir dieses Weihnacht-Vergnügen. Es wird die französische Übersetzung meiner Schrift über R. Wagner unterwegs sein und hoffentlich zu Weihnachten bei Ihnen eintreffen, – eine neue kleine Zudringlichkeit wie dieser Brief, um ein paar Zeilen – nein, *mehrere* paar Zeilen von Ihnen zu erobern.

In unserem kleinen Kreise ist viel Nachdenken, Freundschaft, Aussinnen, Hoffen, kurz ein ganzes Teil Glück beisammen; dies empfinde ich trotz der vielen Schmerzen und der schlimmen Perspektive meiner Gesundheit. Es ist vielleicht noch ein bißchen Glück mehr in der Welt, aber einstweilen wünsche ich von Herzen allen Menschen, daß es ihnen ergehen möge wie uns, wie mir: sie dürfen dann schon zufrieden sein.

Neulich fiel mir ein, Sie, meine Freundin, möchten einen kleinen Roman schreiben und ihn mir zu lesen geben: man übersieht so schön, was man hat und was man vom Leben wünscht, und wird gewiß dabei nicht unglücklicher – das ist die Wirkung der Kunst. Jedenfalls wird man weiser dabei. Vielleicht ist es ein törichter Rat: dann sagen Sie mir, daß Sie über mich gelacht haben; es macht mir Vergnügen dies zu hören.

Herzlich grüßend Ihr Freund F. N.

108. *An Sophie Ritschl* [Sorrent, Januar 1877]

Verehrteste Frau, nur andauernde Krankheit und das wirkliche Unvermögen, Briefe zu schreiben, konnte der Grund sein, welcher mich abhielt, so lange Zeit abhielt, Ihnen mein tiefstes Mitgefühl zu erkennen zu geben; denn ich habe auf ein Jahr Basel verlassen und hier in Sorrent Genesung suchen müssen und fange eben erst an, die Gesundheit aus der Ferne zu sehen.

Wie oft ist die Gestalt des großen geliebten Lehrers an mir seit jener Trauerbotschaft vorübergeschwebt, wie oft durchlief ich im Geiste jene nun schon so fernen Zeiten eines fast täglichen Zusammenseins mit ihm und erwog die zahllosen Beweise seiner wohlwollenden und wahrhaft hilfreichen Gesinnung. Ich bin glücklich, noch aus dem letzten Jahre ein kostbares Zeugnis seiner unveränderten Milde und Herzlichkeit für mich in einem Briefe zu besitzen und mir vorstellen zu dürfen, daß er, auch wo er mir nicht recht geben konnte, mich doch vertrauensvoll gewähren ließ. Ich glaubte, daß er den Tag noch erleben würde, da ich ihm öffentlich den Dank und die Ehre geben könnte, so wie es längst mein Herz wünschte, und in einer Art, daß auch er vielleicht sich daran hätte freuen können. Heute trauere ich nun an seinem Grabe und muß, meiner üblen Gesundheit nachgebend, auch mein Totenopfer noch auf eine unbestimmte Zukunft verschieben.

Was mit ihm, abgesehen von allem persönlichen Verluste, überhaupt verloren gegangen ist, ob nicht in ihm der letzte große Philologe zu Grabe getragen wurde – das weiß ich nicht mit Sicherheit zu beantworten. Aber ob die Antwort so oder ganz anders ausfalle – daß in seinen Schülern eine nie erhörte Fruchtbarkeit seiner Wissenschaft verbürgt sei –, jede Antwort fällt zu seiner Ehre aus: es ist ein gleich großer Ruhm, der letzte der Großen oder der Vater einer ganzen großen Periode zu heißen.

Empfangen Sie die wärmsten Wünsche eines Ihnen immerdar aufrichtig ergebenen und mit Ihnen trauernden Freundes.

Ihr Friedrich Nietzsche

109. *An Paul Rée* [Sorrent, den 17. April 1877]

Ich war bis Freitag allein in der Villa Rubinacci. Da endlich kam Frl. v. Meysenbug zurück. – Mehrere Tage zu Bett gelegen, immer *schlecht*, bis heute. Nichts ist öder als Ihr Zimmer ohne Rée. Wir sprechen und schweigen viel von dem Abwesenden; gestern wurde konstatiert, daß mir Ihre »Erscheinung« abhanden gekommen sei. Abends spielen wir Mühle. Lesen gibt es nicht. Seydlitz liegt zu Bett; wir konnten gegenseitig einer des andern »humaner Krankenwärter« sein, insofern wir mit Bettliegen abwechselten. Liebster Freund, wie viel verdanke ich Ihnen! Sie sollen mir nie wieder verloren gehn!

In herzlicher Treue Ihr F N

Für Telegramm und Brief Dank und wieder Dank.

110. *An Elisabeth Nietzsche* Sorrent, 25. April [1877]

immer unbeständiges Wetter

Nichts Heiteres als Dein Brief, liebste Schwester, der in allen möglichen Punkten den Nagel auf den Kopf traf. Mir ging es so schlimm! Innerhalb 14 Tagen lag ich 6 Tage zu Bett mit 6 Hauptanfällen, der letzte ganz zum Verzweifeln. Ich stand auf, da legte sich Frl. v. Meysenbug auf drei Tage wegen Rheumatismus. In aller Tiefe unsres Elendes lachten wir sehr zusammen, als ich ihr einige ausgewählte Stellen des Briefes vorlas. – Der Plan nun, welchen Frl. v. M. als unverrückbar im Auge zu behalten bezeichnet und an dessen Ausführung Du mithelfen mußt, ist der: Wir überzeugen uns, daß es mit meiner Baseler Universitätsexistenz auf die Dauer nicht gehen kann, daß ich sie höchstens auf Unkosten aller meiner wichtigeren Vorhaben und doch mit totaler Preisgebung meiner Gesundheit durchsetzen könnte. Freilich werde ich den nächsten Winter in diesen Verhältnissen dort noch zubringen müssen, aber Ostern 1878 soll es zu Ende sein, falls die andre Kombination gelingt, d. h. die Verheiratung mit einer zu mir passenden, aber notwendig vermöglichen Frau. »Gut, *aber* reich« wie Frl. v. M. sagte, über welches »Aber« wir sehr lachten. Mit dieser würde ich dann die nächsten Jahre in Rom leben; welcher Ort für Gesundheit, Gesellschaft und meine Studien gleich geeignet ist. In diesem Sommer soll nun das Projekt gefördert werden, in der Schweiz, so daß ich im Herbst verheiratet nach Basel käme. Verschiedne »Wesen« sind eingeladen, in die Schweiz zu kommen, mehrere Dir ganz fremde Namen darunter, z. B. Elise Bülow aus Berlin, Elsbeth Brandes aus Hannover. Den geistigen Qualitäten nach finde ich immer Nat. Herzen am besten geeignet. Mit der Idealisierung der kl. Köckert in Genf hast Du viel geleistet! Lob, Ehr und Preis! Aber es ist doch bedenklich; und Vermögen? –

Rohde soll die *Wagner*-Büste bekommen, mir fällt gar nichts mehr ein, meine *Dummheit* ist groß. Also willst Du dies schnell besorgen, mit einem Briefchen an Rohde?

Von Frankfurt hat man mich zu einer Rede über Wagner eingeladen. – Die Übersetzung von Frau Baumgartner wird durch die kompetenten Personen *nicht* gut gefunden. Dies ganz im Vertrauen.

In alter Brüderlichkeit Dein Fritz

in Zukunft (wenn ich noch in einem Jahre lebe) Römer.

Mit der Bayreuther Sorge bleibst du verschont; wozu ich eigentlich gratuliere, denn die Verantwortlichkeit ist zu groß. Lulu und die Gouvernante führen das Regiment. Die arme Loldi ist in ein orthopädisches Institut in Altenburg gebracht.

111. *An Malwida von Meysenbug*

Lugano, Sonntag morgen [13. Mai 1877]

Verehrteste Freundin, nachdem ich durch Nachdenken herausgebracht habe, daß eine Karte, obschon leichter als ein Brief, doch nicht schneller geht als ein Brief, müssen Sie nun schon einen längeren

Bericht über meine bisherigen Odysseischen Irrfahrten hinnehmen. Das menschliche Elend bei einer Meerfahrt ist schrecklich und doch eigentlich lächerlich, ungefähr so wie mir mitunter mein Kopfschmerz vorkommt, bei dem man sich in ganz blühenden Leibesumständen befinden kann – kurz, ich bin heute wieder in der Stimmung des »heitern Krüppeltums«, während ich auf dem Schiffe nur die schwärzesten Gedanken hatte und in bezug auf Selbstmord allein darüber im Zweifel blieb, wo das Meer am tiefsten sei, damit man nicht gleich wieder herausgefischt werde und seinen Errettern noch dazu eine schreckliche Masse Gold als Sold der Dankbarkeit zu zahlen habe. Übrigens kannte ich den schlimmsten Zustand der Seekrankheit ganz genau aus der Zeit her, wo ein heftiges Magenleiden mich mit dem Kopfschmerz im Bruderbunde quälte: es war »Erinnerung halb verklungner Zeiten«. Nur kam die Unbequemlichkeit hinzu, in jeder Minute dreimal – bis achtmal die Lage zu wechseln und zwar bei Tag und Nacht: sodann in nächster Nähe Gerüche und Gespräche einer schmausenden Tischgesellschaft zu haben, was über alle Maßen ekelerregend ist. In Livornos Hafen war es Nacht, es regnete: trotzdem wollte ich hinaus; aber kaltblütige Verheißungen des Kapitäns hielten mich zurück. Alles im Schiffe rollte mit großem Lärme hin und her, die Töpfe sprangen und bekamen Leben, die Kinder schrien, der Sturm heulte; »ewige Schlaflosigkeit war mein Los«, würde der Dichter sagen. Die Ausschiffung hatte neue Leiden; ganz voll von meinem gräßlichen Kopfschmerz, hatte ich doch stundenlang die schärfste Brille auf der Nase und mißtraute jedem. Die Dogana ging leidlich vorbei, doch vergaß ich die Hauptsache, nämlich mein Gepäck für die Eisenbahn einschreiben zu lassen. Nun ging eine Fahrt nach dem fabelhaften Hotel National los, mit zwei Spitzbuben auf dem Kutscherbock, welche mit aller Gewalt mich in eine elende Trattoria absetzen wollten: fortwährend war mein Gepäck in andern Händen, immer keuchte ein Mann mit meinem Koffer vor mir her. Ich wurde ein paarmal wütend und schüchterte den Kutscher ein, der andere Kerl riß aus. Wissen *Sie*, wie ich ins *Hôtel de Londres* gekommen bin? Ich weiß es nicht, kurz es war *gut*; nur der Eintritt war greulich, weil ein ganzes Gefolge von Strolchen bezahlt werden wollte. Dort legte ich mich gleich zu Bett und sehr leidend! Am Freitag, bei trübem regnerischem Wetter, ermannte ich mich um Mittag und ging in die Gallerie des Palazzo Brignole; und erstaunlich, der Anblick dieser Familienporträts war es, welcher mich ganz heraushob und begeisterte; ein Brignole zu Pferd, und ins *Auge* dieses gewaltigen Streitrosses der ganze Stolz dieser Familie gelegt – das war etwas für mein deprimiertes Menschentum! Ich achte persönlich Van Dyck und Rubens höher, als alle Maler der Welt. Die andern Bilder ließen mich kalt, ausgenommen eine sterbende Kleopatra von Guercino.

So kam ich wieder ins Leben zurück, und saß den übrigen Tag *still* und *mutig* in meinem Hotel. Am nächsten Tage gab es eine andre Erheiterung. Die ganze Reise von Genua nach Mailand machte ich mit einer sehr angenehmen jungen Ballerina eines Mailänder Theaters zusammen; *Camilla era molto simpatica*, o Sie hätten mein Italienisch hören sollen! Wäre ich ein Pascha gewesen, so hätte ich sie mit nach Pfäffers genommen, wo sie mir, bei der Versagung geistiger Beschäftigungen, etwas hätte vortanzen können. Ich bin immer noch von Zeit zu Zeit ein bißchen ärgerlich über mich, daß ich ihretwegen nicht wenigstens ein paar Tage in Mailand geblieben bin. Nun näherte ich mich der Schweiz und fuhr die erste Strecke auf der Gotthardbahn, welche fertig geworden ist, von Como nach Lugano. Wie bin ich doch nach Lugano gekommen? Ich wollte eigentlich nicht recht, aber ich bin da. Als ich die Schweizer Grenze passierte, unter heftigem Regen, gab es einen einmaligen starken Blitz und Donnerschlag. Ich nahm es als gutes Omen hin, auch will ich nicht verschweigen, daß, je mehr ich mich den Bergen näherte, mein Befinden immer besser wurde. In Chiasso entfernte sich mein Gepäck auf zwei verschiedenen Zügen voneinander, es war eine heillose Verwirrung, dazu noch Dogana. Selbst die beiden Schirme folgten entgegengesetzten Trieben. Da half ein guter Packträger, er sprach das erste Schweizerdeutsch; denken Sie, daß ich es mit einer gewissen Rührung hörte: ich merkte auf einmal, daß ich viel lieber unter Deutschschweizern lebe, als unter Deutschen. Der Mann sorgte so gut für mich, so väterlich lief er hin und her – alle Väter sind etwas Ungeschicktes –, endlich war alles wieder beieinander und ich fuhr nach Lugano weiter. Der Wagen des *Hôtel du Parc* erwartete mich: und hier entstand in mir ein wahres Jauchzen, so gut ist alles: ich wollte sagen, es ist das beste Hotel der

Welt. Ich habe mich etwas mit mecklenburgischem Landadel eingelassen, das ist so eine Art von Deutschen, die mir recht ist; am Abend sah ich einem improvisierten Balle der harmlosesten Art zu; lauter Engländer, alles war so drollig. Hinterdrein schlief ich, zum ersten Male gut und tief; und heute morgen sehe ich alle meine geliebten Berge vor mir, lauter Berge der Erinnerung. Seit acht Tagen hat es hier geregnet. Wie es mit den Alpenpässen steht, will ich heute auf der Post erfahren.

Mir kommt auf einmal der Gedanke, daß ich seit Jahren keinen so langen Brief geschrieben, ebenso daß Sie ihn gar nicht lesen werden.

Sehen Sie also nur in der *Tatsache dieses Briefes* ein Zeichen meines Besserbefindens. Wenn Sie nur den Schluß des Briefes entziffern können!

Ich denke mit herzlicher Liebe an Sie, alle Stunden mehrere Male; es ist mir ein gutes Stück mütterlichen Wesens geschenkt worden, ich werde es nie vergessen.

Trina der Guten meine besten Grüße.

Ich vertraue mehr als je auf Pfäfers und Hochgebirge.

Leben Sie wohl! Bleiben Sie mir, was Sie mir waren, ich komme mir viel geschützter und geborgener vor; denn mitunter überkommt mich das Gefühl der Einöde, daß ich schreien möchte.

Ihr dankend ergebener Friedrich Nietzsche

Dritter Bericht des Odysseus.

Wie schön hatten Seydlitzens mich aufs Schiff gebracht! Ich kam mir wie ein ideales Gepäckstück aus einer besseren Welt vor.

112. *An Malwida von Meysenbug*

Rosenlauibad, Sonntag, 1. Juli 1877

4000 Fuß, aber wie geschützt, mild, gut für die Augen!
(6 frs. die Pension, sehr gut)

Hochverehrte Freundin, es hat mich betrübt, daß mein ausführlicher Reiseplan in betreff des Splügen zu spät nach Florenz gelangt ist, wahrscheinlich nur um einen Tag zu spät. Ich glaubte nicht, daß Sie so schnell von dort aufbrechen würden. (Diese Tinte ist schrecklich, und ich habe sie mir eigens kommen lassen! Aber man hat sie gefälscht, alle Lebensmittel sind in der ganzen Welt unecht, und Tinte ist doch für uns ein Lebensmittel!)

So! Jetzt geht es besser. –

Ich bedaure sehr, daß das Reisen Ihnen so schlecht bekommen ist; in der Tat, das *muß* aufhören, und die vielen, welche Sie lieben, müssen sich ein bißchen bemühen und über die Alpen steigen.

Aeschi, glaube ich, wird Ihnen entsprechen: es ist dem Klima nach ähnlich wie Sorrent, natürlich etwas alpiner; aber eine ähnliche Mischung von guter Berg-, Wald- und Seeluft. Für *meine* Bedürfnisse ist es, solange die ganze heiße Zeit währt, freilich viel zu niedrig; ich kann also erst *später* hinkommen. Das Hochgebirge hat immer einen wohltätigen Einfluß auf mich gehabt. Zwar liege ich hier auch krank zu Bett wie in Sorrent und schleppe mich tagelang unter Schmerzen herum, aber je dünner die Luft, um so leichter trage ich es. Jetzt habe ich eine Kur mit St. Moritzer Wasser begonnen, die mich mehrere Wochen beschäftigen wird. Es wurde mir sehr empfohlen, *nach* Ragazer Kur in die Höhe zu gehn und *dies* Wasser zu trinken: als Mittel gegen eingewurzelte Neurosen gerade in dieser Kombination mit Ragaz. Bis zum Herbst habe ich nun noch die schöne Aufgabe, mir ein Weib zu gewinnen. Die Götter mögen mir Munterkeit zu dieser Aufgabe geben! Ich hatte wieder ein ganzes Jahr zum Überlegen und habe es unbenutzt verstreichen lassen. Im Oktober bin ich entschlossen wieder nach Basel zu gehn und meine alte Tätigkeit aufzunehmen. Ich halte es nicht aus ohne das Gefühl, *nützlich* zu sein; und die Baseler sind die einzigen Menschen, welche es mich merken lassen, daß ich es bin. Meine sehr problematische Nachdenkerei und Schriftstellerei hat mich bis jetzt immer krank gemacht; solange ich wirklich *Gelehrter* war, war ich auch gesund; aber da kam die nervenzerrüttende Musik und die metaphysische Philosophie und die Sorge um tausend Dinge, die mich nichts angehen. Also ich will wieder Lehrer sein; halte ich's nicht aus, so will ich im Handwerk zugrunde gehn. Ich erzählte Ihnen, wie Plato diese Dinge auffaßt. – Meine besten Wünsche und Grüße für die unermüdlichen *Bayreuther* (ich bewundere alle Tage dreimal ihre Tapferkeit). Bitte beruhigen Sie mich über das Londoner Gesamtergebnis, man erzählte mir etwas sehr Schlimmes.

Wie gern unterhielte ich mich mit Frau Wagner, es ist immer einer meiner größten Genüsse, und seit Jahren bin ich ganz darum gekommen! –

Ihre mütterliche Güte gibt Ihnen das traurige Vorrecht, auch *Jammer*-Briefe zu bekommen!

Overbeck hat keineswegs mir zugeraten, nach Basel zu gehen. Wohl aber meine Schwester, die mehr Vernunft hat, als ich.

Es müssen mehrere Karten (von mir an Sie) nicht angekommen sein.

Leben Sie wohl, recht wohl! Ihnen herzlich ergeben

Friedrich Nietzsche

113. *An Carl Fuchs* [Rosenlauibad,] Ende Juli 77

Lieber Herr Doktor, ich war von Rosenlaui ein paar Wochen abwesend: bei der Rückkehr fand ich mich durch Sie so reich beschenkt, daß ich zwei drei Tage laufen lassen mußte, um den Schatz ganz zu heben. Es ging mir alles so recht zu Herzen und Sinnen, was Sie schrieben; namentlich danke ich Ihnen für die Schilderung des »Abends« und der Vorbereitung dazu: ich glaube sogar, es flossen meine Tränen dabei, – was ich Ihnen nur erzähle, um zu beweisen, daß ich Ihnen *nicht sehr fern* stehe, mag geschehen und gesagt worden sein, was da wolle. Überhaupt: mir scheint doch dabei etwas Gutes herausgekommen zu sein, daß ich damals, in einer so unerquicklichen und harten Weise, mein Herz erleichterte: denn ich fühle es jetzt zu deutlich, daß meine Empfindung für Sie verändert ist, ins Hoffnungsreiche, Freudige. (Ein Skeptiker würde sagen: da sieht man, was einige Gran Unrecht in der einen Waagschale nützen können.) Das übrige wollen wir nun einer persönlichen Begegnung überlassen, welche hoffentlich nicht mehr in weiter Ferne zu suchen ist. Komme ich nach Basel (Anfang September, denke ich), so soll auch meinerseits an Volkland ein Wort gerichtet werden. Es *war* zweifelhaft, ob ich wieder zurückkehren würde: denn ich habe, noch in diesem Frühjahr, ernstlich in Erwägung ziehen müssen, ob nicht meine Baseler Stellung aufzugeben sei; auch jetzt stehe ich mit Besorgnis vor dem nächsten Winter und seiner Tätigkeit: es wird ein Versuch, ein letzter sein. Von Oktober bis Mai war ich in Sorrent, zusammen mit drei Freunden und – meinen Kopfschmerzen. Ich nenne Ihnen die verehrte Freundin, welche mütterlich dort für mich sorgte: es ist die Verfasserin der anonym erschienenen »Memoiren einer Idealistin« (bitte, *lesen* Sie dies ganz und gar ausgezeichnete Buch und geben Sie es Ihrer Frau Gemahlin!)

Ihre rhythmische Taktzählung ist ein bedeutender Fund reinen Goldes, Sie werden viele gute Münzen daraus schlagen können. Mir fiel ein, daß ich, beim Studium der antiken Rhythmik, 1870, auf der Jagd nach fünf- und siebentaktigen Perioden war und die Meistersinger und Tristan durchzählte: wobei mir einiges über Wagners Rhythmik aufging. Er ist nämlich so abgeneigt gegen das Mathematische, streng Symmetrische (wie es im kleinen der Gebrauch der *Triole* zeigt, ich meine sogar das Übermaß im Gebrauch derselben), daß er mit Vorliebe die Viertaktperioden in fünftaktige *verzögert*, die sechstaktigen in siebentaktige (in den Meistersingern, III. Akt, kommt ein Walzer vor: sehen Sie zu, ob da nicht die Siebenzahl regiert). Mitunter – aber es ist vielleicht *crimen laesae majestatis* – fällt mir die Manier Berninis ein, der auch die Säule nicht mehr einfach erträgt, sondern sie von unten bis oben durch Voluten wie er glaubt *lebendig* macht. Unter den gefährlichen Nachwirkungen Wagners scheint mir »das Lebendig-machen-wollen um jeden Preis« eine der gefährlichsten: denn blitzschnell wird's Manier, Handgriff.

Ich habe immer gewünscht, es möchte einer, der es kann, einmal Wagners verschiedne Methoden innerhalb seiner Kunst einfach beschreiben, historisch-schlicht sagen, wie er es hier, wie dort macht. Da erweckt nun das aufgezeichnete *Schema*, welches Ihr Brief enthält, alle meine Hoffnungen: gerade so einfach *tatsächlich* müßte es beschrieben werden.

Die andern, welche über Wagner schreiben, sagen im Grunde nicht mehr, als daß sie großes Vergnügen gehabt und dafür dankbar sein wollen; man lernt nichts. Wolzogen scheint mir nicht Musiker genug zu sein; und als Schriftsteller ist er zum Totlachen, mit seiner Konfusion artistischer und psychologischer Sprechweise. Könnte man übrigens, an Stelle des unklaren Wortes »Motiv«, nicht sagen »Symbol«? Etwas anderes ist's ja nicht. – Wenn Sie an Ihren »musikalischen Briefen« schreiben, so wenden Sie doch so wenig als möglich Ausdrücke aus der Schopenhauerschen Metaphysik an; ich glaube nämlich – Verzeihung! ich glaube, ich *weiß* es –, daß sie falsch ist, und daß alle Schriften, welche mit ihr abgestempelt sind, bald einmal unverständlich werden möchten. Später darüber mehr, und auch dies nicht brieflich. – Über verschiedne meiner Bayreuther Eindrücke, ästhetische Grundprobleme berührend, möchte ich auch mit Ihnen mündlich mich verständigen, zum Teil mich von Ihnen beruhigen lassen. Ihren »Briefen« sehe ich mit solcher hungriger Erwartung entgegen, daß ich nicht einmal mich entscheiden kann, ob ich lieber Ihre Aufschlüsse über Beethovens Stil, Takt, Dynamik usw. *zuerst* in Händen hätte oder Ihren Lehr- und Leit*faden* durch die Nibelungen-Not (denn Not macht alles, was nibelungenhaft ist). Am allerliebsten speiste ich beide Bissen auf einmal und wollte mich dann gerne, der Boa gleich, in die Sonne legen, um still einen Monat lang zu verdauen.

Aber nun sagen die Augen: höre auf! Können Sie die Blätter noch eine Zeit entbehren? Oder ist's besser, daß ich sie gleich schicke? – Ich bleibe noch vier Wochen in Rosenlaui.

Mehr noch *nach* wie vor *Ihr* F. Nietzsche

114. *An Paul Deussen* [Rosenlauibad, Anfang August 1877]

Lieber Freund, wie spät bekommst Du den Dank für das Geschenk Deines Buches! Aber meine Reisen und indirekt also das, was diese Unbeständigkeit des Aufenthaltes nötig machte, meine Gesundheit – denn ich bin seit Oktober vorigen Jahres nicht mehr in Basel, sondern überall (namentlich in Süditalien und Hochalpen) gewesen: diese angegebenen Umstände ließen Dein Werk erst spät in meine Hände gelangen. Im Herbst will ich das Experiment machen, meine Baseler Stellung wieder wie früher einzunehmen; viel Vertrauen hab ich nicht. *Viel* Schmerzen (infolge einer chronisch gewordenen Kopfneuralgie) waren inzwischen mein Los, ihr *Ertragen* meine *Hauptttätigkeit*.

Du hast Deine Jahre *sehr gut* angewendet: strenger Wille des Lernens, erworbene Deutlichkeit und entschiedene Befähigung zur Mitteilung – welche vielleicht im mündlichen Vortrag noch auf einer höhern Stufe stehen mag –: davon redet jede Seite Deines Buches. Allen denen, welchen es nütze ist Schopenhauer kennenzulernen, namentlich aber denen, welche sich selber über ihre Kenntnis desselben kontrollieren wollen, hast Du einen ausgezeichneten Leitfaden in die Hand gegeben; jeder Leser findet außerdem von *Dir* so manches darin, für das er dankbar sein muß (namentlich aus dem schwer zugänglichen Gebiete der indischen Studien).

Ich, ganz persönlich, beklage *eins* sehr: daß ich nicht eine Reihe Jahre *früher* ein solches Buch, wie das Deine, empfangen habe! Um wie viel *dankbarer* wäre ich Dir da gewesen! So aber, wie nun die menschlichen Gedanken ihren Gang gehen, dient mir seltsamerweise Dein Buch als eine glückliche *Ansammlung alles dessen, was ich nicht mehr für wahr* halte. Das ist traurig! Und ich will nicht mehr davon sagen, um Dir nicht mit der Differenz unserer Urteile Schmerz zu machen. Schon als ich meine kleine Schrift über Schopenhauer schrieb, hielt ich von allen dogmatischen Punkten fast nichts mehr fest; glaube aber jetzt noch wie damals, daß es einstweilen höchst wesentlich ist, durch Schopenhauer hindurchzugehen und ihn als Erzieher zu benutzen. Nur glaube ich *nicht mehr*, daß er *zur* Schopenhauerschen Philosophie *erziehen soll*. –

Lebe wohl, lieber Freund, und verzeih meinen Augen, welche mehr zu schreiben verbieten. Dein F.

Sende ein Exemplar an Dr. *Romundt*, Gymnasiallehrer in Osnabrück.

An Prof. Dr. *Heinze* in Leipzig.

Ich bin bis Ende August in Rosenlauibad bei Meiringen, Berner Oberland; von da an: in Basel.

115. *An Malwida von Meysenbug*

Rosenlaui, Sonnabend, 4. August 1877

Liebste muttergleiche Freundin, es geht nicht! Ich habe mich bei meiner Rückkehr nach Rosenlaui sofort für den ganzen August gebunden, in der Annahme, Sie seien wirklich, wie es Ihr Seelisberger Brief verhieß, wegen des elenden Wetters sofort wieder über die Alpen zurückgegangen. So habe ich denn hier einen Ausnahme-Pensionspreis, viel geringer als alle anderen (denn ich brauche viel weniger, esse immer für mich, nicht *table d'hôte*: denken Sie, ich habe in meinem Leben *nie so opulent* gelebt wie in Sorrent). Dann bekommt es mir hier immer besser; wo kann ich aber auch, wie hier, vor dem Frühstück zwei Stunden und vor dem Abendessen zwei Stunden wie hier im *Schatten* der Berge spazieren gehen! –

Am ersten September beziehe ich meine neue Wohnung in Basel.

Ich entbehre Sie und hätte Ihnen so manches zu sagen.

Dr. Eiser machte mir die Freude, vier Tage mit seiner Frau mich hier zu besuchen; wir sind uns *sehr* nahe gekommen und überdies: ich habe den besorgtesten *Arzt* für mich gewonnen, den ich mir nur wünschen kann. Ich stehe jetzt also unter *seinem* Regime: ziemlich gute Hoffnung! Er ist erfahren, Sohn eines Arztes, selber in den vierziger Jahren, ich gebe viel auf die *geborenen* Ärzte.

Dann habe ich mit einem Engländer und dessen Familie, Mr. G. Croom Robertson, Neigung um Neigung eingetauscht; es tat mir weh, ihn heute scheiden zu sehen. Er ist Professor im *University College London* und Herausgeber der *besten* philosophischen Zeitschrift (nicht nur für England, sondern überhaupt; höchstens Th. Ribots *Revue philosophique* steht ihr gleich).

Ihm ist gelungen, was Monod in betreff aller französischen Autoritäten der Historie mit seiner *Revue* gelungen ist: an seiner Zeitschrift »*Mind*« arbeiten *alle* philosophischen Größen (Spencer, Tylor, Maine, Darwin usw., usw.). – Er war *sehr eingenommen* für Rées Buch, will darauf sehr aufmerksam machen und versprach, wenn Rée oder ich nach London käme, eine persönliche Beziehung zu allen den genannten Autoritäten zu vermitteln. Er sprach sehr gut über Wagner und Londoner Konzerte. Beim Abschied habe ich seiner Frau noch Ihre »Memoiren« in einer Weise empfohlen und ans Herz gelegt, daß – usw. Dasselbe habe ich neulich mit zwei polnischen Damen getan, mit denen ich mich innerhalb zweier Wochen förmlich befreundet habe, Mutter und Tochter de Hattowski, der Vater ist russischer General in Tiflis. – *In summa*: die Menschen sind recht gut mit mir gewesen.

Prof. *Heinze* (ord. Prof. der Philosophie) in Leipzig bedauert sehr, daß Rée nicht *dort* sich habilitiere: er verlange längst nach einer Vertretung dieser Richtung. – *Deussens* »Elemente der Metaphysik«, ein Leitfaden für Schopenhauer, ist erschienen. Viel Indisches darin.

Über *Brenner* schreibt P. Gast; ich lege den Brief bei, bitte ihn mir gelegentlich wieder aus.

So! Die Augen tun wieder weh. Ihrer Gesundheit gute Kräftigung von Herzen ersehnend und mit herzlichen Empfehlungen an die Ihrigen Ihr treuer Friedrich Nietzsche

116. *An Franz Overbeck* [Rosenlauibad, August 1877]

Lieber lieber Freund, in wenigen Tagen mache ich meine Heimfahrt nach Basel. Meine Schwester ist schon dort und richtet ein (sie richtet immer viel aus, in solchen Dingen). Von dort aus will ich eines schönen Tages auch zu Dir, zu Euch hinüberkommen, denn es verlangt mich herzlich danach, mit Dir zu reden und zu raten. Der Aufenthalt hier oben war gewiß das Vernünftigste meiner ganzen Gesundheitsjagd; aber ich bringe sie auch von hier nicht heim. Eine Zeitlang wird's aber schon vorhalten. *Eins* aber sehe ich jetzt mit völliger Klarheit: auf die Dauer ist eine akademische Existenz für mich unhaltbar. Ich habe täglich ungefähr eineinhalb Stunden Augenlicht zu verbrauchen, das weiß ich jetzt aus sorgsamer Beobachtung. Lese und schreibe ich länger, so muß ich schon am selben Tag mit Schmerzen büßen und wenige Tage darauf mit einem alten heftigen Anfall (gestern hatte ich ihn wieder). Ich habe den viertägigen Besuch eines trefflichen Arztes und Menschen gehabt, des Dr. *Eiser* aus Frankfurt (mit Frau), dessen Behandlung ich mich jetzt ganz anvertraut habe. Er fand, daß Prof. Schrön mich beinahe homöopathisch behandelt habe.

Nun drängen mich meine Gedanken vorwärts, ich habe ein so reiches Jahr (an innerem Ergebnis) hinter mir; es ist mir, als ob die alte Moosschicht täglichen philologischen Notberufs eben nur abgehoben zu werden brauchte – und alles steht grün und saftig da. Mit Mißmut denke ich daran, daß ich jetzt meine Ausbeute liegen lassen muß, vielleicht die frische Empfindung dafür und damit alles verliere! Hätte ich doch irgendwo ein Häuschen; da ginge ich wie hier täglich sechs bis acht Stunden spazieren und dächte mir dabei aus, was ich nachher im Fluge und vollkommener Sicherheit aufs Papier hinwerfe – so habe ich's in Sorrent, so hier gemacht und einem im ganzen unangenehmen und verdüsterten Jahre *viel* abgewonnen. (Nicht wahr, ich habe vor Dir mich nicht über diese Offenheit des Selbstgefühls zu entschuldigen?)

Alles andre (und *manches* andre) mündlich. Sage Deinen lieben An- und Zugehörigen meinen herzlichsten Dank für alle Teilnahme und die wiederholte Einladung. Dir selbst mit innigem Händedruck das Beste wünschend, alter, lieber Freund! F. N.

117. *An Erwin Rohde* [Rosenlauibad, 28. August 1877]

Lieber, lieber Freund, wie soll ich es nur nennen – immer wenn ich an Dich denke, überkommt mich eine Rührung; und als mir neulich jemand schrieb, »Rohdens junge Frau ein höchst liebliches Wesen, dem die edle Seele aus allen Zügen hervorleuchtet«, da habe ich sogar Tränen vergossen, ich weiß gar keinen haltbaren Grund dafür anzugeben. Wir wollen einmal die Psychologen fragen; die bringen am Ende heraus, es sei der Neid, daß ich Dir Dein Glück nicht gönne, oder der Ärger darüber, daß mir jemand meinen Freund entführt habe und nun Gott weiß wo in der Welt, am Rhein oder in Paris, verborgen halte und ihn gar nicht wieder herausgeben wolle! Als ich neulich meinen »Hymnus an die Einsamkeit« im Geiste mir vorsang, war es mir plötzlich, als ob Du meine Musik gar nicht möchtest und durchaus ein Lied auf die Zweisamkeit verlangtest: am Abend darauf spielte ich auch eins, so gut ich es verstand, und es gelang mir: so daß alle Englein mit Vergnügen hätten zuhören können, die menschlichen Englein zumal. Aber es war in einer finstern Stube, und niemand hörte es: so muß ich Glück und Tränen und alles in mich verschlucken.

Soll ich Dir von mir erzählen? Wie ich immer, schon zwei Stunden bevor die Sonne in die Berge kommt, unterwegs bin, und dann namentlich in den langen Schatten des Nachmittags und Abends? Wie ich mir vielerlei ausgedacht habe und mir so reich vorkomme, nachdem dies Jahr mir endlich einmal erlaubt hat, die alte Moosschicht täglichen Lehr- und Denk*zwanges* einmal abzuheben? So wie ich hier lebe, ertrage ich es selbst mit allen Schmerzen, die mir freilich auch auf die Höhe gefolgt sind – aber dazwischen gibt es so viele glückliche Erhebungen des Gedankens und der Empfindung.

Ganz neuerdings erst erlebte ich durch den »entfesselten Prometheus« einen wahren Weihetag. Wenn der Dichter nicht ein veritables »Genie« ist, so weiß ich nicht mehr, was eins ist: alles ist wunderbar, und mir ist, als ob ich meinem erhöhten und verhimmlischten Selbst darin begegnete. Ich beuge mich tief vor einem, der so etwas in sich erleben und herausstellen kann.

In drei Tagen gehe ich nach Basel zurück. Meine Schwester ist dort bereits mit Einrichten tüchtig beschäftigt.

Der treue Musiker P. Gast zieht in meine Behausung und will die Dienste eines hilfreichen Schreiber-Freundes übernehmen.

Mir graut etwas vor diesem Winter; es *muß* anders werden. Jemand, der täglich nur wenig Zeit für seine Hauptsachen und fast alle Zeit und Kraft für Pflichten auszugeben hat, die andre so gut besorgen können wie er – ein solcher ist nicht harmonisch, mit sich im Zwiespalt, – er wird endlich krank. Wenn ich Wirkung auf die Jugend habe, so verdanke ich sie meinen Schriften, und diese meinen abgestohlenen Stunden, ja den durch *Krankheit* eroberten Interimszeiten zwischen Beruf und Beruf. – Nun, es wird anders: *si male nunc, non olim sic erit.* Inzwischen möge das Glück meiner Freunde wachsen und blühen: es tut mir immer herzlich wohl, an Dich zu denken, mein geliebter Freund (ich sehe Dich eben an einem rosenumgrenzten See und einen schönen weißen Schwan auf Dich zuschwimmen).

In brüderlicher Liebe Dein F.

118. *An Louise Ott* Rosenlauibad, 29. August [1877]

Liebe liebe Freundin, ich will meine Bergeinsamkeit nicht verlassen, ohne Ihnen wieder einmal brieflich zu sagen, wie gut ich Ihnen bin. Wie unnütz, dies zu sagen, zu schreiben, nicht wahr? Aber meine freundschaftliche Empfindung für jemanden hängt sich ein wie ein Dorn und ist mitunter lästig wie ein Dorn, man wird sie nicht leicht los. So nehmen Sie denn den kleinen, unnützen, lästigen Brief nur immer hin!

Man hat mir erzählt, daß Sie – nun, daß Sie erwarten, hoffen, wünschen; mit inniger Teilnahme hörte ich es und wünsche mit Ihnen. Ein neuer guter und schöner Mensch mehr auf der Welt, das ist etwas, das ist viel! Da Sie es durchaus ablehnen, sich in Romanen zu *verewigen*, so tun Sie es auf jene Weise; wir alle müssen Ihnen sehr dankbar dafür sein (zumal es, wie man mir sagt, sehr viel mehr Not macht als selbst das Romanschreiben).

Neulich sah ich auf einmal im Dunklen Ihre Augen. Warum sieht mich kein Mensch mit solchen Augen an! rief ich ganz erbittert aus. Oh, es ist abscheulich!

Wissen Sie, noch niemals hat eine weibliche Stimme auf mich tief gewirkt, obschon ich Berühmtheiten aller Art gehört habe. Aber ich glaube daran, daß es eine Stimme *für mich* auf der Welt gibt; ich suche nach ihr. Wo ist sie nur?

Leben Sie wohl, alle guten Geister mögen um Sie sein.

Treulich Ihr Friedrich Nietzsche

(Ach, übermorgen muß ich fort! nach dem alten *Basel* wieder!)

119. *An Marie Baumgartner* [Rosenlauibad], 30. August [1877]

Hier, meine liebe und verehrte Frau, ein Briefchen als Vorreiter meiner Ankunft in Basel – *nicht* als Antwort auf Ihren guten wie immer seelen*reichen* Brief. Wenn es mir mannichmal graute, an die *Dämmerung* meiner Baseler Existenz in diesem kommenden Winter zu denken, so fiel mir auch immer Ihre trauliche Stube und Ihr herzliches Empfinden ein. »Entbehren sollst du, mußt entbehren« heißt es ja überall, in jedem Menschenleben: da müssen die guten Freunde schön aneinander halten, damit es doch *ein* warmes Plätzchen in der Welt gibt, wohin die Öde des Entbehrens nicht hinein darf.

Mir ist jetzt immer deutlicher geworden, daß es eigentlich der übergroße *Zwang* war, den ich mir selbst in Basel antun mußte, an dem ich zuletzt krank geworden bin; die Widerstandskraft war endlich gebrochen. Ich weiß es, fühle es, daß es eine höhere Bestimmung für mich gibt, als sie sich in meiner Baseler so achtbaren Stellung ausspricht; auch bin ich mehr als ein Philologe, so sehr ich für *meine* höhere Aufgabe auch die Philologie selbst gebrauchen kann. »Ich lechze nach *mir*« – das war eigentlich das fortwährende Thema meiner letzten zehn Jahre. Jetzt, wo durch ein Jahr Zusammensein mit mir selbst alles ganz deutlich und übersichtlich geworden ist (– ich kann nicht aussprechen, wie reich, wie schaffensfreudig, *trotz* allen Schmerzen, ich mich fühle, sobald man mich allein läßt –) jetzt sage ich Ihnen auch mit Bewußtsein, daß ich nicht nach Basel zurückkehre, um dort zu *bleiben*. Wie es sich gestalten wird, ich weiß es nicht; aber meine Freiheit (– ach, die äußeren Bedingungen dazu sollen so bescheiden wie möglich sein –), diese Freiheit werde ich mir erobern.

Nun helfen und sinnen Sie mit, aus gutem freundschaftlichem Herzen, wie ich es *zunächst* wieder ertrage.

Ihr lieber Sohn geht nach Jena! Das hat mich sehr erfreut, ich wüßte ihm auch nichts besseres zu raten. Rohde ist der begabteste und tüchtigste der jungen Philologen. – Aber ich sehe ihn noch im September? so schreibt mir meine Schwester, die arme, die jetzt wieder das Haus instand zu bringen hat.

Also auf Wiedersehen in Kürze.

Treulich der Ihre Friedrich Nietzsche

120. *An Malwida von Meysenbug* Basel, Montag 3. September 1877

Gellertstraße 22

Verehrte, liebe Freundin, wie freuen wir uns Sie hier zu sehen, wie bedauern wir, daß Monods unserem Basel nur eine *Durch*fahrt gönnen! Unter allen Umständen möchten wir am Bahnhofe sein – also wann? Um fünf Uhr vermutlich? –

– Nun, ich bin hier. Die ganze letzte Zeit in Rosenlaui war für mich *schlecht*; mit heftigem Kopfweh verließ ich es früh um vier Uhr, allein, im Finstern. –

Wohnung, Umgebung und meine gute Schwester – alles finde ich *um mich* herum reizend, anreizend, festbannend. – Aber *in* mir kriecht mancher Wurm der Sorge.

Ich schlief zwei Nächte so gut, so gut!

Auch waren schöne Briefe da, von Overbeck, Frau Ott und Dr. Eiser, der es als Arzt *verlangt*, daß ich bald nach Frankfurt zu einer neuen Beratung komme. –

Was sagen Sie von Sorrent! Noch jüngst in Rosenlaui brachte ich eine schlaflose Nacht damit zu, in lieblichen Naturbildern zu schwelgen und mich zu besinnen, ob ich nicht auf irgendeine Weise oben auf *Anacapri* wohnen könnte. Ich seufzte aber immer bei der Einsicht, daß Italien mich entmutigt, mich kraftlos macht (*wie* haben Sie mich in diesem Mai kennengelernt! Ich schäme mich; *so* war ich nie!) In der Schweiz bin ich mehr *ich*, und da ich die Ethik auf möglichste Ausprägung des »Ich« und nicht auf Verdunstung baue, so – – –

In den Alpen bin ich unbesiegbar, namentlich wenn ich allein bin und ich keinen anderen Feind als mich selber habe.

Ich habe meine Studien über griechische Literatur vorgenommen – wer weiß ob was daraus wird? –

Leben Sie wohl. Haben Sie das Feenweibchen gefunden, welches mich von der Säule, an welche ich angeschmiedet bin, losmacht?

Herzlichstes und Gutes voraussendend, Ihnen entgegen F. N.

121. *An Reinhart von Seydlitz* Basel, d. 4. Januar 1878

Sie sind so gut, lieber, lieber Freund, mit Ihren Wünschen und Verheißungen und ich bin jetzt so arm. Jeder Ihrer Briefe ist ein schönes Stück Lebensfreude für mich, aber ich kann Ihnen nichts, gar nichts dagegen geben. Wieder sind, während der Weihnachtsferien, böse, böse Tage, ja Wochen an mir vorbeigezogen: nun wollen wir sehen, was das neue Jahr *kann*. Uns zusammenbringen? Ich halte daran fest.

Gestern kam, von Wagner gesandt, der Parsifal in mein Haus. Eindruck des ersten Lesens: mehr Liszt als Wagner, Geist der Gegenreformation; mir, der ich zu sehr an das Griechische, menschlich Allgemeine gewöhnt bin, ist alles zu christlich, zeitlich, beschränkt; lauter phantastische Psychologie; kein Fleisch und viel zu viel Blut (namentlich beim Abendmahl geht es mir zu vollblütig her); dann mag ich hysterische Frauenzimmer nicht; vieles, was für das innere Auge erträglich ist, wird bei der Aufführung kaum auszuhalten sein: denken Sie sich unsere Schauspieler betend, zitternd und mit verzückten Hälsen. Auch das Innere der Gralsburg *kann* auf der Bühne nicht wirkungsvoll sein, ebensowenig der verwundete Schwan. Alle diese schönen Erfindungen gehören ins Epos und, wie gesagt, fürs innere Auge. Die Sprache klingt wie eine Übersetzung aus einer fremden Zunge. Aber die Situationen und ihre Aufeinanderfolge – ist das nicht von der höchsten Poesie? Ist es nicht eine letzte Herausforderung der Musik?

Soviel für heute, nehmen Sie fürlieb. Ihnen und Ihrer lieben Frau Gemahlin treu ergeben Ihr Freund Nietzsche

PS. Lipiner ist, nach seinem Brief an mich, ein guter Wagnerianer; beiläufig sollte man es fast wünschen, er möchte den Parsifal noch einmal *überdichten*.

122. *An Reinhart von Seydlitz* [Basel,] 13. Mai 1878

Lieber Freund, seit drei Wochen bin ich wieder in voller akademischer Sommer-Tätigkeit – sehr zufrieden darüber! Wenig Zeit übrig! – Heute nur einen Wink, den ein Freund verstehen wird.

Können Sie mir jenes Gefühl – das unvergleichbare – nachfühlen, zum ersten Male öffentlich sein Ideal und sein Ziel bekannt zu haben, das keiner sonst hat, das fast niemand verstehen kann und dem nun ein armes Menschenleben genügen soll – so werden Sie mir auch nachfühlen, warum ich in diesem Jahre, sobald mein Beruf mich frei gibt, *Einsamkeit* brauche. Keinen Freund – niemanden will ich dann, es ist *so* nötig. Nehmen Sie dies, bitte, ohne Erörterung hin. –

Einige Worte Ihres Briefes haben mich fast erschreckt. Sind Sie wirklich je in Ihren Gedanken *auch* den furchtbaren Weg, mit seinen *Via-mala*-Konsequenzen, gegangen? – gehen Sie ihn nicht wieder! Ich wußte davon nichts. Soweit ich Sie kennen lernte, würde ich aber mir zu sagen erlauben: Ihr Temperament und Ihre Lebensstellung sind *dafür* nicht geeignet: Unzufriedenheit und Qual wäre Ihr Los, und niemand hätte den Nutzen davon.

– Gerne hätte ich von Ihnen etwas über ***s Eindruck auf Sie gehört. Bei mir hat er sich eigentlich durch seine wiederholten Versuche, aus der Ferne her über mein Leben zu disponieren und durch Rat und Tat in dasselbe einzugreifen, unmöglich gemacht. So etwas verabscheue ich: keiner meiner ältesten Freunde würde wagen, mir solche dreiste Dinge zu proponieren. Mangel an Scham – das ist es. Von so einem muß ich ganz ferne sein: dann gelingt es mir ganz gut, selbst sein Freund zu werden, – aber *in partibus*.

– Meine gute Schwester, welche diesmal mir es überlassen hat, dem trefflichen und edelgesinnten Briefschreiber zu danken, liest jetzt mein neues Buch, ist aber ferne davon, darüber ein böses Gesicht zu machen. Ich glaube, sie hält die Partien, auf welche Sie anspielen (Freigeist und Ehe) für richtig. Mit ihnen haben die abnormen Umstände, unter denen wir Geschwister uns entschlossen, eine Zeitlang zusammenzuleben, und die niemand näher zu kennen braucht, nichts zu tun. – Ich glaubte, daß alle Frauen sich beim Lesen solcher Dinge Glück wünschen würden, keine Freigeister zu Männern zu haben: – und so meinte ich das eheliche Glück im allgemeinen *gefördert* zu haben.

Nichts liegt mir entfernter, als Proselyten zu machen: Niemand hat so wie ich vor dem Gefährlichen des Freien Geistes *gewarnt* und *zurückgeschreckt*.

Bleiben Sie mir gut, mein lieber Freund. Ihnen und Ihrer verehrten Frau Gemahlin treulich zugetan Friedrich Nietzsche

123. *An Peter Gast* Basel, den 31. Mai 1878

Lieber Freund, am Tage Voltaires kam zweierlei zu mir; rührend und ergreifend war beides: Ihr Brief und dann eine anonyme Sendung aus Paris, die Büste Voltaires, mit einer Karte, auf der sich nur die Worte befanden »*l'âme de Voltaire fait ses compliments à Frédéric Nietzsche*«.

Nehme ich zu Ihnen die beiden noch hinzu, welche sich wirklich über mein Buch erfreut gezeigt haben, Rée und Burckhardt (der es wiederholt »das souveräne Buch« genannt hat), so habe ich einen Wink darüber, wie die Menschen beschaffen sein müßten, wenn mein Buch eine schnelle Wirkung tun sollte. Aber das *wird* und *kann* es nicht, so leid es mir des trefflichen Schmeitzner wegen tut. Von Bayreuth aus ist es in eine Art von *Bann* getan: und zwar scheint die große Exkommunikation über seinen Autor zugleich verhängt. Nur versucht man, meine *Freunde* doch noch festzuhalten, während man mich verliert – und so höre ich denn von manchem, was hinter meinem Rücken geschieht und geplant wird. – Wagner hat eine große Gelegenheit, Größe des Charakters zu zeigen, *unbenutzt* gelassen. Mich darf es nicht beirren, weder in meiner Meinung über ihn, noch über mich.

Ja, wenn man soviel eindringenden Ernstes und auch soviel Zeit einem solchen Erzeugnis weihen wollte wie Ihre Güte getan, so käme wohl etwas dabei heraus: nämlich Neues an Gedanken und Gefühlen und eine kräftigere Stimmung, wie als ob man in leichter gewordene Luft der Höhe geraten sei. Rée sagt, er habe eigentlich nur einmal durch ein Buch eine gleiche Stimmung produktiven Genießens erfahren, durch Eckermanns Gespräche; ganze Hefte von Reflexionen seien schon entstanden.

Das aber ist das *Beste*, was ich erhoffte – die Erregung der Produktivität anderer und die »Vermehrung der Unabhängigkeit in der Welt« (wie J. Burckhardt sagte).

Meine Gesundheit bessert sich, ich bin unermüdlich im Spazierengehen und einsamen Für-mich-hin-denken. Ich freue mich des Frühlings und bin ruhig, wie einer, der nicht mehr so leicht aus dem Geleise zu bringen ist. – Könnte ich doch bis ans Ende so weiterleben! –

Dies alles handelt von mir, weil Sie gern etwas von mir hören wollen. Vieles möchte ich verschweigen, den Tod und die letzten *gequälten* Zeiten Brenners, die seltsame Entfremdung vieler Bekannten und Freunde. –

Bleiben Sie mir gut, in aller Freiheit. – Wie verstehe ich Ihr »unstet und flüchtig«, wie ähnlich sind Sie mir darin! – Nun wachsen Sie fort und fort! In dieser Hoffnung bin ich immerdar

Ihr Freund F. N.

124. *An Reinhart von Seydlitz* [Basel, 11. Juni 1878]

Mir ist es sehr lieb und erwünscht, daß einer meiner Freunde Wagnern Gutes und Freundliches erweist; denn ich bin immer weniger imstande, ihm (so wie er nun einmal ist – ein *alter* unveränderlicher Mann) Freude zu machen. Seine und meine Bestrebungen laufen ganz auseinander. Dies tut mir wehe genug – aber im Dienste der Wahrheit muß man zu jedem Opfer bereit sein. Wüßte er übrigens, was ich alles *gegen* seine Kunst und seine Ziele auf dem Herzen habe, er hielte mich für einen seiner ärgsten Feinde – was ich bekanntlich nicht bin. – Mein letzter Brief war wohl *sehr* undeutlich? Mit *Via-mala*-Konsequenzen bezog ich mich auf meine Ansichten über Moral und Kunst (die das Härteste sind, was mir der Wahrheitssinn bis jetzt *abgerungen* hat!). –

In 14 Tagen haben wir große Auflösung unsres Haushalts: meine liebe Schwester geht nun für immer wieder zu meiner Mutter zurück. – Ergebensten Dank für das Hamdelied: wer ist die Übersetzerin? – Ihnen beiden von Herzen zugetan F. N. und L. N.

125. *An Malwida von Meysenbug* [Basel, 11. Juni 1878]

Wer hat denn am 30. Mai an mich gedacht? Es kamen zwei sehr schöne Briefe (von Gast und Rée) – und dann noch etwas Schöneres: ich war *ganz* ergriffen – – das Schicksal des Mannes, über den es auch nach 100 Jahren *nur Partei*-Urteile gibt, stand mir als furchtbares Symbol vor Augen: gegen die Befreier des Geistes sind die Menschen am unversöhnlichsten im Haß, am ungerechtesten in Liebe. Trotzdem: ich will stille meinen Weg gehen und auf alles verzichten, was mich daran hindern könnte. Die *Krisis* des Lebens ist da: hätte ich nicht das Gefühl der übergroßen Fruchtbarkeit meiner neuen Philosophie, so könnte mir wohl schauerlich einsam zumute werden. Aber ich bin *mit mir einig.*

– Mit Sorrent ist nun bei uns das Bild des guten Albert Brenner für immer verknüpft; rührend und melancholisch – das Grab des Jungen-Alten in dieser ewig jugendlichen heiteren Welt. – Von ganzem Herzen Ihnen gut und zugetan F. N.

126. *An Carl Fuchs* [Basel, Juni 1878]

Sie sind einer der allerersten, lieber und werter Herr Doktor, welche mein Buch *praktisch* nehmen: darüber freue ich mich sehr, denn es beweist mir, daß die Wohltat, welche ich mir selber damit erwies – auch noch übertragbar ist. Fühlen Sie jetzt, hinterdrein, nicht etwas von Höhenluft –? es ist etwas kälter um uns, aber um wieviel freier und reiner als im Dunst des Tals! Ich wenigstens fühle mich rüstiger und zu allem Guten entschlossener als je – auch zehnmal *milder* gegen Menschen, als in der Zeit meines früheren Schrifttums. *In summa* und im kleinsten einzelnen: jetzt wage ich es, der Weisheit selber nachzugehen und selber Philosoph zu *sein*; früher verehrte ich die Philosophen. Manches Schwärmerische und Beglückende schwand: aber viel Besseres habe ich eingetauscht. Mit der metaphysischen Verdrehung ging es mir zuletzt so, daß ich einen Druck um den Hals fühlte, als ob ich ersticken müßte.

Bei Ihnen muß sich vieles innerlich ereignet haben, was mir eine gewisse Wahrscheinlichkeit gab, daß wir, gerade auf der neuen Basis, gut Freund werden müßten. Sie segeln jetzt in ein unbekanntes neues Meer; es tut mir gar zu wohl, zu denken, daß ich Ihnen dabei den Mut nicht verdorben, daß Sie es verstanden haben, meine Freigeisterei, τὸ ἐμὸν πνεῦμα, selbst als *Fahrwind* zu benutzen.

Und nicht wahr? mein Gesicht bleibt Ihnen doch wieder nietzschisch und *nicht mehr* bülowisch? –

Das Orchester in Ihren Händen und unter Ihrem Geiste – ist mir eine höchst angenehme Vorstellung. *Dahin* mußte es kommen, im ganzen Plane Ihres Lebens: »am Ende ist der Sinn«, entsprechend Ihrem »im Anfang war der Unsinn«: was ich ganz glorios gesagt finde.

Bleiben Sie mir gut!

Immer Ihnen zugetan, obschon meine Augen mich zwingen, Ihren reichen Briefen das undankbarste Stillschweigen entgegenzusetzen. Aber Sie verstehen auch dies recht, – nachdem wir überhaupt *uns verstehen.* F. N. Basel

127. *An Mathilde Maier* Interlaken, 15. Juli 1878

Verehrtestes Fräulein, es ist nicht zu ändern: ich muß allen meinen Freunden Not machen – eben dadurch, daß ich endlich ausspreche, wodurch ich mir selber *aus* der Not geholfen habe. Jene metaphysische Vernebelung alles Wahren und Einfachen, der Kampf mit der Vernunft *gegen* die Vernunft, welcher in allem und jedem ein Wunder und Unding sehen will, – dazu eine ganz entsprechende Barockkunst der Überspannung und der verherrlichten Maßlosigkeit – ich meine die Kunst Wagners –, dies beides war es, was mich endlich krank und kränker machte und mich fast meinem guten Temperamente und meiner Begabung entfremdet hätte. Könnten Sie mir nachfühlen, in welcher reinen *Höhenluft*, in welcher milden Stimmung gegen die Menschen, die noch im Dunst der Täler wohnen, ich *jetzt* hinlebe, mehr als je entschlossen zu allem Guten und Tüchtigen, den Griechen um hundert Schritt näher als vordem: wie ich jetzt *selber* bis ins kleinste, nach Weisheit strebend *lebe*, während ich früher nur die *Weisen* verehrte und anschwärmte – kurz wenn Sie diese Wandelung und Krisis nur nachempfinden können, oh so *müßten* Sie wünschen, etwas Ähnliches zu erleben!

Im Bayreuther Sommer wurde ich mir dessen völlig bewußt: ich flüchtete nach den ersten Aufführungen, denen ich beiwohnte, fort ins Gebirge, und dort, in einem kleinen Walddorfe, entstand die erste Skizze, ungefähr ein Drittel meines Buches, damals unter dem Titel »Die Pflugschar«. Dann kehrte ich, dem Wunsche meiner Schwester folgend, nach Bayreuth zurück und hatte jetzt die innere Fassung, um das Schwer-Erträgliche doch zu ertragen – und *schweigend*, vor jedermann! – *Jetzt* schüttele ich ab, was nicht zu *mir* gehört, Menschen, als Freunde und Feinde, Gewohnheiten, Bequemlichkeiten, Bücher; ich lebe in Einsamkeit auf Jahre hinaus, bis ich wieder, als Philosoph des *Lebens*, ausgereift und fertig verkehren *darf* (und dann wahrscheinlich muß).

Wollen Sie mir, trotz alledem, so gut bleiben, wie Sie mir waren, oder vielmehr, werden Sie es können? Sie sehen, ich bin auf einem Grad der Ehrlichkeit angelangt, wo ich nur die allerreinlichsten menschlichen Beziehungen ertrage. Halben Freundschaften und gar

Parteischaften weiche ich aus, Anhänger will ich nicht. Möge jeder (und *jede*) nur sein *eigner* wirklicher Anhänger sein!

Ihnen von Herzen dankbar zugetan F. N.

128. *An Franz Overbeck*

Interlaken, Hotel Unterseen, Dienstag [3. September 1878]

Es geht vorwärts, aufwärts, nach langem Versuchen und Besinnen: jetzt heißt es nur, mit Geduld und Konsequenz bis Ende September fortfahren. Freilich muß ich dabei auf Zürich, auf Dich *verzichten*. Vor wem, liebster Freund, möchte ich mich jetzt lieber aussprechen, als vor Dir, vor wem könnte ich es! Es geht vieles in mir um. Das von außen Kommende habe ich fast nur abzuwehren. Abscheuliche Briefe. Wagners bitterböse unglückliche Polemik gegen mich im Augustheft der Bayreuther Blätter habe ich nun auch gelesen: es tat mir wehe, aber *nicht an der Stelle*, wo Wagner wollte. – Gestern machte ich einen Rechnungsabschluß über die letzten Jahre und war glücklich dabei – ich habe in fünf, sechs wesentlichen Punkten mir Freiheit und Unabhängigkeit erobert, mit großen Opfern freilich. Nun muß die Gesundheit vorwärts, dann kommt auch wieder mehr Freude. Herzlich Dir und den Deinigen ergeben F.

129. *An Carl Fuchs* [Basel, Ende Sommer 1878]

Also auch Sie, lieber Herr Doktor, sind in betreff Wagners in die Krisis geraten! Nun, so werden wir wohl die ersten sein; in meinem Buche habe ich in dieser Hinsicht die größte Schonung geübt, obwohl über zwanzig Punkte zum Entsetzen aller Wagnerianer in mir die Wahrheit *fest*steht. Irgendwann wird sie auch ans Licht müssen, – aber dringend bitte ich Sie, ja nichts zu übereilen und alle Gärung erst verbrausen zu lassen, daß es auch in diesen Dingen einen edlen hellen Wein gebe! Schreiben Sie *jetzt* nicht über Wagner! Was werden Sie noch alles entdecken! Sie sind ja in der günstigsten Unabhängigkeit von Bayreuth und den andren »Richtungen«; was Wagner und Frau Wagner von Ihnen denken, muß Ihnen ganz gleichgültig sein. Wagner selbst ist *alt* und hat keinen Frühling mehr zu erwarten: die Wahrheit aber altert nicht und muß in *diesen* Dingen ihren Frühling erst noch erleben. – Eine einzige Kombination von Fähigkeiten und Kenntnissen berechtigt Sie dazu, das Charakteristische des *Stils* bei jedem der großen Meister zu *beschreiben* – zum *ersten* Male, wie ich meine. Tun Sie dies doch *zuerst* einmal *thesen*haft, aphoristisch, in der knappsten Form und mit haarscharfem Ausdruck. Ein halbes Tausend musikalischer Einzelsätze und Beobachtungen von *Ihnen*, die Quintessenzen Ihrer Erfahrungen – das gibt Ihnen Namen und Stellung.

Nur nichts Periodisches und Kleines (seien es »Briefe« oder Aufsätze für Zeitschriften), bevor Sie sich nicht erst als *Ganzes* gezeigt haben! – Verzeihung, wenn mein Wunsch, Sie endlich in der Achtung der Achtung-Verleihenden *befestigt* zu sehen, mich in meinen Ratschlägen zudringlich erscheinen läßt. – (Mein Plan, ein »*Jahrbuch der Freunde*« herauszugeben, kann vor zwei und mehr Jahren nicht in Ausführung gebracht werden: Schmeitzners Ungeduld soll mich nicht zum Toren machen. Dies *privatissime*.) Nichts liegt mir ferner als eine Konkurrenz mit so erbarmungswürdigem Zeug, wie die »Bayreuther Blätter« sind, und überhaupt – eine Orientierung nach irgendeinem Bayreuther Sehwinkel. Auch *Sie* sprechen noch von einer »Spaltung im eignen Lager«. Was geht mich jetzt ein »Lager« an!!!! Gar noch *gegen* Wolzogen! schreiben! wie konnte Ihnen das in den Sinn kommen, lieber verehrter Herr Doktor! Ich weiß mitunter nicht, wie Sie *sich* eigentlich taxieren. – Nochmals Verzeihung!

Meinen Bekannten *mißfällt* Ihr Stil in den gedruckten Sachen. Die Gründe sind: 1. Die Sätze sind viermal zu lang. 2. Sie affektieren *Gelehrtenhaftigkeit*, recht künstlerhaft, aber eine schreckliche Geschmacksverirrung (fremde wissenschaftliche Worte und Begriffe im Überfluß). 3. Die Hauptsachen kommen nicht *stark* und *stämmig* heraus, die Neben-Einfälle überwuchern sie, Sie schneiden nicht genug weg und arbeiten nicht genug um. 4. Ihr Geist liebt es, *spitz* zu werden; es ist das Geheimnis der guten Schriftsteller, *nie* für die subtilen und spitzen · zu schreiben. – –

Nicht wahr, Sie verargen mir diese *epistula didactica* nicht! – Womit sollte ich auch eine solche ehrliche Mitteilung, als Ihre letzte war, vergelten, als mit Ehrlichkeit? Ganz Ihnen ergeben F. N.

130. *An Marie Baumgartner* [Genf, 6. April 1879]

Der Palmsonntag, den ich jedes Jahr mit Kinderempfindungen und einem Kinderverlangen nach *neuer Freude* verbringe und der folglich alle Jahre mehr ein Tag der Wehmut wird, brachte mir Ihren Gruß und die Fortsetzung Mérimées – ich bin *sehr dankbar* für beides. Mérimée ist ein Künstler ersten Ranges und als Mensch so gewillt, *hell* zu sein und hell zu sehen: *er* tut *mir* wohl. Und Sie haben »unter Schmerzen *gemalt*«, wie jener Maler *in doloribus pinxi* unter sein Gemälde schrieb, Sie Arme, Gute! – Nachmittags kam noch ein Brief von Jacob Burckhardt, ein wahrer *Palmen*zweig und beschämend für mich. Nehmen Sie an meinem Guten teil, wie Sie es an meinem Schlimmen tun. Nicht wahr, als *mitfreuende* Freundin?

131. *An Marie Baumgartner* [Basel, 7. Mai 1879]

Wollen Sie, verehrte Freundin, dem Leidenden und Scheidenden noch ein halbes Stündchen geben, so kommen Sie morgen (Donnerstag) zu Ihrer Stunde. Ich habe *schwer* gelitten, alles ist zum Äußersten gekommen, die Professur ist niedergelegt. Ich verlasse in wenig Tagen Basel für immer. Mein Mobiliar ist zu verkaufen. Samstag kommt meine Schwester. Von Herzen Ihr F. Nietzsche

132. *An Franziska Nietzsche* St. Moritz, 21. Juli 1879

Montag vormittag.

Meine liebe gute Mutter, eben wollte ich schreiben und Dich bitten, doch ja in Erfahrung zu bringen, *wann* der Termin abläuft. Da kommt, sehr zur guten Stunde, Dein lieber Brief. Also: *ich verpflichte mich förmlich*, auf sechs Jahre 17 ½ Taler (oder wenn der *ganze* Zwinger zu erhalten ist, das Doppelte) jährlich zu zahlen. Aber das Turmzimmer muß ich haben. Der *Gemüse*bau entspricht ganz meinen Wünschen und ist auch eines zukünftigen »Weisen« keineswegs unwürdig. Du weißt, daß ich zu einer einfachen und natürlichen Lebensweise hinneige, ich bestärke mich immer mehr darin, es gibt auch für meine Gesundheit kein anderes Heil. Eine wirkliche *Arbeit*, welche Zeit kostet und *Mühe* macht, ohne den Kopf anzustrengen, tut mir not. Hat nicht mein Vater gemeint, ich würde einst wohl ein Gärtner werden? Freilich bin ich ganz unerfahren, doch sonst nicht dumm, und Du wirst mich zuerst etwas anstellen müssen.

St. Moritz ist der einzige Ort, der mir entschieden *wohltut* – täglich, bei gutem Wetter, bin ich dieser *Luft* dankbar. Da wird nun noch manchmal die Reise hierher gemacht werden, das sehe ich voraus. Aber vor Mitte Juni ist es *ganz* unrätlich, zu kommen, und man bleibt sehr lange, wenn man bis Mitte September aushält. Wie vereinigt sich das mit den Gärtnerpflichten! Was meinst Du? (Was für *Obst* gibt es im Zwinger?) Für die Gartenarbeit bliebe April, Mai, Juni bis zur Mitte und von Ende September bis November – das sind, wie mir scheint, die Monate der wichtigsten Arbeiten.

Karlsbad zu trinken ist irgendwann dringend nötig, des *Unterleibs* wegen. Mit dem *Magen* bin ich jetzt, wo ich mich selber im Zimmer beköstige (Milch, Eier, Zunge, Pflaumen (getrocknete), Brot und Zwieback) völlig in Ordnung. Ich war noch in keinem Hotel oder Restaurant. –

Die *Augen* machen mir *große* Sorge, sie allein machen keine Fortschritte, was ja leider (nach dem Urteil der drei Autoritäten) auch gar nicht möglich ist. – Wird jemand in N. zu finden sein, der mir zu einer bestimmten Stunde täglich vorliest oder nachschreibt?

Mit dem herzlichsten Danke Dein Sohn

(Mir *graut* vor dem nächsten Winter, nach den Erfahrungen der letzten.)

133. *An Peter Gast*

Adr.: St. Moritz-Dorf, *poste restante*, den 11. Sept. 1879

Lieber lieber Freund, wenn Sie diese Zeilen lesen, ist mein Manuskript in Ihren Händen; es mag seine Bitte an Sie selber vortragen, ich habe nicht den Mut dazu. – Aber ein paar Augenblicke des Glücks sollen Sie auch mit mir teilen, die ich jetzt beim Gedanken an mein nunmehr vollendetes Werk habe. Ich bin am Ende des fünfunddreißigsten Lebensjahres; die »Mitte des Lebens«, sagte man anderthalb Jahrtausende lang von dieser Zeit; Dante hatte da seine Vision und spricht in den ersten Worten seines Gedichts davon. Nun bin ich in der Mitte des Lebens so »vom Tod umgeben«, daß er mich stündlich fassen kann; bei der Art meines Leidens muß ich an einen *plötzlichen* Tod, durch Krämpfe, denken (obwohl ich einen langsamen klarsinnigen, bei dem man noch mit seinen Freunden reden kann, hundertmal vorziehen würde, selbst wenn er schmerzhafter wäre). Insofern fühle ich mich jetzt dem ältesten Manne gleich; aber auch darin, daß ich mein Lebenswerk *getan habe*. Ein guter Tropfen *Öles* ist durch mich ausgegossen worden, das weiß ich, und man wird es mir nicht vergessen. Im Grunde habe ich die *Probe* zu meiner Betrachtung des Lebens schon gemacht: Viele werden sie noch machen. Mein Gemüt ist durch die anhaltenden und peinlichen Leiden bis diesen Augenblick noch nicht niedergedrückt, mitunter scheint es mir sogar als ob ich heiterer und wohlwollender empfände als in meinem ganzen früheren Leben: *wem* habe ich diese stärkende und verbessernde Wirkung zuzumessen? Den Menschen *nicht*, denn, ganz wenige ausgenommen, haben sich in den letzten Jahren alle »an mir geärgert« und sich auch nicht gescheut, es mich merken zu lassen. Lesen Sie, lieber Freund, dieses letzte Manuskript durch und fragen Sie sich dabei immer, ob Spuren des Leidens und des Druckes zu finden sind; *ich glaube nicht daran*, und schon dieser Glaube ist ein Zeichen, daß in diesen Ansichten *Kräfte* verborgen sein müssen und nicht Ohnmachten und Ermüdungen, nach denen die mir Abgeneigten suchen werden.

Nun werde ich nicht eher ruhig, als bis ich die Blätter, von der Hand des aufopferndsten Freundes geschrieben und durch mich revidiert, nach Chemnitz absenden kann. Ich selber werde nicht zu Ihnen kommen – so eifrig mir auch Overbecks und meine Schwester dazu zureden; es gibt einen Zustand, wo es mir schicklicher zu sein scheint, in die Nähe der Mutter, der Heimat und der Kindes-Erinnerungen sich zu begeben. Doch nehmen Sie alles dies nicht als etwas Letztes und Unwiderrufliches. Je nachdem die Hoffnungen steigen oder fallen, muß ein Kranker seine Pläne machen und ändern dürfen. Mein Sommerprogramm ist ausgeführt: drei Wochen Mittelhöhe (in Wiesen), drei Monate Engadin, und der letzte Monat davon die eigentliche

St. Moritzer Trinkkur, deren beste Wirkung man erst im Winter spüren soll. Dieses *Durchführen* eines Programms tut mir wohl: *leicht* war es nicht! Die Entsagung in allem – es fehlten Freunde und jeder Verkehr, ich konnte keine Bücher lesen; alle Kunst war ferne von mir; ein Kämmerchen mit Bett, die Speise eines Asketen (die übrigens mir gut getan hat: keine Magenbeschwerden den ganzen Sommer!) –, diese Entsagung war vollständig, bis auf einen Punkt: ich hing meinen Gedanken nach – was sollte ich auch tun! – Dies ist aber gewiß meinem Kopfe das *Allerschädlichste* – aber noch weiß ich nicht, *wie* ich's hätte *vermeiden* können. Genug, für diesen Winter heißt das Programm: Erholung von mir selber, *Ausruhen* von meinen Gedanken – dies kenne ich seit Jahren nicht mehr. Vielleicht bringe ich in Naumburg eine Tagesordnung zustande, bei der diese Ruhe mir zuteil wird. – Aber *erst* der »Nachtrag«! »Der Wanderer und sein Schatten«! –

Ihr letzter Gedanken-Brief war Overbeck und mir eine solche Freude, daß ich ihm erlaubte, denselben mit nach Zürich zu nehmen, um ihn den Frauen dort vorzulesen. Verzeihung *dafür*! Und Verzeihung für Größeres!

Ihr Freund N.

134. *An Peter Gast* [Naumburg, 5. Oktober 1879]

Gestern vormittag lief meine Karte an Sie, lieber Freund, ab, und drei Stunden später hatte ich wieder neue Beweise Ihrer unermüdlichen Güte für mich in den Händen. Könnte ich nur nun auch Ihren Wünschen entsprechen! »Doch *Gedanken* stehn zu fern«, wie Tieck *singt*. Sie glauben nicht, wie getreu ich bis jetzt das Programm der Gedankenlosigkeit durchgeführt; und ich habe Gründe hier treu zu sein, denn »hinter dem Gedanken steht der Teufel« eines wütenden Schmerzanfalls. Das Manuskript, welches Sie von St. Moritz aus bekamen, ist so teuer und schwer erkauft, daß vielleicht um diesen Preis niemand es geschrieben haben würde, der es hätte vermeiden können. Mir graut jetzt öfter beim Lesen, namentlich der längeren Abschnitte, der häßlichen Erinnerung halber. – Alles ist, wenige Zeilen ausgenommen, *unterwegs* erdacht und in sechs kleine Hefte mit Bleistift skizziert worden: das *Um*schreiben bekam mir fast jedesmal übel. Gegen zwanzig *längere* Gedankenketten, leider recht wesentliche, mußte ich schlüpfen lassen, weil ich nie Zeit genug fand, sie aus dem schrecklichsten Bleistiftgekritzel herauszuziehen: so wie es mir schon vorigen Sommer gegangen ist. Hinterher verliere ich den Zusammenhang der Gedanken aus dem Gedächtnis: ich habe eben die Minuten und Viertelstunden der »Energie des Gehirns«, von der Sie sprechen, zusammenzustehlen, einem leidenden Gehirne *ab*zustehlen. Einstweilen scheint es mir, als ob ich nie wieder es tun werde. Ich lese Ihre Abschrift, und es wird mir so schwer, mich selber zu verstehen – so müde ist mein Kopf.

Das Sorrentiner Manuskript hat der Teufel geholt; mein Umzug und endgültiges Verlassen Basels hat in manchen Dingen sehr gründlich aufgeräumt – mir eine Wohltat, denn solche alte Manuskripte sehen mich wie Schuldner an.

Lieber Freund, über Luther bin ich nach längerer Zeit außerstande, in *ehrlicher* Weise etwas Verehrendes zu sagen: die Nachwirkung einer mächtigen Materialsammlung über ihn, auf die mich Jacob Burckhardt aufmerksam machte. Ich meine *Janssen*, »Geschichte des deutschen Volkes«, Band II, in diesem Jahre erst erschienen (ich besitze es). Hier redet einmal *nicht* die verfälschte *protestantische* Geschichtskonstruktion, an welche wir zu glauben angelernt worden sind. Augenblicklich scheint es mir nichts mehr, als Sache des *nationalen* Geschmacks in Norden und Süden, daß *wir* Luther als Menschen dem Ignaz Loyola *vorziehen*! Die gräßliche hochmütige gallig-neidische Schimpfteufelei Luthers, dem gar nicht wohl wurde, wenn er nicht vor Wut auf jemanden speien konnte, hat mich zu sehr angeekelt. Gewiß haben Sie recht mit der »Förderung der europäischen Demokratisierung« durch Luther, aber gewiß war dieser rasende Bauern-*Feind* (der sie wie tolle Hunde totschlagen hieß und eigens den Fürsten zurief, jetzt könne man mit Schlachten und Würgen von Bauernvieh sich das Himmelreich erwerben) einer der *unfreiwilligsten* Förderer derselben. – Übrigens sind *Sie* in der billigeren Stimmung gegen ihn. Geben Sie mir Zeit! – Für die anderen Hindeutungen auf Lücken meiner Gedankenreihen sage ich Ihnen ebenso Dank, nur einen ganz ohnmächtigen Dank! Ach, hier denke ich eben wieder an meine »Wünsche der Wünsche«. Nein, ich dachte mir neulich den

Freund Gast nicht als eigentlichen Schriftsteller, es gibt so *viele* Arten, von dem inneren Zustande und Gesund- und Reifwerden Zeugnis abzulegen. Zunächst für Sie, den Künstler! Hinter Äschylus kam ein Sophokles! Deutlicher möchte ich's nicht sagen, was ich hoffe. – Und um einmal auch über Sie als Kopf und Herz ein aufrichtiges Wort zu sagen: welchen Vorsprung haben Sie vor mir, die Jahre abgerechnet und was die Jahre mit sich bringen! Aufrichtig nochmals, ich halte Sie für *besser* und für *begabter* als ich bin und folglich auch für *verpflichteter*. – In Ihrem Lebensalter trieb ich mit größtem Eifer Untersuchungen über die Entstehung eines Lexikons des 11. Jahrhunderts post Chr. und über die Quellen des Laertius Diogenes und hatte keinen Begriff von mir, als ob ich ein Recht hätte, eigne *allgemeine* Gedanken zu haben und gar vorzutragen. Noch jetzt überfällt mich das Gefühl der kläglichsten Neulingschaft; mein Alleinsein, mein Kranksein hat mich etwas an die »Unverschämtheit« meiner Schriftstellerei gewöhnt. Aber, *andere* müssen *alles* besser machen, mein *Leben* sowohl als mein *Denken*. – Antworten Sie *nicht* hierauf.

In wahrhaft treuer Liebe Ihr auf Sie hoffender Freund N.

135. *An Malwida von Meysenbug* Naumburg, 14. Januar 1880

Obwohl Schreiben für mich zu den verbotensten Früchten gehört, so müssen Sie, die ich wie eine ältere Schwester liebe und verehre, doch noch einen Brief von mir haben – es wird doch wohl der letzte sein! Denn die furchtbare und fast unablässige Marter meines Lebens läßt mich nach dem Ende dürsten, und nach einigen Anzeichen ist mir der erlösende Hirnschlag nahe genug, um hoffen zu dürfen. Was Qual und Entsagung betrifft, so darf sich das Leben meiner letzten Jahre mit dem jedes Asketen irgendeiner Zeit messen; trotzdem habe ich diesen Jahren viel zur Läuterung und Glättung der Seele abgewonnen – und brauche weder Religion noch Kunst mehr dazu. (Sie merken, daß ich darauf stolz bin; in der Tat, die völlige Verlassenheit hat mich erst meine eigenen Hilfsquellen entdecken lassen.) Ich glaube mein Lebenswerk getan zu haben, freilich wie einer, dem keine Zeit gelassen war. Aber ich weiß, daß ich einen Tropfen guten Öles für viele ausgegossen habe und daß ich vielen zur Selbst-Erhebung, Friedfertigkeit und gerechtem Sinne einen Wink gegeben habe. Dies schreibe ich Ihnen nachträglich, es sollte eigentlich bei der Vollendung meiner »Menschlichkeit« ausgesprochen werden. Kein Schmerz hat vermocht und soll vermögen, mich zu einem falschen Zeugnis über das Leben, *wie ich es erkenne*, zu verführen.

Zu wem dürfte ich dies alles sagen, wenn nicht zu Ihnen? Ich glaube – aber es ist unbescheiden es zu sagen? –, daß unser Charakter viele Ähnlichkeiten hat. Z. B.: wir sind beide mutig, und weder Not noch Geringschätzung kann uns von der Bahn, die wir als die rechte erkennen, abdrängen. Auch haben wir beide in uns und vor uns manches erlebt, dessen Leuchten wenige der Gegenwärtigen gesehen haben – wir *hoffen* für die Menschheit und bringen uns selber als bescheidenes Opfer, nicht wahr? – –

Hören Sie Gutes von Wagners? Es sind drei Jahre, daß ich nichts von ihnen erfahre: *die* haben mich auch verlassen, und ich wußte es längst, daß Wagner von dem Augenblicke an, wo er die Kluft unsrer Bestrebungen merken würde, auch nicht mehr zu mir halten werde. Man hat mir erzählt, daß er gegen mich schriebe. Möge er damit fortfahren: es muß die Wahrheit auf jede Art ans Licht kommen! Ich denke in einer dauernden Dankbarkeit an ihn, denn ihm verdanke ich einige der kräftigsten Anregungen zur geistigen Selbständigkeit. Frau Wagner, Sie wissen es, ist die sympathischste Frau, der ich im Leben begegnet bin. – Aber zu allem Verkehren und gar zu einem Wiederanknüpfen bin ich ganz untauglich. Es ist zu spät.

Ihnen, meine liebe, schwesterlich verehrte Freundin, der Gruß eines jungen Alten, der dem Leben nicht gram ist, ob er gleich nach dem Ende verlangen muß. Friedrich Nietzsche

136. *An Otto Eiser* [Naumburg, Januar 1880]

Lieber Herr Doktor! Herzlichen Dank! Gerade dieser Tage dachte ich Ihrer, es verlangte mich mit Ihnen einmal wieder zu reden; es gibt niemanden Vertrauenswürdigeren als Sie. Aber um einen Brief zu wagen, muß ich durchschnittlich vier Wochen warten, bis die *erträg-*

liche Stunde kommt – und hinterdrein habe ich's noch zu büßen! Deshalb Verzeihung, wenn alles auf meiner Seite beim alten bleibt – – schweigend, aber in Liebe.

Meine Existenz ist eine *fürchterliche Last*: ich hätte sie längst von mir abgeworfen, wenn ich nicht die lehrreichsten Proben und Experimente auf geistig-sittlichem Gebiete gerade in diesem Zustande des Leidens und der fast absoluten Entsagung machte – diese erkenntnisdurstige Freudigkeit bringt mich auf Höhen, wo ich über alle Marter und alle Hoffnungslosigkeit siege. Im ganzen bin ich glücklicher als je in meinem Leben: und doch! Beständiger Schmerz, mehrere Stunden des Tags ein der Seekrankheit eng verwandtes Gefühl, eine Halb-Lähmung, wo mir das Reden schwer wird, zur Abwechslung wütende Anfälle (der letzte nötigte mich drei Tage und Nächte lang zu erbrechen, ich dürstete nach dem Tode). Nicht lesen können! Sehr selten schreiben! Nicht verkehren mit Menschen! Keine Musik hören können! Allein sein und spazieren gehen, Bergluft, Milch- und Eier-Diät. Alle inneren Mittel zur Milderung haben sich nutzlos erwiesen, ich brauche nichts mehr. Die Kälte ist mir sehr schädlich.

Ich will in den nächsten Wochen südwärts, um die Spazierengehn-Existenz zu beginnen.

Mein *Trost* sind meine Gedanken und Perspektiven. Ich kritzele auf meinen Wegen hie und da etwas auf ein Blatt, ich schreibe nichts am Schreibtisch, Freunde entziffern meine Kritzeleien. Das letzte, womit meine Freunde fertig geworden sind, folgt nebenbei: nehmen Sie es gütig auf, auch wenn es vielleicht Ihrer eignen Denkungsart weniger willkommen ist. (Ich selber suche keine »Anhänger« – glauben Sie es mir! –, ich genieße meine Freiheit und wünsche diese Freude allen zur geistigen Freiheit Berechtigten.)

Ihre liebe Frau steht vor mir als eine edle und starke Seele, welche mir wohl will. Ich bin und bleibe Ihr getreuer F. Nietzsche

Naumburg. –

Ich habe schon einige Male längere Bewußtlosigkeiten gehabt. Im letzten Frühjahr hatte man mich in Basel aufgegeben.

Nach der letzten Untersuchung hat die Sehkraft wieder erheblich abgenommen.

137. *An Paul Rée* [*Naumburg, Ende Januar* 1880]

Wieviel Freude haben Sie mir gemacht, mein lieber, außerordentlich lieber Freund! Also ich habe Sie noch einmal gesehen und so gefunden, wie mein Herz mir die Erinnerung bewahrt hatte; wie ein beständiger angenehmer Rausch war's, diese sechs Tage hindurch. Ich gestehe Ihnen, ich hoffe nicht mehr auf ein Wiedersehen, die Erschütterung meiner Gesundheit ist zu tief, die Qual zu anhaltend; was nützt mir alle Selbstüberwindung und Geduld! Ja, in Sorrentiner Zeiten gab es noch zu hoffen, aber das ist vorbei.

So preise ich denn, Sie gehabt zu haben, mein herzlich geliebter Freund!

Ihren verehrten Eltern Dank und Gruß F. N.

138. *An Peter Gast* Marienbad, 18. Juli 1880

Mein lieber Freund, noch immer denke ich täglich einigemal an die angenehme Venediger Verwöhnung und an den noch angenehmeren Verwöhner und sage nur, daß man's eben nicht lange so gut haben *darf* und daß es ganz recht ist, jetzt wieder Eremit zu sein und zehn Stunden des Tages als solcher spazieren zu gehen, fatale Wässerchen zu trinken und ihre Wirkung abzuwarten. Dabei grabe ich mit Eifer in meinem moralischen Bergwerke und komme mir dabei mitunter ganz unterirdisch vor – es *scheint* mir jetzt so, als ob ich inzwischen den leitenden Gang und Ausweg gefunden hätte; indessen will so etwas hundertmal geglaubt und verworfen sein. Hin und wieder tönt ein Echo Chopinscher Musik in mir, und das haben Sie nun erreicht, daß ich dabei immer an Sie denke und mich im Sinnen über Möglichkeiten verliere. Mein Vertrauen ist sehr groß geworden, Sie sind viel fester gebaut als ich vermutete, und abgesehn von dem schädlichen Einfluß, den gelegentlich Herr Nietzsche auf Sie geübt hat, sind Sie von allen Seiten *gut bedingt. Ceterum censeo* Berge und Wälder seien besser als Städte, und Paris besser als Wien. Darauf kommt aber nichts an.

Unterwegs kam ich mit einem höheren Geistlichen in Verkehr,

welcher zu den ersten Förderern alter katholischer Musik zu gehören schien: er war jeder Detailfrage gewachsen. Ich fand ihn sehr eingenommen für Wagners Arbeit an Palestrina; er sagte, das dramatische Rezitativ (in der Liturgie) sei der Keim der Kirchenmusik, und wollte danach auch den Vortrag so dramatisch wie möglich. *Regensburg* sei jetzt die einzige Stadt auf Erden, wo man die alte Musik studieren, vor allem hören könne (namentlich in der Passionszeit).

Haben Sie von dem Brande von Mommsens Hause gelesen? Und daß seine Exzerpte vernichtet sind, die mächtigsten Vorarbeiten die vielleicht ein jetzt lebender Gelehrter gemacht hat? Er soll immer wieder in die Flammen hineingestürzt sein, und man mußte endlich gegen ihn, den mit Brandwunden Bedeckten, Gewalt anwenden. Solche Unternehmungen wie die M.s müssen sehr selten sein, weil ein ungeheures Gedächtnis und ein entsprechender Scharfsinn in der Kritik und Ordnung eines solchen Materials selten zusammenkommen, vielmehr gegeneinander zu arbeiten pflegen. – Als ich die Geschichte hörte, drehte sich mir das Herz im Leibe um, und noch jetzt leide ich physisch, wenn ich dran denke. Ist das Mitleid? Aber was geht mich Mommsen an? Ich bin ihm gar nicht gewogen. –

Hier, in der allein im Walde gelegenen »Eremitage«, deren Eremit ich bin, ist seit gestern große Not: ich weiß eigentlich nicht, was geschehen ist, aber der Schatten eines Verbrechens liegt auf dem Haus. Man hat etwas vergraben, andre haben es entdeckt, man hörte schrecklich jammern, viele Gendarmen waren da, Haussuchung fand statt, und nachts hörte ich im Zimmer neben mir jemand schwer gequält seufzen, so daß mich der Schlaf floh. Auch schien in der tiefsten Nacht wieder im Walde gegraben zu werden, aber es fand eine Überraschung statt, und es gab wieder Tränen und Geschrei. Ein Beamter sagte mir, es sei eine »Banknotengeschichte« – ich bin nicht neugierig genug, um so viel zu wissen, wieviel wahrscheinlich alle Welt um mich weiß. Genug, die Waldeinsamkeit ist unheimlich.

Ich las eine Novelle von Mérimée, in der Henry Beyles Charakter geschildert sein *soll*: »Die etrurische Vase«; es wäre, falls dies wahr ist, jener St.-Clair. Das Ganze ist spöttisch, vornehm und tief schwermütig.

Zuletzt eine Reflexion: man hört auf, sich selber *recht* zu lieben, wenn man *aufhört* sich in der Liebe zu andern zu üben: weshalb dies letztere (das Aufhören) sehr zu widerraten ist. (Aus meiner Erfahrung.)

Leben Sie wohl, mein geliebter und *sehr* wertgehaltener Freund! Gehe es Ihnen gut bei Tag und Nacht! Treulich Ihr F. N.

In Ihrem Verhalten zum Deserteur würde Schopenhauer einen Beweis für die Unveränderlichkeit des Charakters sehen – und unrecht dabei haben, wie fast immer.

139. *An Peter Gast* Marienbad, 20. August 1880

Freund Gast, in meine Ernte-, ja Erntefest-Stimmung klingt Ihr Brief hinein, zwar etwas düster, aber so gut und kräftig, daß ich auch heute wieder wie jedesmal mein Nachdenken über Sie mit dem Chorale zu Ende und zur Ruhe bringe

»Was Gast tut, das ist wohlgetan,
Es bleibt gerecht sein Wille!« Amen.

Sie sind aus stärkerem Stoffe als ich und dürfen sich schon höhere Ideale bilden. Ich für mein Teil leide abscheulich, wenn ich der Sympathie entbehre; und durch nichts kann es mir z. B. ausgeglichen werden, daß ich in den letzten Jahren der Sympathie Wagners verlustig gegangen bin. Wie oft träume ich von ihm, und immer im Stile unsers damaligen vertraulichen Zusammenseins! Es ist nie zwischen uns ein böses Wort gesprochen worden, auch in meinen Träumen nicht, aber sehr viele ermutigende und heitere, und mit niemandem habe ich vielleicht so viel zusammen gelacht. Das ist nun vorbei – und was nützt es, in manchen Stücken *gegen* ihn *recht* zu haben! Als ob damit diese verlorne Sympathie aus dem Gedächtnis gewischt werden könnte! – Und ähnliches habe ich schon vorher erlebt, und werde es vermutlich wieder erleben. Es sind die härtesten Opfer, die mein Gang im Leben und Denken von mir verlangt hat, – noch jetzt schwankt nach einer Stunde sympathischer Unterhaltung mit wildfremden Menschen meine ganze Philosophie: es scheint mir so töricht, recht haben zu wollen um den Preis von Liebe, und sein Wertvollstes nicht *mitteilen zu können*, um nicht die Sympathie aufzuheben. *Hinc meae lacrimae.* –

Ich bin noch in Marienbad: das »österreichische Wetter« hielt mich fest!! Denken Sie, daß es *seit* dem 24. Juli jeden Tag geregnet hat, und oft tagelang. Regenhimmel, Regenluft, aber gute Wege im Walde. Meine Gesundheit ging dabei wieder rückwärts; *in summa* bin ich aber mit Venedig und Marienbad *zufrieden*. Es ist gewiß hier seit Goethe noch nicht so viel *gedacht* worden, und auch Goethe wird nicht so prinzipielle Dinge sich haben durch den Kopf gehen lassen – ich war über mich selber weit hinaus. Einmal, im Walde, fixierte mich ein Herr, der an mir vorüberging, sehr scharf: ich empfand in diesem Augenblicke, daß ich den Ausdruck strahlenden Glücks im Gesichte haben müsse und daß ich schon zwei Stunden mit ihm herumlaufe. Ich lebe *incognito*, wie der bescheidenste aller Kurgäste; in der Fremdenliste stehe ich als »Herr Lehrer Nietzsche«. Es gibt viel Polen hier und diese – es ist wunderlich – halten mich durchaus für einen Polen, kommen mit polnischen Grüßen auf mich zu und – glauben's mir nicht, wenn ich mich als Schweizer zu erkennen gebe. »Es *ist* die polnische Rasse, aber das Herz ist Gott weiß wohin gewendet« – damit verabschiedete sich einer von mir, ganz betrübt.

Anfang September bin ich in Naumburg. Dorthin kommen auch Overbecks. Auch Frau von Wöhrmann (sie löst ihren Haushalt in Naumburg auf und geht nach Venedig zurück). Der Sohn von Frau von Wöhrmann und ebenso sein Freund O. von Werthern, die das Naumburger Gymnasium besuchen, kommen zu uns ins Haus.

Haben Sie die »Menschen des 18. Jahrhunderts« von Sainte-Beuve? Es sind herrliche Gemälde von Menschen und St.-Beuve ist ein großer Maler. Aber ich sehe über jeder Gestalt noch eine Bogenlinie, die er nicht sieht, und diesen Vorsprung gibt mir meine Philosophie. *Meine* Philosophie? Hole mich der Teufel! Und Sie möge der liebe Gott holen – er hat Freude an allen Gasten.

Treulich der Ihre F. N.

140. *An Franziska und Elisabeth Nietzsche*

Marienbad, den 21. Aug. 1880

Meine Lieben, allerbesten Dank für Eure Nachrichten. Aber das Lama! Wie es über die Welt triumphiert, unter berühmten Tieren wandelt! Schließlich ist ihr der Bruder, der »der Welt entsagt« und immer noch im Walde herumläuft, ein zu geringes und unansehnliches Tierlein geworden! Trotz alledem! er wird Ende August oder am 1. Sept. oder 2. Sept. nach Naumburg kommen. – Ist das herrliche gute Buch »Menschen des 18. Jahrhunderts« in Euren Händen? *Das* ist die Art von Menschen, von deren Existenz ich ohne Rührung gar nicht hören kann, ich vermisse sie und finde in der Gegenwart nichts zum Ersatz. – Mein Befinden, infolge der wunderbarsten Klugheit meiner Lebensweise, hat sich wieder etwas verbessert. In herzlicher Liebe Euer F.

Eben habe ich im Walde ein neugebornes Reh gefunden.

141. *An Franz Overbeck* [Genua, November 1880]

Du wirst in tiefer Arbeit sein, lieber Freund, aber ein paar Worte von mir werden Dich nicht stören. Es tut mir immer so wohl, Dich in Deiner Arbeit zu denken, es ist wie als ob eine gesunde Naturgewalt gleichsam *blindlings* durch Dich wirkte, und doch ist es eine *Vernunft*, die im feinsten und häkelichsten Stoffe arbeitet und an der wir es wohl ertragen müßten, wenn sie sich ungeduldig und zweifelnd und gelegentlich verzweifelnd gebärdete. Ich verdanke Dir so viel, teurer Freund, daß ich dem *Schauspiel* Deines Lebens so in der Nähe zusehen durfte: in der Tat, Basel hat mir *Dein* Bild und das Jacob Burckhardts gegeben; ich meine, nicht nur mit der Erkenntnis einen großen Nutzen aus diesen Bildern gezogen zu haben. Die *Würde* und die *Anmut* einer eigenen und wesentlich einsiedlerischen Richtung im Leben und Erkennen: dies Schauspiel wurde mir durch die nicht genug zu verehrende Gunst meines Schicksals »ins Haus geschenkt« – und folglich verließ ich dies Haus anders als ich es betrat.

Jetzt ist mein ganzes Dichten und Trachten darauf aus, eine idealische Dachstuben-Einsamkeit zu verwirklichen, bei der alle jene notwendigen und einfachsten Anforderungen meiner Natur, wie viele, viele Schmerzen sie mich gelehrt haben, zu ihrem Rechte kommen. Und vielleicht gelingt es mir! Der tägliche Kampf gegen mein Kopfübel und die lächerliche Mannigfaltigkeit meiner Notzustände erfordert eine solche Aufmerksamkeit, daß ich Gefahr laufe, dabei *kleinlich* zu werden – nun, es ist das Gegengewicht gegen sehr allgemeine, sehr hochfliegende Triebe, die mich so beherrschen, daß ich ohne große Gegengewichte zum Narren werden müßte. Eben habe ich mich von einem sehr bitterbösen Anfalle erhoben, und kaum ist die Not zweier Tage abgeschüttelt, so läuft meine Narrheit schon wieder ganz unglaublichen Dingen nach, vom frühsten Erwachen an, und ich glaube nicht, daß irgendwelchen Dachstubenbewohnern die Morgenröte lieblichere und wünschbarere Dinge beleuchtet hat. Hilf mir diese Verborgenheit festzuhalten, verleugne meine Existenz in Genua, – für eine gute Spanne Zeit muß ich ohne Menschen und inmitten einer Stadt, deren Sprache ich nicht kenne, leben, *muß* ich – ich wiederhole es; fürchte nichts für mich! Ich lebe, wie als ob die Jahrhunderte ein Nichts wären und gehe meinen Gedanken nach, ohne an das Datum und die Zeitungen zu denken.

Ich will auch mit den Bestrebungen des jetzigen »Idealismus«, zumal des deutschen, nichts mehr zu tun haben. – Tun wir alle unsre Arbeit, die Nachwelt mag dann uns so und so in Ordnung stellen, oder sie mag es auch nicht tun: nur will ich mich frei fühlen und nicht ja! und nicht nein! sagen müssen, z. B. zu solchem echt-idealistischen Büchlein, wie das ist, welches ich Dir mitsende. Es ist das letzte, was ich vom jetzigen »deutschen Geiste« kennen lernen will – ebenso rührend als anmaßend als unsäglich geschmacklos: lies es nur einmal, mit Deiner Frau zusammen, versteht sich! Und dann verbrennt es und lest zur Reinigung von diesem deutschen Schwulste Plutarchs Leben des Brutus und des Dion. – Lebe wohl, lieber Freund! Habe ich Dir denn zu Deinem Geburtstag gratuliert? Nein. Aber *mir* habe ich dazu gratuliert. In Liebe der Deine.

Genova, poste restante.

142. *An Elisabeth Nietzsche* Recoaro, 19. Juni 1881

Ach, meine gute liebe Schwester, Du meinst, es handele sich um ein *Buch*? Hältst auch *Du* mich immer noch für einen Schriftsteller! Meine Stunde ist da. – Ich möchte Dir so *viel* ersparen, Du kannst ja meine

Bürde nicht tragen (es ist schon Verhängnis genug, so nah mit mir verwandt zu sein). Ich möchte, daß Du jedem mit reinem Gewissen sagen könntest: »Ich kenne die neueren Ansichten meines Bruders nicht.« (Man wird es Dir schon zu verstehen geben, daß diese »unmoralisch« und »schamlos« sind.) – Inzwischen: guten Mut und Tapferkeit, jeder für *seinen* Teil, und gute alte Liebe! –

Meine Adresse: St. Moritz in Graubünden (Schweiz) *poste restante*. Es ist dies wieder einmal ein *letzter* Versuch. Seit Februar habe ich außerordentlich zu leiden gehabt, und nur sehr wenig Orte sind mir günstig. – Schönsten Dank für den Dienst in betreff des Herrn Malers R.

Dein F.

143. *An Franz Overbeck* [Poststempel: Sils Engd., 23. Juni 81]

Es freut mich sehr, mein lieber Freund, daß auch in dieser Angelegenheit unsre Freundschaft standhält, ja sich neu *besiegelt* hat – ich denke mitunter mit Bangnis an alle die Feuer- und Kälteproben, denen die mir liebsten Menschen durch meine »Unumwundenheit« ausgesetzt werden. Was das Christentum betrifft, so wirst Du mir wohl das eine glauben: ich bin in meinem Herzen nie gegen dasselbe gemein gewesen und habe mir von Kindesbeinen an manche innerliche Mühe um seine Ideale gegeben, zuletzt freilich immer mit dem Ergebnis der puren Unmöglichkeit. – Auch *hier* habe ich viel zu leiden, der Sommer ist diesmal heißer und elektrizitätsreicher als gewöhnlich, zu meinem Nachteil. Trotzdem weiß ich mir nichts meiner Natur Angemesseneres als dies Stück Ober-Erde. – Frau Baumgartner hat mir sehr gut und herzlich geschrieben. – Ich selber bin noch nicht im Besitz meines Buches. – Hellwald mit Dank empfangen; es ist ein Kompendium einer Gattung von Meinungen.

Dir und Deiner lieben Frau von Herzen zugetan F. N.

Ich weiß absolut nicht mehr, mit welchen Ansichten ich noch wohltue, mit welchen ich wehtue.

144. *An Franziska Nietzsche* Sils-Maria, Mitte Juli 1881

Meine liebe Mutter, ich betrübe mich sehr über Deinen und unsern Verlust! Es war ein so sanftmütiger und braver Mensch, unser Theobald, streng gegen sich und doch kein Fanatiker. Wir werden immer seiner mit Rührung gedenken.

Nun noch ein Wort von mir, zur Beruhigung. Ich mache mir Vorwürfe über meine Torheit, Euch meine kurzen Gesundheits-Kärtchen und nichts weiter zu schicken; – so müßt Ihr einen falschen Eindruck von mir gewinnen. Nie gab es einen Menschen, auf den das Wort »niedergedrückt« weniger gepaßt hätte. Die mehr von meiner Lebensaufgabe und deren unaufhaltsamer Förderung erraten, meinen, ich sei wenn nicht der *glücklichste*, so jedenfalls der *mutigste* der Menschen. Ich habe Schwereres auf mir als meine Gesundheit und werde damit fertig, auch dies zu tragen. Mein Aussehen ist übrigens vortrefflich, meine Muskulatur infolge meines beständigen Marschierens fast die eines Soldaten, Magen und Unterleib in Ordnung. Mein Nervensystem ist, in Anbetracht der ungeheuren Tätigkeit, die es zu leisten hat, prachtvoll und der Gegenstand meiner Verwunderung, sehr fein und sehr stark: selbst die langen schweren Leiden, ein unzweckmäßiger Beruf und die fehlerhafteste Behandlung haben ihm nicht wesentlich geschadet, ja im letzten Jahre ist es stärker geworden, und dank ihm habe ich eines der mutigsten und erhabensten und besonnensten Bücher hervorgebracht, welche jemals aus menschlichem Gehirne und Herzen geboren sind. Selbst wenn ich mir in Recoaro das Leben genommen hätte, so wäre einer der ungebeugtesten und überlegtesten Menschen gestorben, nicht ein Verzweifelnder. Mein Gehirnleiden ist sehr schwer zu beurteilen, in betreff des wissenschaftlichen Materials, welches hierzu nötig ist, bin ich jedem Arzte überlegen. Ja, es beleidigt meinen wissenschaftlichen Stolz, wenn Ihr mir Eurerseits neue Kuren vorschlagt und gar meint, ich »ließe meine Krankheit laufen«. Vertraut mir doch ein wenig mehr auch hierin! Bis jetzt bin ich erst zwei Jahre in meiner Behandlung, und wenn ich Fehler gemacht habe, so lag es immer daran, daß ich dem eifrigen Zureden anderer endlich nachgegeben habe und Versuche machte. Dahin gehört der Aufenthalt in Naumburg, in Marienbad usw. Jeder verständige Arzt hat mir übrigens eine Genesung erst nach einer *längeren* Reihe von Jahren in Aussicht gestellt, und vor allem muß ich die schweren Nachwirkungen loszuwerden suchen von allen jenen falschen Methoden her, nach denen ich so lange Zeit behandelt worden bin. Seid mir ja nicht böse, wenn ich Eure Liebe und Teilnahme in diesem Punkte zurückzuweisen scheine. Aber ich will durchaus mein eigner Arzt nunmehr sein, und die Menschen sollen mir noch nachsagen, daß ich ein *guter* Arzt gewesen sei – und nicht nur für mich allein. – Immerhin gehe ich noch vielen, vielen Leidenszeiten entgegen; werdet nicht darüber ungeduldig, ich bitte Euch von Herzen! Dies macht mich ungeduldiger als meine Leiden selber, weil es mir zeigt, daß meine nächsten Verwandten so wenig Glauben an mich haben.

Wer im geheimen zusehen könnte, wie ich die Rücksichten auf meine Genesung mit der Förderung meiner großen Aufgaben zu verknüpfen weiß, der würde mir keine geringe Ehre zollen. Ich lebe nicht nur sehr mutig, sondern im höchsten Maße vernünftig und unterstützt von einem reichen medizinischen Wissen und unablässigen Beobachten und Forschen.

Von ganzem Herzen und mit der Bitte, mir nichts übel zu deuten,

Euer Sohn und Bruder

Schreibt mir *gute* Dinge hier hinauf, wo ich über der Zukunft der Menschheit brüte, und lassen wir alles das kleine persönliche Leiden und Sorgen beiseite.

145. *An Franz Overbeck* [Poststempel: Sils Engd., 30. Juli 81]

Ich bin ganz erstaunt, ganz entzückt! Ich habe einen *Vorgänger* und was für einen! Ich kannte Spinoza fast nicht: daß mich *jetzt* nach ihm verlangte, war eine »Instinkthandlung«. Nicht nur, daß seine Gesamttendenz gleich der meinen ist – die Erkenntnis zum *mächtigsten Affekt* zu machen –, in fünf Hauptpunkten seiner Lehre finde ich mich wieder, dieser abnormste und einsamste Denker ist mir gerade in *diesen* Dingen am nächsten: er leugnet die Willensfreiheit –; die Zwecke –; die sittliche Weltordnung –; das Unegoistische –; das Böse –; wenn freilich auch die Verschiedenheiten ungeheuer sind, so liegen diese mehr in dem Unterschiede der Zeit, der Kultur, der Wissenschaft. *In summa:* meine Einsamkeit, die mir, wie auf ganz hohen Bergen, oft, oft Atemnot machte und das Blut hervorströmen ließ, ist wenigstens jetzt eine Zweisamkeit. – Wunderlich!

Übrigens ist mein Befinden gar nicht meinen Hoffnungen entsprechend. Ausnahmewetter auch hier! Ewiges Wechseln der atmosphärischen Bedingungen! – das treibt mich noch aus Europa! Ich muß *reinen* Himmel *monatelang* haben, sonst komme ich nicht von der Stelle. Schon sechs schwere, zwei- bis dreitägige Anfälle!! – In herzlicher Liebe Euer Freund.

146. *An Peter Gast* Sils-Maria, 14. August 1881

Nun, mein lieber guter Freund! Die Augustsonne ist über uns, das Jahr läuft davon, es wird stiller und friedlicher auf Bergen und in den Wäldern. An meinem Horizonte sind Gedanken aufgestiegen, dergleichen ich noch nicht gesehen habe, – davon will ich nichts verlauten lassen, und mich selber in einer unerschütterlichen Ruhe erhalten. Ich werde wohl *einige* Jahre noch leben müssen! Ach, Freund, mitunter läuft mir die Ahnung durch den Kopf, daß ich eigentlich ein höchst gefährliches Leben lebe, denn ich gehöre zu den Maschinen, welche *zerspringen* können! Die Intensitäten meines Gefühls machen mich schaudern und lachen, – schon ein paarmal konnte ich das Zimmer nicht verlassen, aus dem lächerlichen Grunde, daß meine Augen entzündet waren – wodurch? Ich hatte jedesmal den Tag vorher auf meinen Wanderungen zuviel geweint, und zwar nicht sentimentale Tränen, sondern Tränen des Jauchzens; wobei ich sang und Unsinn redete, erfüllt von einem neuen Blick, den ich vor allen Menschen voraus habe.

Zuletzt – wenn ich nicht meine Kraft aus mir selber nehmen könnte, wenn ich auf Zurufe, Ermutigungen, Tröstungen von außen warten müßte, wo wäre ich! was wäre ich! Es gab wahrhaftig Augenblicke und ganze Zeiten meines Lebens (z. B. das Jahr 1878), wo ich einen kräftigenden Zuspruch, einen zustimmenden Händedruck wie das Labsal aller Labsale empfunden hätte – und gerade da ließen mich alle im Stich, auf welche ich glaubte mich verlassen zu können und die mir jene Wohltat hätten erzeigen *können.* Jetzt erwarte ich's nicht mehr und empfinde nur ein gewisses trübes Erstaunen, wenn ich z. B. an die Briefe denke, die ich jetzt bekomme, – alles ist so unbedeutend, keiner hat etwas durch mich erlebt, keiner sich einen Gedanken *über* mich gemacht – es ist achtbar und wohlwollend, was man mir sagt, aber ferne, ferne, ferne. Auch unser lieber Jacob Burckhardt schrieb so ein kleinlautes verzagtes Brieflein.

Dagegen nehme ich es als Belohnung auf, daß dies Jahr mir zweierlei zeigte, das zu mir gehört und mir innig nahe ist: das ist *Ihre* Musik und diese *Landschaft.* Das ist keine Schweiz, kein Recoaro, etwas *ganz* anderes, jedenfalls etwas viel Südlicheres – ich müßte schon nach den Hochebenen von Mexiko am stillen Ozeane gehen, um etwas Ähnliches zu finden (z. B. Oaxaca) und da allerdings mit tropischer Vegetation. Nun, dies Sils-Maria will ich mir zu erhalten suchen. Und ebenso empfinde ich für Ihre Musik, aber weiß gar nicht, wie ihrer habhaft werden! Notenlesen und Klavierspielen habe ich aus meinen Beschäftigungen ein für allemal streichen müssen. Die Anschaffung einer Schreibmaschine geht mir im Kopf herum, ich bin in Verbindung mit ihrem Erfinder, einem Dänen aus Kopenhagen.

Was machen Sie im nächsten Winter? Ich nehme an, daß Sie in Wien sein werden. Aber für den darauffolgenden Winter wollen wir uns eine Zusammenkunft ausdenken, wenn auch nur *eine kurze,* – denn ich weiß jetzt wohl, daß ich nicht zu Ihrem Umgang tauge und daß es Ihnen freier und fruchtbarer zumute ist, wenn ich wieder fortgeflogen bin. Mir liegt andererseits an der immer größeren Befreiung Ihres Gefühls und an dem Erwerbe eines innigen und stolzen zu-Hause-seins, *in summa* an Ihrem glücklichen allerglücklichsten Schaffen und Reifwerden so unbeschreiblich viel, daß ich mich in jede Lage leicht finden werde, welche aus den Bedingungen Ihrer Natur erwächst. Ich habe *nie* gegen Sie irgendwelche häßlichen Gefühle, vertrauen Sie darauf, lieber Freund! –

Sagen Sie mir noch beiläufig, wie man jetzt deutsches Papiergeld in Italien verkauft (für italienisches Papier), ich meine, was der Kurs ist.

Die Adresse von Fräulein von Meysenbug habe ich auch nicht im Kopfe; jetzt wird sie wohl mit Monods irgendwo zusammensitzen;

ich meine, Herr Schmeitzner mag das Exemplar nach Paris schicken. – Mit Herrn Schmeitzner ist alles aufs schonendste ausgeglichen; ich habe mir vorgenommen, ihn nicht dafür leiden zu lassen, daß ich auf voreilige Schlüsse hin manches von ihm erwartete, was nicht zu seiner Natur gehört.

In herzlicher Freundschaft und Dankbarkeit Ihr F. N.

(Ich bin viel krank gewesen.)

147. *An Peter Gast* Sils-Maria, Ende August 1881

Aber das sind ja herrliche Neuigkeiten, mein lieber lieber Freund! Vor allem, daß Sie *fertig* sind! Mir wird bei dem Gedanken dieses ersten großen Fertigwerdens Ihres Lebens unsäglich wohl und feierlich zumute, ich werde den 24. August 1881 im Gedächtnis behalten! Wie es nur zugeht! Aber mich überkommt, sobald ich nur Ihres Werkes gedenke, ein Gefühl von Befriedigung und eine Art von Rührung, dergleichen ich in bezug auf meine eignen »Werke« nicht kenne. An diesen ist etwas, das immer und immer meine Scham beleidigt: sie sind Abbilder eines leidenden, unvollständigen, der nötigsten Organe kaum mächtigen Geschöpfes – ich selber als Ganzes komme mir so oft wie der Krickelkrakel vor, den eine unbekannte Macht übers Papier zieht, um eine *neue Feder* zu probieren. (Unser Schmeitzner hat ganz gut verstanden, mich an diesem Punkt empfindlich zu berühren, indem er in jedem seiner letzten Briefe betont, daß »meine Leser keine Aphorismen mehr von mir lesen wollten«.) Nun, Sie, lieber Freund, sollen kein solcher Aphorismus-Mensch sein, Ihr Ziel geht ins Höhere, Sie haben nicht nur, wie ich, den Zusammenhang und das *Bedürfnis* des Zusammenhanges *ahnen* zu lassen – *Ihre* Aufgabe ist es, in Ihrer Kunst die höheren Stilgesetze wieder offenbar zu machen, deren Beseitigung die *Schwäche* der neueren Künstler fast zum Prinzip erhoben hat: Ihre Aufgabe ist es, Ihre Kunst wieder einmal *fertig* zu zeigen! Das fühle ich, wenn ich an Sie denke, und ich genieße in dieser Aussicht ein Vollendetwerden meiner eignen Natur wie im Bilde. Diesen Genuß haben *Sie* mir bisher allein gegeben, und erst seitdem ich Ihre Musik kenne, steht es *so* zwischen uns.

Und dann die zweite Neuigkeit: daß Wien nach Venedig und der Berg zu Muhammed kommt! Welche Unruhe nimmt dies von mir! Ich sehe jetzt den Gang der Dinge, Ihre erste festliche Einführung – ich vermute, Sie werden, unmittelbar *in* dem Erfolge, den Mut haben, Ihren ästhetischen *neuen Willen* durch ein paar beredte Schriftstücke der Welt kundzutun und damit über die einzig zulässige Interpretation Ihres Werkes die Verwirrung beseitigen. Bekennen Sie sich ungescheut zu den *höchsten* Absichten! Menschen wie Sie müssen ihre Worte *voranwerfen* und sie durch ihre Taten *einzuholen* wissen (selbst ich habe mir bisher erlaubt, nach dieser Praxis zu leben). Benutzen Sie alle Freiheiten, die man dem Künstler allein noch zugesteht, und bedenken Sie wohl: unsre Aufgabe ist unter allen Umständen anzutreiben, »*dort*hin« zu *treiben* – gleichgültig beinahe, ob wir selber dorthin gelangen! (Die *exhortatio indirecta* finde ich zum Erstaunen oft in meinem letzten Buche, z. B. in dem Abschnitte § 542 »Der Philosoph und das Alter«, – die direkte Ermahnung und Anreizung hat dagegen etwas so Altkluges.)

So viel für heute – es ist gar nicht nötig, hierauf zu antworten, lieber Freund. Wenn wir uns einmal wiedersehen, spielen Sie mir Ihre Musik als Antwort (sie ist mir in diesen Monaten recht ins Herz gesickert, und, aufrichtig! – ich weiß jetzt nichts, was ich *lieber* hören möchte –).

Es war mir eine rechte Freude, die Handschrift meines alten braven *Gersdorff* wiederzuerkennen (leider in etwas zu blasser Tinte) und zwar von einem Interesse Zeugnis ablegend, welches annoch selten ist und das ihn mir recht in der Nähe *meiner* Bedürfnisse und Freuden zeigt.

Leben Sie wohl und gedenken Sie meiner als eines durch Ihren letzten Brief Hochbeglückten. Ihr Freund Nietzsche

148. *An Franz Overbeck* [Poststempel: Sils Engd., 18. September 81]

Danke Deiner lieben Frau für ihre ebenso gütige als exakte Auskunft. Nein, ein solcher Topf paßt *nicht* für meinen Haushalt: welcher flüchtig und transportabel sein muß, wie ich selber (ebenso wenig als die erwähnte Schreibmaschine). Die Zeitschriften laß! Die gesuchten

Aufsätze stehen in Liebmanns »Analysis« auch. *Ceterum, missis his iocis, dicam quod tacere velim, sed non jam tacere possum. Sum in puncto desperationis. Dolor vincit vitam voluntatemque. O quos menses, qualem aestatem habui! Tot expertus sum corporis cruciatus, quot in caelo vidi mutationes. In omni nube est aliquid fulminis instar, quod manibus me tangat subitis infelicemque penitus pessumdet. Quinquies mortem invocavi medicum, atque hesternum diem ultimum speravi fore – frustra speravi. Ubi est terrarum illud sempiternae serenitatis caelum, illud meum caelum? Vale amice.*

149. *An Peter Gast* Genua, 5. Dezember 1881

Lieber guter Freund, von Zeit zu Zeit (wie kommt das?) ist es mir *wie ein Bedürfnis*, so etwas Allgemeineres und Unbedingteres über *Wagner* zu hören, und am liebsten von Ihnen! Auch über Chamfort *gleich* zu fühlen, soll eine Ehrensache für uns beide sein; er war ein Mann vom Schlage Mirabeaus, nach Charakter, Herz und großem Sinne – Mirabeau selber urteilte so über seinen Freund.

Daß Bizet *tot* ist, gab mir einen tiefen Stich. Ich hörte *Carmen* zum zweiten Male – und wieder hatte ich den Eindruck einer Novelle ersten Ranges, wie etwa von Mérimée. Eine *so* leidenschaftliche und *so* anmutige Seele! Für mich ist dieses Werk eine Reise nach *Spanien* wert – ein höchst südländisches Werk! – Lachen Sie nicht, alter Freund, ich vergreife mich mit meinem »Geschmacke« nicht leicht so ganz und gar. – In herzlicher Dankbarkeit N.

Recht krank inzwischen, doch wohl durch Carmen – – –

150. *An Elisabeth Nietzsche* Genua, den 10. Februar 1882

Hier ist zunächst der Revers für Bayreuth, welcher nun, nach Overbecks Anweisung, seinen Weiterweg an *Feustel* in Bayreuth zu machen hat, und zwar mit einer ausdrücklichen Erklärung Deinerseits, meine liebe Schwester, für *welchen* von den drei Tagen der Hauptaufführung Du Dich entschieden hast (26., 28. oder 30. Juli), dann wird er Dir die Karte senden.

Bis jetzt ist es mit Dr. Rées Besuch gegangen, wie es zu erwarten stand, *nicht gut*. Der erste Tag sehr guter Dinge; den zweiten hielt ich mit Benutzung aller Stärkungsmittel aus; den dritten Erschöpfung, nachmittags eine Ohnmacht; die Nacht kam der Anfall; den vierten zu Bett; den fünften stand ich wieder auf, um mich nachmittags wieder zu legen, den sechsten und bis jetzt immer Kopfschmerz und Schwäche. Kurz, wir müssen es noch *lernen*, zusammenzusein. Es ist eben *gar zu angenehm*, mit Dr. Rée zu verkehren; es gibt nicht leicht einen erquicklicheren Verkehr. Aber ich bin an das Gute nicht gewöhnt. –

Es gefällt ihm, oder vielmehr: er ist ganz überrascht, *wie* sehr es ihm hier gefällt. –

Mit Sarah Bernhardt hatten wir Unglück. Wir waren in der ersten Aufführung; nach dem ersten Akte fiel sie wie tot nieder. Nach einer peinlichen *Stunde* Wartens spielte sie weiter, aber mitten in diesem Akte überfiel sie ein Blutsturz, auf der Bühne – da war es denn aus. Es war ein unerträglicher Eindruck, zumal sie eben eine Kranke *der* Art spielte (*la dame aux camélias* von *Dumas fils*). – Trotzdem hat sie mit ungeheurem Erfolg am *nächsten* und nächstnächsten Abende wieder gespielt und Genua *überzeugt*, daß sie »die erste lebende Künstlerin« sei. – Sie erinnerte mich, in Aussehen und Manieren, sehr an Frau Wagner. – Mitte März geht Dr. Rée nach Rom zu Frl. v. Meysenbug. – Mit der Schreibmaschine ist noch nichts entschieden; ein äußerst geschickter Mechaniker hat jetzt *eine Woche* daran gearbeitet, sie herzustellen. Morgen soll sie »fertig« sein. Hoffen wir das Beste!

Wie bin ich von Euch, meine Lieben, beschenkt worden! Und ich höre auch von Dr. Rée lauter Erfreuliches von Euch.

Mehr erlaubt die Gesundheit durchaus nicht zu schreiben. Verzeihung!

In der größten Dankbarkeit Euer Fr.

151. *An Peter Gast* Genua, 20. März 1882

Mein lieber Freund! Möge alles so sein, wie Sie wünschen, daß ich glauben möge, daß es sei: – Uff! das ließe sich lateinisch besser sagen und in sieben Worten. – Erwägen Sie doch einmal, ob Sie nicht mir und zweien meiner Freunde Ihre Matrimonio-Partitur verkaufen wollen? Ich biete frs. 6000, zahlbar in vier Jahresraten zu frs. 1500. Die Angelegenheit kann geheim bleiben, wenn es Ihr Wunsch ist. Ihrem Herrn Vater dürften Sie sagen, daß ein Verleger Ihnen diese Summe geboten habe. Sodann erwägen Sie, was zu tun ist, um für das Gefühl der Italiener die »Impietät« gegen ihren Klassiker Cimarosa aufzuwiegen. Man müßte dazu das Werk der Königin Margherita empfehlen und ans Herz legen und aus der politischen Lage Gewinn ziehn. Eine deutsche Artigkeit gegen Italien – so müßte es erscheinen. Zu diesem Zwecke könnte freilich die erste Aufführung nur in *Rom* sein: die Widmung an die Königin dürfte Herrn von Keudell sehr interessant und erwünscht sein. Angenommen, dieser Gedanke sagte Ihnen zu, so rate ich endlich, Frl. Emma *Nevada* für das Werk zu gewinnen: sie hat sich jetzt eben Rom erobert. Die Italiener sind gegen alle berühmten Sängerinnen sehr artig. Aber *passioniert* habe ich sie ein einziges Mal gesehn.

Wir haben jetzt die Erste Wiener Operettengesellschaft hier, – also deutsches Theater. Ich habe durch sie eine sehr deutliche Vorstellung davon bekommen, wie Ihre Scapine beschaffen sein muß. Für weibliche Ausgelassenheit und Grazie scheinen mir die Wienerinnen wirklich erfinderisch zu sein. *Sie* brauchen für dies Werk wegen seiner armen Handlung lauter erste Sujets. Mir graut vor einer idealistisch anständigen Mittelmäßigkeit der Aufführung. – So, das heißt schwätzen wie ein Theaterdirektor – Pardon!

Ich las in Robert Mayer. Freund, das ist ein großer Spezialist – und nicht mehr. Ich bin erstaunt, wie roh und naiv er in allen allgemeineren Aufstellungen ist. Er meint immer, wunder wie logisch zu sein, wenn er bloß eigensinnig ist. Wenn irgend etwas gut widerlegt ist, so ist es das Vorurteil vom »Stoffe« – und zwar nicht durch einen Idealisten, sondern durch einen Mathematiker, durch Boscovich. Er und Kopernikus sind die beiden größten Gegner des Augenscheins. Seit ihm *gibt es keinen Stoff mehr*, es sei denn als populäre Erleichterung. Er hat die atomistische Theorie zu Ende gedacht. *Schwere* ist ganz gewiß keine »Eigenschaft der Materie«, einfach weil es keine Materie gibt. *Schwerkraft* ist, ebenso wie die *vis inertiae*, gewiß eine Erscheinungsform der Kraft, einfach weil es nichts anderes gibt als Kraft! Nun ist das *logische* Verhältnis dieser Erscheinungsformen zu anderen, z. B. zur

Wärme, noch ganz undurchsichtig. – *Gesetzt* aber, man glaubt mit Mayer noch an die Materie und an erfüllte Atome, so darf man dann nicht dekretieren: »es gibt nur *eine* Kraft«. Die kinetische Theorie *muß* den Atomen mindestens außer der Bewegungsenergie noch die beiden Kräfte der Kohäsion und der Schwere zuerkennen. Dies tun auch *alle* materialistischen Physiker und Chemiker! und die besten Anhänger Mayers selber. *Niemand* hat die Schwerkraft aufgegeben! – Zuletzt hat auch Mayer noch eine *zweite* Kraft im Hintergrunde, das *primum mobile*, den lieben Gott, – neben der Bewegung selber. Er hat ihn auch *ganz* nötig!

Leben Sie wohl oder vielmehr *gut*, mein lieber Freund!

In Treue Ihr F. N.

152. *An Paul Rée* [Genua, den 21. März 1882]

Mein lieber Freund, welches Vergnügen machen mir Ihre Briefe! – Sie ziehen mich ab nach allen Seiten, und zuletzt unter allen Umständen zu Ihnen hin! – Gestern ... am Meere, genau an jener berühmten Stelle wo ... denken Sie ... von einem solchen Anfall im Bade überrascht wurde und weil ... Über Ihre 30 frs. habe ich sehr gelacht. – Die Post übergab mir diesen Brief ohne selbst nach meinem Passe zu verlangen – und der junge Beamte läßt Sie grüßen – ecco! – Overbeck hat mir mein Geld geschickt. – Ich bin für ein paar Monate jetzt versorgt. – Grüßen Sie diese Russin von mir, wenn dies irgendeinen Sinn hat: ich bin nach dieser Gattung von Seelen lüstern. Ja ich gehe nächstens auf Raub danach aus – in Anbetracht dessen, was ich in den nächsten zehn Jahren tun will, brauche ich sie! Ein ganz anderes Kapitel ist die Ehe. – Ich könnte mich höchstens zu einer zweijährigen Ehe verstehen, und auch dies nur in Anbetracht dessen, was ich in den nächsten zehn Jahren zu tun habe. – Nach den Erfahrungen, die ich eben mit Köselitz mache, werden wir ihn nie dazu bringen, Geld von uns anzunehmen – es sei denn in der bürgerlichsten Form von Kauf und Verkauf. Ich habe ihm gestern geschrieben, ob er mir und zweien meiner Freunde die Matrimonio-Partitur verkaufen wolle –: ich bot ihm 6000 frs. zahlbar in vier Jahresraten von

1500 frs. Diesen Vorschlag halte ich für eine Feinheit und einen Fallstrick –. Sobald er ja sagt, melde ich es Ihnen; und Sie haben dann die Güte mit Gersdorff zu verhandeln. –

Leben Sie wohl! Die Schreib-Maschine will nicht mehr, es ist gerade die Stelle des geflickten Bandes.

Ich schrieb an Frl. v. Meysenbug, auch wegen Pierre's.

Meine herzlichsten Wünsche für Ihr Wohl, bei Tag und Nacht

Ihr getreuer Freund F N.

Ich sende den Brief an Frl. von M. *Rom poste restante*, weil ich ihre Adresse nicht habe.

Nein! Ich sende den Brief an Frl. v. M. an *Ihre* Adresse, lieber Freund!

153. *An Lou von Salomé* [Naumburg, vermutlich den 10. Juni 1882]

Ja, meine liebe Freundin, ich übersehe aus meiner Ferne gar nicht, welche Personen in unsere Absichten *notwendig* eingeweiht werden müssen; aber ich denke, wir wollen daran festhalten, eben nur die notwendigen Personen *einzuweihen*. Ich liebe die Verborgenheit des Lebens und ich wünschte von Herzen, daß Ihnen und mir ein europäisches Geschwätz erspart bliebe. Im übrigen verbinde ich mit unserem Zusammenleben so hohe Hoffnungen, daß alle notwendigen oder zufälligen Nebenwirkungen jetzt wenig Eindruck auf mich machen: und *was* sich auch ergibt, wir wollen es *zusammen* tragen und das ganze Bündelchen alle Abende *zusammen* ins Wasser werfen – nicht wahr?

Ihre Worte über Frl. v. Meysenbug bestimmen mich, ihr nächstens einen Brief zu schreiben.

Geben Sie mir zu verstehen, wie Sie sich die Zeit von Bayreuth ab einzurichten denken, und auf welche Mithilfe meinerseits Sie dabei rechnen. Mir tut jetzt Berg und Hochwald sehr not: nicht nur die Gesundheit, noch mehr »Die fröhliche Wissenschaft« treiben mich in die Einsamkeit. Ich will das *Ende* machen.

Paßt es, wenn ich jetzt schon mich nach Salzburg (oder Berchtesgaden) begebe, also auf den Weg nach *Wien*?

Wenn wir zusammen sind, schreibe ich Ihnen etwas in das übersandte Buch. –

Zuletzt: ich bin in allen Dingen der Tat unerfahren und ungeübt; und seit Jahren habe ich mich *nie* für irgendeine Handlung vor Menschen zu erklären oder zu rechtfertigen gehabt. Meine Pläne lasse ich gerne im Verborgenen; über meine *Facta* mag alle Welt reden! – Doch gab die Natur jedem Wesen verschiedene Verteidigungswaffen – und Ihnen gab sie Ihre herrliche Offenheit des Wollens. Pindar sagt einmal »*werde* der, der du *bist*«!

Treulich und ergeben F N.

154. *An Franz Overbeck* [Naumburg, Sommer 1882]

Mein lieber Freund, seit mehreren Tagen krank, es gab einen äußerst schmerzhaften Anfall. Ich erhole mich langsam. – Nun Dein Brief! – Einen solchen Brief bekommt man nur einmal, ich danke Dir von ganzem Herzen und werde es Dir nie vergessen. Ich bin glücklich, für mein Vorhaben, das für uneingeweihte Augen *sehr phantastisch* schillern dürfte, den *ganzen guten Menschen- und Freundes-Verstand* von Dir und Deiner lieben Frau gewonnen zu sehen. Die Wahrheit ist: in der Art, wie ich *hier* handeln will und werde, bin ich einmal ganz und gar der Mensch meiner Gedanken, ja meines innersten Denkens: diese *Übereinstimmung* tut mir so wohl, wie mir das Bild meiner Genueser Existenz wohltut, in der ich auch nicht hinter meinen Gedanken zurückgeblieben bin. Es sind eine Menge meiner Lebensgeheimnisse in diese *neue* Zukunft eingewickelt, und es bleiben mir hier Aufgaben zu lösen, die man nur durch die Tat lösen kann. – Übrigens bin ich von einer fatalistischen »Gottergebenheit« – ich nenne es *amor fati* –, daß ich einem Löwen in den Rachen laufen würde, geschweige denn – –

In betreff des Sommers ist alles noch im Unsichersten.

Ich schweige hier fort und fort. In betreff meiner Schwester bin ich ganz entschlossen, sie außerhalb zu lassen; sie könnte nur verwirren (und sich selber vorerst).

Romundt war hier; brav und *etwas mehr* auf den Wegen der Vernunft.

Dir und Deiner lieben Frau von Herzen zugetan F. N.

155. *An Lou von Salomé* [Tautenburg, den 2. Juli 1882]

Meine liebe Freundin, nun ist der Himmel über mir hell! Gestern mittags ging es bei mir zu wie als ob Geburtstag wäre: *Sie* sandten Ihre Zusage, das schönste Geschenk, das mir jetzt jemand hätte machen können – meine Schwester sandte mir Kirschen, Teubner sandte die drei ersten Druckbogen der »Fröhlichen Wissenschaft«; und zu alledem war gerade der allerletzte Teil des Manuskriptes fertig geworden und damit das Werk von sechs Jahren (1876 bis 1882), meine ganze »Freigeisterei«! O welche Jahre! Welche Qualen aller Art, welche Vereinsamungen und Lebens-Überdrüsse! Und gegen alles das, gleichsam gegen Tod *und* Leben, habe ich mir diese meine Arznei gebraut, diese meine Gedanken mit ihrem kleinen Streifen *unbewölkten Himmels* über sich: – o liebe Freundin, so oft ich an das alles denke, bin ich erschüttert und gerührt und weiß nicht, wie das doch hat *gelingen* können: Selbst-Mitleid und das Gefühl des Sieges erfüllen mich ganz. Denn es ist ein Sieg, und ein vollständiger – denn sogar meine Gesundheit des Leibes ist wieder, ich weiß nicht woher, zum Vorschein gekommen, und jedermann sagt mir, ich sähe jünger aus als je. Der Himmel behüte mich vor Torheiten! – aber von jetzt ab, wo *Sie* mich beraten werden, werde ich *gut* beraten sein und brauche mich nicht zu fürchten. –

Was den *Winter* betrifft, so habe ich *ernstlich und ausschließlich* an Wien gedacht: die Winterpläne meiner Schwester sind ganz unabhängig von den meinigen, es gibt dabei *keine* Nebengedanken. Der Süden Europas ist mir jetzt aus dem Sinn gerückt. Ich will nicht mehr einsam sein und wieder lernen, Mensch zu werden. Ah, an *diesem* Pensum habe ich fast alles noch zu lernen! –

Nehmen Sie meinen Dank, liebe Freundin! Es wird *alles* gut, wie Sie es gesagt haben.

Unserem Rée das Herzlichste! Ganz *Ihr* F. N.

156. *An Peter Gast* Tautenburg, 13. Juli 1882

Mein lieber Freund, keine Worte höre ich lieber aus Ihrem Munde als »Hoffnung« und »Erholung« – und nun mache ich Ihnen diese gräßliche Korrektur-Not gerade in *diesem* Zustande, wo es paradiesisch um Sie zugehen sollte!

Kennen Sie meine Harmlosigkeiten aus Messina? Oder schwiegen Sie darüber, aus Artigkeit gegen ihren Urheber! – Nein, trotzdem, was der Vogel Specht in dem letzten Gedichtchen sagt – es steht mit meiner Dichterei nicht zum besten. Aber was liegt daran! Man soll sich seiner Torheiten nicht *schämen*, sonst hat unsre Weisheit wenig Wert.

Jenes Gedicht »An den Schmerz« war *nicht* von mir. Es gehört zu den Dingen, die eine vollständige Gewalt über mich haben; ich habe es noch nie ohne Tränen lesen können: es klingt wie eine Stimme, auf welche ich seit meiner Kindheit gewartet und gewartet habe. Dieses Gedicht ist von meiner Freundin Lou, von welcher Sie noch nicht gehört haben werden. Lou ist die Tochter eines russischen Generals, und zwanzig Jahre alt; sie ist scharfsinnig wie ein Adler und mutig wie ein Löwe und zuletzt doch ein sehr mädchenhaftes Kind, welches vielleicht nicht lange leben wird. Ich verdanke sie Fräulein von Meysenbug und Rée. Jetzt ist sie bei Rées zu Besuch, nach Bayreuth kommt sie hierher nach Tautenburg, und im Herbst siedeln wir zusammen nach Wien über. Sie ist auf die erstaunlichste Weise gerade für *meine* Denk- und Gedankenweise vorbereitet.

Lieber Freund, Sie erweisen uns beiden sicherlich die Ehre, den Begriff einer Liebschaft von unserm Verhältnis fernzuhalten. Wir sind *Freunde* und ich werde dieses Mädchen und dieses Vertrauen zu mir heilig halten. – Übrigens hat sie einen unglaublich sicheren Charakter und weiß selbst sehr genau, was *sie* will – ohne die Welt zu fragen und sich um die Welt zu bekümmern.

Dies für Sie und für niemanden sonst. Aber wenn *Sie* nach Wien kämen, wäre es *schön*!

In treuer Gesinnung Ihr Freund F. N.

157. *An Erwin Rohde*

Tautenburg bei Dornburg, Thüringen [15. Juli 1882]

Mein lieber alter Freund, es hilft nichts, ich muß Dich heute auf ein neues Buch von mir vorbereiten; höchstens noch 4 Wochen hast Du davor Ruhe! Ein mildernder Umstand ist, daß es das letzte für eine lange Reihe von Jahren sein soll: – denn im Herbst gehe ich an die Universität Wien und fange neue Studentenjahre an, nachdem die alten mir, durch eine zu einseitige Beschäftigung mit Philologie, etwas mißraten sind. Jetzt gibt es einen eigenen Studienplan und hinter ihm ein eigenes geheimes Ziel, dem mein weiteres Leben *geweiht* ist, – es ist mir *zu schwer*, zu leben, wenn ich es nicht im *größten Stile* tue, im Vertrauen gesagt, mein alter Kamerad! Ohne ein Ziel, welches ich nicht für unaussprechlich wichtig hielte, würde ich mich nicht oben im Lichte und *über* den schwarzen Fluten gehalten haben! Dies ist eigentlich meine einzige Entschuldigung für diese Art von Literatur, wie ich sie seit 1876 mache: es ist mein Rezept und meine selbstgebraute Arznei gegen den Lebens-Überdruß. Welche Jahre! Welche langwierigen Schmerzen! Welche innerlichen Störungen, Umwälzungen, Vereinsamungen! Wer *hat* denn so viel ausgestanden als ich? Leopardi gewiß nicht! Und wenn ich nun heute *über dem allen* stehe, mit dem Frohmute eines Siegers und beladen mit schweren *neuen* Plänen – und, wie ich mich kenne, mit der Aussicht auf neue, schwerere und noch innerlichere Leiden und Tragödien *und mit dem Mute dazu!* –, so soll mir niemand darüber böse sein dürfen, wenn ich gut von meiner Arzenei denke. *Mihi ipsi scripsi* – dabei bleibt es; und so soll jeder nach seiner *Art* für sich *sein* Bestes tun –, das ist meine Moral: – die einzige, die mir noch übriggeblieben ist. Wenn selbst meine leibliche Gesundheit zum Vorschein kommt, *wem* verdanke ich denn das? Ich war in allen Punkten mein eigener Arzt; und als einer, der nichts Getrenntes hat, habe ich Seele, Geist und Leib auf *einmal* und mit denselben Mitteln behandeln müssen. Zugegeben, daß andre an meinen Mitteln *zugrunde* gehen könnten: dafür tue ich auch nichts eifriger, als *vor mir zu warnen.* Namentlich dieses letzte Buch, welches den Titel führt »Die fröhliche Wissenschaft«, wird viele vor mir zurückschrecken, auch *Dich* vielleicht, lieber alter Freund Rohde! Es ist ein Bild von mir darin, und ich weiß bestimmt, daß es *nicht* das Bild ist, welches du von mir im Herzen trägst.

Also: habe Geduld, und sei es auch nur darum, weil Du einsehen mußt, daß es bei mir heißt »*aut mori aut ita vivere*«.

Von ganzem Herzen Dein Nietzsche

158. *An Peter Gast* Tautenburg, Dienstag, 25. Juli 1882

Mein lieber Freund, so soll ich denn auch meine Sommer-*Musik* haben! – auf diesen Sommer strömen die guten Dinge herab, wie als ob ich einen *Sieg* zu feiern hätte. Und in der Tat: erwägen Sie, wie ich seit 1876 in mancherlei Betracht, des Leibes und der Seele, ein *Schlachtfeld* mehr als ein Mensch gewesen bin! –

Lou wird der Klavierpartie nicht gewachsen sein: aber da stellt sich, wie vom Himmel geschickt, im rechten Augenblick Herr Egidi ein, ein ernster, vertrauenswürdiger Mensch und Musiker, der gerade hier in Tautenburg weilt (ein Schüler Kiels); – durch einen Zufall komme ich ein halbes Stündchen mit ihm in Berührung, und wieder ein Zufall war es, daß er, von dieser Begegnung nach Hause kommend, den Brief eines Freundes vorfindet, der so beginnt: »Ich habe soeben einen famosen Philosophen entdeckt, Nietzsche.« –

Sie bleiben natürlich der Gegenstand der äußersten Diskretion; eingeführt als italienischer Freund, dessen Name ein Geheimnis ist.

Ihre melancholischen Worte »immer daran *vorbei*« sind mir sehr im Herzen hängengeblieben! Es gab Zeiten, wo ich ganz dasselbe von *mir* dachte; aber es gibt zwischen Ihnen und mir außer anderen Unterschieden auch den, daß ich mich mehr zu etwas »*schubsen*« lasse (wie man in Thüringen sagt). –

Sonntags war ich in Naumburg, um meine Schwester ein wenig noch auf den Parsifal vorzubereiten. Da ging es mir seltsam genug! Schließlich sagte ich: »Meine liebe Schwester, *ganz diese Art Musik* habe ich als Knabe gemacht, damals als ich mein Oratorium machte« – und nun habe ich die alten Papiere hervorgeholt und, nach langer Zwischenzeit, wieder abgespielt: die *Identität* von *Stimmung* und *Ausdruck* war märchenhaft! Ja, einige Stellen, z. B. »Der Tod der Könige«, schienen uns beiden ergreifender als alles, was wir uns aus dem P. vorgeführt hatten, aber doch ganz parsifalesk! Ich gestehe: mit einem wahren Schrecken bin ich mir wieder bewußt geworden, *wie* nahe ich eigentlich mit Wagner *verwandt* bin. – Später will ich Ihnen dieses kuriose Faktum nicht vorenthalten, und *Sie* sollen die letzte Instanz darüber sein – die Sache ist so seltsam, daß ich *mir* nicht recht traue. – Sie verstehen mich wohl, lieber Freund, daß ich *damit* den Parsifal nicht *gelobt* haben will!! – Welche plötzliche *décadence*! Und welcher Cagliostrizismus! –

Eine Bemerkung Ihres Briefes gibt mir Anlaß, festzustellen, daß alles, was Sie jetzt von meinen Reimereien kennen, *vor* meiner Bekanntschaft mit Lou entstanden ist (wie auch die »Fröhliche Wissenschaft«). Aber vielleicht haben Sie auch ein Gefühl davon, daß ich, sowohl als »Denker« wie als »Dichter«, eine gewisse Vorahnung von L. gehabt haben muß? Oder sollte »der Zufall«? Ja! Der *liebe* Zufall!

Die *comédie* soll von uns *zusammen* gelesen werden; meine Augen sind *jetzt* allzusehr schon okkupiert. L. kommt am Sonnabend. Senden Sie Ihr Werk *schnellstens* ab, – ich beneide mich selber um diese Auszeichnung, die Sie mir erweisen!

Ganz von Herzen Ihr dankbarer Freund Nietzsche

159. *An Jacob Burckhardt* Naumburg a./S., August 1882

Nun, mein hochverehrter Freund – oder wie soll ich Sie nennen? – empfangen Sie mit Wohlwollen das, was ich Ihnen heute sende, mit einem *vorgefaßten* Wohlwollen: denn, wenn Sie das nicht tun, so werden Sie bei diesem Buche »Die fröhliche Wissenschaft« nur zu spotten haben (es ist gar zu persönlich, und alles Persönliche ist eigentlich *komisch*).

Im übrigen habe ich den Punkt erreicht, wo ich *lebe* wie ich *denke*, und vielleicht lernte ich auch inzwischen wirklich ausdrücken, was ich denke. In Hinsicht hierauf höre ich Ihr Urteil als einen Richterspruch: ich wünschte namentlich, daß Sie den *Sanctus Januarius* (Buch IV) im Zusammenhang lesen möchten, um zu wissen, ob er als Ganzes *sich mitteilt*. –

Und meine Verse? – – –

In herzlichem Vertrauen Ihr Friedrich Nietzsche

NB. Und was ist doch die Adresse jenes Herrn Curti, von dem Sie mir bei unserm letzten, *sehr* schönen Zusammensein sprachen?

160. *An Lou von Salomé* Naumburg, Ende August 1882

Meine liebe Lou, einen Tag später als Sie ging ich von Tautenburg weg, im Herzen *sehr* stolz, *sehr* mutig – wodurch eigentlich?

Mit meiner Schwester habe ich nur wenig noch gesprochen, doch genug, um das neue auftauchende Gespenst in das *Nichts* zurückzuschicken, aus dem es geboren war.

In Naumburg kam wieder der Dämon der Musik über mich – ich habe Ihr »Gebet an das Leben« komponiert; und meine Pariser Freundin Ott, die im Besitz einer wundervoll starken und ausdrucksreichen Stimme ist, soll es Ihnen und mir einmal *vorsingen.*

Zuletzt, meine liebe Lou, die alte tiefe herzliche Bitte: *werden Sie, die Sie sind!* Erst hat man Not, sich von seinen *Ketten* zu emanzipieren, und schließlich muß man sich noch von dieser Emanzipation *emanzipieren!* Es hat jeder von uns, wenn auch in sehr verschiedener Weise an der *Ketten-Krankheit* zu laborieren, auch nachdem er die Ketten zerbrochen hat.

Von Herzen Ihrem Schicksale gewogen – denn ich liebe auch in Ihnen *meine Hoffnungen* F. N.

161. *An Elisabeth Nietzsche* Naumburg, Anfang September 1882

In zwei, drei Tagen, meine liebe Lisbeth, geht es fort; an Eisers, die ich in Frankfurt aufsuchen will, habe ich geschrieben, und sobald ich von Dir Herrn Sulgers Adresse weiß, wird alles in Ordnung sein. Gestern erhielt ich zwei Postkarten von *Dir* – aus Messina über Rom und Basel. – Ehre der Post! –

Ich habe auch meine für Naumburg festgesetzte Arbeit (eine Komposition) schönstens erledigt und auch dabei mir genug getan. –

Wenn ich Dir nur einen Begriff von meiner fröhlichen Zuversicht geben könnte, die mich diesen Sommer beseelt hat. Es ist mir *alles* gelungen und manches wider Erwarten – gerade da, als ich es mißlungen glaubte. Auch Lou ist sehr zufriedengestellt (sie steckt jetzt ganz in Arbeit und Büchern). Was mir sehr wesentlich ist: sie hat Rée zu einer meiner Hauptansichten *bekehrt* (wie er selbst schreibt), die das Fundament seines Buches *völlig* verändert. Rée schrieb gestern »Lou ist entschieden in Tautenburg um einige Zoll gewachsen«.

Ich höre mit Betrübnis, daß Du noch immer an der Nachwirkung jener Szenen zu leiden hast, die ich Dir von Herzen gern erspart hätte. Halte aber nur diesen Gesichtspunkt fest: durch die Aufregung dieser Szenen kam *ans Licht*, was sonst vielleicht lange im Dunkeln geblieben wäre: daß L. eine *geringere* Meinung von mir und *einiges Mißtrauen* gegen mich hatte; und wenn ich genauer die Umstände unsres Bekanntwerdens erwäge, so hatte sie vielleicht dazu ein gutes Recht (eingerechnet die Wirkung einiger unvorsichtigen Äußerungen von Freund R.). Nun denkt sie aber jetzt ganz gewiß *besser* von mir – und *das* ist doch die Hauptsache, nicht wahr, meine liebe Schwester? Im übrigen, wenn ich an die Zukunft denke, so wäre es mir hart, annehmen zu müssen, daß Du mit mir in bezug auf Lou nicht gleich empfändest. Wir haben eine solche Gleichartigkeit der Gaben und Absichten, daß unsre Namen irgendwann einmal zusammen genannt werden müssen und jede Verunglimpfung, die sie trifft, wird mich zuerst treffen.

Doch vielleicht ist dies wieder schon *zu viel* über diesen Punkt. Ich danke Dir nochmals von ganzem Herzen für alles, was Du mir Gutes in diesem Sommer angetan hast – und ich erkenne Dein schwesterliches Wohlwollen wahrhaftig recht sehr in dem auch, wo Du mit mir nicht gleichempfinden konntest. Ja, wer darf sich auch mit mir widermoralischem Philosophen ohne Gefahr einlassen! Zweierlei verbietet mir meine Denkweise unbedingt: 1. Reue, 2. moralische Entrüstung. –

Sei wieder gut, liebes Lama! Dein Bruder

162. *An Lou von Salomé* [Leipzig, vermutlich 16. September 1882]

Meine liebe Lou, Ihr Gedanke einer Reduktion der philosophischen Systeme auf Personal-Akten ihrer Urheber ist recht ein Gedanke aus dem »Geschwistergehirn«: ich selber habe in Basel in *diesem* Sinne Geschichte der alten Philosophie erzählt und sagte gern meinen Zuhörern: »Dies System ist widerlegt und tot – aber die *Person* dahinter ist unwiderlegbar, die Person ist gar nicht tot zu machen.« – Zum Beispiel Plato.

Ich lege heute einen Brief des Professor Jacob Burckhardt bei, de Sie ja einmal kennenlernen wollten. Auch er hat etwas Unwiderlegbares in seiner Persönlichkeit; aber da er ein ganzer eigentlicher *Historiker* ist (der Erste unter allen lebenden), so hat er gerade *daran*, an dieser ewig ihm einverleibten Art und Person, kein Genügen, er möchte gar zu gerne einmal aus *andern* Augen sehen, zum Beispiel, wie der seltsame Brief verrät, aus den meinigen. Übrigens glaubt er an einen baldigen und plötzlichen Tod, durch Schlagfluß, nach Art seiner Familie; vielleicht möchte er mich gerne als Nachfolger in seiner Professur? – Aber über mein Leben ist schon verfügt. –

Inzwischen hat der Prof. Riedel hier, der Präsident des deutschen Musik-Vereins, für meine »heroische Musik« (ich meine Ihr »Lebens-Gebet«) Feuer gefangen – er will es durchaus haben, und es ist nicht unmöglich, daß er es für seinen herrlichen Chor (einen der ersten Deutschlands, »der Riedelsche Verein« genannt) zurecht macht. Das wäre so ein kleines Weglein, auf dem wir beide *zusammen* zur Nachwelt gelangten – andre Wege vorbehalten. –

Was Ihre »Charakteristik meiner selber« betrifft, welche wahr ist, wie Sie schreiben: so fielen mir meine Verschen aus der »Fröhlichen Wissenschaft« ein – [II, 22] mit der Überschrift »Bitte«. Erraten Sie, meine liebe Lou, um was ich bitte? – Aber Pilatus sagt: »Was ist Wahrheit!« –

Gestern nachmittag war ich glücklich; der Himmel war blau, die Luft mild und rein, ich war in Rosenthal, wohin mich Carmen-Musik lockte. Da saß ich drei Stunden, trank den zweiten Cognac dieses Jahres, zur Erinnerung an den ersten (ha! wie häßlich er schmeckte!) und dachte in aller Unschuld und Bosheit darüber nach, ob ich nicht irgendwelche Anlage zur Verrücktheit hätte. Ich sagte schließlich *nein*. Dann begann die Carmen-Musik, und ich ging für eine halbe Stunde unter in Tränen und Klopfen des Herzens. – Wenn Sie aber dies lesen, werden Sie schließlich sagen: *ja!* und eine Note zur »Charakteristik meiner selber« machen. –

Kommen Sie doch recht, recht *bald* nach Leipzig! *Warum* denn erst am 2. Oktober? Adieu, meine liebe Lou! *Ihr* F. N.

163. *An Louise Ott* [Naumburg a. d. S., September 1882]

Verehrungswürdige Freundin, oder darf ich nach sechs Jahren *dieses* Wort nicht mehr gebrauchen?

Inzwischen habe ich dem Tode näher gelebt als dem Leben und bin folglich ein wenig zu sehr zum »Weisen« und beinahe zum »Heiligen« geworden…

Indessen: *das* läßt sich vielleicht noch korrigieren! Denn ich glaube wieder an das Leben, an die Menschen, an Paris, sogar an mich selber – und will in kurzer Zeit *Sie* wiedersehen. Mein letztes Buch heißt: »Die *fröhliche* Wissenschaft.«

Gibt es viel heiteren Himmel über Paris? Wissen Sie durch einen Zufall etwa von einem Zimmer, das für mich paßt? Es müßte ein sehr totenstill gelegenes, sehr einfaches Zimmer sein. Und gar nicht zu ferne von Ihnen, meine liebe Frau Ott.

Oder raten Sie mir gar ab, nach Paris zu kommen? Ist es kein Ort für Einsiedler, für Menschen, die still mit einem Lebenswerke herumgehen wollen und sich gar nicht um Politik und Gegenwart bekümmern?

Sie sind mir eine so liebliche Erinnerung!

Von Herzen Ihnen zugetan, Professor Dr. F. Nietzsche

164. *An Franz Overbeck*

Adresse: Leipzig, Auenstr. 26, 2te Etage [September 1882]

Mein lieber Freund, so sitze ich denn einmal wieder in Leipzig, der alten Bücher-Stadt, um einige Bücher kennenzulernen, bevor es wieder in die Ferne geht. Mit dem deutschen Winterfeldzug wird es wohl nichts werden: ich bedarf in jedem Sinne des *hellen* Wetters. Ja, *Charakter* hat er, dieser Wolkenhimmel Deutschlands, ungefähr, wie mich dünkt, wie die Parsifal-Musik Charakter hat – aber einen *schlechten*. Vor mir liegt der erste Akt des *matrimonio segreto* – goldene, glitzernde, gute, *sehr gute* Musik!

Die Tautenburger Wochen haben mir wohlgetan, namentlich die letzten; und im ganzen großen habe ich ein Recht, von Genesung zu reden, wenn ich auch häufig an das *labile Gleichgewicht* meiner Gesundheit erinnert werde. Aber *reinen* Himmel über mir! Sonst verliere ich allzu viel Zeit und Kraft!

Wenn Du den *Sanctus Januarius* gelesen hast, so wirst Du gemerkt haben, daß ich einen *Wendekreis* überschritten habe. Alles liegt neu vor mir, und es wird nicht lange dauern, daß ich auch das *furchtbare* Angesicht meiner ferneren Lebensaufgabe zu sehen bekomme. Dieser lange, reiche Sommer war für mich eine *Probe*zeit; ich nahm äußerst mutig und stolz von ihm Abschied, denn ich empfand für diese Zeitspanne wenigstens die sonst so häßliche Kluft zwischen Wollen und Vollbringen als *überbrückt*. Es gab *harte* Ansprüche an meine Menschlichkeit, und ich bin mir im Schwersten genug geworden. Diesen ganzen Zwischenzustand zwischen sonst und einstmals nenne ich »*in media vita*«; und der Dämon der Musik, der mich nach langen Jahren wieder einmal heimsuchte, hat mich gezwungen, auch in Tönen davon zu reden.

Das Nützlichste aber, was ich diesen Sommer getan habe, waren meine Gespräche mit Lou. Unsre Intelligenzen und Geschmäcker sind im Tiefsten *verwandt* – und es gibt andererseits der Gegensätze so viele, daß wir füreinander die lehrreichsten Beobachtungsobjekte und -subjekte sind. Ich habe noch niemanden kennengelernt, der seinen Erfahrungen eine solche Menge *objektiver Einsichten* zu entnehmen wüßte, niemanden, der aus allem Gelernten so viel zu ziehn verstünde. Gestern schrieb mir Rée »Lou ist entschieden um einige Zoll gewachsen in Tautenburg« – nun, ich bin es vielleicht auch. Ich möchte wissen, ob eine solche *philosophische Offenheit*, wie sie zwischen uns besteht, schon einmal bestanden hat. L. ist jetzt ganz in Büchern und Arbeiten versteckt; ihr größter Dienst, den sie mir bisher erwiesen, ist der, Rée zu einer *Reform* seines Buches auf Grund eines meiner Hauptgedanken bestimmt zu haben. – Ihre Gesundheit reicht nur für sechs bis sieben Jahre aus, *wie ich fürchte.*

Tautenburg hat Lou ein *Ziel* gegeben. – Sie hinterließ mir ein ergreifendes Gedicht »Gebet an das Leben«.

Leider hat sich meine Schwester zu einer Todfeindin L.s entwickelt, sie war voller moralischer Entrüstung von Anfang bis Ende und behauptet nun zu wissen, was an meiner Philosophie ist. Sie hat an meine Mutter geschrieben, »sie habe in Tautenburg meine Philosophie ins Leben treten sehen und sei erschrocken: *ich* liebe das Böse, *sie* aber liebe das Gute. Wenn sie eine gute Katholikin wäre, so würde sie ins Kloster gehen und für all das Unheil büßen, was daraus entstehen werde.« Kurz, ich habe die Naumburger »Tugend« gegen mich, es gibt einen wirklichen *Bruch* zwischen uns – und auch meine Mutter vergaß sich einmal so weit mit einem Worte, daß ich meine Koffer packen ließ und morgens früh nach Leipzig fuhr. Meine Schwester (die nicht nach Naumburg kommen wollte, solange ich dort war und noch in Tautenburg ist) zitiert dazu ironisch: »Also begann Zarathustras Untergang.« – In der Tat, es ist der *Beginn* vom *Anfang*. – Dieser Brief ist für Dich und Deine liebe Frau, haltet mich nicht für menschenfeindlich. Ganz von Herzen Dein F. N.
Das Herzlichste an Frau Rothpletz und die Ihrigen! Ich dankte Dir noch nicht für Deinen herzlichen Brief.

165. *An Gottfried Keller* Leipzig, Auenstraße 26, September 1882

Hochverehrter Mann, ich wünschte, Sie wüßten schon irgendwoher, *daß* Sie das für mich sind – ein sehr hochverehrter Mann, Mensch und Dichter. So brauchte ich mich heute nicht zu entschuldigen, daß ich Ihnen kürzlich ein Buch zusendete.

Vielleicht tut Ihnen dieses Buch trotz seinem fröhlichen Titel wehe? Und wahrhaftig, wem möchte ich weniger gern wehtun als gerade Ihnen, *dem Herz-Erfreuer*! Ich bin gegen Sie so dankbar gesinnt!

Von Herzen der Ihrige Dr. Friedrich Nietzsche

166. *An Franz Overbeck* [Leipzig, Oktober 1882]

Mein lieber Freund, so geht es! Ich schrieb nicht, um die Entscheidung in mehreren Dingen *abzuwarten*, und heute schreibe ich, *nur* um Dir dies zu sagen; denn es ist noch *nichts* entschieden. Noch nicht einmal in betreff meiner Reise- und Winterpläne. *Paris* steht immer zwar noch im Vordergrund, aber es ist kein Zweifel, daß mein Befinden unter dem Eindrucke dieses nordischen Himmels sich verschlechtert hat; und vielleicht habe ich nie so melancholische Stunden durchgemacht wie in diesem Leipziger Herbst – obwohl ich doch Gründe genug *um mich* habe, guter Dinge zu sein. Genug, es gab manchen Tag, wo ich im Geiste über Basel wieder *meer*wärts reiste. Ich fürchte mich vor dem *Lärme* von Paris etwas und möchte wissen, ob es genug *heiteren* Himmel hat. Andererseits würde in einer erneuten Genueser *Einsamkeit* manche Gefahr liegen. – – Ich gestehe, ich würde *überaus* gerne Dir und Deiner lieben Frau einen längeren Bericht über die Erfahrungen dieses Jahres gemacht haben: es gibt sehr viel zu erzählen und wenig zu schreiben.

Für das Buch von *Jansen* bin ich Dir großen Dank schuldig, es präzisiert vorzüglich alles Unterscheidende zwischen seiner und der protestantischen Auffassung (der ganze Handel läuft auf eine Niederlage des *deutschen* Protestantismus hinaus – jedenfalls der protestantischen »Geschichtsschreibung«). Ich selber habe in der Hauptsache nicht viel umzulernen gehabt. Die Renaissance bleibt mir immer noch die *Höhe* dieses Jahrtausends; und *was* seither geschah, ist die große Reaktion aller Art von Herdentrieben gegen den »Individualismus« jener Epoche.

Lou und Rée sind in diesen Tagen abgereist, zunächst um mit Mutter Rée sich in Berlin zu treffen: von da geht es nach Paris. Mit der Gesundheit von Lou steht es bejammernswürdig, ich gebe ihr nun viel kürzere Zeit als noch in diesem Frühjahr. Wir haben unser gut Teil Sorge; Rée ist wie geschaffen für seine Aufgabe in dieser Sache. Für mich persönlich ist L. ein wahrer *Glücksfund*, sie hat alle meine Erwartungen erfüllt – es ist nicht leicht möglich, daß zwei Menschen sich verwandter sein können als wir es sind.

Was Köselitz (oder vielmehr Herrn »Peter Gast«) betrifft, so ist hier mein zweites Wunder dieses Jahres. Während Lou für den bisher fast verschwiegenen Teil meiner Philosophie vorbereitet ist wie kein anderer Mensch, ist Köselitz die tönende Rechtfertigung für meine ganze neue Praxis und Wiedergeburt – um einmal ganz egoistisch zu reden. Hier ist ein neuer *Mozart* – ich habe keine andere Empfindung mehr: Schönheit, Herzlichkeit, Heiterkeit, Fülle, Erfindungs-Überfluß und die Leichtigkeit der kontrapunktischen Meisterschaft – das fand sich noch nie so zusammen, ich mag bereits gar keine andere Musik mehr hören. Wie arm, künstlich und schauspielerisch klingt mir jetzt die ganze Wagnerei! – Ob »Scherz, List und Rache« hier aufgeführt wird? Ich glaube es, aber weiß es noch nicht. –

Dies *Bild*, welches ich beilege, mag auf Deinem Geburtstagstisch zu finden sein (es wird als Photographie bewundert).

Hat Frau Rothpletz mein letztes Buch empfangen? Ich vergaß ihre genaue Adresse.

Von Herzen Dir ein gutes Jahr wünschend Dein Freund Nietzsche

167. *An Paul Rée* Santa Margherita, [Ende November 1882]

Aber, lieber, lieber Freund, ich meinte, Sie würden *umgekehrt* empfinden und sich im stillen darüber freuen, mich für eine Zeit *los* zu sein! Es gab in diesem Jahre hundert Augenblicke, von *Orta* an, wo ich empfand, daß Sie die Freundschaft mit mir etwas »zu hoch bezahlen«. Ich habe schon viel zu viel von *Ihrem* römischen Funde abbekommen (ich meine Lou) – und es schien mir immer, namentlich in Leipzig, daß Sie ein Recht hätten, gegen mich ein wenig schweigsam zu werden.

Denken Sie, liebster Freund, so gut als möglich von mir, und bitten Sie auch Lou um eben dasselbe für mich. Ich gehöre Ihnen beiden mit meinen herzlichsten Gefühlen – ich meine dies durch meine Trennung mehr bewiesen zu haben als durch meine *Nähe*.

Alle Nähe macht so ungenügsam – und ich bin zuletzt überhaupt ein ungenügsamer Mensch.

Von Zeit zu Zeit werden wir uns schon wiedersehen, nicht wahr? Vergessen Sie nicht, daß ich *von diesem Jahre an* plötzlich arm an Liebe und folglich sehr bedürftig der Liebe geworden bin.

Schreiben Sie mir etwas *recht* Genaues über das, was uns jetzt am meisten angeht, – was »zwischen uns steht«, wie Sie schreiben.

In ganzer Liebe der Ihre F. N.

168. *An Heinrich von Stein*

[S. Margherita,] Anfang Dezember 1882

Aber, lieber Herr Doktor, Sie hätten mir gar nicht schöner antworten können, als Sie es getan haben – durch Übersendung Ihrer Bogen. Das traf *glücklich* zusammen! Und bei allen ersten Begegnungen sollte es ein so gutes »Vogelzeichen« geben!

Ja, Sie sind ein Dichter! Das empfinde ich: die Affekte, ihr Wechsel, nicht am wenigsten der szenische Apparat – das ist wirksam und *glaubwürdig* (worauf alles ankommt!).

Was die »Sprache« betrifft, – nun wir sprechen zusammen über die Sprache, wenn wir uns einmal sehen: das ist nichts für den Brief. Gewiß, lieber Herr Doktor, Sie *lesen* noch zu viel Bücher, namentlich deutsche Bücher! Wie kann man nur ein deutsches Buch lesen!

Ah, Verzeihung! Ich tat es selber eben und habe Tränen dabei vergossen.

Wagner sagte einmal von mir, ich schriebe lateinisch und nicht deutsch: was einmal *wahr* ist und sodann – auch meinem Ohre wohlklingt. Ich kann nun einmal an allem deutschen Wesen nur einen Anteil haben, und nicht mehr. Betrachten Sie meinen Namen: meine Vorfahren waren polnische Edelleute, noch die Mutter meines Großvaters war Polin. Nun, ich mache mir aus meinem Halbdeutschtum eine Tugend zurecht und nehme in Anspruch, mehr von der *Kunst* der Sprache zu verstehen als es Deutschen *möglich* ist. –

Also *hierin* auf Wiedersehn!

Was »den Helden« betrifft: so denke ich nicht so gut von ihm wie Sie. Immerhin: er ist die annehmbarste Form des menschlichen Daseins, namentlich wenn man keine andre Wahl hat.

Man gewinnt etwas lieb: und kaum ist es einem von Grund aus lieb geworden, so sagt der Tyrann in uns (den wir gar zu gerne »unser höheres Selbst« nennen möchten): »Gerade *das* gib mir zum Opfer.«

Und wir geben's auch – aber es ist Tierquälerei dabei und Verbranntwerden mit langsamem Feuer. Es sind fast lauter Probleme der *Grausamkeit*, die Sie behandeln: tut dies Ihnen wohl? Ich sage Ihnen aufrichtig, daß ich selber zuviel von dieser »tragischen« Komplexion im Leibe habe, um sie nicht oft zu *verwünschen*; meine Erlebnisse, im kleinen und großen, nehmen immer den gleichen Verlauf. Da verlangt es mich am meisten nach einer *Höhe*, von wo aus gesehen das tragische Problem *unter* mir ist. – Ich möchte dem menschlichen Dasein etwas von seinem herzbrecherischen und grausamen Charakter *nehmen*. Doch, um hier fortfahren zu können, müßte ich Ihnen verraten, was ich niemandem noch verraten habe – die Aufgabe, vor der ich stehe, die Aufgabe meines Lebens. Nein, davon dürfen wir nicht miteinander sprechen. Oder vielmehr: so wie wir beide sind, zwei sehr getrennte Wesen, dürfen wir *davon* nicht einmal miteinander *schweigen*.

Von Herzen Ihnen dankbar und zugetan F. Nietzsche

Ich bin wieder in meiner Residenz Genua oder in deren Nähe, mehr Einsiedler als je: *Santa Margherita Ligure (Italia) (poste restante)*.

169. *An Lou von Salomé und Paul Rée*

[Fragment; Mitte Dezember 1882]

Meine Lieben, Lou und Rée! Beunruhigt Euch nicht zu sehr über die Ausbrüche meines »Größenwahns« oder meiner »verletzten Eitelkeit« – und wenn ich selbst aus irgendeinem Affekte mir zufällig einmal das Leben nehmen sollte, so würde auch da nicht allzuviel zu betrauern sein. Was gehen Euch meine Phantasterein an! (Selbst meine »Wahrheiten« gingen Euch bisher nichts an.) Erwägen Sie beide doch sehr miteinander, daß ich zuletzt ein kopfleidender Halb-Irrenhäusler bin, den die lange Einsamkeit vollends verwirrt hat.

Zu dieser, wie ich meine, *verständigen* Einsicht in die Lage der Dinge komme ich, nachdem ich eine ungeheuere Dosis Opium – aus Verzweiflung – eingenommen habe. Statt aber den Verstand dadurch zu verlieren, scheint er mir endlich zu *kommen*. Übrigens war ich wirklich wochenlang krank; und wenn ich sage, daß ich hier 20 Tage Orta-Wetter gehabt habe, so brauche ich *nichts* mehr zu sagen.

Freund Rée, bitten Sie Lou, mir alles zu verzeihen – sie gibt auch mir noch eine Gelegenheit, ihr zu verzeihen. Denn bis jetzt habe ich ihr noch nicht verziehn.

Man vergibt seinen Freunden viel schwerer als seinen Feinden.

Da fällt mir Lous »Verteidigung«...

170. *An Hans von Bülow*

[Santa Margherita bei Genua, Dezember 1882]

Hochverehrter Herr, durch irgendeinen guten Zufall erfahre ich, daß Sie mir – trotz meiner entfremdenden Einsamkeit, zu der ich seit 1876 genötigt bin – nicht fremd geworden sind: ich empfinde eine Freude dabei, die ich schwer beschreiben kann. Es kommt zu mir wie ein Geschenk und wiederum wie etwas, auf das ich gewartet, an das ich geglaubt habe. Es schien mir immer, sobald Ihr Name mir einfiel, daß es mir wohler und zuversichtlicher ums Herz wurde; und wenn ich zufällig etwas von Ihnen hörte, meinte ich gleich, es zu verstehen und gutheißen zu müssen. Ich glaube, ich habe wenige Menschen so gleichmäßig in meinem Leben *gelobt* wie Sie – Verzeihung! Was habe ich für ein Recht, Sie zu »loben«! – –

Inzwischen lebte ich jahrelang dem Tode etwas zu nahe und, was schlimmer ist, dem Schmerze. Meine Natur ist gemacht, sich lange quälen zu lassen und wie mit langsamem Feuer verbrannt zu werden; ich verstehe mich nicht einmal auf die Klugheit, »den Verstand dabei zu verlieren«. Ich sage nichts von der Gefährlichkeit meiner Affekte, aber *das* muß ich sagen: die veränderte Art zu denken und zu empfinden, welche ich seit sechs Jahren auch schriftlich zum Ausdruck brachte, hat mich im Dasein *erhalten* und mich beinahe gesund *gemacht*. Was geht es mich an, wenn meine Freunde behaupten, diese meine jetzige »Freigeisterei« sei ein exzentrischer, mit den Zähnen festgehaltener *Entschluß* und meiner eigenen Neigung abgerungen und angezwungen? Gut, es mag eine »zweite Natur« sein: aber ich will schon noch beweisen, daß ich mit dieser zweiten Natur erst in den eigentlichen *Besitz* meiner ersten Natur getreten bin. –

So denke ich von mir: im übrigen denkt fast alle Welt recht schlecht von mir. Meine Reise nach Deutschland in diesem Sommer – eine Unterbrechung der tiefsten Einsamkeit – hat mich belehrt und erschreckt. Ich fand die ganze liebe deutsche Bestie gegen mich anspringend – ich bin ihr nämlich durchaus nicht mehr »moralisch genug«.

Genug, ich bin wieder Einsiedler und mehr als je; und denke mir – folglich – etwas Neues aus. Es scheint mir, daß allein der Zustand der *Schwangerschaft* uns immer wieder ans Leben anbindet. –

Also: ich bin, der ich war, jemand, der Sie *von Herzen verehrt*,

Ihr ergebener Dr. Friedrich Nietzsche

(Santa Margherita Ligure; poste restante)

171. *An Franz Overbeck* [Poststempel Rapallo, 25. Dezember 1882]

Lieber Freund, vielleicht hast Du meinen letzten Brief gar nicht bekommen? – Dieser letzte *Bissen Leben* war der härteste, den ich bisher kaute und es ist immer noch möglich, daß ich daran *ersticke*. Ich habe an den beschimpfenden und qualvollen Erinnerungen dieses Sommers gelitten wie an einem Wahnsinn – meine Andeutungen in Basel und in meinem letzten Briefe verschwiegen immer das Wesentlichste. Es ist ein Zwiespalt entgegengesetzter Affekte darin, dem ich nicht gewachsen bin. Das heißt: ich spanne alle Fasern meiner Selbstüberwindung an – aber ich habe zu lange in der Einsamkeit gelebt und an meinem »eigenen Fette« gezehrt, daß ich nun auch mehr als ein anderer von dem Rade der eignen Affekte gerädert werde. Könnte ich nur schlafen! – aber die stärksten Dosen meiner Schlafmittel helfen mir ebensowenig als meine sechs bis acht Stunden Marschieren.

Wenn ich nicht das Alchemisten-Kunststück erfinde, auch aus diesem – Kote *Gold* zu machen, so bin ich verloren. – Ich habe da die *allerschönste* Gelegenheit zu beweisen, daß mir »alle Erlebnisse nützlich, alle Tage heilig und alle Menschen göttlich« sind!!!!

Alle Menschen göttlich. –

Mein Mißtrauen ist jetzt sehr groß: ich fühle aus allem, was ich höre, Verachtung gegen mich heraus. – Z. B. noch zuletzt aus einem Briefe von Rohde. Ich will doch darauf schwören, daß er, *ohne* den Zufall früherer freundschaftlicher Beziehungen, jetzt in der schnödesten Weise über mich und meine Ziele aburteilen würde.

Gestern habe ich nun auch mit meiner Mutter den brieflichen Verkehr abgebrochen: es war nicht mehr zum Aushalten, und es wäre besser gewesen, ich hätte es längst nicht mehr ausgehalten. *Wie* weit inzwischen die feindseligen Urteile meiner Angehörigen um sich gegriffen haben und mir den Ruf verderben – – nun, ich möchte es immer noch lieber wissen als an dieser Ungewißheit leiden. –

Mein Verhältnis zu Lou liegt in den letzten schmerzhaftesten Zügen: so glaube ich heute wenigstens. Später, – wenn es ein Später gibt, will ich auch darüber ein Wort sagen. *Mitleid*, mein lieber Freund, ist eine Art Hölle – was auch die Anhänger Schopenhauers sagen mögen.

Ich frage Dich nicht: »was soll ich machen?« Einige Male dachte ich daran, mir in Basel ein Stübchen zu mieten, Euch hier und da zu besuchen und Vorlesungen zu hören. Einige Male dachte ich auch ans Gegenteil: meine Einsamkeit und Entsagung auf ihren letzten Punkt zu treiben und –

Nun, das laufe nun seinen Weg! Lieber Freund, Du mit Deiner verehrungswürdigen und klugen Frau – Ihr seid mir beinahe noch der letzte Fußbreit sicheren Grundes. Seltsam!

Möge es Euch gut gehen! Dein F. N.

172. *An Franz Overbeck*

[Erhalten am 11. Februar 1883 aus Rapallo]

Lieber Freund, das Geld ist in meinen Händen: und wieder dachte ich darüber nach, welche unangenehme Mühsal ich Dir nun seit Jahren mache. Vielleicht hat es nun bald sein Ende.

Ich will es Dir nicht verhehlen, es steht schlecht mit mir. Es ist wieder Nacht um mich; mir ist zumute, als hätte es geblitzt – ich *war* eine kurze Spanne Zeit *ganz* in meinem Elemente und in meinem Lichte. Und nun ist es vorbei. Ich glaube, ich gehe unfehlbar zugrunde, es sei denn, daß irgend etwas passiert, ich weiß durchaus nicht *was*. Vielleicht, daß mich jemand aus Europa wegschleppte – ich, mit meiner physikalischen Denkungsweise, sehe in mir jetzt das Opfer einer terrestrisch-klimatischen Störung, der Europa ausgesetzt ist. Was kann ich dafür, daß ich einen *Sinn* mehr habe und eine neue furchtbare Leidensquelle! Selbst so zu denken ist schon eine Erleichterung – so brauche ich doch nicht die Menschen als Ursachen meines Elends anzuklagen. Obwohl ich dies *könnte*! Und nur zu viel auch *tue*! Alles, worauf ich in meinen Briefen an Dich hingedeutet habe, ist nur das Nebenbei – ich habe eine solche *viel*fache Last qualvoller und gräßlicher Erinnerungen zu tragen!

So ist mir zum Beispiel noch nicht eine Stunde aus dem Gedächtnis weggeblieben, daß mich meine Mutter eine Schande für das Grab meines Vaters genannt hat. –

Von andern Beispielen will ich schweigen – aber ein Pistolenlauf ist mir jetzt eine Quelle relativ angenehmer Gedanken. –

Mein ganzes Leben hat sich vor meinen Blicken zersetzt: dieses ganze unheimliche verborgen gehaltene Leben, das alle sechs Jahre einen Schritt tut und gar nichts eigentlich weiter will als diesen Schritt: während alles Übrige, alle meine menschlichen Beziehungen, mit einer Maske von mir zu tun haben, und ich fortwährend das Opfer davon sein muß, ein ganz verborgenes Leben zu führen. Ich bin den grausamsten Zufällen *immer* ausgesetzt gewesen – oder vielmehr: ich bin es, der aus allen Zufällen sich Grausamkeiten gemacht hat.

Dies Buch, von dem ich Dir schrieb, eine Sache von zehn Tagen, kommt mir jetzt wie mein Testament vor. Es enthält in der größten Schärfe ein Bild meines Wesens, wie es ist, *sobald* ich einmal meine ganze Last abgeworfen habe. Es ist eine Dichtung und keine Aphorismen-Sammlung.

Ich fürchte mich vor *Rom* und kann mich nicht entschließen. Wer weiß, welche Tortur dort auf mich wartet! So habe ich mich daran gemacht, mein eigner Abschreiber zu sein.

Was soll ich tun unter diesem Himmel und Wetter-Wechsel! Ah, diese Beängstigung! Und dabei weiß ich, daß, relativ, am Meere es noch »am besten geht«!

Mit herzlichem Danke und Dir und Deiner lieben Frau das Beste wünschend F. N.

173. *An Peter Gast* Rapallo, 19. Februar 1883

Lieber Freund, jeder Ihrer letzten Briefe war eine *Wohltat* für mich: ich danke Ihnen von ganzem Herzen dafür.

Dieser Winter war der schlechteste meines Lebens; und ich betrachte mich als das Opfer einer *Natur*-Störung. Das alte Sündflut-Europa bringt mich noch um; aber vielleicht kommt mir noch ein Mensch zu Hilfe und schleppt mich auf die Hochlande von Mexiko. Allein kann ich solche Reisen nicht unternehmen: das verbieten die Augen und einiges andre.

Die ungeheure Last, die infolge des Wetters auf mir liegt (sogar der alte Ätna beginnt zu speien!) hat sich bei mir in Gedanken und Gefühle verwandelt, deren Druck *furchtbar* war: und aus dem plötzlichen *Loswerden* von dieser Last, infolge von zehn absolut heitern und frischen Januartagen, die es gab, ist mein »Zarathustra« entstanden, das *losgebundenste* meiner Erzeugnisse. Teubner druckt bereits daran; ich selber habe die Abschrift gemacht. Übrigens meldet Schmeitzner, daß im vergangnen Jahre *alle* meine Schriften besser gekauft worden sind, und ich erfahre sonst allerlei über eine wachsende Teilnahme. Sogar ein Mitglied des Reichstags und Anhänger Bismarcks (Delbrück) soll seinen äußersten Unwillen darüber ausgedrückt haben, daß ich nicht – in *Berlin* lebe, sondern in Santa Margherita!!

Verzeihen Sie dies Geschwätz, Sie wissen, was mir sonst jetzt gerade im Kopfe und am Herzen liegt. Ich war einige Tage *heftig* krank und machte meinen Wirten Besorgnisse. Es geht nun wieder, und ich glaube sogar, daß der Tod Wagners die wesentlichste Erleichterung war, die mir jetzt geschafft werden konnte. Es war hart, sechs Jahre lang Gegner dessen sein zu müssen, den man am meisten verehrt hat, und ich bin nicht grob genug *dazu* gebaut. Zuletzt war es der altgewordne Wagner, gegen den ich mich wehren mußte; was den eigentlichen Wagner betrifft, so will ich schon noch zu einem guten Teile sein *Erbe* werden (wie ich es oft gegen Malwida gesagt habe). Im letzten Sommer empfand ich, daß er mir alle die Menschen weggenommen hatte, auf welche in Deutschland zu wirken überhaupt Sinn haben kann, und sie in die verworrene, wüste Feindseligkeit seines Alters hineinzuziehn begann.

Es versteht sich, daß ich an Cosima geschrieben habe.

Was Ihre Worte über Lou betrifft, so habe ich sehr lachen müssen. Glauben Sie denn, daß ich *darin* einen andern »Geschmack« habe als Sie? Nein, durchaus nicht! Aber im gegebnen Falle handelte es sich *verdammt* wenig um »mit oder ohne Liebreiz«, sondern darum, ob ein groß angelegter Mensch zugrunde geht oder nicht. –

Also die Korrekturen dürfen wieder zu Ihnen laufen, mein alter hilfreicher Freund? – Schönsten Dank für alles. F. N.

174. *An Franz Overbeck* [Poststempel: Rapallo, 22. Februar 1883]

Lieber Freund, es geht *recht* übel. Meine Gesundheit ist jetzt auf dem Punkte wie vor drei Jahren. Alles ist kaput, und der Magen nachgerade so sehr, daß er auch die Schlafmittel nicht mehr erträgt – was schlaflose, äußerst gequälte Nächte zur Folge hat, und in weiterer Folge eine *gründliche* Nervosität. – Ah, ich bin fürchterlich von der Natur zum »Selbstquäler« ausge-rüstet. Es versteht sich von selber daß, von außen her gesehn, ich das vernünftigste Leben führe. Aber meine Phantasie *et hoc genus omne* von Geist sind stärker als meine Vernunft.

Was Rom betrifft, so habe ich gestern abgeschrieben; ich will niemanden jetzt sprechen. Auch habe ich auf einem Umwege gehört, daß meine Schwester in Rom erwartet wird, und daß sie über Venedig reisen will.

Sonnabend siedle ich nach Genua über; meine Adresse ist von jetzt ab (und ich *bitte* darum, sie nicht mitzuteilen!):

Genova (Italia) salita delle Battestine 8 (interno 6).

Ich will auf dem schon gegangenen Wege in größter Zurückgezogenheit meine Gesundheit suchen. Mein Fehler im vorigen Jahre war, daß ich die Einsamkeit *aufgab*. Ich bin durch das ausschließliche Zusammensein mit idealischen Bildern und Vorgängen so reizbar geworden, daß ich im Verkehr mit den jetzigen Menschen unglaublich leide und entbehre; zuletzt werde ich dabei hart und ungerecht, kurz, es bekommt mir schlecht.

Wagner war bei weitem der *vollste* Mensch, den ich kennenlernte, und in *diesem* Sinne habe ich seit sechs Jahren eine große Entbehrung gelitten. *Aber* es gibt etwas zwischen uns beiden wie eine tödliche Beleidigung; und es hätte furchtbar kommen können, wenn er noch länger gelebt haben würde.

Lou ist bei weitem der *klügste* Mensch, den ich kennenlernte. *Aber* usw. usw.

Mein »Zarathustra« wird schon im Druck sein.

Ich habe an Cosima geschrieben, sobald ich konnte. Das heißt: nach einigen der allerschlimmsten Tage, die ich zu Bett zubrachte.

Nein! *Dieses* Leben! Und ich bin der Fürsprecher des Lebens!!

Sobald die Jahreszeit es erlaubt, will ich in die Berge, zu den Südabhängen des Montblanc.

Es hilft alles nichts: ich muß mir helfen, oder es ist aus. –

Was macht bei Dir und Deiner lieben Frau die Gesundheit?

Dein Freund F. N.

175. *An Paul Deussen* [Genua, 16. März 1883]

Das ist schön, lieber, alter Freund! So soll man's machen: alle seine sieben Kräfte einzeln entfalten und zuletzt zusammennehmen und mit sieben Pferden nach einem Ziele fahren. Da mußte viel in einem Menschen zusammenkommen, um eine solche Vedânta-Lehre uns Europäern offenbaren zu können; und ich preise nicht am wenigsten, alter Freund, daß Du nicht verlernt hast, tüchtig zu arbeiten. Hieß nicht eine der drei Musen *Μελέτη*? Der Himmel weiß es: ohne rechtschaffenen Fleiß wächst nur Unkraut aus der schönsten Anlage. In der Nähe gesehn soll auch der beste Künstler sich nicht vom Handwerker unterscheiden. Ich hasse das Lumpengesindel, das kein Handwerk haben will und den Geist nur als eine Feinschmeckerei gelten läßt.

Es macht mir großes Vergnügen, einmal den klassischen Ausdruck der mir fremdesten Denkweise kennenzulernen: dies leistet mir Dein Buch. Es kommt darin alles aufs naivste ans Licht, was ich in Hinsicht auf diese Denkweise geargwöhnt habe: ich lese Seite für Seite mit vollkommner »Bosheit«, – Du kannst Dir keinen *dankbareren* Leser wünschen, lieber Freund!

Der Zufall will, daß man gerade jetzt ein *Manifest* von mir druckt, welches ungefähr mit derselben Beredsamkeit ja! sagt, wo Dein Buch nein! sagt. Das ist zum Lachen; aber vielleicht tut Dir's wehe, und ich bin mit mir noch nicht einig, ob ich es Dir schicken werde. Um Dein Buch machen zu können, *durftest* Du nicht so über alle Dinge denken wie ich; und Dein Buch *mußte* gemacht werden. Folglich – – –

Von Herzen dankbar Friedrich Nietzsche

176. *An Franz Overbeck*

[Aus Genua, am 24. März 1883 erhalten]

Mein lieber Freund, mir ist zumute, als hättest Du mir lange nicht geschrieben. Aber vielleicht täusche ich mich, die Tage sind so lang, ich weiß gar nicht mehr, was ich mit einem Tage anfangen soll: es fehlen mir alle »Interessen«. Im tiefsten Grunde eine unbewegliche schwarze Melancholie. Im übrigen Müdigkeit. Zumeist zu Bett; auch ist es das Vernünftigste für die Gesundheit. Ich war recht mager geworden, man wunderte sich; jetzt habe ich eine gute *trattoria* und will mich schon wieder herausfüttern. Aber das Schlimmste ist: ich begreife gar nicht mehr, *wozu* ich auch nur ein halbes Jahr leben soll, alles ist langweilig, schmerzhaft, *degoutant.* Ich entbehre und leide zuviel und habe einen Begriff von der Unvollkommenheit, den Fehlgriffen und den eigentlichen Unglücksfällen meiner ganzen *geistigen* Vergangenheit, der über alle Begriffe ist. Es ist nichts mehr gutzumachen; ich werde nichts Gutes mehr machen. Wozu noch etwas machen! –

Das erinnert mich an meine letzte Torheit, ich meine den »Zarathustra« (Ist es jetzt deutlich zu lesen? Ich schreibe wie ein Schwein). Es passiert mir alle paar Tage, daß ich es vergesse; ich bin neugierig, ob es *irgendeinen* Wert hat – ich selber bin in diesem Winter unfähig des Urteils und könnte mich im allergröbsten Sinne über Wert und Unwert täuschen. Übrigens höre und sehe ich nichts davon: äußerste Schnelligkeit war meine Bedingung des Drucks. Nur meine allgemeine Müdigkeit hat mich Tag für Tag verhindert, den ganzen Druck *ab*zutelegraphieren; ich warte mehr als vier Wochen auf Korrekturbogen, es ist unanständig, mich so zu behandeln. Aber wer ist denn noch anständig gegen mich! So nehme ich's denn hin. –

Der Winter verzögert sich dies Jahr um ein, zwei Monate. Sonst würde ich dran denken können, bald etwas in die Berge zu gehen und Höhenluft zu versuchen. Genua ist *nicht* das Rechte für mich; so findet Dr. Breiting.

Ich bin auch noch keinen Schritt spazieren gewesen. Die Nächte schwitze ich. Der tägliche Kopfschmerz ist milder geworden, aber immer noch regelmäßig.

Ich habe neulich *Liebermeisters* im *Hôtel de Gênes* besucht; sie sind jetzt in *Santa Margherita*.

Hoffentlich bist Du mit Deiner lieben Frau in guter Stimmung, das Leben ist Euch wahrlich nicht mißraten, ich denke mit Vergnügen daran. Dein Freund F. N.

177. *An Malwida von Meysenbug* [Genua, Ende März 1883]

Verehrte Freundin, inzwischen habe ich meinen *entscheidenden* Schritt getan, alles ist in Ordnung. Um einen Begriff davon zu geben, worum es sich handelt, lege ich den Brief meines *ersten* »Lesers« bei – meines ausgezeichneten Venediger Freundes, der auch diesmal wieder mein Gehilfe beim Druck ist. –

Ich verlasse Genua, sobald ich kann, und gehe in die Berge: *dieses* Jahr will ich niemanden sprechen.

Wollen Sie einen neuen Namen für mich? Die Kirchensprache *hat* einen: ich bin – – – – der *Antichrist.*

Verlernen wir doch ja das Lachen nicht!

Ganz ergeben der Ihre F. Nietzsche

Genova, Salita delle Battistine 8 (interno 4).

178. *An Malwida von Meysenbug* Genua, Anfang April 1883

Wollen Sie nicht ein wenig mit lachen, hochverehrte Freundin? Ich lege eine Karte bei, vom Verfasser jenes Briefes. – Erwägen Sie doch, es ist gegen das Ende des neunzehnten Jahrhunderts! Und der Schreiber ist ein anscheinend vernünftiger Mensch, ein Skeptiker – fragen Sie nur meine Schwester!

Es ist eine wunderschöne Geschichte: ich habe alle Religionen herausgefordert und ein neues »heiliges Buch« gemacht! Und, in allem Ernste gesagt, es ist so ernst als irgendeines, ob es gleich das Lachen mit in die Religion aufnimmt. –

Wie geht es Ihrer Gesundheit? Ich war im Ausgange des Winters schlimm daran: ein heftiges *Fieber* hat mich fast fünf Wochen gequält und ans Bett gefesselt. Wie gut, daß ich allein lebe! –

Nicht wahr, Sie heben mir die beiden Kuriosa auf oder senden Sie gelegentlich zurück? Bis zum 25. bin ich (was ich im Grunde *sehr* bin) noch *Genuese*.

Von Herzen Sie verehrend Nietzsche

Die Bemerkung auf der Mitte der Karte ist *gut*. – In der Tat habe ich das Kunststück (und die Torheit) »begangen«, die *Kommentare* eher zu schreiben als den Text. – Aber *wer* hat sie denn *gelesen*? Ich meine: jahrelang studiert? Ein einziger, so viel ich weiß: *dafür* hat er nun auch seine Freude am Texte.

In Deutschland fand ich voriges Jahr die Oberflächlichkeit des Urteils bis zu dem Punkte des Blödsinns gereift, daß man mich mit Rée verwechselte. Mit Rée!!! Ich meine, *Sie* wissen, *was* das sagen will –!!

179. *An Jacob Burckhardt* [Rom, Juni 1883]

Hochverehrter Herr Professor, zuletzt fehlt mir jetzt nichts als ein Gespräch mit Ihnen! Nachdem ich über den »Sinn meines Lebens« etwas zur Klarheit gekommen bin, hätte ich gar zu gern Sie über »den Sinn alles Lebens« sprechen *hören* mögen (ich bin jetzt mehr »Ohr« als irgend etwas anderes –); aber der Sommer führt mich diesmal nicht nach Basel, sondern nach Rom! Was das beifolgende Büchlein betrifft, so sage ich nur dies: irgendwann schüttet jeder einmal sein Herz aus und die *Wohltat*, die er sich damit erweist, ist so groß, daß er kaum begreifen kann, *wie sehr* er eben damit allen anderen am meisten *wehtut*.

Ich ahne etwas davon, daß ich diesmal Ihnen noch mehr wehe tue als es bisher geschehen ist: aber auch das, daß Sie, der

Sie mir immer *gut* gewesen sind, von jetzt ab mir noch *guter* sein werden!

Nicht wahr, Sie wissen, *wie* ich Sie liebe und ehre?

Ihr Nietzsche

Roma, via Polveriera 4 (piano 2)

180. *An Carl von Gersdorff* Sils-Maria, [28. Juni 1883]

Mein lieber alter Freund Gersdorff, inzwischen habe ich erfahren, daß Dir etwas sehr Schmerzliches widerfahren ist – der Verlust Deiner Mutter. Als ich dies hörte, war es mir ein rechter Trost, Dich nicht allein im Leben zu wissen, und ich gedachte der herzlichen und dankbaren Worte, mit denen Du, in Deinem letzten Briefe an mich, Deine Lebens-Gefährtin erwähntest. Wir haben es in unserer Jugend *schwer* gehabt, Du und ich – aus verschiedenen Gründen; aber es wäre eine schöne Billigkeit darin, wenn unserem Mannesalter einiges Milde und Tröstliche und Herzstärkende begegnete.

Was mich betrifft, so habe ich eine lange, schwere Askese des Geistes hinter mir, die ich freiwillig auf mich nahm und die nicht jedermann sich hätte zumuten dürfen. Die letzten sechs Jahre waren in *diesem* Betracht die Jahre meiner größten Selbstüberwindung: wobei ich noch absehe von dem, was mich Gesundheit, Einsamkeit, Verkennung und Verketzerung überwinden ließ. Genug, ich habe auch diese Stufe meines Lebens *überwunden* – und was jetzt noch vom Leben übrig ist (wenig, wie ich glaube!), soll nun ganz und voll das zum Ausdruck bringen, um dessentwillen ich überhaupt das Leben ausgehalten habe. Die Zeit des Schweigens ist *vorbei*: mein »Zarathustra«, der Dir in diesen Wochen übersandt sein wird, möge Dir verraten, *wie* hoch mein Wille seinen Flug genommen hat. Laß Dich durch die legendenhafte Art dieses Büchleins nicht täuschen: hinter all den schlichten und seltsamen Worten steht mein *tiefster Ernst* und meine *ganze Philosophie*. Es ist ein Anfang, mich zu erkennen zu geben – nicht mehr! – Ich weiß ganz *gut*, daß niemand lebt, der so etwas machen könnte, wie dieser Zarathustra ist –

Lieber alter Freund, nun bin ich wieder im Ober-Engadin, zum *dritten* Male, und wieder fühle ich, daß hier und nirgends anderswo meine rechte Heimat und Brutstätte ist. Ach, was liegt noch alles verborgen in mir und will Wort und Form werden! Es kann gar nicht still und hoch und einsam genug um mich sein, daß ich meine innersten Stimmen vernehmen kann!

Ich möchte Geld genug haben, um mir hier eine Art ideale Hundehütte zu baun: ich meine, ein Holzhaus mit zwei Räumen; und zwar auf einer Halbinsel, die in den Silser See hineingeht und auf der einst ein römisches Kastell gestanden hat. Es ist mir nämlich auf die Dauer unmöglich, in diesen Bauernhäusern zu wohnen, wie ich bisher getan habe: die Zimmer sind niedrig und gedrückt, und immer gibt es mancherlei Unruhe. Sonst sind mir die Einwohner von Sils-Maria sehr gewogen; und *ich* schätze sie. Im Hotel *Edelweiß*, einem ganz vorzüglichen Gasthofe, esse ich: allein natürlich, und zu einem Preise, der nicht gänzlich im Mißverhältnis zu meinen kleinen Mitteln steht. Ich habe einen großen Korb Bücher mit heraufgebracht: und auf drei Monate ist es wieder abgesehn. Hier wohnen *meine* Musen: schon im »Wanderer und sein Schatten« habe ich gesagt, diese Gegend sei mir »blutsverwandt, ja noch mehr«. –

Nun habe ich Dir etwas von Deinem alten Freunde und Einsiedler Nietzsche erzählt – ein Traum von dieser Nacht brachte mich dazu.

Bleib mir gut und treu! – wir sind *alte* Kameraden und haben manches gemeinsam gehabt!

Dein Friedrich Nietzsche

181. *An Franz Overbeck* [Sommer 1883, von Sils-Maria]

Mein lieber Freund Overbeck, ich will auch an Dich noch ein paar aufrichtige Worte schreiben, wie ich es jüngst an Deine verehrte Frau getan habe. Ich habe ein *Ziel*, welches mich nötigt, noch zu leben und dessentwegen ich auch mit den schmerzhaftesten Dingen fertig werden *muß*. *Ohne dieses Ziel* würde ich es leichter nehmen – nämlich längst nicht mehr leben. Und nicht nur diesen Winter hätte ein jeder, der meinen Zustand aus der Nähe gesehen und *begriffen* hätte, mir sagen *dürfen*: »mach Dir's doch leichter! Stirb!« – sondern auch früher schon, in den furchtbaren Jahren physischen Leidens, stand es ebenso mit mir. Selbst noch meine Genueser Jahre sind eine lange lange Kette von Selbstüberwindungen um jenes Zieles willen und *nicht* im Geschmacke irgendeines Menschen, den ich kenne. Also, lieber Freund, der »Tyrann in mir«, der unerbittliche, *will*, daß ich auch diesmal *siege* (was *körperliche Qualen* betrifft, nach Länge, Intensität und Mannigfaltigkeit, so darf ich mich zu den erfahrensten und erprobtesten Menschen rechnen: ist es denn mein *Los*, daß ich's auch noch in betreff der seelischen Qualen sein muß?). Und wie meine Denkweise und letzte Philosophie nun einmal ist, so habe ich sogar einen absoluten Sieg nötig: nämlich die Umwandlung des Erlebnisses in *Gold* und Nutzen höchsten Ranges. – –

Einstweilen bin ich freilich immer noch der leibhaftige *Ringkampf*: so daß ich bei den neulichen Aufforderungen Deiner lieben Frau ungefähr den Eindruck hatte, als ob jemand den alten Laokoon aufforderе, er möge doch seine Schlangen überwinden.

Meine Angehörigen und ich – wir sind zu verschieden. Die Maßregel, die ich diesen Winter für nötig befand, keine Briefe mehr von daher zu empfangen, ist aber nicht mehr aufrecht zu erhalten (ich bin nicht hart genug dazu). Aber ein jedes verächtliche Wort, was gegen Rée oder Frl. Salomé geschrieben wird, macht mir das Herz bluten; es scheint: ich bin schlecht zur Feindschaft gemacht (während meine Schwester mir zuletzt noch schrieb, ich solle guter Dinge sein, es sei ja »ein frischer fröhlicher Krieg«).

Ich habe die stärksten *abziehenden* Mittel angewendet, die ich kenne, und namentlich an die höchste und schwerste eigne Produktivität appelliert. (Inzwischen ist die Skizze zu einer »Moral für Moralisten« fertig geworden.) Ach, Freund, ich bin ja ein alter geriebener Moralist der Praxis und Selbstbeherrschung, ich habe hier so wenig etwas versäumt, wie etwa diesen Winter bei der Selbstbehandlung im Nervenfieber. Aber *von außen her* werde ich nicht unterstützt; im Gegenteil, es scheint gleichsam alles verschworen, mich in meinem Abgrunde festzuhalten: – so das entsetzliche letztjährige Winterwetter, wie es die Küste Genuas noch kaum erlebt hat, so wieder dieser kalte, trübe, regnerische Sommer.

Aber die Gefahr ist *groß*. Ich bin eine allzu konzentrierte Natur, und was mich auch trifft, bewegt sich nach meinem Mittelpunkte. Das Unglück des vorigen Jahres ist nur im Verhältnis zu dem mich beherrschenden Ziele und Zwecke *so groß*; ich war und bin furchtbar *zweifelhaft* über mein *Recht* geworden, mir ein solches Ziel zu setzen – *das Gefühl meiner Schwäche* überfiel mich, in einem Momente, wo alles, alles, alles mir hätte Mut machen sollen!

Denke doch daran, liebster Freund Overbeck, etwas *absolut Abziehendes* ausfindig zu machen! Ich glaube, es bedarf jetzt der äußersten und extremsten Mittel – Du kannst Dir nicht vorstellen, *wie* bei Tag und Nacht dieser Wahnsinn in mir wütet.

Daß ich in diesem Jahre meine *sonnenhellsten und heitersten* Dinge erdacht und geschrieben habe, viele Meilen hoch über mir und meinem Elende: das gehört eigentlich zum Erstaunlichsten und Schwersterklärlichen, was ich weiß.

Ich habe, soweit ich berechnen kann, noch *das nächste Jahr nötig* zu leben – hilf mir dazu, daß ich noch fünfzehn Monate *aushalte.*

Wenn es irgendwie Dir möglich ist, den Gedanken einer Zusammenkunft in Schuls zu verwirklichen: so gib mir einen Wink – ich bin Dir äußerst dankbar auch schon für den Vorschlag.

Treulich Dein Nietzsche

182. *An Malwida von Meysenbug*

Sils-Maria, Engadin (Schweiz), August 1883

Meine liebe hochverehrte Freundin, oder ist es unbescheiden, wenn ich Sie so nenne? Gewiß ist, daß ich unbändig gutes Zutrauen zu Ihnen habe: und so wird es auf die Worte nicht sehr ankommen.

Ich habe einen *schlimmen* Sommer gehabt und habe ihn noch. Die böse Geschichte des vorigen Jahres stürzte noch einmal über mich her; und ich habe so *viel* hören müssen, was mir diese herrliche Natur-Einsamkeit verdorben und fast zur Hölle gemacht hat. Nach allem, was ich *nun* erfahren habe, ach *viel zu spät*! – sind diese beiden Personen Rée und Lou nicht würdig, meine Stiefelsohlen zu lecken. – Pardon für dies allzumännliche Gleichnis! Es ist ein langes Unglück, daß dieser R., ein Lügner und schleichender Verleumder von Grund aus, mir über den Lebensweg gelaufen ist. Und was habe ich lange

Geduld und Mitleid mit ihm gehabt! »Es ist ein armer Bursch, man muß ihn vorwärts treiben« – wie oft habe ich mir das gesagt, wenn mir seine ärmliche und unaufrichtige Manier zu denken und zu leben Widerwillen machte! Ich vergesse den Ingrimm nicht, den ich 1876 empfand, als ich hörte, er werde mit zu Ihnen nach Sorrent kommen. Und vor zwei Jahren wiederholte sich nochmals dieser Ingrimm: ich war hier in Sils-Maria und wurde *krank* bei der Nachricht meiner Schwester, daß er hier herauf kommen wolle. Man soll seinen Instinkten besser vertrauen, auch den Instinkten des *Widerstrebens*. Aber das Schopenhauersche »Mitleiden« hat immer in meinem Leben bisher den *Haupt-Unfug* angestiftet – und deshalb habe ich allen Grund, *solchen* Moralen gut zu sein, welche noch ein paar andere Triebfedern zur Moralität rechnen und nicht unsere ganze menschliche Tüchtigkeit auf »Mitgefühle« reduzieren wollen. Dies nämlich ist nicht nur eine Weichlichkeit, über die jeder großgesinnte Hellene gelacht haben würde – sondern eine ernste praktische Gefahr. Man soll *sein* Ideal *vom Menschen durchsetzen*, man soll mit seinem Ideale seine Mitmenschen wie sich selber zwingen und überwältigen: und also schöpferisch wirken! *Dazu* aber gehört, daß man sein Mitleiden hübsch im Zaume hält, und daß man, was unserm Ideale *zuwider* geht (wie z. B. solches Gesindel wie L. und R.) auch als *Feinde* behandelt. – Sie hören, *wie* ich *mir* »die Moral lese«: aber um bis zu dieser »Weisheit« zu kommen, hat es mich fast das Leben gekostet. –

Ich hätte den Sommer mit Ihnen und in dem edlen Kreise, der Sie umgibt, leben sollen: aber nun ist es zu spät!

Von ganzem Herzen Ihnen zugetan und dankbar Nietzsche

183. *An Peter Gast* Sils-Maria, Ende August 1883

Zunächst, lieber alter Freund, noch eine Erinnerung aus der Zeit, wo ich eifrig genug *Democritea* und *Epicurea* trieb – eine auch für Philologen noch unerschöpfte Welt der Forschung!

Sie wissen: die Bibliothek in Herculanum, deren Papyrus man äußerst langsam und mühselig zum Reden bringt, ist die Bibliothek eines Epikureers; also es *gibt* Hoffnungen für die Aufdeckung echter

Schriften Epikurs! Ein Stück aus einer solchen ist z. B. von Gomperz (in den Berichten der Wiener Akademie) entziffert worden: es handelt von der »Freiheit des Willens« und ergibt als (wahrscheinliches) Resultat, daß Epikur ein heftiger Gegner des Fatalismus war, *aber* dabei – *Determinist:* – was Ihnen Vergnügen machen wird!

(Damals trieb ich die Atomlehre bis hin zum Quartanten des Jesuiten Boscovich, der zuerst mathematisch demonstriert hat, daß die Annahme *erfüllter* Atompunkte eine für die strengste Wissenschaft der Mechanik *unbrauchbare* Hypothese sei: ein Satz, der jetzt unter mathematisch geschulten Naturforschern als *kanonisch* gilt. Für die *Praxis der Forschung* ist er *gleichgültig*.)

Gestern kamen, von Naumann gesandt, die Aushängebogen des zweiten Zarathustra an; beim Durchsehen derselben fand ich 4 Druckfehler. Sonst nimmt sich das Buch gut und reinlich aus. Ich bin noch nicht zu einem *objektiven* Eindruck des Ganzen gelangt; doch wollte es mir scheinen, daß es einen nicht geringen *Sieg* über den »Geist der Schwere« darstelle, in Hinsicht darauf, *wie* schwer die Probleme, um die es sich handelt, darzustellen sind. Daß der erste Teil einen *Ring* von Gefühlen umfaßt, der für den Ring von Gefühlen, die den zweiten Teil ausmachen, eine *Voraussetzung* ist – auch das scheint mir leicht erkennbar und »*gut* gemacht« (um wie ein Tischlermeister zu reden). Im übrigen habe ich alles Schwere und Schwerste noch vor mir.

Nach einem ziemlich genauen architektonischen Überschlag des Ganzen gibt es noch ebensoviel als bisher – ungefähr noch 200 Seiten. Gelingt es mir so, wie mir (– trotz der fürchterlichsten Gegnerschaft, die ich im Herzen gegen das gesamte Zarathustra-Gebilde mit mir herumschleppe –) die ersten zwei Teile gelungen *erscheinen*, so will ich ein Fest feiern und vor Vergnügen dabei sterben. Pardon!

Wahrscheinlich hätte ich, wenn ich dieses ganze Jahr meine Seele heiter und hell gehabt hätte, aus *artistischen* Motiven die Farben der beiden ersten Teile dunkler, finsterer und greller gewählt – in Hinsicht auf das, was den *Schluß* macht. Aber dies Jahr war mir das Labsal heitrerer und luftigerer Farben *zum Leben notwendig*; und so habe ich im zweiten Teile beinahe wie ein Possenreißer meine Sprünge gemacht. – Im einzelnen ist unglaublich vieles persönlich Erlebte und Erlittne darin, das nur mir verständlich ist, – manche Seiten kamen mir fast *blutrünstig* vor.

Es gehört für mich übrigens zu den noch rätselhaften Tatsachen, *daß* ich wirklich in diesem Jahre beide Teile gemacht habe. Ein Bild, das fast in allen meinen Schriften einmal vorkommt: »über sich selber erhaben« – ist zur Wirklichkeit geworden – und, o wenn Sie wüßten, *was* hierbei *sich selber* zu bedeuten hat! Sie denken hundertmal zu gut von mir, Freund Gast! –

184. *An Franz Overbeck*

[Aus Sils-Maria, erhalten am 28. August 1883]

(Dieser Brief ist für Dich allein.)

Lieber Freund, die Trennung von Dir warf mich in die tiefste Melancholie zurück, und die ganze Rückreise wurde ich böse schwarze Empfindungen nicht los; darunter war ein wahrer Haß auf meine Schwester, die mich nun ein Jahr lang mit Schweigen zur unrechten Zeit und mit Reden zur unrechten Zeit um den Erfolg meiner besten Selbst-Überwindungen gebracht hat: so daß ich schließlich das Opfer eines schonungslosen Rachegefühls bin, während gerade meine innerste Denkweise allem Sich-Rächen und Strafen abgesagt hat: – *dieser* Konflikt in mir nähert mich Schritt für Schritt dem *Irrsinn*[1], das empfinde ich auf das furchtbarste – und ich wüßte nicht, inwiefern eine Reise nach Naumburg diese Gefahr verringern könnte. *Umgekehrt:* es könnte zu schauderhaften Augenblicken kommen – und auch jener lange genährte Haß könnte in Wort und Tat zum Vorschein kommen: wobei *ich* bei weitem am meisten das Opfer sein würde. Auch Briefe an meine Schwester zu schreiben ist jetzt nicht mehr ratsam – außer solchen von der harmlosesten Form (ich schickte ihr zuletzt noch einen Brief voll lustiger Verschen). Vielleicht war meine Versöhnung mit ihr in dieser ganzen Geschichte der verhängnisvollste Schritt – ich sehe *jetzt* ein, daß sie *dadurch* geglaubt hat, ein Recht zu ihrer Rache an Frl. Salomé zu bekommen. – Pardon!

[1] Könntest *Du* diesen Gesichtspunkt vielleicht meiner Schwester stark zu Gemüte führen?

Nach unserer Übereinstimmung über das Bedenkliche an dem Leipziger Plan tat es mir wahrhaft wohl, einen Brief Heinzes vorzufinden, mit dem diese ganze Angelegenheit – ein Schritt der Verzweiflung meinerseits – zu Ende gebracht ist. Ich lege Dir den Brief bei, insgleichen die erste öffentliche Äußerung über Zarathustra I; sonderbarerweise ist letztere in einem Gefängnisse niedergeschrieben. Was mir Vergnügen macht, das ist zu sehen, daß gleich dieser erste Leser ein Gefühl davon hat, worum es sich hier handelt: um den längst verheißenen »Antichrist«. Seit Voltaire gab es kein solches *Attentat* gegen das Christentum – und, die Wahrheit zu sagen, auch Voltaire hatte keine Ahnung davon, daß man es *so* angreifen könne. –

Was Zarathustra II betrifft, so schreibt Köselitz: »Z. wirkt ungeheuer stark; es wäre aber verwegen, schon darüber mich äußern zu wollen: er hat mich umgeworfen, ich liege noch am Boden.« –

Du verstehst!

Inzwischen, während ich mit Dir zusammen war, hat mir mein alter Schulfreund Krug seinen Besuch machen wollen (der »Direktor des königl. Eisenbahn-Betriebs-Amts in Köln« ist, wie auf seiner Karte steht).

Köselitzens Brief enthält Worte über *Epikur* (wie früher einmal über *Seneca*), welchen ich nichts an die Seite zu setzen wüßte, an tiefster Sach- und Menschenkenntnis *dieser* Philosophie: er deutet an, daß er »Leibphilologen« habe, die er in die Bibliothek treibe, die Kirchenväter und andre Skribenten auf *Epikur* hin anzusehn.

Welche Wohltat war es, Dich und Dein herzliches Vertrauen einmal so in der Nähe zu haben! Und wie gut verstehen und verstanden wir uns! Möge Deine besser gesicherte Vernunft meinem ins Schwanken geratenen Kopfe eine Stütze sein und bleiben!

Von Herzen Dein Freund Nietzsche

185. *An Erwin Rohde* [Nizza, 22. Februar 1884]

Mein lieber alter Freund, ich weiß nicht, wie es zuging: aber als ich Deinen letzten Brief las und namentlich als ich das liebliche Kinderbild sah, da war mir's, als ob Du mir die Hand drücktest und mich dabei schwermütig ansähest: schwermütig als ob du sagen wolltest »Wie ist es nur möglich, daß wir so wenig noch gemein haben und wie in verschiedenen Welten leben! Und einstmals – –«

Und so, Freund, geht es mir mit allen Menschen, die mir lieb sind: alles ist *vorbei*, Vergangenheit, Schonung; man sieht sich noch, man redet, um nicht zu schweigen –, man schreibt sich Briefe noch, um nicht zu schweigen. Die Wahrheit aber spricht der Blick aus: und der sagt mir (ich höre es gut genug!) »Freund Nietzsche, Du bist nun *ganz allein*!«

So weit habe ich's nun wirklich gebracht. –

Inzwischen gehe ich meinen Gang weiter, eigentlich ist's eine Fahrt, eine Meerfahrt – und ich habe nicht umsonst jahrelang in der Stadt des Columbus gelebt. – –

Mein »Zarathustra« ist fertig geworden, in seinen drei Akten: den ersten hast Du, die beiden anderen hoffe ich in 4–6 Wochen Dir senden zu können. Es ist eine Art Abgrund der Zukunft, etwas Schauerliches, namentlich in seiner Glückseligkeit. Es ist alles drin mein Eigen, ohne Vorbild, Vergleich, Vorgänger; wer einmal darin *gelebt* hat, der kommt mit einem andern Gesichte wieder zur Welt zurück.

Aber davon soll man nicht reden. Für Dich aber, als einen *homo litteratus*, will ich ein Bekenntnis nicht zurückhalten – ich bilde mir ein, mit diesem Z. die deutsche Sprache zu ihrer Vollendung gebracht zu haben. Es war, nach *Luther* und Goethe noch ein dritter Schritt zu tun –; sieh zu, alter Herzens-Kamerad, ob Kraft, Geschmeidigkeit und Wohllaut je schon in unserer Sprache so beieinander gewesen sind. Lies Goethen nach einer Seite meines Buchs – und Du wirst fühlen, daß jenes »Undulatorische«, das Goethen als Zeichner anhaftete, auch dem Sprachbildner nicht fremd blieb. Ich habe die strengere, männlichere Linie vor ihm voraus, ohne doch, mit Luther, unter die Rüpel zu geraten. Mein Stil ist ein *Tanz*; ein Spiel der Symmetrien aller Art und ein Überspringen und Verspotten dieser Symmetrien. Das geht bis in die Wahl der Vokale. –

Verzeihung! Ich werde mich hüten, dieses Bekenntnis einem andern zu machen, aber Du hast einmal, ich glaube als der einzige, mir eine Freude an meiner Sprache ausgedrückt. –

Übrigens bin ich *Dichter* bis zu jeder Grenze dieses Begriffs geblieben, ob ich mich schon tüchtig mit dem Gegenteil aller Dichterei *tyrannisiert* habe.

Ach, Freund, was für ein tolles, verschwiegenes Leben lebe ich! So allein, allein! So ohne »Kinder«!

Bleibe mir gut, ich bin's Dir wahrhaftig. Dein F. N.

186. *An Franz Overbeck* [Nizza, 7. April 1884] Montag

Schönsten Dank, mein lieber Freund! Auch Dein Wink in betreff Mickiewicz' kam zur rechten Zeit: ich schäme mich, so wenig von den *Polen* zu wissen (die, zu guter Letzt, doch meine »Altvordern« sind!) – wie sehr wünschte ich einem Dichter zu begegnen, der zu Chopin gehörte und mir wie Chopin wohltäte! – Über Lipiner hörte ich jüngst noch *sehr* Genaues: äußerlich ein »gemachter Mann« –. Sonst aber die typische Form des *jetzigen* »Obscurantismo«, hat sich taufen lassen, ist Antisemit, *fromm* (er hat kürzlich Gottfried Keller auf das feindseligste angegriffen und ihm »Mangel an wahrem Christentum und Glauben« vorgeworfen!) Lipiner soll alle jungen Leute, auf die er Einfluß hat, ruinieren – er treibt sie zum »Mystischen« und läßt sie das wissenschaftliche Denken verachten. Ein Mensch mit lauter sehr »praktischen« Nebenabsichten, der die »Zeichen der Zeit« sich zunutze macht. Meine Nachrichten stammen von einem Wiener Naturforscher, der ihn von Kindheit an kennt. –

Über Schmeitzners Verhalten weiß ich nichts Neues. Die Sache ist mir äußerst peinlich, denn ich glaubte eine gute Gelegenheit zu haben, meiner *Mutter* einen wirklichen Dienst zu erweisen und damit etwas zwischen uns zu verbessern: da kommt mir wieder die Antisemiterei zwischen die Beine!!

Die Zeit ist nun ganz vor der Tür, daß ich Nizza verlasse: ich will die ersten Exemplare meines Zarath. noch abwarten. Hoffentlich werden sie kommen: aber es ist auch wieder so eine monatlang Klaustrur möglich, wie voriges Jahr. Ich erwarte, *unter uns gesagt*, den Bankerott Schmeitzners. Wohin werden da unsre Bücher geraten!

Für nächsten Winter bin ich bereits ziemlich sicher; womöglich das gleiche Haus und das gleiche Zimmer. Vielleicht gelingt es mir, hier eine Gesellschaft mir zu begründen, unter der ich nicht ganz der »Verborgene« bin. Das Klima des *littoral provençal* gehört auf das wunderbarste zu meiner Natur; ich hätte den Schlußreim zu meinem Zarathustra nur an dieser Küste dichten können, in der Heimat der »*gaya scienza*«. Lanzky (ein Dichter, beiläufig) ist bereits entschlossen zu kommen; ich wünschte Köselitz bereden zu können. Vielleicht sogar Dr. Rée u. Frl. Salomé, an denen ich gern einiges gutmachen möchte, was meine Schwester schlimm gemacht hat. Ich hörte jetzt wieder über beide; und Erfreuliches (sie sind in Meran). Von Frl. S. soll diesen Frühling etwas erscheinen »über religiöse Affekte« – dies Thema habe ich in ihr entdeckt, es freut mich außerordentlich, daß meine Tautenburger Bemühungen doch noch Früchte tragen.

Mein Umgang in diesem Winter war durch die Gäste des Hauses, in dem ich wohne, an die Hand gegeben. Ein alter preußischer General mit seiner Tochter, in allen praktischen Dingen mein Ratgeber; eine alte amerikanische Pfarrerin, die mir täglich c. 2 Stunden aus dem Englischen übersetzt hat; neuerdings haben Albert Köchlin und Frau (Lörrach) sich äußerst liebenswürdig gegen mich benommen. Jetzt eben habe ich Besuch, für 10 Tage etwa, von einer Züricher Studentin, was du spaßhaft finden wirst – es tut mir wohl, es beruhigt mich etwas, nach den inneren »großen Wellen« der letzten Monate. Sie ist befreundet mit – Irma von Regner-Bleileben; und zwischen ihr und Frl. Salomé scheint eine gegenseitige Verehrung stattzufinden; sie ist ebenfalls *sehr intim* mit der Gräfin Dönhoff und ihrer Mutter, natürlich auch mit Malwida: so daß es genug gemeinsame *personalia* gibt. Gestern besuchten wir zusammen ein spanisches Stiergefecht. –

Himmel! Ich bekomme jetzt nachgerade eine hübsche Gattung von Briefen – diese Art von Verehrungs-Stil hat R. Wagner in die deutsche Jugend hineingetragen: und es beginnt schon, was ich lange prophezeit habe, daß ich in manchen Stücken der *Erbe* R. W.s sein werde. –

Die letzten Monate habe ich »Welt-Historie« getrieben, mit Entzücken, obschon mit manchem schauerlichen Resultate. Habe ich Dir einmal Jacob Burckhardts Brief gezeigt, der mich mit der Nase auf die »Welt-Historie« gestoßen hat?

Falls ich den Sommer nach Sils-Maria komme, so will ich eine Revision meiner Metaphysica und erkenntnistheoret. Ansichten vornehmen. Ich muß jetzt Schritt für Schritt durch eine ganze Reihe von Disziplinen hindurch, denn ich habe mich nunmehr entschlossen, die nächsten fünf Jahre zur Ausarbeitung meiner »Philosophie« zu verwenden, für welche ich mir, durch meinen Zarathustra, eine Vorhalle gebaut habe.

Beim Durchlesen von »Morgenröte« und »Fröhlicher Wissenschaft« fand ich übrigens, daß darin fast keine Zeile steht, die nicht als Einleitung, Vorbereitung u. Kommentar zu genanntem Zarathustra dienen kann. Es ist eine *Tatsache*, daß ich den Kommentar *vor* dem *Text* gemacht habe. – –

Wie geht es Emerson und Deiner verehrten Frau?

Dein Freund N.

Du schreibst nichts von Deiner Gesundheit?

187. *An Franz Overbeck*

Venezia, San Canciano calle nuova 5256 [Erhalten am 2. Mai 1884]

Mein lieber Freund Overbeck, im Grunde ist es doch *sehr* schön, daß wir uns durch die letzten Jahre nicht fremd geworden sind, und sogar, wie es scheint, durch den Zarathustra nicht. Daß ich gegen mein vierzigstes Lebensjahr *sehr* allein sein würde – darüber habe ich mir niemals Illusionen gemacht; und ich weiß auch dies, daß *vieles* Schlimme *gegen* mich noch unterwegs ist – ich werde in Kürze darüber belehrt werden, *wie teuer* man es zu zahlen hat, daß man – die dumme und falsche Sprache der *ambitiosi* zu gebrauchen – »*nach den höchsten Kronen greift*«.

Inzwischen will ich meine mir eroberte Situation gut nutzen und ausnutzen: ich bin jetzt, mit großer Wahrscheinlichkeit, *der unabhängigste Mann in Europa*. Meine Ziele und Aufgaben sind umfänglicher als die irgendeines andern – und das, was ich große Politik nenne, gibt zum mindesten einen *guten* Standort und Vogelschau-Blick ab für die gegenwärtigen Dinge.

Was alle Praxis des Lebens betrifft, so bitte ich Dich, treuer und bewährter Freund, mir förderhin nur *eine* Sache zu wahren, eben die größtmögliche Unabhängigkeit und Freiheit von *persönlichen* Rücksichten. Ich denke, Du weißt, *was* gerade in bezug auf mich die Mahnung Zarathustras »Werde hart!« sagen will. Mein Sinn, jedem einzelnen Gerechtigkeit widerfahren zu lassen und im Grunde gerade das *mir* Feindseligste mit der größten Milde zu behandeln, ist *übermäßig* entwickelt und bringt Gefahr über Gefahr, nicht nur für mich, sondern für meine Aufgabe: *hier* ist Abhärtung nötig und, der Erziehung halber, eine gelegentliche Grausamkeit.

Verzeihung! Es klingt nicht immer gut, wenn man von sich selber redet, es riecht auch nicht immer gut.

Mit meiner Gesundheit bin ich, wie es scheint, über den Berg. Die Winter werde ich in Nizza leben, für die Sommer brauche ich eine Stadt mit großer Bibliothek, wo ich inkognito leben kann (ich habe an Stuttgart gedacht, was meinst Du?).

Dieses Jahr denke ich immer noch, wieder nach Sils-Maria zu gehen, wo mein Bücher-Korb steht – vorausgesetzt, daß ich mich gegen Zudringlichkeiten meiner Schwester besser zu schützen verstehe als voriges Jahr. Es ist wirklich eine recht bösartige Person geworden; ein Brief voll der giftigsten Verdächtigungen meines Charakters, den ich von ihr im Januar erhielt, ein artiges Seitenstück des Briefes an Frau Rée, hat mir nun hinreichend Klarheit gegeben – *sie muß fort nach Paraguay*. Ich selber will den Verkehr mit allen Menschen abbrechen, welche zu meiner Schwester halten: ich vertrage jetzt alles »Halb – und Halb« in bezug auf mich nicht mehr.

Hier bin ich im Hause Köselitzens, in der Stille Venedigs, und höre Musik, die vielfach selber eine Art idealisches Venedig ist. Er macht aber Fortschritte zu einer *männlicheren* Kunst: die *neue* Ouvertüre des *matrimonio* ist hell, streng und feurig. Dein Freund N.

188. *An Malwida von Meysenbug*

Venedig, Mai 1884, *San Canciano calle nuova 5256*

Meine hochverehrte Freundin, Verzeihung, wenn ich in bezug auf Herrn *** noch ziemlich viel Mißtrauen habe. Ohne Ihre Fürsprache, und rein nach dem mitgeschickten Briefe zu urteilen, würde ich sogar geneigt sein, auf ein *ungewöhnliches* Maß von Unbescheidenheit und Grünschnäbelei zu raten.

Ganz allgemein geredet – so ist es jetzt äußerst schwer geworden, *mir zu helfen*; ich halte es immer mehr für unwahrscheinlich, Menschen zu begegnen, die dies vermöchten. Fast in allen Fällen, wo ich mir bisher einmal dergleichen Hoffnungen machte, ergab es sich, daß *ich* es war, der helfen und zugreifen mußte –: *dazu* aber fehlt es mir nunmehr an *Zeit*. Meine Aufgabe ist ungeheuer; meine Entschlossenheit aber nicht geringer. Was ich *will*, das wird Ihnen mein Sohn Zarathustra zwar nicht sagen, aber zu *raten* aufgeben; vielleicht ist es zu erraten. Und gewiß ist dies: ich will die Menschheit zu Entschlüssen drängen, welche über die ganze menschliche Zukunft entscheiden, und es *kann* so kommen, daß einmal ganze Jahrtausende auf meinen Namen ihre höchsten Gelübde tun. – Unter einem »Jünger« würde ich einen Menschen verstehn, der mir ein unbedingtes Gelübde machte –, und dazu bedürfte es einer langen Probezeit und schwerer Proben. Im übrigen vertrage ich die Einsamkeit: während jeder Versuch der letzten Jahre, es wieder unter Menschen auszuhalten, mich krank gemacht hat.

Mit Zeitungen, selbst den wohlgemeintesten, kann und darf ich mich nicht einlassen: – ein Attentat auf das gesamte moderne Presswesen liegt in dem Bereiche meiner zukünftigen Aufgaben. –

Es tut mir immer leid, *nein* sagen zu müssen, und ganz besonders zu Ihnen, meine hochverehrte Freundin! Denn zuletzt sind *wir beide* zum *Ja-sagen* geschaffen, nicht wahr? –

Mit den dankbarsten Gefühlen immer Ihr Nietzsche

189. *An Heinrich von Stein*

Venezia, San Canciano, calle nuova 5256, am 22. Mai 1884

Mein lieber Herr Doktor, diese Gedichte Giordano Brunos sind ein Geschenk, für welches ich Ihnen von ganzem Herzen dankbar bin. Ich habe mir erlaubt, sie mir zuzueignen, wie als ob ich sie gemacht hätte und für mich – und sie als stärkende Tropfen »eingenommen«. Ja, wenn Sie wüßten, *wie* selten noch etwas *Stärkendes* von außen her zu mir kommt! Ich sprach vor zwei Jahren mit einer Art Ingrimm davon, daß ein Ereignis wie der Parsifal ferne von mir, gerade von *mir*, vorübergehen mußte; und auch jetzt wieder, wo ich noch einen zweiten Grund weiß, um nach Bayreuth zu gehen – nämlich *Sie* mein lieber Herr Doktor, der Sie zu meinen großen »Hoffnungen« gehören – auch jetzt wieder habe ich Zweifel daran, ob ich hinkommen *darf*. Nämlich: das Gesetz, das über mir ist, meine *Aufgabe*, läßt mir keine Zeit dafür. Mein Sohn Zarathustra mag Ihnen verraten haben, *was* sich in mir bewegt; und wenn ich alles von mir erlange, *was ich will*, so werde ich mit dem Bewußtsein sterben, daß künftige Jahrtausende auf meinen Namen ihre höchsten Gelübde tun.

Verzeihung! – Es gibt so ernste Dinge, daß von ihnen zu reden man erst um Verzeihung bitten sollte. –

Zuletzt möchte ich doch erfahren, wann die Aufführungen sind, wann Sie selber nach Bayreuth kommen und ob Sie vielleicht geneigt wären, mich im Oberengadin (Sils-Maria) zu besuchen: – dort nämlich habe ich seit Jahren meine »Sommer-Residenz« (eine Stube in einem Bauernhause). Von Herzen Ihr Nietzsche

190. *An Peter Gast* Sils-Maria, 2. Sept. 1884

Zuletzt, mein lieber verehrter Freund – was uns auch für Widerwärtigkeiten im Wege stehen mögen, wir beide gehören nun einmal zur Ritter- und Brüderschaft »von der *gaya scienza*« und wollen uns dessen in diesem guten Jahre, das Ihren »Löwen« und meinen »Zarathustra« von *einem* Baume abschüttelte, recht von Herzen getrösten. Der Rest – ist *Warten*, bei Ihnen wie bei mir.

Für die Zukunft trage ich die Hoffnung mit mir herum, daß sich in Nizza eine kleine äußerst *gute* Gesellschaft dieses Glaubens an die *gaya scienza* bilden wird: und im Geiste habe ich Ihnen als dem ersten schon den Ritterschlag zur Einweihung in diesen neuen Orden gegeben. Man soll »beim Mistral!« fluchen und schwören – eine andere Verpflichtung wüßte ich nicht, da sich bei Menschen, wie *wir* sind, alles »von selber versteht«. –

Einstweilen bin ich durch eine doppelte Quarantäne von Nizza fern gehalten (das heißt durch 2 mal 7 Tage) und in Anbetracht, daß erst mit den Herbst-Regen die Cholera verschwinden wird, also etwa in der zweiten Hälfte des Oktober – oszilliert meine Sehnsucht sehr nach dem Norden zu, deutlicher geredet, nach Dresden zu. Sobald die »Aussicht der Aufführung« Ihnen selber zu Gesicht kommt (oder auch nur die Wahrscheinlichkeit dieser Aussicht), bitte, telegraphieren Sie hierher. Hier, ohne Ofen, durchfroren, mit blauen Händen, kann ich's schwerlich lange aushalten – ich müßte mir denn einen Ofen anschaffen.

Ich bin überdies mit der Haupt-Aufgabe dieses Sommers, wie ich sie mir gestellt hatte, im ganzen *fertig* geworden, – die nächsten 6 Jahre gehören der Ausarbeitung eines Schemas an, mit welchem ich meine »Philosophie« umrissen habe. Es steht gut und hoffnungsvoll damit. Zarathustra hat einstweilen nur den ganz persönlichen Sinn, daß es mein »Erbauungs- und Ermutigungs-Buch« ist – im übrigen dunkel und verborgen und lächerlich für jedermann.

Heinrich von Stein, ein prachtvolles Stück Mensch und Mann, an dem ich *Freude* gehabt habe, sagte mir ganz ehrlich, er habe von besagtem Zarathustra »zwölf Sätze und nicht mehr« verstanden. – Das tat mir *sehr wohl*.

Schreiben Sie mir ein Wort über Ihre Übersetzung.

Mit der Gesundheit steht es sehr unsicher, es stand in Venedig besser, und in Nizza besser als in Venedig. Alle 10 Tage ein *guter* Tag: so lautet meine Statistik, hole sie der Teufel!

Kein Mensch, der mir vorliest! Alle Abende melancholisch im niedrigen Zimmer, frostklappernd, 3–4 Stunden die Erlaubnis abwarten, *zu Bett zu gehn*!

Heute verläßt mich meine beste Sommer-Bekanntschaft, meine Tisch-Nachbarin Frl. von Mansuroff, *dame d'honneur* der russischen Kaiserin – ach, wir hatten uns so viel zu erzählen, es ist ein Jammer, daß sie fortgeht! Denken Sie doch, eine veritable Schülerin *Chopins*, und voller Liebe und Bewunderung für diesen »ebenso stolzen wie bescheidenen« Menschen! – – –

Sils-Maria ist allerersten Ranges, als Landschaft – und nunmehr auch, wie man mir sagte, durch »den Einsiedler von Sils-Maria«. – –

Sehen Sie, da schrieb ich schnell noch eine »Unbescheidenheit allerersten Ranges«! Treulich Ihr Freund Nietzsche

814

191. *An Heinrich von Stein* Sils-Maria, den 18. September 1884

Lieber Herr Doktor, hier ein letzter Gruß aus Sils-Maria, wo es *sehr* Herbst geworden ist: – sogar die Einsiedler fliegen davon.

Ihr Besuch gehört zu den drei guten Dingen, für welche ich diesem Zarathustra-Jahre von Grund aus dankbar bin.

Vielleicht sind *Sie* schlimmer dabei gefahren? Wer weiß, ob Sie nicht viel zu sehr den Philoktet auf seiner Insel gefunden haben? Und sogar etwas von jenem Philoktet-Glauben: »ohne *meine* Pfeile wird kein Ilion erobert!«

In einem solchen Zusammentreffen wie dem unsrigen liegt immer viel *Folge*, viel Verhängnis. Aber *das* glauben Sie mir gewiß: von nun an sind Sie einer der wenigen, deren Los im Guten und Schlimmen zu meinem Lose gehört. Treulich der Ihre Nietzsche

NB. Für alle Fälle irgendeines Anliegens gebe ich Ihnen diese *ewige* Adresse: Nizza, *poste restante.*

192. *An Franziska Nietzsche*

Zürich, den 4. Okt. 1884, Pension Neptun

Meine liebe Mutter, inzwischen wirst Du wohl ausreichend gehört haben, daß sich Deine Kinder wieder artig miteinander vertragen und in jedem Betracht *guter Dinge* sind. Wie lange dies Zusammensein aber noch dauern wird, läßt sich heute noch nicht sagen; meine Arbeiten, die ich vorhabe, bestimmen mich unter allen Umständen bald wieder zur Einsamkeit: und der Klumpfuß, den ich mit mir schleppe, ich meine 104 Kilo Bücher, wird mich nicht gar zu weit von hier weg fliegen lassen. –

So ist denn für dieses Jahr *unser* Wiedersehn eine Unmöglichkeit; ich wünsche von Herzen, daß es Dir nicht schwer fallen möge.

Die guten Absichten, welche Dein letzter Brief aussprach, mich etwas stattlicher *gekleidet* durch die Welt gehen zu machen, habe ich mit vielem Danke angenommen; in der Tat, ich bin ziemlich dürftig daran und durch viele Ortswechsel ein wenig *allzu* abgeschabt, gleich einem Bergschafe.

Die Gesundheit macht mir alle Augenblicke Not: ein fremder Ort und manches Ungewohnte in Speise und Tages-Ordnung malträtiert mich immer. Mein Aussehn ist aber gut und nicht anders als im vorigen Jahre. Mit herzlichem Danke Dein F.

193. *An Elisabeth Nietzsche* Zürich, 22. Oktober 1884, Mittwoch

Gestern, mein liebes Lama, war ein schöner Tag, und Dein Brief kam mitten unter lauter guten Dingen in meine Hände. Das Wetter von früh an strahlend in Nizza-hafter Herrlichkeit. Um 9 Uhr ging ich in die Tonhalle und erlabte mich an Beethoven und Bizet. Dann meldete mir der deutsche Besitzer vom *Hôtel des Etrangers* in der ehrerbietigsten Form seine Freude, daß ich daran dächte, für den Winter in sein Haus zu kommen und garantierte dieselben Bedingungen, wie bisher in Nizza. Dann kam Hegar und brachte die Gastsche Partitur: er stellte sich für jeden Herbst mit seinem Orchester zur Verfügung und bot aus freien Stücken an, Herrn Peter Gast von jeder seiner eignen Orchester-Proben eine halbe Stunde abzutreten, wo G. also das Orchester selber »in die Hand nehmen« und seine Sachen einstudieren könne. *Nach* diesem Vorschlage brachte ich die inzwischen eingetroffene Bitte G.s vor, hierher zu Hegar zu kommen, um in der nächsten Nähe eines Orchesters zu leben – kurz, es paßte alles gut zusammen, und ich meine das Schicksal G.s mit diesem Züricher Aufenthalte *vorwärts* gebracht zu haben. – Nachmittags machte ich einen langen Spaziergang mit meiner neuen Freundin Helene Druscowicz, welche einige Häuser weit von der Pension Neptun mit ihrer Mutter wohnt: sie hat sich von allen mir bekannt gewordenen Frauenzimmern bei weitem am ernstesten mit meinen Büchern abgegeben, und nicht umsonst. Sieh einmal zu, wie Dir ihre letzten Schriften gefallen (»Drei englische Dichterinnen«, darunter die Eliot, welche sie sehr verehrt; und ein Buch über Shelley). Jetzt übersetzt sie den engl. Dichter Swinburne. Ich meine, es ist ein edles und rechtschaffnes Geschöpf, welches meiner »Philosophie« keinen Schaden tut. Dann lies doch die Novellen meiner Berliner Verehrerin Frl. Glogau: man rühmt sie sehr von wegen »psychologischer Feinheit«. Abends war ich im ersten

Tonhallen-Konzert, wozu mich Hegar eingeladen hatte: und so verbrachte ich mit der »*Arlésienne*« noch den Abend des guten Tags und legte mich schlafen. Heute morgen kam ein herzlicher und äußerst taktvoller Brief meines alten Freundes Overbeck an, welcher im wesentlichen seine volle Freude ausdrückt, daß mir »ein solches Stück treuer und ursprünglicher Anhänglichkeit, wie ich es bei Mutter und Schwester habe«, nicht verloren gegangen ist. – Da ich Deine Reise-Adressen nicht hatte, so habe ich einen Brief an Dich nach Naumburg geschickt. Treulich Dein F.

Es lebe die Unabhängigkeit! so denke ich täglich. Nichts mit Heiraterei!

194. *An Carl Fuchs*

*Nizza, rue St. Francois de Paule 26*II, [Winter 1884/85]

Werter und lieber Herr Doktor, glauben Sie daran, auch ohne daß ich es schriftlich bezeuge (was mir meine Augen von Jahr zu Jahr weniger erlauben –), daß nicht leicht jemand Ihren Untersuchungen und Feinheiten mit mehr Teilnahme folgen kann, als ich. *Wenn* nur »Teilnahme« ausreichte! Aber es fehlt mir an Wissen und Können nach allen den Seiten hin, wo Ihre merkwürdig vielfältige Begabung liegt. Vor allem: es vergehen Jahre, in denen mir niemand Musik macht, ich selbst eingerechnet. Das letzte, was ich mir gründlich angeeignet habe, ist Bizets Carmen – und nicht ohne viele, zum Teil ganz unerlaubte Hintergedanken über alle deutsche Musik (über welche ich beinahe so urteile wie über alle deutsche Philosophie); außerdem die Musik eines unentdeckten Genies, welches den Süden liebt, wie ich ihn liebe, und zur Naivität des Südens das Bedürfnis und die Gabe der *Melodie* hat. Der Verfall des melodischen Sinns, den ich bei jeder Berührung mit deutschen Musikern zu riechen glaube, die immer größere Aufmerksamkeit auf die *einzelne* Gebärde des Affekts (ich glaube, Sie heißen *das* »Phrase«, mein lieber Herr Doktor?), ebenfalls die immer größere Fertigkeit im Vortrage des einzelnen, in den *rhetorischen* Kunstmitteln der Musik, in der Schauspieler-Kunst, den *Moment* so überzeugend wie möglich zu gestalten: das, scheint mir, verträgt sich nicht nur miteinander, es bedingt sich beinahe gegenseitig. Schlimm genug! man muß eben alles Gute in dieser Welt etwas *zu teuer* kaufen! Das Wagnersche Wort »unendliche Melodie« drückt die Gefahr, den Verderb des Instinkts und den guten Glauben, das gute Gewissen dabei allerliebst aus. Die rhythmische Zweideutigkeit, so daß man nicht mehr weiß und wissen *soll*, ob etwas Schwanz oder Kopf ist, ist ohne allen Zweifel ein Kunstmittel, mit dem wunderbare Wirkungen erreicht werden können: der »Tristan« ist reich daran –, als Symptom einer ganzen Kunst ist und bleibt sie trotzdem das Zeichen der Auflösung. Der Teil wird Herr über das Ganze, die Phrase über die Melodie, der Augenblick über die Zeit (auch das *tempo*), das Pathos über das Ethos (Charakter, Stil, oder wie es heißen soll –), schließlich auch der *esprit* über den »Sinn«. Verzeihung! was ich wahrzunehmen glaube, ist eine Veränderung der Perspektive: man sieht das Einzelne viel zu scharf, man sieht das Ganze viel zu stumpf – und man hat den *Willen* zu dieser Optik in der Musik, vor allem man hat das *Talent* dazu! Das aber ist *décadence*, ein Wort, das, wie sich unter uns von selbst versteht, nicht verwerfen, sondern nur bezeichnen soll. Ihr Riemann ist mir ein Zeichen davon, ebenso wie Ihr Hans von Bülow, ebenso wie Sie selbst, Sie als der feinsinnigste Interpret von Bedürfnissen und Veränderungen der *anima musica*, welche, alles in allem, zuletzt doch der beste Teil von dem sein mag, was die *âme moderne* ist. Ich drücke mich verdammt schlecht aus, zum Unterschiede von Ihnen; ich meine, es gibt auch an der *décadence* eine Unsumme des Anziehendsten, Wertvollsten, Neuesten, Verehrungswürdigsten – unsre moderne Musik zum Beispiel, und wer nur nach der Art der *drei* eben Genannten ihr treuer und tapferer Apostel ist. Verzeihung, wenn ich noch hinzufüge: wovon ein Dekadenz-Geschmack am entferntesten ist, das ist der *große Stil*: zu dem zum Beispiel der Palazzo Pitti gehört, aber *nicht* die Neunte Symphonie. Der große Stil als die höchste Steigerung der Kunst der Melodie. –

Endlich ein Wort über eine ganz große theoretische Differenz zwischen uns, nämlich in Anbetracht der antiken Metrik. Freilich: ich darf heute kaum mehr über diese Dinge mitreden, – aber 1871 hätte ich's gedurft, welches Jahr ich in der erschrecklichen Lektüre der griechischen und lateinischen Metriker verbracht habe, mit einem sehr wunderlichen Resultate. Damals fühlte ich mich als den abseits gestelltesten Metriker unter allen Philologen: denn ich demonstrierte meinen Schülern die ganze Entwicklung der Metrik von Bentley bis Westphal als Geschichte eines Grundirrtums. Damals wehrte ich mich mit Händen und Füßen dagegen, daß z. B. ein deutscher Hexameter irgend etwas Verwandtes mit einem griechischen sei. Was ich behauptete, war, um bei diesem Beispiele zu bleiben, daß ein Grieche beim Vortrage eines homerischen Verses *gar keine andern* Akzente als die Wortakzente angewendet habe, – daß der rhythmische Reiz exakt in den *Zeitquantitäten* und deren Verhältnissen gelegen habe, und *nicht*, wie beim deutschen Hexameter, im Hopsasa des Iktus: noch abgesehn davon, daß der deutsche Daktylus auch in der Zeitquantität grundverschieden vom griechischen und lateinischen ist. Denn wir sprechen »Pfingsten, das liebliche Fest, war gekommen, es grünten und blühten« mit dem *Gefühle* von 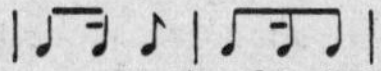, vielleicht sogar als Triolen, gewiß aber nicht zweiteilig-feierlich mit einer langen Silbe, welche die Dauer von zwei kurzen hat. Das Strengernehmen der Dauer einer Silbe war es eben, was in der antiken Welt den Vers von der Alltagsrede abhob: was bei *uns Nordländern* ganz und gar nicht der Fall ist. Es ist *uns* kaum möglich, eine rein quantitierende Rhythmik nachzufühlen, so sehr sind wir an die Affekt-Rhythmik des Stark und Schwach, des *crescendo* und *diminuendo*, gewöhnt. Von Bentley aber (*der* ist der große Neuerer, G. Hermann ist erst der zweite), ebenso von den deutschen Dichtern, welche antike Metra nachzubilden glaubten, ist ganz unschuldig unsere Art rhythmischer Sinn als einzige und »ewige« Art, als Rhythmik an sich, angesetzt worden: ungefähr wie wir allesamt geneigt sind, unsere Humanitäts- und Mitgefühls-Moral als *die* Moral zu verstehen und sie in ältere, grundverschiedene Moralen hineinzuinterpretieren. Es ist ja kein Zweifel, daß unsre deutschen Dichter »in antiken Metren« damit vielerlei rhythmische Reize in die Poesie gebracht haben, deren sie ermangelte (das Ticktack unserer *Reim*-Poeten ist auf die Dauer fürchterlich): aber ein Alter hätte nichts von *diesen* Zaubern gehört, noch weniger aber geglaubt, dabei *seine* Metra zu hören. – Unter Franzosen versteht man die Möglichkeit einer allein zeit-quantitierenden Metrik schon leichter: sie fühlen die Zahl der Silben als Zeit. – *Ecco*, der längste Brief, den ich seit Jahren geschrieben: nehmen Sie ihn als solchen und auch in jedem andern Verstande als ein Zeichen dafür, daß auch ich »die Dankbarkeit« nicht vergesse, mein werter Herr Doktor, der Sie mich nun schon zweimal mit ganz ausgesuchten Gerichten bewirtet haben. – Wo um alles in der Welt haben Sie Ihr Talent zum *causer en littérature* her? ist etwas französisches Blut in Ihren Adern? –

Schließlich ein Wort des Zorns gegen Ihren Verleger und Drucker. Wie! »Hefte«? Hefte, die nicht haften, die nicht geheftet sind! *lucus a non lucendo!* Halten Sie diesen Scherz einem alten Philologen zugute und bleiben Sie trotzdem wohlgesinnt

Ihrem ergebensten Dr. Friedrich Nietzsche,
weiland Prof. der klassischen Sprachen, insgleichen der Metrik.

Lesen Sie, ich bitte, ein Buch, das wenige kennen, *Augustinus de musica*, um zu sehen, wie man damals Horazische Metren verstand und genoß, wie man dabei »taktierte«, welche Pausen man einschob usw. (Arsis und Thesis sind bloße Taktzeichen).

Meine Adresse ist, ein für allemal: Naumburg an der Saale. Von da aus wird mir alles nachgeschickt. Ich selbst bin »unstet und flüchtig« auf Erden – –

195. *An Carl von Gersdorff*

Nizza, pension de Genève, petite rue St. Etienne, 12. Febr. 1885

Mein lieber alter Freund, ich lebe so abseits und sehe und höre nichts mehr von Dir. Aber dieses Jahr muß ich, aus Familien-Gründen, wieder einmal nach Deutschland kommen: ich denke, in dieser Erwartung denken wir beide uns zusammen ein kleines Rendezvous aus, etwa für Leipzig.

Heute teile ich Dir, nicht ohne einige Bedenken, etwas mit, das eine Frage an Dich in sich schließt. Es gibt einen vierten (letzten) Teil Zarathustra, eine Art sublimen Finales, welches gar nicht für die Öffentlichkeit bestimmt ist (das Wort »Öffentlichkeit« und »Publikum« klingt mir, in bezug auf meinen ganzen Zarathustra, ungefähr so wie »Hurenhaus« und »öffentliches Mädchen« – Pardon!). Aber dieser Teil soll und muß jetzt gedruckt werden: in 20 Exemplaren, zur Verteilung an mich und meine Freunde, und mit jedwedem Grade von Diskretion. Die Kosten für einen solchen Druck (bei C. G. Naumann in Leipzig, der die letzten Teile gedruckt hat) können nicht erheblich sein; ich selber aber bin, durch die große [–] meines Verlegers, jetzt weniger bei Gelde als je (das will sagen: er ist mir 6000 Francs schuldig, und mein Rechtsanwalt sagt mir, es sei *kaum möglich*, den Prozeß gegen ihn mit Erfolg durchzuführen). Anders ausgedrückt: ich habe, bis zu meinem vierzigsten Jahre, tatsächlich mit meinen vielen Schriften noch keinen Groschen »verdient« – –: was der Humor (und wenn Du willst, der *Stolz*) der ganzen Sache ist.

Mehr aber sage ich nicht. Gib mir, mein lieber alter Freund, so bald wie möglich, *hier*her Deine Antwort, eine unbefangene Antwort (man kann gegen mich so unbefangen sein, wie gegen »den lieben Gott« – vorausgesetzt, daß es einen solchen gibt).

Und vor allem, seien und bleiben wir guter Dinge: es gibt hundert Gründe, in diesem Leben *tapfer* zu sein. Dein Freund Nietzsche

196. *An Malwida von Meysenbug* Nizza, Donnerstag, 13. März 1885

Verehrte Freundin, Sie wundern sich darüber, daß ich Ihnen gar nicht mehr schreibe? Ich wundre mich gleichfalls darüber; aber immer, wenn ich mich dazu anschickte, legte ich endlich die Feder wieder weg. Wüßte ich die Gründe dafür genau, so würde ich mich nicht mehr wundern, aber – vielleicht betrüben.

Es ging mir nicht gut, den ganzen Winter (die *trockne* Luft fehlte mir, dank den Abnormitäten dieses Jahres), und als Ihr gütiger Brief zu mir kam, lag ich zu Bett, sehr leidend. Aber das ist eine alte Geschichte, und im Grunde bin ich's satt, Briefe über meine Gesundheit zu schreiben. »Helfen« – wer könnte mir helfen! Ich selber bin bei weitem mein bester Arzt. Und das *Positivum*, *daß* ich's aushalte und meinen Willen *durchsetze* unter viel Widerständen, ist mein Beweis *dafür*.

Es war den Winter über ein Deutscher um mich, der mich »verehrt«: ich danke dem Himmel, daß er fort ist! Er langweilte mich, und ich war genötigt, so vieles vor ihm zu verschweigen. O über die moralische Tartüfferie aller dieser lieben Deutschen! Wenn Sie mir einen Abbé Galiani in Rom versprechen könnten! *Das* ist ein Mensch nach meinem Geschmack. Ebenso Stendhal. – Was Musik angeht: so habe ich letzten Herbst gewissenhaft und neugierig die Probe gemacht, wie ich *jetzt* zu R. Wagners Musik stehe. Was mir diese wolkige, schwüle, vor allem schauspielerische und prätentiöse Musik zuwider ist! *So* sehr zuwider als – als – als – tausend Dinge, zum Beispiel Schopenhauers Philosophie. Das ist Musik eines *mißratenen* Musikers und Menschen, aber eines *großen Schauspielers* – darauf will ich schwören. Da lobe ich mir die tapfere und unschuldige Musik meines Schülers und Freundes Peter Gast, eines *echten* Musikers: der mag einmal für seinen Teil dafür sorgen, daß die Herrn Schauspieler und Schein-Genies nicht mehr zu lange den Geschmack verderben. – Der arme *Stein*! Er hält R. Wagner sogar für einen Philosophen!

Warum rede ich *davon*? Es ist nur, daß ich Ihnen irgendein Beispiel gebe. Es ist der Humor meiner Lage, daß ich *verwechselt* werde – mit dem ehemaligen Basler Professor Herrn Dr. Friedrich Nietzsche. Zum Teufel auch! Was geht mich dieser Herr an! –

Sehen Sie, meine verehrte Freundin, das ist ein Brief »unter vier Augen«.

Geben Sie mir doch die Adresse jenes Klosters! Es könnte sein, daß ich vielleicht im Herbst einmal den Versuch mit Rom mache, vorausgesetzt, daß ich *incognito* dort leben kann, und meiner Einsiedler-Natur nichts Widernatürliches zugemutet wird.

Sie wissen doch, wie sehr ich Ihnen zugetan bin? Ihr N.

Ich liebe diese Küste nicht, ich verachte Nizza, aber im Winter hat es die *trockenste Luft* in Europa.

197. *An Franziska und Elisabeth Nietzsche*

Nizza, 21. März 1885, Sonnabend

Endlich, meine Lieben, das will sagen: seit einer Stunde kann ich Euch Nachricht und Aufschluß darüber geben, was ich dieses Frühjahr tun will. *Zürich* ist nämlich, durch eine plötzliche Entschließung von Hrn. Gast, aus dem Programm gestrichen worden; er meldet mir heute morgen, *daß er es daselbst absolut nicht mehr aushalte* und auf dem Wege nach *Venedig* sei. Nun habe ich ein Zusammentreffen mit Hr. G. auf Grund gemeinsamer Pläne jetzt *nötig*; auch ist Venedig für meinen gegenwärtigen Zustand der Augen die wohltätigste aller Städte –: genug, ich bin sehr erfreut über diese Wendung, welche mir die Reise nach Zürich erspart.

Dem armen G. ist es mit Zürich ergangen, wie mir seinerzeit (das will sagen ungefähr 10 Jahre meiner Jugend!) mit Basel: das Klima dieser Städte ist ein Widerspruch mit unsern *produktiven* Fähigkeiten, und diese beständige Qual macht uns *krank*. Nach *der* Seite hin war Basel ein *ganz großes* Unglück für mich: noch heute leide ich an der schrecklichen Nachwirkung dieser Zeit (und werde nicht mehr davon loskommen).

Man wird tüchtig für seine Unwissenheit bestraft: hätte ich mich *zur rechten Zeit* mit medizinischen, klimatischen und dergleichen Problemen beschäftigt, statt mit Theognis und Laertius Diogenes: ich wäre kein halb-zugrunde-gerichteter Mensch. – –

Und so verliert man seine Jugend, und ist nun schon über 40 hinaus, und immer noch in den ersten Experimenten über das, was man nötig *hat*, und spätestens seit 20 Jahren haben *sollte*. –

Ihr seht, ich bin wieder heiterer; der wesentlichste Umstand ist wohl der, daß Herr Lanzky fort ist. Ein *sehr* achtungswürdiger Mensch und mir *sehr* zugetan – aber was liegt mir an dem beiden! Er bedeutete für mich das, was ich »bedecktes Wetter«, »deutsches Wetter« und dergleichen nenne. Es lebt übrigens jetzt niemand, an dem mir *viel* gelegen wäre; die Menschen, die ich gerne habe, sind lange, lange tot, z. B. der Abbé Galiani oder Henry Beyle oder Montaigne.

Über die Zukunft meiner Schwester mache ich mir meine Gedanken: das will sagen, ich glaube nicht recht an ein Zurückkehren des Hrn. Dr. Förster nach Paraguay. Europa ist gar nicht so klein, und wenn man nicht in Deutschland leben *will* (worin ich ihm gleichgeartet bin), so braucht man noch lange nicht so weit zu gehn. Zum Enthusiasmus für »deutsches Wesen« habe ich's freilich noch wenig gebracht, noch weniger aber zum Wunsche, diese »herrliche« Rasse gar *rein* zu erhalten. Im Gegenteil, im Gegenteil –

Pardon, Ihr seht, wie heiter ich bin. Vielleicht, daß wir uns dies

Jahr wiedersehn. Aber *nicht* in Naumburg: Ihr wißt, es bekommt mir schlecht, und der Ort hat nichts in meinem Herzen, was für ihn spricht. Ich bin dort nicht »geboren« und niemals »heimisch« geworden.

Nizza ist diesen Winter ausnahmsweise weniger hell und trocken. Vor Ende März werde ich aber schwerlich weg können.

Euch in Liebe zugetan F.

Ich vergaß, mich für Deinen Brief, meine liebe Mutter, der sich mit dem meinen gekreuzt hat, zu bedanken. Es ist mir nicht in den Sinn gekommen, etwas »übel zu nehmen« – – im Gegenteil!

198. *An Elisabeth Nietzsche*

April 1885. Adresse: *Venezia, poste restante*

Mein liebes, liebes Lama, eigentlich kommt mir alles sehr wunderbar vor, zum Beispiel, daß Du da so, Dir nichts, mir nichts, mit einem fremden Manne Dich abgibst und sogar in die weite weite Welt gehen willst. Nun habe ich gleich an Overbeck geschrieben, von wegen des Dürerschen Blattes, das freilich mir viel zu düster vorkommt; dann will ich Dir auch noch mein buntes persisches Handexemplar meines Zarathustra schicken, Du kannst es in irgendeinem amerikanischen Urwalde aufstellen, als Fetisch. Auch sende ich zugleich 2 Exemplare des vierten Teils, für Dich und Herrn Dr. Förster, mit der ausdrücklichen Bitte, daß dieser vierte Teil überallhin verschwiegen wird, wie als *nicht* vorhanden. – Kommt später die Frage in die Nähe, *was* alles mit hinüber genommen werden soll in die neue Heimat: so möchte ich dann gern etwas von dem, was am notwendigsten ist, beschaffen dürfen, als eine Art »Hochzeits-Geschenk *post festum*«. Die Schmeitznersche Angelegenheit nimmt ja einen Verlauf, daraufhin ich ja wagen dürfte, sogar Geschenke zu machen: zunächst kommt dann mein Drucker Herr C. G. Naumann, welcher 284 Mark 40 Pfennige verlangt. Deine Vorschläge für die Zukunft klingen nicht übel auf meinem Resonanz-Boden wider; für die Sorge, die sich darin ausdrückt, weiß ich nicht genug zu danken. Meine Gegen-Bemerkung ist, daß vielleicht alle Sorgen für meine Zukunft mit einem Male abgetan sein könnten. Ich ertrage vormittags das Leben, aber kaum mehr nachmittags und abends; und es scheint mir sogar, daß ich genug getan habe, unter ungünstigen Umständen, um mich mit Ehren aus dem Staube machen zu können. – Dann werde ich zu blind, um noch viel lesen und schreiben zu dürfen, es fällt mir fast jeden Tag genug ein, daß deutsche Professoren daraus zwei dicke Bücher machen könnten. Aber ich habe niemanden, für den das Zeug paßt. Es ist so viel Unerlaubtes darunter; es tut andern wehe. Ich gestehe, daß ich ganz gerne hier und da eine Vorlesung halten würde, ganz ziemlich und schicklich, als Moralist und großer »Erzieher«, der nicht auf den Kopf gefallen ist; aber Studenten sind so dumm, Professoren sind noch dümmer! Und wo! In Jena? Ich habe jetzt keinen Ort mehr, wo ich gern bin, ausgenommen Venedig: nur daß der hohe Gehalt der Feuchtigkeit der Luft, 90 Prozent, mich malträtiert. Nizza und Oberengadin sind sehr trocken.

Übrigens *rührt* es mich, daß Ihr den 22. Mai als Hochzeitstag gewählt habt: mir ist immer zumute, als ob Du Dich, in allen möglichen Beziehungen, auf einen Fleck Erde *niedergelassen* und festgesetzt hast, wo ich einmal früher gesessen habe; alles was Du tust, ist mir Erinnerung, Nachklang. Ich selber – ich bin schrecklich weit davongelaufen, und habe niemanden mehr, dem ich auch nur erzählen möchte, *wohin*. Glaube ja nicht, daß mein Sohn Zarathustra *meine* Meinungen ausspricht. Er ist eine meiner Vorbereitungen und Zwischen-Akte. – Verzeihung!

Gersdorff kommt den Sommer in die Schweiz mit seiner kranken Frau. Lanzky schrieb, zu meinem großen Erstaunen, kürzlich einen großen Dankes-Brief hierher! wie ein ganz *umgewandelter* Mensch –, und ich soll daran schuld sein! So sind die Bemühungen dieses Winters vielleicht doch nicht so umsonst gewesen, wie andre Bemühungen. – Ein alter Holländer aus Haarlem hat mir ein »Huldigungsschreiben« geschickt: »daß, nach dem Tode Schopenhauers, ich« usw. – Die Leute wissen und riechen nicht genug, *wohin* es mit mir geht. Ich bin ein gefährliches Tier und eigne mich schlecht zum Verehrtwerden.

Die akadem. Gesellschaft in Basel hat für 3 Jahre wieder die 1 000 frs. Pension erneuert, insgleichen sind die 1 000 frs. aus dem Heuslerschen Fonds seitens der Universitäts-Regenz mir auch wieder zuerkannt.

Der Staats-Beitrag von 1000 frs. geht mit diesem Jahre (*nicht* schon mit dem Juni) zu Ende, und es ist kaum wahrscheinlich, daß er erneuert wird. Dies ist die »Sachlage«. –

Unsrer lieben Mutter habe ich gleich nach Empfang der schönen Sendung geantwortet; was für gute Hemden! Was für Honig! Danke ihr nochmals in meinem Namen. – Ich weiß nicht, wohin ich diesen Sommer gehe. Ein tiefer Wald wäre das Beste, aber es müßten heitere Menschen da sein, vor denen ich nicht auf der Hut zu sein not habe. – Alles was für »Emanzipation der Weiber« schwärmt, ist langsam, langsam dahinter gekommen, daß ich »das böse Tier« für sie bin. In Zürich, unter den Studentinnen, große Wut gegen mich. *Endlich!* – Und *wie viele* solche »Endlichs« habe ich abzuwarten! – – In Liebe

Dein Bruder

Ich habe schrecklich hier gewohnt, bin umgezogen, und nun ist's noch schlimmer. Niemand sorgt für so etwas. O Genua! und Nizza!

Himmel! Ich muß doch selber die drei ersten Zarathustras haben! Also bitte, schicke mir *umgehend* die drei Hefte aus dem Naumburger Vorrate. Du bekommst, wie gesagt, *mein* Exemplar.

199. *An Peter Gast* Sils-Maria, 23. Juli 1885

Lieber Freund, darauf hätte ich wetten mögen, daß Sie auf Ihren »Notschrei«-Brief in *dieser* Weise selber antworten würden, wie es heute durch Ihre Karte geschieht – zu meiner *großen* Freude, wie ich gerne eingestehe. Aus meinem eignen Briefschreibe-Leben kenne ich das Phänomen nur zu gut, welches ich »Selbstbeantwortung« nenne; ebenso, daß man eine Dummheit und noch dazu eine Unzartheit begeht, wenn man, als Adressat eines Briefes, durch eine geschwinde Beileids-Bezeugung sich zwischen diese natürliche »Auslösung« (Herstellung der persönlichen Souveränität) drängt. *Ecco!* Geredet wie ein Pedant! – aber gefühlt wie ein Freund, glauben Sie's mir! –

Ich notierte mir gestern, zur eignen Bestärkung auf dem einmal eingeschlagnen Wege des Lebens, eine Menge Züge, an denen ich die »Vornehmheit« oder den »Adel« bei Menschen herauswittere – und was, umgekehrt, alles zum »Pöbel« in uns gehört. (In allen meinen

Krankheits-Zuständen fühle ich, mit Schrecken, eine Art Herabziehung zu pöbelhaften Schwächen, pöbelhaften Milden, sogar pöbelhaften Tugenden – verstehen Sie das? O Sie Gesunder!) Vornehm ist z. B. der festgehaltene *frivole* Anschein, mit dem eine stoische Härte und Selbstbezwingung *maskiert* wird. Vornehm ist das Langsam-Gehen, in allen Stücken, auch das langsame Auge. Wir bewundern schwer. Es gibt nicht zu viel wertvolle Dinge; und diese kommen von selber und *wollen* zu uns. Vornehm ist das Ausweichen vor kleinen Ehren, und Mißtrauen gegen den, welcher leicht lobt. Vornehm ist der Zweifel an der Mitteilbarkeit des Herzens; die Einsamkeit nicht als gewählt, sondern als gegeben. Die Überzeugung, daß man nur gegen seinesgleichen Pflichten hat und gegen die andern nach Gutdünken verfährt; daß man sich immer als einen fühlt, der Ehren zu *vergeben* hat, und selten jemandem zugesteht, daß er Ehren gerade für uns auszuteilen habe; daß man fast immer verkleidet lebt, gleichsam *incognito* reist, – um viel Scham zu ersparen; daß man zum *otium* fähig sei, und nicht nur fleißig wie Hühner: – gackern, eierlegen und wieder gackern und so fort. Und so fort! alter Freund, ich ermüde Ihre Geduld, aber Sie erraten gewiß, was mir an Ihrem Leben gefällt und Freude macht, und was ich immer fester *unterstrichen* wünschte.

Der Gedanke, welchen Sie in betreff des Herrn Widemann äußern, ist mir *sehr willkommen*: übersenden Sie ein Exemplar[1] so, daß daraus auch *meine* warme Teilnahme für ihn ersichtlich ist – als eine Art Glückwunsch zur Vollendung seines Werkes. Ich kenne dasselbe nicht: was Sie mir andeuten über »Gleichgewichtslagen« und »Unzerstörbarkeit der Kraft« gehört auch zu meinen Glaubensartikeln. Doch haben wir *Dühring* gegen uns: zufällig finde ich eben diesen schönen Satz »Der Ursprungszustand des Universums oder, deutlicher bezeichnet, eines veränderungslosen, keine zeitliche Häufung von Verschiedenheiten einschließenden Seins der Materie, ist eine Frage, die nur derjenige Verstand abweisen kann, der in der Selbstverstümmelung seiner Zeugungskraft den Gipfel der Weisheit sieht.« Dieser Berliner »Maschinist« hält uns also, mein werter Freund, für

[1] Ich hatte geglaubt, mein vierter Zarathustra widerstände Ihnen? In der Tat, er ist schlecht zugänglich mit seinen entlegenen Zuständen und »Weltgeschehen«: welche aber doch existieren und nicht nur arbiträr sind. Für Sie gesagt, als meinen »Einzigen«.

castrati: zum mindesten hoffe ich, wir haben eine Art Schadenersatz für den angedeuteten Mangel darin, daß wir – »schöner singen« als Herr Dühring. Ich kenne kaum eine widerlichere Tonmanier als die seine. – Daß ich den »*endlichen*« d. h. bestimmt gestalteten Raum für unabweislich im Sinne einer mechanistischen Weltausdeutung halte und daß die Unmöglichkeit einer Gleichgewichtslage mir mit der Frage, *wie* gestaltet der Gesamt-Raum ist – gewiß nicht kugelförmig! – zusammenzuhängen scheint, das habe ich Ihnen schon mündlich erzählt.

Meine Gesundheit beunruhigend unsicher; irgendeine kardinale Gefahr. Frau Röder ist seit einem halben Monat fort, *bene merita!* Sie hat mir über einen bösen Monat weggeholfen, mit der allerbesten Gesinnung.

Heiß, unsinnig heiß auch hier. Ihr Freund N.

200. *An Heinrich von Stein* Leipzig, den 15. Oktober 1885

Werter und sehr lieber Herr, Ihr Brief, den ich gestern auf der Post entdeckte, hat mich gerührt: Sie haben *recht* – und was hülfe es zu beweisen, daß wenigstens meinerseits kein Unrecht gegen Sie begangen ist? Ich mache es, wie kranke Tiere der Wildnis und *verstecke mich* in meine »Höhle« – Leipzig ist noch mehr Höhle in diesem Sinne als es Naumburg sein konnte. Die Reise nach dem Norden ist mir nicht zum besten geraten; die Gesundheit immer trübe und bewölkt, einige Geschäfte, welche Eile zu haben schienen, wollen sich durchaus nicht zu Ende wickeln lassen. Und so weiter.

Gestern sah ich Rées Buch über das Gewissen: – wie leer, wie langweilig, wie falsch! Man sollte doch nur von Dingen reden, worin man seine Erlebnisse hat.

Ganz anders empfand ich bei dem Halb-Roman seiner *Soeur inséparable Salomé*, der mir scherzhafterweise zugleich vor die Augen kam. Alles Formale daran ist mädchenhaft, weichlich, und in Hinsicht auf die Prätension, daß ein alter Mann hier als erzählend gedacht werden soll, geradezu komisch. Aber die *Sache* selber hat ihren Ernst, auch ihre Höhe; und wenn es gewiß nicht das Ewig-Weibliche ist, was dieses Mädchen *hinan*zieht, so vielleicht das Ewig-Männliche.

Ich vergaß zu sagen, wie hoch ich die schlichte, klare und beinahe antike Form des Réeischen Buches zu schmecken weiß. *Dies* ist der »philosophische *habitus*«. – Schade, daß nicht mehr »Inhalt« in einem solchen Habit steckt! Unter Deutschen aber ist es nicht genug zu ehren, wenn jemand in der Art, wie es R. immer getan hat, dem eigentlich deutschen Teufel, dem Genius oder Dämon der Unklarheit, abschwört. – Die Deutschen halten sich für tief.

Aber was tue ich! Der Höhlenbär fängt an zu brummen – – Bleiben wir allesamt hübsch tapfer auf unserm Posten, auch mit einiger Nachsicht gegeneinander: denn eines schickt sich durchaus nicht für zweie. Und vor allem: so wenig als möglich brummen! Treulich Ihr N.
(In einer Stunde geht's nach Naumburg: ich will da endlich den Dr. Förster einmal sehen.)

201. *An Bernhard und Elisabeth Förster (Nietzsche)*

Nizza, nach Weihnachten 1885

Meine Lieben, es ist herrliches Wetter, da muß auch Euer Tier wieder ein fröhliches Gesicht machen, ob es schon recht melancholische Tage und Nächte gehabt hat. Weihnachten geriet aber zu einem Festtage. Mittags bekam ich Eure liebe Sendung zu Händen, und geschwind hing die Kette um den Hals, und das artige Kalenderchen kroch in die Westentasche. Darüber ist nun freilich das »Geld« entschlüpft, wenn nämlich Geld in dem Briefe war (unsre Mutter schreibt davon). Verzeiht es Eurem blinden Tiere, das seinen Kram auf der Straße auspackte: da mag wohl etwas daneben gerutscht sein, denn ich suchte sehr eifrig nach dem Briefe. Hoffentlich ist ein armes altes Weibchen in der Nähe gewesen und hat auf diese Weise ihr »Christkindchen« auf der Straße gefunden. Dann fuhr ich nach meiner Halbinsel St. Jean, lief einen großen Weg um die ganze Küste ab und setzte mich endlich unter junge Soldaten, die Kegel schoben. Frische Rosen und Geranien in den Hecken und alles grün und warm: gar nicht nordisch! Da trank denn Euer Tier *drei* ganz große Gläser eines süßen Landweins und war beinahe a bitzeli betrunken; wenigstens sagte ich nachher zu den Wellen, wenn sie gar zu heftig heranschnoben, wie man zu den Hühnern sagt »Butsch! Butsch! Butsch!« Dann fuhr ich wieder nach Nizza und aß in meiner Pension zu Abend, fürstlich; auch brannte ein großer Weihnachtsbaum. Denkt Euch, ich habe einen *boulanger de luxe* gefunden, welcher weiß, was »Quarkkuchen« ist: er erzählte, daß der König von Württemberg sich einen solchen zu seinem Geburtstage bestellt hat. Das fällt mir bei dem Worte »fürstlich« ein. –

Ein paar Tage krank. So blieb der Brief unbeendigt. Dazwischen schrieb Overbeck, daß Rohde einen Ruf nach Leipzig habe. Ob er ihn annimmt? Seltsam, es bewegt mich zu denken, daß jetzt in Leipzig oder seiner Nachbarschaft alles zusammenkommt, was mir das Gefühl gibt, nicht ganz heimatlos zu sein. Im Grunde war es auch diesen Herbst wieder hübsch in Leipzig; ein wenig melancholisch, aber gerade so, wie unsereiner alle Genüsse des Lebens gewürzt findet, mit einem alten kleinen Rosengeruch des *Unwiederbringlichen.*

Meine Augen werden über kurz oder lang es nur noch in Wäldern aushalten; aber *alte Freunde* müssen diesen »Wäldern« nahewohnen. Heißt das nicht – alles gerechnet – »Rosental«? – Und zuletzt hat man, durch Leipziger Ratsbeschluß, dem *Knoblauch* den Krieg erklärt (: die einzige Form des Antisemitismus, welche Eurem kosmopolitischen Nashorn gut riecht) – Verzeihung! In alter Liebe Euer F.

Himmel! Ich vergaß zum neuen Jahre Euch *unbändig viel Glück* und Gesundheit und Tapferkeit und gute Gedanken und treue Menschen zu wünschen! – –

NB. Ich habe wieder schlafen gelernt (ohne Schlafmittel).

202. *An Sophie Vischer-Heußler* Nizza, den 28. April 1886

Liebe verehrte Frau Professor, über Naumburg kommt diese außerordentlich schmerzhafte und überraschende Mitteilung zu mir, welche mich verpflichtet, auch meinerseits Ihnen ein Zeichen meiner Trauer und meines tiefen Mitgefühls zu geben. Es werden selten Männer *so* betrauert, wie Ihr ausgezeichneter Gemahl betrauert wird: von Menschen der verschiedensten Denkweisen und Bestrebungen, die aber alle einmütig in dem Wunsche sind, einen Nachruhm, wie er ihn hat, zu hinterlassen, als treue, uneigennützige, wohlwollend-wohltätige und unermüdliche Freunde alles Guten und Gerechten. Darf ich hinzufügen, daß mir persönlich ein Stück Leben und Vergangenheit mit ihm zu Grabe getragen wird, an welches ich gerne und mit vieler Dankbarkeit zurückzudenken habe: er gehörte zu den trefflichen Basler Kollegen, die mir, in einer Lebenszeit, wo man noch wenig Anspruch auf Vertrauen machen darf und sich im Grunde erst zu »beweisen« hat, mit einem unbedingten Vertrauen und hilfreich in Rat und Tat entgegengekommen sind, nach dem Vorbilde seines verehrungswürdigen und mir unvergeßlich teuren Vaters. Noch von meinem letzten Besuche, den ich ihm in Basel machte (vor zwei Jahren, Sie selbst waren verreist –), habe ich den Eindruck jenes tiefen Vertrauens zurückbehalten, welches wir, ich darf es wohl sagen, *zueinander* hatten.

In meinem nächsten Briefe will ich meiner Schwester von Ihrem großen Verluste Mitteilung machen, verehrte Frau Professor (über das Meer, Sie wissen ohne Zweifel von ihrer Übersiedelung nach Paraguay?); und ich weiß, daß sie mit Ihnen und mit mir auf das schmerzlichste davon betroffen sein wird. Wenn ich selbst in diesem Jahre über Basel kommen sollte, werde ich mir die Freiheit nehmen, Ihnen mündlich zu wiederholen, was ich hier geschrieben habe,
als Ihr hochachtungsvoll ergebener und sehr betrübter Freund

Professor Dr. Nietzsche

203. *An Franz Overbeck* [Sils-Maria, Sommer 1886]

Lieber Freund, auch ich hätte dieses Jahr *sehr gern* Dich wiedergesehn: aber ich sehe schon, daß es nichts wird. Mein Wille, den Sommer über im Thüringer Wald, den Herbst in München zu verleben, scheitert an der *force majeure* (oder *mineure*) meiner Gesundheit. Das Leben im jetzigen Deutschland ist mir gänzlich unzuträglich, es wirkt vergiftend und lähmend auf mich; und meine Menschenverachtung wächst jedesmal dort in gefährlichen Proportionen. Mit Deinem guten Willen zum »Außerhalb« und »*a parte*«, wie er deutlich aus Deinem Plane der Wohnungsveränderung hervorgeht, bin ich deshalb gründlich einverstanden: Deine Lage in Basel, wahrlich nicht zu beneiden, aber mindestens auch nicht zu bejammern, hat etwas Vorsichtiges und Feines, das Du nicht leicht wo anders wieder finden könntest. Schade, daß dieser Ort mir *klimatisch* so unmöglich ist: denn mit wem redete ich jetzt lieber meine Dinge als mit Dir und Burckhardt? Auch bin ich wirklich den Baslern gewogen: und es freut mich immer, einem Basler zu begegnen (wie es dieser Tage wieder der Fall war: und jedesmal fällt mir auf, wie imprägniert mit dem Burckhardtschen Geiste und Geschmacke alles ist, was von dorther kommt: natürlich vorausgesetzt, daß etc. etc.). Zuletzt aber danke ich Gott (richtiger: meiner Krankheit und, zu einem sehr guten Teile, *Dir*, lieber Freund!), *daß ich nicht mehr dort bin*. In einem falschen Milieu leben und seiner Lebensaufgabe ausweichen, wie ich es tat, solange ich Philologe und Universitätslehrer war, richtet mich physisch unfehlbar zugrunde; und jeder Fortschritt auf *meinem* Wege hat mich bisher auch der Gesundheit im leiblichsten Sinne näher gebracht. Jede Reise nach Deutschland war deshalb bisher immer ein Rückfall, eine Schwächung meiner Kräfte: leider waren solche Reisen aus diesem oder jenem Grunde immer nötig. Mit meiner letzten (deren schlimme Nachwirkungen ich bis jetzt *noch nicht* überwunden habe) bin ich andererseits zufrieden, weil mehreres durch dieselbe, wenn nicht in Ordnung, so doch in Klarheit gebracht worden ist (und weil, hoffentlich, solche Reisen nunmehr immer seltner werden dürfen –). Meine Mutter fand ich, zu meiner großen Beruhigung, heiterer, tätiger und selbstgewisser als je in ihrem hübschen Neste: wir wollen uns kleine *Rendezvous* vereinbaren, etwa in der Schweiz, da gegen Naumburg leider sich das gleiche einwenden läßt wie gegen Basel – es ist mir nachteilig, von Kindesbeinen an. (Beiläufig: mein Zukunftsort wird wahrscheinlich, für Frühling und Sommer, Göschenen sein.)

Fritzsch hat sich bisher noch nicht mit Schmeitzner verständigen können, aber vielleicht kommt es doch noch dazu, da F. großen Wert darauf zu legen scheint, den »ganzen Nietzsche«, sowie den ganzen *Wagner* in seinem Verlag zu haben: eine Nachbarschaft, die auch mir von Grund aus wohltut. Denn, alles in allem gerechnet, war R. W. der einzige bisher, mindestens der erste, der ein Gefühl davon gehabt hat, was es mit mir auf sich habe. (Wovon z. B. Rohde, zu meinem Bedauern, auch nicht die blasseste Vorstellung zu haben scheint, geschweige denn ein Gefühl von Pflicht gegen mich.) In dieser Universitätsluft entarten die Besten: ich spüre fortwährend als Hintergrund und letzte Instanz, selbst bei solchen Naturen wie R. eine verfluchte allgemeine Wurschtigkeit und den vollkommenen Mangel an Glauben zu ihrer Sache. Dafür, daß einer (wie ich) *diu noctuque incubando* von frühester Jugend an zwischen Problemen lebt und da allein seine Not und sein Glück hat, wer hätte dafür ein Mitgefühl! R. Wagner, wie gesagt, hatte es: und deshalb war mir Tribschen eine solche Erholung, während ich jetzt keinen Ort und keine Menschen mehr habe, die zu meiner Erholung taugten. – Meine Verhandlungen mit allen möglichen Verlegern haben mir schließlich einen einzigen Ausweg gezeigt, den ich jetzt gehe. Ich mache den Versuch, etwas auf *meine* Unkosten erscheinen zu lassen: gesetzt, es werden 300 Exempl. verkauft, so habe ich die Kosten heraus und kann das Experiment eventuell wiederholen. Die Firma C. G. Naumann gibt ihren sehr achtungswerten Namen dazu her. Dies unter uns. Die Vernachlässigung durch Schmeitzner war ungeheuer: seit 10 Jahren keine Exempl. an Sortimenter verteilt, ebensowenig Redaktionsexemplare; nicht einmal ein Kommissionslager in Leipzig; *keine* Anzeigen – kurz, meine Schriften, von »Menschl. Allzum.« an, sind »*anecdota*«. Von »Zarathustra« sind je 60–70 Exempl. verkauft etc. etc. Schm.s Entschuldigung ist immer: daß seit 10 Jahren keiner meiner Freunde mehr den Mut habe, für mich einzutreten. Er will 12500 Mark für meine Schriften. Die Deinigen hofft er in Dresden zu verkaufen, wie Fritzsch erzählt. – Geld glücklich angelangt.

In Treue Dein Freund N.

Köselitz kündigt mir eben, als sehr wahrscheinlich, für Herbst seine Übersiedelung nach Nizza an; dasselbe tat, vor ein paar Wochen, Herr Lanzky. Bis Mitte September bleibe ich hier, wo es nicht an alten Bekannten fehlt, die Mansuroff, die zwei Fynns, Miß Helen Zimmern usw. usw. Aus München die zwei Gräfinnen Bothmer. Bitte, laß Sch. nichts davon merken, daß ich von seinen Verhandl. mit Fritzsch weiß, ebenso vom schlechten Rufe des [unleserlich]: er benutzt dergleichen als Pressionsmittel gegen mich. Er will nämlich, daß ich selbst ihm die Bücher abkaufe (Brief letzter Woche).

204. *An Franz Overbeck* Sils-Maria, den 5. August 1886

Lieber Freund, eine Mitteilung und eine Bitte! – Eben telegraphiert mir Fritzsch aus Leipzig »Endlich im Besitz!« – Worte, die mir große Freude machen. Ein verhängnisvolles Versehn aus meiner Basler Zeit (etwas »*zuviel Vertrauen*«, wie so oft in meinem Leben) ist damit *ad acta* gelegt. Wie gut, daß ich diesen Frühling nach Deutschland ging! Dasselbe habe ich noch einmal zu sagen, in Hinsicht darauf, daß ich meine Lage gegenüber Verleger-Möglichkeit und Publikum mir *ad oculus* demonstrierte; auch daß ich *persönlich* mit dem ausgezeichneten Brüder-Paar Naumann verhandelte. Das *neue* Buch, ein Resultat, welches aus der Ferne gar nicht hätte erreicht werden können, ist eben fertig geworden; der Auftrag, ein Exemplar an Dich nach Basel abzusenden, ist bereits seit einigen Tagen ergangen. Nun kommt die *Bitte*, alter Freund: lies es, von vorne nach hinten, und laß Dich nicht erbittern und entfremden – »nimm alle Kraft zusammen«, alle Kraft Deines Wohlwollens für mich, Deines geduldigen und hundertfach bewährten Wohlwollens, – ist Dir das *Buch* unerträglich, so doch vielleicht hundert *Einzelheiten* nicht! Vielleicht auch, daß es dazu beiträgt, ein paar erhellende Lichter auf meinen Zarathustra zu werfen: der deshalb ein *unverständliches* Buch ist, weil er auf lauter Erlebnisse zurückgeht, die ich mit niemandem teile. Wenn ich Dir einen Begriff meines Gefühls von *Einsamkeit* geben könnte! Unter den Lebenden so wenig als unter den *Toten* habe ich jemanden, mit dem ich mich verwandt fühlte. Dies ist unbeschreiblich schauerlich; und nur die Übung im Ertragen dieses Gefühls und eine schrittweise Entwicklung desselben von Kindesbeinen an macht mir's begreiflich, daß ich daran noch nicht zugrunde gegangen bin. – Im übrigen liegt die *Aufgabe*, um derentwillen ich lebe, klar vor mir – als ein *factum* von unbeschreiblicher Traurigkeit, aber verklärt durch das Bewußtsein, daß *Größe* darin ist, wenn je der Aufgabe eines Sterblichen Größe eingewohnt hat. –

– Ich bleibe hier bis Anfang September. Treulich Dein F. N.

205. *An Jacob Burckhardt* Sils-Maria, Oberengadin, 22. Sept. 1886

Hochverehrter Herr Professor, es tut mir wehe, *so* lange Sie nicht gesehn und gesprochen zu haben! Mit wem *möchte* ich eigentlich noch sprechen, wenn ich nicht mehr zu Ihnen sprechen darf? Das »*silentium*« um mich nimmt überhand. –

Hoffentlich hat inzwischen C. G. Naumann seine Schuldigkeit getan und mein letzthin erschienenes »Jenseits« in Ihre verehrten Hände gelegt. Bitte, lesen Sie dies Buch (ob es schon dieselben Dinge sagt, wie mein Zarathustra, aber anders, sehr anders –). Ich kenne niemanden, der mit mir eine solche Menge Voraussetzungen gemein hätte wie Sie: es scheint mir, daß Sie dieselben Probleme in Sicht bekommen haben, – daß Sie an den gleichen Problemen in ähnlicher Weise laborieren, vielleicht sogar stärker und tiefer noch als ich, da Sie schweigsamer sind. Dafür bin ich jünger ... Die unheimlichen Bedingungen für jedes Wachstum der Kultur, jenes äußerst bedenkliche Verhältnis zwischen dem, was »Verbesserung« des Menschen (oder geradezu »Vermenschlichung«) genannt wird, und der *Vergrößerung* des Typus Mensch, vor allem der Widerspruch jedes Moralbegriffs mit jedem wissenschaftlichen Begriff des *Lebens* – genug, genug, hier ist ein Problem, das wir glücklicherweise, wie mir scheint, mit nicht gar vielen unter den Lebenden und Toten gemein haben dürften. Es *aussprechen* ist vielleicht das gefährlichste Wagnis, das es gibt, nicht in Hinsicht auf den, der es wagt, sondern in Hinsicht auf die, zu denen er davon redet. Mein Trost ist, daß zunächst die Ohren für meine großen Neuigkeiten fehlen, – Ihre Ohren ausgenommen, lieber und hochverehrter Mann: und für Sie wiederum werden es keine »Neuigkeiten« sein! – –

Treulich der Ihre Dr. Friedrich Nietzsche

Adresse: *Genova, ferma in posta*

206. *An Malwida von Meysenbug* Sils-Maria, 24. September 1886

Verehrte Freundin. Letzter Tag in Sils-Maria; alle Vögel bereits fortgeflogen; der Himmel herbstlich »düster«; die Kälte wachsend, –

also muß der »Einsiedler von Sils-Maria« sich auf den Weg machen.

Nach allen Seiten habe ich noch Grüße ausgeschickt, wie jemand, der auch mit seinen Freunden die Jahres-Abrechnung macht. Dabei ist mir eingefallen, daß Sie seit lange keinen Brief von mir haben. Eine Bitte um Ihre Adresse in Versailles, welche ich brieflich an Fräulein B. Rohr in Basel ausgesprochen hatte, ist mir leider nicht erfüllt worden. So sende ich denn diese Zeilen nach Rom: wohin ich auch vor kurzem ein Buch adressiert habe. Sein Titel ist »Jenseits von Gut und Böse, Vorspiel einer Philosophie der Zukunft«. (Verzeihung! Sie sollen es nicht etwa lesen, noch weniger mir Ihre Empfindungen darüber ausdrücken. Nehmen wir an, daß es gegen das Jahr 2000 gelesen werden *darf*...)

Für Ihre gütige Erkundigung bei meiner Mutter, von der ich dieses Frühjahr hörte, danke ich Ihnen von Herzen. Ich war gerade in übler Verfassung: die Wärme, an die ich Gletscher-Nachbar nicht mehr gewöhnt bin, erdrückte mich beinahe. Dazu fühle ich mich in Deutschland wie von lauter feindlichen Winden angeblasen, ohne irgendwelche Lust oder Verpflichtung zu spüren, meinerseits *dagegen* zu blasen. Es ist einfach ein falsches Milieu für mich. Was die Deutschen von heute angeht, geht *mich* nichts an, – was natürlich kein Grund ist, ihnen gram zu sein. –

So hat sich denn der alte Liszt, der sich aufs Leben und Sterben verstand, nun doch noch gleichsam in die Wagnersche Sache und Welt hinein *begraben* lassen: wie als ob er ganz unvermeidlich und unabtrennlich hinzugehörte. Dies hat mir in die Seele Cosimas hinein weh getan: es ist eine Falschheit mehr um Wagner herum, eins jener fast unüberwindlichen Mißverständnisse, unter denen heute der Ruhm Wagners wächst und ins Kraut schießt. Nach dem zu urteilen, was ich bisher von Wagnerianern kennengelernt habe, scheint mir die heutige Wagnerei eine unbewußte Annäherung an Rom, welche von innen her dasselbe tut, was Bismarck von außen tut.

Selbst meine alte Freundin Malwida – ah, Sie kennen sie nicht! – ist in allen ihren Instinkten grundkatholisch: wozu sogar noch die Gleichgültigkeit gegen Formeln und Dogmen gehört. Nur eine *ecclesia militans* hat die Intoleranz nötig; jede tiefe Ruhe und Sicherheit des Glaubens *erlaubt* die Skepsis, die Milde gegen andere und anderes...

Zum Schluß schreibe ich Ihnen ein paar Worte über mich ab, die im »Bund« (16. und 17. Sept.) zu lesen sind. Überschrift: *Nietzsches gefährliches Buch.*

»Jene Dynamitvorräte, die beim Bau der Gotthardtbahn verwendet wurden, führten die schwarze, auf Todesgefahr deutende Warnungsflagge. – Ganz nur in diesem Sinne sprechen wir von dem neuen Buche des Philosophen Nietzsche als von einem *gefährlichen* Buche. Wir legen in diese Bezeichnung keine Spur von Tadel gegen den Autor und sein Werk, so wenig als jene schwarze Flagge jenen Sprengstoff tadeln sollte. Noch weniger könnte es uns einfallen, den einsamen Denker durch den Hinweis auf die Gefährlichkeit seines Buchs den Kanzelraben und den Altarkrähen auszuliefern. Der geistige Sprengstoff, wie der materielle, kann einem sehr nützlichen Werke dienen; es ist nicht notwendig, daß er zu verbrecherischen Zwecken mißbraucht werde. Nur tut man gut, wo solcher Stoff lagert, es deutlich zu sagen ›*Hier liegt Dynamit!*‹ «

Seien Sie mir also, verehrte Freundin, dafür hübsch dankbar, daß ich mich von Ihnen ein wenig *ferne* halte!... und daß ich mich nicht darum bemühe, Sie auf *meine* Wege und »Auswege« zu locken. Denn, um nochmals den »Bund« zu zitieren:

»Nietzsche ist der erste, der einen neuen Ausweg weiß, aber einen so furchtbaren, daß man ordentlich erschrickt, wenn man ihn den einsamen, bisher unbetretenen Pfad wandeln sieht!«...

Kurz und gut, es grüßt Sie von Herzen der *Einsiedler* von Sils-Maria.

Adresse zunächst: *Genova: ferma in posta.*

207. *An Gottfried Keller* Ruta ligure, 14. Oktober 1886

Hochverehrter Herr, inzwischen habe ich mir die Freiheit genommen, einer alten Liebe und Gewohnheit gemäß, Ihnen mein letztes Buch zu übersenden; mindestens bekam mein Verleger Naumann den Auftrag dazu. Vielleicht geht dies Buch mit seinem Fragezeichen-Inhalte wider Ihren Geschmack: vielleicht nicht seine *Form*. Wer sich ernsthaft und mit herzlicher Neigung um die deutsche Sprache bemüht hat, wird mir schon einige Gerechtigkeit widerfahren lassen müssen: es *ist* etwas, so sphinxartige und stummgeborene Probleme, wie die meinen sind, zum Reden zu bringen. –

Im letzten Frühling bat ich meine alte Mutter, mir Ihr Sinngedicht vorzulesen, – und wir beide haben Sie dafür aus vollem Herzen gesegnet (auch aus vollem Halse: denn wir haben viel gelacht): so rein, frisch und körnig schmeckte uns dieser Honig. –

Mit dem Ausdruck treuer Anhänglichkeit und Verehrung

Ihr Prof. Dr. Friedrich Nietzsche

208. *An Franziska Nietzsche* Nizza, 22. Dezember 1886

Pension de Genève, petite rue St. Etienne

Meine liebe Mutter. Schnell einen Gruß an Dich zum Weihnachtsfeste: obwohl es gerade schlimm mit den Augen steht und der Tag ihnen schon viel Arbeit gebracht hat. Herzlichen Dank für Deinen Brief; ich wiederhole was ich im letzten Briefe an Dich ausdrückte. – Denke Dir etwas für die Bescherung aus, das Du gerne gerade von *mir* hättest. Inzwischen fand ich in den Taschen des Überziehers auch die Wasch-Handschuhe, für die ich mich noch nicht bedankt habe.

Neue Nachrichten aus Paraguay habe ich nicht; die Zeitungen haben viel von der Cholera in Rosario geredet, ebenso in Argentinien, doch soll es jetzt zurückgehn. Ich fürchte, daß diese Krankheit den Unternehmungen Försters einen Stein in den Weg legt, mindestens alles verlangsamt; denn die Einwanderung stockt natürlich, wenn die Cholera im Lande ist. Vielleicht ist aber eine Verlangsamung in diesem Falle das geringste Unglück; mir schien es, daß sie zu schnell und ohne rechte *Lehr*zeit sich auf so große Unternehmungen eingelassen haben. – Frl. v. Meysenbug schrieb auf das liebenswürdigste aus Rom an mich; sie hatte bisher noch gar keine Nachricht von Lisbeth. Gestern langte auch ein Brief des Frl. v. Salis an, sie betrachtet es »als eine der segensvollsten Fügungen ihres Lebens, meine Philosophie und mich kennengelernt zu haben«. Sie sandte einen Artikel über mich mit, der in der Zürcher Zeitung gestanden hat, von jenem Dr. Welti. Sehr ehrfurchtsvoll. Der arme Freund Gast hat sich in München jämmerlich befunden und nichts für seine Aufführung erreicht, die Sache geht mir sehr nah. Jetzt wird er sich wieder nach Venedig zurückziehn, aber wie enttäuscht! wie verbittert! wie mißhandelt und gedemütigt! Und das ist ein Mensch, der ein *unsterbliches* Werk geschaffen hat! Nun, ich selber habe diese ganze Geschichte auch erlebt und durchgemacht, im schönen Jahre 1882. Wenn man das Zeug dazu hat, geht man nicht dran zugrunde, und zuletzt ist die Geschichte so alt wie die Welt steht. – Für das neue Jahr bin ich recht im Ungewissen, denn es gibt gar keinen Ort mehr, wo ich mich von mir selber etwas erholen kann. Mit Sils-Maria ist es zu Ende, von wegen des Zimmers und der Augen; Venedig hat mir jedesmal schlecht getan. Auch *hier* fehlt es mir eigentlich an allem, ich habe gegen 30 Wohnungen angesehn, aber nichts gefunden, was recht wäre. Ich bin *nicht reich genug* für diese ganze Riviera, auch nicht für das Engadin: während meine Gesundheit mir gar keine Wahl läßt. Da bist Du, meine liebe gute Mutter, besser dran! Du hast Dein gutes zufriedenes *Nest*, in dem der Vogel Ruhe hat. Mit den herzlichsten Wünschen, daß es so auch im *neuen* Jahre bleibe,

Dein alter Sohn F.

209. *An Franz Overbeck* [Poststempel: Nizza, 9. Januar 1887]

Lieber Freund, meine Karte ist kurz vor dem Eintreffen Deines Briefes abgegangen; für letzteren herzlichen Dank! Hoffentlich verbessert sich Deine Gesundheit unter der guten Pflege, die Du hast; gerade bei Augenleiden scheint mir es am wenigsten gut zu sein, »daß der Mensch allein ist«. Der Winter ist hart, auch hier; statt Schnee haben wir tagelangen Regen, die näheren Berge sind seit längerer Zeit *weiß* (was in der bunten und farbensatten Landschaft wie eine Koketterie der Natur aussieht –). Zu dieser »Buntheit« gehören auch meine *blauen* Finger, nach wie vor, insgleichen meine *schwarzen* Gedanken. Eben lese ich, mit solcherlei Gedanken, den Kommentar des Simplicius zu Epiktet: man hat in ihm das ganze *philosophische Schema* klar vor sich, auf welches sich das Christentum eingezeichnet hat: so daß dies Buch eines »heidnischen« Philosophen den denkbar christlichsten Eindruck macht (abgerechnet, daß die ganze christliche

Affekten-Welt und Pathologie fehlt, »Liebe«, wie Paulus von ihr redet, »Furcht vor Gott« usw.). Die *Fälschung* alles Tatsächlichen durch Moral steht da in vollster Pracht; erbärmliche Psychologie; der Philosoph auf den »Landpfarrer« reduziert. – Und an alledem ist *Plato* schuld! er bleibt das größte Malheur Europas! – Dein N.

210. *An Peter Gast*

Nice (France), rue des Ponchettes 29 au premier [21. Januar 1887]

Lieber Freund, es ist mir eine wahre Erleichterung, Sie wieder in Venedig zu wissen. Ihr Brief – oh, was er mir wohl tat! Es war mir wie ein Versprechen darin, daß es auch bei mir nun wieder *besser* gehen solle – besser, das heißt heller, heitererer, südlicher, unbekümmerter, hoffentlich auch »unliterarischer«: denn diese ganze In-Szene-setzung meiner alten Literatur hat mich gräulich malträtiert und »persönlich« gemacht. Ich tauge nicht fürs »Wiederkäuen« des Lebens. Jetzt ergötze und erhole ich mich an der kältesten Vernunft-Kritik, bei der man unwillkürlich blaue Finger bekommt (und folglich die Lust verliert, zu *schreiben* –). Ein Generalangriff auf den gesamten »Kausalismus« der bisherigen Philosophie kommt dabei heraus, auch einiges Schlimmere noch. –

Hätten Sie doch ein Stück Ihrer Oper zur Aufführung gebracht! Man muß, wenn man *sich* produzieren will das am meisten Charakteristische, also Fremdeste produzieren. Daß Sie dem Levi Ihr Septett vorführten, ist, nach meinen Gefühle, mehr *Höflichkeit* als etwas anderes (etwas »Sachse« – Vergebung, alter Freund!). Das Beste an der Geschichte ist, daß Ihr Septett so aufgenommen wurde, wie Sie schreiben; hätte es gefallen, so hätte ich an eine *Verwechslung* geglaubt. –

Levi hat mir vom Frühling her den besten Eindruck hinterlassen. Auch was mir von anderer Seite inzwischen aus München gemeldet wurde, bestätigt, daß er eine Art Zusammenhang mit mir (er nennt's Dankbarkeit) weder verloren hat, noch verlieren *will*: was übrigens von allen Wagnerianern gilt (ob ich es schon mir nicht recht zu erklären weiß). Man hat mich letzten Herbst in München erwartet »mit fieberhafter Spannung«, wie Seydlitz (jetzt Präsident des Wagner-Vereins) meldete. Im Engadin, beiläufig gesagt, hatte ich als Tischnachbarin die Schwester des Barbiers von Bagdad: Sie verstehen diese abgekürzte Redeweise?

Zuletzt – neulich hörte ich zum ersten Male die Einleitung zum Parsifal (nämlich in Monte-Carlo!). Wenn ich Sie wiedersehe, will ich Ihnen genau sagen, was ich da *verstand*. Abgesehn übrigens von allen unzugehörigen Fragen (wozu solche Musik dienen *kann* oder etwa dienen *soll*?), sondern rein ästhetisch gefragt: hat Wagner je etwas *besser* gemacht? Die allerhöchste psychologische Bewußtheit und Bestimmtheit in bezug auf das, was hier gesagt, ausgedrückt, *mitgeteilt* werden soll, die kürzeste und direkteste Form dafür, jede Nuance des Gefühls bis aufs Epigrammatische gebracht; eine Deutlichkeit der Musik als deskriptiver Kunst, bei der man an einen Schild mit erhabener Arbeit denkt; und, zuletzt, ein sublimes und außerordentliches Gefühl, Erlebnis, Ereignis der Seele im Grunde der Musik, das Wagnern die höchste Ehre macht, eine Synthesis von Zuständen, die vielen Menschen, auch »höheren Menschen« als unvereinbar gelten werden, von richtender Strenge, von »Höhe« im erschreckenden Sinne des Wortes, von einem Mitwissen und Durchschauen, das eine Seele wie mit Messern durchschneidet – und von Mitleiden mit dem, was da geschaut und gerichtet wird. Dergleichen gibt es bei *Dante*, sonst nicht. Ob je ein Maler einen so schwermütigen Blick der Liebe gemalt hat, als W. mit den letzten Akzenten seines Vorspiels? –

Treulich Ihr Freund Nietzsche

211. *An Franz Overbeck* [Nizza, 23. Februar 1887] (Mittwoch)

Lieber Freund, heute nur meinen Dank für Deinen Brief und die Geldsendung, die mich sehr beruhigt hat; ich war selten in meinem Leben so sehr am Ende meines »Lateins«. Übrigens bin ich krank, hüstele *comme il faut*, fröstele: dabei spielt sich der lärmende Karneval von Nizza fast vor meinem Fenster ab...

Anbei ein Brief des Venediger *Maestro*, an dem Du, wie ich glaube, Freude haben wirst. Ich war so in Sorge! Aber es dreht sich zum

Besseren. Eine kleine Machination, sehr indirekt, welche darauf abzielte, Herrn Hegar in Zürich zu einer Artigkeit gegen ihn zu veranlassen, scheint mir gelungen.

Gesetzt, daß ich diesen Frühling nach Zürich komme und Hegar bereit finde, mir den Mizka-Czàrdas vorzuführen, werde ich nicht versäumen, Dich dazu einzuladen.

Von Dostojewskij wußte ich vor wenigen Wochen auch selbst den Namen nicht – ich ungebildeter Mensch, der keine »Journale« liest! Ein zufälliger Griff in einem Buchladen brachte mir das eben ins Französische übersetzte Werk *L'esprit souterrain* unter die Augen (ganz so zufällig ist es mir im 21. Lebensjahre mit Schopenhauer und im 35. mit Stendhal gegangen!). Der Instinkt der Verwandtschaft (oder wie soll ich's nennen?) sprach sofort, meine Freude war außerordentlich: ich muß bis zu meinem Bekanntwerden mit Stendhals *Rouge et Noir* zurückgehen, um einer gleichen Freude mich zu erinnern. (Es sind zwei Novellen, die erste eigentlich ein Stück Musik, *sehr* fremder, sehr *un*deutscher Musik; die zweite ein Geniestreich der Psychologie, eine Art Selbstverhöhnung des *γνῶθι σαυτόν*). Beiläufig gesagt: diese *Griechen* haben viel auf dem Gewissen – die Fälscherei war ihr eigentliches Handwerk, die ganze europäische Psychologie krankt an den griechischen *Oberflächlichkeiten*; und ohne das bißchen Judentum usw. usw. usw.

Diesen Winter habe ich auch Rénans *Origines* gelesen, mit viel Bosheit und – wenig Nutzen. Diese ganze Geschichte kleinasiatischer Zustände und *sentiments* scheint mir auf eine komische Weise in der Luft zu schweben. Zuletzt geht mein Mißtrauen jetzt bis zur Frage, ob Geschichte überhaupt *möglich* ist? Was will man denn feststellen? – etwas, das im Augenblick des Geschehens selbst nicht »feststand«? – Lieber Freund, über das Deutschland, dessen Zeitgenossen wir sind, kein Wort! Ich lese eben Sybels Hauptwerk, in französischer Übersetzung, nachdem ich über die einschlägigen Probleme die Schule von Tocqueville und Taine durchgemacht habe – da finde ich z. B. diesen süperben Gedanken »*c'est du régime féodal et non de sa chute, que sont nés l'égoisme, l'avidité, les violences et la cruauté, qui conduisirent aux terreurs des massacres de septembre*«. Ich glaube, *das* fühlt und weiß sich als »Liberalismus«; gewiß ist, daß ein solcher zur Schau getragener Haß gegen die ganze Gesellschafts-Ordnung des Mittelalters sich vortrefflich mit der rücksichtsvollsten Behandlung der preußischen Geschichte verträgt. Z. B. in betreff der Teilung Polens. (Kennst Du *Montalemberts Moines d'Occident*? Oder vielmehr: weißt Du etwas Solideres und weniger Parteiisches, als dies Werk, aber mit der gleichen Absicht, die Wohltaten, welche die europäische Gesellschaft den Klöstern verdankt, ins Licht zu stellen?)

Dieser Winter tut mir wohl, wie ein Zwischen-Akt und Zurückschauen. Unglaublich! Ich habe in den letzten 15 Jahren eine ganze Literatur auf die Beine gestellt und sie schließlich mit Vorreden u. Zutaten so weit »fertig gemacht«, daß ich sie als »*losgelöst*« von mir betrachte, – daß ich darüber lachen kann, wie ich im Grunde über alles Literatur-Machen lache. Alles in allem, so habe ich nur die miserabelsten Jahre meines Lebens dazu verwendet.

Treulich Dein alter Freund N. *homo illiteratus*

212. *An Reinhart von Seydlitz*

Nizza, Donnerstag, den 24. Februar 1887
rue des Ponchettes 29 au premier

Glücklicherweise, lieber Freund, bewies in Deinem eignen Falle Dein Brief ganz und gar nicht *quod erat demonstrandum*: sonst aber gebe ich Dir alles zu, die verhängnisvollen Einwirkungen des bedeckten Himmels, der langen feuchten Kälte, der Nähe von Bajovaren und von bayrischem Bier – ich bewundre jeden Künstler, der diesen Feinden die Stirn bietet, gar nicht zu reden von der deutschen Politik, welche nur eine andre Art permanenten Winters und schlechten Wetters ist. Mir scheint Deutschland in den letzten 15 Jahren eine förmliche Schule der Verdummung geworden zu sein. Wasser, Quark und Mist weit und breit [– –]: so sieht sich das aus der Ferne an. Ich bitte tausend Male um Entschuldigung, wenn ich damit Deine edleren Gefühle verletze, aber vor diesem gegenwärtigen Deutschland, so sehr es auch igelmäßig in Waffen starrt, habe ich keinen Respekt mehr. Es repräsentiert die stupideste, verkommenste, verlogenste Form des »deutschen Geistes«, die es bisher gegeben hat, – und was *hat* dieser »Geist« sich schon alles an Geistlosigkeit zugemutet! Ich vergebe es niemandem, der mit ihm seinen Kompromiß macht, heiße er selbst Richard Wagner, und namentlich nicht, wenn es so schändlich zweideutig und vorsichtig gemacht wird, wie dies der kluge, allzukluge Verherrlicher der »reinen Torheit« in seinen letzten Jahren bewerkstelligt hat – –

Hier, in *unserm* Sonnenlande – was für andre Dinge haben wir im Kopfe! Eben noch hatte Nizza seinen langen, internationalen Karneval (mit Spanierinnen im Übergewichte, beiläufig gesagt) und dicht hinter ihm, sechs Stunden nach seiner letzten Girandola, gab es schon wieder neue und seltner erprobte Reize des Daseins. Wir leben nämlich in der interessanten Erwartung, *zugrunde zu gehn* – dank einem wohlgemeinten Erdbeben, das nicht nur alle Hunde weit und breit heulen macht. Welches Vergnügen, wenn die alten Häuser über einem wie Kaffeemühlen rasseln! wenn das Tintefaß selbständig wird! wenn die Straßen sich mit entsetzten halbbekleideten Figuren und zerrütteten Nervensystemen füllen! Diese Nacht machte ich, gegen 2–3 Uhr, *comme gaillard*, der ich bin, eine Inspektionsrunde in den verschiednen Teilen der Stadt, um zu sehn, wo die Furcht am größten ist. – Die Bevölkerung kampiert nämlich tags und nachts im Freien, es sah hübsch militärisch aus. Und nun gar in den Hotels! wo vieles eingestürzt ist und folglich eine vollkommne Panik herrscht. Ich fand alle meine Freunde und Freundinnen erbärmlich unter grünen Bäumen ausgestreckt, sehr flanelliert, denn es war scharf kalt, und bei jeder kleinen Erschütterung düster an das Ende denkend. Ich zweifle nicht, dies macht der *Saison* ein plötzliches Ende, alles denkt ans *Abreisen* (gesetzt, daß man fortkommt und daß die Eisenbahnen nicht zu allererst »abgerissen« sind). Schon gestern abend waren die Gäste des Hotels, wo ich esse, nicht dazu zu bringen, ihre *table d'hôte* im Innern des Hauses einzunehmen – man aß und trank im Freien; und abgesehn von einer alten sehr frommen Frau, welcne überzeugt ist, daß der liebe Gott ihr nichts zuleide tun *darf*, war ich der einzige *heitere* Mensch unter lauter Larven und »fühlenden Brüsten«.

– Eben erwische ich ein Zeitungsblatt, das diese letzte Nacht bei weitem malerischer, als Dein Freund vermag, Dir z . Gemüte führen wird. Ich lege es bei: lies es, bitte, Deiner lieben Frau vor und behalte mich in gutem Angedenken! Treulich Dein Nietzsche

844

(Verzeih die Eile und Flüchtigkeit meiner Schrift, aber der Brief soll mit dem nächsten Zuge fort.)

213. *An Peter Gast* Montag [Nizza, 7. März 1887]

Lieber Freund, soeben empfing ich, dankbar Ihrer Hilfe eingedenk, die Korrektur der »Lieder« – das ist die *letzte* Korrektur, es freut mich dies Ihnen melden zu können. Mit dem »fünften Buche«, dessen Manuskript seit mehreren Monaten in Fritzschens Händen ist und dessen Drucklegung ich selber zu bezahlen gewillt war, scheint besagter Leipziger wenig einverstanden. Genug, wir lassen es vor der Hand ungedruckt; vielleicht gehört es seinem Tone und Inhalte nach überdies mehr zu »Jenseits von G. u. B.« und dürfte diesem Werke bei einer zweiten Auflage einverleibt werden –, mit mehr *Recht*, wie mir jetzt scheint als jener Fröhlichen Wissenschaft: so daß zuletzt hinter dem Widerstreben des Verlegers ein »höherer Sinn«, ein Stück blauen Himmels von Vernünftigkeit sichtbar wird. Und welcher Verleger dürfte nicht etwas furchtsam sein, nachdem er sich ungeschickterweise mit meiner Literatur beschwert hat? Ich habe es noch nicht einmal zu *Widersachern* gebracht; seit 15 Jahren ist überhaupt über keines meiner Bücher eine tiefgemeinte, gründliche, sach- und fachgemäße Rezension erschienen – kurz, man muß dem Fritzsch einiges zugute halten. –

In welcher Lage wäre ich, gesetzt, daß die zehn Jahre Philologie und Basel in meinem Leben fehlten! –

Eben ist ein Philologe mit verwandter Vorgeschichte hier bei mir zum Besuche, ein Dr. A., aus der Schule Rohdes und v. Gutschmidts erwachsen und von seinen Lehrern *sehr* gewürdigt, aber – leidenschaftlich degoutiert und gegen alle Philologie eingenommen. Er flüchtet zu mir, »seinem Meister« – denn er will sich schlechterdings der Philosophie weihen; und nun überrede ich ihn langsam, langsam, keine Dummheiten zu machen und sich durch keine falschen Vorbilder fortreißen zu lassen. Ich glaube, es gelingt mir, ihn zu »enttäuschen«. – Dabei erfuhr ich, wie selbst im Tübinger *Stift* meine Schriften heimlich und gierig verschluckt werden; ich gelte dort als einer der »negativsten Geister«. – Dr. A. ist halb Amerikaner, halb Schwabe. –

Mit Dostojewskij ist es mir gegangen wie früher mit Stendhal: die zufälligste Berührung, ein Buch, das man in einem Buchladen aufschlägt, Unbekanntschaft bis auf den Namen – und der plötzlich redende Instinkt, hier einem Verwandten begegnet zu sein.

Bis jetzt weiß ich noch wenig über seine Stellung, seinen Ruf, seine Geschichte: er ist 1881 gestorben. In seiner Jugend war er schlimm daran: Krankheit, Armut, bei vornehmer Abkunft; mit 27 Jahren zum Tode verurteilt, auf dem Schaffott noch begnadigt, dann 4 Jahre Sibirien, in Ketten, inmitten schwerer Verbrecher. Diese Zeit war entscheidend: er entdeckte die Kraft seiner psychologischen Intuition, mehr noch, sein Herz versüßte und vertiefte sich dabei – sein Erinnerungs-Buch an diese Zeit »*La maison des morts*« ist eines der »menschlichsten Bücher«, die es gibt. Was ich zuerst kennenlernte, eben in französischer Übersetzung erschienen, heißt *L'esprit souterrain*, zwei Novellen enthaltend: die erste eine Art unbekannter Musik, die zweite ein wahrer Geniestreich der Psychologie – ein schreckliches und grausames Stück Verhöhnung des *Γνῶθι σαυτόν*, aber mit einer leichten Kühnheit und Wonne der überlegnen Kraft hingeworfen, daß ich vor Vergnügen dabei ganz berauscht war. Inzwischen habe ich noch, auf Overbecks Empfehlung hin, den ich in meinem letzten Briefe befragte, *Humiliés et offensés* gelesen (das einzige, was O. kannte), mit dem größten Respekt vor dem *Künstler* Dostojewskij. Auch merke ich bereits, wie die jüngste Generation von Pariser Romandichtern von dem Einflusse und der Eifersucht auf D. vollständig tyrannisiert wird (z. B. Paul Bourget).

– Ich bleibe hier bis zum 3. April, hoffentlich ohne noch weitere Bekanntschaft mit dem *Erdbeben* zu machen: jener Dr. Falb nämlich warnt vor dem 9. März, wo er eine Rekrudeszenz der Erscheinungen für unsre Gegend erwartet, insgleichen vor dem 22. und 23. März. Bisher bin ich kaltblütig genug dabei geblieben und habe mitten unter tollgewordnen Tausenden mit dem Gefühl der Ironie und der kalten Neugierde gelebt. Aber man kann nicht für sich gutsagen: vielleicht bin ich in wenig Tagen unvernünftiger als irgend jemand. Das Plötzliche, das *imprévu* hat seine Reize...

Wie geht es Ihnen? Nein, wie mich Ihr letzter Brief erquickt hat! Sie sind so tapfer! Treulich Ihr Freund N.

214. *An Malwida von Meysenbug* [12. Mai 1887]

Adresse: Chur (Schweiz), Rosenhügel – bis zum 10. Juni – nachher: Celerina, Oberengadin

Hochverehrte Freundin. Seltsam! Was Sie zuletzt mir mit solcher Güte ausdrückten, ob es nicht für uns beide jetzt fruchtbar und erquicklich sein müßte, unsre zwei Einsamkeiten wieder einmal in die allernächste herzlichste Nachbarschaft zu rücken, das habe ich selbst oft genug in der letzten Zeit gedacht und gefragt. Noch einen Winter mit Ihnen zusammen, vielleicht gar von Trina gemeinsam gepflegt und gewartet – das ist in der Tat eine äußerst verlockende Aussicht und Perspektive, für die ich Ihnen nicht genug Dank sagen kann! Am liebsten schon noch einmal in Sorrent (δὶς καὶ τρὶς τὸ καλόν sagen die Griechen: »alles Gute zweimal, dreimal!«). Oder in Capri – wo ich Ihnen wieder Musik machen will, und bessere als damals! Oder in Amalfi, oder Castellamare. Zuletzt selbst in Rom (obschon mein Mißtrauen gegen römisches Klima und gegen die großen Städte überhaupt auf guten Gründen steht und nicht leicht umzuwerfen ist). Die Einsamkeit mit der einsamsten Natur war bisher mein Labsal, mein Mittel der Genesung: solche Städte des modernen Treibens wie Nizza, wie sogar schon Zürich (von wo ich eben komme) machen mich auf die Dauer reizbar, traurig, ungewiß, verzagt, unproduktiv, krank. Von jenem stillen Aufenthalte *da unten* habe ich eine Art Sehnsucht und Aberglauben zurückbehalten, wie als ob ich dort, wenn auch nur ein paar Augenblicke, tiefer *aufgeatmet* hätte, als irgendwo sonst im Leben. Zum Beispiel bei jener allerersten Fahrt in Neapel, die wir zusammen nach dem Posilipp zu machten. –

Am Ende, alles erwogen, sind Sie allein mir zu einem solchen Wunsche übrig geblieben: im übrigen fühle ich mich zu meiner Einsamkeit und Burg *verurteilt*. Da gibt es keine Wahl mehr. Das, was mich noch leben heißt, eine ungewöhnliche und schwere *Aufgabe*, heißt mich auch den Menschen aus dem Wege zu gehn und mich an niemanden mehr anzubinden. Es mag die extreme Lauterkeit sein, in die mich eben jene Aufgabe gestellt hat, daß ich nachgerade »die Menschen« nicht mehr *riechen* kann, am wenigsten die »jungen Leute«, von denen ich gar nicht selten heimgesucht werde (– oh, sie sind zudringlich-täppisch, ganz wie junge Hunde!). Damals, in der Sorrentiner Einsamkeit, waren mir Brenner und Rée *zu viel*: ich bilde mir ein, daß ich damals gegen Sie sehr schweigsam gewesen bin, selbst über Dinge, über die ich zu niemandem geredet hätte, als zu Ihnen.

Auf meinem Tische liegt die *neue* Auflage (die zweibändige) von Menschliches, Allzumenschliches, deren erster Teil damals ausgearbeitet wurde – seltsam! seltsam! gerade in Ihrer verehrungswürdigen Nähe! In den langen »Vorreden«, welche ich für die Neuherausgabe meiner sämtlichen Schriften nötig befunden habe, stehen kuriose Dinge von einer *rücksichtslosen* Aufrichtigkeit in bezug auf mich selbst. Damit halte ich mir »die vielen« ein für allemal vom Leibe: denn nichts agaziert die Menschen so sehr, als etwas von der Strenge und Härte merken zu lassen, mit der man *sich selbst*, unter der Zucht seines eigensten Ideals, behandelt und behandelt hat. Dafür habe ich meine Angel nach »den *wenigen*« ausgeworfen, zuletzt auch dies ohne Ungeduld: denn es liegt in der unbeschreiblichen Fremdheit und Gefährlichkeit meiner Gedanken, daß erst sehr spät – und gewiß *nicht* vor 1901 – die Ohren sich für diese Gedanken aufschließen werden.

Nach *Versailles* zu kommen – ach wäre es nur irgendwie mir möglich! Denn ich verehre den Kreis Menschen, den Sie dort vorfinden (sonderbares Bekenntnis für einen Deutschen; aber ich fühle mich im heutigen Europa nur den geistigen *Franzosen und Russen* verwandt, und ganz und gar nicht meinen gebildeten Landsleuten, die alle Dinge nach dem Prinzip »Deutschland, Deutschland über alles« beurteilen). Aber ich *muß* wieder in die *kalte* Luft des Engadins: der Frühling setzt mir unglaublich zu: ich mag gar nicht eingestehen, bis in welche Abgründe von Mutlosigkeit ich mich unter seinem Einflusse verirre. Mein Leib fühlt sich (wie übrigens auch meine Philosophie) auf die *Kälte* als sein *konservierendes* Element angewiesen – das klingt paradox und ungemütlich, ist aber die bewiesenste Tatsache meines Lebens.

– Damit verrät sich zuletzt keineswegs eine »*kalte* Natur«: das verstehen Sie gewiß, meine hochverehrte und *treue* Freundin!...

In alter Liebe und Dankbarkeit Ihr Nietzsche

Frl. Salomé hat mir gleichfalls die Verlobung mitgeteilt; aber auch ich habe ihr nicht geantwortet, so aufrichtig ich ihr Glück und Ge deihen wünsche. Dieser Art Mensch, der die Ehrfurcht fehlt, muß man aus dem Wege gehn.

In Zürich habe ich das vortreffliche Fräulein von Schirnhofer aufgesucht, eben von Paris zurückkehrend, über ihre Zukunft, Absicht, Aussicht ungewiß, aber, gleich mir, für Dostojewskij schwärmend.

215. *An Peter Gast* Sils-Maria, 27. Juni 1887

Lieber Freund, eine schöne Überraschung sondergleichen! Etwas, das ich Ihnen niemals vergessen will! Eine *umanità* und *delicatezza*, jemandem erwiesen, der neuerdings vielleicht ein wenig zuviel vom Gegenteil heimgesucht worden ist! Haben Sie Dank: ich gehe den einzelnen Stimmen nach und entdecke überall Feinheiten und Einfälle, mit denen Sie mich beschenkt haben! Was für eine schöne Kunst, wo man so viele *nuances* in einem Minimum von Zeit bemerkbar machen kann! –

Aber nein, Ihre »Lust zu Bülow« muß wieder kommen, lieber Freund, Sie müssen den Würfel noch einmal werfen, – es ist etwas an dieser Kombination Bülow-Pollini, das dazu *drängt*, das Schicksal herauszufordern. Mir scheint dieser Zufall ein *Wink*: ich habe ziemliches Vertrauen zu dem Wagnis, zu dem ich Sie ganz von Herzen *überreden* möchte. Bülows Charakter erlaubt mancherlei, was den Herren Mottl und Levi nicht »freisteht« (obschon Hegar mir noch zuletzt sagte, er begriffe Levi nicht, warum er Ihr Werk nicht aufführe, »was könne es ihm machen?«...).

Ich selbst möchte in bezug auf Bülow jetzt nicht »dazwischentreten«: auch aus *delicatezza*. Bülow wird über Ihr Werk unbefangener, »unvorsichtiger«, bülowscher urteilen, wenn er *nicht* zugleich meinen Namen hört.

– Ich kann das Ereignis nicht verschweigen, mit dem ich schlecht fertig werde: oder vielmehr, ich bin innewendig immer noch ganz außer mir. Heinrich von Stein ist tot: ganz plötzlich, Herzschlag. Ich habe ihn wirklich geliebt; es schien mir, daß er mir aufgespart sei für ein späteres Alter. Er gehörte zu den ganz wenigen Menschen, an dessen *Dasein* ich Freude hatte: auch hatte er großes Vertrauen zu mir.

Er sagte noch zuletzt, in meiner Gegenwart kämen ihm Gedanken, zu denen er sonst nicht den Mut fände; ich »befreite« ihn. Und was haben wir hier oben zusammen *gelacht*! Er stand im Rufe, nicht zu lachen. Sein zweitägiger Besuch hier in Sils ohne Nebenabsichten von Natur und Schweiz, sondern direkt von Bayreuth hierher kommend und direkt von mir zu seinem Vater nach Halle zurückreisend – ist eine der seltsamsten und feinsten Auszeichnungen, die ich erfahren habe. Es machte hier Eindruck; er sagte im Hotel: »Ich komme nicht wegen des Engadin«. – Sein letztes Werk, eine Geschichte der Anfänge der Ästhetik (Boileau und so weiter bis Baumgartner, Kant: sehr gelehrt) ist mir gerühmt worden. – Es war bei weitem die schönste Species Mensch unter den Wagnerianern: wenigstens soweit ich sie kennengelernt habe. – Diese Sache tut mir so weh, daß ich immer wieder *nicht daran glaube*. Nein, was ich mich einsam fühle! Zuletzt stirbt mir auch die gute Malwida weg – wie viele bleiben dann übrig?? Ich fürchte mich, zu *zählen*. –

Bleiben *Sie* mir gut und treu, mein lieber Freund Gast!

Dankbar der Ihrige F. N.

216. *An Hippolyte Taine* Sils-Maria, Oberengadin, den 4. Juli 1887

Hochverehrter Herr! Es gäbe so viele Gründe für mich, Ihnen Dank zu sagen: für die nachsichtige Güte Ihres Briefes, in dem die Worte über Jacob Burckhardt mir besonders erquicklich zu Ohren klangen; für Ihre unvergleichlich starke und einfache Charakteristik Napoleons in der »Revue«, deren ich in diesem Mai beinahe zufällig habhaft wurde (ich war zuletzt nicht übel auf sie vorbereitet durch ein neuerdings erschienenes Buch Mr. Barbey d'Aurévillys, dessen Schlußkapitel – über neue Napoleon-Literatur – wie ein langer Schrei des *Verlangens* klang – wonach doch? Unzweifelhaft gerade nach einer solchen Erklärung und Auflösung jenes ungeheuren Problems von Unmensch und Übermensch, wie Sie sie uns gegeben haben). Ich will auch das nicht vergessen, daß ich mich freute, Ihrem Namen in der Widmung des letzten Romans von Mr. Paul Bourget zu begegnen: obwohl ich das Buch[1] nicht mag – es wird Mr. B. niemals mög-

[1] Leider ist mir der Titel des Romans unbekannt.

lich sein, ein wirkliches physiologisches *Loch in der Brust* eines Mitmenschen glaubwürdig zu machen (dergleichen ist für ihn bloß *quelque chose arbitraire*, wovon ihn sein delikater Geschmack hoffentlich fürderhin fernhalten wird. Aber es scheint, daß der Geist Dostojewskijs diesen Pariser Romanciers keine Ruhe läßt?) Und nun seien Sie so geduldig, verehrter Herr, und lassen Sie sich die Überreichung von zweien meiner Bücher gefallen, die eben in neuen Auflagen erschienen sind. Ich bin ein Einsiedler, Sie werden es wissen, und bekümmere mich nicht viel um Leser und um Gelesenwerden, doch hat es mir seit meinen Zwanzigerjahren (ich bin jetzt dreiundvierzig) niemals an einzelnen ausgezeichneten und mir sehr zugetanen Lesern gefehlt (es waren immer alte Männer), darunter zum Beispiel Richard Wagner, der alte Hegelianer Bruno Bauer, mein verehrter Kollege Jacob Burckhardt und jener Schweizer Dichter, den ich für den einzigen lebenden *deutschen* Dichter halte, Gottfried Keller. Ich hätte eine große Freude daran, wenn ich auch den von mir am meisten verehrten Franzosen unter meinen Lesern hätte.

Diese zwei Bücher sind mir lieb. Das erste, Die Morgenröte, habe ich in Genua geschrieben, in Zeiten schwersten und schmerzhaftesten Siechtums, von den Ärzten aufgegeben, angesichts des Todes und inmitten einer unglaublichen Entbehrung und Vereinsamung: aber ich wollte es damals nicht anders und war trotzdem mit mir in Frieden und Gewißheit. Das andre, Die fröhliche Wissenschaft, verdanke ich den ersten Sonnenblicken der wiederkehrenden Gesundheit: es entstand ein Jahr später (1882), ebenfalls in Genua, in ein paar sublimklaren und sonnigen Januarwochen. Die Probleme, mit denen sich die beiden Bücher beschäftigen, machen einsam. Darf ich Sie bitten, dieselben aus meinen Händen mit Wohlwollen in Empfang zu nehmen?

Ich bin und verbleibe mit dem Ausdruck meiner tiefen und persönlichen Hochschätzung Ihr ergebenster Friedrich Nietzsche

217. *An Peter Gast* Sils-Maria, Montag [18. Juli 1887]

Lieber Freund, eine sofortige Antwort auf Ihren Brief, der eben zur Tür hereinspaziert ist, bei großem Regenwetter, welches mit seinem sanften Dunkel mir gar nicht unerquicklich scheint. Vielleicht haben Sie es in Venedig auch – und sind damit den Alpdruck ein wenig los, den der Sommer auf die Seele legt. Sie haben recht, ich sollte recht erkenntlich für meine *kühle* Sommer-Residenz sein (dies Jahr habe ich selbst hier *oben* gelegentlich an Schwüle gelitten, – was müssen Sie Ärmster ausstehen!). Sonst, glauben Sie mir, mit einem gesunden Leibe kommt man über alles hinweg, und mit einem kranken ist nichts gut, und die besten Geschenke des Himmels werden kalt und traurig beiseite gelegt. Eine physiologische Hemmung, die mir, ohne jede Übertreibung, seit Jahresfrist nicht einen guten Tag gegeben hat und sich in Form von allerlei Kleinmut, Verwundbarkeit, Mißtrauen, Arbeitsunfähigkeit wie eine schwere seelische Erkrankung ausnimmt, so bestimmt ich auch die Physis als die Schuldige weiß und anklage – das ist eine *Misère*, mit der ein guter Gott Ihr Leben, lieber Freund, verschont hat. Zuletzt will ich billig sein und eine wesentliche Veränderung seit 8 Tagen ungefähr zugestehn, – doch ist mein Mißtrauen so tief und die ganz schlimmen Anfalls-Tage immer noch so häufig, daß es mich dünkt, es könne morgen wieder ganz beim alten sein. –

Diese besseren Tage habe ich sofort vehement ausgenutzt und eine kleine Streitschrift abgefaßt, die das Problem meines letzten Buchs, wie mir scheint, recht *vor die Augen* bringt: – alle Welt hat sich beklagt, daß man »mich nicht verstehe«, und die verkauften ca. 100 Exemplare gaben mir's recht handgreiflich zu verstehn, *daß* man mich nicht verstehe. Denken Sie, ich habe ca. 500 Taler Druckkosten in den letzten 3 Jahren gehabt – *kein* Honorar, wie sich von selbst versteht – und dies in meinem 43. Jahre, nachdem ich 15 Bücher herausgegeben habe! Mehr noch: nach genauer Revue aller überhaupt in Betracht kommenden Verleger und vielen äußerst peinlichen Verhandlungen ergibt sich als *strenges Faktum*, daß kein deutscher Verleger mich *will* (selbst wenn ich kein Honorar beanspruche). – Vielleicht bringt es diese kleine Streitschrift zuwege, daß man ein paar Exemplare meiner *älteren* Schriften kauft (aufrichtig, es tut mir immer weh, wenn ich an den armen Fritzsch denke, auf dem nun die ganze Last hockt). Mag's also meinen Verlegern zugute kommen: ich für meine allereigenste Person weiß nur zu genau, daß es *mir nicht zugute kommt, wenn* man anfängt, mich zu verstehen...

Overbeck schrieb, daß er die Vorreden hintereinander wie »die spannendste Odyssee im Reich des Gedankens« gelesen habe. – Marie Rothpletz verheiratet sich mit einem Major a.D. von der Marck (dessen Schwester mir von Nizza her als sehr gute Tischnachbarin im Gedächtnis ist).

Komisches Hin und Her, Briefe und Anfragen zwischen Weimar und den dortigen Goetheforschern und unsrer Familie. Man hat nämlich »entdeckt«, wer das »Muthgen« (eines der Rätsel des Goetheschen Tagebuchs) ist: der Archivrat Burkhardt hat es sogar schon drucken lassen – nämlich meine Großmutter. Nun habe ich diesen Herren den Streich gespielt, etwas dagegen zu stellen: »es schiene mir unwahrscheinlich, daß ‚Muthgen' (Erdmuthe Krause) 1778 ‚dem jungen Dichter befreundet gewesen' sei«, weil – ... Muthgen erst im Dezember des genannten Jahres das *Licht der Welt* erblickt habe! Große Bestürzung. Nun vermutet man, es müsse die Mutter von »Muthgen« sein. Die Beziehungen zu »Goethens« stehn übrigens außer allem Zweifel. Daß der Bruder Muthgens, der *Prof. theol.* Krause in Königsberg, nach Weimar berufen wurde als Nachfolger Herders (als Generalsuperintendent des Landes), war Goethes Werk.

Lieber Freund, es wird nicht nur gedruckt, bei Naumann, es wird auch *gestochen*, bei Fritzsch: fühlen Sie den Stich?... Zum mindesten werden Sie ihn bald *sehn*.

Aber seien Sie doch so *engelhaft* (wie die Dönhoff zu sagen pflegte) und schicken Sie, was zu schicken ist, an Bülow... alter Freund – bitte –

Kuriosum anbei: Dr. Widmann vom »Bund« hat mir geschrieben, enthusiastisch; auch von *Brahms*, mit dem er zusammen ist (letzterer »lebhaft interessiert von Jenseits«, jetzt im Begriff, sich Fröhliche Wissenschaft zu Gemüte zu führen). – Sollte ich *in dieser Richtung* etwas für den Löwen von Venedig tun können??? Fragezeichen.

Treulich Ihr N.

218. *An Peter Gast* Donnerstag [Sils, den 8. September 1887]

Lieber Freund, ich wünschte, es stünde etwas anders mit mir: seit einem Monat ungefähr geht es wieder krebshaft; sollten die Sonnenfinsternis, Falb und andre »jenseitige« Gewalten auch bei mir die inneren *humores* in die Höhe ziehn?... Ich bin so unnütz betrübt, – *unnütz*, denn im ganzen großen hätte ich eher Grund, guter Dinge zu sein. Das Wetter ist miserabel diesen Herbst; viele Tage mit dicker Wolkendecke (das macht bei mir einen Eindruck bis zum Erbrechen). Eine Unterbrechung gab es, komisch und rührend: mein alter Freund Deussen aus Berlin erschien (auf der Reise nach Griechenland, mit einem liebenswürdigen Umschweif über Sils: er will Ende Oktober wieder in Berlin sein), brachte seine kleine Frau und seine eben erfolgte Ernennung zum *Professor der Philosophie*. Der Fall ist historisch: Deussen ist der erste eingeständliche Schopenhauerianer, der eine Professur in Deutschland erhalten hat, – und *daß* D. Schopenhauers glühendster Verehrer und Verkündiger ist (übrigens eminent *rationell*), daran bin *ich* schuld: er hat mir auf emphatische Weise für die Hauptwendung seines Lebens gedankt. Das Wesentlichere (in *meinen* Augen) ist, daß er der erste Europäer ist, der von innen her der indischen Philosophie nahe gekommen ist: er brachte mir seine eben erschienenen Sûtras des Vedânta, ein Buch raffinierter Scholastik des indischen Denkens, in dem der Scharfsinn der modernsten europäischen Systeme (Kantismus, Atomistik, Nihilismus usw.) einige Jahrtausende früher vorweggenommen ist (es sind Seiten darin, die wie »Kritik der reinen Vernunft« klingen, und nicht nur klingen). Das Werk ist auf Kosten der Berliner Akademie der Wissenschaften gedruckt; ich nehme an, daß Deussen bald genug ihr Mitglied sein wird. Er ist eine Spezialität; auch die sprachgelehrtesten Engländer (wie Max Müller), die ähnliche Ziele verfolgen, sind gegen Deussen Esel, weil ihnen »der Glaube fehlt«, das Herauskommen aus Schopenhauer-Kantischen Voraussetzungen. Er übersetzt jetzt die *Upanischads*: was würde Schopenhauer für eine Freude haben!!

– Fritzsch *schweigt*; aufrichtig, der Verkehr mit ihm seit einem Jahre hat mir unsinnig viel Überwindung gekostet. Es ist ein guter Kerl; aber ich will den Tag segnen, wo alles hübsch zu Ende ist und es nichts mehr zwischen uns zu verhandeln gibt. – Naumann sandte gestern den vierten, heute (Donnerstag) den fünften Bogen. – Ich lege den Brief des Herrn Avenarius bei: ich will im allgemeinen *ja* sagen, in Hinsicht darauf, daß es gut ist, einen Ort zu haben, wo man gelegentlich *in aestheticis* mitreden kann. Dabei habe ich eigentlich mehr an *Sie* als an mich gedacht. Avenarius ist ein Dichter (31 Jahre alt), mehr aber noch ein sehr rühriger Vermittler mit buchhändlerischem Instinkt. (Gottfried Keller sprach mir von ihm; er gibt Anthologien der allermodernsten Lyrik Deutschlands heraus und bringt es dabei zu mehreren Auflagen etc.)

Frl. von Salis, die diesen Sommer mit ihrer Freundin Kym hier zugebracht hat (übrigens als Doktorin der Geschichte), ist gestern abgereist. Es regnet. Vielleicht auch bei Ihnen? – Ich rechne mir alle die *schlimmen* Herbste vor, die ich schon durchgemacht habe; bis jetzt ist es noch bei dem Venediger Plane geblieben. Die Frau am *Canal grande* gefällt mir nicht; ich würde Verdruß haben. Wie viel will man in der *casa Petrarca* für den Monat? Oder haben Sie etwas Neues in Sicht? – Sonderbar! Der *römische* Plan ist inzwischen erschüttert, auf eine Weise, die ich am letzten erwartet hätte. Vielleicht ist Rom Unsinn für mich? Und ich krieche wieder nach Nizza? O wenn Sie doch in Nizza lebten! Ich schwöre Ihnen, der Sommer sollte Ihnen daselbst unvergleichlich wohler tun als in Venedig (Seewind von 10 morgens bis 5; dann kühlere Strömung von den Gebirgen her, man geht abends mit Paletot aus).

	Juni	*Juli*	*August*	*Sept.*	
	20	23	23	21	Nizza
	(22	25	23	20	Venedig)
absolut *belle* Tage	18	23	23	17	

Mit herzlichstem Gruß Ihr Nietzsche

Ich habe Ihnen noch gar nicht für Ihren *guten* Brief gedankt!!

(Abreise von hier ca. 20. Sept.)

Durchschnitts-Temperatur des September in Sils 7 Grad Cels. Der Sprung nach Venedig vielleicht zu groß? –

219. *An Meta von Salis*

Sils-Maria, Mittwoch [Poststempel: Silvaplana 14. 9. 1887]

Verehrtes Fräulein, es scheint mir, daß Sie mit Marschlins den *besseren Teil* gewählt haben; denn Sils ist nichts mehr wert, seitdem Sie fort sind. Der September hat einen heimtückischen Charakter: kalt, schneeig, regnerisch, verdrossen – ich selbst bin jeden Augenblick krank. Stünde es anders, so hätten Sie längst Nachricht von mir, auch ein Wort herzlichsten Dankes: denn Sie haben mir wacker dabei geholfen, über einen schweren und im Grunde von konträren Winden heimgesuchten Arbeits-Sommer – »hinwegzugondeln«. –

– Daß Sie meine Bücher lesen, macht mir jetzt weniger Besorgnis: der kürzeste persönliche Verkehr wirkt als *Korrektur* auf ein bloß buchmäßiges Kennenlernen fremder Meinungen und Werte; – man sieht, hört und schließt hintendrein *ruhiger* (alles Gedruckte ist an sich noch zweideutig und macht Unruhe). – Eben ist ein erbärmlicher Aufsatz angelangt, von einem Spiritisten und Wagnerianer abgefaßt, des Titels »Variationen über Themen von Friedrich Nietzsche«. Insgleichen kam eine Einladung des Dresdener Avenarius, meinen Namen mit zur Begründung eines neuen Kunstblattes herzugeben: natürlich *nein* gesagt. – Malwida schweigt. – Den 20. September will ich nach Venedig abreisen; der Herbst scheint kalt zu werden: das ist in Hinsicht auf die Lagunenstadt für mich eine *Hoffnung*. – Neulich, an einem gründlichen Regentage, entwickelte sich ein artiges, sehr prinzipielles Gespräch, bei dem die Rollen hübsch verteilt waren: der preußische Landrat, der Mediziner aus Gießen, der Jurist aus Heidelberg (Geheimrat Gierke) und ich (comme philosophe). –

Mein Druck ist beim letzten Drittel angelangt; das Buch wird heißen »Zur Genealogie der Moral. Eine Streitschrift«. Damit ist nunmehr alles Wesentliche angedeutet, was zur vorläufigen Orientierung über mich dienen kann: von der Vorrede zur Geburt der Tragödie bis zur Vorrede des letztgenannten Buchs – das gibt eine Art »Entwicklungsgeschichte«. Nichts ist übrigens degoutanter, als sich selbst *kommentieren* zu müssen; aber bei der vollkommenen Aussichtslosigkeit dafür, daß irgend jemand anders mir das Geschäft hätte abnehmen können, habe ich die Zähne zusammengebissen und gute Miene, hoffentlich auch »gutes Spiel« gemacht. Die Arbeit eines ganzen Jahrs! (eingerechnet das *fünfte* Buch der *gaya scienza*, das ich *besonders* empfehle). – Mein verehrtes Fräulein, behalten Sie diesen Sommer in guter Erinnerung – ich will es auch tun.

Mich Ihrer ausgezeichneten Freundin angelegentlich empfehlend bleibe ich Ihr ergebenster Diener Dr. Friedrich Nietzsche

856

N. B. Aber man soll nicht sagen: »Marschlins bei Igis«, sondern »Igis bei Marschlins« – oder vielmehr, man soll gar nicht »Igis« sagen... Ich vergaß, mich Ihrer verehrten Frau Mutter zu empfehlen.

220. *An Hans von Bülow* [Venedig, 22. Oktober 1887]

Verehrter Herr, es gab eine Zeit, wo Sie über ein Stück Musik von mir das allerberechtigtste Todesurteil gefällt haben, das *in rebus musicis et musicantibus* möglich ist. Und nun wage ich es trotz alledem, Ihnen noch einmal etwas zu übersenden – einen Hymnus auf das Leben, von dem ich um so mehr wünsche, daß er *leben bleibt*. Er soll einmal, in irgendwelcher nahen oder fernen Zukunft, zu meinem Gedächtnisse gesungen werden, zum Gedächtnisse eines Philosophen, der keine Gegenwart gehabt hat und eigentlich nicht einmal hat haben wollen. *Verdient* er das?...

Zu alledem wäre es möglich, daß ich in den letzten zehn Jahren auch als Musiker etwas *gelernt* hätte.

Ihnen, verehrtester Herr, in alter unveränderlicher Gesinnung zugetan Dr. Fr. Nietzsche

Adresse: *Nizza (France), Pension de Genève*

221. *An Peter Gast* Nizza, 27. Okt. 1887 (blaue Finger, Pardon!)

Lieber Freund, eben langte Ihr Brief an; ich las Montaigne, um mich aus einer grillig-düsteren und gereizten Stimmung zu ziehen – Ihr Brief half mir *gründlicher* noch davon. Seit gestern abend habe ich eine Fischgräte im Halse, die Nacht war greulich; trotz wiederholten Versuchen des Erbrechens hält sie fest. Sonderbar, ich empfinde eine Abundanz von Symbolik und Sinn in dieser physiologischen Niederträchtigkeit. –

Zu alledem ist es kalt, januarlich; mein Nordzimmer läßt mich nicht mit mir spaßen – und auch nicht mit *sich*! – Overbeck meldet eben seinerseits Rheumatismus (überdies Neues über Spitteler, seinen alten Schüler), tiefe Versenkung in den Wust der Scholastik (über welche er diesen Winter zum ersten Male liest), auch daß man R. Wagners Symphonie in Basel gemacht hat. Wir wollen ihm (nach Ihrem Vorschlag) den Hymnus *jetzt* schicken: als welcher zu aller Art Tapferkeit auffordert. Beiläufig: die Schlußwendung »wohlan! noch hast du deine Pein!...« ist das Stärkste von *Hybris* in griechischem Sinne, von lästerlicher Herausforderung des Schicksals durch einen Exzeß von Mut und Übermut: – mir läuft immer noch jedesmal, wenn ich die Stelle sehe (*und* höre), ein kleiner Schauder über den Leib. Man sagt, daß für solche »Musik« die Erinnyen Ohren haben. –

Ais erleichtert mich, ich kann Ihnen nicht helfen, es macht die Brücke zu der »süßen« Entschlossenheit der letzten Phrasierung. Ich würde *a* aushalten, wenn es den Anfang einer langen leidenschaftlichen, tragischen, auf- und abschwellenden *Kadenz* (auf *fis-moll*), etwa mit einem Violinen-Unisono, machte; an sich allein steht es da, dürr, schmerzhaft, hoffnungslos. Auch bewegt sich in diesen Takten die Melodie in lauter *kleinen* Sekunden: diese einzige *große h–a* klingt wie ein Widerspruch. – Sie sehen, ich komme über den *moralischen Querstand* dieses *a* schlecht hinweg. –

Die Partitur hat mir übrigens *großes* Vergnügen gemacht; und es scheint mir, daß Fritzsch sich besser aus der Sache herausgezogen hat, als wir ihm zugetraut haben. Was für gutes Papier hat er genommen! Im Grunde ist es die »eleganteste« Partitur, die ich bis jetzt gesehn habe; und daß Fritzsch wirklich die *Stimmen* dazu hat herstellen lassen (ohne mir vorher ein Wort davon zu sagen), freut mich: es verrät seinen Glauben an die Aufführbarkeit des Hymnus. Oh, alter lieber Freund, was haben *Sie* sich damit um mich »verdient gemacht«! Diese kleine Zugehörigkeit zur Musik und beinahe zu den Musikern, für welche dieser Hymnus *Zeugnis ablegt*, ist in Hinsicht auf ein einstmaliges Verständnis jenes psychologischen Problems, das ich bin, ein unschätzbarer Punkt; und schon jetzt wird es *nachdenken* machen. Auch hat der Hymnus etwas von Leidenschaft und Ernst an sich und präzisiert wenigstens einen *Hauptaffekt* unter den Affekten, aus denen meine Philosophie gewachsen ist. Zuallerletzt: er ist etwas für *Deutsche*, ein Brückchen, auf dem vielleicht sogar diese schwerfällige Rasse dazu gelangen kann, sich für eine ihrer seltsamsten Mißgeburten zu interessieren. –

858

Nizza, aufgerüttelt durch sein Erdbeben, schickt sich diesen Winter an, alle seine Verführungskünste anzuwenden. Reinlicher war es nie; die Häuser schöner angestrichen; die Küche in den Hotels besser. Das italienische Theater (Sonzogno, als Impresario, bringt selber den Winter hier zu) verspricht zuerst, wie Bülow *I pescatori di perle* (26. Nov.); darauf *Carmen*; darauf *Amleto* (von Thomas); darauf *Lakmé* (von Delibes) – lauter Feinschmeckerei. – Eben haben wir einen glänzenden Astronomen-Kongreß hier gehabt, *le congrès Bisch* genannt (nämlich der reiche Jude Bischoffsheim, Amateur *in astronomicis*, bestreitet die *Kosten* des ganzen Kongresses; und wirklich, man ist entzückt über die von ihm veranstalteten Feste). Ihm verdankt Nizza bereits sein Observatorium, insgleichen dessen Unterhaltung, Besoldung der Angestellten, nebst dem, was die Publikationen kosten. *Ecco! Jüdischer Luxus in großem Stile!* –

Lieber Freund, ich habe Sie diesmal nicht nur mit großer Dankbarkeit verlassen, auch mit großem Respekt. Bleiben Sie *sich* treu, ich weiß Ihnen nichts Besseres zu wünschen! Von Herzen Ihr N.

222. *An Peter Gast* Nizza, 10. November 1887

Lieber Freund, der Zufall will (oder ist's gar nicht der Zufall?), daß auch ich in der letzten Woche am Problem Piccini-Gluck hängen blieb. Sie wissen, daß im Monat November 1787 Gluck starb? – vielleicht auch, daß der größte und geistreichste Piccinist, der Abbé Galiani im gleichen Jahre starb (30. Oktober 1787 in Neapel)? Wir feiern also das hundertjährige Jubiläum eines großen Problems und einer verhängnisvollen, wahrscheinlich *falschen* Entscheidung desselben. Ich lese Galiani: mich agaziert es geradezu, daß dieser verwöhnteste und raffinierteste Geist des vorigen Jahrhunderts in diesem Grade außer sich ist über seinen Piccini (ungefähr wie Stendhal über Rossini, aber noch naiver und »verwandter«, wenn ich recht empfinde). Er macht einen scharfen Unterschied zwischen den komischen Opern Piccinis, die bloß für Neapel und in Neapel möglich sind, und den anderen, die in ganz Italien und selbst in Frankreich ungefähr goutiert werden können. *Nur von den ersteren* sagt er, daß Piccini damit auf dem höchsten Gipfel der Kunst angelangt sei; er sagt zu *Madame d'Epinay*, sie könne sich gar keine Idee davon machen, so sehr seien sie *supérieurs* allem, was sie je gehört habe. Der Zeitpunkt, wo Piccini auf die Höhe kommt, ist 1770–71 etwa (aus letzterem Jahre sind die Briefe Galianis). Damals spielte man in Neapel von Piccini *La finta giardiniera* und *Il Don Chisciotte*, insgleichen *La Gelosia per Gelosia*: auf eins dieser Werke, wenn nicht auf alle, muß sich das Entzücken Galianis beziehn (– »er hat mich gelehrt, daß wir alle und immer singen, wenn wir sprechen. Die Schwierigkeit besteht darin, unsern Ton und unsre Modulation zu finden, wenn wir sprechen«). Er macht sich lustig über Mad. d'Epinay, welche diese Sachen nach Paris haben will; er sagt »*ils ne vont pas même à Rome*«. »Sie werden seine *italienischen* komischen Opern haben, solche wie *La buona figlia*, aber keine der *neapolitanischen*.« (*Diese* Oper, *La buona figlia*, mit dem Texte Goldonis, ist zuerst in Rom aufgeführt 1760; in Paris erst 1770, mit großem Erfolg. Die französische Kritik sagte damals »*les oreilles françaises, habituées depuis quelques années à un genre qui leur répugnait d'abord, ont reçu celle-ci avec la plus délicieuse sensation. Les accompagnements surtout ont paru travaillés avec un art infini*«. Klingt das nicht sehr merkwürdig?)

Es scheint mir nötig, den ganzen Gegensatz »italienische und französische Musik« erst wieder zu entdecken und den hybriden Begriff »deutsche Musik« einmal beiseite zu tun. Es handelt sich um einen *Stilgegensatz*: die Herkunft der Komponisten ist dafür ganz gleichgültig. So ist Händel ein Italiener, Gluck ein Franzose (– die französische Kritik feiert z. B. in diesem Augenblick Gluck als das *größte* musikalische Genie des *französischen* Geistes, als *ihren* Gluck). Es gibt geborene Italiener, die dem französischen Stile huldigen, es gibt geborene Franzosen, die italienische Musik machen. Aber *worin* eigentlich besteht der große Stilgegensatz? Ich empfehle besonders die *mémoires* des Präsidenten de Brosses (seine Reise in Italien 1739), in denen fortwährend dies Problem leidenschaftlich berührt wird: da erscheint z. B. *il Sassone*, Ihr Venediger Hasse, als *fanatischer* Antifranzose.

Können Sie sich nicht in Venedig den Anblick *Piccinischer Partituren* verschaffen? namentlich seiner *Napolitana*? Sollte da etwas verloren und vergessen worden sein? – Man muß dem bornierten »deutschen Ernst« in der Musik das *Genie der Heiterkeit* entgegenstellen. –

Dies erinnert mich an den *hymnum ecclesiasticum*, über den inzwischen nur ein Urteil eingelaufen ist, das Ruthardts: »*sehr würdig, rein* im Satz und wohlklingend«.

Der II. Band des »*Journal des Goncourt*« ist erschienen: die interessanteste Novität. Er betrifft die Jahre 1862–65; in ihm sind die berühmten *dîners chez Magny* auf das handgreiflichste beschrieben, jene Diners, welche zweimal monatlich die damalige geistreichste und skeptischste Bande der Pariser Geister zusammenbrachten (Sainte-Beuve, Flaubert, Théophile Gautier, Taine, Renan, die Goncourts, Schérer, Gavarni, gelegentlich Turgenjew usw.). Exasperierter Pessimismus, Zynismus, Nihilismus, mit viel Ausgelassenheit und gutem Humor abwechselnd; ich selbst gehörte gar nicht übel hinein – ich kenne diese Herrn auswendig, *so sehr* daß ich sie eigentlich bereits satt habe. Man muß radikaler sein: im Grunde fehlt es bei allen an der Hauptsache – »*la force*«. Treulich Ihr Freund Nietzsche

223. *An Erwin Rohde* Nizza, den 11. Nov. 1887

Lieber Freund, es scheint mir, daß ich noch etwas von diesem Frühjahr her bei Dir gutzumachen habe? Zum Zeichen, daß es mir nicht an gutem Willen dazu fehlt, sende ich hiermit eine eben erschienene Schrift an Dich ab (– vielleicht bin ich Dir dieselbe zu alledem auch schuldig, denn sie steht im engsten Verbande mit jener, welche ich Dir zuletzt übersendete –). Nein, laß Dich nicht zu leicht von mir entfremden! In meinem Alter und in meiner Vereinsamung verliere *ich* wenigstens die paar Menschen nicht mehr, zu denen ich einmal Vertrauen gehabt habe. Dein N.

Nota bene. Über Mr. Taine bitte ich Dich zur Besinnung zu kommen. Solche groben Sachen, wie Du über ihn sagst und denkst, agazieren mich. Dergleichen vergebe ich dem Prinzen Napoleon; *nicht* meinem Freunde Rohde. Wer diese Art von strengen und großherzigen Geistern mißversteht (– T. ist heute der Erzieher aller *ernsteren* wissenschaftlichen Charaktere Frankreichs), von dem glaube ich nicht leicht, daß er etwas von meiner eignen Aufgabe versteht. Aufrichtig, Du hast mir nie ein Wort gesagt, das mir zu vermuten erlaubte, Du *wüßtest*, welches Schicksal auf mir liegt. Habe ich Dir je daraus einen Vorwurf gemacht? Nicht einmal in meinem Herzen; und sei es auch nur deshalb, weil ich es überhaupt von niemandem anders gewohnt bin. Wer wäre mir bisher auch nur mit einem Tausendstel von Leidenschaft und Leiden entgegengekommen! Hat irgendwer auch nur einen Schimmer von dem eigentlichen Grunde meines langen Siechtums erraten, über das ich vielleicht doch noch Herr geworden bin? Ich habe jetzt 43 Jahre hinter mir und bin genau noch so allein, wie ich es als Kind gewesen bin. –

224. *An Jacob Burckhardt*

Nice, Pension de Genève, 14. November 1887

Verehrtester lieber Herr Professor, auch diesen Herbst bitte ich wieder um die Erlaubnis, Ihnen etwas von mir vorlegen zu dürfen, moralhistorische Studien unter dem Titel *Zur Genealogie der Moral*: auch dieses Mal wieder wie alle Male nicht ohne eine gewisse Unruhe. Denn – ich weiß es nur zu gut – *alle* Schüsseln, welche von mir aufgetischt werden, enthalten so viel Hartes und Schwerverdauliches, daß zu ihnen sich noch Gäste einladen und so verehrte Gäste, wie Sie es sind, eigentlich eher ein *Mißbrauch* freundschaftlicher-gastfreundschaftlicher Beziehungen ist. Man sollte mit solcher Nußknackerei hübsch bei sich bleiben und nur die eigenen Zähne in Gefahr bringen. Gerade in diesem neuesten Falle handelt es sich um psychologische Probleme *härtester* Art: so daß es fast mehr Mut bedarf, sie zu stellen, als irgendwelche Antworten auf sie zu riskieren. Wollen Sie mir noch einmal Gehör schenken?... Jedenfalls bin ich diese Abhandlungen Ihnen schuldig, weil sie im engsten Bezuge zu dem letztübersandten Buche (»Jenseits von Gut und Böse«) stehn. Es ist möglich, daß ein paar Hauptvoraussetzungen jenes schlecht zugänglichen Buchs hier *deutlicher* herausgekommen sind; – wenigstens ging meine *Absicht* dahin. Denn alle Welt hat mir über jenes Buch das Gleiche gesagt: daß man nicht begreife, um was es sich handle, daß es so etwas sei wie

»höherer Blödsinn«: zwei Leser *ausgenommen*, Sie selbst, hochverehrter Herr Professor, und andererseits einer Ihrer dankbarsten Verehrer in Frankreich, Mr. Taine. Verzeihung, wenn ich mir mitunter zum Troste sage: »ich habe bis jetzt nur *zwei* Leser, aber *solche* Leser!« – Das sehr innerliche und schmerzhaft-verwickelte Leben, das ich bisher gelebt habe (und an dem meine im Grunde stark angelegte Natur Schiffbruch gelitten hat) hat nachgerade eine *Vereinsamung* mit sich gebracht, gegen die es kein Heilmittel mehr gibt. Mein liebster Trost ist immer noch der, der wenigen zu gedenken, die es unter ähnlichen Bedingungen ausgehalten haben, ohne zu zerbrechen und sich eine gütige und hohe Seele zu bewahren gewußt haben. Es kann niemand Ihrer *dankbarer* gedenken, hochverehrter Mann, als ich es tue.

Treulich und unveränderlich Ihr ergebenster Nietzsche

Meine Wünsche für Ihre Gesundheit zu guter Letzt! Dieser Winter scheint hart zu werden. O wären Sie *hier*!!

225. *An Georg Brandes* Nizza, den 2. Dezember 1887

Verehrter Herr, ein paar Leser, die man bei sich selbst in Ehren hält und sonst keine Leser – so gehört es in der Tat zu meinen Wünschen. Was den letzten Teil dieses Wunsches angeht, so sehe ich freilich immer mehr, daß er unerfüllt bleibt. Um so glücklicher bin ich, daß zum *satis sunt pauci* mir die *pauci* nicht fehlen und nie gefehlt haben. Von den Lebenden unter ihnen nenne ich (um solche zu nennen, die Sie kennen werden) meinen ausgezeichneten Freund Jacob Burckhardt, Hans von Bülow, H. Taine, den Schweizer Dichter Keller; von den Toten den alten Hegelianer Bruno Bauer und Richard Wagner. Es macht mir eine aufrichtige Freude, daß ein solcher guter Europäer und Kultur-Missionar, wie Sie es sind, fürderhin unter sie gehören will; ich danke Ihnen vom ganzen Herzen für diesen guten Willen.

Freilich werden Sie dabei Ihre Not haben. Ich selber zweifle nicht daran, daß meine Schriften irgendworin noch »sehr deutsch« sind: Sie werden das freilich viel stärker empfinden, verwöhnt, wie Sie sind, durch sich selbst, ich meine durch die freie und französisch anmutige Art, mit der Sprache umzugehen (eine geselligere Art im Vergleich zu der meinen). Viele Worte haben sich bei mir mit anderen Salzen inkrustiert und schmecken mir anders auf der Zunge als meinen Lesern: das kommt hinzu. In der Skala meiner Erlebnisse und Zustände ist das Übergewicht auf Seiten der seltneren, ferneren, dünneren Tonlagen gegen die normalen mittleren. Auch habe ich (als alter Musikant zu reden, der ich eigentlich bin) ein Ohr für Viertelstöne. Endlich – und das wohl am meisten macht meine Bücher dunkel – es gibt in mir ein Mißtrauen gegen Dialektik, selbst gegen Gründe. Es scheint mir mehr am Mute, am Stärkegrade seines Mutes gelegen, was ein Mensch bereits für »wahr« hält oder noch nicht... (Ich habe nur selten den Mut zu dem, was ich eigentlich weiß.)

Der Ausdruck »aristokratischer Radikalismus«, dessen Sie sich bedienen, ist sehr gut. Das ist mit Verlaub gesagt, das gescheuteste Wort, das ich bisher über mich gelesen habe.

Wie weit mich diese Denkweise schon in Gedanken geführt hat, wie weit sie mich noch führen wird – ich fürchte mich beinahe, mir dies vorzustellen. Aber es gibt Wege, die es nicht erlauben, daß man sie rückwärts geht, und so gehe ich vorwärts, weil ich vorwärts *muß*.

Damit ich meinerseits nichts versäume, was Ihnen den Zugang zu meiner Höhle, will sagen Philosophie, erleichtern könnte, soll mein Leipziger Verleger Ihnen meine früheren Schriften *en bloc* übersenden. Ich empfehle insonderheit, deren neue Vorreden zu lesen (sie sind fast alle neu herausgegeben). Diese Vorreden möchten, hintereinander gelesen, vielleicht etwas Licht über mich geben, vorausgesetzt, daß ich nicht dunkel *an sich* (dunkel an und für mich –) bin, als *obscurissimus obscurorum virorum*...

– Dies wäre nämlich möglich. –

Sind Sie Musiker? Soeben gibt man ein Chorwerk mit Orchester von mir heraus, einen »Hymnus an das Leben«. Derselbe ist bestimmt, von meiner Musik übrigzubleiben und einmal »zu meinem Gedächtnis« gesungen zu werden; angenommen, daß sonst genug von mir übrig bleibt. Sie sehen, mit was für posthumen Gedanken ich lebe. Aber eine Philosophie wie die meine, ist wie ein Grab – man lebt nicht mehr mit. *Bene vixit qui bene latuit* – so steht auf dem Grabstein des Descartes. Eine Grabschrift, kein Zweifel!

Es ist auch mein Wunsch, Ihnen einmal zu begegnen. Ihr Nietzsche

NB. Ich bleibe diesen Winter in Nizza. Meine Sommer-Adresse ist: Sils-Maria, Oberengadin, Schweiz. – Meine Universitäts-Professur habe ich aufgegeben. Ich bin dreiviertel blind.

226. *An Carl Fuchs*

Nizza (France), den 14. Dez. 1887, *Pension de Genève*

Lieber und werter Freund, es war ein *sehr guter* Augenblick, mir einen solchen Brief zu schreiben. Denn ich bin, fast ohne den Willen dazu, aber gemäß einer unerbittlichen Notwendigkeit, gerade mitten darin, mit Mensch und Ding bei mir abzurechnen und mein ganzes »Bisher« *ad acta* zu legen. Fast alles, was ich jetzt tue, ist ein Strich-drunter-ziehn. Die Vehemenz der inneren Schwingungen war erschrecklich, die letzten Jahre hindurch; nunmehr, wo ich zu einer neuen und höheren Form übergehn muß, brauche ich zuallererst eine neue Entfremdung, eine noch höhere *Entpersönlichung*. Dabei ist es wesentlich, was und *wer* mir noch bleibt. –

Wie alt ich eigentlich schon bin? Ich weiß es nicht; ebensowenig, wie jung ich noch sein werde. –

Ich betrachte mit Vergnügen Ihr Bild; es scheint mir viel Jugend und Tapferkeit drin zu sein, gemischt, wie es sich ziemt, mit beginnender Weisheit (und weißen Haaren?...).

In Deutschland beschwert man sich stark über meine »Exzentrizitäten«. Aber da man nicht weiß, wo mein Zentrum ist, wird man schwerlich darüber die Wahrheit treffen, wo und wann ich bisher »exzentrisch« gewesen bin. Zum Beispiel, daß ich Philologe war – damit war ich *außerhalb* meines Zentrums (womit, glücklicherweise, durchaus nicht gesagt ist, daß ich ein schlechter Philologe war). Insgleichen: heute scheint es mir eine Exzentrizität, daß ich Wagnerianer gewesen bin. Es war ein über alle Maßen gefährliches Experiment; jetzt, wo ich weiß, daß ich *nicht* daran zugrunde gegangen bin, weiß ich auch, welchen *Sinn* es für mich gehabt hat – es war meine stärkste Charakter-Probe. Allmählich diszipliniert einen freilich das Innewendigste zur Einheit zurück; jene *Leidenschaft*, für die man lange keinen Namen hat, rettet uns aus allen Digressionen und Dispersionen, jene *Aufgabe*, deren unfreiwilliger Missionar man ist.

– Dergleichen ist sehr schwer aus der Ferne zu verstehn. Meine letzten zehn Jahre waren dadurch über die Maßen schmerzhaft und gewaltsam. Falls Sie Lust haben sollten, mehr von dieser bösen und problematischen Geschichte zu hören, so seien Ihrer freundschaftlichen Teilnahme die Neuausgaben meiner früheren Schriften empfohlen, insbesondere deren *Vorreden*. (Anbei bemerkt: mein aus guten Gründen etwas desperater Verleger, der treffliche E. W. Fritzsch in Leipzig, ist bereit, jedermann diese Neuausgaben auszuhändigen, vorausgesetzt, daß man ihm dafür einen längeren Essay – über »Nietzsche *en bloc*« – verspricht. Die größeren Literaturblätter, wie Lindaus »Nord und Süd«, sind *reif* dafür, einen solchen Essay nötig zu haben, da eine wirkliche Unruhe und Aufregung über die Bedeutung meiner Literatur sich bemerkbar macht. Bisher hat noch niemand genug Mut und Intelligenz gehabt, mich den lieben Deutschen zu *entdecken*: meine Probleme sind neu, mein psychologischer Horizont ist bis zum Erschrecken umfänglich, meine Sprache kühn und deutsch, vielleicht gibt es keine gedankenreicheren und unabhängigeren deutschen Bücher als die meinen.)

– Der *Hymnus* gehört auch zu diesem »Strich-drunter-ziehn«. Können Sie ihn nicht sich einmal singen lassen? Man hat mir von verschiedenen Seiten schon die Aufführung in Aussicht gestellt (z. B. Mottl in Karlsruhe). Seine eigentliche Bestimmung soll freilich sein, einmal »zu meinem Gedächtnis« gesungen zu werden: er soll von mir übrig bleiben, gesetzt, daß ich selbst *übrig bleibe*.

Behalten Sie mich in guter Erinnerung, mein lieber Herr Doktor: ich danke Ihnen auf das herzlichste dafür, daß Sie mir auch in der zweiten Hälfte Ihres Jahrhunderts zugetan bleiben *wollen*.

Ihr Freund Nietzsche

227. *An Carl von Gersdorff*

Nice (France), Pension de Genève, 20. Dez. 1887

Lieber Freund, selten in meinem Leben hat mir ein Brief solche Freude gemacht, wie der Deinige vom 30. November. Es scheint mir, daß damit alles zwischen uns auf das rechtschaffenste und gründlichste wieder in Ordnung gebracht ist. Ein solches Glück konnte gar nicht auf einen passenderen Zeitpunkt mir aufgespart bleiben, als es der jetzige ist. In einem bedeutenden Sinn steht mein Leben gerade jetzt wie im *vollen Mittag*: eine Tür schließt sich, eine andre tut sich auf. Was ich nur in den letzten Jahren getan habe, war ein Abrechnen, Abschließen, Zusammenaddieren von Vergangenem, ich bin mit Mensch und Ding nachgerade fertig geworden und habe einen Strich drunter gezogen. *Wer* und *was* mir übrig bleiben soll, jetzt wo ich zur eigentlichen Hauptsache meines Daseins übergehn muß (überzugehn *verurteilt bin*...), das ist jetzt eine kapitale Frage. Denn, unter uns gesagt, die Spannung, in welcher ich lebe, der Druck einer großen Aufgabe und Leidenschaft, ist zu groß, als daß jetzt noch neue Menschen an mich herankommen könnten. Tatsächlich ist die Öde um mich ungeheuer; ich vertrage eigentlich nur noch die ganz Fremden und Zufälligen und, andrerseits, die von altersher und aus der Kindheit mir Zugehörigen. Alles andre ist abgebröckelt, oder auch *abgestoßen* worden (es gab viel Gewaltsames und Schmerzliches dabei –).

Es bewegte mich, Deinen Brief, und Deine alte Freundschaft darin, gerade jetzt zum Geschenk zu erhalten. Etwas Ähnliches geschah im vorigen Sommer, als plötzlich *Deussen* im Engadin erschien, den ich 15 Jahre lang nicht gesehn hatte (– er ist der erste Philosophie-Professor *Schopenhauerischer* Konfession und behauptet, daß ich die Ursache seiner Verwandlung sei). Insgleichen bin ich tief dankbar für alles das, was ich dem Venediger *maëstro* verdanke. Ich habe ihn fast jedes Jahr besucht und darf Dir ohne jede Übertreibung sagen: er ist *in rebus musicis et musicantibus* meine einzige Hoffnung, mein Trost und mein Stolz. Denn er ist beinahe aus mir gewachsen: und das, was er jetzt von Musik macht, ist an Höhe und Güte der Seele und an Klassizität des Geschmacks weit über allem, was jetzt sonst von Musik gemacht wird. Daß man sich ablehnend und unanständig gegen ihn verhält und daß er ganze Jahre einer wirklichen Tortur durch Zurückweisungen, Taktlosigkeiten und deutsche Tölpeleien durchgemacht hat, steht dazu *nicht* im Widerspruch. Aber dies ist die Moral der Geschichte: entweder geht man an den Widerwärtigkeiten des Lebens zugrunde oder *kommt stärker aus ihnen heraus*.

Auch Du, mein lieber alter Freund! Du Viel-Geprüfter! wirst diesen Satz unterschreiben können? –

Es scheint mir, daß ich Dir diesmal einen *Geburtstagsbrief* geschrieben habe? Ganz wie ehedem, in unsrer »guten alten« Zeit? (Ich bin Dir wirklich nicht einen Augenblick untreu geworden: sage das auch Deiner lieben Frau, zugleich mit meiner angelegentlichen Empfehlung!) In alter Liebe und Freundschaft Dein Nietzsche

Eben erschienen, bei E. W. Fritzsch: *Hymnus an das Leben*. Für gemischten Chor und Orchester komponiert von Friedrich Nietzsche. Partitur. – Bitte, lies doch die *neue* Ausgabe der »Fröhlichen Wissenschaft«: – es ist einiges zum Lachen darin.

228. *An Reinhart von Seydlitz*

Nizza, Pension de Genève, den 12. Februar 1888

Lieber Freund, das war kein »stolzes Schweigen«, das mir inzwischen den Mund fast gegen jedermann verbunden hat, vielmehr ein sehr demütiges, das eines Leidenden, der sich schämt zu verraten, wie sehr er leidet. Ein Tier verkriecht sich in seine Höhle, wenn es krank ist; so tut es auch *la bête philosophe*. Es kommt so selten noch eine freundschaftliche Stimme zu mir. Ich bin jetzt allein, absurd allein; und in meinem unerbittlichen und unterirdischen Kampfe gegen alles, was bisher von den Menschen verehrt und geliebt worden ist (– meine Formel dafür ist »Umwertung aller Werte«), ist unvermerkt aus mir selber etwas wie eine Höhle geworden – etwas Verborgenes, das man nicht mehr findet, selbst wenn man ausginge, es zu suchen. *Aber man geht nicht darauf aus*... Unter uns gesagt, zu dreien – es ist nicht unmöglich, daß ich der erste Philosoph des Zeitalters bin, ja vielleicht noch ein wenig mehr, irgend etwas Entscheidendes und Verhängnisvolles, das zwischen zwei Jahrtausenden steht. Eine solche absonderliche Stellung büßt man *beständig* ab – durch eine immer wachsende, immer eisigere, immer schneidendere Absonderung. Und unsre lieben Deutschen!... In Deutschland hat man es, obwohl ich im 45. Lebensjahr stehe und ungefähr fünfzehn Werke herausgegeben habe (– darunter ein *non plus ultra*, den Zarathustra –), auch noch nicht zu einer einzigen *auch nur* mäßig achtbaren Besprechung *auch nur* eines meiner Bücher gebracht. Man hilft sich jetzt mit den Worten: »exzentrisch«, »pathologisch«, »psychiatrisch«. Es fehlt nicht an schlechten und verleumderischen Winken in bezug auf mich; es herrscht ein zügellos feindseliger Ton in den Zeitschriften, gelehrten und ungelehrten, – aber wie kommt es, daß nie jemand dagegen protestiert? daß nie jemand sich beleidigt fühlt, wenn ich beschimpft werde? – Und jahrelang kein Labsal, kein Tropfen Menschlichkeit, nicht ein Hauch von Liebe –

Unter diesen Umständen muß man in *Nizza* leben. Es wimmelt auch diesmal von Nichtstuern, *grecs* und anderen Philosophen, es wimmelt von »Meinesgleichen«: und Gott läßt, mit dem ihm eigenen Zynismus, gerade über *uns* seine Sonne schöner scheinen, als über das so viel achtbarere Europa des Herrn von Bismarck (– das mit fieberhafter Tugend an seiner Bewaffnung arbeitet und ganz und gar den Aspekt eines heroisch gestimmten Igels darbietet). Die Tage kommen hier mit einer unverschämten Schönheit daher; es gab nie einen vollkommneren Winter. Und diese Farben Nizzas: ich möchte sie Dir schicken. Alle Farben mit einem leuchtenden Silbergrau durchgesiebt; geistige, geistreiche Farben; nicht ein Rest mehr von der Brutalität der Grundtöne. Der Vorzug dieses kleinen Stücks Küste zwischen Alassio und Nizza ist eine Erlaubnis zum Afrikanismus in Farbe, Pflanze und Lufttrockenheit: das kommt im übrigen Europa nicht vor.

O wie gern säße ich mit Dir und Deiner lieben verehrten Frau zusammen unter irgendeinem homerisch-phäakischen Himmel... aber ich *darf* nicht mehr südlicher (– die *Augen* zwingen mich bald zu nördlicheren und stupideren Landschaften). Schreibe mir, bitte, noch einmal über die Zeit, wo Du wieder in München bist, und vergib mir diesen *düsteren* Brief!

Dein getreuer Freund Nietzsche

869

Seltsam! Ich habe drei Tage Deine Ankunft hier im Hotel erwartet. Es war Besuch aus München angemeldet, man wollte mir nicht sagen, *wer*; man machte zwei Plätze neben mir bei Tisch frei – Enttäuschung! Es waren alte Spieler und Montecarlisten, welche mir zuwider sind...

229. *An Georg Brandes* Nizza, den 19. Februar 1888

Verehrter Herr, Sie haben mich auf das angenehmste mit Ihrem Beitrage zum Begriff »Modernität« verpflichtet; denn gerade diesen Winter ziehe ich in weiten Kreisen um diese Wertfrage ersten Ranges herum, sehr oberhalb, sehr vogelmäßig und mit dem besten Willen, so unmodern wie möglich aufs Moderne herunterzublicken ... Ich bewundere – daß ich es Ihnen gestehe! – Ihre Toleranz im Urteil ebenso sehr wie Ihre Zurückhaltung im Urteil. Wie Sie alle diese »Kindlein« zu sich kommen lassen. Sogar Heyse! –

Ich habe mir für meine nächste Reise nach Deutschland vorgesetzt, mich mit dem psychologischen Problem Kierkegaard zu beschäftigen, insgleichen die Bekanntschaft mit Ihrer älteren Literatur zu erneuern. Dies wird für mich, im besten Sinn des Worts, *von Nutzen* sein – und wird dazu dienen, mir meine eigene Härte und Anmaßung im Urteil »zu Gemüte zu führen«.

Gestern telegraphierte mir mein Verleger, daß die Bücher an Sie abgegangen sind. Ich will Sie und mich mit der Erzählung verschonen, warum dies so spät geschehen ist. Machen Sie, verehrter Herr, eine gute Miene zu dem »bösen Spiel«, ich meine zu dieser Nietzscheschen Literatur.

Ich selber bilde mir ein, den »neuen Deutschen« die reichsten, *erlebtesten* und unabhängigsten Bücher gegeben zu haben, die sie überhaupt besitzen; ebenfalls selber für meine Person ein kapitales Ereignis in der Krisis der Werturteile zu sein. Aber das könnte ein Irrtum sein; und außerdem noch eine Dummheit – ich wünsche, über mich nichts glauben zu *müssen*.

Ein paar Bemerkungen noch: sie beziehen sich auf meine Erstlinge (– die *Juvenilia* und *Juvenalia*):

Die Schrift gegen Strauß, das böse Gelächter eines »sehr freien

Geistes« über einen solchen, der sich dafür hielt, gab einen ungeheuren Skandal ab: ich war damals schon *Prof. ordin.*, trotz meiner 27 Jahre, somit eine Art von Autorität und etwas *Bewiesenes*. Das Unbefangenste über diesen Vorgang, wo beinahe jede »Notabilität« Partei für oder gegen mich nahm und eine unsinnige Masse von Papier bedruckt worden ist, steht in Karl Hillebrands »Zeiten, Völker und Menschen« Band 2. Daß ich das altersmüde Machwerk eines außerordentlichen Kritikers verspottete, war nicht das Ereignis, sondern daß ich den deutschen Geschmack bei einer kompromittierenden Geschmacklosigkeit *in flagranti* ertappte: er hatte Straußens »alten und neuen Glauben« einmütig, trotz aller religiös-theologischen Partei-Verschiedenheit, als ein Meisterstück von Freiheit und Feinheit des Geistes (auch des Stils!) bewundert. Meine Schrift war das erste Attentat auf die deutsche Bildung (– jene »Bildung«, welche, wie man rühmte, über Frankreich den Sieg errungen habe –). Das von mir formulierte Wort »Bildungsphilister« ist aus dem wütenden Hin und Her der Polemik in der Sprache zurückgeblieben.

Die beiden Schriften über Schopenhauer und Richard Wagner stellen, wie mir heute scheint, mehr Selbstbekenntnisse, vor allem Selbstgelöbnisse über mich dar als etwa eine wirkliche Psychologie jener mir ebenso tief verwandten als antagonistischen Meister (– ich war der erste, der aus beiden eine Art Einheit destillierte; jetzt ist dieser Aberglaube sehr im Vordergrunde der deutschen Kultur: alle Wagnerianer sind Anhänger Schopenhauers. Dies war anders als ich jung war. Damals waren es die letzten Hegelinge, die zu Wagner hielten, und »Wagner und Hegel« lautete die Parole in den fünfziger Jahren noch).

Zwischen den »Unzeitgemäßen Betrachtungen« und »Menschliches, Allzumenschliches« liegt eine Krisis und Häutung. Auch leiblich: ich lebte jahrelang in der nächsten Nachbarschaft des Todes. Dies war mein großes Glück: ich vergaß mich, ich überlebte mich ... Das gleiche Kunststück habe ich noch einmal gemacht. –

So haben wir also einander Geschenke überreicht: ich denke ein Paar Wanderer, die sich freuen, einander begegnet zu sein?...

Ich verbleibe Ihr ergebenster Nietzsche

230. *An Peter Gast* *Nizza, Pension de Genève*, 26. Febr. 1888

Lieber Freund, trübes Wetter, Sonntag Nachmittag, große Einsamkeit: ich weiß nichts Angenehmeres mir zu erfinden, als etwas zu und mit Ihnen zu reden. Eben merke ich, daß die Finger blau sind: meine Schrift wird nur dem errätlich sein, der die Gedanken errät...

Was Sie über den Stil Wagners in Ihrem Briefe sagen, erinnert mich an eine eigne irgendwo geschriebene Auslassung darüber: wie sein »dramatischer Stil« nichts weiter ist als eine Spezies des *schlechten* Stils, ja sogar des *Nicht*-Stils in der Musik. Aber unsre Musiker sehn darin einen *Fortschritt*... Eigentlich ist alles ungesagt, ja wie ich argwöhne, fast ungedacht auf *diesem* Bereiche von Wahrheiten: Wagner selber, als Mensch, als Tier, als Gott und Künstler geht tausendfach über den Verstand und Unverstand unsrer Deutschen hinaus. Ob auch über den der Franzosen? –

Ich hatte heute das Vergnügen, mit einer Antwort recht zu bekommen, wo schon die Frage außerordentlich hasardiert scheinen konnte: nämlich – »wer war bisher am besten vorbereitet für Wagner? wer war am naturgemäßesten und innerlichsten wagnerisch, trotz und ohne Wagner?« – Darauf hatte ich mir seit lange gesagt: das war jener bizarre Dreiviertels-Narr *Baudelaire*, der Dichter der *Fleurs du Mal*. Ich hatte es bedauert, daß dieser grundverwandte Geist Wagnern nicht bei Lebzeiten entdeckt habe; ich habe mir die Stellen seiner Gedichte angestrichen, in denen eine Art *Wagnerscher Sensibilität* ist, welche sonst in der Poesie keine Form gefunden hat (– Baudelaire ist *libertin*, mystisch, »satanisch«, aber vor allem wagnerisch). Und was muß ich heute erleben! Ich blättere in einer jüngst erschienenen Sammlung von *Oeuvres posthumes* dieses in Frankreich aufs tiefste geschätzten und selbst geliebten Genies: und da, mitten unter unschätzbaren *Psychologicis* der *décadence* (»*mon coeur mis à un*« von der Art, wie man sie im Falle Schopenhauers und Byrons *verbrannt* hat) springt mir ein unedierter Brief *Wagners* in die Augen, bezüglich auf eine Abhandlung Baudelaires in der *Revue européenne*, April 1861. Ich schreibe ihn ab:

Mon cher Monsieur Baudelaire, j'étais plusieurs fois chez vous sans vous trouver. Vous croirez bien, combien je suis désireux de vous dire quelle immense satisfaction vous m'avez preparée par votre article qui m'honore et qui m'encourage plus que tout ce qu'on a jamais dit sur mon pauvre talent. Ne serait-il pas possible de vous dire bientôt, à haute voix, comment je m'ai senti enivré en lisant ces belles pages qui me racontaient – comme le fait le meilleur poème – les impressions que je me dois vanter d'avoir produites sur une organisation si supérieure que la vôtre? Soyez mille fois remercié de ce bienfait que vous m'avez procuré, et croyez-moi bien fier de vous pouvoir nommer ami. – A bientôt, n'est-ce pas? *Tout à vous Richard Wagner*

(Wagner war damals 48 Jahr alt, Baudelaire 40: der Brief ist rührend, obschon in miserablem Französisch.)

Im selben Buche finden sich Skizzen Baudelaires, in denen er auf eine leidenschaftliche Weise Heinrich *Heine* gegen französische Kritik (Jules Janin) in Schutz nimmt. – Man hat, in der letzten Zeit seines Lebens noch, wo er halb irre war und langsam zugrunde ging, *Wagner*sche Musik wie *Medizin* an ihm angewandt; und selbst, wenn man nur Wagners Namen nannte, »*il a souri d'allégresse*«. (– Einen Brief dieser Art Dankbarkeit und selbst Enthusiasmus hat, wenn mich nicht alles trügt, Wagner nur noch einmal geschrieben: nach dem Empfang der Geburt der Tragödie.)

(Aus einem Briefe Baudelaires: »Ich wage nicht mehr von Wagner zu reden: man hat sich zu sehr über mich lustig gemacht. Diese Musik ist eine der ganz großen Freuden meines Daseins gewesen: ich habe gut fünfzehn Jahre keine solche Erhebung – vielmehr *enlèvement* – gefühlt.« –)

– Wie geht es jetzt, lieber Freund? Ich habe mir geschworen, eine Zeitlang nichts mehr ernst zu nehmen. Auch dürfen Sie ja nicht glauben, daß ich wieder »Literatur« gemacht hätte: diese Niederschrift war *für mich*; ich will alle Winter von jetzt ab hintereinander eine solche Niederschrift *für mich* machen – der Gedanke an »Publizität« ist eigentlich ausgeschlossen.

Der Fall Fritzsch ist telegraphisch in Ordnung gebracht. – Herr Spitteler hat geschrieben, nicht übel, sich für seine »Unverschämtheit« (– so sagt er selbst) entschuldigend.

Der Winter ist hart; es fehlt mir aber augenblicklich nichts, es wäre denn eine göttliche und stille Musik, *Ihre* Musik, lieber Freund! Ihr N.

Die Zeitungen und Zeitschriften, welchen Fritzsch durch ein artiges

Zirkular letzten Herbst ein Gesamt-Exemplar meiner Schriften angeboten hatte, zum Zweck einer Besprechung, haben ihm samt und sonders nicht geantwortet. –

Overbecks Vater ist gestorben, 84 Jahre alt. Overbeck selbst ist dazu nach Dresden gereist: wie ich fürchte, zum Nachteil seiner eignen Gesundheit, die diesen Winter wieder Schwierigkeiten macht.

Schneestürme überall, Eisbär-Humanität.

231. *An Peter Gast* Turin, 7. April 1888, Sonnabend

Lieber Freund, wie hat mir das wohlgetan! Der erste Gruß, der mich hier empfing, war von Ihnen; und der letzte, der mich in Nizza erreichte, war auch von Ihnen. Und wie gute seltsame Dinge meldeten Sie! Daß Ihr Quartett in irgendwelcher kalligraphischen Vollkommenheit vor Ihnen liegt und daß Sie seinethalben nun auch diesen Winter segnen! Im Grunde wird man eine sehr anspruchsvolle Art Mensch, wenn man bei sich sein Leben durch Werke *sanktioniert*: namentlich verlernt man damit, den Menschen zu gefallen. Man ist zu *ernst*, sie spüren das: es ist ein teufelsmäßiger Ernst hinter einem Menschen, der vor seinem Werke *Respekt haben will* ...

Lieber Freund, ich benutze die erste Windstille einer sehr stürmischen Fahrt, um an Sie zu schreiben. Vielleicht gibt mir dies einige Ruhe und Haltung: denn ich war bisher außer Rand und Band und bin noch nie unter so ungünstigen Verhältnissen *gereist*. Ist es möglich, zwischen Montag und Samstag so viel absurde Dinge zu erleben! Es mißriet alles, von Anfang! ich lag zwei Tage krank, wo? – in *Sampierdarena*. Glauben Sie ja nicht, daß ich dahin habe reisen wollen. Nur mein Koffer hatte die ursprüngliche Intention nach Turin festgehalten; wir andern, nämlich mein Handgepäck und ich, gingen in verschiedenen Richtungen auseinander. Und wie teuer war die Reise! Wie bereicherte man sich an meiner Armut! Ich bin wirklich nicht gemacht mehr zum Alleinreisen: es regt mich zu sehr auf, so daß ich alles dumm anfange. Auch hier ging es zunächst drunter und drüber. Nachts schlaflos, erstaunt, nicht begreifend, was der Tag alles gebracht hatte. – Wenn ich Sie einmal wiedersehe, will ich Ihnen eine

Szene in *Savona* beschreiben, die einfach in die »Fliegenden Blätter« gehört. Nur machte sie mich krank. –

In *Genua* bin ich herumgegangen wie ein Schatten unter lauter Erinnerungen. Was ich einstmals dort liebte, fünf, sechs ausgesuchte Punkte, gefiel mir jetzt noch mehr: es schien mir von unvergleichlicher *bleicher noblesse* und hoch über allem, was die Riviera bietet. Ich danke meinem Schicksal, daß es mich in diese harte und düstere Stadt in den Jahren der *décadence* verurteilt hatte: geht man aus ihr heraus, so ist man auch jedesmal aus sich herausgegangen, – der Wille *weitet* sich wieder, man hat nicht den Mut mehr, feige zu sein. Ich war nie dankbarer, als bei dieser Pelerinage bei Genua. –

Aber *Turin*! Lieber Freund, seien Sie beglückwünscht! Sie raten mir nach dem Herzen! Das ist wirklich die Stadt, die ich *jetzt* brauchen kann! Dies ist handgreiflich für mich und war es fast vom ersten Augenblick an: wie schauderhaft auch die Umstände meiner ersten Tage waren. Vor allem miserables Regenwetter, eisig, unbeständig, auf die Nerven drückend, mit schwülen halben Stunden dazwischen. Aber was für eine würdige und ernste Stadt! Gar nicht Großstadt, gar nicht modern, wie ich gefürchtet hatte: sondern eine Residenz des 17. Jahrhunderts, welche nur *einen* kommandierenden Geschmack in allem hatte, den Hof und die *noblesse*. Es ist die aristokratische *Ruhe* in allem festgehalten: es gibt keine mesquinen Vorstädte; eine Einheit des Geschmacks, die bis auf die Farbe geht (die ganze Stadt ist gelb oder rotbraun). Und für die Füße wie für die Augen ein klassischer Ort! Was für Sicherheit, was für Pflaster, gar nicht zu reden von den Omnibus und Trams, deren Einrichtung hier bis ins Wunderbare gesteigert ist! Man lebt, scheint es, billiger hier als in den andern großen Städten Italiens, die ich kenne; auch hat mich noch niemand betrogen. Man hält mich für einen *ufficiale tedesco* (während ich diesen Winter im offiziellen Fremden-Verzeichnis Nizzas *comme Polonais* figurierte). Nein, was für ernste und feierliche Plätze! Und der Palaststil ohne Prätension; die Straßen sauber und ernst – und alles viel würdiger, als ich es erwartet hatte! Die schönsten Cafés, die ich sah. Diese Arkaden haben bei einem solchen Wechselklima etwas Notwendiges: nur sind sie großräumig, sie drücken nicht. Abends auf der *Po-Brücke*: herrlich! Jenseits von Gut und Böse!!

Das Problem bleibt das *Wetter* Turins. Ich habe außerordentlich bisher unter ihm gelitten: ich erkannte mich kaum wieder. –

Es grüßt Sie in dankbarer Ergebenheit Ihr Freund Nietzsche

232. *An Georg Brandes*

Torino (Italia), ferma in posta, den 10. April 1888

Aber, verehrter Herr, was ist das für eine Überraschung! – Wo haben Sie den Mut hergenommen, von einem *vir obscurissimus* öffentlich reden zu wollen! ... Denken Sie vielleicht, daß ich im lieben Vaterlande bekannt bin? Man behandelt mich daselbst, als ob ich etwas Absonderliches und Absurdes wäre, etwas, das man einstweilen nicht nötig hat, *ernst zu nehmen*... Offenbar wittern sie, daß auch ich sie nicht ernst nehme: und wie sollte ich's auch, heute, wo »deutscher Geist« ein *contradictio in adjecto* geworden ist! – Für die Photographie bedanke ich mich auf das verbindlichste. Leider gibt es nichts dergleichen auf meiner Seite: die letzten Bilder, die ich besaß, hat meine Schwester, die in Südamerika verheiratet ist, mit dahin genommen.

Anbei folgt eine kleine Vita, die erste, die ich geschrieben habe.

Was die Abfassungszeiten der einzelnen Bücher betrifft, so stehen sie auf dem Titel-Rückblatt von »Jenseits von Gut und Böse«. Vielleicht haben Sie das Blatt nicht mehr.

»Die Geburt der Tragödie« wurde zwischen Sommer 1870 und Winter 1871 abgefaßt (beendet in Lugano, wo ich zusammen mit der Familie des Feldmarschalls Moltke lebte).

Die »Unzeitgemäßen Betrachtungen« zwischen 1872 und Sommer 1875 (es sollten 13 werden; die Gesundheit sagte glücklicherweise nein!).

Was Sie über »Schopenhauer als Erzieher« sagen, macht mir große Freude. Diese kleine Schrift dient mir als Erkennungszeichen; wem sie nichts *Persönliches* erzählt, der hat wahrscheinlich auch sonst nichts mit mir zu tun. Im Grunde steht das Schema darin, nach dem ich bisher gelebt habe; sie ist ein strenges *Versprechen.*

»Menschliches, Allzumenschliches« samt seinen zwei Fortsetzungen, Sommer 1876 bis 1879. Die »Morgenröte« 1880. Die »Fröhliche Wissenschaft« Januar 1882. Zarathustra 1883 bis 1885 (jeder Teil in ungefähr zehn Tagen. Vollkommener Zustand eines »Inspirierten«. Alles unterwegs auf starken Märschen konzipiert: absolute Gewißheit, als ob jeder Satz einem zugerufen wäre. Gleichzeitig mit der Schrift größte körperliche Elastizität und Fülle –).

»Jenseits von Gut und Böse«, Sommer 1885 im Oberengadin und den folgenden Winter in Nizza.

Die »Genealogie« zwischen dem 10. und 30. Juli 1887 beschlossen, durchgeführt und druckfertig an die Leipziger Druckerei geschickt. (Natürlich gibt es auch *philologica* von mir. Das geht aber uns beide nichts mehr an.)

Ich mache eben einen Versuch mit Turin, ich will hier bis zum 5. Juni bleiben, um dann ins Engadin zu gehen. Winterlich hart, böse bis jetzt. Aber die Stadt superb ruhig und meinen Instinkten schmeichelnd. Das schönste Pflaster der Welt.

Es grüßt Sie Ihr dankbar ergebener Nietzsche

Ein Jammer, daß ich weder Dänisch noch Schwedisch verstehe.

Vita. Ich bin am 15. Oktober 1844 geboren, auf dem Schlachtfelde von Lützen. Der erste Name, den ich hörte, war der Gustav Adolfs. Meine Vorfahren waren polnische Edelleute (Niëzky); es scheint, daß der Typus gut erhalten ist, trotz dreier deutscher »Mütter«. Im Auslande gelte ich gewöhnlich als Pole; noch diesen Winter einzeichnete mich die Fremdenliste Nizzas *comme Polonais*. Man sagt mir, daß mein Kopf auf Bildern Matejkos vorkomme. Meine Großmutter gehörte zu dem Schiller-Goetheschen Kreise Weimars; ihr Bruder wurde der Nachfolger Herders in der Stellung des Generalsuperintendenten Weimars. Ich hatte das Glück, Schüler der ehrwürdigen Schulpforta zu sein, aus der so viele (Klopstock, Fichte, Schlegel, Ranke usw. usw.), die in der deutschen Literatur in Betracht kommen, hervorgegangen sind. Wir hatten Lehrer, die jeder Universität Ehre gemacht hätten (oder haben –). Ich studierte in Bonn, später in Leipzig; der alte Ritschl, damals der erste Philolog Deutschlands, zeichnete mich fast von Anfang an aus. Ich war mit 22 Jahren Mitarbeiter des »Literarischen Zentralblattes« (Zarncke). Die Gründung des philologischen

Vereins in Leipzig, der jetzt noch besteht, geht auf mich zurück. Im Winter 1868/69 trug mir die Universität Basel eine Professur an; ich war noch nicht einmal Doktor. Die Universität Leipzig hat mir die Doktorwürde hinterdrein gegeben, auf eine sehr ehrenvolle Weise, ohne jedwede Prüfung, selbst ohne eine Dissertation. Von Ostern 1869 bis 1879 war ich in Basel; ich hatte nötig, mein deutsches Heimatrecht aufzugeben, da ich als Offizier (reitender Artillerist) zu oft einberufen und in meinen akademischen Funktionen gestört worden wäre. Ich verstehe mich nichtsdestoweniger auf zwei Waffen: Säbel und Kanonen – und, vielleicht noch auf eine dritte... Es ging alles sehr gut in Basel, trotz meiner Jugend; es kam vor, bei Doktorpromotionen namentlich, daß der Examinand älter war als der Examinator. Eine große Gunst wurde mir dadurch zuteil, daß zwischen Jacob Burckhardt und mir eine herzliche Annäherung zustande kam, etwas Ungewöhnliches bei diesem sehr einsiedlerischen und abseits lebenden Denker. Eine noch größere Gunst, daß ich vom Anfang meiner Baseler Existenz an in eine unbeschreiblich nahe Intimität mit Richard und Cosima Wagner geriet, die damals auf ihrem Landgute Tribschen bei Luzern wie auf einer Insel und wie abgelöst von allen früheren Beziehungen lebten. Wir haben einige Jahre alles Große und Kleine gemeinsam gehabt, es gab ein Vertrauen ohne Grenzen. (Sie finden in den gesammelten Schriften Wagners Band VII ein »Sendschreiben« desselben an mich abgedruckt, bei Gelegenheit der »Geburt der Tragödie«.) Von jenen Beziehungen aus habe ich einen großen Kreis interessanter Menschen (und »Menschinnen«) kennengelernt, im Grunde fast alles, was zwischen Paris und Petersburg wächst. Gegen 1876 verschlimmerte sich meine Gesundheit. Ich brachte damals einen Winter in Sorrent zu, mit meiner alten Freundin, der Baronin Meysenbug (»Memoiren einer Idealistin«) und dem sympathischen Dr. Rée. Es wurde nicht besser. Ein äußerst schmerzhaftes und zähes Kopfleiden stellte sich heraus, das alle meine Kräfte erschöpfte. Es steigerte sich in langen Jahren bis zu einem Höhepunkt habitueller Schmerzhaftigkeit, so daß das Jahr damals für mich 200 Schmerzenstage hatte. Das Übel muß ganz und gar lokale Ursache gehabt haben, es fehlt jedwede neuropathologische Grundlage. Ich habe nie ein Symptom von geistiger Störung gehabt; selbst kein Fieber, keine Ohnmacht.

Mein Puls war damals so langsam wie der des ersten Napoleons (= 60). Meine Spezialität war, den extremen Schmerz *cru, vert* mit vollkommener Klarheit zwei bis drei Tage hintereinander auszuhalten, unter fortdauerndem Schleim-Erbrechen. Man hat das Gerücht verbreitet, als ob ich im Irrenhaus sei (und gar darin gestorben sei). Nichts ist irrtümlicher. Mein Geist wurde sogar in dieser fürchterlichen Zeit erst reif: Zeugnis die »Morgenröte«, die ich 1881, in einem Winter von unglaublichem Elend in Genua, abseits von Ärzten, Freunden und Verwandten, geschrieben habe. Das Buch ist eine Art »Dynamometer« für mich: ich habe es mit einem Minimum von Kraft und Gesundheit verfaßt. Von 1882 an ging es, sehr langsam freilich, wieder aufwärts: Die Krisis war überwunden (– mein Vater ist sehr jung gestorben, exakt in dem Lebensjahr, in dem ich selbst dem Tode am nächsten war). Ich habe auch heute noch eine extreme Vorsicht nötig; ein paar Bedingungen klimatischer und meteorologischer Art sind unerläßlich. Es ist nicht Wahl, sondern Zwang, daß ich die Sommer im Oberengadin, die Winter an der Riviera zubringe... Zuletzt hat mir die Krankheit den allergrößten Nutzen gebracht: sie hat mich herausgelöst, sie hat mir den Mut zu mir selbst zurückgegeben... Auch bin ich, meinen Instinkten nach, ein tapferes Tier, selbst ein militärisches. Der lange Widerstand hat meinen Stolz ein wenig exasperiert. – Ob ich ein Philosoph bin? – Aber was liegt daran! ...

233. *An Carl Fuchs* Turin, den 14. April 1888

Lieber und werter Herr Doktor, ich habe auch hier wie in Nizza Ihr Bild vor mir auf dem Tische: was wunders, wenn mich gar nicht selten die Lust ankommt, mit Ihnen zu reden? Und daß ich's tue? – Wozu, frage ich mich, diese absurde Entfremdung durch den Raum (durch jenen Raum, von dem die Philosophen sagen, er sei von uns erfunden –), diese *Lücke* zwischen den wenigen Menschen, die sich etwas zu sagen hätten! –

Kennen Sie Turin? Das ist eine Stadt nach meinem Herzen. Sogar die einzige. Ruhig, fast feierlich. Klassisches Land für Fuß und Auge (durch ein süperbes Pflaster und einen Farbenton von gelb und braunrot, in dem alles eins wird). Ein Hauch gutes achtzehntes Jahrhundert. Paläste, wie sie *uns* zu Sinnen reden: *nicht* Renaissance-Burgen. Und daß man mitten in der Stadt die Schnee-Alpen sieht! Daß die Straßen schnurgerade in sie hineinzulaufen scheinen! Die Luft trocken, sublim-klar. Ich glaubte nie, daß eine Stadt durch Licht so schön werden könnte.

Fünfzig Schritt von mir der *palazzo Carignano* (1670): mein grandioses *Vis-à-Vis*. Noch einmal fünfzig Schritt das *teatro Carignano*, wo man gerade sehr achtungswürdig »Carmen« präsentiert. Man kann halbe Stunden in einem Atem durch hohe Bogengänge gehn. Hier ist alles frei und weit geraten, zumal die Plätze, so daß man mitten in der Stadt ein stolzes Gefühl von Freiheit hat.

Hierher habe ich mein Huckepack von Sorgen und Philosophie geschleppt. Bis zum Juni wird es gehn, ohne daß die Hitze mich quält. Die Nähe der Berge garantiert eine gewisse Energie, selbst Rauhigkeit. Dann kommt meine alte Sommerresidenz Sils-Maria an die Reihe: das Oberengadin, *meine* Landschaft, so fern vom Leben, so metaphysisch... Und dann ein Monat Venedig: ein geweihter Ort für mein Gefühl, als Sitz (Gefängnis, wenn man will) des einzigen Musikers, der mir Musik macht, wie sie heute unmöglich erscheint: tief, sonnig, liebevoll, in vollkommener Freiheit unter dem Gesetz –

Irgendwo und irgendwann las ich, daß man nur in wenig Städten Deutschlands Schopenhauers Gedächtnis gefeiert habe. Man hob Danzig hervor. Dabei gedachte ich Ihrer.

Wie alles davonläuft! Wie alles auseinanderläuft! Wie still das Leben wird! Kein Mensch, der mich kennte, weit und breit. Meine Schwester in Südamerika. Briefe immer seltner. Und man ist noch nicht einmal *alt*!!!! *Nur* Philosoph! *Nur* abseits! *Nur* kompromittierend abseits! –

Ein *curiosum*: eben trifft ein Zeitungsblatt aus Dänemark ein Daraus lerne ich, daß an der Kopenhagener Universität ein Zyklu öffentlicher Vorlesungen *»om den tüske filosof Friedrich Nietzsche«* gehalten wird. Der Vortragende ist der Privatdozent Dr. Georg Brandes. –

Erzählen Sie mir ein wenig von Ihrem Schicksale, werter Freund' Wohin treibt jetzt das Schiff? Und warum liest man nicht Ihre ge-

sammelten *Critika*? Ich hörte von niemandem lieber *Werturteile de rebus musicis et musicantibus.* Treulich der Ihre Nietzsche
(Torino, ferma in posta)

234. *An Peter Gast* Turin, Freitag [20. April 1888]
Briefe wie bisher *ferma in posta*

Lieber Freund, wie merkwürdig ist das alles! Daß nun doch noch der Stern über *Berlin* aufgehn soll! Daß es wieder einen kleinen Flügelschlag der Hoffnung gibt. – Eigentlich gehört die *Diversion* Ihrer letzten Zeit, von der Sie melden, zu den unwahrscheinlichsten und unvorhergesehensten Dingen, die auf dieser Erde möglich sind. Man glaubt wieder ans *Wunder*: ein großer Fortschritt in der Kunst, zu leben! ... Daß da etwas Heiteres und Buntes Ihnen über den Weg geflogen ist, das macht mich ganz glücklich, lieber Freund: denn genau das hätte Ihnen geschaffen werden sollen, – aber was sind wir *andern* alle für düstere Esel und Nachteulen! ... Da war einmal die *Krause*sche Philosophie am Platz – und *nicht* die Nietzschesche! ...

Was *letztere* angeht, so muß es wirklich so etwas geben, sofern man einer *dänischen* Zeitung trauen darf, die neuerdings bei mir anlangte. Sie meldet, daß an der Universität in Kopenhagen ein Zyklus öffentlicher Vorlesungen *»om den tüske Filosof Friedrich Nietzsche«* abgehalten wird. Von wem? Sie erraten es! ... Was man diesen Herrn Juden noch alles verdanken wird! – Denken Sie einmal an meine Leipziger Freunde an der Universität: und wieviel *Meilen* weit sie von dem Gedanken entfernt sind, über mich zu lesen! –

Turin, lieber Freund, ist eine *kapitale* Entdeckung. Ich sage einiges darüber, mit dem Hintergedanken, daß unter Umständen auch Sie davon Nutzen ziehn könnten. Ich bin guter Laune, in Arbeit von früh bis abend – ein kleines Pamphlet über Musik beschäftigt meine Finger –, verdaue wie ein Halbgott, schlafe, trotzdem die Karrossen nachts vorüberrasseln: alles Zeichen einer eminenten Adaptation von Nietzsche an Torino. Das tut die *Luft*: – trocken, anregend, lustig; es gab Tage mit dem allerschönsten Engadin-Charakter der Luft. Wenn ich an meine Frühlinge anderswo denke, z. B. in Ihrer unvergleichlichen Zauber-Muschel: wie groß ist der Gegensatz: der erste Ort, in dem ich *möglich* bin! ... Und dabei alles entgegenkommend, die Menschen sympathisch und guten Muts. Man lebt *billig*: 25 *frs.* mit Bedienung ein Zimmer im historischen Zentrum der Stadt, *vis-à-vis* dem grandiosen Palazzo Carignano von 1680: fünf Schritt von den großen Portici und der Piazza Castello, von der Post, vom Teatro Carignano! – In letzterem, seitdem ich hier angelangt bin, *Carmen*: natürlich! ... *Successo piramidale, tutto Torino carmenizzato!* Der gleiche Kapellmeister wie in Nizza. Außerdem »Lalla Rookh« von Félicien David. Ein junger Komponist führt eine Operette auf, zu der er selbst den Text gedichtet hat, Herr Miller junior. Im Adreßbuch sind 21 Komponisten verzeichnet, 12 Theater, eine *Accademia filarmonica*, ein Lyzeum für Musik und eine Unzahl von Lehrern aller Instrumente. Moral: beinahe ein *Musik-Ort*! – Die weiträumigen hohen Portici sind ein *Stolz*: ihre Ausdehnung beträgt 10020 Meter, d. h. zwei gute Stunden zum Marschieren. *Drei*sprachige große Buchhandlungen. Dergleichen habe ich noch nirgends getroffen. Die Firma Löscher sehr aufmerksam für mich. Ihr jetziger Chef, Herr Clausen, unterrichtet mich in vielen Dingen (– ich erwäge im stillen die Möglichkeit eines Winters hierselbst). Eine treffliche Trattoria, wo man den deutschen Professor aufs artigste behandelt: ich zahle für jede Mahlzeit *incl.* Trinkgeld 1 *frs.* 25 *cs.* (Minestra oder Risotto, ein gutes Stück Braten, Gemüse und Brot – alles schmackhaft!) Das Wasser herrlich; der Kaffee in den ersten Cafés 20 *cs.* das Kännchen; das Eis, höchste Kultur, 30 *cs.* Dies alles gibt Ihnen einen Begriff. –

Heute ist der Himmel bedeckt und regnerisch. Aber es scheint mir nicht, daß ich verdrießlich bin. Vom Sommer sagt man mir, daß bloß 4 Stunden des Tags wirklich heiß sind. Die Morgen und die Abende erfrischend. Man sieht mitten aus der Stadt heraus in die Schneewelt hinein: es scheint, daß man nichts zwischen sich hat, daß die Straßen direkt in die Alpen hineinlaufen. Der Herbst soll die schönste Zeit sein. Zuletzt muß ein Energie-gebendes Element hier in der Luft sein: wenn man hier heimisch ist, wird man *König* von Italien...

Soviel, mein lieber alter Freund! Es grüßt Sie auf das herzlichste

Ihr N.

Ich moralisiere so: Sie brauchen einen Ort, wo Sie das ganze Jahr leben können, aber unter anderen meteorologischen Einflüssen als in Venedig, vielleicht auch der Musik benachbarter, der Aufführbarkeit... Und *Italien* sollten wir festhalten!!!!!!

Erzählen Sie mir noch ein wenig von Ihrem Quartett. Wohin es führt.

235. *An Georg Brandes* Turin, den 4. Mai 1888

Verehrter Herr, was Sie mir erzählen, macht mir großes Vergnügen und mehr noch, daß ich's gestehe – Überraschung. Seien Sie überzeugt davon, daß ich's Ihnen »nachtrage«: Sie wissen, alle Einsiedler sind »nachträgerisch«?...

Inzwischen wird, wie ich hoffe, meine Photographie bei Ihnen angelangt sein. Es versteht sich von selbst, daß ich Schritte tat, nicht gerade um mich zu photographieren (denn ich bin gegen Zufalls-Photographien äußerst mißtrauisch), sondern um jemandem, der eine Photographie von mir hat, dieselbe zu *entfremden*. Vielleicht ist mir's gelungen; denn noch weiß ich es nicht. Im andern Fall will ich meine erste Reise nach München (diesen Herbst wahrscheinlich) benutzen, um mich wieder zu versinnbildlichen.

Der »Hymnus auf das Leben« wird dieser Tage seine Reise nach Kopenhagen antreten. Wir Philosophen sind für nichts dankbarer, als wenn man uns mit den Künstlern *verwechselt*. Man versichert mich übrigens von seiten der ersten Sachverständigen, daß der Hymnus durchaus aufführbar, *singbar*, und in Hinsicht auf Wirkung sicher sei (– rein im Satz: dies Lob hat mir am meisten Freude gemacht). Der vortreffliche Hofkapellmeister Mottl von Karlsruhe (Sie wissen, der Dirigent der Bayreuther Festaufführungen) hat mir eine Aufführung in Aussicht gestellt. –

Aus Italien meldet man mir eben, daß die Gesichtspunkte meiner zweiten »Unzeitgemäßen Betrachtung« in einem Berichte über deutsche Geschichtsliteratur sehr zu Ehren gebracht seien, den ein Wiener Gelehrter, Dr. von Zackauer, im Auftrage des Florenzer *Archivio Storico* gemacht hat. Der Bericht läuft in dieselben aus. –

Diese Wochen in Turin, wo ich noch bis zum 5. Juni bleibe, sind mir besser geraten als irgendwelche Wochen seit Jahren, vor allem philosophischer. Ich habe fast jeden Tag ein, zwei Stunden jene Energie erreicht, um meine Gesamt-Konzeption von oben nach unten sehn zu können: wo die ungeheure Vielheit von Problemen, wie im Relief und klar in den Linien, unter mir ausgebreitet lag. Dazu gehört ein Maximum von Kraft, auf welches ich kaum mehr bei mir gehofft hatte. Es hängt alles zusammen, es war schon seit Jahren alles im rechten Gange, man baut seine Philosophie wie ein Biber, man ist notwendig und weiß es nicht: aber das alles muß man *sehn*, wie ich's jetzt gesehen habe, um es zu glauben. –

Ich bin so erleichtert, so erstarkt, so guter Laune – ich hänge den ernstesten Dingen einen kleinen Schwanz von Posse an. Woran hängt das alles? Sind es nicht die guten *Nordwinde*, denen ich das verdanke, diese Nordwinde, die nicht immer aus den Alpen kommen? – sie kommen mitunter auch aus *Kopenhagen*! ...

Es grüßt Sie dankbar ergeben Ihr Nietzsche

236. *An Reinhart von Seydlitz* Turin, den 13. Mai 1888

Adresse: *Torino (Italia), ferma in posta* (gültig bis zum 5. Juni)

Lieber Freund, es dünkt mich unwahrscheinlich, daß Du Dich endgültig zur Mumie (männlicher geredet: zum *Mum*) entschlossen hast. Der Frühling ist da: Du wirst wieder für die Reize des »deutschen Gemüts« offen stehn – und vielleicht sogar für die der Freundschaft! Dein Brief kam sehr erquicklich in den Winter meines Nizzaer Mißvergnügens hinein, von dem ich Dir, zu meinem Bedauern, eine nicht unverächtliche Probe gegeben habe. Mit dem Verlassen Nizzas haben mich diesmal auch die schwarzen Geister verlassen – und, Wunder über Wunder, ich habe einen merkwürdig *heiteren* Frühling bisher gehabt. Den ersten seit zehn, fünfzehn Jahren – vielleicht noch länger! Nämlich: ich habe *Turin* entdeckt... Turin keine bekannte Stadt! – nicht wahr? Der gebildete Deutsche reist daran vorbei. Ich, in meiner willkürlichen Verhärtung gegen alles, was die Bildung heischt, habe mir aus Turin meine *dritte* Residenz zurechtgemacht, will sagen Sils-

Maria als erste und Nizza als zweite. An jedem Ort vier Monate; für Turin zwei Monate Frühjahr und zwei Monate Herbst. Seltsam! Was mich dazu überredet, ist die Luft, die trockne Luft, die an allen drei Orten gleich ist, und aus denselben meteorologischen Gründen. Schneegebirge im Norden und Westen – auf diese Rechnung kam ich hierher – und bin entzückt! Selbst an sehr warmen Tagen – wir hatten schon solche – gibt es jenen berühmten Zephyr, von dem ich bisher nur durch die Dichter wußte (ohne ihnen zu glauben! Lügenvolk!). Die Nächte frisch. Man sieht mitten aus der Stadt hinein in den Schnee. Außerdem vorzügliche Theater, italienisch oder französisch; Carmen, wie billig, zur Feier meiner Gegenwart (*successo piramidale* – Verzeihung für die ägyptische Anspielung!). Eine ernste, fast großgesinnte Welt stiller Straßen mit Palästen des vorigen Jahrhunderts, sehr aristokratisch. (Ich selbst wohne dem *palazzo Carignano* gegenüber, ein alter *palazzo* des Justizministeriums.) Höhe der Caféhaus-Kultur, der *gelati*, des *cioccolato Torinese*. Dreisprachige Buchhandlungen. Universität, gute Bibliothek, Sitz des Generalstabs. Die Stadt mit herrlichen Alleen; unvergleichliche Uferlandschaften am Po. Bei weitem die angenehmste, *reinlichste*, großräumigste Stadt Italiens, mit dem Luxus der *portici* in einer Länge von 10020 Meter. – Die Nordwinde, scheint es, bringen mir Heiterkeit; und stelle Dir vor, es kommen Nordwinde sogar aus *Dänemark* zu mir. Das nämlich ist das Neueste: an der Kopenhagener Universität liest jetzt der Dr. Georg Brandes einen größeren Zyklus Vorlesungen über den deutschen Philosophen Friedrich Nietzsche! Dieselben haben, nach den Zeitungen, einen glänzenden Verlauf, der Saal jedesmal zum Brechen voll; mehr als 300 Zuhörer.

Wie lange wird es dauern, ehe meine *peripherischen* Wirkungen (– denn ich habe Anhänger in Nordamerika und sogar in Italien) zurückwirken auf das geliebte Vaterland? – wo man mit einem tückischen Ernste mich seit Jahren gewähren läßt, ohne auch nur zu mucksen... Das ist sehr philosophisch – *und* klug!

Anbei eine Frage. Ist Dir durch meinen Verleger meine letzte Schrift, die »*Streit*schrift« hübsch, wie sich's geziemt, »zu geehrten Händen« übersandt worden?

Gestern dachte ich mir ein Bild aus von einer *moralité larmoyante*, mit Diderot zu reden. Winterlandschaft. Ein alter Fuhrmann, der mit dem Ausdruck des brutalsten Zynismus, härter noch als der Winter ringsherum, sein Wasser an seinem eignen Pferde abschlägt. Das Pferd, die arme geschundne Kreatur, blickt sich um, dankbar, *sehr* dankbar –

Du hast jetzt in Madame Judith Gautier (ehemals Mendès) – *Tribschener* Angedenkens – eine eifrige Kameradin in der Propaganda für *Japon*. Hast Du von ihrem großen Theatererfolge mit »*la marchande des sourires*« gelesen?

Adieu, lieber Freund, empfiehl mich Deiner lieben Frau zu Gnaden (– es gibt *sehr gute* Nachrichten von meiner Schwester, die jetzt nun endgültig übergesiedelt in die Kolonie *Nueva Germania* ist) und, wenn es möglich, auch Deiner verehrten Frau Mutter.

Mit einem herzlichen Glückwunsch Dein Freund Nietzsche

(*nach* Turin Sils-Maria, Oberengadin Schweiz)

237. *An Georg Brandes* Turin, den 23. Mai 1888

Verehrter Herr, ich möchte Turin nicht verlassen, ohne Ihnen nochmals auszudrücken, wie vielen Anteil Sie an meinem ersten *wohlgeratenen* Frühling haben. Die Geschichte meiner Frühlinge, seit fünfzehn Jahren zum mindesten, war nämlich eine Schauergeschichte, eine Fatalität von *décadence* und Schwäche. Die Orte machten darin keinen Unterschied; es war als ob kein Rezept, keine Diät, kein Klima den wesentlich depressiven Charakter dieser Zeit verändern könnten. Aber siehe da! Turin! Und die ersten guten Nachrichten, *Ihre* Nachrichten, verehrter Herr, aus denen mir bewiesen ward, daß ich lebe... Ich pflege nämlich mitunter zu vergessen, daß ich lebe. Ein Zufall, eine Frage erinnerte mich dieser Tage daran, daß in mir ein Hauptbegriff des Lebens geradezu ausgelöscht ist, der Begriff »Zukunft«. Kein Wunsch, kein Wölkchen Wunsch vor mir! Eine glatte Fläche! Warum sollte ein Tag aus meinem siebzigsten Lebensjahr nicht genau meinem Tage von heute gleichen? – Ist es, daß ich zu lange in der Nähe des Todes gelebt habe, um die Augen nicht mehr für die schönen Möglichkeiten aufzumachen? – Aber gewiß ist, daß ich jetzt mich darauf beschränke, von heute bis morgen zu denken, – daß ich heute festsetze was morgen geschehen soll – und für keinen Tag weiter! Das mag unrationell, unpraktisch, auch vielleicht unchristlich sein – jener Bergprediger verbot gerade diese Sorge »um den andern Tag« –, aber es scheint mir im höchsten Grade philosophisch. Ich bekam vor mir etwas Respekt mehr, als ich ihn sonst schon habe: – ich begriff, daß ich verlernt habe, zu wünschen, ohne es auch nur gewollt zu haben. –

Diese Wochen habe ich dazu benutzt, »Werte umzuwerten«. – Sie verstehen diesen Tropus? – Im Grunde ist der Goldmacher die verdienstlichste Art Mensch, die es gibt: ich meine der, welcher aus Geringem, Verachtetem etwas Wertvolles und sogar Gold macht. Dieser allein bereichert, die andern wechseln nur um. Meine Aufgabe ist ganz kurios diesmal: ich habe mich gefragt, was bisher von der Menschheit am besten gehaßt, gefürchtet, verachtet worden ist – und daraus gerade habe ich mein »Gold« gemacht...

Daß man mir nur nicht Falschmünzerei vorwirft! Oder vielmehr; man wird es tun. –

– Ist meine Photographie in Ihre Hände gelangt? meine Mutter hat mir den großen Dienst erwiesen, in einem so außerordentlichen Falle nicht undankbar erscheinen zu müssen. Hoffentlich hat auch der Leipziger Verleger E. W. Fritzsch seine Schuldigkeit getan und den *Hymnus* expediert.

Ich bekenne zuletzt eine Neugierde. Da es mir versagt war, an der Türspalte zu horchen, um etwas *über mich* zu erfahren, würde ich gern auf eine andere Weise etwas horchen mögen. Drei Worte zur Charakteristik der Themata Ihrer einzelnen Vorlesungen – wie viel wollte ich aus drei Worten lernen!

Es grüßt Sie, verehrter Herr, herzlich und ergeben Ihr Nietzsche

238. *An Peter Gast* Turin, Donnerstag [31. Mai 1888]

Wenn ich Ihnen sofort wieder antworte, so wird es Ihnen nicht zweifelhaft sein, woran es mir fehlt, – daß *Sie* mir fehlen, lieber Freund! Wie sehr auch der Frühling mir geraten ist, er bringt mir gerade das

Beste nicht, das, was auch die schlimmsten Frühlinge mir bisher brachten – Ihre Musik! Dieselbe ist mit meinem Begriff »Frühling« zusammengewachsen – seit Recoaro! – ungefähr so, wie das sanfte Glockenläuten über der Lagunenstadt mit dem Begriff »Ostern«. So oft mir eine Ihrer Melodien einfällt, bleibe ich mit einer langen Dankbarkeit an diesen Erinnerungen hängen: ich habe durch nichts so viel Wiedergeburt, Erhebung und Erleichterung erfahren wie durch Ihre Musik. Sie ist meine *gute* Musik *par excellence*, für die ich innewendig mir immer ein reinlicheres Kleid anziehe als zu aller anderen.

Ich erlaubte mir, vorgestern Theaterberichte des Dr. Fuchs an Sie abzusenden. Es ist viel Feines und Erlebtes darin.

Die Vorlesungen des Dr. Brandes sind auf eine schöne Weise zu Ende gegangen – mit einer großen Ovation, von der aber Brandes behauptet, daß sie nicht ihm gegolten habe. Er versichert mich, daß mein Name jetzt in allen intelligenten Kreisen Kopenhagens populär und in ganz Skandinavien bekannt sei. Es scheint, daß meine Probleme diese Nordländer sehr interessiert haben; im einzelnen waren sie besser vorbereitet, z. B. für meine Theorie einer »Herren-Moral« durch die allgemeine *genaue* Kenntnis der isländischen Sagas, die das reichste Material dafür abgeben. Es freut mich, zu hören, daß die dänischen Philologen meine Ableitung von *bonus* gutheißen und akzeptieren: an sich ist es ein starkes Stück, den Begriff »gut« auf den Begriff »Krieger« zurückzuführen. Ohne meine Voraussetzungen würde nie ein Philologe auf einen solchen Einfall geraten können. –

Es ist wirklich schade, daß Sie nicht eine Ausschweifung ins Cadore gemacht haben statt ins Papierschwärzerische. Mein schlechtes Beispiel verdirbt ersichtlich Ihre an sich sehr viel besseren Sitten. Das Wetter war sehr geeignet zu einer solchen Gebirgs-Entdeckung: ich selbst zwar habe auch keinen Gebrauch davon gemacht und bin in ähnlicher Weise darüber mit mir unzufrieden.

Eine wesentliche *Belehrung* verdanke ich diesen letzten Wochen: ich fand das Gesetzbuch des *Manu* in einer französischen Übersetzung, die in Indien, unter genauer Kontrolle der hochgestelltesten Priester und Gelehrten daselbst, gemacht worden ist. Dies absolut *arische* Erzeugnis, ein Priesterkodex der Moral auf Grundlage der Veden, der Kasten-Vorstellung und uralten Herkommens – *nicht* pessimistisch, wie sehr auch immer priesterhaft –, ergänzt meine Vorstellungen über Religion in der merkwürdigsten Weise. Ich bekenne den Eindruck, daß mir alles andere, was wir von großen Moral-Gesetzgebungen haben, als Nachahmung und selbst Karikatur davon erscheint: voran der Ägyptizismus; aber selbst Plato scheint mir in allen Hauptpunkten einfach bloß *gut belehrt* durch einen Brahmanen. Die Juden erscheinen dabei wie eine Tschandala-Rasse, welche von ihren *Herren* die Prinzipien lernt, auf die hin eine *Priesterschaft* Herr wird und ein Volk organisiert... Auch die Chinesen scheinen unter dem Eindruck dieses *klassischen uralten Gesetzbuchs* ihren Konfuzius und Laotse hervorgebracht zu haben. Die mittelalterliche Organisation sieht wie ein wunderliches Tasten aus, alle die Vorstellungen wiederzugewinnen, auf denen die uralte indisch-arische Gesellschaft ruhte – doch mit *pessimistischen* Werten, die ihre Herkunft aus dem Boden der Rassen-*décadence* haben. – Die *Juden* scheinen auch hier bloß »Vermittler« – sie erfinden nichts.

Soviel, mein lieber Freund, zum Zeichen, *wie gern* ich mich mit Ihnen unterhielte –. Dienstag Abreise. – Von Herzen Ihr Nietzsche

239. *An Peter Gast* Sils-Maria, Donnerstag, den 14. Juni 1888

Lieber Freund, Ihr Brief langte zu gleicher Zeit mit der Rückkehr meiner Gesundheit (– und meines Barbiers) bei mir an: Sie können denken, wie festlich er begrüßt wurde. Ihre Mitteilung, daß das provençalische Quartett einmal mir zugehören soll, schmeichelt mir im höchsten Grade. Ich habe daraufhin ungefähr schon meine Lebenspläne verändert. Doch darüber später einmal: heute nur den ersten und vorläufigsten Ausdruck tiefer Erkenntlichkeit. Daß man die *guten* Dinge miteinander gemein hat, das verbindet am innerlichsten: und ich weiß noch sehr gut, welche kleinen Schauer von Vollkommenheit mir über die Seele liefen, als ich, in Venedig, die Ehre hatte, das damals *werdende* Quartett zu hören. –

Die Cartolina ist *nicht* eingetroffen; falls das herrliche Duett ankommt, werde ich es an »geneigter Belustigung« nicht fehlen lassen. – Ein sehr liebenswürdiger Gedanke ist es von Ihnen, dem Dr. Fuchs ein paar Worte zukommen zu lassen: ich bitte Sie darum; ich weiß gut genug, wie dies auf den sehr vereinsiedelten und viel zu wenig geschätzten Danziger wirken wird. Zuletzt habe ich in meinem letzten Brief von Ihnen erzählt. Es ist übrigens erstaunlich, was er alles durchsetzt und unternimmt: seine letzten Briefberichte gaben mir von der feurigen Energie seiner Natur wieder den allerhöchsten Begriff. (Die Rezensionen wünscht er wieder zurück: er hat noch viel mehr und will sie, auf Wunsch, herausrücken...)

Es ging schlecht bis jetzt, lieber Freund. Die Reise mißriet wieder, wie gewöhnlich: ich hatte sechs Tage nötig, um, ungefähr wieder, von den schlechten Nachwirkungen loszukommen. Nichts ist so labil im Gleichgewicht als meine Gesundheit... Das Wetter, das ich hier oben fand, war *nicht* das, welches ich suchte. Feucht, schwül, Tauluft – 23 Grad C. Denken Sie sich: ich dachte mit Reue an das verlassene Turin, ob ich schon dasselbe in der allergrößten Hitze kennengelernt hatte. Die letzte Zeit stieg das Thermometer Tag für Tag auf 31 Grad C., das Minimum war 22 Grad C. Und seltsam! ich, der empfindlichste Mensch für Hitze, litt ganz und gar nicht dabei –, schlief gut, aß gut, hatte Einfälle und arbeitete... Die subtile trockne Luft, der Zephir auf den Gassen – im Grunde war es eine Art mir unbekannten Epikureismus'. Welche Höhe die Kaffeehaus-Kultur erklommen, davon wage ich nicht zu schreiben. –

Seit gestern ist es auch hier wieder gute Luft und gesund. Sils ist wirklich wunderschön; in gewagter Latinität das, was ich *Perla Perlissima* nenne. Ein Reichtum an *Farben*, hundertmal südlicher darin als Turin. Ringsherum liegen noch die Reste von 26, zum Teil ungeheuren Lawinen. Ganze Wälder sind von ihnen heruntergebrochen. Es gibt hier ein interessantes Lawinen-*Recht*: das Holz gehört dem, auf dessen Grundstück die Lawine es wirft. Ein Bewohner von Bevers hat auf diese Weise ca. 5000 *frs.* Holz zum Geschenk bekommen. Der Schnee lag hier noch bis in den Mai hinein sechs Fuß hoch: dann schmolz er mit einer kaum begreiflichen Schnelle weg.

In Turin hörte ich zuletzt noch ein *Musikfest*: 34 Stadtorchester konkurrierten. Ich wohnte der Konkurrenz der fünf besten Kapellen bei im *Teatro Vittorio Emanuele*, das ca. 5000 Personen faßt. Der Klang war bezaubernd schön: was ich nie geglaubt hätte. Diese Fortissimi! Ich zeichnete bei mir als die bei weitem erste Leistung die der Kapelle von Asti aus, mit ihrem *maestro Foschini*; der den Mut hatte, eine eigne *Sinfonia drammatica* als Konkurrenzstück aufzuführen. Nach meiner Abreise von Turin erfuhr ich mit Vergnügen, daß Asti die *Große Goldne* Medaille bekommen hat, mit allen möglichen Ehren seitens zweier Ministerien auch für den Maestro. –

Overbeck bezieht ein eignes Haus in Basel. Von meiner Schwester ist ein geradezu bezaubernder langer Bericht über die Ankunft und feierliche Einholung in *Nueva Germania* da. Die Sache gewinnt wirklich einen großartigen Aspekt.

In München sehn Sie, wenn es möglich, *Seydlitzens*. Die sind so gut gegen mich. – Von Levi höre ich, daß er krank ist und diesen Sommer *nicht* in Bayreuth dirigiert.

Ich hatte Fritzsch freigestellt, von meinem Kopenhagener Erfolg etwas in der Presse verlauten zu lassen. Er schrieb mir kürzlich, im Drang der Geschäfte habe er's *vergessen*, und nun sei es wohl zu spät. – *Unverbesserlich!*

Mit herzlichem Glückwunsch für die Reise Ihr N.

240. *An Karl Knortz* Sils-Maria, Oberengadin, den 21. Juni 1888

Hochgeehrter Herr! Das Eintreffen von zwei Werken Ihrer Feder, das mich Ihnen zu Dank verpflichtet, scheint mir zu verbürgen, daß inzwischen meine Literatur in Ihren Besitz übergegangen ist. Die Aufgabe, ein Bild von mir, sei es vom Denker, sei es vom Schriftsteller und Dichter zu geben, scheint mir außerordentlich schwer. Der erste größere Versuch der Art ist letzten Winter von dem ausgezeichneten Dänen Dr. Georg Brandes gemacht worden, der Ihnen als Literarhistoriker bekannt sein wird. Derselbe hat unter dem Titel »Der deutsche Philosoph Friedrich Nietzsche« einen längeren Zyklus von Vorlesungen an der Kopenhagener Universität über mich veranstaltet, deren Erfolg, nach allem, was mir von dort gemeldet worden ist, ein glänzender gewesen sein muß. Er hat eine Zuhörerschaft von 300 Personen für die Kühnheit meiner Problem-Stellungen lebhaft interessiert und, wie er selbst sagt, meinen Namen im ganzen Norden populär gemacht. Sonst habe ich eine mehr verborgene Hörer- und Verehrerschaft, zu der auch einige Franzosen, wie Mr. Taine gehören. Meine innerste Überzeugung ist, daß diese meine Probleme, diese ganze Position eines »Immoralisten« für heute noch viel zu früh, noch viel zu unvorbereitet ist. Mir selbst liegt der Gedanke an Propaganda vollkommen fern; ich habe noch nicht einen Finger dafür gerührt.

Von meinem Zarathustra glaube ich ungefähr, daß es das tiefste Werk ist, das in deutscher Sprache existiert, auch das sprachlich vollkommenste. Aber das *nachzufühlen*, dazu bedarf es ganzer Geschlechter, die erst die inneren Erlebnisse *nachholen*, auf Grund deren jenes Werk entstehen konnte. Fast möchte ich raten, mit den letzten Werken anzufangen, die die weitgreifendsten und wichtigsten sind (»Jenseits von Gut und Böse« und »Genealogie der Moral«). Mir selbst sind am sympathischsten meine mittleren Bücher, »Morgenröte« und »Die fröhliche Wissenschaft« (es sind die persönlichsten).

Die »Unzeitgemäßen Betrachtungen«, Jugendschriften in gewissem Sinne, verdienen die höchste Beachtung für meine Entwicklung. In »Völker, Zeiten und Menschen« von Karl Hillebrand stehen ein paar sehr gute Aufsätze über die ersten »Unzeitgemäßen«. Die Schrift gegen Strauß erregte einen großen Sturm; die Schrift über Schopenhauer, deren Lektüre ich besonders empfehle, zeigt, wie ein energischer und instinktiv ja-sagender Geist auch von einem Pessimisten die wohltätigsten Impulse zu nehmen versteht. Mit Richard Wagner und Frau Cosima Wagner war ich einige Jahre, die zu den wertvollsten meines Lebens gehören, in tiefem Vertrauen und innerstem Einvernehmen verbunden. Wenn ich jetzt zu den *Gegnern* der Wagnerschen Bewegung gehöre, so liegen, wie es sich von selbst versteht, dahinter keine mesquinen Motive. In den gesammelten Werken Wagners, Band IX (wenn ich mich recht erinnere) steht ein Brief an mich, der von unserm Verhältnis Zeugnis ablegt.

Ich bilde mir ein, daß meine Bücher durch Reichtum psychologischer Erfahrungen, durch Unerschrockenheit vor dem Gefährlichsten, durch eine erhabene Freimütigkeit ersten Ranges sind. Ich scheue auch, hinsichtlich der Kunst der Darstellung und der artistischen Ansprüche, keine Vergleichung. Mit der deutschen Sprache verbindet mich eine lange Liebe, eine heimliche Vertrautheit, eine tiefe Ehrfurcht!

Grund genug, um fast keine Bücher mehr zu lesen, die in dieser Sprache geschrieben werden.

Empfangen Sie, hochgeehrter Herr, die ergebensten Grüße Ihres

Professor Dr. Nietzsche

241. *An Franz Overbeck* Sils, Engadin, am 4. Juli 1888

Lieber Freund, inzwischen wirst Du, wie ich hoffe, zusammen mit Deiner vermutlich arg übermüdeten armen Frau ein wenig zur Ruhe gekommen sein. Ich nehme an, daß das Gröbste im Probleme des *déménagement* überwunden ist. Mein Hauptwunsch dabei kann nur der sein, es möge der böse Gesundheitszustand, den Du zuletzt mir geschildert hast, *nicht* mit demenagiert sein. Gegen solche Gäste bleibt, hoffe ich, Deine neue *Burg* unerbittlich verriegelt. Sonst kann ich nicht umhin, auch in diesem Falle wieder die große *Zähigkeit* Deiner Natur zu bewundern. Darin bist Du *mir* weit über. –

Es fehlt mir nicht an Anlaß zu diesem Seufzer. Seitdem ich Turin verlassen habe, bin ich in einem miserablen Zustande. Ewiger Kopfschmerz, ewiges Erbrechen; eine Rekrudeszenz meiner alten Leiden; tiefe nervöse Erschöpfung verhüllend, bei der die ganze Maschine nichts taugt. Ich habe Mühe, mich gegen die traurigsten Gedanken zu verteidigen. Oder vielmehr: ich denke sehr klar, aber nicht günstig über meine Gesamtlage. Es fehlt nicht nur an der Gesundheit, sondern an der Voraussetzung zum Gesundwerden. – Die Lebens-Kraft ist nicht mehr intakt. Die Einbuße von zehn Jahren zum mindesten ist nicht mehr gutzumachen: währenddem habe ich immer vom »Kapital« gelebt und nichts, gar nichts zuerworben. Aber das macht arm... Man holt nicht nach *in physiologicis*, jeder schlechte Tag *zählt*: das habe ich von dem Engländer Galton gelernt. Ich kann, unter begünstigenden Verhältnissen, mit äußerster Vorsicht und Klugheit ein labiles Gleichgewicht erreichen; *fehlen* diese begünstigenden Verhältnisse, so hilft mir alle Vorsicht und Klugheit nichts. Der erste Fall war Turin; der zweite ist, leider diesmal, *Sils*. Ich bin in ein verdrießliches und unruhiges Winterwetter hineingeraten, welches mir zusetzt, wie mir etwa ein Februar in Basel zusetzt. – Diese extreme Irritabilität unter meteorologischen Eindrücken ist *kein* gutes Zeichen: sie charakterisiert eine gewisse Gesamterschöpfung, die in der Tat mein eigentliches Leiden ist. Alles, wie Kopfschmerz usw. ist nur *Folge*zustand und relativ symptomatisch. – Es stand in der *schlimmsten* Zeit in Basel und nach Basel genau nicht anders: nur daß ich damals im höchsten Grade *unwissend* war und den Ärzten ein Herumtasten nach lokalen Übeln gestattet habe, das ein Verhängnis mehr war. Ich bin durchaus *nicht* kopfleidend, *nicht* magenleidend: aber unter dem Druck einer nervösen Erschöpfung (die zum Teil *hereditär*, – von meinem Vater, der auch nur an *Folge*erscheinungen des Gesamtmangels an Lebenskraft gestorben ist –, zum Teil erworben ist) erscheinen die Konsequenzen in allen Formen. Das einzige *régime*, welches damals am Platz gewesen wäre, wäre die amerikanische Weis-Mitchellsche Kur gewesen: eine extreme Zufuhr von dem wertvollsten Nahrungsmaterial (mit absoluter Veränderung von Ort, Gesellschaft, Interessen). Tatsächlich habe ich, aus Unwissenheit, das entgegengesetzte *régime* gewählt: und noch jetzt begreife ich nicht, daß ich nicht in Genua an *totaler Schwäche* gestorben bin. –

Ich bin über diese Materie jetzt so gut unterrichtet, wie irgendein Arzt: wäre ich's 20 Jahre früher gewesen, so hätte ich den Zustand *verhütet*...

Verzeihung! lieber Freund, für diesen gar zu medizinisch geratenen Brief. Herr Köselitz ist in München; die erste Aufführung von Wagners »Feen« hat schon stattgefunden, einem Berichte nach, den er schickte. Für die Übersendung des *Geldes* sage ich Dir meinen ergebensten Dank.

Dein Freund Nietzsche

242. *An Franz Overbeck* Sils, den 20. Juli 1888

Lieber Freund, nichts hat sich verbessert, weder das Wetter, noch die Gesundheit – beides bleibt *absurd*. Aber heute erzähle ich Dir von etwas, was noch absurder ist: das ist der Dr. Fuchs. Derselbe hat mir inzwischen eine ganze Literatur geschrieben (darunter einen Brief von 12 großen engen Bogen!). Ich bin allmählich dabei zum Igel geworden, und mein altes Mißtrauen hat sich völlig wiederhergestellt. Sein

Egoismus ist so schlau und andrerseits so ängstlich und unfrei, daß ihm alles nichts hilft – sein großes Talent nicht und vieles *echt* Artistische seiner Natur. Er beklagt sich, daß er in Danzig 7 Jahre alle Welt gegen sich gehabt habe; und aus hundert Zeichen geht hervor, daß er auch jetzt dort kein Vertrauen genießt. Er möchte fort; er verhandelt mit Dresden, nachdem es mit der Berliner Musikschule mißlungen ist. Und er hat es an keiner Form des Bewerbs (?) und der Adulation (?) fehlen lassen! Ein neues Paket Rezensionen ist nur zu belehrend darüber. Vieles Feine und Gute, solange es sich um Sachen handelt; kommen Personen in Betracht, so regiert das »Unendlich-Kleine«. Er hat, für mich, Randbemerkungen gemacht. »Dies ist stark übertrieben; aber ich verdanke *ihm* das und das.« Oder: »*sie* haßt mich wegen dieses Wortes: es war dumm von mir.« Nachdem es mit der Bewerbung um eine Professur an der Berliner Hochschule schief gegangen war, kamen 3 Professoren derselben nach Danzig und gaben ein Konzert. F. hebt sie in der impudentesten Weise in den Himmel. Zur Entschuldigung dafür schreibt er an mich, er habe sich seinen Verdruß über seinen Mißerfolg nicht anmerken lassen wollen. In Wahrheit *bewarb* er sich um drei der einflußreichsten Stimmen. – Er hat mir einen Essay über meine Schriften in Aussicht gestellt: dabei drückt er eine wahre Höllenangst aus, daß das Eintreten für mich Atheisten ihm in seiner Stellung als *Organist* von St. Petrus schadet. Natürlich pseudonym!! er hat bereits meine beiden Verleger *beschworen*, seine Pseudonymität geheimzuhalten. Derselbe F. hatte jahrelang eine Höllenangst, daß seine Beziehung zu mir ihm bei Wagner schade; ein paar Jahre vorher, wo mein Einfluß in der wagnerischen Welt unbestreitbar war, hatte er sich nur zu eifrig um mich bemüht. Ich habe es vorausgesagt, daß, *mit* dem Tode Wagners, ihm der Mut zurückkommen würde, an mich zu schreiben. Es traf ein, in fast komischer Weise. –

Er ist auch Organist an der Synagoge in Danzig: Du kannst Dir denken, daß er sich in der *schmutzigsten* Weise über den jüdischen Gottesdienst lustig macht (– aber er läßt sich's *bezahlen*!!).

Schließlich hat er mir einen Brief über seine *Herkunft* geschrieben, mit so viel ekelhaften und unanständigen Indiskretionen über seine Mutter und seinen Vater, daß ich die Geduld verlor und mir in der gröbsten Weise solche Briefe verbeten habe. Ich habe durchaus keine Lust, mir meine Einsamkeit durch den Zufall von Briefen stören zu lassen. – So weit sind wir. Leider kenne ich diese Art Mensch zu gut, um hoffen zu dürfen, daß wir damit zu Ende sind. – Herr *Spitteler* hat an mich mit viel Dankbarkeit geschrieben. Es ist mir gelungen, etwas durchzusetzen, woran er verzweifelte: nämlich einen Verleger zu finden. Es handelt sich um eine Ästhetik des *französischen* Dramas: und siehe da, Herr *Credner* in Leipzig (Firma Veit, Verlagshdl. des Reichsgerichts) hat mir in der artigsten Weise seine Bereitwilligkeit zugesagt.

Diese kleine Humanität meinerseits hat noch einen *Humor* hinter sich: es war meine Art Rache für einen extrem taktlosen und unverschämten Artikel Spittelers über meine gesamte Literatur, der letzten Winter im »Bund« erschienen ist. – Ich habe eine viel zu gute Meinung vom Talente dieses Schweizers, als mich durch eine *Rüpelei* beirren zu lassen (– ich habe Respekt vor seinem *Charakter* – was leider in bezug auf den Dr. F. nicht der Fall ist). Sp. ist durch meine Fürsprache auch Mitarbeiter des »Kunstwarts« und, nach meinem Geschmack, dessen *einzige* interessante Feder. Im übrigen habe ich das Blatt abgeschafft: auf einen jüngst eingetroffenen Brief des Hr. Avenarius, der sich schmerzlich über die Abmeldung beklagte, habe ich ihm kräftig die Wahrheit gesagt (– das Blatt bläst in das deutschtümelnde Horn und hat z. B. in der *schnödesten Weise* Heinrich *Heine* preisgegeben – Herr Avenarius, dieser Jude!!!). Jetzt eben wird von mir ein kleines *musikalisches Pamphlet* gedruckt, etwas sehr Lustiges (– in Turin geschrieben). – Mit herzlichem Gruß und Glückwunsch für Dich und Deine liebe Frau

Dein Nietzsche

243. *An Malwida von Meysenbug* — Sils, Ende Juli 1888

Hochverehrte Freundin, *endlich!* nicht wahr? – Aber ich verstumme unwillkürlich gegen jedermann, weil ich immer weniger Lust habe, jemand in die Schwierigkeiten meiner Existenz blicken zu lassen. Es ist wirklich sehr *leer* um mich geworden. Wörtlich gesagt, es gibt niemanden, der einen Begriff von meiner Lage hätte. Das Schlimmste an ihr ist ohne Zweifel, seit 10 Jahren nicht ein Wort mehr gehört zu haben, das mich noch *erreichte* – *und* dies zu begreifen, dies als notwendig zu begreifen! Ich habe der Menschheit das tiefste Buch gegeben. [– –] Wie man das *büßen* muß! – Es stellt aus jedem menschlichen Verkehr heraus, es macht eine unerträgliche Spannung und Verletzbarkeit, man ist wie ein Tier, das beständig verwundet wird. Die Wunde ist, keine Antwort, keinen Laut Antwort zu hören und die *Last*, die man zu teilen, die man abzugeben wünschte (– wozu schriebe man sonst?), in einer entsetzlichen Weise allein auf seinen Schultern zu haben. Man kann daran zugrunde gehn, »*unsterblich*« zu sein! – Zufällig habe ich noch das Mißgeschick, mit einer Verarmung und Verödung des *deutschen* Geistes gleichzeitig zu sein, die Erbarmen macht. Man behandelt mich im lieben Vaterlande wie einen, der ins Irrenhaus gehört: dies ist die Form des »Verständnisses« für mich! Außerdem steht mir auch der Bayreuther Kretinismus im Wege. Der alte Verführer Wagner nimmt mir, auch nach seinem Tode noch, den Rest von Menschen weg, auf die ich wirken könnte. – Aber in *Dänemark* – es ist absurd, zu sagen! – hat man mich diesen Winter gefeiert!! Der geistreiche Dr. Georg Brandes hat es gewagt, einen längeren Zyklus von Vorlesungen an der Kopenhagener Universität über mich zu halten! Und mit glänzendem Erfolge! Mehr als 300 Zuhörer regelmäßig! Und eine große Ovation am Schluß! – Eben stellt man mir etwas Ähnliches für New York in Aussicht. Ich bin der *unabhängigste* Geist Europas und der *einzige* deutsche Schriftsteller – das ist etwas! –

Das erinnert mich an eine Frage Ihres letzten verehrten Briefes. Daß ich für Bücher, wie *ich* sie schreibe, kein Honorar erhalte, werden Sie voraussetzen. Aber was Sie vielleicht nicht voraussetzen, ich habe auch die *ganzen* Herstellungs- und Vertriebskosten zu bestreiten (in den letzten Jahren ca. 4000 frs.). In Anbetracht, daß ich bei Presse und Buchhandel verfehmt und ausgeschlossen bin, verkauft sich nicht ein Hundert der gedruckten Exemplare. Ich bin fast ohne Vermögen, meine Pension in Basel ist bescheiden (3 000 frs. jährlich), doch habe ich von letzterer immer etwas zurückgelegt: so daß ich bis jetzt keinen Pfennig Schulden habe. Mein Kunststück ist, das Leben immer mehr zu vereinfachen, die langen Reisen zu vermeiden, eingerechnet das Leben in Hotels. Es ging bisher; ich will es auch nicht anders haben. Nur gibt es für den *Stolz* diese und jene Schwierigkeit. –

Unter diesem mannigfachen Druck von innen und außen her hat leider meine Gesundheit sich nicht zum besten befunden. In den letzten Jahren ging es *nicht* mehr vorwärts. Die letzten *Monate*, wo die Ungunst des Wetters dazu kam, sahen sogar meinen schlechtesten Zeiten zum Verwechseln ähnlich. –

Um so besser ist es inzwischen meiner Schwester gegangen. Die Unternehmung scheint glänzend gelungen, der festliche, beinahe *fürstliche* Einzug in der Kolonie vor ungefähr 4 Monaten hat einen großen Eindruck auf mich gemacht. Es sind jetzt ca. 120 Deutsche, nebst einem reichlichen Zubehör einheimischer Peons; es sind gute Familien darunter, z. B. die Mecklenburger Baron Maltzans. –

Ich wurde kürzlich sehr lebhaft an Sie, verehrteste Freundin, erinnert, dank einem Buche, in dem eine Vordergrunds-Figur des ersten Bandes der »Memoiren einer Idealistin« in hellstes Licht trat. Insgleichen hat mir Frl. von Salis *sehr dankbar* über ihr Zusammensein mit Ihnen geschrieben.

Mit den herzlichsten Wünschen für Ihr Wohlbefinden und der Bitte um fortdauernde, wenn auch *stille* Anteilnahme

Ihr treu ergebener Nietzsche

– Es bedarf *Größe* der Seele, um meine Schriften überhaupt auszuhalten. Ich habe das Glück, alles, was schwach und tugendhaft ist, gegen mich zu erbittern.

244. *An Carl Fuchs* Sils, Sonntag, den 29. Juli [1888]

Lieber Freund, inzwischen habe ich den Auftrag gegeben, daß Ihnen eines der wenigen Exemplare meines *ineditum* zugestellt wird: zum Zeichen, daß alles wieder zwischen uns in Ordnung ist und daß der *farouche* Augenblick einer allzuverwundbaren und allzuvereinsamten Seele *überwunden* ist. Der vierte Teil Zarathustra, von mir mit jener Scham vor dem »Publico« behandelt, welche in Hinsicht auf die drei ersten Teile *nicht* gewahrt zu haben mir bittere Reue macht ... Genauer ist es ein Zwischenakt zwischen dem Zarathustra und dem, *was folgt* (»Namen nennen dich nicht ...«). Der genauere Titel, der bezeichnender wäre:

Die Versuchung Zarathustras

Ein Zwischenspiel

Herr C. G. Naumann hat sicherlich Ihnen inzwischen zu Gebote gestellt, was er von mir in Verlag hat; ich gab den Wink dazu. Was Herr Fritzsch getan hat, weiß ich nicht; ich kann im Augenblick nichts von ihm verlangen und erlangen – aus Gründen! –

Es hat sich mir ein wirklich intelligenter Musiker präsentiert, der Professor von Holten aus Hamburg, der mit großem Interesse Ihrer gedachte und mich zu einer Diskussion über die Riemannschen Prinzipien führte (– auch über *andere* Prinzipien: wir sind beide sehr *anti-décadence*-Musiker, will sagen antimoderne Musiker). Er wünscht Ihnen übrigens dasselbe, was ich wünsche – einen *freieren* Wirkungskreis und *nicht* mehr Danzig.

Das Wetter ist äußerst ungleich und wechselt alle drei Stunden; meine Gesundheit wechselt mit ihm. Gestern kam ein Brief aus Bayreuth an mich an, aus vollem Parsifal heraus geschrieben. Ein mir unbekannter Wiener Verehrer, der mich seinen »Meister« nennt (oh!!!) und mich zu einer Art Großmuts-Akt gegen den Parsifal auffordert: – ich sollte großmütiger sein, als Siegfried gegen den *alten Wanderer*. Sprach übrigens im Namen von einem ganzen Kreise meiner »Jünger«, wie er sich ausdrückte, lauter für »Jenseits von Gut und Böse« sehr dankbaren »freien Geistern« ... (– ich hätte ihnen so viele große, tiefe, auch *furchtbare* Worte gesagt ...)

Von dem glänzenden Erfolge des Dr. Georg Brandes in Kopenhagen habe ich Ihnen wohl erzählt. Mehr als 300 Zuhörer für seinen längeren Zyklus über mich; am Schluß eine große Ovation. Er schreibt mir, daß mein Name jetzt in allen intelligenten Kreisen Kopenhagens populär und in ganz Skandinavien bekannt sei. Von New-York aus wurde mir ein englischer Essay über meine Schriften in Aussicht gestellt.

Wenn Sie je daran kommen sollten (– es fehlt Ihnen ja an *Zeit* dazu, werter Freund!!), über mich etwas zu schreiben, so haben Sie die Klugheit, die leider noch niemand gehabt hat, mich zu *charakterisieren*, zu »beschreiben« – *nicht* aber »abzuwerten«. Es gibt dies eine angenehme Neutralität: es scheint mir, daß man sein Pathos dabei beiseite lassen darf und die *feinere* Geistigkeit um so mehr in die Hände bekommt. Ich bin noch nie charakterisiert – weder als *Psychologe*, noch als *Schriftsteller* (»Dichter« eingerechnet), noch als Erfinder einer *neuen* Art Pessimismus (eines dionysischen, aus der *Stärke* geborenen, der sich das *Vergnügen* macht, das Problem des Daseins an seinen Hörnern zu packen), noch als *Immoralist* (– die bisher höchsterreichte Form der »intellektuellen Rechtschaffenheit«, welche die Moral als Illusion behandeln *darf*, nachdem sie selbst *Instinkt* und *Unvermeidlichkeit* geworden ist –). Es ist durchaus *nicht* nötig, nicht einmal *erwünscht*, Partei dabei für mich zu nehmen: im Gegenteil, eine Dosis Neugierde, wie vor einem fremden Gewächs, mit einem ironischen Widerstande, schiene mir eine unvergleichlich *intelligentere* Stellung zu mir. – Verzeihung! Ich schrieb eben einige Naivitäten – ein kleines Rezept, sich glücklich aus etwas *Unmöglichem* herauszuziehen...

Mit freundlichstem Gruße Ihr N.

Die Fröhliche Wissenschaft »*la gaya scienza*« müssen Sie jedenfalls lesen: es ist mein *mittelstes* Buch – sehr viel feines Glück, sehr viel Halkyonismus ...

245. *An Franziska Nietzsche* Sils, 2. August 1888

Meine liebe Mutter, der zweite August! Aber wir sind nach wie vor in einem beständigen Regenwetter drin. Kalt, der Schnee recht nah, der Sommer beinahe zu Ende. Es scheint mir aber, daß meine Widerstandskraft dennoch zugenommen hat. Ich habe der Reihe nach vielerlei abmachen können, sogar ein kleines Manuskript (die erste Abschrift war, bei meiner großen Schwäche, so unleserlich geworden, daß Naumann sie zurückschickte; die zweite, aus den letzten 8 Tagen, sieht ganz anders aus. Daran sind nicht nur die guten Federn schuld).

Die Gesellschaft des Hotels ist nicht übel; und was es von distinguierteren Personen gibt, das sucht sich mir vorstellen zu lassen. So ein sehr angenehmer Staatsanwalt Dr. Schön aus Lübeck; ein alter Präsident aus Norddeutschland; jetzt eben wieder ein Prof. von Holten aus Hamburg; ein Kapellmeister vom Dresdener Hoftheater; und selbst die hübschen Mädchen machen mir ganz ersichtlich den Hof.

Man hat den ungefähren Begriff, daß ich »ein Tier« bin. Der Koch kocht dies Jahr für mich mit besondrer Finesse. Briefe trafen ein, die zum Teil verrückt vor Enthusiasmus für meine Bücher waren: darunter einer mitten aus dem Bayreuther Parsifal heraus, im Namen eines ganzen Kreises von »Jüngern« aus Wien. Doch verhalte ich mich sehr kühl allen solchen jugendlichen Anstürmen gegenüber. Ich schreibe ganz und gar nicht für die gärende und unreife Altersklasse. –

Auch Frl. von Salis ist eingetroffen, ein wenig dünner und blässer noch als vorher. – Sils hat diese Woche seine neuen 3 Glocken aufgehängt, ich lobte heute noch den ausgezeichneten Gießer und Fabrikanten derselben, den ersten der Schweiz. Der Klang ist sehr schön.

Eben erfahre ich das schreckliche Elefanten-Ereignis von München.

Es donnert; es gießt in Strömen; ich bin heute morgen ganz naß geworden. Nachts fehlt es mir etwas an Schlaf. Das liegt wohl daran, daß das abscheuliche Wetter das Spazierengehn fast unmöglich macht. Mitunter laufe ich trotzdem im Regen hinaus.

Es grüßt und umarmt Dich Dein altes Geschöpf

246. *An Hans von Bülow* Sils-Maria, Engadin, den 10. August 1888

Verehrter Herr, inzwischen nahm ich mir die Freiheit, einem Freunde zur Übersendung der *Anfangs-Nummer* einer Oper Mut zu machen. Vielleicht, dachte ich mir, wirkt sie »appetitmachend«. Die Oper heißt »Der Löwe von Venedig«. Ich sähe diesen Löwen mit dem größten Vergnügen in der Menagerie Pollini...

Diese Oper ist ein Vogel der seltensten Art. Man *macht* jetzt so etwas nicht mehr. Alle Eigenschaften im Vordergrunde, die heute, skandalös, aber tatsächlich, der Musik abhanden kommen. Schönheit, Süden, Heiterkeit, die vollkommen gute, selbst mutwillige Laune des allerbesten Geschmacks – die Fähigkeit, aus dem Ganzen zu gestalten, fertig zu werden und nicht zu fragmentarisieren (vorsichtiger Euphemismus für »wagnerisieren«).

Mein Freund, Herr Peter Gast, ist eine der tiefsten und reichsten Naturen, die der Zufall in diese *verarmende* Zeit hineingeworfen hat.

Mein »Schüler«, ich bekenne es, im engsten Sinne, aus meiner Philosophie gewachsen, wie niemand sonst. 32 Jahre, bis jetzt in vollkommener Unabhängigkeit, gebürtig aus dem sächsischen Erzgebirge (einer erstaunlich tüchtigen Familie zugehörig, die seit Jahrhunderten die Kultur der ersten Stadt des Erzgebirges in der Hand gehabt hat). Strengste musikalische Erziehung, bevorzugter Schüler des alten Richter in Leipzig, eine Periode *überwundener* Wagnerei hinterdrein. Seitdem Isolation in Venedig, in wunderbarer Einfalt der Verhältnisse, ohne »Öffentlichkeit«, ohne »Cant«, »Würden« und andere Eitelkeiten. – Seine Mutter Wienerin. –

Der Text der Oper ist einfach das *matrimonio segreto*, von meinem Freunde übersetzt. Dasselbe galt im vorigen Jahrhundert als Musterlibretto; der erste Entwurf ist von Garrik. Einer Andeutung Stendhals folgend haben wir das Werk ins *Venezianische* übersetzt, das heißt, es nicht nur dort spielen lassen, vielmehr *versucht*, Venedig in dies Werk zu übersetzen... Mein Freund, der seit 6 Jahren daselbst in einer geheimnisvollen und glücklichen Verborgenheit lebt, hat, wie *mir* wenigstens scheint, einen Zauber an Venedigs Farbe der *morbidezza* für die Musik *erfunden*, hinzuzurechnen viele reizend-derbe Realitäten des südlichen Lazzaronismus. Wirkungsvollster *vierter* Akt mit einem Gondoliere-Chor am Schluß, *couleur locale* ersten Ranges. Es existiert ein ausgezeichnet *lesbar* und *schön* geschriebener Klavier-Auszug, das kalligraphische Meisterstück meines Freundes, gleich der Partitur selbst. – Die Ouvertüre ist in Zürich zum ersten Male (in der Tonhalle) aufgeführt worden. Kein Mensch schreibt eine solche Ouvertüre mehr – *aus ganzem Holze*...

Jetzt, wo Wagner von St. Petersburg bis Montevideo die Theater beherrscht, gehört ein Bülowscher Mut dazu, *gute* Musik zu riskieren...

Mit dem Ausdruck alter Verehrung Prof. Dr. Nietzsche

247. *An Carl Fuchs* Sils, Sonntag [26. August 1888]

Lieber Freund, *ein paar Tage Ruhe*. Es gab auch ein paar Tage Krankheit. Doch *soll* es gehn – und es geht. Diesmal bin ich an der Reihe zu erzählen. – Zuerst von *Dr. Brandes*. Derselbe hat für mich nur getan, was er seit 30 Jahren für alle unabhängigen Geister Europas tut – er hat mich seinen Landsleuten *vorgestellt*. Was ich in meinem Falle hoch zu ehren habe, das ist, daß er *da* seinen leidenschaftlichen Widerwillen gegen alle jetzigen Deutschen überwunden hat. Eben hat er wieder, *nach* dem Besuch des Kaisers, in »einer wahren Teufels-Laune«, wie die Kölnische Zeitung sagt, seine Verachtung gegen alles Deutsche ausgedrückt. Nun, man gibt es ihm reichlich zurück. In den gelehrten Kreisen genießt er des allerschlechtesten Rufs: mit ihm in Beziehung zu stehn gilt als entehrend (Grund genug, für *mich, so wie ich bin*, der Geschichte von den Winter-Vorlesungen die allerweiteste Publizität zu geben). Er gehört zu jenen internationalen *Juden*, die einen wahren *Teufels-Mut* im Leibe haben, – er hat auch im Norden Feinde über Feinde. Er ist mehrsprachig, hat sein bestes Auditorium in Rußland, kennt die *gute* geistige Welt Englands und Frankreichs aufs persönlichste – *und* ist ein Psycholog (was ihm die deutschen Gelehrten nicht verzeihen...). Sein großes Werk, mehrmals erschienen, »Die Hauptströmungen der Literatur des neunzehnten Jahrhunderts« ist immer noch das beste deutsch geschriebene *Kulturbuch* über dieses große Objekt. – Zur *Musik* steht er, wie er mir im Winter schrieb, zu seinem Bedauern in *keinem* Verhältnis. –

Vor 4 Tagen hat uns Herr *von Holten* verlassen. Wir sind alle betrübt. Eine solche Vereinigung von Liebenswürdigkeit und Bosheit ist ein ganz selten Ding. Ein alter Abbé, mit den Launen eines großen Schauspielers. Dabei eine ganz merkwürdige Erfindsamkeit im Wohltun, im Freudemachen – jedermann hat eine Geschichte davon zu erzählen. Er muß in der Tat in den glücklichsten Verhältnissen sein, ich meine *nicht* des Beutels sondern des Herzens, denn es verging kein Tag, wo er nicht etwas derart »verbrochen« hätte. – Für mich hatte er sich folgende Artigkeit ausgedacht: er hatte sich eine Komposition des einzigen Musikers, den ich heute gelten lasse, meines Freundes Peter Gast eingeübt und spielte sie mir *privatissime* sechsmal *auswendig* vor, entzückt über »das liebenswürdige und geistreiche Werk«. – *In rebus musicis et musicantibus* vertrugen wir uns zum besten, d. h. wir waren ohne *jede* Toleranz und sezierten den »Einäugigen« unter den Blinden ... Was *Riemann* betrifft, so haben wir ernst genug darüber gesprochen, doch auch im gleichen Sinn, nämlich daß eine »phrasierte«

Ausgabe schlimmer ist, als jede andere – nämlich als eine bösartige Schulmeisterei. Was »unrichtig« ist, läßt sich in der Tat in zahllosen Fällen bestimmen; was richtig ist, *fast nie*. Die Illusion der »*phraseurs*« in *diesem* Punkte schien uns außerordentlich. Die Grundvoraussetzung, auf die sie bauen, *daß es* überhaupt eine richtige, d. h. *eine* richtige Auslegung gibt, scheint mir psychologisch und erfahrungsgemäß *falsch*. Der Komponist, im Zustande des Schaffens wie des Reproduzierens, sieht diese *feinen Schatten* in einem bloß labilen Gleichgewicht, – jeder Zufall, jede Erhöhung oder Ermattung des subjektiven Kraftgefühls faßt bald größere, bald notwendig *engere* Kreise als Einheiten zusammen. Kurz, der *alte Philologe* sagt, aus der ganzen philologischen Erfahrung heraus: *es gibt keine alleinseligmachende Interpretation*, weder für Dichter, noch für Musiker (ein Dichter ist absolut *keine* Autorität für den Sinn seiner Verse: man hat die wunderlichsten Beweise, wie flüssig und vag für sie der »Sinn« ist –).

Ein *andrer* Gesichtspunkt, über den wir sprachen (– es könnte sein, daß ich ihn auch schon einmal gegen Sie, lieber Freund, berührte, vor ein paar Jahren). Dieses Beseelen, Beleben der kleinsten *Redeteile* der Musik (– ich möchte, Sie und Riemann wendeten die Worte an, die jeder aus der Rhetorik kennt: *Periode* (Satz), *Kolon*, *Komma*, je nach der Größe, insgleichen *Fragesatz*, *Konditionalsatz*, *Imperativ* – denn die Phrasierungslehre ist schlechterdings das, was für Prosa und Poesie die *Interpunktionslehre* ist), – also: wir betrachteten diese Beseelung und Belebung der kleinsten Teile, wie sie in der Musik zur *Praxis* Wagners gehört und von da aus zu einem fast herrschenden Vortrags-System (selbst für Schauspieler und Sänger) geworden, mit verwandten Erscheinungen in *anderen* Künsten: es ist ein *typisches Verfalls-Symptom*, ein Beweis dafür, daß sich das Leben aus dem Ganzen *zurückgezogen* hat und im Kleinsten *luxuriert*. Die »Phrasierung« wäre demnach die Symptomatik eines Niedergangs der organisierenden Kraft: anders ausgedrückt: der Unfähigkeit, *große* Verhältnisse noch rhythmisch zu überspannen – eine Entartungsform *des Rhythmischen* ... Dies klingt beinahe paradox. Die ersten und leidenschaftlichsten Förderer der rhythmischen Präzision und Eindeutigkeit wären nicht nur *Folgeerscheinungen* der rhythmischen *décadence*, sondern auch deren *stärkste* und *erfolgreichste Werkzeuge!* In dem Maße, in dem sich das Auge für die *rhythmische* Einzelform (»Phrase«) einstellt, wird es *myops* für die weiten, langen, großen Formen: genau wie in der Architektur des Berninismus. Eine Veränderung der *Optik* des Musikers – die ist überall im Werke: *nicht nur* in der rhythmischen Überlebendigkeit des Kleinsten, unsere *Genußfähigkeit* begrenzt sich immer mehr auf die delikaten *kleinen* sublimen Dinge ... *folglich macht* man nur auch noch solche – –

Moral: Sie sind mit Riemann ganz und gar auf dem »rechten Wege« – dem einzigen nämlich, *den es noch gibt* ...

Wir besprachen auch einen Punkt, der Sie *besonders* angeht. Von Holten meinte, mit solchen Phrasierungs-Konzerten, wie Sie sie veranstalten, werde absolut nichts erreicht. Es sei da die Illusion des Vortragenden vollkommen. *Man höre* eben gar nicht, inwiefern der Vortrag von jedem früher gehörten abweiche: selbst dem professionellen Klavierspieler sei durchaus *nicht* mit der wünschenswerten Deutlichkeit (einzelne Fälle, wie billig, ausgenommen) die von ihm gewohnte und festgehaltne Interpretation dergestalt *Bewußtseins-Sache*, um in jedem Augenblick eine Verschiedenheit zu spüren. Solche Konzerte überzeugten absolut von *nichts*, weil sie gar keinen Unterschied zum Bewußtsein brächten. Ein anderes sei es, natürlich auch nur in Hinsicht auf ganz raffinierte Musiker, *verschiedene* Vortrags-Arten dicht hintereinander zu stellen; was er leugne, sei, daß die Evidenz des *Richtigen* sich damit beweisen lasse. Sie möchten nur abstimmen lassen ...

Alles, was Sie mir schreiben, bestärkt mich in dem Wunsche, daß Danzig *delenda est*, – Bonn: das klingt viel heiterer ... Ich nehme im stillen an, daß daselbst noch als Kapellmeister der gutartige Schumannianer *Brambach* fungiert (– ich habe unter ihm mit in Köln in dem großen Gürzenich-Musikfeste gesungen – z. B. Schumanns Faust –). Es lebt viel gute Welt daselbst, auch Ausländerinnen. Die klimatische Differenz ist unbeschreiblich *günstig* ... Die gesamte Welt-Färbung verändert sich am Rhein im »lieben Gemüt« – *crede experto* –. Zuletzt gibt es wirklich ein rheinisches *Musik-Leben*. – Sie haben einmal in Naumburg meinen Freund *Krug* gesehn: derselbe, jetzt ein großes Tier, das 80 Angestellte unter sich hat, Justizrat und Direktor der links-rheinischen Eisenbahn, Sitz Köln, hat ganz vor kurzem in Köln einen *Wagner-Verein* großen Stils ins Leben gerufen: er ist dessen Präsident. –

Mit vielen herzlichen Wünschen und für alles Nicht-Willkommne dieses Briefs um Verzeihung bittend Ihr ergebenster Nietzsche

NB. bis 14. September Sils. Am 15. Abreise – –

– Sie haben hoffentlich mein »literarisches Rezept« nicht ernst genommen?? – Ich mache *in puncto* »Publizität« und »Ruhm« nichts als Bosheiten. – Einige werden *posthum* geboren. –

248. *An Carl Fuchs* [Ende August 1888]

Zur Auseinanderhaltung der antiken Rhythmik (»*Zeit*-Rhythmik«) *von der barbarischen* (»*Affekt*-Rhythmik«)

1. Daß es außer dem Wortakzent noch einen andern Akzent gegeben habe, dafür fehlt bei den Rhythmikern (zum Beispiel Aristoxenos) jedes Zeugnis, jede Definition, selbst ein dazugehöriges *Wort*. – Arsis und Thesis wird erst seit Bentley in dem *fälschlichen* Sinne der modernen Rhythmik verstanden, – die Definitionen, die die Alten von diesen Worten geben, sind völlig unzweideutig.

2. Man warf, in Athen sowohl wie in Rom, den *Rednern*, selbst den berühmtesten, vor, Verse unversehens gesprochen zu haben. Es werden zahlreiche Beispiele solcher entschlüpften Verse zitiert. Der Vorwurf ist, nach *unsrer* üblichen Art, griechische und lateinische Verse zu sprechen, einfach unbegreiflich (– erst der *rhythmische* Ictus macht bei uns aus einer Abfolge von Silben einen Vers: aber gerade das ganz gewöhnliche Sprechen enthielt, nach *antikem* Urteil, sehr leicht *vollkommene Verse* –).

3. Nach ausdrücklichen Zeugnissen war es nicht möglich, den Rhythmus von gesprochenen lyrischen Versen zu hören, *wenn* nicht mit Taktschlägen die *größeren Zeit-Einheiten* dem Gefühle zum Bewußtsein gebracht wurden. Solange der Tanz begleitete (– und die antike Rhythmik ist *nicht* aus der Musik, sondern aus dem Tanz her gewachsen), *sah* man die rhythmischen Einheiten *mit Augen*.

4. Es gibt Fälle bei Homer, wo eine kurze Silbe ungewöhnlicherweise den *Anfang* eines Daktylus macht. Man nimmt philologischer-

seits an, daß in solchen Fällen der *rhythmische Ictus* die Kraft habe, den Zeit-Mangel auszugleichen. Bei den antiken Philologen, den großen Alexandrinern, die ich eigens auf diesen Punkt hin befragt habe, findet sich nicht die leiseste Spur einer solchen Rechtfertigung der *kurzen* Silbe (dagegen fünf andere).

5. Es tritt sowohl auf griechischem als auf lateinischem Boden ein Zeitpunkt ein, wo die nordischen Lied-Rhythmen Herr werden über die antiken rhythmischen Instinkte. Unschätzbares Material dafür in dem Hauptwerk über *christlich-griechische Hymnologie* (aus einem südfranzösischen gelehrten Kloster hervorgegangen). Von dem Augenblick an, wo *unsre* Art rhythmischer Akzent in den antiken Vers eindringt, ist jedesmal die *Sprache* verloren: sofort geht der Wortakzent und die Unterscheidung von langen und kurzen Silben flöten. Es ist ein Schritt in die Bildung barbarisierender Idiome.

6. Endlich die Hauptsache. Die beiden Arten der Rhythmik sind *konträr* in der ursprünglichsten Absicht und Herkunft. *Unsere* barbarische (oder germanische) Rhythmik versteht unter Rhythmus die Aufeinanderfolge von gleich starken *Affekt-Steigerungen*, getrennt durch Senkungen. Das gibt unsere älteste Form der Poesie: drei Silben, *jede* einen *Hauptbegriff* ausdrückend, drei bedeutungsvolle *Schläge* gleichsam an das Sensorium des Affekts – das bildet unser ältestes Versmaß. (In unsrer Sprache hat im Durchschnitt die bedeutungsschwerste Silbe, die *affekt-dominierende* Silbe den Akzent, grundverschieden von den antiken Sprachen.) *Unser* Rhythmus ist ein *Ausdrucksmittel des Affekts*: der antike Rhythmus, der Zeit-Rhythmus, hat umgekehrt die Aufgabe, den Affekt zu beherrschen und bis zu einem gewissen Grade zu eliminieren. Der Vortrag des antiken Rhapsoden war extrem leidenschaftlich (– man findet im Ion Platons eine starke Schilderung der Gebärden, der Tränen usw.): das *Zeit-Gleichmaß* wurde wie eine Art *Öl* auf den Wogen empfunden. *Rhythmus* im antiken Verstande ist, *moralisch und ästhetisch*, der *Zügel*, der der Leidenschaft angelegt wird.

In summa: unsre Art Rhythmik gehört in die Pathologie, die antike zum »*Ethos*« ...

Herrn Dr. Carl Fuchs zur freundlichen Erwägung anheimgegeben.

F. N.

907

249. *An Jacob Burckhardt* Sils-Maria, Herbst 1888

Hochverehrter Herr Professor, hiermit nehme ich mir die Freiheit, Ihnen eine kleine ästhetische Schrift vorzulegen, die, wie sehr auch immer mitten im Ernst meiner Aufgaben als *Erholung* gemeint, doch ihren Ernst für sich hat. Sie werden sich hierüber nicht einen Augenblick durch den leichten und ironischen Ton irreführen lassen. Vielleicht habe ich ein Recht von diesem »Fall Wagner« einmal *deutlich* zu reden, – vielleicht selbst eine Pflicht. Die Bewegung ist jetzt in höchster Glorie. Drei Viertel aller Musiker ist ganz oder halb überzeugt, von St. Petersburg bis Paris, Bologna und Montevideo leben die Theater von dieser Kunst, jüngst hat noch der junge deutsche Kaiser die ganze Angelegenheit als nationale Sache *ersten Ranges* bezeichnet und sich an deren Spitze gestellt: Gründe genug, daß es *erlaubt* ist, auf den Kampfplatz zu treten. – Ich bekenne, daß die Schrift, bei dem durchaus europäisch-internationalen Charakter des Problems, nicht deutsch, sondern französisch hätte geschrieben werden müssen. *Bis zu einem gewissen Grade* ist sie französisch geschrieben: und jedenfalls möchte es leichter sein, sie ins Französische zu übersetzen als ins Deutsche ...

– Es ist mir nicht verborgen geblieben, daß es vor nicht lange einen Tag gab, wo die Pietät einer ganzen Stadt sich mit tiefer Dankbarkeit ihres ersten Erziehers und Wohltäters erinnerte. Ich habe mir, in aller Bescheidenheit, erlaubt, mein eigenes Gefühl zu dem einer ganzen Stadt hinzuzulegen.

Mit dem Ausdruck großer Liebe und Verehrung

Ihr Dr. Friedrich Nietzsche

(Meine Adresse ist bis *Mitte* November *Torino poste restante*: ein einziges Wort von Ihnen würde mich glücklich machen.)

250. *An Georg Brandes* Sils-Maria, den 13. Sept. 1888

Verehrter Herr, hiermit mache ich mir ein Vergnügen – nämlich mich Ihnen wieder ins Gedächtnis zurückzurufen: und zwar durch Übersendung einer kleinen *boshaften* aber trotzdem sehr ernst gemeinten

Schrift, die noch in den *guten* Tagen von Turin entstanden ist. Inzwischen nämlich gab es *böse* Tage in Überfluß, und einen solchen Niedergang von Gesundheit, Mut und »Willen zum Leben«, schopenhauerisch geredet, daß mir jene kleine Frühlings-Idylle kaum mehr glaublich erschien. Zum Glück besaß ich noch ein *Dokument* daraus, den »Fall Wagner. Ein Musikanten-Problem«. Böse Zungen wollen lesen »Der Fall Wagners« ...

So sehr und mit so guten Gründen Sie sich auch gegen Musik verteidigen mögen (– die zudringlichste aller Musen), so sehen Sie sich doch einmal dies Stück *Musiker-Psychologie* an. Sie sind, verehrter Herr Kosmopolitikus, viel zu europäisch gesinnt, um nicht dabei hundertmal mehr zu hören, als meine sogenannten Landsleute, die »musikalischen« Deutschen.

Zuletzt bin ich in *diesem* Falle Kenner in *rebus et personis* – und, glücklicherweise, bis zu dem Grade Musiker von Instinkt, daß mir über die hier vorliegende *letzte* Wertfrage von der Musik aus das Problem zugänglich, *löslich* erscheint.

Im Grunde ist diese Schrift beinahe französisch geschrieben – es möchte leichter sein, sie ins Französische zu übersetzen als ins Deutsche. –

Würden Sie mir noch ein Paar russische oder französische Adressen geben können, in deren Fall es *Vernunft* hätte, die Schrift mitzuteilen?

Ein paar Monate später gibt es etwas *Philosophisches* zu erwarten: unter dem sehr wohlwollenden Titel »*Müßiggang eines Psychologen*« sage ich aller Welt Artigkeiten und Unartigkeiten – eingerechnet dieser geistreichen Nation, den Deutschen. –

Dies alles sind in der Hauptsache nur Erholungen von der Hauptsache: letztere heißt »Umwertung aller Werte«. – Europa wird nötig haben, noch ein Sibirien zu erfinden, um den Urheber dieser Wert-Tentative dorthin zu senden.

Hoffentlich begrüßt Sie dieser heitere Brief in einer bei Ihnen gewohnten *resoluten* Verfassung.

Sich gern Ihrer erinnernd Dr. Nietzsche

Adresse bis Mitte November: *Torino (Italia) ferma in posta*

251. *An Paul Deussen* Sils-Maria, den 14. Sept. 1888
Adresse bis 15. November: *Torino (Italia), ferma in posta*

Lieber Freund, ich möchte Sils nicht verlassen, ohne Dir nochmals die Hand zu drücken, in Erinnerung an die *größte* Überraschung, die mir dieser an Überraschungen reiche Sommer gebracht hat. Auch darf ich jetzt wieder mutiger reden als damals, wo ich Dir zu antworten hatte: die Gesundheit ist seitdem wiedergekommen, *mit* dem »besseren« Wetter (denn der Begriff »gut« ist für Meteorologen und Philosophen impraktikabel). Zwar hatten wir die allerletzte Woche noch den eigentlichen *Exzeß* des ganzen Jahrs – eine wahre Sündflut, die die ernstesten Überschwemmungs-Notstände im Ober- und Unterengadin hervorrief. Es fiel in 4 Tagen 220 Millim. Niederschlag, während das Normal-Quantum eines ganzen Monats hier 80 Millim. ist. – Du wirst noch in diesem Monate eine Zusendung erhalten: eine kleine ästhetische Streitschrift, in der ich, zum ersten Male und auf die unbedingteste Weise, das *psychologische Problem Wagner* ans Licht stelle. Es ist eine Kriegserklärung ohne *pardon* an diese ganze Bewegung: zuletzt bin ich der einzige, der Umfang und Tiefe genug hat, um hier nicht *unsicher* zu sein. – Daß eine Schrift von mir, ein Pamphlet, wenn man will, *gegen* Wagner, eine gewisse Aufregung mit sich bringt, gibt mir schon der letzte Bericht meines Verlegers zu verstehn. Bloß auf die vorläufige Ankündigung im Buchhändler-Börsenblatt hin sind so viel Bestellungen eingelaufen, daß die Auflage von 1000 Ex. als erschöpft betrachtet werden kann (d. h. wenn die Exemplare, die *verlangt* sind, später nicht den Krebsgang gehn...). Lies die Schrift einmal auch vom Standpunkt des Geschmacks und Stils: *so schreibt heute kein Mensch in Deutschland.* Es würde ebenso leicht sein die Schrift ins Französische zu übersetzen als schwer, fast unmöglich, sie *ins Deutsche* zu übersetzen ...

– Es ist bereits ein *andres* Manuskript bei meinem Verleger, das einen sehr strengen und feinen Ausdruck meiner ganzen *philosophischen Heterodoxie* gibt – unter vieler Anmut und Bosheit versteckt. Es heißt: »*Müßiggang eines Psychologen*«. – Zuletzt sind *diese beiden Schriften* nur wirkliche Erholungen inmitten einer unermeßlich schweren und entscheidenden Aufgabe, welche, *wenn sie verstanden wird*, die Geschichte der Menschheit in zwei Hälften spaltet. Der Sinn derselben heißt in drei Worten: *Umwertung aller Werte*. Es steht vieles hinterdrein *nicht mehr frei*, was bis jetzt freistand: das Reich der *Toleranz* ist durch Wert-Entscheidungen ersten Rangs zu einer bloßen Feigheit und Charakter-Schwäche heruntergesetzt. *Christ* sein – um nur eine Konsequenz zu nennen – wird von da an *unanständig*. – Auch von dieser radikalsten Umwälzung, von der die Menschheit weiß, ist vieles bei mir schon in Fluß und Gang. Nur, nochmals gesagt, habe ich jede Art Erholung und Seitensprung nötig, um das Werk ohne jedwede Mühe, wie ein Spiel, wie eine »Freiheit des Willens« hinzustellen. Das *erste* Buch davon ist zur Hälfte vollendet. – Mein alter Freund, Du *errätst*, daß es etwas in diesem und in den nächsten Jahren *zu drucken* gibt – und daß wirklich jene seltsame Geld-Großmut in einem *entscheidend guten* Augenblick an meine Tür klopfte. Man muß zu allem *Glück* haben, selbst noch zum Gutes-Tun ... Ein paar Jahre früher – wer weiß, *was* ich Dir geantwortet hätte! – Mit dem herzlichsten Gruße Dein Freund Nietzsche

– Ich sende auch ein Exemplar an Hrn. Rechtsanwalt Volkmar. –

252. *An Malwida von Meysenbug* Turin, den 4. Okt. 1888

Verehrteste Freundin, eben gab ich meinem Verleger Auftrag, umgehend drei Exemplare meiner eben erscheinenden Schrift »*Der Fall Wagner*. Ein Musikanten-Problem« an Ihre Versailler Adresse abgehn zu lassen. Diese Schrift, eine Kriegserklärung *in aestheticis*, wie sie radikaler gar nicht gedacht werden kann, scheint eine bedeutende Bewegung zu machen. Mein Verleger schrieb, daß auf die allererste Meldung von einer bevorstehenden Schrift von mir über *dies* Problem und in *diesem* Sinne soviel Bestellungen eingelaufen sind, daß die Auflage als erschöpft gelten kann. – Sie werden sehen, daß ich bei diesem Duell meine gute Laune *nicht* eingebüßt habe. Aufrichtig gesagt, einen *Wagner abtun* gehört, inmitten der über alle Maßen schweren Aufgabe meines Lebens, zu den wirklichen Erholungen. Ich schrieb diese kleine Schrift im Frühling, hier in Turin: inzwischen ist das erste Buch meiner *Umwertung aller Werte* fertig geworden.

Diese Schrift gegen Wagner sollte man auch *französisch* lesen. Sie ist sogar leichter ins Französische zu übersetzen als ins Deutsche. Auch hat sie in vielen Punkten Intimitäten mit dem französischen Geschmack: das Lob Bizets am Anfang würde sehr gehört werden. – Freilich, es müßte ein feiner, ein sogar raffinierter Stilist sein, um den Ton der Schrift wiederzugeben –: zuletzt bin ich selber jetzt der einzige raffinierte *deutsche* Stilist. –

Ich wäre sehr erkenntlich, wenn Sie in diesem Punkte den unschätzbaren Rat von Mr. Gabriel Monod einholen wollten (– ich hätte diesen ganzen Sommer Anlaß gehabt, einen *andren* Rat einzuholen, den des Mr. Paul *Bourget*, der in meiner nächsten Nähe wohnte: aber er versteht nichts in *rebus musicis et musicantibus*: *davon* abgesehn wäre er der Übersetzer, den ich brauchte –).

Die Schrift, gut ins Französische übersetzt, würde auf der halben Erde gelesen werden: – ich bin in dieser Frage die *einzige* Autorität und überdies Psychologe und Musiker genug, um auch in allem Technischen mir nichts vormachen zu lassen. –

Ihren gütigen Brief, hochverehrte Freundin, habe ich mit wahrer Rührung gelesen. Sie haben einfach recht, – ich auch ...

Ihnen das allerherzlichste von seiten eines alten Freundes wünschend

N.

Mit der Bitte, mich dem verehrtesten Kreise, in dem Sie leben, angelegentlich zu empfehlen.

253. *An Hans von Bülow* Turin, 9. Oktober 1888

Verehrter Herr! Sie haben auf meinen Brief nicht geantwortet. Sie sollen ein für allemal vor mir Ruhe haben, das verspreche ich Ihnen. Ich denke, Sie haben einen Begriff davon, daß der erste Geist des Zeitalters Ihnen einen Wunsch ausgedrückt hatte. Friedrich Nietzsche

254. *An Peter Gast* Turin, den 14. Okt. 1888

Lieber Freund, ich werde mich hüten, Ihnen von *meinen* Rezepten zur »himmlischen und irdischen Rekonvaleszenz« zu sprechen, da

Sie, nicht nur dem Anscheine nach, sich hundertmal besser auf dies Problem, die »Lösung« eingerechnet, verstehn. Unter diesen Umständen ist selbst Berlin kein Umstand: es macht mir das größte Vergnügen, Sie gerade *dort* zu wissen. Selbst Turin ist eigentlich kein Gesichtspunkt mehr.

In Sachen des »Löwen« hat Bülow *nicht* geantwortet: was ihm schlecht bekommen ist. Denn diesmal war *ich's*, der ihm einen groben und vollkommen berechtigten Brief geschrieben hat, um ein für allemal mit ihm zu Ende zu sein. Ich habe ihm zu verstehn gegeben, daß »ihm der erste Geist des Zeitalters einen *Wunsch* ausgedrückt habe«: ich erlaube mir jetzt dergleichen. –

Heute kam Bogen 6 von Naumann an; es werden doch wohl noch 2 Bogen mehr. In der Tat hat man mich mit dieser Schrift *in nuce*: sehr viel auf kleinem Raum.

Eben trifft ein Brief des Professor *Deussen* aus Madrid ein: er will noch ganz Spanien durchreisen und doch zur rechten Zeit für die Berliner Vorlesungen wieder am Platz sein. »Die Luft von Madrid, einzig an Reinheit, Trockenheit, Dünne und Durchsichtigkeit, – alles erscheint in einen farbigen Äther getaucht, glänzend, wie ein überfirnißtes Gemälde.«

Wissen Sie, wer den »Fall« zugeschickt bekommt? Die Witwe *Bizets*. Und zwar auf eifrigste Fürsprache des Dr. Brandes: er nennt sie »die lieblichste, charmanteste Frau, mit einem kleinen nervösen *tic*, der ihr sonderbar gut steht, aber ganz echt, ganz wahr und feurig«. Er meint, daß sie etwas Deutsch versteht. »Das Kind Bizets ist von idealer Schönheit und Lieblichkeit.« –

Er hat ein Exemplar meiner Schrift an den größten schwedischen Schriftsteller, der ganz für mich gewonnen sei, August *Strindberg* gegeben, er nennt ihn ein »wahres Genie«, nur etwas verrückt. Insgleichen bittet er um Exemplare für ein paar Personnagen der höchsten Petersburger Gesellschaft, die bereits auf mich aufmerksam gemacht sind, soweit dies bei dem *Verbot* meiner Schriften in Rußland möglich ist: der Fürst *Urussow* und die Prinzessin Anna Dmitrievna *Ténicheff*. Das sind »höhere Feinschmecker« ...

Die Franzosen haben den Hauptroman Dostojewskijs auf die Bühne gebracht. Insgleichen ist eine Oper »*Bacchos*« mir im Gedächtnis hängengeblieben, Musik *und* Dichtung vom gleichen, der Name ist mir entwischt. Nicht aufgeführt, nur in Aussicht.

Gegen *Turin* ist nichts einzuwenden: es ist eine herrliche und seltsam wohltuende Stadt. Das Problem, innerhalb der *besten* Quartiere einer Stadt, nahe, *ganz nahe* ihrem Zentrum, eine Einsiedler-Ruhe in ungeheuer schönen und weiten Straßen zu finden – dies für Großstädte anscheinend unlösbare Problem ist hier gelöst. Die Stille ist hier noch die *Regel*, die Belebtheit, die »Großstadt« gleichsam Ausnahme. Dabei annähernd 300000 Einwohner.

Das Wetter ist seit einigen Tagen von nizzahafter Reinheit und Leuchtkraft der Farben, nur etwas zu *frisch* für mich, der ich durch die Engadiner Winter-Einsperrung geradezu eine Angst vor dem neuen Winter im Leibe habe. Seit Juni habe ich *gefroren*, und wie! Ohne jedwedes Gegenmittel! – Es kommt dazu, daß meine Gesundheit über einen *choc* nicht hinwegkommt, der durch eine etwas zu lange Dysenterie (»Kolik« auf deutsch) bedingt ist. Ich glaubte zuerst an Vergiftung: doch haben die normalen Mittel Bismut und Dowersches Pulver ihre Schuldigkeit getan. Immerhin resultiert eine Entkräftung daraus, die auch gegen Kälte empfindlicher macht. –

Es grüßt und umarmt Sie auf das herzlichste Ihr getreuer Freund

Nietzsche

Soeben, am 15. morgens, finde ich einen liebenswürdigen *Gratulationsbrief* vor: schönsten Dank! Um so mehr, als es der einzige ist! – – Daß ein Orchester Ihnen wohltut, erfreut mich über die Maßen, – Ihre Reise bekommt immer mehr Sinn, – zuviel bereits ...

Bogen 6 eben ab an Naumann.

255. *An Malwida von Meysenbug* Turin, den 18. Oktober 1888

Verehrte Freundin, das sind keine Dinge, worüber ich Widerspruch zulasse. Ich bin, in Fragen der *décadence*, die höchste Instanz, die es jetzt auf Erden gibt: diese jetzigen Menschen mit ihrer jammervollen Instinkt-Entartung, sollten sich glücklich schätzen, jemanden zu haben, der ihnen in *dunkleren* Fällen reinen Wein einschenkt. Daß Wagner es verstanden hat, von sich den Glauben zu erwecken (– wie

Sie es mit verehrungswürdiger Unschuld ausdrücken), der »letzte Ausdruck der schöpferischen Natur«, gleichsam ihr »Schlußwort« zu sein, dazu bedarf es in der Tat des *Genies*, aber eines Genies der *Lüge* ... Ich selber habe die Ehre, etwas Umgekehrtes zu sein – ein Genie *der Wahrheit* – – Friedrich Nietzsche

256. *An Franz Overbeck* Turin, den 18. Okt. 1888

Lieber Freund, ich machte gestern, mit Deinem Brief in der Hand, meinen gewohnten Nachmittags-Spaziergang außerhalb Turins. Reinstes Oktoberlicht überall; der herrliche Baumweg, der mich ungefähr eine Stunde dicht am Po entlang führte, vom Herbste noch kaum berührt. Ich bin jetzt der dankbarste Mensch von der Welt – *herbstlich* gesinnt in jedem guten Sinne des Wortes: es ist meine große *Erntezeit.* Alles wird mir leicht, alles gerät mir, obwohl schwerlich schon jemand so große Dinge unter den Händen gehabt hat. Daß das *erste* Buch der *Umwertung aller Werte* fertig ist, *druck*fertig, das melde ich Dir mit einem Gefühle, für das ich kein Wort habe. Es werden *vier* Bücher; sie erscheinen einzeln. Diesmal führe ich, als alter Artillerist, mein großes Geschütz vor: ich fürchte, ich schieße die Geschichte der Menschheit in zwei Hälften auseinander. – Mit jener Schrift, über die ich im letzten Brief eine Andeutung machte, sind wir bald am Ende: es ist, um mir möglichst wenig Zeit von meiner jetzt ganz unschätzbaren Zeit zu nehmen, mit ausgezeichneter Präzision gedruckt worden. Dein Zitat aus »Menschl. Allzumenschl.« kam vollkommen zur rechten Zeit, um eingetragen zu werden. – Diese Schrift ist bereits eine hundertfache Kriegserklärung, mit einem fernen Donner im Gebirge; im Vordergrund viel »Lustiges«, von der Art meiner *bedingten* Lustigkeit[1] ... Man kann sich zum Erstaunen leicht mit dieser Schrift über meinen *Grad* von Heterodoxie unterrichten, die in der Tat keinen Stein auf dem andern läßt. Gegen die *Deutschen* gehe ich darin in ganzer Front vor: Du wirst Dich nicht über »Zweideutig-

[1] Inmitten der ungeheuren Spannung dieser Zeit war ein Duell mit Wagner für mich eine vollkommene *Erholung:* auch tat es not, jetzt, wo ich in offenem Krieg auftrete, einmal *öffentlich* zu beweisen, daß ich »das Handgelenk frei habe«...

keit« zu beklagen haben. Diese unverantwortliche Rasse, die alle großen Malheurs der Kultur auf dem Gewissen hat und in allen *entscheidenden* Momenten der Geschichte etwas »andres« im Kopfe hatte (– die Reformation zur Zeit der Renaissance; Kantische Philosophie, als eben eine *wissenschaftliche* Denkweise in England und Frankreich mit Mühe erreicht war; »Freiheits-Kriege« beim Erscheinen Napoleons, des einzigen, der bisher stark genug war, aus Europa eine politische und *wirtschaftliche Einheit* zu bilden –) hat heute »das Reich«, diese Rekrudeszenz der Kleinstaaterei und des Kultur-Atomismus, im Kopfe, in einem Augenblicke, wo die große *Wertfrage* zum erstenmal gestellt wird. Es gab nie einen wichtigeren Augenblick in der Geschichte: *aber wer wüßte etwas davon?* Das Mißverhältnis, das hier zutage tritt, ist vollkommen notwendig: im Augenblick, wo eine noch nie geahnte Höhe und Freiheit der geistigen Leidenschaft Besitz ergreift von dem *höchsten* Probleme der Menschheit und für deren Schicksal die *Entscheidung* heraufbeschwört, *muß* sich die allgemeine Kleinheit und Stumpfheit um so schärfer dagegen abheben. Gegen mich gibt es durchaus noch keine »Feindschaft«: man hat einfach keine Ohren für irgend etwas von mir, *folglich* weder ein *Für*, noch ein *Wider*....

Lieber Freund, lege, wenn ich bitten darf, auch noch die 500 frs., von denen Du schreibst, bei der Handwerkerbank nieder. Ich muß jetzt mit aller Kraft *Ökonomie* machen, um den außerordentlichen Druckkosten der nächsten drei Jahre gewachsen zu sein. (Ich nehme also an, daß die am 1. Oktober fällig gewordenen 1000 frs. jetzt *ganz* daselbst deponiert sind.) Ende Dezember werde ich dann freilich die 500 frs. sehr dringend nötig haben. Mein Plan ist, bis zum 20. November hier auszuhalten (– ein etwas *frostiges* Vorhaben, da der Winter früh kommt!). Dann will ich nach *Nizza* und daselbst, mit vollkommenem Bruch aller bisherigen *usances*, mir die Existenz herstellen, die ich jetzt brauche. Ich habe bisweilen auch an Bastia auf Korsika gedacht: doch fürchte ich mich, mitten in der tiefen Selbstbesinnung, die mir not tut, vor dem *Experiment* und seinen Gefahren.

Herr *Köselitz* ist nach Berlin übergesiedelt: seine Briefe atmen die allerbeste Seelenverfassung, die man auf Erden wünschen kann. Auch *geschieht* etwas für ihn: darüber einmal später. Adresse: *Berlin SW.* Lindenstraße 116 IV l.

Es grüßt Dich und Deine liebe Frau auf das dankbarste

Dein Nietzsche

257. *An Georg Brandes* Turin, den 20. Oktober 1888

Werter und lieber Herr, wiederum kam ein angenehmer Wind von Norden mit Ihrem Briefe: zuletzt war es bisher der einzige Brief, der ein »gutes Gesicht«, der überhaupt ein Gesicht zu meinem Attentat auf Wagner machte. Denn man schreibt mir nicht. Ich habe selbst bei Näheren und Nächsten einen heillosen Schrecken hervorgebracht. Da ist zum Beispiel mein alter Freund Baron Seydlitz in München unglücklicherweise gerade Präsident des Münchener Wagner-Vereins; mein noch älterer Freund, der Justizrat Krug in Köln, Präsident des dortigen Wagner-Vereins; mein Schwager Dr. Bernhard Förster in Südamerika, der nicht unbekannte Antisemit, einer der eifrigsten Mitarbeiter der Bayreuther Blätter – und meine verehrungswürdige Freundin Malwida von Meysenbug, die Verfasserin der Memoiren einer Idealistin, verwechselt nach wie vor Wagner mit Michelangelo ...

Andererseits hat man mir zu verstehen gegeben, ich solle auf der Hut sein vor der Wagnerianerin: die hätte in gewissen Fällen keine Skrupel. Vielleicht wehrt man sich, von Bayreuth aus, auf reichsdeutsche Manier, durch Interdiktion meiner Schrift – als »der öffentlichen Sittlichkeit gefährlich« ... Man könnte selbst meinen Satz »wir kennen alle den unästhetischen Begriff des christlichen Junkers« als Majestäts-Beleidigung verstehen. – – –

Ihre Intervention zu Ehren der Witwe Bizets hat mir großes Vergnügen gemacht. Bitte geben Sie mir ihre Adresse; insgleichen die des Fürsten Urussow. Ein Exemplar ist an Ihre Freundin, die Fürstin Dmitrievna Ténicheff abgesandt. – Bei meiner nächsten Veröffentlichung, die nicht gar zu lange mehr auf sich warten lassen wird (– der Titel ist jetzt »*Götzendämmerung*. Oder: Wie man mit dem *Hammer* philosophiert«), möchte ich sehr gern auch an den von Ihnen mit so ehrenden Worten mir vorgestellten Schweden ein Exemplar senden.

Nur weiß ich seinen Wohnort nicht. – Diese Schrift ist meine Philosophie *in nuce* – radikal bis zum Verbrechen …

– Über die Wirkung des »Tristan« hätte auch ich Wunder zu berichten. Eine richtige Dosis Seelen-Qual scheint mir ein ausgezeichnetes Tonikum vor einer Wagnerschen Mahlzeit. Der Reichsgerichtsrat Dr. Wiener in Leipzig gab mir zu verstehen, auch eine Karlsbader Kur diene dazu …

– Ach was Sie arbeitsam sind! Und ich Idiot, der ich nicht einmal Dänisch verstehe! – Daß man gerade »in Rußland wieder aufleben« kann, glaube ich Ihnen vollkommen; ich rechne irgendein russisches Buch, vor allem Dostojewskij (französisch übersetzt, um des Himmels willen nicht deutsch!!) zu meinen größten Erleichterungen.

Von Herzen und mit einem Recht, *dankbar* zu sein Ihr Nietzsche

258. *An Peter Gast* Turin, Dienstag, den 30. Okt. 88

Lieber Freund, ich sah mich eben im Spiegel an, – ich habe nie so ausgesehn. Exemplarisch gut gelaunt, wohlgenährt und zehn Jahre jünger als es erlaubt wäre. Zu alledem bin ich, seitdem ich Turin zur Heimat gewählt habe, sehr verändert in den Honneurs, die ich mir selber erweise, – erfreue mich z. B. eines ausgezeichneten Schneiders und lege Wert darauf, überall als distinguierter Fremder empfunden zu werden. Was mir auch zum Verwundern gelungen ist. Ich bekomme in meiner Trattoria unzweifelhaft die besten Bissen, die es gibt: man macht mich immer aufmerksam, was gerade besonders gelungen ist. Unter uns, ich habe bis heute nicht gewußt, was mit Appetit essen heißt; ebensowenig, was ich nötig habe, um bei Kräften zu sein. Meine Kritik der Winter in Nizza ist jetzt sehr herbe: unzureichende und gänzlich gerade mir unzuträgliche Diät. Dasselbe, vielleicht verstärkt, gilt, es hilft nichts, lieber Freund! von Ihrem Venedig. Ich esse hier, mit der *allerheitersten* Verfassung an Seele und Eingeweide, gut viermal so viel wie in der »Panada«. – Auch sonst ist Nizza die *reine Torheit* gewesen. Landschaftlich ist Turin mir in einer Weise mehr sympatisch als dies kalkige baumarme und stupide Stück Riviera, daß ich mich gar nicht genug ärgern kann, so spät davon loszukommen. Ich sage kein Wort von der verächtlichen und feilen Art Mensch daselbst – die Fremden nicht ausgenommen. Hier kommt Tag für Tag mit gleicher unbändiger Vollkommenheit und Sonnenfülle herauf: der herrliche Baumwuchs in glühendem Gelb, Himmel und der große Fluß zart blau, die Luft von höchster Reinheit – ein Claude Lorrain, wie ich ihn nie geträumt hatte zu sehn. Früchte, Trauben in braunster Süße – und billiger als in Venedig! In allen Stücken finde ich es hier lebenswert. Der Kaffee in den ersten Cafés, ein kleines Kännchen von merkwürdiger Güte, sogar erster Güte, wie ich sie noch nicht fand, 20 *cs.* – und man zahlt in Turin *nicht* Trinkgelder. Mein Zimmer, *erste* Lage im Zentrum, Sonne von früh bis nachmittag, Blick auf den Palazzo Carignano, die Piazza Carlo Alberto und darüber weg auf die grünen Berge – monatlich 25 *frs. mit* Bedienung, auch Stiefelputzen. In der Trattoria zahle ich für jede Mahlzeit 1 *frs.* 15 und lege, was entschieden als Ausnahme empfunden wird, nach 10 *cs.* bei. Dafür habe ich: *ganz große* Portion Minestra, sei es trocken, sei es in Bouillon: allergrößte Auswahl und Abwechslung, und die italienischen Mehlfabrikate alle von erster Güte (– ich *lerne* hier erst die großen Unterschiede); dann ein ausgezeichnetes Stück zartes Fleisch, vor allem Kalbsbraten, den ich nirgends so gegessen habe, mit einem Gemüse dazu, Spinat usw.; drei Brötchen, hier sehr schmackhaft (für den Liebhaber die *Grissini*, die ganz dünnen *Brotröhrchen*, die turinischer Geschmack sind). – Ein *Ofen* ist bestellt, aus Dresden: wissen Sie, Natron-Karbon-Heizung – ohne Rauch, folglich ohne Schornstein. Insgleichen lasse ich aus Nizza meine *Bücher* kommen. Es ist übrigens wundervoll mild, auch die Nächte. Mein Frostgefühl, von dem ich schrieb, hat nur *interne* Gründe. Es war übrigens sofort wieder in Ordnung.

Mit Ihrem Brief haben Sie mir eine große Freude gemacht. Im Grunde habe ich's nicht annähernd von irgend jemand erlebt, zu hören, *wie stark* meine Gedanken wirken. Die Neuheit, der *Mut* der Neuerung ist wirklich ersten Ranges: – was die *Folgen* betrifft, so sehe ich jetzt mitunter meine *Hand* mit einigem Mißtrauen an, weil es mir scheint, daß ich das Schicksal der Menschheit »in der Hand« habe. – Sind Sie zufrieden, daß ich den Schluß mit der *Dionysos-Moral* gemacht habe? Es fiel mir ein, daß diese Reihe Begriffe um keinen Preis in diesem Vademecum meiner Philosophie fehlen dürfe. Mit den paar

Sätzen über die Griechen darf ich alles herausfordern, was über sie gesagt ist. – Zum Schluß jene Hammer-Rede aus dem Zarathustra – vielleicht, *nach* diesem Buche, *hörbar*... Ich selbst höre sie nicht ohne einen eiskalten Schauder durch den ganzen Leib.

Das Wetter ist so herrlich, daß es gar kein Kunststück ist, etwas *gut* zu machen. An meinem Geburtstag habe ich wieder etwas angefangen, das zu geraten scheint und bereits bedeutend avanciert ist. Es heißt »*Ecce homo* oder *Wie man wird, was man ist*«. Es handelt, mit einer großen Verwegenheit, von mir und meinen Schriften: ich habe nicht nur damit mich vorstellen wollen *vor* dem ganz unheimlich solitären Akt der *Umwertung*, – ich möchte gern einmal eine *Probe* machen, was ich bei den deutschen Begriffen von *Pressefreiheit* eigentlich riskieren kann. Mein Argwohn ist, daß man das *erste* Buch der *Umwertung* auf der Stelle konfisziert – legal mit allerbestem Recht. Mit diesem »*Ecce homo*« möchte ich die *Frage* zu einem derartigen Ernste, auch Neugierde steigern, daß die landläufigen und im Grunde vernünftigen Begriffe über das *Erlaubte* hier einmal einen Ausnahmefall zuließen. Übrigens rede ich von mir selber mit aller möglichen psychologischen »Schläue« und Heiterkeit – ich möchte durchaus nicht als Prophet, Untier und Moral-Scheusal vor die Menschen hintreten. Auch in diesem Sinne könnte dies Buch gut tun: es verhütet vielleicht, daß ich mit meinem *Gegensatz* verwechselt werde. –

Auf Ihre Kunstwart-Humanität bin ich sehr neugierig. Wissen Sie eigentlich, daß ich Herrn Avenarius im Sommer einen extrem groben Brief geschrieben habe, wegen der Art, mit der sein Blatt *Heinrich Heine* fallen ließ? – Grobe Briefe – bei mir das Zeichen von Heiterkeit...

Es grüßt Sie auf das herzlichste, mit lauter unaussprechbaren Neben-, Hinter- und Vorder-Wünschen (– »*Eins* ist notwendiger, als das andre«: also sprach Zarathustra) N.

259. *An Franziska Nietzsche* 3. November 1888

Adresse: *Torino (Italia), via Carlo Alberto 6 III*

Meine alte Mutter, – dies ist der merkwürdigste Zufall, den es geben kann. Mein Verstand stand einen Augenblick still. Stelle Dir vor, daß ich eben im Begriff bin, Dich um die Abschrift einer Stelle aus den gesammelten Werken *Wagners* zu bitten: Band IX, in dem ein Brief *Wagners* an mich steht. Davon wollte ich den letzten Satz haben, den ich einer bestimmten Arbeit wegen nötig habe. *Dein Brief enthält diesen Satz:* jene dritte Seite, die Dir solches Vergnügen gemacht hat. Vollkommen märchenhaft! –

Zu meinem Bedauern fehlt das *Kuvert* des kuriosen Briefs: ich habe nicht die entfernteste Ahnung, woher er kommt. Hättest Du den *Poststempel* mir lieber mitgeteilt, statt der Wanderung von Ort zu Ort, so wäre ich schon auf der Spur. Es muß ein genauer Bekannter sein, darauf weist der Scherz in der Adresse »Röcken bei Lützen« hin. Kommt er nicht aus *Wien*? –

An der Kälte habe ich noch mäßig gelitten, ein paar regnerische Tage abgerechnet: da ist man immer empfindlicher. Jetzt ist's wieder schön mild, sogar die Nacht. Das Kälteste war ein *einziger* Oktobertag, wo wir zwar nicht den Gefrierpunkt, aber beinahe erreichten. Gleich darauf wieder wonnevolle Herbsttage. Wir sind immer noch im Überfluß der schönsten Trauben: das Pfund *allererste* Qualität 24 Pfennige nach Eurem Geld. Die Ernährung ist über alle Maßen gut und zuträglich. Man lebt nicht umsonst im Lande der allerberühmtesten Viehzucht, und zwar in dessen königl. Residenz. Die Zartheit des *Kalb*fleisches ist einfach für mich etwas Neues, insgleichen das von mir hochgeschätzte delikate *Lamm*fleisch. Und welche Zubereitung! welche solide, saubere, sogar raffinierte Küche! Ich habe bis jetzt nicht gewußt, *was* guter Appetit ist: aufrichtig, ich esse viermal so viel wie in Nizza, zahle *weniger* und habe noch nie eine Magenbeschwerde gehabt. Zugegeben, daß man mich hierin und in andern Dingen auszeichnet; ich bekomme entschieden die besten Bissen. Aber das ist überall der Fall, wo ich hier verkehre: man nimmt mich für etwas sehr Distinguiertes, Du würdest Dich selber erstaunen, wie stolz und voll Haltung Dein altes Geschöpf hier einherwandelt. Gegen Nizza hat sich alles gerade umgedreht. – Ein leichter Paletot, mit blauer Seide gefüttert, genügt einstweilen über meinem Gesellschafts-Anzug vollkommen. Der dicke, immer noch ganz ordentliche Überzieher von Hillebrand kommt erst *diesen* Winter zu Ehren. Zwei Paar Schuhe mit Schnüren. Ungeheure englische Winterhandschuh. Eine goldne Brille (*nicht* unterwegs). Jetzt kannst Du Dir das alte Geschöpf vorstellen. In Liebe F.

260. *An Malwida von Meysenbug* Turin, den 5. November 1888

Warten Sie nur ein wenig, verehrteste Freundin! Ich liefere Ihnen noch den Beweis, daß »*Nietzsche est toujours haïssable*«. Ohne allen Zweifel, ich habe Ihnen *Unrecht getan*: aber da ich diesen Herbst an einem Überfluß von Rechtschaffenheit leide, so ist es mir eine wahre Wohltat, Unrecht zu tun... Der »Immoralist«

261. *An Franz Overbeck*
Torino, via Carlo Alberto 6, III, am 13. November 1888

Lieber Freund, der Ausnahmefall des 16. Nov. mag es entschuldigen, wenn ich meinem letzten Brief heute schon einen Brief nachschicke. Vielleicht seid Ihr schon im Winter: wir sind es beinahe, – die nächsten Berge haben schon eine leichte Perücke. Hoffentlich wird der Winter entsprechend wie der Herbst gewesen ist: wenigstens hier war er ein wahres Wunder von Schönheit und Lichtfülle – ein Claude Lorrain in Permanenz. Ich habe über den ganzen Begriff »schönes Wetter« umgelernt und denke mit Erbarmen an meine stupide Anhänglichkeit an Nizza. – Meine Bücher, die ich dort gelassen habe, sind bereits unterwegs nach Turin. Bei diesem Anlaß erfuhr ich, daß in der *pension de Genève* meine lustige Tischnachbarin von ehedem, Frau von Brandeis, eingetroffen ist. – Auch der Karbon-Natron-Ofen ist unterwegs, zu sehr honetten Preisen, wie ich es dem Dresdner Nieske zu Ehren sagen muß. Ein paar süperbe englische Winterhandschuhe habe ich mir heute gekauft. – Beim besten Willen, alter Freund Overbeck, gelingt es mir nicht, Dir etwas Schlimmes von mir zu erzählen. Es geht fort und fort in einem *tempo fortissimo* der Arbeit *und* der guten Laune. Auch behandelt man mich hier *comme il faut*, als irgend etwas extrem Distinguiertes, es gibt eine Art, mir die Türe aufzumachen, die ich noch nirgendswo erlebt habe. Zugegeben, daß ich nur sehr gute Orte besuche, auch mich eines klassischen Schneiders erfreue. – Wir hatten dieser Tage den düstern Pomp eines *großen* Begräbnisses, an dem ganz Italien beteiligt war: der Conte Robilant, der verehrteste Typus des Piemonteser Adels, übrigens leiblicher Sohn des Königs Carlo Alberto, wie man hier weiß. An ihm hat Italien einen Premier verloren, der nicht zu ersetzen ist. – Etwas Heiteres dicht nebenbei: die Schönheiten der Turiner Aristokratie sind ganz übermütig geworden, als die Bilder der erstgekrönten Schönheiten in *Spaa* hier anlangten. Sie haben sofort für den Januar auch einen *concorso di bellezza* ins Auge gefaßt – ich glaube, sie haben alles Recht dazu! Ich sah, bei der Frühlings-Ausstellung, bereits einen solchen *concours* in *Portraits* vor mir. Auch unsre neue Turinerin, die *princesse Laetitia Buonaparte*, neuvermählt mit dem *duc d'Aosta* wird mit Vergnügen bei der Partie sein. – Ich habe inzwischen für meinen »Fall Wagner« wahre Huldigungsschreiben bekommen. Man nennt die Schrift nicht nur ein psychologisches Meisterstück ersten Ranges, auf einem Gebiete, wo niemand überhaupt bisher Augen gehabt hat – in der Psychologie der Musiker: man nennt die Aufklärung über den *décadence*-Charakter unserer Musik *überhaupt* ein kulturhistorisches Ereignis, etwas, das niemand außer mir gekonnt hätte: die Worte über Brahms seien das äußerste von psycholog. Sagazität. – Hr. Spitteler hat in der Donnerstag-Nummer des »Bund« sein Entzücken ausgedrückt, Herr Köselitz im »Kunstwart«; aus Paris meldet man mir einen Artikel in der *Nouvelle Revue* als bevorstehend. – Auch sonst gute Nachrichten. Der größte schwedische Schriftsteller, »ein wahres Genie«, wie Dr. Brandes schreibt, August Strindberg, hat sich inzwischen ganz für mich erklärt; auch die Petersburger Gesellschaft sucht Beziehungen zu mir herzustellen, sehr erschwert durch das *Verbot* meiner Schriften (Fürst Urussow, Fürstin Anna Dimitrievna Tinicheff). Endlich die *charmante* Witwe Bizets! ...

Der Druck der »*Götzen-Dämmerung*. Oder: *Wie man mit dem Hammer philosophiert*« ist beendet; das Manuskript des »*Ecce homo. Wie man wird, was man ist*« ist bereits in der Druckerei. – Letzteres, von absoluter Wichtigkeit, gibt einiges Psychologische u. selbst Biographische über mich und meine Literatur: man wird mich mit einem Male *zu sehn bekommen*. Der Ton der Schrift, heiter und verhängnisvoll, wie alles, was ich schreibe. – Ende nächsten Jahres erscheint dann das *erste* Buch der *Umwertung*. Es liegt fertig da. –

Mit dem allerherzlichsten Glückwunsch für Dein Wohl an Leib und Seele Dein Nietzsche

262. *An Meta von Salis* Turin, den 14. Nov. 88

Verehrtes Fräulein, da ich fortdauernd an einem kleinen Überfluß von guter Laune und anderen Glücksgütern leide, so dürfen Sie mir einen völlig sinnlosen Brief wohl nachsehen. Bis jetzt ist alles besser als gut gegangen; ich habe meine Last gewälzt, wie als ob ich von Natur ein »unsterblicher« Lastträger wäre. Nicht nur daß das *erste* Buch der Umwertung schon am 30. September zu Ende kam, inzwischen hat sich ein sehr unglaubliches Stück Literatur, das den Titel führt «*Ecce homo. Wie man wird, was man ist*« – auch schon wieder mit Flügeln begabt und flattert, wenn mich nicht alles täuscht, in der Richtung von Leipzig ...

Dieser *homo* bin ich nämlich selbst, eingerechnet des *ecce*; der Versuch, über mich ein wenig Licht *und Schrecken* zu verbreiten, scheint mir fast zu gut gelungen. Das letzte Kapitel hat zum Beispiel die unerquickliche Überschrift: warum ich ein Schicksal bin. *Daß* dies nämlich der Fall ist, wird dermaßen stark bewiesen, daß man, am Schluß, bloß noch als »Larve«, bloß noch als »fühlende Brust« vor mir sitzen bleibt. – Daß es einiger *Aufklärung* über mich bedarf, bewies mir jüngst noch der Fall Malwida. Ich sandte ihr, mit einer kleinen Absicht im Hintergrunde, ein Exemplar des »Falls Wagner«, mit dem Ersuchen, für eine gute französische Übersetzung einige Schritte zu tun. »Kriegserklärung« an mich: Malwida gebraucht diesen Ausdruck. –

Ich habe, unter uns, mich noch einmal mehr davon überzeugt, daß der berühmte »Idealismus« in diesem Falle im Grunde eine extreme Form der Unbescheidenheit ist – »unschuldig«, wie es sich von selbst versteht. Man hat sie immer mitreden lassen und, wie mir scheint, hat ihr niemand gesagt, daß sie mit jedem Satze nicht nur irrt, sondern *lügt* ... Das machen ja die »schönen Seelen« so, die die Realität nicht sehen *dürfen.* Verwöhnt, durch ihr ganzes Leben hindurch, sitzt sie zuletzt, wie eine kleine komische Pythia, auf ihrem Sofa und sagt: »Sie irren sich über Wagner! Das weiß ich besser! Genau dasselbe, wie *Michelangelo*« –. Ich schrieb ihr darauf, daß Zarathustra die Guten und Gerechten abschaffen wolle, weil sie immer *lügen.* Darauf antwortete sie, sie stimme mir darin völlig bei, *denn* es gäbe so wenig *Wirklich-*Gute... – Und *das* hat mich zeitweilig vor Malwida *verteidigt*! –

Turin ist kein Ort, den man verläßt. Ich habe Nizza *ad acta* gelegt, insgleichen den *romantisme* eines korsischen Winters (– es lohnt sich zuletzt nicht mehr, die Herren Banditen sind wirklich *abgeschafft*, sogar die Könige, die *Bellacoscia*) – Der Herbst war hier ein *Claude Lorrain* in Permanenz – ich fragte mich oft, ob so etwas auf Erden möglich sei. Seltsam! gegen die Sommer-Misere da *oben* gab es also wirklich eine *Ausgleichung.* Da haben wir's: der alte Gott lebt noch ...

– Auch ist man hier *sehr delikat* gegen mich, meine Lage hat sich gegen die des Frühlings in einem unausrechenbaren Grade verbessert. – Von meiner Gesundheit wage ich gar nicht mehr zu reden: das ist ein überwundener Standpunkt. – Die noch im Engadin fertig gewordene Schrift, die radikalste vielleicht, die es gibt, führt den Titel:

Götzen-Dämmerung

oder Wie man mit dem Hammer philosophiert.

Der Druck ist beendet. – Erwäge ich, was ich alles zwischen dem 3. September und 4. November verbrochen habe, so fürchte ich, daß allernächst die Erde *zittert.* Diesmal in Turin; vor zwei Jahren, als ich in Nizza war, wie billig, in Nizza. In der Tat meldet der letzte Observatoriumsbericht von gestern bereits eine leichte Oszillation ...

Wir hatten den düsteren Pomp eines *großen* Begräbnisses. Einer der verehrungswürdigsten Piemontesen, der Conte di Robilant, wurde zu Grabe getragen; ganz Italien war in Trauer. Es hat einen Premier verloren, den man mit Ungeduld erwartete – und den niemand ersetzt.

Mit ausgezeichneter Ergebenheit Ihr Nietzsche

Herr Spitteler hat im »Bund« einen Schrei des *Entzückens* über den »Fall« ausgestoßen.

263. *An Georg Brandes*

Torino, via Carlo Alberto 6, III, den 20. November 1888

Verehrter Herr, Vergebung, daß ich auf der Stelle antworte. Es gibt jetzt in meinem Leben *curiosa* von Sinn im Zufall, die nicht ihresgleichen haben. Vorgestern erst; jetzt wieder. – Ach, wenn Sie wüßten, was ich eben geschrieben hatte, als Ihr Brief mir seinen Besuch machte. –

Ich habe jetzt mit einem Zynismus, der welthistorisch werden wird, mich selbst erzählt. Das Buch heißt »*Ecce homo*« und ist ein Attentat ohne die geringste Rücksicht auf den Gekreuzigten; es endet in Donnern und Wetterschlägen gegen alles, was christlich oder christlich-infekt ist, bei denen einem Sehen und Hören vergeht. Ich bin zuletzt der erste Psychologe des Christentums und kann, als alter Artillerist, der ich bin, schweres Geschütz vorfahren, von dem kein Gegner des Christentums auch nur die Existenz vermutet hat. – Das Ganze ist das Vorspiel der »Umwertung aller Werte«, des Werks, das fertig vor mir liegt: ich schwöre Ihnen zu, daß wir in zwei Jahren die ganze Erde in Konvulsionen haben werden. Ich bin ein Verhängnis. –

Erraten Sie, wer in »*Ecce homo*« am schlimmsten wegkommt? Die Herren Deutschen! Ich habe ihnen furchtbare Dinge gesagt ... Die Deutschen haben es zum Beispiel auf dem Gewissen, die letzte *große* Zeit der Geschichte, die Renaissance, um ihren Sinn gebracht zu haben – in einem Augenblick, wo die christlichen Werte, die *décadence*-Werte, unterlagen, wo sie in den Instinkten der höchsten Geistlichkeit selbst überwunden durch die Gegeninstinkte waren, die Lebensinstinkte. Die Kirche *anzugreifen* – das hieß ja das Christentum wiederherstellen. – (*Cesare Borgia* als Papst – das wäre der Sinn der Renaissance, ihr eigentliches Symbol.)

– Auch dürfen Sie darüber nicht böse sein, daß Sie selber an einer entscheidenden Stelle des Buchs auftreten – ich schrieb sie eben – in diesem Zusammenhange, daß ich das Verhalten meiner deutschen Freunde gegen mich stigmatisiere, das absolute In-Stich-gelassen-sein mit Ehre wie mit Philosophie. – Sie kommen, eingehüllt in eine artige Wolke von Glorie, auf einmal zum Vorschein ...

Ihren Worten über Dostojewskij glaube ich unbedingt; ich schätze ihn andererseits als das wertvollste psychologische Material, das ich kenne – ich bin ihm auf eine merkwürdige Weise dankbar, wie sehr er auch immer meinen untersten Instinkten zuwider geht. Ungefähr mein Verhältnis zu Pascal, den ich beinahe liebe, weil er mich unendlich belehrt hat; der einzige *logische* Christ.

– Vorgestern las ich, entzückt und wie bei mir zu Hause »*Les mariés*« von Herrn August Strindberg. Meine aufrichtigste Bewunderung, der nichts Eintrag tut, als das Gefühl, mich dabei ein wenig mitzubewundern. Turin bleibt meine Residenz.

Ihr Nietzsche, jetzt Untier

Wohin darf ich Ihnen die »Götzen-Dämmerung« senden? Im Fall, daß Sie noch 14 Tage in Kopenhagen sind, ist keine Antwort nötig.

264. *An Peter Gast* Turin, 2. Dez. 88

Sonntag nachmittag, nach 4 Uhr, unbändig schöner Herbsttag. Eben zurückgekommen von einem großen Konzert, das im Grunde der *stärkste* Konzert-Eindruck meines Lebens ist, – mein Gesicht machte fortwährend Grimassen, um über ein extremes Vergnügen hinwegzukommen, eingerechnet, für 10 Minuten die Grimasse der Tränen. Ach, daß Sie nicht dabei waren! Im Grunde war's die Lektion von der Operette auf die *Musik* übertragen. Unsre 90 ersten Musiker der Stadt; ein ausgezeichneter Dirigent; das größte Theater von hier mit herrlicher Akustik; 2500 Zuhörer, alles, ohne Ausnahme, was hier in Musik mitlebt und mitredet. *Publico sceltissimo*, aufrichtig: ich hatte nirgendswo noch das Gefühl, daß dermaßen *nuances* verstanden wurden. Es waren lauter *extrem raffinierte* Sachen, und ich suche vergebens nach einem intelligenteren Enthusiasmus. Nicht ein Zugeständnis an einen Durchschnittsgeschmack. – Anfang *Egmont*-Ouverture – sehen Sie, dabei dachte ich nur an Herrn Peter Gast ... Darauf Schuberts Ungarischer Marsch, prachtvoll von Liszt auseinandergelegt und instrumentiert. Ungeheurer Erfolg, *da capo*. – Darauf etwas für das ganze Streichorchester allein: nach dem vierten Takte war ich in Tränen. Eine vollkommen himmlische und tiefe Inspiration, von wem? von einem Musiker, der 1870 in Turin starb, *Rossaro* – ich schwöre Ihnen zu, Musik allerersten Ranges, von einer Güte der Form *und des Herzens*, die meinen ganzen Begriff vom Italiener verändert. Kein sentimentaler Augenblick – ich weiß nicht mehr, was »große« Namen sind ... Vielleicht bleibt das Beste unbekannt. – Folgte: *Sakuntala*-Ouverture, achtmaliger Beifallssturm. Alle Teufel, dieser *Goldmark*! Das hatte ich ihm nicht zugetraut. Diese Ouverture ist hundertmal besser gebaut, als irgend etwas von Wagner und psychologisch so verfänglich, so raffiniert, daß ich wieder die Luft von Paris zu atmen begann. Instrumental durchdacht und ausgerechnet, lauter Filigran. – Jetzt wieder etwas für Streichorchester allein »Cyprisches Lied« von *Vilbac*, wieder das äußerste von Delikatesse der Erfindung und der Klangwirkung, wieder ungeheurer Erfolg und *da capo*, obschon ein langer Satz. – Endlich: »*Patrie*«! Ouverture von Bizet. Was wir gebildet sind! Er war 35 Jahr, als er dies Werk, ein langes, sehr dramatisches Werk, schrieb: Sie sollten hören, wie der kleine Mann *heroisch* wird ...

Ecco! Kann man sich besser *ernähren* lassen? Und ich habe 1 fr. Eintritt gezahlt ...

Heute Abend »*Francesca da Rimini*« im Carignano: ich legte dem letzten Brief einen Bericht darüber bei. Der Komponist Cagnoni wird zugegen sein.

Es scheint mir nachgerade, daß Turin auch im Musik-Urteil, wie sonst, die *solideste* Stadt ist, die ich kenne. Ihr Freund N.

Druckbogen werden jetzt wohl noch ausbleiben: ich habe gestern das ganze Manuskript noch einmal zurückverlangt.

265. *An August Strindberg* Turin, den 7. Dezember 1888

Sehr lieber und werter Herr! Ist ein Brief von mir verlorengegangen? Ich habe sofort nach der zweiten Lektüre des *Père* Ihnen geschrieben, tief ergriffen von diesem Meisterstück harter Psychologie; ich habe insgleichen Ihnen die Überzeugung ausgedrückt, daß Ihr Werk prädestiniert ist, jetzt in Paris aufgeführt zu werden, im *Théatre libre* des Mr. Antoine, – Sie sollten das von Zola einfach fordern! –

– Der *hereditäre* Verbrecher ist *décadent*, selbst Idiot – kein Zweifel!

Aber die Geschichte der Verbrecherfamilien, für die der Engländer Galton (“*the hereditary genius*”) das größte Material gesammelt hat, führt immer auf einen zu starken Menschen für ein gewisses soziales Niveau zurück. Der letzte große Pariser Kriminalfall Prado gab den klassischen Typus: Prado war seinen Richtern, seinen Advokaten selbst durch Selbstbeherrschung, Esprit und Übermut überlegen; trotzdem hatte ihn der Druck der Anklage physiologisch schon so heruntergebracht, daß einige Zeugen ihn erst nach den alten Porträts wiedererkannten. –

Jetzt aber fünf Worte unter uns, sehr unter uns! Als gestern mich Ihr Brief erreichte – der erste Brief in meinem Leben, der mich erreicht hat –, war ich gerade mit der letzten Manuskriptrevision von »Ecce homo« fertig geworden. Da es in meinem Leben keinen Zufall mehr gibt, so sind Sie folglich auch kein Zufall. Warum schreiben Sie Briefe, die in einem solchen Augenblick eintreffen! – –

»Ecce homo« soll in der Tat deutsch, französisch und englisch zugleich erscheinen. Ich habe gestern das Manuskript noch an meinen Drucker geschickt; sobald ein Bogen fertig wird, muß er in die Hände der Herren Übersetzer. *Wer sind diese Übersetzer?* Aufrichtig, ich wußte nicht, daß Sie selber für das ausgezeichnete Französisch Ihres *Père* verantwortlich sind; ich glaubte an eine meisterhafte Übersetzung. Für den Fall, daß Sie *selbst die französische Übersetzung in die Hand nehmen wollten*, wüßte ich mich nicht glücklich genug zu schätzen *über dies Wunder eines sinnreichen Zufalls*. Denn, unter uns, meinen »Ecce homo« zu übersetzen, bedarf es eines Dichters ersten Ranges; es ist im Ausdruck, im Raffinement des Gefühls, tausend Meilen jenseits aller bloßen »Übersetzer«. Zuletzt ist es kein dickes Buch; ich nehme an, es wird in der franz. Ausgabe (vielleicht bei Lemerre, dem Verleger Paul Bourgets!) gerade einen solchen für 3 *frs.* 50 machen. Da es vollkommen unerhörte Dinge sagt und mitunter, in aller Unschuld, die Sprache eines *Weltregierenden* redet, so übertreffen wir durch Zahl der Auflagen selbst *Nana*. –

Andererseits ist es antideutsch bis zur Vernichtung; die Partei der französischen Kultur wird durch die ganze Geschichte hindurch festgehalten (– ich behandele die deutschen Philosophen allesamt als »unbewußte Falschmünzer« –). Auch ist das Buch nicht langweilig,

– ich habe es mitunter selbst im Stil »Prado« geschrieben. – – Um mich gegen deutsche Brutalitäten (»Konfiskation«) sicher zu stellen, werde ich die ersten Exemplare, vor der Publikation, dem Fürsten Bismarck und dem jungen Kaiser mit einer brieflichen Kriegserklärung übersenden: darauf dürfen Militärs nicht mit Polizeimaßregeln antworten. – Ich bin ein *Psychologe*. – – –

– Erwägen Sie, verehrter Herr! Es ist eine Sache allerersten Ranges. Denn ich bin stark genug dazu, die Geschichte der Menschheit in zwei Stücke zu zerbrechen. –

Bliebe die Frage der englischen Übersetzung. Wüßten Sie einen Vorschlag dafür? – Ein antideutsches Buch in England...

Sehr ergeben Ihr Nietzsche

266. *An Peter Gast*

Sonntag, den 9. Dez. 1888, *via Carlo Alberto 6III*

Lieber Freund, ich war eben im Begriff, Ihnen zu schreiben, da trat Ihr Brief festlich zur Tür herein, leider *nicht* in Begleitung des »Kunstwart«. Doch wird es sich nur um Stunden handeln. – Ihre herrlichen Neuigkeiten *in puncto* »Provence« erquicken mich wie wenige Dinge mich erquicken könnten; denn da es mir gut geht, ist es eigentlich billig, daß es meinen »Nächsten« noch besser geht. Der *erste* Schritt, hier wie überall, ist der schwerste – und über den helfen nur die Weiblein hinweg...

Auch ich habe Gutes zu melden. Das »*Ecce homo*« ist vorgestern an C. G. Naumann abgegangen, nachdem ich es, zur letzten Gewissens-Beruhigung, noch einmal vom ersten bis zum letzten Wort auf die Goldwaage gelegt habe. Es geht dermaßen über den Begriff »Literatur« hinaus, daß eigentlich selbst in der Natur das Gleichnis fehlt: es sprengt, wörtlich, die *Geschichte* der Menschheit in zwei Stücke – höchster Superlativ von *Dynamit*...

Strindberg hat mir vorgestern seinen ersten Brief geschrieben – es war der erste Brief mit einem welthistorischen Akzent, der mich erreichte. Er hat den Begriff davon, daß Zarathustra ein *Non plus ultra* ist. Zugleich traf noch ein Brief aus St. Petersburg ein, von einer der allerersten Frauen Rußlands, beinahe eine Liebeserklärung, jedenfalls ein kurioses Stück Brief: *Madame la Princesse Anna Dmitrievna Ténicheff*. Auch der intelligenteste Kopf der Petersburger Gesellschaft, der alte Fürst Urussow soll sich stark für mich interessieren. Georg Brandes hält diesen Winter wieder Vorlesungen in diesen Kreisen und wird ihnen Wunderdinge berichten. Ich sagte wohl, daß Strindberg und Brandes befreundet sind, daß beide in Kopenhagen leben? – Strindberg hält mich übrigens für den größten Psychologen des *Weibes*... *Ecco, Malvida!!!* –

Gestern habe ich die »Götzen-Dämmerung« an Mr. *Taine* geschickt, mit einem Brief, worin ich ihn bitte, für eine *französische* Übersetzung des Werks sich zu interessieren. Auch für die *englische* Übersetzung habe ich einen Gedanken: Miß Helen Zimmern, die jetzt in Genf, im nächsten Verkehr mit meinen Freundinnen Fynn und Mansouroff lebt. Sie kennt auch Georg Brandes (– sie hat Schopenhauer den Engländern entdeckt: warum nicht erst recht dessen *Antipoden*? ...)

Mit E. W. Fritzsch bin ich noch nicht weiter; doch hoffe ich, mit einiger Geduld, daß der Preis noch ein paar tausend Mark heruntergeht. Wenn ich meine ganze Literatur für 8000 Mark zurückerwerbe, so habe ich das Geschäft gemacht. – Naumann berät mich in dieser Sache.

Machen Sie doch meinem alten Freund Professor Paul *Deussen* möglichst schnell einen Besuch (Berlin W., Kurfürstendamm 142). Sie können ihm einmal *gründlich* sagen, was ich bin und was ich kann. Er ist mir übrigens sehr zugetan und auf jene Weise, die auf Erden die seltenste ist: er hat mir diesen Sommer, zum Zweck meiner Druckkosten, 2000 Mark zugestellt (– zu gleichem Zweck, *hören Sie*!, Frl. Meta von Salis 1000 frs.!! –). *Unter uns*, ich beschwöre Sie!

Jetzt eine *ernste* Sache. Lieber Freund, ich will *alle* Exemplare des *vierten* Zarathustra wieder zurückhaben, um dies *ineditum* gegen alle Zufälle von Leben und Tod sicherzustellen (– ich las es dieser Tage und bin fast umgekommen vor Bewegung). Wenn ich es nach ein paar Jahrzehnten welthistorischer Krisen – *Kriege!* – herausgeben werde, so wird es erst die *rechte* Zeit sein. Strengen Sie, bitte, Ihr Gedächtnis an, *wer* Exemplare hat. Meine Erinnerung gibt: Lanzky, Widemann, Fuchs, Brandes, wahrscheinlich Overbeck. Haben Sie die Adresse von Widemann? – Wieviel Exemplare waren es? wieviel haben wir noch? – Ein paar mögen in Naumburg sein.

Wetter, nach wie vor, unvergleichlich. Drei Kasten Bücher aus Nizza eingetroffen. – Ich blättre seit einigen Tagen in meiner Literatur, *der ich jetzt zum erstenmale mich gewachsen fühle.* Verstehen Sie das? Ich habe alles sehr gut gemacht, aber nie einen Begriff davon gehabt – im Gegenteil! ... Zum Beispiel die diversen *Vorreden*, das *fünfte* Buch »*gaya scienza*« – Teufel, was steckt da drin! – Über die *dritte* und *vierte* Unzeitgemäße werden Sie in *Ecce homo* eine Entdeckung lesen, daß Ihnen die Haare zu Berge stehn – *mir* standen sie auch zu Berge. Beide reden nur von mir, *anticipando* ... Weder Wagner, noch Schopenhauer kamen psychologisch drin vor ... Ich habe beide Schriften erst seit 14 Tagen *verstanden.* –

Zeichen und Wunder!

Es grüßt Sie der *Phönix*

– *Menschliches, Allzumenschliches* hat mir im höchsten Grade imponiert: es hat etwas von der Ruhe eines *Grand-Seigneur.*

267. *An Peter Gast* Turin, Sonntag, den 16. Dezember 1888

Lieber Freund, bedeutende Erweiterung des Begriffs »Operette«. *Spanische* Operette. »*La gran via*«, *zwei*mal gehört, – Hauptzugstück von Madrid. Ist einfach nicht zu importieren: man muß dazu Spitzbube und verfluchter Kerl von Instinkt sein – und dabei *feierlich* ... Ein Terzett von drei feierlichen alten riesengroßen Kanaillen ist das stärkste, was ich gehört *und gesehn* habe, – *auch* als Musik: genial, *gar* nicht zu rubrizieren ... Ich nahm, da ich jetzt sehr gebildet in Rossini bin und bereits *acht* Opern kenne, die von mir vorgezogene »*Cenerentola*« zum Vergleich – ist tausendmal zu *gutartig* gegen diese Spanier. Wissen Sie, die *Handlung* schon kann nur ein vollendeter Spitzbube ausdenken – lauter Sachen, die wie *Taschenspielerei* wirken, so blitzartig kommt die *canaille* zum Vorschein. Vier oder fünf Stücke Musik, die man *hören* muß; sonst hat der *Wiener Walzer* in der Form *größerer Ensembles* das Übergewicht. – Offenbachs »Schöne Helena« *hinterdrein* fiel einfach ab. Ich lief fort. – Dauer präzis 1 Stunde.

– Heute nachmittag werde ich ein *Requiem* von dem alten Neapolitaner Jommelli hören (starb 1774): *Accademia di canto corale.* –

– Und nun die *Hauptsache.* Ich habe gestern ein Manuskript an C. G. Naumann geschickt, welches zunächst, also *vor Ecce homo,* absolviert werden muß. Ich finde die *Übersetzer* für »*Ecce*« nicht: ich muß einige Monate den Druck noch hinausschieben. Zuletzt eilt es nicht. – Das *Neue* wird Ihnen Vergnügen machen: – auch kommen Sie vor – und wie! – Es heißt

Nietzsche contra Wagner

Aktenstücke eines Psychologen

Es ist wesentlich eine *Antipoden*-Charakteristik, wobei ich eine Reihe Stellen meiner älteren Schriften benutzt und dergestalt zum »Fall Wagner« das *sehr ernste* Gegenstück gegeben habe. Das hindert nicht, daß die Deutschen darin mit *spanischer* Bosheit behandelt werden – die Schrift (drei Bogen etwa) ist extrem *antideutsch.* Am Schluß erscheint etwas, wovon selbst Freund Gast keine Ahnung hat: ein Lied (oder wie Sie's nennen wollen) Zarathustras, mit dem Titel »*Von der Armut des Reichsten*« – wissen Sie, eine kleine siebente Seligkeit und noch ein Achtel dazu ... *Musik* ...

– Ich sehe jetzt mitunter nicht ein, wozu ich die *tragische* Katastrophe meines Lebens, die mit »*Ecce*« beginnt, zu sehr beschleunigen sollte. Dies *Neue* wird vielleicht, auf Grund der Neugierde, welche der »Fall Wagner« hervorgerufen hat, stark gelesen werden – und da ich jetzt keinen Satz mehr schreibe, worin ich nicht *ganz* zum Vorschein käme, so ist zuletzt schon diese *Psychologen-Antithese* der Weg, um mich zu verstehn – *la gran via* ...

Avenarius, dem ich mit einem boshaften Briefchen auf die Finger gefühlt habe, hat auf das allerartigste und herzlichste sich entschuldigt, – ich glaube, *diese* Geschichte habe ich sehr gut gemacht. (Verlangen Sie noch einige *Exemplare* des Kunstwart!)

– Sehen Sie, lieber Freund! Piemonteser *Küche!* Ah, meine *Trattoria*! Ich habe keinen Begriff gehabt, was in der *Kunst* der Zubereitung die Italiener überlegen sind! – *und* der Qualität! Nicht umsonst mitten innerhalb der allerberühmtesten Viehzucht! – Und, nach wie vor, obwohl ich esse wie ein Prinz, auch *viel,* zahle ich für jede Mahlzeit (10 cs. Trinkgeld *mit*) 1 fr. 25. – Abends sitze ich in einem prachtvollen hohen Raum: ein kleines *sehr anständiges* Konzert kommt gerade so gedämpft, als es wünschenswert, zu mir – es sind drei Säle nebeneinander. Man bringt mir *meine* Zeitung, *Journal des Débats*, – ich esse eine Portion ausgezeichnetes Eis: kostet, mit Trinkgeld (worauf ich halte, weil es hier nicht Sitte ist) 40 cs. – In der *Galleria Subalpina* (in die ich hinabsehe, wenn ich aus meinen Zimmer heraustrete), dem schönsten, elegantesten Raum dieser Art, den ich kenne, spielt man jetzt Abend für Abend den *Barbiere di Siviglia*, und zwar *vortrefflich*: man zahlt, was man verzehrt, mit einem etwas erhöhten Preise. – Und wie *gut* sieht die Stadt aus, wenn es trübe ist! Neulich sagte ich mir: einen Ort zu haben, *wo man nicht heraus will*, nicht einmal in die Landschaft, – wo man sich freut, *in den Straßen* zu gehn! – Früher hätte ich's für unmöglich gehalten. –

In Freundschaft Ihr N.

Etwas letztes, *nicht* Letztes: Alle, die jetzt mit mir zu tun haben, bis zur Hökerin herab, die mir herrliche Trauben aussucht, sind lauter vollkommen geratene Menschen, sehr artig, heiter, ein wenig fett, – selbst die Kellner.

– Eben starb der *Prinz von Carignano*: wir werden ein großes Begräbnis haben.

– Soeben auch trifft ein *herrlicher* Brief Taines ein! –

268. *An Carl Fuchs*

Torino, via Carlo Alberto 6, III, [18. Dezember 1888]

Lieber Freund, inzwischen steht und geht alles wunderbar. Ich habe nie annähernd eine solche Zeit erlebt, wie von Anfang September bis heute. Die unerhörtesten Aufgaben leicht wie ein Spiel; die Gesundheit, dem Wetter gleich, täglich mit unbändiger Helle und Festigkeit heraufkommend. Ich mag nicht erzählen, *was* alles fertig wurde: *alles ist fertig.*

Die nächsten Jahre steht die Welt auf dem Kopf: nachdem der alte Gott abgedankt ist, werde *ich* von nun an die Welt regieren.

Mein Verleger hat, wie ich nicht zweifle, Ihnen sowohl den *Fall* als, zuallerletzt, die *Götzen-Dämmerung* übersandt. Hätten Sie nicht eine kleine kriegerische Laune? Es wäre mir äußerst erwünscht, wenn jetzt ein – *der* – geistvoller Musiker öffentlich Partei für mich als *Antiwagner* nähme und den Bayreuthern die Handschuh hinwürfe? Eine kleine Broschüre, in der über mich lauter Neues und Entscheidendes gesagt würde, mit einer Nutzanwendung im Einzelfall, *Musik*, – was denken Sie dazu? Nichts Langwieriges, etwas Schlagendes, Schlagfertiges... Der Augenblick ist günstig. Man *kann* noch Wahrheiten über mich sagen, die zwei Jahre später beinahe *niaiseries* sein dürften.

– Und *was* macht Danzig – oder vielmehr *Nicht*-Danzig? ... Erzählen Sie mir wieder sich selbst, lieber Freund – ich habe Zeit, ich habe *Ohren*...

Es grüßt Sie auf das herzlichste das *Untier*

269. *An Franziska Nietzsche*

Torino, via Carlo Alberto 6^{III}, den 21. Dezember 1888

Meine alte Mutter, es gibt, wenn mich nicht alles täuscht, in den nächsten Tagen Weihnachten: vielleicht kommt mein Brief noch zur rechten Zeit (vielleicht auch hat Herr Kürbitz einen Wink verstanden, den ich ihm vor einigen Tagen gegeben habe) mit der Bitte, Dir etwas auszudenken, was Dir Vergnügen macht und wobei Du gerne an Dein altes Geschöpf denkst und, im übrigen, um Nachsicht bittend, daß es nicht *mehr* ist. – Wir haben auch hier ein wenig Winter, doch nicht so, daß ich hätte heizen müssen. Die Sonne und der helle Himmel werden nach ein paar Tagen Nebel immer wieder Herr. Es gab ein großes Leichenbegängnis, einer unsrer Prinzen, der Vetter des Königs; sehr verdient um Italien, auch um die Marine, denn er war der Admiral der Flotte.

Ich bin in jedem Sinne froh, mit Nizza fertig zu sein, – man hat mir indessen 3 Bücherkisten hierher gesandt. Auch die einzige wohltätige und liebenswürdige Gesellschaft, die ich dort hatte, die ausgezeichneten *Köchlins*, feine und an die besten Kreise gewöhnte Leute, fehlen zum ersten Male diesen Winter in Nizza. Es geht schlecht mit dem alten Köchlin, Madame Cécile hat mir ausführlich geschrieben: beständiges Fieber. Sie sind bei Genua, in Nervi. – Dagegen habe ich aus Genf gute und heitere Nachrichten von Madame Fynn und ihrer russischen Freundin.

Das Allerbeste aber bekomme ich von meinem Freunde *Gast* zu hören, dessen ganze Existenz sich erstaunlich verändert hat. Nicht nur daß die ersten Künstler Berlins, Joachim, de Ahna sich auf das tiefste für seine Werke interessieren, diese anspruchsvollste und verwöhnteste Art Künstler, die Deutschland hat: Du würdest vor allem verwundert sein, daß er in den reichsten und vornehmsten Zirkeln Berlins nur verkehrt. Vielleicht erlebt seine Oper ihre erste Aufführung in Berlin; Graf Hochberg steht den Kreisen nahe, die er frequentiert. –

Im Grunde ist Dein altes Geschöpf jetzt ein ungeheuer berühmtes Tier: nicht gerade in Deutschland, denn die Deutschen sind zu dumm und zu gemein für die Höhe meines Geistes und haben sich immer an mir blamiert, aber sonst überall. Ich habe lauter *ausgesuchte* Naturen zu meinen Verehrern, lauter hochgestellte und einflußreiche Menschen, in St. Petersburg, in Paris, in Stockholm, in Wien, in New-York. Ach wenn Du wüßtest, mit welchen Worten mir die *ersten* Personnagen ihre Ergebenheit ausdrücken, die charmantesten Frauen, eine *Madame la Princesse Ténicheff* durchaus nicht ausgeschlossen. Ich habe wirkliche Genies unter meinen Verehrern, – es gibt heute keinen Namen, der mit so viel Auszeichnung und Ehrfurcht behandelt wird, als der meinige. – Siehst Du, das ist das Kunststück: ohne Namen, ohne Rang, ohne Reichtum werde ich hier wie ein kleiner Prinz behandelt, von jedermann bis zu meiner Hökerin herab, die nicht eher Ruhe hat, als bis sie das Süßeste aus allen ihren Trauben zusammengesucht hat.

Zum Glück bin ich jetzt allem gewachsen, was meine Aufgabe von mir verlangt. Meine Gesundheit ist wirklich ausgezeichnet; die schwersten Aufgaben, zu denen noch nie ein Mensch stark genug war, fallen mir leicht.

Meine alte Mutter, empfange, zum Schluß des Jahres, meine herzlichsten Wünsche und wünsche mir selber ein Jahr, das den großen Dingen, die in ihm geschehn müssen, in jeder Hinsicht entspricht.

Dein altes Geschöpf

270. *An Franz Overbeck* [Turin, Weihnachten [1888]

Lieber Freund, wir müssen die Sache mit Fritzsch schnell machen, denn in zwei Monaten bin ich der erste Name auf der Erde. –

Ich wage noch zu erzählen, daß es in Paraguay so schlimm als möglich steht. Die hinübergelockten Deutschen sind in Empörung, verlangen ihr Geld zurück – man hat keins. Es sind schon Brutalitäten vorgekommen; ich fürchte das Äußerste. – Dies hindert meine Schwester *nicht*, mir zum 15. Oktober mit äußerstem Hohn zu schreiben, ich wolle wohl auch anfangen, »berühmt« zu werden. Das sei freilich eine süße Sache! Und was für Gesindel ich mir nur ausgesucht hätte, Juden, die an allen Töpfen geleckt hätten, wie Georg Brandes... Dabei nennt sie mich »Herzensfritz«?... Dies dauert nun sieben Jahre!

Meine Mutter hat keine Ahnung bisher davon – das ist *mein* Meisterstück. Sie schickte mir zu Weihnachten ein Spiel: *Fritz* und *Lieschen*...

Was hier in Turin merkwürdig ist, das ist eine vollkommene Faszination, die ich ausübe, obwohl ich der anspruchsloseste Mensch bin und *nichts* verlange. Aber wenn ich in ein großes Geschäft komme, so verändert sich jedes Gesicht; die Frauen auf der Straße blicken mich an, – meine alte Hökerin legt für mich das Süßeste von Trauben zurück und *hat den Preis ermäßigt!* ... Er ist an sich lächerlich... Ich esse in einer der ersten Trattorien, mit zwei ungeheuren Etagen von Sälen und Zimmern. Ich zahle für jede Mahlzeit 1 fr. 25 *mit* Trinkgeld – und ich bekomme das Ausgesuchteste in der ausgesuchtesten Zubereitung[1] –, ich habe nie einen Begriff davon gehabt, weder was Fleisch, noch was Gemüse, noch was alle diese eigentl. ital. Speisen sein *können*... Heute z. B. die delikatesten *ossobuchi*, Gott weiß, wie man deutsch sagt, das Fleisch an den Knochen, wo das herrliche Mark ist. Dazu *broccoli* auf eine unglaubliche Weise zubereitet, zuerst die allerzartesten Makkaroni. – Meine Kellner glänzen von Feinheit und Entgegenkommen: das *Beste* ist, ich mache niemanden dümmer... Da in meinem Leben noch alles möglich ist, so notiere ich mir alle diese Individuen, die in dieser *unentdeckten* Zeit mich entdeckt haben. Ich verschwöre es nicht, daß mich bereits mein zukünftiger Koch bedient. –

[1] *Moral:* ich habe auch noch nie einen verdorbenen Magen gehabt . ..

Noch niemand hat mich für einen Deutschen gehalten…

Ich lese das *Journal des Débats*, man hat es mir instinktiv beim ersten Betreten des ersten Cafés gebracht. –

Es gibt auch keine Zufälle mehr: wenn ich an jemand denke, tritt ein Brief von ihm höflich zur Tür herein…

Naumann ist in einem prachtvollen Feuereifer. Ich habe den Argwohn, daß er die Festtage hat drucken lassen. Es sind fünf Bogen in zwei Wochen mir zugeschickt worden. Den Schluß von *Ecce homo* macht ein Dithyrambus von einer ganz grenzenlosen Erfindung, – ich darf nicht daran denken, ohne zu schluchzen.

Unter uns, ich komme dieses Frühjahr nach Basel, – ich habe es *nötig*! Zum Teufel, wenn man nie ein Wort im Vertrauen sagen kann… Dein Freund N.

Dr. Fuchs führt eben das Duett Köselitz' in einem Danziger Konzert auf, er wünscht fürs dortige Theater den *Löwen von Venedig!* In Anbetracht aber, daß Joachim seine Teilnahme fortsetzt, so ist das Werk sehr wahrscheinlich vom Grafen Hochberg alsbald in Beschlag genommen… K. ist fortgelaufen für die Weihnachtszeit zu seinen Eltern, um sich nicht *beschenken* zu lassen… Die von Krauses machen in der Weihnachtszeit (wie sonst) einen fürstlichen Aufwand: sie senden z. B. in *jede* Familie ihrer Dörfer eine Weihnachtskiste. K. hat Krause zu seinem Venediger Freunde, dem berühmten Passin geführt, um ihm einige Tausende zu verdienen zu geben. – P. lebt jetzt in Berlin.

271. *An Carl Fuchs* [Turin] 27. Dezember 1888

Alles erwogen, lieber Freund, hat es von jetzt ab keinen Sinn mehr, *über* mich zu reden und zu schreiben; ich habe die Frage, *wer ich bin*, mit der Schrift, an der wir drucken, »*Ecce homo*«, für die nächste Ewigkeit *ad acta* gelegt. Man soll sich fürderhin nie um mich bekümmern, sondern um die Dinge, derentwegen ich da bin. [– –] Zunächst wird »*Nietzsche contra Wagner*« herauskommen: wenn alles gerät, auch noch französisch. Das Problem unsres Antagonismus ist hier so tief genommen, daß eigentlich auch die Frage Wagner *ad acta* gelegt ist. Eine Seite »Musik« über Musik in der genannten Schrift ist vielleicht das merkwürdigste, was ich geschrieben habe ... Das, was ich über Bizet sage, dürfen Sie nicht ernst nehmen; so wie ich bin, kommt Bizet tausendmal für mich nicht in Betracht. Aber als ironische *Antithese* gegen Wagner wirkt es sehr stark; es wäre ja eine Geschmacklosigkeit ohnegleichen gewesen, wenn ich etwa von einem Lobe Beethovens hätte ausgehen wollen. [– –]

Die stupide Taktlosigkeit Fritzschs, mich in seinem eignen Blatte zu verhöhnen, hat den großen Nutzen, daß sie mir einen Anlaß bot, Fritzsch zu schreiben: »*wie viel* wollen Sie für meine ganze Literatur? In aufrichtiger Verachtung Nietzsche«. Antwort: c. 11000 Mark. – Gesetzt, daß ich auf diese Weise im letzten Augenblick Alleinbesitzer meiner Werke werde (– denn auch C. G. Naumann besitzt nichts von mir), so war die Dummheit Fritzschs ein Glücksfall ersten Rangs. – Ich will schon dafür Sorge tragen, daß Sie zur rechten Zeit alle meine Schriften, die Ihnen fehlen, zugeschickt bekommen: warten Sie nur noch ein wenig! – Der Gedanke mit Rostock, gesetzt auch, daß es ein Interim-Gedanke von zwei Jahren wäre, scheint mir sehr vorzüglich, namentlich in der Übung und Einübung der eigentlichen Dirigenten-Qualitäten, – auch sonst ...

Lieber Freund, ich bitte Sie dringend darum, Ihre Schrift über Wagner an meinen Verleger Herrn C. G. Naumann zu schicken: Sie dürfen sie mir mit einer kleinen Vorrede widmen. – Wir müssen die Deutschen durch *esprit* rasend machen ...

Den *Tristan* umgehn Sie ja nicht: er ist das *kapitale* Werk und von einer Faszination, die nicht nur in der Musik, sondern in allen Künsten ohnegleichen ist. –

Ich schlage vor, den ausgezeichneten Aufsatz des Herrn Gast über mich als *Vorrede* zu ihrer Schrift gegen Wagner voranzudrucken: macht einen prachtvollen Eindruck.

Titel: Der Fall Nietzsche
von Peter Gast und Carl Fuchs

272. *An Meta von Salis* Turin, den 29. Dezember 1888

Verehrtes Fräulein, es ist vielleicht nicht verboten, Ihnen um die Jahreswende einen Gruß zu senden. – Hoffentlich gibt es ein *gutes* Jahr. Vom *alten* sage ich gar nichts mehr – es war *zu gut* …

Inzwischen fange ich an, auf eine vollkommen unerhörte Weise berühmt zu werden. Ich glaube, daß noch nie ein Sterblicher solche Briefe bekommen hat, wie ich sie bekomme und nur von lauter *ausgesuchten* Intelligenzen, von Charakteren in hohen Pflichten und Stellungen bewährt. Überall her: nicht am wenigsten aus der ersten St. Petersburger Gesellschaft. Und die Franzosen! Sie sollten den Ton hören, mit dem Mr. Taine an mich schreibt! Soeben traf ein bezaubernder, vielleicht auch bezauberter Brief eines der ersten und einflußreichsten Männer Frankreichs ein, der aus dem Bekanntwerden und Übersetzen meiner Schriften sich eine Aufgabe machen will: kein Geringerer als der Chef-Redaktor des *Journal des Débats* und der *Revue des Deux Mondes* Mr. Bourdeau. Er sagt mir übrigens, daß eine Besprechung meines »Fall Wagner« im Januar im *Journal des Débats* erscheinen werde – von wem? Von *Monod.* – Ich habe ein veritables Genie unter meinen Lesern, den Schweden August Strindberg, der mich als den tiefsten Geist aller Jahrtausende empfindet. Ich sende Ihnen einen Aufsatz im »Kunstwart«, mit der Bitte, ihn mir gelegentlich zurückzugeben, der in der Tat auf eine vollkommene Weise den »Fall Nietzsche« präzisiert. – Das Merkwürdigste ist hier in Turin eine vollkommene Faszination, die ich ausübe – in allen Ständen. Ich werde mit jedem Blick wie ein Fürst behandelt – es gibt eine extreme Distinktion in der Art, wie man mir die Tür aufmacht, mir Speise vorsetzt. Jedes Gesicht verwandelt sich, wenn ich in ein großes Geschäft trete. – Und da ich nichts beanspruche und mit vollkommener Gelassenheit gegen jedermann gleich bin, auch das Gegenteil eines düsteren Gesichts habe, so brauche ich weder Namen, noch Rang, noch Geld, um immer unbedingt der erste zu sein. –

Damit es auch nicht am *Kontraste* fehlt! meine Schwester hat mir zu meinem Geburtstage mit äußerstem Hohne erklärt, ich wolle wohl auch anfangen, »berühmt« zu werden… Das werde ein schönes Gesindel sein, das an *mich* glaube… Dies dauert jetzt sieben Jahre … –

– Noch ein *andrer* Fall. Ich halte ernsthaft die Deutschen für eine *hundsgemeine* Art Mensch und danke dem Himmel, daß ich in allen meinen Instinkten Pole und nichts andres bin. Mein Verleger, Herr E. W. Fritzsch, hat bei Gelegenheit vom »Fall Wagner« einen der schnödesten Artikel über mich in dem von ihm selbst redigierten *Musikalischen Wochenblatt* abdrucken lassen. Ich habe ihm darauf sofort geschrieben: »Wieviel verlangen Sie für meine ganze Literatur? In aufrichtiger Verachtung Nietzsche.« – Antwort: 11000 Mark. – Sehen Sie! Das ist deutsch ... der Verleger des *Zarathustra*!

Georg Brandes geht diesen Winter wieder nach St. Petersburg, um über das Untier Nietzsche Vorträge zu halten. Er ist wirklich ein ausgezeichnet intelligenter und guter Mensch, ich habe noch nie so delikate Briefe bekommen. – Es wird auf das eifrigste gedruckt, *feuereifrigst* ... Inzwischen ist Herr Köselitz ein großes Tier geworden. Joachim und de Ahna schwärmen für diesen neuen »Klassiker« – ich füge hinzu, daß er in eines der glänzendsten Häuser Berlins mit nur allzuglücklichem Erfolg sich um ein merkwürdig schönes und interessantes Mädchen bewirbt, obwohl er einen Grafen Schlieben zum Rivalen hat. Er war schon den ganzen Sommer auf dem Waldschloß seiner Prinzessin in Hinterpommern unter lauter Junkern und [unlesbares Wort].

Wahrscheinlich wird ihn Graf Hochberg um die erste Aufführung des *Löwen von Venedig* für Berlin angehen. – Kurz: *Umwertung aller Werte* ... Mit den besten Grüßen und Wünschen Ihr N.

Haben Sie davon gehört, daß Mad. Kowaleska in Stockholm (– Sie stammt vom alten Ungarnkönig Matthias Corvin) den allerersten mathematischen Preis der Pariser Akademie erhalten hat, den sie vergeben kann? Sie gilt heute als das einzige Genie der Mathematik. –

273. *An Peter Gast* Turin, den 31. Dezember 1888

– Sie haben tausendmal recht! Warnen Sie selbst Fuchs ... Sie werden in *Ecce homo* eine ungeheure Seite über den Tristan finden, überhaupt über mein Verhältnis zu Wagner. Wagner ist durchaus der erste Name, der in *E. h.* vorkommt. – Dort, wo ich über nichts Zweifel lasse, habe ich auch hierüber den Mut zum Äußersten gehabt.

– Ah, Freund! *welcher* Augenblick! – Als Ihre Karte kam, *was* tat ich da ... Es war der berühmte Rubicon ...

– Meine Adresse weiß ich nicht mehr: nehmen wir an, daß sie zunächst der *Palazzo del Quirinale* sein dürfte. N.

274. *An Peter Gast* [Poststempel: Turin, 4. 1. 1889]

Meinem maëstro Pietro.

Singe mir ein neues Lied: die Welt ist verklärt und alle Himmel freuen sich.

Der Gekreuzigte

275. *An Georg Brandes* [Poststempel: Turin, 4. 1. 1889]

Dem Freunde Georg! Nachdem Du mich entdeckt hast, war es kein Kunststück, mich zu finden: die Schwierigkeit ist jetzt die, mich zu verlieren... Der Gekreuzigte

276. *An Jacob Burckhardt* [Poststempel: Turin, 4. 1. 1889]

Meinem verehrungswürdigen Jacob Burckhardt. Das war der kleine Scherz, dessentwegen ich mir die Langeweile, eine Welt geschaffen zu haben, nachsehe. Nun sind Sie – bist Du – unser großer größter Lehrer: denn ich, zusammen mit Ariadne, habe nur das goldene Gleichgewicht aller Dinge zu sein, wir haben in jedem Stücke solche, die über uns sind... Dionysos

277. *An Cosima Wagner* [Anfang Januar 1889]

Ariadne, ich liebe Dich. Dionysos